सम्पूर्ण कहानियाँ

सम्पूर्ण कहानियाँ

फणीश्वरनाथ रेणु

राजकमल प्रकाशन

ISBN : 978-81-267-1972-3

मूल्य : ₹ 1595

पहला संस्करण : 2010
सातवाँ संस्करण : 2024

प्रकाशक : राजकमल प्रकाशन प्रा.लि.
1-बी, नेताजी सुभाष मार्ग, दरियागंज
नई दिल्ली-110 002
शाखाएँ : अशोक राजपथ, साइंस कॉलेज के सामने, पटना-800 006
पहली मंजिल, दरबारी बिल्डिंग, महात्मा गांधी मार्ग, प्रयागराज-211 001
1, अनमोल सोराबजी संतुक लेन, धोबी तलाव, मरीन लाइंस, मुम्बई-400 002

वेबसाइट : www.rajkamalprakashan.com
ई-मेल : info@rajkamalprakashan.com

मुद्रक : विकास कम्प्यूटर एंड प्रिंटर्स
ट्रॉनिका सिटी-201 102

SAMPURNA KAHANIYA
A Collection Stories of Phanishwar Nath 'Renu'

सम्पूर्ण कहानियाँ

अनुक्रम

बट बाबा 9
पहलवान की ढोलक 13
कलाकार 20
प्राणों में घुले हुए रंग 27
न मिटनेवाली भूख 35
रखवाला 43
पार्टी का भूत 47
रसूल मिसतिरी 61
बीमारों की दुनिया में 70
इतिहास, मज़हब और आदमी 77
रेखाएँ : वृत्तचक्र (एक) 84
खँडहर 90
धर्मक्षेत्रे-कुरुक्षेत्रे 94
टौन्टी नैन का खेल 100
वंडरफुल स्टुडियो 108
रसप्रिया 115
तीसरी कसम, अर्थात् मारे गए गुलफ़ाम 126
लाल पान की बेगम 153
ठेस 164
तीन बिन्दियाँ 169
पंचलाइट 182
सिरपंचमी का सगुन 186
तीर्थोदक 201
नित्य लीला 221
नेपथ्य का अभिनेता 236
कपड़घर 242
टेबुल 249
कस्बे की लड़की 267
अतिथि-सत्कार 278
तॅबे एकला चलो रे 284
एक लोकगीत के विद्यापति! 296

अच्छे आदमी 302
संवदिया 320
हाथ का जस और बाक का सत्त 328
एक श्रावणी दोपहरी की धूप 338
रोमांस-शून्य प्रेम-कथा की एक भूमिका 347
काक चरित 361
एक आदिम रात्रि की महक 368
उच्चाटन 381
आत्म-साक्षी 394
आजाद परिन्दे 406
संकट 413
नैना जोगिन 419
विकट संकट 426
अभिनय 439
विघटन के क्षण 445
जलवा 457
ना जाने केहि वेष में... 465
जड़ाऊ मुखड़ा 472
प्रजा-सत्ता 479
मिथुन राशि 486
अक्ल और भैंस 497
रेखाएँ : वृत्तचक्र (दो) 504
तव शुभ नामे 517
एक अकहानी का सुपात्र 521
जैव 527
मन का रंग 532
लफड़ा 536
अग्निसंचारक 543
एक रंगबाज गाँव की भूमिका 547
दसगज्जा के इस पार और उस पार 551
अगिनखोर 555
भित्तिचित्र की मयूरी 567

परिशिष्ट 577

1. 'ठुमरी' की भूमिका; 2. 'प्रिय कहानियाँ' की भूमिका
3. कहानियों के सन्दर्भ

बट बाबा

गाँव से सटे, सड़क के किनारे का वह पुराना वट-वृक्ष।

इस बार पतझड़ में उसके पत्ते जो झड़े तो लाल-लाल कोमल पत्तियों को कौन कहे, कोंपल भी नहीं लगे। धीरे-धीरे वह सूखता गया और एकदम सूख गया—खड़ा ही खड़ा।

शाम को निरधन साहु की दुकान पर इसी पेड़ की चर्चा छिड़ी हुई थी। जब से इस गाँव के खुशहाल किसान 'मुखिया अनन्त मंडर' की दुनिया बिगड़ गई, उनका बैठकखाना उजड़ गया, तभी से निरधन साहु की दुकान पर ही गाँव के लोगों की मंडली शाम को बैठती। दिन-भर के थके-माँदे किसान, खेतिहर मजदूर नोन-तेल, चावल-दाल लेने अथवा यों ही थोड़ी देर बैठकर चिलम पीने, सुख-दुख की कहानी कहने-सुनने चले आते। शाम को थोड़ी देर बैठकर बातें करने का यही एकमात्र सहारा था। हाँ तो, उस शाम को वहाँ पर इसी पेड़ की चर्चा छिड़ी हुई थी। आठ-दस व्यक्ति बैठे हुए थे। फरजन मियाँ ने कहा—"अरे! क्या पूछते हैं, हमारे दादा कहते थे कि उनके बाप के बचपन में भी यह ऐसा ही बूढ़ा था।...ओह!"

बैठे हुए लोगों में से प्रत्येक ने इसी प्रकार की कुछ-न-कुछ बातें कहीं। बूढ़ा निरधन साहु का शरीर काला ज्वर से कंकाल मात्र रह गया था, तिस पर में खाँसी, कुछ बोलते ही 'खाँय-खाँय' करने लगता था। उसकी अठारह वर्ष की बेटी लछमनिया दुकान चलाती थी, बुढ़िया वसूल-तगादा करती और शहर से सिर पर 'सौदा-पत्तर' ले आती थी। बूढ़ा बैठा-बैठा दिन गिन रहा था। अभी जो उसने पेड़ के सूखने की बात सुनी, तो खाँसता और कराहता हुआ घर से बाहर निकल आया। बोला—"बड़कवा बाबा सूख गइले का?"

बैठी हुई मंडली ने एक स्वर में कहा—"हाँ!"

"अब दुनिया ना रही"—कहकर वह जो खाँसने लगा तो बीस मिनट तक खाँसता ही रहा। खाँसी शान्त होने पर, भर्राए स्वर में, लम्बी निःश्वास लेता हुआ बोला—"अब ना बचब हो राम!"

हिमालय और भारतवर्ष का जो सम्बन्ध है, वही सम्बन्ध उस वृद्ध पेड़ और गाँव का था। वह उन्नत-मस्तक विशाल पेड़ प्रतिदिन सवेरे मटमैले अन्धकार में, गाँव के

आँगन-आँगन में दृष्टि दौड़ाकर, पूर्व क्षितिज पर न जाने क्या देखकर एक बार सिहरता...सिसकता, फिर टप-टप आँसू बहाकर शान्त हो जाता। सोता हुआ गाँव जब अँगड़ाई लेकर उठता तो उसकी जटाएँ हिलती-डुलती रहतीं। पेड़ पर पक्षियों का कलरव होता रहता।

जाड़े का दिन हो या गर्मी का मौसम, चाहे वर्षा की ही झड़ी क्यों न लगी हो, सुबह से शाम तक उसके नीचे औरत, बूढ़े, बच्चे, जवान, गाय-भैंस-बैलों की छोटी-सी टोली बैठी ही रहती थी। चैत्र-वैशाख की दोपहरी में तो सारा गाँव ही उसकी शीतल छाया का सहारा लेता। गाँव का लुहार यहीं बैठकर हल वगैरह की मरम्मत करता, घर बनानेवाले मजदूर बाँस यहीं बैठकर फाड़ते-छीलते। औरतों का ओखल-मूसल चलता रहता, बच्चों का घरौंदा खेल, जटाओं को बाँधकर झूला-झूलना, बूढ़ों की अनुभव अभिमान-मिश्रित बातें तथा नौजवानों की नजर बचाकर—नववधुओं और भाभियों की छेड़छाड़ भी चलती रहती। पेड़ की एक तरफ की जमीन में अनेक खुदे हुए काले चूल्हे, उसके पास जली-अधजली लकड़ियाँ सदा बिखरी रहतीं। रात में व्यापारी गाड़ीवानों का यही 'रैन बसेरा' था। इसके अतिरिक्त कभी बारात तो कभी डोली, कभी गाजे-बाजे, हाथी-घोड़ा थोड़ी देर तक यहीं बैठकर सुस्ताते, गाँववालों का मनोरंजन कर चले जाते। डोलियाँ रुकतीं, किशोरी बालिकाएँ, बाल-वृद्ध 'लाल डोली, लाल डोली, लाल कन्ने है!' रटते दौड़ते, डोली की खिड़की खुलती, सब आश्चर्य से देखते।

किशोरी लड़कियाँ मन-ही-मन अरमान सजाने लगतीं, हौंसले-भरे छोटे-छोटे लड़के दौड़कर माँ से कहते—'मैं भी ऐछी ही दुलहन लूँगा।'

एक जमाना था, जब प्रत्येक शाम को उसके नीचे 'दिवाली' की बहार रहती थी। प्रत्येक घर से घी से भरा-पूरा एक-एक दीप जाता था। सारी रात जगमग-जगमग...!! किन्तु इधर कई वर्षों से तो बस सहुआइन का दीपक ही थोड़ी देर तक टिमटिमाकर बुझ जाता, जुगनू की चकमक सारी रात होती रहती।

एकादशी, पूर्णिमा आदि एवं त्योहारों पर उसकी पूजा भी होती—सिन्दूर-चन्दन, अक्षत, बेलपत्र, धूप-दीप, पान-सुपारी से। वह 'देवता' था हिन्दुओं का भी, मुस्लिमों का भी। इधर कई वर्षों से मुसलमानों ने पूजा-पत्तर छोड़ दिया है। मौलवी साहब एक आए थे, उन्हीं के कहने से। पर 'बट बाबा' को छोड़कर किसी दूसरे नाम से सम्बोधित करने की हिम्मत अब भी उन लोगों की नहीं हुई। बट बाबा कितने मानतों के आरजू-मिन्नत को सुनते आए थे। जो उससे निराश होते, सदा के लिए निराश हो जाते। जिनकी मनोकामना पूरी होती, वे निहाल हो जाते।

कल की बच्चियाँ जवान होतीं, बट-सावित्री पूजने आतीं, कुछ दिनों के बाद उसके बेटे की भी छठी पूजी जाती, मुंडन-उत्सव होता, फिर शादी में जब वह वर का आभूषण पहनकर प्रणाम करने आती, तो उसकी जटाएँ सदा की तरह हिलती रहतीं। गुड़िया-सी दुलहिन आती, सोने-चाँदी के जेवरों से झमझमाती—गाती-बजाती औरतों

की टोली उसे ले आती, प्रणाम कराकर ले जाती। वह खड़ा-खड़ा न जाने कितने वर्षों से यह सब देखता आया था, वर-यात्रा, शवयात्रा, भरी लाल माँग, धुली माँग, फूल-सा कोमल बच्चे का माँ की गोद में किलकारी भरना और चिर-निद्रा में मग्न, एक ही दिन, गाँव में दस-दस नवागत शिशुओं का 'सोहर' गाती तथा एक ही साथ पन्द्रह-पन्द्रह अर्थियाँ इत्यादि देखते-देखते वह स्थितप्रज्ञ हो गया था।

इस बार वह खड़ा-खड़ा ही सूख गया। प्रतिवर्ष की भाँति वैशाख की दोपहरी आई। कड़कड़ाती धूप से आग की वर्षा होने लगी और इस बार गाँव के पशु-पक्षियों में भी कुहराम मच गया। आने-जानेवाले राही-बटोही, गाड़ीवान एक निराशापूर्ण दृष्टि से पेड़ की ओर देखकर आपस में कुछ बोलते-चालते चले जाते।

गाँव के बाहर, सड़क के किनारे अज्ञात काल से वह खड़ा था। ऐसा मालूम होता था मानो भय से हार्ट-फेल करके मरे हुए विकराल राक्षस के कंकाल को खड़ा कर दिया गया है। मुँह और आँखें भय से विस्फारित, दोनों हाथ उठाए हुए कंकाल की तरह!

वह सूख गया, किन्तु गाँववालों की उस पर श्रद्धा और भक्ति की धारा और भी तीव्र हो गई। यों तो 'आपत-विपद' में उसकी मिन्नतें और पूजा पहले भी होती थी, पर जब से पेड़ धीरे-धीरे सूखने लगा 'पूजा और मिन्नतों' का ताँता-सा लग गया। लोगों की यह धारणा थी कि बाबा जाने के समय सबों की मनोकामना पूरी करेंगे। जिस पर ढल जाएँ, वह मालामाल हो जाए। अभी उस दिन अनन्त मंडल की पतोहू चार आने का बताशा मान आई थी कि उसका पति जो भारत-रक्षा कानून के अन्तर्गत ढाई वर्षों से जेल में नजरबन्द है और टी.बी. का शिकार हो चुका है–छूट जाए। रोग भी छूट जाए और वह भी। जिस दिन पहली बार ससुराल आई थी, बनारसी साड़ी, गहनों तथा शिक्षित पति के घमंड में वह बोली थी–'मैं पेड़-पत्थर की पूजा नहीं करती।' लोग कहते हैं और वह भी मानने लगी है कि यह दुर्दिन उसी घमंड का कुफल है। उस दिन वह जो गई तो शरीर पर सिर्फ एक फटी साड़ी थी, जिसमें पाँच-सात पैबन्द लगे थे, चार-पाँच साड़ी के टुकड़ों की पट्टियाँ लगी थीं, दो-ढाई हाथ कंट्रोल की साड़ी, सुहाग की साड़ी का एक टुकड़ा तथा अन्य साड़ियों के टुकड़ों की पट्टियों से बनी एक 'पंचरंगी' साड़ी से अपनी लाज ढँकते, आँसू पोंछते वह बोली थी, "बाबा! अब इससे बढ़कर और कौन-सी सजा दोगे!" और वह फूट-फूटकर रो पड़ी थी।

निरधन साहु की बेटी 'लछमनिया' रो आई थी–"बाबा! गाँव-मुहल्ला, टोला-पड़ोस तथा जाति-बिरादरी के लोग हँस रहे हैं। मैं इतनी बड़ी हो गई, कोई दूल्हे का बाप एक हजार से नीचे तिलक की बात ही नहीं करता है। बाबू और घर की दशा तुमसे छिपी नहीं है। दुनिया के लिए तुम सूख गए हो, पर तुम्हारा प्रताप तो नहीं सूखा है।

बाबा! यदि किसी दूल्हे के बाप का मन फेर दो तो मैं आठ आने की मिठाई, सवा हाथ लँगोट और प्रत्येक रविवार को नया दीया और नई बत्ती जला दूँ।''

कलरू महतो पर जमींदार की कुर्की आनेवाली थी। टहलू पासवान का बेटा फौज में था, भजू धानुक की स्त्री बीमार थी। सब अपने-अपने धन-माल-जान के लिए 'मनौती' मना रहे थे।

आज प्रातःकाल ही जमींदार के अमले-सिपाही चालीस-पचास मजदूर लेकर आए, गाँव के मजदूर भी बेगार में पकड़े गए। लड़ाई का जमाना है, जलावन की भारी कमी। जमींदार साहब का हुक्म है कि पेड़ काटा जाएगा। लोग आपस में कानाफूसी कर बातें करने लगे। एक ही साथ पेड़ के सूखे तने पर साठ-साठ कुल्हाड़ों का वार हुआ–'धड़-धड़ खड़-खड़-खड़ाक...' गाय-बैल, घोड़े-बकरे चौंककर गाँव से भागे, कुत्ते भौंकने लगे, भयभीत पक्षियों ने कलरव आरम्भ कर दिया। छोटे-छोटे बच्चे डरकर माँ की छाती से चिपट गए। गाँव के अर्धनग्न नर-नारियों तथा शिशुओं के कंकालों की कतार...एकटक से देख रही थी। कोई-कोई मर्द भी फूट-फूटकर रो रहा था, मानो सबों के कलेजे पर ही कुल्हाड़े चलाए जा रहे हैं।

...धड़-धड़-धड़-धड़ाम...आर्तनाद कर पेड़ गिरा, फिर गाँव में भारी कोलाहल...!!

निरधन साहु कल से बेहोश था। बोलने और सुनने की शक्ति शायद जाती रही थी। अन्तिम घड़ियाँ गिन रहा था। पेड़ गिरने के धमाके से वह भी चिहुँका, अस्फुट स्वरों में बोला–''असमान से...का गिरल रे लछमनि...! अरे बाप!!''

लछमनिया खिड़की से देख रही थी, और खड़ी-खड़ी सिसक रही थी।

अगस्त, 1944

पहलवान की ढोलक

जाड़े का दिन। अमावस्या की रात–ठंडी और काली। मलेरिया और हैजे से पीड़ित गाँव भयार्त्त शिशु की तरह थर-थर काँप रहा था। पुरानी और उजड़ी बाँस-फूस की झोंपड़ियों में अन्धकार और सन्नाटे का सम्मिलित साम्राज्य! अँधेरा और निस्तब्धता।

अँधेरी रात चुपचाप आँसू बहा रही थी! निस्तब्धता करुण-सिसकियों और आहों को बलपूर्वक अपने हृदय में ही दबाने की चेष्टा कर रही थी। आकाश से टूटकर यदि कोई भावुक तारा पृथ्वी पर जाना भी चाहता तो उसकी ज्योति और शक्ति रास्ते में ही शेष हो जाती थी, अन्य तारे उसकी भावुकता अथवा असफलता पर खिलखिलाकर हँस पड़ते थे। सियारों का क्रन्दन और पेचक की डरावनी आवाज कभी-कभी निस्तब्धता को अवश्य भंग कर देती थी। गाँव की झोंपड़ी से कराहने और कै करने की आवाज, 'हरे राम! हे भगवान!' की टेर अवश्य सुनाई पड़ती थी। बच्चे भी कभी-कभी निर्बल कंठों से माँ-माँ पुकारकर रो पड़ते थे, पर इससे रात्रि की निस्तब्धता में विशेष बाधा नहीं पड़ती थी। कुत्तों में परिस्थितियों को ताड़ने की एक विशेष बुद्धि होती है। वे दिन-भर राख के घूरों पर गठरी की तरह सिकुड़कर मन मारकर पड़े रहते थे। सन्ध्या या गम्भीर रात्रि को सब मिलकर रोते थे। रात्रि अपनी भीषणताओं के साथ चलती रहती और उसकी सारी भीषणता को, ताल ठोककर, ललकारती रहती थी–सिर्फ पहलवान की ढोलक। सन्ध्या से लेकर प्रातः तक एक ही गति से बजती रहती–'चट्-धा, गिड़-धा, चट्-धा, गिड़-धा' अर्थात्–'आजा भिड़जा!!' बीच-बीच में 'चटाक्-चट्-धा चटाक्-चट्-धा' यानी–उठाकर पटक दे!!...यही आवाज संजीवनी शक्ति भरती रहती थी।

लुट्टन सिंह पहलवान!

यों तो वह कहा करता था–''लुट्टन सिंह पहलवान को 'होल-इंडिया' भर के लोग जानते हैं,'' किन्तु उसके 'होल-इंडिया' की सीमा शायद एक जिले की सीमा के बराबर ही हो। जिले-भर के लोग उसके नाम से अवश्य परिचित थे।

लुट्टन के माता-पिता उसे नौ वर्ष की उम्र में ही अनाथ बनाकर चल बसे थे। सौभाग्यवश शादी हो चुकी थी, वरना वह भी माँ-पिता का अनुसरण करता। विधवा

सास ने पाल-पोसकर बड़ा किया। बचपन में वह गाय चराता, धारोष्ण दूध पीता और कसरत किया करता था। गाँव के लोग उसकी सास को तरह-तरह की तकलीफ दिया करते थे। लुट्टन के सिर पर कसरत की धुन लोगों से बदला लेने के लिए ही सवार हुई थी। नियमित कसरत ने किशोरावस्था में ही उसके सीने और बाँहों को सुडौल तथा मांसल बना दिया था। जवानी में कदम रखते ही वह गाँव में सबसे अच्छा पहलवान समझा जाने लगा। लोग उससे डरने लगे और वह दोनों हाथों को दोनों ओर 45 डिग्री की दूरी पर फैलाकर पहलवानों की भाँति चलने लगा। वह कुश्ती भी लड़ता था।

एक बार वह 'दंगल' देखने श्यामनगर मेला गया। पहलवानों की कुश्ती और दाँव-पेंच देखकर उससे रहा नहीं गया। जवानी की मस्ती और ढोल की ललकारती हुई हुई आवाज ने उसकी नसों में बिजली उत्पन्न कर दी। उसने बिना कुछ सोचे-समझे दंगल में 'शेर के बच्चे' को चुनौती दे दी। 'शेर के बच्चे' का असल नाम था–चाँद सिंह। वह अपने गुरु पहलवान बादल सिंह के साथ, पंजाब से पहले-पहल श्यामनगर मेले में आया था। सुन्दर-जवान, अंग-प्रत्यंग से सुन्दरता टपक पड़ती थी। तीन दिनों में पंजाबी और पठान पहलवानों के गिरोह की अपनी जोड़ी और उम्र के सभी पट्ठों को पछाड़कर उसने 'शेर के बच्चे' की टायटिल प्राप्त कर ली थी। इसलिए वह दंगल के मैदान में लँगोट लगाकर एक अजीब किलकारी भरकर छोटी दुलकी लगाया करता था। देशी नौजवान पहलवान उससे लड़ने की कल्पना से भी घबड़ाते थे। अपनी टायटिल को सत्य प्रमाणित करने के लिए ही चाँद सिंह बीच-बीच में दहाड़ता फिरता था।

दंगल और शिकार-प्रिय श्यामनगर के वृद्ध राजा साहब उसे दरबार में रखने की बात कर ही रहे थे कि लुट्टन ने 'शेर के बच्चे' को चुनौती दे दी। सम्मान-प्राप्त चाँद सिंह पहले तो किंचित उसकी स्पर्धा पर मुस्कुराया, फिर बाज की तरह उस पर टूट पड़ा। शान्त दर्शकों की भीड़ में खलबली मच गई–पागल है, पागल है, मरा-ऐ! मरा-मरा!!...पर वाह रे बहादुर! लुट्टन बड़ी सफाई से आक्रमण को सम्हालकर, निकलकर खड़ा हुआ और पैंतरा दिखाने लगा। राजा साहब ने कुश्ती बन्द करवाकर लुट्टन को अपने पास बुलवाया और समझाया। अन्त में, उसकी हिम्मत की प्रशंसा करते हुए, दस रुपए का नोट देकर कहने लगे, "जाओ, मेला देखकर घर जाओ...!"

"नहीं सरकार, हम लड़ेंगे...हुकुम हो सरकार...!"

"तुम पागल हो? जाओ..."

मैनेजर साहब से लेकर सिपाहियों तक ने धमकाया–"देह में गोश्त नहीं, लड़ने चला है शेर के बच्चे से! सरकार इतना समझा रहे हैं...!!"

"दुहाई सरकार, पत्थर पर सिर पटककर मर जाऊँगा...मिले हुकुम..." वह हाथ जोड़कर गिड़गिड़ा रहा था।

भीड़ अधीर हो रही थी। बाजे बन्द हो गए थे। पंजाबी पहलवानों की जमात क्रोध से पागल हो लुट्टन पर गालियों की बौछार कर रही थी। दर्शकों की मंडली उत्तेजित हो रही थी। कोई-कोई लुट्टन के पक्ष में चिल्ला उठता था—"उसे लड़ने दिया जाए!"

अकेला चाँद सिंह मैदान में खड़ा व्यर्थ मुस्कुराने की चेष्टा कर रहा था। पहली पकड़ में ही अपने प्रतिद्वन्द्वी की शक्ति का अन्दाजा उसे मिल गया था।

विवश होकर राजा साहब ने आज्ञा दे दी—"लड़ने दो!"

बाजे बजने लगे। दर्शकों में फिर उत्तेजना फैली। कोलाहल बढ़ गया। मेले के दुकानदार दुकान बन्द करके दौड़े, "चाँद की जोड़ी? चाँद की कुश्ती हो रही है!!"

चट्-धा, गिड़-धा, चट्-धा, गिड़-धा...

दोनों युवक पहलवान पैंतरा भरने लगे। भारी आवाज में एक ढोल, जो अब तक चुप था, बोलने लगा—ढाक्-ढिन्ना, ढाक्-ढिन्ना, ढाक्-ढिन्न...अर्थात् वाह पट्ठे! वाह पट्ठे!!

लुट्टन को चाँद ने कसकर दबा लिया था।

"अरे, गया-गया"—दर्शकों ने तालियाँ बजाईं—"हलुआ हो जाएगा, हलुआ—हँसी खेल नहीं, शेर का बच्चा है...बच्चू!"

"चट्-गिड़-धा, चट्-गिड़-धा, चट्-गिड़-धा"—अर्थात् मत डरना! मत डरना!!

लुट्टन की गर्दन पर केहुनी डालकर चाँद 'चित' करने की कोशिश कर रहा था।

"वहीं दफना दे बहादुर!" बादल सिंह अपने शिष्य को उत्साहित कर रहा था।

लुट्टन की आँखें बाहर निकल रही थीं। उसकी छाती फटने-फटने को हो रही थी। राजमत, बहुमत चाँद के पक्ष में था। सभी चाँद को शाबाशी दे रहे थे। लुट्टन के पक्ष में सिर्फ ढोल की आवाज थी, जिसके ताल पर वह अपनी शक्ति और दाँव-पेंच की परीक्षा ले रहा था—अपनी हिम्मत को बढ़ा रहा था। अचानक ढोल की एक पतली आवाज सुनाई पड़ी—

"धाक-धिना, तिरकट-तिना, धाक-धिना, तिरकट-तिना...!!"

लुट्टन को स्पष्ट सुनाई पड़ा। ढोल कह रहा था—"दाँव काटो, बाहर हो जा, दाँव काटो, बाहर हो जा!"

लोगों के आश्चर्य की सीमा न रही। लुट्टन दाँव काटकर बाहर निकला और तुरन्त लपककर चाँद की गरदन पकड़ ली।

"वाह रे मिट्टी के शेर!"

"अच्छा! बाहर निकल आया? इसीलिए तो...।"

जनमत बदल रहा था।

मोटी और भौंड़ी आवाजवाला ढोल बज उठा–"चटाक्-चट्-धा, चटाक्-चट्-धा..." अर्थात्–उठा पटक दे! उठा पटक दे!!

लुट्टन ने चालाकी से दाँव और जोर लगाकर चाँद को जमीन पर दे मारा।

धिक-धिना, धिक-धिना...। अर्थात्–"चित-करो–चित करो!!"

लुट्टन ने अन्तिम जोर लगाया, चाँद सिंह चारों खाने चित हो रहा।

"धा-गिड़, धा-गिड़-गिड़..." अर्थात् "वाह बहादुर! वाह बहादुर!!"

जनता यह स्थिर नहीं कर सकी कि किसकी जयध्वनि की जाय, फलतः अपनी-अपनी इच्छानुसार किसी ने 'माँ दुर्गा' की, किसी ने 'महावीरजी' की, कुछ ने 'राजा श्यामानन्द' की–जयध्वनि की, अन्त में सम्मिलित–'जय' से आकाश गूँज उठा।

विजयी लुट्टन कूदता-फाँदता, ताल-ठोकता सबसे पहले बाजेवाले की ओर दौड़ा, ढोलों को श्रद्धापूर्वक प्रणाम किया फिर दौड़कर उसने राजा साहब को गोद में उठा लिया। राजा साहब के कीमती कपड़े मिट्टी में सन गए। मैनेजर साहब ने आपत्ति की "हैं-हैं-अरे-अरे!" किन्तु राजा साहब ने स्वयं उसे छाती से लगाकर गद्गद होकर कहा–"जीते रहो बहादुर! तुमने मिट्टी की लाज रख ली।"

पंजाबी पहलवानों की जमात चाँद सिंह की आँखें पोंछ रही थी। लुट्टन को राजा साहब ने पुरस्कृत ही नहीं किया, अपने दरबार में सदा के लिए रख लिया। तब से लुट्टन राज-पहलवान हो गया और राजा साहब उसे लुट्टन सिंह कहकर पुकारने लगे।

राज-पंडितों में मुँह बिचकाया–"हुजूर! जाति का दुसाध...सिंह...!"

मैनेजर साहब क्षत्रिय थे। 'क्लीन-शेव्ड' चेहरे को संकुचित करते हुए अपनी पूरी शक्ति लगाकर नाक के बाल उखाड़ रहे थे। चुटकी से अत्याचारी बाल को रगड़ते हुए बोले–"हाँ सरकार, यह अन्याय है!"

राजा साहब ने मुस्कुराते हुए सिर्फ इतना ही कहा–"उसने क्षत्रिय का काम किया है।"

उसी दिन से लुट्टन सिंह पहलवान की कीर्ति दूर-दूर तक फैल गई। पौष्टिक भोजन और व्यायाम तथा राजा साहब की स्नेह-दृष्टि ने उसकी प्रसिद्धि में चार चाँद लगा दिए। कुछ वर्षों में ही उसने एक-एक कर सभी नामी पहलवानों को मिट्टी सुँघाकर आसमान दिखा दिया। काला खाँ के सम्बन्ध में यह बात मशहूर थी कि वह ज्यों ही लँगोट लगाकर–'आ-ली' कहकर अपने प्रतिद्वन्द्वी पर टूटता है, प्रतिद्वन्द्वी पहलवान को लकवा मार जाता है। लुट्टन ने उसको भी पटककर लोगों का भ्रम दूर कर दिया। उसके बाद वह राज-दरबार का दर्शनीय 'जीव' ही रहा।

चिड़ियाखाने में, पिंजड़े और जंजीरों को झकझोरकर बाघ दहाड़ता–"हाँ ऊँ, हाँ

की आवाज में न तो बुखार हटाने का कोई गुण था और न महामारी की सर्वनाश गति को रोकने की शक्ति ही, पर इसमें सन्देह नहीं कि मरते हुए प्राणियों को आँख मूँदते समय कोई तकलीफ नहीं होती थी, मृत्यु से वे डरते नहीं थे।

जिस दिन पहलवान के दोनों बेटे क्रूर काल के चपेटाघात में पड़े, असह्य वेदना से छटपटाते हुए दोनों ने कहा था–"बाबा! 'उठा पटक दो' वाला तान बजाओ!" ...चटाक्-चट्-धा, चटाक्-चट्-धा–सारी रात ढोलक पीटता रहा पहलवान। बीच-बीच में पहलवानों की भाषा में उत्साहित भी करता था–'मारो बहादुर!' प्रातःकाल उसने देखा उसके दोनों बेटे जमीन पर निस्पन्द पड़े हैं। दोनों पेट के बल पड़े हुए थे। एक ने दाँत से मिट्टी खोद ली थी। एक लम्बी साँस लेकर पहलवान ने मुस्कुराने की चेष्टा की थी–'दोनों बहादुर गिर पड़े!'

उस दिन पहलवान ने राजा श्यामानन्द की दी हुई रेशमी जाँघिया पहन ली, सारे शरीर में मिट्टी मलकर थोड़ी कसरत की, फिर दोनों पुत्रों को दोनों कन्धों पर लादकर नदी में बहा आया। लोगों ने सुना तो दंग रह गए। कितनों की हिम्मत टूट गई। किन्तु उस रात में फिर पहलवान की ढोलक की आवाज, प्रतिदिन की भाँति ही सुनाई पड़ी। लोगों की हिम्मत दुगुनी बढ़ गई। सन्तप्त पिता-माताओं ने कहा–"दोनों पहलवान बेटे मर गए पर पहलवान की हिम्मत तो देखो, क्या कलेजा है!"

चार-पाँच दिनों के बाद। एक रात को ढोलक की आवाज नहीं सुनाई पड़ी। ढोलक नहीं बोली। पहलवान के कुछ दिलेर किन्तु रूठे शिष्यों ने प्रातःकाल जाकर देखा–पहलवान की लाश चित पड़ी है। रात में सियारों ने बाईं जाँघ के मांस को खा डाला है, पेट पर भी...

आँसू पोंछते हुए एक ने कहा–"गुरुजी कहा करते थे कि जब मैं मर जाऊँ तो चिता पर मुझे पेट के बल सुलाना। मैं जिन्दगी में कभी 'चित' नहीं हुआ। और चिता सुलगाने के समय ढोलक बजा देना..." वह आगे नहीं बोल सका।

पास में ही ढोलक लुढ़की पड़ी थी। सियारों ने ढोलक को 'भोज्य-पदार्थ' समझकर उसके चमड़े को फाड़ डाला था।

दिसम्बर, 1944

कलाकार

काशी के बंगाली टोले की एक गन्दी गली में वह कुछ दिनों से रहने लगा था। दुबला-पतला, लम्बा-सा युवक, जिसका गोरा रंग अब उतर रहा था, आँखों के नीचे की हड्डियाँ बाहर निकल रही थीं और चप्पल के फीते टूटे जा रहे थे। गली में कदम रखते ही दुकानदारों की आँखें उस पर बरबस अटक जाती थीं और कविराज अमूल्य भूषण अपनी दुकान में बैठे दोस्तों से, 'गुप्त यौन-व्याधियों को राष्ट्रीय प्रश्न बनाने' पर बहस करने लग जाते थे।

यों तो वह किसी से बोलता बहुत कम था, पर उसकी चाल-ढाल, रहन-सहन और वेश-भूषा को देखकर, उसके पड़ोसी किरायेदारों ने अपनी-अपनी बुद्धि और इच्छानुसार उसका नामकरण कर लिया था। घर की बुढ़िया मालकिन उसे मास्टर समझती थी और 'मास्टरजी' कहकर पुकारती भी थी। बुढ़िया की दृष्टि में वह सीधा-सादा और गरीब किरायेदार था। इसीलिए 'अकेला' रहते हुए भी, उसे बुढ़िया ने एक गन्दी कोठरी किराये पर दे दी थी।

दोतल्ले पर रहनेवाले मद्रासी सज्जन उसे 'मिस्टर' कहकर सम्बोधित करते थे। नीचे 'पाइप' खोलकर पानी बर्बाद करनेवाली औरतें जब मद्रासी सज्जन की बातें नहीं समझ सकती थीं, तब लाचार होकर उन्हें नीचे की कोठरी में रहनेवाले 'मिस्टर' की सहायता लेनी पड़ती थी। मिस्टर धारा-प्रवाह अंग्रेजी समझकर सबको दुरुस्त कर देते थे।

विधवा युवती बंगालिन की 'बंगला-मिश्रित हिन्दी' प्रश्न का उत्तर शुद्ध बंगला में देकर वह उसका 'देशेर-लोक' हो गया था। किन्तु जिस दिन उस दुखिया ने उससे, देश में रहनेवाले भाई-भौजाई के पास पत्र लिख देने के लिए कहा था, पत्र का मजमून सुनकर पत्र-लेखक 'देशेर-लोक' की आँखें डबडबा गई थीं। उस दिन से वह बड़े प्यार से 'दादा' कहने लगी थी।

हस्त-रेखाविद् वृद्ध पंडित पीताम्बर त्रिवेदी ने–हथेली देखने की कौन कहे–सिर्फ उसकी उम्र और सूरत देखकर जान लिया था कि वह 'फटीचर' है। प्रतिदिन, नौ बजे खा-पीकर, चित्र-विचित्र हथेलियों की छाप, मेग्नीफाइंग ग्लास और पंजिका इत्यादि लेकर, दशाश्वमेध रोड के फुटपाथ पर बैठने जाने के पहले घंटों खड़ा होकर वे अपनी षोडसी पत्नी को उस 'फटीचर' की निगाह से बचे रहने की चेतावनी का उपदेश दे जाते थे।

इसी तरह घर-भर के लोग उसके सम्बन्ध में विभिन्न राय रखते थे। बाहर के लोगों में–चायवाला बूढ़ा पुलिन, उसे किसी भद्र परिवार का विपद्-ग्रस्त युवक, घाट होटल का मैनेजर 'निराश-प्रेमी' और अब्दुल बीड़ीवाला 'खुफिया' समझता था। यह तो थी, उससे किसी-न-किसी तरह का सम्पर्क रखनेवालों की धारणाएँ।

उसी गन्दी गली की एक उपगली–कुकुर गली में–'सुषुमा-निकुंज' के झरोखे पर बैठकर भीड़ की ओर दयनीय मुद्रा बनाकर देखनेवाली बीमार, पीली युवती उसे कवि समझे बैठी थी, और स्कूल की लारी पर से उतरकर, नीची निगाह किए, छाती से पुस्तकें चिपकाकर मन्थर गति से घर लौटनेवाली रूप-गर्विता–सिर्फ एक दिन धक्का खाकर 'गुंडा नम्बर एक' की उपाधि दे चुकी थी और अपनी सहेलियों को उससे सावधान करा चुकी थी।

'वह क्या था, क्यों था, कौन था और किसलिए मशहूर था' इत्यादि यदि पूर्णरूप से जानता था तो स्वयं वही अथवा मदनपुरे की 'सिल्क-कोठी' का बुड्ढा मालिक मुहम्मद हैदर, जो उससे नित्य नई साड़ियों के–बोर्डरों के नमूने लेकर रंगों और फूलों की आधुनिकता, उपयोगिता, दुनिया की बदलती हुई 'रुचि-अरुचि' का पूर्ण ज्ञान लाभ कर भी, महीने में उसे सिर्फ चालीस रुपए देने के समय पचास बार दाढ़ी खुजलाता था। मुहम्मद हैदर साहब की नजर में वह एक 'शरीफ गधा' था। गधे को दिन-भर बोझ ढोने के बाद कुछ खाने को मिल जाता है और उसको भी महीना-भर खटने के बाद कुछ खाने और रहने-भर को मिल जाता है। हैदर साहब उसकी बदौलत तिजोरियाँ भर रहे हैं–यह जानते हुए भी उसने चालीस के बदले पचास की माँग नहीं की थी। माँग की कौन कहे, प्रार्थना भी नहीं की थी कभी।

एक दिन जब वह हठात् अपने डिजाइनों की खपत के आँकड़ों को जानने के लिए व्याकुल हो उठा था, तो हैदर साहब का माथा ठनका था। 'गधे को किसी ने बहकाया'–यह सोचकर वे टालमटोल करने लगे थे, किन्तु जब उसने साफ शब्दों में अपनी उत्कंठा का कारण महज यह बतलाया था कि उसका 'स्पेकुलेशन', उसकी 'स्टडी' कितने अंशों में सफल रही; वह इसी के बल पर वर्तमान संसार का भविष्य जान सकेगा, आदि...तो उन्होंने कुछ छिपाकर भी सच कह दिया था। "मैंने कहा था न, देखा आपने? हाँ, देख लिया!" कहकर वह जब उछलने लगा था तो हैदर साहब बड़ी मुश्किल से अपनी हँसी रोक सके थे।

एक बार हैदर साहब के दामाद, जो इस्लामिया-युनिवर्सिटी में इतिहास के रिसर्च स्काउलर थे, तशरीफ लाए थे। उन्होंने तो लुटिया ही डुबानी चाही थी। घंटों न जाने क्या 'डिमडाम-गिटपिट-सिटपिट' भाषा में बहस करने के बाद दामाद साहब ने शुद्ध उर्दू में फरमाया था–"अमाँ आप तो खुदकुशी कर रहे हैं खुदकुशी। युनिवर्सिटियाँ तो

आपकी कदमबोसी करके आँखों में बिठाएँगी, मगर उन्हें आप-जैसों का पता भी तो हो।'' उस रात को हैदर साहब ख्वाब में भी दामाद को कोसते रहे थे। लेकिन अपने गधे को रोज की तरह ग्यारह बजे हाजिर पाकर उन्होंने मन-ही-मन खुश होकर उसे 'शरीफ गधे' की टायटिल दे दी थी।

2

काम से या बिना काम वह रोज प्रायः ग्यारह बजे अपनी कोठरी से निकलकर गली की भीड़ में छिप जाता था और चार बजे शाम को लौट आता था। अपनी कोठरी में थोड़ी देर बैठकर फिर निकल पड़ता था। पुलिन के यहाँ चाय पी वह घाटों की ओर चल देता था।

दशाश्वमेध घाट पर उसने कई स्थानों को चुन लिया था, उनमें किसी एक को खाली देखकर वह बैठ जाता और उसकी आँखें, घाट पर बैठी कीर्तन सुननेवालियों में से किसी को खोजने लगतीं। पा जाने पर आँखें जरा चमक उठतीं, नहीं पाने पर किसी दूसरी सूरत की खोज होती।...''ओ! वहाँ रही...!'' छीः-छीः, यह क्या गति बना डाली है उसने अपनी!...कापी...कापी...सिर्फ कापी! इस गहरे रंग की लाल साड़ी पहनने के पहले, वह कान में 'पाशा' झुलाने के पहले उसने जरा यह भी सोचा होता कि कहाँ तक इससे शोभा बढ़ेगी!...'हत्या...हत्या...!'—वह मन-ही-मन बड़बड़ा उठता—'सचमुच हत्या है यह!...एकदम सहुआइन मौसी बनी बैठी है आज।'—वह मन-ही-मन ठठाकर हँस भी पड़ता, उधर कीर्तन सुननेवालियों की मंडली भी राधा-कृष्ण और गोपियों की रस-भरी ठिठोलियाँ सुनकर खिलखिला पड़तीं।

कीर्तन समाप्त होने के बाद, गंगा के उस पार रामनगर किले का चिराग जल उठता, बालू की सफेदी और खेतों की हरियाली अन्धकार में घुल-मिलकर एक हो जातीं। राजघाट-पुल पर आने-जानेवाली गाड़ियों की रोशनी पंक्ति बाँधकर भागती जाती—और वह देखता ही रहता।

इस पार मणिकर्णिका घाट में चिताएँ कभी जोर से धधक उठतीं, कभी धुओं का गुब्बारा निकलता। अहिल्या घाट पर शहनाई से 'श्याम-कल्याण' की करुण रागिनी फूटकर निकल पड़ती और वह चुटकियों पर ताल देते-देते सुध-बुध खो बैठता था।

गीत समाप्त होते ही—मानो किसी आवश्यक काम की बात याद हो आई हो—वह एकाएक उठकर चल देता और उसकी चाल विश्वनाथ गली में जाकर ही धीमी पड़ती। पाजामे के दोनों पाकेट में हाथ डालकर, चप्पल घसीटता हुआ, बगल की दुकानों पर सरसरी निगाह फेंकता वह धीरे-धीरे चलता रहता। साड़ियों की दुकानों में शो-केसों को देखता हुआ बढ़ चलता। बच्चों के खिलौने, सिन्दूर, आलता, रेशम के डोरों की छोटी-बड़ी दुकानों के पास, अथवा किसी 'ब्लाउज-स्टोर' के पास खड़ा होकर

नई ब्लाउज की पट्टी को ध्यान से देखने लगता।...क्या चाहिए बाबू? क्या दूँ बाबू? आदि प्रश्नों का निराशापूर्ण उत्तर देकर वह चुपचाप चल देता। सबसे अन्त में चूड़ियों की दुकानों पर एक हल्की दृष्टि डालकर, कभी-कभी ठिठककर खड़ा भी हो जाता था।...''हुँह...ये कॉलेज की लड़कियाँ हैं! पतली-पतली मिर्जापुरी चूड़ियों का खब्त सवार है। पहनो भाई! कौन समझाए तुम्हें! किसी सिनेमा अभिनेत्री ने इन चूड़ियों को पहन लिया, उनके हाथों में अच्छी लगीं, बस इन लोगों के सिर पर पागलपन सवार हुआ। जरा भी सोचने-समझने की... ।'' सीढ़ी से टक्कर लेते-लेते वह बच जाता। फिर लायब्रेरी में घुसकर किसी मासिक पत्रिका में छपे भूत, भविष्य अथवा वर्तमानकालीन कला से सम्बन्धित किसी लेख को पढ़ता, लेखक की अनभिज्ञता पर तरस खाकर उठ जाता। फिर उसी गली में, जरा तेज चाल में निकल जाता। घाट-होटल में कच्ची-पक्की रोटियों और बासी तरकारियों से पेट भरकर अपने घोंसले में लौट जाता। बिछौने पर अपने को लुढ़का देता। बिछौने पर पड़े-पड़े दिन-भर का लेखा-जोखा आरम्भ हो जाता। बीड़ियों पर बीड़ियाँ सुलगने और बुझने लगतीं...''लेकिन उस ब्लाउज की कद्र कौन करेगा? किसी मोटी औरत को जँच गई तो सब गुड़-गोबर!...और चूड़ियों के सेट इस बार कुछ आए हैं—नहीं, इस बार मैं जरूर खरीदूँगा। दो सेट चूड़ियों का, तीन ब्लाउज और पतली-प्लेन फीकी कोरवाली साड़ी। जरूर से जरूर!''...आखिर किसके लिए? प्रश्न उठते ही वह तकिये के नीचे माचिस टटोलने लगता, बीड़ी का धुआँ फेंककर वह एक बार हँस देता। निंदिया रानी चुपके से आकर न जाने कब उसकी आँखों में घुल-मिल जाती।

यही उसका दैनिक-कार्यक्रम था। आँधी, तूफान अथवा वर्षा की झड़ी ही उसके दैनिक जीवन-क्रम में बाधा डाल सकती थीं।

3

एक दिन जब वह चूड़ियों की अन्तिम दुकान पर निगाह फेंककर सीढ़ी पर चढ़ ही रहा था कि दुकान पर किसी परिचित युवक को देखकर रुक गया था। दूर से अच्छी तरह देखकर उसने पहचान लिया, पास जाकर बोला—''माधव?''

''अरे! शरदेन्दु?'' कहकर उसने छाती से लगा लिया। चूड़ीवाला हाथ में एक सेट लेकर कुछ कहते-कहते रुक गया।

शरद ने माधव की कमीज के एक ओर के कॉलर को कोट के अन्दर घुसाते हुए कहा—''अच्छे तो हो?''

''सब ठीक है, खरीदो, क्या खरीद रहे थे!''

माधव ने पास में ही खड़ी स्वस्थ, सुन्दरी युवती की ओर जो अब तक थर्ड परसन की तरह खड़ी मुस्कुरा रही थी—मुड़कर कहा—''मधु? आओ परिचय करा दूँ।

नाम तो मेरे मुँह से न जाने कितनी बार सुन चुकी हो। आज साक्षात् देवता का दर्शन कर लो!...यही हैं मेरे परम मित्र शरदेन्दु बनर्जी, हिन्दू विश्वविद्यालय के अमूल्य रत्न, जिनके चित्र पर चीन के कला-मर्मज्ञों ने प्रसन्न होकर पुरस्कार भेजा था और हजरत ने उस पुरस्कार की रकम को दान कर दिया था—कला-केन्द्र के लिए। देख लिया न...।"

फिर शरद की ओर देखकर जरा मुस्कुराते हुए बोला—"और शरद! यह हैं श्रीमती मधुलिका माधव!"

"नमस्ते!" मधुलिका ने आदरपूर्वक हाथ जोड़कर कहा।

शरद ने आश्चर्य प्रकट करते हुए माधव से पूछा—"तुमने शादी कर ली?"

"तो कौन पाप कर बैठा?" माधव ने हँसकर कहा।

शरद मधुलिका की ओर देखकर बच्चों की तरह बोल उठा—"नहीं नहीं, मैंने कहा..."

"बाबू, कौन-सा सेट...?" चूड़ीवाले ने अधीर होकर टोका।

किसी के कुछ कहने के पहले ही, शरद ने आगे बढ़कर उन सेटों को नापसन्द करते हुए कहा—"आज से करीब पन्द्रह दिन पहले जो सेट आए थे, वे सब बिक गए क्या? वह नीली-नीली-मोटी...मोटी..."

चूड़ीवाले ने याद करते हुए कहा—"ओ! जी हाँ, हैं तो...मगर वह क्या..."—मधुलिका की ओर इशारा कर बोला—"हुजूर पसन्द करेंगी? युनिवर्सिटी की लड़कियों ने नापसन्द..."

"पसन्द करेंगी या नहीं, यह तुमने पहले ही कैसे जान लिया। यदि नहीं भी पसन्द करेंगी तो भी वह सेट खरीदा जाएगा!"—शरद ने जरा मुँह विकृत करते हुए कहा—"युनिवर्सिटी की लड़कियाँ..."

चूड़ीवाला जिज्ञासु दृष्टि से मधु और माधव की ओर देखने लगा। शरद ने जोर से कहा—निकालो!

मधु और माधव ने भी निकालने का इशारा किया। चूड़ीवाले ने निकालकर दिखलाते हुए कहा—"यह देखिए! मैंने पहले ही कह दिया था कि हुजूर को...?"

"चुप रहो!"—सेट से एक चूड़ी निकालकर शरद ने मधुलिका को समझाना शुरू किया—"देखिए! मोटी है, भोंडी है और शायद सस्ती भी। मगर है आपकी ही चीज। एक बार पहन तो लें, चूड़ियाँ आप ही कहेंगी कि वे क्या हैं?" उसने चूड़ीवाले से कहा—"पहनाओ!"

मधु और माधव ने एक-दूसरे को देखा और मुस्कुरा दिए। चूड़ियाँ पहनाई गईं तो मधु आश्चर्य की पुतली हो गई। उसके मुँह से निकल पड़ा—"सच!"

माधव मुस्कुराने लगा। चूड़ीवाले की आँखें विस्मय से बाहर निकल आईं।

शरद की पसन्द के दो-तीन सेट और निकाले गए। सबों पर शरद ने एक छोटा-मोटा भाषण दिया। वह इस तरह बक रहा था कि अन्य खरीदारों ने उसे चूड़ीवाले का दलाल ही समझ लिया।

सभी सेट खरीदे गए। एक सेट को सँभालते हुए शरद ने कहा—"चलो! और चीजें खरीदनी हैं!" वह आगे-आगे चल पड़ा।

माधव ने पूछा—"सुनो शरद! तुम यहीं हो। मैंने सोचा था कि तुम..."

"क्या?"—शरद रुका।

"यही कि तुम किसी युनिवर्सिटी में कला का गला घोंट रहे हो।"

शरद 'ही-ही' कर हँस पड़ा। उसकी हँसी को 'विचित्र हँसी' कहा जा सकता है।

माधव ने फिर पूछा—"अच्छा! माँ और लता दीदी और तुम्हारे छोटे भाई का नाम भूल रहा हूँ, सब कुशल तो हैं?"

"सब शेष...सब शेष..." शरद ने चलते-चलते ही कहा—"इसी दुर्भिक्ष में..."

"अरे!" माधव ने चीख मारकर कहा—"और तुम क्या करते रहे?"

"कलकत्ते में दुर्भिक्ष पीड़ित सहायता कमेटी के लिए कारुणिक पोस्टर रँगता रहा। पेट भरने को मिल जाता था।"—शरद ने लापरवाही से उत्तर दिया।

"यहाँ कब आए?...क्या करते हो?"

"बहुत अच्छा लगता है बनारस! यहीं हूँ।"

"क्या करते हो...?"

"अजी! वह लाल पट्टीवाला ब्लाउज निकालना तो!"—दुकानवाले से शरद कह रहा था।

वह अपनी पसन्द की चीजें खरीदता जा रहा था, माधव दाम चुकाता जाता था। उसकी इच्छानुसार सभी चीजें खरीदी गईं। शरद के पाँव—खुशी के मारे—धरती पर नहीं पड़ रहे थे। माधव ने उसमें ऐसी स्फूर्ति पहले कभी नहीं देखी थी।

गली से बाहर होकर तीनों शरबत की दुकान पर बैठे। माधव ने फिर पूछा—"यहाँ क्या करते हो?"

"मेरे शरबत में बूटी डालना महाराज! बूटी!"—शरद ने प्रश्न को फिर टाल दिया। माधव ने समझ लिया, उसे इस प्रसंग में कष्ट हो रहा है। वह चुप ही रहा। शरद ने भंग समाप्त करते हुए कहा—"अच्छा ठहरे हो कहाँ?"

"ब्रह्माघाट पर, मौसी के यहाँ।"

"तब तो नाव से जाओगे! चलो, मैं भी घाट तक चलूँ।"

तीनों जने घाट की ओर चल पड़े। घाट पर माधव ने साहस करके फिर पूछा—"शरद! बताओ भाई! यहाँ क्यों हो? कहने की हिम्मत तो नहीं हो रही है, फिर भी कहता हूँ, तुम चलो मेरे यहाँ...कश्मीर! वहाँ रहकर तुम..."

शरद ने लम्बी साँस ली। मधुलिका ने भी आँखों से माधव की बातों का समर्थन किया। शरद ने मधुलिका के प्यारे मुखड़े की ओर देखा, फिर उसकी चूड़ियों पर आँख गड़ाकर चुप रहा।

"बोलो शरद!" माधव का गला भर आया था और मधुलिका की आँखों में आँसू।

"तुम यह सब क्या कह रहे हो? जाओ, नाव पर बैठो!"–शरद ने उसे एक प्रकार से धकेलते हुए नाव में बैठा दिया।

मधुलिका भी बैठी।

"शरद! सुनो..."

"ब्रह्माघाट बाबू?"–पूछता हुआ मल्लाह ने डाँड़ चला दी–कर्र-र्र-र्र-छपा-छप्, कर्र-र्र-र्र-छपा-छप्!

"पत्र लिखना शरद!"

नाव घाट छोड़ चुकी थी।

पूरब आकाश में पूर्णिमा का चाँद निकलकर हँस रहा था। नाव चली जा रही थी। उस पार बालू और खेत की हरियाली पर चाँदनी नाच रही थी। किले का चिराग जल रहा था। राजघाट-पुल पर गाड़ी की रोशनी पंक्ति बाँधकर भागी जाती थी। मणिकर्णिका में चिताएँ धधक रही थीं। अहिल्या घाट पर शहनाई से कोई करुण रागिनी फूटकर निकल रही थी। गंगा की बहती हुई धारा पर चाँद की किरणें, जाती हुई नाव, और नाव पर मन-मारे आमने-सामने चुपचाप बैठीं दो मूर्तियाँ...।

गन्दी कोठरी में बिछौने पर पड़ा-पड़ा वह दिन-भर का लेखा-जोखा कर रहा था। बीड़ियाँ चुक गई थीं। फेंकी हुई बीड़ियों के टुकड़ों को पुनः बटोरकर काम में लाया जा रहा था।

"अब घाट पर कोई आकर्षण नहीं, विश्वनाथ गली तो श्रीहीन हो गई, सब मैंने खरीद लिया। अब किधर!–ओ हो! विक्टोरिया पार्क में छोटे-छोटे बच्चे बहुत सुन्दर खेल खेलते हैं। कल से वहीं...।"

उस दिन मकान के किरायेदारों ने पहले-पहल आश्चर्यित होकर सुना–वह आधी रात को आनन्दविभोर होकर विहाग अलाप रहा था।

जनवरी, 1945

प्राणों में घुले हुए रंग

शैशव की सुनहली स्मृति, नील-गगन में उड़ते हुए रंग-बिरंगे पतंगों और मनमोहक रंगीन खिलौनों के आकर्षण को मैं जान-बूझकर छोड़े देता। उन दिनों मैं स्वयं किन्हीं की रंगीन आशाओं और कल्पनाओं का केन्द्र था!

मेडिकल कॉलेज में दाखिल होकर जिस दिन शरीर-विज्ञान का पहला 'लेक्चर' सुनकर लौटा था, मेरी आँखों के आगे सातों रंग नाचने लगे थे! और जिस दिन एम.बी.बी.एस. की डिग्री मिल गई थी, 'सर्जिकल वार्ड' का हाउस-सर्जन बनकर अपने ड्यूटी-रूम में चार्ज लेने जा रहा था, फुदकती हुई मेरी परिचिता अनिंद्य सुन्दरी नर्स मिस चटर्जी ने आकर पहली बार सम्बोधित किया था—"हलो! डॉक्टर...!!" तो मैं अभ्यास और स्वभाववश उसकी एक मीठी चुटकी ले, ठठाकर हँसने की चेष्टा में भी गम्भीर हो गया था। तब मैं एक लापरवाह स्टुडेंट नहीं रह गया था, डॉक्टर का उत्तरदायित्वपूर्ण स्थान जो मिल गया था! मेरे होंठों पर गम्भीर मुस्कुराहट देखकर वह मेरे दिल की गहराई तक पहुँच गई थी और उसके बाद मैं उसके सदा प्रसन्न मुखमंडल पर कभी भी वह ताजगी, वह रंग नहीं देख पाया। धीरे-धीरे वह सूखती और काली पड़ती गई। मैं सबकुछ याद कर, सबकुछ समझकर भी अपने को भुलाता रहा। हृदय-रोग से पीड़ित होकर वीमेन हास्पिटल के बेड नम्बर 12 पर पड़ी-पड़ी, नर्सों द्वारा 'बस एक बार' देख जाने का संवाद भेजती रही; किन्तु मैंने जाने की उत्सुकता भी कभी प्रकट नहीं की। मैं नहीं गया, किन्तु निराश होकर दम तोड़ने के समय उसके होंठों पर जो घृणा की रेखा खिंच आई होगी, उस घृणा-पूर्ण मुस्कुराहट की कल्पना मैं अवश्य कर लेता हूँ। जब-जब उसकी कल्पना करता हूँ, मेरे चेहरे पर आत्म-ग्लानि की काली तूलिका फिर जाती है।

'हाउस-सर्जन' की अवधि समाप्त करके घर पहुँचते-पहुँचते मेरी पूज्य माता अपनी जीवन-यात्रा शेष कर चुकी थीं। उनके मुँह में दवा को कौन कहे, एक चुल्लू पानी भी नहीं टपका पाया था। पिताजी तो मुझे डेढ़ साल की उम्र में माँ की गोद में छोड़कर चल बसे थे। अगम, अगोचर भगवान को जिस श्रद्धा और भक्ति से पूजते हैं, उसी श्रद्धा और भक्ति से मैं उनकी पूजा किया करता था। किन्तु उनके लिए कभी गला फाड़कर रोया नहीं था। मातृहीन होने के बाद मुझे मालूम हुआ कि माँ के

स्नेहांचल की ओट से सारी दुनिया रंगीन जान पड़ती थी और अब दुनिया का सारा रंग मरुभूमि की सफेदी में परिवर्तित हो गया है!

अपने गाँव को, अपने घर को छोड़ने की कल्पना करते ही मेरा हृदय फटने लगता था। गाँव में ही जिन्दगी कट रही थी और मेरा 'मातृ-औषधालय' भी चल रहा था। मलेरिया और हैजे के समय में मरते हुए प्राणियों में से थोड़े व्यक्तियों को भी मौत के मुँह से बचाकर मैं अपनी शिक्षा को सफल समझता था। गाँव के प्रतिष्ठित जमींदार श्री केदारनाथ ठाकुर मुझसे बहुत प्रसन्न रहते, उनकी गृहिणी मुझे अपने पुत्र घनश्याम से भी बढ़कर प्यार करने लगी थीं। औषधालय का आकर्षण, जमींदार दम्पत्ति का स्नेह और गाँववालों का प्रेम पाकर मेरे हृदय के घाव भर रहे थे। एक दिन, जमींदार दम्पत्ति ने मुझे बड़े लाड़-प्यार से खिला-पिलाकर, एकान्त कोठरी में अपने दिल की ख्वाहिश जाहिर की, तो मेरा सिर चक्कर खाकर रह गया। ज़मींदार साहब कह रहे थे कि मैं उनकी विधवा भाभी के एकमात्र प्यारे पुत्र भोलानाथ को जहर देकर मार डालूँ। उसे मामूली ज्वर हुआ है, यही मौका है। जमींदार साहब के छोटे भाई बद्रीनाथ ठाकुर थे, जिनकी मृत्यु का रहस्य भी उन्होंने कहा। 'माफ कीजिए, छीः-छीः' मैं पागलों की तरह चीखकर उनकी कोठरी से भाग आया था। उस दिन से लगातार कई रातों को—रात-रात-भर जागकर—मैं जमींदार साहब के दुमंजिले मकान की खिड़की के रंगीन काँचों को देखता रहा। उस कोठरी में रोशनी जलती रहती और मुझे लगता—'असहाय भोला की जिन्दगी का चिराग जल रहा है।' जिस दिन विधवा अपने प्यारे बीमार पुत्र को लेकर मायके चली गई, उस रात को मैं आनन्द-विभोर होकर सोया, किन्तु स्वप्न में भी उन रंगीन काँचों से छनकर आते हुए प्रकाश को देखता रहा।

जमींदार साहब मुझे और मेरे मातृ-औषधालय को मिटाने के लिए कमर कस चुके थे। गरीब रोगी भला कैसे औषधालय में आने की हिम्मत करते। रोगियों का आवागमन एकदम बन्द हो गया था। लेकिन रधिया की माँ जमींदार साहब की परवाह न करके, रधिया को सुई दिलवाने के लिए अवश्य पहुँच जाती थी। रधिया की माँ को मैं होश सँभालने के बाद से ही जानता था। इस रंगीन दुनिया में आकर, माँ की गोद के पहले उसी की गोद में मुझे आश्रय मिला था—वह सैकड़ों बार सुना चुकी थी। रधिया की माँ मेरे परिवार की महरी थी, पर मैं उसे चाची कहता था। कॉलेज में मुझे जब-जब घर की याद आती थी, आँखों के आगे दो मूर्तियाँ नाच जाती थीं, एक माँ की और दूसरी चाची (रधिया की माँ) की। वह दुखिया विधवा हो गई थी, उसकी एकमात्र पुत्री रधिया भी जवान होते-होते विधवा हो गई थी, लेकिन मेरे लिए तो वह वही चाची थी। रधिया को 'पिल्हा' हो गया था। चिकित्सा से जब पूर्णरूपेण

स्वस्थ हो गई, तो एक दिन उसकी माँ छाती पीटती हुई दौड़ी आई थी–"देखो लल्ला! ये सब पानी में आग लगा रहे हैं। बिरादरी और गाँववालों की पंचायत बैठी थी, पंचायत ने रधिया पर दोषारोपण किया था कि तुम्हारे और रधिया के अनुचित सम्बन्ध के फलस्वरूप रधिया को गर्भ रह गया था और तुम सुई देकर गर्भपात...।" सुनकर मैं अवाक् हो गया। रधिया मेरा भोजन बनाती थी, बर्तन-भाँडे माँजती थी, घर की चाबी भी उसी के पास रहती थी। मेरे खाने-पीने, सोने-बैठने की फिक्र मुझसे ज्यादा उसको रहती थी। मैं उसका भैया जो था। लेकिन...!...मैंने रधिया की माँ से गिड़गिड़ाकर कहा था–"चाची, तुम भी क्या इस बात को सच समझती हो?" वह रोती हुई बोली थी–"तुम क्या कह रहे हो लल्ला! ऐसा भी भला हो सकता है? मैं सब जानती हूँ। बड़ी बहू (जमींदार साहब की भाभी) को मैंने मायके जाने के लिए कहा था, जमींदार साहब को यह बात मालूम हो गई। इसी से यह सब हुआ है।" वह रोती हुई चली गई थी।

दूसरे दिन प्रातःकाल बिछौने पर पड़े-पड़े ही मैंने सुना–रधिया की माँ रधिया को लेकर न जाने कहाँ भाग गई। पूर्व आकाश में ऊषा की लाली फैल रही थी और मुझे सारी दुनिया पीली दिखाई दे रही थी!

> "मगहिया-डोम, एक खानाबदोश कौम। यह जाति औरत-मर्द-बच्चों के साथ जमात बाँधकर एक गाँव से दूसरे गाँव में डेरा डालती फिरती है। यह बड़ी निडर जाति होती है। मर्द दिन में जंगलों में जाकर गीदड़ों की बोली बोलकर उनका शिकार करते हैं और रात में चोरी; कभी-कभी दल बाँधकर डाका भी डालते हैं। औरतें और बच्चे गाँव में भीख माँगते हैं। जवान औरतें बुरा पेशा भी करती हैं! बूढ़े और बुढ़ियाँ पड़ाव पर बैठकर गधों की रखवाली करती हैं।"

उपर्युक्त रिपोर्ट मैंने एक मित्र–पुलिस इंस्पेक्टर की डायरी में पढ़ी थी।

फागुन का महीना। मगहिया डोमों की एक टुकड़ी ने गाँव से बाहर एक मैदान में डेरा डाला। दूसरे दिन गाँव में गन्दी घाघरीवाली औरतें भीख माँगती हुई दिखाई पड़ीं। 'भीख माँगती हुई' कहना उपयुक्त नहीं होगा, क्योंकि वे जिस तरह भीख माँगती थीं, उसे 'भीख माँगना' नहीं, खुराकी वसूल करना कह सकते हैं। लोग चुपचाप भीख देते थे, उनसे बोलने में या तो लोग डरते थे अथवा अपनी हेठी समझते थे।

"ओय...यू...यू...य मोटकी मलकिनियाँ...याँ...याँ! बुढ़ारि में तोहे सिंगार से छुट्टी नाहिं मिलत...अ्...! हम्में भीख दय दो, चलि जायिं...।"

दूसरी उधर चिल्ला रही थी–"भीख देबा कि यहीं दरबज्जे पर पेशाब कय दीं?"

तीसरी किसी के घृणापूर्ण प्रश्न अथवा व्यंग्यपूर्ण कटाक्ष का उत्तर दे रही थी–"अरी हाँ, हाँ! गीदड़ खाती हैं हम सब। तें...हूँ खाले नन्हकी बहुरनियाँ...तो दिन-भर में...!"

मैं अपनी कोठरी में लेटे-लेटे 'शोलोखोव' की 'क्वायट फ्लोज दी डान' पढ़ रहा था कि दरवाजे के पास आकर किसी ने हाँक लगाई–"अरी ओं...यू...यू...य मलकिनियाँ...याँ...।"

"अरे यहाँ कोई मालकिन-वालकिन नहीं है!" मैंने अन्दर से ही डाँटकर कहा। वह मेरे बरामदे पर–खुली किवाड़ी के सामने–आकर कुछ कहते-कहते रुक गई। मैंने देखा–बड़ी-बड़ी प्यारी आँखोंवाली, कानों में झुमके, गले में पीतल और काँसे के गहने पहने एक स्वस्थ किन्तु गन्दी, सुन्दर युवती, बगल में भीख की झोली लटकाए खड़ी है। मुझे गौर से देखकर नीची निगाह किए वह बोली–"मालकिन नहिं है त तैंहि दे दा!"

"क्या दे दूँ?"

"अरे मालिक के दरबार है, सोना-रूपा पहने लाग, रेशम मलमल ओढ़े लाग, खाये लाग जूठा-कूठा...।" कहते वह मुस्कुराई।

मैं भी अपनी हँसी नहीं रोक सका। मैंने कहा–"यहाँ तो बोतलों में सिर्फ दवाइयाँ हैं। कहो तो दे दूँ?"

उसने एक बार मुझे गौर से देखा। मेरी आँखों में आँखें गड़ाती हुई वह बोली–"तूँ बैद हुआ?"

"हाँ।"

वह बैठते-बैठते स्वर को जरा कर्कश बनाकर बोली–"बज्जर गिरे तोरे दवायन पर, हम्में दवाय नाहिं चाहिय, एक मुट्ठी कुछ दे दो, चलि जायिं!"

मैं एकटक उसकी ओर देख रहा था। उसकी सूरत, उसकी आँखें और उसकी बोली कह रही थी कि वह सभ्य समाज की देन है। वह अपनी मीठी बोली को जबर्दस्ती कर्कश बनाने की चेष्टा करती, किन्तु असफल रहती थी। मुझे अपनी आँखें गड़ाकर देखते हुए बोली–"आँखि फारिके देखत का हुआ हम्में, बड़े-बड़े हाकिम-दरोगन के आँखि के लाली झारि देलि-हाँ!"

मैंने मनीबैग से एक अठन्नी निकालकर फेंक दी। अठन्नी को जमीन पर से उठाकर हँसती हुई बोली–"अरे रम्माँ! यह अठनियाँ बचे ना पायि, देखहि से मारिके जवनवा हमार काढ़ि लेयि, दारु पिये लाग। कुछो एक मुट्ठी खाये लाग दे दा राजा!"

उसने अन्तिम शब्दों में जो दर्द डाला, मुझे बड़ा स्वाभाविक-सा लगा। मैंने उठकर थोड़ा चावल ला दिया। जाते-जाते उसने मेरी ओर देखकर, किंचित मुस्कुराकर कहा–"अब त हम्म रोजो आब।"

वह चली गई तो मैं घंटों बैठकर उस असभ्य और बर्बर जाति की युवती के सम्बन्ध में सोचता रहा।

वह दूसरे दिन भी आई, तीसरे दिन भी आई और रोज आने लगी। एक दिन मैंने हँसकर कहा–"तुम लोग इस तरह लोगों को डराकर, गालियाँ देकर क्यों भीख माँगती हो?"

"तू काहे दवा में पानी मिला के लोगन के ठग्गत हुआ?"

"दवा में पानी मिलाना ही पड़ता है, बिना पानी के दवा नहीं बनती।"

"त बेगर डाँटे-डपटे-गाली दिए कुछ नाहिं मिले–जान रखा।" वह हँस पड़ी थी। मैं स्वीकार करता हूँ, उसकी हँसी ने मुझे मोह लिया था। उसकी मुस्कुराहट में जादू था। एक दिन मैंने पूछ ही लिया–"तुम लोग जादू भी जानती हो?"

वह खिलखिलाकर हँस पड़ी थी–"अरे राजा! तोंहके कैसे मालूम?"

"यों ही पूछता हूँ।"

वह हँसी रोकते हुए बोली थी–"हम्म नाहिं जानि जादू-वादू! वैसे बुढ़ियन सबके पाँछा देखत नाँहि, गाँव के सगरो जवनवा लागत रहत–ऐ बुढ़िया बताय दे, ऐ बुढ़िया बताय दे! चावल-दाल-आटा-तरकारी ढेर-के-ढेर पहुँचायि आवत।"

"सो क्यों?"

"मन उचाटनेवाला जादू सीखे लाग।" वह हँस रही थी।

मैंने आश्चर्य प्रकट करते हुए पूछा–"क्या बुढ़िया सचमुच में वशीकरण मन्त्र जानती है?"

मुझे आश्चर्यित होते देखकर वह ठठाकर हँस पड़ी थी–"तेंहूँ सीख आवा बैद राजा!"

होली के दिन। गाँव-भर में हुरदंग मचा हुआ था। बूढ़े और बच्चों में भी जवानी की लहर आई हुई थी। अश्लील और श्लील गीतों के तराने मस्ती-भरी हवा के झकोरों पर हिलकोरे खाकर मेरी कोठरी में पहुँच जाते थे। मैं भी रह-रहकर होली के बहाने मर्सिया गुनगुना लेता था–"का के संग खेलूँ फाग!"

"अरे तूँ काहे ना खेलत होरी बैद राजा?" वह हठात् आकर खड़ी हो गई थी। एक अलमुनियम की बड़ी कटोरी में मालपुए माँग लाई थी। एक मालपुए को वह दाँतों से काटकर खा रही थी।

मुझे आश्चर्य हुआ। होली के दिन, भले घर की औरतें बाहर पाँव रखने की हिम्मत नहीं करती हैं, और यह निडर होकर गाँव में फिर रही है!

उसने फिर पूछा–"तू काहे ना खेलत होरी?" मेरे मुँह से मर्सिया की 'भाषा-टीका' निकल पड़ी थी–"किसके साथ खेलूँ?"

मालपुए को दाँतों से काटते-काटते वह गम्भीर हो गई थी। मैंने फिर पूछा था–"तुम आज कैसे आई?"

"पुआ माँगे लाग!"

"लोगों ने कुछ कहा नहीं?" अपने नथुने को गर्व से फुलाते हुए वह बोली थी–"केकर मजाल हुए कुछ कहे के। हुँ!"–वह बैठ गई थी।

"किसी ने रंग नहीं डाला?"

उसने खाते-खाते लापरवाही से कहा था–"तूँ डाल दा। डाल के देखा।"

"यदि डाल दूँ तो?"

"डाल दा!"

मैं 'रेड-इंक' दावात लेकर उठा, वह मुस्कुराकर घुटनों में ठुड्डी मिलाकर बोली थी–"पीठ पे डाल!"

मैंने उसकी पीठ पर दावात उडेल दी थी। उसकी गन्दी चोली पर लाल रोशनाई चमक उठी थी, उसकी मुस्कुराहट और भी रंगीन हो गई थी। वह मुस्कुराते हुए चली गई थी। मुझे याद है–मेरी आँखों में भी गुलाबी लाली दौड़ गई थी।

उसी दिन, पिछले पहर, वह दौड़ी आई थी। भर्राए स्वर में बोली थी–"बैद राजा! जरा चलके देख। हम्मर जवनवा के का हो गया! उलटी आर पेट चलत हुए! जड़ी-बूटी देत-देत हारि–कुछ काट नहीं मानत। चल बैद राजा!"

"क्या हुआ?" मैंने अचकचाकर पूछा था।

"हम्मर जवनवा के–उलटी आर पेट चलत हुए।" वह हाँफ रही थी।

'इमर्जेन्सी-बैग' लेकर मैं उसके साथ चल पड़ा। वह आगे-आगे भागी जा रही थी और देवी-देवताओं को रो-रोकर मनौतियाँ मना रही थी।

गाँव से बाहर मैदान में उन लोगों का पड़ाव था। जाकर देखा, एक बलिष्ठ नौजवान धरती पर पड़ा छटपटा रहा है। मैंने परीक्षा की–'प्योर कालरा!'

वह मेरे पास खड़ी थर-थर काँप रही थी। मैंने कहा–"इसे मेरे यहाँ ले चलो। वहीं सुई दूँगा।" सेलाइन देते ही ठीक हो जाएगा–मैंने मन-ही-मन कहा।

"सब त जात हैं!" वह करुण स्वर में बोली थी।

मैंने देखा–पड़ाव में खलबली मची हुई है। सब अपना डेरा तोड़ रहे हैं। गधों पर सामान बोझ रहे हैं।

"तो वे लोग तुम्हें छोड़कर चले जाएँगे?"

"हूँ!"–वह रो पड़ी थी।

"तुम इसे ले चलो, अभी तुरन्त आराम आ जाएगा।"

पास में ही गधा चल रहा था, वह हाँक लाई। एक नौजवान ने आकर दूर से ही कुछ कहा। नौजवान ने एक बार मेरी ओर देखा और चला गया। गधे पर सामान लादकर उसने जोर लगाकर बीमार को उठाया और गधे पर बोझ दिया। एक दुबले-

पतले-काले बुड्ढे ने भी आकर कुछ कहा, पर वह मौन रही। रास्ते में मैंने पूछा—"वह छोकड़ा क्या कह रहा था?"

"का कहि अरु! चल हम्मरे साथ, वहि के कौन भरोसा।"

"और वह बुड्ढा...?"

"बुढ़वा एति के (बीमार नौजवान का) बाप रहल। कहत रहल चल हमरे साथ रानी बनाय के राखब।"

मैं उसे अपने बरामदे पर लिटाकर 'सेलाइन' देने जा ही रहा था कि जमींदार साहब, गाँव के कुछ प्रतिष्ठित व्यक्तियों के साथ आ धमके। उन्होंने घृणा से मुँह विकृत करके दूर से ही कहा—"तुमने तो हद कर दिया। छीः छीः, जरा शर्म भी तो हो! एक भद्र परिवार की सन्तान होकर इस नीच छोकड़ी पर मर रहे हो। तुम्हें अपनी इज्जत की परवाह न हो, लेकिन गाँववालों की इज्जत की भी तो फिक्र की होती! छीः छीः।"

"छीः छीः क्यों?...इसे हैजा हो गया है, मैं डॉक्टर हूँ, दवा..." मेरी बात पूरी भी न होने पाई थी कि सबों ने एक साथ चिल्लाकर कहा—"क्या! हैजा?"

"हे भगवान! यह तो अपने साथ गाँव-भर को ले डूबेगा। देख रहे हो न!" जमींदार साहब ने गाँववालों की ओर मुड़कर कहा। फिर क्या था, मुझ पर गालियों की बौछारें होने लगीं। मैं हतबुद्धि-सा हाथ में सीरिंज लेकर खड़ा रहा। उस दिन युवती ने परिस्थिति ताड़ ली। उसने मेरी ओर एक बार देखा, फिर जोर लगाकर उस अर्द्धमृत युवक को उठाकर गधे पर बोझ दिया। उठाने के समंय युवक ने मुँह बाकर पानी माँगा। असहाय युवती की आँखें बरस पड़ीं। उसने मेरी ओर जाते-जाते एक बार देखा और गधे को हाँकने लगी।

"छीः छीः, बेहया! निर्लज्ज!! गाँव-भर का सत्यानाश करेगा।" कहकर गाँव के प्रतिष्ठित व्यक्तियों ने भी प्रस्थान किया। मैं हाथ में सीरिंज लेकर चुपचाप देखता रहा—गोधूलि की बेला, दूर—बहुत दूर—उसकी जमात रंगीन धूल उड़ाती जा रही थी। गधे पर अपने प्रियतम को लादे, घाँघरी के छोर से आँसू पोंछते हुए वह भी उधर ही जा रही थी। ज्यों-ज्यों वह आगे बढ़ रही थी, उसकी पीठ पर लाल रोशनाई का रंग और भी गहरा दिखलाई पड़ रहा था। धीरे-धीरे वह लाली आग की लपट-सी मेरी धमनियों में समा गई और उसी दिन से मैं आग से खेलने लगा।

कठोर कारावास से मुक्त होकर—सौभाग्यवश—सेनेटोरियम में जगह मिल गई है। दीवार पर 'टेम्परेचर चार्ट' लटक रहा है। चार्ट पर एक लम्बी लाल रेखा खिंची हुई है, उसके ऊपर-नीचे चढ़ने और उतरनेवाली बुखार की गति रोशनाई से अंकित की गई है। मैं चार्ट को देखता रहता हूँ, उसे देखकर तरह-तरह की कल्पनाएँ किया करता

हूँ—काशी की गंगा के किनारे-किनारे छोटे-बड़े मन्दिरों के गुम्बज...और नीचे...गंगा के निर्मल जल में उनकी प्रतिछाया...!!

दूसरे चार्ट पर मेरी हिस्ट्री लिखी हुई है। डेट ऑफ डेथ (मृत्यु की तिथि) के सामने अभी जगह खाली है। उस स्थान को भरते हुए मैं नहीं देख सकूँगा!

बुखार! खाँसी!! रक्त-वमन!! उफ्?

मुँह पर सफेद नकाब डालकर डॉक्टर आते हैं, नर्सें आती हैं। मेरी हालत देखकर उन लोगों के चेहरों पर जो रंग चढ़ता-उतरता है—उसको भी लक्ष्य करता हूँ।

कोयल की कूक, मस्ती-भरी फागुन की हवा और वार्ड कुली के 'रँग दे चुनरी हमारी...!' गीत को सुनकर मैं अन्दाजा लगाता हूँ—'होली आ रही है!'

आँखों के आगे, प्राणों में घुले हुए सभी रंग एक-एक करके दौड़ जाते हैं—काला...नीला...पीला...हरा...लाल...सफेद...!!

मार्च, 1945

न मिटनेवाली भूख

आठ बज रहे थे। दीदी बिछौने पर पड़ी चुपचाप टुकुर-टुकुर देख रही थी–छत की ओर। उसके बाल तकिए पर बिखरे हुए थे, इधर-उधर लटक रहे थे। एक मोटी किताब, नीचे चप्पल के पास, औंधे मुँह गिरकर न जाने कब से पड़ी हुई थी। बुधनी की माँ, दबे पाँव कमरे के पास आती थी और झाँककर चुपचाप लौट जाती थी। आठ बजे तक बिछौने पर रोगिनी की तरह चुपचाप पड़ा रहना, मौन साधे, दयनीय मुद्रा बनाकर, टकटकी लगाकर देखते रहना आदि बातें कुछ ऐसे वातावरण की सृष्टि कर रही थीं कि बुधनी की माँ कुछ पूछने की हिम्मत नहीं कर पाती थी। बेचारी हाथ में झाड़ लेकर बार-बार लौट आती थी। अन्त में छोटी दीदी (मिस फ्लोरा) से जाकर वह बोली, "दीदी के का भैल है, अब ले पड़ल बाड़ी। आखिर..."

"बड़ी मुश्किल है बुधनी की माँ। कल से ही उनका यह हाल है। न खाती हैं, न पीती हैं और कुछ बोलती भी तो नहीं। पूछने पर कहती हैं कि कुछ हुआ ही नहीं। ज्यादे कुछ पूछने की हिम्मत भी तो नहीं होती।" मिस फ्लोरा ने बालों में कंघी चलाते-चलाते ही कहा।

"सुबहे से झाड़ देबे ले ठाढ़ हई। तनी चलिके..." बुधनी की माँ बात पूरी भी नहीं करने पाई थी कि दीदी की प्रिय छात्रा–चंचला किशोरी 'मदालसा' मुँह लटकाए, आकर खड़ी हो गई और जिज्ञासु दृष्टि से मिस फ्लोरा और बुधनी की माँ को देखने लगी। बुधनी की माँ खिलकर बोली, "एहे तो कल्ली! चल त रानी! देख तोहर दीदी के का भैल है!"

मदालसा चुपचाप दीदी के कमरे में दाखिल हुई। दीदी अपलक दृष्टि से उसे देखती रही। बुधनी की माँ चौखट के पास ही खड़ी रही।

"दीदी!" मदा ने बहुत देर तक चुप रहने के बाद पुकारा।

"हूँ।"

"कैसा जी है दीदी?"

"हूँ..." दीदी ने बिना हिले-डुले ही उत्तर दिया।

बुधनी की माँ ने पहले बरामदे पर एक-दो बार 'छप-छप' झाड़ चलाया, फिर डरते-डरते कमरे में आकर हल्के हाथों झाड़ देने लगी। मदालसा, दीदी के टेबल पर बिखरी हुई किताबों को सजाकर रखने लगी। कलैंडर में तारीख बदलकर, दिन भी बदल डाला उसने–दीदी चुपचाप देख रही थी।

"क्यों आज सोमवार हो गया न?" दीदी ने अकचकाकर पूछा। मदालसा डरी, एक बार कलैंडर की ओर देखकर वह बोली, "जी नहीं।" वह दिन बदल रही थी कि फिर याद कर रुकी और बोली, "जी हाँ, आज सोमवार ही है। कल रविवार, आज सोमवार..."

"सोमवार हो गया?" दीदी उठकर बैठ गई, बोली, "तो बारातवाले चले गए?"

"हुँ, चार बजे भोर चल गैलन सब।" बुधनी की माँ झाड़ू के तिनकों को सजाती हुई बोली।

दीदी डरते-डरते बिछौने के पासवाली खिड़की को जो स्कूल की ओर खुलती थी–खोलने लगी। खिड़की खोलकर उसने देखा–स्कूल खाली पड़ा है। दो दिनों से बन्द खिड़की जो खुली तो कमरे में एक ताजी हवा आकर खेलने लगी। वह अँगड़ाई लेकर उठी, उसके चेहरे की गम्भीरता तत्क्षण ही दूर हो गई। मदालसा के होंठों पर भी मुस्कान की एक सरल रेखा दौड़ गई, बुधनी की माँ को कुछ हिम्मत हुई, पूछ बैठी, "कैसन तबियत है दीदी?"

"अच्छी है, तू जल्दी से जाकर स्कूल के कमरों को झार-बुहार दे। न हो तो फुलिया को भी बुला लेना। भगेलू से कह दो–गाड़ी पर आज सरजू जाएगा। भगेलू क्लासों में बेंच सजाकर रखेगा। जाओ!" कहती हुई वह तौलिया और साड़ी लेकर 'बाथरूम' की ओर चली। मदालसा ने टोका, "दीदी!"

"क्या है री!" दीदी ने रुककर मुस्कुराते हुए पूछा।

"आप नहीं गईं, इन्दु बहुत रोती थी, कहती थी–दीदी से भेंट नहीं हो सकी।" पेंसिल-कटर में पेंसिल डालकर घुमाते हुए मदालसा बोली। दीदी ने प्रत्युत्तर में सिर्फ एक लम्बी निःस्वास छोड़ दी।

"आप तो उसे उपहार देने के लिए एक चित्र बना रही थीं न?"

"बना तो रही थी, पर अधूरा ही रह गया। अच्छा भेज दूँगी,...मुझसे बड़ी भारी गलती हो गई मदा, जाने के दिन उससे मिल नहीं पाई।" कहती हुई दीदी धीरे-धीरे चली गई।

मदा वहीं बैठकर दीदी का 'एलबम' देखने लगी।

2

श्रीमती उषा देवी उपाध्याय–उर्फ दीदीजी। शहर के गर्ल्स मि. ई. स्कूल की प्रधानाध्यापिका। मझोले कद की, दुबली-पतली, सुन्दरी विधवा युवती। जिस दिन से स्कूल में प्रधानाध्यापिका होकर आई, स्कूल की उन्नति में चार-चाँद लग गए। छात्राओं की संख्या चौगुनी हो गई। परीक्षाफल सुन्दर होने लगा। स्कूल को हाईस्कूल बनाने की चर्चा होने लगी। उस दुबली-पतली मृदुभाषिणी 'दीदी' की मीठी चपत जिस

बालिका ने एक बार खा ली, वह उसकी चेरी हो गई। बालिकाओं और किशोरी छात्राओं की बात तो दूर, अध्यापिकाएँ भी उसके स्नेह की भूखी रहतीं। बुधनी की माँ उसकी प्राइवेट-सेक्रेटरी थी। सदा प्रसन्न रहनेवाली दीदी के होंठों पर मुस्कुराहट सदा खेलती रहती। वह कभी-कभी सितार बजाकर मीरा की पदावली गा लेती थी, टेढ़ी-मेढ़ी रेखाएँ खींचकर कलापूर्ण चित्र भी बना लेती थी। विधवा थी, ओढ़ने-पहनने, खाने-पीने की चीजों में सादगी के कड़े नियमों को मुस्तैदी से पालती थी, लेकिन अन्य अध्यापिकाएँ जो सधवा थीं, वे भी उनकी सादगी पर फिदा थीं।

स्नान-भोजन करके, दीदी अन्य अध्यापिकाओं के साथ जब स्कूल में दाखिल हुई तो बुधनी की माँ फुलिया को लेकर कमरों में झाड़ू दे रही थी और बड़बड़ा रही थी। भगेलू चुपचाप बेंचों को उठा-उठाकर अन्दर कर रहा था। दीदी को देखते ही बुधनी की माँ जोर-जोर से चिल्लाकर बोलने लगी–"छी-छी! एक दिन में सुअर के खुहार बना देलन सब...राम-राम...!"

दीदी ने कमरे में जाकर देखा–दीवार पर स्थान-स्थान पर पान की पीक पड़ी हुई थी। नीचे फर्श पर सिगरेट के अधजले टुकड़े, सिगरेट के खाली डब्बे और माचिस की जली हुई तीलियाँ बिखरी हुई थीं। दीदी ने किंचित नाक सिकोड़ते हुए कहा, "लो जल्दी साफ करो।" कहकर वह ऑफिस खोलने चली। वह ऑफिस खोल ही रही थी कि उसकी आँखें, दीवार पर लिखे सुन्दर अक्षरों पर अटक गईं–

"उठ सजनी खोल किवाड़ें, तेरे साजन आए दुआरे!"

दूसरी जगह–"खिड़कियाँ तुम्हारी बन्द रहीं पर मैंने तुमको देख लिया।"

लाल अक्षरों में–"रानी अब अध्यापन छोड़ो, मेरे दिल का राज सँभालो।"

नीले पेंसिल से–"प्रेम की भाषा सजनि मुझको भी पढ़ा दो।"

पढ़ते-पढ़ते दीदी तिलमिला उठी। ऑफिस खोलकर धम्म-से कुर्सी पर जा बैठी। उसके होंठों पर कुछ घंटे पहले जो स्वाभाविक मुस्कुराहट लौट आई, वह विलीन हो गई। वह उठी, फिर बैठ गई। एक कागज पर लिखने लगी–'चेयरमैन की सेवा में' फिर न जाने क्या सोचकर कागज को फाड़कर वह उठ खड़ी हुई।

"फ्लोरा!" दीदी ने पुकारा।

फ्लोरा और उर्दू अध्यापिका सलमा आईं, दीदी की गम्भीर मुद्रा को देखकर अवाक् खड़ी रहीं।

"क्या है दीदी?" फ्लोरा ने मौन भंग करते हुए पूछा।

दीदी ने, बाहर आकर दोनों को दीवाल की ओर दिखलाया। दोनों ने पढ़कर घृणा से मुँह विकृत कर लिया। सलमा बोली, "यह बारातियों का काम है!"

"हूँ," दीदी ने कहा, "सभ्य बारातियों ने लिखा है।"

लड़कियाँ दल बाँधकर मुस्कुराते हुए आ रही थीं। सरजू भी स्कूल की गाड़ी पर लड़कियों को लेकर आ गया था।

"प्रणाम दीदीजी, दीदीजी प्रणाम, प्रणाम..." कहकर, मुस्कुराती हुई लड़कियों की टोली ज्यों ही स्कूल की सीढ़ी पर पाँव रखने लगी, दीदी की गम्भीर वाणी सुनकर सब एक साथ रुक पड़ीं।

"तब तक बाहर मैदान में खड़ी रहो।"

दीदी तथा अध्यापिकाओं के चेहरों को देखकर लड़कियाँ आपस में कानाफूसी करने लगीं—"देखो-देखो! दीदी की आँखें लाल हैं!"

"ऐसा तो कभी नहीं..."

"समझी, समझी..." मंजू खुश होकर बोली, "कोई बड़े आदमी मर गए हैं, फिर वही पाँच मिनट चुप..."

"फ्लोरा! रौलकॉल करके छुट्टी दे दो।" कहती हुई दीदी पुनः ऑफिस में जा बैठी।

छुट्टी दे दी गई। छात्राओं ने बुधनी की माँ से पूछा, मदालसा से दरयाफ्त किया, पर कुछ भी पता नहीं चला।

दीदी अपने कमरे में लौट आई और बिछौने पर लेट गई। उसके अन्दर एक आग-सी जल रही थी, सिर फटा जा रहा था और रह-रहकर प्यास लग रही थी।

3

शनिवार को शहर के प्रतिष्ठित रईस श्री आनन्दी प्रसादजी के यहाँ बारात आई थी। उनकी एकमात्र पुत्री 'इन्दु' के शुभविवाहोपलक्ष में स्थानीय धर्मशाला में बारातियों के ठहरने का प्रबन्ध किया गया था। किन्तु सभ्य-असभ्य, साधारण-असाधारण और धनी-गरीब के वर्गीकरण की ओर प्रबन्धकों का ध्यान ही नहीं गया था। सभ्य और सुसंस्कृत बारातियों ने जब 'जेनरल बारातियों' के साथ रहना अस्वीकार कर दिया तो चेयरमैन साहब ने अनुमति लेकर 'गर्ल्स स्कूल' में ही ठहरने का प्रबन्ध कर दिया गया था—सभ्य, शिक्षित और सुसंस्कृत बारातियों के लिए।

स्कूल के कम्पाउंड में ही अध्यापिकाओं के 'क्वार्टर्स' थे। रविवार की शाम को अन्य अध्यापिकाएँ विवाह-गृह के समारोह में सम्मिलित होने चली गई थीं, स्कूल की ओर खुलनेवाली खिड़की को बन्द करके दीदी अपने कमरे में बैठी अधूरे चित्र को पूरा कर रही थी। खिड़की के उस पार—स्कूल में सभ्य बारातियों का भोजन-पान शेष हो चुका था। पत्तलों पर कुत्तों की लड़ाई, भिखारी और भिखारिनों की करुण पुकार सुनकर दीदी का ध्यान भंग हुआ। चित्र को अपूर्ण ही छोड़कर—वह न जाने क्या सोचने लगी थी। धीरे-धीरे कुत्तों का भूँकना बन्द हुआ तो भिखमंगों ने आपस में लड़ाई शुरू कर दी थी। लड़ाई जब शान्त हुई तो एक छोटे शिशु के रोने की आवाज सुनाई पड़ी थी। दीदी ने पहचान लिया था, अभागिन मृणाल के बच्चे के कोमल

कंठ-स्वर को। "ओ बाबा एत झाल, ताई तो बोलि, छेले आमार काँदछे केन?" मृणाल खाते-खाते बोल उठी थी। 'मृणाल के छोटे-से शिशु ने जूठन का स्वाद लेना शुरू कर दिया।'...दीदी कुछ आश्चर्यित हुई थी। दीदी मृणाल को जानती थी, उसे प्यार करती थी, कभी-कभी बुलाकर भरपेट भोजन कराती थी और उसके प्यारे बच्चे को गोद में लेकर पुचकारती भी थी। बंगाल के भुक्कड़ों की जमात में मृणाल जब इस शहर में आई थी तब उसकी गोदी अथवा देह में यह शिशु नहीं था। रोज शाम को कुछ बासी रोटियाँ पाकर बदले में मृणाल ने दिया था, इस शहर को वही भोला-भाला शिशु...जो कड़वी तरकारी खाकर रो उठा था। मृणाल बंगाल के एक ग्राम के खुशहाल किसान की पुत्री थी।

तो, उस शाम को बैठी-बैठी दीदी बहुत-सी बातें सोच रही थी—कुत्ते, मनुष्य, मृणाल और उसके प्यारे बच्चे के सम्बन्ध में न जाने क्या-क्या सोचते-सोचते आरामकुर्सी पर थकी-सी लेट गई थी। स्कूल के बरामदे पर किसी ने, किसी सरोज नामक व्यक्ति को पुकारकर कहा था—"सरोजजी! ओ! सरोजजी, जरा इधर आइए।"

"क्या है?" सरोज अथवा किसी दूसरे ने पूछा था।

"देखिए! यहाँ की भिखारिनों की आँखों में भी एक अजीब जादू है।" पुकारनेवाले व्यक्ति ने दिखलाया था। दीदी की भौंहें जरा तन गई थीं और कान सतर्क हो गए थे। देखनेवाले व्यक्ति ने देखकर कहा था, "ओहो!...'जादू' मत कहिए, 'मद' कहिए 'मद'।"

"अरे आप कवि ठहरे।" प्रथम व्यक्ति ने संशोधन को स्वीकार कर लिया था। एक तीसरी आवाज सुनाई पड़ी थी—"अच्छा कविजी! कल्पना कीजिए तो, जहाँ की सड़कों पर ऐसी 'परियाँ' मारी फिरती हैं, खिड़कियाँ बन्द कर बैठनेवाली मलकाएँ कैसी होंगी?"

इस पर जोरों से कहकहे लगे थे और वह व्यंग्य कहकहे के साथ, खिड़की की लकड़ियों को छेदकर 'दीदी' के अन्तःस्तल में घुस गया था।

उसी रात को तीन बजे तक स्कूल के बरामदे पर 'अंगूरीबाई' नाचती रही थी। घुँघरू की छमछमाहट, दर्द-भरी आवाज और 'वाह! वाह! क्या खूब!!' को सुनते-सुनते 'दीदी' तकिये में मुँह छिपाकर रोई भी थी। दूसरे दिन भी वह यों ही बिछौने पर निश्चेष्ट पड़ी रही थी। बिछौने पर से उठते ही उसका सिर चक्कर खाने लगता था। एक ही रात में न जाने कितनी दुर्बलता आ गई थी। रविवार की शाम को ही अंगूरीबाई कूक पड़ी थी—'अँधेरिया है रात सजन...।'

"अरे भई! नेकी और पूछ-पूछ..." साजनों में से एक ने फरमाया था, शेष साजनों ने जबर्दस्त कहकहे लगाए थे।

"चुन-चुन कलियाँ सेज बिछाई..."

"मजेदार..."

कहकहों के बवंडर में 'दीदी' ज्ञानशून्य हो गई थी, अंगूरीबाई गाती ही रही थी।

...सोमवार को 'रौलकॉल' के बाद छुट्टी देकर जब वह लौटी थी तो उसके अन्दर आग-सी लग रही थी, सिर फटा जा रहा था और उसे रह-रहकर प्यास लगती थी।

एक ही दिन में बुखार ने भीषण रूप धारण कर लिया। लेडी डॉक्टर आई, नुस्खा देकर चली गई और दवा होने लगी। मंगलवार को सुबह से ही 'प्रलाप' के लक्षण दिखाई पड़ने लगे। वह बिछौने पर चंचल हो रही थी और वह रह-रहकर कुछ बड़बड़ाती भी थी। कभी-कभी चौंककर पास में बैठी मदालसा को उठकर पकड़ लेती थी और रो पड़ती थी–"मदा! छिप जाओ बिट्टी मेरी...वह बीड़ीवाला...बीड़ीवाला!!"... कहते-कहते वह बेहोश होकर बिछौने पर लुढ़क पड़ती थी।

हाँ, एक बीड़ीवाले को अक्सर 'मिस्ट्रेस क्वार्टर्स' के पास आकर दिल में दर्द पैदा हो जाया करता था और वह इलाही से उस दर्द को न मिटाने के लिए आरजू करता हुआ चला जाता था।

दीदी आँखें खोलकर इधर-उधर देखती, मदा, फ्लोरा, सलमा और बुधनी की माँ करुण नेत्रों से बैठी हुई हैं..."नहीं वह खड़ी है, मृणाल; उसकी गोदी में नन्हा शिशु है! वह बीड़ीवाला!!...उँह-हूँ-हूँ!"

"दीदी!" सलमा पुकारती।

दीदी आँखें फाड़े दीवार की ओर देखती ही रहती–"मजेदार...पीली अंगूरी और वह गूँगी पगली...गर्भवती पगली हँस रही है–हेंह-हेंह उँहू हेंह उऐं...!!"

"हेंह-हेंह उँहू हेंह उऐं"–गूँगी-सी, दीदी भी हँस पड़ी।

"दीदी"–प्रायः रोती हुई फ्लोरा ने पुकारा। सलमा ने सिर पर आइसबैग रखा और मदालसा पंखा झलने लगी। दीदी आँखें बन्द किए सोचने लगती–वह पगली गर्भवती है। उस पर भी बलात्कार किए गए। छीः छीः! वार, वाइन एंड वीमेन–सुरा, युद्ध और नारी...सत्यानाशिनी चीजें हैं।...'उठ सजनी खोल किवाड़ें?'...वह फिर चौंककर उठ बैठती, बड़बड़ा उठती–'खोल दो खिड़कियाँ...याँ-याँ...।' बुधनी की माँ पकड़कर उसे लिटा देती।

"खिड़कियाँ तो खुली ही हुई हैं।" सलमा कहती।

दीदी चुपचाप आँखें मूँदे रहती...'भरी सभा में द्रौपदी चीरहरण...उसकी करुण पुकार, उसे नंगी देखने की वासना...ओह!' आँखें मूँदे ही अपनी साड़ी के छोर को पकड़ लेती और चिल्ला उठती–"मैं नंगी हो जाऊँगी...मैं नंगी हो जाऊँगी-गी-गी!!"

''दीदी''–फ्लोरा, मदा और सलमा तीनों प्रायः एक ही साथ पुकार उठतीं। दीदी घृणा से मुँह विकृत कर लेती।

भगेलू लेडी डॉक्टर के यहाँ गया था, लौटकर आया तो चुपचाप खड़ा रहा। बहुत पूछने पर भगेलू ने कहा, ''डॉक्टरनी साहेब राजा रघुवीरसिंह के हिंया जाते थे। हम जाकर बोले तो बोलिन कि...'' वह चुप हो रहा।

''क्या बोली?'' फ्लोरा ने डाँटकर पूछा।

''बोलिन कि जाकर अपना दीदी को दूसरा विवाह कर दो, सब ठीक हो जाएगा।''

इधर बिछौने पर पड़ी-पड़ी वह दीवाल की ओर एकटक से देख रही थी–स्कूल कम्पाउंड में वह मृणाल, नंगी अंगूरी और गूँगी पगली खड़ी है। चहारदीवारी के चारों ओर शहर-भर के लोग–सभ्य-असभ्य, शिक्षित-अशिक्षित और गरीब-अमीर, अपनी-अपनी भाषा में हल्ला मचा रहे हैं–

''तनि हमरो देखद आज सुरतिया पतली कमरिया...''

''तेरे दर पे खड़ा हूँ कब से...।''

''उठ सजनी खोल किवाड़ें...''

''तिरछी नजरियावाली रे!...''

''रे पगलिया...''

''री बच्चेवाली छोरी...''

''घूँघट हटाके चाँद-सा मुखड़ा...''

लोगों की भीड़ क्रमशः उत्तेजित हो रही है। सब फाटक पर धक्का दे रहे हैं। अंगूरीबाई आँचल से अपने को ढँक लेती है। मृणाल रो पड़ती है, उसकी गोद का बच्चा छाती में मुँह छिपाकर सिमट गया है। पगली हँस रही है–हेंह-ऐं-उँ अह्-अह् हे-हे..., फाटक टूटने को है। ओह! दीदी चौंककर उठ बैठी। इस बार उसको देखकर मदा, फ्लोरा वगैरह घबरा गईं! दीदी अचानक बिछौने पर से उठकर भागी।

''दीदी! दीदी!! दीदी...अरी रोको, पकड़ो...'' सब पीछे-पीछे दौड़ीं। वह 'हेंह उँह ओय अह-अह' करके हँसती और भागती जा रही थी। फाटक के पास जाते-जाते दीवाल से टक्कर खाकर गिर पड़ी। जमीन पर रक्त की धारा बह चली।

4

दीदी, अस्पताल में अन्तिम घड़ियाँ गिन रही थी। 'एवरग्रीन रेस्ट्राँ' में चाय पीनेवाले नौजवानों को एक नया मसाला मिल गया। चाय की चुस्की लेते हुए एक नौजवान ने कहा, ''अरुण! तुमने कुछ सुना...उसकी हालत बड़ी नाजुक है यार!''

''आखिर ऐसा क्यों हुआ, कुछ पता चला?''

"भई, आखिर वह भी अपने पहलू में दिल रखती थी, किसी ने छीनकर बेमुरौवती से तोड़ डाला होगा, और क्या?"

"सुना है कि बारात में उसके कोई पुराने प्रेमी आए थे।"

"तब ठीक है"–एक कहानी-लेखक, जो अब तक चुपचाप बैठे हुए थे, बोल उठे, "मैंने भी ऐसी ही कल्पना की थी।"

"हिं-हिं ऐह हे-हे ओय..." रेस्ट्राँ के सामने सड़क पर गूँगी पगली जो बहुत निकट भविष्य में ही माता बननेवाली थी, खड़ी-खड़ी हँस रही थी–'ऐह हेंह हों...' हँसते-हँसते पेट में बल पड़ जाने की मुद्रा बना रही थी।

"अरी भाग, हट शैतान!"

"हेंह ऐं"...वह प्रत्येक डेग से धरती पर एक विशेष जोर डालती हँसती हुई चली गई।

अप्रैल, 1945

रखवाला

रक्त की प्यासी सभ्य दुनिया से दूर–बहुत दूर–हिमालय के एक पहाड़ी गाँव का अंचल। छोटा-सा झोंपड़ा। पहाड़ी की ओट से छनकर आती हुई सूर्य की किरणों में छोटा-सा सरकंडे का झोंपड़ा सोने के झोंपड़े की तरह चमक रहा था। झोंपड़े के इर्द-गिर्द केले, नारंगी, नासपाती के दरख्त, फल-फूल और हरे-पीले पत्तों से लदे हुए। झोंपड़े के सामने एक अमरूद का पेड़, खूँटे से बँधा एक बछड़ा था। पेड़ के नीचे बैठी वह, जंगली बेंतों और बाँस की पतली-पतली तीलियों से डोको बना रही थी। प्यारा-सा सुकुमार बच्चा गोद में मीठी नींद ले रहा था। किसी गीत की 'कड़ी' को गुनगुनाती हुई वह काम कर रही थी। उसके हाथ मशीन की भाँति चल रहे थे। बेंतों और तीलियों को काटते-सँभालते गुनगुनाहट का क्रम तो रुक भी जाता, पर उसकी स्मृतियों के तार न टूटते थे। हाँ, कभी-कभी सामने की मटमैली...धुँधली पहाड़ी की ओर नजर उठाकर देख लेती, देख लेती अपनी गोद में सोए प्यारे बच्चे को और पेड़ में पके अमरूदों को। तब उसके मानस-पट पर चलनेवाले स्मृतियों के सवाक् चित्रपट के एकाध अस्फुट शब्द बाहर निकल पड़ते।

'...और यह अमरूद का पेड़ तो एकदम बच्चा था उस समय, अब तो फलने लगा है!' मन-ही-मन हिसाब लगाकर जोड़ती–'ग्यारह!' और फिर अतीत की स्मृतियाँ, चल-चित्र के समान क्रमबद्ध चलने लगतीं–ग्यारह वर्ष बीत गए! अमरूद का यह पेड़ और महज अट्ठारह वर्ष की थी वह! फागुन का महीना...ऐसी ही धीरे-धीरे बहती हुई वासन्ती हवा, इसी पेड़ के पास खड़ी होकर, सजल नेत्रों से उनको विदाई देती हुई वह! पीठ पर 'डोको' लादे, सतरंगे ऊनी कमरबन्ध से 'खुखरी' को कमर में बाँधते हुए उन्होंने कहा था–'रुन्छूस? दुत बावली! म च्यांडे यो डोको फरी रुपयाँ लियेर फरकयूँला, धीरज बहादुर को दुलहिन लाय हेरन! तेस्को कान को झूमका, नाक को नथिया–जम्मे कलकत्ता को नै कमाई हो, कलकत्ता मा रुपयाँ तैयार हुंछ...!' (रोती हो? दुत् पगली! मैं जल्दी ही 'डोको' भर रुपया लेकर लौटूँगा। धीरज बहादुर की स्त्री को देखो न! उसके कान के झुमके, नाक की नथिया–सब कलकत्ता की कमाई ही तो है। कलकत्ते में रुपए बनते हैं...।)

ग्यारह वर्ष पहले के–विदा वेला के–आलिंगन-चुम्बन को याद कर उसका हृदय धड़कने लगता, होंठ फड़कने लगते और नसों में बिजली दौड़ जाती।

'...गाँव का आवारा, लफंगा बलबहादुर भी उनके साथ जा रहा था। वह इसी पेड़ के पास खड़ी देख रही थी और वे दोनों सामने की उसी मटमैली, धुँधली पहाड़ी की छाया में छिप गए थे।' पेड़ पर तोता अमरूद कुतरता, वह हाथ उठाकर 'हिस्' कर उड़ाती और स्मृतियों का क्रम टूटते-टूटते फिर चलने लगता...'आठ वर्षों तक वह प्रतिदिन यहीं कुछ देर खड़ी होकर देखती रही थी, किन्तु उस धुँधली पहाड़ी की छाया से निकलकर कोई नहीं आया था—कोई भी नहीं।'...खूँटे से बँधा बछड़ा बाँ-बाँ करने लगता, गम्भीर निद्रा में सोए हुए बच्चे को बाएँ हाथ से कन्धे या छाती पर चिपकाकर वह उठ खड़ी होती, बछड़े को पुचकारती-दुलारती और कोमल घास खिलाती—"अरे, तुम्हें इतनी जल्दी भूख लग गई?" कहकर प्यार से एक मीठी चपत लगाकर आसमान में सूर्य की ओर देखकर बड़बड़ा उठती—'बेला ढकने को है। सुबह ही बिना खाए गया है अभी तक वह नहीं लौटा। उसकी रोज की यही आदत बुरी...।' कुनकुनाती हुई वह वहीं जाकर बैठ जाती और फिर स्मृतियों के देश में विचरण करने लगती है।

आठ वर्षों तक कोई न आया!...तीसरे साल...अगहन महीने में शाम को जब वह आग सुलगाकर बाछा को सेंक रही थी कि 'चन्दू' की माँ ने आकर कहा था—अरी पूनो! बलबहादुर कलकत्ते से आया है, माँझला के आँगन में है।—सुनते ही वह नवजात बाछा को ठिठुरते छोड़कर दौड़ी थी माँझला के यहाँ। माँझला के यहाँ बूढ़े, बच्चे, लड़के, लड़कियाँ और गाँव-भर की स्त्रियाँ बलबहादुर को घेरे खड़ी थीं। बीच में बैठा बलबहादुर कलकत्ते की हैरत-भरी कहानियाँ सुना रहा था।

...टरेम गाड़ी, मटर गाड़ी...हवैया जहाज...वगैरह की अजीब-अजीब बोलियाँ वह हँस-हँसकर सगर्व सबको सुना रहा था। सब आश्चर्य के पुतले बने सुन रहे थे। अचरज-भरी हँसी हँस रहे थे।...वह उसके पास न जा सकी थी। पिछवाड़े में ही खड़ी सब सुनती रही...बलबहादुर ने कहा था...हिरण्य दाजू (हिरण्य भैया) पलटन मा भरती भये...!—सुनते ही वह काँप उठी थी, उसके सिर में चक्कर आने लगा था। वह भाग आई थी। अपनी झोंपड़ी में पड़ी-पड़ी वह लगातार कई दिनों तक आँसू बहाती रही थी..।

उसकी आँखें डबडबा आईं। वह उठ खड़ी हुई। जंगल की ओर देखकर पुकारती—'ब...हा-दू..र!!' प्रत्युत्तर में खूँटे से बँधा बछड़ा 'बाँ-बाँ' करता और गोदी का बच्चा रो पड़ता। बच्चे को थपकियों से सुलाती वह फिर बैठ जाती और ताना-बाना बुनने लग जाती—हाँ, वह हफ्तों पड़ी रही थी। और यह बलबहादुर! उसे कभी भी भला नहीं लगा था यह बलबहादुर! बचपन से ही वह उसे जानती थी, उसे सैकड़ों बार गालियाँ दे चुकी थी। गाँव की सभी लड़कियाँ उससे घृणा करती थीं। वह जंगल में लड़कियों को छेड़ता था।...लेकिन, उस दिन अपने को समझा-बुझाकर वह उठ बैठी थी। बैठी-बैठी गीत की एक कड़ी गुनगुना रही थी—तिमीत

आयो लखन, दाज्यु लाय कहाँ छोड़े? (तुम तो आए लक्ष्मण, पर भाई को कहाँ छोड़ आए?) कि उसने पिछवाड़े से गाकर उत्तर दिया था—'दाज्यु त गए मृगा पछि, म आए तिन्नो रखवारे!' (भाई तो हिरण के पीछे गए, मैं तुम्हारी रखवाली करने आया हूँ।)

उस समय बलबहादुर उसे बड़ा अच्छा लगा था। वह उसको पकड़ लाई थी आँगन में। घंटों बैठकर कलकत्ते की कहानियाँ सुनती रही थी। उसी दिन से वह रोज शाम को आकर कलकत्ते की कहानी सुना जाता। उनकी (पूनो के पति की) बुद्धिमानी और अपनी बेवकूफी की दर्जनों ऐसी कहानियाँ कहता कि हँसते-हँसते पेट में बल पड़ जाते।...किस तरह वह एक कम्पनी में दरबान था, उसी कम्पनी का एक कुली भद्दे इशारे से 'हुन्छ-हुन्छ दाजू' कहकर चिढ़ाया करता था। वह खून का घूँट पीकर रह जाता था। किस तरह उसने जाकर 'हिरण्य दाज्यू' से शिकायत कर दी और वे जाकर उस कुली को किस तरह 'खुखरी' निकालकर मारने दौड़े और वह कुली किस तरह दुम दबाकर भागा—आदि बातें वह सविस्तार सुनाता। उसे बड़ी अच्छी लगती थीं कलकत्ते की कहानियाँ। कैसा देश है जहाँ बिना तेल की बत्ती अपने-आप शाम होने पर जल जाती है और सुबह को बुझ जाती है!!

बलबहादुर भी उसे अच्छा लगने लगा था। एक दिन वह बलबहादुर को पकड़कर समझाने लगी थी—''बहादुर! तुम आवारागर्दी छोड़ो। घर बनाकर घरनी लाओ।''

''ऊँह!...हो-हो-हो—'' वह ठठाकर हँस पड़ा था—''भौजी! तुम भी कैसी हो! आवारागर्दी छोड़कर घर तो बना सकता हूँ, पर मेरे साथ रहना कौन लड़की पसन्द करेगी?''

''करेगी! तू आवारागर्दी तो छोड़।''

कुछ क्षण गम्भीर रहकर, वह मुस्कुराते हुए बोला था—''अच्छा भाभी, एक बात पूछूँ?''

''पूछो!''

''यदि आवारागर्दी छोड़ दूँ तो तुम भी मेरे साथ...।''

''ऊँह! फटहा''—कहकर उसके मुँह पर एक हल्की चपत लगाकर, मुस्कुराती हुई गाय खोलने चली गई थी। बलबहादुर ने उसके हाथ से जबर्दस्त पगहिया ले ली थी—''दो भौजी! मैं चरा लाता हूँ।''

उसी दिन से वह साथ रहने लगा। काम करने में तो वह भूत है भूत। जब तक जाकर हाथ न पकड़ो, काम नहीं छोड़ने का।...'आज तीन साल से किसके खेत में ऐसे फसल लगते हैं!' वह अपने खेतों की ओर देखती। लहलहाते पौधे, मनमोहक हरियाली...कितना सुन्दर!

"पू...नो! पू...नो!"...पास के जंगल से कोई पुकारता। आवाज पहचानकर वह उत्तर देती—"आ...यी!" और गोदी में बच्चे को सँभालती हुई वह जंगल की ओर दौड़ती।

झाड़ी के पास जाकर फिर पुकारती—"किधर!"

"इधर-इधर!" झाड़ी के उस पार से आवाज़ आती।

बलबहादुर नवजात बछड़े को पोंछ रहा था। पास ही गाय खड़ी थी। पूनो को देखते ही वह खिल पड़ा—"आओ, आओ!" पूनो की गोदी में बच्चा जग पड़ा था, बच्चे को बलबहादुर की गोदी में देते हुए उसने बछड़े को बड़े प्यार से चुमकारा, फिर बोली—"अब फरक न घर, खाये की पनि छै न।" (अब लौटो घर, खाये भी नहीं हो।)

"ऊहूँ...अलि पख न, अलि सुन न!" (ज़रा ठहरो न, ज़रा सुनो न!)—उसने गिड़गिड़ाते हुए कहा था। पूनो की आँखों में एक शरारतभरी लाली दौड़ गई थी और होंठों पर मुस्कान। वह बछड़े को गोद में उठाते हुए बोली थी—"उहूँ, चलो!"

"अलि सुन न..." बहादुर रोकता ही रहा, वह चल पड़ी।

दूध से सफेद बछड़े को गोद में लेकर पूनो आगे-आगे भागी जाती थी, पीछे-पीछे सद्यःप्रसूता उजरी 'हुँक हुँक हिबं हिबं' करती दौड़ी जाती थी। पास ही झरना कल-कल कर रहा था और डालियों पर पक्षियों का 'कोरस' गान शुरू हो गया था।... पूनो रुक-रुककर पीछे ही देखती थी।...सबसे पीछे बलबहादुर...गोद में बच्चे को लिये, कन्धे पर लट्ठ रखे, धीरे-धीरे विजयी वीर की तरह झूमता आ रहा था। उसकी गोदी में बच्चा रो रहा था और वह उसको अजीब लय में गीत गाकर चुप कराने की चेष्टा कर रहा था—"ओ बाबू!...गोरी को बधैंचा मा, छैन रखवारा, चोरी भयो फल-फूल...ओ, बाबू!"

मई, 1945

पार्टी का भूत

यारों की शक्ल से अजी डरता हूँ इसलिए
किस पारटी के आप हैं? वह पूछ न बैठें।

सूखकर काँटा हो गया हूँ। आँखें धँस गई हैं, बाल बढ़ गए हैं। पाजामा फट गया है। चप्पल टूट गई है। आशिकों की-सी सूरत हो गई है। दिन में चैन नहीं, रात में नींद नहीं आती। आती भी है तो बुरे सपने देखकर जग पड़ता हूँ। जी नहीं, आप जो सोचते हैं–वह बीमारी नहीं। यदि वह रहती तो कम-से-कम बेकारी और इन्तजारी में मजे तो लूटता। यह तो 'राँची' का टिकट कटानेवाला रोग है। चूँकि यह दिन दूर नहीं, इसलिए अपनी बीमारी का इतिहास प्रकाशित कर देना, मैं अपना कर्तव्य समझता हूँ। क्योंकि इसके बाद 'न जाने मैं कहाँ और तू कहाँ', की दशा में यह सम्भव नहीं। बात यह है कि मेरे सिर पर 'पार्टी का भूत' सवार है। इसने मुझे कहीं का न रखा। बहुत कम उम्र से ही इसने मुझे अपना शिकार बना लिया है।

पाठशाला से ही प्रारम्भ करता हूँ।

एक दिन पिताजी के पास बैठकर 'आमोद-पाठ' पढ़ रहा था। गाँव की पाठशाला के गुरुजी आए। बहुत देर तक इधर-उधर की बातें करने के बाद गुरुजी ने नम्रतापूर्वक दाँत निपोरते हुए पिताजी से कहा–"लड़ाई-झगड़ा जो कुछ भी है, आप लोगों में है। मेरा क्या कसूर है। आप लोग बड़े आदमी ठहरे। जिस प्रकार एक जंगल में दो सिंह, उसी प्रकार एक गाँव में दो...हें...हें...यह तो भगवान का नियम है। लेकिन पाठशाला तो कुछ उनकी (विरोधी पार्टी के नेता की) नहीं है। पाठशाला में तो मैं हूँ, मेरे लिए जैसे आपके बच्चे..."

"आप नहीं समझते पंडितजी," पिताजी ने बात काटते हुए कहा–"पाठशाला उसी पार्टी की है। अपने लड़के की बात छोड़िए, गाँव के लड़कों को भी मैं उसमें नहीं भेज सका तो इसमें हमारी पार्टी की बेइज्जती है।"

गुरुजी ने पुनः दाँत निपोरते हुए कहा–"सो तो है, सो तो है। मैं तो...आप विश्वास कीजिए...मैं तो आपकी सेवा करना चाहता हूँ।" गुरुजी बलपूर्वक खाँसकर,

इधर-उधर देखकर पिताजी से निम्न स्वर में कुछ तथ्य की बातें करने लगे। फल यह हुआ कि मुझे और मेरे गाँव के लड़कों को पाठशाला में पढ़ने जाने की आज्ञा मिल गई।

दूसरे दिन मैं अपने साथियों के साथ पाठशाला में दाखिल हुआ। गाँव-समाज, पास-पड़ोस, टोले-मुहल्ले, जाति-बिरादरी में, यहाँ तक कि कचहरी की 'बार लाइब्रेरी' में भी यह खबर बिजली की तरह फैल गई। तरह-तरह के प्रश्न पूछे जाने लगे।

"तो क्या अब गाँव में एकता हो गई?" गाँव के गवाही पेशा करनेवालों ने माथा ठोंक लिया।

"अब खान-पान, शादी-ब्याह भी चलेगा?"–बिरादरी के कर्णधारों के पेट में चूहे कूदने लगे।

"यह जो फौजदारी चल रही है, इसको उठा लिया जाएगा–क्या?" वकीलों ने लम्बी साँस ली।

किन्तु हुआ कुछ भी नहीं। पार्टियाँ बनी रहीं और पाठशाला में पार्टी कायम हुई। छुट्टी के बाद ढेलेबाजियाँ, छोटी-मोटी लड़ाइयाँ, मार-पीट होने लगी। गुरुजी की छड़ी, जहाँ तक कर सकती, शान्ति स्थापित करती। लड़ाई-झगड़े में मैं सक्रिय रूप से न तो भाग ही लेता था और न मुझ पर गुरुजी की छड़ी ही पड़ती थी, पर इसमें सन्देह नहीं कि मैं अपनी पार्टी की विजय चाहता था। मन्त्रणा दिया करता था। इसलिए मेरे लड़ाके, मुझे अपना 'हीरो' समझते थे।

इन लड़ाई-झगड़ों के बीच, एक दिन पाठशाला में दाखिल हुई 'चन्दू', विरोधी पार्टी की एकमात्र कन्या। उस दिन छुट्टी के बाद मैंने अपनी पार्टी के लड़कों को समझा दिया कि लड़ाई-झगड़े से कोई फायदा नहीं, उसी दिन से लड़ाई-भिड़ाई बन्द हो गई। उसी पार्टी की ओर से एक आध बार इसकी चेष्टा हुई भी, पर इस पार्टी की लापरवाही देखकर वे हतोत्साहित होकर चुप रह गए।

आज 'यौन विज्ञान' की कुछ पुस्तकों को पढ़कर अच्छी तरह समझ गया हूँ कि उन दिनों 'चन्दू' की ओर मैं इतना आकर्षित क्यों हुआ था। 'लैला मजनूँ' की कहानी तो पाठ्य-पुस्तकों में नहीं थी, पर इतिहास कथामाला में 'पृथ्वीराज-संयुक्ता' की कहानी मैंने अवश्य पढ़ी थी। मैं पृथ्वीराज की तरह 'चन्दू' को प्राप्त करना चाहता था। एकान्त में एक दिन मौका पाकर, मैंने चन्दू से कहा–"चन्दू! पृथ्वीराज और संयुक्ता की कहानी..."

"मुझसे मत बोलो! तुम उस पार्टी के हो। हटो।"–उसने डाँट बताई।

"नहीं, नहीं–मैं उस पार्टी का नहीं हूँ।" मैंने गिड़गिड़ाकर कहा।

"तब?"–वह जाते-जाते रुक गई।

"मैं तुम्हारी पार्टी का हूँ।"–मैंने कह दिया।

"सच?"–वह मेरे पास चली आई। मैंने उसका हाथ पकड़कर कहा–"सच।"

फूल की झाड़ी में, मेरी पार्टी का हट्टा-कट्टा लड़ाकू रजना छिपा हुआ बैठा था। उसने प्रकट होकर, दाँत पीसते हुए मेरी ओर देखकर कहा—"धोखेबाज!"

मेरी संयुक्ता और पृथ्वीराज की कहानी अधूरी रह गई। चन्दू हाथ छुड़ाकर चली गई। पृथ्वीराज के बदले, इतिहास में सिर्फ रामकथा पढ़नेवाले भी, मुझे जयचन्द कहने लगे।

हा.ई. स्कूल।

पाठशाला की पढ़ाई समाप्त करके शहर के हा.ई. स्कूल में पहुँचा। सौभाग्यवश या दुर्भाग्यवश मेरे पिताजी के वकील एक बंगाली सज्जन थे। अपने मुवक्किल के पुत्र को आपने सहर्ष अपने परिवार में सम्मिलित कर लिया। बंगालियों से घनिष्ठता तो हुई ही, साथ ही बंगला भाषा और बंगला-संगीत की ओर भी मैं झुका। दो-तीन वर्षों के बाद तो स्वयं मुझे सन्देह होने लगा कि मैं अ-बंगाली हूँ! कुछ दिन के बाद ही 'बंगाली-अबंगाली' की लड़ाई छिड़ी। दोनों ओर से खुलकर गालियाँ दी जाने लगीं।

अबंगाली कहते—"बंगाली जाति डरपोक! नीच!"

बंगाली प्रत्युत्तर में कहता—"छातूखोर, खोट्टा।"

क्रोधित अ-बंगाली सीमा का उल्लंघन कर जाते। गालियाँ सुनकर मैं सिहर पड़ता। छीः रवीन्द्र, जगदीश वसु, शरत् और सुभाष भी तो बंगाली हैं!!

बंगाली भी ईंट का जवाब पत्थर से देता। मेरे अन्दर का अ-बंगाली बंगाली को डाँट देता।

बंगाली मित्रों ने मेरे सम्बन्ध में राय दी—"जाइ होक, हिन्दुस्तानी शेषे हिन्दुस्तानी ई!"

अ-बंगाली दोस्तों ने मेरी पीठ कोंचते हुए कहा, कहो—"देख लिया न इनकी दोस्ती! कमीना कौन..."

"चुप भी रहो।"—झल्लाकर इनका भी मुँह बन्द कर दिया।

"यह बात है?"—कहकर अ-बंगालियों ने सर्वसम्मति से यह प्रस्ताव पास कर ही दिया—"बंगालियों की गाली की हम परवाह नहीं करते क्योंकि वे जो कुछ कहते या करते हैं, प्रान्तीयता के नाम पर। किन्तु, अ-बंगाली होकर भी जो बंगालियों का पक्ष लेते हैं, वे दगाबाज हैं, मक्कार हैं, मीरजाफर हैं। हमें वैसे व्यक्तियों से कोई सम्बन्ध नहीं रखना चाहिए।"

कॉलेज की कहानी जरा लम्बी है, मगर है दिलचस्प।

स्कूल से इन विशेषणों से विभूषित होकर कॉलेज में पदार्पण किया। प्रान्तीयता के फेर में न पड़ने की प्रतिज्ञा मैंने पहले ही कर ली थी।

'फर्स्ट-इयर' तो देखते-सुनते बीत गया। सेकेंड-इयर में पहुँचकर मैंने चोला बदलने की सोची। विशेष कोई परिवर्तन नहीं, सिर्फ धोती छोड़कर पाजामे में आ गया और डेढ़ इंच गले की पट्टीवाला लम्बा कुर्ता बनवा लिया। एक शुभ दिन को वेश बदलकर सिनेमा-हाउस की यात्रा मैंने की। ताँगे पर बैठे हुए मेरे सहयात्री सज्जन ने मेरा नाम, इयर, कम्बीनेशन, होस्टल और रूम नम्बर पूछने के बाद जब पूछा कि "आप किस पार्टी को 'बिलोंग' करते हैं!" तो मैं घबरा गया।

"सी.पी. (कम्यूनिस्ट पार्टी)?" उन्होंने मुस्कुराकर पूछा।

"जी हाँ।" मैंने पाँच मिनट का मामला समझकर कह दिया।

"आई-सी"–कहकर हँसते हुए उन्होंने बेरहमी से एक धौल जमा दिया। मैं चौंक पड़ा।

"वी आर कामरेड्स, डरो मत।"–वे, मेरे कन्धे पर हाथ रखकर प्यार-भरे शब्दों में, बोले।

उस दिन 'काश्मीर-केबिन' का बिल तो उन्होंने चुकाया, सिनेमा के फर्स्ट-क्लास का टिकट भी खरीद दिया।

दूसरे दिन ज्यों ही क्लास में पहुँचा, मेरे अन्तरंग मित्र विनोद ने आकर मुस्कुराते हुए कहा–"वाह! पक्के सोशलिस्ट मालूम पड़ते हो?"

मैंने कहा–"जो भी कह डालो?"

विनोद बोला–"जो भी कह डालो नहीं, होना होगा।"

"क्या होना होगा?"–मैंने आश्चर्यित होकर पूछा।

"मेम्बर! और क्या? मैं तो समझता था कि तुम किसी पार्टी-पालटिक्स से दिलचस्पी नहीं रखते। लेकिन देखता हूँ तुम कोरे नहीं हो।" वह मुस्कुराने लगा।

मैं आज भी नहीं समझ पाया हूँ कि विनोद ने मुझमें किन गुणों को देखकर पार्टी से दिलचस्पी रखनेवाला पक्का व्यक्ति समझा। जो भी हो, जिस दिन मेरा नाम स्टूडेंट फेडरेशन (कम्यूनिस्ट-ग्रुप) के रजिस्टर में दर्ज हुआ उसी दिन मेरे पास यह भी सूचना आ गई कि मैं स्टूडेंड फेडरेशन (सोशलिस्ट-ग्रुप) की वर्किंग कमिटी में ले लिया गया हूँ।

सिर्फ दो ही पार्टियों की बात रहती तो कोई बात नहीं थी, एक दिन तीसरी पार्टी के भी चक्कर में पड़ गया।

"क्यालक्याटा-क्याफे' (साइनबोर्ड के अनुसार) में बैठकर चाय पी रहा था। मेरे हाथ में बंगला की एक मासिक पत्रिका थी। मेरी बगल में मेरी ही उम्र के एक सज्जन चाय पी रहे थे। उन्होंने कई बार मुझे और मेरी हाथ की पत्रिका को घूरकर देखा और अन्त में पूछ ही लिया–"आपनी बांगाली?" छातूखोर की उपाधि से बचने के लिए मैंने कह दिया–"आग्ये हाँ।"

"ओ! एखाने पोड़ेन? की पोड़ेनः?"

"सेकेंड इयर आर्ट्स।"

'भालो" कहकर उन्होंने काफे के एक कोने में बैठकर बहस करते हुए युवकों को पुकारकर कहा–"उहे! हाबू, भोला, कालू नीलू, फेला! तोमरा से दिन बलले जे सेकेंड इयर आर्ट्स से कोनों मेम्बर नाय। एइजे इनी..."

"ताइना की ताइना की"–कहते हुए ये सबके सब बहस छोड़कर दौड़ आए और मुझे घेरकर बैठ गए। फिर चाय का आर्डर हुआ, बातें हुईं, मिलने-मिलाने के वादे हुए। आर्गेनाइज करने पर जोर दिया गया। सबसे मजे की बात तो यह रही कि मैं उन लोगों की पार्टी का नाम जाने बिना भी, हाँ-हाँ, करता गया। उसमें से एक युवक ने बढ़कर मैनेजर से कुछ कहा फिर मेरे पास आकर धीरे-से बोला–आज थेके कनसेशन। बुझलेन! पार्टीर काफे तो! एरा जानतो ना जे आपनी ब्लाकेर मेम्बर।

उस दिन से फारवर्ड ब्लाक के नाम पर 'क्यालक्याटा क्याफे' में मैं कनसेशन रेट पर 'चाय कटलेट' पाने लगा।

रविवार को आराम से लेटकर 'गोदान' पढ़ रहा था कि विनोद ने, धड़धड़ाते हुए, आकर कहा–"अजी ओ वर्किंग कमिटी के मेम्बर साहब! कुछ पता भी है? कामरेड रामप्रताप आ रहे हैं। आज कमिटी की अर्जेंट मीटिंग है, चार बजे। समझे! और कल पार्क में सभा होगी।...अरे! यह क्या पढ़ रहे हो, गोदान? सिली!"

"क्यों?" मैंने महान आश्चर्य प्रकट करते हुए पूछा।

"इट्स ए रिएक्शनरी बुक!...अच्छा चार बजे आते हो तो?"–कहकर वह जैसे आया था वैसे ही चला गया और मैं डिक्शनरी उठाकर 'रिएक्शनरी' का अर्थ ढूँढ़ने गया।

ठीक साढ़े तीन बजे मैं सज-धजकर निकला। फाटक पर एक प्रियदर्शिनी 'अप-टु-डेट' युवती माली से पूछताछ कर रही थी। मैंने अपनी चप्पल से लेकर पंजाबी तक पर सरसरी निगाह डाल ली। माली ने मुझे देखते ही मेरी ओर दिखाकर कहा–"वही हैं।" वह मुस्कुराती हुई बढ़ी, मेरे पास आकर एक 'कामरेडी अभिवादन' करके मेरे हाथ में एक पत्र देकर बोली, "अरजेंट लेटर"। मैंने पत्र खोलकर पढ़ा–"...सोशलिस्ट लीडर रामप्रताप आ रहे हैं। अपनी पार्टी ने उसे चार स्टेशन बढ़कर काला झंडा दिखाने का प्रस्ताव पास किया है। आप मिस रोस्सा के साथ अभी चले जाइए। कल सुबह से ही वहाँ के मेम्बरों को लेकर प्लेटफार्म पर तैयार रहिएगा। पंजाब मेल के आते ही 'रामप्रताप मुर्दाबाद' आदि पार्टी के नारों के साथ काला झंडा दिखा दीजिएगा। सेक्रेटरी।" पत्र समाप्त करके मैंने प्रतिवाद के लिए, आँखें जो उठाईं, तो सारा शरीर पुलकित होकर रह गया। मैंने स्वप्न में भी कल्पना नहीं की थी कि मिस रोस्सा जैसी सुन्दरी, मेरी ओर कभी उस मोहक दृष्टि से देखेंगी। नेपोलियन एक आला दिमाग का आदमी था, मानना पड़ा। मैंने फिर एक बार आँखें उठाईं। वह मुस्कुराती हुई, मिश्री से भी मधुर स्वर में बोली–"चल रहे हैं न?"

"चलिए।" मैंने मस्ती में झूमते हुए कहा।

ताँगे पर बैठकर हम लोग स्टेशन की ओर चल पड़े। कुछ क्षण के लिए मानो मुझे होश हुआ–'यह मैं क्या करने जा रहा हूँ! जिनके लिए मेरे हृदय में अगाध श्रद्धा है उन्हीं का अपमान...? वह भी बेमतलब का। नहीं-नहीं, यह मुझसे नहीं होने का।'

"आप सिगरेट नहीं पीते?"

"... ... ..."

"आप सिगरेट नहीं पीते?"

"जी?...जी नहीं।"–मेरा ध्यान भंग हुआ।

"क्या सोच रहे थे कामरेड?"–उसने मेरी–आँखों में आँखें डाल दीं।

"सोच रहा था कि...जी मैं कुछ नहीं सोच रहा था।"–मेरी आँखें बरबस झुक गईं।

"जाइए, मैं नहीं विश्वास करती। आप सोच तो कुछ जरूर रहे थे। मुझसे मन की बात क्यों छिपाते हैं? खैर, आप जो भी सोच रहे हों।...क्या आप सिगरेट...एकदम नहीं पीते?"

"जी" एकदम माने...एकदम नहीं। पीने का आदी यानी 'हैविच्युएटेड' नहीं हूँ।

"तो पीजिए न!"–उसने अनुनय-भरे स्वर में कहा।

ताँगेवाले ने उतरकर सिगरेट का टीन ला दिया। टीन काटकर अदा से मेरी ओर सिगरेट बढ़ाने और माचिस जलाने तक की क्रिया उन्होंने ही की। सिगरेट सुलगाकर मैंने पूछा–"और आप?"

"मैं नहीं पीती।"–किसी खास सिनेमा स्टार की तरह उसने बड़े अन्दाज से गरदन हिलाई। मैं मुँह बाये देखता रहा।

"आपके आश्चर्यित होने का कारण मैं समझ रही हूँ। बात यह है कि कई चीजों के सम्बन्ध में मेरी खास राय है।"–पूछिए तो कहूँ की मुद्रा बनाकर वह मुस्कुराती रही।

"जैसे?"–मैंने, सिगरेट का धुआँ बाहर की ओर फेंकते हुए, पूछा।

"धुआँ उधर क्यों फेंक रहे हैं?"–उसने उलाहना दिया।

"तो किधर फेंकूँ?"

"नहीं। मेरी ओर फेंकिए!"–बच्चों की भाँति वह मचलकर बोली।

"आपकी ओर?"

"जी हाँ। मैंने अभी कहा न कि कुछ चीजों के सम्बन्ध में मैं खास राय रखती हूँ। सिगरेट को ही लीजिए न। मैं तो बिना सिगरेट के धुएँ की सुगन्ध के, पुरुषों के साथ की आशा भी नहीं कर सकती। सिगरेट पुरुषों के पीने की चीज है और उसकी सुगन्ध स्त्रियों के उपभोग की चीज है।" अपनी राय नम्बर एक को वह बड़ी गम्भीरतापूर्वक सुना गई। मैं सिगरेट की फिलासफी में डुबकियाँ लेने लगा। दुनिया

को भूल गया। वह फिर बोली–"और दूसरी राय मैं नहीं बताती।"–'मैं रूठ गई, मनाओ साजन' की मुद्रा उसने बनाई।

"बतलाइए न!" मेरी बोली में भी रंग उतर आया।

"पहले आप बतलाइए कि आप उस समय क्या सोच रहे थे?"

"मैं सोच रहा था..."

"हाँ-हाँ, कहिए।"

"क्या बताऊँ?"–मैंने उसकी ओर देखकर मुस्कुरा दिया।

"आप बड़े वो हैं। ऐसी बातें करते हैं, मानो नए और कोरे मेम्बर हों।"

"मैं सोच रहा था कि मैं...आप..."

"बस, मैं समझ गई।"–वह खिलखिला पड़ी। इतनी देर के बाद मुझे दुनिया, सड़क, राही, दुकान और ताँगेवाले की याद आई। अप्रतिभ होकर इधर-उधर देखने लगा।

"बगल क्या झाँक रहे हैं। आप बताना तो खूब जानते हैं। बड़े आए हैं दुनिया की ओर इशारा करके मेरी परीक्षा लेने। सुनिए, मेरी दूसरी राय पुरुषों की दाढ़ी के सम्बन्ध में है। मैं 'डेली शेव़' (दैनिक हज़ामत) के पक्ष में नहीं। एक दिन के बाद एक दिन की बनी हुई दाढ़ी... ।"

'सिगरेट-धुआँ-फिलासफी' से वह 'दाढ़ी-फिलासफी' जरा कम गहरी थी। मैं गड़ाप से जमीन तक पहुँच गया। मेरे मुँह से निकल ही पड़ा–"माई गॉड..." फिर तुरन्त स्मरण हुआ कि हम कम्युनिस्ट हैं और भगवान की लीला देखिए कि आप ही आप शब्द पूरा हो गया '...रेज' पर जाकर।

"माइ-गाडरेज! मतलब?"–वह पूछ बैठी।

"गाडरेज! गाडरेज नम्बर एक, चाबी ट्रेड मार्क, स्वदेशी याने 'गाडरेज शेविंग-स्टीक'।"–मैंने अपनी हाजिर-जवाबी के लिए मन-ही-मन भगवान को धन्यवाद दिया।

"ओ! दाढ़ी बनाने की बात सुनकर आपको शेविंग-स्टीक की बात याद आ गई। क्या आप गाडरेज यूज करते हैं?"

"जी।"–मैंने थककर संक्षिप्त उत्तर दिया।

"लेकिन..."

ताँगा स्टेशन पर पहुँच चुका था। ताँगेवाले ने टोका–हुजूर, गाड़ी प्लेटफारम पर लग गई।

ट्रेन में बैठकर, कुली को पैसे देने के पहले उन्होंने सिगरेट का टीन मेरी ओर बढ़ाया। गाड़ी ने सीटी दी और मैंने 'भक्क' से खिड़की के बाहर धुआँ फेंका तथा अपनी गलती के लिए आँखों से ही क्षमा माँगकर, लगातार चार-पाँच बार उनके चेहरे पर धुएँ का गुब्बारा फेंक दिया। उसकी आँखें धुएँ के मीठे अत्याचार को सहती

हुई, झिप गईं, पर उसकी लम्बी नुकीली नाक, पुलकित होकर सिगरेट-सौरभ का उपभोग करती रही।

दूसरे दिन प्रातःकाल।

गाड़ी आकर प्लेटफार्म पर लगी। और मैंने, अपनी पार्टी के दो दर्जन मेम्बरों (जिनमें अधिकांश किशोर और किशोरियाँ थीं) के साथ नारा लगा ही दिया– "रामप्रताप मुर्दाबाद।" काले झंडों से प्लेटफार्म भर गया।

"रामप्रताप, कांग्रेस का पुछल्ला!"–यह नारा मिस रोस्सा ने लगाया।

"रामप्रताप, कांग्रेस का दुम!" मैंने इसका हिन्दुस्तानी अनुवाद कर दिया।

यह तो नारा लगाने और झंडा दिखाने की बात थी, मिस रोस्सा के इशारे पर तो मैं किसी की गर्दन तक मरोड़ सकता था। एक-से-एक वजनी नारे लग रहे थे कि एक कम्पार्टमेंट का दरवाजा खुला। भव्य ललाट और प्रभावोत्पादक व्यक्तित्व लिए एक व्यक्ति दरवाजे के पास आकर खड़ा हो गया तथा मन्द-मन्द मुस्काने लगा। उस मुस्कान को पवित्र मुस्कान कह सकते हैं।

"यही है, यही है।" रोस्सा बोली।

"हूँ...।"

"रामप्रताप मुर्दाबाद।" रोस्सा ने नारा लगाया।

"... ...।" मैंने क्या दुहराया, यह मेरी समझ में नहीं आया।

गाड़ी चल पड़ी। वह व्यक्ति, उसी तरह मुस्काता, खड़ा रहा।

"लेकिन चेहरे पर जरा भी शिकन...।" मैं कह ही रहा था कि रोस्सा बात काटकर बोली–"अरे गांधी का चेला है न! सब पोपबाजी गांधी से इन लोगों ने सीखी है। जूते खाकर मुस्कुराना। हिस्! रँगे सियार!! बड़े चले हैं समाजवादी बनने! क्रान्ति करेंगे। ढोंगी।"

होस्टल पहुँचने के बाद मैं दो बातों की आशंका कर रहा था। प्रथम, विनोद से मैत्री-विच्छेद की, दूसरे इस पार्टी की ओर से अपने नाम 'रटी-स्टाई', 'छपी-छपाई' गालियों की। कुछ हो जाता तो कम-से-कम पिंड छूटने की उम्मीद थी। पर हुआ कुछ भी नहीं। विनोद ने आकर अनुपस्थिति के लिए उलाहना-भर दिया और घंटों सभा की सफलता की बातें करता रहा।

एक-दो महीने तक यही रवैया जारी रहा। कभी-कभी तो पढ़ाई-लिखाई छोड़कर भाग जाने की इच्छा होती। एक ही साथ तीन-तीन पार्टियों का मेम्बर होकर आखिर कब तक कोई अपनी इज्जत को सलामत रख सकता है।

'कलकटा काफे' के कनसेशन और क्रेडिट के आगे सभी पार्टियों को कुर्बान करने जाता, तो मिस रोस्सा की रसभरी आँखें राह रोककर खड़ी हो जातीं। एक दिन

'ब्लाक' के एक मेम्बर ने मुझे एकान्त में ले जाकर एक बंगला 'हैंड बिल' दिया और उसका हिन्दी अनुवाद करने का भार सौंप दिया। मैंने अनुवाद कर दिया। रात-भर में ही उसकी छपाई-सफाई भी हो गई। दूसरे दिन सुबह-सुबह मैं चौक से वापस आ रहा था। ताँगा रोककर 'हैंड बिल' का दो गट्ठर मुझे चुपचाप सुपुर्द कर दिया गया। बँटवाना भी पड़ेगा। बाँटनेवाले न मिलें, तो खुद बाँटना भी पड़ेगा, यह था पार्टी का आदेश। एक जमाना था, जबकि माता-पिता के आदेश को विशेष महत्त्व दिया जाता था, माता-पिता के आदेश पर लोग जंगल की खाक तक छानते थे। पर इस वैज्ञानिक युग में पार्टी के आदेश को ही विशेष महत्त्व दिया गया है। माता-पिता की आज्ञा का उल्लंघन करना तो क्रान्तिकारियों का धर्म ही है। सो इन परचों में गर्मागर्म बातें हों या 'एटम-बम' हों, बाँटना या बँटवाना पड़ेगा ही। ताँगा दूसरे चौराहे के पास भी नहीं पहुँचा था कि किसी की मीठी पुकार सुनाई पड़ी–"कामरेड।"

मिस रोस्सा! वह अपने ताँगे पर से उतरकर मेरे ताँगे पर आ गई। मानो मेरे ही लिए जोगन-सी वन-वन भटक रही थी। हम लोग सिलसिले से बात करने का पोज बना ही रहे थे कि दस कदम पर फिर ताँगा रोका गया। इस बार की रुकावट आखिरी रुकावट थी। सी.आई.डी. इंस्पेक्टर महोदय थे। हम दोनों को साथ पाकर आपने बेहद खुशी जाहिर की। उन्होंने आवश्यकता से अधिक नम्र होकर फर्माया–"माफ कीजिए, आप लोगों की तलाशी लूँगा।"

पास ही कोतवाली का एक छोटा दफ्तर था। हम लोग वहीं ले जाए गए। बाजाप्ता तलाशी होने लगी। मिस रोस्सा के हैंड बेग से कुछ सुगन्धित चिट्ठियाँ मय लिफाफे के निकलीं। मैंने आँखें बचाकर एक पत्र को देखा। शीर्षक था 'मेरी रानी'। कलेजा तो धड़क रहा था ही, आँखों की रोशनी भी गायब हो गई।

जब गट्ठरों की बारी आई तो मैं धम्म से एक टूटी कुर्सी पर बैठ गया। गट्ठर खुलने लगे। पुलिसवालों की बाँछें खिल गईं–"हियर यू आर।"

"कहिए साहब, इन गट्ठरों में शृंगार की सामग्रियाँ और साड़ियाँ थीं न? ये पर्चे कहाँ से आ गए"–इंस्पेक्टर साहब ने मुस्कुराते हुए चुटकी ली।

मैं चुप रहा। रोस्सा पीली पड़ गई, उसके मुँह से एक हल्की-सी चीख निकल पड़ी–"मेन्सेविख!!"

हम लोग स्थानीय जेल में पहुँचा दिए गए। 'लेडिज-वार्ड' की ओर जाती हुई क्रान्ति की मूर्ति मिस रोस्सा फूट-फूटकर रो पड़ी। जेल में पहुँचकर मैंने राहत की साँस ली।

दूसरे दिन एक पत्र में निकला–"स्टुडेंट-फेडरेशन (कम्यु. ग्रुप) के सदस्य कामरेड पी. राय तथा मिस रोस्सा आपत्तिजनक पर्चों के साथ गिरफ्तार!!"

दूसरे पत्र में खबर छपी–"स्टुडेंट-फेडरेशन (सोशलिस्ट ग्रुप) की कार्यकारिणी समिति के सदस्य कामरेड प्रफुल्ल आपत्तिजनक पर्चों के साथ गिरफ्तार।"

तीसरे पत्र ने लिखा–"अग्रगामी दल के प्रसिद्ध बंगाली कार्यकर्ता मिस्टर राय सरकार के मेहमान बना लिए गए।"

यदि सच पूछा जाए तो प्रथम श्रेणी के राजनैतिक बन्दियों को घर से भी बढ़कर जेल में आराम रहता है। खाना-सोना, पढ़ना-लिखना। किसी बात की फिक्र नहीं। सो जिन्दगी के दिन चैन से कटने लगे। रोस्सा तो दो दिन के बाद ही छोड़ दी गई। पर अदालत ने मुझे तीन वर्ष की लम्बी सजा दे दी। सोचा था, पार्टी के भयंकर भूत से पीछा छूटा। लेकिन 1942 का देशव्यापी आन्दोलन छिड़ा। जेल खचाखच भर गई। देखते ही देखते पार्टी की बीमारी भी फैल गई। मुफ्त का खाना, आराम से सोना और गला फाड़कर बहस करना–बस। जेल में कम्युनिस्टों की संख्या नहीं के बराबर थी। वे अपनी दाल गलाने की चेष्टा करने की भी हिम्मत नहीं करते थे। गांधी बाबा के भक्तगण तो चर्खा चलाने के सिवा अध्ययन, पठन-पाठन को भी पार्टी की ही चीज समझते थे। अतः वे इन झंझटों से कोसों दूर रहते थे। बहस करना तो दूर, जेल अधिकारियों के दुर्व्यवहारों के खिलाफ आवाज उठाने को भी वे हिंसा करार देते थे। सोशलिस्टों का बहुमत था और मैंने अपने को सोशलिस्ट कहने में ही अपना कल्याण समझा। कुछ दिनों के बाद मालूम हुआ कि कम्युनिस्ट पार्टीवाले अपने मेम्बरों की रिहाई के लिए अथक परिश्रम कर रहे हैं। उनके सुकर्मों को देख-सुनकर पूरा भरोसा हुआ कि वे अपने मेम्बरों को अवश्य छुड़ा लेंगे। अतः एक दिन छिपकर कम्युनिस्टों को याद दिला आया कि वे मुझे भूल न जाएँ। यों तो जेल में किसी प्रकार की तकलीफ नहीं थी फिर भी अपनी मुक्ति के लिए दिन-रात छटपटाया करता था। जेल से मुक्ति का अर्थ था पार्टी के दलदल से मुक्ति। इस दलदल से निकलने के लिए मैं जितनी ही चेष्टा करता था, उतना ही उसमें फँसता जाता था। दिन-भर भौतिकवाद पढ़कर ईश्वर की सत्ता को मिटाया करता था और रात में मसहरी के अन्दर भगवान से अपनी मुक्ति के लिए घंटों रो-रोकर प्रार्थना किया करता था। भगवान ने मुझ जैसे अनन्य भक्त की प्रार्थना सुन ली। मैं बीमार पड़ा। बीमारी ने रंग दिखलाया। पत्रों ने बारी-बारी से मेरी मुक्ति की माँग की। सरकार का ध्यान आकर्षित हुआ और मुझे, समुचित चिकित्सा के लिए जेनरल हॉस्पिटल भेज दिया गया। चिकित्सा होने लगी। वजन बढ़ने लगा, बुखार घटने लगा और सबसे बड़ी बात तो यह हुई कि पार्टी के भूतों से पिंड छूटा। ए.आर.पी. ट्रेनिंग के लिए आई हुई सुशिक्षित प्रियदर्शिनी बंगालिन नर्सें मेरी तीमारदारी करती थीं। मैंने देखा कि वे सबकी सब मुझसे खिंची रहती हैं। एक दिन बड़ी चतुराई से इस मन-मुटाव के कारणों को जानने की चेष्टा की तो–पंचतन्त्र की उस चक्रवाली कहानी की तरह– सिर पर पार्टी का चक्र सवार होकर नाचने लगा। मुझे गांधीवादी समझकर वे मुझसे

चिढ़ती थीं क्योंकि गांधीवादियों ने सुभाष बोस को धोखा दिया था। मैंने, एक अज्ञात प्रेरणा से प्रेरित होकर गांधीवादियों की जरा निन्दा कर दी और उन लोगों ने मुझसे सैकड़ों प्रश्न पूछकर पता लगा ही लिया कि मैं फारवर्ड-बलाकिस्ट हूँ। फिर क्या था, 'क्षण-भर चैन न पाऊँ सजनवाँ तोरे बिना,' के सभी लक्षण प्रकट होने लगे। सरकार ने मुझे शीघ्र ही छोड़कर बुद्धिमानी का परिचय दिया वरना मैं एक नई बीमारी का शिकार हो जाता।

मुक्ति पाकर मैंने प्रतिज्ञा की कि किसी पार्टी की चर्चा छिड़ते ही वहाँ से भाग खड़ा होऊँगा। चेष्टा तो मैंने खूब की पर एक पार्टी के हिमायती से भेंट हो ही गई। पुरानी जान-पहचान थी, टालना आसान नहीं था। बातें करते-करते आपने पार्टी की पिटारी खोल ही दी। 'बम्बई योजना' के विरुद्ध–राय योजना का घोषणा पत्र मेरे हाथ में देते हुए आपने फर्माया–''देखिए! यह रही कामरेड राय की योजना।' बहस करने से ही फँस जाने की पूरी आशंका थी और अपनी राय दिए गिना रायिस्ट महोदय से पल्ला छूटने की आशा नहीं। मेरे मुँह से–'अच्छी है' सुनकर ही आपने दम लिया।

घर पहुँचते-पहुँचते ही मैंने पत्रों में पढ़ा–''कामरेड प्रफुल्ल ने रिहा होकर बम्बई योजना पर वक्तव्य देते हुए बताया कि यह शोषकों की योजना है। राय योजना से इसकी कोई तुलना ही नहीं हो सकती। राय योजना सही अर्थों में शोषितों की योजना है।''

पढ़ाई-लिखाई की तो इतिश्री हो ही गई थी, घरवालों ने शादी का राग अलापना शुरू कर दिया। जेल जाने के पहले तो कन्या पक्षवालों का ताँता लगा रहता था, मैं एक कीमती सौदा समझा जाता था। किन्तु अब तो लोग मुझ-जैसे बेमतलब जेल चले जानेवाले को लड़की देना और लड़की को कुएँ में डाल देना, बराबर था। माँ और पिताजी की आरजू-मिन्नतों को मानकर मैंने अपनी राय दे दी। बुलाहट हुई। सज-धजकर पहुँचा एक दिन। भावी जामाता के अनुकूल ही आवभगत हुई। कन्या के पिता आधुनिक विचारों के कायल थे और वर्तमान संसार में कुछ अपनी भी राय रखते थे। कन्या देखने-दिखाने के बाद उन्होंने संसार की राजनीति पर भाषण देना शुरू कर दिया। वे सुना रहे थे, मैं सुन रहा था। कुछ देर के बाद मैंने अनुभव किया कि पर्दे के उस पार खड़ी जनता मेरा प्रवचन सुनने को अधीर हो रही है। मैंने सोचा कि कहीं ऐसा न हो कि मुझे 'हाँ में हाँ' मिलानेवाला समझकर लोग छाँट दें। अपनी भावी पत्नी को देखकर मैंने कल्पना के संसार में, नए डिजाइन के कितने बंगले बना डाले थे। मुझे मैदाने-जंग में उतरना ही पड़ा। बातों का सिलसिला 'क्विट-इंडिया' तक पहुँच चुका था। मेरे भावी स्वसुर की राय थी कि कांग्रेस ने क्विट-इंडिया प्रस्ताव पास करके बच्चों की-सी गलती की। मुझे इसका विरोध करना ही पड़ा। वातावरण गर्म हो

गया। पर्दे के उस पार की गर्मी का भी मैंने अनुभव किया। मेरी आवाज चौगुनी हो गई और मैंने यहाँ तक कह डाला कि–"हमारी मंजिल अब दूर नहीं। 1942 के बाद देश ने..."

"सुनिए!" मेरे एकमात्र भावी साले साहब ने अपनी कोठरी से निकलकर मुझे रोका, मैंने उनकी जवानी पर विश्वास करते हुए कहा–"कहिए मोहन बाबू! मैं गलत कह रहा हूँ!"

वे बैठ गए और बड़ी गम्भीरतापूर्वक बोलने लगे–"देखिए प्रफुल्ल बाबू! अब तक मैं चुपचाप आपकी बातें सुनता रहा। जहाँ तक मेरी शक्ति थी मैंने अपनी आत्मा को धोखा दिया यानी अपने को रोके रहा। लेकिन बातें यहाँ तक बढ़ गईं कि चुपचाप रहना मैंने सरासर नमकहरामी समझी।..."

"जरूर! अवश्य!"–मैंने उत्साहित होकर कहा।

"आपने अन्तिम कई बातें ऐसी कही हैं कि जो सोशलिस्टों की बातें हैं और एकदम भारत रक्षा कानून में आ जाती हैं। मेरा जहाँ तक अनुमान है कि आप किसी की ड्यूटी की महत्ता को अवश्य महसूस करते होंगे, इस अवस्था में भी मैं अपनी ड्यूटी नहीं बजा रहा हूँ यह मेरी नमकहरामी के सिवाय और कुछ नहीं तो..."–वे अपने पिता के सिगरेट केस से एक सिगरेट निकालकर सुलगाने लगे।

वृद्ध ने मुस्कुराते हुए मेरी ओर देखकर कहा–"वास्तव में यह पहला मौका है कि मैंने लल्लू को गम खाते देखा।"

"किस मुँह से बोलते हैं"–पर्दे के उस पार से आवाज आई–"लड़के की नई नौकरी है, तरक्की के लिए कोशिश करना तो दूर, बैठे-बिठाए बमवालों से रिश्ता जोड़कर नौकरी भी ले डूबने की तैयारी कर रहे हैं। मेरी लड़की क्वाँरी रहेगी, नहीं चाहिए मुझे ऐसा रिश्ता।"

सम्भवतः यह मेरी सास साहिबा की क्रुद्ध वाणी थी। मेरी समझ में कुछ नहीं आया कि माजरा क्या है। मुझे तुरन्त ही समझा दिया गया कि मोहन बाबू को खुफिया विभाग में नौकरी मिल गई है–1943 से। यह उनके दास-जीवन में पहला मौका था कि वे अपनी आँख-कान से देख-सुनकर भी भारत रक्षा विधान के मुजरिम को छोड़ रहे थे। मेरे साथ उन्होंने इतनी-सी रियायत अवश्य की कि मुझे दो घंटे का समय दे दिया।

मैंने सिर्फ पन्द्रह मिनट में ही तैयार होकर उनका घर तो 'क्विट' कर ही दिया साथ ही शादी की रही-सही आशा को भी 'क्विट' कर दिया। वह सौभाग्यवती खिड़की पर खड़ी दयनीय मुद्रा बनाकर देखती रही। उसकी बड़ी-बड़ी आँखों में आँसू स्पष्ट दिखाई पड़ रहे थे; पर एक लम्बी साँस छोड़कर वापस आने के सिवाय और चारा ही क्या था!

इस छोटे-से 'व्यापारिक कस्बे' को पार्टी पालटिक्स से परे समझकर मैंने यहाँ एक छोटी-सी नौकरी कर ली। किन्तु अब आटे-दाल का भाव मालूम हो रहा है। यहाँ तो सैकड़ों पार्टियाँ हैं। अपने को किसी पार्टी से अलग रखकर एक कदम भी चलना मुश्किल है। महाशय 'क' से जरा हँसकर बात कर ली कि मिस्टर 'ख' की आँखों में चढ़ जाता है। पंडित 'ग' के यहाँ ट्यूशन करने जाता हूँ तो मुंशी 'घ' मुँह फुला लेते हैं। श्रीमान 'त' एक मिल-मालिक हैं, एक दिन मैंने उनका निमन्त्रण स्वीकार कर उनके यहाँ जरा खीर क्या चख ली, कार्ल मार्क्स का सारा 'कैपिटल' कलंकित हो गया। बड़ी-बड़ी दुकानों की बात तो जाने दीजिए, फेरी लगानेवालों की भी पार्टी है। एक दिन बाजार से सिगरेट अचानक गायब हो गया। सिगरेट पीनेवाले लोहे की दुकानों में भी सिगरेट तलाश करते पाए जाते थे। मैंने अपने चाय और सिगरेटदाता श्री शिवजी से पूछा कि भाई तुम कहाँ से सिगरेट ले आते हो? तो उसने दाँत निपोड़कर कहा–"जी, अपनी पार्टी के लोगों के लिए क्या करें...हें...हें ब्लेकमार्केट से...।" समझने में देर नहीं लगी कि पार्टी की बदौलत ही मैं सिगरेट पी रहा हूँ और मैं उसकी पार्टी का ही हूँ।

जब से कांग्रेस ने चुनाव लड़ने की घोषणा की है, यार लोग रंग बदल रहे हैं। जिन्होंने सरकार बहादुर के सामने प्रतिज्ञा की थी कि कभी किसी पार्टी में भाग नहीं लूँगा, उन्होंने भी 1942 की धुली हुई, बक्स में बन्द, गांधी टोपी निकालकर पहनना शुरू कर दिया। 'कांग्रेस' शब्द को उच्चारण करने के पहले जो इधर-उधर देख लेते थे, वे ही आज राह रोककर चुनाव की चर्चा करने लग गए हैं। मैं भी अब अपने को किसी पार्टी का घोषित कर सकता हूँ। कम्युनिस्टों से मेरी कोई दिलचस्पी नहीं रह गई, क्योंकि मिस रोस्सा ने एक अमेरिकन सैनिक से शादी करके अपने अन्तर्राष्ट्रीय सिद्धान्त को कार्य में परिणत कर दिया है। सोशलिस्टों को लोग दामन पसारकर दुआएँ दे ही रहे हैं। ब्लाक और कांग्रेस में कोई मतभेद अब रहा ही नहीं। रास्ता साफ है। लेकिन पार्टी की चर्चा छिड़ते ही हृदय की गति बन्द होने को हो जाती है। दिमाग चक्कर खाने लगता है। कुछ स्थिर भी करूँ तो कैसे। दिन-भर में हजार बार प्रश्न पूछे जाते हैं–

"मि. 'ड' और 'ढ' दोनों इस बार कांग्रेस के टिकट पर खड़े होने की सोच रहे हैं। आपकी राय में दोनों में से कौन 'फिट' है?"

"मिस्टर 'म' पर तो अनुशासन की कार्रवाई हुई थी?"

"सुनते हैं? राजा साहब कांग्रेस के विरोध में खड़े हो रहे हैं!"

"अरे साहब! श्रीयुत 'श' तो हिन्दू सभा के टिकट पर खड़े होंगे। वे तो आपके घनिष्ठ मित्र हैं। मदद तो करनी ही पड़ेगी।" आदि-आदि।

मैं एकदम चुप्पी साध लेता हूँ। मेरी चुप्पी को इतना महत्त्व दिया जाने लगा है कि प्रत्येक पार्टी के मेम्बर मुझे अपनी विरोधी पार्टी का भेद जाननेवाला समझने लगे

हैं। नाकों में दम है। मैं सभी पार्टियों का हूँ, मैं किसी भी पार्टी का नहीं हूँ! किसी एक पार्टी को वरण किए बिना गुजर नहीं, पर जब प्रश्न उठता है कि 'किस पार्टी को?' तो सिर चक्कर खाकर रह जाता है।

दिन में चैन नहीं, रात में नींद नहीं आती। आती भी है तो बुरे सपने देखने लगता हूँ। देखता हूँ कि मैं सड़क पर भागा जा रहा हूँ! शहर के आवारा लड़के मेरे पीछे टीन बजा-बजाकर दौड़ रहे हैं। सब चिल्ला रहे हैं–''आप किस पार्टी के? आप किस पार्टी के?'' मैं चिढ़कर उन लोगों को मारने दौड़ता हूँ, लड़के ढेले फेंकते हैं, तालियाँ पीटकर हँसते हैं। सड़क पर दौड़ रहा हूँ। दर्जी चिल्लाकर कहता है–''सड़क 'क' पार्टी की है!'' सड़क छोड़कर पगडंडी पकड़ लेता हूँ। नाई आवाज देता है–''पगडंडी 'ख' पार्टी की!'' पगडंडी छोड़कर नाले में गिर पड़ता हूँ...चौकी पर से नीचे गिरकर नींद टूट जाती है। उठने की शक्ति शेष नहीं रह जाती है। काला ज्वर से पीड़ित सेवक बुद्धन किसी तरह उठाकर चौकी पर बैठा देता है। सान्त्वना देता है कि यह कुछ नहीं है। वह एक दिन गाँव जाकर अपने चचा को बुला लाएगा। वह झाड़-फूँककर सब ठीक कर देगा। मुझे भूत लगा है। आदि-आदि।

मैं भी मानता हूँ कि मुझे भूत सता रहा है। भूत-प्रेत को नहीं माननेवालों से मेरी प्रार्थना है कि वे कम-से-कम इस भूत पर अवश्य विश्वास करें।

अक्टूबर, 1945

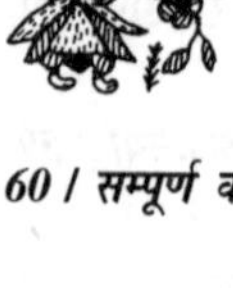

रसूल मिसतिरी

बहुत कम अर्से में ही इस छोटे-से गँवारू शहर में काफी परिवर्तन हो गए हैं। आशा से अधिक और शायद आवश्यकता से भी अधिक।

स्कूल और होस्टल की भव्य इमारत को देखकर कोई कल्पना भी नहीं कर सकता है कि आज से महज आठ साल पहले अधिकांश क्लास पीपल के नीचे लगते थे, बरसात की रात में होस्टल के छात्र—'टूट टाट घर टपकत—खटियो टूट'—की पुनरावृत्ति करते थे।

शहर-भर का कूड़ा जिस स्थान पर फेंका जाता था, वहीं आज विशाल टाउन हाल है, क्लब है और पुस्तकालय है।

गफूर मियाँ का चमड़े का गोदाम 'तस्वीर-महल' हो गया है। कभी उस गली से गुजरने के समय भगिया मेहतरानी भी होंठ सिकोड़कर नाक पर आँचल डाल लेती थी और आज तो स्वच्छता और पवित्रता की पुतली मिस छाया भी उस गली में मन-ही-मन गुनगुनाने की चेष्टा करती है—'हमको हैं प्यारी हमारी गलियाँ।'

खलीफा फरीद की फटफटानेवाली फटीचर सिंगर-मशीन और उनकी कैंची की काट-छाँट के दिन लद गए हैं। 'माडर्नकट-फिट' के 'लत्तू मास्टर' का जमाना है।

'रेस्ट्राँ' और 'टी-स्टालों' की संख्या तो 'शाक-भाजी' की दुकानों से भी बढ़ गई है। युद्ध और महँगी के बावजूद नई-नई 'स्कीमें' बन रही हैं—बिगड़ रही हैं। शहर का पूरा कायापलट हो गया है।

लेकिन सदर रोड में—उस पुराने बरगद के बगल में रसूल मिस्त्री की मरम्मत की दुकान को तो जैसे जमाने की हवा लगी ही नहीं। कोई परिवर्तन नहीं। कुछ नवीनता नहीं। फटी हुई दरी पर बैठकर मरम्मत के काम में मग्न रसूल और उसका बेटा रहीम; दोनों के बैठने की जगह भी बदली नहीं। आसपास में मरम्मत के लिए आई हुई चीजें, साइकिल के पुराने चक्के, ट्यूब, सीट, पैडिल, चेन, हैंडल, ब्रेक, पेट्रोमेक्स, स्टोव, हारमोनियम, ग्रामोफोन वगैरह, इर्द-गिर्द बिखरे हुए औजार, छोटे-बड़े पेंच; एक काठ के पुराने बक्स में प्रायः सभी चीजों के पुराने पुर्जे, रेंच, रेती, छेनी, हथौड़ी, पेचकश, टूटे स्प्रींग आदि। पास में ही एक छोटी-सी पुरानी आलमारी में पुराने और नए डिजाइनों के छोटे-बड़े बिगड़े हुए टाइमपीस, डनलप-ट्यूब के दो-तीन खाली डब्बे, छोटी-बड़ी कितनी ही चीजें—पर सब पुरानी और बिगड़ी हुई। आलमारी के ऊपर

पुराने ग्रामोफोन का एक चोंगा औंधाया हुआ, दीवाल पर डनलप और गुड्-इयर तथा वाच कम्पनियों के 34, 36 और 38 के पुराने कैलेंडर, मिस कज्जन की एक फटी हुई रंगीन तस्वीर, दो दीवाल घड़ियाँ–एक बिना डायल की, दूसरी बिना पेंडुलम की। बिना पेंडुलमवाली घड़ी। पता नहीं कितने दिनों से तीन बजा रही है; दूसरी अपने आन्तरिक यन्त्रों का प्रदर्शन कर रही है, उसकी स्प्रींग के पास ही मकड़ी ने अपनी जाली लगा दी है।

दूसरी ओर रहीम बैठा चुपचाप काम कर रहा है। टीन की कुर्सी पर बैठकर ग्राहक अपनी बिगड़ी हुई चीज को बनते देख रहा है।

सामने के बरगद के तने पर, जहाँ रोज नई दुकानों के विज्ञापन, दवाइयों के पर्चे, नेशनल बार-फांट के नारे, सिनेमा के इश्तहार चिपकाए रहते हैं, एक पुरानी टीन की तख्ती न जाने कितने वर्षों से लटक रही है, जिस पर टेढ़े-मेढ़े अक्षरों में लिखा हुआ है–'रसूल मिसतिरी–यहाँ मरम्मत होता है।'

इस साइनबोर्ड पर बहुत दिनों से पढ़े-लिखे लोगों की मंडली ने टीका-टिप्पणी की है, व्यंग्य कसे हैं और रसूल के सामने संशोधन के प्रस्ताव रखे गए हैं, पर आज भी वह तख्ती उसी तरह लटक रही है। हाँ किसी शैतान लड़के ने खल्ली से उस पर लिख दिया था–'यहाँ आदमी की भी मरम्मत होती है'–सो उसे भी मिटाने की कोई आवश्यकता शायद नहीं समझी गई।

रसूल मिस्त्री!

मझोला कद, कारीगरों की-सी काया और नुकीले चेहरे पर मुट्ठी-भर 'गंगा-जमनी' दाढ़ी। साठ वर्ष की लम्बी उम्र का कोई भी विशेष लक्षण शरीर पर प्रकट नहीं हुआ। फुर्ती-चुस्ती जवानों से भी बढ़कर। सादगी का पुतला–मोटिया कपड़े की एक लुंगी और कमीज। पान, चाय और बीड़ी का भक्त। कभी हाथ पर हाथ धरकर चुपचाप बैठना, वह जानता ही नहीं। 'गप्पी' भी नम्बर एक का, पर अपनी जिम्मेदारी को कभी न भूलनेवाला। काम के साथ ही साथ वह बातचीत का सिलसिला भी जारी रख सकता है।

'ठुक्-ठुक्-ठुक्, ठुक्-ठुक्-ठुक्'

''तो समझे न जी, दोजख-बहिश्त, सरग-नरक सब यहीं है, यहीं। अच्छे और बुरे का नतीजा तो यहीं मिल जाता है। रामचन्दर बाबू को देखो न!...अरे रहीम! जरा पेचकश फेंकना तो...रामचन्दर बाबू...अरे भई छोटावाला! छोटावाला! रह गए पूरे 'भोंक्' तुम, इससे भला...हाँ यही।''

रहीम!

रसूल मिस्त्री का एकमात्र पुत्र। साँवला-सा हट्टा-कट्टा जवान, परम पितृ-भक्त और आवश्यकता से अधिक नम्र। बाप की मौजूदगी में कभी उसे मुँह खोलकर बोलते

नहीं देखा गया। जहाँ दो-चार आदमी काम लेकर आए कि उसकी सहिष्णुता की परीक्षा आरम्भ हो जाती है। छोटी-सी गलती पर भी रसूल मियाँ पिनक उठते हैं, दिन-भर काम में जुटे रहने पर भी आलसी, कामचोर, लापरवाह और कभी-कभी आवारे की उपाधि भी उसे मिल जाती। रसूल मियाँ बकते रहते और वह शान्त होकर चीजवाले को समझाता रहता—"इसका स्प्रींग टूट गया है और होल्डींनट..." बस रसूल मियाँ इसमें भी अपनी टाँग अड़ा देते—"देखें कहाँ क्या हुआ है...हुँ, वाह रे लड़के! सिरिफ इसपिरिंग टूटा है। अच्छा ले हम नया इसपिरिंग फिट कर देते हैं, होल्डिंग-नट भी बदल देते हैं, मशीन चलाकर रिकाट (रेकॉर्ड) बजा दे तो समझें कि हो गया पक्का मिसतिरी। अरे उलुवा! बैलेंस कैसे ठीक होगा बैलेंस!" रहीम अपने होंठों पर एक सलज्ज मुस्कान लाकर निगाहें नीची कर लेता।

शहर से दो मील पूरब एक छोटी-सी बस्ती में मिस्त्री का घर है। मिस्त्री के पूर्वज कभी खुशहाल किसान थे, पर आज तो जायदाद के नाम पर तीन झोंपड़ियाँ और मवेशियों में कुछ बकरियाँ और मुर्गे-मुर्गियाँ रह गई हैं। आमद का यह हाल है कि जिस दिन दुकान बन्द उस दिन खाना बन्द और खर्च नबाबी। तीसों दिन कबाब और कलिया, हलवे और सेवइयाँ ही पकती हैं। बेटा और पतोहू तो कुछ कहने से रही। रह गई बुढ़िया, सो वह बेचारी अपनी जवानी के दिनों से ही काट-कपट, कम खर्च और संचय के सभी तरीकों को आजमाकर हार गई है। मियाँ रसूल की उमरखैय्यामी फिलासफी के आगे उसकी कोई भी दलील न कभी टिकी और न कभी उसकी कुछ सुनी ही गई। पर वह है कि बोलने से अब भी बाज नहीं आती। ज्यों ही रहीम के हाथ में किसी चीज की पोटली देखती, पूछ ही तो बैठती—"पोटली में का हौ रहीम?"

"कलेजी है।" रहीम भिनभिनाकर उत्तर देता।

"कित्ता है? सेर-भर?...का भाव दिया? आ अल्ला! दू रुपए सेर? आग लगे ऐसी जीभ में! दू रुपए सेर कलेजी? हम पूछे हैं तोसे रहीम कि अल्ला तोरे कब अक्किल दि हैं? ओके (मियाँ) सिर पर तो खैभूत सवार है खैभूत? तोरे मुँह में अल्ला-ताला ने बोली न दिया है।"—बुढ़िया बैठकर कलेजी के शौक को कोसती रहती, रहीम चुपचाप वहाँ से खिसक जाता। बुढ़िया की गोद में बैठा हुआ पोता कलेजी की पोटली की ओर बार-बार झपटता और बुढ़िया उसको बार-बार रोकती—"हाय-हाय! हमरे त कुछ न सूझे है।" घंटों वह बड़बड़ाती रहती—बाप-बेटे दोनों की बुद्धि मारी गई है, जमाना देखकर नहीं चलते, खाने-पीने के पीछे लोगों की जो दुर्गति हुई है—आँखों देखी घटनाओं का उदाहरण दे-देकर यह साबित करती कि ऐसे चटोर मरने के समय कफन के लिए भी कुछ नहीं छोड़ जाते आदि।—वह अपनी किस्मत को ठोंकती रहती कि

ठीक इसी मौके पर मियाँ रसूल आ पहुँचते। सबसे पहले जवाब तलब करते कि कलेजी अब तक इस तरह क्यों पड़ी हुई है। बुढ़िया मुँह लटकाए चुप रहती। रसूल मियाँ अन्दर जाकर मिर्जई खोल आते, ओसारे पर जमकर बैठ जाते। पतोहू गुड़गुड़ी दे जाती, दो वर्ष का नटखट पोता करीम दादी की गोदी को छोड़कर दादा की गोद में आकर बैठ जाता और दादी की ओर उँगली दिखलाकर तोतली बोली में दादी की शिकायत करने लग जाता–''खित् खित् बुहिया (खिट-खिट बुढ़िया)।'' इनाम में लेमनचूस और बिसकुट पाकर, जोर-जोर से पुकार-पुकारकर दादी को चिढ़ाने लगता है–''है खित् खित् बुहिया, है खित् खित् बुहिया।''

रसूल मियाँ गुड़गुड़ी में कस लगाते हुए गम्भीर हो जाते; फिर पूछते–''हम तोरे पूछे हैं रहीम की अम्माँ, कि आखि' तेरी यह रोज-रोज की खिट-खिट की आदत कब छूटेगी! जब देखो तब वही हाल, जब सुनो तब वही बात। आखिर हम पूछे हैं कि तोरे लाज-शर...''

''चुप रहअ्, लाज शरम के बात मत ओलअ्''–बुढ़िया तड़क उठती। ''चुप करनेवाली की ऐसी तैसी''–रसूल मियाँ भी गर्म पड़ जाते–''हम तो सौ बार नहीं हजार बार कहेंगे कि तोरे लाज-शरम जरा भी नहीं, सब धोकर पी गई है। तेरा बस चले तो सबको फाका कराके छोड़े। शौक से कभी कोई चीज लाओ कि बिना 'खिट-खिट' किए चैन नहीं।''

''खित् खित् बुहिया''–करीम बिस्कुट खाते-पीते किलकारी भरकर बोल उठता। बेचारी बुढ़िया रो देती। अल्ला-ताला उसे उठा लें, अब कौन-सा दिन देखने के लिए वह जी रही है। वह इस घर की कौन है, वह क्यों बोले, नेकी की बात कहने से वह बेहया हुई, बेशरम हुई...। पतोहू कलेजी की पोटली लेकर काटने लग जाती। रहीम अपनी कोठरी से निकलकर बाहर चल देता, बुढ़िया बैठी सिसकती रहती।

''रसूल काका हैं घर में?''–बाहर से कोई आवाज देता।

''कौन है? फकरुद्दीन! अन्दर आओ, क्या बात है?'' रसूल मियाँ गुड़गुड़ी की नली मुँह से हटाते हुए जवाब देते।

''काका, रशीद को दिन से ही पेट-मुँह दोनों चले हैं। दवा तो सुनवाइए नहीं करे है। देह भी ठंडा...?''

''तो दिन से कान में तेल डालकर सोया काहे था??''–रसूल मियाँ बीच में ही बात काटकर उठ खड़े होते!–''चलो देखें। कुछ नहीं होगा, 'खट्टा-मिठा' खाई है, ठीक हो जाएगी।'' कहकर वे अन्दर चले जाते।

''इस्मैला कैसा है रे फखरू!''–बुढ़िया पूछती।

''तोरे दुआ से अब अच्छा है काकी। तू तो अब कभी आती भी नहीं। इस्मैला की माँ कहे कि काकी नाराज है।''

''दुर पागल। नाराज काहे होवे। करीम्माँ के मारे फुर्सत मिले तब तो।''

रसूल मियाँ जेब में छोटी-बड़ी शीशियाँ ठूँसकर निकल पड़ते–"चल!" बुढ़िया अपने ही अपने बोलती–"जरा ठिकाने से देखिह, जो दवा नहीं रहे शहर से मँगा लिह।"

दादा के चले जाने के बाद करीम मियाँ धीरे-धीरे दादी के पास आकर बैठ जाते और बेमतलब की हँसी हँसकर सन्धि का प्रस्ताव करने लग जाते। यदि दादी अर्धभुक्त बिस्कुट लेकर भी सन्धि कर ले तो कोई हर्ज नहीं।

"चल हट शैतान! जा अपने दादा के पास। बड़ा आया है वहाँ से बिस्कुट देकर फुसलाने। हम तो खिट-खिट बुढ़िया हैं।" कहकर वह रूठी-सी रहती। पर मियाँ करीम अच्छी तरह जानते हैं कि इन मौकों पर क्या करना चाहिए। जबर्दस्ती गोदी में बैठकर अनुपस्थित दादा की शिकायत करने लग जाते–"दादा फकअ्...दादा चटो... (दादा फक्कड़, दादा चटोर)।" दादी के होंठों में छिपी मुस्कान को वह लक्ष्य कर लेता और अजीब भाषा में हँस-बोलकर दादी को रिझाने लग जाता, जिसका यह अर्थ हो सकता है कि दादा के साथ तो क्षणिक सन्धि सिर्फ बिस्कुट के लिए हुई थी। देखा! कैसे दादा से ठगकर बिस्कुट ले लिया। इसी को कहते हैं राजनीतिक दाँव-पेंच।

कलेजी काटते-काटते अम्मी आँख दिखाकर कहती–"अच्छा आवे हैं तोरे दादा। सब ठगपनी तोरे आज बाहर करवावे हैं।"

करीम मियाँ भला अम्मी की बात को कैसे बर्दाश्त करें? अम्मी तो घर-भर में सबसे कमजोर और हेय प्राणी है। करीम मियाँ ने उसकी खुशामद न कभी की है और न करेगा। और उसकी यह हिमाकत कि धमकी दे? थोड़ी देर गम्भीर होकर चुप रहने के बाद मुस्कुराती हुई अम्मी को आप डाँट देते–"चुप फूह (चुप फूहड़)।"

"आये दे दादा को"–अम्मी फिर धमकी देती। इस बार करीम मियाँ पाजामे से बाहर हो जाते। दादी की गोद से उठ खड़े होते और आस-पास प्रहार करने योग्य किसी वस्तु की तलाश करने लग जाते। मोटी लाठी को उठाने में असफल होकर, खाली हाथ ही अम्मी पर धावा बोल देते। बाल पकड़कर घसीटने लग जाते। अम्मी चिल्ला उठती–"छोड़ शैतान, छोड़। नहीं कहूँगी दादा से, छोड़।"

दादी हँसती हुई जाकर उसे पकड़ लाती। करीम मियाँ अपनी भाषा में धमकी देते–"फक्कड़ दादा को, अब्बा को और तुमको मारकर घर से निकाल दूँगा।"

अगर अम्मी मुँह चिढ़ा देती तो फिर मैदाने-जंग में उतरने का उपक्रम करने लग जाते, पर दादी रोक देती। सिर्फ दाँत कटकटाकर, बलबलाकर बैठ जाते। दादी और अम्मी इस संकेत को समझती हैं। बुढ़िया कहती–"आज दूध पिये के बख़त तोरे हे रुलाके छोड़ेगा–याद रखियो।"

करीम ने इधर कुछ दिनों से एक नया तरीका निकाला है। दूध पीने के समय वह रह-रहकर इसका प्रयोग करता है। अम्मी चीख उठती है–"अम्मा रे!" और अपनी सफलता पर, अम्मी की चीख पर करीम खिलखिलाकर हँस पड़ता है।

रसोईघर में पुतोहू कलेजी पकाती रहती, बुढ़िया पुकारकर कहती–"देखना ज्यादे कड़ा मत कर देना, नहीं तो खाने के समय तूफान खड़ा कर देगा।" दो-तीन बार बाहर से 'नमक-मिर्च-मसाले' के सम्बन्ध में चेतावनी देने के बाद वह खुद रसोई में पहुँच जाती। पुतोहू की गोदी में करीम को देते हुए बोलती–"जा बाचा जा, मैं देखूँ सालन।" पुतोहू मुस्कुराती हुई रसोई से बाहर हो जाती। गाँव में चक्कर लगाकर रहीम अपनी कोठरी में वापस आ जाता। स्वामी-स्त्री और बेटा, तीनों जने मिलकर पुराने जापानी ग्रामोफोन पर कमला झरिया का गीत सुनने में मशगूल हो जाते–"अदा से आया करो पनघट पर जब तक रहे जिगर में दम।"

रसूल मियाँ जब लौटते तो हाथ में 'बसन्ती ताड़ी' की लबनी रहती। आँगन में दस्तरखान बिछ जाता। ऊँघते हुए करीम मियाँ भी उठ बैठते–रिकाबी, बधना और गिलास घसीट-घसीटकर दादा के पास ले जाते। तीनों जने मिलकर, तृप्तिपूर्वक रोटी-कलेजी खाते रहते, बीच-बीच में ताड़ी का दौर चलता रहता। बुढ़िया पास में बैठकर परोसती रहती।..."वाह सालन तो खूब बना है।"–सुनते ही बुढ़िया निहाल हो जाती।

करीम मियाँ भी एकाध घूँट पीकर झूमने लगते। लबनी में बची हुई ताड़ी बुढ़िया को सुपुर्द करते हुए रसूल मियाँ फर्माते–"एक गिलास होई है, बहू को दे दे। आजकल तो एकदम चमगुदड़ी हो गई है। एक गिलास रोज पी ले तो देह लौट आए। ताड़ी है, ठट्ठा नहीं है। अरे हाँ, हाँ, तूने कभी पी ही नहीं तो जानेगी क्या?"

कुछ देर के बाद ही झोंपड़ियों में नींद का साम्राज्य छा जाता। कभी-कभी रसूल मियाँ को रात में भी उठकर 'कॉल' में जाना पड़ता था और सारी रात रोगी के पास बैठ बितानी पड़ती थी।

सुबह चुपचाप नाश्ते के बाद ही रसूल मियाँ शहर को चल पड़ते। दोपहर का खाना रहीम लेकर आएगा। घर से चलने को तो वे चल देते ठीक समय पर, लेकिन खाना लेकर रहीम उनसे अक्सर पहले ही पहुँचता। घर से निकलते ही गाँव-भर के शादी-विवाह, झगड़े-पंचायत, रोग-शोक, दवा-दारू आदि के सम्बन्ध में सलाह लेते-देते बारह बज जाते। गाँव से बाहर होकर, खेतों में काम करते हुए लोगों से 'खेती-बारी' के सम्बन्ध में दो-दो बातें नहीं करें यह भला कैसे हो सकता है।

"अरे मँहगू, तेरा मेलावाला बाछा कहाँ है?"

"का कहें मामा! आज दो दिन से न घास खाता है न पानी पीता है। भगवान जाने क्या हो गया है।"

बस रसूल मियाँ लौट पड़ते। बाछा को देखकर रोग तजबीज कर–'जड़ी-बूटी' बतला देते। सिर्फ इतना ही नहीं, किसके बगीचे में, किस पेड़ के आस-पास वह जड़ी मिलेगी, यह भी बतला देते या स्वयं जाकर ला देते।

दुकान पर पहुँचकर, अपनी जगह पर बैठते-बैठते अपने आप ही बोल उठते–“ओह! बड़ी देर हो गई।” फिर रहीम के काम को कुछ मिनट गौर से देखकर कहते–“ला, इधर दे, देखें। तब तक तुम भोला की घड़ी को देखो तो।”

टूटी कुर्सी पर बैठे हुए व्यक्ति ने कहीं पूछ दिया कि ‘कौन भोला’, तो काम के साथ ही साथ भोला की जीवनी शुरू हो जाती–“अजी, वही भोला। कंगरेसी भोला। है मालूम? जेल में ही बी.ए. पास कर लिया। खूब लड़का है भोला भी...यह देखिए, आपकी घड़ी का हियर इसपिरिंग इतना कमजोर है कि क्या कहा जाए? इसीलिए कहते हैं कि सस्ता रोवे बार-बार।...मगर भोला है अपनी धुन का पक्का। वैसे तो बहुत लड़कों को देखा है...”

सुननेवाला अपरिचित भोला की लम्बी-चौड़ी दास्तान की भूमिका ही सुनकर धीरज खो बैठता–“भई, किस भोला की इतनी तारीफ किए जा रहे हो। अरे वही लम्बा-लम्बा बालवाला...?”

“अरे साहब नहीं”–बात काटकर रसूल मियाँ कहते–“लम्बे बालोंवाला तो अबनीन्दर है अबनीन्दर। वह भी भोला का ही साथी है। वह भी एक अजीब लड़का है। कविस्स है, है मालूम? कबित लिखने में उस्ताद है। गौ-जैसा सीधा लड़का है, देखने से मालूम होता है आवारा है मगर...”

“ए हो रसूल काका! चलूअ देखूअ ता”...युवती ग्वालिन सुबुकती हुई आकर खड़ी हो जाती–“देखूअ तूअ भला रसूल काका, दूध के बरतन फोड़ देलन, हाथ पकड़के लक्को-झक्को...?”

“अरे कौन? कौन?”

“छत्तीश बाबू के बेटा।”

“सतीश बाबू से नहीं कहा?”

“छतीश बाबू उलटे हमरे मारे दौड़लन–भाग हरामजादी।” रसूल मियाँ की त्योरियाँ चढ़ जातीं। काम छोड़कर बड़बड़ाने लगते–“जितना अमीर है सब एक नम्बर का चोट्टा है चोट्टा। जाओ तुम जरा सौदागर सिंघ को बुला ला तो रे सुदमियाँ।” सुदमियाँ ग्वालिन आँसू पोंछती चली जाती पर रसूल मियाँ की बलबलाहट जारी ही रहती–“बड़ा रुपया का गर्मी हो गया है, औरत की इज्जत पर हाथ उठावेगा? शैतान कहीं का...”

“अरे मिसतरी, इन छोकड़ियों को कम मत समझो। एक ही खेली-खिलाई होती है। भला ऐसी जवान लड़की को शहर में दूध बेचने के लिए आने की क्या जरूरत?...”

“चुप रहिए साहब! यह लड़की मेरी बेटी दाखिल है। गाँव की लड़कियाँ बड़ी सीधी होती हैं, समझे? आपके शहर के तरह नहीं...होतीं। मैं पूछता हूँ, दूध की आमदनी से ही जहाँ पेट चलता हो, घर में इस लड़की को छोड़कर सब बीमार हों तो

डॉक्टर को बुलाने, दूधर बेचने जवान लड़की नहीं आवे तो कौन आएगा? बतलाइए! और भले आदमी का यही धरम है कि दूसरे की बहू-बेटी को मुसीबत में देखकर उस पर जुल्म करे!"

सुदमियाँ आकर कहती—"सौदागर काका घर पर नहीं हैं।" रसूल मियाँ सुदमियाँ के साथ अकेले ही चल पड़ते।

बेला ढलने के बाद कहीं वे वापस आते और बड़बड़ाते हुए दुकान में प्रवेश करते—"बच्चू चलें एक दिन देहात। सरे आम सड़क पर नहीं पिटवा दिया तो रसूल नाम नहीं।" फिर दुकान के एक कोने में बैठी कुंजड़िनों से पूछते—"क्यों अब्दुल की माँ, आज बड़ा सबेरे हो गया?" बस कुंजड़िनों की टोली टूट पड़ती—"कब से बैठे हैं, जरा हिसाब कर द बुढ़ऊ।"

"ठहरो-ठहरो। एक-एक करके। हाँ तोरे कित्ता करेला रहा हमीदन?...तेरह सेर। क्या भाव बेची?...चार आने?...हाँ, तो तेरह चौका बावन। बावन आना के सवा तीन रुपया। देखें पैसा?...हाँ ठीक है। अच्छा तुम्हारा परवल?...ऐ साहब! उधर रहीम को दिखलाइए, हमको अभी फुर्सत नहीं है। देखते हैं नहीं?"

हिसाब-किताब करते, खोटे-खरे पैसों की जाँच करते शाम हो जाती। रहीम काम बन्द कर चलने की तैयारी करता। "अरे इन लोगों को साथ लेते जा रहीम, शाम हो गई न! मैं जरा उधर से होता आऊँगा।" कुंजड़िनों की टोली के साथ रहीम चल पड़ता। धेनूसाह की दुकान पर पहुँचकर कुंजड़िनें दो पैसे की जलेबी और सकरपाला लेने में ही घंटों की देर लगा देतीं और रहीम सड़क पर खड़ा चुपचाप सबों की प्रतीक्षा करता रहता।

रसूल मिस्त्री के यहाँ मरम्मत की हुई चीज पक्की होती है। सब चाहते हैं कि रसूल मियाँ के यहाँ ही अपनी बिगड़ी चीजों को बनवाएँ। "पर वह दुकान पर जमकर बैठता है कहाँ, और जब बैठता भी है तो अधूरा काम बेटे के सिर पर पटक कहीं चल देता है।" यही लोगों की शिकायत है। वह जरा खरा आदमी है, साफ-साफ बात करना जानता है। इसीलिए गाहक कम आते हैं। वह छोकरा रघ्घू पहले मियाँ के यहाँ ही नौकर था, आजकल मरम्मत की दुकान खोलकर मालामाल हो गया है। पर रसूल मियाँ की दुनिया जैसी थी, आज भी वैसी ही है।

आज से दस-ग्यारह वर्ष पहले की बात है। मैं 'स्टोव' मरम्मत कराने रसूल के यहाँ पहुँचा। स्टोव खोलकर वह देख ही रहा था कि एक अधेड़ देहाती ने आकर भर्राए स्वर में कहा—"गहना तो नहीं छोड़ता है, कहता है और सूद लाओ..."

सुनते ही रसूल मियाँ काम छोड़कर उठ खड़े हुए। मैंने टोका—"फिर स्टोव!"

"कल होगा।"

"तो मैं स्टोव ले जाता हूँ।"—मैंने जरा चिढ़कर कहा। "ले जाओ जी!"—रसूल ने कड़ककर जवाब दिया—"यहाँ किसी की इज्जत पर पड़ी है और किसी को काम की सूझी है। बेचारे की बेटी का आज रात में गौना है। गहना बन्धक पड़ा है। महाजन छोड़ता नहीं..."

मैं अपना स्टोव लेकर, मन-ही-मन प्रतिज्ञा करके वापस हुआ कि कभी इसकी दुकान में न आऊँगा और न अपने दोस्तों को आने दूँगा।

पर आज रसूल मियाँ को अच्छी तरह पहचान चुका हूँ। बचपन की उस प्रतिज्ञा पर आज भी मुझे दुख है। सायकिल मरम्मत के लिए दी है। पन्द्रह दिनों से लौट रहा हूँ, रसूल मियाँ से भेंट ही नहीं होती। रहीम कहता है कि उन्हीं से ठीक होगा। किसी दिन संयोग से भेंट भी होती है तो देखता हूँ उनके जिम्मे सायकिल मरम्मत से भी जबर्दस्त काम है। "फटेहाल औरतों को कपड़ा दिलाना है। सात दिन से लौट रही हैं। भीड़ में दम घुटवाकर, कत्तार में खड़ी होकर भी खाली हाथ लौट आती हैं।"

किसी दिन सुनता हूँ—गाँव में मलेरिया जोर से फैला हुआ है, कुनैन मिलता नहीं, इसलिए मिस्त्री कई जड़ी-बूटियों का काढ़ा बनाकर आज गाँव-भर में बाँट रहे हैं।

रोज चुपचाप लौट आता हूँ और रोज उस बरगद के तने पर लटकती तख्ती को पढ़ लेता हूँ—"रसूल मिसतिरी—यहाँ मरम्मत होता है।" खल्ली से किसी शैतान लड़के ने जो लिख दिया है—"यहाँ आदमी की भी मरम्मत होती है।"—उसका मन-ही-मन समर्थन करके भी भूल जाता हूँ कि सायकिल के बिना मुझे बड़ी तकलीफ उठानी पड़ रही है।

फरवरी, 1946

बीमारों की दुनिया में

बीरेन की जवानी में घुन लग गया।

"आय जवानी, जाय जवानी, पानी-सी बह जाय जवानी!! हाय जवानी!!..."

बुखार–100°, 101°, 102°...।

खाँसी–भीषण!!

रोग–क्षय के लक्षण।

कथाकारों के नायक प्रायः क्षय ही से पीड़ित होते हैं। खून की कै करते हैं। कथाकार इस रोग को 'रोमांटिक' रोग समझते हैं। बीरेन बीमार है, क्षय के लक्षण दिखलाई पड़ते हैं तो वह भी जरूर 'रोमांस' के मजे लूट रहा होगा?

महीने पर महीने बीत रहे हैं, बिछौने पर पड़े-पड़े एक-डेढ़ वर्ष हो गया। आराम होने के कोई लक्षण दिखाई नहीं पड़ते। उसकी जवानी पटना मेडिकल कॉलेज हॉस्पिटल के एक वार्ड में, बेड नं. 1 पर शिथिल पड़ी है। जर्जर हो चुकी है। लेकिन कथाकार 'रोमांस' का राग अलाप रहा है। रोमांस! हिसे-चलती गाड़ी में रोमांस, सड़क पर रोमांस, खिड़की पर रोमांस!!

मार दो गोली इन रोमांटिक कथाकारों को!
बीरेन की जवानी किसी काम की न रही!

वह लाख मक्खन खाय, अंडा तोड़े, दूध पीये और गोल्ड की सुई ले, लेकिन बहा हुआ पानी वापस नहीं आ सकता, बीती हुई जवानी लौट नहीं सकती।

"तुम तो बेकार घबराते हो यार! यह अब असाध्य रोग नहीं रह गया है। लोग अच्छे होते हैं, रेगुलर लाइफ लीड करते हैं।"

"और म्याँ अब तो लड़कियों के बाप, लड़कों की तस्वीर देखने के बदले उसके फेकड़े का 'एक्सरे' प्लेट देखकर रिश्ता करेंगे। मान लो, थोड़ा इनफिलट्रेशन है, ठीक है। या थोड़ी 'केमिटी' सी है तो कोई बात नहीं। हाँ, जिसका केस 'डेभलप' कर गया है, वह बेचारा छाँट दिया जाएगा।"

नौजवान मेडिकल स्टूडेंटों की बात सुनकर वह हँस देता है। स्टूडेंटों की स्वस्थ हँसी में उसकी हँसी घुलमिल जाती है।

"मिस्टर! इस बार सेनेटोरियम में सीट खाली होते ही आपको भेज दिया जाएगा।"

डॉक्टर की बस एक ही बात सुनते-सुनते वह थक गया है। इधर कुछ दिनों से हाउस-सर्जन एक सलाह देने लग गया है।

"अरे साहब! किसी मिनिस्टर को पकड़िए, सब ठीक हो जाएगा।" लेकिन बीरेन जानता है कि मिनिस्टर साहब के पास सिफारिश के लिए समय नहीं है। बीरेन की सिफारिश के लिए कोई मिनिस्टर नहीं बना है।

बगल की 'केबिन' में कोई हैं, जिनके मिलनेवालों में एक कम्यूनिस्ट है। वह कभी-कभी बीरेन के पास भी आता है। जब आता है, सामयिक राजनीति पर एक व्यंग लिए आता है।

"अब क्या है, अब तो अपना राज है जी।"–मिनिस्टरी जिस दिन बनी थी।

"अब तो यार, खुद पर भरोसा करो।" जयप्रकाशजी ने रिहा होकर, बाँकीपुर लान में भाषण देने के सिलसिले में कहीं 'खुदा जाने' शब्द का व्यवहार किया था।

बीरेन को ढाँढ़स बँधाते हुए वह कभी-कभी कहता है–"अरे कामरेड! लेनिन भी टी.बी. से ही मरे थे और गोर्की ने सबसे अच्छी किताबें सेनेटोरियम में ही लिखी थीं।"

बीरेन ने भी पलँग पर पड़े-पड़े कहानियाँ लिखने की कोशिश की है। कहानी शुरू करने को तो वह कर देता है पर उसे अन्त करना उसके लिए मुश्किल हो उठता है। फलतः उसकी कॉपी में बहुत-सी अधूरी कहानियाँ लिखी पड़ी हुई हैं। वह कभी-कभी उन कहानियों को देखता है, उन्हें शेष करने की हिम्मत नहीं होती।

बीरेन की जवानी किसी काम की नहीं रही!!

अस्पताल की रात बड़ी भयानक होती है। रोगियों की दर्द-भरी कराह, कलेजे में चुभनेवाली चीख और बीच-बीच में मृत व्यक्तियों के सम्बन्धियों का सम्मिलित करुण रोदन! सब मिलकर रात को बड़ी भयानक बना देते हैं। अँधेरी रात और भी क्रूर हो जाती है। चाँदनी रात, कफन जैसी सुफेद और बेजानदार मालूम होती है।

यहाँ मौत बहुत जानी-पहचानी हुई चीज है। जिन्दा रहना, मर जाना, फिर मरते-मरते जी जाना यहाँ कोई अहमियत नहीं रखते। लोग रो-रोकर मौत को गलत और डरावनी बना देते हैं, यों यह बड़ी सीधी-सादी होती है। वह बेड नं. 5 रात को न जाने कब मर गया। चार बजे भोर को नर्स ने देखा, मौत कभी चुपके से आकर चली गई है। डेथ-सर्टिफाई करने के लिए डॉक्टर आए, मुर्दे को छूकर, ऊँघते हुए चले गए। वार्ड के रोगियों की नींद में कोई बाधा नहीं पहुँची। मुर्दाघर के दो मेहतर आए, उसे स्ट्रेचर पर लिटाकर ले चले। अगले मेहतर ने अपनी जिन्दादिली दिखाते हुए कहा–"चल भैया, कदम-कदम बढ़ाए चल।"

यह उसके चुपचाप और लावारिस मर जाने पर एक व्यंग था।

बेड नं. 5 खाली हो गया। उसका 'बेड-हेड-टिकट' और हिस्ट्री-चार्ट लेकर नर्स चली गई। उसने अपने रजिस्टर में लिखा–"बेड नं. 5 एक्सपायर्ड..." वगैरह-वगैरह।

उसका एक भला-सा या बुरा-सा नाम रहा होगा, लेकिन मरते-मरते वह सिर्फ बेड नं. 5 ही रह गया। यानी बेड नं. 5 सिर्फ मर गया। वज्रपात नहीं हुआ, दीपक नहीं बुझ गया, सिन्दूर नहीं लुट गया। कुछ नहीं हुआ, वह सिर्फ मर गया। वज्रपात हो जाना, दीपक बुझ जाना, सिन्दूर लुट जाना दूसरी बात है और 'सिर्फ मर जाना' दूसरी बात।

बस, यहीं तक लिखी हुई एक अधूरी कहानी को बीरेन कभी-कभी पढ़ डालता है। वह जब-जब इस कहानी को पढ़ता है, उसका अपना नाम भी मिटने-मिटने को हो जाता है, उसे लगता है जैसे वह बीरेन, बीरू, बीर वगैरह कुछ भी नहीं महज बेड नं. 1।

''कहिए बीरेनजी! कैसे हैं?''—अजीत आया।

बीरेन का नाम मिटते-मिटते रह गया।

यह अजीत, बीरेन का साहित्यिक दोस्त है, कहानी लेखक और पालिटिकल वर्कर। नई शैली और विचारधारा को लेकर इन्होंने हिन्दी संसार में प्रवेश किया है। इनकी कहानी की नायिका, हँसते-हँसते स्खलित हो जाती है, भरी प्रदर्शिनी में एक नग्नमूर्ति के पास खड़ी होकर उसके स्तन को देखती फिर अपने स्तन को छूकर देखती है कि मूर्ति की तरह उसका अपना गठीला, नुकीला है या नहीं। इनके नायक, 'कॉफी-हाउस' में एक प्याली आइसक्रीम चूसते-चूसते मजदूरों के सवालात पर दर्जनों थ्योरियाँ बोल जाते हैं। इनकी भाषा—जज़्बात, अहसास, अहमियत की ठूँस-ठाँस से जरूरत से ज्यादा जानदार हो जाती है।

बीरेन ने करवट लेते हुए कहा—''बैठिए। आप कैसे रहे?''

''ठीक है''—अजीत ने बैठते हुए कहा—''और आपकी 'उनकी' कोई चिट्ठी-विट्ठी आई?''

बीरेन ने गर्दन हिलाकर कहा—''नहीं।''

यह 'शैला' नाम की एक लड़की के बारे में बात हो गई। शैला बीरेन के साथ बनारस हिन्दू विश्वविद्यालय में पढ़ती थी और बीरेन से उसका बहुत अच्छा-सा सम्बन्ध है। अब वह मद्रास के किसी वीमेन्स कॉलेज में प्रोफेसर थी। अजीत की राय में, शैला ही बीरेन की बीमारी का प्रधान कारण थी।

अजीत एक बार मुस्कुराया, फिर कहने लगा—''देखिए! हम जिन्दगी को 'कॉफी' के चम्मच से नहीं माप सकते...''

बीरेन ने याद करने की कोशिश की कि उसने किस अंग्रेजी उपन्यास में ठीक इसी पंक्ति को पढ़ा है।

अजीत कह रहा था—''जिन्दगी किसी की याद में रो-रोकर बिताने के लिए नहीं है। यह एक लहर है जो गरजती है, उबलती है, थपेड़े मारकर जगाती है। यह सुलानेवाला संगीत नहीं। यह एक गति है जो रुकती नहीं...।''

बीरेन आज ऊब गया। वह सब दिन चुप होकर अजीत की सुनता रहा है। और यह अजीत जब बोलने लगता है तो भूल जाता है कि सुननेवाला भी कुछ सोच सकता है, कुछ कह सकता है।

आज बीरेन बोलेगा। जब से वह पलँग पर पड़ा है, उसने सिर्फ सुना है। वह चुपचाप लोगों की सुनता गया है, बोला है नहीं। उसने बीमार होकर देखा है कि दुनिया में राय देनेवालों का ही बाहुल्य है। बीमार होने का अर्थ है, कड़वी दवा की तरह दूसरों की गलत-सही बातों को पीते जाना। एक बीमार को अपनी राय जाहिर करने का कोई हक नहीं, क्योंकि वह कमजोर है, निष्क्रिय है, निस्तेज है, करवटें लेता है, कराहता है। वह समाज का एक सड़ा हुआ अंग है, जिसे समाज अपनी भलाई के लिए काटकर अलग कर देना पसन्द करता है। उसके पीछे चलनेवाले साथी आज उसे गोली मारने को तैयार हैं, क्योंकि वह चलने में असमर्थ है। बीरेन तकिये के सहारे बैठ गया और कहने लगा–''अजीत बाबू! आप जिन्दगी, संघर्ष, मुहब्बत वगैरह पर बड़े-बड़े पोथे लिख सकते हैं–सिर्फ लिख ही सकते हैं। आप अपने को प्रगतिशील कहते हैं, यथार्थवादी होने का दावा करते हैं। पोथियों से आपने यथार्थवाद सीखा है–जिसे मैं उधार की चीज कहता हूँ। और मेरा जन्म किसी 'कॉफी-हाउस' के इर्द-गिर्द नहीं बल्कि खलिहान के पास ही एक झोंपड़ी में हुआ है, जहाँ जन्म से लेकर मौत तक–लड़ाइयाँ ही लड़ाइयाँ लड़नी पड़ती हैं। जहाँ की समस्याएँ तर्क करने का मौका नहीं देती हैं। जहाँ सीधी चोट करनी पड़ती है, सीधे वार को सहना पड़ता है। मेरा दावा है कि मैंने जिन्दगी को आपके 'जेम्स जायस' से अधिक पहचाना है। हमारी जिन्दगी हिन्दुस्तान की जिन्दगी है। हिन्दुस्तान से मेरा मतलब है असंख्य गरीब मजदूर, किसानों के हिन्दुस्तान से। हम अपनी मिट्टी को पहचानते हैं, हम अपने लोगों को जानते हैं। हमने तिल-तिल जलाकर जीवन को, जीवन की समस्याओं को सुलझाने की चेष्टा की है। आपने गेहूँ का पौधा देखा है अजीत बाबू? मेरा खयाल है कि आपने गेहूँ भी नहीं देखा होगा।

''रही मुहब्बत की बात। सो हमारे दिल के किस्से निराले होते हैं। हमारे यहाँ इश्क पनपते ही मुरझा जाता है, शबाब दम घुटकर मर जाता है। हमें मुहब्बत की लाश ढोनी पड़ती है।...''

बीरेन हाँफने लगा। अजीत निष्प्रभ होकर बोला–''आप अब चुप रहिए।''

अजीत चला गया। बीरेन बहुत देर तक गर्म रहा। उसके नथुने फूले रहे और वह सोचता रहा–डॉक्टरों की बात, कम्यूनिस्ट छोकरे की बात, अजीत की बात।

हिन्दुस्तान में यह फेफड़े का रोग 99 प्रतिशत पर हाथ फेरने जा रहा है। जरूरत है उत्तम भोजन, कम मिहनत की। जरूरत है हजार-हजार डॉक्टरों की। लेकिन डॉक्टरी सभी नहीं पढ़ सकते। फिर जहाँ डॉक्टरी पेशा का रूप ले ले वहाँ बीमारी बढ़ती ही जाएगी।...असल बात है कि हम गुलाम हैं और गुलाम कौम का अर्थ बीमार मुल्क।...

ये कम्यूनिस्ट! 1942 की क्रान्ति में रोड़े अटकानेवाले क्रान्ति-विरोधी! आज फब्तियाँ कसे चलते हैं।

रूस इनका काका है और स्टालिन पैगम्बर। स्टालिन की डिक्टेटरशिप को जनता की डिक्टेटरशिप कहते इन्हें शर्म नहीं आती। जरा कोई इनसे पूछे कि म्याँ जनता की डिक्टेटरशिप जनता पर तो नहीं हो सकती, आखिर यह डिक्टेटरशिप किस वर्ग पर? तो बगलें झाँकने लगेंगे, लेनिन को 'कोट' करने लगेंगे; स्टालिन की दुहाई देने लगेंगे।...

और, यह अजीत! दिन में पच्चीस बार सूट बदलकर होटलों में चक्कर काटते फिरता है, फिलासफी बघारता है। किसानों के सवाल पर आप बोल तो सकते हैं पर किसानों के बीच जाकर काम करने की बात उठते ही उपयुक्त मोर्चे (Suitable Front) की तलाश करने लग जाते हैं।...

अचानक उसके विचारों में बाधा पड़ी। बेड नं. 4 पर गुलाम मुहम्मद गिलानी साहब, उर्दू के शायर हैं। बेचारे भरी जवानी में ही हृदय रोग से पीड़ित हैं। सारी देह में सूजन है, चेहरे पर परेशानी छायी रहती है, लेटने से तकलीफ बढ़ जाती है। मगर उनकी जिन्दादिली है कि उन्हें जिलाए रहती है। हाँ, तो उनकी नौकरानी डेरे से आई थी और रो रही थी कि उसके घरवाले ने उसे बुरी तरह पीटा है। उसे कसम खिला ली जाए जो उसने कुछ कहा हो। गिलानी साहब ने उसे शान्त करके वापस भेजा। बीरेन ने मुस्कुराकर पूछा—"भाई, बात क्या थी?"

गिलानी साहब ने बड़े अन्दाज से गर्दन हिलाकर, हकला-हकलाकर जवाब दिया—"कसम खिलवा लो जो मैंने आह! भी की हो।"

"मगर उसने तो पैंतरे बदल-बदलके मारा है।" बीरेन हँस पड़ा और रह-रहकर हँसता रहा।

रात आई, रातवाली नर्स आई। बाहरी दुनिया शान्त हो गई, अस्पताल की दुनिया कराहती, चिल्लाती, दम तोड़ती और जोड़ती चलने लगी। रातवाली सिस्टर राउंड लगाने आई, बेचारी नर्स ऊँघती हुई पकड़ी गई। तेज, कर्कश आवाज में सिस्टर चिल्ला उठी—"हम रिपोर्ट करेगा, छोड़ेगा नहीं।"

बीरेन का बुखार आज कुछ तेज था, उसे नींद नहीं आ रही थी। उसके जी में आया कि सिस्टर का मुँह नोच ले। चुड़ैल, बड़ी चिल्लाती है। उसने करवट बदली, लोहे का पलँग कचमचा उठा। उसे लगा जैसे यह उसकी हड्डियों की आवाज हो। गिलानी साहब पलँग पर बैठे, 'बेड-रेस्ट' के सहारे हाँफ रहे थे। बीरेन ने पूछा—"क्या हाल है गिलानी भाई?"

"कुछ मत पूछिए"—वे फिर शायराना अन्दाज से बोले—

"छेड़ दिया हसन ने फिर अपना किस्सा,
बस, आज की रात भी हम सो चुके।"

"लेकिन भाई, हम तो ऐसा सोएँगे कि लाख सर पटके पे भी न उठेंगे...।"

सुबह बीरेन ने उठकर देखा, गिलानी साहब के बेड के पास भीड़ लगी थी। औरतें दहाड़ मारकर रो रही थीं। गिलानी साहब के हृदय की गति बन्द हो चुकी थी। उसकी जवान बेवा ने अपना सिर फोड़ लिया था, उसे लोग सँभाल रहे थे। पास ही फर्श पर बैठी उनकी छोटी-सी बच्ची, रेलगाड़ी चला रही थी।

बीरेन अपने में ही बोल उठा–"एक यह भी थे जो चले गए।"

मजदूर राज्य कायम हो!

इन्कलाब! जिन्दाबाद!!

जयप्रकाश! जिन्दाबाद!!...

चिलचिलाती हुई धूप में, मजदूरों का एक विशाल जुलूस सड़क से गुजर रहा था। बीरेन ने खिड़की से देखा–बड़ा लम्बा-चौड़ा जुलूस था। जुलूस दूर निकल गया था लेकिन नारों की आवाज अब भी सुनाई पड़ रही थी–

'जयप्रकाश! जिन्दाबाद!!'

सुबह से घबड़ाया हुआ बीरेन, अभी कुछ शान्त हुआ। डॉक्टर आए, सुई देकर चले गए। उसने आँखें मूँद लीं और सोने की चेष्टा करने लगा। थोड़ी ही देर बाद उसने अनुभव किया कि उसके शरीर पर कोई हाथ फेर रहा है। उसने आँख खोलकर देखा–

"अहमद!"–वह उछल पड़ा।

"भई लेटे रहो।"

"कब आए?"

"अपने और साथियों का क्या हाल है?"

"हाँ"–अहमद ने बड़े उत्साह से कहा–"कृष्णम् केरल का विद्यार्थी इंचार्ज है। गोपी, अहमदाबाद मजदूर यूनियन में काम कर रहा है। सिन्हा, आर्गनाइज करने के लिए पंजाब भेजा गया है। रियासत 'टाटा' में है। अहद, पार्टी-आर्गेन एडिट करता है। मजदूर, किसान और विद्यार्थी फ्रंट पर जोरों से काम चल रहा है। कई जगह वर्कर्स ट्रेनिंग कैम्प भी खुल गए हैं।...अच्छा तो मैं अब चला।"–अहमद उठ खड़ा हुआ।

"फिर कब मिलोगे?"

"कह नहीं सकता, कानपुर में जिच चल रही है। अगर लड़ाई शुरू हुई तो जाना ही पड़ेगा। और हाँ, अच्छी याद आई। कांग्रेसी मिनिस्टरी ने तो इसे टाल दिया है, लेकिन अपनी पार्टी ने प्रान्तीय वकील सभा की सहायता से एक बोर्ड कायम किया है। 42 के जुल्मी ऑफिसरों के जुल्मों का लिस्ट तैयार करना है। तुम्हारा केस तो काफी वजनी रहेगा। तुम लिख डालो। हम उन जुल्मियों को खुली अदालत में लाकर छोड़ेंगे। तो मैं चलता हूँ।"

अहमद चला गया। बीरेन ने उसे जाते हुए देखा, फिर आप ही आप मुस्कुराने लगा।

रात आई।

बीरेन लेटे-लेटे ताना-बाना बुनने लगा! अतीत की कुछ धुँधली और बिखरी हुई स्मृतियाँ–हरे पेड़-पल्लवों से लदा उसका प्यारा गाँव, उसकी माँ–स्नेहमयी, करुणामयी; प्यारी बहन बन्नो। फिर बनारस के दिन, शैला...। 1942 की क्रान्ति...लाठी चार्ज.. .कठोर कारावास...जेल का भीषण चार्ज...बीमारी...अस्पताल...कृष्णम् गोपी, सिनहा, रियासत और अहद...सबके सब रणबाँकुरे हैं। लगा जोर–बस एक बार!!

बीरेन उठकर बैठ गया। उसे लगा कि वह उत्तेजित हो रहा है। वह बहुत देर तक चुपचाप बैठा रहा, लेकिन एक नई ताकत न जाने कहाँ से उसके अन्दर आ गई थी जो उसे बार-बार झकझोर जाती थी। इस ताकत के आगे रोग नहीं टिक सकेगा। उसने अनुभव किया कि हजारों हजार साथियों का बल उसे प्राप्त है।

अचानक उसकी विचारधारा में बाधा पड़ी। वार्ड में कुहराम मचा। कोई चल बसा। फिर वही नर्सों का खुट-खुट, डॉक्टरों की दौड़, सिस्टर की कर्कश आवाज, मेहतरों की बड़बड़ाहट।

बीरेन ने लेटते हुए कहा कि–"मरो, मरो!! हिन्दुस्तान में जन्म लेकर। इससे ज्यादा क्या उम्मीद करते हो।"

बेचारी विधवा सिर पीट रही थी, उसका इकलौता बेटा था, एकमात्र सहारा था, उसका राजा था, मुन्ना था...।

बीरेन करवटें ले-लेकर गिलानी का शेर दुहरा रहा था–

छेड़ दिया हसन ने फिर अपना किस्सा!
बस आज की रात भी हम सो चुके।।

दिसम्बर, 1946

इतिहास, मज़हब और आदमी

उस दिन दीवाली थी–लक्ष्मी के शुभागमन का एकमात्र दिन। सुबह उठते ही मनमोहन, माँ से लड़कर 'कैम्प' में चला गया था। आस-पास गाँवों में जोरों से हैजा और मलेरिया फैला हुआ था। भूख और रोग का संयुक्त मोर्चा। प्रत्येक गाँव से रोज आठ-दस लाशें उठ जाती थीं। बहुत 'लिखा-पढ़ी' खुशामद और लड़-झगड़कर, मनमोहन एक 'मेडिकल कैम्प' ला सका था। वह स्वयं डॉक्टरों के साथ, सुबह से शाम तक गाँवों में घूम-घूमकर दवा और पथ्य बाँटता फिरता था।

दोपहर को वह घर लौटा।

नौकर-नौकरानियों के साथ, माँ सफाई के काम में लगी हुई थी। केले के पौधे गाड़े जा रहे थे, कन्दीलें बनाई जा रही थीं, रंगीन कागजों की झंड़ियाँ सजाई जा रही थीं। और इन सजावटों को खड़ी देख रही थी, गाँव के दर्जनों नग्न-रुग्ण भूखे लड़के-लड़कियों की भीड़। वृद्ध नौकर रामटहल बार-बार उन लोगों को अकारण ही डाँट बता देता था और प्रत्येक डाँट पर यह एक कदम पीछे हट जाती थी।

मनमोहन बरामदे में पड़ी हुई एक कुर्सी पर धम्म से जा बैठा।

हवा में चूने और वार्निश की गन्ध घुल-मिल गई थी। बगल के एक कमरे में माँ नौकरों से डटकर काम ले रही थी और साथ-साथ बड़बड़ा रही थी।

"...तुम क्रिस्तान हो जाओ, घर में मुर्गे-मुर्गियाँ पकवाओ, मुसलमानों के साथ खाओ, मैं कुछ नहीं बोलती। तुम देवी-देवताओं की खिल्ली उड़ाते हो, मैं नहीं रोकती। लेकिन जब तुम मेरे धरम-करम में अड़ंगा डालोगे, माँ लक्ष्मी की पूजा नहीं करने दोगे–तो इसे मैं कैसे बर्दाश्त करूँ! बाप का धरम था, तुम्हें पढ़ाया-लिखाया, तुम्हारे लिए जमीन-जायदाद छोड़कर बेचारे सिधार गए। पढ़-लिखकर पंडित हुए, नहीं कमाते हो तो हर्ज नहीं, लेकिन बाप की इज्जत, घर की मर्यादा को तो कम-से-कम निभाओ। सो नहीं, बैठे-बिठाए आवारों के साथ हल्ला, धरम छोड़कर अधरम की बातें और किसान-मजदूर राज्य...। हो चुका किसान-मजदूर राज्य!"

मनमोहन बरामदे से सबकुछ सुन रहा था। उसने देखा कि माँ का क्रोध अब तक भी शान्त नहीं हुआ है। वह उठा और अपने कमरे में दाखिल हुआ। वह थोड़ा लेटना चाहता था किन्तु कमरे में आकर उसने देखा कि पलँग पर एक अपरिचित वृद्ध आधिपत्य जमाए बैठा है। वह उसकी ओर गौर से देखकर एक कुर्सी पर बैठ गया।

वृद्ध ने तपाक से फर्श पर खैनी थूकते हुए, सड़ी हुई दन्त-पंक्तियाँ निकालकर कहा—"अहा हा! बबुआजी, माँ लक्ष्मी कल्याण करें। प्रातःकाल से कहाँ रहे बबुआ जी!"

मनमोहन ने अन्यमनस्क होकर मिनमिना दिया—"जरा गाँवों में घूम रहा था।"

"अहा हा!" वृद्ध पुनः थूकता हुआ बोला—"ठीक है, ठीक है, परोपकार तो महा धर्म है बबुआजी! किन्तु देवी-देवताओं का अनादर, माँ लक्ष्मी का अपमान आदि तो सर्वथा धर्म-विरुद्ध आचरण है। अंग्रेजी पठन-पाठन का..."

"आप?...आप कौन हैं?"—मनमोहन ने टोका।

"अहा, हा! अपने कुल-पुरोहित पंडित दिनमनि पाठक को नहीं पहचानते बबुआजी?"

"आप ही पुरोहित दिनमनि पाठक हैं?" मनमोहन ने भौं सिकोड़ते हुए पूछा। पंडितजी पुनः एक बार थूककर, जोर-जोर से हँसने लगे। मनमोहन को सिर्फ दो घंटे पहले की बात याद आ गई। महा कंगाल चेथरु मंडल रो-रोकर कह रहा था कि पंडित दिनमनि ने उसे लूट लिया। उसके एकलौते जवान बेटे के श्राद्ध में 5) रुपए दक्षिणा तो लिया ही, जबर्दस्ती एक गाय भी खोलकर ले गया। स्त्री के श्राद्ध में अँगूठे का निशान लेकर जी नहीं भरा तो छप्पर पर से कोहड़े, शाक-भाजी भी नोपाकर ले गया...।

मनमोहन को गम्भीर देखकर पंडितजी ने सोचा कि वह अपनी अनभिज्ञता पर लज्जित हो रहा है। उन्होंने उत्साहित होकर कहा—"कोई चिन्ता नहीं बबुआजी...।"

मनमोहन ने सहसा पूछ लिया—"पंडितजी, क्या आप कह सकते हैं, माँ ने जो यह नई जमीन ली है उसके खरीदने में आपका कितना हाथ है?"

"बबुआजी! मैंने ही तो सबकुछ किया"—वृद्ध मनमोहन के भावों को नहीं समझ सका। वह प्रसन्न होकर कहता गया—"विधवा तो जमीन बेचने के लिए राजी ही नहीं हो रही थी। बस मैंने धरम की वह लकड़ी फेरी कि सारी अकड़ जाती रही।..."

"और कैलाशपति के विरुद्ध झूठी गवाही भी आपने ही दी थी?"

"अरे क्या पूछते हो बबुआजी! तुम्हें तो सब मालूम है। नहीं रहे मालिक मेरे, वरना सारी लक्ष्मीपुर की जमींदारी अपनी होकर रहती। मैं तो सेवक हूँ, बहूजी की आज्ञा पर..."

"और आप ग्राम हिन्दू-सभा के सभापति भी हैं?"

"अहा हा! तुम तो सब जानते हो बबुआजी। मालिक ने मुझे जो कुछ भी बनाया, वह हूँ। अब तुम जमींदारी का भार तो सँभालो।..."

"अहा हा! माँ दुर्गे!"

"अब आप जा सकते हैं।"—मनमोहन की त्योरियाँ बदल गईं। वृद्ध कुछ बोलना ही चाहता था कि मनमोहन ने कहा—"अब फिर दर्शन देने का कष्ट नहीं कीजिएगा।"

वृद्ध ने अपनी गन्दी झोली उठाई और राह पकड़ी।

फर्श पर मक्खियाँ भिनभिना रही थीं। उसकी सफाई के लिए मनमोहन ने नौकर को आवाज दी। अचानक माँ ने कमरे में प्रवेश किया। क्रोध से वह जल-सी रही थी। उसके नथुने फूले हुए थे और वह जोर-जोर से साँस ले रही थी। बोली–"अब मुझे क्या कहते हो, कहो? माँ लक्ष्मी का अपमान करके जी नहीं भरा तो बेचारे ब्राह्मण को गालियाँ देकर निकाल बाहर किया। अब मुझे गला घोंटकर मार डालो तो स्वर्ग में तुम्हारे पिता को शान्ति मिले। हे भगवान, मेरे ही कोख से ऐसे अधरमी को जन्म लेना था...।"

वह रो पड़ी। मनमोहन पत्थर की तरह बैठा रहा।

माँ आँचल से आँख पोंछती हुई चली गई। मनमोहन जरा लेटना चाहता था, लेकिन पलँग की ओर निगाह उठाकर वह बैठा रहा। कुछ देर के बाद वह उठा और टेबिल पर कोई किताब ढूँढ़ने लगा।

उस दिन भंडारघर की सफाई के सिलसिले में धन्नू की माँ ने एक अलभ्य पुस्तक का जीर्णोद्धार किया था और बड़े उत्साह से मनमोहन के टेबिल पर रख गई थी। टेबिल पर तीन-चार मोटी-मोटी किताबें, जिनके नाम सुनहले अक्षरों में लिखे हुए, चार-पाँच छोटी और पतली, जिनके 'गेट-अप' इतने अच्छे थे कि बरबस पढ़ने को जी मचल पड़े। अंग्रेजी और हिन्दी की कुछ मासिक पत्रिकाएँ और रंगीन पत्थरों के नीचे दबी हुई रंग-बिरंगी चिट्ठियों के बीच वह गन्दी और पुरानी किताब आँखों में खटकी। मनमोहन ने उसे उठाकर देखा–'भारतवर्ष का इतिहास।' वह किंचित मुस्कुराया और उसे एक ओर फेंक दिया, फिर कुछ सोचकर उसे उठा लाया और आरामकुर्सी पर लेट गया।

भारतवर्ष का इतिहास

यह किताब मनमोहन की ही है, इसके सबूत में उसके कई पृष्ठों पर लिखा हुआ था–This book belongs to Manmohan Verma. Class VII, H.E. School वगैरह, वगैरह।

शुरू के कुछ पन्ने फट चुके थे, कुछ में कीड़े लग गए थे, लेकिन सबसे अन्त में–सम्राट पंचम जार्ज की तस्वीर और उसके नीचे लिखी हुई पंक्ति–'God save the king' अब तक चमक रही थी।

मनमोहन को याद आई कि 'पुरस्कार वितरणोत्सव' के अवसर पर उसने बड़े सुरीले स्वर में–God save the king गाकर एक अच्छा-सा पुरस्कार प्राप्त किया था।

आज मनमोहन एम.ए. है। विश्वविद्यालय ने, जिस वर्ष उसे इतिहास में प्रथम श्रेणी एम.ए. घोषित किया, उसी वर्ष भारत सरकार ने उसे शान्ति का शत्रु कहकर नजरबन्द भी बना लिया था।

वह मुस्कुराता हुआ पन्ना उलटता रहा। स्थान-स्थान पर पंक्तियाँ 'अंडर-लाइन' की हुई थीं, परीक्षा में पूछे जाने की सम्भावना प्रकट की गई थी।...पानीपत की लड़ाई...ताजमहल की तस्वीर...औरंगजेब, छत्रपति शिवाजी...बहादुरशाह...अंग्रेजी शासनकाल...

वह रुक गया, राबर्ट क्लाइव की बगल में लिखा हुआ था Most important... क्लाइव बड़ा बदमाश था। वह स्कूल की खिड़कियों और बेंचों को तोड़-फोड़ डालता था। मनमोहन को याद आया कि सूरज प्रसाद को भी मास्टर साहब राबर्ट क्लाइव कहते थे। बड़ा शैतान था सूरज भी, स्कूल भर में सबसे बदमाश!...यह सब दिन वैसा ही रहा। 1942 के आन्दोलन में उसे फाँसी हो गई। आह! सूरज नहीं रहा। कितना बड़ा संगठनकर्ता था वह, कितना निडर! आँधी और तूफानों में भी हँसनेवाला! सुना कि फाँसी के दिन वह रोया था। क्या वह रोया होगा?...शारदा बिना माँ-बाप की बच्ची, भूखों मर गई।...देश के कितने सूरज अस्त हो गए, कितनी शारदा भूख से बिलख-बिलखकर मर गई होंगी।...

पन्ना उलटा–सिराजुद्दौला। सिराजुद्दौला सिर्फ 20 वर्ष की उम्र में नवाब हुए।...मनमोहन ने अपनी उम्र को जोड़ा–25 वर्ष। एक बार मनमोहन ने सिराजुद्दौला पर कविता लिखी थी–'प्यारे सिराज! प्यारे सिराज!' ज्योत्स्ना को वह कविता बड़ी अच्छी लगती थी। वह बार-बार यही कविता सुनना चाहती थी। ज्योत्स्ना कम्यूनिस्ट पार्टी में काम करती है, अब सुना है, 1942 आन्दोलन के समय वह रेडियो पर 'जन संगीत' गाया करती–ट्रामों में आग लगानेवाले गुंडे हैं, बदमाश हैं, और 'क्रान्ति नहीं है, यह क्रान्ति नहीं है...दुश्मन है द्वार पर...'

मनमोहन ने किताब पर दृष्टि गड़ाई...इस अमानुषिक बध को ब्लेकहोल की घटना कहते हैं।

वह मुस्कुराया। बहुत देर तक मुस्कुराता रहा। अचानक रामटहल आकर खड़ा हो गया।

"क्या है?"

"पूजा शुरू हो गई।"

"तब?"

"आप नहीं चलिएगा?"

"नहीं।"

रामटहल चला गया। मनमोहन पुनः किताब के पन्नों में वापस हो गया।...लार्ड कार्नवालिस...जमींदारी प्रथा का जन्म...जमींदारी प्रथा आज मिट रही है। इस सत्यानाशी

प्रथा को कायम रखने के लिए जमींदारों ने क्या-क्या नहीं किया! आज भी वे सचेष्ट हैं। उन्होंने राष्ट्र सेवक दल नामक एक संस्था भी कायम की है। मुस्लिम नेशनल गार्ड और यह 'राष्ट्र सेवक दल' मुस्लिम और हिन्दू पूँजीपतियों की डूबती हुई नैया को बचा सकेगा?...इस गाँव में भी तो काली टोपी लगाए शाम को कुछ लड़के लाठी घुमाया करते थे। आज गाँव में महामारी फैली हुई है। कहाँ हैं वे?...कहाँ हैं थापटजी?...

उसने पन्ने पर निगाह गड़ाकर पूछा, "भूखे, बीमार मुल्क में धर्म के नाम पर लड़ाइयाँ होती हैं अथवा रोटी के लिए? रोटी के लिए नोवाखाली और बिहार के गाँवों ने कितनी बार सम्मिलित कोशिश की?...क्या 'कालीवर्दी का' राज होकर ही रहेगा?"

दीवाली की सन्ध्या न जाने कब उतर गई। कमरे के अन्धकार में बैठा मनमोहन अपने-आपसे पूछ रहा था–'है हिम्मत? इन बिगड़ते हुए इतिहास के पन्नों को फाड़कर जलाना होगा।'

असंख्य दीपों की टोली झिलमिला उठी, केले के पौधों में पिरोई हुई मोमबत्तियाँ जलने लगीं–गलने लगीं। पटाखे, फुलझड़ी, आतिशबाजी!! आँगन में एक साथ, घड़ियाल शंख और घंटी घनघना उठी। आरती हो रही है। बड़े घर की दीवाली देखने के लिए, प्रसाद लेने के लिए गाँव-भर की जनता टूट पड़ी। भूखी, बीमार-नग्न जनता। क्या प्रसाद से भूख मिट सकती है?

श्री लक्ष्मी मैया की जय...! जयध्वनि के साथ पूजा शेष हुई। प्रसाद वितरण कोलाहल!!

मनमोहन के कानों के पास गूँज रहा था–'श्री लक्ष्मी मैया की जय!' उसने शब्दों को तोड़ना शुरू किया–

"श्री लक्ष्मी मैया की जय।"

"व्यक्तिगत सम्पत्ति की जय!"

"लूट, बेईमानी, शोषण की जय!"

"पाकिस्तान की जय।"

"लड़ाई की जय!"

"फासिज़्म की जय।"

और यह God save the king? इस प्रार्थना के बावजूद भी सम्राट मर जाता है तो 'गॉड सेव दि किंग' का मतलब हुआ...ईश्वर, गुलामी, गरीबी, भूख, मौत, जुल्म, दंगे, लूट, कत्लेआम–सभी को कायम रखें।...

वह बरामदे पर आकर खड़ा हो गया। गाँव के कुछ रोगमुक्त नौजवान, सामने के मैदान में 'मशाल' लीला मना रहे थे। हाथ में बड़े-बड़े जलते हुए मशाल लेकर वे दौड़ पड़े थे। शोरगुल मचा रहे थे। दीवाली की यह शेष विधि उसे बड़ी अच्छी लगी। घोर अन्धकार में लपलपाते हुए मशाल–लाल-लाल!!

धीरे-धीरे मशालों की संख्या बढ़ती गई, शोरगुल में तेजी आती गई। मनमोहन मुस्कुरा पड़ा। उसके पाँव आप ही आगे बढ़ने लगे। उसने उलटकर एक बार दीपों की ओर देखा–कतार में सजे-सजाए हजारों दीप जगमग-जगमग कर रहे थे। जगमग-जगमग–शृंगार रस की कविता-सी, रुनझुन–जैसे खुमारी से ऊँघती हुई महफिल में वेश्या नाच रही हो।

उसने मशालों की ओर देखा–एक तांडव-नृत्य-सा, मुक्त घर-सा। उसने अपने नसों में गर्म खून का अनुभव किया।

मनमोहन चल पड़ा रोगग्रस्त गाँवों की ओर, और उसके घर से एक मील दूर थे वे गाँव–जहाँ गिध, गीदड़-कुत्ते महीनों से त्योहार मना रहे थे। उन गाँवों के बीच सघन आम के बाग में मेडिकल कैम्प था। दूर से ही रोशनी दिखाई पड़ती है। उसने गाँव में प्रवेश किया।

गाँव का यह प्रवेश भाग शान्त था, शान्त यानी–इस अंचल की आबादी, एकदम खत्म हो चुकी थी।

गाँव के मध्य भाग में कुछ कुत्ते आपस में मिलकर डरावनी आवाज में रो रहे थे। वह सिहर पड़ा, किन्तु चलता गया। एक अँधेरी और गन्दी गली में वह ठिठक पड़ा–सफेद छाया भागकर अँधेरे में जल्दी-जल्दी छिप गई। पहले तो वह डरा, लेकिन तुरन्त ही सँभल गया। उसने पहचान लिया। डॉ. सिन्हा और मिस चटर्जी–मेडिकल स्टुडेंट। उसने चलते-चलते सोचा–दोनों एक ही बात है, अस्थिपंजरों के गाँव में फुलझड़ियाँ जलाकर दीवाली मनाना और लाशों पर खड़ा होकर प्रेमालिंगन करना, दोनों एक ही बात है।

वह गाँव के मध्य भाग में आ गया। शुरू में ही हमीद मियाँ का घर था। गाँव-भर का चचा हमीद। हमीद के आँगन में जाकर उसने पुकारा–"रुकिया! रुकिया!"

"हाय रे! अरे बाप! आओ भैया!"–एक झोंपड़ी से काँपती आवाज आई।

"अरे! तू भी पड़ गई क्या? हमीद चाचा कैसे हैं और चाची!" सिर झुकाकर अन्दर चला गया। रुकिया जमीन पर चीथड़ों में लिपटी हुई काँप रही थी। मनमोहन ने जलती हुई कुप्पी उठाई और दूसरी झोंपड़ी में जाकर देखा–हमीद की लाश ऐंठ गई थी और पास ही बुढ़िया भी मुँह फाड़े पड़ी थी। वह एक लम्बी साँस छोड़कर लौट

आया। जमीन पर कुप्पी रखकर बोला–"घबराओ मत रुकिया। मैं यहीं हूँ। डॉक्टर आए थे!"

"भाई जी! बहुत जोरों की सर्दी...जाड़ा!"

मनमोहन जमीन पर बैठ गया और सोचने लगा कि वह क्या करे! उसने झोंपड़ी में एक बार निगाह दौड़ाई–चारों ओर गन्दगी फैली हुई थी। कपड़ों के नाम पर दो-चार चीथड़े इधर-उधर फेंके हुए थे। तीन-चार मिट्टी के पुराने बर्तन–सर्दी, सिल, नमी और बदबू!

"भैया! मुझे दबा रक्खो, मेरी हड्डियाँ अलग हो रही हैं।"

मनमोहन ने उसकी पीठ पर अपने को डाल दिया। गन्दे कपड़ों की गन्ध से उसका सिर चक्कर खाने लगा।...आह...! कितनी स्वस्थ और तगड़ी लड़की थी वह! मेहनत से कभी भागती नहीं थी। गाँव-भर की सेवा की है इसने। कैम्प में आई हुई कॉलेज की लड़कियों को इसने निःस्वार्थ सेवा का सबक सिखा दिया है।...इसकी मांसल बाँहें, गठा हुआ शरीर और...

उसने अपने शरीर को जरा खींचा कि रुकिया कराह उठी–"भाई जी! मैं मर जाऊँगी, मत जाओ। भाई जी!" वह फूट-फूटकर रो पड़ी। मनमोहन ने पुनः उसे दबाया–"डरो मत, मैं कहीं नहीं जाता। मलेरिया है, सुई पड़ते ही अच्छी हो जाएगी।"

वह बैठा रहा। रुकिया कराहती थी, पानी माँगती थी। पानी पीकर कै करती थी। फिर रोने लगती थी। मनमोहन उसकी तीमारदारी कर रहा था।...आँगन में जमीन सूँघते हुए एक सियार ने प्रवेश किया। रुकिया की कराह पर उसने डरकर झोंपड़ी की ओर देखा। उसकी आँखें अँधेरे में चमक उठीं। वह बहुत देर तक देखता रहा। मनमोहन को लगा जैसे सियार आश्चर्यित होकर देख रहा हो, क्योंकि रुकिया ने उसे दोनों हाथों से जकड़ रखा था।

नवम्बर, 1947

रेखाएँ : वृत्तचक्र (एक)

उँहूँ! नहीं, यह सबकुछ भी नहीं सोचूँगा। मुझे ऐसा कुछ भी नहीं सोचना चाहिए, जिससे कि मेरा दिल कमजोर पड़ जाए। मेरा घाव जल्दी ही भर जाएगा, मैं चंगा हो जाऊँगा। मैं भी कैसा हूँ! मरने से डरता हूँ! मरने की बात सोचते ही जी कैसा-कैसा करने लगता है। बहुत कमजोर हो गया हूँ न, इसलिए। फौजी होने का मतलब यह नहीं है कि वह मरने की बात सोचकर नाच उठे। उस दिन डॉक्टर ने खूब कहा, ''कैप्टेन, कुछ फिकर मत करो। फर्ज करो कि तुम एक भेड़िए के मुँह में पड़े हुए हिरण के बच्चे को बचाने के सिलसिले में जरा घायल हो गए हो। बस...भेड़िए के मुँह से हिरण के बच्चे को छुड़ाने के सिलसिले में!...''

हिरण के बच्चे की कल्पना करते ही मेरी आँखों के आगे 'शकुन्तला' फिल्म दौड़ जाती है। शकुन्तला-जयश्री, हिरण का बच्चा। जयश्री, शान्ताराम! डॉ. कोटनीस की अमर कहानी बड़ी अच्छी तस्वीर है...अच्छा, यदि मैं इस अस्पताल में मर गया तो...तो क्या मेरी कहानी भी हर लब पर होगी! फिल्म बनेगी? फिल्म का नाम होगा–'कैप्टेन सिन्हा।' न, यह तो कॉपी हो जाएगी। अच्छा होगा–'कश्मीर की घाटी में' सुनने में जरा रोमांटिक भी मालूम होगा। बड़े-बड़े पोस्टरों पर लिखा जाएगा–'कश्मीर की घाटी में'–एक ऐसे कैप्टेन की कहानी जिसने राष्ट्रीय सरकार की इज्जत बचाने के लिए अपनी जान दे दी...कहानी शुद्ध करने में जरा दिक्कत होगी डायरेक्टरों को। दिखाएगा मेरी जिन्दगी का प्रथम अध्याय–मेरा गाँव। एक गाँव, जो वास्तव में होगा बम्बई के आसपास के किसी गाँव का हिस्सा अथवा स्टूडियो का कोई कोना। दूर-बिहार के पूर्वी अंचल, पूर्णिया जिले में क्यों जाएँगे...इसके बाद आवारागर्दी, पढ़ा-लिखा बेकार और एक जानकार गरीब। गरीबों की दुनिया में मुहब्बत। ज्योत्स्ना के प्रति मेरी तुकबन्दियों को कलापूर्ण कविताओं की संज्ञा दी जाएगी–शायद। मेरी कोई कविता तो मिल नहीं सकेगी उन्हें। बना लेंगे लोग...ठंडी साँसें, बुलबुल, मीठी नींद, सपना और चाँदनी रातें आदि शब्दों से भरे हुए कुछ गीत। तर्ज तो होगा–यही... आजकल का पंजाबी...नायक कौन होगा? पी. जयराम ठीक है। नहीं, वह मोटा है। तो फिर?...एक बार आईने में अपना चेहरा देखने को जी करता है...कोई भी हो नायक। दृश्य होगा–बेकारी से ऊबकर, बाल बिखराए हुए, अजीब सूरत में रिक्रूटिंग ऑफिस में! फिर लड़ाई के मोर्चे, तमगे, तरक्की,–कैप्टेन! नायिका-ज्योत्स्ना कौन

बनेगी? कहीं बेगम पारा हुई तो सब गुड़गोबर। ज्योत्स्ना ही शायद उतरे। नहीं, वह नहीं उतरेगी। शायद, अपने 'नाम' की आज्ञा भी न देगी। मनगढ़न्त प्रेम कहानी को, मेरे दिल के किस्से कहकर लोग मुझे एक महान् प्रेमी बना देंगे...लेकिन यह 10 गुर्खा रेजिमेंट का सूबेदार दिलबहादुर गुरुंग, जो अभी अस्पताल में घायल होकर पड़ा है, इसके काबिल है वी.एच. देसाई ही। बेड पर पड़े-पड़े हर डॉक्टर और नर्स को वह 'जयसिंह' कहेगा, बुखार में जब–'कांछा ले कांछी लाय लग्यो बन को बाँटो लालटनी बालेर' गाएगा और हर तेजी से गुजरते हुए डॉक्टर को–नानसेंस के लहजे में–'मोरो' तथा नर्स को 'मोरी' कहेगा तो ठहाकों से गूँज उठेगा सारा हॉल। नानसेंस का स्त्रीलिंग नहीं होता, लेकिन 'मोरो' का होता है 'मोरी'। नर्स 'मोरी' का मतलब नहीं समझती।

...वह दृश्य कितना मार्मिक होगा जब ज्योत्स्ना अपने पति मिस्टर वर्मा के साथ चाय पर बैठकर अखबार पढ़ती रहेगी। मिस्टर वर्मा, अपने मालिक हिन्दू-प्राण सर रामपत ठनठनियाँ की उदारता का जिक्र करते हुए उनका 'हिन्दुओं का कर्तव्य' शीर्षक स्टेटमेंट पढ़ने को कहेंगे। पढ़ने के सिलसिले में, अखबार के एक कोने में ज्योत्स्ना पढ़ेगी–कश्मीर अस्पताल में कैप्टेन सिन्हा की मृत्यु...हाथ से चाय की प्याली गिरकर 'झन्न'...वह आँखें फाड़े शून्य में ताकती रहेगी, बाल बिखर जाएँगे, आँखों में आँसू छलछला पड़ेंगे, मिस्टर वर्मा घबराकर चिल्ला उठेंगे–जोना! जोना! तुम्हें क्या हो गया?...बैक ग्राउंड म्युजिक चल पड़ेगा–'शहीदों के मजारों पर, लगेंगे हर बरस मेले...'

मेरी आँखों में भी आँसू आ गए। दिल की धड़कन बढ़ रही है, हिस्स, मैं भी कैसा हूँ! कैसी-कैसी बेकार की बातें सोचता हूँ। ज्योत्स्ना को तो मेरी मौत की बात भी मालूम नहीं हो पाएगी। अखबारों में हर इंसान की मौत के बारे में छपने लगा, तो हुआ।...लेकिन 'शहीदों के मजारों पर' गीत मुझे प्रिय है। शायद मन में शहीद कहलाने की बहुत बड़ी लालसा छिपी हुई है...मणिपुर की बमबारी के दिनों–अच्छी तरह याद है–मुझे बार-बार यही तकलीफ सताती रही कि मेरी मौत कुत्ते-बिल्लियों की मौत से भी गई-गुजरी होगी। अपने मुल्क की मिट्टी भी मुझे अपना कहकर कबूल नहीं कर सकेगी...कितना दुख हुआ था मुझे! 45 की छुट्टी में गाँव लौटा था। मेरी बहन से 'भारतमाता ग्रामवासिनी' गाने को कहा था तो वह ठठाकर हँस पड़ी थी। उसे आश्चर्य हुआ था कि मैं भी इस तरह के गीतों में दिलचस्पी लेता हूँ। मैंने अनुभव किया था कि मेरे अधिकांश दोस्त मुझे घृणा की दृष्टि से देखते हैं। मनमोहन मुझसे इसलिए बात नहीं करता था कि मैं उसकी पार्टी के विरुद्ध लड़कर आया था। सुधीर, मेरे बचपन का साथी सुधीर! मेरी कविताओं पर झूमनेवाला सुधीर!–मेरे साथ

साहित्यिक बातें करना फिजूल समझता था क्योंकि उसकी निगाह में मैं कुछ और हो चुका था। और ज्योत्स्ना?...वह तो मेरी छाया से भी घबरा जाती थी। उसने मिस्टर वर्मा, एडवोकेट साहब से शादी कर ली। जमींदार का वकील है वर्मा। सुना है, बिहार के दंगे के समय उसने कमाल कर दिखाया है। जमींदार साहब की जीप गाड़ी पर दिन-भर में पचासों गाँवों में जाकर पर्चेबाजी और उत्तेजना फैलाता फिरा। कहा जाता है कि जिस गाँव से उसकी गाड़ी विदा होती, उसके बाद ही वहाँ लंकाकांड और दानवी-लीला शुरू हो जाती है...गर्भ चीरकर बच्चे को निकालकर भाले की नोक पर...!!...राशन के लिए 'क्यू' में खड़ी-खड़ी उस औरत को जो बच्चा हो गया था, कलकत्ते के फुटपाथ पर अमेरिकन सैनिकों ने कितने उत्साह से उसकी तस्वीर ली थी! हमारे भाई लोग भीड़ हटा रहे थे–हट जाओ, साहब फोटो लेते हैं...मनमोहन ने एक बार मेरी तस्वीर उतारी थी। बहुत साफ आई थी मेरी तस्वीर!

मैं यह सब क्यों सोच रहा हूँ। 'इनफीरियारिटी कॉप्लेक्स' के इशारे पर तो नहीं चल रहा हूँ।...करवट नहीं ले सकता हूँ। पेट और जाँघ पर पट्टियाँ बँधी हुई हैं। बहुत दर्द है। कमजोरी और प्यास आज बेहद बढ़ गई है। पेट में सुई गड़ाने की तरह दर्द...! आह! शायद आज मैं...अब मैं जी नहीं सकूँगा...हाँ, डॉक्टर से कहना भूल गया, कहीं अन्त तक भूल ही न जाऊँ, अपने रुपए 'शरणार्थी फंड' में दे जाना चाहता हूँ।

''कैसा है कैप्टेन?''–नर्स एलिस आकर पूछती है। एंग्लो इंडियन एलिस! गुडमार्निंग के बदले आजकल 'ज्योहिन' कहती है। मेरे सिर पर हाथ रखा उसने। 'रेक्टम वसेलाइन' लाने गई।...नर्सों की तलहथी और उँगलियाँ इतनी ठंडी क्यों होती हैं? मेरा तो अब तक का यही अनुभव है। शायद, बराबर हाथ धोती रहती हैं। कश्मीर में भी एंग्लो नर्सें? यहाँ की खूबसूरत औरतें क्यों नहीं 'नर्सिंग ज्वाइन' करती हैं? सिर्फ दो-तीन सिस्टर हैं कश्मीरी, बाकी सब एंग्लो। सिस्टर उपाध्याय ही आई थी उस दिन...पंडित नेहरू के विजिट के दिन। इन्दिरा गांधी और सिस्टर उपाध्याय में कितना अन्तर?...कितने महान् हैं पंडितजी! मुझे यकीन है कि यदि मेरे पेट और जाँघों पर पट्टियाँ न बँधी होतीं, तो वे मुझे गोद में उठाकर चूम लेते। बातें ही उनकी क्या कम थीं?–''आजाद हिन्दुस्तान की इज्जत तुमने बचाई है, जवाहर ने नहीं। तुम्हारे जैसा 'भाई' पाकर मुझे आज पहली बार अपने प्रधानमन्त्रीत्व का गुमान हो रहा है।...और तुम्हारी जाँनिसारी के किस्से सुनकर तो मैं जवान हुआ जा रहा हूँ, मैं दामन पसारकर तुम्हारी बड़ी उम्र के लिए दुआ माँग रहा हूँ...''

...मेरी आँखों में आँसू आ गए थे। उनकी भर्राई हुई आवाज...दूसरे थे पटवर्धन साहब। नाम सुना था, देखा नहीं था...कोहिमा कैम्प में चर्चा होती थी बराबर...चुपचाप...

जयप्रकाशजी की, अरुणाजी की, पटवर्धन और लोहियाजी की...बहुत सुन्दर मुस्कुराते हैं पटवर्धनजी...पंडितजी को जब कहा गया मैं बिहार का हूँ तो दोनों ही उछल पड़े थे। पंडितजी भी और पटवर्धनजी भी। 'बिहार' सुनते ही पटवर्धनजी के मन में तुरन्त जयप्रकाशजी की तस्वीर आई होगी और पंडितजी की आँखों के सामने 1934 के भूकम्प-पीड़ित इलाके...हाल के दंगे के नजारे नाच गए होंगे शायद...

...उफ, नेहरू सरकार को फेल करने के लिए कितनी नापाक कोशिशें हो रही हैं। क्या उन्हें रात में नींद आती होगी? यदि इस बार बच गया मैं...तो...नहीं, मंसूबे नहीं बाँधना चाहिए। लेकिन मैं कहता हूँ कि सारी प्रतिक्रियावादी ताकतों को कुचल डालने से ही सोने का हिन्दुस्तान बनाकर तैयार हो सकेगा। मुट्ठी-भर कुचक्रियों को प्रश्रय देना, 'फासिज्म' के लिए रास्ता सहल कर देना है। कुछ नहीं...कोर्ट मार्शल...फायर...फायर...फायर...

...मैं जोर से तो नहीं बोल उठा? नहीं, ठीक है, जोरों की प्यास लगी है। बड़ी बेचैनी! दिलबहादुर के मुँह से, मार्चिंग सौंग के तर्ज पर, सीटी बजा रहा है...यह क्या, ज्यादा देर तक किसी चीज को देख नहीं सकता हूँ। आँखें झिलमिलाने लगी हैं। सामने काले, नीले...तरह-तरह के धब्बे मालूम पड़ते हैं। कमजोरी है। डॉक्टर कह रहा था कि मुझे ताजा खून, नया लहू दिया जाएगा। मेरी जान बचाने के लिए जो लहू देगा, उसे न तो मैंने देखा है और न उसने मुझे। लहू मेरे लिए तो नहीं, एक ऐसे सैनिक के लिए जो राष्ट्रीय सरकार की इज्जत के लिए लड़कर घायल है।...ऐसा लग रहा है कि...मानो स्पष्ट देख रहा हूँ...कुछ कॉलेज के लड़के आए हुए हैं, 'ब्लड बैंक' में अपना खून देने। स्वस्थ तगड़े नौजवान। दिल से भी स्वस्थ। लड़कियाँ भी हैं। लड़कों के चेहरे अपरिचित नहीं मालूम होते और लड़कियाँ भी सब जानी-पहचानी-सी लगती हैं। ज्योत्स्ना भी। हाँ, वह बैठी। डॉक्टर ने स्पिरिट लगाकर, चमड़े को 'स्टरलाइज' किया। स्पिरिट में भिगोई हुई रुई से सिरिंज की सुई साफ करता है। मुस्कुराकर ज्योत्स्ना से कुछ पूछता है। सुई गड़ा रहा है। अपने को निडर दिखलाने के लिए वह मुस्कुराती हुई सीधे सुई की ओर देखती रहती है।...अरे! ज्योत्स्ना का चेहरा बदल गया। कोई दूसरी लड़की है। सुई चुभोई गई। चेहरे पर जरा-सी शिकन...फिर मुस्कुराहट...सिरिंज में खून आ रहा है, धीरे-धीरे...। लाल-लाल...ताजा खून...लाली क्रमशः काली हो रही है।...मेरी नसों में खून दौड़ रहा है। लाल लहू...लाल रक्तकणिका और श्वेतरक्तकणिका में लड़ाई हो रही है...लाल जिन्दगी...सुफेद मौत...कफन-सी सुफेद...सुफेद कणिकाओं पर लाल की विजय...बायोलोजी लैबोरेटरी में काँच के नलों में लड़ाई...अरे! वह लड़की बेहोश होकर गिर पड़ी! बेहोश होकर...

याद आती है उस नागा लड़की की। सारे डिगबोई में श्मशान की-सी शान्ति। आसमान में टोह लगानेवाले जहाजों की धीमी भनभनाहट। शहर के आम 'रोड' से हमारी टोली गुजर रही। बूटों की छन्दमय आवाज...लेफ्ट-राइट-लेफ्ट! एक मोड़ पर

कुछ नागा लड़कियाँ सैनिकों पर फूल बरसाने के लिए मुस्कुराती हुई खड़ीं। अपनी भाषा में न जाने क्या चिल्लाकर सब फूल फेंके।...मेरा जी किया था कि एक फूल उठा लूँ। 'ल्यप...ठाँ।'...बाईं ओर मुड़ते हुए मैंने देखा कि वह लड़की जो सबसे बड़ी थी और निडर होकर मुस्कुरा रही थी...गिर पड़ी। बेहोश होकर।

"कैप्टेन, कैसा है?"—एलिस आई। यह क्या? बोल नहीं सकता हूँ। आवाज नहीं निकल रही है। होश में हूँ तो?...हाँ तो। लेकिन बोल नहीं सकता हूँ क्यों? इशारे से अपनी लाचारी दिखलाता हूँ। खुट खुट खुट...। एलिस चली गई। चलती जा रही है। वह रहती है तो अच्छा लगता है। मुझे डर मालूम हो रहा है क्या? नहीं, डर काहे का? मरने का? हमारा भाई प्रधानमन्त्री, जिसे न दिन में चैन है न रात में नींद!...उनका गम्भीर चेहरा।...नाक की बगल से निकलकर जो रेखा ठुड्डी तक चली गई है, वह क्रमशः गहरी होती जा रही है। मेरे लिए दुआ माँग रहा है। दुआ? भीख?...नहीं, उन्हें भीख नहीं माँगने दूँगा। उस दिन उनसे बात करने के समय मैं मुस्कुराया नहीं, इसीलिए वे आज दुआ माँग रहे हैं। दामन पसारकर भीख माँगते हुए नेहरू की कल्पना...कितनी बुरी?...बिगुल फूँकते हुए नेहरू...धू...तू...धूतू...तैयार! हजारों-हजार जवानों की टोलियाँ कूच को तैयार! मार्च...। नेहरू मुस्कुराता...। किसी ने छिपकर उनकी पीठ में छुरा भोंक दिया। वे गिरे...वे गिरे...खून से लथपथ, छटपटा रहे हैं... छिः, क्या सब सोच रहा हूँ। कुवत लाऊँ अपने अन्दर...लेकिन नेहरू की लाश तड़प रही है...हजारों जवानों की लाशें तड़प रही हैं...गाँव जल रहे हैं, औरतें चीख रही हैं, बच्चे जलाए जा रहे हैं...गर्भ चीरकर निकाले हुए बच्चे...कोटि-कोटि गरीबों की दुनिया जल रही है...काली फौज बढ़ रही है...। हम सब घाटियों में छिप रहे हैं...। वह रहा रामपत ठनठनियाँ...मिस्टर वर्मा...। ठनठनियाँ नहीं...मुसोलिनी...। मिस्टर वर्मा... उसकी सूरत हिटलर-जैसी हो रही है...काली वर्दी...। सब साथ हैं...निशाना साधता हूँ...हिटलर गायब हो जाता है...शराफत हुस्सैन पठान...निशाना साधता हूँ...पठान गायब...हिन्दूप्राण... पठान...छोटे-से हिरण के बच्चे को भेड़िए ने पकड़ा...छौना छटपटा रहा है...निशाना साधता हूँ, भेड़िया मुझे अपने जबड़ों से दबोच लेता है...तेज दाँत...दर्द...दर्द...

डॉक्टर हैं। बड़े डॉक्टर, छोटे डॉक्टर, भीड़। मैं शायद बेहोश हो गया था। खून दे रहे हैं। दिलबहादुर अपने बेड पर बैठा मुझे आश्चर्य से घूर रहा है। मुझे क्या हो गया?...खून दे रहे हैं डॉक्टर...डॉक्टर के गले में स्टेथस्कोप की नली धीरे-धीरे मोटी होती जाती है...अजगर...भागो एलिस...एलिस की आँखें पीली पुतलियाँ...मेरी पलकें

भारी हो रही हैं...मोहे नींद सतावे...। 'विक्टरी डे' के दिन लल्लन बाई नाच रही थी....मोहे नींदा सतावे...कोहिमा कैम्प में चर्चिल का भाषण सुनते समय मैं ऊँघ रहा था...जवाब-तलब...प्रधानमन्त्री की आवाज की बेइज्जती...जुर्म...देह में आग लग गई...गर्मी...गर्मी...डॉक्टर...डॉक्टर...झुर्रीदार चेहरा...माँ की तरह...माँ जब हँसती थी, चेहरे पर झुर्रियों की जाली खिल पड़ती थी...माँ, माँ...

...ठीक हो जाएगा, कमजोरी है—डॉक्टर कह रहा है शायद। मेरी नसों में गर्म-गर्म खून दौड़ रहा है। मैं जी पड़ूँगा। ठीक हो जाऊँगा। ज्योत्स्ना...? नहीं, एलिस! एलिस की आँखें...पीली पुतली, गोल...पलकें भारी हो रही हैं...लल्लन बाई...हरी... साड़ी...मुस्कुराती है...लाल होंठ...एलिस...सुफेद एप्रेन...सुफेद...लाल...हरा... तिरंगा...गोल पुतली...तिरंगा...15 अगस्त...दिल्ली...बैंड...परेड...झंडा...सलामी...पंडितजी...चेहरे पर रेखा गम्भीर...गहरी...।

जनवरी, 1948

खँडहर

लड़ाई, झगड़ा, घटना, दुर्घटना, हादसा—इस तरह की कोई भी बात नहीं हुई।

तीन महीने पर गोपालकृष्ण गाँव लौटा था। शाम को बाबूजी ने, लम्बी-चौड़ी भूमिका बाँधकर, दीन-दुनिया के नीच-ऊँच दिखाकर, बड़े प्यार से कहा—''गोपाल बबुआ! परसों शिवचलित्तर बाबू से कचहरी में भेंट हुई थी। कुशल-समाचार पूछने के बाद तुम्हारे बारे में भी बातें हुईं। बोले कि—गोपाल तो आजकल हम लोगों से भेंट भी नहीं करता है। जिला पबलिसिटी ऑफिसर की जगह खाली है। लेकिन सवाल है कि आवारागर्दी छोड़े तब तो! ढाई सौ रुपए माहवार, भत्ता, फिर एक लाउडस्पीकर और एक जीप-गाड़ी...''

बीच में ही गोपाल हँसकर उठ खड़ा हुआ था। बाबूजी की आँखें लाल हो गई थीं—दुख से, दर्द से, गुस्से से। एक धक्का-सा लगा था; पुराने मकान की दीवार में अचानक दरारें पड़ गई थीं।

''...हुँ; श्रीयुत्त गोपालकृष्णजी! लीडर साहब! लेखकजी!...राजकुमार की तरह से पाला। शहर में, तारा बाबू वकील के बच्चों को जो कुछ भी खाते-पहनते देखा, इसे खिलाया, पहनाया। सीधे शहर में पढ़ने भेजा। पढ़ाई का खर्च! जब कभी भोला-भाला-सा मुँह बनाकर सामने आ खड़ा होता, पैसों की माँग करता; बस जमा-खरच लेना भूल जाता। ज्यों-ज्यों वकालत पास [करने] की मंजिल करीब आती गई, मुट्ठी खोलकर रुपए देता गया। मगर कानून पढ़ने के पहले ही सरकार बहादुर का कानून तोड़ बैठा, जेल गया। पैरवी करने गया तो वकीलों ने हँसकर कहा—अरे क्या कीजिएगा पैरवी करके, आपका बेटा तो लीडर हो गया। अब क्या चाहिए!...जिस दिन जेल से रिहा हुआ, शहर के धूमधाम, उसके गले में फूलमाला और 'गोपाल बाबू की जय' सुनकर मेरा भी मन बदल गया। सोचा, चलो नहीं पास किया तो नहीं। '42 के आन्दोलन में, घर छोड़कर, बाल-बच्चों के साथ रिश्तेदारों के यहाँ जब भटकना और अपमानित होना पड़ता था, सह लेता था। घर की चीजें कुर्क हुईं, खलिहान लुटवा दिया गया। सब हुआ, मगर इसकी याद आते ही सब भूल जाता था। ताना देकर जब कोई कहता कि अच्छा सपूत निकला गोपाल, तो गांधीजी और जवाहरलाल की बात सुनाकर

उसका मुँह बन्द कर देता था। खैर, वह जमाना भी बीता। अच्छे दिन आए, कांग्रेस का राज हुआ। एम.एल.ए. नहीं हुआ तो कोई बात नहीं, नौकरी नहीं की तो कोई हर्ज नहीं। मगर एम.एल.ए. और सरकारी अफसरों से हेल-मेल रखने में इसकी कौन-सी इज्जत खराब हो जाती। मुरली प्रसाद सब दिन से कांग्रेस के खिलाफ रहा, कांग्रेसियों को गाली देता रहा। '42 में पुलिसवालों के साथ घरों में आग लगवाता फिरा। लेकिन उसका बेटा आज कांग्रेस का प्रेसिडेंट है, अफसरों के साथ मोटर में घूमता है, मिल के मालिक, करोड़पति सब उसके आगे हाथ बाँधे खड़े रहते हैं। और एक यह हैं! सुराज-सुराज हल्ला करते थे, सुराज भी मिला। अब क्या लोगे? आसमान का चाँद?...बाबू गोपालकृष्ण, सोशलिस्ट लीडर, लेखक! इसके पीछे घर बर्बाद हो गया। इसके कारण जमींदार से बैठे-बिठाए दुश्मनी हो गई, जमीन नीलाम हो गई, इज्जत मिट्टी में मिल गई।...और जिन्दगी में पहली बार जो जी खोलकर मन का अरमान सुनाया तो हँस पड़ा। माँ की उँगलियों के छल्ले सेठजी के यहाँ बन्धक पड़ गए और 'पूँजीवाद नाश हो' का नारा लगाते हैं। घर के लोगों को तो एक शाम खिला नहीं सकते, दुनिया के मजदूरों की चिन्ता से दुबले हो रहे हैं। लेखक बने हैं, कहानियाँ लिखते हैं और अपने घर की कहानी पढ़ नहीं सकते। कमाना नहीं, सिर्फ खाना जानते हैं। पहले 'क' तब 'ख'। पहले 'कमाओ' तब 'खाओ'। सो नहीं...''

गोपाल की माँ ने आकर खाने की बात पूछी तो मुँह नोचने को तैयार हो गए। बूढ़ी की समझ में बात नहीं आई। छोटे बेटे भूपाल ने सारी बातें सुनाईं। सुनकर बूढ़ी का गला भी भर आया। चुपचाप आँगन में लौट आई। मन-ही-मन कुढ़ गई—भगवान जाने लड़के को क्या हो गया है। मुझसे तो कभी बोलता भी नहीं है। महीनों के बाद घर आता है तो टिकने का नाम नहीं लेता। अरे, माँ-बाप अब कितने दिन हैं। अपना जो धरम था सो निभाया। भले की बात नहीं कहेंगे? इसमें हँसने की कौन-सी बात थी! जिसने पैदा किया उसी पर हँसते हो! हँसो, पढ़-लिखकर पंडित बने हो, तुम्हारे सामने माँ-बाप क्या हैं? कुछ नहीं। और बाप ने गोपाल बबुआ छोड़कर 'रे गोपाल' भी कभी नहीं कहा। भूपाल को तो कभी फूटी आँख से भी नहीं देखा, बाप ने। भूपाल को सब लंठ कहते हैं, पढ़ा-लिखा नहीं है, दिन-भर अकेला खेतों में लगा रहता है, फिर भी झिड़की सुनता है। पर कभी तो बाप के मुँह पर जवाब नहीं दिया। वैसी ही हैं रानीजी! बाप के घर में तो महीने में पन्द्रह दिन एकादशी होती है और यहाँ रानी बनी बैठी रहती हैं। एक-न-एक बीमारी लगी रहती है। दोनों प्राणी में एक भी तो हाथ-पैर हिलावे। भूपाल की बहू कुछ बोली कि महाभारत मचा देती है। मैं कुछ नहीं बोलती, लेकिन भूपाल की बहू दिन-भर रसोईघर में खटती है, उसे तो बोलने का हक है। बात बर्दाश्त नहीं करती तो लाट साहब के साथ ही क्यों नहीं रहती है? साथ रखे तो उन्हें भी आटे-दाल का भाव मालूम हो।''

"बाबूजी नहीं खाएँगे क्या?"—भूपाल की बहू ने आकर पूछा।

"नहीं। बंसी की माँ से कहो न, गोपाल को परोस दे।"—माँ भारी गले से बोली।

बंसी की माँ ने सुना तो फट पड़ी—"हाँ, वे क्यों नहीं खाएँगे। पेट पोसने के लिए ही तो घर आते हैं। कुत्तों को भी अक्ल होती है, वे खाना देनेवालों की भौं से उनके मन की बात समझ लेते हैं, मगर ये उससे भी..."—बात अधूरी छोड़कर, गुस्से में पाँव पटकती हुई वह पड़ोस की मौसी के आँगन की ओर चली। वह अन्दर ही अन्दर रो रही थी।...

—"इनके कारण अब इस घर में रहना मुश्किल है। ये तो कुछ समझते नहीं, झिड़कियाँ और ताने मुझे सहने पड़ते हैं। और मुझे ही कौन कलेजे से लगाए रहते हैं जो इनके लिए बातें सुनूँ। मन का कोई भी शौक पूरा नहीं कर सकी। कभी अपने हाथ से एक फटी हुई चादर भी जो लाकर देते! रमिया का पति भी तो कांग्रेस में है, घर में गाँठ के गाँठ कपड़े भरे पड़े हैं। आजकल रोज सोनार की दुकान लगी रहती है उसके यहाँ। और एक यह हैं मिट्टी के माधो! आग लगे जेवर और कपड़े में! घर में रहें तो समझूँ कि सबकुछ है। एक दिन के लिए कभी आए भी तो मुँह से गिनकर बात निकालेंगे। मुझसे ऐसी बात करेंगे, मानो धोबिन को गन्दे कपड़ों का हिसाब बता रहे हों। कलेजे पर पत्थर धरकर इतने दिनों तक सही, अब नहीं। कहाँ से मरने के लिए एक अभागिन जो गोद में आई है सो इनके हाथ में हमेशा आग लगी रहती है। एक पैसे का बिस्कुट भी बेचारी को कभी नहीं लाकर देते। दूध-दही आँखों के आगे ही बिला जाता है। बिचारी को एक चम्मच भी कभी मयस्सर नहीं होता। जिसको बाप ही नहीं देगा उसे दूसरे क्या देंगे?...चन्दू की माँ की बातें याद आती हैं तो कलेजा फटने लगता है। कहती थी, अरे तू तो राजरानी बनेगी, राजरानी! सुराज हो गया है, अब सुराजी का राज है। अब काहे की फिक्र! सो पास-पड़ोसन साड़ी की चिथियाँ देखकर ताना देती हैं। घर से निकलना भी मुश्किल है। मेरी मौत भी नहीं आती...।"

रसोईघर में भूपाल ने थाली पर बैठते हुए बहू से पूछा—"नेताजी का भोग लग गया?" अपने व्यंग्य पर आप ही वह मुस्कुराया। बहू ने परोसते हुए कहा—"अभी रानीजी फूल लाने गई हैं!"

एक घर के ओसारे पर भूपाल का बेटा केदार, पड़ोस के दो-तीन बच्चे और बाँसुरी आपस में बत-कटौअल कर रहे थे। चार साल की बाँसुरी ने फटे हुए फ्राक पर बाप की ढीली-ढीली बंडी पहन ली थी। केदार उसकी बेढब पोशाक पर हँसता। बाँसुरी मुँह बनाकर कहती—"मेरे बाबूजी आए हैं।" पड़ोस का एक बदमाश लड़का बोल उठता—"तुम्हारे बाबूजी का नाम गोपाल। गोपाल बजावे गाल।" बाँसुरी कहती—"मैं बाबूजी के साथ मेला जाऊँगी।" केदार कहता—"मैं मामूजी के यहाँ

जाऊँगा। मेरे मामूजी को मोतर गारी है। तुम्हारे मामू को है?'' बाँसुरी कुछ क्षण चुप रहकर जवाब देती—''मुझे बाबूजी मोटर ला देंगे।'' सब बच्चे हँस पड़ते—''लुपया कहाँ है जो लावेंगे मोतर गारी।'' बाँसुरी हारकर चिल्लाती—''बाबूजी!''

गोपाल दरवाजा बन्द कर अपने कमरे में लिख रहा था—'पूँजीवादी समाज ने मध्यवर्ग, विशेषतया निम्नमध्यवर्ग और सर्वहारा वर्ग के दैनिक जीवन में जैसी विकृतियाँ पैदा की हैं, उनका चित्रण तीव्र अनुभूति के माध्यम से हो। ये विकृतियाँ जीवन के हरेक पहलू में वर्तमान हैं—पारिवारिक, सामाजिक, सांस्कृतिक, मनोवैज्ञानिक। सम्पूर्ण भावसत्ता विकृत हो गई है। क्या वह स्त्री-पुरुष का प्रेम हो, सन्तान-प्रेम हो आदि-आदि। सारा जीवन विशृंखल है—व्यक्ति का हर भाग विघटित है। व्यक्ति का विश्लेषण कीजिए, पता चलेगा कि वे कितने 'डिसटॉर्टेड', 'एबनॉर्मल', 'न्यूराटिक' हो गए हैं। लेकिन इन सबके बावजूद समाज में विद्रोहात्मकता जीवित है, वही आशा का केन्द्र है...।''

''बाबूजी!'' बाँसुरी रो पड़ी।

गोपाल बाहर आया। बच्चे भाग चुके थे। बाँसुरी ने ठुमकते हुए कहा—''बाबू जी, तुम मुझे मोटर नहीं ला दोगे? मन्नू कहता था तुम्हारे बाबूजी झूठे हैं। केदार भैया कहते थे तुम्हारे बाबूजी के पास रुपैया कहाँ?''

गोपाल ने प्यार से उसे गोद में लेते हुए कहा—''मेरे पास बहुत पैसे हैं। मैं तुम्हें मोटर ला दूँगा।''—फिर कुछ याद करके हँसा और हँसते हुए बाँसुरी के कान में धीरे-से कहा—''मैं तुम्हें जीप गाड़ी ला दूँगा, चलो अभी खा लें।'' वह एक बार फिर ठठाकर हँसा।

आँगन में अँधेरा था। सब कमरे बन्द थे। उसने पुकारा—''माँ, बाबूजी ने भोजन कर लिया। बंसी की माँ कहाँ गई। मुझे भूख लगी है।''

किसी ओर से जवाब नहीं मिला। आँगन में एक गुमसुम उदासी छाई हुई थी—एक खौफनाक खामोशी।

बाँसुरी को बहुत दिनों के बाद बाप की गोदी मिली थी। खुशी से वह फूली नहीं समाती थी। वह आप ही हँसती थी।

अन्धकार और मौन। खँडहर की याद आई गोपाल को। वह मुस्कुराया। खिलखिलाकर हँस पड़ी उसकी गोद में बाँसुरी—भविष्य की सुन्दर बाँसुरी।

नवम्बर, 1948

धर्मक्षेत्रे-कुरुक्षेत्रे

भादों की रात। तुरत बारिस बन्द हुई है। मेढक टरटरा रहे हैं। साँप ने बेंग को पकड़ा है, बेंग की दर्द-भरी पुकार पर दिल में दया आने के बदले, भय मालूम होता है। आसपास की झाड़ियों में फैला हुआ अन्धकार और भी खौफनाक हो जाता है। उसी झाड़ी से एक गज की दूरी पर खड़ा करामत खाँ सिपाही, कमांडर के इशारे की प्रतीक्षा कर रहा है। बाँसों और पाट के खेतों में छर्रों की 'फुरहरी' जैसे जुगनू चमक रहे हैं। बीच-बीच में बिजली चमकती है। केले के पेड़ों से घिरे हुए झोंपड़े सामने में नजर आते हैं। जब-जब झोंपड़े दिखाई पड़ते हैं, करामत को अपने गाँव के अपने झोंपड़ों की याद आ जाती है।...कहीं उसके झोंपड़े के आसपास भी, रात में, इसी तरह पुलिस और मिलेटरीवाले बन्दूक ताने तो खड़े नहीं होंगे? कौन जाने?...और उसकी प्यारी बीवी अपनी बच्ची को छाती से सटाकर सोई होगी। माँ शायद जगी हो।...

लेकिन, करामत से पचास गज की दूरी पर, पाटों के झुरमुट में खड़ा 'गोरा' सिपाही 'टाम' यह सबकुछ भी नहीं सोचता है। झाड़ियों के छोटे-छोटे बरसाती जोंकों से वह परेशान है। इन जोंकों के खौफ से वह पेशाब भी नहीं कर पाता है। '...फू... ब्लाडी।' बार-बार पतलून का बटन वह खोलता और बन्द करता है। उसकी क्रुद्ध निगाह आसपास की झाड़ियों की फुनगी पर लपलपाते हुए उन 'ब्लडी' हिन्दुस्तानी जोंकों पर और कान चौकस–बिगुल सुनने के लिए। बिजली चमकती है, गाँव के झोंपड़े नजर आते हैं। टाम को याद आती है 'जैक' की बात। कल 'जैक' रेड पार्टी में गया था। 'जशन' मनाया था जैक ने जी-भर। टाम के अन्दर का पशु भी धीरे-धीरे जागता है।...वह और पेशाब की हाजत को रोक नहीं पाता है।

टार्चसिगनल!–रेड करो!! नींद में विभोर गाँव में घुसता है–आगे-आगे करामत का जत्था और पीछे-पीछे 'टाम' की टुकड़ी।

...कुत्ते भूँकने लगे। सैकड़ों 'टॉर्च' की रोशनी जीभ लपलपाने लगी। खूँटे से बँधे हुए जानवर रस्सी तुड़ाकर भागे। 'भागो मट गोली मार डेगा'–दहल उठा गाँव। कुहराम शुरू हुआ। हजारों इंसान एक साथ रो पड़े। कुत्ते, इंसान, उनकी औरतें, उनके बच्चे!...

"वायनट–फिक्स!"

"चार्ज!"

"आह-ह!"...

कुहराम और बढ़ता है। आवाज और भी दर्दीली होती जाती है। कुत्ते और भी तेजी से भूँकने लगते हैं।

"कौन भागटा है!"

"फायर!"

"ट्ठाँय!...!"

बाँसों के झुरमुट में, पास के पेड़ों पर सोए हुए परिन्दे फड़फड़ाकर उड़ भागे। रात अँधेरी होने पर भी आसमान मुक्त है, वे पाँखें फैलाकर उड़ सकते हैं। जहाँ जी चाहे जा सकते हैं। मगर, धरती पर, गाँवों में, झोंपड़ों के इंसान? वे तो घिरे हैं!

"बाबा हौ, अरे बाप मरि गेल्हाँ रे बाप!"

"चंडन कुमार कहाँ है, बटाव?"

"हुजूर हमरा कुच्छू नै मालूम।"

"गाँडी का बच्चा, काला कुट्टा।"

"घरों में घुसकर खोजा जाय।"

भूखे कुत्तों की तरह टामियों की टुकड़ी टूट पड़ती है। पूर्वी मोर्चे पर मरने से पहले इन्हें खुलकर 'मौज' करने का हुक्म है। हिन्दुस्तानी सिपाही के जत्थे में करामत के सिवा सभी हँसते हुए बढ़े। इस बार औरतों और बच्चों की चीख-पुकार से आसमान भी रो पड़ता है। मूसलाधार बरसा में टॉर्च की रोशनी अजीब-सी मालूम होती है।...घर-घर में गोरे और काले सिपाही!

"हे सरकार..." एक घर के कोनों में से किसी के लम्बे बालों को पकड़कर बाहर घसीट लाता है एक गोरा। लम्बा बाल! औरत। गोरा उन्मत्त हो जाता है।

"आह..."

"सिसू...सटअप!"

"आँयग गि-गि-गि..." मुँह में कुछ ठूँस दिया गया शायद।

गोरा अँधेरे में उसकी छाती टटोलता है फिर तुरन्त उठ खड़ा होता है। बूट की एक ठोकर देकर बड़बड़ाता है–"फ्...ओल्ड बिच।"

फर्श पर पड़ी बुढ़िया बूट की ठोकर खाकर चिल्लाने की चेष्टा करती है "आँय गि-गि... ।"

"माय री..."

टाम के हाथ एक चौदह वर्ष की बालिका पड़ती है। बरसा की रफ्तार और तेज हो जाती है। बिजलियाँ और जल्दी-जल्दी चमकने लगती हैं और फूल-जैसी बालिका के सीने पर बैठा इंसान और भी जानवर बनता जाता है। बिजली चमकती है–उसके सुन्दर मुखड़े को गोरा काट खाता है। बिजली चमकती, मुखड़े से लहू की बूँदें टपकती हैं। बिजली चमकती है–बच्ची की निष्कलंक आँखें पथराती जाती हैं।...जमीन पर

उसका शरीर निस्पन्द पड़ा रहता है। 'टाम' खड़ा होकर पतलून का बटन लगाता है। फिर बिजली चमकती है–बच्ची की पलकें झिंपती नहीं, खुली की खुली ही रह जाती हैं...

घर-घर से दबोचे हुए मुँह से घिघियाने की आवाज आती है। बलिदान के समय पशु जिस तरह घिघियाते हैं। बच्चों के गले से खून निकल रहा होगा, उनकी रोने की आवाज से ऐसा ही मालूम होता है।...

करामत खाँ आर्म्ड फोर्स का सिपाही नं. 285 एक अँधेरी गली में चुपचाप खड़ा, नमकहरामी और नमकहलाली की सीमा पर झूलता है। वह गिनता है–उसके पास सिर्फ पन्द्रह गोलियाँ हैं। सिर्फ पन्द्रह?...उसकी बीवी, उसकी बच्ची, माँ...सामने कोई छाया उसे देखकर छिप जाती है–"जाने भी दो, कोई बेचारा जान बचाकर भाग रहा है।"–करामत ने पहली नमकहरामी की।

गाँव में कुहराम जारी है। मर्दों पर लाठियाँ, संगीन और कोड़े बरसते हैं। गाँव-भर की बुढ़ियाँ बूट की ठोकरें खा रही हैं, जवान औरतें घर-घर में, झोंपड़े-झोंपड़े में जमीन पर बेहोश, दम तोड़ती कराह रही हैं। और श्री पारस चौधरी, पास के गाँव के ही प्रमुख जमींदार, जो आदतन खद्दरधारी थे और जिन्होंने सिर्फ तारीख 10 अगस्त से मिल का कपड़ा पहनना शुरू किया था। ऐसे पारस चौधरीजी, एस.पी. साहब से कहते हैं, बार-बार कहते हैं–"घर घुसकर खोजा जाय, हुजूर, इस घर में देखा जाय, हुजूर, उसको पीटा जाय, हुजूर, वह भारी कांग्रेसी बदमाश है," उसी पारस चौधरी के कहने पर एक घर में आग लगा दी जाती है। छप्पर भीगा हुआ है, इसलिए आग धीरे-धीरे सुलगती है। किन्तु उस मुर्दार रोशनी से भी अँधेरा दूर हो रहा है। रोशनी में करामत कुछ देखता है और उसका झूलना मानो शेष हो जाता है...खुले आसमान के नीचे, कीचड़ में एक औरत हाथ-पाँव मार रही है...गोरा नहीं, काला सिपाही...? रामपरीक्षा सिंह?...और बगल में वह दो बरस की बच्ची गला फाड़कर रो रही है...रामपरीक्षा सिंह...उसकी बीवी...उसकी बच्ची...माँ...नमकहरामी...। वह निशाना लेता है–"ठाँय!"

करामत ने दूसरी नमकहरामी की। वह और चौदह बार नमकहरामी तो कर ही सकता है।...नमकहलालों से इस अकेला नमकहराम की जब मुठभेड़ होती है...ठाँय, ठाँय, ठाँय...!!

अन्त में वह नमकहराम ठीक-ठीक सोलह बार नमकहरामी करने का मजा पाता है। आ...अल्लाह...!

भादों की अँधेरी रात। जिस समय गाँव में लूट मची हुई थी, दो माईल दूर एक जंगल में 'आजाद दस्ते' की बैठक में हिंसा व अहिंसा के सवाल पर मतभेद हो चुका था। इलाके के पुराने और प्रतिष्ठित कांग्रेसी नेता श्री चन्दनकुमारजी, जिन्हें खोजने के

लिए एक सारे गाँव का सत्यानाश कर दिया जाता है, अपने साथियों के साथ पूरे अहिंसक हो गए हैं और बाकी लोग अ. भा. कां. क. के 8 अगस्त के फैसले और एलान के मुताबिक अपने को अपना नेता मानकर, अपनी आत्मा की आज्ञा मानकर रायफलों, बमों, रिवाल्वरों और रुपयों का हिसाब-किताब कर रहे हैं। वे हिंसक हो चुके थे...।

करामत की पहली नमकहरामी के कारण, छिपकर भाग आनेवाला 'आजाद दस्ता' का दूत सतना दौड़ता हुआ खबर देता है—"गाँव पर फौजी हमला हो गया है।"

"मगर हम तो दूर हैं, सुरक्षित हैं।" चन्दनकुमारजी जवाब देते हैं क्योंकि वे उस समय अपने को सारे दल का नेता मानते थे।

"वे लूट रहे हैं!"

"वे तो करेंगे ही।"—चन्दनकुमारजी कहते हैं।

"वे औरतों को बेइज्जत कर रहे हैं!"

"क्या किया जा सकता है?" लाचारी जाहिर करते हैं चन्दनकुमारजी।

"गाँव-भर में एक औरत नहीं बची।"

"तैयार!" हिंसकों में से एक उठकर कहता है। सभी हिंसक उठ खड़े होते हैं। एक बढ़ता है, उसके पीछे सभी बढ़ते हैं। वे चले जाते हैं और चन्दनकुमारजी अपने दल के लोगों से कहते हैं—"गांधीजी की अहिंसा का मखौल उड़ानेवाले, इन मूर्खों को कौन समझावे। जाने दो...।" जंगल से बाहर निकलकर, नया कमांडर चार-पाँच शब्दों का एक भाषण दे डालता है—"यदि इन्हें छोड़ दिया गया तो हजारों-हजार गाँवों की ऐसी ही दुर्दशा करेंगे ये। हमने यदि आज डटकर मुकाबला किया तो फिर समझ लीजिए, कि ऐसी घटना फिर नहीं घट सकती।"

"और मिलिटरीवालों को बुला लाए थे पारस चौधरीजी।"—दूत 'सतना' कहता है।

"पारस चौधरी?"

डेढ़ दर्जन हिंसकों ने दाँत पीसा, मानो बिजली चमक उठी। आसमान में नए बादल उमड़-घुमड़ रहे थे।

गाँव में कुहराम थम गया था। कुछ औरतें धीरे-धीरे रो रही थीं और एकाध बच्चे रो रहे थे। जिस घर में आग लगाई गई थी, वह जलकर खाक हो चुका था, मगर आग लहलहा रही थी।

"मिलेटरीवाले घाट पार कर रहे हैं।"

"चलो।"

आसमान में जोरों से बादल गरज उठता है। मिलेटरी और मिलेटरी अफसरों को लेकर दसों नाव किनारा छोड़ रही थीं। नदी के किनारे ऊँचे कगार पर एक मेंड़ के बगल में लेटकर डेढ़ दर्जन 'हिंसक' हिंसा के लिए तैयार हैं।

"उन्होंने लूटा है!"

"ट् ठाँय, ट् ठाँय..."

"उन्होंने मारपीट की है, जुल्म किया है!"

"ट् ठाँय,...ट् ठाँय..."

"उन्होंने औरतों को लूटा है।"

"ट्-ठाँय, ट्-ठाँय..."

"फड़ फड़ फड़र र र र..."

फौजी अफसर का मशीनगन फड़फड़ा उठा।...घबराओ मत दोस्त! देबेन की लाश हटा दो, उसका रायफल ले लो।...बंशी...की थैली में देखो कारतूस हैं!...बंशी को एक चुल्लू पानी पिलाओ! लेट जाओ, दाहिनी नाव पर निशाना करो...

'धड़ धड़ाम! धड़ धड़ाम!!'–आजाद दस्ते की ओर से 'हैंडग्रेनेड' फेंके जाते हैं। बिजली गिरने-जैसी आवाज होती है, नदी का पानी बाँसों उछलता है।...

"...सब शान्त!"

"शान्त नहीं, पारस चौधरी को देखना होगा। चलो!" चार कम डेढ़ दर्जन हिंसकों ने अपने साथियों की लाश को कन्धे पर टाँग लिया और चले।

बाद में खबर फैली–"बिसनपुर मिलेटरी रेड में एक मुसलमान सिपाही को बलात्कार करते देखकर एक हिन्दू सिपाही ने रोका। इस पर मुसलमान सिपाही ने उसे गोली दाग दी। इसके बाद तेरह हिन्दू और एक गोरा को उसने मार दिया। आखिर में वह भी मारा गया। इस पर गोरे और हिन्दू सिपाहियों में फिर घाट पर लड़ाई हो गई। करीब-करीब चालीस गोरा मिलेटरी, दस हिन्दू और पाँच अफसर मारे गए।"

जनता ने, इस खबर को सुनकर, मन-ही-मन उन हिन्दू सिपाहियों की धीरता को सराहा और करामत के नाम पर थूका–"साला।"

यह भी खबर फैली–"राधोपुर के पारस चौधरी के घर में क्रान्तिकारियों ने सशस्त्र डकैती की। रुपये, गहना-जेवर लूट लेने के बाद पारस चौधरी को गोली से उड़ा दिया।"

जनता ने, इस खबर को सुनकर क्रान्तिकारियों के प्रति घृणा प्रकट की।

अभी हाल में ही, एक सभा में श्री चन्दनकुमारजी एम.एल.ए. का समाजवादी विरोधी भाषण हो रहा था क्योंकि समाजवादियों ने यहाँ के किसानों को न जाने कैसे समझा दिया कि अब जमींदारी प्रथा नहीं रह सकती और जमीन पर जोतनेवालों का हक होना चाहिए और किसान मजदूरों के राज का मतलब ही है असली सुराज।

एम.एल.ए. साहब के फायल और बिस्तर ढोनेवाले, स्थानीय कांग्रेस कमिटी के एक पदाधिकारी और भावी एम.एल.ए. साहब ने कहा–"वे गाँव की शान्ति भंग करते हैं।"

चन्दनकुमारजी एम.एल.ए. साहब कह रहे थे–"भाइयो! याद रखिए। ये वही लोग हैं, जिन्होंने पारस चौधरी जैसे प्रमुख कांग्रेस भक्त को गोली मार दी थी। ये डकैत हैं, देश के दुश्मन हैं..."

उनके फायल ढोनेवाले शान्ति के अग्रदूतजी ने जोरों से ताली पीटकर नारा लगा दिया–"देशद्रोही! मुर्दाबाद!"

अगस्त, 1949

टौन्टी नैन का खेल

"लड़की मिडिल पास है!"

"मिडिल पास?"

"मिडिल पास ही नहीं, दोहा-कवित्त जोड़ती है।"

"देखने में भी, सुनते हैं कि गोरी है।"

"सीप्रसाद बाबू की बेटी काली कैसे होगी?"

"विश्वास नहीं होता है।"

"सुमरचन्ना नहीं आया है? आ जाय तो सही बात का पता चले।"

"यदि बात सच है तो समझो कि पानी में आग लग गई!"

"सुमरचन्ना का भाग तेज है।"

"चिड़िया का गुलाम किसका है? रंग औट करो।" चिड़िया का गुलाम, लाल पान की बीवी से कट गया और खेल खत्म। खेल में अब किसी का जी नहीं लग रहा है, सुमरचन्ना का भाग तेज हो गया, खेल में जी कैसे लगे?

"लेकिन–सुमरचन्ना तो अपर पास भी नहीं?"–रमचनरा कहता है।

"अब पास कर जाएगा!"–दुलरिया बात बनाना जानता है।

सभी हँस पड़ते हैं। गाँव-भर के निठल्ले नौजवानों के इस ताश के अड्डे को बढ़े-बूढ़े बड़ी बुरी निगाह से देखते हैं। देखा करें, उनकी बुद्धि सठिया गई है। सेमापुरिया 'मेला' की तरह माथा मुड़ाकर रहो तो ये बहुत खुश रहेंगे। जरा-सा थोबड़ा केश बढ़ाकर, थोड़ी-सी बगली छँटाकर सिर में तेल डालते ही इनकी आँखों में लाल मिर्च की बुकनी पड़ जाती है।...लुच्चा हो गया, आवारा है वगैरह।...सुमरचन्ना बाबड़ी नहीं रखता है, डोमन लौआ से जब वह केश छँटाता है तो गाँव के नौजवानों को एक सप्ताह के लिए हँसने का मसाला मिल जाता है।...हल जोत दिया है, अब खेसाड़ी बोना बाकी है। और उसी सुमरचन्ना का हल जोता हुआ कपाल इतना उपजाऊ साबित हुआ। रमचनरा आधा मोंछ कटाता है लेकिन। मिडिल पास स्त्री, दोहा-कवित्त जोड़नेवाली और गोरी! भगवान भी कैसे हैं?

सुमरचन्ना–श्री सुमरचन्द विश्वास वल्द अमीरचन्द विश्वास जाति...मौजा–लोरिकगंज, थाना–फारबिसगंज, जिला–पुर्रैनियाँ।

रामपुर के सीप्रसाद मंडल को कौन नहीं जानता? जाति-बिरादरी में उनका स्थान ऊँचा है। नई मातबरी हुई है। सरसों और तम्बाकू से दो हजार रुपए की आमदनी होती है। बन्दूक का लैसन मिलनेवाला है। कंगरेसी हैं। उन्हें कौन नहीं जानता?

यह बड़े अचरज की बात है कि सीप्रसाद बाबू ने सुमरचन्ना को ही क्यों अपनी मिडिल पास, दोहा-कवित्त जोड़नेवाली और गोरी लड़की के लिए वर चुना? सुरमचन्ना की माँ ऐसी झगड़ालू है कि दीवाल से भी झगड़ा करती है। बाप बहरा है। धन में धन दो भैंस हैं। और सुरमचन्ना की सूरत?...अचरज की बात है। गाँव के निठल्ले नौजवानों के कलेजे पर साँप लोट रहे हैं! भगवान भी कैसे हैं?

"रे सुमरचन्ना! इधर आओ इधर! कहाँ से आ रहे हो? बीड़ी पिलाते जाओ!"

"हरगोबिन भाय! रामपुर गए थे?"

"शादी का दिन ठीक हो गया?"

"हाँ। यही फागुन एकादशी है!"–सुमरचन्ना 'मोटर मार सिकरेट' सुलगाते हुए कहता है।

"तुम्हारी किस्मत बड़ी तेज है। रुपैया-पैसा भी दिया है?"

सुमरचन्ना को घेरकर सभी बैठे हुए हैं। बीच में मोटर मार सिगरेट का पाकिट खुला हुआ है। ताश की गड्डी पड़ी हुई है। सभी सिगरेट पी रहे हैं। सुमरचन्द विश्वासजी सुना रहे हैं–"अरे हरगोबिन भाय! यह तो भोग-भाग की बात है। विधविधाता जिसकी जोड़ी जहाँ मिला दे। रमैन में कहा है–सुनहू भरथ भावी प्रबलऽ बिलख कहे मुनि नाथ...अर्थात् हे भरथजी!..."

इस 'अर्थात्' में हानि-लाभ के साथ शादी-विवाह और जोड़ी मिलाने की चर्चा कहाँ की गई है, इस पर ध्यान देने का होश किसको है?

सुमरचन्ना मिडिल पास भी नहीं लेकिन 'रमैन' और 'महभारथ' और कीरतन में उससे कोई पार नहीं पा सकता है। जब कीर्तन में 'झाँखी' गाने के समय पैर में झुनकी बाँधकर 'झाँखी जुगल मोहनियाँ हो राम' गाता है तो सुननेवालों की आँखों से प्रेम के आँसू झरने लगते हैं।

बात यह हुई कि...सीप्रसाद बाबू के बूढ़े बाप लामलैरन बाबू बड़े धार्मिक आदमी हैं। गाँव में ठाकुरवाड़ी बनवा दिया है। राम लछमन सीताजी की मूर्ति बनारस से लाए हैं। घर में भी मूर्ति है–सीताराम की जुगल जोड़ी। कीर्तन के बड़े प्रेमी हैं। उस बार ढालगंज के नवकुंज में सुमरचन के गीत पर मोहित हो गए। सीप्रसाद बाबू की छोटी बेटी (जिससे सुमरचन की बातचीत पक्की हो गई है) लामलैरन बाबू की बड़ी दुलारी है। बड़ी प्यारी! दादा के सभी गुण उसमें आ गए हैं। बचपन से ही दादा के साथ में

रहकर 'भगवान' और कीर्तन उसके रोम-रोम में रम गया है। इसीलिए दादा ने उसका नाम रखा है—आरती। माँ कहती हैं—अर्ती! बूढ़े लामलरैन बाबू ने आरती की शादी किसी भगवान-भक्त से ही करने की प्रतिज्ञा की थी।...पूरा भक्त, कंठीधारी वैष्णव हो, भले ही गरीब हो, अपढ़ हो, लेकिन अपनी ही जाति का हो। आरती सतरहवाँ पार कर चुकी, लेकिन उसके जोग वर नहीं मिल रहा था। कोई मिलता भी तो स्वजाति का नहीं। पढ़ाई-लिखाई की बात रहती तो आजकल एम.ए. बी.ए. की भी कमी नहीं होती...लेकिन वैष्णव, भगवान का असली भक्त, कंठीधारी कहाँ मिले? मुर्गी के अंडे खानेवालों की बात रहती तो एक बात भी थी। बस ढालगंज नवकुंज में लामलरैन बाबू को आरती के जोग वर मिल गया।...स्वजाति का, भक्त, वैष्णव और कंठीधारी सुमरचन्ना!

''ऐह! यह तो राजा-रानी का खिस्सा हो गया कि एक राजा था और उसकी एक लड़की थी—'' दुलरिया बहुत देर तक रुके हुए साँस को एक ही बार छोड़ते हुए कहता है—''एकदम खिस्सा साढ़े चार यार!''

सभी हँस पड़ते हैं लेकिन यह बात तो सर्वसम्मति से स्वीकृत हो जाती है कि सुमरचन्ना का भाग बड़ा तेज है। भगवान की महिमा अगम अपार है।

''लड़की मिडिल पास, गोरी, धनी, ससुराल, बूढ़े मालिक का दुलारा जमाई...और क्या चाहिए?''—हरगोबिन गम्भीर होकर कहता है।

सभी गम्भीर हो जाते हैं। भाग की बात है। इससे बढ़कर और क्या चाहिए?

''लेकिन सुमरचन्न भाय! कीरतन दल को भूल मत जाना, हरमुनियाँ का भाथी एकदम खराब हो गया है। ढोलक भी कठसुरहा हो गया है। गेरुआ पोशाक एक दर्जन बनवा देते तो फिर क्या है?''

''और एक 'कौरनोट' और एक 'बिहला' बाजा यदि खरीद दो तो समझ लो कि 'हौल इंडिया' में हम लोगों के दल का नाम हो जाए।''

''अरे भगवान ने चाहा तो सबकुछ हो जाएगा। पंगु होंहि वाचाल मूक चढ़हि... नहीं-नहीं...मूक होंहि वाचाल... ।''—सुमरचन्द विश्वास, विश्वास दिलाते हुए कहते हैं—''और हम यदि कीरतन दल को भूल जाएँ तो भगवान हमारे गरब को कितनी देर तक रखेंगे?...रावन गरब कियो लंका में... ।''

फागुन एकादशी! लामलरैन बाबू ने खबर भिजवा दी है—बर-बरात एकदम नहीं। जो आए वह कीर्तनियाँ हो। ढोल-ढाक, बाजा-गाजा, नाच-तमाशा, रंग-रवायश—कुछ नहीं। सिर्फ कीर्तन!

दुलरिया बड़ा मस्त आदमी है, हरदम हँसते-हँसाते रहता है। सुनते ही कहता है– "तब तो लड़की के लिए भी कोई गहना बनाने की जरूरत नहीं। कंठमाला ही ले चलो सुमरचन भाय।"

सुमरचन आजकल दिन-रात सपना ही देखता रहता है। उसे कुबेर का भंडार मिल गया है। हँसते हुए कहता है–"असल गहना तो कंठीमाला ही है दुलारे। पूरब मुलुक बंगाला में जाओ तो? जब तक माला बदल नहीं होगा, शादी पक्की नहीं समझी जाएगी। पहले जमाने में राजा-महाराजा की राजकुमारी माला डालकर ही सुयेम्वर करती थी। जयमाला!"

'कुमारी आरती देवी मीरा' श्रीमान सुमरचन्द विश्वासजी के गले में जयमाला डालेगी।

आरती देवी मिडिल पास है। घर बैठे ही गीता और रमैन की परीक्षा देकर पास कर चुकी है। मासिक मानव कल्याण पत्रिका की स्थायी ग्राहिका और पाठिका है। कभी-कभी खुद गीतों की रचना कर लेती है–दोहा-कवित्त! इसलिए अपने नाम के साथ 'मीरा' लिखती है। अठारहवें में पाँव रख रही है। पिछले दो साल से गाते-गाते भगवान के आगे कभी-कभी बेहोश हो जाती है। घंटों बेहोश रहती है और जब आँखें खुलती हैं तो...'सपने में तुम पास रहे प्रभु, जगी हो गए दूर...।' प्रेम-विह्वल हृदय की वाणी कोकिल कंठ से फूटकर निकल पड़ती है। बूढ़े लामलरैन बाबू प्रसन्न होकर करताल बजाते रहते हैं–'हई बोयो, हई बोयो! छन, छन, छन, छन।' गेरुआ रंग को छोड़कर और किसी रंग का कपड़ा नहीं पहनती है आरती देवी।

एक बार सोशलिस्ट पार्टी के 'लाल पताका' के सम्पादक 'चिनगारी'जी आए थे। एकदम नास्तिक। हरदम मुँह में सिगरेट, आँख पर चश्मा। खाँसते रहते थे और हवा में डोलते रहते थे। डॉक्टर के कहने से मुर्गी का अंडा खाते थे। जाति-धरम को एकदम नहीं मानते थे। उस बार सीप्रसाद बाबू के साथ आए। शाम को जब उन्होंने आरती देवी का भजन-कीर्तन सुना तो उनकी आँखें एकदम खुल गईं। प्रेम-विह्वल नारी, गोरा शरीर, सुडौल मुख-मंडल और गेरुआ वस्त्र में लिपटी हुई पवित्र जवानी! बस, उसी क्षण से भगवान भक्त हो गए।...लेकिन लोग जो कहते हैं कि आरती देवी से उनका...हो गया था सो झूठी बात है। सुनी हुई बात दुनी होती है।

बात यह हुई थी कि सीप्रसाद बाबू ठहरे कंगरेसी आदमी! उनके यहाँ यदि कोई सोशलिस्ट पार्टीवाला तीसरे दिन पड़ा रहेगा तो उनकी बदनामी नहीं होगी? इसलिए उन्होंने मना कर दिया था। बाद में 'चिनगारी'जी ने सोशलिस्ट पार्टी को भी छोड़ दिया। आजकल एकदम भक्त हो गए हैं, अपना कीर्तन पार्टी खोले हैं। वह भी अपने से गीत बनाते हैं और गाते हैं।

लामलरैन बाबू ने आरती देवी की शादी के दिन 'अष्टजाम' कीर्तन कराने का निश्चय किया है। दस समाजी को उन्होंने निमन्त्रण भेज दिया है। जाति-बिरादरीवाले तो सभी शादी-ब्याह और श्राद्ध में खाते ही हैं। पर आरती देवी की शादी है। भगवान की गायिका की शादी है, इसमें तो सिर्फ कीर्तनियाँ लोगों को ही भाग लेना चाहिए।

शाम से ही कीर्तनियों का दल एक-एक कर आ रहा है। गाते-बजाते और नाचते!

"अरे सोचे सियाजी के मैया हो धेनु कैसे टुटे।"
"धाके धिन्ना ताक धिन्ना।"

छनन छनन छुम्म छन्नन।

"हाँ, यह शायद लखनपुर का दल है। देखना। हरेक समाजी के सभापति से पहले ही पूछ लेना कि कितने लोग हैं? लखनपुरवालों को नहीं जानते? तीन बुलावे तेरह आवे।"

"गौरी के माई डराओल हो बमभोला के देखिके।"

धाक धिना ताक धिना।

"हाँ, यह परबत्ता का दल है। देखना रे! गंगातीरवाली खड़ाऊँ की जोड़ियाँ कहाँ हैं? उस बार परबत्ता दलवालों ने खड़ाऊँ ही पार कर दिया।"

कान्तपुर के दल के साथ आए हैं 'चिनगारी'जी। आजकल नाम बदल लिया है– 'चन्दन'। चन्दनजी! उनके दल को निमन्त्रण नहीं मिला था लेकिन कान्तपुर में उनका 'ममहर' है। चिनगारीजी...यानी चन्दनजी ने अब बाल बढ़ा लिया है। लम्बे-लम्बे घुँघराले बाल, दाढ़ी-मूँछें मुड़ी हुई और आँखों पर चश्मा। अब सिगरेट कम पीते हैं– पान खाते हैं।

सभी समाजी आ गए हैं। रात को आठ बजे से अष्टजाम शुरू होगा। तब तक बाराती कीर्तनियाँ समाज भी आ जाएगा। इसके पहले बैठकी कीर्तन हो रहा है। एक-एक दल बारी-बारी से गाता है। ऐसा लगता है कि कान्तपुर दल का ढोलकिया आज ढोलक को तोड़ ही देगा! चिनगारीजी उर्फ चन्दनजी गा रहे हैं। खेल बात है! इसीलिए ढोलक बजाते-बजाते जोश में ढोलक पर चढ़ जाता है। चिनगारीजी जब गर्म बात अखबार में लिखते थे तो सरकार बहादुर थर-थर काँपने लगता था। चन्दनजी ऐसा कीर्तन गाते हैं कि सुननेवालों पर आग का भी कोई असर नहीं हो। आँख मूँदकर गा रहे हैं, विभोर होकर गा रहे हैं। चेहरे पर पेट्रोमेक्स की पूरी रोशनी पड़ रही है, इसलिए चेहरे पर करुण भाव की छोटी-से-छोटी लहरें भी स्पष्ट दिखाई पड़ती हैं।

अरे नैनों को दरशन सुख दे दो नैनों को...
अरे नैनों को दरशन सुख दे दो

मिटे हृदय की साध...
दरश बिनु नैना है बेकार आज मेरो...

आँगन में चन्दन चर्चित वधु आरती चुपचाप बैठी हुई है, बूढ़े लामलरैन बाबू का हुक्म है—"औरतें और कोई गीत नहीं गा सकतीं। भगवान का ही गीत मंगल गाएँ। 'रुकमुनी जाइछे'...नहीं-नहीं...यह गीत नहीं चलेगा। ओ! रुक्मिणी का नाम है? तब तो भगवान का गीत है। यह चलेगा—"

अरे अच्छा-अच्छा चूड़ियाँ बनावे रे भइया लहेरिक।
रुकमिनी जाइछे ससुराल!
अरे ऐसना चोलिया बनावे रे दरजिया कि
छतिया पर जोड़ी रे अनार!

आरती देवी 'मीरा'।...आरती पुर्जे पर अपना नाम देखकर चमक उठती है। अक्षर तो पहचानती है वह। चरवाहा ने लाकर दिया है। चिट्ठी है। वह उठकर ठाकुरजी के घर में चली जाती है। हाँ, चिट्ठी ही है। चन्दनजी उर्फ चिनगारीजी ने लिखा है—

"मेरे मानस की मीरा!

तुम जिसके गले में जयमाला डालनेवाली हो वह एकदम निपट गँवार है। बात करने का ढंग नहीं। कीर्तन गाता है मगर पुराने जमाने का। पढ़ा-लिखा बहुत कम है। शायद लोअर पास भी नहीं। सिर्फ गला सुरीला है। समझ में नहीं आता कि बूढ़े बाबू ने क्यों तुम्हारा सत्यानाश कर दिया। सीप्रसाद बाबू भी कैसे हैं, उन्होंने क्यों नहीं खुद जाकर देखा। लड़का तो एकदम चिड़िया का गुलाम है..."

चिड़िया का गुलाम? भगवान ने निपट गँवार ही उसके भाग में लिख दिया है तो वह क्या कर सकती है? भगवान की मर्जी! लेकिन चन्दनजी? उस बार कितनी अच्छी कविता बनाकर चिट्ठी लिखे थे—

तुम मीरा गिरधर की दासी
चन्दन तेरा दास
करो मत मुझको प्रिये निराश!
'दास के सुन लीजै छोटी अरजिया हो रघुवर सुन लीजै मोरी अरजिया!'

ताक धिन्ना ताक धिन्ना।

लोरिकगंज बाराती कीर्तनियाँ समाज आ गया। वर श्री सुमरचन्द विश्वास गा रहे हैं—दास के सुन लीजै...

शादी चाहे किसी भी नियम से हो, शादी आखिर शादी ही है। वर को देखने के लिए औरतें झुंड बाँधकर दौड़ पड़ती हैं। कौन? यही जो बीच में नाच रहा है?...माई गे!...माई गे क्या? वह तुम्हारी उसकी शादी नहीं, आरती की शादी है! भगवान!

बूढ़े लामलरैन बाबू आरती देवी की माँ को समझा रहे हैं, डाँट रहे हैं और बिगड़कर लेक्चर झाड़ रहे हैं। गुस्से में उनकी पोपले मुँह की बोली ठीक अंग्रेजी की तरह सुनाई पड़ती है–'छिवई की छाजी में भी गौई की माई इछी लयह ओची छी! किछी अम्मयमी, मुगीखाय छे छाजी होची चो बहुत अच्छा। छें? भगवाँय का भकच कभी छुजय नहीं होगा। छुंजय छईय किछ काम का? हंउमायजी।

अर्थात्...वर अधरमी और मुरगीखोर नहीं। भगवान का भक्त सुन्दर नहीं होता। हनुमानजी सुन्दर थे? सुन्दर शरीर किस काम का?

आरती भी सोचती है–सुन्दर शरीर किस काम का!

अष्टयोग शुरू हो गया। वर मंडप पर पहुँच गया है। हरे राम हरे राम राम राम हरे हरे, हरे कृष्ण हरे कृष्ण...

आरती देवी आँखों को बार-बार रोकती है मगर आँखों ने चोरी से देख ही लिया–'सुमरचन्नजी, भक्तजी...चिड़िया का गुलाम?' शादी आखिर शादी है। सुमरचन्नजी वधु निरीक्षणी करके अपनी वधु को मंडप पर ले चले। आरती का सारा शरीर सिहर उठता है। उसका सुन्दर शरीर किस काम का?...पग घुँघरू बाँधी मीरा नाची री।

"हरे राम हरे राम!"

वर-वधु के मंडप पर पहुँचते ही गानेवालों का जोश और भी बढ़ जाता है। ढोल पर और भी तेजी से ताल बोलने लगता है। करताल और भी तेजी से खनकने लगते हैं। छुम छुम छन्न छन्न! प्रेम में विभोर होकर बूढ़े लामलरैन बाबू भी करताल बजाकर नाचने लगते हैं–"हये आम हये आम!"

आरती के पाँवों में गुदगुदी लगने लगती है। उसका सारा शरीर सिहरने लगता है। ऐसा लगता है कि वह भी अब नाचने लगेगी। वह बेहोश हो रही है। बेहोश...छुम छुम छन्न छन्न...। छनाक्।

"ऐ सँभालो! सँभालो!!"

"गिर गई।"

"पानी लाओ।"

ढोल रुक जाता है, करताल बन्द हो जाते हैं। लामलरैन बाबू करताल बजाते हुए और नाचते हुए कहते हैं–कीचन बंज यहीं हो। जाई यहे...हये आम हये आम! छुम छुम छन्न छन्न!

धिक धिन्ना धिक धिन्ना!

"पानी लाओ।"

"पंखा दो।"

आरती देवी आँखें खोलती है। उसके मुँह से एक हल्की-सी चीख निकल पड़ती है–"चिड़िया का गुलाम।"

सुमरचन्द के बहरे बाप ने हल्ला मचाना शुरू किया–"हम जानते थे। लड़की को मिरगी की बीमारी है। हम लोगों को गरीब जान खूब उल्लू बना रहे थे। अरे बाबू! हमारे खानदान में कभी मिरगी नहीं हुई।...चल रे सुमरचन्ना!"

लेकिन जब सुमरचन्ना टस-से-मस नहीं हुआ तो वह गाली-गलौज करते हुए अपने गाँव की ओर चल पड़ते हैं।

रात-भर आरती देवी बेहोश रही। सुबह को ठाकुर साहब ने देखकर कहा–दिमाग पर चोट लगी है। कीर्तन समाजियों को सूचना दे दी गई–हालत बहुत खराब है। शादी नहीं हो सकेगी। सभी अपने-अपने घर चले जाएँ!

"जलपान भी नहीं देगा क्या?"–दुलारे की बात सुनकर रात-भर के भूखे लोगों को भी हँसी आ जाती है।

"चलो खेल-तमाशा खतम।"

गाँव के निठल्लों का ताश का अड्डा गुलजार है। मिडिल पास, दोहा-कवित्त जोड़नेवाली लड़की, धनी ससुराल पाना खेल नहीं। सुना? कान्तपुर दल का चन्दनजी गवैया चक्का पार कर दिया। अरे वह तो उसी रात को लेकर पार हो गया। अभी तक कहीं पता नहीं चला है।

सुमरचन्ना को सभी चिड़िया का गुलाम कहकर चिढ़ाते हैं। बहरा अमीरचन्द के दोनों भैंस बिक गए हैं, इसलिए सुमरचन्ना को दिन-रात गाली-गलौज करता रहता है। सुमरचन्ना ने कीर्तन भी छोड़ दिया है।

"छोड़ दिया है तो छोड़े। उसके कपार पर तो चिड़िया का गुलाम सवार है।..."

"रंग औट करो रे!"

लाल पान की बीवी से चिड़िया का गुलाम काट लिया जाता है। जीतनेवाले खुशी से ताली पीटते हैं।...टौन्टी नैन का खेल जारी रहता है।

अप्रैल, 1953

वंडरफुल स्टुडियो

फोटो तो अपने दर्जनों पोज में उतारे हुए अलबम में पड़े हैं, फ्रेम में मढ़े हुए अपने तथा दोस्तों के कमरों में लटक रहे हैं और एक जमाने में, यानी दो-तीन साल पहले, उन तस्वीरों को देखकर मुझे पहचाना भी जा सकता था। लेकिन 'स्वास्थ्य-संशोधन' के बाद वजन में परिवर्द्धन और चेहरे में परिवर्तन होकर जो मेरी सूरत का नया संस्करण निकला, उसे पहचानने में मैं खुद कई बार भटक गया हूँ। कहाँ वह 95 पाउंडवाला चेहरा और कहाँ यह 154 पाउंड की सूरत!

दोस्तों ने कई बार सलाह दी कि एक नया फोटो उतरवाकर पिछली सभी तस्वीरों के 'केन्सिल' होने की घोषणा कर दूँ, और अपने मन में भी कई बार सोचकर देखा कि यह 'गुलगुली' न जाने कब गायब हो जाए! चुनाँचे एक नया फोटो खिंचवाने का फैसला कर लिया गया। वरना, मैं तो अपने को ऐसा परिपक्व पॉलिटिसियन समझे बैठा था जिसकी तस्वीर के लिए सैकड़ों नहीं, तो कम-से-कम दस कैमरेवाले नौजवान जरूर चक्कर काटते हैं। असल में अपना फोटो उतरवाना 'बचकाना' शौक-सा मालूम होता था।

फोटो उतरवाने की बात तो तय हो गई, लेकिन उस शाम को यह फैसला नहीं हो सका कि फोटो कहाँ उतरवाया जाए। हमारे एक मुँहबोले भाईजान हैं, जिन्हें हम इनसायक्लोपेडिया की तरह काम में लाते हैं! असली जाफरान किस दुकान में मिलती है, मुर्ग-मुसल्लम किस होटल पर बेहतरीन होता है, कॉफ़ी किस 'काफे' की सही जायकेवाली होती है, असली गबरडीन कपड़ा किस दुकान में है, बड़े सर्जन और फिजिशियन कौन-कौन हैं और किस 'टेलरिंग' की क्या विशेषता है, वगैरह बातों के अलावा पारिवारिक उलझनों को सुलझाने में उनसे बराबर मदद मिलती है।

भाईजान ने कहा, "एक जमाना था जब राजू चौधरी अच्छी तस्वीरें बनाया करता था। गवर्मेंट हाउस से लेकर 'शहादत-आश्रम' तक उसकी पूछ थी। अव्वल दर्जे के फोटोग्राफर के साथ ही वह पक्का मेहनती भी था। उस बार श्मशान-घाट में पूरे तीन घंटे तक मेहनत करके डॉ. अग्रवाल की लाश की ऐसी तस्वीर उसने ली कि जिसे देखकर हर आदमी की ख्वाहिश..."

मनमोहनजी की आदत है कि हमेशा भाईजान की बात को बीच में ही काट देते हैं। बोले, "किस मुर्दे की बात कर रहे हैं, आप? आजकल चतुर्वेदी-स्टुडियो है जिसके बारे में दो रायें नहीं हो सकतीं?"

भाईजान ऐसे मौके पर कभी झुँझलाते नहीं हैं। उन्होंने फिर शुरू किया, ''इसके बाद घोषाल अपने नए कैमरों के साथ मैदान में उतरा। उसके बारे में यह मशहूर है कि बगैर 'रिटच' किए ही बेहतरीन तस्वीरें बनाया करता था। फिर 'आलोछाया' वालों का युग आया, जो 'लाइट और सेड' की कला में निपुण था। प्रोफेसर किरण की एक ऐसी तस्वीर उसने उतारी थी, जिसे इंटरनेशनल फोटोग्राफी प्रदर्शनी में प्रदर्शित करने की चर्चा जोरों पर चल पड़ी थी। सिर्फ नाक पर लाइट दिया गया था। जरा कल्पना कीजिए, काले कार्ड पर सिर्फ नाक और चश्मे के फ्रेम के एक कोने पर हल्की रोशनी डाली गई है और आप उस काले कार्ड पर प्रोफेसर किरण की सूरत को स्पष्ट देख रहे हैं। अब तो चतुर्वेदी का मार्केट है, मगर...''

''मगर क्या?'' रमाकिशुनजी ने पूछा।

''मतलब यह कि चतुर्वेदी के यहाँ जानेवालों को अपने पॉकेट पर पूरा भरोसा होना चाहिए।'' भाईजान ने फरमाया।

बीरेन को न जाने क्यों यह बात लग गई। वह बोला, ''भाईजी! आपका यह इल्जाम सरासर गलत और गैरवाजिब है। बेचारा पैसा लेता है तो काम भी करता है। फिल्मों और प्लेटों की बढ़ती हुई कीमतों का भी पता है आपको?''

मजलिस को बहस के लिए काफी मसाला मिल गया था और मुझे याद आई कि 'चाय' के पैकेट के खत्म होने की सूचना मुझे सुबह ही दे दी गई थी। सरकारी ट्रेजरी से चेक का रुपया निकास करना आसान है, लेकिन 'चूल्हे-चौके' की सरकार से पैसे मंजूर करवाकर निकलवाना कितना कठिन है, यह लिखने की बात नहीं। पैसे निकलते हैं जरूर, मगर हड्डी में घुस जानेवाले रिमार्कों के साथ।

''हजार बार कहा कि अपने लिए 'हैपी वैली' लाते हो तो उसके साथ ही ब्रुकबांड के 'होटलब्लेंड' वाले डस्ट का भी एक पैकेट ले आया करो। लेकिन इन पर तो 'चाय का शौकीन' कहाने का भूत सवार है। दोस्तों ने कह दिया—यार, चाय के असल शौकीन तो तुम्हीं हो—बस, बन गए उल्लू। पूरे छह रुपए बारह आने पाउंडवाली चाय पिलाए जा रहे हैं। दुनिया में आग लगी हुई है और यहाँ 'व्हाइट प्रिंस' पीने के मनसूबे बाँधे जा रहे हैं...''—यही मेरी सरकार की, सलाह कहें या फटकार कहें, नसीहत है।

'व्हाइट प्रिंस' नहीं, व्हाइट जेसमिन! एक दिन हमारी मजलिस में इस बात की चर्चा हो रही थी कि हिन्दुस्तान की कौन-सी शख्सियत कौन-सी चाय और सिगरेट पीती है। मौलाना आजाद के बारे में कहा गया कि वे व्हाइट जेसमिन चाय पीते हैं। मौलाना ने अपनी किताब 'गोबारे खातिर' में कबूल की है। और इसी सिलसिले में हममें से किसी की सरस और चंचल रसना से यह पुरहौसला उद्‌गार जरा जोर से निकल पड़ा था—''जिन्दगी कायम रही तो हम भी कभी चख लेंगे भाई!'' पर्दे के उस पार यही बात पहुँच गई थी और उसी दिन से मुझ पर व्हाइट प्रिंस का व्यंग्यवाण

छोड़ा जा रहा था। यहाँ तक कि ससुराल से यह बात यों 'रिडायरेक्ट' होकर पहुँची थी—"व्हाइट एलिफेंट साहब व्हाइट प्रिंस पीने के मनसूबे बाँध रहे हैं।"

चुन्नीलाल को चाय और सिगरेट के लिए बाजार दौड़ाकर जब मैं वापस आया तब बात एकोनामिक्स के डिप्रेसन के दायरे को पार कर पालिटिक्स के सोशलिज्म, कम्युनिज्म और प्रजा-सोशलिज्म के भँवर में चक्कर काट रही थी। रोज यही होता है। बात कोई भी हो और कहीं से प्रारम्भ किया जाए, उपसंहार यही होता है।

इसलिए उस शाम की मजलिस में यह तय नहीं हो पाया कि फोटो कहाँ उतरवाया जाए।

दूसरे दिन शाम को जब मैं चौक से गुजर रहा था, 'वंडरफुल स्टुडियो' के वंडरफुल साइनबोर्ड की जलने-बुझनेवाली रोशनी ने फोटो की याद दिला दी। यह भी याद आई कि राजन यहीं काम करता है। राजन, हमारा कलाकार मित्र जो शान्तिनिकेतन से फाइन आर्टस् का डिप्लोमा प्राप्त कर साल-भर तक यहाँ फाँके करता रहा। अब इसी स्टुडियो में उसे नौकरी मिल गई है। आखिर 'वंडरफुल' में ही फोटो उतरवाने का इरादा मैंने पक्का कर लिया।

दुकान में दाखिल होते ही एक खास ढंग के आदमी से सामना हुआ—"फर्माइए जी। मैं ही वंडरफुल का डिरेक्टर हूँ।"

"फोटो लेना है।"

"बेहतर जी। चलिए, अन्दर स्टुडियो में।"

सामने मोटे अक्षरों में लिखा हुआ था—"यह दुनिया एक वंडरफुल स्टुडियो है।"

"राजनजी कहाँ हैं?" मैंने पूछा।

"कौन राजन! म्हारा आरटिस्ट! बो तो आज बिथ-बाइफ रेडियो सटेशन गया हुआ है। कमरसल आरट पर आज उनका टाक है।" वह आदमी लुढ़कता हुआ आगे-आगे चल रहा था।

अन्दर के एक कमरे में पहुँचकर वह हमारी ओर मुड़ा—"अच्छा जी ब्हाई सा'ब, पोज आपका अपना होगा या हमारे सेट्स के मुताबिक?"

"क्या मतलब?"

"मतलब समझा देता हूँ"—उसने अपने गले से लटकते हुए मेगनिफाइंग ग्लास की रेशमी डोरी को उँगलियों में लपेटते हुए कहा, "सा'ब, बात यह है कि हमने अपने कस्टमरों की इच्छा के मुताबिक बड़े-बड़े आरटिस्टों को एम्पलाय करके तरह-तरह के सेट्स बनवाए हैं।...इधर आइए। (पर्दा हटाकर) यह है हमारा फिल्मी सेट, और ये रहीं तस्वीरें इस सेट की!" उसने एक बड़ा एलबम खोला।

तस्वीरों में देखा, फिल्म की मशहूर अभिनेत्रियों के अभिनय के दृश्य थे। बात कुछ समझ में नहीं आई। बोला, "ये तो फिल्मी तस्वीरें हैं?"

''जी सा'ब, देखने से तो यही मालूम होती है''–अपनी काया के अनुपात से एक भारी-भरकम हँसी हँसते हुए उसने कहा, ''यही तो म्हारी खसूसियत है। जरा गौर से देखना जी–हमने अपने कस्टमरों की ख्वाहिश के मुताबिक उन्हें सुरैया, नरगिस, ललिनी, निम्मी वगैरह के साथ एक्टंग के पोज में खड़ा कर फोटो लिया है!''

अब सभी तस्वीरें मेरी निगाह में एक साथ नाच गईं। राजकपूर, दिलीपकुमार तथा देवानन्द की तरह बालों को सँवारे हुए नौजवान (और किशोर भी) अभिनय की मुद्रा बनाए हुए हैं। कोई सुरैया की ठुड्डी पकड़कर कुछ कह रहा है। कोई घुटनों तक नेकर और नेवी गंजी पहने हुए, नरगिस के हाथ में हाथ डाले, 'आवारा' के एक पोज में है और कोई निम्मी के कन्धे पर हाथ डाले दिलीपकुमार के अन्दाज में कुछ कहना चाहता है!

''यह सब? ये अभिनेत्रियाँ?'' मैं सिलसिले से कुछ पूछ भी न सका।

–''ये एक्टरेसस! हँजी, बो 'डमी' हैं। हमने बड़े-बड़े फनकारों को अपने यहाँ एम्पलाय किया है, वो हमें हर नए पोज के लिए मिट्टी की मूर्तियाँ घड़ देता है।''

''क्या लड़कियाँ भी इसी तरह के पोज में तस्वीरें उतरवाती हैं?'' मैंने जरा साहस से काम लिया।

''जी भोत! उनके लिए हमने एक्टरों की 'डम्मियें' बनवा रक्खी हैं। ज्यादेतर लड़कियाँ अशोककुमार, दिलीप और राजकपूर के साथ 'अपियर' होना चाहती हैं। वैसे तो उस दिन एक कालिजगर्ल ने कामेडियन मिर्जा मुशर्रफ के साथ उतरवाने की खाहिश जाहिर की, मगर एक कस्टमर के लिए कौन डम्मी बनाता है? पिछले महीने पच्चीस कस्टमरों के आर्डर पर हमने एक 'शेर' की 'डमी' बनवाई, लोग 'सेमसन' की तरह शेर से लड़ते हुए तस्वीर उतरवाना चाहते हैं।''

''लेकिन फोटो में ये डम्मी जानदार मालूम होते हैं।'' मैंने अपनी मुस्कुराहट को होंठों में ही रोकते हुए कहा।

''जी सा'ब!'' वो हमारे शेड, मेकअप और रिटेच से ठीक हो जाते हैं।''

लड़के ने आकर कहा, ''सा'ब! फिलम सेट का कस्टमर आया हुआ है।''

''ले आओ''–फिर मुझसे बोला, ''चलिए, हम आपको अपना दूसरा सेट दिखावें। आपको मेरा पालिटिकल सेट जरूर पसन्द होगा।''

हॉल के दूसरे पार्टिशन में हम गए। बड़े उत्साह से वंडरफुल डिरेक्टर साहब ने मुझे अलबम दिखाना शुरू किया–''देखो जी भाई सा'ब! ये हैं आइना पोजेज!''

एक तस्वीर में देखा, मिलिटरी पोशाक में कुछ लड़कियाँ कवायद कर रही हैं।

''आइना पोज क्या?''

"आप आइना नहीं समझे? अरे! आइना? इंडियन नेशनल आर्मी! ढिल्लन, सहगल, शाहनवाज और काप्टन लक्ष्मी...?"

"ओ! आई.एन.ए.?"

"उस समय तो सा'ब, सब लड़कियों को बस यही शौक था, लिहाजा हमने मिलेटरी वर्दियाँ और 'डम्मी' रायफल बनवाए?"

मैं एक तस्वीर को गौर से देखने लगा—एक दुबली-पतली, लम्बी लड़की, जिसके गालों में गड्ढे थे, आँखें छोटी और अन्दर घुसी हुईं, ठीक कैप्टेन लक्ष्मी के पोज में सेल्यूट...नहीं...जय हिन्द कह रही है। उसके दुबले हाथ में रायफल का कुन्दा हाथी के पाँव-जैसा मालूम हो रहा है।

"और इधर देखिए! हजारों का मजमा है। नेताजी भाषण दे रहे हैं। सामने 'माइक' है।"

फोटो में भीड़ को देखकर कांग्रेस के महाधिवेशनों की याद आ रही थी। मैंने ताज्जुब से कहा, "हजारों का मजमा नहीं, लाखों का कहिए। लेकिन...इतने लोगों को; यानी इतनी 'डम्मियाँ' आपने कैसे बनवाईं?"

वह हँस पड़ा, शायद मेरी बेवकूफी पर। फिर बोला, "सा'ब, ये फोटोग्राफक टिरीक हैं। हमने इस तरह के पर्दे बनवा लिए हैं।"

"देखो जी! ये मजदूरों का लीडर है। हजारों मजदूरों के जलूस की रहनुमाई कर रहा है।"

देखा—हजारों मजदूरों की लम्बी कतार के आगे हाथ में झंडा (सही रंग नहीं कह सकता, क्योंकि फोटो में काला ही था, और झंडे के निशान के बारे में जानकर क्या कीजिएगा?) लिए हुए, बाल बिखराए हुए, मुँह फाड़े हुए, मजदूरों के लीडर कदम आगे बढ़ा रहे हैं। वाह!

"इस पोज में राजनैतिक कार्यकर्ता या लीडर क्यों अपनी तस्वीर उतरवाएँगे? इसे तो बैठे-ठाले लोग ही पसन्द करते होंगे। फोटो देखकर भी तो यही जाहिर होता है?" मैंने कहा।

"आप ठीक कहते हैं सा'ब। ज्यादेतर ऐसे-वैसे लोग ही—खासकर व्योपारी, सेठ-साहूकारों के लड़के इसे पसन्द करते हैं? हमने कुछ जवाहर जैकेट, कुछ सुफेद और रंगीन टोपियाँ बनवा ली हैं। लेकिन अभी उस दिन...माफ करना जी...प्राइवेट बात है...आप किसी से बोलना मत। अभी उस रात को मनिस्टर कृपा बाबू का प्राइवट सिकरटरी चौबे आके हाजिर। बोला, देखो जी पापड़ा, पुरानी दोस्ती है तुमसे, भोत प्राइवट बात है। मनिस्टर सा'ब रायपुर में ब्रच्छ-रोपण में गए थे। बेदर अच्छा नहीं था, तस्वीर साफ नहीं आई। कोई उपाय करो। कल ही अखबारों में देना है। मैं बोला—मगर मनिस्टर सा'ब को सटुडियो में आना होगा जी! ग्यारह बजे रात को मनिस्टर सा'ब आए। हमने झंडोत्तोलनवाला पर्दा लगा दिया, हमारे आरटिस्ट ने झंडे

की जगह ब्लॉक कर दिया, वहीं मनिस्टर सा'ब ने ब्रच्छ-रोपण किया। झंडोत्तोलन के बदले ब्रच्छ-रोपण ही सही।''

उसने तस्वीर देखने को दी। अरे! यह तस्वीर तो हाल ही पत्रों में छपी है। मुझे तो इसके ऊपर की सुर्खी और नीचे का चित्र-परिचय भी याद है!

बगल के पार्टिशन से (फिल्म सेट से) आवाज आ रही थी–'कमर को और झुकाइए...ज़रा...हाँ...और उँगलियों को बिखराइए फूलों की पंखुड़ियों की तरह...इस तरह...हाँ...''

वंडरफुल साहब मुस्कुराकर बोले, ''बो डानस का पोज ठीक हो रहा है। नरत्य-निकेतन है न वहाँ...मोड़ पर, उसी का डिरेक्टर हमारा डानस पोज बनाता है।''

''वाह साहब! वास्तव में वंडरफुल है आपका स्टुडियो! युनिक है।'' मैंने कहा।

''सा'ब, हम इसे और डेवलप करेंगे। इधर हमने फिर दो सेट बनवाए हैं। कौमी सेट...और फरेंच सेट!''

''कौमी सेट? ज़रा वह भी दिखाइए।''

इस बार वंडरफुल साहब कुछ हिचकिचाए। फिर बोले, ''देखिए जी बाबू सा'ब। आप जब राजन के मित्तर हैं तो हमारे भी मित्तर ही ठहरे; वरना, हम औरों को नहीं दिखाते। आइए।''

तीसरे पार्टिशन में ले जाकर वंडरफुल ने मुझे दो-तीन तस्वीरें दिखाईं। एक में एक नौजवान को एक लुंगीधारी बूढ़े के पेट में छुरा घुसेड़ते देखा। दूसरे में एक बहादुर युवक शिवाजी की तरह घोड़े को उछालता और तलवार चलाता हुआ दिखाई पड़ा। तीसरे में भारत-माता आसमान से पुष्प-वृष्टि कर रही है और एक वीर राष्ट्रीय झंडे को फाड़कर चित्थी-चित्थी कर रहा है...हजारों की भीड़ है।...

''और इधर फरेंच सेट है...हालीउड फिलम सेट!''

मेरा सिर चकरा रहा था। मैं पास की पड़ी हुई तिपाई पर बैठते हुए बोला, ''वंडरफुल सा'ब! आपको किन शब्दों में धन्यवाद दूँ। आपने कितना बड़ा कल्याण किया है समाज का–यह कहने की बात नहीं। आपने यदि यह स्टुडियो नहीं खोला होता तो दुनिया के लोग पागल हो गए होते।...आप इंसान के मन में सोई हुई अतृप्त इच्छाओं की तस्वीर लेते हैं। यह तो बेजोड़ है। सही तस्वीर तो आप ही लेते हैं इंसान की। वाह!''

वंडरफुल अब बकने लगा, ''बाबूजी! यहाँ बिजनेस का तो कोई मजा ही नहीं। लाहौर में जब हम थे तो ऐसे एक-एक पोज के लिए एक-एक सौ रुपए लोग देते थे। यहाँ तो लोग 'आरट' को समझते ही नहीं।...अच्छा जी! अब फर्माइए, आपके लिए कौन-सा सेट लगवाऊँ!''

"मेरे लिए?...मेरे लिए सेट लगवाने की जरूरत नहीं। मैं अपने मन का पोज देना चाहता हूँ।" मैंने गम्भीरतापूर्वक कहा।

"बेहतर जी! फर्माइए।"

"मेरे गले में रस्सी का फन्दा डालकर एक पेड़ से लटका दो। फोटो ऐसा उतरे, जिसमें मेरी आँखें और जीभ बाहर निकली हुई हो और हाथ में एक कागज का टुकड़ा हो जिस पर लिखा हो–'खुश रहो वंडरफुल वतन हम तो सफर करते हैं'।"

जुलाई, 1953

रसप्रिया

धूल में पड़े कीमती पत्थर को देखकर जौहरी की आँखों में एक नई झलक झिलमिला गई—अपरूप-रूप!

चरवाहा मोहना छौंड़ा को देखते ही पँचकौड़ी मिरदंगिया के मुँह से निकल पड़ा—अपरूप-रूप!

...खेतों, मैदानों, बाग-बगीचों और गाय-बैलों के बीच चरवाहा मोहना की सुन्दरता!

मिरदंगिया की क्षीण-ज्योति आँखें सजल हो गईं।

मोहना ने मुस्कुराकर पूछा, "तुम्हारी उँगली तो रसपिरिया बजाते टेढ़ी हुई है; है न?"

"ऐं!"—बूढ़े मिरदंगिया ने चौंकते हुए कहा, "रसपिरिया?...हाँ...नहीं। तुमने कैसे...तुमने कहाँ सुना बे...?"

'बेटा' कहते-कहते वह रुक गया।...परमानपुर में उस बार एक ब्राह्मण के लड़के को उसने प्यार से 'बेटा' कह दिया था। सारे गाँव के लड़कों ने उसे घेरकर मारपीट की तैयारी की थी—"बहरदार होकर ब्राह्मण के बच्चे को बेटा कहेगा? मारो साले बुड्ढे को घेरकर!...मृदंग फोड़ दो।"

मिरदंगिया ने हँसकर कहा था, "अच्छा, इस बार माफ़ कर दो सरकार! अब से आप लोगों को बाप ही कहूँगा।"

बच्चे खुश हो गये थे। एक दो-ढाई साल के नंगे बालक की ठुड्डी पकड़कर वह बोला था, "क्यों, ठीक है न बापजी?"

बच्चे ठठाकर हँस पड़े थे।

लेकिन, इस घटना के बाद फिर कभी उसने किसी बच्चे को बेटा कहने की हिम्मत नहीं की थी। मोहना को देखकर बार-बार बेटा कहने की इच्छा होती है।

"रसपिरिया की बात किसने बताई तुमसे?...बोलो बेटा!"

दस-बारह साल का मोहना भी जानता है, पँचकौड़ी अधपगला है।...कौन इससे पार पाए! उसने दूर मैदान में चरते हुए अपने बैलों की ओर देखा।

मिरदंगिया कमलपुर के बाबू लोगों के यहाँ जा रहा था। कमलपुर के नन्दूबाबू के घराने में अब भी मिरदंगिया को चार मीठी बातें सुनने को मिल जाती हैं। एक-दो

जून भोजन तो बँधा हुआ है ही; कभी-कभी रस-चरचा भी यहीं आकर सुनता है वह। दो साल के बाद वह इस इलाके में आया है। दुनिया बहुत जल्दी-जल्दी बदल रही है।...आज सुबह शोभा मिसर से छोटे लड़के ने साफ-साफ कह दिया–"तुम जी रहे हो या थेथरई कर रहे हो मिरदंगिया?"

हाँ, यह जीना भी कोई जीना है? निर्लज्जता है; और थेथरई की भी सीमा होती है।...पन्द्रह साल से वह गले में मृदंग लटकाकर गाँव-गाँव घूमता है, भीख माँगता है।...दाहिने हाथ की टेढ़ी उँगली मृदंग पर बैठती ही नहीं है, मृदंग क्या बजाएगा! अब तो, 'धा तिंग धा तिंग' भी बड़ी मुश्किल से बजाता है।...अतिरिक्त गाँजा-भाँग सेवन से गले की आवाज़ विकृत हो गई है। किन्तु मृदंग बजाते समय विद्यापति की पदावली गाने की वह चेष्टा अवश्य करेगा।...फूटी भाथी से जैसी आवाज़ निकलती है, वैसी ही आवाज़–सों-य, सों-य!

पन्द्रह-बीस साल पहले तक विद्यापति नाम की थोड़ी पूछ हो जाती थी। शादी-ब्याह, यज्ञ-उपनैन, मुंडन-छेदन आदि शुभ कार्यों में विदपतिया मंडली की बुलाहट होती थी। पँचकौड़ी मिरदंगिया को कौन नहीं जानता! सभी जानते हैं, वह अधपगला है!...गाँव के बड़े-बूढ़े कहते हैं–"अरे, पँचकौड़ी मिरदंगिया का भी एक जमाना था!"

इस ज़माने में मोहना-जैसा लड़का भी है–सुन्दर, सलोना और सुरीला!...रसप्रिया गाने का आग्रह करता है, "एक रसपिरिया गाओ न मिरदंगिया!"

"रसपिरिया सुनोगे?...अच्छा सुनाऊँगा। पहले बताओ, किसने..."

"हे-ए-ए हे-ए...मोहना, बैल भागे...!" एक चरवाहा चिल्लाया, "रे मोहना, पीठ की चमड़ी उधेड़ेगा करमू!"

"अरे बाप!" मोहना भागा।

कल ही करमू ने उसे बुरी तरह पीटा है। दोनों बैलों को हरे-हरे पाट के पौधों की महक खींच ले जाती है बार-बार।...खटमिट्ठा पाट!

पँचकौड़ी ने पुकारकर कहा, "मैं यहीं पेड़ की छाया में बैठता हूँ। तुम बैल हाँककर लौटो। रसपिरिया नहीं सुनोगे?"

मोहना जा रहा था। उसने उलटकर देखा भी नहीं।

रसप्रिया!

विदापत नाचवाले रसप्रिया गाते थे। सहरसा के जोगेन्दर झा ने एक बार विद्यापति के बारह पदों की एक पुस्तिका छपाई थी। मेले में खूब बिक्री हुई थी रसप्रिया पोथी की। विदापत नाचवालों ने गा-गाकर जनप्रिया बना दिया था रसप्रिया को।

खेत के 'आल' पर झरजामुन की छाया में पँचकौड़ी मिरदंगिया बैठा हुआ है; मोहना की राह देख रहा है।...जेठ की चढ़ती दोपहरी में खेतों में काम करनेवाले भी

अब गीत नहीं गाते हैं।...कुछ दिनों के बाद कोयल भी कूकना भूल जाएगी क्या? ऐसी दोपहरी में चुपचाप कैसे काम किया जाता है! पाँच साल पहले तक लोगों के दिल में हुलास बाकी थी।...पहली वर्षा में भीगी हुई धरती के हरे-भरे पौधों से एक खास किस्म की गन्ध निकलती है। तपती दोपहरी में मोम की तरह गल उठती थी–रस की डाली। वे गाने लगते थे बिरहा, चाँचर, लगनी। खेतों में काम करते हुए गानेवाले गीत भी समय-असमय का ख़याल करके गाए जाते हैं। रिमझिम वर्षा में बारहमासा, चिलचिलाती धूप में बिरहा, चाँचर और लगनी–

"हाँ...रे, हल जोते हलबाहा भैया रे...
खुरपी रे चलावे...म-ज़-दू-र!
एहि पन्थे, धनी मोरा हे रूसलि...।"

खेतों में काम करते हलवाहों और मजदूरों से कोई बिरही पूछ रहा है, कातर स्वर में–उसकी रूठी हुई धनी को इस राह से जाते देखा है किसी ने?...

अब तो दोपहरी नीरस कटती है, मानो किसी के पास एक शब्द भी नहीं रह गया है।

आसमान में चक्कर काटते हुए चील ने टिंहकारी भरी–टिं...ई...टिं-हि-क!

मिरदंगिया ने गाली दी–"शैतान!"

उसको छोड़कर मोहना दूर भाग गया है। वह आतुर होकर प्रतीक्षा कर रहा है। जी करता है, दौड़कर उसके पास चला जाए। दूर चरते हुए मवेशियों के झुंडों की ओर बार-बार वह बेकार देखने की चेष्टा करता है। सब धुँधला!

उसने अपनी झोली टटोलकर देखा–आम हैं, मूढ़ी है।...उसे भूख लगी। मोहना के सूखे मुँह की याद आई और भूख मिट गई।

मोहना-जैसे सुन्दर, सुशील लड़कों की खोज में ही उसकी जिन्दगी के अधिकांश दिन बीते हैं।...विदापत नाच में नाचनेवाले 'नटुआ' का अनुसन्धान खेल नहीं।...सवर्णों के घर में नहीं, छोटी जाति के लोगों के यहाँ मोहना-जैसे लड़की-मुँहा लड़के हमेशा पैदा नहीं होते। ये अवतार लेते हैं समय-समय पर जदा जदा हि...

मैथिल ब्राह्मणों, कायस्थों और राजपूतों के यहाँ विदापतवालों की बड़ी इज़्ज़त होती थी।...अपनी बोली–मिथिलाम–में नटुआ के मुँह से 'जनम अवधि हम रूप निहारल' सुनकर वे निहाल हो जाते थे। इसलिए हर मंडली का 'मूलगैन' नटुआ की खोज में गाँव-गाँव भटकता फिरता था–ऐसा लड़का, जिसे सजा-धजाकर नाच में उतारते ही दर्शकों में एक फुसफुसाहट फैल जाए।

"ठीक ब्राह्मणी की तरह लगता है। है न?"

"मधुकान्त ठाकुर की बेटी की तरह..।"

"नः! छोटी चम्पा-जैसी सूरत है!"

पँचकौड़ी गुनी आदमी है। दूसरी-दूसरी मंडली में मूलगैन और मिरदंगिया की अपनी-अपनी जगह होती। पँचकौड़ी मूलगैन भी था और मिरदंगिया भी। गले में

मृदंग लटकाकर बजाते हुए वह गाता था, नाचता था। एक सप्ताह में ही नया लड़का भाँवरी देकर परवेश में उतरने योग्य नाच सीख लेता था।

नाच और गाना सिखाने में कभी उसे कठिनाई नहीं हुई; मृदंग के स्पष्ट 'बोल' पर लड़कों के पाँव स्वयं ही थिरकने लगते थे। लड़कों के जिद्दी माँ-बाप से निबटना मुश्किल व्यापार होता था। विशुद्ध मैथिली में और भी शहद लपेटकर वह फुसलाता...

"किसन कन्हैया भी नाचते थे। नाच तो एक गुण है।...अरे, जाचक कहो या दसदुआरी। चोरी, डकैती और आवारागर्दी से अच्छा है अपना-अपना 'गुन' दिखाकर लोगों को रिझाकर गुजारा करना।"

एक बार उसे लड़के की चोरी भी करनी पड़ी थी।...बहुत पुरानी बात है। इतनी मार लगी थी कि...बहुत पुरानी बात है।

पुरानी ही सही, बात तो ठीक है।

"रसपिरिया बजाते समय तुम्हारी उँगली टेढ़ी हुई थी। ठीक है न?"

मोहन न जाने कब लौट आया।

मिरदंगिया के चेहरे पर चमक लौट आई। वह मोहन की ओर एक टकटकी लगाकर देखने लगा...यह गुणवान मर रहा है। धीरे-धीरे, तिल-तिल कर वह खो रहा है। लाल-लाल होंठों पर बीड़ी की कालिख लग गई है। पेट में तिल्ली है ज़रूर!

मिरदंगिया वैद्य भी है। एक झुंड बच्चों का बाप धीरे-धीरे एक पारिवारिक डॉक्टर की योग्यता हासिल कर लेता है।...उत्सवों के बासी-टटका भोज्यान्नों की प्रतिक्रिया कभी-कभी बहुत बुरी होती। मिरदंगिया अपने साथ नमक-सुलेमानी, चानमार-पाचन और कुनैन की गोली हमेशा रखता था।...लड़कों को सदा गरम पानी के साथ हल्दी की बुकनी खिलाता। पीपल, काली मिर्च, अदरक वगैरह को घी में भूनकर शहद के साथ सुबह-शाम चटाता।...गरम पानी!

पोटली से मूढ़ी और आम निकालते हुए मिरदंगिया बोला, "हाँ, गरम पानी! तेरी तिल्ली बढ़ गई है, गरम पानी पियो!"

"यह तुमने कैसे जान लिया? फारबिसगंज के डागडरबाबू भी कह रहे थे, तिल्ली बढ़ गई है। दवा...।"

आगे कहने की जरूरत नहीं। मिरदंगिया जानता है, मोहना-जैसे लड़कों के पेट की तिल्ली चिता पर ही गलती है! क्या होगा पूछकर, कि दवा क्यों नहीं करवाते!

"माँ भी कहती है, हल्दी की बुकनी के साथ रोज़ गरम पानी। तिल्ली गल जाएगी।"

मिरदंगिया ने मुस्कुराकर कहा, "बड़ी सयानी है तुम्हारी माँ!"

केले के सूखे पत्तल पर मूढ़ी और आम रखकर उसने बड़े प्यार से कहा, "आओ, एक मुट्ठी खा लो।"

"नहीं, मुझे भूख नहीं।"

किन्तु मोहना की आँखों से रह-रहकर कोई झाँकता था, मूढ़ी और आम को एक साथ निगल जाना चाहता था।...भूखा, बीमार, भगवान!

"आओ, खा लो बेटा!...रसपिरिया नहीं सुनोगे?"

माँ के सिवा, आज तक किसी अन्य व्यक्ति ने मोहना को इस तरह प्यार से कभी परोसे भोजन पर नहीं बुलाया।...लेकिन, दूसरे चरवाहे देख लें तो माँ से कह देंगे।...भीख का अन्न!

"नहीं, मुझे भूख नहीं।"

मिरदंगिया अप्रतिभ हो जाता है। उसकी आँखें फिर सजल हो जाती हैं। मिरदंगिया ने मोहना-जैसे दर्जनों सुकुमार बालकों की सेवा की है। अपने बच्चों को भी शायद वह इतना प्यार नहीं दे सकता।...और अपना बच्चा! हूँ!...अपना-पराया? अब तो सब अपने सब पराए।...

"मोहन!"

"कोई देख लेगा तो?"

"तो क्या होगा?"

"माँ से कह देगा। तुम भीख माँगते हो न?"

"कौन भीख माँगता है?" मिरदंगिया के आत्मसम्मान को इस भोले लड़के ने बेवजह ठेस लगा दी। उसके मन की झाँपी में कुंडलीकार सोया हुआ साँप फन फैलाकर फुफकार उठा, "ऐ-स्साला! मारेंगे वह तमाचा कि..."

"ऐ! गाली क्यों देते हो!" मोहना ने डरते-डरते प्रतिवाद किया।

वह उठ खड़ा हुआ, पागलों का क्या विश्वास?

आसमान में उड़ती हुई चील ने फिर टिंहकारी भरी...टिं-हीं...ई...टिं-टिं-ग!

"मोहना!" मिरदंगिया की आवाज़ गम्भीर हो गई।

मोहना ज़रा दूर जाकर खड़ा हो गया।

"किसने कहा तुमसे कि मैं भीख माँगता हूँ? मिरदंग बजाकर पदावली गाकर, लोगों को रिझाकर पेट पालता हूँ...तुम ठीक कहते हो, भीख का ही अन्न है यह। भीख का ही फल है यह।...मैं नहीं दूँगा।...तुम बैठो, मैं रसपिरिया सुना दूँ।"

मिरदंगिया का चेहरा धीरे-धीरे विकृत हो रहा है।...आसमान में उड़नेवाली चील अब पेड़ की डाली पर आ बैठी है?...टिं-टिं-हिं टिंटिक!

मोहना डर गया। एक डग, दो डग...दे दौड़। वह भागा।

एक बीघा दूर जाकर उसने चिल्लाकर कहा, "डायन ने बान मारकर तुम्हारी उँगली टेढ़ी कर दी है। झूठ क्यों कहते हो कि रसपिरिया बजाते समय..."

"ऐ! कौन है यह लड़का? कौन है यह मोहना!...रमपतिया भी कहती थी, डायन ने बान मार दिया है।"

"मोहना!"

मोहना ने जाते-जाते चिल्लाकर कहा, ''करैला!'' अच्छा, तो मोहना यह भी जानता है कि मिरदंगिया 'करैला' कहने से चिढ़ता है!...कौन है यह मोहना?

मिरदंगिया आतंकित हो गया। उसके मन में एक अज्ञात भय समा गया। वह थर-थर काँपने लगा। उसमें कमलपुर के बाबुओं के यहाँ जाने का उत्साह भी नहीं रहा।...सुबह शोभा मिसर के लड़के ने ठीक ही कहा था।

उसकी आँखों में आँसू झरने लगे।

जाते-जाते मोहना डंक मार गया। उसके अधिकांश शिष्यों ने ऐसा ही व्यवहार किया है उसके साथ। नाच सीखकर फुर्र से उड़ जाने का बहाना खोजनेवाले एक-एक लड़के की बातें उसे याद हैं।

सोनमा ने तो गाली ही दी थी–''गुरुगिरी करता है, चोट्टा!''

रमपतिया आकाश की ओर हाथ उठाकर बोली थी–''हे दिनकर! साच्छी रहना। मिरदंगिया ने फुसलाकर मेरा सर्वनाश किया है। मेरे मन में कभी चोर नहीं था। हे सुरुज भगवान! इस दसदुआरी कुत्ते का अंग-अंग फूटकर... ।''

मिरदंगिया ने अपनी टेढ़ी उँगली को हिलाते हुए एक लम्बी साँस ली।...रमपतिया? जोधन गुरुजी की बेटी रमपतिया! जिस दिन वह पहले-पहल जोधन की मंडली में शामिल हुआ था–रमपतिया बारहवें में पाँव रख रही थी...बाल-विधवा रमपतिया पदों का अर्थ समझने लगी थी। काम करते-करते वह गुनगुनाती–'नव अनुरागिनी राधा, किछु नँहि मानय बाधा।'...मिरदंगिया मूलगैनी सीखने गया था और गुरुजी ने उसे मृदंग धरा दिया था...आठ वर्ष तक तालीम पाने के बाद जब गुरुजी ने स्वजात पँचकौड़ी से रमपतिया के चुमौना की बात चलाई तो मिरदंगिया सभी ताल-मात्रा भूल गया। जोधन गुरुजी से उसने अपनी जात छिपा रखी थी। रमपतिया से उसने झूठा परेम किया था। गुरुजी की मंडली छोड़कर वह रातों-रात भाग गया। उसने गाँव आकर अपनी मंडली बनाई, लड़कों को सिखाया-पढ़ाया और कमाने-खाने लगा।...लेकिन; वह मूलगैन नहीं हो सका कभी। मिरदंगिया ही रहा सब दिन।...जोधन गुरुजी की मृत्यु के बाद, एक बार गुलाब-बाग मेले में रमपतिया से उसकी भेंट हुई थी। रमपतिया उसी से मिलने आई थी। पँचकौड़ी ने साफ जवाब दे दिया था–''क्या झूठ-फरेब जोड़ने आई है? कमलपुर के नन्दूबाबू के पास क्यों नहीं जाती, मुझे उल्लू बनाने आई है। नन्दूबाबू का घोड़ा बारह बजे रात को... ।'' चीख उठी थी रमपतिया–''पाँचू!...चुप रहो!''

उसी रात रसपिरिया बजाते समय उसकी उँगली टेढ़ी हो गई थी। मृदंग पर जमनिका देकर वह परबेस का ताल बजाने लगा। नटुआ ने डेढ़ मात्रा बेताल होकर प्रवेश किया तो उसका माथा ठनका। परबेस के बाद उसने नटुआ को झिड़की दी–''एस्साला! थप्पड़ों से गाल लाल कर दूँगा।''...और रसपिरिया की पहली कड़ी ही टूट गई। मिरदंगिया ने ताल को सँभालने की बहुत चेष्टा की। मृदंग की सूखी चमड़ी

जी उठी, दाहिने पूरे पर लावा-फरही फूटने लगे और ताल कटते-कटते उसकी उँगली टेढ़ी हो गई। झूठी टेढ़ी उँगली!...हमेशा के लिए पँचकौड़ी की मंडली टूट गई। धीरे-धीरे इलाके से विद्यापति-नाच ही उठ गया। अब तो कोई विद्यापति की चर्चा भी नहीं करते हैं।...धूप-पानी से परे, पँचकौड़ी का शरीर ठंडी महफिली में ही पनपा था।...बेकार जिन्दगी में मृदंग ने बड़ा काम दिया। बेकारी का एकमात्र सहारा–मृदंग!

एक युग से वह गले में मृदंग लटकाकर भीख माँग रहा है–धा-तिंग, धा-तिंग!

वह एक आम उठाकर चूसने लगा–लेकिन,...लेकिन...मोहना को डायन की बात कैसे मालूम हुई?

उँगली टेढ़ी होने की खबर सुनकर रमपतिया दौड़ी आई थी, घंटों उँगली को पकड़कर रोती रही थी–"हे दिनकर, किसने इतनी बड़ी दुश्मनी की? उसका बुरा हो।...मेरी बात लौटा दो भगवान! गुस्से में कही हुई बातें। नहीं, नहीं। पाँचू, मैंने कुछ भी नहीं किया है। ज़रूर किसी डायन ने बान मार दिया है।"

मिरदंगिया ने आँखें पोंछते हुए ढलते हुए सूरज की ओर देखा।...इस मृदंग को कलेजे से सटाकर रमपतिया ने कितनी रातें काटी हैं!...मिरदंग को उसने अपनी छाती से लगा लिया।

पेड़ की डाली पर बैठी हुई चील ने उड़ते हुए जोड़े से कुछ कहा–'टिं-टिं-हिंक्!

"एस्साला!" उसने चील को गाली दी। तम्बाकू चुनियाकर मुँह में डाल ली और मृदंग के पूरे पर उँगलियाँ नचाने लगा–धिरिनागि, धिरिनागि, धिरिनागि-धिनता!

पूरी जमनिका वह नहीं बजा सका। बीच में ही ताल टूट गया।

–अ्-कि-हे-ए-ए-हा-आआ-ह-हा!

सामने झरबेरी के जंगल के उस पार किसी ने सुरीली आवाज़ में, बड़े समारोह के साथ रसप्रिया की पदावली उठाई–

"न-व-वृन्दा-वन, न-व-न-व-तरु-ग-न, न-व-नव विकसित फूल..."

मिरदंगिया के सारे शरीर में एक लहर दौड़ गई। उसकी उँगलियाँ स्वयं ही मृदंग के पूरे पर थिरकने लगीं। गाय-बैलों के झुंड दोपहर की उतरती छाया में आकर जमा होने लगे।

खेतों में काम करनेवालों ने कहा, "पागल है। जहाँ जी चाहा, बैठकर बजाने लगता है।"

"बहुत दिन के बाद लौटा है।"

"हम तो समझते थे कि कहीं मर-खप गया।"

रसप्रिया की सुरीली रागिनी ताल पर आकर कट गई। मिरदंगिया का पागलपन अचानक बढ़ गया। वह उठकर दौड़ा। झरबेरी की झाड़ी के उस पार कौन है? कौन है यह शुद्ध रसप्रिया गानेवाला?...इस जमाने में रसप्रिया का रसिक...? झाड़ी में

छिपकर मिरदंगिया ने देखा, मोहना तन्मय होकर दूसरे पद की तैयारी कर रहा है। गुनगुनाहट बन्द करके उसने गले को साफ किया। मोहना के गले में राधा आकर बैठ गई है!...क्या बन्दिश है!

"न-दी-बह नयनक नी...र!
आहो...पललि बहए ताहि ती...र!"

मोहना बेसुध होकर गा रहा था। मृदंग के बोल पर वह झूम-झूमकर गा रहा था। मिरदंगिया की आँखें उसे एकटक निहार रही थीं और उसकी उँगलियाँ फिरकी की तरह नाचने को व्याकुल हो रही थीं।...चालीस वर्ष का अधपागल युगों के बाद भावावेश में नाचने लगा।...रह-रहकर वह अपनी विकृत आवाज में पदों की कड़ी धरता-फोंय-फोंय, सोंय-सोंय!

धिरनागि-धिनता!

"दुहु रस...म...य तनु-गुने नहीं ओर।
लागल दुहुक न भाँगय जो-र।"

मोहना के आधे काले और आधे लाल होंठों पर नई मुस्कुराहट दौड़ गई। पद समाप्त करते हुए वह बोला, "इस्स! टेढ़ी उँगली पर भी इतनी तेज़ी?"

मोहन हाँफने लगा। उसकी छाती की हड्डियाँ!

...उफ़! मिरदंगिया धम्म-से ज़मीन पर बैठ गया—"कमाल! कमाल! किससे सीखे? कहाँ सीखी तुमने पदावली? कौन है तुम्हारा गुरु?"

मोहना ने हँसकर जवाब दिया, "सीखूँगा कहाँ? माँ तो रोज़ गाती है।...प्रातकी मुझे बहुत याद है, लेकिन अभी तो उसका समय नहीं।"

"हाँ बेटा! बेताले के साथ कभी मत गाना-बजाना। जो कुछ भी है, सब चला जाएगा।...समय-कुसमय का भी खयाल रखना। लो, अब आम खा लो।"

मोहना बेझिझक आम लेकर चूसने लगा।

"एक और लो।"

मोहना ने तीन आम खाए और मिरदंगिया के विशेष आग्रह पर दो मुट्ठी मूढ़ी भी फाँक गया।

"अच्छा, अब एक बात बताओगे मोहना! तुम्हारे माँ-बाप क्या करते हैं?"

"बाप नहीं है, अकेली माँ है। बाबू-लोगों के घर कुटाई-पिसाई करती है।"

"और तुम नौकरी करते हो! किसके यहाँ?"

"कमलपुर के नन्दूबाबू के यहाँ!"

"नन्दूबाबू के यहाँ?"

मोहना ने बताया, उसका घर सहरसा में है। तीसरे साल सारा गाँव कोसी मैया के पेट में चला गया। उसकी माँ उसे लेकर अपने ममहर आई है...कमलपुर।

"कमलपुर में तुम्हारी माँ के मामू रहते हैं?"

मिरदंगिया कुछ देर तक चुपचाप सूर्य की ओर देखता रहा।...नन्दूबाबू–मोहना–मोहना की माँ!

"डायनवाली बात तुम्हारी माँ कह रही थी?"

"हाँ।"

"और एक बार सामदेव झा के यहाँ जनेऊ में तुमने गिरधर-पट्टी मंडलीवालों का मिरदंग छीन लिया था।...बेताला बजा रहा था। ठीक है न?"

मिरदंगिया की खिचड़ी दाढ़ी मानो अचानक सफेद हो गई। उसने अपने को सँभालकर पूछा, "तुम्हारे बाप का क्या नाम है?"

"अजोधादास!"

"अजोधादास?"

बूढ़ा अजोधादास, जिसके मुँह में न बोल, न आँख में लोर।...मंडली में गठरी ढोता था। बिना पैसे का नौकर बेचारा अजोधादास!

"बड़ी सयानी है तुम्हारी माँ।" एक लम्बी साँस लेकर मिरदंगिया ने अपनी झोली में से एक छोटा बटुआ निकाला। लाल-पीले कपड़ों के टुकड़ों को खोलकर कागज़ की एक पुड़िया निकाली उसने।

मोहना ने पहचान लिया–"लोट? क्या है, लोट?"

"हाँ, नोट है।"

"कितने रुपएवाला है? पँचटकिया। ऐं...दसटकिया? ज़रा छूने दोगे? कहाँ से लाए?" मोहना एक ही साँस में सबकुछ पूछ गया, "सब दसटकिया हैं?"

"हाँ, सब मिलाकर चालीस रुपए हैं।" मिरदंगिया ने एक बार इधर-उधर निगाहें दौड़ाईं; फिर फुसफुसाकर बोला, "मोहना बेटा! फारबिसगंज के डागडरबाबू को देकर बढ़िया दवा लिखा लेना।...खट्टा-मिट्ठा परहेज़ करना।...गरम पानी ज़रूर पीना।"

"रुपए मुझे क्यों देते हो?"

"जल्दी रख ले, कोई देख लेगा।"

मोहना ने भी एक बार चारों ओर नज़र दौड़ाई। उसके होंठों की कालिख और गहरी हो गई।

मिरदंगिया बोला, "बीड़ी-तम्बाकू भी पीते हो? ख़बरदार!"

वह उठ खड़ा हुआ।

मोहना ने रुपए ले लिए।

"अच्छी तरह गाँठ में बाँध ले। माँ से कुछ मत कहना।"

"और हाँ, यह भीख का पैसा नहीं। बेटा, यह मेरी कमाई के पैसे हैं। अपनी कमाई के...।"

मिरदंगिया ने जाने के लिए पाँव बढ़ाया।

"मेरी माँ खेत में घास काट रही है। चलो न!" मोहना ने आग्रह किया।

मिरदंगिया रुक गया। कुछ सोचकर बोला, "नहीं मोहना! तुम्हारे-जैसा गुणवान बेटा पाकर तुम्हारी माँ 'महारानी' है, मैं महाभिखारी दसदुआरी हूँ। जाचक, फकीर...! दवा से जो पैसे बचें, उसका दूध पीना।"

मोहना की बड़ी-बड़ी आँखें कमलपुर के नन्दूबाबू की आँखों-जैसी हैं...।

"रे मो-ह-ना-रे-हे! बैल कहाँ हैं रे?"

"तुम्हारी माँ पुकार रही है शायद।"

"हाँ। तुमने कैसे जान लिया?"

"रे-मोहना-रे-हे!"

एक गाय ने सुर-में-सुर मिलाकर अपने बछड़े को बुलाया।

गाय-बैलों के घर लौटने का समय हो गया। मोहना जानता है, माँ बैल हाँककर ला रही होगी। झूठ-मूठ उसे बुला रही है। वह चुप रहा।

"जाओ।" मिरदंगिया ने कहा, "माँ बुला रही है। जाओ।...अब से मैं पदावली नहीं, रसपिरिया नहीं, निरगुन गाऊँगा। देखो, मेरी उँगली शायद सीधी हो रही है। शुद्ध रसपिरिया कौन गा सकता है आजकल?...

"अरे, चलू मन, चलूँ मन-ससुरार जइवे हो रामा,
कि आहो रामा,
नैहिरा में अगिया लगायब रे-की...।"

खेतों की पगडंडी, झरबेरी के जंगल के बीच होकर जाती है। निरगुन गाता हुआ मिरदंगिया झरबेरी की झाड़ियों में छिप गया।

"ले। यहाँ अकेला खड़ा होकर क्या करता है? कौन बजा रहा था मृदंग रे?" घास का बोझा सिर पर लेकर मोहना की माँ खड़ी है।

"पँचकौड़ी मिरदंगिया।"

"ऐं, वह आया है? आया है वह?" उसकी माँ ने बोझ ज़मीन पर पटकते हुए पूछा।

"मैंने उसके ताल पर रसपिरिया गाया है। कहता था, इतना शुद्ध रसपिरिया कौन गा सकता है आजकल!...उसकी उँगली अब ठीक हो जाएगी।"

माँ ने बीमार मोहना को आह्लाद से अपनी छाती से सटा लिया।

"लेकिन तू तो हमेशा उसकी टोकरी-भर शिकायत करती थी–बेईमान है, गुरु-दरोही है, झूठा है!"

"है तो! वैसे लोगों की संगत ठीक नहीं। खबरदार, जो उसके साथ फिर कभी गया! दसदुआरी जाचकों से हेलमेल करके अपना ही नुकसान होता है।...चल, उठा बोझ!"

मोहना ने बोझ उठाते समय कहा, "जो भी हो, गुनी आदमी के साथ रसपिरिया...।"

"चौप! रसपिरिया का नाम मत ले।"

अजीब है माँ! जब गुस्साएगी तो बाघिन की तरह और जब खुश होती है तो गाय की तरह हुँकारती जाएगी और छाती से लगा लेगी। तुरत खुश, तुरत नाराज़।...

दूर से मृदंग की आवाज़ आई–धा-तिंग, धा-तिंग!

मोहना की माँ खेत की ऊबड़खाबड़ मेड़ पर चल रही थी। ठोकर खाकर गिरते-गिरते बची। घास का बोझ गिरकर खुल गया। मोहना पीछे-पीछे मुँह लटकाकर जा रहा था। बोला, ''क्या हुआ, माँ?''

''कुछ नहीं।''

–धा-तिंग, धा-तिंग!

मोहना की माँ खेत की मेड़ पर बैठ गई। जेठ की शाम से पहले जो पुरवैया चलती है, धीरे-धीरे तेज़ हो गई।...मिट्टी की सौंधी सुगन्ध हवा में धीरे-धीरे घुलने लगी।

–धा-तिंग, धा-तिंग!

''कहता था, तुम्हारे-जैसा गुणवान बेटा?'' मोहना की माँ आगे कुछ न बोल सकी।

''मिरदंगिया और कुछ बोलता था, बेटा?'' मोहना की माँ आगे कुछ न बोल सकी।

''झूठा बेईमान!'' मोहना की माँ आँसू पोंछकर बोली, ''ऐसे लोगों की संगत कभी मत करना।''

मोहना चुपचाप खड़ा रहा।

1955

तीसरी कसम, अर्थात् मारे गए गुलफ़ाम

हिरामन गाड़ीवान की पीठ में गुदगुदी लगती है।...

पिछले बीस साल से गाड़ी हाँकता है हिरामन। बैलगाड़ी। सीमा के उस पार, मोरंग राज नेपाल से धान और लकड़ी ढो चुका है। कंट्रोल के ज़माने में चोरबाज़ारी का माल इस पार से उस पार पहुँचाया है। लेकिन कभी तो ऐसी गुदगुदी नहीं लगी पीठ में!...

कंट्रोल का ज़माना! हिरामन कभी भूल सकता है उस ज़माने को! एक बार चार खेप सीमेंट और कपड़े की गाँठों से भरी गाड़ी, जोगबनी से बिराटनगर पहुँचाने के बाद हिरामन का कलेजा पोख्ता हो गया था। फारबिसगंज का हर चोर-व्यापारी उसको पक्का गाड़ीवान मानता। उसके बैलों की बड़ाई गद्दी से बड़े सेठजी खुद करते, अपनी भाषा में...।

गाड़ी पकड़ी गई पाँचवीं बार, सीमा के इस पार तराई में।

महाजन का मुनीम उसी की गाड़ी पर गाँठों के बीच चुक्की-मुक्की लगाकर छिपा हुआ था। दारोगा साहब की डेढ़ हाथ लम्बी चोरबत्ती की रोशनी कितनी तेज़ होती है, हिरामन जानता है। एक घंटे के लिए आदमी अन्धा हो जाता है, एक छटक भी पड़ जाए आँखों पर! रोशनी के साथ कड़कती हुई आवाज–"ऐ-य! गाड़ी रोको! साले, गोली मार देंगे!..."

बीसों गाड़ियाँ एक साथ कचकचाकर रुक गईं। हिरामन ने पहले ही कहा था "यह बीस विषावेगा!" दारोगा साहब उसकी गाड़ी में दुबके हुए मुनीमजी पर रोशनी डालकर पिशाची हँसी हँसे–"हा-हा-हा! मुँड़ीमजी ई-ई-ई! ही-ही-ही!...ऐ-य, साला गाड़ीवान, मुँह क्या देखता है रे-ए-ए! कम्बल हटाओ इस बोरे के मुँह पर से!" हाथ की छोटी लाठी से मुनीमजी के पेट में खोंचा मारते हुए कहा था, "इस बोरे को! स-स्साला!..."

बहुत पुरानी अखज-अदावत होगी दारोगा साहब और मुनीमजी में। नहीं तो उतना रुपया कबूलने पर भी पुलिस-दारोगा का मन न डोले भला! चार हज़ार तो गाड़ी पर बैठा-बैठा ही दे रहा था। लाठी से दूसरी बार खोंचा मारा दारोगा ने। "पाँच हज़ार!" फिर खोंचा–"उतरो पहले।..."

मुनीम को गाड़ी से नीचे उतारकर दारोगा ने उसकी आँखों पर रोशनी डाल दी। फिर दो सिपाहियों के साथ सड़क से बीस-पच्चीस रस्सी दूर झाड़ी के पास ले गए।

गाड़ीवान और गाड़ियों पर पाँच-पाँच बन्दूकवाले सिपाहियों का पहरा!...हिरामन समझ गया, इस बार निस्तार नहीं।...जेल? हिरामन को जेल का डर नहीं। लेकिन उसके बैल? न जाने कितने दिनों तक बिना चारा-पानी के सरकारी फाटक में पड़े रहेंगे—भूखे-प्यासे। फिर नीलाम हो जाएँगे। भैया और भौजी को वह मुँह नहीं दिखा सकेगा कभी।...नीलाम की बोली उसके कानों के पास गूँज गई—एक-दो-तीन! दारोगा और मुनीम में बात पट नहीं रही थी शायद।

हिरामन की गाड़ी के पास तैनात सिपाही ने अपनी भाषा में दूसरे सिपाही से धीमी आवाज़ में पूछा, "का हो? मामला गोल होखी का?" फिर खैनी-तम्बाकू देने के बहाने उस सिपाही के पास चला गया।...

एक-दो-तीन! तीन-चार गाड़ियों की आड़। हिरामन ने फैसला कर लिया। उसने धीरे-से अपने बैलों के गले की रस्सियाँ खोल लीं। गाड़ी पर बैठे-बैठे दोनों को जुड़वाँ बाँध दिया। बैल समझ गए उन्हें क्या करना है। हिरामन उतरा, जुती हुई गाड़ी में बाँस की टिकटी लगाकर बैलों के कन्धों को बेलाग किया। दोनों के कानों के पास गुदगुदी लगा दी और मन-ही-मन बोला, "चलो भैयन, जान बचेगी तो ऐसी-ऐसी सग्गड़ गाड़ी बहुत मिलेगी।"...एक-दो-तीन! नौ-दो-ग्यारह!...

गाड़ियों की आड़ में सड़क के किनारे दूर तक घनी झाड़ी फैली हुई थी। दम साधकर तीनों प्राणियों ने झाड़ी को पार किया—बेखटक, बे-आहट! फिर एक ले, दो ले—दुलकी चाल! दोनों बैल सीना तानकर फिर तराई के घने जंगलों में घुस गए। राह सूँघते, नदी-नाला पार करते हुए भागे पूँछ उठाकर। पीछे-पीछे हिरामन। रात-भर भागते रहे थे तीनों जन।...

घर पहुँचकर दो दिन तक बेसुध पड़ा रहा हिरामन। होश में आते ही उसने कान पकड़कर कसम खाई थी—अब कभी ऐसी चीज़ों की लदनी नहीं लादेंगे। चोरबाज़ारी का माल? तोबा, तोबा!...पता नहीं मुनीमजी का क्या हुआ! भगवान जाने उसकी सग्गड़ गाड़ी का क्या हुआ! असली इस्पात लोहे की धुरी थी। दोनों पहिये तो नहीं, एक पहिया एकदम नया था। गाड़ी में रंगीन डोरियों के फुँदने बड़े जतन से गूँथे गए थे।

दो कसमें खाई हैं उसने। एक चोरबाज़ारी का माल नहीं लादेंगे। दूसरी—बाँस। अपने हर भाड़ेदार से वह पहले ही पूछ लेता है—'चोरी-चमारीवाली चीज़ तो नहीं?' और, बाँस? बाँस लादने के लिए पचास रुपये भी दे कोई, हिरामन की गाड़ी नहीं मिलेगी। दूसरे की गाड़ी देखे।

बाँस लदी हुई गाड़ी! गाड़ी से चार हाथ आगे बाँस का अगुआ निकला रहता है और पीछे की ओर चार हाथ पिछुआ। काबू के बाहर रहती है गाड़ी हमेशा। सो बेकाबूवाली लदनी और खरैहिया। शहरवाली बात! तिस पर बाँस का अगुआ पकड़कर चलनेवाला भाड़ेदार का महाभकुआ नौकर, लड़की-स्कूल की ओर देखने

लगा। बस, मोड़ पर घोड़ागाड़ी से टक्कर हो गई। जब तक हिरामन बैलों की रस्सी खींचे, तब तक घोड़ागाड़ी की छतरी बाँस के अगुआ में फँस गई। घोड़ागाड़ीवाले ने तड़ातड़ चाबुक मारते हुए गाली दी थी!...

बाँस की लदनी ही नहीं, हिरामन ने खरैहिया शहर की लदनी भी छोड़ दी। और जब फारबिसगंज से मोरंग का भाड़ा ढोना शुरू किया तो गाड़ी ही पार!...कई वर्षों तक हिरामन ने बैलों को आधीदारी पर जोता। आधा भाड़ा गाड़ीवाले का और आधा बैलवाले का। हिस्स! गाड़ीवानी करो मुफ्त! आधीदारी की कमाई से बैलों के ही पेट नहीं भरते। पिछले साल ही उसने अपनी गाड़ी बनवाई है।

देवी मैया भला करें उस सरकस-कम्पनी के बाघ का। पिछले साल इसी मेले में बाघगाड़ी को ढोनेवाले दोनों घोड़े मर गए। चम्पानगर से फारबिसगंज मेला आने के समय सरकस-कम्पनी के मैनेजर ने गाड़ीवान-पट्टी में ऐलान करके कहा—"सौ रुपया भाड़ा मिलेगा!" एक-दो गाड़ीवान राजी हुए। लेकिन, उनके बैल बाघगाड़ी से दस हाथ दूर ही डर से डिकरने लगे—बाँ-आँ! रस्सी तुड़ाकर भागे। हिरामन ने अपने बैलों की पीठ सहलाते हुए कहा, "देखो भैयन, ऐसा मौका फिर हाथ न आएगा। यही मौका है अपनी गाड़ी बनवाने का। नहीं तो फिर आधेदारी...। अरे, पिंजड़े में बन्द बाघ का क्या डर? मोरंग की तराई में दहाड़ते हुए बाघों को देख चुके हो। फिर पीठ पर मैं तो हूँ।..."

गाड़ीवानों के दल में तालियाँ पटपटा उठी थीं एक साथ। सभी की लाज रख ली हिरामन के बैलों ने। हुमककर आगे बढ़ गए और बाघगाड़ी में जुट गए—एक-एक करके। सिर्फ़ दाहिने बैल ने जुतने के बाद ढेर-सा पेशाब किया। हिरामन ने दो दिन तक नाक से कपड़े की पट्टी नहीं खोली थी। बड़ी गद्दी के बड़े सेठजी की तरह नकबन्धन लगाए बिना बघाइन गन्ध बरदास्त नहीं कर सकता कोई।

...बाघगाड़ी की गाड़ीवानी की है हिरामन ने। कभी ऐसी गुदगुदी नहीं लगी पीठ में। आज रह-रहकर उसकी गाड़ी में चम्पा का फूल महक उठता है। पीठ में गुदगुदी लगने पर वह अँगोछे से पीठ झाड़ लेता है।

हिरामन को लगता है, दो वर्ष से चम्पानगर मेले की भगवती मैया उस पर प्रसन्न हैं। पिछले साल बाघगाड़ी जुट गई। नकद एक सौ रुपये भाड़े के अलावा बुताद, चाह-बिस्कुट और रास्ते-भर बन्दर-भालू और जोकर का तमाशा देखा सो फोकट में!

और, इस बार यह जनानी सवारी। औरत है या चम्पा का फूल! जब से गाड़ी मह-मह महक रही है।

कच्ची सड़क के एक छोटे-से खड्ड में गाड़ी का दाहिना पहिया बेमौके हिचकोला खा गया। हिरामन की गाड़ी से एक हल्की 'सिस' की आवाज़ आई। हिरामन ने दाहिने बैल को दुआली से पीटते हुए कहा, "साला! क्या समझता है, बोरे की लदनी है क्या?"

"अहा! मारो मत!"

अनदेखी औरत की आवाज़ ने हिरामन को अचरज में डाल दिया। बच्चों की बोली-जैसी महीन, फेनूगिलासी बोली!

मथुरामोहन नौटंकी कम्पनी में लैला बननेवाली हीराबाई का नाम किसने नहीं सुना होगा भला! लेकिन हिरामन की बात निराली है। उसने सात साल तक लगातार मेलों की लदनी लादी है, कभी नौटंकीथियेटर या बायस्कोप सिनेमा नहीं देखा। लैला या हीराबाई का नाम भी उसने नहीं सुना कभी। देखने की क्या बात! सो मेला टूटने के पन्द्रह दिन पहले आधी रात की बेला में काली ओढ़नी में लिपटी औरत को देखकर उसके मन में खटका अवश्य लगा था। बक्सा ढोनेवाले नौकर ने गाड़ी-भाड़ा में मोल-मोलाई करने की कोशिश की तो ओढ़नीवाली ने सिर हिलाकर मना कर दिया। हिरामन ने गाड़ी जोतते हुए नौकर से पूछा, "क्यों भैया, कोई चोरी-चमारी का माल-वाल तो नहीं?" हिरामन को फिर अचरज हुआ। बक्सा ढोनेवाले आदमी ने हाथ के इशारे से गाड़ी हाँकने को कहा और अँधेरे में गायब हो गया। हिरामन को मेले में तम्बाकू बेचनेवाली बूढ़ी की काली साड़ी की याद आई थी।

ऐसे में कोई क्या गाड़ी हाँके!

एक तो पीठ में गुदगुदी लग रही है। दूसरे रह-रहकर चम्पा का फूल खिल जाता है उसकी गाड़ी में। बैलों को डाँटो तो 'इस-बिस' करने लगती है उसकी सवारी।...उसकी सवारी! औरत अकेली, तम्बाकू बेचनेवाली बूढ़ी नहीं! आवाज़ सुनने के बाद वह बार-बार मुड़कर टप्पर में एक नज़र डाल देता है; अँगोछे से पीठ झाड़ता है।...भगवान जाने क्या लिखा है इस बार उसकी किस्मत में! गाड़ी जब पूरब की ओर मुड़ी, एक टुकड़ा चाँदनी उसकी गाड़ी में समा गई। सवारी की नाक पर एक जुगनू जगमगा उठा। हिरामन को सबकुछ रहस्यमय—अजगुत-अजगुत—लग रहा है। सामने चम्पानगर से सिन्धिया गाँव तक फैला हुआ मैदान!...कहीं डाकिन-पिशाचिन तो नहीं?

हिरामन की सवारी ने करवट ली। चाँदनी पूरे मुखड़े पर पड़ी तो हिरामन चीखते-चीखते रुक गया—अरे बाप! ई तो परी है!

परी की आँखें खुल गईं। हिरामन ने सामने सड़क की ओर मुँह कर लिया और बैलों को टिटकारी दी। वह जीभ को तालू से सटाकर टि-टि-टि-टि आवाज़ निकालता है। हिरामन की जीभ न जाने कब से सूखकर लकड़ी-जैसी हो गई थी!

"भैया, तुम्हारा नाम क्या है?"

हू-ब-हू फेनूगिलास!...हिरामन के रोम-रोम बज उठे। मुँह से बोली नहीं निकली। उसके दोनों बैल भी कान खड़े करके इस बोली को परखते हैं।

"मेरा नाम!...नाम मेरा है हिरामन!"

उसकी सवारी मुस्कुराती है।...मुस्कुराहट में खुशबू है।

"तब तो मीता कहूँगी, भैया नहीं।—मेरा नाम भी हीरा है।"

"इस्स!" हिरामन को परतीत नहीं, "मर्द और औरत के नाम में फर्क होता है।"

"हाँ जी, मेरा नाम भी हीराबाई है।"

कहाँ हिरामन और कहाँ हीराबाई, बहुत फर्क है!

हिरामन ने अपने बैलों को झिड़की दी—"कान चुनियाकर गप सुनने से ही तीस कोस मंजिल कटेगी क्या? इस बाएँ नाटे के पेट में शैतानी भरी है।" हिरामन ने बाएँ बैल को दुआली की हल्की झड़प दी।

"मारो मत; धीरे-धीरे चलने दो। जल्दी क्या है!"

हिरामन के सामने सवाल उपस्थित हुआ, वह क्या कहकर 'गप' करे हीराबाई से? 'तोहें' कहे या 'अहाँ'? उसकी भाषा में बड़ों को 'अहाँ' अर्थात् 'आप' कहकर सम्बोधित किया जाता है, कचराही बोली में दो-चार सवाल-जवाब चल सकता है, दिल-खोल गप तो गाँव की बोली में ही की जा सकती है किसी से।

आसिन-कातिक के भोर में छा जानेवाले कुहासे से हिरामन को पुरानी चिढ़ है। बहुत बार वह सड़क भूलकर भटक चुका है। किन्तु आज के भोर के इस घने कुहासे में भी वह मगन है। नदी के किनारे धन-खेतों से फूले हुए धान के पौधों की पवनिया गन्ध आती है। पर्वपावन के दिन गाँव में ऐसी ही सुगन्ध फैली रहती है। उसकी गाड़ी में फिर चम्पा का फूल खिला। उस फूल में एक परी बैठी है।...जै भगवती!

हिरामन ने आँख की कनखियों से देखा, उसकी सवारी...मीता...हीराबाई की आँखें गुजुर-गुजुर उसको हेर रही हैं। हिरामन के मन में कोई अजानी रागिनी बज उठी। सारी देह सिरसिरा रही है। वह बोला, "बैल को मारते हैं तो आपको बहुत बुरा लगता है?"

हीराबाई ने परख लिया, हिरामन सचमुच हीरा है।

चालीस साल का हट्टा-कट्टा, काला-कलूटा, देहाती नौजवान अपनी गाड़ी और अपने बैलों के सिवाय दुनिया की किसी और बात में विशेष दिलचस्पी नहीं लेता। घर में बड़ा भाई है, खेती करता है। बाल-बच्चेवाला आदमी है। हिरामन भाई से बढ़कर भाभी की इज्जत करता है। भाभी से डरता भी है। हिरामन की भी शादी हुई थी, बचपन में ही गौने के पहले ही दुलहिन मर गई। हिरामन को अपनी दुलहिन का चेहरा याद नहीं।...दूसरी शादी? दूसरी शादी न करने के अनेक कारण हैं। भाभी की जिद्द, कुमारी लड़की से ही हिरामन की शादी करवाएगी। कुमारी का मतलब हुआ पाँच-सात साल की लड़की। कौन मानता है सरधा-कानून? कोई लड़कीवाला दोब्याहू को अपनी लड़की गरज में पड़ने पर ही दे सकता है। भाभी उसकी तीन-सत्त करके

बैठी है, सो बैठी है। भाभी के आगे भैया की भी नहीं चलती!...अब हिरामन ने तय कर लिया है, शादी नहीं करेगा। कौन बलाय मोल लेने जाए! ब्याह करके फिर गाड़ीवानी क्या करेगा कोई! और सबकुछ छूट जाए, गाड़ीवानी नहीं छोड़ सकता हिरामन।

हीराबाई ने हिरामन के जैसा निश्छल आदमी बहुत कम देखा है। पूछा, "आपका घर कौन जिल्ला में पड़ता है?" कानपुर नाम सुनते ही जो उसकी हँसी छूटी, तो बैल भड़क उठे। हिरामन हँसते समय सिर नीचा कर लेता है। हँसी बन्द होने पर उसने कहा, "वाह रे कानपुर! तब तो नाकपुर भी होगा?" और जब हीराबाई ने कहा कि नाकपुर भी है, तो वह हँसते-हँसते दुहरा हो गया।

"वाह रे दुनिया! क्या-क्या नाम होता है! कानपुर, नाकपुर!" हिरामन ने हीराबाई के कान के फूल को गौर से देखा। नाक की नकछवि के नग देखकर सिहर उठा—लहू की बूँद!

हिरामन ने हीराबाई का नाम नहीं सुना कभी। नौटंकी कम्पनी की औरत को वह बाईजी नहीं समझता है।...कम्पनी में काम करनेवाली औरतों को वह देख चुका है। सरकस कम्पनी की मालकिन, अपनी दोनों जवान बेटियों के साथ बाघगाड़ी के पास आती थी, बाघ को चारा-पानी देती थी, प्यार भी करती थी खूब। हिरामन के बैलों को भी डबलरोटी-बिस्कुट खिलाया था बड़ी बेटी ने।

हिरामन होशियार है। कुहासा छँटते ही अपनी चादर से टप्पर में परदा कर दिया—"बस दो घंटा! उसके बाद रास्ता चलना मुश्किल है। कातिक की सुबह की धूप आप बर्दास्त न कर सकिएगा। कजरी नदी के किनारे तेगछिया के पास गाड़ी लगा देंगे। दोपहरिया काटकर...।"

सामने से आती हुई गाड़ी को दूर से ही देखकर वह सतर्क हो गया। लीक और बैलों पर ध्यान लगाकर बैठ गया। राह काटते हुए गाड़ीवान ने पूछा, "मेला टूट रहा है क्या भाई?"

हिरामन ने जवाब दिया, वह मेले की बात नहीं जानता। उसकी गाड़ी पर 'विदागी' (नैहर या ससुराल जाती हुई लड़की) है। न जाने किस गाँव का नाम बता दिया हिरामन ने!

"छत्तापुर-पचीरा कहाँ है?"

"कहीं हो, यह लेकर आप क्या करिएगा?" हिरामन अपनी चतुराई पर हँसा। परदा डाल देने पर भी पीठ में गुदगुदी लगती है।

हिरामन परदे के छेद से देखता है। हीराबाई एक दियासलाई की डिब्बी के बराबर आईने में अपने दाँत देख रही है।...मदनपुर मेले में एक बार बैलों को नन्हीं-चित्ती कौड़ियों की माला खरीद दी थी हिरामन ने, छोटी-छोटी, नन्हीं-नन्हीं कौड़ियों की पाँत।

तेगछिया के तीनों पेड़ दूर से ही दिखलाई पड़ते हैं। हिरामन ने परदे को ज़रा सरकाते हुए कहा, "देखिए, यही है तेगछिया। दो पेड़ जटामासी बड़ हैं और एक...उस फूल का क्या नाम है, आपके कुरते पर जैसा फूल छपा हुआ है, वैसा ही; खूब महकता है; दो कोस दूर तक गन्ध जाती है; उस फूल को खमीरा तम्बाकू में डालकर पीते भी हैं लोग।"

"और उस अमराई की आड़ से कई मकान दिखाई पड़ते हैं, वहाँ कोई गाँव है या मन्दिर?"

हिरामन ने बीड़ी सुलगाने के पहले पूछा, "बीड़ी पीएँ? आपको गन्ध तो नहीं लगेगी?...वही है नामलगर ड्योढ़ी। जिस राजा के मेले से हम लोग आ रहे हैं, उसी का दियाद-गोतिया है।...जा रे जमाना!"

हिरामन ने 'जा रे जमाना' कहकर बात को चाशनी में डाल दिया। हीराबाई ने टप्पर के परदे को तिरछे खोंस दिया।...हीराबाई की दन्तपंक्ति।

"कौन ज़माना?" ठुड्डी पर हाथ रखकर साग्रह बोली।

"नामलगर ड्योढ़ी का ज़माना! क्या था और क्या-से-क्या हो गया!"

हिरामन गप रसाने का भेद जानता है। हीराबाई बोली, "तुमने देखा था वह ज़माना?"

"देखा नहीं, सुना है।...राज कैसे गया, बड़ी हैफवाली कहानी है। सुनते हैं, घर में देवता ने जन्म ले लिया। कहिए भला, देवता आखिर देवता है। है या नहीं? इन्द्रासन छोड़कर मिरतूभुवन में जन्म ले ले तो उसका तेज कैसे सँभाल सकता है कोई! सूरजमुखी फूल की तरह माथे के पास तेज खिला रहता। लेकिन नज़र का फेर, किसी ने नहीं पहचाना। एक बार उपलैन में लाट साहब मय लाटनी के, हवागाड़ी से आए थे। लाट ने भी नहीं, पहचाना आखिर लाटनी ने। सूरजमुखी तेज देखते ही बोल उठी—ए मैन राजा साहब, सुनो, यह आदमी का बच्चा नहीं है, देवता है।"

हिरामन ने लाटनी की बोली की नकल उतारते समय खूब डैम-फैट-लैट किया। हीराबाई दिल खोलकर हँसी।...हँसते समय उसकी सारी देह दुलकती है।

हीराबाई ने अपनी ओढ़नी ठीक कर ली। तब हिरामन को लगा कि...लगा कि...

"तब? उसके बाद क्या हुआ मीता?"

"इस्स! कथ्था सुनने का बड़ा शौक है आपको?...लेकिन, काला आदमी, राजा क्या महाराजा भी हो जाए, रहेगा काला आदमी ही। साहेब के जैसा अक्किल कहाँ से पाएगा! हँसकर बात उड़ा दी सभी ने। तब रानी को बार-बार सपना देने लगा देवता! सेवा नहीं कर सकते तो जाने दो, नहीं रहेंगे तुम्हारे यहाँ। इसके बाद देवता का खेल शुरू हुआ। सबसे पहले दोनों दन्तार हाथी मरे, फिर घोड़ा, फिर पटपटाँग...।"

"पटपटाँग क्या है?"

हिरामन का मन पल-पल में बदल रहा है। मन में सतरंगा छाता धीरे-धीरे खिल रहा है, उसको लगता है।...उसकी गाड़ी पर देवकुल की औरत सवार है। देवता आखिर देवता है!

"पटपटाँग! धन-दौलत, माल-मवेशी सब साफ! देवता इन्द्रासन चला गया।"

हीराबाई ने ओझल होते हुए मन्दिर के कँगूरे की ओर देखकर लम्बी साँस ली।

"लेकिन देवता ने जाते-जाते कहा, इस राज में कभी एक छोड़कर दो बेटा नहीं होगा। धन हम अपने साथ ले जा रहे हैं, गुन छोड़ जाते हैं। देवता के साथ सभी देव-देवी चले गए, सिर्फ सरोसती मैया रह गई। उसका मन्दिर है।"

देसी घोड़े पर पाट के बोझ लादे हुए बनियों को आते देखकर हिरामन ने टप्पर के परदे को गिरा दिया। बैलों को ललकारकर बिदेशिया नाच का बन्दना गीत गाने लगा–

"जै मैया सरोसती, अरजी करत बानी;
हमरा पर होखू सहाई हे मैया, हमरा पर होखू सहाई!"

घोड़लद्दे बनियों से हिरामन ने हुलसकर पूछा, "क्या भाव पटुआ खरीदते हैं महाजन?"

लँगड़े घोड़ेवाले बनिये ने बटगमनी जवाब दिया–"नीचे सताइस-अठाइस, ऊपर तीस। जैसा माल, वैसा भाव।"

जवान बनिये ने पूछा, "मेला का क्या हाल-चाल है, भाई? कौन नौटंकी कम्पनी का खेल हो रहा है, रौता कम्पनी या मथुरामोहन?"

"मेले का हाल मेलावाला जाने!" हिरामन ने फिर छत्तापुर-पचीरा का नाम लिया।

सूरज दो बाँस ऊपर आ गया था। हिरामन अपने बैलों से बात करने लगा– "एक कोस ज़मीन! ज़रा दम बाँधकर चलो। प्यास की बेला हो गई न! याद है, उस बार तेगछिया के पास सरकस कम्पनी के जोकड़ और बन्दर नचानेवाले साहब में झगड़ा हो गया था। जोकड़वा ठीक बन्दर की तरह दाँत किटकिटाकर किकियाने लगा था...न जाने किस-किस देश-मुलुक के आदमी आते हैं?"

हिरामन ने फिर परदे के छेद से देखा, हीराबाई एक कागज़ के टुकड़े पर आँख गड़ाकर बैठी है। हिरामन का मन आज हल्के सुर में बँधा है। उसको तरह-तरह के गीतों की याद आती है। बीस-पच्चीस साल पहले, बिदेशिया, बलवाही, छोकरा-नाचवाले एक-से-एक गज़ल-खेमटा गाते थे! अब तो, भोंपा में भोंपू-भोंपू करके कौन गीत गाते हैं लोग! जा रे जमाना! छोकरा-नाच के गीत की याद आई हिरामन को–

"सजनवा बैरी हो ग'य हमारो! सजनवा...!
अरे, चिठिया हो तो सब कोई बाँचे; चिठिया हो तो...
हाय! करमवा, होय करमवा...
कोई न बाँचे हमारो, सजनवा...हो करमवा...!"

गाड़ी की बल्ली पर उँगलियों से ताल देकर गीत को काट दिया हिरामन ने। छोकरा-नाच के मनुवाँ नटुवा का मुँह हीराबाई-जैसा ही था।...कहाँ चला गया वह ज़माना? हर महीने गाँव में नाचवाले आते थे। हिरामन ने छोकरा-नाच के चलते अपनी भाभी की न जाने कितनी बोली-ठोली सुनी थी। भाई ने घर से निकल जाने को कहा था।

आज हिरामन पर माँ सरस्वती सहाय हैं, लगता है। हीराबाई बोली, "वाह, कितना बढ़िया गाते हो तुम!"

हिरामन का मुँह लाल हो गया। वह सिर नीचा करके हँसने लगा।

आज तेगछिया पर रहनेवाले महावीर स्वामी भी सहाय हैं हिरामन पर। तेगछिया के नीचे एक भी गाड़ी नहीं। हमेशा गाड़ी और गाड़ीवानों की भीड़ लगी रहती है यहाँ। सिर्फ एक साइकिलवाला बैठकर सुस्ता रहा है। महावीर स्वामी को सुमरकर हिरामन ने गाड़ी रोकी। हीराबाई परदा हटाने लगी। हिरामन ने पहली बार आँखों से बात की हीराबाई से—साइकिलवाला इधर ही टकटकी लगाकर देख रहा है।

बैलों के खोलने के पहले बाँस की टिकटी लगाकर गाड़ी को टिका दिया। फिर साइकिलवाले की ओर बार-बार घूरते हुए पूछा, "कहाँ जाना है? मेला? कहाँ से आना हो रहा है? बिसनपुर से? बस, इतनी ही दूर में थसथसाकर थक गए?...जा रे जवानी!"

साइकिलवाला दुबला-पतला नौजवान मिनमिनाकर कुछ बोला और बीड़ी सुलगाकर उठ खड़ा हुआ।

हिरामन दुनिया-भर की निगाह से बचाकर रखना चाहता है हीराबाई को। उसने चारों ओर नज़र दौड़ाकर देख लिया—कहीं कोई गाड़ी या घोड़ा नहीं।

कजरी नदी की दुबली-पतली धारा तेगछिया के पास आकर पूरब की ओर मुड़ गई है। हीराबाई पानी में बैठी हुई भैंसों और उनकी पीठ पर बैठे हुए बगुलों को देखती रही।

हिरामन बोला, "जाइए, घाट पर मुँह-हाथ धो आइए!"

हीराबाई गाड़ी से नीचे उतरी। हिरामन का कलेजा धड़क उठा।...नहीं, नहीं! पाँव सीधे हैं, टेढ़े नहीं। लेकिन, तलुवा इतना लाल क्यों है? हीराबाई घाट की ओर चली गई, गाँव की बहू-बेटी की तरह सिर नीचा करके धीरे-धीरे। कौन कहेगा कि कम्पनी की औरत है।...औरत नहीं, लड़की। शायद कुमारी ही है।

हिरामन टिकटी पर टिकी गाड़ी पर बैठ गया। उसने टप्पर में झाँककर देखा। एक बार इधर-उधर देखकर हीराबाई के तकिए पर हाथ रख दिया। फिर तकिए पर केहुनी डालकर झुक गया, झुकता गया। खुशबू उसकी देह में समा गई। तकिए के गिलाफ पर कढ़े फूलों को उँगलियों से छूकर उसने सूँघा, हाय रे हाय! इतनी सुगन्ध! हिरामन को लगा, एक साथ पाँच चिलम गाँजा फूँककर वह उठा है। हीराबाई के छोटे आईने में उसने अपना मुँह देखा। आँखें उसकी इतनी लाल क्यों हैं?

हीराबाई लौटकर आई तो उसने हँसकर कहा, "अब आप गाड़ी का पहरा दीजिए, मैं आता हूँ तुरत।"

हिरामन ने अपनी सफरी झोली से सहेजी हुई गंजी निकाली। गमछा झाड़कर कन्धे पर लिया और हाथ में बालटी लटकाकर चला। उसके बैलों ने बारी-बारी से 'हँक-हँक' करके कुछ कहा। हिरामन ने जाते-जाते उलटकर कहा, "हाँ, हाँ, प्यास सभी को लगी है। लौटकर आता हूँ तो घास दूँगा, बदमाशी मत करो!"

बैलों ने कान हिलाए।

नहा-धोकर कब लौटा हिरामन, हीराबाई को नहीं मालूम। कजरी की धारा को देखते-देखते उसकी आँखों में रात की उचटी हुई नींद लौट आई थी। हिरामन पास के गाँव से जलपान के लिए दही-चूड़ा-चीनी ले आया है।

"उठिए, नींद तोड़िए! दो मुट्ठी जलपान कर लीजिए!"

हीराबाई आँख खोलकर अचरज में पड़ गई। एक हाथ में मिट्टी के नए बरतन में दही, केले के पत्ते। दूसरे हाथ में बालटी-भर पानी। आँखों में आत्मीयतापूर्ण अनुरोध!

"इतनी चीज़ें कहाँ से ले आए?"

"इस गाँव का दही नामी है।...चाह तो फारबिसगंज जाकर ही पाइएगा।"

हिरामन की देह की गुदगुदी मिट गई। हीराबाई ने कहा, "तुम भी पत्तल बिछाओ।...क्यों? तुम नहीं खाओगे तो समेटकर रख लो अपनी झोली में। मैं भी नहीं खाऊँगी।"

"इस्स!" हिरामन लजाकर बोला, "अच्छी बात है! आप खा लीजिए पहले।"

"पहले-पीछे क्या? तुम भी बैठो।"

हिरामन का जी जुड़ा गया। हीराबाई ने अपने हाथ से उसका पत्तल बिछा दिया, पानी छींट दिया, चूड़ा निकालकर दिया। इस्स! धन्न है, धन्न है! हिरामन ने देखा, भगवती मैया भोग लगा रही है। लाल होंठों पर गोरस का परस!...पहाड़ी तोते को दूध-भात खाते देखा है?

दिन ढल गया।

टप्पर में सोई हीराबाई और ज़मीन पर दरी बिछाकर सोए हिरामन की नींद एक ही साथ खुली।...मेले की ओर जानेवाली गाड़ियाँ तेगछिया के पास रुकी हैं। बच्चे कचर-पचर कर रहे हैं।

हिरामन हड़बड़ाकर उठा। टप्पर के अन्दर झाँककर इशारे से कहा—दिन ढल गया! गाड़ी में बैलों को जोतते समय उसने गाड़ीवानों के सवालों का कोई जवाब नहीं

दिया। गाड़ी हाँकते हुए बोला, "सिरपुर बाज़ार के इसपिताल की डागडरनी हैं। रोगी देखने जा रही हैं। पास ही कुड़मागाम।"

हीराबाई छत्तापुर-पचीरा का नाम भूल गई। गाड़ी जब कुछ दूर आगे बढ़ आई तो उसने हँसकर पूछा, "पत्तापुर-छपीरा?"

हँसते-हँसते पेट में बल पड़ गए हिरामन के–"पत्तापुर-छपीरा! हा हा! वे लोग छत्तापुर-पचीरा के ही गाड़ीवान थे, उनसे कैसे कहता! ही-ही!"

हीराबाई मुस्कुराती हुई गाँव की ओर देखने लगी।

सड़क तेगछिया गाँव के बीच से निकलती है। गाँव के बच्चों ने परदेवाली गाड़ी देखी और तालियाँ बजा-बजाकर रटी हुई पंक्तियाँ दुहराने लगे–

"लाली-लाली डोलिया में
लाली रे दुलहिनिया
पान खाये...!"

हिरामन हँसा।...दुलहिनिया...लाली-लाली डोलिया! दुलहिनिया पान खाती है, दुलहा की पगड़ी में मुँह पोंछती है। ओ दुलहिनिया, तेगछिया गाँव के बच्चों को याद रखना। लौटती बेर गुड़ का लड्डू लेती आइयो। लाख बरिस तेरा दुलहा जीए...! कितने दिनों का हौसला पूरा हुआ है हिरामन का! ऐसे कितने सपने देखे हैं उसने! वह अपनी दुलहिन को लेकर लौट रहा है। हर गाँव के बच्चे तालियाँ बजाकर गा रहे हैं। हर आँगन से झाँककर देख रही हैं औरतें। मर्द लोग पूछते हैं, 'कहाँ की गाड़ी है, कहाँ जाएगी?' उसकी दुलहिन डोली का परदा थोड़ सरकाकर देखती है और भी कितने सपने...

गाँव के बाहर निकलकर उसने कनखियों से टप्पर के अन्दर देखा, हीराबाई कुछ सोच रही है। हिरामन भी किसी सोच में पड़ गया। थोड़ी देर के बाद वह गुनगुनाने लगा–

"सजन रे झूठ मति बोलो, खुदा के पास जाना है।
नहीं हाथी, नहीं घोड़ा, नहीं गाड़ी–
वहाँ पैदल ही जाना है। सजन रे... ।"

हीराबाई ने पूछा, "क्यों मीता? तुम्हारी अपनी बोली में कोई गीत नहीं क्या?"

हिरामन अब बेखटक हीराबाई की आँखों में आँखें डालकर बात करता है। कम्पनी की औरत भी ऐसी होती हैं? सरकस कम्पनी की मालकिन मेम थी। लेकिन हीराबाई! गाँव की बोली में गीत सुनना चाहती है। वह खुलकर मुस्कुराया–"गाँव की बोली आप समझिएगा?"

"हूँ-ऊँ-ऊँ!" हीराबाई ने गर्दन हिलाई। कान के झुमके हिल गए।

हिरामन कुछ देर तक बैलों को हाँकता रहा चुपचाप। फिर बोला, "गीत ज़रूर ही सुनिएगा? नहीं मानिएगा?...इस्स! इतना शौक गाँव का गीत सुनने का है

आपको! तब लीक छोड़नी होगी। चालू रास्ते में कैसे गीत गा सकता है कोई!" हिरामन ने बाएँ बैल की रस्सी खींचकर दाहिने को लीक से बाहर किया और बोला, "हरिपुर होकर नहीं जाएँगे तब।"

चालू लीक को काटते देखकर हिरामन की गाड़ी के पीछेवाले गाड़ीवान ने चिल्लाकर पूछा, "काहे हो गाड़ीवान, लीक छोड़कर बेलीक कहाँ उधर?"

हिरामन ने हवा में दुआली घुमाते हुए जवाब दिया–"कहाँ है बेलीक? वह सड़क ननपुर तो नहीं जाएगी।" फिर अपने-आप बड़बड़ाया, "इस मुलुक के लोगों की यही आदत बुरी है। राह चलते एक सौ जिरह करेंगे। अरे भाई, तुमको जाना है, जाओ।...देहाती भुच्च सब!"

ननपुर की सड़क पर गाड़ी लाकर हिरामन ने बैलों की रस्सी ढीली कर दी। बैलों ने दुलकी चाल छोड़कर कदमचाल पकड़ी।

हीराबाई ने देखा, सचमुच ननपुर की सड़क बड़ी सूनी है। हिरामन उसकी आँखों की बोली समझता है–"घबड़ाने की बात नहीं। यह सड़क भी फारबिसगंज जाएगी, राह-घाट के लोग बहुत अच्छे हैं...एक घड़ी रात तक हम लोग पहुँच जाएँगे।"

हीराबाई को फारबिसगंज पहुँचने की जल्दी नहीं। हिरामन पर उसको इतना भरोसा हो गया है कि डर-भय की कोई बात ही नहीं उठती है मन में। हिरामन ने पहले जी-भर मुस्कुरा लिया। कौन गीत गाए वह! हीराबाई को गीत और कथा दोनों का शौक है...इस्स! महुआ घटवारिन? वह बोला, "अच्छा, जब आपको इतना शौक है तो सुनिए महुआ घटवारिन का गीत। इसमें गीत भी है, कथ्था भी है।"

...कितने दिनों के बाद भगवती ने यह हौसला भी पूरा कर दिया। जै भगवती! आज हिरामन अपने मन को खलास कर लेगा। वह हीराबाई की थमी हुई मुस्कुराहट को देखता रहा।

"सुनिए! आज भी परमार नदी में महुआ घटवारिन के कई पुराने घाट हैं। इसी मुलुक की थी महुआ! थी तो घटवारिन, लेकिन सौ सतवन्ती में एक थी। उसका बाप दारू-ताड़ी पीकर दिन-रात बेहोश पड़ा रहता। उसकी सौतेली माँ साक्षात राकसनी! बहुत बड़ी नजर-चालक। रात में गाँजा-दारू-अफीम चुराकर बेचनेवाले से लेकर तरह-तरह के लोगों से उसकी जान-पहचान थी। सबसे घुट्टी-भर हेल-मेल। महुआ कुमारी थी। लेकिन काम कराते-कराते उसकी हड्डी निकाल दी थी राकसनी ने। जवान हो गई, कहीं शादी-ब्याह की बात भी नहीं चलाई। एक रात की बात सुनिए!"

हिरामन ने धीरे-धीरे गुनगुनाकर गला साफ किया–

"हे अ-अ-अ सावना-भादवा के-र-उमड़ल नदिया-गे मै-यो-ओ-ओ,
मैयो गे रैनि भयावनि-हे-ए-ए-ए;
तड़का-तड़के धड़के करेज-आ-आ मोरा,
कि हमहुँ जे बार-नान्ही रे-ए-ए...।"

ओ माँ, सावन-भादों की उमड़ी हुई नदी, भयावनी रात, बिजली कड़कती है, मैं बारी-क्वारी नन्ही-बच्ची, मेरा कलेजा धड़कता है। अकेली कैसे जाऊँ घाट पर? सो भी एक परदेशी राही-बटोही के पैर में तेल लगाने के लिए! सत-माँ ने अपनी बज्जर-किवाड़ी बन्द कर ली। आसमान में मेघ हड़बड़ा उठे और हरहराकर बरसा होने लगी। महुआ रोने लगी, अपनी माँ को याद करके। आज उसकी माँ रहती तो ऐसे दुरदिन में कलेजे से सटाकर रखती अपनी महुआ बेटी को। गे मइया, इसी दिन के लिए, यही दिखाने के लिए तुमने कोख में रखा था? महुआ अपनी माँ पर गुस्सायी–क्यों वह अकेली मर गई; जी-भर कोसती हुई बोली।

हिरामन ने लक्ष्य किया, हीराबाई तकिए पर केहुनी गड़ाकर, गीत में मगन एकटक उसकी ओर देख रही है।...खोई हुई सूरत कैसी भोली लगती है!

हिरामन ने गले में कँपकँपी पैदा की–

"हूँ-ऊँ-ऊँ-रे डाइनियाँ मैयो मोरी-ई-ई,
नोनवा चटाई काहे नाहिं मारलि सौरी-घर-अ-अ।
एहि दिनवाँ खातिर छिनरो धिया
तेंहु पोसलि कि नेनू-दूध उटगन... ।"

हिरामन ने दम लेते हुए पूछा, "भाखा भी समझती हैं कुछ या खाली गीत ही सुनती हैं?"

हीरा बोली, "समझती हूँ। उटगन माने उबटन–जो देह में लगाते हैं।"

हिरामन ने विस्मित होकर कहा, "इस्स!"...सो रोने-धोने से क्या होय! सौदागर ने पूरा दाम चुका दिया था महुआ का। बाल पकड़कर घसीटता हुआ नाव पर चढ़ा और माँझी को हुकुम दिया, नाव खोलो, पाल बाँधो! पालवाली नाव परवाली चिड़िया की तरह उड़ चली। रात-भर महुआ रोती-छटपटाती रही। सौदागर के नौकरों ने बहुत डराया-धमकाया–'चुप रहो, नहीं तो उठाकर पानी में फेंक देंगे।' बस, महुआ को बात सूझ गई। भोर का तारा मेघ की आड़ से ज़रा बाहर आया, फिर छिप गया। इधर महुआ भी छपाक् से कूद पड़ी पानी में।...सौदागर का एक नौकर महुआ को देखते ही मोहित हो गया था। महुआ की पीठ पर वह भी कूदा। उलटी धारा में तैरना खेल नहीं, सो भी भरी भादों की नदी में। महुआ असल घटवारिन की बेटी थी। मछली भी भला थकती है पानी में! सफरी मछली-जैसी फरफराती, पानी चीरती भागी चली जा रही है। और उसके पीछे सौदागर का नौकर पुकार-पुकारकर कहता है–'महुआ ज़रा थमो, तुमको पकड़ने नहीं आ रहा, तुम्हारा साथी हूँ। ज़िन्दगी-भर साथ रहेंगे हम लोग।' लेकिन... ।

हिरामन का बहुत प्रिय गीत है यह। महुआ घटवारिन गाते समय उसके सामने सावन-भादों की नदी उमड़ने लगती है; अमावस्या की रात और घने बादलों में रह-रहकर बिजली चमक उठती है। उसी चमक में लहरों से लड़ती हुई बारी-कुमारी

महुआ की झलक उसे मिल जाती है। सफरी मछली की चाल और तेज़ हो जाती है। उसको लगता है, वह खुद सौदागर का नौकर है। महुआ कोई बात नहीं सुनती। परतीत करती नहीं। उलटकर देखती भी नहीं। और वह थक गया है, तैरते-तैरते।...

इस बार लगता है महुआ ने अपने को पकड़ा दिया। खुद ही पकड़ में आ गई है। उसने महुआ को छू लिया है, पा लिया है, उसकी थकन दूर हो गई है। पन्द्रह-बीस साल तक उमड़ी हुई नदी की उलटी धारा में तैरते हुए उसके मन को किनारा मिल गया। आनन्द के आँसू कोई रोक नहीं मानते।...

उसने हीराबाई से अपनी गीली आँखें चुराने की कोशिश की। किन्तु हीरा तो उसके मन में बैठी न जाने कब से सबकुछ देख रही थी। हिरामन ने अपनी काँपती हुई बोली को काबू में लाकर बैलों को झिड़की दी—''इस गीत में न जाने क्या है कि सुनते ही दोनों थसथसा जाते हैं। लगता है सौ मन बोझ लाद दिया किसी ने।''

हीराबाई लम्बी साँस लेती है। हिरामन के अंग-अंग में उमंग समा जाती है।

''तुम तो उस्ताद हो मीता!''

''इस्स!''

आसिन-कातिक का सूरज दो बाँस दिन रहते ही कुम्हला जाता है। सूरज डूबने से पहले ही ननपुर पहुँचना है, हिरामन अपने बैलों को समझा रहा है—''कदम खोलकर और कलेजा बाँधकर चलो...ए...छिः छिः! बढ़के भैयन! ले-ले-ले-ए-हे-य!''

ननपुर तक वह अपने बैलों को ललकारता रहा। हर ललकार के पहले वह अपने बैलों को बीती हुई बातों की याद दिलाता—याद नहीं, चौधरी की बेटी की बरात में कितनी गाड़िया थीं; सबको कैसे मात किया था! हाँ, वही कदम निकालो। ले-ले-ले! ननपुर से फारबिसगंज तीन कोस! दो घंटे और!

ननपुर के हाट पर आजकल चाय भी बिकने लगी है। हिरामन अपने लोटे में चाय भरकर ले आया।...कम्पनी की औरत को जानता है वह, सारा दिन, घड़ी-घड़ी-भर में, चाय पीती रहती है। चाय है या जान!

हीरा हँसते-हँसते लोट-पोट हो रही है—''अरे, तुमसे किसने कह दिया कि क्वारे आदमी को चाय नहीं पीनी चाहिए?''

हिरामन लजा गया। क्या बोले वह?...लाज की बात। लेकिन वह भोग चुका है एक बार। सरकस कम्पनी की मेम के हाथ की चाय पीकर उसने देख लिया है। बड़ी गरम तासीर!

''पीजिए गुरुजी!'' हीरा हँसी।

''इस्स!''

ननपुर हाट पर ही दीया-बाती जल चुकी थी। हिरामन ने अपना सफरी लालटेन जलाकर पिछवा में लटका दिया।...आजकल शहर से पाँच कोस दूर के गाँववाले भी अपने को शहरू समझने लगे हैं। बिना रोशनी की गाड़ी को पकड़कर चालान कर देते हैं। बारह बखेड़ा।

"आप मुझे गुरुजी मत कहिए।"

"तुम मेरे उस्ताद हो। हमारे शास्तर में लिखा हुआ है, एक अच्छर सिखानेवाला भी गुरु और एक राग सिखानेवाला भी उस्ताद!"

"इस्स! शास्तर-पुरान भी जानती हैं!...मैंने क्या सिखाया? मैं क्या...?"

हीरा हँसकर गुनगुनाने लगी—"हे-अ-अ-अ-सावना-भादवा के-र...।"

हिरामन अचरज के मारे गूँगा हो गया।...इस्स! इतना तेज़ जेहन! हू-ब-हू महुआ घटवारिन!

गाड़ी सीताधार की एक सूखी धारा की उतराई पर गड़गड़ाकर नीचे की ओर उतरी। हीराबाई ने हिरामन का कन्धा धर लिया एक हाथ से। बहुत देर तक हिरामन के कन्धे पर उसकी उँगलियाँ पड़ी रहीं। हिरामन ने नज़र फिराकर कन्धे पर केन्द्रित करने की कोशिश की, कई बार। गाड़ी चढ़ाई पर पहुँची तो हीरा की ढीली उँगलियाँ फिर तन गईं।

सामने फारबिसगंज शहर की रोशनी झिलमिला रही है। शहर से कुछ दूर हटकर मेले की रोशनी...टप्पर में लटके लालटेन की रोशनी में छाया नाचती है आस-पास।...डबडबाई आँखों से, हर रोशनी सूरजमुखी फूल की तरह दिखाई पड़ती है।

फारबिसगंज तो हिरामन का घर-दुआर है!

न जाने कितनी बार वह फारबिसगंज आया है। मेले की लदनी लादी है। किसी औरत के साथ? हाँ, एक बार। उसकी भाभी जिस साल आई थी गौने में। इसी तरह तिरपाल से गाड़ी को चारों ओर से घेरकर बासा बनाया गया था।...

हिरामन अपनी गाड़ी को तिरपाल से घेर रहा है, गाड़ीवान-पट्टी में। सुबह होते ही रौता नौटंकी कम्पनी के मैनेजर से बात करके भरती हो जाएगी हीराबाई। परसों मेला खुल रहा है। इस बार मेले में पालचट्टी खूब जमी है।...बस, एक रात। आज रात-भर हिरामन की गाड़ी में रहेगी वह।...हिरामन की गाड़ी में नहीं, घर में!

"कहाँ की गाड़ी है?...कौन, हिरामन! किस मेले से? किस चीज की लदनी है?"

गाँव-समाज के गाड़ीवान, एक-दूसरे को खोजकर, आसपास गाड़ी लगाकर बासा डालते हैं। अपने गाँव के लालमोहर, धुन्नीराम और पलटदास वगैरह गाड़ीवानों के दल को देखकर हिरामन अचकचा गया। उधर पलटदास टप्पर में झाँककर

भड़का। मानो बाघ पर नज़र पड़ गई। हिरामन ने इशारे से सभी को चुप किया। फिर गाड़ी की ओर कनखी मारकर फुसफुसाया–''चुप! कम्पनी की औरत है, नौटंकी कम्पनी की।''

''कम्पनी की-ई-ई-ई?''

''??...?? ××...!''

एक नहीं, अब चार हिरामन! चारों ने अचरज से एक-दूसरे को देखा।...कम्पनी नाम में कितना असर है! हिरामन ने लक्ष्य किया, तीनों एक साथ सटक-दम हो गए। लालमोहर ने जरा दूर हटकर बतियाने की इच्छा प्रकट की, इशारे से ही। हिरामन ने टप्पर की ओर मुँह करके कहा, ''होटिल तो नहीं खुला होगा कोई, हलवाई के यहाँ से पक्की ले आवें!''

''हिरामन, ज़रा इधर सुनो।...मैं कुछ नहीं खाऊँगी अभी। लो, तुम खा आओ।''

''क्या है, पैसा? इस्स!''...पैसा देकर हिरामन ने कभी फारबिसगंज में कच्ची-पक्की नहीं खाई। उसके गाँव के इतने गाड़ीवान हैं, किस दिन के लिए? वह छू नहीं सकता पैसा। उसने हीराबाई से कहा, ''बेकार, मेला-बाज़ार में हुज्जत मत कीजिए। पैसा रखिए।'' मौका पाकर लालमोहर भी टप्पर के करीब आ गया। उसने सलाम करते हुए कहा, ''चार आदमी के भात में दो आदमी खुशी से खा सकते हैं। बासा पर भात चढ़ा हुआ है। हें-हें-हें! हम लोग एकहि गाँव के हैं। गौंवाँ-गरामिन के रहते होटिल और हलवाई के यहाँ खाएगा हिरामन?''

हिरामन ने लालमोहर का हाथ टीप दिया–''बेसी भचर-भचर मत बको।''

गाड़ी से चार रस्सी दूर जाते-जाते धुन्नीराम ने अपने कुलबुलाते हुए दिल की बात खोल दी–''इस्स! तुम भी खूब हो हिरामन! उस साल कम्पनी का बाघ, इस बार कम्पनी की जनानी!''

हिरामन ने दबी आवाज़ में कहा, ''भाई रे, यह हम लोगों के मुलुक की जनाना नहीं कि लटपट बोली सुनकर भी चुप रह जाए। एक तो पच्छिम की औरत, तिस पर कम्पनी की!''

धुन्नीराम ने अपनी शंका प्रकट की–''लेकिन कम्पनी में तो सुनते हैं पतुरिया रहती है।''

''धत्त्!'' सभी ने एक साथ उसको दुरदुरा दिया, ''कैसा आदमी है! पतुरिया रहेगी कम्पनी में भला! देखो इसकी बुद्धि!...सुना है, देखा तो नहीं है कभी!''

धुन्नीराम ने अपनी ग़लती मान ली। पलटदास को बात सूझी–''हिरामन भाई, जनाना जात अकेली रहेगी गाड़ी पर? कुछ भी हो, जानना आखिर जनाना ही है। कोई जरूरत ही पड़ जाए!''

यह बात सभी को अच्छी लगी। हिरामन ने कहा, "बात ठीक है। पलट, तुम लौट जाओ, गाड़ी के पास ही रहना। और देखो, गपशप ज़रा होशियारी से करना। हाँ!"

...हिरामन की देह से उतर-गुलाब की खुशबू निकलती है। हिरामन करमसाँड़ है। उस बार महीनों तक उसकी देह से बघाइन गन्ध नहीं गई। लालमोहर ने हिरामन की गमछी सूँघ ली–"ए-ह!"

हिरामन चलते-चलते रुक गया–"क्या करें लालमोहर भाई, ज़रा कहो तो! बड़ी ज़िद्द करती है, कहती है, नौटंकी देखना ही होगा।"

"फोकट में ही?"

"और गाँव नहीं पहुँचेगी यह बात?"

हिरामन बोला, "नहीं जी! एक रात नौटंकी देखकर ज़िन्दगी-भर बोली-ठोली कौन सुने?...देशी मुर्गी विलायती चाल!"

धुन्नीराम ने पूछा, "फोकट में देखने पर भी तुम्हारी भौजाई बात सुनाएगी?"

लालमोहर के बासा के बगल में, लकड़ी की दुकान लादकर आए हुए गाड़ीवानों का बासा है। बासा के मीर-गाड़ीवान मियाँजानू बूढ़े ने सफ़री गुड़गुड़ी पीते हुए पूछा, "क्यों भाई, मीनाबाज़ार की लदनी लादकर कौन आया है?"

मीनाबाज़ार! मीनाबाज़ार तो पतुरिया-पट्टी को कहते हैं।...क्या बोलता है यह बूढ़ा मियाँ? लालमोहर ने हिरामन के कान में फुसफुसाकर कहा, "तुम्हारी देह मह-मह महकती है। सच।"

लहसनवाँ लालमोहर का नौकर गाड़ीवान है। उम्र में सबसे छोटा है। पहली बार आया है तो क्या? बाबू-बबुआइनों के यहाँ बचपन से नौकरी कर चुका है। वह रह-रहकर वातावरण में कुछ सूँघता है, नाक सिकोड़कर। हिरामन ने देखा, लहसनवाँ का चेहरा तमतमा गया है।...कौन आ रहा है धड़धड़ाता हुआ?–"कौन, पलटदास? क्या है?"

पलटदास आकर खड़ा हो गया चुपचाप। उसका मुँह भी तमतमाया हुआ था। हिरामन ने पूछा, "क्या हुआ? बोलते क्यों नहीं?"

क्या जवाब दे पलटदास। हिरामन ने उसको चेतावनी दे दी थी, गपशप होशियारी से करना। वह चुपचाप गाड़ी की आसनी पर जाकर बैठ गया, हिरामन की जगह पर। हीराबाई ने पूछा, "तुम भी हिरामन के साथ हो?" पलटदास ने गरदन हिलाकर हामी भरी। हीराबाई फिर लेट गई।...चेहरा-मोहरा और बोली-बानी देख-सुनकर, पलटदास का कलेजा काँपने लगा; न जाने क्यों। हाँ, रामलीला में सिया सुकुमारी इसी तरह थकी लेटी हुई थी। जै! सियावर रामचन्द्र की जै!...पलटदास के मन में जै-जैकार होने लगा। वह दास-बैस्नव है, कीर्तनिया है। थकी हुई सीता महारानी के चरण टीपने की इच्छा प्रकट की उसने, हाथ की उँगलियों के इशारे से; मानो हारमोनियम की

पटरियों पर नचा रहा हो। हीराबाई तमककर बैठ गई—"अरे, पागल है क्या? जाओ, भागो!..."

पलटदास को लगा गुस्सायी हुई कम्पनी की औरत की आँखों से चिंगारी निकल रही है—छटक्-छटक्! वह भागा।...

पलटदास क्या जवाब दे! वह मेला से भी भागने का उपाय सोच रहा है। बोला, "कुछ नहीं। हमको व्यापारी मिल गया। अभी ही टीशन जाकर माल लादना है। भात में तो अभी देर है। मैं लौट आता हूँ तब तक।"

खाते समय धन्नीराम और लहसनवाँ ने पलटदास की टोकरी-भर निन्दा की। छोटा आदमी है। कमीना है। पैसे-पैसे का हिसाब जोड़ता है। खाने-पीने के बाद लालमोहर के दल ने अपना बासा तोड़ दिया। धुन्नी और लहसनवाँ गाड़ी जोतकर हिरामन के बासा पर चले, गाड़ी की लीक धरकर। हिरामन ने चलते-चलते रुककर, लालमोहर से कहा, "जरा मेरे इस कन्धे को सूँघो तो। सूँघकर देखो न?"

लालमोहर ने कन्धा सूँघकर आँखें मूँद लीं। मुँह से अस्फुट शब्द निकला—"ए-ह!"

हिरामन ने कहा, "ज़रा-सा हाथ रखने पर इतनी खुशबू!...समझे!"

लालमोहर ने हिरामन का हाथ पकड़ लिया—"कन्धे पर हाथ रखा था? सच? सुनो हिरामन, नौटंकी देखने का ऐसा मौका फिर कभी हाथ नहीं लगेगा। हाँ!"

"तुम भी देखोगे?"

लालमोहर की बत्तीसी चौराहे की रोशनी में झिलमिला उठी।

बासा पर पहुँचकर हिरामन ने देखा, टप्पर के पास खड़ा बतिया रहा है कोई, हीराबाई से। धुन्नी और लहसनवाँ ने एक ही साथ कहा, "कहाँ रह गए पीछे? बहुत देर से खोज रही है कम्पनी...!"

हिरामन ने टप्पर के पास जाकर देखा—अरे, यह तो वही बक्सा ढोनेवाला नौकर है, जो चम्पानगर मेले में हीराबाई को गाड़ी पर बिठाकर अँधेरे में गायब हो गया था।

"आ गए हिरामन! अच्छी बात, इधर आओ।...यह लो अपना भाड़ा और यह लो अपनी दच्छिना! पच्चीस-पच्चीस, पचास।"

हिरामन को लगा, किसी ने आसमान से धकेलकर धरती पर गिरा दिया। किसी ने क्यों, इस बक्सा ढोनेवाले आदमी ने। कहाँ से आ गया? उसकी जीभ पर आई हुई बात जीभ पर ही रह गई...इस्स! दच्छिना! वह चुपचाप खड़ा रहा।

हीराबाई बोली, "लो, पकड़ो! और सुनो, कल सुबह रौता कम्पनी में आकर मुझसे भेंट करना। पास बनवा दूँगी।...बोलते क्यों नहीं?"

लालमोहर ने कहा, "इलाम-बकसीस दे रही है मालकिन, ले लो हिरामन!" हिरामन ने कटकर लालमोहर की ओर देखा।...बोलने का ज़रा भी ढंग नहीं इस लालमोहरा को।

धुन्नीराम की स्वगतोक्ति सभी ने सुनी, हीराबाई ने भी—गाड़ी-बैल छोड़कर नौटंकी कैसे देख सकता है कोई गाड़ीवान, मेले में।

हिरामन ने रुपया लेते हुए कहा, "क्या बोलेंगे!" उसने हँसने की चेष्टा की।...कम्पनी की औरत कम्पनी में जा रही है। हिरामन का क्या! बक्सा ढोनेवाला रास्ता दिखाता हुआ आगे बढ़ा—"इधर से।" हीराबाई जाते-जाते रुक गई। हिरामन के बैलों को सम्बोधित करके बोली, "अच्छा, मैं चली भैयन!"

बैलों ने, भैया शब्द पर कान हिलाए।

"??...?? ××...!"

"भा-इ-यो, आज रात! दि रौता संगीत नौटंकी कम्पनी के स्टेज पर! गुलबदन देखिए, गुलबदन! आपको यह जानकर खुशी होगी कि मथुरामोहन कम्पनी की मशहूर एक्ट्रेस मिस हीरादेवी, जिसकी एक-एक अदा पर हज़ार जान फिदा हैं, इस बार हमारी कम्पनी में आ गई हैं। याद रखिए। आज की रात। मिस हीराबाई गुलबदन...!"

नौटंकीवालों के इस एलान से मेले की हर पट्टी में सरगर्मी फैल रही है।...हीराबाई? मिस हीराबाई? लैला, गुलबदन...? फिलिम एक्ट्रेस को मात करती है।

"...तेरी बाँकी अदा पर मैं खुद हूँ फिदा,
तेरी चाहत हो दिलबर बयाँ क्या करूँ!
यही खाहिश है कि इ-इ-इ तू मुझको देखा करे
और दिलोजान मैं तुमको देखा करूँ।"

...किर्र-र्र-र्र-र्र...कड़ड़ड़ड़र्र-र्र-घन-घन-धड़ाम!

हर आदमी का दिल नगाड़ा हो गया है!

लालमोहर दौड़ता-हाँफता बासा पर आया—"ऐ, ऐ हिरामन, यहाँ क्या बैठे हो, चलकर देखो जै-जैकार हो रहा है! मय बाजा-गाजा, छापी-फाहरम के साथ हीराबाई की जै-जै कर रहा है।"

हिरामन हड़बड़ाकर उठा। लहसनवाँ ने कहा, "धुन्नी काका, तुम बासा पर रहो, मैं भी देख आऊँ।"

धुन्नी की बात कौन सुनता है! तीनों जन नौटंकी कम्पनी की एलानिया पार्टी के पीछे-पीछे चलने लगे। हर नुक्कड़ पर रुककर, बाजा बन्द करके एलान किया जाता है। एलान के हर शब्द पर हिरामन पुलक उठता है। हीराबाई का नाम, नाम के साथ अदा-फिदा वगैरह सुनकर उसने लालमोहर की पीठ थपथपा दी—"धन्न है, धन्न है! है या नहीं?"

लालमोहर ने कहा, "अब बोलो! अब भी नौटंकी नहीं देखोगे?" सुबह से ही धुन्नीराम और लालमोहर समझा रहे थे, समझाकर हार चुके थे—"कम्पनी में जाकर

भेंट कर आओ। जाते-जाते पुरसिस कर गई हैं।" लेकिन हिरामन की बस एक बात–"धत्तु, कौन भेंट करने जाए! कम्पनी की औरत, कम्पनी में गई। अब उससे क्या लेना-देना! चीन्हेगी भी नहीं!"

वह मन-ही-मन रूठा हुआ था। एलान सुनने के बाद उसने लालमोहर से कहा, "जरूर देखना चाहिए, क्यों लालमोहर?"

दोनों आपस में सलाह करके रौता कम्पनी की ओर चले। खेमे के पास पहुँचकर हिरामन ने लालमोहर को इशारा किया, पूछताछ करने का भार लालमोहर के सिर। लालमोहर कचराही बोलना जानता है। लालमोहर ने एक काले कोटवाले से कहा, "बाबू साहेब, ज़रा सुनिए तो!"

काले कोटवाले ने नाक-भौं चढ़ाकर कहा–"क्या है? इधर क्यों?"

लालमोहर की कचराही बोली गड़गड़ा गई–तेवर देकर बोला, "गुलगुल... नहीं-नहीं...बुल-बुल...नहीं।"

हिरामन ने झट-से सँभाल दिया–"हीरादेवी किधर रहती हैं, बता सकते हैं?"

उस आदमी की आँखें हठात् लाल हो गईं। सामने खड़े नेपाली सिपाही को पुकारकर कहा, "इन लोगों को क्यों आने दिया इधर?"

"हिरामन!"...वही फेगूगिलासी आवाज़ किधर से आई? खेमे के परदे को हटाकर हीराबाई ने बुलाया–"यहाँ आ जाओ, अन्दर!...देखो, बहादुर! इसको पहचान लो। यह मेरा हिरामन है। समझे!"

नेपाली दरबान हिरामन की ओर देखकर जरा मुस्कुराया और चला गया। काले कोटवाले से जाकर कहा, "हीराबाई का आदमी है। नहीं रोकने बोला!"

लालमोहर पान ले आया नेपाली दरबान के लिए–"खाया जाए!"

"इस्स! एक नहीं, पाँच पास। चारों अठनिया! बोली कि जब तक मेले में हो, रोज़ रात में आकर देखना। सबका खयाल रखती है। बोली कि तुम्हारे और साथी हैं, सभी के लिए पास ले जाओ। कम्पनी की औरतों की बात निराली होती है! है या नहीं?"

लालमोहर ने लाल कागज़ के टुकड़ों को छूकर देखा–"पा-स! वाह रे हिरामन भाई!...लेकिन पाँच पास लेकर क्या होगा? पलटदास तो फिर पलटकर आया ही नहीं है अभी तक।"

हिराभन ने कहा, "जाने दो अभागे को। तकदीर में लिखा नहीं।...हाँ, पहले गुरुकसम खानी होगी सभी को, कि गाँव-घर में यह बात एक पंछी भी न जान पाए।"

लालमोहर ने उत्तेजित होकर कहा, "कौन साला बोलेगा, गाँव में जाकर? पलटा ने अगर बदमाशी की तो दूसरी बार से फिर साथ नहीं लाऊँगा।"

हिरामन ने अपनी थैली आज हीराबाई के ज़िम्मे रख दी है। मेले का क्या ठिकाना! किस्म-किस्म के पॉकिटकाट लोग हर साल आते हैं। अपने साथी-संगियों का भी क्या भरोसा! हीराबाई मान गई। हिरामन के कपड़े की काली थैली को उसने अपने चमड़े के बक्से में बन्द कर दिया। बक्से के ऊपर भी कपड़े का खोल और अन्दर भी झलमल रेशमी अस्तर! मन का मान-अभिमान दूर हो गया।

लालमोहर और धुन्नीराम ने मिलकर हिरामन की बुद्धि की तारीफ की; उसके भाग्य को सराहा बार-बार। इसके भाई और भाभी की निन्दा की, दबी ज़बान से। हिरामन के जैसा हीरा भाई मिला है, इसीलिए! कोई दूसरा भाई होता तो...।

लहसनवाँ का मुँह लटका हुआ है। एलान सुनते-सुनते न जाने कहाँ चला गया कि घड़ी-भर साँझ होने के बाद लौटा है। लालमोहर ने एक मालिकाना झिड़की दी है, गाली के साथ–"सोहदा कहीं का!"

धुन्नीराम ने चूल्हे पर खिचड़ी चढ़ाते हुए कहा, "पहले यह फैसला कर लो कि गाड़ी के पास कौन रहेगा?"

"रहेगा कौन, यह लहसनवाँ कहाँ जाएगा?"

लहसनवाँ रो पड़ा–"हे-ए-ए मालिक, हाथ जोड़ते हैं। इक्को झलक! बस, एक झलक!"

हिरामन ने उदारतापूर्वक कहा, "अच्छा-अच्छा, एक झलक क्यों, एक घंटा देखना। मैं आ जाऊँगा।"

नौटंकी शुरू होने के दो घंटे पहले ही नगाड़ा बजना शुरू हो जाता है। और नगाड़ा शुरू होते ही लोग पतंगों की तरह टूटने लगते हैं। टिकटघर के पास भीड़ देखकर हिरामन को बड़ी हँसी आई–"लालमोहर, उधर देख, कैसी धक्कमधुक्की कर रहे हैं लोग!"

"हिरामन भाय!"

"कौन, पलटदास! कहाँ की लदनी लाद आए?" लालमोहर ने पराए गाँव के आदमी की तरह पूछा।

पलटदास ने हाथ मलते हुए माफ़ी माँगी–"कसूरवार हैं, जो सज़ा दो तुम लोग, सब मंजूर है। लेकिन सच्ची बात कहें कि सिया सुकुमारी...।"

हिरामन के मन का पुरइन नगाड़े के ताल पर विकसित हो चुका है। बोला, "देखो पलटा, यह मत समझना कि गाँव-घर की जनाना है। देखो, तुम्हारे लिए भी पास दिया है; पास ले लो अपना, तमाशा देखो।"

लालमोहर ने कहा, "लेकिन एक शर्त पर पास मिलेगा। बीच-बीच में लहसनवाँ को भी...।"

पलटदास को कुछ बताने की जरूरत नहीं। वह लहसनवाँ से बातचीत कर आया है अभी।

लालमोहर ने दूसरी शर्त सामने रखी—"गाँव में अगर यह बात मालूम हुई किसी तरह...।"

"राम-राम!" दाँत से जीभ को काटते हुए कहा पलटदास ने।

पलटदास ने बताया—"अठनिया फाटक इधर है।" फाटक पर खड़े दरबान ने हाथ से पास लेकर उनके चेहरे को बारी-बारी से देखा। बोला, "यह तो पास है। कहाँ से मिला?"

अब लालमोहर की कचराही बोली सुने कोई! उसके तेवर देखकर दरबान घबरा गया—"मिलेगा कहाँ से? अपनी कम्पनी से पूछ लीजिए जाकर। चार ही नहीं, देखिए एक और है।" जेब से पाँचवाँ पास निकालकर दिखाया लालमोहर ने।

एक रुपयावाले फाटक पर नेपाली दरबान खड़ा था। हिरामन ने पुकारकर कहा, "ए सिपाही दाजू, सुबह को ही पहचनवा दिया और अभी भूल गए?"

नेपाली दरबान बोला, "हीराबाई का आदमी है सब। जाने दो। पास है तो फिर काहे को रोकता है?"

अठनिया दर्जा!

तीनों ने 'कपड़घर' को अन्दर से पहली बार देखा। सामने कुरसी-बेंचवा़ले दर्जे हैं। परदे पर राम-बन-गमन की तसवीर है। पलटदास पहचान गया। उसने हाथ जोड़कर नमस्कार किया, परदे पर अंकित रामसिया सुकुमारी और लखनलला को। "जै हो, जै हो!" पलटदास की आँखें भर आईं।

हिरामन ने कहा, "लालमोहर, छापी सभी खड़े हैं या चल रहे हैं?"

लालमोहर अपने बगल में बैठे दर्शकों से जान-पहचान कर चुका है। उसने कहा, "खेला अभी परदा के भीतर है। अभी जमिनका दे रहा है, लोग जमाने के लिए।"

पलटदास ढोलक बजाना जानता है, इसलिए नगाड़े के ताल पर गरदन हिलाता है और दियासलाई पर ताल काटता है। बीड़ी आदान-प्रदान करके हिरामन ने भी एकाध जान-पहचान कर ली। लालमोहर के परिचित आदमी ने चादर से देह को ढकते हुए कहा, "नाच शुरू होने में अभी देर है, तब तक एक नींद ले लें।...सब दर्जा से अच्छा अठनिया दर्जा। सबसे पीछे सबसे ऊँची जगह पर है। ज़मीन पर गरम पुआल! हें-हें कुरसी-बेंच पर बैठकर इस सरदी के मौसम में तमाशा देखनेवाले अभी घुच-घुच कर उठेंगे चाह पीने।"

उस आदमी ने अपने संगी से कहा, "खेला शुरू होने पर जगा देना। नहीं-नहीं, खेला शुरू होने पर नहीं, हिरिया जब स्टेज पर उतरे, हमको जगा देना।"

हिरामन के कलेजे में ज़रा आँच लगी।...बड़ा लटपटिया आदमी मालूम पड़ता है। उसने लालमोहर को आँख के इशारे से कहा, "इस आदमी से बतियाने की ज़रूरत नहीं।"

...घन-घन-घन-धड़ाम! परदा उठ गया। हे-ए, हे-ए, हीराबाई शुरू में ही उतर गई स्टेज पर! कपड़घर खचमखच भर गया है। हिरामन का मुँह अचरज से खुल गया। लालमोहर को न जाने क्यों ऐसी हँसी आ रही है। हीराबाई के गीत के हर पद पर वह हँसता है, बेवजह।

गुलबदन दरबार लगाकर बैठी है। एलान कर रही है : जो आदमी तख्तहज़ारा बनाकर ला देगा, मुँहमाँगी चीज़ इनाम में दी जाएगी।...अजी, है कोई ऐसा फनकार, तो हो जाए तैयार, बनाकर लाए तख्तहज़ारा-आ! किड़किड़-किर्रि–! अलबत्त नाचती है। क्या गला है! मालूम है, यह आदमी कहता है कि हीराबाई पान-बीड़ी, सिगरेट-जर्दा कुछ नहीं खाती!...ठीक कहता है। बड़ी नेमवाली रंडी है।...कौन कहता है कि रंडी है! दाँत में मिस्सी कहाँ है। पौडर से दाँत धो लेती होगी। हरगिज नहीं।...कौन आदमी है, बात की बेबात करता है! कम्पनी की औरत को पतुरिया कहता है! तुमको बात क्यों लगी? कौन है रंडी का भड़वा? मारो साले को! मारो! तेरी...।

हो-हल्ले के बीच, हिरामन की आवाज़ कपड़घर को फाड़ रही है–"आओ, एक-एक की गरदन उतार लेंगे।"

लालमोहर दुआली से पटापट पीटता जा रहा है सामने के लोगों को। पलटदास एक आदमी की छाती पर सवार है–"साला, सिया सुकुमारी को गाली देता है, सो भी मुसलमान होकर?"

धुन्नीराम शुरू से ही चुप था। मारपीट शुरू होते ही कपड़घर से निकलकर बाहर भागा।

काले कोटवाले नौटंकी के मैनेजर नेपाली सिपाही के साथ दौड़े आए। दारोगा साहब ने हंटर से पीट-पाट शुरू की। हंटर खाकर लालमोहर तिलमिला उठा; कचराही बोली में भाषण देने लगा–"दारोगा साहब, मारते हैं, मारिए। कोई हर्ज नहीं। लेकिन यह पास देख लीजिए, एक पास पॉकिट में भी है। देख सकते हैं हुजूर। टिकस नहीं पास!...तब हम लोगों के सामने कम्पनी की औरत को कोई बुरी बात कहे तो कैसे छोड़ देंगे?"

कम्पनी के मैनेजर की समझ में आ गई सारी बात। उसने दारोगा को समझाया– "हुजूर, मैं समझ गया। यह सारी बदमाशी मथुरामोहन कम्पनीवालों की है। तमाशे में झगड़ा खड़ा करके कम्पनी को बदनाम...नहीं हुजूर, इन लोगों को छोड़ दीजिए, हीराबाई के आदमी हैं। बेचारी की जान खतरे में है। हुजूर से कहा था न!"

हीराबाई का नाम सुनते ही दारोगा ने तीनों को छोड़ दिया। लेकिन तीनों की दुआली छीन ली गई। मैनेजर ने तीनों को एक रुपएवाले दरजे में कुरसी पर बिठाया–

"आप लोग यहीं बैठिए। पान भिजवा देता हूँ।" कपड़घर शान्त हुआ और हीराबाई स्टेज पर लौट आई।

नगाड़ा फिर घनघना उठा।

थोड़ी देर बाद तीनों को एक साथ ही धुन्नीराम का खयाल हुआ–अरे, धुन्नीराम कहाँ गया?

"मालिक, ओ मालिक!" लहसनवाँ कपड़घर के बाहर चिल्लाकर पुकार रहा है, "ओ लालमोहर मा-लि-क!"

लालमोहर ने तारस्वर में जवाब दिया–"इधर से, इधर से! एकटकिया फाटक से।" सभी दर्शकों ने लालमोहर की ओर मुड़कर देखा। लहसनवाँ को नेपाली सिपाही लालमोहर के पास ले आया। लालमोहर ने जेब से पास निकालकर दिखा दिया। लहसनवाँ ने आते ही पूछा, "मालिक, कौन आदमी क्या बोल रहा था? बोलिए तो जरा। चेहरा दिखला दीजिए, उसकी एक झलक!"

लोगों ने लहसनवाँ की चौड़ी और सपाट छाती देखी। जाड़े के मौसम में भी खाली देह!...चेले-चाटी के साथ हैं ये लोग!

लालमोहर ने लहसनवाँ को शान्त किया।

...तीनों-चारों से मत पूछे कोई, नौटंकी में क्या देखा। किस्सा कैसे याद रहे! हिरामन को लगता था, हीराबाई शुरू से ही उसी की ओर टकटकी लगाकर देख रही है, गा रही है, नाच रही है। लालमोहर को लगता था, हीराबाई उसी की ओर देखती है। वह समझ गई है, हिरामन से भी ज़्यादा पावरवाला आदमी है लालमोहर! पलटदास किस्सा समझता है।...किस्सा और क्या होगा, रमैन की ही बात है। वही राम, वही सीता, वही लखनलला और वही रावन! सिया सुकुमारी को रामजी से छीनने के लिए रावन तरह-तरह का रूप धरकर आता है। राम और सीता भी रूप बदल लेते हैं। यहाँ भी तख़्तहज़ारा बनानेवाला माली का बेटा राम है। गुलबदन सिया सुकुमारी है। माली के लड़के का दोस्त लखनलला है और सुलतान है रावन।...धुन्नीराम को बुखार है तेज़! लहसनवाँ को सबसे अच्छा जोकर का पार्ट लगा है...चिरैया तोंहके लेके ना, जइवै नरहट के बजरिया! वह उस जोकर से दोस्ती लगाना चाहता है।...नहीं लगावेगा दोस्ती, जोकर साहब?

हिरामन को एक गीत की आधी कड़ी हाथ लगी है–'मारे गए गुलफाम!' कौन था यह गुलफ़ाम! हीराबाई रोती हुई गा रही थी–"अजी हाँ, मारे गए गुलफ़ाम!" टिड़िड़िड़ि...बेचारा गुलफ़ाम!

तीनों को दुआली वापस देते हुए पुलिस के सिपाही ने कहा, "लाठी-दुआली लेकर नाच देखने आते हो?"

दूसरे दिन मेले-भर में यह बात फैल गई–मथुरामोहन कम्पनी से भागकर आई है हीराबाई, इसलिए इस बार मथुरामोहन कम्पनी नहीं आई है।...उसके गुंडे आए

हैं।...हीराबाई भी कम नहीं। बड़ी खेलाड़ औरत है। तेरह-तेरह देहाती लठैत पाल रही है।...'वाह मेरी जान' भी कहे तो कोई! मजाल है!

दस दिन-दिन रात!...

दिन-भर भाड़ा ढोता हिरामन। शाम होते ही नौटंकी का नगाड़ा बजने लगता। नगाड़े की आवाज़ सुनते ही हीराबाई की पुकार कानों के पास मँडराने लगती–भैया...मीता...हिरामन...उस्ताद...गुरुजी! हमेशा कोई-न-कोई बाजा उसके मन के कोने में बजता रहता, दिन-भर। कभी हारमोनियम, कभी नगाड़ा, कभी ढोलक और कभी हीराबाई की पैजनी। उन्हीं साजों की गत पर हिरामन उठता-बैठता, चलता-फिरता। नौटंकी कम्पनी के मैनेजर से लेकर परदा खींचनेवाले तक उसको पहचानते हैं।...हीराबाई का आदमी है।

पलटदास हर रात नौटंकी शुरू होने के समय श्रद्धापूर्वक स्टेज को नमस्कार करता, हाथ जोड़कर। लालमोहर, एक दिन अपनी कचराही बोली सुनाने गया था हीराबाई को। हीराबाई ने पहचाना ही नहीं। तब से उसका दिल छोटा हो गया है। उसका नौकर लहसनवाँ उसके हाथ से निकल गया है, नौटंकी कम्पनी में भर्ती हो गया है। जोकर से उसकी दोस्ती हो गई है। दिन-भर पानी भरता है, कपड़े धोता है। कहता है गाँव में क्या है जो जाएँगे! लालमोहर उदास रहता है। धुन्नीराम घर चला गया है, बीमार होकर।

हिरामन आज सुबह से तीन बार लदनी लादकर स्टेशन आ चुका है। आज न जाने क्यों उसको अपनी भौजाई की याद आ रही है।...धुन्नीराम ने कुछ कह तो नहीं दिया, बुखार की झोंक में! यहीं कितना अटर-पटर बक रहा था–गुलबदन, तख्तहज़ारा!... लहसनवाँ मौज में है। दिन-भर हीराबाई को देखता होगा। कल कह रहा था, हिरामन मालिक, तुम्हारे अकबाल से खूब मौज में हूँ। हीराबाई की साड़ी धोने के बाद कठौते का पानी अतरगुलाब हो जाता है। उसमें अपनी गमछी डुबाकर छोड़ देता हूँ। लो, सूँघोगे?...हर रात, किसी-न-किसी के मुँह से सुनता है वह–हीराबाई रंडी है। कितने लोगों से लड़े वह! बिना देखे ही लोग कैसे कोई बात बोलते हैं! राजा को भी लोग पीठ-पीछे गाली देते हैं!...आज वह हीराबाई से मिलकर कहेगा, नौटंकी कम्पनी में रहने से बहुत बदनाम करते हैं लोग। सरकस कम्पनी में क्यों नहीं काम करती?... सबके सामने नाचती है, हिरामन का कलेजा दप-दप जलता रहता है उस समय। सरकस कम्पनी में बाघ को...उसके पास जाने की हिम्मत कौन करेगा! सुरक्षित रहेगी हीराबाई! किधर की गाड़ी आ रही है?

"हिरामन, ए हिरामन भाय!" लालमोहर की बोली सुनकर हिरामन ने गरदन मोड़कर देखा।...क्या लादकर लाया है लालमोहर?

“तुमको ढूँढ़ रही है हीराबाई, इशटीशन पर। जा रही है।” एक ही साँस में सुना गया। लालमोहर की गाड़ी पर ही आई है मेले से।

“जा रही है? कहाँ? हीराबाई रेलगाड़ी से जा रही है?”

हिरामन ने गाड़ी खोल दी। मालगुदाम के चौकीदार से कहा, “भैया, ज़रा गाड़ी-बैल देखते रहिए। आ रहे हैं।”

“उस्ताद!” जनाना मुसाफिरखाने के फाटक के पास हीराबाई ओढ़नी से मुँह-हाथ ढककर खड़ी थी। थैली बढ़ाती हुई बोली, “लो! हे भगवान! भेंट हो गई, चलो, मैं तो उम्मीद खो चुकी थी। तुमसे अब भेंट नहीं हो सकेगी।...मैं जा रही हूँ गुरुजी!”

बक्सा ढोनेवाला आदमी आज कोट-पतलून पहनकर बाबूसाहब बन गया है। मालिकों की तरह कुलियों को हुक्म दे रहा है–“जनाना दर्जा में चढ़ाना। अच्छा?”

हिरामन हाथ में थैली लेकर चुपचाप खड़ा रहा। कुरते के अन्दर से थैली निकालकर दी है हीराबाई ने।...चिड़िया की देह की तरह गर्म है थैली।

“गाड़ी आ रही है।” बक्सा ढोनेवाले ने मुँह बनाते हुए हीराबाई की ओर देखा। उसके चेहरे का भाव स्पष्ट है–इतना ज्यादा क्या है...?

हीराबाई चंचल हो गई। बोली, “हिरामन, इधर आओ, अन्दर। मैं फिर लौटकर जा रही हूँ मथुरामोहन कम्पनी में। अपने देश की कम्पनी है...बनैली मेला आओगे न?”

हीराबाई ने हिरामन के कन्धे पर हाथ रखा...इस बार दाहिने कन्धे पर। फिर अपनी थैली से रुपया निकालते हुए बोली, “एक गरम चादर खरीद लेना...।”

हिरामन की बोली फूटी, इतनी देर के बाद–“इस्स! हरदम रुपैया-पैसा! रखिए रुपैया!...क्या करेंगे चादर?”

हीराबाई का हाथ रुक गया। उसने हिरामन के चेहरे को गौर से देखा। फिर बोली, “तुम्हारा जी बहुत छोटा हो गया है। क्यों मीता?...महुआ घटवारिन को सौदागर ने खरीद जो लिया है गुरुजी!”

गला भर आया हीराबाई का। बक्सा ढोनेवाले ने बाहर से आवाज़ दी–“गाड़ी आ गई।” हिरामन कमरे से बाहर निकल आया। बक्सा ढोनेवाले ने नौटंकी के जोकर-जैसा मुँह बनाकर कहा, “लाटफारम से बाहर भागो। बिना टिकट के पकड़ेगा तो तीन महीने की हवा...।”

हिरामन चुपचाप फाटक से बाहर जाकर खड़ा हो गया।...टीशन की बात, रेलवे का राज! नहीं तो इस बक्सा ढोनेवाले का मुँह सीधा कर देता हिरामन।...

हीराबाई ठीक सामनेवाली कोठरी में चढ़ी। इस्स! इतना टान! गाड़ी में बैठकर भी हिरामन की ओर देख रही है, टुकुर-टुकुर।...लालमोहर को देखकर जी जल उठता है, हमेशा पीछे-पीछे; हरदम हिस्सादारी सूझती है।

गाड़ी ने सीटी दी। हिरामन को लगा, उसके अन्दर से कोई आवाज़ निकलकर सीटी के साथ ऊपर की ओर चली गई–कू-उ-उ-इ-स्स...!

...छि-ई-ई-छक्क! गाड़ी हिली। हिरामन ने अपने दाहिने पैर के अँगूठे को बाएँ पैर की एड़ी से कुचल लिया। कलेजे की धड़कन ठीक हो गई।...हीराबाई हाथ की बैंगनी साफी से चेहरा पोंछती है। साफी हिलाकर इशारा करती है...अब जाओ।...आखिरी डब्बा गुज़रा; प्लेटफार्म खाली...सब खाली...खोखले...मालगाड़ी के डब्बे! दुनिया ही खाली हो गई मानो! हिरामन अपनी गाड़ी के पास लौट आया।

हिरामन ने लालमोहर से पूछा, "तुम कब तक लौट रहे हो गाँव?"

लालमोहर बोला, "अभी गाँव जाकर क्या करेंगे? यही तो भाड़ा कमाने का मौका है! हीराबाई चली गई, मेला अब टूटेगा।"

–"अच्छी बात। कोई समाद देना है घर?"

लालमोहर ने हिरामन को समझाने की कोशिश की। लेकिन हिरामन ने अपनी गाड़ी गाँव की ओर जानेवाली सड़क की ओर मोड़ दी।...अब मेले में क्या धरा है! खोखला मेला!

रेलवे लाइन की बगल से बैलगाड़ी की कच्ची सड़क गई है दूर तक। हिरामन कभी रेल पर नहीं चढ़ा है। उसके मन में फिर पुरानी लालसा झाँकी, रेलगाड़ी पर सवार होकर, गीत गाते हुए जगरनाथ-धाम जाने की लालसा।...उलटकर अपने खाली टप्पर की ओर देखने की हिम्मत नहीं होती है। पीठ में आज भी गुदगुदी लगती है। आज भी रह-रहकर चम्पा का फूल खिल उठता है, उसकी गाड़ी में। एक गीत की टूटी कड़ी पर नगाड़े का ताल कट जाता है, बार-बार!...

उसने उलटकर देखा, बोरे भी नहीं, बाँस भी नहीं, बाघ भी नहीं...परी...देवी...मीता...हीरादेवी...महुआ घटवारिन–को-ई नहीं। मरे हुए मुहूर्तों की गूँगी आवाज़ें मुखर होना चाहती हैं। हिरामन के होंठ हिल रहे हैं। शायद वह तीसरी कसम खा रहा है–कम्पनी की औरत की लदनी...।

हिरामन ने हठात् अपने दोनों बैलों को झिड़की दी, दुआली से मारते हुए बोला, "रेलवे लाइन की ओर उलट-उलटकर क्या देखते हो?" दोनों बैलों ने कदम खोलकर चाल पकड़ी। हिरामन गुनगुनाने लगा–"अजी हाँ, मारे गए गुलफ़ाम...!"

1956

लाल पान की बेगम

"क्यों बिरजू की माँ, नाच देखने नहीं जाएगी क्या?"

बिरजू की माँ शकरकन्द उबालकर बैठी मन-ही-मन कुढ़ रही थी अपने आँगन में। सात साल का लड़का बिरजू शकरकन्द के बदले तमाचे खाकर आँगन में लोट-लोटकर सारी देह में मिट्टी मल रहा था। चम्पिया के सिर भी चुड़ैल मँडरा रही है...आधे-आँगन धूप रहते जो गई है सहुआइन की दुकान छोवा-गुड़ लाने, सो अभी तक नहीं लौटी; दीया-बाती की बेला हो गई। आए आज लौटके ज़रा! बागड़ बकरे की देह में कुकुरमाछी लगी थी, इसलिए बेचारा बागड़ रह-रहकर कूद-फाँद कर रहा था। बिरजू की माँ बागड़ पर मन का गुस्सा उतारने का बहाना ढूँढ़कर निकाल चुकी थी।...पिछवाड़े की मिर्च की फूली गाछ! बागड़ के सिवा और किसने कलेवा किया होगा! बागड़ को मारने के लिए वह मिट्टी का छोटा ढेला उठा चुकी थी, कि पड़ोसिन मखनी फूआ की पुकार सुनाई पड़ी—"क्यों बिरजू की माँ, नाच देखने नहीं जाएगी क्या?"

"बिरजू की माँ के आगे नाथ और पीछे पगहिया न हो तब न; फुआ!"

गरम गुस्से में बुझी नुकीली बात फुआ की देह में धँस गई और बिरजू की माँ ने हाथ के ढेले को पास ही फेंक दिया—"बेचारे बागड़ को कुकुरमाछी परेशान कर रही है! आ...हा, आय...आय! हर्र-र-र-र! आय-आय!"

बिरजू ने लेटे ही लेटे बागड़ को एक डंडा लगा दिया। बिरजू की माँ की इच्छा हुई कि जाकर उसी डंडे से बिरजू का भूत भगा दे, किन्तु नीम के पास खड़ी पनभरियों की खिलखिलाहट सुनकर रुक गई। बोली, "ठहर, तेरे बप्पा ने बड़ा हथछुट्टा बना दिया है तुझे! बड़ा हाथ चलता है लोगों पर। ठहर!"

मखनी फुआ नीम के पास झुकी कमर से घड़ा उतारकर पानी भरकर लौटती पनभरनियों में बिरजू की माँ की बहकी हुई बात का इंसाफ करा रही थी—"ज़रा देखो तो इस बिरजू की माँ को! चार मन पाट (जूट) का पैसा क्या हुआ है, धरती पर पाँव ही नहीं पड़ते! निसाफ करो! खुद अपने मुँह से आठ दिन पहले से ही गाँव की अली-गली में बोलती फिरी है, 'हाँ, इस बार बिरजू के बप्पा ने कहा है, बैलगाड़ी पर बिठाकर बलरामपुर का नाच दिखा लाऊँगा। बैल अब अपने घर है, तो हजार गाड़ी मँगनी मिल जाएँगी।' सो मैंने अभी टोक दिया, नाच देखनेवाली सब तो औन-पौन

कर तैयार हो रही हैं, रसोई-पानी कर रहे हैं। मेरे मुँह में आग लगे, क्यों मैं टोकने गई! सुनती हो, क्या जवाब दिया बिरजू की माँ ने?"

मखनी फुआ ने अपने पोपले मुँह के होंठों को एक ओर मोड़कर ऐंठती हुई बोली निकाली—"अर्-र्रे-हाँ-हाँ! बि-र-र-ज्जू की मै...या के आगे नाथ औ-र्र पीछे पगहिया ना हो, तब्ब ना-आ-आ!"

जंगी की पुतोहू बिरजू की माँ से नहीं डरती। वह ज़रा गला खोलकर ही कहती है, "फुआ-आ! सरबे सित्तलमिंटी (सर्वे सेट्लमेंट) के हाकिम के बासा पर फूलछाप किनारीवाली साड़ी पहनके यदि तू भी भटा की भेंटीं चढ़ाती तो तुम्हारे नाम से भी दु-तीन बीघा धनहर ज़मीन का पर्चा कट जाता! फिर तुम्हारे घर भी आज दस मन सोनाबंग पाट होता, जोड़ा बैल खरीदता! फिर आगे नाथ और पीछे सैकड़ों पगहिया झूलती!"

जंगी की पुतोहू मुँहजोर है। रेलवे स्टेशन के पास की लड़की है। तीन ही महीने हुए गौने की नई बहू होकर आई है और सारे कुर्माटोली की सभी झगड़ालू सासों से एकाध मोरचा ले चुकी है। उसका ससुर जंगी दागी चोर है, सी-किलासी है। उसका खसम रंगी कुर्माटोली का नामी लठैत। इसीलिए हमेशा सींग खुजाती फिरती है जंगी की पुतोहू!

बिरजू की माँ के आँगन में जंगी की पुतोहू की गला-खोल बोली गुलेल की गोलियों की तरह दनदनाती हुई आई थी। बिरजू की माँ ने एक तीखा जवाब खोजकर निकाला, लेकिन मन मसोसकर रह गई।...गोबर की ढेरी में कौन ढेला फेंके!

जीभ के झाल को गले में उतारकर बिरजू की माँ ने अपनी बेटी चम्पिया को आवाज़ दी—"अरी चम्पिया-या-या, आज लौटे तो तेरी मूड़ी मरोड़कर चूल्हे में झोंकती हूँ! दिन-दिन बेचाल होती जाती है!...गाँव में तो अब ठेठर-बैसकोप का गीत गानेवाली पतुरिया-पुतोहू सब आने लगी हैं। कहीं बैठके 'बाजे न मुरलिया' सीख रही होगी ह-र-जा-ई-ई! अरी चम्पि-या-या-या!"

जंगी की पुतोहू ने बिरजू की माँ की बोली का स्वाद लेकर कमर पर घड़े को सँभाला और मटककर बोली, "चल दिदिया, चल! इस मुहल्ले में लाल पान की बेगम बसती है! नहीं जानती, दोपहर-दिन और चौपहर-रात बिजली की बत्ती भक्-भक् कर जलती है!"

भक्-भक् बिजली-बत्ती की बात सुनकर न जाने क्यों सभी खिलखिलाकर हँस पड़ीं। फुआ की टूटी हुई दन्त-पंक्तियों के बीच से एक मीठी गाली निकली—"शैतान की नानी!"

बिरजू की माँ की आँखों पर मानो किसी ने तेज़ टॉर्च की रोशनी डालकर चौंधिया दिया।...भक्-भक् बिजली-बत्ती! तीन साल पहले सर्वे कैम्प के बाद गाँव की जलन-डाही औरतों ने एक कहानी गढ़के फैलाई थी, चम्पिया की माँ के आँगन में

रात-भर बिजली-बत्ती भुकभुकाती थी! चम्पिया की माँ के आँगन में, नाकवाले जूते की छाप घोड़े की टाप की तरह!...जलो, जलो! और जलो! चम्पिया की माँ के आँगन में चाँदी-जैसे पाट सूखते देखकर जलनेवाली सब औरतें खलिहान पर सोनोली धान के बोझों को देखकर बैंगन का भुर्ता हो जाएँगी।

मिट्टी के बरतन से टपकते हुए छोवा-गुड़ को उँगलियों से चाटती हुई चम्पिया आई और माँ के तमाचे खाकर चीख पड़ी–"मुझे क्यों मारती है! ए-ए-ए! सहुआइन जल्दी से सौदा नहीं देती है-एँ-एँ-एँ-एँ!"

"सहुआइन जल्दी सौदा नहीं देती की नानी! एक सहुआइन की ही दुकान पर मोती झरते हैं, जो जड़ गाड़कर बैठी हुई थी! बोल, गले पर लात देकर कल्ला तोड़ दूँगी हरजाई, जो फिर कभी 'बाजे न मुरलिया' गाते सुना! चाल सीखने जाती है टीशन की छोकरियों से!"

बिरजू की माँ ने चुप होकर अपनी आवाज़ अन्दाज़ी कि उसकी बात जंगी के झोंपड़े तक साफ़-साफ़ पहुँच गई होगी।

बिरजू बीती हुई बातों को भूलकर उठ खड़ा हुआ था और धूल झाड़ते हुए बरतन से टपकते गुड़ को ललचाई निगाह से देखने लगा था।...दीदी के साथ वह भी दुकान जाता तो दीदी उसे भी गुड़ चटाती, ज़रूर! वह शकरकन्द के लोभ में रहा और माँगने पर माँ ने शकरकन्द के बदले...

"ऐ मैया, एक अँगुली गुड़ दे दे!" बिरजू ने तलहथी फैलाई–"दे ना मैया, एक रत्ती-भर!"

"एक रत्ती क्यों, उठाके बरतन को फेंक आती हूँ पिछवाड़े में; जाके चाटना! नहीं बनेगी मीठी रोटी!...मीठी रोटी खाने का मुँह होता है!" बिरजू की माँ ने उबले शकरकन्द का सूप रोती हुई चम्पिया के सामने रखते हुए कहा, "बैठके छिलके उतार, नहीं तो अभी...!"

दस साल की चम्पिया जानती है, शकरकन्द छीलते समय कम-से-कम बारह बार माँ उसे बाल पकड़कर झकझोरेगी, छोटी-छोटी खोट निकालकर गालियाँ देगी–"पाँव फैलाके क्यों बैठी है उस तरह, बेलज्जी!" चम्पिया माँ के गुस्से को जानती है।

बिरजू ने इस मौके पर थोड़ी-सी खुशामद करके देखा–"मैया, मैं भी बैठकर शकरकन्द छीलूँ?"

"नहीं!" माँ ने झिड़की दी, "एक शकरकन्द छीलेगा और तीन पेट में! जाके सिद्धू की बहू से कहो, एक घंटे के लिए कड़ाही माँगकर ले गई तो फिर लौटाने का नाम नहीं। जा जल्दी!"

मुँह लटकाकर आँगन से निकलते-निकलते बिरजू ने शकरकन्द और गुड़ पर निगाह दौड़ाई। चम्पिया ने अपने झबरे केश की ओट से माँ की ओर देखा और नज़र बचाकर चुपके से बिरजू की ओर एक शकरकन्द फेंक दिया।...बिरजू भागा।

"सूरज भगवान डूब गए। दीया-बत्ती की बेला हो गई। अभी तक गाड़ी..."

चम्पिया बीच में ही बोल उठी–"कोयरीटोले में किसी ने गाड़ी नहीं दी मैया! बप्पा बोले, माँ से कहना सब ठीक-ठाक करके तैयार रहें। मलदहियाटोली के मियाँजान की गाड़ी लाने जा रहा हूँ।"

सुनते ही बिरजू की माँ का चेहरा उतर गया। लगा, छाते की कमानी उतर गई घोड़े से अचानक। कोयरीटोले में किसी ने गाड़ी मँगनी नहीं दी! तब मिल चुकी गाड़ी! जब अपने गाँव के लोगों की आँख में पानी नहीं तो मलदहियाटोली के मियाँजान की गाड़ी का क्या भरोसा! न तीन में, न तेरह में! क्या होगा शकरकन्द छीलकर! रख दे उठाके!...यह मर्द नाच दिखाएगा! बैलगाड़ी पर चढ़कर नाच दिखाने ले जाएगा! चढ़ चुकी बैलगाड़ी पर, देख चुकी जी-भर नाच...पैदल जानेवाली सब पहुँचकर पुरानी हो चुकी होंगी।

बिरजू छोटी कड़ाही सिर पर औंधा कर वापस आया–"देख दिदिया मलेटरी टोपी! इस पर दस लाठी मारने से भी कुछ नहीं होता।"

चम्पिया चुपचाप बैठी रही, कुछ बोली नहीं, ज़रा-सी मुस्कुराई भी नहीं। बिरजू ने समझ लिया, मैया का गुस्सा अभी उतरा नहीं है पूरे तौर से।

मढ़ैया के अन्दर से बागड़ को बाहर भगाती हुई बिरजू की माँ बड़बड़ाई–"कल ही पँचकौड़ी कसाई के हवाले करती हूँ राकस तुझे! हर चीज में मुँह लगाएगा। चम्पिया, बाँध दे बगड़ा को। खोल दे गले की घंटी! हमेशा टुनुर-टुनुर! मुझे जरा नहीं सुहाता है!"

'टुनुर-टुनुर' सुनते ही बिरजू को सड़क से जाती हुई बैलगाड़ियों की याद हो आई–"अभी बबुआनटोल की गाड़ियाँ नाच देखने जा रही थीं...झुनुर-झुनुर बैलों की झुनकी, तुमने सु..."

"बेसी बक-बक मत करो!" बागड़ के गले से झुनकी खोलती बोली चम्पिया।

"चम्पिया, डाल दे चूल्हे में पानी! बप्पा आवे तो कहना कि अपने उड़नजहाज पर चढ़कर नाच देख आएँ! मुझे नाच देखने का सौख नहीं!...मुझे जगइयो मत कोई! मेरा माथा दुख रहा है।"

मढ़ैया के ओसारे पर बिरजू ने फिसफिसाके पूछा, "क्यों दिदिया, नाच में उड़नजहाज भी उड़ेगा?"

चटाई पर कथरी ओढ़कर बैठती हुई चम्पिया ने बिरजू को चुपचाप अपने पास बैठने का इशारा किया, मुफ़्त में मार खाएगा बेचारा!...

बिरजू ने बहन की कथरी में हिस्सा बाँटते हुए चुक्की-मुक्की लगाई। जाड़े के समय इस तरह घुटने पर ठुड्डी रखकर चुक्की-मुक्की लगाना सीख चुका है वह। उसने चम्पिया के कान के पास मुँह ले जाकर कहा, "हम लोग नाच देखने नहीं जाएँगे?...गाँव में एक पंछी भी नहीं है। सब चले गए।"

चम्पिया को अब तिल-भर भी भरोसा नहीं। संझा तारा डूब रहा है। बप्पा अभी तक गाड़ी लेकर नहीं लौटे।...एक महीना पहले से ही मैया कहती थी, बलरामपुर के नाच के दिन मीठी रोटी बनेगी; चम्पिया छींट की साड़ी पहनेगी; बिरजू पैंट पहनेगा बैलगाड़ी पर चढ़कर...

चम्पिया की भीगी पलकों पर एक बूँद आँसू आ गया।

बिरजू का भी दिल भर आया। उसने मन-ही-मन इमली पर रहनेवाले जिनबाबा को एक बैंगन कबूला, गाछ का सबसे पहला बैंगन, उसने खुद जिस पौधे को रोपा है!...जल्दी से गाड़ी लेकर बप्पा को भेज दो, जिनबाबा!

मढ़ैया के अन्दर बिरजू की माँ चटाई पर पड़ी करवटें ले रही थी। उँह, पहले से किसी बात का मनसूबा नहीं बाँधना चाहिए किसी को! भगवान ने मनसूबा तोड़ दिया। उसको सबसे पहले भगवान से पूछना है, यह किस चूक का फल दे रहो हो भोला बाबा! अपने जानते उसने किसी देवता-पित्तर की मान-मनौती बाकी नहीं रखी। सर्वे के समय ज़मीन के लिए जितनी मनौतियाँ की थीं...ठीक ही तो! महाबीरजी का रोट तो बाकी ही है। हाय रे दैव!...भूल-चूक माफ करो महाबीर बाबा! मनौती दूनी करके चढ़ाएगी बिरजू की माँ!...

बिरजू की माँ के मन में रह-रहकर जंगी और पुतोहू की बातें चुभती हैं भक्-भक् बिजली-बत्ती!...चोरी-चमारी करनेवाले की बेटी-पुतोहू जलेगी नहीं! पाँच बीघा ज़मीन क्या हासिल की है बिरजू के बप्पा ने, गाँव की भाईखौकियों की आँखों में किरकिरी पड़ गई है। खेत में पाट लगा देखकर गाँव के लोगों की छाती फटने लगी; धरती फोड़कर पाट लगा है; बैशाखी बादलों की तरह उमड़ते आ रहे हैं पाट के पौधे! तो अलान, तो फलान! इतनी आँखों की धार भला फसल सहे! जहाँ पन्द्रह मन पाट होना चाहिए, सिर्फ दस मन पाट काँटा पर तौलके ओजन हुआ रब्बी भगत के यहाँ।...

इसमें जलने की क्या बात है भला!...बिरजू के बप्पा ने तो पहले ही कुर्माटोली के एक-एक आदमी को समझाके कहा, "ज़िन्दगी-भर मज़दूरी करते रह जाओगे। सर्वे का समय आ रहा है, लाठी कड़ी करो तो दो-चार बीघे ज़मीन हासिल कर सकते हो।" सो गाँव की किसी पुतखौकी का भतार सर्वे के समय बाबूसाहेब के खिलाफ खाँसा भी नहीं।...बिरजू के बप्पा को कम सहना पड़ा है! बाबूसाहेब गुस्से से सरकस नाच के बाघ की तरह हुमड़ते रह गए। उनका बड़ा बेटा घर में आग लगाने की धमकी देकर गया।...आखिर बाबूसाहेब ने अपने सबसे छोटे लड़के को भेजा। बिरजू की माँ को 'मौसी' कहके पुकारा—"यह ज़मीन बाबूजी ने मेरे नाम से खरीदी थी। मेरी पढ़ाई-लिखाई उसी ज़मीन की उपज से चलती है।"...और भी कितनी बातें। खूब मोहना जानता है उत्ता ज़रा-सा लड़का। ज़मींदार का बेटा है कि...

चम्पिया, बिरजू सो गया क्या? यहाँ आ जा बिरजू, अन्दर। तू भी आ जा, चम्पिया!...भला आदमी आए तो एक बार आज!

बिरजू के साथ चम्पिया अन्दर चली गई।

"ढिबरी बुझा दे।...बप्पा बुलाएँ तो जवाब मत देना। खपच्ची गिरा दे।"

भला आदमी रे, भला आदमी! मुँह देखो ज़रा इस मर्द का!...बिरजू की माँ दिन-रात मंझा न देती रहती तो ले चुके थे ज़मीन! रोज़ आकर माथा पकड़के बैठ जाएँ, "मुझे ज़मीन नहीं लेनी है बिरजू की माँ, मजूरी ही अच्छी!"...जवाब देती थी बिरजू की माँ खूब सोच-समझके, "छोड़ दो, जब तुम्हारा कलेजा ही थिर नहीं होता है तो क्या होगा! जोरू-ज़मीन जोर के, नहीं तो किसी और के!...

बिरजू के बाप पर बहुत तेज़ी से गुस्सा चढ़ता है। चढ़ता ही जाता है।...बिरजू की माँ का भाग ही खराब है, जो ऐसा गोबरगनेश घरवाला उसे मिला। कौन-सा सौख-मौज दिया है उसके मर्द ने! कोल्हू के बैल की तरह खटकर सारी उम्र काट दी इसके यहाँ, कभी एक पैसे की जलेबी भी लाकर दी है उसके खसम ने!...पाट का दाम भगत के यहाँ से लेकर बाहर ही बाहर बैल-हट्टा चले गए। बिरजू की माँ को एक बार नमरी लोट देखने भी नहीं दिया आँख से!...बैल खरीद लाए। उसी दिन से गाँव में ढिंढोरा पीटने लगे, बिरजू की माँ इस बार बैलगाड़ी पर चढ़कर जाएगी नाच देखने!...दूसरे की गाड़ी के भरोसे नाच दिखलाएगा!...

अन्त में उसे अपने-आप पर क्रोध हो आया। वह खुद भी कुछ कम नहीं! उसकी जीभ में आग लगे! बैलगाड़ी पर चढ़कर नाच देखने की लालसा किस कुसमय में उसके मुँह से निकली थी, भगवान जानें! फिर आज सुबह से दोपहर तक, किसी-न-किसी बहाने उसने अट्ठारह बार बैलगाड़ी पर नाच देखने की चर्चा छेड़ी है।...लो, खूब देखो नाच! वाह रे नाच! कथरी के नीचे दुशाले का सपना!...कल भोरे पानी भरने के लिए जब जाएगी, पतली जीभवाली पतुरिया सब हँसती आएँगी, हँसती जाएँगी।...सभी जलते हैं उससे, हाँ भगवान दाढ़ीजार भी!...दो बच्चों की माँ होकर भी वह जस-की-तस है। उसका घरवाला उसकी बात में रहता है। वह बालों में गरी का तेल डालती है। उसकी अपनी ज़मीन है। है किसी के पास एक धूर ज़मीन भी अपनी इस गाँव में! जलेंगे नहीं, तीन बीघे में धान लगा हुआ है, अगहनी, लोगों की बिखदीठ से बचें, तब तो!

बाहर बैलों की घंटियाँ सुनाई पड़ीं। तीनों सतर्क हो गए। उत्कर्ण होकर सुनते रहे।

"अपने ही बैलों की घंटी है, क्यों री चम्पिया?"

चम्पिया और बिरजू ने प्रायः एक ही साथ कहा, "हूँ-ऊँ-ऊँ!"

"चुप!" बिरजू की माँ ने फिसफिसाकर कहा, "शायद गाड़ी भी है, घड़घड़ाती है न?"

"हूँ-ऊँ-ऊँ!" दोनों ने फिर हुँकारी भरी।

"चुप! गाड़ी नहीं है। तू चुपके से टट्टी में छेद करके देख तो आ चम्पी! भागके आ, चुपके-चुपके।"

चम्पिया बिल्ली की तरह हौले-हौले पाँव से टट्टी के छेद से झाँक आई–"हाँ मैया, गाड़ी भी है!"

बिरजू हड़बड़ाकर उठ बैठा। उसकी माँ ने उसके हाथ पकड़कर सुला दिया–"बोले मत!"

चम्पिया भी गुदड़ी के नीचे घुस गई।

बाहर बैलगाड़ी खोलने की आवाज़ हुई। बिरजू के बाप ने बैलों को ज़ोर से डाँटा–"हाँ-हाँ! आ गए घर! घर आने के लिए छाती फटी जाती थी!"

बिरजू की माँ ताड़ गई, ज़रूर मलदहियाटोली में गाँजे की चिलम चढ़ रही थी, आवाज़ तो बड़ी खनखनाती हुई निकल रही है।

"चम्पिया-ह!" बाहर से ही पुकारकर कहा उसके बाप ने, "बैलों को घास दे दे, चम्पिया-ह!"

अन्दर से कोई जवाब नहीं आया। चम्पिया के बाप ने आँगन में आकर देखा तो न रोशनी, न चिराग, न चूल्हे में आग।...बात क्या है! नाच देखने, उतावली होकर, पैदल ही चली गई क्या...!

बिरजू के गले में खसखसाहट हुई और उसने रोकने की पूरी कोशिश भी की, लेकिन खाँसी जब शुरू हुई तो पूरे पाँच मिनट तक वह खाँसता रहा।

"बिरजू! बेटा बिरजमोहन!" बिरजू के बाप ने पुचकारकर बुलाया, "मैया गुस्से के मारे सो गई क्या?...अरे अभी तो लोग जा ही रहे हैं।"

बिरजू की माँ के मन में आया कि कसकर जवाब दे, नहीं देखना नाच! लौटा दो गाड़ी!

"चम्पिया-ह! उठती क्यों नहीं? ले, धान की पँचसीस रख दे।" धान की बालियों का छोटा झब्बा झोंपड़े के ओसारे पर रखकर उसने कहा, "दीया बालो!"

बिरजू की माँ उठकर ओसारे पर आई–"डेढ़ पहर रात को गाड़ी लाने की क्या जरूरत थी? नाच तो अब खत्म हो रहा होगा।"

ढिबरी की रोशनी में धान की बालियों का रंग देखते ही बिरजू की माँ के मन का सब मैल दूर हो गया।...धानी रंग उसकी आँखों से उतरकर रोम-रोम में घुल गया।

"नाच अभी शुरू भी नहीं हुआ होगा। अभी-अभी बलरामपुर के बाबू की सम्पनी गाड़ी मोहनपुर होटिल-बँगला से हाकिम साहब को लाने गई है। इस साल आखिरी नाच है।...पँचसीस टट्टी में खोंस दे, अपने खेत का है।"

"अपने खेत का?" हुलसती हुई बिरजू की माँ ने पूछा, "पक गए धान?"

"नहीं, दस दिन में अगहन चढ़ते-चढ़ते लाल होकर झुक जाएँगी सारे खेत की बालियाँ...। मलदहियाटोली पर जा रहा था, अपने खेत में धान देखकर आँखें जुड़ा गईं। सच कहता हूँ, पँचसीस तोड़ते समय उँगलियाँ काँप रही थीं मेरी!"

बिरजू ने धान की एक बाली से एक धान लेकर मुँह में डाल लिया और उसकी माँ ने एक हल्की डाँट दी–"कैसा लुक्कड़ है तू रे!...इन दुश्मनों के मारे कोई नेम-धरम जो बचे!"

"क्या हुआ, डाँटती क्यों है?"

"नवान्न के पहले ही नया धान जुठा दिया, देखते नहीं?"

"अरे, इन लोगों का सबकुछ माफ है। चिरई-चुरमुन हैं ये लोग!"

"दोनों के मुँह में नवान्न के पहले नया अन्न न पड़े।"

इसके बाद चम्पिया ने भी धान की बाली से दो धान लेकर दाँतों-तले दबाया–"ओ मैया! इतना मीठा चावल!"

"और गमकता भी है न दिदिया?" बिरजू ने फिर मुँह में धान लिया।

"रोटी-पोटी तैयार कर चुकी क्या!" बिरजू के बाप ने मुस्कुराकर पूछा।

"नहीं!" मान-भरे सुर में बोली बिरजू की माँ, "जाने का ठीक-ठिकाना नहीं... और रोटी बनती है!"

"वाह! खूब हो तुम लोग!...जिसके पास बैल है, उसे गाड़ी मँगनी नहीं मिलेगी भला? गाड़ीवालों को भी बैल की कभी कमी होगी।...पूछूँगा तब कोयरीटोलावालों से!...ले : जल्दी से रोटी बना ले।"

"देर नहीं होगी!"

"अरे, टोकरी-भर रोटी तो तू पलक मारते बना लेती है; पाँच रोटियाँ बनने में कितनी देर लगेगी!"

अब बिरजू की माँ के होंठों पर मुस्कुराहट खुलकर खिलने लगी। उसने नज़र बचाकर देखा, बिरजू का बप्पा उसकी ओर एकटक निहार रहा है।...चम्पिया और बिरजू न होते तो मन की बात हँसकर खोलते देर न लगती। चम्पिया और बिरजू ने एक-दूसरे को देखा और खुशी से उनके चेहरे जगमगा उठे–"मैया बेकार गुस्सा हो रही थी न!"

"चप्पी! जरा घैलसार में खड़ी होकर मखनी फुआ को आवाज़ दे तो!'

"ऐ फू-आ-आ! सुनती हो फूआ-आ! मैया बुला रही है!"

फुआ ने कोई जवाब नहीं दिया, किन्तु उसकी बड़बड़ाहट स्पष्ट सुनाई पड़ी–"हाँ! अब फुआ को क्यों गुहारती है? सारे टोले में बस एक फुआ ही तो बिना नाथ-पगहियावाली है।"

"अरी फुआ!" बिरजू की माँ ने हँसकर जवाब दिया, "उस समय बुरा मान गई थी क्या? नाथ-पगहियावाले को आकर देखो, दोपहर रात में गाड़ी लेकर आया है! आ जाओ फुआ, मैं मीठी रोटी पकाना नहीं जानती।"

फुआ काँखती-खाँसती आई–"इसी से घड़ी-पहर दिन रहते ही पूछ रही थी कि नाच देखने जाएगी क्या? कहती, तो मैं पहले से ही अपनी अँगीठी यहाँ सुलगा जाती।"

बिरजू की माँ ने फुआ को अँगीठी दिखला दी और कहा, "घर में अनाज-दाना वगैरह तो कुछ है नहीं। एक बागड़ है और कुछ बरतन-बासन। सो रात-भर के लिए यहाँ तम्बाकू रख जाती हूँ। अपना हुक्का ले आई हो न फुआ?"

फुआ को तम्बाकू मिल जाए, तो रात-भर क्या, पाँच रात बैठकर जाग सकती है। फुआ ने अँधेरे में टटोलकर तम्बाकू का अन्दाज़ किया।...ओ-हो! हाथ खोलकर तम्बाकू रखा है बिरजू की माँ ने! और एक वह है सहुआइन! राम कहो! उस रात को अफीम की गोली की तरह एक मटर-भर तम्बाकू रखकर चली गई गुलाब-बाग मेले और कह गई कि डिब्बी-भर तम्बाकू है।

बिरजू की माँ चूल्हा सुलगाने लगी। चम्पिया ने शकरकन्द को मसलकर गोले बनाए और बिरजू सिर पर कड़ाही औंधाकर अपने बाप को दिखलाने लगा–"मलेटरी टोपी! इस पर दस लाठी मारने से भी कुछ नहीं होगा!"

सभी ठठाकर हँस पड़े। बिरजू की माँ हँसकर बोली, "ताखे पर तीन-चार मोटे शकरकन्द हैं, दे दे बिरजू को चम्पिया, बेचारा शाम से ही..."

"बेचारा मत कहो मैया, खूब सचारा है!" अब चम्पिया चहकने लगी, "तुम क्या जानो, कथरी के नीचे मुँह क्यों चल रहा था बाबू साहब का!"

"ही-ही-ही!"

बिरजू के टूटे दूध के दाँतों की फाँक से बोली निकली, "बिलैकमारटिन में पाँच शकरकन्द खा लिया! हा-हा-हा!"

सभी फिर ठठाकर हँस पड़े। बिरजू की माँ ने फुआ का मन रखने के लिए पूछा, "एक कनवाँ गुड़ है। आधा दूँ फुआ?"

फुआ ने गद्गद होकर कहा, "अरी शकरकन्द तो खुद मीठा होता है, उतना क्यों डालेगी?"

जब तक दोनों बैल दाना-घास खाकर एक-दूसरे की देह को जीभ से चाटें, बिरजू की माँ तैयार हो गई। चम्पिया ने छींट की साड़ी पहनी और बिरजू बटन के अभाव में पैंट पर पटसन की डोरी बँधवाने लगा।

बिरजू की माँ ने आँगन से निकल गाँव की ओर कान लगाकर सुनने की चेष्टा की–"उँहुँ, इतनी देर तक भला पैदल जानेवाले रुके रहेंगे?"

पूर्णिमा का चाँद सिर पर आ गया है।...बिरजू की माँ ने असली रूपा का मँगटीक्का पहना है आज, पहली बार। बिरजू के बप्पा को हो क्या गया है, गाड़ी जोतता क्यों नहीं, मुँह की ओर एकटक देख रहा है, मानो नाच की लाल पान की...

गाड़ी पर बैठते ही बिरजू की माँ की देह में एक अजीब गुदगुदी होने लगी। उसने बाँस की बल्ली को पकड़कर कहा, "गाड़ी पर अभी बहुत जगह है। जरा दाहिनी सड़क से गाड़ी हाँकना।"

बैल जब दौड़ने लगे और पहिया जब चूँ-चूँ करके घरघराने लगा तो बिरजू से नहीं रहा गया–"उड़नजहाज की तरह उड़ाओ बप्पा!"

गाड़ी जंगी के पिछवाड़े पहुँची। बिरजू की माँ ने कहा, "जरा जंगी से पूछो न, उसकी पुतोहू नाच देखने चली गई क्या?"

गाड़ी के रुकते ही जंगी के झोंपड़े से आती हुई रोने की आवाज़ स्पष्ट हो गई। बिरजू के बप्पा ने पूछा, "अरे जंगी भाई, काहे कन्ना-रोहट हो रहा है आँगन में?"

जंगी घूर ताप रहा था, बोला, "क्या पूछते हो, रंगी बलरामपुर से लौटा नहीं, पुतोहिया नाच देखने कैसे जाए! आसरा देखते-देखते उधर गाँव की सभी औरतें चली गईं।"

"अरी टीशनवाली, तो रोती है काहे!" बिरजू की माँ ने पुकारकर कहा, "आ जा झट से कपड़ा पहनकर। सारी गाड़ी पड़ी हुई है! बेचारी!...आ जा जल्दी!"

बगल के झोंपड़े से राधे की बेटी सुनरी ने कहा, "काकी, गाड़ी में जगह है? मैं भी जाऊँगी।"

बाँस की झाड़ी के उस पार लरेना खवास का घर है। उसकी बहू भी नहीं गई है। गिलट का झुनकी-कड़ा पहनकर झमकती आ रही है।

"आ जा! जो बाकी रह गई हैं, सब आ जाएँ जल्दी!"

जंगी की पुतोहू, लरेना की बीवी और राधे की बेटी सुनरी, तीनों गाड़ी के पास आईं। बैल ने पिछला पैर फेंका। बिरजू के बाप ने एक भद्दी गाली दी–"साला! लताड़ मारकर लँगड़ी बनाएगा पुतोहू को!"

सभी ठठाकर हँस पड़े। बिरजू के बाप ने घूँघट में झुकी दोनों पुतोहुओं को देखा। उसे अपने खेत की झुकी हुई बालियों की याद आ गई।

जंगी की पुतोहू का गौना तीन ही मास पहले हुआ है। गौने की रंगीन साड़ी से कड़वे तेल और लठवा-सिन्दूर की गन्ध आ रही है। बिरजू की माँ को अपने गौने की याद आई। उसने कपड़े की गठरी से तीन मीठी रोटियाँ निकालकर कहा, "खा ले एक-एक करके। सिमराहा के सरकारी कूप में पानी पी लेना।"

गाड़ी गाँव से बाहर होकर धान के खेतों के बगल से जाने लगी। चाँदनी, कातिक की!...खेतों से धान के झरते फूलों की गन्ध आती है। बाँस की झाड़ी में कहीं दुद्धी की लता फूली है। जंगी की पुतोहू ने एक बीड़ी सुलगाकर बिरजू की माँ की ओर बढ़ाई। बिरजू की माँ को अचानक याद आई चम्पिया, सुनरी, लरेना की बीवी और जंगी की पुतोहू, ये चारों ही तो गाँव में बैसकोप का गीत गाना जानती हैं।...खूब!

गाड़ी की लीक धनखेतों के बीच होकर गई। चारों ओर गौने की साड़ी की खसखसाहट-जैसी आवाज़ होती है।...बिरजू की माँ के माथे के मँगटीक्के पर चाँदनी छिटकती है।

"अच्छा, अब एक बैसकोप का गीत गा तो चम्पिया!...डरती है काहे? जहाँ भूल जाओगी, बगल में मासटरनी बैठी ही है!"

दोनों पुतोहुओं ने तो नहीं, बिन्तु चम्पिया और सुनरी ने खँखारकर गला साफ़ किया।

बिरजू के बाप ने बैलों को ललकारा—"चल भैया! और जरा जोर से!...गा रे चम्पिया, नहीं तो मैं बैलों को धीरे-धीरे चलने को कहूँगा।"

जंगी की पुतोहू ने चम्पिया के कान के पास घूँघट ले जाकर कुछ कहा और चम्पिया ने धीमे-से शुरू किया—"चन्दा की चाँदनी..."

बिरजू को गोद में लेकर बैठी उसकी माँ की इच्छा हुई कि वह भी साथ-साथ गीत गाए। बिरजू की माँ ने जंगी की पुतोहू की ओर देखा, धीरे-धीरे गुनगुना रही है वह भी। कितनी प्यारी पुतोहू है! गौने की साड़ी से एक खास किस्म की गन्ध निकलती है। ठीक ही तो कहा है उसने! बिरजू की माँ बेगम है, लाल पान की बेगम! यह तो कोई बुरी बात नहीं। हाँ, वह सचमुच लाल पान की बेगम है!

बिरजू की माँ ने अपनी नाक पर दोनों आँखों को केन्द्रित करने की चेष्टा करके अपने रूप की झाँकी ली, लाल साड़ी की झिलमिल किनारी, मँगटीक्का पर चाँद।...बिरजू की माँ के मन में अब और कोई लालसा नहीं। उसे नींद आ रही है।

जनवरी, 1957

ठेस

खेती-बारी के समय, गाँव के किसान सिरचन की गिनती नहीं करते। लोग उसको बेकार ही नहीं, 'बेगार' समझते हैं। इसलिए, खेत-खलिहान की मज़दूरी के लिए कोई नहीं बुलाने जाता है सिरचन को। क्या होगा, उसको बुलाकर? दूसरे मज़दूर खेत पहुँचकर एक-तिहाई काम कर चुकेंगे, तब कहीं सिरचन राय हाथ में खुरपी डुलाता हुआ दिखाई पड़ेगा—पगडंडी पर तौल-तौलकर पाँव रखता हुआ, धीरे-धीरे। मुफ्त में मज़दूरी देनी हो तो और बात है।

...आज सिरचन को मुफ्तखोर, कामचोर या चटोर कह ले कोई। एक समय था, जबकि उसकी मड़ैया के पास बड़े-बड़े बाबू लोगों की सवारियाँ बँधी रहती थीं। उसे लोग पूछते ही नहीं थे, उसकी खुशामद भी करते थे। "...अरे, सिरचन भाई! अब तो तुम्हारे ही हाथ में यह कारीगरी रह गई है सारे इलाके में। एक दिन भी समय निकालकर चलो। कल बड़े भैया की चिट्ठी आई है शहर से—सिरचन से एक जोड़ा चिक बनाकर भेज दो।"

मुझे याद है...मेरी माँ जब कभी सिरचन को बुलाने के लिए कहती, मैं पहले ही पूछ लेता, "भोग क्या-क्या लगेगा?"

माँ हँसकर कहती, "जा-जा, बेचारा मेरे काम में पूजा-भोग की बात नहीं उठाता कभी।"

ब्राह्मणटोली के पंचानन्द चौधरी के छोटे लड़के को एक बार मेरे सामने ही बेपानी कर दिया था सिरचन ने—"तुम्हारी भाभी नाखून से खाँटकर तरकारी परोसती है। और इमली का रस डालकर कढ़ी तो हम कहार-कुम्हारों की घरवाली बनाती हैं। तुम्हारी भाभी ने कहाँ से बनाई!"

इसलिए, सिरचन को बुलाने के पहले मैं माँ को पूछ लेता...।

सिरचन को देखते ही माँ हुलसकर कहती, "आओ सिरचन! आज नेनू मथ रही थी, तो तुम्हारी याद आई। घी की (खखोरन) डाड़ी के साथ चूड़ा तुमको बहुत पसन्द है न...! और बड़ी बेटी ने ससुराल से संवाद भेजा है, उसकी ननद रूठी हुई है, मोथी की शीतलपाटी के लिए।"

सिरचन अपनी पनियायी जीभ को सँभालकर हँसता—"घी की सौंधी सुगन्ध सूँघकर ही आ रहा हूँ, काकी! नहीं तो इस शादी-ब्याह के मौसम में दम मारने की भी छुट्टी कहाँ मिलती है?"

सिरचन जाति का कारीगर है। मैंने घंटों बैठकर उसके काम करने के ढंग को देखा है। एक-एक मोथी और पटेर को हाथ में लेकर बड़े जतन से उसकी कुच्ची बनाता। फिर, कुच्चियों को रँगने से लेकर सुतली सुलझाने में पूरा दिन समाप्त।... काम करते समय उसकी तन्मयता में ज़रा भी बाधा पड़ी कि गेहुँअन साँप की तरह फुफकार उठता—''फिर किसी दूसरे से करवा लीजिए काम! सिरचन मुँहजोर है, कामचोर नहीं।''

बिना मज़दूरी के पेट-भर भात पर काम करनेवाला कारीगर! दूध में कोई मिठाई न मिले, तो कोई बात नहीं, किन्तु बात में ज़रा भी झाल वह नहीं बरदाश्त कर सकता।

सिरचन को लोग चटोर भी समझते हैं...तली-बघारी हुई तरकारी, दही की कढ़ी, मलाईवाला दूध, इन सबका प्रबन्ध पहले कर लो, तब सिरचन को बुलाओ; दुम हिलाता हुआ हाज़िर हो जाएगा। खाने-पीने में चिकनाई की कमी हुई कि काम की सारी चिकनाई खत्म! काम अधूरा रखकर उठ खड़ा होगा—''आज तो अब अधकपाली दर्द से माथा टनटना रहा है। थोड़ा-सा रह गया है, किसी दिन आकर पूरा कर दूँगा।''...'किसी दिन'—माने कभी नहीं!

मोथी घास और पटरे की रंगीन शीतलपाटी, बाँस की तीलियों की झिलमिलाती चिक, सतरंगे डोर के मोढ़े, भूसी-चुन्नी रखने के लिए मूँज की रस्सी के बड़े-बड़े जाले, हलवाहों के लिए ताल के सूखे पत्तों की छतरी-टोपी तथा इसी तरह के बहुत-से काम हैं, जिन्हें सिरचन के सिवा गाँव में और कोई नहीं जानता। यह दूसरी बात है कि अब गाँव में ऐसे कामों को बेकाम का काम समझते हैं लोग—बेकाम का काम, जिसकी मज़दूरी में अनाज या पैसे देने की कोई ज़रूरत नहीं। पेट-भर खिला दो, काम पूरा होने पर एकाध पुराना-धुराना कपड़ा देकर विदा करो। वह कुछ भी नहीं बोलेगा।...

कुछ भी नहीं बोलेगा, ऐसी बात नहीं। सिरचन को बुलानेवाले जानते हैं, सिरचन बात करने में भी कारगर है।...महाजन टोले के भज्जू महाजन की बेटी सिरचन की बात सुनकर तिलमिला उठी थी—''ठहरो! मैं माँ से जाकर कहती हूँ। इतनी बड़ी बात!''

''बड़ी बात ही है बिटिया! बड़े लोगों की बस बात ही बड़ी होती है। नहीं तो दो-तीन पटेर की पाटियों का काम सिर्फ़ खेसारी का सत्तू खिलाकर कोई करवाए भला? यह तुम्हारी माँ ही कर सकती है बबुनी!'' सिरचन ने मुस्कुराकर जवाब दिया था।

उस बार मेरी सबसे छोटी बहन की विदाई होनेवाली थी। पहली बार ससुराल जा रही थी मानू। मानू के दूल्हे ने पहले ही बड़ी भाभी को खत लिखकर चेतावनी दे दी है—''मानू के साथ मिठाई की पतीली न आए, कोई बात नहीं। तीन जोड़ी फैशनेबल चिक और पटेर की दो शीतलपाटियों के बिना आएगी मानू तो...।'' भाभी ने हँसकर

कहा, "बैरंग वापस!" इसलिए, एक सप्ताह पहले से ही सिरचन को बुलाकर काम पर तैनात करवा दिया था माँ ने–"देख सिरचन! इस बार नई धोती दूँगी; असली मोहर छापवाली धोती। मन लगाकर ऐसा काम करो कि देखनेवाले देखकर देखते ही रह जाएँ।"

पान-जैसी पतली छुरी से बाँस की तीलियों और कमानियों को चिकनाता हुआ सिरचन अपने काम में लग गया। रंगीन सुतलियों में झब्बे डालकर वह चिक बुनने बैठा। डेढ़ हाथ की बिनाई देखकर ही लोग समझ गए कि इस बार एकदम नए फैशन की चीज़ बन रही है, जो पहले कभी नहीं बनी।

मँझली भाभी से नहीं रहा गया, परदे की आड़ से बोली, "पहले ऐसा जानती कि मोहर छापवाली धोती देने से ही अच्छी चीज़ बनती है तो भैया को खबर भेज देती।"

काम में व्यस्त सिरचन के कानों में बात पड़ गई। बोला, "मोहर छापवाली धोती के साथ रेशमी कुरता देने पर भी ऐसी चीज़ नहीं बनती बहुरिया। मानू दीदी काकी की सबसे छोटी बेटी है...मानू दीदी का दूल्हा अफसर आदमी है!"

मँझली भाभी का मुँह लटक गया। मेरी चाची ने फुसफुसाकर कहा, "किससे बात करती है बहू? मोहर छापवाली धोती नहीं, मुँगिया-लड्डू। बेटी की विदाई के समय रोज़ मिठाई जो खाने को मिलेगी। देखती है न!"

दूसरे दिन चिक की पहली पाँति में सात तारे जगमगा उठे, सात रंग के। सतभैया तारा! सिरचन जब काम में मगन रहता है तो उसकी जीभ ज़रा बाहर निकल आती है, होंठ पर। अपने काम में मगन सिरचन को खाने-पीने की सुध नहीं रहती। चिक में सुतली के फन्दे डालकर उसने पास पड़े सूत पर निगाह डाली–चिउरा और गुड़ का एक सूखा ढेला। मैंने लक्ष्य किया, सिरचन की नाक के पास दो रेखाएँ उभर आईं। मैं दौड़कर माँ के पास गया। "माँ, आज सिरचन को कलेवा किसने दिया है, सिर्फ़ चिउरा और गुड़?"

माँ रसोईघर के अन्दर पकवान आदि बनाने में व्यस्त थी। बोली, "मैं अकेली कहाँ-कहाँ क्या-क्या देखूँ!...अरी मँझली, सिरचन को बुँदिया क्यों नहीं देती?"

"बुँदिया मैं नहीं खाता, काकी!" सिरचन के मुँह में चिउरा भरा हुआ था। गुड़ का ढेला सूप में एक किनारे पर पड़ा रहा, अछूता।

माँ की बोली सुनते ही मँझली भाभी की भौंहें तन गईं। मुट्ठी-भर बुँदिया सूप में फेंककर चली गई।

सिरचन ने पानी पीकर कहा, "मँझली बहूरानी अपने मैके से आई हुई मिठाई भी इसी तरह हाथ खोलकर बाँटती है क्या?"

बस, मँझली भाभी अपने कमरे में बैठकर रोने लगी। चाची ने माँ के पास जाकर लगाया–"छोटी जाति के आदमी का मुँह भी छोटा होता है। मुँह लगाने से सिर पर चढ़ेगा ही।...किसी के नैहर-ससुराल की बात क्यों करेगा वह?"

मँझली भाभी माँ की दुलारी बहू है। माँ तमककर बाहर आई—"सिरचन, तुम काम करने आए हो, अपना काम करो। बहुओं से बतकुट्टी करने की क्या जरूरत? जिस चीज की जरूरत हो, मुझसे कहो।"

सिरचन का मुँह लाल हो गया। उसने कोई जवाब नहीं दिया। बाँस में टँगे हुए अधूरे चिक में फन्दे डालने लगा।

मानू पान सजाकर बाहर बैठकखाने में भेज रही थी। चुपके से पान का एक बीड़ा सिरचन को देती हुई बोली, इधर-उधर देखकर—"सिरचन दादा, काम-काज का घर! पाँच तरह के लोग पाँच किस्म की बात करेंगे। तुम किसी की बात पर कान मत दो।"

सिरचन ने मुस्कुराकर पान का बीड़ा मुँह में ले लिया। चाची अपने कमरे से निकल रही थी। सिरचन को पान खाते देखकर अवाक् हो गई। सिरचन ने चाची को अपनी ओर अचरज से घूरते देखकर कहा, "छोटी चाची, जरा अपनी डिबिया का गमकौआ जर्दा तो खिलाना। बहुत दिन हुए...।"

चाची कई कारणों से जली-भुनी रहती थी, सिरचन से। गुस्सा उतारने का ऐसा मौका फिर नहीं मिल सकता। झनकती हुई बोली, "मसखरी करता है? तुम्हारी बढ़ी हुई जीभ में आग लगे। घर में भी पान और गमकौआ जर्दा खाते हो?...चटोर कहीं के!" मेरा कलेजा धड़क उठा...यत्परो नास्ति!

बस, सिरचन की उँगलियों में सुतली के फन्दे पड़ गए। मानो, कुछ देर तक वह चुपचाप बैठा पान को मुँह में घुलाता रहा। फिर, अचानक उठकर पिछवाड़े पीक थूक आया। अपनी छुरी, हँसिया वगैरह समेट-सँभालकर झोले में रखे। टँगी हुई अधूरी चिक पर एक निगाह डाली और हनहनाता हुआ आँगन से बाहर निकल गया।

चाची बड़बड़ाई—"अरे बाप रे बाप! इतनी तेज़ी! कोई मुफ़्त में तो काम नहीं करता। आठ रुपए में मोहर छापवाली धोती आती है।...इस मुँहझौंसे के न मुँह में लगाम है, न आँख में शील। पैसा खर्च करने पर सैकड़ों चिकें मिलेंगी। बाँतरटोली की औरतें सिर पर गट्ठर लेकर गली-गली मारी फिरती हैं।"

मानू कुछ नहीं बोली। चुपचाप अधूरी चिक को देखती रही।...सातों तारे मन्द पड़ गए।

माँ बोली, "जाने दे बेटी! जी छोटा मत कर, मानू! मेले से खरीदकर भेज दूँगी।"

मानू को याद आई, विवाह में सिरचन के हाथ की शीतलपाटी दी थी माँ ने। ससुरालवालों ने न जाने कितनी बार खोलकर दिखलाया था पटना और कलकत्ता के मेहमानों को। वह उठकर बड़ी भाभी के कमरे में चली गई।

मैं सिरचन को मनाने गया। देखा, एक फटी हुई शीतलपाटी पर लेटकर वह कुछ सोच रहा है। मुझे देखते ही बोला, "बबुआजी! अब नहीं। कान पकड़ता हूँ, अब नहीं।...मोहर छापवाली धोती लेकर क्या करूँगा? कौन पहनेगा?...ससुरी खुद मरी,

बेटे-बेटियों को ले गई अपने साथ। बबुआजी, मेरी घरवाली ज़िन्दा रहती तो मैं ऐसी दुर्दशा भोगता? यह शीतलपाटी उसी की बुनी हुई है। इस शीतलपाटी को छूकर कहता हूँ, अब यह काम नहीं करूँगा।...गाँव-भर में तुम्हारी हवेली में मेरी कदर होती थी।...अब क्या?'' मैं चुपचाप वापस लौट आया। समझ गया, कलाकार के दिल में ठेस लगी है। वह नहीं आ सकता।

बड़ी भाभी अधूरी चिक में रंगीन छींट का झालर लगाने लगी–''यह भी बेजा नहीं दिखलाई पड़ता, क्यों मानू?''

मानू कुछ नहीं बोली।...बेचारी! किन्तु, मैं चुप नहीं रह सका–''चाची और मँझली भाभी की नज़र न लग जाए इसमें भी!''

मानू को ससुराल पहुँचाने मैं ही जा रहा था।

स्टेशन पर सामान मिलाते समय देखा, मानू बड़े जतन से अधूरी चिक को मोड़कर लिए जा रही है अपने साथ। मन-ही-मन सिरचन पर गुस्सा हो आया। चाची के सुर-में-सुर मिलाकर कोसने को जी हुआ।...कामचोर, चटोर!

गाड़ी आई। सामान चढ़ाकर मैं दरवाज़ा बन्द कर रहा था कि प्लेटफ़ार्म पर दौड़ते हुए सिरचन पर नजर पड़ी–''बबुआजी!'' उसने दरवाज़े के पास आकर पुकारा।

''क्या है?'' मैंने खिड़की से गरदन निकालकर झिड़की के स्वर में कहा। सिरचन ने पीठ पर लदे हुए बोझ को उतारकर मेरी ओर देखा–''दौड़ता आया हूँ।...दरवाज़ा खोलिए! मानू दीदी कहाँ हैं? एक बार देखूँ!''

मैंने दरवाज़ा खोल दिया।

''सिरचन दादा!'' मानू इतना ही बोल सकी।

खिड़की के पास खड़े होकर सिरचन ने हकलाते हुए कहा, ''यह मेरी ओर से है। सब चीज है दीदी! शीतलपाटी, चिक और एक जोड़ी आसनी, कुश की।'' गाड़ी चल पड़ी।

मानू मोहर छापवाली धोती का दाम निकालकर देने लगी। सिरचन ने जीभ को दाँत से काटकर, दोनों हाथ जोड़ दिए।

मानू फूट-फूटकर रो रही थी। मैं बंडल को खोलकर देखने लगा–ऐसी कारीगरी, ऐसी बारीकी, रंगीन सुतलियों के फन्दों का ऐसा काम, पहली बार देख रहा था।

1957

तीन बिन्दियाँ

गीताली दास अपने को सुरजीवी कहती है। नाद-सुर-ताल आदि के सहारे ही वह इस मंज़िल तक पहुँच सकी है। सभी कहते हैं, उसकी साधना सफल हुई है।...कितने भोले और बेचारे होते हैं लोग! साधना के सफल-अफसल होने की घोषणा करनेवालों से वह पूछना चाहती है, सफल साधना का कोई सीधा-सा अर्थ। यह ठीक है कि अनेक असांगीतिक वातावरणों को गीताली ने अपने सुनहले सुर और सुगम गीतों से संगीतमय कर दिया है, कि किसी भी संगीत-समारोह या सांस्कृतिक प्रतिष्ठान के संयोजक आज भी गीताली के नाम पर गीत-प्रेमियों को बटोर लेते हैं!...किन्तु, और कितने दिन? 'मीताली दी' की सफल साधना का क्या हुआ? गीताली ने अपनी बड़ी दीदी मीताली की गलतियों से लाभ उठाया है।...

विशुद्ध (?) ठुमरी गायिका मीताली की सफल ज़िन्दगी के महज चौबीस महीनों के सामने अपने सुर-जीवन के 'रोल' किए हुए—परिपाटी से मुड़े हुए—अंश को खोलती है, धीरे-धीरे! नौ वर्ष? एक सौ आठ महीने कम नहीं!...

गीताली आजकल अक्सर अपने मन में उत्पन्न होनेवाले सहायक नाद का विश्लेषण करती है।...सहायक नाद! जिसको ओवरटोन कहते हैं। नाद कभी अकेला उत्पन्न नहीं होता। उसके साथ-साथ अन्य नादों का भी जन्म होता है। उस स्वर को हम सुन पाएँ अथवा नहीं, मूल नाद से उत्पन्न होनेवाले इन नादों को सहायक नाद कहा जाता है। स्वयं ही जन्म लेने के कारण इन्हें स्वयम्भू स्वर भी कहते हैं। गीताली ने इन्हीं स्वरों की सहायता से सिद्धि और प्रसिद्धि प्राप्त की है; प्रार्थना के सुर में हरदम बजती हुई ज़िन्दगी के सुर-ताल की सीमा से कभी बाहर नहीं गई। सीमा को विस्तृत अवश्य किया उसने।...लेकिन इधर कुछ दिनों से उसको भय होने लगा है। गीत गाते समय, मूर्त होते हुए राग एकाध बार अस्पष्टतर भी हुए हैं।...

...हुँ-ह-हुँ-हूँ-हूँ-हूँ...जीवन हुआ है एक प्रार्थना-गीत की त-र-ह!

इस ज़िन्दगी के कुछ अंश को काट लेती है गीताली, टुकड़े-टुकड़े करती है, मसल डालती है। फिर, चूर्ण-विचूर्ण क्षणों की सुर-कणिकाओं को सहायक नाद की सहायता से परखती है। डॉट-डॉट-डॉट! गीताली इन नन्ही-नन्ही तीन बिन्दियों को, आँखों के सामने शून्य में उभरनेवाली छोटी-छोटी तारिकाओं को, अब अच्छी निगाह से देखती है; पहचानती है इस शुभ चिह्न को!...

गीताली सुरजीवी है, किन्तु साहित्य-जगत की साधना और प्रगति का भी थोड़ा ज्ञान रखती है। उसके जीजाजी (जमाय बाबू!) अपने को अवसर की ताक में बैठा हुआ, किसी भी दिन प्रसिद्ध हो जानेवाला, प्रच्छन्न आलोचक मानते हैं टाइम-बोमा!... टाइम-बोमा ना आलू-बोमा! गरम आलू-चॉप प्लेट में लेकर जीजाजी के कमरे में गई थी वह। सुदर्शना-अदर्शना भी साथ थीं। दुष्टता-भरी हँसी को ज़ब्त करके गम्भीर होने की चेष्टा करती हुई गीताली ने कहा था, "देखिए जमाय बाबू, यह आलू का बोमा यानी बम है! आलू के भुर्ते के शेल में हरे चने के दाने बन्द हैं।...विशुद्ध घी में मर्जित इन अविस्फोटक बमों के फटने का नहीं, जुड़ाने का अवसर उपस्थित हो रहा है।...अब तक, यह भी आलू के रूप में ताक लगाकर बैठा था।"

शैतान सुदर्शना मुँह बनाकर बोली थी, "न-न आलू मत कहो। जमाय बाबू तो अवसर पाते ही टूटनेवाले हिंस्र प्राणी हो सकते हैं। शिकार सामने आया कि...।" हो-हो-हो! जमाय बाबू भी हँसे थे। किन्तु दीदी बुरा मान गई थी।...जो भी हो, जमाय बाबू की किताब खरीदने की विचित्र आदत से गीताली और उसकी सखियाँ सुदर्शना-अदर्शना भी खूब लाभान्वित हुई थीं। कथा-साहित्य की अच्छी-बुरी पोथियाँ पढ़ने को मिल जाती थीं।...

आधुनिक कथा-साहित्य में एक वर्ग डॉटवादियों का भी है। डॉट-डॉट-डॉट! अब तक उठा नहीं है, किन्तु प्रश्न किसी भी दिन उठ सकता है कि ऐसी डॉटमयी रचनाओं के रचयिताओं के दिमाग़ में सिर्फ डॉट ही डॉट तो नहीं! दिमाग की जगह, मछली के असंख्य अंडों की थैली तो नहीं?...साधारण पाठक अधिकांश ऐसी बिन्दी-बूटेदार रचनाओं को भली नज़र से नहीं देखते। सारी किताब में, पृष्ठ और पंक्ति में यत्र-तत्र सरसों के दाने की तरह बिखरी हुई बिन्दियों के बाहुल्य से पाठकों की आँखें किरकिराने लगती हैं!...

गीताली इन बिन्दियों को अलख-मुखर-जगत् की खिड़की समझती है, तीन गोल-गोल लाल काँचवाली। अन्दर प्रकाश होता है, अलख-मुखर-जगत् का व्यापार शुरू हुआ।...

तीन बिन्दियों के सहारे अप्रासंगिक प्रसंगों और असंलग्न मुहूर्तों को रूपायित करनेवाले, किसी अन्य जगत् की हल्की छवि दिखानेवाले, प्याज़ के छिलके उतारनेवाले, ऐसे किसी शब्द-शिल्पी से कभी भेंट हो तो गीताली कहेगी–'मानो या न मानो; हैं ये सहायक नाद के चिह्न!' पूछेगी, "इस ओवरटोन या सहायक नादों की सृष्टि स्वयं ही नहीं होती क्या! मन की अनगिन खिड़कियों से झाँकनेवाले चेहरे खुद नहीं बोलते क्या?...बात बोलेगी, मैं नहीं। राज खोलेगी बात ही।"...किसी शिल्पी का जवाब, गीताली के मन-बन में कौन पाखी रट रहा है!...

गीताली को हठात् मिस्त्री हाराधन यन्त्रकार की याद आई। कई मुखड़ों के उभरने और बिलाने के बाद डॉट-डॉट-डॉट! फिर मिस्त्री हाराधन यन्त्रकार का एक

तैलचित्र लटक गया उसके मन की दीवार पर।...न जाने यन्त्रकारजी कहाँ हैं! गीताली अपने दोनों हाथों को जोड़कर शून्य में एक नमस्कार करती है।

ज़िन्दगी के इर्द-गिर्द झंकृत होनेवाले सहायक नादों से प्रथम साक्षात् परिचय मिस्त्री हाराधन यन्त्रकार ने ही करवा दिया था। मिस्त्री नहीं, गुरु मानती है हाराधन यन्त्रकार को। यन्त्रकारजी के मन्त्र-बल से ही गीत-पागल हुई। "...जानती है खुकी, सफल शिकारी होने के लिए आदमी को सभी किस्म के शिकारियों से दीक्षा लेनी होती है; शेर-भालू के शिकारियों से लेकर व्याध-लुब्धक और सँपेरों की भी संगति करनी होती है। यन्त्रकार कहो, मिस्त्री कहो या कारीगर, तुम मेरी नातिन की उम्र की हो। नाना की बात सुनोगी?...यन्त्र के सहारे की सहायक नादों की पाँच हज़ार आन्दोलनयुक्त ध्वनियों की बारीकियों का उपभोग कर सकोगी। सदा ध्वनित होनेवाले जाने-अनजाने सुर में तुम्हारे जीवन का प्रत्येक क्षण मुखरित हो उठेगा।..."

अलख-मुखर-जगत् में दस वर्ष पूर्व की बातें मुखरित हो रही हैं।...

सुर-मन्दिर के मैनेजर को कटुवचन को बाध्य हो गई थी गीताली "...शहर की सबसे पुरानी और निर्भर-योग्य बाजे की दुकान की यह हालत! एक ही सप्ताह में तीन बार तानपूरा ठीक करवाकर ले गई, फिर जैसे-का-तैसा! गीत के बीच में ही साथ छोड़ देता है।...रोग क्या है, यह बतानेवाला कोई विशेषज्ञ नहीं आपके पास? तो सुर-मन्दिर कहूँ या असुर-मन्दिर?" मैनेजर का मुँह बेजान माइक की तरह गोल खुला रहा। गीताली तानपूरा लेकर सुर-मन्दिर की सीढ़ियों से उतर गई थी, फिर कभी न लौटने की प्रतिज्ञा करती हुई। एक-दो-तीन...!

"ओ दीदी, सुनेन, सुनेन!" कुछ दूर चलने के बाद, पीछे से पुकार सुनकर गीताली मुड़ी—एक नाटा-भूटा, गोल-मटोल लड़का लुढ़कता हुआ आ रहा है फुटपाथ पर। कौन है यह, किमाकार छोकरा? लड़के ने निकट आकर नमस्कार किया—"आप गीताली दी हैं? हैं न?...हें-हें, हें-हें, तानपूरा क्या, सुर-मन्दिर में सभी बाजों का गला इसी तरह घोंटा जाता है। जब से मिस्त्री हाराधन यन्त्रकार सुर-मन्दिर को सलाम करके निकल गया है, सभी असुर ही रह गए हैं। आपने ठीक ही कहा है गीताली, दी!..."

गीताली ने देखा, लड़का अकाल-परिपक्व नहीं, किसी ग्रन्थि-विकार का शिकार है। बौना नहीं, नाटा और बग़ैर मूँछोंवाला घुघलू! उसने अपना नाम बताया—घुघलू।...असम की ओर कहीं जन्म हुआ। मिस्त्री हाराधन यन्त्रकार के साथ गत पन्द्रह-बीस वर्षों से है। कलकत्ते में सात-आठ साल, दो-तीन वर्ष इधर-उधर और यहाँ भी करीब पाँच-सात साल हुए।...

घुघलू ने बताया, "मिस्त्री हाराधन यन्त्रकार अब किसी की दुकान में काम नहीं करता; अपनी गली से बाहर कहीं आता-जाता नहीं। गली में क्या, अपने कमरे से बाहर निकलने की छुट्टी नहीं।" घुघलू ने कई नए-पुराने यन्त्रवादकों के नाम

गिनाए–"जिन्हें ज़रूरत होती है, मिस्त्री हाराधन यन्त्रकार को खोजकर पहुँचते हैं, कलकत्ते से, लखनऊ से, काशी से।..."

गीताली तुरन्त राज़ी हो गई। घुघलू ने रिक्शेवाले को आवाज़ दी–"ए रिक्शावाला, महल्ला, दूधकूप चलेगा?"

महल्ला दूधकूप की एक गली में कुछ दूर जाने के बाद घुघलू एक खपरैल के घर के पास रुका। बन्द किवाड़ों के एक छेद में आँख लगाकर अन्दर के वातावरण का अन्दाज़ा लगा लिया। फिर साँकल हिलाने लगा। अन्दर से किसी असन्तुष्टात्मा की खनखनाती हुई आवाज़, बन्द किवाड़ों के छेदों से सुनाई पड़ी। अन्दर के व्यक्ति को बहुत-से प्रश्नों के उत्तर देकर कुछ सन्तुष्ट किया घुघलू ने, तब जाकर दरवाज़ा खुला। लगा, अन्दर के किसी व्यक्ति ने अपने कमरे से ही रस्सी खींचकर चटखनी खोल दी। घुघलू अन्दर गया। एक कर्कश झिड़की सुनाई पड़ी–"फिर किसको जुटा लाए, कहाँ से?..."

घुघलू की दबी आवाज़ से स्पष्ट था कि वह अनुनय के स्वर में कुछ कह रहा है– "मास्टर, ना, बलबेन ना।...उसके सब किए-किराए पर पानी फिर जाएगा।..."

बाहर खड़ी गीताली को घुघलू की यह घिघियाहट अच्छी नहीं लगी। लेकिन बेसुरे बाजे को लेकर क्या रियाज़ कर सकेगी! वह चुप रही। एक कुढ़ी आत्मा और विकृत चेहरेवाले अधेड़ ने दरवाज़े से झाँककर पूछा, "क्या हुआ?...सुर-मन्दिरवालों ने तेरह-ठो बजाय दिया है बाजा का! छोड़ जाओ, तीन दिन बाद आना।...वाह! इसका खोल तो खूब बहारदार है। यन्त्र का यत्न भी लेती है या?"

गीताली चमत्कृत हुई थी हाराधन यन्त्रकार की बातचीत सुनकर। सधे हुए स्वर में बेकार कोई झनक कर्कशता की सृष्टि कर रही है। वह चुप ही रही। यन्त्रकार ने थोड़ी देर तक गीताली की मुद्रा को पढ़ने की चेष्टा की। फिर कहा, "क्या किन्तु-परन्तु सोच रही है खुकी?" यन्त्रकार का सुर कोमल हुआ, "दस मिनट का काम नहीं, बेसुरे को सुरवान बनाना।...आओ, अन्दर आओ!..."

हाराधन के कमरे में प्रवेश करके गीताली प्रसन्न हुई थी। दीवारों पर ग्रामोफोन रेकार्ड कम्पनी द्वारा प्रचारित भारत-प्रसिद्ध कलाविदों की तस्वीरें लटक रही थीं। एकाध प्रशंसा-पत्र अथवा सर्टिफिकेट की तरह की चीज़ें! फर्श पर विभिन्न वाद्य-यन्त्र बिखरे हुए थे।...रेडियो पर वाद्य-संगीत के कार्यक्रम में सरोदवादन हो रहा था।...अकराम! उदीयमान सरोदवादक अकराम, स्वरचित गत 'अर्चना के बोल' प्रस्तुत कर रहा था। रह-रहकर सरोद के तारों से शंख और घंटाध्वनि प्रतिध्वनित होती थी। हाराधन यन्त्रकार ने अपने छोटे, पुराने रेडियो-सेट की ओर उँगली दिखाकर कहा, "सुन रही हो? सात साल हुए अकराम के इस सरोद को। अभी तक जस-का-तस है। यन्त्र का यत्न माने यन्त्र की पूजा!"

हाराधन ने सितार, सरोद, सुरबहार, दिलरुबा, वीणा आदि के प्रसिद्ध वादकों के नाम लिए। गीताली स्वीकार करती है कि पाँच मिनट के परिचय में यन्त्रकार

की बातों पर विश्वास नहीं जमा सकी थी। यन्त्रकार ने भाँप लिया। अपनी अटैची से कई नई-पुरानी चिट्ठियाँ निकालकर गीताली के सामने रखते हुए बोला, "पढ़ो तो!..."

कलकत्ता से भारत-प्रसिद्ध (स्वर्गीय) सितारवादक उस्ताद कादिर हुसेन का आत्मीयता से भरपूर एक खत पाँच साल पहले का : "भाई हाराधन, तुम तो सचमुच हाराधन हो गए हो हमारे लिए।...मेरे यन्त्र को कुछ हो गया है, फिर जिस-तिस के हाथ में देने का साहस नहीं करता। जानता हूँ, तुम कलकत्ते नहीं आओगे। मैं ही आ रहा हूँ तुम्हारे पास।..."

रेडियो पर, तब, योगेन्द्र सूरी का वायलिन हेमन्त के राग-विस्तार की तैयारी कर रहा था।...कौन कहता है कि साज़ बेजान होते हैं!

गीताली मुग्ध होती गई। छोटे-बड़े सुरशिल्पियों और उस्तादों के प्यारे-प्यारे पत्रों ने, अकराम के 'अर्चना के बोल' ने, योगेन्द्र सूरी की वायलिन ने, घुघलू की गुरुभक्ति ने, सभी ने मिलकर गीताली के सामने मिस्त्री हाराधन यन्त्रकार की आत्मा की सच्ची तसवीर उपस्थित कर दी।...

घुघलू स्टोव जलाकर चाय की तैयारी में व्यस्त था। बीच-बीच में अपने उस्ताद की बातों में टीप के बन्द की तरह अपनी राय टाँक देता—महादेवलालजी तबलिया हारा हैं, आदमी नहीं।...खाँ साहब तो दाता पीर ही थे; पाकेट से मुट्ठी-भर नोट निकालकर 'परबी' देते थे।...मुन्नूजी सरंगिया मुझसे बहुत नाराज़ है उस दिन से।...

घुघलू चाय दे गया। चाय की पहली चुस्की लेने के बाद हाराधन यन्त्रकार ने कहा, "यन्त्रकार कहो या कारीगर। बेसुरा नहीं कह सकता कोई।...यह तो अपने किए का फल भोग रहा हूँ खुकी! बेजान लकड़ी, तार तथा सूखे चमड़े पर सुर चढ़ाकर जीवन बिताने के सिवा और क्या चारा है अब? शापित जीवन बिता रहा हूँ।...तुम मेरी नातिन की उम्र की हो। विश्वास करोगी, मैं भी गाता था।...मेरी आवाज सुनकर हिरणों के झुंड दौड़े आते थे।..."

यन्त्रकार ने फिर अपनी अटैची के ढक्कन को उठाया। कुछ ढूँढ़ता हुआ बोला, "मैं जानता हूँ, तुम विश्वास नहीं कर रही हो। खोलकर कहना होगा।...जीबछपुर स्टेट के राजा जीवत्सनारायण देवज्यू का नाम सुना है? शिकार के अनुभव पर एक मोटी और मशहूर किताब लिख गए हैं अंग्रेजी में। उसमें देखना...पब्लिक लायब्रेरी में है वह किताब...देखना, पृष्ठ बारह, बाईस, चालीस और पचपन में मेरा ज़िक्र है। ग्रुप तसवीर में मुझे देखकर नहीं पहचान सकता कोई अब!...राजा साहब शिकार के अलावा संगीत की भी चर्चा करते थे। उनकी शिकार पार्टी में जेफरी कॅर्डाइन 333-बोर रायफल के साथ सितार की भी आवश्यकता होती। नीन-चार बड़े उस्ताद और दर्जनों शिष्य उनकी ड्योढ़ी में पलते थे। मेरे गुरुजी पडित शिवबालक झा उसी दरबार के गायक थे।..."

गीताली ने अपनी घड़ी देखी। घुघलू इस बार एक गिलास में चाय बनाकर ले आया। बोला, "इस कथा को सुनाते समय मेरे उस्ताद इसपिसल चाय पीते हैं।"

जेब से एक गन्दा रूमाल निकालकर गिलास में लपेटते हुए यन्त्रकार ने गीताली की ओर देखा—"खुकी, तुमको देर हो जाएगी, फिर किसी दिन सुना दूँगा कि कैसे हिरणों के झुंड दौड़ते आए थे।..."

गीताली हँसी थी—"आधी कहानी सुनने से आधे सिर में दर्द होता है।"

"सुनने से या सुनाने से? जो भी हो, मैं निश्चिन्त हूँ। सिर-दर्द से डरें सिरवाले। हम पेटवाले हैं!..."

गीताली फिर हँसी।...जब-जब गीताली हँसती, यन्त्रकार की दाहिनी कनपटी के पास की चमड़ी नाचने लगती। झुर्रीदार विकृत चेहरे पर एक चमचमाहट छा जाती।

"तो सुनो।..."

...उस बार गुरु ने कृपा की दृष्टि हाराधन पर भी फेरी। शिकारपार्टी में साथ चलने का आदेश दिया। अब, जंगल में मंगल मनाने की कितनी कहानियाँ सुनाए हाराधन! लिखने से एक मोटी किताब तैयार हो सकती है।...राजा साहब असली शिकारी थे।

...नेपाल की तराई के मधुमारा जंगल में किरात-सरदार ने चीतलों का शिकार करके दिखाया था।...तराई के जंगलों के बीच थोड़ी-सी खुली जगह, जिसको 'ग्लेड' कहते हैं अंग्रेजी में! चाँदनी जहाँ लम्बे-लम्बे शाल-वृक्षों की फुनगियों पर टँगती नहीं रहती, श्यामल-मसृण घास पर बिछ जाती है। पास ही बहती हुई पहाड़ी नदी, जो कलकल-कुलकुल नहीं करती। हवा फुसफुसाकर बात करती है।...चाँदनी, चैत की! प्रकाश में एक ठूँठ विस्मित-सा खड़ा है। छाया में कोई इशारे से कुछ कहता है और सारी तराई में, तराई के जंगलों में एक दर्द-भरी पुकार मँडराने लगी।...कामातुरा हिरणी की पुकार! नदी के शीतल जल से प्यास बुझाते हुए चीतलों के मन-प्राण में एक दूसरी प्यास जल उठती है, दपदपाकर। हिरणी रह-रहकर पुकार उठती है।...चाँदनी में नर चीतलों के झुंड दिखाई पड़े।...हर चीतल की देह के चकत्ते स्पष्टतर हो जाते हैं। प्रकाश में खड़ा ठूँठ विस्मय अथवा आवेश से हिलता-डुलता है। छाया में फिर कोई इशारा करता है—सिस्-सिस्!...फिर चाँदनी में तारों की चमक...खच्च-खच्च...!

...इसके बाद, मृत-प्रेमियों की लाशों से अपना-अपना तीर खींचकर किरातों के दल नाचने लगे—हा-हिरा-हा-हिरा-हा-हिर्र-र-र-र--ा-ा!

...एक मादा-चीतल को बचपन से पालकर, नकली पुकार पुकारने की बाज़ाब्ता शिक्षा दी जाती है। उस्ताद हिरणी के गले के नीचे उँगलियों से फुरहरी लगाता रहता है और हिरणी समय-असमय पुकार उठती है।

...इस शिकार को देखने के बाद राजा साहब अस्वस्थ हो गए थे। पता नहीं, उन्होंने इस पद्धति से फिर कभी शिकार किया या नहीं, हाराधन के सिर पर इस

शिकार का भूत सवार हो गया था किन्तु कामान्ध चीतलों की चीख, कराह, छटपटाहट और दम तोड़ना देखकर उसके अन्दर का किरात आनन्द से किलकिला उठा था!...संगीत-साधना छोड़कर हाराधन किरात-सरदार के पास भाग गया।

...हर साल चैत की चाँदनी रातों में तीन-चार बार यह शिकार होता है। शिक्षिता-मादा-चीतल के साथ उसके शिक्षक की भी पूजा करते हैं किरातगण। ऐसी हिरणी बहुत कीमती और अलभ्य सम्पत्ति समझी जाती है।...साल-भर तक हिरण के मांस का सुखौता, आग में भूनकर खाते समय हर किरात 'हा-हिस' कहकर उसको स्मरण करता है।...उस बार तीनों-चारों शिकारों में हाराधन किरातों के साथ रहा। साल-भर किरातों के साथ रहकर भी वह मादा-चीतल को शिक्षा देने का भेद न सीख सका। एक नम्बर पहाड़ के जितने भी पहाड़ी गाँव थे, उन सभी गाँवों के बीच बस एक ही मादा-चीतल थी और उसका मालिक ही एकमात्र गुणी। मूलधन हिरणी!

...किन्तु हाराधन ने इस मूलधन को सस्ता कर दिया, अपनी साधना से। मादा-चीतल की क्या आवश्यकता? हाराधन कामातुरा मादा-चीतल की तरह पुकार सकता है।...किरात-सरदार ने परीक्षा के लिए शिकार का आयोजन किया। चैत की चाँदनी ही क्यों, जब चाहो तब शिकार करो। बारहों महीने...।

...चाँदनी रात! रात का अन्तिम पहर...ब्राह्मवेला में हाराधन ने पहली पुकार दी थी—अविकल-नकल!...चतरागद्दी के पास, कोसी के किनारे की सफेद-हरी भूमि पर दर्जनों चीतल दौड़ आए थे।...खच्च-खच्च...!

...हाराधन की पूजा होने लगी, एक नम्बर पहाड़ में। इलाके की सबसे अधिक सुन्दरी उसकी सेवा में तैनात हुई।...किरात-सरदार उसकी जान का दुश्मन हो गया।... उस बार भीषण भूकम्प हुआ था—1934, जनवरी। भूकम्प के तीसर दिन सभी किरातों ने स्वीकार कर लिया—यह दैवी कोप हाराधन के कारण ही हुआ है।

...भगवती की कृपा! नारी की कृपा से उसकी जान बची।...मृगचर्म बगल में दबाए गुरु की सेवा में उपस्थित हुआ। गुरु के सामने, राजा साहब के बाग में अपने कंठ की कला प्रस्तुत करके एक नई विपदा की सृष्टि कर दी उसने।...उस बार चीतल का शिकार देखकर राजा साहब किसी मानसिक रोग के शिकार हो गए थे। बहुत दिनों तक इलाज होने के बाद कुछ स्वस्थ हुए ही थे कि हाराधन की पुकार सुनाई पड़ी। राजा साहब फिर अस्वस्थ हो गए।...पुराने शिकारी थे! आवाज़ सुनते ही चीख़ पड़े—वही, वही मादा-चीतल, छलिनी हिरणी, डायन स्पॉटेड डियर, चित्रा...! एक्सप्रेस-500 रायफल हाथ में लेकर शब्द-भेदी निशाना लेकर फ़ायर किया। हाराधन अपनी पुकार के सम पर आ ही रहा था...उसके गुरु पंडित शिवबालक के कलेजे में एक सॉफ्ट नोज़्ड एक्सपैडिंग बुलेट आकर घुस गया। हाराधन के गुरु शिष्य द्वारा समर्पित

मृगचर्म पर बैठे थे।...चीतल के चमड़े पर आज भी खून के दाग हैं।...हाराधन भागा। जहाँ जाता, ऐसी ही अघटक घटनाएँ घटने लगीं।

कान पर हाथ रखकर हाराधन ने आँखें मूँद लीं। बोला, "तब से, तभी से, गले में एक कर्कश धातव खनक पैदा हो गई।...मैंने वाणी को कलंकित जो किया था!...सुर बाँधने का काम करने लगा। लेकिन...लेकिन...!"

घुघलू एक पुराना मृगचर्म ले आया अन्दर से। यन्त्रकार ने कहा, "यह उस चंचल युवा नर-चीतल की खाल है जो चार-चार तीर सीने पर खाकर भी मेरे पास पहुँच गया था। मेरे सामने इसने अपनी टाँगें फेंक-फेंककर जान दी थी। गुरुजी इसी पर बैठे थे, क्षण-भर!"

हाराधन यन्त्रकार ने मृगचर्म को उठाकर श्रद्धापूर्वक सिर छुवाया। फिर गीताली के सामने रखकर बोला, "उस स्वर्ण-मृग का क्या नाम था, मारीच?...और सीताजी को उस मृगचर्म पर बैठने की वासना या लालसा ही क्यों हुई? रामायण में कहीं है लिखा हुआ कुछ?...कोई साधना करने के लिए ही, सम्भवतः!"

हाराधन यन्त्रकार ने नेपाल तराई की श्यामल वन्य भूमि, वहाँ की हरी-भरी माया की डोरी से अपनी कथा को बाँधते हुए कहा था, "खुकी!...नातिन ही कहूँगा अब, नाना मानती हो तो! अच्छा, अच्छा! कल भी आओगी? बहुत अच्छा..."

दूसरे दिन भी गई, गीताली। यन्त्रकार ने मिलते ही गीताली की हथेली देखने की इच्छा प्रकट की। गीताली ने अपने दोनों हाथों की तलहथी फैला दी। "...हूँ-ऊँ! तुम्हारी दीदी मीताली जो कुछ नहीं कर सकी, वह तुम्हारे द्वारा सम्भव होगा। निश्चय!" गीताली ने देखा, यन्त्रकार उसकी दीदी के संगीत-जीवन की छोटी-बड़ी बातों के अलावा जीवन की छोटी-बड़ी घटनाओं से भी वाकिफ है। यन्त्रकार ने कहा था, "नातिन, बुरा मत मानना। तुम्हारी दीदी ने उस टमाटर-जैसे आदमी से ब्याह करके सबकुछ नष्ट कर दिया।...ऐसे खटमल को देखा है जो खून चूसकर लाल-गोल बूँद जैसा हो जाता है? खटमल ही है वह व्यक्ति! तुम्हारी दीदी का सबकुछ चूस लिया।...क्या? साहित्यिक है? वह क्या बला है...?"

बातचीत के बीच में कभी-कभी यन्त्रकार ऐसे ही उखड़ी-उखड़ी बातें करने लगते हैं। अपने जमाय बाबू की टमाटर और खटमल से तुलना सुनकर उसे ज़रा भी दुख नहीं हुआ। उसने सहमति में अपनी गरदन हिलाई—"ठीक कहते हैं आप! बला ही है।...दीदी भोग रही हैं। तिल-तिल कर मर रही हैं।..."

संगीत-जगत् से दिलचस्पी रखनेवाले लोग असमय में विलुप्त हुई मीताली की प्रतिभा के लिए विभिन्न जनों को दोषी मानते हैं। कोई उनके गुरु का दोष बताता है, कोई उनके अकाल-मातृत्व की दुहाई देता है, किन्तु मीताली के पति की ओर कोई उँगली तक नहीं उठाता...जबकि दीदी की जिन्दगी में घुन इसी व्यक्ति ने लगाया।... 'शुचिबाय', पवित्रता का वहम!...जमाय बाबू को 'विशुद्ध' बोलने का मुद्रादोष है।

अशुद्ध? विशुद्ध...संकुचित मुख-मुद्राएँ!...दीदी अब बाथरूम में ही गाती हैं। हाथ की उँगलियों की और तलहथी की चमड़ी हमेशा पानी में रहने के कारण सिकुड़ी रहती है।...दिन-भर कपड़े धोती हैं।...

घुघलू भी पहचानता है मीताली दी को। बात में फोड़न देते हुए बोला, "जिस आसर (महफ़िल) में मीताली दी का प्रोग्राम होता था, उसमें एकाध बार लाठी ज़रूर चलती थी। भीड़ पर।...क्या हो गया?..."

होगा क्या? उनके पतिदेव संगीत सुनकर ही मुग्ध हुए थे। संगीत में भी ठुमरी! मीताली दी की ठुमरी में कुछ ऐसी विशेषताएँ थीं, जिनके कारण, उन दिनों मीताली-ठुमरी नाम की एक नई धारा ही प्रचलित हो गई थी। विवाह के बाद सर्वकला-मर्मज्ञ पतिदेव ने प्यार से समझाया–"मीताली रानी, ठुमरी ही गाती हो तो विशुद्ध ठुमरी गाओ।" पतिदेव की इच्छा! फिर क्या, दीदी धीरे-धीरे एक राग-विशेष के आश्रय में रियाज़ करने लगीं।...लखनऊ और बनारस की ठुमरी बिना किसी मिलावट के सुनाने लगीं।...गुरुजी ने विरोध किया था। उन्होंने मीताली दी के पति को समझाने की चेष्टा की थी–"ठुमरी को आंचलिक संगीत के प्रवाह ने ही अब तक पुष्ट किया है। ख़याल की अनुगामिनी मात्र नहीं है। देहाती सुर से समन्वित ठुमरी, उस्ताद बड़े...।"

"बड़े-बड़े उस्तादों की बड़ी-बड़ी बोलियाँ मत सुनाइए पंडितजी! मैं ठुमरी का इतिहास जानता हूँ।...सवाल है विशुद्धता का!...ठुमरी के नाम पर वर्णसंकर चीज़ें सिखानेवालों को मैं संगीतज्ञ नहीं मानता।..."

मीताली दी खड़ी गुरु की फ़ज़ीहत देखती रहीं। कुछ बोली नहीं!

अब तक मीताली दी अपनी काफ़ी या खम्माच की ठुमरी में कभी कीर्तन, कभी भठियाली और कभी पूर्वी का स्पर्श लगा देती थीं। उनकी प्रसिद्धि का एकमात्र रहस्य यही था। मूल राग से आँख-मिचौली खेलती हुई छोटी-छोटी आंचलिक रागिनियाँ अजाने ही श्रोताओं को मोह लेतीं।...मीताली दी ने निर्दयतापूर्वक उनका परित्याग किया।..."क्या सुबह-सुबह बाजूबन्द खुलि-खुलि जाय खुलि-खुलि जाय...! मीताली रानी! बन्द करो, भगवान के लिए।"...ठुमरी बहुरूपी...! जिस बेसेंट-हॉल में उनकी प्रतिभा का उदय हुआ था, उसी मंच पर अस्त भी हुआ। गीताली कैसे भूल सकती है उस रात को। उस दिन गीताली के घर मातम छाया हुआ था। गुरुजी फूट-फूटकर रो रहे थे...शरदोत्सव संगीत-समारोह में मीताली दी अलाप के अंग को पूरा भी नहीं कर पाई थीं कि हॉल में कुत्ते-बिल्ली की बोलियाँ प्रतिध्वनित होने लगीं। तरह-तरह की फब्तियाँ–"मेटेरनिटी सेंटर में भेजो!...कंडेम्ड-माल बंडल!..."

तीन दिन के भूखे-प्यासे हारे गुरुजी के सामने गीताली ने प्रतिज्ञा की थी। उसी दिन गीत-व्रत लिया था गीताली ने। सरल-सुगम-सहज-संगीत को स्वतन्त्र मर्यादा दिलाएगी!...मीताली दी की परित्यक्ता रागिनियों को उदारतापूर्वक आश्रय दिया उसने।...

रेडियो से समाचार प्रसारित होने लगा तो गीताली को समय का ज्ञान हुआ। वह चुपचाप बैठकर यन्त्रकार को काम करते देख रही थी। यन्त्रकार आँखें मूँदकर बैठ गया।...समाचार सुनते समय वह इसी तरह आसन लगाकर बैठता।...''विशाल विश्व-यन्त्र को स्पर्श करने का सुख अनुभव करता हूँ, समाचार सुनते समय! समझी नातिन!...''

इसके बाद घुघलू ने रेडियो बन्द कर दिया। गीताली के तानपूरे को गोद में लेकर यन्त्रकार ने कहा, ''देखती है, इसमें सिर्फ़ चार ही तार हैं। किन्तु इन्हीं चार तारों से सात स्वर उत्पन्न होते हैं।...तुम्हारी दीदी ने सहायक नाद की उपेक्षा की। तुम ऐसा न करना। सौभाग्य से यन्त्र तुम्हारा उत्तम है।...''

इसके बाद यन्त्रकार गीताली के तानपूरे से उलझ गया। ''...'प' स्वर में बँधेहुए तार से 'ध नि रे' ही सहायक नाद के रूप में झंकृत होगा। 'सा रे ग म' क्यों?...और इसी के साथ तुम अखिल भारतीय सुर-संगम-समारोह में भाग लेने जा रही थीं? राधे-राधे!...

गीताली को राधेश्याम की याद आई, राधे गिटारिस्ट! जो प्रतिभा विकसित होने के पहले ही शेष हो जाए, उसके लिए किसको दुख नहीं होगा...पँचरंगा जैकेट और तलवारकट मूँछें! उन दिनों गीताली के घर बहुत आता-जाता था। गीताली के कई गीतों के साथ उसने संगत भी की थी।...उस दिन यन्त्रकार के यहाँ से लौटी तो राधेश्याम प्रतीक्षा में बैठा हुआ था, जाने कब से। माँ रामकृष्ण आश्रम में कीर्तन सुनने गई थी।...राधेश्याम! राधेश्याम के चेहरे को उसने गौर से देखा था। यन्त्रकार के कथनानुसार हर कलाकार के मुख-मंडल के इर्द-गिर्द सुरलहरी काँपती रहती है। सिम्फ़नी कन्सर्ट के कंडक्टर मिस्टर रैंकिन को पहली बार देखते ही हाराधन यन्त्रकार ने उसके चेहरे के आसपास लहराती हुई सुर-लहरी को देखा था। 'सी' माइनर से 'ई' फ्लैट...पियानो, हॅर्न, ओबो...क्लारिनेट...।

राधेश्याम के मुख-मंडल के पास सुर-लहरियाँ लहरा रही थीं। वह पीकर धुत्त था। गीताली की चुप्पी का ग़लत अर्थ लगाकर उसने लड़खड़ाती हुई आवाज़ में कहा था–''डा-र्लि...! डि-डू-डि-डि-डि-डा-डि-डा-डि-डा-आ-आ!...गी-टा ली, माई गिटा-आ!''...अकराम के 'अर्चना के बोल', शंख-घंटाध्वनि, धूप-गन्ध...राधेश्याम की गिटपिटाई बोली और शराब की गन्ध!...गीताली के सबसे छोटे भाई की उम्र का यह राधेश्याम!

इतनी हिम्मत इसकी। गीताली चुपचाप अन्दर चली गई थी।...

राधेश्याम से पीछा छुड़ाया, तो जमाय बाबू के एक मित्र का आविर्भाव हुआ। गीतकार थे। जीजाजी के शिष्य थे।...उन्होंने गीताली की ज़िन्दगी के सभी गीतों का ठेका लेने की बात चलाई।...''कहो तो दिन में पाँच मधुर गीतों की रचना करके दिखा दूँ। तुम गीत-गीत की पंक्ति-पंक्ति में तीन बिन्दियों-सी बिखरी हो, सजनी-ई-सजनी-ई, तुम...!''

राधेश्याम एकाध फ़िल्मी धुन को लेकर जी रहा था। जमाय बाबू के गीतकार शिष्य को कोई सजनी मिल गई होगी!...

अकेली गीताली! गीत गूँथती, सुर देती, गाती।...दस वर्ष से गा रही है। यन्त्रकार ने एक और बात बताई थी–"गन्ध! गीतों से गन्ध का परिवेशन कर सको, ऐसी साधना करो!..."

तीसरे दिन यन्त्रकार का मूड बदला हुआ था। घुघलू बाहर था। गीताली चुपचाप कमरे के कोने में बैठ गई। अखिल-भारतीय-सुर-संगम-समारोह की अन्तिम तिथियों की घोषणा हो चुकी थी। गीताली ने यन्त्रकार से कहा, "नाना, आशीर्वाद दीजिए! निमन्त्रण मिला है।"

घुघलू एक दोने में घुघनी और कचरी ले आया। देखते ही यन्त्रकार का मूड सुधर गया। अन्दर से गीताली का तानपूरा ले आया घुघलू। बहारदार खोल से निकालकर गीताली की ओर बढ़ा दिया यन्त्रकार ने–"लो! सुधर गया है। सबको सुधार देगा! इसकी पूजा नहीं, तो इज़्ज़त ज़रूर करना!"

गीताली ने उँगलियों से तारों का स्पर्श किया। हाराधन यन्त्रकार ने इधर-उधर देखकर कहा, "मेरी एक बात मानोगी? अपनी उँगलियाँ छूने दोगी?...हाँ-हाँ...नातिन को अचरज हो रहा है कि बूढ़े की यह क्या आदत, कभी तलहथी देखना चाहता है, कभी उँगलियाँ छूना चाहता है। हो-हो?..." गीताली की उँगलियों को उसने अपने सिर से छुलाते हुए कहा, "मुझे भय था, तुम्हारे नाखून काटने का ढंग गलत तो नहीं!"...उँगलियाँ पकड़े ही हँसकर पूछा था, "की नातनी? मने की बाजछे? क्यों? क्या बज रहा है मन में? क्या कहता है मन? किस सुर में..."

उस दिन गीताली ने हँसकर जवाब दिया था–"कहो, कोई अजानी रागिनी तो नहीं बजती!"...किन्तु आज?...आज वह सुनती है स्पष्ट–ऐसी रागिनी, जिसको वह बाँध नहीं पाती।...उसका यन्त्र नहीं हारता, वह हारने लगती है।...कहाँ है यन्त्रकार? है या...?

उस बार अखिल भारतीय-सुर-संगम-समारोह में सर्वोच्च स्थान प्राप्त करने के बाद ही नाना हाराधन यन्त्रकार को प्रणाम करने गई थी!...सुनकर अवाक् हो गई, घुघलू-सहित हाराधन यन्त्रकार फरार है। सुर-मन्दिरवालों ने औज़ार-पाती तथा बहुत-सी चीज़ों की चोरी का इल्ज़ाम लगाकर रपट की है।...इसके बाद, दस वर्ष हो रहे हैं।...'नाना, मैं तुमको नानाधन कहूँगी। नानाधन! तुम अपना मृगचर्म मुझे दो। मैं इस पर बैठकर साधना करूँगी।'...'करोगी?...करोगी? डरती नहीं? इस अशुभ मृगचर्म से तुम्हारा कोई अशुभ न हो जाए!'...मृगचर्म को सिर से छुवाकर, गीताली ने एक ओर रख दिया।...खून के धब्बे...डॉट-डॉट-डॉट!...

दस वर्ष बाद, आज नाना हाराधन यन्त्रकार को स्मरण करते समय मन इमन के पद-विन्यासों का व्यवहार कर रहा है।...गीताली अब स्वयं को एक यन्त्र समझती है।

किसी अनचीन्हे की उँगलियाँ उसे छेड़ जाती हैं बार-बार!...अलख-मुखर-जगत् के व्यापार में बाधा पड़ी। तीनों जलती हुई बिन्दियाँ बुझ गईं। दरवाज़े पर डाकिया पुकारकर चिट्ठियाँ दे गया।...कुमारी गीताली दास...'गीत महल'...!

हे देव!...हे देवी...यह क्या? यह सपना तो नहीं?...क्या यह सच है? भारत-प्रसिद्ध सितारवादक अकराम का प्रणय-निवेदन-भरा पत्र है यह तो!...शंख-घंटा-ध्वनि... धूप-गन्ध! अर्चना के बोल!...विलम्बितद्रुत!...यह कैसे सम्भव हुआ? दस वर्ष से छिपी हुई बात फैल गई!...माँ!...

अकराम के खत में स्वर है! इसकी पंक्तियाँ झनक रही हैं।...शंख और घंटाध्वनि के बीच अकराम का कंठ-स्वर सुनती है गीताली! चिरसंगी तानपूरे का सहारा लेती है वह। दोनों हाथों से जकड़कर पकड़ती है।...चारों तारों से अकराम का कंठ-स्वर प्रसारित होता है!...'गीताली! गीताली...मैं हूँ अकराम। पिछले आठ साल से सुन रहा हूँ, सुन रहा हूँ क्यों, उपभोग कर रहा हूँ तुम्हारे गीतों की गन्ध।...धान कूटती हुई, चक्की चलाती हुई, ढोर चराती हुई, सुन्दरियों की देह की नमकीन गन्ध, धान के खेतों की, पोखर और घाट पर पानी भरती हुई सुन्दरियों के आँचल की...गन्ध...सुगन्ध...किसी वनफूल की...सुरभिमय गीतों की गायिका ने मेरी घ्राण-शक्ति तेज़ कर दी है।...मैंने गीत-गन्धा और गीताली-गंगा नामक दो गतों की रचना की है।...उस दिन, किन्तु तुमने कंजूसी की है, या...? ऐसा न करो। मैं तुम्हारे कंठ से अभी तक अनगाए गीतों का अवतरण कराऊँगा। गीत-गन्धा! मैं अपना सौभाग्य समझूँगा तुम्हारा साथ...'

और यह दूसरी चिट्ठी भी बोलती है खनकवाली आवाज़!...खोए नानाधन-हाराधन... 'ओ-गो नातिन! शिव प्रसन्न हुए हैं। आँखें खोलो।...पिछले सप्ताह, तुमको सुनने के बाद ही मेरे घर दौड़ा आया मास्टर! तुम्हारी नातिन का दिल छोटा हो रहा है या दिल चुरा रही है? लेकिन तुम्हारी चीज़ की गरमी उसकी रगों में उतरी हुई थी। बड़बड़ाने लगा मास्टर। आज तुम्हारी नातिन कचनार के पेड़ के नीचे घड़ा-भर मधु लेकर बैठी थी, गीत की किताब भी थी...किन्तु...अनेक किन्तु बोल गया...कृन्तण...यह छटपटा रहा है नातिन!...क्यों, मन में क्या बज रहा है...बाहर वसन्त? स्वयम्भू नाद की कृपा है सब! जाति-विचार? शिल्पी की जाति?...ग्राम-जाति-वादी-संवादी आदि राग को परखने के समय!...'

तीसरा ख़त गूँगा है!...पिछले तीन साल के शुभ अवसरों पर कलापूर्ण कार्ड आँककर भेज रहा है...कलाकार। रामकृष्ण आश्रम के वार्षिकोत्सव में मंडप और वेदी आदि की रचना करके मनहर राय ने सभी का मन मोह लिया था।...गीताली वेदी के पास घंटों चुपचाप खड़ी रह गई थी...क्षमा करना मनहर, गीताली चिर-ऋणी रहेगी तुम्हारी।...तुम चाहते तो गीताली अपना सारा रंग लुटा सकती थी।...तुमने उन क्षणों का दुरुपयोग नहीं किया।...तीन वर्ष! तीन शून्य...गुमसुम रहे तुम, सब दिन। कलाकार!...गीताली सुरजीवी है। दस वर्ष पूर्व ही वह किसी के सुर में बँध चुकी

थी।...फिर भी, तुम कुछ बोलते...। आज भी तुम्हारा खत कुछ नहीं बोलता।... अकराम शंख-ध्वनि कर रहा है...प्यारे मनहर!...अकराम! प्यारे अकराम! तुम कितने बड़े गुणी हो! तुमने कैसे जान लिया सबकुछ!...गन्ध? महाराज, ये तुम्हारी ही कृपा के फल हैं। 'अर्चना के बोल' सुनते समय मुझे जो धूप की गन्ध लगी थी! तुम्हीं ने यह गन्ध-परिवेशन किया है प्रथम बार! तुम्हारी ही चीज़, तुम्हीं को...! लो, मैं यन्त्र हूँ! तुम्हारी हूँ! मुझे बजाओ, धन्य करो!...

गीताली ने पास पड़े तानपूरे के तारों को छूकर झंकृत कर दिया। मूल नाद से नौगुन ऊँचाई पर सहायक नाद उत्पन्न हुए।

...तुमने सुना होगा अकराम...नानाधन...घुघलू बैंड पार्टी में हॉर्न बजाता है...तुम सभी ने सुना...! गीताली अकराम के गले में गीतमाला डाल चुकी!...'ए' माइनर का तीव्र सुर...'एफ' मेजर का आनन्दोल्लास!...

गीताली ने परमहंस देव को नमस्कार किया। परमहंस देव के कथामृत से ध्वनि निकली–'मानुषेर मन जेन सरषेर पुटली।'...आदमी का मन मानो सरसों की पोटली!

गीताली की आँखों से आँसू झर पड़े। कंठ से एक अजानी रागिनी फूटकर निकल पड़ी।...

अलख-मुखर-जगत् में अकराम की पगध्वनि सुन रही है गीताली!...

1957

पंचलाइट

पिछले पन्द्रह महीने से दंड-जुरमाने के पैसा जमा करके महतो टोली के पंचों ने पेट्रोमेक्स खरीदा है इस बार, रामनवमी के मेले में। गाँव में सब मिलाकर आठ पंचायतें हैं। हरेक जाति की अलग-अलग 'सभाचट्टी' है। सभी पंचायतों में दरी, जाजिम, सतरंजी और पेट्रोमेक्स हैं—पेट्रोमेक्स, जिसे गाँववाले पंचलाइट कहते हैं।

पंचलाइट खरीदने के बाद पंचों ने मेले में ही तय किया—दस रुपए जो बच गए हैं, इससे पूजा की सामग्री खरीद ली जाए—बिना नेम-टेम के कल-कब्जेवाली चीज़ का पुन्याह नहीं करना चाहिए। अंग्रेजबहादुर के राज में भी पुल बनाने से पहले बलि दी जाती थी।

मेले से सभी पंच दिन-दहाड़े ही गाँव लौटे; सबसे आगे पंचायत का छड़ीदार पंचलाइट का डिब्बा माथे पर लेकर और उसके पीछे सरदार दीवान और पंच वगैरह। गाँव के बाहर ही ब्राह्मणटोले के फुटंगी झा ने टोक दिया—"कितने में लालटेन खरीद हुआ महतो?"

"...देखते नहीं हैं, पंचलैट है! बामनटोली के लोग ऐसे ही ताब करते हैं। अपने घर की ढिबरी को भी बिजली-बत्ती कहेंगे और दूसरों के पंचलैट को लालटेन!"

टोले-भर के लोग जमा हो गए। औरत-मर्द, बूढ़े-बच्चे सभी काम-काज छोड़कर दौड़े आए, "चल रे चल! अपना पंचलैट आया है, पंचलैट!"

छड़ीदार अगनू महतो रह-रहकर लोगों को चेतावनी देने लगा—"हाँ, दूर से, ज़रा दूर से! छू-छा मत करो, ठेस न लगे!"

सरदार ने अपनी स्त्री से कहा, "साँझ को पूजा होगी; जल्दी से नहा-धोकर चौका-पीढ़ी लगाओ।"

टोले की कीर्तन-मंडली के मूलगैन ने अपने भगतिया पच्छकों को समझाकर कहा, "देखो आज पंचलैट की रोशनी में कीर्तन होगा। बेताले लोगों से पहले ही कह देता हूँ, आज यदि आखर धरने में डेढ़-बेढ़ हुआ, तो दूसरे दिन से एकदम बैकाट!"

औरतों की मंडली में गुलरी काकी गोसाईं का गीत गुनगुनाने लगी। छोटे-छोटे बच्चों ने उत्साह के मारे बेवजह शोरगुल मचाना शुरू किया।

सूरज डूबने के एक घंटा पहले से ही टोले-भर के लोग सरदार के दरवाज़े पर आकर जमा हो गए–पंचलैट, पंचलैट!

पंचलैट के सिवा और कोई गप नहीं, कोई दूसरी बात नहीं। सरदार ने गुड़गुड़ी पीते हुए कहा, "दुकानदार ने पहले सुनाया, पूरे पाँच कौड़ी पाँच रुपया। मैंने कहा कि दुकानदार साहेब, यह मत समझिए कि हम लोग एकदम देहाती हैं। बहुत-बहुत पंचलैट देखा है। इसके बाद दुकानदार मेरा मुँह देखने लगा। बोला, लगता है आप जाति के सरदार हैं! ठीक है, जब आप सरदार होकर खुद पंचलैट खरीदने आए हैं तो जाइए, पूरे पाँच कौड़ी में आपको दे रहे हैं।"

दीवानजी ने कहा, "अलबत्ता चेहरा परखनेवाला दुकानदार है। पंचलैट का बक्सा दुकान का नौकर देना नहीं चाहता था। मैंने कहा, देखिए दुकानदार साहेब, बिना बक्सा पंचलैट कैसे ले जाएँगे! दुकानदार ने नौकर को डाँटते हुए कहा, क्यों रे! दीवानजी की आँख के आगे 'धुरखेल' करता है; दे दो बक्सा!"

टोले के लोगों ने अपने सरदार और दीवान को श्रद्धा-भरी निगाहों से देखा। छड़ीदार ने औरतों की मंडली में सुनाया–"रास्ते में सन्न-सन्न बोलता था पंचलैट!"

लेकिन...ऐन मौके पर 'लेकिन' लग गया! रूदल साह बनिये की दुकान से तीन बोतल किरासन तेल आया और सवाल पैदा हुआ, पंचलैट को जलाएगा कौन!

यह बात पहले किसी के दिमाग में नहीं आई थी। पंचलैट खरीदने के पहले किसी ने न सोचा। खरीदने के बाद भी नहीं। अब, पूजा की सामग्री चौक पर सजी हुई है, कीर्तनिया लोग खोल-ढोल-करताल खोलकर बैठे हैं और पंचलैट पड़ा हुआ है। गाँववालों ने आज तक कोई ऐसी चीज़ नहीं खरीदी, जिसमें जलाने-बुझाने का झंझट हो। कहावत है न, भाई रे, गाय लूँ? तो दुहे कौन?...लो मज़ा! अब इस कल-कब्जेवाली चीज़ को कौन बाले!

यह बात नहीं कि गाँव-भर में कोई पंचलैट बालनेवाला नहीं। हरेक पंचायत में पंचलैट है, उसके जलानेवाले जानकार हैं। लेकिन सवाल है कि पहली बार नेम-टेम करके, शुभ-लाभ करके, दूसरी पंचायत के आदमी की मदद से पंचलैट जलेगा? इससे तो अच्छा है कि पंचलैट पड़ा रहे। ज़िन्दगी-भर ताना कौन सहे? बात-बात में दूसरे टोले के लोग कूट करेंगे–तुम लोगों का पंचलैट पहली बार दूसरे के हाथ से...! न, न! पंचायत की इज़्ज़त का सवाल है। दूसरे टोले के लोगों से मत कहिए!

चारों ओर उदासी छा गई। अँधेरा बढ़ने लगा। किसी ने अपने घर में आज ढिबरी भी नहीं जलाई थी।...आज पंचलैट के सामने ढिबरी कौन बालता है!

सब किए-कराए पर पानी फिर रहा था। सरदार, दीवान और छड़ीदार के मुँह में बोली नहीं। पंचों के चेहरे उतर गए थे। किसी ने दबी हुई आवाज़ में कहा, "कल-कब्ज़ेवाली चीज़ का नखरा बहुत बड़ा होता है।"

एक नौजवान ने आकर सूचना दी–"राजपूतटोली के लोग हँसते-हँसते पागल हो रहे हैं। कहते हैं, कान पकड़कर पंचलैट के सामने पाँच बार उठो-बैठो, तुरन्त जलने लगेगा।"

पंचों ने सुनकर मन-ही-मन कहा, "भगवान ने हँसने का मौका दिया है, हँसेंगे नहीं?" एक बूढ़े ने आकर खबर दी–"रूदल साह बनिया भारी बतंगड़ आदमी है। कह रहा है, पंचलैट का पम्पू ज़रा होशियारी से देना!"

गुलरी काकी की बेटी मुनरी के मुँह में बार-बार एक बात आकर मन में लौट जाती है। वह कैसे बोले? वह जानती है कि गोधन पंचलैट बालना जानता है। लेकिन, गोधन का हुक्का-पानी पंचायत से बन्द है। मुनरी की माँ ने पंचायत में फ़रियाद की थी कि गोधन रोज़ उसकी बेटी को देखकर 'सलम-सलम' वाला सलीमा का गीत गाता है–'हम तुमसे मोहोब्बत करके सलम!' पंचों की निगाह पर गोधन बहुत दिन से चढ़ा हुआ था। दूसरे गाँव से आकर बसा है गोधन, और अब तक टोले के पंचों को पान-सुपारी खाने के लिए भी कुछ नहीं दिया। परवाह ही नहीं करता है। बस, पंचों को मौका मिला। दस रुपया जुरमाना! न देने से हुक्का-पानी बन्द। आज तक गोधन पंचायत से बाहर है। उससे कैसे कहा जाए! मुनरी उसका नाम कैसे ले? और उधर जाति का पानी उतर रहा है।

मुनरी ने चालाकी से अपनी सहेली कनेली के कान में बात डाल दी–"कनेली!... चिगो, चिध-ऽऽ, चिन...!" कनेली मुस्कुराकर रह गई–"गोधन तो बन्द है!" मुनरी बोली, "तू कह तो सरदार से!"

"गोधन जानता है पंचलैट बालना!" कनेली बोली।

"कौन, गोधना? जानता है बालना? लेकिन...।"

सरदार ने दीवान की ओर देखा और दीवान ने पंचों की ओर। पंचों ने एकमत होकर हुक्का-पानी बन्द किया है। सलीमा का गीत गाकर आँख का इशारा मारनेवाले गोधन से गाँव-भर के लोग नाराज़ थे। सरदार ने कहा, "जाति की बन्दिश क्या, जबकि जाति की इज्जत ही पानी में बही जा रही है! क्यों जी दीवान?"

दीवान ने कहा, "ठीक है।"

पंचों ने भी एक स्वर में कहा, "ठीक है। गोधन को खोल दिया जाए।"

सरदार ने छड़ीदार को भेजा। छड़ीदार वापस आकर बोला, "गोधन आने को राज़ी नहीं हो रहा है। कहता है, पंचों की क्या परतीत है? कोई कल-कब्जा बिगड़ गया तो मुझे दंड-जुरमाना भरना पड़ेगा।"

छड़ीदार ने रोनी सूरत बनाकर कहा, "किसी तरह गोधन को राजी करवाइए, नहीं तो कल से गाँव में मुँह दिखाना मुश्किल हो जाएगा।"

गुलरी काकी बोली, "जरा मैं देखूँ कहके!"

गुलरी काकी उठकर गोधन के झोंपड़े की ओर गई और गोधन को मना लाई। सभी के चेहरे पर नई आशा की रोशनी चमकी। गोधन चुपचाप पंचलैट में तेल भरने

लगा। सरदार की स्त्री ने पूजा की सामग्री के पास चक्कर काटती हुई बिल्ली को भगाया। कीर्तन-मंडली का मूलगैन मुरछल के बालों को सँवारने लगा। गोधन ने पूछा, "इसपिरिट कहाँ है? बिना इसपिरिट के कैसे जलेगा?"

...लो मज़ा! अब यह दूसरा बखेड़ा खड़ा हुआ! सभी ने मन-ही-मन सरदार, दीवान और पंचों की बुद्धि पर अविश्वास प्रकट किया–बिना बूझे-समझे काम करते हैं ये लोग! उपस्थित जन-समूह में फिर मायूसी छा गई। लेकिन, गोधन बड़ा होशियार लड़का है। बिना स्पिरिट के ही पंचलैट जलाएगा–"थोड़ा गरी का तेल ला दो!" मुनरी दौड़कर गई और एक मलसी गरी का तेल ले आई। गोधन पंचलैट में पम्प देने लगा।

पंचलैट की रेशमी थैली में धीरे-धीरे रोशनी आने लगी। गोधन कभी मुँह से फूँकता, कभी पंचलैट की चाबी घुमाता। थोड़ी देर के बाद पंचलैट से सनसनाहट की आवाज़ निकलने लगी और रोशनी बढ़ती गई; लोगों के दिल का मैल दूर हो गया। गोधन बड़ा काबिल लड़का है!

अन्त में पंचलाइट की रोशनी से सारी टोली जगमगा उठी तो कीर्तनिया लोगों ने एक स्वर में, महावीर स्वामी की जय-ध्वनि के साथ कीर्तन शुरू कर दिया। पंचलैट की रोशनी में सभी के मुस्कुराते हुए चेहरे स्पष्ट हो गए। गोधन ने सबका दिल जीत लिया। मुनरी ने हसरत-भरी निगाह से गोधन की ओर देखा। आँखें चार हुईं और आँखों ही आँखों में बात हुई–'कहा-सुना माफ करना! मेरा क्या कसूर!"

सरदार ने गोधन को बहुत प्यार से पास बुलाकर कहा, "तुमने जाति की इज़्ज़त रखी है। तुम्हारा सात खून माफ़। खूब गाओ सलीमा का गाना।"

गुलरी काकी बोली, "आज रात मेरे घर में खाना गोधन!"

गोधन ने फिर एक बार मुनरी की ओर देखा। मुनरी की पलकें झुक गईं।

कीर्तनिया लोगों ने एक कीर्तन समाप्त कर जय-ध्वनि की–'जय हो! जय हो!'...पंचलैट के प्रकाश में पेड़-पौधों का पत्ता-पत्ता पुलकित हो रहा था।

जनवरी, 1958

सिरपंचमी का सगुन

निहाई पर हथौड़े की आख़िरी चोट कुछ ऐसी अस्वाभाविक आवाज़ में बजी कि लुहरसार में बैठे हुए सभी गृहस्थ अचकचा उठे। सभी की आँखें कालू कमार की निहाई पर एक ही साथ केन्द्रित हो गईं—यह क्या, टेढ़ा फाल! किसका फाल! सिंघाय का? क्या हुआ?...ना-दिहन्द गृहस्थ।

सिंघाय मुँह फाड़े देखता रहा। उसके फाल पर आख़िरी चोट देकर उसे काठ के कठौते में डालते हुए कालू कमार ने अर्थपूर्ण दृष्टि से उसकी ओर देखा। कठौते में गरम फाल छनछना उठा। सिंघाय को अचानक ज्ञान हुआ—कालू ने उसका फाल टेढ़ा कर दिया! हथौड़े की अस्वाभाविक आवाज़ उसके कानों के पास एक बार फिर प्रतिध्वनित हो गई। बुझते हुए लोहे की लोहाइन गन्ध-भरी भाप लुहरसार में मँडराने लगी।

सिंघाय के दिल में अचानक कुछ सुलग उठा—"अच्छा, तुमने मेरा फाल टेढ़ा कर दिया कालू?"

"तो क्या करता?" कालू ने एक हाथ से धौंकनी की कड़ी खींचते हुए कहा, "तो क्या करता?" फिर दूसरे हाथ की पाँचों उँगलियाँ दिखाकर बोला, "एक नहीं, दो नहीं, पूरे पाँच साल का खैन बाकी है, न अगहनी फसल में एक चुटकी धान और न रबी फसल का मुट्ठी चना। खैन के लिए कचहरी में नालिस तो नहीं करने जाएँगे हम! क्या करता?"

"ऐन सिरपंचमी के दिन ही?"

"ऐन-गैन बतकही पंचायत बुलाकर करो, सिंघाय! बैठे हैं यहाँ जवारभर के गृहस्थ किसान, छोटे-बड़े। इन्हीं लोगों से विचार कराओ।"

टेढ़ा फाल! जिला-जवार का कोई कमार या लुहार टेढ़े फाल को छू नहीं सकता। जाति की बन्दिश से कौन बाहर जाएगा? शहर के लुहार भी अब नहीं करते ऐसा काम—चुराकर भी नहीं। जाति की बड़ी सभा में इस बात की भी बन्दिश हो चुकी है, इस बार। कहाँ जाएगा सिंघाय या उसके जैसा ना-दिहन्द हलवाला टेढ़ा फाल लेकर? कालू कमार का कमाया हुआ खैन मारकर खेती करना खेल नहीं। ट्रैक्टर जोतनेवाले बड़े किसान भी कालू का खैन नहीं काट सके...फाल को ऐसे हिसाब से टेढ़ा किया जाता है कि हल की अँकड़ी में पच्चर लगाकर भी न बैठ सके।

सँड़सी से सिंघाय के फाल को पकड़कर कठौते से बाहर किया कालू कमार ने।...फाल टेढ़ा होकर कितना बदसूरत हो जाता है!

सिंघाय ने एक लम्बी साँस छोड़कर लुहरसार में बैठे हुए गृहस्थों पर निगाह दौड़ाई। ऊँहुँ! एक भी हमदर्द सूरत नहीं; कोई नहीं!

ठाँ-ठाँ-ठाँ-ठुन्न। ठाँ ठुन्न! कालू अपने देनदार गृहस्थों का फाल पीटता और कठौते में डाल देता–छुँ-छुँ-छुँ-ऊँ गड़र्र-र्र लोहाइन गन्धवाली भाप रह-रहकर मँडरा जाती।

सिंघाय के मन में कुछ धुँधुआ उठा...नहीं करवाएगा पंचायत! उसने उठकर अपने उपेक्षा फाल को टोकरी में रख लिया। लुहरसार से बाहर निकलकर उसने ओट में पड़ी हुई खैनी थूक दी।...थूकते समय 'थू' पर जरा ज़्यादा ज़ोर दिया उसने।

सिंघाय के जाते ही अब तक चुप बैठे हुए गृहस्थ किसानों के मुँह खुले। सभी ने कालू कमार के पक्ष का समर्थन किया।...मुरव्वत की भी एक हद होती है!

सिरपंचमी के दिन सभी किसान बहुत नेक-टेम करके जाते हैं लुहरसार में। बाँस की नई टोकरी में एक पसेरी धान, दूब और पान-सुपारी के साथ हल का फाल, खुरपी और हँसिया लेकर पहुँचते हैं। नए साल की खेती के लिए सिरपंचमी को ही हल खड़ा किया जाता है।

कालू कमार आसपास के दस-बारह टोले का हल-फाल कमाता है। उसके दोनों जवान लड़के आरा-वसूली-रुखान लेकर लकड़ी का काम करते हैं, हल-हरेस-जुआ आदि के लिए लकड़ी छीलते हैं। धौंकनी, निहाई और हथौड़े से कालू कमार लोहे का छोटा-मोटा काम करता; फाल, खुरपी और हँसिया बनाता। गाँव के चार-पाँच हल जोतनेवाले किसानों से अच्छी अवस्था है कालू कमार की। बड़े-बड़े किसान भी बेर-बखत पड़ने पर उससे कर्ज ले जाते हैं, कागज़ बनाकर।...लेकिन बाकी खैन का तो कागज़ नहीं बना देता कोई! बाकी खैन वसूलने का यही एक जातीय तरीका है–सिरपंचमी के दिन का फाल टेढ़ा कर दो। सारी दुनिया रिरियाता फिरेगा, फाल सीधा कराने के लिए।

सिरपंचमी के दिन सभी किसान अपने-अपने सगुन की ही बात सोचते हैं। उस दिन किसी से बेकार रार न हो, किसी की नज़र न लग जाए, कोई छींक न दे। लुहरसार से लौटकर बैलों को नहलाकर सींग में तेल लगाया जाता है। हल के हरेस पर चावल के आटे की सफेदी की जाती है। औरतें उस पर सिन्दूर से माँ लक्ष्मी के दोनों पैरों की उँगलियाँ अंकित करती हैं। गाँव से बाहर परती ज़मीन पर गाँव-भर के किसान अपने हल-बैल और बाल-बच्चों के साथ जमा होते हैं। नई खुरपी से सवा हाथ ज़मीन छीलकर केले के पत्ते पर अक्षत-दूध और केले का मोती-प्रसाद चढ़ाया जाता है। धूप-दीप देने के बाद, हल में बैलों को जोतकर पूजा के स्थान से जुताई का श्रीगणेश किया जाता है। फाल की रेफ पूजा के बीच में पड़े, इसका ख़याल सभी

किसान रखते हैं। अपने-अपने हलवालों को सचेत कर देते हैं—बाएँ-बाएँ, जरा दाहिने! पाँच चक्कर दक्षिण से उत्तर और पाँच पूर्व से पश्चिम! जुताई के समय जिसका बैल मल-मूत्र त्याग करे, उसको खाद-पानी की कमी नहीं होगी इस साल की खेती में। आज जिसका बैल बैठ गया या जुए से खुल गया—उसकी खेती के मालिक सीताराम! छोटे-छोटे बच्चे भी सतर्क होकर अपने बैलों को देखते रहते हैं—"बाबा देखो, देखो, अपना गोला बैल क्या कर रहा है।" तालियाँ बजाकर नाचते हैं—"सबसे पहले हमारा बैल...!"

सिंघाय का सगुन लुहरसार में ही बिगड़ गया। फाल नहीं, कालू ने उसकी तकदीर टेढ़ी कर दी। घर लौटते समय सिंघाय की आँखें कई बार भर-भर आईं। उसका पाँच साल का बेटा माधो उसकी राह देख रहा होगा। माधो की माँ गुड़ की खिचड़ी बना रही होगी।...क्या करे सिंघाय? कहाँ जाए! क्या जवाब देगा बीवी-बच्चे को?

सिंघाय का सुलगा हुआ मन धीरे-धीरे बुझने लगा। उसको लगा, अन्दर लोहाइन गन्धवाली भाप घुमड़ रही है।...ठाँ-ठाँ-ठाँ-ठुन्न! ...छुँ-छुँ-छुँ-ऊँ-गुड़र्र-र!

गाँव की सीमा के बाहर ही घर-घर पकती हुई गुड़खिचड़ी की गन्ध ने सिंघाय की चेतना को फिर से झकझोर दिया।...जाने किस दिन का बदला लिया है कालू ने!

पाँच साल का खैन उसका बाकी ज़रूर है, सिंघाय कबूल करता है। लेकिन इसके बदले कालू ने जाने कितनी बार बेगार करवाई है। दूध, कबूतर, केले, साग-सब्ज़ी का दाम कभी कालू या उसकी बीवी ने नहीं दिया। कालू के लड़कों ने कितनी बार उससे शीशम का पेड़ कटवाया है, तख्ती चीरते समय घंटों उससे आरा खिंचवाया है। सिंघाय-जैसा दो-चार जजमान हर टोले में है कालू कमार का।...पछिमा टोले के दोरिक के जिम्मे कालू का सात साल का खैन बाकी पड़ा है। दोरिक के पास एक गाछ जेठवा आम है, एक गाछ लीची। सिंगेसर ने आज तक किसी पनिया-पंसारी को खैन नहीं दिया है ज़िन्दगी में, न कमार को, न चमार को, न धोबी को। सिंगेसर तुम्बाफेरी करना जानता है न! डर से खैन नहीं माँगता कोई।...जाने किस बैर का बदला लिया कालू ने!

गाँव में प्रवेश करते समय सिंघाय ने सुना, कागा बोल रहा है।...अशुभ-असगुन भरी बोली कागा की! टेढ़ा फाल! टेढ़ी तकदीर!

"बाबा आ गया! आ गया! सबसे पहले हमारा बाबा आ गया!"

सिंघाय के पैर बँध गए। एक पसेरी धान की टोकरी मनों भारी लगने लगी सिर पर। क्या करे सिंघाय?...चूल्हे की आग में तपाकर, सिलबट्टे पर लोढ़े से पीटने पर थोड़ा भी सीधा नहीं होगा क्या? माधो आकर पाँव से लिपट गया—"मेरी छोटी खुरपी

बनवा लाए? देखूँ, कहाँ है मेरी खुरपी...!" अपने बाप के हाथ की पकड़ से ही माधो समझ गया, कोई बात है। उसने अपने बाप के मुँह की ओर देखा।

आँगन में आकर जब जलते हुए चूल्हे में फाल झोंक दिया सिंघाय ने, तो उसकी स्त्री 'हा-हा' कहकर दौड़ पड़ी—"तुम्हारी मति मारी गई है क्या? हो क्या गया है तुमको? ऐन सिरपंचमी के दिन फाल को चूल्हे में क्यों झोंक दिया तुमने?"

"ठीक किया है। फाल ही नहीं, अभी हलहरेस को भी काटकर..."

"चुप करो! अलच्छन-कुलच्छन बात ज़बान पर मत लाओ। क्या हुआ है, बोलते क्यों नहीं?"

सिंघाय ने चूल्हे में झोंकने की नीयत से नहीं झोंका था फाल चूल्हे में! जब माधो की माँ 'हा-हा' कहकर दौड़ी तो उसका दिल भर आया और उसने खेती-बारी को भला-बुरा कहना शुरू किया—"ऐसी खेती-बारी का...।"

सिंघाय के अन्दर मँडराती भाप मुँह, आँख और नाक से एक ही साथ निकलना चाहती है—"माधो बबुआ!" वह ओसारे का खम्भा पकड़कर बैठ गया—"इधर आओ! रोओ मत!"

"बबुआ को तो चुप कराते हो और खुद कलप रहे हो! खोलकर कुछ बोलते क्यों नहीं...माधो के बाबू?" सिंघाय के पास आकर बोली माधो की माँ। उसने अपने घरवाले की ओर देखा, हृदय की सारी सहानुभूति आँखों में भरकर—"माधो के बाबू...!"

लोहाइन गन्धवाली भाप बिला गई। सिंघाय संयत होकर बोला, "अब हम खेती नहीं करेंगे माधो की माँ! मैंने तय कर लिया है।...आज कमार ने दस गाँव के लोगों के बीच मुझे बेपानी कर दिया। फाल टेढ़ा कर दिया।"

"फाल टेढ़ा कर दिया?" माधो की माँ का चेहरा अचानक तमक उठा। उसको चूल्हे में पड़ी फाल की सुधि आई। उसने चूल्हे की ओर देखा, खिचड़ी का पानी कहाड़ी में खौल रहा है।

"दस ड्योढ़े पन्द्रह मन धान तो मैं नहीं देने जाता। और दूँगा कहाँ से पन्द्रह मन धान! बाप रे!"

माधो की माँ चूल्हे से फाल निकालने लगी, बाँस का खोंखा लेकर। धधकते चूल्हे में टेढ़ा फाल! वह बोली, "खैन-धान की बात नहीं। असल कारन मैं जानती हूँ। उस दिन कालू की घरवाली खेत से एक बोझा ऊख काटकर ले जा रही थी। मुझसे गरमा-गरम बतकही हो गई।...बच्चे के लिए! बच्चे-कच्चे के लिए एक नहीं, चार ऊख ले ले कोई। पर बोझा-भर ऊख कोई बिना पूछे काट ले, तो क्या कहा जाए? तुनककर ऊख फेंक गई। उसी दिन मैंने समझा था, वह पतलजीभी..."

सिंघाय ने टोका—"कब? किस दिन?"

"पाँच-सात दिन हुए।"

“तुमने मुझसे कहा क्यों नहीं? और ऊख क्या हुई? कहाँ दे आई?”

सिंघाय का बदलता हुआ रुख देखकर माधो की माँ हुक्के के लिए चिलम तैयार करने लगी। चिलम में तम्बाकू डालती हुई बोली, “कहने की क्या बात थी, औरतों में ऐसे झगड़े होते ही रहते हैं! ऊख मैंने हाट में बेच दी।”

“सिरपंचमी के पहले क्यों झगड़ने गई बेकार!” सिंघाय ने हाथ में हुक्का लेते हुए कहा, “अब इस टेढ़े फाल से सिरपंचमी में हल कैसे खड़ा किया जाए?”

माधो की माँ और गरम हो गई–“जान-बूझकर झगड़ा मोल लेने आई थी कालू की घरवाली। उसके पेट में बहुत पहले से बदमाशी फल रही थी। अब समझी, असल कारन... ।”

“असल कारन! औरतों को ही सब कारन मालूम हो जाता है सबसे पहले!” माधो की माँ चुप हो गई।...सिरपंचमी के दिन भी मारपीट करेगा क्या! सिंघाय ने माधो को फिर अपने पास बुलाया–“माधो! बबुआ!”

“अब तो गलती हो गई!” माधो की माँ बोली।

“उदास मत हो माधो की माँ!”

उदास नहीं है माधो की माँ, उपाय सोच रही है। सामने सिरपंचमी का सगुन! नाक काट ली कालू की बीवी ने; काट नहीं ली, टेढ़ी कर दी। क्या किया जाए। उसने चूल्हे से निकलते हुए फाल की ओर देखा–ऐंठा हुआ, काला-कलूटा लोहे का टुकड़ा, भद्दा, साकार असगुन! माधो की माँ के सामने कोयले की लहलहाती हुई भट्ठी बार-बार लहक उठती है।...कोयले के बड़े-बड़े टुकड़े! लपलपाती लपटें! बड़े-बड़े हथौड़े...अच्छी याद आई। ठीक ही तो! रेलवे पुल के पास रेलवे मिस्त्री लोग काम कर रहे हैं कई दिन से। माधो की माँ तीन दिन दूध बेच आई है। मशीन से चलनेवाली धौंकनी है; लोहे के मोटे-मोटे टुकड़े लाल टेसू हो जाते हैं बात-की-बात में। माधो की माँ ने देखा है, हथौड़ा पीटनेवाले जवान मिस्त्री की आँखों में पानी है। वह बोली, “ठहरो!”

“आज सिरपंचमी के दिन कौन खाएगा? कबूतर क्यों निकाल रही हो माधो की माँ?”

“सबुर करो। भगवान ने चाहा तो...खिचड़ी का पानी उतार दूँ या तुम पकाओगे?”

“तू जा कहाँ रही है?” सिंघाय अवाक् देखता रहा।

माधो की माँ ने बरतन से आधा सेर दूध लिया छोटे बरतन में, नया अरवा चावल सेर-भर, मूँग की दाल। अपनी हाटवाली टोकरी में सबकुछ रखकर वह फाल पर पानी डालकर ठंडा करने लगी।

“कहाँ जा रही है, हाट पर? कह रहा हूँ, दुनिया का कोई लुहार नहीं छुएगा तुम्हारा टेढ़ा फाल।”

"माधो के बाबू! तुम बैलों को नहलाओ, मैं अभी आई। पाव कोस ज़मीन जाते-जाते जितनी देर लगे। माधो को फुसलाकर चुप कराती हुई माधो की माँ आँगन से निकल गई। सिंघाय आखिरी बार बड़बड़ाया—"कहाँ गई भगवान जाने!"

माधो ने हँसकर कहा, "माँ मेरे लिए खुरपी लाने गई है।"

बूढ़े रेलवे मिस्त्री ने सीधा-सम्बर के साथ माधो की माँ के सलोने स्वास्थ्य को भी आज गौर से देखा।...हूँ! गाँव के लुहार-कमार लोहे और लकड़ी को ही पहचानते हैं, सोने को क्या पहचानें! तिरपाल क़ी छाया में बैठने को कहा माधो की माँ को। बूढ़े मिस्त्री ने माधो की माँ की दुख-भरी कहानी सुनी, चुपचाप।...सिरपंचमी का सगुन लेकर आई है माधो की माँ!

जवान मिस्त्री ने कहा, "इसमें सोचने-विचारने की क्या बात है मास्टर! पीट दीजिए फाल!"

बूढ़े मिस्त्री ने कहा, "बाद में कोई झंझट करें गाँववाले तो?"

"झंझट!" जवान मिस्त्री हँसा—"आप भी कैसी बात करते हैं मास्टर! रेलवई हद के अन्दर कौन झंझट करने आएगा? तिस पर देहात का आदमी!"

माधो की माँ ने बूढ़े मिस्त्री की ओर बड़ी करुणा-भरी निगाह से देखा, घूँघट जरा सरकाकर।

बूढ़ा मिस्त्री तब तक गाँजे की चिलम शेष कर चुका था। उसने नई निगाह से देखा माधे की माँ की ओर।...दोपहर में खिलनेवाले फूल का क्या भला-सा नाम है, प्लेटियर साहब के बँगले पर दोपहरिया फूल!

"अच्छी बात। बैठो, बैठो! आराम से बैठ जाओ!"

माधो की माँ घूँघट खींचकर टोकरी से फाल निकालने लगी—"जरा जल्दी मिस्त्रीजी, सगुन की बेला में अब देर नहीं।"

मशीन से चलनेवाली घरघराती हुई धौंकनी फुफकार उठी—फू-ऊ-ऊ!...कहाँ का टेढ़ा फाल!

माधो की माँ एकटक अपने फाल को देखती रही। बात-बात में लाल हो गया उसका फाल। जवान मिस्त्री ने माधो की माँ की ओर देखकर कहा, "सौ चोट लुहार की तो एक चोट सरकार की!" माधो की माँ दाँत खोलकर मुस्कुराई। लाल टेढ़े फाल को निकालकर निहाई पर रखा जवान मिस्त्री ने। ठनाँग-ठनाँग-ठनाँग...!

प्रत्येक चोट पर क्रमशः मुस्कुराहट खिलती गई माधो की माँ के होंठों पर।...सुधरा हुआ सगुन। वह खिलखिलाकर हँस पड़ी। कितना बढ़िया लगने लगा अब वही फाल! कृतज्ञता से गद्‌गद हो गई वह। उसके सिर का कपड़ा बार-बार सरककर गिरा। बूढ़े मिस्त्री की आँखों में बार-बार रंग उतर आया।

फाल के बाद जब माधो की माँ ने एक नंगी मोथरी खुरपी निकाली तो जवान मिस्त्री हँस पड़ा। बोला, "कपड़े के नीचे छिपाकर बैठी है, न जाने और क्या-क्या!"

माधो की माँ लजा गई। बोली, "बस, एक खुरपी यह है। और एक छोटी-सी खुरपी बबुआ के लिए यदि बना दो।...हँसुआ मैं सिल पर ही तेज़ कर लूँगी।"

बूढ़े मिस्त्री ने कहा, "बना दे धतुरिया, जो-जो चीज़ कहती है बना दे।...लेकिन खुरपी का बेंट तो हमारे पास न बनेगा।"

धतुरिया ने कहा, "वह भी हो जाएगा। बड़ेवाले औज़ार-बक्स में कई छोटे-बड़े छूँछे बेंट हैं पुराने; लगा दूँगा।"

"लगा दे, लगा दे। तुम छाया में बैठो, दूधवाली! बना देगा सबकुछ। बना दे धतुरिया।" बूढ़ा गाँजे में दम लगाने लगा।

दो घंटे में ही सबकुछ बनकर तैयार हो गया। दो घंटे तक बूढ़े मिस्त्री ने अपने सिरपंचमी के साकार सगुन को जी भरकर निहारा।

माधो की माँ बोली, "कल सिरपंचमी का परसाद दे जाऊँगी। केला अधपका है घर में।...गरीब आदमी हैं हम।"

बूढ़ा दो चिलम गाँजा पीने के बाद, मनोकामना पूर्ण करनेवाले, बाबाजी के मूड में आ गया था। बोला, "कौन अमीर है, कौन गरीब है!...तुम्हारा घरवाला भला गरीब? बस, अभी दस दिन हम लोग हैं यहाँ। चाय के लिए पाव-भर दूध की रोज़ ज़रूरत होती है। परदेसी आदमी... ।"

"पाव-भर ही क्यों, मैं रोज़ आध सेर दूध दे जाऊँगी।"

जवान मिस्त्री ने बीड़ी सुलगाते हुए माधो की माँ के सामने एक बीड़ी फेंक दी। माधो की माँ बोली, "मैं बीड़ी-तम्बाकू नहीं पीती भैया!"

टोकरी सिर पर रखने से पहले उसने सूरज की ओर देखा।...हल उठने से पहले ही वह गाँव पहुँच जाएगी।

बूढ़ा मिस्त्री बहुत देर तक देखता रहा, जब तक वह रेलवे बाँध के नीचे नहीं उतर गई।

माधो की माँ के पर लग गए हैं। वह इतनी हल्की हो गई है कि धरती पर पाँव ही नहीं पड़ते हैं मानो। पाव कोस ज़मीन पलक मारते पार हो गई; अपने गाँव की सीमा पर आकर उसने कमर में बँधे साड़ी के आँचल को खोलकर सिर पर घूँघट लिया। फिर टोकरी कमर में लेकर धीरे-धीरे चलने लगी। आँगन में प्रवेश करने के पहले ही उसकी नज़र बिना नहाए हुए बैलों पर पड़ी। भला आदमी तो सो रहा है कम्बल बिछाकर।

"बबुआ!" बबुआ नहा-धोकर हाथ में पीली धोती लिए पड़ोस में घूम रहा है। माँ की बोली सुनकर दौड़ता हुआ आया।

सिंघाय की नींद खुली। लेकिन सपने का भ्रम छाया रहा उसकी आँखों पर।

माधो अपनी छोटी-सी प्यारी खुरपी दिखला रहा है, लाल बेंटवाली। माधो ने कहा, "बाबा, जल्दी बैलों को नहलाओ। माँ फाल सीधा करवा लाई। तुम्हारी खुरपी में भी अँगरेज़ी बेंट है।"

"ऐं!' सिंघाय ने माधो और उसकी खुरपी को छूकर देखा। ठीक ही तो! यह तो सचमुच माधो है!

दबी हुई खिलखिलाहट सुनकर उसने निगाह उठाई—"अरे माधो की माँ!"

माधो की माँ बोली, "ऐसी नींद है तुम्हारी? और इतना भौंचक्क होकर क्या देख रहे हो?"

सिंघाय हड़बड़ाकर उठा।...यह माधो की माँ भी सचमुच माधो की ही माँ है। माधो की माँ ने आँचल में छिपाई हुई टोकरी सामने रख दी। सिंघाय ने झपटकर अपना फाल निकाला—"अरे वा-ह-ह! ऐसी धार! और, यह तुम्हारा हँसुआ और मेरी खुरपी में भी अँगरेज़ी बेंट!...माधो की माँ, अब क्या कहूँ, सचमुच तुम जादू जानती हो।..."

"रहने दो। घंटे में पाँच बार मिज़ाज़ बदलता है मर्द का! न तुरन्त आँख लाल करके लाठी चमकाते लाज और न दाँत निपोरकर दुम हिलाते लाज!" माधो की माँ मान-भरी मुस्कुराहट बिखराकर बोली, "गाँव के लोग हल-बैल लेकर निकल रहे हैं और तुम सोए हो।"

सिंघाय की देह में दुनिया-भर की फुर्ती आ गई। बोला, 'तुरत!"

गाँव से उत्तर, परती पर सभी किसान जमा हो रहे हैं, हल-बैल और बाल-बच्चों के साथ।

हलवाहों और चरवाहों को नई धोती मिली है। तेल-लगे बैलों के सींग धूप में चमकते हैं।

गाँव-भर के लोग श्रीपंचमी का सगुन देखने आए हैं। एक नौजवान हलवाह रह-रहकर गाँव की ओर मुँह करके पुकारता है—"चल ऽ-ऽ-ऽ! चल-ऽ! हल उठे-ए-ए-ए-हो-ओ-ओ-ओ!"

गाँव की पुरानी रीत है...क्या बारह हल जोतनेवाले बड़े और क्या एक हल जोतनेवाले छोटे, सभी किसान एक साथ हल खड़ा करेंगे।

"हलवाहे सभी आ गए, सिंघाय को छोड़कर।"

"सिंघाय को छूटा हुआ ही समझो! वह नहीं आएगा।"

"आ रहा है।...सिंघाय भी आ रहा है।"

"टेढ़े फाल से ही सिरपंचमी करेगा...टेढ़े फाल से?"

सिंघाय ने कन्धे से हल उतारकर जवाब दिया—"भगवान की नज़र टेढ़ी न हो, फिर फाल तो फाल, सिंघाय का बाल भी नहीं टेढ़ा कर सकता कोई!"

सभी चकित हो गए। सीधा फाल! कहाँ से फाल सीधा करवा आया तुरत? एक-एक करके सभी सिंघाय के हल के पास आकर जमा हो गए। पहले ही खुरपी से ज़मीन छीलकर अपनी-अपनी पूजा पूज चुके थे सभी। सिंघाय की पूजा के समय गाँव-भर के लोग आकर जमा हो गए हैं...इसको कहते हैं सगुन! गाँव के सरगना किसान की पूजा के समय भी इतनी भीड़ नहीं थी।

''सचमुच! फाल भी सीधा है और खुरपी का बेंट? बेंट पर पालिस है। उसके बेटे की खुरपी तो और भी फैन्सी है। लाल बेंट! अँगरेज़ी बेंट!''

''अँगरेज़ी नहीं जरमनियाँ!'' सिंघाय ने कहा, ''पूजा के पहले छू-छा मत करो भाई! हम गरीब आदमी कहाँ से अँगरेज़ी बेंट लाएँगे।''

''पूजा पर बैठे हो, पूजा करो। अँगरेज़ी-फारसी पीछे छाँटना!'' माधो की माँ विरक्त होकर घूँघट के नीचे से बोली।

मुट्ठी-भर अक्षत लेकर भक्ति-भरे मन से सिंघाय ने पूजा की। पूजा करने में उसने जान-बूझकर जरा देर कर दी।...इस शुभ घड़ी का 'पसर' कर उपभोग करे न वह!

माधो की माँ ने आँचल के खूँट से नई अठन्नी निकालकर पूजा पर रख दी। हल जोतने के बाद, फाल के मुँह पर आम के पल्लव में लपेटकर रुपया या अठन्नी बाँधते हैं।...माधो की माँ नई अठन्नी की तरह चमक रही है आज!

सिरपंचमी की रात में होरी गाते समय लोगों ने देखा, सिंघाय के गले में सबसे ज्यादा रस है।

न जाने कितने कुग्रहों की नज़र काटकर एक सगुन शुभ होता है। शुभ सगुन के बाद भी कुग्रहों की नज़र लगी रहती है।

गाँव के स्त्री-पुरुष, सिंघाय और उसकी स्त्री की गतिविधि पर सतर्क दृष्टि डाले बैठे हैं।...सगुन शुभ कैसे हुआ? माधो की माँ ने हाट में नई चोली खरीदी है। माधो का कुरता बाघ-छाप कपड़े का है। माधो की माँ चार घंटे तक पुल के पास बैठती है, मिस्त्री लोगों के पास। जिसने बिगड़े सगुन को शुभ किया, उसका मन तो रखना ही होगा। आध सेर दूध का दाम तीन घंटे पर मिलता है भला! सिंघाय बेखबर है। कड़े पानी का फाल है उसका। खूब गहरे जोतता है। खेतों में कड़ा होने से क्या, घर-गृहस्थी में तो मिट्टी का लोंदा हुआ जा रहा है यह सिंघाय!

कालू कमार ने एक दिन अपने लुहरसार में बात छेड़ी—''अब तो जनाना लोग फाल पिटवाने जाती हैं इस गाँव की, रेलवे के लुहार के यहाँ!''

''जनाना लोग मत कहो। एक के चलते सभी को बदनाम मत करो!''

आज सिंघाय की अनुपस्थिति में उसके कई शुभेच्छु उसके पक्ष में बोल उठे, ''देखो भाई, सभी की औरतें हाट-बाजार में सौदा बेचती-खरीदती हैं। अकारण ही किसी को दोष मत दो।''

''सिंघाय से कुछ ले-देकर निपटारा कर लो, कालू!''

कालू चुपचाप धौंकनी की कड़ी खींचकर लोहा लाल करता रहा।

हल जोतकर लौटते समय, खड़ी दोपहर को हरखू से बतकही हो गई सिंघाय की। हरखू ने गाली के बदले में गाली नहीं दी। लाल लोहे की तरह बात उसने सिंघाय के कलेजे पर बिठा दी–''सिंघाय, यह रेलवे गरमी बहुत देर नहीं रहेगी तुम्हारी!''

–रेलवे गरमी!

पाँच बाल्टी पानी से नहाने पर भी हरखू की बात की गरमी, सिंघाय की देह को तपाती रही। खाते समय दाल में अधिक नमक मालूम हुआ। माधो का मुँह देखकर वह चुप रहा।...दाल में इतना नमक डालकर भी मार से बच जाए रसोई बनानेवाली! सिंघाय चुपचाप खा गया, नमक से जली हुई दाल।

हुक्के का पानी पाँच दिन से बदला नहीं गया है। गुड़ की तरह लाल हो गया है। सिंघाय ने बीड़ी सुलगाई।

माधो की माँ हुक्के में ताज़ा पानी और चिलम में टटकी आग डालकर ले आई।

''सिरपंचमी का सगुन तो हुआ, एक दिन मिस्त्रीजी से भेंट क्यों नहीं कर आते; आज भी कह रहे थे मिस्त्रीजी।''

...दिन-रात 'मिस्त्रीजी-मिस्त्रीजी' करती है। रेलवे-मिस्त्री तो सभी दिन नहीं रहेगा? माधो की माँ न जाने क्यों चाहती है कि सिंघाय आज ही जाए रेलवे-मिस्त्री के पास। आज दूध लेकर लौटते समय ही उसने तय किया है, माधो के बाप को भेजेगी।

''आज अबेर में खैनी-तम्बाकू पहुँचाना है मिस्त्रीजी को।''

माधो की माँ ने खोंचा देते हुए कहा, ''अब अबेर-कुबेर में मैं तो नहीं जाऊँगी खैनी-तम्बाकू लेकर।''

सिंघाय कुछ सोचकर बोला, ''ठीक है, आज मैं ही जाता हूँ। देखूँ तुम्हारे रेलवे-मिस्त्रीजी को।...हरखू की बात ठीक है या तुम्हारी, आज ही देखना है।''

सिंघाय की आँखों के आगे टेढ़ा फाल नाच गया, एक बार।...हुक्का धुला है!

सिंघाय ने हुक्का पीते हुए पूछा, ''माधो कहाँ गया है?...तू आज उदास क्यों है माधो की माँ? इधर सुन तो जरा।''

माधो की माँ ने मुस्कुराने की चेष्टा की।

सिंघाय का पैर टीपने लगी वह। हरखू की बात की गरमी उतर गई धीरे-धीरे।

''राम-राम मिस्त्रीजी। मैं माधो का बाप हूँ।''

''राम-रा...। माधो का बाप!'' बूढ़े मिस्त्री ने सिंघाय को गौर से देखते हुए कहा। जवान मिस्त्री ने कहा, ''दूधवाली का घरवाला?''

''ओ-ओ! दूधवाली का घरवाला, टेढ़े फालवाला?'' बूढ़े मिस्त्री ने गा-गाकर कहा, ''बैठो-बैठो, क्या नाम है तुम्हारा?''

सिंघाय को बूढ़े मिस्त्री की बात अच्छी नहीं लगी...दूधवाली का घरवाला, टेढ़े फालवाला! फिर भी वह चुपचाप बैठ गया। बोला, "मेरा नाम सिंघाय कहार है।"

"लेकिन सींग रहते भी...। ओ-ओ! कहार न हो! तुम्हारे गाँव के कमार का क्या नाम है?...कालू कमार? ओ-ओ!"

सिंघाय ने लक्ष्य किया, बूढ़े मिस्त्री की हर बात में गा-गाकर 'ओ-ओ' करने की आदत है।..."बस, एक लड़का! पहला बेटा! ओ-ओ भैंस तुम्हारी दुधार है। दो सेर दूध देती है? ओ-ओ! ऊख की भी खेती करते हो? ओ-ओ!"

...बड़े रसिया हैं, बूढ़े मिस्त्रीजी तो!...सिंघाय को हरखू की बात याद आई।... दूधवाली!

बूढ़े मिस्त्री ने सिंघाय को चाय पिलाई। पीने से पहले सिंघाय ने एक बार नज़र बचाकर चारों ओर देखा। ज़िन्दगी में पहली बार उसने चाय पी। तामचीन के बर्तन में चाय पीते समय उसे माधो की याद आई। पहली चुसकी लेते समय ही उसके होंठ जल गए।

दोनों मिस्त्री हँस पड़े—"फूँक-फूँककर पियो...! देखता हूँ, तुमसे ज़्यादा होशियार तुम्हारी घरवाली है!"

बूढ़े मिस्त्री का अनुमान गलत निकला। उसने सोचा था, टेढ़े फालवाला बगलोल किस्म का आदमी होगा। चाय पीते समय उसके होंठ भले ही जले, गाँजे की चिलम को एक ही बार में सोंट गया सटसटाकर। और वह दूसरों की पुड़िया भूँजनेवाला नहीं। अपने बटुए में भी एकाध चिलम के लायक माल रखता है। दो चिलम पीने-पिलाने के बाद सिंघाय ज़रा वाचाल हो गया। उसने अपने पुरखों की एक-से-एक कहानियाँ सुनाईं, पौरुष-भरी। वह साधारण कहार नहीं, राज कहार है। उसके पुरखे राजा-रानी को ढोते थे डोली में।...उसने आठ वर्ष तक अखाड़े की मिट्टी में देह पचाई है। भैंस का दूध...!

बूढ़े मिस्त्री की मुस्कुराहट को परखता है सिंघाय। ज़रूर कोई फूट की बात बोलेगा बूढ़ा।

बूढ़े मिस्त्री ने गा-गाकर कहा, "बड़े-बड़े अखाड़े के पहलवान भी औरत के फेर में पड़कर एक ही साल में चित्त हो जाते हैं। समझे? औरत क्या है, धौंकनी। लोहे को गला दे!"

तीसरी चिलम के बाद जवान मिस्त्री ने सिंघाय से ज़रा ललकार-भरे सुर में कहा, "भैंस के दूध और अखाड़े की मिट्टी का मुँहज़बानी बयान तो खूब सुना, दो हथौड़ा चलाओ तो समझूँ।"

सिंघाय तैश में आ गया। उसने कन्धे पर रखी गमछी से कनपट्टी बाँध ली। बूढ़े मिस्त्री ने मशीनवाली धौंकनी चलाई...फू-ऊ-ऊ! घर्र र-र!

सिंघाय ने बड़ा हथौड़ा उठाया—ए-ठाँय! ए-ठाँय! ए-ठाँय! ए-ठ-र्र-क्!

"सँभाल! के-ए-ए!" बूढ़ा मिस्त्री चिल्लाया। सिंघाय उछलकर दूर खड़ा हो गया। उसने जवान मिस्त्री की ओर देखा। सिंघाय का क्या कसूर! जवान मिस्त्री के हाथ से सँड़सी-सहित लोहा छूटकर छिटक गया। बाल-बाल बच गया सिंघाय का दाहिना पैर।

जवान मिस्त्री अवाक् होकर सिंघाय को देखता रहा। बूढ़े मिस्त्री के मुँह से निकला–"ओ-ओ!" बूढ़े मिस्त्री ने सिंघाय को अपने पास बिठाया और फिर पालिस की हुई बातें करने लगा–"ऐसी देह-दशावाले का फाल टेढ़ा कर देता है गाँव का कमार-लुहार? क्या धरा है गाँव में, शहर में तुम्हारे-जैसे आदमी एक साल में कमाकर मगरमस्त हो जाए।" बूढ़े मिस्त्री ने बताया, उसके साहब बहुत अच्छे आदमी हैं। उसने सिंघाय-जैसे बहुत-से जवानों को नौकरी दिलवा दी है। सिंघाय गाँव में अपनी हड्डी को बेकार गला रहा है। सिंघाय सोच-विचारकर देखे। घर-बाहर मिलाकर राय-बात करे।

कैसी राय-बात? गाँव छोड़ने की? माधो की माँ से? सिंघाय उपेक्षा-भरी हँसी हँसकर बोला, "शहर जाने की बात घर में सुनाकर घर-झगड़ा कौन मोल लेने जाए! एक तो मेरी घरवाली शहर और शहरवालों से चिढ़ी रहती है। दूसरे हम ठहरे गँवई-गाँव के आदमी। खेत-खलिहानों में बेकार भी पड़े रहेंगे, तो कोई बात नहीं। शहर में तो...।"

जवान मिस्त्री ने कहा, "तुम्हारी घरवाली तो कह रही थी कि गाँव से बाहर कमाने के लिए जाता ही नहीं है मेरा घरवाला!"

सिंघाय का चेहरा तमतमा गया।...फाल सीधा कर दिया है तो क्या किसी की घरवाली की बात करेगा? सिंघाय ने अपनी अधूरी बात पूरी की–"शहर के आदमी की क्या परतीत, हँस-हँसकर बात करेंगे, कलेजे के अन्दर हाथ देंगे! गाँव की बहू-बेटी क्या जाने!"

"दूधवाली..."

सिंघाय ने बूढ़े मिस्त्री से कहा, "दूधवाली मत कहिए।...बड़ा खराब लगता है सुनने में।" सिंघाय की रुखाई देखकर बूढ़ा मिस्त्री चुप हो गया।

घर लौटते समय राम-राम कहना भूल गया सिंघाय। जवान मिस्त्री ने कहा, "कल दूध देकर ज़रा जल्दी भेज देना।"

सिंघाय ने कन्धे पर लाठी लटकाते हुए कहा, "कल दूध नहीं हो सकेगा।"

सिंघाय को अपनी भैंस की याद आई। भैंस के साथ माधो की माँ की भी। रास्ते में रह-रहकर बूढ़े मिस्त्री की कूट-भरी मुस्कुराहट की याद आई। उस तरह मुस्कुराने के माने? भैंस तुम्हारी दुधार है, माने? तुमसे ज़्यादा होशियार तुम्हारी घरवाली है, माने?...बूढ़ा साला बड़ा रसिया है! ओ-ओ! शहर भगाने का मन्तर भी दे चुका है। ओ-ओ!

गाँव में प्रवेश करने के बाद सिंघाय के पैर खुद-ब-खुद कालू कमार के टोले की पगडंडी पर बढ़ गए।

कालू विस्मित हुआ। बोला, "मैं भी तुमसे मिलकर बात करना चाहता था। लेकिन तुम्हारी बहू ने ऊख छीनकर बेपानी कर दिया मेरी घरवाली को। नहीं तो तुम्हीं कहो, कभी खैन का तकाज़ा भी किया है?"

कालू की घरवाली बहुत मीठी बोली बोलना जानती है–"अहा-हा! सिंघाय को दोख मत दे कोई। आदमी नहीं, मिसरीकन्द है, लेकिन...अब जाने दो, क्या कहूँ! कितने लोग कितनी बातें करते हैं। रेलवे-मिस्त्री लोगों का क्या ठिकाना!"

कालू ने कहा, "फिर एक ही लड़केवाली जनानी तो बूढ़ी नहीं। जवान-जहान की मति है अभी भी! यों घरवाली तुम्हारी लछमी है, लछमी।"

कालू की बीवी ने मुँह टेढ़ा कर लिया–"लछमी! सिंघाय को लेकर शहर उड़ने के लिए कल-काँटा ठीक करवानेवाली बहू!"

सिंघाय ने कालू से एकान्त में बात करनी चाही–"एक बात है।"

लड़के की शपथ खिलाकर सिंघाय ने कहा, "रेलवे की बात है, इसीलिए कहते ज़रा डर लगता है।...पुल के नीचे पानी में लोहे के छोटे-मोटे टुकड़े डाल देता है काम करते-करते।"

"कहाँ? पुल के नीचे? पानी में? जरूर, वह लोहा हाट के लुहार के पेट में जाएगा। कब तक काम चलेगा यहाँ? बस, कल तक?"

सिंघाय ने कहा, "रात में वे लोग माइल-घर में चले जाते हैं।"

कालू खुश हुआ। सिंघाय ने कहा, "मेरे लिए एक कुल्हाड़ा तैयार कर देना, कालू भाई!"

कालू हँसा–"एक कुल्हाड़ा!...चलो, पहले कुछ खा लो। एक बात करेंगे।"

कालू ने दाल में घी डालकर खिलाया सिंघाय को। कालू की स्त्री ने दूध में गुड़ मिलाकर पीने को दिया!–"खैन-धान कौन माँगता है तुमसे! हम लोगों को दिल की भूख है!"

कालू ने सिंघाय को तैयार कर लिया। न जाने क्यों, आज घर लौटने की आवश्यकता नहीं समझी सिंघाय ने।...कोई कांड हो जाएगा घर जाते ही, इसलिए उसने कालू की बात मान ली।

वसन्तपंचमी के बाद रात में एक विचित्र हवा चलती है इलाके में। जिसे लग जाए, उसे महीनों सुला दे। कालू और सिंघाय को नहीं लग सकती वह हवा।...चोर को न साँप काटता है न निमोनिया होता है।

कालू और सिंघाय पुल के नीचे पानी में सतर्क होकर पाँव रखते हैं। कलकल, ठंडा पानी, कुटकुट काटनेवाला कीचड़! पैर में गड़नेवाले लोहे के टुकड़े।...दर्जनों छोटे-बड़े टुकड़े। मनों लोहा। कालू की आँखों के आगे कुल्हाड़े, भाले, सरौते आदि की दुकान झलमला गई। हाट का लुहार इसी कारोबार से मालोमाल हुआ है।

सिंघाय का दिल ठंडा होने लगा धीरे-धीरे। रेलवे-मिस्त्री लोगों की क्षति करके उसे सन्तोष हुआ। कालू ने उसके दिल को फिर से गरम किया–"यदि तुम हथौड़ा चला दो, तो चार भाग में एक भाग तुम्हारा भी हो जाए। लकड़ी के काम में मेरे दोनों लड़कों की देह ही खराब हो गई। चार हाथ हथौड़ा नहीं पीट सकते।...कोयला मेरे घर में है काफी।"

चार भाग में एक भाग रकम चार आना! सिंघाय तैयार हो गया।...साले जवान मिस्त्री ने जान-बूझकर सँड़सी छोड़ दी थी शायद।

ए-ठाँय, ए-ठाँय!...बस! ए-ठाँय, ए-ठाँय! ठीक है! ए-ठाँय, ए-ठाँय! अब कल फिर। कालू ने उठकर सिंघाय की बाँह पकड़ी–"वाह सिंघाय भाई, अब आज रहने दो, भोर हो गई।...तुम्हारी घरवाली सचमुच लछमी है। क्या जतन से तुम्हारी देह पाल रखी है उसने! यहाँ तो साली... ।"

सिंघाय ने चिलम तैयार करते हुए विरक्त वैरागी की मुद्रा बनाई–"क्या भोर-भोर औरतों की बात लेकर शुरू कर दिया! घटरमैन!"

"नहीं सिंघाय भाई! औरतों की बात में पड़कर मैंने तुमसे मनमुटाव कर लिया; और औरत ने तुम्हारे बिगड़े सगुन को सुधार दिया। औरत-औरत की बात!"

"पहले अन्दाज़ बताओ कि कितने का हिसाब बनेगा?"

"तुम निश्चिन्त रहो। अब जाओ घर, आराम करो। तुम्हारी घरवाली रात-भर सोई नहीं होगी।"

सोई नहीं होगी! सिंघाय ने घर लौटते समय रुपये का हिसाब किया।...साली सोई नहीं होगी भला–शहर का सपना देखती रही होगी रातभर।...रकम सोलह आने में चार आना। ओ-ओ! तुम्हारी घरवाली तुमसे ज़्यादा होशियार है। ओ-ओ! दूधवाली! टेढ़े फालवाला!

"हे भगवान्! खूब हो तुम, संझा का तारा उगने से लेकर भुरकुवा के डूबने तक टकटकी लगाए बैठी हूँ। माधो तो भूखा ही सो गया। कहाँ रहे रात-भर माधो के बाबू!"

माधो सपने में बड़बड़ा उठा–"मेरी खुरपी मत ले कोई!"

माधो की माँ को लोहाइन गन्ध लगी, सिंघाय की देह में। पैरों में जहाँ-तहाँ खोंच लगे हैं। हाथ? हे राम! हाथ में इतने फफोले कैसे हुए?

सिंघाय की नींद से माती हुई लाल-लाल आँखें झिपने लगीं। मुसलमान टोले में मुर्गे ने बाँग दी। सिंघाय की नाक बोलने लगी।

दोपहर को नहाने-खाने के बाद सिंघाय मन-ही-मन हँसा। उसने माधो की माँ के हाथ से हुक्का लेते हुए कहा, "माधो की माँ! बैठो।...तुम्हारा जी गाँव में नहीं लगता है; शहर जाना चाहती हो? बोलो, यहाँ धरा ही क्या है! कहो तो सब कुछ... ।"

"क्या हो गया है तुमको, कहो तो? कैसी अलच्छन-भरी बातें करते हो! शहर ही जाना था तो सिरपंचमी का सगुन किसलिए? मुझे क्या लक्का कबूतर समझ रहे हो, उड़ने के लिए छटपटाता है जी मेरा? माधो के बाबू, इस तरह मेरी ओर मत देखो अब। सच कहती हूँ, मैं सिल पर माथा कूटकर मर जाऊँगी। मुझे चार लाठी मार लो, लेकिन ऐसी बातें मत कहो!"

सिंघाय हँसा–"कालू ने तुमको ठीक पहचाना है।"

"दूसरों की बातों में पड़कर...।"

सिंघाय ने इधर-उधर देखकर हुक्का दीवार के सहारे टिका दिया। फिर माधो की माँ की गरदन पर हाथ रखकर झकझोर दिया। माधो की माँ के बाल बिखर गए।

"मेरी क्या अपनी आँखें नहीं हैं पगली, इधर सुन तो जरा...।"

सिंघाय ने अपनी स्त्री के मुखड़े को ग़ौर से निहारा, साक्षात् लछमी! रकम सोलहो आना!

"छिः माधो के बाबू!...क्या हो गया तुमको? रोते क्यों हो?"

माधो न जाने कहाँ से तुलसी का एक बिरवा उखाड़ लाया है, खुरपी से! वह बड़े उत्साह में है। माँ ने उसे गोद में बिठा लिया। बोली, "माधो के बाबू, इधर देखो! माधो की ओर देखकर कहो, अब कभी ऐसा काम नहीं करूँगा।...तुम्हीं सोचो, तुमने अच्छा किया है!"

सिंघाय ने पूछा, "तू फिर सुबह दूध देने गई थी पुल के पास?"

"गई थी! वहाँ कौन दूध लेता है आज! दोनों मिस्त्रियों का मुँह सूखा हुआ था।...मुझसे बूढ़े मिस्त्री ने पूछा, कालू कमार से तुम्हारे घरवाले का मेल हो गया क्या?"

"तुमने क्या कहा?"

"मैं क्या जानूँ!"

"ओ-ओ!"

माधो की माँ खिलखिलाकर हँस पड़ी। बोली, "लेकिन तुमको बता देनी ही होगी। बोली, फिर इस रास्ते पर पाँव नहीं दोगे माधो के बाबू!" सिंघाय ने तुलसी का बिरवा हाथ में लिया। माधो को गोद में लेकर बोला, "बबुआ! तू फाल-खुरपी छोड़, सिलेट-पेन्सिल धर!...हम लोग बैल होकर रहे। बैल की बुद्धि।"

माधो बोला, "आज, तुलसी देवता को रोप लेने दो पहले।"

अप्रैल, 1958

तीर्थोदक

बात अनसुनी करके साइकिल पर सवार होते हुए लल्लू को जब बाप की वज्र-कठोर झिड़की मिली, तो परिवार के अन्य सदस्यों ने परिस्थिति की गम्भीरता का अन्दाज़ लगा लिया।

"लल्लू-उ-उ-उ! एक ही तमाचे में तुम्हारी सारी फुटफुटी निकल जाएगी।"

साइकिल के पुराने झड़ियल मडगार्ड झरझरा उठे। लल्लू साइकिल से उतर पड़ा। आँगन में, रसोईघर के पास बरतन-बासन माँजती मोतिया की माँ के हाथ से खगड़िया-कटोरी गिरकर झनझना उठी—"बूढ़े मालिक आज असली गुस्सा निकाल रहे हैं? दैब रे!"

"जिसको जाना है, खुद चली जाए! टिकट कटाए। इस घर का एक बच्चा भी किसी की झोली-गठरी में हाथ नहीं लगाएगा, न ही यहाँ का एक पंछी साथ जाएगा।"

पिछले दो दिन से वृद्ध बजरंगी चौधरी का मन कड़वाया हुआ है। सामान्य बात में भी पेंच लगाकर बोलते हैं। कभी बड़े लड़के शंकर की छोटी-सी ग़लती पर व्यंग्य-बाण छोड़ते हैं; कभी छोटे लल्लू को दर्जनों घरेलू और जंगली पशु-पक्षियों के नाम से पुकारते हैं—गधा, सूअर, उल्लू, गैंडा, बनबिलाव...। पास-पड़ोस के लोगों पर अकारण ही पिनकते हैं।

गाँव के लोग बजरंगी चौधरी के क्रोध से परिचित हैं। छोटे-बड़े उपसर्गों को देखकर अनुमान-अन्दाज़ लगते हैं—इस बार बाप-बेटे में ठनेगी।...कुछ होनेवाला है। बस, एक यही परिवार गाँव में टुटरू-टूँ चल रहा है...कब तक निभे?...बात क्या है?

परिवार का बड़ा बेटा शंकर बैठकखाने की ओर लपका। अपने बाप के क्रोध को वह जानता है। साल में एक या दो बार क्रोधित होते हैं। और उस दिन फिर कुछ होकर रहता है। जाते-जाते बहू की चेतावनी सुनाई पड़ी—"ई न्योतकर बुलाया गुस्सा है। कल कलेऊ की बेला से ही बाबूजी के मुँह पर अँधेरा छाया हुआ है। घर में खटखट-कचकच करके तीरथ जाने का क्या फल मिलेगा?...आज सोच-समझकर बात करे बाबूजी से कोई। हाँ!"

मँझला विष्णु पूजा की छुट्टियों में रात की गाड़ी से घर आया है; अभी तक सोया हुआ है। यों भी वह सुबह के आठ बजे तक सोता है। करवट लेते हुए वह अपने बिछावन पर अस्फुट शब्दों में बड़बड़ाया—"हा-ह-हस्स-स-बे-रे-स-बे-रे।" फिर,

आँखें मूँदे ही तकिए के नीचे दियासलाई टटोलने लगा।

उधर बैठकखाने में बाप का सारा गुस्सा शंकर के सिर पर बरसा—"तुम चुप रहो! बड़ा आया है वहाँ से, 'हो क्या गया, हो क्या गया' पूछनेवाला! मैं पूछता हूँ कि यह घर है या धरमशाला? जिसका जी जब जहाँ चाहा, चला गया! परम स्वतन्त्र न सिर पर कोऊ! कल से समझाकर थक गया, लेकिन...। जैसी माँ, वैसी औलाद। तीनों-के-तीनों नालायक लड़के मेरे ही घर में कैसे हुए? एक वह, रात में आया है, पढ़ा-लिखा बैल! चिट्ठी में दो-दो बार लिखा कि आते समय नौगछिया में उतरकर गीतिया को लिवाते आना, तो साफ़-साफ़ जवाब लिखकर भेज दिया, कि 'दीदी को लिवाने के लिए किसी और को भेज दीजिए; लिवाई-जवाई का झमेला मुझे पसन्द नहीं।'...सुअर! साथ नहीं लाया, बीमार बहन को जरा देखता ही आता। सो भी नहीं। अपनी बहन को साथ लिवा लाने में लाज लगती है और...!"

विष्णु की नींद टूट गई—ऐं! कॉलेज का नागा करके भैया की साली को मुँगेर से जमालपुर पहुँचाने की बात यहाँ भी पहुँच चुकी है?

दरवाज़े पर गाँव और पास-पड़ोस के कई व्यक्ति आ गए। बजरंगी चौधरी का कंठ-स्वर मद्धिम हुआ, किन्तु क्रोधाग्नि अन्दर-ही-अन्दर धुधुआती रही। अपने तीनों लड़के, बहू और अपनी बूढ़ी पत्नी की नादानी की कहानियाँ विस्तारपूर्वक सुनाने के लिए वह चौकी पर बैठ गए।

शंकर की अष्टवर्षीया पुत्री संझा गाँव की पाठशाला से भागकर आँगन में आई। स्लेट, बही-बस्ता वगैरह फेंककर दादी के पास ठुनकती हुई गई—"दादी, गठरी क्यों बाँध रही है? हाँ-य-य! मैं भी जाऊँगी।...लल्लू काका भी जाएगा, क्यों दादी?"

तीरथ-यात्रा की तैयारी में व्यस्त दादी ने झुँझलाते हुए कहा, "जा, जा! कोई नहीं जाएगा मेरे साथ।" षोडशवर्षीय लल्लू मुँह लटकाकर आया और माँ के सामने रुपया रखकर, चुपचाप दीवार के सहारे खड़ा हो गया। जगरनाथी लोटे के गले में डोरी की फँसरी लगाती हुई बूढ़ी बोली, "बहुत लोग मिल जाएँगे, टिकस कटा देनेवाले।"

विष्णु की बोली, मंजन के झाग से भरे हुए मुँह में गुड़गुड़ाई। मुँह नीचा करके उसने कहा, "मैंऽ-ऽवा!" फिर, ओसारे के बगल में झाग उगलकर बोला, "दूसरे से कर्ज़ लेकर तुम्हारी चीज़ ला दी है। रुपया देती जाओ। आज ही मनीऑर्डर से भेज दूँगा। दूसरे का रुपया...।"

बूढ़ी ने आठ महीने बाद घर आए हुए अपने पढुआ लड़के की ओर देखा—"कैसी चीज़? किसका रुपया?"

"बाबूजी की तस्वीर बड़ी करवा लाया हूँ। तुमने कहा था न! तीस रुपये लगे हैं। दूसरे से लेकर...।"

बूढ़ी रूखी आवाज़ में बोली, "गीतिया को देखते नहीं आए!...काठ हैं सब,

काठ! जैसा बाप, वैसे बेटे। निदरदों का झुंड!"

विष्णु ने तौलिए से मुँह पोंछते समय विकृत मुद्रा बनाई—"हूँ। देखते नहीं आए!...मुझे औरतों का रोना-धोना पसन्द नहीं। तिस पर तुम्हारी बेटी कुरता का खूँट पकड़कर, पद जोड़-जोड़कर रोती है।"

भाभी अपने ओसारे पर खड़ी घूँघट के नीचे मुस्कुराई। विष्णु बोला, "रुपया देती जाओ, नहीं तो दोनों बागड़ों को बेच दूँगा। लौटके देखना।"

बूढ़ी कुछ कहने जा रही थी कि गाँव के प्रसिद्ध शान्तिजीवी, मिष्टभाषी वृद्ध बोधबाबू ने धीरे-धीरे आँगन में प्रवेश किया। आते ही संझा से एक दरिया-दिल्लगी की वृद्ध ने—"क्यों दुलहिन, तू भी जाएगी?"

मुँह लटकाकर खड़ी संझा ने हमेशा की तरह 'धत्त बुढ़वा बकलोल' नहीं कहा। होंठ बिदकाकर चुप रही। बहू पीढ़ी दे गई। पीढ़ी पर बैठकर बोधबाबू ने खँखारकर अपना गला साफ़ किया—"लल्लू की माँ! बात यह है कि पहले मेरी पूरी बात सुन लीजिए। उतावली में काम करके पीछे पछताना पड़ता है। बजरंगी भैया कह रहे हैं, इस बार शिवरात्रि में काशीजी..."

"बहुत शिवरात सुन चुकी हूँ। अब और नहीं।" बड़े बेटे शंकर को सुनाकर बोली, "मैं किसी की एक कानी कौड़ी लेकर नहीं जा रही।"

शंकर ने समझाने की चेष्टा की—"मैया, तुम्हारी देह छूकर कहता हूँ, इस बार... ।"

"फिर मेरी देह की शपथ खाता है? लाज नहीं आती? नाती-पोते मेरे गंगा नहा आए और मैं अभागी ऐसी कि गंगा की कौन कहे, पौषी-पूर्णिमा में कभी कोसी की किसी गढ़हिया में भी एक डुबकी नहीं लगा पाई।"

शंकर बोला, "पिछले साल, मामले-मुकदमों के कितने झंझट झेलने पड़े हैं, सो तो किसी से छिपा नहीं।"

शंकर परिवार का कार्यकारी मालिक समझा जाता है। तिजोरी और गोदामघर की चाबियों के गुच्छे उसी के पास रहते हैं। अपने बड़े बेटे और बहू के व्यवहार से बूढ़ी सन्तुष्ट नहीं। बात काटती हुई बोली, "देख चुकी हूँ मामले-मुकदमे का चक्कर!...डॉक्टर से जाँच कराने के बहाने अपनी बहू को अटना-पटना, इल्ली-डिल्ली दिखला लाए। माँ की बेर मुकदमा का चक्कर सवार हो गया—बाप-पूत दोनों के सिर।"

बड़ी बहू मद्धिम आवाज़ में घूँघट के नीचे से ही बोली, "मैं किसी के पैसे से इल्ली-डिल्ली नहीं घूमी हूँ। सामने तो खड़ा है पूत। पूछ ले कोई, एक पैसे का पान भी खरीदा था किसी के लिए? मेरे काका का कितना रुपया खर्च हुआ है, पूछा है किसी ने कभी?"

वृद्ध बोधबाबू ने फिर खँखारकर अपनी उपस्थिति का संकेत दिया। बोले, "लल्लू की माँ! यों तो तीरथ जानेवाले को कोई नहीं रोकता; पाप होता है। लेकिन,

पुरुख, तो सब तीरथ से बढ़कर है। पुरुख-वचन काटे जो नारी... ।''

''रखिए अपना पुरुख-वचन! खूब सुन चुकी हूँ पुरुख-वचन। चालीस साल से और किसका वचन सुन रही हूँ?'' बूढ़ी की आँखों में आँसू आ गए। भरे गले से बोली, ''कभी बात से बेबात या चाल से कुचाल नहीं चली। तिस पर रोज़ तीन कोड़ी गालियाँ, सास-ससुर और इनकी...!''

बैठकखाने से बजरंगी चौधरी ने चिल्लाकर कहा, ''शं..कर! आँगन में बिदेसिया नाच हो रहा है क्या? जाने क्यों नहीं देते? क्यों रोकते हो? कौन रोकता है?''

सन्नाटा!

बूढ़ी उठी। चुपचाप, गृहदेवता की पायलागी करने लगी : 'जै बाबा बैदनाथ, जै बाबा विश्वनाथ! बहुत दिनों की लालसा मन की, पूरन करो ठाकुर!'' ओसारे पर आकर मोतिया की माँ से बोली, ''अरी मखनी, चल, गठरी उठा। टीशन तक पहुँचा दे। पाव कोस ज़मीन चलने से मेरी ऐंड़ी नहीं घिस जाएगी। नहीं चाहिए गाड़ी-छकड़ा। संग-साथ की भी जरूरत नहीं। गाँव के इतने लोग जा रहे हैं, और कितना संग-साथ चाहिए? तू टीशन तक पहुँचा दे।''

संझा रोई–''दा-आ-आ-दी।'' लल्लू की आँखें बरस पड़ीं। मोतिया की माँ ने गठरी उठाई। बूढ़ी ने लल्लू को झिड़की दी–''जात्रा के समय आँख-नाक मत पोंछो। रोता क्यों है?''

बहू ने पायलागी की। पिंजड़े में रुनकू तोते ने लल्लू और संझा का नाम लेकर पुकारा–पींपी-पेंपे!...लल्लू संझा!

–दुर्गा-दुर्गा! आँगन की चौखट से निकलते ही बूढ़ी की नज़र नंग-धड़ंग भूलोटन पर पड़ी। शंकर का दो साल का बेटा भूलोटन उस गोलमाल से फायदे में है। चौके के इस पार छिपकर वह मिट्टी खा रहा था। दादी को देखते ही, मुँह में घुलती हुई चिकनी मिट्टी की गोली निकालकर फेंकते हुए बोला, ''डा-आ-डी-ई। थी-थी! ए-ए!'' पेट पर मिट्टी-मिश्रित लार गिरकर सूख रही थी। बूढ़ी के जी में आया, संझा को पुकारकर कहे। किन्तु वह रुकी नहीं। उधर, लल्लू का बाप पुकारकर कह रहा था, ''ललवा को दरवाजे से ले जाओ पकड़कर। कोई परतीत नहीं, उसकी।''

बूढ़ी माया-ममता बिसारकर चली। मोतिया की माँ ने उड़ते हुए नीलकंठ की ओर दिखलाते हुए कहा, ''मालकिन! लीलकंठ देख लीजिए। जातरा बहुत ठीक है।''

हर साल देवघर के पंडे का सिपाही तीर्थयात्रियों को बटोरने आता है। स्टेशन पर पंडे ने अपने जजमानों की गिनती ली–तीस मरदाना, दस जनाना, दो नीमजवान लड़के।

तीर्थयात्रा के उत्साह से उत्फुल्ल नर-नारियों के बीच लल्लू की माँ का बुझा हुआ

चेहरा भी धीरे-धीरे खिलने लगा।...दो दिन से दुविधा में फँसा हुआ था मन!

पंडे के सिपाही ने हाथ जोड़कर दाँत निपोरते हुए कहा, "मायजी! बहुत दुःख की बात कि बड़े घर से सिर्फ़ एक जातरी।...मैं तो डर के मारे उधर गया ही नहीं। बूढ़े मालिक चार-चार हाथ कूद रहे थे।...लीजिए, मैंने पहले ही कटाकर रख लिया था कमीशन-टिकस। बस, एक महीना तक जहाँ-जहाँ जी में आए, घूमिए!"

पंडे के सिपाही ने अपने जजमानों को सम्बोधित करते हुए कहा, "सुन लीजिए, सब कोय! पहले चलिए भागलपुर में बाबा बूढ़ानाथ और सुलतानगंज में बाबा अजगैबीनाथ पर जल चढ़ाने–देवघर वैद्यनाथधाम। बाबा-धाम में दो दिन अलख जगाकर तब सीधे बड़ी लैन की गाड़ी पकड़कर काशी विश्वनाथ के दरबार...।"

तीर्थयात्रियों ने एक साथ लम्बी साँस ली–"जै हो! जै बाबा!" दोनों नीमजवान लड़कों को पंडे के सिपाही ने झिड़की दी–"ई दोनों बबुआन फुच्च-फुच्च कर हँसते क्यों हैं? अजगैबीनाथ नाम सुनकर हँसने की क्या बात!"

सभी तीर्थयात्रियों ने दोनों की ओर देखा।...लड़कपन ही है।

दोनों नीमजवानों के अभिभावकों ने एक ही साथ कहा, "लड़का है। इसके हँसने का क्या?"

सिपाही ने फिर से अपने जजमानों की गिनती ली–"ठीक है।" वह सिपाही कहने से नाराज़ होता है–"सिपाहीजी क्यों? मैं भी ब्राह्मण कुल का हूँ और पंडाजी भी ब्राह्मण। मैं पंडाजी का नौकर थोड़े हूँ? कमीसन पर काम करता हूँ।"

कमीसन-टिकस! कमीसन-पंडा! सभी यात्रियों ने अपने-अपने टिकटों को देखा–कमीसन-टिकस। लल्लू की माँ ने पूछा, "टिकस में कोई गड़बड़ी तो नहीं? अदला-बदली तो नहीं हुई है किसी से?"

पंडे के सिपाही ने दाँत से जीभ काटते हुए कान पर हाथ रखा–"मायजी! आप निफिकिर रहिए। मैं आपका बेटा हूँ। कोई शंका मत कीजिए, कोई गड़बड़ी नहीं।"

औरतें एक जगह जमा हो गईं–घूटर साह की बूढ़ी, डोमन की माँ, शशिकान्त की स्त्री...। घूटर साह सपरिवार जा रहा है, गाँव का महाजन है, घूटर साह।

घूटर साह की बूढ़ी माँ ने लल्लू की माँ से कहा, "मैं कहती हूँ कि काशीजी तक ही क्यों? काशीधाम पहुँचकर, तीरथराज परयाग न जाएँ तो करम का ही दोख समझिए।"

पंडे के सिपाही ने कहा, "अभी इतने ही धामों का हौसला कीजिए, क्योंकि परदेस की बात है और देह-जाँगर सबके हाथ है।"

घूटर साह ने कुढ़ते हुए अपनी बूढ़ी को घुड़की दी–"ईह! बड़ा हौसला बढ़ गया है, देखता हूँ।" घूटर साह की बूढ़ी का उत्साह कम नहीं हुआ, किन्तु...पंडे का सिपाही लल्लू की माँ से लल्लो-चप्पो करता है। घूटर साह की बूढ़ी किस बात में कम है? यह अगले साल केदार-बदरी जाएगी। इस बार परयागजी तक का मंसूबा है।

शशिकान्त की जवान स्त्री, लल्लू की माँ की गठरी सँभालती है–"आखिर हम लोग किस दिन के लिए हैं?"

पंडे के सिपाही ने अपने खास लहजे में एलान किया–"गठरी-मोटरी-अपाना-अपाना ठीक कीजिए ए-ए। घबराइए नहीं। गाड़ी आ रही है-ए-ए!"

चलती हुई गाड़ी की खिड़कियों से सभी ने अपने गाँव को देखा। भागते हुए बाग-बगीचे, ताड़ का पेड़, पुराना शिवाला, बजरंगी बाबू के दालान का हिस्सा। गाड़ी की चाल तेज़ हुई और देखते-देखते गाँव आँखों से ओझल हो गया।...सभी के चेहरे पर परदेस की छाया उतर आई।

लल्लू की माँ के कानों के पास एक बार फिर धारवाली तेज़ बात गूँज गई–"जैसी माँ, वैसी औलाद!" बूढ़ी का चेहरा उतर गया।...लल्लू संझा, भूलोटन! डा-आ-डी-ई!

घूटर साह की बूढ़ी और डोमन की माँ ने मिलकर वैद्यनाथ-महात्म का पद शुरू किया–"चलहु-चलहु रे मनुआँ बैदनाथ के धाम; बाबा बैदनाथ के धाम...!"

लल्लू की माँ ने पंडे के सिपाही को पुकारा। उसने कहा, "मायजी! मेरा नाम खंखड़ ओझा है। आप नाम लेकर ही बुलाइए।...नौगछिया टीसन? अभी कहाँ? कटिहार में गाड़ी बदलने के बाद, रात में एक बजे नौगछिया!"

नौगछिया स्टेशन से पाँच-सात कोस दूर किसी गाँव में बूढ़ी की बेटी रहती है, ससुराल में। उसने खंखड़ ओझा से कहा, "याद करके, नौगछिया टीसन आने से पहले चेता दीजिएगा!"...दो स्टेशन भी नहीं गुजरे, घूटर साह की बूढ़ी तीन बार ताना मार चुकी है। लल्लू की माँ को सुनाकर बोली, "ऐसे बेटे-बेटियों से निपूती ही भली। घर-भर लोग रहते हुए भी अकेली तीरथ जा रही है बेचारी!"

डोमन की माँ ने आजकल की बहुओं और उनकी बात में बहके हुए बेटों की निन्दा करते हुए बात का सूत्र अपने हाथ में लिया और अपने सत बेटे डोमन को सुनाकर बोली, "जिस दिन देखूँगी कि मेरा डोमन मेरी बात का जवाब देने के लिए होंठ पटपटा रहा है, तुरन्त आँगन के बीचोंबीच परदा लगवा दूँगी। मुँह भी नहीं देखूँगी।"

लल्लू की माँ कटकर रह गई, मन-ही-मन।...भगवान ने बोलने का मौक़ा दिया है; बोल लें लोग।

कटिहार पहुँचकर डोमन की माँ ने गठरी से चिउड़ा और खुरमा (सूखी मिठाई) निकालकर बढ़ाते हुए कहा, "मेरी पुतोहू के हाथ का बनाया हुआ खुरमा है।" लल्लू की माँ ने कहा, "चिउड़ा और खुरमा मेरी गठरी में है। मेरा जी अच्छा नहीं है, कुछ नहीं खाऊँगी।"

घूटर साह की स्त्री ने पूरी-मिठाई बेचनेवाले से पूछा, "दालपूड़ी है?"

घूटर साह कुढ़कर कचपचा उठा–"दालपूड़ी कौन खाएगा?"

लल्लू की माँ को घूटर साह के दमे की याद आई। दमे के दौरे के समय घूटर साह की स्त्री जड़ी लेने के लिए आती और बूढ़े के अपथ-कुपथ खाने से लेकर बुढ़ौती में बुढ़भस करने की कोड़ियों कहानियाँ सुना जाती–"बहिन, बूढ़े का दमा तो दम के साथ ही जाएगा, लेकिन मैं बेदम होकर पहले ही मर जाऊँगी। जो-जो मना है, वही खाएगा। लाज की बात क्या बोलूँ...!"

घूटर साह की बूढ़ी ताजा-भाजावाले को बुलाने लगी। लल्लू की माँ मन में हँसी।...घूटर साह की बूढ़ी ने ताजा-भाजा ही क्यों खरीदा?

शशिकान्त की स्त्री की नज़र प्लेटफार्म पर टहलनेवाली दो बंगालिन लड़कियों पर थी। ऐसी ही किसी लड़की ने उसके पति को शहर में भेड़ बनाकर रख लिया था। पढ़ाई-लिखाई तो चौपट हुई ही, बुद्धि-ज्ञान भी गँवा आए। बाबा वैद्यनाथ उसके पति की बुद्धि फिर से लौटा दें, यही मनौती करने जा रही है वह।...दुहाई बाबा!

"मायजी, नौगछिया आ रहा है।" खंखड़ ने ऊँघती हुई लल्लू की माँ को जगाया।

बूढ़ी हड़बड़ाकर उठी। माथे पर कपड़ा सरकाकर खिड़की से बाहर देखने लगी। ऊँघता हुआ नौगछिया स्टेशन! प्लेटफार्म पर भुकभुकाती हुई रोशनी में जाती हुई औरत का मुँह नहीं देख सकी। बूढ़ी ने लम्बी साँस ली–"गीता के ससुराल का टीशन!"

शशिकान्त की स्त्री गठरी की तरह बेंच पर सोई हुई थी। कठिहार में गाड़ी बदलने के बाद शशिकान्त की स्त्री चुपचाप रोई थी, घंटों। लल्लू की माँ ने कहा था, "बहू! लोटे में पानी है। आँखें धो लो; कँकरी पड़ गई है शायद।"

लल्लू की माँ शशिकान्त की बहू के दर्द को समझती है। सब भाग्य का खेल है; नहीं तो सोने-से लड़के शशिकान्त की ऐसी हालत हो? पढ़ने में सबसे तेज़, गाने-बजाने में सबसे आगे, कैसा सुन्दर शरीर! क्या हो गया सब! अब तो निपट मतिशून्य है।

"आपसे क्या छिपाऊँ? कपड़ा-बस्तर भी अब मैं ही पहना देती हूँ। सोच रही हूँ, इस बीच कौन देख-सुन करेगा? कौन दोनों शाम मुँह में कौर डालकर खिलाएगा?" उसका गला भर आया।

"बाबा बैदनाथ का नाम जाप करो, बहू!" लल्लू की माँ मन-ही-मन जपने लगी–बैदनाथ।

जाप करते-करते लल्लू की माँ ऊँघने लगी।...बहू तो तम्बाकू छूती नहीं। लल्लू का बाप हुक्के के बिना एक घड़ी भी नहीं रह सकता।...कौन तैयार कर देता होगा?

रोज़ पाँच बार हुक्का पटककर लल्लू पर गुस्सा उतारा जाएगा–"तम्बाकू का डिब्बा भी ले गई है अपने साथ! यह कौन सड़ा हुआ तम्बाकू चिलम में डालकर ले आया है?"...तम्बाकू और कौन होगा? चिलम में डालने के पहले जरा-सा गुड़ कौन मिला देगा? लल्लू की माँ ससुराल में पैर रखने के बाद से ही यह काम करती आई है। सास को हुक्का पिलाकर ही बस में किया था, अन्त में। सास के बाद लल्लू के बाप को हुक्के की लत लगी।..."गीता की माँ! सचमुच तुम तम्बाकू में कुछ मिलाती हो। हुक्के में दम लगाने के बाद मन बादशाह हो जाता है!..."

घूटर साह की बूढ़ी जगकर चीख उठी–"हाय रे दैब! मेरा लोटा? लोटा कोई ले गया।...गया लोटा!"

सभी यात्रियों को अपने-अपने लोटे की याद आई। घूटर साह ने झुँझलाकर कहा, "अच्छा हुआ। हर टीशन पर लोटा बढ़ाकर पानी-पांडे को बुलाओ अब।... घुच-घुच!"

साह और सहुआइन में ठंडी लड़ाई चल रही थी, घर से ही शायद! सहुआइन ने तीखा जवाब दिया–"प्यास लगने पर पानी नहीं तो क्या पिए आदमी? पानी में भी दाम लगता है?"

साह ने खनखनाती हुई तीखी और पतली आवाज़ में कहा, "पसेरी-भर ताजा-भाजा और...।" आधी बात भद्दे इशारे से पूरी की साह ने।

तिलमिला उठी बूढ़ी–"ताजा-भाजा, ताजा-भाजा! चुटकी-भर ताजा-भाजा क्या खाया कि इनकी सम्पत चबा गई। जिसके दाँत हैं वह एक बार नहीं हजार बार खाएगी ताजा-भाजा!"

लल्लू की माँ को अपने घरवाले की याद आई।...लल्लू का बाप ऐसा नहीं। खाने-पीने की बात को लेकर कभी झगड़ा करेगा लल्लू का बाप? इतना ओछा नहीं। और वह भी क्या सहुआइन की तरह ताजा-भाजा या दाल-पूरी खाती? कभी नहीं।...

खंखड़ ओझा कान पर से जनेऊ उतारते हुए टट्टी से निकला–"लोटा मेरे पास है। झगड़ा मत कीजिए कोई। खंखड़ ओझा जिस कोठरी में रहेगा उसमें चोर-चुहाड़ झाँकी मारने आएगा?...आप लोग निश्चिन्त होकर अपाना-अपाना जगह के मुताबिक आराम कीजिए।"

सहुआइन शान्त नहीं हुई। बोली, "कल मैं लौटकर जा रही हूँ। नहीं जाती तीरथ करने मरकट-किरपन्नी आदमी के साथ।"

"वैद्यनाथ, वैद्यनाथ!" खंखड़ ओझा ने कहा, "यात्रा में झगड़ा-तकरार और मुँह-फुलौवल करके अपने साथ-साथ दूसरों का भी पुण्य चौपट क्यों करते हैं? देखिए तो, मायजी क्या शान्ति से बैठी हैं!" खंखड़ ने लल्लू की माँ की ओर दिखाकर कहा। सहुआइन खंखड़ से कुढ़ी हुई है।...लल्लो-चप्पो और आयजी-मायजी करे लल्लू की माँ

के पास और ले जाने के समय लोटा सहुआइन का। बड़ा सस्ता है लोटा सहुआइन का! सभी झगड़े की जड़ है यह खंखड़! बोली, "सभी जातरी बराबर हैं तुम्हारे लिए। फिर कटरिया टीशन पर गरम दूधवाले का पच्छ लेकर क्यों बोलने लगे?"

खंखड़ ओझा तब तक कंकड़ की चिलम सुलगा चुका था। बोला, "सहुआइन! मैं तुम्हारा कर्ज़दार नहीं।...आँखें लाल करके मत बात कीजिए पर-परदेस में। दूधवाले का पच्छ? घंटा-भर, दूधवाले को रोककर दर-भाव करेंगे, असली दूध है या पानी मिलाया हुआ, परखेंगे, और तब जाकर एक छटाँक दूध लेंगे साहजी। सो, इतनी देर तक तो इसपरेस गाड़ी छोटे टीशन पर नहीं रुकेगी।" खंखड़ ने जगे हुए यात्रियों की ओर मुखातिब होकर पूछा, "आप ही लोग बताइए जरा, रुकेगी?"

शशिकान्त की स्त्री भी जगकर बैठ गई थी। उसको लगा, यात्रा में झगड़ा करके सारी मंडली की यात्रा को अशुभ कर रही है सहुआइन। यात्रा अशुभ होने से पुण्य मिलने में झंझट होगा।...एक तो विधाता ने उसको जन्म न जाने किस अशुभ नच्छत्तर में दिया कि मिली हुई पुण्य की गठरी भी हाथ से निकल गई। सोना छूती है तो माटी हो जाता है।

शशिकान्त की स्त्री धीरे-धीरे रोने लगी।

लल्लू की माँ ने उसकी कलाई पर हाथ रखा और कान के पास मुँह लाकर धीरे-से बोली, "रोओ मत...बेटी!"

...बेटी? शशिकान्त की स्त्री ने आँखें पोंछ लीं।

गाड़ी किसी बड़े पुल को पार कर रही थी। घड़घड़ाहट बढ़ती गई। सहुआइन अपने बूढ़े के कलेजे को जानती है। कोने में दुबके हुए साहजी की ओर देखकर इशारे से पूछती है—कलेजे की धुकधुकी बढ़ गई क्या?

पुल नज़र गया। घूटर साह कुछ बोला नहीं। पैर की ओर इशारा करके दबाने को कहा। ठीक उसी समय खंखड़ ओझा ने अपने यात्रियों को चेतावनी दी—"बिहपूर! थाना-बिहपूर आ रहा है। यहाँ गाड़ी बदलैया होगी। आप लोग अपाना-अपाना गठरी-झोला सँभालते जाइए।..."

सहुआइन को लगा, खंखड़ ने जान-बूझकर बिहपूर स्टेशन को नज़दीक बुला लिया है। बूढ़े की बाय तेज़ हो गई है। बिना पैर की नाड़ी टीपे सीधा होकर बैठ भी नहीं सकेगा...।

बाबा बूढ़ानाथ के दर्शन के समय साह और सहुआइन खंखड़ ओझा के गोल से निकल गए—"हम लोगों के दूसरे पंडाजी हैं, कानकुबुज बाभन।"

खंखड़ ओझा ने चौबे पंडाजी की बात मान ली। यात्रियों को लेकर वे आपस में लड़ते-झगड़ते हैं, लेकिन ऐसे यात्रियों को लेकर नहीं। एक मैथिल पंडे का

कारपरदाज-एजेंट है। वह कान्यकुब्ज पंडे के कारपरदाज-एजेंट का हक नहीं मारेगा। खंखड़ ने बाकी जजमानों से कहा, आँख टीपकर, ''जाने दीजिए, हमेशा का खटखट दूर हुआ!''

यात्रियों में अधिकांश घूटर साह के कर्ज दार थे, लेकिन साह-दम्पत्ति के विछोह से किसी का दिल छोटा नहीं हुआ।

छोटा हुआ लल्लू की माँ का मन, बूढ़ानाथ के मैथिल पंडे की बात सुनकर। यात्रियों की वंशपंजी पढ़ते देख लल्लू के दादा का नाम लिया, फिर लल्लू के बाप का। इसके बाद रुककर बोला, ''बजरंग चौधरी की बेवा आई है?''...आँख रहते अन्धा और किसको कहते हैं! नः नः, तीर्थ के पंडे को भला-बुरा नहीं कहना चाहिए। लेकिन, सिन्दूर देखकर भी जो बेवा कहे उसको क्या कहा जाए...जै बाबा बूढ़ानाथ!

लल्लू की माँ मन में दुःखी हुई, उसका भी कोई दूसरा पंडा क्यों नहीं हुआ? अजगैबीनाथ के पंडाजी ने ऐसी गलती नहीं की; देखते ही उसने कोई दोहा कहा– ''सदा सुहागिन सेवती अजगैबी के पाँव!''

दो नीमजवानों में से एक है शशिकान्त का छोटा भाई चन्द्रकान्त–अपनी भाभी के साथ आया है; अजगैबीनाथ के नाम पर हँसनेवालों में से एक। अजगैबीनाथ की सीढ़ी पर चढ़ते समय रोने लगा–''अब आगे नहीं ऐ बाप...भौजी गे-ए-ए!''

बीच गंगा में है, अजगैबीनाथ, टीले पर!

शशिकान्त की स्त्री भी सीढ़ी पर रुककर रोने लगी–''चन्दरबाबू, कलेजा बाँधिए। बैठिए मत!'' लल्लू की माँ ने मीठी झिड़की दी दोनों को–''लाज नहीं आती रे चन्दरा! औरतों से भी गया-गुजरा है क्या रे? और, तू क्यों रो रही है?''

खंखड़ ओझा ने चन्द्रकान्त को सहारा देकर सीधा किया–''अब कहिए बाबू साहब! है न सचमुच अजगैबीनाथ?'' खंखड़ ने शशिकान्त की स्त्री की ओर देखा। वह लजाती हुई आँसू पोंछ रही थी।

घूटर साह के पंडे ने न जाने क्यों अजगैबीनाथ के माहात्म्य को विशेष महत्त्व नहीं दिया। साह दम्पत्ति को लेकर सीधे वैद्यनाथ-धाम चला गया, लारी से।...अजब महातम! रास्ते में लारी बिगड़ गई। खंखड़ के यात्रियों से बारह घंटे बाद पहुँचे!

खंखड़ ने अपने खास पंडाजी के घर पर पहुँचकर 'बम वैद्यनाथ' की टेर लगाई–''ओझाजी! खोलिए किवाड़ी! कुल जमा बयालीस में से दो घचपच। बाकी बचे उनतीस मर्दाना, नौ जनाना, दो नीमजवान!''

'बम वैद्यनाथ' टेरते हुए खंखड़ के तोंदियल पंडाजी बाहर आए–''जै हो! जै हो! चलिए अन्दर। उत्तरवाले ओसारे पर आप लोग डेरा-डंडा डालिए।...खंखड़! हिसाब-किताब बाद में, पहले यात्रियों का जुगुत लगा दो। पानीकल, पैखाना, नाली सबको दिखला दो। भोजन-छाजन...?''

ऊपर की माला से झुककर पंडाइन भी देख रही थी। बोली, "खंखड़! आय-माय लोग कितनी हैं? नौ? नीचे जगह न हो तो ऊपर ले अइयो बरंडा पर, यहाँ भी बहुत जगह है।"

खंखड़ ने लल्लू की माँ की ओर दाँत निपोरकर देखते हुए, धीरे-से कहा, "जैसी मर्ज़ी आप लोगों की। सबके साथ नीचे रहिए, यह भी अच्छा। चाहे, नवो जनि ऊपर जाइए, यह भी अच्छा।"

दिन का समय होता तो आँख की कनखी से लल्लू की माँ को सचेत कर देता—"ऊपर नहीं!" किन्तु रात को धुआँकस लालटेन की रोशनी में वह दाँत निपोरने के सिवा और क्या करे? पंडाइन ने अँधेरे में भी खंखड़ के चेहरे पर आए हुए भावों को परख लिया। पिछले साल भी खंखड़ ने पंडाइन के साथ ऐसी ही चालबाजी की थी।

"लेकिन बाहर-भीतर जाने के लिए—याने लघुशंका, दिसा-टट्टी—सबको नीचे ही आना होगा।" खंखड़ ने आख़िरी 'लेकिन' लगाने की चेष्टा की। पंडाइन ने मानो खंखड़ के सिर पर रोड़ा तानकर मारा, ऊपर की माला से—"खंखड़! राह-घाट की बुद्धि अपनी राह-घाट तक ही रखो; घर में नहीं।...समझे! यहाँ पहुँचकर जजमानों का हुकुम मत चलाओ। बाहर-भीतर और ऊपर-नीचे की जिम्मेवारी तुम्हारे सिर नहीं।..."

पंडाजी बाहर आए। बोले, "क्या बात है, खंखड़?"

खंखड़ का आत्मसम्मान हठात् सजग हुआ—"होगा क्या? पूछिए ऊपर जाकर। पैर की धूल भी नहीं धो पाया हूँ अभी, कि ऊपर से खट-मंगल सुना रही हैं। राह-घाट की बुद्धि कैसी होती है?..."

पंडाइन ने हाँक दी—"मायजी! ए, दुलहिन-बेटी। आइए आप लोग ऊपर। इतने मर्दों के बीच क्यों रहिएगा, जगह रहते?"

खंखड़ बड़बड़ाता हुआ बाहर चला गया—"अच्छी बात। एक ही माघ में जाड़ा नहीं खत्म होता।" पंडाजी उसके पीछे-पीछे गए—"खंखड़! सुन लो।...जल्दी लौटना खंखड़!"

लल्लू की माँ के साथ सभी औरतें ऊपरवाली माला पर गईं। शशिकान्त की स्त्री ने सीढ़ी पर चढ़ते समय अपने देवर चन्द्रकान्त से पूछा, "चन्दर बाबू! डर तो नहीं लगेगा?" चन्द्रकान्त की चुप्पी ने उसका पाँव छेंक लिया। लल्लू की माँ बोली, "डरेगा क्यों? लल्लू से तीन साल बड़ा है। इतने लोगों के बीच डरेगा?"

शशिकान्त की स्त्री सीढ़ी से उतर गई—"पहली बार परदेस आया है। जरा समझा-बुझा दें।"

पंडाइन ने बातों-ही-बातों में सभी औरतों के मन से लेकर गठरी तक की थाह ले ली। सोने के पहले लल्लू की माँ के कपाल में 'बम बैदनाथ बाम' मल गई—"दवा नहीं,

जादू है जादू! अभी तुरत सिर का दर्द कहाँ जाता है, सो देखिए!" डोमन की माँ ने तलहथी फैलाई तो पंडाइन उसका मुँह देखने लगी। बोली, "बेकार लगाने से सिर में दर्द हो जाए। ऐसी दवा है यह!"

डोमन की माँ ने तलहथी समेट ली।...डोमन की माँ ने पंडाइन को सिर्फ चिउड़ा दिया। खंखड़ को खुरमा देने नीचे गई थी।

डोमन की माँ को सहुआइन की याद आई, अचानक। सहुआइन की अनुपस्थिति उसके मन में ज़ोर से खटकी इस बार। सिरहाने झोला लेती हुई शशिकान्त की स्त्री से बोली, "बहू, जरा पैर टीप दो लल्लू की माँ का।"

लल्लू की माँ बोली, "मैं पैर नहीं टिपवाती।"

डोमन की माँ सतरंगी पर लुढ़कती हुई बोली, "मेरी बहू ने तो मुझे ऐसी आदत लगा दी है कि...। टैन में डोमन ने टीप दिया तो थोड़ी-सी नींद आई।"

शशिकान्त की स्त्री ने डोमन की माँ के पैर पर हाथ दिया...न जाने किसका आशीर्वाद फल जाए, तीर्थस्थान में! डोमन की माँ ने पैर समेटने की चेष्टा की–"क्या करती है बहू?"

लल्लू की माँ ने कहा, "नींद आ जाएगी, जल्दी। बहू टीप रही है, टिपवा लो।"

"या बुला दूँ तुम्हारे बेटे को?" पंडाइन ने जाते-जाते कहा, "जवान बेटे से पैर टिपवाती है, सो भी सतबेटे से; ऐसी बात पहली बार सुन रही हूँ।"

पंडाइन की दाई बरतन धोती हुई बोली, "भिन्न देश के भिन्न रिवाज।"

साथ ही अन्य स्त्रियाँ पहले ही सो चुकी थीं। डोमन की माँ ने पंडाइन की बात का कोई जवाब नहीं दिया; पर-परदेश, पर-भूमि में कौन लड़ाई-झगड़ा करे?

शशिकान्त की स्त्री को रात-भर नींद नहीं आई। पास ही, गली में कोई रह-रहकर पुकार उठता था। गले की आवाज़ ठीक...उन्हीं की आवाज़-जैसी! जै बाबा-बैदनाथ!

लल्लू की माँ ने नींद में ही दो बार शशिकान्त की स्त्री की पीठ को धीरे-से सहलाकर कहा, "मत रोओ बे...टी...। हाय-य-हा..."

बारह घंटे पहले पहुँचने से क्या होता है? घूटर साह, बारह घंटे बाद पहुँचकर भी सबसे पहले दर्शन कर आया।...खंखड़ का पंडा बहुत ठंडे पानी का आदमी है। घरवाली के डर से घर में ही जो चूँ नहीं बोलता, बाहर कैसे फूटेगी उसकी बोली? घरघुसरा-पंडा! दिन-भर घर में ही घुसा रहता है।...हाय पैसा कि हाय पैसा! बीवी, बाल-बच्चे सभी के साथ हमेशा पसरे ही रहते हैं।

दर्शन और जलढारी के बाद खंखड़ के जजमान आपस में घुनघुनाकर बातें करने लगे हैं...पंडा और पंडाइन की नज़र, बस, एक ही जजमान पर रहती है, हमेशा।...

देखना है लल्लू की माँ कितनी अशर्फियाँ लुटाती है, दच्छिना में।...शिवगंगा में मुँह धो रखे! एकनजरा पंडा, दूसरी बार से हम लोग भी कानकुबुज पंडा रखेंगे।

डोमन की माँ अपने बेटे के साथ घूटर साह का बासा देख आई है। आते ही मुँह-हाथ चमकाकर बोली, "बासा है सहुआइन का! हाँ, जिसको बासा कहते हैं। तीन-तीन कलटेरी हैं। तीनों से दिन-भर छुर-छुर गिरता रहता है पानी। नया पोख्ता मकान है।...सहुआइन पलँग पर सोई थी! पंडा की घरवाली पूरी छान रही थी, साह-सहुआइन के लिए। सहुआइन का कानकुबुज पंडा देखने में भी असली पंडा लगता है। कहता था, जजमान तो भगवान दाखिल है।"

सामने फाटक से खंखड़ को आते देख, वह चुप हो गई।...यह खंखड़ भी नम्बरी फक्कड़ है। शशिकान्त की बहू को न जाने किस अघोरी बाबा के अखाड़े पर ले गया था, सो अभी लौटा है। उसने पूछा, "क्या कहा अघोरी बाबा ने? कितना गाँजा लिया? कुछ उम्मेद...?"

सदा रोनेवाली शशिकान्त की स्त्री हठात् सनक गई क्या? दाँत-पर-दाँत पीसती हुई कर्कश कंठ में कलकला उठी–"चुप हरजाई छिनाल! हर काम में टोकेगी, उठते-बैठते छींकेगी, हर बात में आगे बढ़कर लुब-लुबकर रोकेगी।...रे! सतबेटा-घिनौनी! जाते समय टोककर कलेजा ठंडा नहीं हुआ, तो आते ही..."

"सुनते जाइए! सुन लो सब कोय!" डोमन की माँ दोनों हाथ ऊपर की ओर उठाकर पंचगुहार देने लगी है–"जरा-सा भी मुँह में लगाम इस खलीफा की रखेलिन के? मारे मुक्का के अभी नाक की हड्डी तोड़ती हूँ। नथियावाली पतुरिया? मुझे कहती है सतबेटा-घिनौनी!...नैहर के खलीफा से बूटेदार चोलिया मशीन पर सिलाकर पहनो जाकर। देवता-पित्तर को क्या मनाने आई है? तू फीता लेकर सीना नपवाएगी, खलीफा की दाढ़ी में मेहँदी लगाएगी और घरवाला अपने चसम से देखकर भी होश में रहेगा, तेरा? ऐं? पूछूँगी नहीं? गाँव का नाम हँसाएगी पर-परदेस में आकर, टोकूँगी नहीं? रास्ता-भर आँख लड़ाती आई है, खंखड़वा से...।"

"ए! ए! देखिए, हमको मत लपेटिए...। मुँह सँभालके।"

लल्लू की माँ सीढ़ी से उतरते समय लुढ़क गई, जल्दबाज़ी में–"आगे-माँ!"

सुलगते हुए झगड़े पर एक घड़ा पानी पड़ गया मानो। सभी दौड़कर लल्लू की माँ के पास गए...चोट तो नहीं लगी, ज्यादे?

डोमन की माँ, डोमन को धिक्कारते हुए रोने लगी–"रे! दुर-दुर! तू मरद है रे? तेरे सामने मुझे बेपर्द करके गाली देती है और तू इसकी नाक के नकबेसर में आँख खोसकर खड़ा है?"

अब पंडाइन की खड़ाऊँ खटखटाई–"ए छिः छिः! कहाँ की ललबेगिया सब आई हैं तीरथ करने, बाबा-धाम! जिसको लड़ाई-झगड़ा करना है, जाकर बाहर मोड़ पर कुँजड़ियों के साथ बैठे।"

लल्लू की माँ ने डोमन की माँ का हाथ पकड़कर कहा, "डोमन की माँ, सुनो, तुम चुप रहो।"

डोमन की माँ ने झटककर हाथ छुड़ा लिया—"तिस पर, पच्छ लेने आई हैं, यह ऊपर से!"

"तू चुप क्यों नहीं रहती बहू? क्या हुआ? बात क्या है? पगली हो गई क्या?"

...शशिकान्त की स्त्री कैसे न पगली हो! अघोरी बाबा ने गाँजा पीकर आँखें मूँद लीं। इसके बाद फटाफट सबकुछ बता गए—"तुम्हारे साथ एक बेवा आई है। वही तुम्हारे दुःख का असल कारन है।" गिरोह में डोमन की ही माँ एक बेवा है। हाथों-हाथ पकड़ी गई है यहाँ आकर। बाबा-धाम में...।

लल्लू की माँ ने डाँट बताई—"तू अकेली क्यों गई? जानती है, यह तीरथ है। कितने ठग-ठरेरे भी साधू-बाबा बनकर लोगों को ठगते हैं! उनकी बातों की परतीत करती है?...लगता है, तुम्हारी बुद्धि भी लोप हो रही है, अब।"

शशिकान्त की स्त्री फिर भिनभिनाने लगी—"खंखड़...!"

"फिर खंखड़ का नाम लेती है!"

खंखड़ मौका पाकर बाहर चला गया था।...झगड़े के सिलसिले में न जाने क्या-क्या खुले!

डोमन की माँ को सहुआइन ने बात दी है, काशीजी जाने का आधा खर्च देगी।

...लल्लू की माँ को अच्छी तरह पहचान गई है वह इस यात्रा में। अन्दर-ही-अन्दर पेच लगाती है। डोमन की माँ रोती रही, मद्धिम सुर में। आँख-नाक पोंछते समय बोली बोलकर कोसती, एक-एक यात्री को—"कोई नहीं, कोई नहीं, अपना कोई नहीं। बेटे ने भी कह दिया, 'तुम दूसरों की बात में बेकार पड़ने जाती हो। ठीक हुआ है!' हे राम! उठा लो बाबा, अपने धाम में ही।"

गिरोह से सिर्फ दस जन काशीजी जा रहे हैं।—सात मर्दाना, तीन जनाना। गिरोह से बाहर के साह और सहुआइन को जोड़कर बारह...

डोमन की माँ उदास होकर लौटी, सहुआइन के बासा से।...साह को हँफनी शुरू हो गई है। सहुआइन का पेट-मुँह दोनों जारी हैं। डॉक्टर-पर-डॉक्टर, जकशैन-पर-जकशैन पड़ रहा है।...अब कैसे जाऊँगी काशीजी! सब तकदीर का फेर!

बारह में से भी चार घट जाएँगे। आठ?...आठ-काठ, मुर्दाघाट? लल्लू की माँ ने गठरी बाँधते हुए कहा, "तकदीर का फेर नहीं, बुद्धि का फेर। टिकस तो कटाना ही नहीं है। रह गया खेवा-खर्चा? आधा खर्चा मैं दूँगी। चलो, डोमन से कहो गठरी बाँधे।"

काशीजी जानेवाले यात्री घर लौटनेवालों के हाथ अपने-अपने घरवालों की चिट्ठी भेज रहे हैं। चन्द्रकान्त और डोमन चिट्ठी का मजमून लिख रहे हैं। "...मालूम

हो कि बाबा बैदनाथ जो बाबा विश्वनाथ ओ गंगा माई की दया से हम लोग बाबा-धाम में अलख जगाकर, काशी-धाम...!''

...लल्लू की माँ नहीं लिखवाएगी चिट्ठी-पत्तरी! डोमन की माँ मना रही है उसको—''लल्लू की माँ, दो कलम लिखा दो। डोमन लिख देगा।...कागद-कलम लेकर बैठा है, तभी से।''

...डोमन और डोमन की माँ ने लल्लू की माँ को हठात् पहचान लिया है। बड़ी दराज़दिल है लल्लू की माँ। आधा खर्च नहीं, डोमन की माँ का पूरा खेवा-खर्चा देगी, डोमन का खर्चा गिरोह-भर के यात्री मिलकर देंगे। मंडली में यही एक पढ़वा रह जाएगा। चन्द्रकान्त तो वापस जा रहा है अपनी भाभी के साथ। लल्लू की माँ ने बहुत सोचने-विचारने के बाद मोतिया की माँ के नाम एक खत लिखाया। डोमन हँसने लगा।

लल्लू की माँ ने कहा, ''लिखना हो तो लिखो। उन लोगों के जाने का समय हो गया। मैं मोतिया की माँ को ही दूँगी चिट्ठी, बस!''

डोमन लिखने लगा—''आगे मखनी को मालूम हो, कि हम लोग आज काशीजी की गाड़ी पकड़ रहे हैं। आगे समाचार, जो बागड़ यदि नहीं बेचा है बिश्नू ने, तो बागड़ बेच देने को कहना बिश्नू से। लल्लू बदमाशी नहीं करे। संझा को उसकी माँ आजकल बहुत मारती-पीटती है। काम कराती है उत्ती जरा लड़की से। बहू से कहियो, मंगलवार को नहाकर अरवाइन करे। भूलोटन के माथे में दो जट छोड़ दे, केश कटाते समय। मेरे काठ के बक्स के पीछे में जो पीपा है, उसमें तम्बाकू है। चिलम में डालने के पहले गुड़ ज़रूर मिला देना, जरा।...बाबा बैदनाथ और बाबा विश्वनाथ और गंगा माई से तुम लोगों का भला मानती हूँ जो सुनकर दिल आनन्द होय...।''

घर लौटनेवाली यात्रियों की टोली ने 'बम बैदनाथ' की टेर लगाई। खंखड़ साथ जा रहा है। हर जजमान के घर सात-सात दिन तक सत्संग करेगा...शशिकान्त की स्त्री पैर छूने झुकी तो लल्लू की माँ ने उसको दोनों हाथों से पकड़ लिया—''बहू! बाबा बैदनाथ के दरबार में हम लोगों का पैर मत छुओ, जाओ, सबका कल्यान हो।...जै बाबा बिश्नाथ!''

काशीजी के अपने पंडे को जानती है लल्लू की माँ। पंडाजी कई बार उसके घर आए हैं। इतने दिनों के बाद वह बिश्नाथ के दर्शन करने जा रही है, अकेली। पंडा का नाम याद है, भोलाजी पंडा। बिसेसरगंज...। पता नहीं भोलाजी पंडा अब है या नहीं? अब जो हो, जाने बाबा बिश्नाथ! अब तो काशीजी की गाड़ी में बैठ गई है।

...पच्छिम की ओर भागी जा रही है गाड़ी।...पच्छिम...पच्छिम...पच्छिम! कब से सुनती आ रही है लल्लू की माँ, पच्छिम की बात। पच्छिम के गाँव-घर, खेत-खलिहान, औरत-मर्द, बोली-बानी, सभी का झाँकी-दर्शन गाड़ी की खिड़की से करती रही।... झाझा स्टेशन पर जो औरत गाड़ी में आई थी, उसकी हँसुली का काट कितना बढ़िया

था!...किउल जंकशन पर एक लड़का ठीक बिश्नू की तरह, हू-ब-हू बिश्नू-जैसा दिखाई पड़ा। और फिर लल्लू की माँ का मन पूरब की ओर भागा।

...आते समय यह भी नहीं देखा कि कैसी तसवीर बनवाकर लाया है बिश्नू। एक दिन कह रहा था बिश्नू, कि दोनों को एक संग बैठाकर फोटो लूँगा। माँ-बाप से भी हँसी-खिलवाड़ करते हैं, पढ़वा लड़के। उसका बाप भी तो वैसा ही है। सुनके बोला, कि ठीक ही तो कहता है। कहो भला, इस बुढ़ापे में जोड़ीवाली तसवीर छपाने का शौक...!

लल्लू की माँ ऊँघने लगी!...जोड़ीवाली, बड़ी-सी...स्टेशन की दीवार पर चिपकी हुई तसवीर।...लल्लू का बाप! जोड़ा छापी...। ऐं?

चिहुँककर उठ बैठी—यह कैसा सपना? लल्लू का बाप छापी में बैठा-बैठा ही गिर पड़ा, बेजान! जै बाबा बिश्नाथ!

...मुगलसराय!...खाँय-खाँय...बन्दर खिड़की पर...डोमन बन्दर...बन्दर-डोमन। डोमन की माँ की मूँछें! ऐं-य?...

डोमन की माँ पुकारती है—"लल्लू की माँ...कैसा जी है? अरे, बाप! देह तो भट्ठी की तरह जल रही है। रे डोमन! काकी को तो बहुत तेज़ बुखार है।"

सिर धोने के बाद जी कुछ हल्का हुआ।...गाड़ी की खिड़की से झाँकी-दर्शन किया काशी-बिश्नाथ का! पुल के भागते हुए खम्भों के बीच से—गंगाजी, काशीजी...वही है धरहरा?" जै गंगा महारानी की, जै! जै काशी बिश्नाथ!

भोलाजी पंडा दिन गुनकर आया था, शायद। ठीक लल्लू की माँ की खिड़की से झाँककर अचकचाया—"अरे जजमानिन?...चौधरी भाई कहाँ?"

...जै बाबा बिश्नाथ! सब तुम्हारी दया, सब तुम्हारी माया। नहीं तो भोलाजी पंडा को किसने भेज दिया, समय पर?

सभी यात्री भोलाजी पंडा के डेरे पर गए। भोलाजी पंडा आजकल बिसेसरगंज में नहीं, मानमन्दिर गली में रहता है। ठीक दशाश्वमेध की बगल में, पोस्ट-ऑफिस के पिछवाड़े। भोलाजी पंडा के दो जवान लड़के हैं। दोनों पढ़े-लिखे कमाऊ पूत हैं। दोनों बहुएँ भी पढ़ी-लिखी हैं। घरवाली नहीं रही, अब। एक प्यारी बेटी छोड़ गई है—अन्नू। अपना सभी गुन दे गई है। अन्नपूर्णा बहुत सेवा-जतन करना जानती है। सभी को पूछकर हाजमा-गोली बाँटती है। कटे-जले की दवा देती है। बोली कैसी मीठी है! फुर्ती कितनी है देह में! लेकिन बहुओं के मन में काफी गरब-गुमान है।

तीन दिन हुए; दिन-रात सेवा कर रही है अन्नपूर्णा, लल्लू की माँ की।

"माँजी! आज जी कैसा है?" कपाल पर हाथ रखकर बोली, "आज तो बुखार नहीं है। परवल का जूस बना दूँ?...आज देह पोंछ दूँगी।"

...देह पोंछ देगी, अन्नपूर्णा? हाय रे, तकदीर! काशीजी आकर, गंगा की एक झलक देखकर रह गई, लल्लू की माँ। गंगा नहाने के बदले देहपोंछन?

...आज तीसरा दिन है। यात्री लोग लल्लू की माँ के लिए बैठे रहेंगे क्या? गंगास्नान, विश्वनाथ-अन्नपूर्णा-दर्शन, आस भैरो-काल भैरो, गनेशजी, गोपालजी, दुर्गाजी–सभी देव-देवियों का दर्शन कर चुके हैं। आज विश्वविद्यालय गए हैं। कल रामनगर जाएँगे, दिन-भर रहेंगे; रात में रामलीला देखकर लौटेंगे।...तकदीर का फेर।...सबकुछ समझती है लल्लू की माँ। डोमन को, डोमन की माँ को, सबको पहचान गई है। दैव रे! अन्नपूर्णा नहीं रहती तो इसी यात्रा में काशी-लाभ...।

भोलाजी पंडा चौखट के पास खड़ा है। लल्लू की माँ ने कपड़ा सरका लिया। भोलाजी ने पूछा, "आज तो जी अच्छा है, क्यों जजमानिन? घबड़ाइए मत, कल गंगा-स्नान, बाबा विश्वनाथ का दर्शन सब हो जाएगा।"

अन्नपूर्णा कठौते में पानी ले आई। पानी नहीं, गंगोत्री!

...जै गंगा! जी जुड़ गया।...परवल के जूस में इतना स्वाद होता है? बेटी...अन्नपूर्णा... नींद आ रही है।

...डोमन ने बीस रुपया वापस नहीं किया? क्या मतलब है माँ-बेटे के मन में? लगता है, सभी यात्री लल्लू की माँ के भरोसे ही आए थे। कल पाँच-दस के हिसाब से हर आदमी ने माँग की, बारी-बारी, बुखार में भी। लल्लू की माँ ने एक नम्बरी नोट निकालकर दिया–"कागज पर सभी का नाम लिखकर अस्सी रुपये बाँट दो, बाकी बीस वापस देना, मुझे।" लेकिन, डोमन...? अब तो एक बार झाँककर हाल पूछ जाता है, बस–"काकी, क्या हाल है?" डोमन की माँ भी अब जी चुराकर आती-जाती है। धन्न है बेटी अन्नपूर्णा। गीतिया की तरह निरघिन होकर सेवा करती है।...इतनी उलटी कभी नहीं हुई किसी बीमारी में!...

...लगता है, यात्री लोग लौट आए। अभी ही डोमन की माँ एक बार झाँककर पूछने आएगी। लल्लू की माँ किसी से बात नहीं करना चाहती।...वाह री बेटी अन्नपूर्णा, सभी को मना कर रही है–"शोरगुल मत कीजिए। माँ जी सो रही हैं।"

...ऐं? कौन? रात है या दिन, अन्नू बेटी?

...रात? भोर?...हर-हर महादेव शम्भो, काशी विश्वनाथ शंकर!...ठिठुरती हुई आवाज़ें...बगल में कब आकर सो गई अन्नपूर्णा? गाँव-घर की बात कितने चाव से सुनती है! लल्लू की माँ से परिवार के एक-एक आदमी के बारे में सुन चुकी है। "रुनकू तोते के लिए क्या ले जाओगी खरीदकर माँजी?..."

चार बजे भोर को ही सभी यात्री निकल पड़े। दिन-भर रामनगर में रहेंगे, रात में रामलीला देखकर लौटेंगे।...डोमन झाँकी मारकर देखने भी नहीं आया। उसकी माँ को आज प्रातकी गाने का शौक हुआ है–"तेरी गति लखि ना परे हो दयानिधि!"

पुण्य कोई नहीं बाँट देता किसी को। लेकिन बीमारी की छूत लग जाती है।...दूर रहो! दूर रहें लल्लू की माँ से सभी, बीमारी लग जाएगी। लाल बोखार—फुलू!

अन्नपूर्णा आँखें मलती हुई उठी—"माँजी!...माँजी!"

...इस लड़की को आँख में बैठा लेने का मन होता है। सोते-उठते, "माँजी-माँजी" रटती रहती है। बेचारी, बिना माँ की बेटी। भोलाजी पंडा कहता है, साथ जाएगा लल्लू की माँ को पहुँचाने। अन्नपूर्णा को भी ले जाएगी लल्लू की माँ। पंडा भी ब्राह्मण है। कानकुबुज हो या मैथिल, है तो आखिर ब्राह्मण। तिस पर काशी-वासी ब्राह्मण! शाम को लल्लू की माँ ने अन्नपूर्णा से कहा था, "अन्नू, तुमको अपने साथ ले जाऊँगी।" सो अभी उठते ही कह रही है, "माँजी! अभी मैं सपने में तुम्हारे साथ रेलगाड़ी पर चढ़कर बहुत दूर चली गई थी। हाँ, माँजी! तुम्हारे देश में बड़े-बड़े साँप हैं?...साँप मेरे सामने फन काढ़े खड़ा हो गया। एक भले आदमी ने साँप को डोरी की तरह उठाकर गले में पहन लिया।"

...भोर-भोर, इतनी प्यारी हँसती है अन्नू! लल्लू की माँ भी हँसी—"शिवजी ने दर्शन दिया है।"

"नहीं, शिवजी नहीं। उसने अपना नाम बताया—विष्णु!"

"ऐं?...सच?"

"हाँ, देखो न! अभी तो कलेजा धड़क रहा है साँप के डर से।"

लल्लू की माँ ने अन्नू को छाती से चिपका लिया—ठीक, गीतिया-जैसी देह!... अन्नपूर्णा अपने बाप के लिए पान लगाने दौड़ी—"आई!"

मुँह-हाथ धुला गई है, अन्नू। फिर भी नींद नहीं आ रही है।

...आज भी यदि गंगा स्नान और विश्वनाथ-दर्शन नहीं कर सकी, तब तो हुआ। कल ही लौट रहे हैं, सभी।...अन्नपूर्णा ने सपने में बिश्नू को साँप लपेटते देखा है। उसने लल्लू के बाप की तस्वीर को लुढ़कते देखा था।...क्या चाहते हैं बाबा विश्वनाथ?

अन्नू से पूछना भूल गई, सपने में देखे हुए बिश्नू का नाक-नक्शा कैसा था? आज भोलाजी पंडा गंगास्नान करने जाएँगे, तो...। छिः छिः, काशीजी आकर भी लोग चोरी-चमारी करते हैं? डोमन की माँ की गठरी से, कुर्माटोली की दासिन की खोई हुई रुद्राक्ष की माला निकली।...माला? लल्लू के बाप के लिए खरीदे शंख, आसनी, माला, चन्दन, गोपीचन्दन, पनडब्बा, जर्दा?...लल्लू के लिए! संझा के लिए? भूलोटन के लिए? रुनकू तोता के लिए? अन्नू ने कुछ नहीं पूछा, लल्लू के बाप के बारे में! कितनी समझदार लड़की है!...

"माँजी...माँजी! इधर देखिए, पहचानिए तो कौन है?"

अरे! लल्लू? अकेला? कैसे?...अन्नू किसको देखकर हँस रही है, और? बरामदे पर चिरपरिचित हल्की खाँसी सुनकर प्रसन्न-लज्जा से लल्लू की माँ का चेहरा लाल-सुर्ख हो गया। सिर पर कपड़ा सरका लिया।...अपने भी आए हैं!

अन्नपूर्णा की ऐसी हँसी नहीं देखी किसी ने। लल्लू को कमरे में ले आई—"पैर छूकर प्रणाम करो!" लल्लू ने लजाकर पाँवलागी की।

माँ ने कहा, "अन्नू दीदी के पैर छुओ!"...अन्नू भागी।

लल्लू की माँ बार-बार आँख मलकर खोलती है, लल्लू को देखती है। आँखों में आँसू टलमला रहे हैं। उधर, बरामदे में पंडा-जजमान-मिलन हो रहा है—"जै हो, जै हो! बाबा विश्वनाथ की दया! कुशल समाचार?...बेटी अन्नू, एक दँतुअन ला दो चौधरी काका को।...कैसे पहचान गई देखते ही!"

अन्नू दौड़कर दँतुअन ले आई। भोलाजी पंडा ने पूछा, "क्यों बेटी, लेडी डॉक्टर? तुम्हारी माँजी आज गंगा-स्नान करेंगी तो?"

"हूँ-उ!" कहती हुई अन्नपूर्णा गंगा-स्नान की तैयारी करने लगी। अन्दर जाकर लल्लू की माँ की गठरी से साड़ी निकालने लगी।

भोलाजी पंडा और लल्लू के बाप, आगे-आगे चले।...खाली देह, कन्धे पर धोती, गमछी! आश्चर्य! दोनों की लम्बाई, चौड़ाई, मुटाई, कितनी मिलती-जुलती है! एक ही उम्र के होंगे। पीछे-पीछे लल्लू और अन्नपूर्णा के बीच, लल्लू की माँ धीरे-धीरे चल रही है...अन्नू सहारा देती है। लल्लू हाथ पकड़ लेता है, गली से बाहर निकलते ही। सड़क पर गंगा-नहनियों की टोलियाँ, छोटी-बड़ी! बाजेवाले शहनाई और खुरदक बजाते हुए आगे-आगे जा रहे हैं।...

श्रीगंगाजी!...जै-जै गंगे! दशाश्वमेध की पहली सीढ़ी पर खड़ी होकर लल्लू की माँ ने गंगाजी को प्रणाम किया। गंगा की धारा में तैरती हुई नावें...भीड़, कीर्तन, जै-ध्वनि, करताल, साँड़, संन्यासी, कोढ़ी लूले...जै विश्वनाथ!

अन्नपूर्णा का हाथ पकड़कर वह सीढ़ी से नीचे उतरने लगी।...देह थरथराती है। रोम-रोम पुलक रहे हैं। उसके मन की गंगा में अचानक बाढ़ आ गई। उमड़ रही है, मन की गंगा...बेचारी सहुआइन, न जाने कैसी है! भगवान् कल्याण करें।...शशिकान्त की स्त्री ने कहा था—"गंगाजी से, बाबा विश्वनाथ से मेरी भी अरजी सुनाइएगा।" अरजी सुनो...।

लल्लू की माँ सभी की ओर से प्रार्थना कर रही है। जो नहीं आए हैं, जो नहीं आ सके!...लल्लू का बाप तय करके आया है...परयागजी, विन्ध्याचलजी, अयोध्याजी, मथुरा, वृन्दावन...लालसा पूरन करो।...सभी का भला हो।...शंकर, विष्णु, संझा, बहू, भूलोटन...मिट्टी-मिश्रित लार से भरा गोल मुँह...डा-आ-डी-ई!...गीता आई है, ससुराल से। बिश्नू ही जाकर लिवा लाया है।...रुनकू तोता...चित्रकूट के घाट पर भई सन्तन की भीर!...चन्दन, रेल, धूप, दीप, बेलपत्र, फूल!...फूल की चँगेरी लेकर चल रही है अन्नू।...

आखिरी सीढ़ी पर पैर रखते ही तलुवों में गगन-माटी का परस लगा। लल्लू की माँ के मन की उमड़ी हुई गंगा आँखों की राह धार बनकर बह चली।...लल्लू के सिर

पर दो बूँद तीर्थोदक गिरा...टप-टप! सिर सहलाने लगी, लल्लू का।...लल्लू का बाप गंगा-वन्दना कर रहा है, उँगली में जनेऊ लपेटकर!

जनानाघाट पर, पानी में उतरती हुई अन्नू पुकारती है–''माँजी, खड़ी क्यों हैं!... आओ लल्लू!''

अन्नपूर्णा ने आकर लल्लू की माँ का हाथ पकड़ा।...लल्लू की माँ का भाग्य! खुद, माँ अन्नपूर्णा उसे नहला रही है।

...गंगे! गंगे! जै हो!

पहली डुबकी लेने के एक क्षण पहले लल्लू की माँ को अपनी माँ की सूरत याद आई–माँ...!

1958

नित्य लीला

किसन ने गली से झाँककर देखा, नन्दमहर और जशुमति गोशाले की अँगनाई में बैठे किसी गम्भीर बात पर सोच-विचार कर रहे हैं।...पिता की मुद्रा से स्पष्ट है कि आज उनकी दाढ़ में फिर दर्द उभरा है, और सिर्फ गोधूलिवेला को काटने के लिए बैठे हुए हैं। दालान में कमरिया बिछी हुई है; दीया-बाती होते ही लेट जाएँगे। और आज तो माँ के सिर में दर्द होगा ही।

किसन का माथा ठिनका। दैव जाने, आज कितने उलाहने आए हैं!...उलाहने-अभियोग नहीं, आज ज्योतिष-शिरोमणि गर्ग आए थे। तब तो दो-तीन दिन तक यह दर्द छाया रहेगा!

किसन सोचने लगा...यह गर्ग पंडित न जाने किस गैल से आता है, आजकल! नारद को तो ख़ैर...सभी जान गए हैं। किन्तु, यह गर्ग बड़ा हिसाबी है। ऐसी यात्रा बनाकर चलता है कि गोकुल में प्रवेश करते समय किसन से भेंट ही न हो।...बूढ़ा, मधुबन में लुक-छिपकर कुछ देखता-वेखता तो नहीं? न जाने क्या-क्या भूत-भविष्य-वर्तमान की बातें हाँक जाता है कि दो-तीन दिन तक घर-भर के लोगों के मुँह लटके रहते हैं।...एक दिन भेंट हो जाए तो किसन समझा देगा, फिर से। इस बार समझाने के बाद भी यदि ब्रज में आकर मेष-वृष करेगा, तो किसन भी गर्ग को भविष्यवाणी सुना देगा!...आज ही सुना देना उचित होता।

गर्ग को क्या! ऊन की बात दून करके सुनाता है। दक्षिणा-प्रणामी से उसकी गठरी-झोली भरती है। आज ही तो देखा, चार-चार ग्वाले सिर पर अरवा चावल की बोरियाँ और कच्चे केले के घौंद कन्धे पर लेकर उसके साथ जा रहे थे।...झेलना पड़ता है किसन को।

...और सबकुछ सह सकता है किसन, किन्तु घर-भर के लोगों के लटके हुए मुँहों के बीच उसका दम घुटने लगता है। उस दिन, गौ-बछड़े भी लम्बी-लम्बी साँसें लेकर रात काटते हैं।...ब्रजनारियों के उलाहनों से विरक्त होकर जिस दिन माँ मुँह लटकाती है, उस दिन कम-से-कम ऐसी उदासी तो नहीं छाती। एक ओर, दहलीज़ में गोपबालाएँ झुंड बाँधकर खड़ी रहती हैं। बारी-बारी से आगे आकर अपना अभियोग सुनाती हैं। बीच दालान में मोढ़े पर बैठी माँ किसन से पूछती है—"इसका जवाब दो!...लो, यह क्या कहती है?...लाज नहीं आती रे किसना? छिः-छिः! समझाकर मैं

हारी...।'' किसन प्रत्येक अभियोग की सफाई देता है। गौओं और बछड़ों की साक्षी देकर कहता है–''क्यों धौली, बात सच है न?'' धौली गौशाले से तुरत 'हूँक-हूँ' कर जवाब देती है। किसी अभियोग के जवाब में किसन इतना ही कहता है–''नन्हा बछड़ा भी वहाँ मौजूद था। वही कहेगा।'' फिर तो उलाहना देनेवाली की बोली नन्हे बछड़े की डकराहट में खो जाती है। तार-स्वर में पुकारकर अभियोग के विरुद्ध गवाही देता है नन्हा! तब किसन हँसकर कहता है–''सुन रही है माँ! साफ़-साफ़ कह रहा है, सब झूठ! बोलो माँ, पशु बेचारा किसी के लिए झूठ बोलेगा? आँ?''...झूठी गोपियाँ खिलखिलाकर हँसती हैं तो दालान में लेटे नन्दमहर डाँट देते हैं–''क्यों एक निर्दोष को रोज़-रोज़ आकर तुम लोग दोष लगाती हो?'' गोपियाँ तलहथी से अपने-अपने मुँह की हँसी मुँह में ही दबाकर भागती हैं।...किन्तु गर्ग के फैलाए हुए वातावरण में तो बस दर्द-ही-दर्द है।

किसन आज दिन रहते ही मधुबन से लौट आया है। आज वह इस विषाक्त वायुमंडल को शुरू में ही शुद्ध करके हल्का करेगा।...पता लगाना होगा, आज गर्ग ने फिर क्या कहा है।

गली के दूसरे छोर पर सलोने बछड़े पर दृष्टि पड़ी। किसन को मधुबन में न देखकर भागा आ रहा है, कुलाचें भरता हुआ।...टिनिंग-टिनिंग! उँ-याँ-याँ!

किसन ने पुकारकर कहा, ''ओ-ले! आजा!'' किसन ने अपनी तलहथी सामने कर दी। सलोने ने तलहथी में एक हुँत्था दिया–उँ-याँ-याँ!...क्यों भाग आए?

किसन बछड़े के साथ दौड़ता हुआ गौशाले की अँगनाई में चला गया।...टिनिंग-टिनिंग! जशोदा दीप जलाने जा रही थी। सलोने ने प्यार से एक हुँत्था उसे भी लगा दिया। घी-भरा दीप छलक गया–''आ : सलोने!... कन्हाई!''

किसन ने माँ की विरक्त-वाणी परख ली। वह हतप्रभ-सा खड़ा रहा।

धूप-दीप देने के बाद, शंखध्वनि के समय सलोने ने सुर-में-सुर मिलाकर 'उँ-याँ-याँ' कहा। किसन ने डाँट बताई–''ए! शंख का मुँह चिढ़ाता है तू और बात सुनूँगा मैं।''

शंख को पानी में पखारती हुई जशुमति तनिक हँसी–''मुँह नहीं चिढ़ाता है। वह शंख के साथ रोज़ जय-ध्वनि करता है।''

कन्हाई ने माँ की हल्की हँसी देखी, तो मन-ही-मन जय-जय किया।...गर्ग की बात को वह फूसफास करके उड़ा देगा।

जशुमति ने मुँह मीठा करके जलपान करने को कहा। किसन ने अपने घुँघराले बालों को झटककर कहा, ''दाऊ को आने दो।''

जशुमति ओसारे पर बैठकर जड़ी-बूटी की झोली से कुछ निकालने लगी। किसन ने जरा मद्धिम आवाज़ में पूछा, ''बाबा की दाढ़ में दर्द है क्या?''

माँ चुप रही। किसन ने समझ लिया, गर्ग पर चोट करने का अवसर नहीं आया है।

कुँअर-कन्हाई ने माँ को अत्यावश्यक सूचना देने के लहज़े में कहा, "सुन लो माँ, मैं आज से दूध नहीं पियूँगा। हाँ!"

नन्दमहरि कोई जड़ी खोंटती हुई बोली, "यह तो रोज़ सुनती हूँ।" उसने किसन की ओर प्रश्न-भरी दृष्टि से देखा—"क्या बात है?"

किसन ज़ोर-ज़ोर से महत्त्वपूर्ण कारणों-पर-कारण सुनाने लगा।...माँ को बोलने का अवसर ही क्यों दिया जाए?—"क्यों? बताऊँ...? यह तुम्हारा गुणधर सलोना कभी मुँह-दाँत भी धोता है? कभी भूल से भी दाँत में मिट्टी नहीं लगाता।"

जशुमति खरल में औषधि घोंट रही थी। कुँअर को अप्रस्तुत करने के लिए बोली, "मुँह धोने के बहाने मिट्टी खाने की आदत न पड़ जाए।"

नन्दलला के चेहरे पर क्षण-भर के लिए लजाने का भाव आया। किन्तु वह तुरत ही सहज हो गया। बोला, "मुँह में ऐसी दुर्गन्ध है कि कोई पास भी नहीं बैठ सकता इसके। इसकी माँ के थन में इसकी थूक-लार लग जाती है।...उवाक्!"

—उँ-याँ-याँ!

"अमृत भी क्यों न हो, मैं सलोने की माँ का दूध नहीं पियूँगा।" किसन ने लपककर सलोने की थुथनी पकड़ ली—"इधर देखो माँ! आज जमुना-कछार की मिट्टी से दाँतों को रगड़ दिया है, मैंने। कितने चमक रहे हैं! किन्तु मुँह में अभी भी गन्ध है।"

—उँ-याँ-याँ!

सलोना अपनी थुथनी छुड़ाकर जरा पड़े खड़ा हो गया। नन्दरानी के होंठों पर किसी कोने में दबी मुस्कुराहट की एक झलक देख ली किसन ने। फिर, अपना छोटा मोढ़ा खिसकाकर माँ के पास जा बैठा और आवाज़ को आवश्यकतानुसार मद्धिम करके पते की बात बनाने की मुद्रा बनाई उसने—"सुनती हो माँ, यह असभ्य भी है। थोड़ा नहीं, ज़्यादा! कपड़ा नहीं पहनता कभी। उस दिन अपनी करधनी इसकी कमर में बाँधकर पीताम्बर की लँगोटी पहना दी मैंने। जानती है क्या किया तुम्हारे दुलारे ने! सब गोबर!"

—उँ-याँ-याँ!

चरवाहा किसन ने लड़ने लगा सलोना। किसन हँसा—"आजकल मुझसे हमेशा लड़ना चाहता है। छोटे-छोटे उगते हुए सींगों पर इतना गुमान? वाह रे लड़ाकू!"

सलोना दो बार हुँत्था मारकर जशोदा के आँचल में जा छिपा—उँ-याँ-याँ!

"हारा, हारा!"

"सलोना चिढ़ गया है।...बेचारा!" जशुमति बड़े लाड़ से बछड़े को चुमकारकर हँसी, बोली, "बड़ा आया है कोई इसका मुँह धुलवाने, गंगा-जमुना की माटी से। ए-हे! दूध नहीं पियेगा जूठा इसका और पूतना राकसनी के बेटे केसर से मुँह धोते थे, क्यों?...मुँह में गन्ध है! थुथनी-में-थुनी सटाकर सोता है रात-भर, सो?"

किसन अपनी बाँसुरी के छेदों को देखने लगा। जशोदा दवा कूट चुकी थी। उठने के पहले बोली, ''देख, देख! सलोना मेरे कान में क्या कह गया, धीरे-धीरे। सुना तुमने? कहता है, मैं तो नन्दी बाबा हूँ। गोपाल अपनी काली कमरी, कौपीन, कछनी, लँगोटी और पीताम्बर अपने पास रखें। यहाँ किसी को लाज नहीं आती-जाती... ।''

गोपाल लजा गया। माँ मुग्ध होकर लजाते किसन का रूप देखने लगी, एकटक। किसन को विश्वास हो गया, गर्ग पंडित ने कोई वैसी बात नहीं कही है आज। वह मोढ़े से उठता हुआ बोला, ''कल से गोशाले में पगहिया लगाकर बाँध जाया करूँगा।''

''और दिन-भर यहाँ ''उँ-याँ-याँ'' कर डकारता रहेगा।''

''तो क्या करूँ? बन में कभी चैन से रहता है यह? झाड़ी-झुरमुटों में दिन-भर कौन ढूँढ़ता फिरे! इधर से हँकाया तो उधर जाकर जमुनाजी में कूदने को तैयार!...जानती हो माँ! जमुना के कछार पर खड़ा होकर पानी को अचरज से देखता है। फिर उसकी परछाईं देखकर भड़कता है, भाग आता है।''

''उसका क्या कसूर? संग-दोष... ।''

नन्दमहरि दवा-बूटी लेकर नन्द की परचर्या करने चली गई। बाहर से किसी ने पुकारकर कहा, ''तुम्हारी गौवें आईं, ओ रे किसना!''

किसन दौड़कर बाहर गया। गोप-सखा ने सुनाया, ''बलदाऊ मौसी के घर गए।''

किसन उदास हो गया...दाऊ भी नहीं आज!

गौवें हुलसकर रँभाती आईं, किन्तु किसन को सूँघ-साँघकर चुप हो गईं। सिर्फ़ सलोना इधर-उधर दौड़कर गले में बँधी हुई झुनकी बजा रहा है–टिनिंग-टिनिंग।

उलाहना देने के लिए आई हुई गोपिकाएँ नन्दमहरि की शान्त हवेली में गुमसुम खड़े किसान को झाँककर लौट गईं–साँवरिया पर आज बुरी तरह डाँट पड़ी है शायद!

क्षण में ही सारा गाँव उदास हो गया।

नन्द-जशोदा के इस लाड़ले को ब्रज का एक-एक जन अपने दिए हुए नाम से पुकारता है–काला, साँवरिया, मोहन, कन्हैया, गोपाल, केशव, मुरारी, चोर, छिछोर, बटमार, बनमाली, हरि...हरि के हज़ार नाम!

मनसुखा की माँ लाठी टेकती आई–''ओ बाँके! बाँकेबिहारी-ई-ई!''

किसन ने इशारे से बूढ़ी को समझाया कि आज यहाँ सभी के सिर-दाँत-आँख-कान-मन में दर्द है!...दर्द? मनसुखा की माँ को एकान्त में बतियाने का औसर मिला है बहुत दिन बाद। वह क्यों टले? बाँके के पास जाकर फुसफुसाकर बोली, ''दर्द नहीं, गर्ग! वो बूढ़ा पंडित फिर आया था आज। मैं दोपहर में आई तो देखा फुसुर-

फुसुरकर बतिया रहे हैं सभी। यों तो मैं कान से कम सुनती हूँ, लेकिन पीठ-पीछे बाँके का नाम ले कोई, और मैं न सुनूँ भला!...वो गर्ग पंडित कह रहा था कि कितनाहूँ लाड़-प्यार, जोग-जतन करो, लेकिन किसुन किसू का नहीं होगा, किसू का नहीं!''

किसन ने मनसुखा की माँ के कान में मुँह सटाकर पूछा, ''और क्या-क्या कह रहा था?''

''और न जाने क्या-क्या इरिंग-विरिंग बता रहा था, एक दीवार की आड़ में। सो भी इस कान से सुनकर मैं क्या समझती?...इसी से तो कहती हूँ कि कोई दवा-दारू इस कान की तुम्हारे पास...क्यों? सभी तो कहते हैं कि बाँके बैद भी अच्छी है।... अच्छी बात। दवा न सही, तू एक बार फिर मेरे कान के पास फुसफुसाकर कुछ कह। या वो गर्ग पंडित की बात ही ठीक है?''

किसन ने मनसुखा की माँ के पास बाँसुरी रखकर फूँक दी—सी-ई-ई-ई! कानों की राह बूढ़ी के मरम में पैठ गई वंशी-ध्वनि! बोली, ''हाँ रे बाँके! इस कान से तो अब कुछ-कुछ साफ़ सुन रही हूँ। किसी दिन इस कान में भी...।''

जशोदा बाहर आई तो मनसुखा की माँ ने किसन को आँख की कनखी से समझाया—गर्ग की बात पूछते समय मेरा नाम मत लेना। इसके बाद मनसुखा की माँ बोली—बाणी बदल गई, हाथ में लाठी लेकर उठ खड़ी हुई—''मेरा मनसुखा ऐसा नहीं था, बाँके! तुम्हारे साथ रहकर मेरा मनसुखा भी चौपट हो गया।...किसी को बुरी लगे या भली, मनसुखा की माँ चापलूसी नहीं करती...जो अपने माँ-बाप का होकर नहीं रहेगा, वह किसू का नहीं हो सकता।''

जशोदा तमककर बोली, ''क्या बकने आई है भरी साँझ की बिरियाँ!''

''हाँ-हाँ, मैं बकती हूँ।''

नन्दराज ने नाराज़ होकर पुकारा, ''मनसुखा की माँ-आँ-आँ!'' बूढ़ी लाठी टेकती नन्दमहर की हवेली से बाहर हो गई।

किसन को उदास देखकर जशोदा बोली, ''तू दाऊ के लिए बैठा है यहाँ और दाऊ उधर मौसी की आँखों में जाकर समा गया है। चलो, कुछ खा लो मोहना!''

''ना!...ना! ना!''

—उँ-याँ-याँ।

''कुँअर, चलो, टटकी-टटकी दहेंड़िया बाँछके रखी है मैंने।''

''उँहुक!...गर्ग पंडित के साथ क्यों न भेज दीं मटकियाँ?''

''अहा बेचारा ब्राह्मण...!''

''सब बेचारे हैं, एक मैं हूँ आवारा। मेरा कोई विश्वास नहीं।...''

''कौन कहता है?'' जशोदा मनाने लगी किसन को। सलोने ने किसन को एक हुँत्था मारकर समझाया—माँ की बात काटता है?

रात में किसन उठकर बैठ गया—"मैया, क्या है? रोती क्यों है? सिर में दर्द है, बहुत? लाओ टीप दूँ।"

जशोदा ने किसन की कलाई पकड़ ली—"ना-ना, मैं रो नहीं रही। सपना देख रही थी।...तू सो जा। आ!"

...मनसुखा की माँ से जितनी बात मालूम हुई है, बात उससे आगे बढ़ गई है।...धक्-धक्-धक्-धक्...किसन अपनी माँ के कलेजे की धड़कन को स्पष्ट सुनता है। साँसों के चढ़ाव-उतार को परखता है।...दर्द बहुत गहरे बज रहा है।...कोख की सन्तान के लिए किस माँ का मन न तरसेगा, रोएगा!

...तो क्या सचमुच किसन का कोई अपना नहीं?

गोकुल की गलियों में, गैल भूल एक गोरी किशोरी भटक रही है और नन्द-जशोदा का घर पूछ रही है—"कोई बताइयो जरा! नन्दमहर की हवेली को किस राह जाऊँ?"

अरी, यह कहाँ की गोरी आई है, गुमान-भरी? इत्ती-सी छोरी की बोली सुनो, कैसी विष-भरी है! कोई इस तरह भी राह-घाट पूछती है भला! अपना नाम-धाम कुछ नहीं बताती...।

गोकुल की गोपियों ने गोरी को चारों ओर से घेर लिया—"ऐसी टेढ़ी-तिरछी बात क्यों करती है री? तेरे साथ कोई मर्द-पुरुष नहीं?"

"ना भैया! देखती हूँ यहाँ के लोग तन के ही नहीं, मन के भी काले हैं। कैसा है यह गोकुल गाँव रे बाबा!"

"सुनती है इसकी बोली!" बड़ी-बूढ़ियाँ भी आकर जमा हो गईं—"क्या है? काहे की भीड़ लगा रखी है यहाँ?"

अपरिचिता किशोरी भीड़ से निकलकर बाहर आई—"हाँ-ए! तुम लोगों ने अपनी-अपनी बहू-बेटियों को यह कैसी सीख दी है कि भूली-भटकी परदेसिन को राह भी न बताए कोई? नन्दराज की ड्योढ़ी किधर है?"

बूढ़ियाँ भी तिलमिला उठीं—"और तू ही किस राजा की बेटी है कि परदेश में आकर टेढ़ी-टेढ़ी बातें करती फिर रही है? अपना नाम-धाम क्यों नहीं बतलाती?"

गोरी का चेहरा टेसू के फूल जैसा रह गया—"मैं मथुरा से आ रही हूँ। बसुदेव राजा की बेटी और महाराजा कंस की भांजी...।"

"भांजी? कंस की ई-ई?" सभी ग्वालिनें एक साथ चीख पड़ीं।

"क्यों?" गोरी मुस्कुराई।

एक बूढ़ी ने कहा, "यह कंस की भेजी कोई डाकिनी है री!"...कंस की भांजी!"

"कोई बुलइयो यदुराई को! दौड़ो मुरारी-ई-ई-ई!" एक गोपी चिल्लाई।

गोरी हँसी–"अकेली क्यों, सभी मिलकर पुकारो। कहीं सोया..."

"तू चुप रह!...देखती रहो, भागने का पाए। बड़े मौके से गाँव में घुस आई है।"

गोरी गठरी रखकर बैठ गई–"देखती हूँ, वह छोकरा ठीक ही कह रहा था।"

"कौन छोकरा?...सुन री ललिता, अब किसी छोकरे की बात कर रही है!"

गोरी अपने बाजूबन्द के ढीले बन्धन कसने लगी–"वही काला-कलूटा; घटवार का बेटा होगा।"

"काला-कलूटा?...घाट के इस पार या उस पार?"

"घाट के उस पार के लोग काले नहीं होते और न भैंस-जैसा कोई जानवर ही हम पालते हैं।" गोरी आँखें नचाकर बोली, "नाव लेकर दौड़ा आया मेरे पास। मैं क्यों उसकी नाव पर पाँव रखने जाऊँगी? जमुना पार करने के लिए नाव का क्या काम?...हाँ-हाँ, पैदल नदी पार करके आई हूँ। पूछना अपने उस घटवार के बेटे से।"

"तो उस लड़के ने क्या कहा?"

"कहेगा क्या, भला? कुछ मिनमिनाकर बोला, तो मैंने सुना दिया, मैं कंस की भांजी हूँ।...राह-घाट में लड़कियों को छेड़नेवाले की सूरत देखकर ही पहचान लेती हैं मथुरा की छोहरियाँ। हाँ-आँ!"

"अभी तुमने बताया न, ठीक कह रहा था वह।...क्या कहा है उसने?"

"ओ-हो! वह तुम्हारे गाँव की लड़कियों के चाल-चलित्तर के बारे में कह रहा था...कि गोकुल गाँव में जरा होशियारी से जाना। वहाँ दो ऐसी चोरनियाँ हैं कि बात-बात में झगड़ा करके आँख के सामने से चीज़ें गुम कर देती हैं।"

"चोरनियाँ?...नाम भी बताया किसी का?"

गोरी ने ललाट पर बल डालकर याद करने की चेष्टा की–"क्या नाम भला...हाँ, वृषभानु की बेटी एक और उसकी सखी दूसरी।"

...राधा ललिता? सभी ब्रजनारियों ने राधा और ललिता की ओर देखा। राधा और ललिता की आँखें आपस में मिलीं।...सुनती है?

कई गोपबालाओं ने एक साथ कहा, "यह झूठ बोलती है। किसन ऐसी बात नहीं कह सकता कभी।...अच्छा, उसने अपना नाम भी बताया।"

"हाँ! बोला, मेरा नाम बाँसुरीवाला है। मुझे अपनी बाँसुरी सुनाकर थोड़ी देर अटकाना चाहता था।...जैसे मैं उसकी पीं-पीं-रीं-रीं सुनने के लिए ही गोकुल आई हूँ।" गोरी गठरी उठाकर चली–"कह रहा था बेचारा बाँसुरीवाला, कि उसकी बाँसुरी कई बार इसी तरह चुराई गई है।"

सभी गोपबालाएँ चुप हो गईं। राधा और ललिता की आँखों में आँसू छलकने लगे। अपमान और ग्लानि के अलावा और न जाने कैसी आग जल उठी सभी के मन में।

मनसुखा की माँ गोरी के पीछे-पीछे चली–“अरी ओ छोहरी! तेरी गठरी में क्या है?...कोई दबा-बूटी भी रखती है कान की? कहाँ जाएगी? नन्दमहर की हवेली? चल, मैं ले चलती हूँ।”

गोपिकाओं ने राधा और ललिता को समझाया। फिर आपस में तय किया कि चलकर किसन से पूछा जाए...क्यों ऐसी छिछोरपन की बातें करता है?...इस बार जो बोले फिर उस झूठे से...!

सभी अपनी-अपनी गेंड़ली और गगरी लेकर निकल पड़ीं, घाट की ओर!

जशोदा ठगी-सी खड़ी रही।...यह कौन अनदेखी-अनजानी लड़की पैर पर माँ कहकर लुढ़क गई।

“मैया री! अपनी बेटी को भी नहीं पहचानती?” गोरी रोने लगी–“अपनी कोख की बेटी को भी नहीं पहचानती! मैं हूँ योगमाया।”

“योगमाया?” जशोदा और भी अचरज में पड़ी–“कहाँ से आई?”

“क्यों? मथुरा से।...ओ, मैं समझ गई, मैया! झूठी-झूठी बातें उड़ती-पुड़ती यहाँ भी पहुँची हैं। किसी ने सुनाया होगा, आकाश में उड़ गई। कोई कहता होगा, कंस ने मार दिया। मैं जानती हूँ।...मथुरा में एक पंडित है गर्ग। वह इधर भी आता है क्या? उसका परतीत मत करना कभी। मेरी हथेली देखकर न जाने क्या-क्या कह दिया माँ से। बस, उसी दिन से माँ मुझसे...।”

गोरी ने देखा, जशोदा की आँखों में विश्वास की हल्की रेखा भी नहीं उभरी अब तक। तब वह जशोदा के गले में दोनों हाथ डालकर बोली, “माँ! तुम्हीं तो मेरी अपनी माँ हो, हो न? बोलो!”

जशोदा की जीभ जरा न हिली, न डुली।

पड़ोस की कोई ग्वालिन चिल्ला-चिल्लाकर लोगों को सचेत कर रही थी–“कंस की भांजी आई है। होशियार! कंस की भेजी हुई है।”

जशोदा के कान में बात पड़ी। उसने गोरी का हाथ पकड़ लिया–“तुमको कंस ने भेजा है? बता कौन है तू राक्षसनी!”

जशोदा के धधकते क्रोध पर एक घड़ा पानी डाल दिया गोरी ने–“ओ माँ! तू दूसरों की बात को सच और अपनी बेटी को झूठी समझती है?...कंस का भांजा तुम्हारे घर में पलता है। उसके लिए इतना दर्द?...न जाने कैसी घड़ी में मेरा जन्म हुआ कि जन्म से लेकर अब तक सभी दुरदुराते हैं।”

गोरी रोने लगी।

नन्दमहर ने हवेली में प्रवेश करने के पहले पुकारा–“गोपाल की माँ!”

गोरी चौंक उठी–“बाबा!” दौड़कर दहलीज की ओर गई–“बाबा! पहचानो तो मैं कौन हूँ! तू मत बताइयो माँ!”

अब नन्दजी के मुँह में बोली नहीं। उन्होंने जशोदा की ओर देखा। जशोदा आसनी बिछाती हुई बोली, "कहती है कि मैं योगमाया हूँ।"

"योगमाया ही नहीं, विन्ध्यवासिनी भी। मथुरा की माँ मुझे विन्ध्या कहकर पुकारती है।"

गोरी नन्द की गोद में बैठ गई। नन्द ने अब मुँह बा दिया। जशोदा बोली, "कैसी-कैसी अजगुत बात बोलती है। यह कहती है, जितनी बातें फैली हैं सब झूठी।"

योगमाया ने नन्द के मन को तुरत थाह लिया। नन्द की दाढ़ी में हाथ लगाती हुई बोली, "एक बात मैं पहले कह दूँ, मैं मथुरा से भागकर आई हूँ। देवकी-बसुदेव के घर में पैर नहीं दूँगी अब।...बाबा!" गोरी का गला भर आया। उसने नन्द की छाती में अपना सिर सटा दिया। बाबा का मन विश्वास से भरपूर है। वह कहती गई—"बाबा, गर्ग ज्योतिषी और नारद की बातें सुन-सुनकर मथुरा की माँ मुझे रोज़ कोसती है। मथुरा के बाबा तो अब बेटी कहकर भी नहीं पुकारते। कहते हैं, कैसी बेटी, किसकी बेटी। बेटी नहीं टेटी। कहाँ से आ गई?"

नन्दजी ताव खा गए—"कहाँ से आ गई?...मुझसे भेंट हो तो पूछूँ!"

"आखिर क्यों? कब से ऐसा व्यवहार कर रहे हैं वे?" जशोदा ने पूछा।

गोरी ने जशोदा की ओर आँखें उठाकर देखा भी नहीं। वह नन्द के गले की कंठी के छोटे-छोटे दाने गिनने लगी, उँगलियों से।

जशोदा की बात का जवाब नन्दमहर ने दिया, "तू इस तरह आँखें तरेरकर क्यों देखती है इसकी ओर? क्या कह रही है, जरा समझने की कोशिश कर, ठंडे दिल से।...हाँ, कहो बेटी, गर्ग पंडित ने ज़रूर कुछ कहा होगा।"

"बाबा! सिर्फ कुछ?" दोनों हाथों को फैलाती हुई बोली गोरी, "इतनी बातें!...कि इस लड़की के कारन भीख माँगनी पड़ेगी, कि फूहड़ माँ-बाप की बेटी ज़रूर जगहँसाई करवाएगी। सोने-जैसे लड़के के बदले मिट्टी की पुतली...।"

"सुनती हो, हम फूहड़ हैं!"

जशोदा अब बैठ गई। उसने गोरी को गौर से देखा। योगमाया के मुँह पर उपेक्षिता और अनाथ बालिका की विवशता के भाव छा गए।

"अब बात-बात में ठोना देती है। दही बेचने जाएगी, ओ कंडेवाली? एक दिन बोली कि मेरे बेटे से वहाँ गाय की चरवाही कराता है, तुझसे बाग की रखवाली नहीं की जाती?...मैया! मैं भाग आई।"

गोरी फिर जशोदा के गले से लिपट गई। जशोदा ने पीठ पर हाथ फेरकर कहा, "अच्छा किया बेटी!"

योगमाया निहाल हो गई। जशोदा के कन्धे पर सिर रखकर ठुनकती हुई बोली, "माँ! मुझे अब वापस तो नहीं भेजेगी?"

नन्दराज आवेश में आकर खड़े हो गए—"कभी नहीं। आए तो कोई!"

नन्दमहर लाठी लेकर निकले, ब्रजवासियों को सूचना देने—उनकी बेटी मरी नहीं।...उनकी बेटी लौट आई है। आज फिर बधावा बजेगा ब्रज में। जाते-जाते कह गए—"अब बैठी क्या कर रही है, गोपाल की माँ? मुँह-हाथ धुलाकर बेटी को कलेवा दो। न जाने कब की भूखी-प्यासी है!"

जशोदा योगमाया को गोद में लेकर हवेली के अन्दर गई। योगमाया बोली, "एक बात कहूँ माँ!...किसन को मथुरा वापस भेज दो।"

कलेजा धड़क उठा जशोदा का। हाथ ढीले पड़ गए। योगमाया गोद से खिसककर नीचे गिर पड़ी—"मैया री-ई-ई!"

"ऐसी बात फिर मत बोलना, बेटी!"

योगमाया अपना पैर पकड़कर बैठ गई। जशोदा को होश हुआ, लड़की गोद से गिर पड़ी है। झटपट बैठकर पैर छूने लगी, योगमाया ने पैर समेट लिए—"फेंकी हुई को एक बार नहीं, दस बार फेंको गोद से! लेकिन अपने कुँअर-कन्हाई को एक पल के लिए भी मन से दूर नहीं करोगी, क्यों?"

"सुनो बेटी! तुमने कुँअर को देखा ही नहीं है। एक बार देख लो, तब कुछ कहना। उसको कैसे दूर किया जा सकता है। चल, उठ! आ जा गोद में।"

"रखो अपनी गोद! यह गोद तुम्हारे किसन के लिए है। मैं पूछती हूँ कि कभी किसन को भी गोद से इस तरह फेंका है?"

जशोदा निरुत्तर हो गई।...इसी उम्र में इतनी तेज़ जीभ? योगमाया बोलती गई—"मैं क्या देखूँगी किसन को! यहाँ किसन का राज, वहाँ किसन की राजधानी। वहाँ भी सब दिन किसन के सहस्र नाम सुनती थी। यहाँ सारा ब्रज किसनमय है।...वाह रे भाग्य! रंग गोरा न हुआ। नहीं तो...। अब मेरी देह के रंग की बात ही लो। मैं गोरी हूँ। मेरे माँ-बाप गोरे हैं, मैं भी गोरी हुई। मेरा क्या कसूर? मेरी गोराई के कारन मुझे वहाँ गोरी गाय कहते हैं सभी।...रहे यहाँ किसन ही। मैं तो फेंकी हुई हूँ, मरी हुई हूँ, आकाश में उड़ी हुई हूँ। जो उड़कर आया और जुड़ गया है, उसके पैर की पूजा होती है और अपनी देह की सन्तान को ठुकराया जाता है।"

"योगमाया बेटी!" जशोदा दुलार करने लगी—"पहले कुछ जलपान कर लो।"

झनक उठी योगमाया—"किसी का जूठा माखन-मिसरी मैं नहीं खाती। यहाँ सुनती हूँ बिना किसन के जुठाए, कोई कुछ सूँघता भी नहीं।...कैसी गन्दी आदत है!"

जशोदा प्रतिवाद नहीं कर सकी—सचमुच! कुछ भी तो अनुच्छिष्ट नहीं किसन के कारण। सारे गाँव में किसी के घर का गोरस निरूठ हो, ऐसी आशा नहीं!

बाहर गोपियों का कलरव सुनाई पड़ा। योगमाया उठकर खड़ी हुई—"मेरे लिए चिन्ता न करो, माँ! किसन के घर लौटने का समय हो गया। उसके लिए कलेवा तैयार करो। मैं अपने लिए खिचड़ी पका लूँगी। वहाँ भी यही मिलती थी, सिर्फ नाम

दूसरा था–खिचड़ी नहीं, खेचरान्न।''

योगमाया दहलीज के पास जाकर खड़ी हुई। आँगन में प्रवेश करती हुई गोपियों के झुंड की काकली अचानक रुक गई। योगमाया ने अधिकारपूर्ण स्वर में कहा, ''इस तरह आसमान सिर पर उठाती क्यों आ रही हो तुम लोग? क्या हुआ? यह धरती रहेगी या डूबेगी?''

सबसे आगे थी राधा। बढ़कर बोली, ''क्यों री भांजी कंस की, बता कहाँ है बाँसुरीवाला?''

''अहा-हा! हाय री मेरी बाँसरीवाला-वाली रे-ए-ए! दरद देखो जरा!...माँ से ज़्यादा दरद मौसी को!'' योगमाया रास्ता रोककर खड़ी हुई–''पूछती हूँ, किससे पूछकर मेरे आँगन में साँझ के पहले आई है? यहाँ कोई मन्दिर नहीं कि रोज़ दीया-बाती और आरती के बाद मिठाई बँटेगी।...इस घर के लड़के का भविष्य तो हंस के पंखों की तरह उजला कर ही दिया है तुम लोगों ने। क्या समझ लिया है, इस घर में कोई धीया-बेटा नहीं?''

जशोदा दौड़ी आई–''क्या हुआ?''

''कि-किसन...कहीं नहीं। न जमुना किनारे, न कदम-तले, न वृन्दावन में। घाट-बाट में कहीं नहीं। सभी खोज रहे हैं। बलदाऊ ने कहला पठाया है...नन्दबाबा कहाँ हैं?'' ललिता हकलाती हुई बोली। राधा ने फिर खोंचा दिया–''और यह कंस की भांजी यहाँ क्यों आई है? जब से आई है, गाँव में काग बोल रहे हैं।''

योगमाया जशोदा के चेहरे पर आते-जाते भावों को देख रही थी।...जशोदा गला फाड़कर पुकारना चाहती थी एक बार। योगमाया को देखकर अपने को सँभालती है। फिर एकदम चुप खड़ी रह जाती है।

एक क्षण के लिए सन्नाटा–सर्वत्र!

अचानक राधा योगमाया से लिपट गई–''बता तो सखी, तूने बाँसरीवाले को कहाँ देखा था?''

योगमाया छिटककर परे खड़ी हुई, राधा के बाहुबन्धन से निकलकर–''ए-हे! इसको मिरगी-उरगी तो नहीं आती?...इस तरह थर-थर क्यों काँप रही है?''

नन्दबाबा आए। सभी गोपियाँ एक साथ ही बोल पड़ीं–''बाबा! किसन लापता है, कहीं नहीं मिलता। दाऊ ने कहा कि बाबा को जल्दी भेज दें।''

नन्द भी उल्टे पाँव दौड़े। योगमाया ने पुकारा–''बाबा!''

जशोदा चीख पड़ी–''आह! पीछे से मत पुकारो!''

कोलाहल में नन्दमहर योगमाया की पुकार नहीं सुन पाए। वह मुँह बनाकर बोली, ''इतना अधीर होने की क्या बात है? अभी तो साँझ पड़ी है।...सुनती हूँ, लुकाचोरी वह रोज़ खेलता है। यह भी हो सकता है कि यहाँ आकर सबसे ज़्यादा रोनेवाली इन्हीं लड़कियों के घर में वह छिपा हो।...यह लड़कियों के साथ लुकाचोरी

खेलने की कैसी गन्दी आदत है!"

गोपियों ने जशोदा की लाचारी देखी; कुछ समझ न सकीं। पास-पड़ोस के गोप-ग्वाल निकले—"चलो, चलो!"

गोपियाँ नन्दमहर की हवेली से निकलीं—"चलो, चलो! खोजो-ओ-ओ!"

सैकड़ों मशालें वृन्दावन की ओर लपलपाती हुई...पंक्तिबद्ध...भग्नपंक्ति... बुझती-जलती...झाड़-झुरमुटों में लुकती-छिपती...एक, फिर अनेक...रोशनी!

...गाँव खाली हो गया। गाँवों और बछड़ों की गगन-भेदी पुकार क्रमशः हल्की आह पर आकर रुक गई है। चारों ओर से निःशब्दता बढ़ती जा रही है।...सुन्न हो गया सारा संसार! योगमाया खिचड़ी चढ़ाने लगी, चूल्हे पर, बड़बड़ाती हुई। जशोदा अपनी हवेली से जरा बाहर निकलकर किसन को पुकारना चाहती है। कहीं भी होगा, माँ की पुकार का जवाब तुरत दे देगा। वह हवेली के दरवाज़े की ओर बढ़ी कि योगमाया ने टोक दिया—"अब तू कहाँ चली इस अँधेरे में अकेली?"

जशुमति के पैरों में जंजीर पड़ गई मानो। योगमाया ने कहा, "बस, खिचड़ी पकने में जितनी देर लगे। खा-पीकर मैं चली जाऊँगी अभी मैया री!...इससे तो देवकी माँ भली, कभी भूख-भूख करके रोई नहीं मैं। मैं भूख नहीं सह सकती।"

दूर, वृन्दावन से...सहस्र कंठों से किसन के सहस्रों नामों की पुकार, हवा में तैरती आई है जशुमति के कानों तक। क्रमशः तीव्र होती जाती है पुकार...आर्त... करुण...हाय, न जाने कब तक, कितनी देर तक इसी तरह खड़ी रही जशुमति!

इधर योगमाया खिचड़ी उतारकर परोसने बैठी—"कोई बर्तन-बासन भी नहीं।...मैं पूछती हूँ कि इस घर के बर्तन-बासन भी किसन को खोजने चले गए हैं क्या?"

जशोदा पत्थर की मूरत की तरह खड़ी रही। जब योगमाया ने कड़ाही पटककर पुकारा तब होश हुआ—"कड़ाही में ही खाऊँ, क्यों?"

"सामने पथरौटा है, बेटी...!"

"उस पर कुँअर-कन्हाई का नाम खुदा हुआ है।"

वृन्दावन से गोकुलवासियों की आर्त पुकार हवा को कँपाती हुई आती है।

इधर योगमाया फूट-फूटकर रो पड़ी—"अरी मैया-या-या! मैं भूख से छटपटा रही हूँ।...मेरी उँगलियाँ जल गईं खिचड़ी में-एँ-एँ...।"

अजीब रोदन! ऐसा रोना कभी नहीं सुना जशोदा ने। आकाश-पाताल में आ गई रुलाई! सारी दुनिया रो पड़ी, मानो। जशोदा दौड़ी गई—"रो मत बेटी!"...बहुत देर तक गोद में चिपकाकर दुलराती रही जशोदा!

किन्तु जशोदा की बेटी आज तुली हुई है, दो में से एक को तो निकालना ही होगा मन से।...किसन को रखो या योगमाया को!

जशोदा कुछ क्षण के लिए किसन को भूल गई। खिचड़ी परोसकर खिलाने बैठी, चुपचाप। योगमाया ने जिद की—"वहाँ देवकी-माँ को खिलाए बिना मैं कभी मुँह में

कौर नहीं डालती थी। खाओ माँ!"

जशोदा के होंठों के पास कौर पहुँचा कि किसन की याद आई।...किसन भूखा होगा।...भूखे किसन की माँ मुँह में अन्न डालेगी; कैसे?

दो पहर रात!

जशोदा करवट लेती है।...तो योगमाया सो गई? जब से आई है, एक पल भी चुप नहीं रही। किसी तरह समझा-फुसलाकर खिलाया-पिलाया। सोने के समय भी बखेड़ा करने लगी।

"जिधर किसन सोता है, उधर नहीं सोऊँगी। दुधाइन गन्ध मुझे अच्छी नहीं लगती।"...और, अकेली नहीं सोएगी; आदत ही नहीं। माँ के पैर टीपे बिना उसको नींद ही नहीं आएगी। जो भी कहो, देवकी माँ ने इतनी-सी भली शिक्षा ज़रूर दी है।...बेटी के बिना घर की हालत कैसी होती है, यह वह पहली बार आँखों से देख रही है। अब वह अपनी माँ को हाथ-पैर नहीं डुलाने देगी। बेटी ही माँ की सेवा कर सकती है, सच्चे मन से। बिना बेटी की माँ की दुर्दशा, वह देख रही है।...सचमुच, योगमाया ने उसे टीप-टापकर ऐसा सुला दिया कि दो पहर रात के बाद नींद खुली है! किसन...!

योगमाया मानो सपने में बड़बड़ाई–"हाँ-हाँ...वह अपनी माँ देवकी के कलेजे से सटकर सोया होगा, पलँग पर। तू क्यों...?"

जशोदा अब कातर हो गई। एक कलपती-काँपती आवाज़ निकली उसके कलेजे से–"क-न्हा-ई कुँअर-र ओ-ओ!"

"मैया!" योगमाया जग पड़ी–"बस दो घंटे की बात है। और दो घंटे अपने पास सोने दो।...जो मैं ऐसा जानती, तो खा-पी के चली जाती, साँझ को ही।"

गोरी अपनी बाँह पर हाथ फेरती हुई बोली, "तुम्हारे किसन की देह का रंग झड़ता है क्या? देखो तो कैसे काले-काले धब्बे पड़ गए हैं?"

जशोदा ने देखा, सचमुच योगमाया की देह जगह-जगह काली हो गई है।

सलोना सूँघता हुआ आया और पलँग के पास खड़ा हो गया। योगमाया की बाँह को चाटने के लिए जीभ निकाली सलोने ने। योगमाया डरकर माँ की छाती से सट गई–"गाय-बछड़ों से बहुत डरती हूँ।"

सलोने ने आगे बढ़कर जीभ से फिर स्पर्श किया। योगमाया चीख पड़ी–"माँ-आँ!"

जशुमति ने सलोने को डाँटकर भगा दिया।

सलोना भागकर बाहर नहीं गया; घर के एक कोने में अरगनी के पास जाकर खड़ा हो गया। अरगनी पर लटके हुए कपड़ों के बीच से किसन के ज़रीदार पीताम्बर

को दाँतों से खींच लिया।...योगमाया की नज़र पड़ी, सलोना तो पीताम्बर चबा रहा है!

"गया...गया...मेरे पीताम्बर का कलेवा...!" योगमाया पलँग से नीचे कूद पड़ी। अस्त-व्यस्त चुनरी पलँग के पाए से उलझकर खुल गई। बड़े जतन से बाँधे बाल खुलकर बिखर गए–घुँघराले काले-काले। सलोना हर्षोन्मुक्त होकर 'ऊ-याँ-याँ' पुकारता हुआ भागा–टिनिंग! फिर दौड़ता हुआ आया।

जशुमति की आँखों पर पड़ा हुआ परदा अचानक उठ गया, मानो। मन की जकड़ी हुई खिड़कियाँ खुल गईं!...किसन के कृष्णाभ मुखड़े की दुग्धोज्वल मुस्कुराहट को पहचानकर पहले तो लाज से गड़ गई। फिर दौड़ी–"चो-ओ-ओ-र-किसन!... किसन, योगमाया, विन्ध्या, लीलाधर!"

सबसे पहले नन्दमहर के गोशाले की गौओं ने हर्ष-ध्वनि की। इसके बाद ब्रज के सभी गोशाले में उदास बैठी गौओं ने प्रसन्न होकर सुर-में-सुर मिलाया–जै हो, जै हो! बाँ-आँ-य...! वृन्दावन के कुंज-कुंज में, वंशीबट-जमुनातट पर किसन को खोजते हुए गोकुल के नर-नारियों ने गाँव की ओर कान लगाकर सुना...हाँ! किसन घर लौट आया। सभी दौड़े गाँव की ओर, किसन की नई लीला देखने।

आकुल राधा सबसे पहले दौड़कर पहुँची जशोदा की हवेली तक। दरवाज़े के पास हठात् ठमककर खड़ी हो गई। योगमाया की जीभ में विष है।...कंस की भांजी!

राधा की पीठ पर आई ललिता–क्यों सखी, खड़ी क्यों है? ललिता ने हवेली की खिड़की से झाँककर देखा और देखती ही रही।

मधुबन के शुक-पिक ने एक सुर से ब्राह्मवेला शुरू होने की घोषणा कर दी।

राधा और अनुराधा एक-दूसरे से लिपटीं, बेसुध, दरवाजे को पार कर आँगन में जा खड़ी हुईं। अपलक देखती रही राधा...।

सलोना किसन की देह पर पुते गेरू और गोरज के लेप को जीभ से चाट-चाटकर साफ कर रहा है। जशुमति किसन के मुखड़े को साफी से पोंछ रही है। हँस रही है... छलिया! माँ से भी छल!

"देखूँ सखी नित्य लीला...हरि-हरि बोल...।" राधा और ललिता के गले से भैरवी कीर्तन की पहली पंक्ति निकली। जशुमति ने उलटकर देखा, खिलखिलाकर हँसी और कीर्तन का पद गाने लगी, राधा और ललिता के साथ, मीठे सुर में।...आनन्द-विह्वला माँ!

जशुमति ने देखा, जो किसन, वही योगमाया, वही राधा, वही अनुराधा, वही सलोना, वही...वह भी...स्वयं जशुमति भी किसन!

ब्रजवासियों के झुंड नन्दमहर की हवेली के हर दरवाज़े से आँगन में आ रहे हैं–हँसते-नाचते...किसन-किसन किसन-किसन-किसन...कह-कह जशोदा माता, कृष्णकथा...।

किसन किसी की ओर आँखें उठाकर देखता भी नहीं; चोर की तरह खड़ा है। पास की शीतलपाटी पर योगमाया की गठरी से बरामद चीज़ें पड़ी हुई हैं—राधा की रेशमी चुनरी, ललिता के कंगन, ज्येष्ठा के बाजूबन्द, रोहिणी की पैजनी...!

आनन्द से सारा ब्रजमंडल जगमगाने लगा। किसन को घेरकर सभी नाचने लगे...नन्दमहर भी! जशोदा भी! और सलोना कभी घेरे के बीच में किसन के पास जाता है दौड़कर, फिर बाहर निकल वृत्त के चारों ओर दौड़ता है—टिनिंग-टिनिंग... ऊँ-याँ-याँ!

1958

नेपथ्य का अभिनेता

यद्यपि उसे पहले भी पच्चासों बार देख चुका हूँ, किन्तु उस दिन देखकर चिहुँक-सा उठा। चकित हो गया। लगा, जैसे बिना मौसम के कोई फूल या फल देख रहा होऊँ। सावन-भादों के किचकिच में, लगातार बारिश में ई कहाँ से आ गया? क्यों?

मैं ही नहीं, उसे देख सभी परिचित-अपरिचित अकचकाकर रुक जाते हैं। कोई-कोई उसके टेबुल के निकट जाकर कुछ पूछ भी लेता है और मैं यह भी देखता हूँ कि वह घोर अनाटकीय ढंग से छोटा-सा उत्तर दे देता है।

मुझे यह समझने में कोई गलती नहीं हुई कि लोग उसे फारबिसगंज की इस छोटी-सी चाय की दुकान की एक बाँहवाली कुर्सी पर बैठा देखकर क्यों कुछ देर के लिए अकचकाकर रह जाते हैं।

मैंने मन-ही-मन अटकल लगाई—प्रायः तीस-इकतीस वर्ष पहले, इस व्यक्ति को पहले-पहल देखा था—सन उन्नीस सौ उनतीस में। उसी साल पहले-पहल गुलाबबाग मेला में इतना सटकर हवाई जहाज देखा था कि सन-ईस्वी अभी तक झक-झक मन में याद है। सन उन्नीस सौ उनतीस में मैं आठ-नौ वर्ष का था। उसी वर्ष गुलाबबाग मेला में कलकत्ता की मशहूर थियेटर कम्पनी आई थी और लोगों की अपार भीड़ जमा हुई थी—तिल धरने की भी जगह नहीं थी। मंच पर ही गाड़ी आती-जाती थी—इंजिन सहित, पुक्का फाड़ती, धुआँ उगलती हुई और लाल-पीली रोशनी में अनेक परियाँ नाचती हुई...एह!

जीवन में पहले-पहल थियेटर देखकर कितना उत्तेजित हो गया था—आज भी वह दिन अभी तक मन में है! कितना आश्चर्यजनक!

किन्तु जब स्कूल खुला, तो सहपाठी बकुल बनर्जी ने मेरे मन को छोटा कर दिया था। यद्यपि वह भी उन दिनों आठ-नौ वर्ष का ही था, किन्तु बहुत ही तेज, जन्मजात आर्ट क्रिटिक! उसके कथनानुसार इस नकली कम्पनी में पिछले साल नागेसरबाग मेला में आई असली कम्पनी के निकाले हुए सब लोग थे। बकुल ने कहा था कि नागेसरबाग मेला में आई कम्पनी की बातें सब कोई जानता है...चौबीस घंटे के भीतर-भीतर कम्पनी को मेला छोड़कर चले जाने का हुक्म कलक्टर साहब ने दिया था। कलक्टर साहब का कहना था कि यदि दो दिन भी यह कम्पनी मेला में रह गई तो पूरा जिला दरिद्र हो जाएगा, कंगाल हो जाएगा। किन्तु बकुल मुझे उदास देखकर बोला था—"तब भी

एक बात है इस कम्पनी में—जिस मानुष ने रेलवे पोर्टर का पार्ट किया हाई, वह नागेसरबाग मेला में आया हुआ कम्पनी में भी यही पार्ट करता था, यानी वेंटिग रूम में सोए हुए लड़िका को मारता था, छूरा से...उसको तो नकली नेही कहने सोकते।"

आज भी मेरे मन में उस समय की सभी बातें हैं...गुलाबबाग मेला...पंजाब मेल का रेलवे पोर्टर...लड़के का खून...बकुल की बातें...

करीब चार या पाँच वर्ष उपरान्त सिंहेश्वर मेला में आई हुई उमाकान्त झा कम्पनी में इस व्यक्ति को पुनः देखा था! बिल्वमंगल नाटक में चिन्ताबाई की मजलिस में भोथिया के बाबाजी के भेष में—"काया का पिंजरा डोले रे, साँस का पंछी बोले" गाता हुआ बड़ा ही सुरगर कंठ था। गुलाबबागवाली कम्पनी में लड़के की हत्या करनेवाला, माने हत्यारे का पार्ट करनेवाला, बाबाजी के गेरुआ वस्त्र में। अपनी बोली वह अधिक देर तक नहीं छुपा सका—मैं भट्ट से तुरन्त पहचान गया। किन्तु जब वह पारसी नौटंकी के एक दृश्य में कवित्त पढ़ रहा था—मृदंग कहै धिक है, धिक है... मंजीर कहै किनको-किनको!...तब हाथ नचायके गणिका कहती—इनको-इनको-इनको-इनको!...उस समय मुझे तनिक भी शंका नहीं रह गई। खूब फरिछाकर पहचान गया था बाबाजी को—वही था, जो गुलाबबाग मेला कम्पनी में वेटिंग-रूम में सूतल लड़के के छुरा भोंकने के पहले काँपते हाथ और थरथराते छुरे को देख, पागल जैसा बड़बड़ा उठा था—"क्यों मेरे हाथ! तू क्यों थरथरा रहा है? तू तो केवल अपने मालिक का हुक्म अदा कर रहा है। मत काँप मेरे खंजर...वक्त बरबाद मत कर! शिकार...सोया है चादर तानकर! ले तू भी अपना काम कर!"

बस की डुग्गी पर बड़ी जोर से चोट पड़ी थी, सभी हड़बड़ा गए थे—यह सबकुछ मेरे मन में है।

उसके बाद फिर तीसरी बार—आद्याप्रसाद की नाटक कम्पनी के 'श्रीमती मंजरी' खेला में अँगरेज जज का भेष बनाकर टेबुल पर हथौड़ा ठोंककर शान्ति स्थापित करता हुआ यह व्यक्ति बोला था—"वेल मोंजरीबाई! हाम टुमको सिड़ीमटी मोंजरी का खेटाब डेटा हाइ। आज से टुमको सिड़ीमटी मोंजरी बोलेगा। हम बोलेगा, साब बोलेगा, समझा?" और इस दृश्य के उपरान्त कुछेक क्षणों में वही गीत गाता हुआ स्टेज पर आया था—"काया का पिंजड़ा डोरे रे"—अपनी उसी पुरानी तर्ज में।

मुझे इसे पहचानने में कहीं गलती नहीं हुई। सब जगह उसे चीन्ह गया।

कितनी बार इसे देखा है, परन्तु ऐसा बेमौसम में नहीं। अनटैम नहीं। और झरते हुए सावन-भादों में नहीं। प्रायः इसे मेला के मौसम (असमय) में देखा था अर्थात्

कार्तिक से चढ़ते बैशाख तक। इसलिए आज अचानक इस चाय की दुकान पर बैठा देखकर मैं चिहुँक उठा–उस पर इस झँयसी में।

एक अन्दाज़ लगाया–दस-ग्यारह साल बाद इसे इस इलाके में देख रहा हूँ, इसी से एक विस्मय हुआ और एक उत्सुकता।

वह दुकान की कुर्सी पर बैठा था अवश्य, पर था अन्यमनस्क, उदास, उखड़ा हुआ, अपने में खोया हुआ। बादलों की झड़ी वह बहुत देर से एकटक देख रहा था।

वह...वह...हत्यारा पोर्टर, बाबाजी...अँगरेज जज...उपदेशक...सिपाही...डाकू...अन्धा...फकीर...तथा आदि, आदि, आदि–सब एक ही व्यक्ति...एक ही व्यक्ति!

बहुत जोर से बिजली चमकी, बादल जोर से बरसने लगा और बहुत देर के बाद उसने वही मुद्रा बनाई, जिस मुद्रा में 'काया का पिंजड़ा' वाला गीत गाता था स्टेज पर!

इतने समय के बाद मेरी नजर उसकी पहनी हुई बुश्शर्ट पर पड़ी। कार्टून की छाप मिट रही थी, मैल जम रही है। नई डिजाइन की टूटी चप्पल। वह उचककर गम्भीर दृष्टि से चायवाले की ओर ताकते हुए बोला, "एक इधर भी..."

उसकी बोली सुनकर यह समझने में रत्ती-भर भी भ्रम नहीं रहा जो हत्यारा पोर्टर, या दहलानेवाला भयंकर डाकू था, या रोबीला अँगरेज जज, या शान्त उपदेशक आदि का पार्ट करता था, अब बूढ़ा हो गया है।

चाय उसे भी मिली और मुझे भी।

एक घूँट चाय पीते-पीते मुझे एक बात याद आई कि उन दिनों रात के स्टेज के एक्टर को दिन के उजाले सड़क पर या मेले में चलता देखकर कितना विस्मय होता था। किस तरह उन लोगों का बोलना, बात करना अद्‌भुत लगता था–विचित्र, किन्तु अच्छा।

याद आया–फारबिसगंज मेले की एक थियेटर कम्पनी के कुछ ऐक्टरों के पीछे बहुत देर से घूम रहा था। एक पानी की दुकान पर सब खड़े हुए, पीछ मैं भी खड़ा हुआ। उस दल में काफी लोग थे। लैला, मजनूँ और फरहाद, राजा, डकैत के हाथ से राजकुमारी को छुड़ानेवाला राजकुमार और प्रयोजन पड़ने पर जल्लाद बननेवाला और सबके साथ यह 'काया का पिंजड़ा' गानेवाला। मुझे पीछे खड़ा देखकर यह बोला था, "क्यों बे छोकरे, इस तरह क्यों घूम रहा है पीछे-पीछे? पाकेट मारेगा क्या?"

उस छोटी अवस्था में भी मेरा मन समझ गया था कि आत्म-सम्मान पर आघात पड़ा है। अहं जाग गया। कड़ाका उत्तर दिया, "आपके पॉकेट में है ही क्या, जो कोई मारेगा?"

"क्यों?" वह अप्रतिभ होकर बोला था, "तू यह कैसे जानता है कि मेरा पॉकेट खाली है?"

यद्यपि उन दिनों मैं अपने स्कूल की सबसे ऊपर की क्लास में पढ़ता था और मास्टर साहब के आदेशानुसार प्रत्येक अपरिचित से अँगरेजी में ही बात करने का अभ्यासी हो चुका था, किन्तु फिर भी मैंने खड़ी बोली में ही उत्तर दिया, ''क्यों रात जो भीख माँग रहे थे–दाता तेरा भला हो!''

सब ठठाकर हँस रहे थे और बोले थे, ''छोकरा तेज है।''

अब मुझे अँगरेजी झाड़नी पड़ी थी, ''यू सी मिस्टर–रेलवे पोर्टर-ऐक्टर-डोंट से मी छोकरा, आइ एम मैट्रिक स्टुडेंट, यू नो?''

इतनी पुरानी बात याद आने से मेरे होंठों पर हँसी फैल गई। प्रश्न उठा मन में कि अभी यह किस कम्पनी में काम करता है? क्या अब भी यह उसी तरह रोबीला डायलाग बोलता है? वैसे ही वेटिंगरूम में लड़के पर खंजर चलाता है, वैसा ही...वैसा ही...।

मेरा ध्यान भंग हुआ। उसकी चाय खत्म हो गई थी। वह मेरी टेबुल से सटकर खड़ा हो गया था। पूछा, ''आप मुझे पहचानते हो सेठ?''

उसकी बाँह पकड़कर बैठाते हुए बोला, ''मैं सेठ नहीं हूँ। खालिस आदमी हूँ। कहिए, आजकल किस कम्पनी में हैं? इस बेमौसम में आपको इस इलाके में देखकर मुझे काफी आश्चर्य हो रहा है।''

''साहेब, अब कहाँ की कम्पनी और कैसा थियेटर! सबको फिलम खा गया।'' उसने हँसने की निरर्थक चेष्टा की।

''आपने कितनी कम्पनियों में काम किया है?''

''साहेब, पन्द्राँ।'' लगा, जैसे उसके मन में सबकुछ सँजोकर रखा हुआ हो। निमिष मात्र के उपरान्त मेरी ओर शून्य दृष्टि से ताकता हुआ बोला, ''नौ साल की उम्र में पहली बार स्टेज पर उतरा था–क्रिशन के रोल में।''

मुझे अनुभव हुआ कि मेरे सामने बीते युग का एक शेषांक बैठा है–'पारसी थियेटर' का एक टूटा हुआ अभिनेता।

सिगरेट बढ़ाते हुए पूछा, ''तो आजकल क्या करते हैं आप?''

वह एक क्षण चुपचाप मेरी ओर ताकता रहा, फिर सिगरेट सुलगाता हुआ बोला, ''क्या करूँगा साहब! वह जो किसी शायर ने कहा है कि इश्क ने कर दिया निकम्मा...'' उसने हँसने का असफल अभिनय किया, ''दस साल बाद इस इलाके में आया हूँ। क्या नाम बताया लोगों ने–मिथिला देश। साहेब, इस इलाके में नाटक के काफी शौकीन लोग हैं...जाने को तो फिल्म में भी गया। पर जी नहीं लगा।''

इतना कहकर कनखी से एक बार इधर-उधर ताककर, फिर दयनीय दृष्टि से मेरी ओर देखता हुआ धीमे-से सकुचाता हुआ बोला, ''साहेब, एक्सक्यूज मी, फॉर

लास्ट टू डेज आइ एम हंगरी, वेरी हंगरी। माँगने की हिम्मत नहीं होती किसी से...''

उसका यह अँगरेजी डायलाग घोर अनाटकीय था। मैं कुछ कहने को ही था कि चेहरे पर आज्ञा मानने का भाव प्रदर्शित करता हुआ गिड़गिड़ाने के स्वर में बोल उठा, ''हुकुम हो, तो कुछ पेश करूँ...अब तो यही एक सहारा बचा है, ड्रामे के पुराने शौकीन मिलते हैं, सुना देता हूँ, जी हल्का हो जाता है और कुछ... ।''

वह अपने अपूर्ण वाक्य को छोड़, कोने में रखी अपनी अटैची कूदकर ले आया। एक काली लुंगी बाहर कर मुँह झाँप लिया। फिर लुंगी का परदा उठाया, तलवार कट मूँछवाला एक विचित्र चेहरा बाहर आया। मद्धिम स्वर में वह बोला, ''यह एक उदास-निराश नौजवान प्रेमी का डायलाग है।'' एक बार वह खखसा, पुनः बोलना शुरू किया, ''जालिम चपला! यह क्या किया। तुमने मेरे दिल के हजार टुकड़े कर दिए! जालिम! तूने यह क्या कर डाला, क्या कर डाला, चपला...चपला...चली गई तूँ चपला। चली गई तूँ मुझे तड़पता छोड़कर... ।''

इसके बाद हिचकियाँ लेते हुए उसने जो संवाद कहे, वह मैं नहीं कह सकूँगा।

दुकान में लोगों की भीड़ लग गई थी। चारों किनारों से लोग झुक-झुककर देख रहे थे। सबके चेहरे पर एक विचित्रता और कुतूहल का भाव था। किन्तु सभी चुप्प, स्तब्ध! बाहर बादल रह-रहकर गरज उठता था।

उसने पुनः अपने चेहरे पर लुंगी का परदा गिरा लिया, मानो अपने को ग्रीनरूम में ले गया हो। इस बार बड़ी-बड़ी मूँछवाला सरदार बनकर बाहर आया। परदा उठा, वह गरजा, ''क्यों वे बदकार! बता कहाँ है राजकुमार? कहाँ है, मक्कार की औलाद...!''

हठात् उस जोशीले संवाद की उठा-पटक में नकली दाँत का सेट छिटककर मुँह से बाहर आ गया।

इसी क्रम में उसने दर्जनों मुखड़े बनाए, कितने ही प्रकार के रास-संवाद सुनाए और अन्त में टोपी को भिक्षा-पात्र बनाकर लोगों की ओर ताककर बोला, ''दाता तेरा लाख-लाख भला हो, आना-दो आना...दो पैसे ही सही... ।''

मेरा पैर धरती से स्पर्श कर गया। जैसे कहीं थोड़ी चोट लगी हो, एक झटका लगा हो। इस व्यक्ति ने अपनी कला के जादू से कितने वर्ष पीछे धकेल दिया था। मैं पुनः वर्तमान में लौट आया। देखा, बकुल बनर्जी मेरी ओर एकटक ताक रहा है–थोड़ा-थोड़ा होंठों के किनारे से मुस्कुराता हुआ।

बकुल उसे जोर से पूछ बैठा, ''क्यों ऐक्टर मोशाय, काल इतना मेहनोत से चान्दा कर दिया, सो बस एक ही रात में भट्टी में फूँक दिया? बाह रे मोशाय!''

जन्मजात आर्ट-क्रिटिक मेरा सहपाठी बकुल बनर्जी आज भी कला और कलाकार को पहचानने का धन्धा उसी प्रकार करता है। सब दिन एक जैसा ही रहा वह! मेरी ओर ताकता हुआ बकुल बोला, "तू भी इसका बात में फँस गए। मुझसे काल यह कह रहा था–फॉर टू डेज आइ एम हंगरी...।"

नहीं जानता क्यों, मुझे उस वक्त बकुल की यह बात अच्छी नहीं लगी। उसे चुप रहने का इशारा किया और फुसफुसाकर पूछा, "बकुल, इसकी डोलती हुई काया के पिंजड़े में जो पंछी बोल रहा है, उसकी बोली को सुनकर तुमको कुछ नहीं लगा? ठीक-ठीक बताना!"

बकुल जैसे अवाक् रह गया हो। निमिष मात्र स्तब्ध रहा, फिर धीरे-से बोला, "कुछ नहीं लगता, तो काल्ह ठो सारा दिन क्यों इसके साथ भीख माँगता, चोन्दा तो भीख ही हुई।" उसने एक निःश्वास छोड़ा, फिर कहने लगा, "क्या बताएँ, कैसा लगा? लगा...तुम्हारे अथवा अन्य मित्रगणों के साथ भागकर रात-भर थियेटर देखने गया हूँ, होस्टल से।"

मैंने कहा, "हाँ बकुल, मुझे भी कुछ ऐसा ही लगा।"

इसी बीच वृद्ध ऐक्टर ने अपने दूसरे, पुराने प्रसिद्ध गीत की पहली पंक्ति आरम्भ कर दी–

"सुबह हो गई निकल गए तारे–
मुझे छोड़ो चलो मेरे प्यारे!"

हठात् पुनः हम लोगों के मन में मेला का मौसम जगमग करने लगा।

–*मैथिली से अनुवाद :* **भारत यायावर**

1960

कपड़घर

ग्यारह साल की सरकारी नौकरी से, गत माह मैंने इस्तीफा दे दिया है। परिस्थिति के चाप से—और स्वेच्छा से भी। सब-डिप्टी मैजिस्ट्रेट होकर बिरनियाँ जिला आया। ग्यारह साल तक सब-डिप्टी मैजिस्ट्रेट ही रहा। बिरनियाँ में ही रहा। नौकरी से अलग हो गया हूँ। लेकिन, बिरनियाँ से...?

याद है, ग्यारह साल पहले की बात। जिला मैजिस्ट्रेट साहब ने अपने बँगले पर समझाते हुए कहा था—"मिस्टर अविनाश! दो महीना जी को कड़ा करके यहाँ का पानी पचाइए। फिर देखिएगा।...फिर मैं ही पूछूँगा।"

"नहीं सर? इस...इस...यहाँ यदि मैं दो महीना रह गया तो पागल हो जाऊँगा।"

"गया शहर के ठीक चौक मुहल्ले में जन्मे-पले लड़के का, इस गँवई-जिले के गँवई-हेडक्वार्टर में जी नहीं लगेगा—जानता हूँ। लेकिन, पागल नहीं हो जाएगा—इतना विश्वास मुझे है।...और, आप कहते हैं कि आपने साहित्य में एम.ए. किया है?"—साहब ने अच्छा खोंचा दिया।

जिला-मैजिस्ट्रेट साहब का वह खोंचा, काम कर गया।...मैंने साहित्य में एम.ए किया है। मुझे जंगल, वीरान, मरुभूमि, सरस, नीरस; सभी प्रिय होना चाहिए।

दो महीना नहीं, दो सप्ताह के बाद ही जिला-मैजिस्ट्रेट साहब ने मुझे अपने बँगले पर बुला भेजा। मिलते ही जी का हाल पूछा उन्होंने, मुस्कुराकर। जवाब दिया—ठीक है। जिला-मैजिस्ट्रेट साहब ने अपनी मुस्कुराहट को समेटते हुए कहा था—मिस्टर अविनाश! आप तो जानते ही हैं कि इस वर्ष, सब मिलाकर तेरह मेलों की व्यवस्था सरकार के हाथ में है। मैंने एक केन्द्रीय कमेटी गठित करने की बात सोची है।...

सो, उसी वर्ष पहली बार केन्द्रीय मेला-कमिटी गठित हुई। मुझे सेक्रेटरी बनाकर मेलों की व्यवस्था में लगा दिया, जिला-मैजिस्ट्रेट साहब ने। वे आज सरकार के उच्च अधिकारियों में भी उच्च अधिकारी-पद पर हैं। उनको धन्यवाद! आज उनके प्रति हृदय में श्रद्धा का सागर लहरा रहा है।...जिस दिन, पहली बार बनानीपुर मेला में कैम्प डालने जा रहा था, दास साहब ने मेरे क्वार्टर में अपनी चरणधूलि दी—मेला हाकिम!

दास साहब ने बताया, अभी कमेटी को बने पाँच ही दिन हुए हैं और तुम्हारा नामकरण हो गया। अभी, तुम्हारे पड़ोसी ने कहा—हाँ, इसी क्वार्टर में मेला-हाकिम रहते हैं।

दास साहब ने मेरी चाय—यानी, मेरी बनाई हुई चाय की खूब प्रशंसा की थी। बोले थे—कुँवारा आदमी चाय बहुत अच्छी बनाता है, ऐसा देखा गया है। लेकिन, मेले की व्यवस्था और बात है।...इसीलिए, मैं कहने चला आया।...देखो अविनाश! ये मेले? जिला-भर में फैले हुए जमींदारों के इन मेलों की एक परम्परा है। मेला-मालिकों की भी...लेकिन, हम सरकारी-चाकरों के हाथ में पड़कर यह परम्परा...यह धारा...जो भी कह लो—यह विकृत न हो जाए! इन मेलों में, देश के प्रसिद्ध पहलवानों के दंगल हुए हैं—देश के प्रसिद्ध संगीतज्ञों की स्वर-लहरी लहराई है—भारत के प्रसिद्ध पोलो-खिलाड़ियों के घोड़े दौड़े हैं—हर साल हजारों हाथी-घोड़े बिके हैं—अब हमारे हाथ में, सरकारी चाकरों के हाथ में इस जिले की यह सांस्कृतिक-लगाम है।...इसलिए, मैं तुमसे कुछ कहने आ गया। डेढ़ घंटे तक दास साहब बोलते रहे!

बनानीपुर मेले में पैर रखते ही सुना—गोलमाल होनेवाला है!...

गोलमाल मूर्ति को लेकर होनेवाला है। यह मेला पिछले साल सरकार के हाथ में आया। बनानीपुर-इस्टेट के वंशधरों ने, पिछले साल भी, मेले में असन्तोष का वातावरण फैलाने की चेष्टा की थी। इस बार उन्हें अच्छा मौका मिला है। मेला के थानेदार साहब ने कहा—हुजूर! आर्म फोर्स के लिए टेलिग्राम लगा दिया जाए!

"लेकिन, मूर्ति में क्या हुआ?"

दारोगा साहब ने कहा—लोग कहते हैं—देवीजी की मूर्ति छोटी है। अद्भुत हैं यहाँ के लोग। मूर्ति छोटी हो या बड़ी, है तो देवी की ही! मैंने दारोगा साहब के मन्तव्य पर कान नहीं देने की मुद्रा बनाई। और, दारोगा ने ऐसा भाव प्रदर्शित किया जिसका शाब्दिक अर्थ यही हो सकता है—सीधे कालेज से मेले में हाकिम बनाकर भेजे गए हैं। देखना है, कितने दिनों तक...मैं सीधे मेला-मैनेजर के पास पहुँचा। मेला-मैनेजर जमींदारी-ऑफिस का एक उच्च कर्मचारी है। पिछले साल भी यही कर्मचारी-साहब मैनेजर, मेला के सर्वेसर्वा थे। इस बार, अपने सिर पर एक हाकिम को आते सुनकर तनिक असन्तुष्ट थे। कुछ पूछते ही तुनककर जवाब देते।

"क्यों मैनेजर साहब। मूर्ति छोटी क्यों बनी?"

"हुजूर छोटी नहीं बनेगी तो क्या बनेगी? कुल एक सौ रुपये में पहाड़-जैसी देवी नहीं बनाई जा सकती?" मैनेजर-मेला बोला।

मैं शान्त रहा, हालाँकि मेरे अहं को इस व्यक्ति ने पाँच मिनट में दस बार चोट लगा दी। मैंने धीरे-से पूछा—पिछले साल ढाई-सौ रुपये की मूर्ति बनी थी? जी हाँ—बनी थी...एकाउन्ट सेक्शन से लम्बा चिट्ठा आया कि देवीजी की मूर्ति के लिए ढाई सौ रुपये क्यों खर्च हुए?...सैंक्शन...देवीजी के भोग के लिए पहले ही सैंक्शन क्यों नहीं लिया गया...वाउचर पर देवीजी का दस्तखत नहीं माँगा रेवेन्यु-टिकट पर—गनीमत!

देखा, मेला-मैनेजर साहब रसदार आदमी हैं। मैं हँस नहीं सका जी खोलकर, क्योंकि देवी मन्दिर के पास 'जै जैकार' के बदले—इनकलाब जिन्दाबाद शुरू हो गया

था—नहीं चलेगी, नहीं चलेगी—छोटी मूर्ति नहीं चलेगी। मैंने मैनेजर साहब से कहा—पहली पूजा तो परसों से ही शुरू होगी?...क्या, कहीं कोई मूर्ति...।

मेला-मैनेजर हँसा—जी खोलकर, बावजूद इसके कि नारे और भी करीब, और भी तेज हो रहे थे। मैनेजर ने ठहाका लगाते हुए कहा—तीन दिन के अन्दर मूर्ति कहाँ से आवेगी, हुजूर?...गाछ में तो...।

"शट अप! हाकिम होने के बाद, यह पहली बार मैंने अपने मातहत को डाँटा—देवी-देवता को लेकर मजाक करते हो, शर्म नहीं आती?"

गोलमाल करनेवालों के भी लीडर होते हैं।

लीडर बोला—युग-युगान्तर से इस देवी-मन्दिर में बड़ी मूर्ति बनती आई है। इस बार, छोटी मूर्ति बनाकर हमें फुसलाना चाहती है सरकार! सारे इलाके की जनता का अकल्याण करवाना चाहती है सरकार? मैंने लीडर से कहा—परसों से पूजा शुरू है, क्या तीन दिन में मूर्ति बन सकती है? कुछ क्षण के लिए सन्नाटा छा गया! लेकिन, पुरोहितजी आगे बढ़ आए अपना 'ग्रिवांस' लेकर—हुजूर! हमेशा से पूजा पर चढ़नेवाली 'प्रनामी'—पुरोहित पाता था। इस साल मैनेजर ने कहा है, पाई-पाई सरकार की...।

मैंने पंडितजी से प्रार्थना की—पंडितजी! पहले मूर्ति की बात तय हो ले—तब प्रनामी-पूजा की बात!...बोलिए, यदि तीन दिन के अन्दर मूर्ति बन सके तो...दो सौ के बदले हम चार सौ देने को तैयार हैं...!!

भीड़ को चीरकर एक अधेड़, पागल-जैसा आदमी सामने आया—तैयार कर दे सकता हूँ देवीजी की कृपा से...लेकिन, नैन? नैन कौन देगा? अब, सभी की आँखें उस अधेड़ पर मानो गड़ गईं—कौन है?...शायद पागल है...भिखमंगा है...यह क्या बतावेगा?

उसके अन्दर में बैठे हुए कलाकार को चोट लगी—नैन माने आँख के बीच काली बिन्दी कौन देगा! मैं नहीं दूँगा। नैन देनेवाला कारीगर तैयार कीजिए। मैं आज से ही, अभी से—मिट्टी और कास-घास के काम में लग जाता हूँ। और, आश्चर्य! देखते-देखते उस व्यक्ति ने देवी-मन्दिर की अँगनाई में जाकर जै दुर्गा कहा और काम में जुट पड़ा।...मिट्टी 'सानने' के पहले सूरज की ओर देखकर कुछ बुदबुदाया!

दोनों मूर्तियों की पूजा होगी!...लेकिन, नैन? कौन देगा नैन? मैंने उस व्यक्ति से नाम पूछा तो उसने मुझे घूरते हुए कहा—नाम? नाम और क्या होगा—दुर्गालाल—लेकिन मेरे खानदान में देवी को नैन देने का रिवाज नहीं है। नैने देते ही मैं अन्धा हो जाऊँगा!...

छोटी मूर्ति बनाकर तैयार करनेवाले मूर्तिकारों से पूछा, वे भी नहीं तैयार हुए। उनके दलपति ने कहा—देखिए हुजूर। यह जाति के नियम की बात है। हम दूसरे की बनाई हुई मूर्ति में नैन कैसे दे सकते हैं? हम लोगों की जाति के सरगना सुनेंगे तो फिर हुक्का-पानी बन्द हो जाएगा!

जाति के सरगना का अता-पता लिया और मैंने तय किया कि मैं गाँव जाकर खुद उससे मिलूँगा। एक बार, दुर्गालाल का काम देखने गया...वह नशे में चूर व्यक्तियों की तरह बोल रहा था–आँधी-पानी-झड़ी-झक्खड़–जो भी आवे, दुर्गालाल की माँ को कुछ नहीं कह सकता–जै माँ! आओ माँ!!

सारे मेले में एक अजीब-सा सन्नाटा छा गया। बसता हुआ मेला–जो 'अब तक बसें या तोड़ें की अवस्था में पड़ा था' कई दिनों से–बसने लगा, अब।...मूर्ति देखने के पहले इस मूर्तिकार को देखने के लिए लोग देवी-मन्दिर की ओर दौड़े!...

दारोगा साहब और मेला-मैनेजर साहब को विश्वास नहीं हुआ, किन्तु दारोगा साहब ने मुझे सुनाकर अपने हवलदार से कहा–छबीला सिंह! देवी-मन्दिर की अँगनाई में–दिन-रात एक सिपाही की ड्यूटी लगा दो..!

मेला-मैनेजर ने कहा–हुजूर! इस आदमी से कुछ लिखा-पढ़ी तो हुई नहीं। फिर, इसके खाने-पीने के लिए कितना सैंक्शन...जरूर, दारू माँगेगा!

बाईस माइल कच्ची सड़क और पाँच बरसाती नदियों को पार करने के बाद, हम साढ़े-आठ बजे रात में–दुलारगंज गाँव में पहुँचे।

देखा, सरगना सचमुच सरगना है! बड़ा-सा जमींदार चौखड़ा है। पोखर है, मन्दिर है। बन्दूक है।...सरगना के दरवाजे पर पंचायत बैठी है! पेट्रोमेक्स जल रहा है।

तालेवर बाबू ने पंचायत के लोगों की ओर मुखातिब होकर कहा–पंचायत की कार्रवाई जारी रहे!...हाकिम साहब निजी काम से आए हैं।

पंचायत में, मुझे ऐसा लगा, असामी हाजिर नहीं है।

जाति का नियम तोड़ा है किसी ने! कौन है वह?–ध्यान से सुनने पर कानून तोड़नेवाले का नाम ही नहीं–उसकी उम्र का भी पता लग गया। तो, कानून तोड़ने वाले का नाम है बासू और उसकी उम्र सोलह या सत्रह साल की है। क्योंकि तालेवर बाबू कह रहे हैं–देखिए, देख लीजिए सभी जाति भाई–कि किस तरह यह कल का छोकरा जाति के नियम को तोड़कर रख दिया है।...यह भी ज्ञात हुआ कि बासू को, अपराधी बनाने में ज्यादा हाथ उसकी बेवा बहन का है, जो उसे 'सहका' रही है। जातिवाले विचार करें–।

तालेवर पंडित ने हमें चाय पिलाते हुए कहा–जातिवाले तो विचार करेंगे ही, हुजूर आ गए हैं इस मौके पर तो, आप भी विचार कीजिए! बासू का कसूर!...बासू का कसूर उतना नहीं है जितना कि उसकी बेवा बड़ी बहन का।...जाति के मुँह पर झाड़ू मारकर खिलौने बनाता है–मुर्गी-मुर्गा, कबूतर, बेंग और न जाने क्या-क्या...!

तालेवर पंडित ने बताया, उसकी जाति में खिलौने बनाना अपराध है। सिर्फ देवी-देवताओं की मूर्तियाँ बनाती है उसकी जाति।...जाति? हर जाति में साढ़े तेरह

उपजाति हैं और सभी के अपने-अपने रस्म-रिवाज हैं। वह जिस उपजाति का सरगना है—उसके सभी कारीगर तालेवर पंडित के घर को 'गुरुस्थान' मानते हैं, पूजा-परबी से लेकर चढ़ौआ तक चढ़ा जाते हैं। हर मूर्ति बनानेवाले को सालाना एक रुपया, सरगना के नाम सलामी भेजनी होती है। पहली बार मूर्ति गढ़नेवाला एक जोड़ा धोती, एक नारियल, एक सेर सुपारी लेकर सरगना के पास आता है—सरगना की आज्ञा पाकर ही मूर्ति गढ़ सकता है कोई।...

तालेवर पंडित ने सुनाया कि स्वयं देवी ने अपने मुँह पर मिट्टी साटकर, अपने मुँह का 'साँचा' बना दिया था उसके परदादा को। तभी से, उसके कारीगरों की बनाई हुई मूर्ति बिना 'प्राणप्रतिष्ठा' किए ही 'जाग्रत' हो जाती है।...लेकिन, यह हरामजादा छोकरा बासू और उसकी बेवा बहन आज सरगना की इज्जत लेने पर तुली हुई है! सब जमाने का फेर है। नहीं तो मारते झाड़ू के उसकी ऐंठ...! हाँ, हुजूर।—सरगना तालेवर पंडित ने पान से सड़े हुए दाँतों को पीसते हुए कहा था—मारे झाड़ू के उस बसुवा छोकरे की दुर्गत बना डालता और उसकी बहन का 'झोंटा' धरकर घसीटकर घर से निकलवाकर—पंचायत में...।

तालेवर पंडित को मैंने शान्त किया—तालेवर बाबू, गुस्सा करने से काम नहीं चलेगा।...

तालेवर पंडित से मैंने अपना दुखड़ा कहा तो वह मौन हो गया। कुछ सोचने के बाद बोला—हुजूर! काम तो कठिन है। लेकिन, देखा जाएगा। अभी खा-पीकर सोइए। सुबह में कोई 'हीला' निकाला ही जाएगा।...जब आप खुद तकलीफ करके आए हैं तो कुछ-न-कुछ करना ही होगा। लेकिन, मुश्किल है।

...आप जरा सुबह उस बासू को बुलाकर डाँट दीजिए तो उसकी बुद्धि ठिकाने पर आ जाए।

सुबह होते ही सरगना साहब ने हमें चाय पिलाकर बासू का घर दिखा दिया। हुजूर! चपरासी भेजकर मँगवाइए न, साले को! आप खुद क्यों जाइएगा।

लेकिन, मैंने खुद जाना अच्छा समझा। बासू अपने आँगन से निकला। गोरा-गोरा और घुँघराले बालोंवाला नौजवान। मैंने पूछा—तुम्हारा ही नाम बासू है?

बासू ने नम्रतापूर्वक जवाब दिया—जी!

बासू ने बताया कि सरगना कई कारणों से उस पर नाराज है। पहली बात तो यह है कि मैं उनके यहाँ नौकरी को तैयार नहीं हुआ। बाबूजी और माँ के मरने के बाद भी नहीं। फिर, मेरी तीन बीघे पर उनकी नजर है क्योंकि, मेरी इस जमीन में चिकनी मिट्टी है...और तीसरी बात...सरगना मेरी दीदी से 'चुमौना' करना चाहता है।...मेरी दीदी बेवा नहीं हुई, घरवाला लापता हो गया, न जाने कहाँ। दस साल हो गए। अब यह सरगना कहता है, वह तो मर गया।...इसी बीच, गाँव के कई लोग आ गए। मैंने बासू से कहा, क्या मुझे अपने बनाए हुए खिलौने नहीं दिखलाओगे?

बासू जरा हिचकिचाया। फिर वह आँगन के अन्दर चला गया।...दीदी से बूझ आया, शायद। चलिए...

बासू का पहला खिलौना देखकर ही मैं चकित हो गया—एक हिरण। हू-ब-हू जीवित हिरण?—कृष्ण नगर की कला यहाँ कैसे आई? बाघ की आँखें चमकती हैं—जीवन्त मूर्तियाँ?

सरगना के नौकर ने कहा—हुजूर, सरगना साहब बुला रहे हैं। हम, बासू के आँगन में से बाहर निकल आए। उन्हें देखते ही मैंने कहा—तालेवर बाबू, जाति का नियम इसने जरूर तोड़ा है। लेकिन, देश का—देश को—। सरगना तालेवर पंडित ने मुँह विकृत करके कहा—हुजूर! कोई आदमी दूसरे कारीगर की मूर्ति में नैन देने को तैयार नहीं। ऐसा काम कोई नहीं करेगा। हजार रुपया देने पर भी नहीं—।

रात में मैंने दुर्गालाल को समझा-बुझाकर थोड़ा खिलाया और अपने ही कैम्प में सुलाया।...सिर्फ खिलाया।...सिर्फ खिलाया कहना गलत होगा—पिलाया भी। उसकी आँखें चमक उठी थीं—व्हिस्की की बोतल को देखकर—तो, अंग्रेजी खेला होगा?—खाने-पीने के बाद मैंने उसको टटोलना शुरू किया...तुम तो कारीगर हो! फिर, अपना कारबार क्यों नहीं करते?

दुर्गालाल ने कहा—नैन कौन देगा? मेरे खानदान में नैन देना मना है। जिसके खानदान में नैन देना मना होता है, वह ऐसे घर में शादी करता है जो नैन देते हैं...

"तो, तुमने भी शादी क्यों नहीं कर ली?" मैंने पूछ दिया।

"शादी? कौन कहता है शादी नहीं किया?"—

इतना कहने के बाद दुर्गालाल उत्तेजित हो गया। उसने मेरे तम्बू को गौर से देखा—यह तो कपड़घर है? राम-राम! मैं कपड़घर में नहीं सो सकता। छिः-छिः, कपड़घर!

दुर्गालाल देवी-मन्दिर में चला गया।

सुबह हुई और मैं लेटा ही रहा।...

अहमद ने सूचना दी—हुजूर! कलक्टर साहब आए हैं। मुझे देखते ही कलक्टर साहब ने कहा—धोती-पंजाबी शुरू कर दिया न? ठीक-ठीक है। तुम सँभाल लोगे?—अच्छा, क्या हुआ? मैं सब सुन चुका हूँ। मूर्ति भी देख आया हूँ।...मिल गया नैन देनेवाला?

मैंने धीमे स्वर में कहा—"नहीं सर!"

दास साहब का चेहरा उतर गया—"तब क्या करोगे?"

"स्वयं दूँगा।"

"तुम?"

"हाँ, सर! साहित्य ही नहीं, चित्रकला से कभी शौक था। मैं अपने को मूर्तिकार भी मानता हूँ—बहुत सारी मूर्तियाँ बनाई थीं, देवी-देवताओं की...।"

"लेकिन...सोच लो!"

साँझ हुई! दो घड़ी, तीन घड़ी—फिर, रात आई। दुर्गालाल ने देवी के अंग-अंग को गहनों से सजा दिया—रंग-टीप, सब दुरुस्त! अब? कहाँ है नैन देनेवाला? बुलवाइए—मेरा काम खत्म! कहाँ है—कौन नैन देगा?

रंग-टीप, गहना-कपड़ा से सजी देवी—नैन बिना...मैं देख नहीं सकता बिना नैन की देवी को? कहाँ है नैन देनेवाला?

मैं नहा-धोकर तैयार था, आगे बढ़कर बोला—रंग-कूची दो! दुर्गालाल ने मुँह बा दिया—आ...आ...प?

"हाँ!"

देवी-मन्दिर में भीड़ लगी हुई थी।...

मूर्ति को कपड़े से घेर दिया गया है। पंडितजी अवाक् होकर देख रहे हैं। दुर्गालाल ने रंग में कूची डालकर मेरी ओर बढ़ाई!

हठात्, कपड़े के घेरे में बासू और यह कौन?...

दुर्गालाल के हाथ से कूची लेकर यह कौन बढ़ी, देवी की ओर? बासू ने कहा—मेरी दीदी नैन देती है।...

दुर्गालाल को न जाने क्या हुआ कि वह दोनों हाथ की तलहथियों से अपनी दोनों आँखें को मूँदकर चीख उठा—अरे? ओ माँ-ऊँऊँ—यह क्या? खोल, कपड़घर! खोल कपड़घर। कपड़े के घेरे को हटाकर दुर्गालाल भागा।—ओ माँ-ऊँ-ऊँ-ऊँ!! भाग रे, भाग रे!!

ढोल-ढाक-डम्प-शंख-झाँझ-घड़ियाल एकसाथ घनघना उठे—जै दुर्गा! जै दुर्गा!!

बासू ने कहा—दीदी की ससुराल में दीदी ही नैन देती थी...।

मैं कुछ भी नहीं सुन सका। मैं देख रहा था, सिर्फ तुरन्त नैन पाई हुई प्रतिमा को जो हँस रही थी—या यह नैन देनेवाली देवी...छोटी देवी...बड़ी देवी...बासू की दीदी? बड़ी-बड़ी जलती हुई आँखें।

दुर्गालाल? कहाँ गया दुर्गालाल...कारीगर?

साप्ताहिक 'योगी' (पटना) के दीपावली अंक, अक्तूबर, 1960 में प्रकाशित।

टेबुल

मिस दुर्बा दास!

अब सिर्फ मिस दुर्बा दास नहीं। मिस दुर्बा दास, असिस्टैंट ब्रांच मैनेजर; कान्टिनेंटल कास्मेटिक्स एंड ड्रग्स लि.; कलकत्ता-बम्बई-दिल्ली-पटना। ब्रांच पटना।

ब्रांच ऑफिस के हर सेक्शन में पिछले सात दिनों से बस एक ही चर्चा; चर्चा का एक ही विषय—दुर्बा दास, दुर्बा दास का भाग्य। डिस्पैच क्लर्क होकर कम्पनी में आई। फिर, हेडक्लर्क और आठ वर्षों के बाद असिस्टैंड ब्रांच मैनेजर का यह नया पद!

कैंटीन की सीढ़ी के पास बैठा जमादार अभिलाख राम सुना रहा है नए बैरा सिरामदास को, "मिस साहेब को हम देखा है, जब मिस साहेब फिराक पहनती थी। बहुत बड़े हिसाबी बंगाली बाबू की बेटी है मिस साहेब। एक दिन झाड़ देने नहीं जाओ, बस एक दिन की मजूरी तुम्हारी जरूर कटेगी। कहते, हराम का पैसा खाकर हड्डी क्यों गलाना चाहते हो?"

माली बोला, "तो, खानदानी कंजूस कहो मिस साहेब को। कल मेजर बाग से गुलाब खरीदकर, दुहरा गुलदस्ता बनाया बड़े जतन से। घर पर दे आया—खुशी-खुशी। सो, गुलदस्ता हाथ में लेकर चुटकी-भर हँसके छुट्टी।...सबके सब बिलेकप्रिंस गुलाब थे।"

सिंगेसर राम जनरल सेक्शन का पियन दूर से ही मुस्कुराता आ रहा है। उसने समझ लिया है, गप मिस साहेब के बारे में ही हो रही है। आते ही बोला, "आज ऑफिसो कम्पलेट हो गइल, अगले। आज तखतीओ लटक जाई—नेम पिलेट।"

"तब तो आज से तुम्हारे डिपाट में नहीं बैठेगी?"

"यहाँ बैठेवाला भी आ गइलन।...बम्बई से, बाड़ा बाबू।"

सिंगेसर कैंटीन की ओर बढ़ा तो पियन यूनियन का चन्दा उगाहनेवाला पियन जगवती प्रसाद ने रोककर कहा, "ए नेम पिलेट-कम्पलेट! किधर?...डिपाट में चाह-चू भी देगी मिस साहेब या जै-जै सियाराम?"

सिंगेसर हँसकर बोला, "ऊ गुड़ नहीं जो मक्खी खाए। न केकरो खात देखलीं—ना केकरो के खिलावत देखलीं—आज ले।"

सचमुच, मिस दुर्बा को किसी ने खाते-खिलाते नहीं देखा कभी।

जेनरल सेक्शन–जहाँ दुर्बा दास बैठती थी–आज सूना-सूना लगता है। कोने में बैठती थी मिस दुर्बा, हेड क्लर्क। लगता था, एक बड़ा सजा-धजा टेबुल-लैम्प जल रहा हो।...आठ साल तक वह टेबुल लैम्प–दुर्बा दास का रूपदीप–समान रोशनी लेकर हाल के कोने में जलता रहा–दस से पाँच तक। कभी-कभी सात बजे शाम तक।

दिन-भर में सिर्फ दो-तीन बार उसका कॉलिंग बेल बजता, दो बार पानी पीती। लंच के समय पाउडर की डिबिया जैसे टिफिन-बक्स से एक लीली बिस्कुट निकालकर कुतर लेती। बोलती बहुत कम। मुस्कुराती रहती, हर घड़ी। कहते हैं, इसी अद्‌भुत मुस्कुराहट के पीछे दुर्बा की सफलताओं का रहस्य छिपा हुआ है। सेक्शन में देश के कोने-कोने से–एक से एक घाघ बाबू आए। जिसने दुर्बा की इस मुस्कुराहट का गलत अर्थ लगाया–वह गया। त्रिपाठी, सिन्हा, लंगड़ा मुखर्जी–सभी ने एक ही गलती की, क्रमशः।

नगीना प्रसाद को बेवजह बात करते समय लेजर के पन्ने उलटने की आदत है और बगैर जीभ से उँगलियों को गीली किए दो पेज से अधिक नहीं उलट सकता। मिस दुर्बा ने लिखकर गन्दी आदत को छोड़ने की चेतावनी दी थी।

आज नगीना प्रसाद अतिरिक्त उत्साह के साथ अनर्गल बातें कर रहा है और उसकी उँगलियाँ–मशीन की तरह–दो पन्ने के बाद जीभ से जा चिपकती हैं, "चपाक्! चट-चट!! चपाक्...क्यों भाई, बड़ा बाबू बड़े साहब के कमरे में है, क्यों?"

ट्रान्सपोर्ट क्लर्क सेन बोला, "अच्छा भाई। हम तो हिन्दी का लिंगऊंग नहीं जानता कुछ...बताव तो ई मिस दास को...आइ मिन...छोटा साहब को क्या बोलेगा? बड़ा साहब...छोटा मेम तो नहीं बोलने सकता।"

सभी हँसे!

मिस दुर्बा दास, हेड क्लर्क ने एक ट्रांसपोर्ट के सेन का हिसाब चेक कर कहा, "हिसाब गलत है।" सेन ने सारा दिन बैठकर हिसाब किया-करवाया। पेट्रोल के कूपनों से लेकर आटोमोबाइल-गैराज के बिलों को दुहराकर देखा। साढ़े चार बजे जो हिसाब पेश किया सेन ने–उस पर सरसरी निगाह डालकर ही मिस दुर्बा दास ने–विशुद्ध बंकिमचन्द्रीय बंगला में कहा था, "आपनि दॅया कॅरिया आपनार ब्रह्म तालुते छागघृत्त अनुलेपन कॅरुन-प्रत्यह!"[1]

पर्चेज सेक्शन के झा ने अधजली सिगरेट को सुलगाकर कहा, "ई जुल्में है कि?"

"क्या जुल्म है?"

"यही कि जनाना जात राज करे और मरद जात...हमारे यहाँ एक कहनी है कि–जे घर मौगी कैल घरबार–से घर बूझू बंटाढार।"

---

1. कृपा करके आप अपनी खोपड़ी में रोज बकरी के घी की मालिश करें।

सेन बोला, ''झा बेटा, भानुसिंघ का पॅदावली बोलता है। एँ?''

सभी बाबू जी खोलकर हँसे। आज नए बड़े बाबू के ज्वाइन करने का दिन है। स्वागत के मूड में हैं।

''बड़े बाबू अभी तक बड़े साहब के चेम्बर में हैं या छोटे?''

चापलूस गुलसन मेहता की व्रण-जर्जर साँवली सूरत पर लाली दौड़ी। अवसर पर बोलने के लिए वह कोई अप्रचलित अंग्रेजी शब्द ढूँढ़ रहा था, शायद। किन्तु कुछ बोल नहीं सका। बड़े बाबू—नए बाबू अनुरंजन गुप्ता दफ्तर में आ गए—बड़े साहब के चेम्बर से।

मेहता ने आगे बढ़कर स्वागत-नमस्कार किया। सहकर्मियों से उनकी सिनियोरिटी के क्रम से परिचय-पात करवाया।

सदा देर से दफ्तर आनेवाले, किन्तु सदा-सर्वदा सभी के काम आनेवाले बिन्दा महाराज आज भी देरी से आए। मिस दास ने भी कभी जवाब तलब नहीं किया बिन्दा महाराज से। ब्राह्मण, बूढ़ा...। बिन्दा महाराज के घर आज ही सौभाग्य से पूजा थी—तिलकुट ले आए हैं। बड़े बाबू ने श्रद्धापूर्वक प्रसाद ग्रहण किया। बिन्दा महाराज धन्य हो गए।

बिन्दा महाराज अब अपनी पुरानी मँझली दीदी, नई असिस्टैंड ब्रांच मैनेजर—मिस दुर्बा दास के नए कमरे में गए।

दुर्बा को तिलकुट बहुत पसन्द है। गया जोन से रिप्रेजेंटेटिव मानस कुमारजी हर साल तीन बार तिलकुट की टोकरी ले आते हैं।

गुलसन मेहता मिस दुर्बा दास के चेम्बर में आया। सबसे पहले हिन्दी में नेम प्लेट बनाने के लिए धन्यवाद दिया। मानो हिन्दी का एकमात्र रक्षक इस सीसीएंडी (कांटिनेंटल कॉस्मेटिक्स एंड ड्रग्स) में अकेला वही है। दुर्बा ने झुकी नजरों से मेहता को देखा।

मेहता ने अब नेम-प्लेट की तारीफ की, ''बहुत बढ़िया बना है।''

''क्या बढ़िया है? नाम ही गलत लिखा है।''

''एँ?'' मेहता ने चेम्बर से बाहर निकलकर नेम-प्लेट को फिर पढ़ा, ''कहाँ, क्या गलती है?—गलती तो कोई नहीं दिखलाई पड़ रही।''

''दुर्वा नहीं, मेरा नाम है—दुर्बा।''

मेहता ने इस गलती पर अपना मुँह संकुचित करके कोट के बटनहोल-जैसा बना लिया, ''ओ-ओ-ओ?...खैर, पेट काट देने से काम चल जाएगा।''

मेहता ने अब मिस दुर्बा के नए और विशाल टेबुल की प्रशंसा की, ''ग्रैंड है।''

दुर्बा को हठात् स्मरण हुआ।...टेबुल? ''नया हेड क्लर्क आ गया दफ्तर? कहाँ बैठा है?''

मेहता बोला, ''और कहाँ बैठेंगे? जहाँ आप बैठती थीं।''

दुर्बा अचानक इस तरह गम्भीर हो गई तो मेहता कान खुजलाने लगा। फिर शनैः-शनैः चेम्बर से बाहर निकल गया...राम जाने क्या बात हुई।

"क्रिंग-क्रिंग-क्रिंग..."

"हुँ। जी-जी। हाँ। येस्सर। अभी आ रही हूँ।"

"ट्रिं!...बिसनूसिंघ?...तुम्हीं को मेरे मत्थे मढ़ा गया है? सुनो–पर्चेज सेक्शन के झा से बोलो–बड़ा साहब बुलाता...।"

दुर्बा दास भी बड़े साहब के चेम्बर में गई। किन्तु तुरन्त वापस हुई। अभ्यासवश उसके पैर जेनरल सेक्शन की ओर बढ़े। किन्तु, बिसनूसिंघ की विस्फारित दन्त-पंक्ति को देखकर मुड़ी–अपने चेम्बर की ओर।

दुर्बा दास की इस असामयिक और अभावनीय उन्नति से बिसनूसिंघ अत्यधिक प्रसन्न है। रूप कहते हैं इसको कि देखिए तो देखते ही रह जाइए, मुदा न रूप घटे, न आँख हटे। इसको कहते हैं जनाना का खपसूरती। भगवान ने बिसनूसिंघ की प्रार्थना सुन ली है–मनोकामना! अब सेवा करने का औसर मिला है–इतने दिनों के बाद।

दुर्बा अपने चेम्बर में आई।

...उहुँ। कुछ अच्छा नहीं लगता। नए फर्नीचरों की गन्ध, वार्निश की गन्ध दुर्बा को अच्छी लगती है। किन्तु आज क्यों नहीं अच्छी लग रही है? उबकाई क्यों आ रही है? उसके दोनों हाथ रह-रहकर भटक जाते हैं, मानो। ड्राअर नए ढंग का है, इस मेज का? नया टेबुल? ठीक है। यही...यह टेबुल नहीं पसन्द है दुर्बा को।

अपने दोनों हाथों को दोनों ओर टेबुल पर पसारती है, दुर्बा। मानो आलिंगन कर रही हो, टेबुल का। उसने धीरे-से टेबुल के काँच पर–टाप ग्लास पर–अपना दाहिना गाल रखा। तड़प उठी, मानो बिजली छू गई।–नहीं, नहीं। नहीं चलेगा। लेकिन?...

...आठ साल से जिस टेबुल पर काम करती आई है, उसके सिवा और किसी टेबुल के पास बैठने की इच्छा नहीं होती। लगता है, पराए के सामने बैठी हूँ।...असम्भव!

"ट्रिं!"

"हजोर?"

"बिसनूसिंघ, मेहता बाबू को...।"

मेहता कान खुजलाता हुआ फुर्ती से आया, "जी?"

"मिस्टर मेहता! बड़ा बाबू...नए बाबू...हेड क्लर्क आ गया दफ्तर?...काम कर रहा है टेबुल पर?"

"टेबुल पर काम? जी हाँ।...जी नहीं। अभी तो सिंगेसर को बुलाकर हथौड़े से टेबुल की कोई काँटी ठोकवा...?"

"क्या-या-या? काँटी?"

मेहता का व्रण-खचित मुखमंडल कंटकित हो गया लगा, अचरज से बोला, "जी हाँ। काँटी माने...कील!"

दुर्बा सिहर उठी दाँत पर दाँत रखकर–"सि-ई-ई!" किन्तु उसने तुरन्त अपने को सँभाल लिया, "ठीक है, आप जाइए!"

...जाइए? मेहता मानो किसी अन्य दुर्बा दास को देख रहा है। ऐसी चंचल, इतनी उतावली तो आज तक कभी नहीं दिखी दुर्बा दास? कील! काँटी!!...गुलसन मेहता के मन में रहकर-रहकर काँटी गड़ने लगी–ऐसा क्यों?

मेहता चला गया!

...क्या किया जाए? वह टेबुल दुर्बा को चाहिए, आज चाहिए, अभी चाहिए, उसके सिवा वह एक क्षण चैन से नहीं बैठ सकती।...नहीं, नहीं, नहीं! कुछ नहीं हो सकेगा उसके द्वारा। मेमो पर दस्तखत तक नहीं। और, उधर वह गुप्ता–आते ही आते कील क्यों ठोंकना शुरू किया टेबुल में? पता नहीं किधर कील ठोंक रहा था। सी-ई-ई! शायद जिस काँटी को उसने जानबूझकर आधा ही ठोकवाया था–चिटों की नत्थी टाँगने के लिए–उसे तो नहीं? भगवान जानें! किन्तु यह अन्याय ही नहीं, अपराध है।...क्राइम। उसने क्यों ऐसा किया?

"ट्रिं!"

"हजोर?"

बिसनूसिंघ ने नए बड़े बाबू को मिस दास साहब का सलाम दिया।

लगा, इसी क्षण की प्रतीक्षा में–इस प्रकार की राह देख रहे थे सभी। बड़ा बाबू अनुरंजन गुप्ता भी! सभी ने एक-दूसरे को देखा।

मेहता धीरे-से उठकर बड़े बाबू के पास गया। धीरे-से गुनगुनाकर बोला, "ई टेबुल बड़-सुगनिया है। बड़ा बाबू।"

मेहता जब आत्मीयता-भरी बोली बोलता है, तो पहली पंक्ति मगही में अवश्य बोलेगा। उसने पूछा, "सर! मकान तो मिल गया। या...? ठीक है, किसी तरह की कोई भी असुविधा हो–मेहता को याद कीजिए। हमारा फर्ज है, सर। हमारा जन्म इसी शहर में–सिटी एरिया में हुआ है। जी ही-ही-ही!!"

बड़ा बाबू, अर्थात् अनुरंजन गुप्ता हाल से बाहर चला गया तो सेन ने पूछा, "अच्छा भाय मेटा। तुम भी खूब है भाय। कभी बोलता है हियाँ पर जन्म हुआ है हमारा। उस दिन बड़ा साब को बोला–हुंआ पांजाब में चाँदनी-ना-चानी चौक में हुआ। तुम्हारा जन्म केतना जाग्गा में हुआ भाय मेटा?"

हाल में एक सम्मिलित हँसी गूँजी। किन्तु मेहता ने सदा की भाँति सेन की चोट का ही रुख मोड़ दिया, "समह्वेर माई डियर फ्रेंड्स–कहीं-न-कहीं कोई कील जरूर

गड़ रही है।...मालूम तो सभी को है कि पिछले साल कलकत्ता में—एक ही साथ ट्रेनिंग में थे, दोनों। मिस्टर ए. गुप्ता एंड मिस दुर्बा दास। एक सफलीभूत होकर 'एबीएम' हो गई—दूसरा बड़ा का बड़ा बाबू ही रहा—पोर हाइलैंडर नौजवान, आवर न्यू हेड क्लर्क!''

मेहता के इस लेक्चर के बाद दफ्तर के कामकाज में लोगों ने अपने को डुबाने की चेष्टा शुरू की। नए बड़े बाबू की निगाह में आज ही न पड़ जाए कोई—इसलिए कृत्रिम मनोयोगपूर्वक काम चालू हुआ।

टाइपराइटरों की गति, कॉलिंग-बेल की पुकार, दराज़ों को खोलने और बन्द करने की आवाज़ें—सारे वातावरण में एक बनावट, एक मिलावट, कपट!

''सिंगेसर।...कहाँ भाई? जरा पानी पिलाओ।''

सिंगेसर सब समझता है। बहुत-बहुत बाबुओं को उसने पानी पिलाया है, आज तक। असल प्यास, नकल प्यास और नज़र प्यास—सभी प्यास को वह पहचानता है। जहाँ एक बाबू ने पानी माँगा, सभी बाबुओं की आत्मा मानो प्यास से ऐंठने लगती है।

''सिंगेसर! कहाँ चला जाता है? किसी ने कहीं भेजा है?''

सिंगेसर बड़बड़ाता हुआ आया, ''हुजूर। पानी छूके फैलवा हम ना छूएब। भींगल हाथे कौनो कागज ना धरब।...मिस साहब बहुत बिगड़ेली...!''

महीने के अन्तिम सप्ताह में कई बाबुओं को सिंगेसर से कर्ज लेने की ज़रूरत पड़ जाती है, दस-पाँच। इसलिए सिंगेसर की झल्लाहट पर कोई ध्यान नहीं देते, शायद। उसके विरुद्ध वक्तव्य अंग्रेज़ी में हो या किसी अन्य भारतीय भाषा में—वह समझ लेता है। अपनी भाषा ठेठ भोजपुरी के अलावा कोई भाषा सीखने-बोलने की उसकी इच्छा ही नहीं हुई! चाहे बंगाल के बनर्जी बाबू बोलें अथवा मराठा घोंसले साहब से बातचीत करे, सिंगेसर 'जातानी-खातानी' ही बोलता है।

मेहता के मन में काँटी खुच-खुच चुभती है—क्या बात है? वह और बैठा नहीं रह सकता!...एक रेलवे रसीद के बारे में पूछने योग्य प्रश्न गढ़ रहा है वह।...मिल गया सवाल उसको। वह फायल लेकर 'एबीएम' के चेम्बर में पूछते हुए घुस गया, ''मे आई कमिनसा... ।''

किन्तु मिस दुर्बा दास ने पदोचित गम्भीरतापूर्वक कहा, ''बाद में आइए!''

...मेहता ने देखा—नए बड़े बाबू के होंठों पर एक अद्‌भुत मुस्कुराहट अंकित है! और दुर्बा दास के चेहरे पर एक अभूतपूर्व हलचल?...मन में कील दो-तीन बार लगातार गड़ी, मेहता के!! वह फिर अनिच्छापूर्वक चेम्बर से बाहर निकल आया।

तब, मिस दास ने पुनः वार्तालाप प्रारम्भ किया।

''आपको घर मिल गया? अच्छा? गुड लक, यह बहुत बड़ा प्राब्लेम है पटना का...''

"हर जगह यही हालत है। मेरे एक परिचित यहाँ रेलवे में हैं—उन्हीं की कृपा से अच्छा घर मिल गया है।...चिरैयाटाँड़ पुल के पार।" अनुरंजन ने बताया।

•

मिस दास के अन्दर बहुत देर तक संघर्ष छिड़ा रहा। सामने बैठे युवक से यह उसकी पहली मुलाकात नहीं। एक ही साथ ट्रेनिंग में थी पिछले साल।...अनुरंजन के नोट्स आज भी उसके पास हैं।...फिर, वह पचीस पृष्ठ का व्यक्तिगत निबन्ध—ट्रेनिंग से मैंने क्या प्राप्त किया—सरस रोचक साहित्यिक ढंग से लिखने की शर्त थी। उसने अनुरंजन से अनुनय किया था—टी सेंटर में बैठकर चाय पी है। आमने-सामने बैठकर।—स्टार में शम्भूमित्रा का 'रक्त करबी' देख चुकी है, अगल-बगल बैठकर। दक्षिणेश्वर, बेलुड़—। नहीं, उन स्मृतियों को पोंछ देना होगा। चॉक से अंकित भूत क्षणों को 'परिष्कार' कर देना होगा—मन-पटल से। मन, एक काला बोर्ड!

अनुरंजन गुप्ता ने बहुत पहले ही अपने को संयत कर लिया है। यहाँ आने से पूर्व ही वह आँधी-तूफान झेल चुका है। उसने समझौता कर लिया है। बोर्ड ने असिस्टेंट ब्रांच मैनेजर के काबिल नहीं समझा, उसका दुर्भाग्य! वह क्या करे? किन्तु तुरन्त पटना ट्रांसफर-ऑर्डर पाकर वह उद्विग्न अवश्य हुआ था। मन-प्राण से काम करने की अच्छी सजा उसे मिली...उसने ग्रहण किया। वह दृढ़ होकर अपना कर्तव्य करेगा।...

किन्तु अभी-अभी कुछ क्षण पूर्व उसका मन फिर डगमगा गया था...नमस्कार का झिझकता हुआ प्रतिनमस्कार, हाथ उठाने का ढंग, आँखों की असाधारण नमनीयता—सबकुछ देख-सुनकर उसने समझ लिया था, मिस दास के मन में कुछ हो रहा है। उसने कुर्सी से उठने का उपक्रम किया।

दुर्बा बोली, "सुनिए! मैंने बुलाया था...।"

अनुरंजन फिर कुर्सी पर स्थिर होकर बैठ गया। कुछ क्षण चुप रहने के बाद अनुरंजन ने पूछा, "जी! कहिए।"

"वह टेबुल...आइ मिन...वह टेबुल जिस पर फिलहाल आप बैठे हैं...वहाँ कल तक मैं बैठती थी...वह...वह।"

"जी। वह? क्या है उस टेबुल में?"

"वह मेरा टेबुल है..."

"आपका पर्सनल?"

"जी नहीं। मैंने उस पर आठ साल तक बैठकर काम किया है।"

अनुरंजन ने कहा, "जी, मालूम है। किन्तु मुझे कुर्सी नई दी गई है।"

दुर्बा गम्भीर हो गई। अनुरंजन का यह कथन अश्लील-सा लगा।...कुर्सी बदलने की बात क्यों बोला? उसने अब मन के सारे संकोच को दूर कर दिया। बोली, "वह टेबुल मुझे—यहाँ—मेरे चेम्बर में भेज दीजिए।"

"यहाँ भेज दूँगा?...और यह टेबुल वहाँ जाएगा? लेकिन, वहाँ इतनी जगह कहाँ है।"

"नहीं। यह टेबुल भी यहीं रहेगा। वह भी।"

"तो, मैं वहाँ किस टेबुल पर–?"

अधीरतापूर्वक दुर्बा दास बोली, "मैं स्टोर बाबू को बुलाती हूँ। आपको नया टेबुल मिलेगा।"

अनुरंजन ने बिना कुछ सोचे-समझे जवाब दिया, "ठीक है। नया टेबुल जा जाए पहले..."

"पहले-पीछे क्या? अभी भेज दीजिए।"

दुर्बा दास फिर सोच में डूब गई। अनुरंजन ने उसके गालों पर रंगों को इतनी शीघ्रता से चढ़ते-उतरते नहीं देखा था। न स्टार में, न ट्राम में, न बेलुड़ में–कहीं नहीं!

अनुरंजन उठा। दुर्बा दास का ध्यान भंग हुआ। मानो, अपने-आपसे तर्क करती हुई बड़बड़ाई, "उसके बिना मुझसे कोई काम नहीं होगा...किस्सुई हॅबे ना आमार दारा।"

अनुरंजन अपने असिस्टैंट ब्रांच मैनेजर के चेम्बर से बाहर निकल आया।

अपने जेनरल सेक्शन में घुसते ही उसे लगा–सेक्शन के हर टेबुल के पास, मानव काया में जड़ित अक्षिगोलकों में कौतूहल, जिज्ञासा और अचरज मिलजुलकर झिलमिला रहे हैं। छोटी-छोटी बल्ब-जैसी दस जोड़ी जलती हुई आँखें!

ट्रान्सपोर्ट विभाग का दुलाल सेन–जिसे दफ्तर के सहकर्मी ट्रान्सपोटेसन कहते हैं–'मुराद' सिगरेट पीता है। बड़े बाबू को आफर करता हुआ बोला सेन, "सार! डिविजन ऑफ वर्क का फैसला हो गया क्या?"

अनुरंजन 'मुराद' सिगरेट का स्वाद लेने लगा, कोई जवाब नहीं मिला सेन को!

सभी जलती आँखों ने बड़े बाबू के चेहरे पर आने-जानेवाले भावों को परखने की चेष्टा की–अपने-अपने कोण से।

बिन्दा महाराज ने पनडब्बा बढ़ाया।...बड़ा बाबू पान खाते वक्त सिगरेट नहीं पीते।

गुलसन मेहता ने तुरन्त ताईद की, "बहुत अच्छा करते हैं, सर! पान खाते वक्त सिगरेट पीनेवाले की सिगरेट की थूथनी अजीब...लाल-सी...अजीब...।"

"...क्रिं–हजोर!"

"क्या नाम है तुम्हारा?"

सिंगेसर के साथ सभी बाबुओं ने दुहराया, "सिंगेसर राम!"

"देखो, सिंगेसर राम। यह टेबुल जाएगा–एबीएम–माने मिस दास साहब के चेम्बर में...?"

बाबुओं की मंडली एक स्वर से बोली, "मिस दास साहेब के चेम्बर में? क्यों–यों-यों?"

सबसे बाद में सिंगेसर ने पूछा, "से काहे हजूर?"

"वह कहती है...।"

"क्या कहती है सर?" मेहता अब अपनी कुर्सी पर चुपचाप बैठा कैसे रह सकता है? "क्यों सर? आप वहीं बैठिएगा?"

अनुरंजन की भृकुटी तनिक बंकिम हुई। मेहता ने समझ लिया। वह बोला, "ओ! मैं समझ गया सर!"

अनुरंजन ने समझाया, "इसमें समझने-बूझने की कोई बड़ी बात नहीं। वह किसी दूसरे टेबुल पर काम नहीं कर सकती।"

"तो, दे दें न अपना बड़ा टेबुल?"

"वह भी नहीं देगी? दोनों टेबुल रखेगी?"

"स्टोर में नया टेबुल कहाँ से आवेगा?"

"जरा स्टोर डायल करो, झा।"

मेहता स्टोर-क्लर्क से पूछता है, "हाँ, बनर्जी दादा सुनिए। स्टोर में कोई सेक्रेटेरिएट टेबुल...टेबुल नया कोई है...एँ? है?...दिल्लगी छोड़िए दादा। बड़ा बाबू के लिए। नहीं?"

मेहता के चेहरे पर खुजलाहट हुई–किसी व्रण में।

सेन ने हँसकर पूछा, "क्या बोला बनर्जी दादा?"

"पगलू हैं यह बनर्जी दादा भी। कह रहे थे कि अभी शीशम का पेड़ कटावेगा, चिराई-फड़ाई होगी, तब जाकर टेबुल होता है। गाछ में फलता नहीं। हुँ!"

"क्रिंग-क्रिंग-किंग...!"

"यः, गुप्ता बोल रहा हूँ। जी? फिर मैं किस टेबुल पर! स्टोर में नहीं है। अजीब बात है। काम तो मुझे भी करना है। जी? लेकिन, मैं बड़े साहब से क्यों कहूँ? आप ही कहें।...आइ डोंट...थिं...खट्।"

टेलीफोन वार्ताकाल में सभी बाबुओं के मुखड़े पर उत्तेजना और प्रसन्नता की लहरें दौड़ती रहीं। इसके बाद प्रत्येक बाबू ने अपने मन और मुँह के उपयुक्त मुद्रा बनाई।

बिन्दा महाराज कहते हैं, "टेबुल में क्या है ऐसा?"

मेहता ने ऐसा मुँह बनाया मानो दुर्बा दास ने उसे छड़ी से पीटा है, अभी-अभी। सेन बोला, "साला, काठ का चीज का वास्ते इतना दरद और मानुस का वास्ते कुछ नेंही–भीतर में?"

अनुरंजन चुप रहा। नगीना प्रसाद की आदत पर उसकी दृष्टि गई। पृष्ठ उलटते-उलटते जीभ से उँगलियाँ चिपकीं। नगीना प्रसाद पन्नों को उलटते हुए बोला, ''बहुत-बहुत स्वार्थी जीव देखा है। लेकिन ऐसा नहीं...चपाक् चट-चट।''

बनर्जी दादा—स्टोर बाबू ने आकर नए बड़े बाबू से परिचय किया। बोला, ''देखिए, आप हमारे बड़े बाबू हैं। मगर उमेर में हम आपसे बड़ा है! टेबुल आप हरगिज मत दीजिए साहब।''

''बहुत छोटे हृदय की है।''

''दिल में दया-माया का नाम नहीं।''

''किसी की नौकरी खाते समय भी ऐसी ही हँसी उसके चेहरे पर रहती है।''

''आखिर, आदमियत भी कोई चीज है।''

''भगवान ने औरत बनाके क्यों भेजा इसे?''

''जुल्मे है कि! एतना रूप मुफ्ते चला गया।''

अनुरंजन सुन रहा है, एक-एक मन्तव्य। किन्तु कोई दुर्बा के चरित्र पर उँगली नहीं उठाता। निष्ठुर, हृदयहीन, स्वार्थी सबकुछ कह रहे हैं लोग। लेकिन किसी ने यह नहीं कहा कि रूप-यौवन देकर उसने उन्नति खरीदी है। उँहू। कोई नहीं कह सकता।

मेहता बोला, ''ऐसी जिद तो नहीं करनी चाहिए। अच्छा लेट मि सी...।''

मेहता दफ्तर से बाहर निकला। झा ने सेन के कान में कहा, ''साला चला अब 'गो-बिटविनी' करने।''

सेन ने आँख टीपकर संकेत दिया, ''बेटा, देखना खेला। खेला तो आभी आरम्भ हुआ।''

मेहता लौट आया। दुर्बा दास को इतना उत्तेजित कभी नहीं देखा मेहता ने। किसी ने भी नहीं। रूप-पूजक बिसनूसिंघ पियन ने भी नहीं।

बिसनूसिंघ पिछले सात साल से मिस दास की बिना पैसे की गुलामी करने का अवसर ढूँढ़ रहा था। भगवान ने इतने दिनों के बाद नजर फेरी। आज ही वह निवेदन करना चाहता था कि घर पर भी उससे काम लिया जाए। बिल्कुल काम करेगा बिसनूसिंघ। पैर में जूती भी पहना देगा। लेकिन, आज तो ऐसा मन उचाट है मिस साहेब का कि एक पल चैन से बैठती ही नहीं।

बिन्दा महाराज बड़े साहब से पूछने गए कि इस पूर्णिमा की रात में भी पूजा कराने के लिए कोई पुरोहित चाहिए क्या? बड़े साहब मिस दास से कह रहे थे, ''नहीं। यह

कैसी लड़कपन-भरी बातें करती हैं, आप? आप दो-दो टेबुल रखें और...आखिर, वह कहाँ काम करेगा? आखिर उस टेबुल में क्या है?''

मिस दुर्बा अनुनय-भरे स्वर में बोली, ''सर, वह टेबुल तो मुझे चाहिए ही। चाहे जैसे भी मिले। मैं नया टेबुल दे रही हूँ अपना।''

तब बड़े साहब ने बात बदल दी, ''उँहूँ! वह टेबुल एबीएम के लिए है। हेड क्लर्क को नहीं दिया जा सकता। और आप देने-लेनेवाली कौन होती हैं।''

बड़े साहब ने जान-बूझकर रुख कड़ा किया।

''सर, तब मैं कोई काम नहीं कर सकूँगी।''

बड़े साहब के चेहरे पर अब झुँझलाहट स्पष्ट हो गई।

इसके पहले कभी दुर्बा दास ने ऐसी झिड़की नहीं सुनी थी–किसी भी बड़े साहब की। और न देखी थी ऐसी झुँझलाहट। वह बोली, ''सर, सेंटिमेंटल कहिए या पागलपन। मैं किसी को उस टेबुल पर नहीं बैठने दूँगी। नहीं...।''

बड़े साहब 'घर बैठे मनोविज्ञान का पंडित बनिए' सिरीज के स्थायी ग्राहक हैं। मिस दास की बातों में कोई मनोवैज्ञानिक उलझन है–जरूर? बोले, ''मिस दास, मेरी बुद्धि में कोई बात नहीं आ रही। मान लो, तुम्हारा ट्रान्सफर हो गया कलकत्ता। तो क्या कलकत्ता ले जाओगी ढोकर...?''

''जी? चाहूँगी अवश्य।''

''और मान लो...''

''नौकरी नहीं रहे? तब कम्पनी से अनुरोध करूँगी कि यह टेबुल मेरे हाथ बेच दे।''

''टेरिबल!...ठीक है, आप जाइए। मैं हेड क्लर्क को बुलाता हूँ।''

बड़े साहब से अनुरंजन ने पूछा, ''आप ही बतलाइए, मैं क्या करूँ?''

बड़े साहब ने मिस दास से फोन पर कहा, ''आप व्यर्थ में छोटी-सी बात को लेकर एक समस्या पैदा कर रही हैं। आज नए पद का काम ही बखेड़ों से शुरू कर रही हैं आप।''

अनुरंजन गुप्ता को बिसनूसिंघ ने फिर सलाम लाकर दिया–मिस दुर्बा दास का।

इस बार अनुरंजन ने दुर्बा दास के सुन्दर चेहरे पर अबला नारी की बेबसी देखी। थकी, कुढ़ी, अस्त-व्यस्त कपड़े, सरकी हुई साड़ी–सामने से। अनुरंजन को याद आई–दक्षिणेश्वर और बेलुड़ से लौटते समय दुर्बा इसी तरह थकी-कुढ़ी थी!

''मिस्टर गुप्ता।''

''हुक्म।''

''हुक्म नहीं। आप वह टेबुल मुझे दे दें।''

जेनरल सेक्शन में एक बाबू ने तलहथी पर उँगली घुमाकर कहा, ''लगा है लकड़पेंच!''

मेहता ने स्टोर बाबू—बनर्जी दादा से 'फोना-फोनी' की, ''हाँ, दादा। आप वही बात बोलिए कि शीशम का पेड़ कटेगा...!''

सभी बाबू प्रसन्न हैं।...क्राइसिस, प्राब्लेम अपनी जगह पर जस के तस और घड़ी की सुई आगे बढ़ती गई—एक, दो, तीन, चार, पाँच!!

दूसरे दिन सभी ने अचरज से सुना, मिस दास अचानक बीमार हो गई है। एक सप्ताह की छुट्टी के लिए आवेदन-पत्र भेजा है, उसने!

पाँच ही दिनों में अनुरंजन ने अपने दफ्तर के प्रत्येक जीव को थोड़ा-बहुत पहचान लिया है। एक से एक कामचोर पड़े हुए हैं यहाँ। परले सिरे का चापलूस गुलसन मेहता, जिसे पोलसन मेहता कहते हैं।

जो भी हो, मिस दास काम करना जानती है। काम से उसे प्रीत भी है। जिस फाइल में हाथ लगाती है, वह—आइने की तरह साफ! कहीं कोई भूल-चूक नहीं, उलझन नहीं। लेकिन टेबुल के लिए उसकी जिद? क्या कहा जाए इसको! आखिर बात तो होगी कोई?

मेहता ने कहा, ''सर, मैं जानता हूँ कारण।''

अनुरंजन ने पूछा, ''क्या कारण है?''

मेहता अनुरंजन के पास गया। फिर मद्धिम आवाज़ में बोला, ''मिस दास की छाती पर—ठीक कॉलरबोन के नीचे—एक रुपया-भर गोल—दाद का चकत्ता है। टेबुल के इस कोने से वह समय-असमय खुजलाती...।''

''मेहता साहब! आप अपने 'एबीएम' के सम्बन्ध में ऐसी बे-बात की बात मेरे सामने न बोलें तो अच्छा।''

सर्वांगसुन्दरी दुर्बा की देह में दाद? धेत्त, उसने मेहता को अच्छी तरह पहचाना है। दुनिया-भर की बात कोई इससे पूछे।...सेन ने कल कहा, ''एक दिन बड़ा साब बोला—मेटा! गाधा कैसा माफिक बोलता है। बास—मेटा झट से आँकू-आँकू बोलने लगा। बलिहारी बाबा मेटा। तुम्हारी जुड़ी एई भूभारत में नेंही!''

ऐसे अवसरों पर मेहता सड़ी मछली, भूखा बंगाली और पान्ता भात आदि कहकर सेन को काटने की चेष्टा करता है।

उस दिन दफ्तर के बाद मेहता दौड़ा गया मिस दुर्बा के डेरे पर। दुर्बा बाहर लान में उदास बैठी थी। मेहता पाजी कुत्ते के डर से फाटक के अन्दर नहीं गया। बाहर से

ही उसने दुर्बा को संवाद किया, "आज डी.टी.टी. पाउडर और गेमेक्सिन–दोनों मिलाकर टेबुल को डिसइन्फेक्ट किया गया है।"

डीडीटी-ई-ई-ई! लगा अचेत हो गई दुर्बा दास संवाद सुनकर।

सातवें दिन मालूम हुआ, मिस दास ने और भी चार दिन की छुट्टी बढ़ाने के लिए आवेदन-पत्र भेजा है।...

अनुरंजन गुप्ता ने–बड़े साहब के आदेशानुसार–असिस्टेंट ब्रांच मैनेजर के जिम्मे नियमानुसार दिए जानेवाले कामों का एक लेखा-जोखा तैयार किया। मिस दास की अनुपस्थिति में उसने कुछ काम भी कर दिया है।

उस दिन फिर टेबुल की चर्चा छिड़ी।

सेन ने पूछा "टेबुल पुलिंग है क्या?...इसी वास्ते! हा-हा-हा-हा!"

मिस दास की बढ़ाई हुई छुट्टी भी कटी एक-एक कर तीन दिन!

उस दिन दफ्तर से लौटकर अनुरंजन ने कहा, "माँ, मैं जल्दी से नहा लूँ। चलो, आज तुमको आश्रम दिखला लाऊँ यहाँ का–रामकृष्ण आश्रम। प्रवचन है किसी स्वामीजी का वहाँ आज।"

अनुरंजन बाथरूम से निकला। माँ ने सूचना दी, "एक महिला मिलने आई है।"

"महिला?" अनुरंजन अचरज से देखता ही रह गया–अरे यह तो दुर्बा दास है। माँ कहती है, महिला! आधुनिक बाँह-कट ब्लाउज और कांजीवरम् या वरम् साड़ी का यह मैच–अखबारों में रोज़ प्रकाशित होनेवाली अन्तर्कंचुकी कम्पनी की उस महिला की छाया–क्या हो गया है आज दुर्बा दास को?

"नमस्कार!...अब कैसा है आपका जी, क्या हुआ था?"

दुर्बा चुप रही। अनुरंजन की माँ दो प्याली चाय दे गई। अनुरंजन ने परिचय करवाया, "माँ, आप ही हमारे एबीएम–मिस दुर्बा दास! और...मेरी माँ!"

माँ रसोई में चली गई।

"रसोई आपकी माँ स्वयं पकाती हैं, अभी भी?"

"जी, मेरा सौभाग्य! माँ के हाथ का..."

"जी नहीं। इस माने में मैं भी सौभाग्यशालिनी हूँ।"

"आप हर माने में सौभाग्यवती हैं।"

अनुरंजन ने पहचाना, यह कलकत्तावाली दुर्बा दास है। परिधान-प्रसाधन तनिक उग्र है। यही फर्क।

"तब? कैसा लग रहा है पटना?"

"अच्छी जगह है।"

"खाक अच्छी है। कलक...बम्बई से भी अच्छी?"

कलकत्ता कहते समय आँखें आतंकित क्यों हुईं, दुर्बा की? फिर कुछ क्षणों की चुप्पी।

"तो कल आप दफ्तर आ रही हैं न!"

"कल?" सपने से जगी दुर्बा मानो, "कल? मेरा आना आप पर...तुम पर निर्भर है।"

"मुझ पर?"

"हाँ।...तुम पर। अनुरंजन बाबू, तुम पर। मैंने कहा न, उस टेबुल पर किसी का बैठना मुझे सह्य नहीं होगा। उसके बिना...जानते हो? इस बीच हर रात मैंने सपने में टेबुल को देखा। देखा, वह टेबुल मुझे मिल गया है। फिर छीन लिया गया है। बहुत बड़ा युद्ध हो गया—मार-काट। दंगे।...टेबुल में आग लगा दी गई है, मेरा टेबुल जल रहा है, धू-धू कर।...कितने सपने ऐसे ही भयावने।"

"मिस दास, सभी को अचरज हो रहा है..."

"सो मैं जानती हूँ। मैं सभी का कौतूहल मिटाने को बाध्य नहीं हूँ। तुमसे कहूँ—कोई स्त्री किसी अन्य पुरुष के पास पाँव फैलाकर, हाथ पसारकर, जी खोलकर बैठ सकती है भला? बोलो।"

अनुरंजन का मुँह न जाने क्यों विकृत हो गया, किंचित्!

दुर्बा अनुनय-भरे स्वर में बोली, "गुप्ता, तुम तो ऐसे नहीं थे? इतने निष्ठुर तुम हुए कि डी.डी.टी. छिड़कने में भी तुम्हारी आत्मा कुंठित नहीं हुई? तुम ज़ोर-ज़ोर से दराजों को खोलते, बन्द करते हो? सेन उस पर घुस्सा मारता है? तुमने कील ठोंक दी? क्यों? क्यों गुप्ता?"

अनुरंजन ने देखा, बातें करते समय दुर्बा की मदमाती आँखें और भी मधु ढालती हैं। उँगलियाँ छन्दबद्ध गति से नाचती हैं।

दुर्बा उठी। खिड़की पर गई। नाक झाड़कर नासा-रन्ध्रों का 'परिष्कार' किया। हठात्, कलकत्तेवाली दुर्बा लौट आई। कलकत्तेवाली दुर्बा, जो डकार ले, दाँत से नाखून कुतरे अथवा नाक की सर्दी झाड़े, मुँह विकृत करके भयभीत हो—प्रत्येक अवस्था में सुन्दरी ही दीखती है।...नब-नब रूपे देखि तोमाय क्षणे-क्षणे!!

"तुम...।"

अनुरंजन ने सचेत करने के सुर में कहा, "क्षमा करें मिस दास। आप मुझे 'तुम' कहती हैं। किन्तु मैं आपको तुम नहीं कह सकता।"

"मैं-तुम? मैं तुमको 'तुम' कहती हूँ?...नहीं-नहीं, मैं तुमको अब 'आप' ही कहूँगी। हुआ न? तुम भी 'तुम' कहो न? क्यों नहीं कह सकते? सिलि...। सुनो गुप्ता, टेबुल की समस्या पर सोच-विचार किया है मैंने—सात दिनों तक। बड़े साहब का कहना है—नया टेबुल तुमको नहीं दिया जा सकता।...देखो, गुप्ता। बस एक रास्ता है। मुझे उम्मीद है, तुम अब जिद नहीं पकड़ोगे।"

"जिद? मैंने पकड़ी है मिस दास?"

"क्यों! सिर्फ दुर्बा नहीं कह सकते? अच्छी बात। अब तुमने नाहीं की तो मैं समझूँगी, तुम चाहते हो मैं नौकरी छोड़ दूँ। इतने बड़े परिवार का सारा बोझ मेरे ही सिर है। मालूम है तुमको? नौकरी छोड़ने पर भी–उस टेबुल के बिना कैसे जी सकूँगी मैं?"

"मिस दास, आप मुझे बताइए, आपने क्या सोचा है?"

"नहीं। पहले वचन दो, तुम मानोगे?"

ठीक, इसी तरह दुर्बा ने पिछले साल वचन लिया था, बोलो, मेरी सहायता करोगे न? अनुरंजन ने पहले ही दे दिया वचन, "मानूँगा। कहिए।"

"सच? देखो काम का जो सिलसिला है, तुमको अधिक समय मेरे चेम्बर में ही रहना पड़ेगा। याद है, तुम्हीं ने तो कहा था कि यह नया स्कीम 'एबीएम' वाला क्या है–सीनियर हेडक्लर्क माने असिस्टैंट ब्रांच मैनेजर। तो, क्यों न तुम मेरे चेम्बर में ही बैठते? बात यह है कि टेबुल मेरे चेम्बर में रहेगा, मेरी आँखों के सामने रहेगा तो तुम ज़ोर-ज़ोर से दराजों की खोल-बन्द नहीं करोगे। हथौड़े से कील नहीं ठोकोगे। मेरी उपस्थिति में कम-से-कम...।"

अनुरंजन ने पहले ही वचन दे दिया था। दुर्बा को विश्वास नहीं हुआ, किन्तु। उसने बार-बार पूछा, "बोलो, तुमको कोई एतराज़ है? सच? कल फिर मुकर तो नहीं जाओगे? किसी की बात में पड़कर 'नट' तो नहीं जाओगे? वह गुलशन मेहता बड़ा पाजी जीव है। बोलो...।"

अन्तिम वाक्य कहते समय दुर्बा ने अनुरंजन का हाथ पकड़ लिया, "बोलो।"

अनुरंजन की माँ ने पूछा, "अब तो आश्रम नहीं जा सकोगे भैया। पीढ़ी डाल दूँ चौके में?"

दुर्बा असंख्य धन्यवाद देने की मुद्रा में बोली, "तो मैं चली अभी। हैं? कल दस बजे के पहले ही आओ न! बड़े साहब साढ़े नौ बजे ही आ जाते हैं।...बाद में सभी आ जाएँगे तो फिर टेबल खींच-तान..."

"नमस्कार।"

अनुरंजन को लगा, दुर्बा उसे चाबुक से पीटकर चली गई, सपाक्! सपाक्!

दूसरे दिन दुर्बा नौ बजकर पच्चीस मिनट पर ही दफ्तर आ गई।

बड़े साहब की गाड़ी साढ़े नौ बजे पोर्टिको में आकर लगी। दुर्बा ने आगे बढ़कर नमस्कार किया।

"कहिए मिस दास, अब कैसी हैं?"

"अब ठीक है सर।" उत्फुल्ल दुर्बा बोली।

साहब अवाक् हुए मन-ही-मन। प्रकट रूप से मुस्कुराते रहे।

दुर्बा बड़े साहब के साथ उनके चेम्बर में गई। बड़े साहब का पियन जब तक चेम्बर में रहा, वह चुप रही। उसके बाहर जाने के बाद दुर्बा ने साहब के मूड को परखने की चेष्टा की। फिर निवेदन करने लगी, "सर! टेबुल की समस्या...।"

बड़े साहब उबल पड़े, "सुनो भाई, मिस दास। मैं अब इस समस्या या प्राब्लेम के बारे में एक शब्द नहीं सुनना चाहता। आप लोग टेबुल-कुर्सी के लिए बच्चों की लड़ाई करेंगे तो मुझे बाध्य होकर जीएम को लिखना पड़ेगा।...फनी।"

"नहीं सर, अब कोई प्राब्लेम ही नहीं। सब तय हो गया।"

दुर्बा ने समस्या का हल विस्तारपूर्वक सुझाया। उसने यह भी कहा कि कल शाम को अनुरंजन के डेरे पर जाकर अनुरंजन को मना आई है।

बड़े साहब ने इस फार्मूले पर सोचा, ठीक है। देखा जाए, कहाँ तक और...यह अनुरंजन गुप्ता—हेड आफिसर से लेकर—बोर्ड के सभी सदस्य—जिसकी तारीफ के पुल बाँध चुके हैं यही है वह कर्मठ पुरुष? रीढ़हीन प्राणी?...ठीक है, उधर जेनरल सेक्शन में मेहता को अवसर मिलेगा...डोसालय मेहता। हैंडी एंड हेल्पफुल मेहता और इस सुपुरुष अनुरंजन में क्या फर्क...? "ठीक है। किन्तु गुप्ता को यदि कोई एतराज हो?"

"उसे क्या एतराज होगा? सर, वह आ ही रहा है।"

दस बजे के पहले ही दुर्बा दास अपना प्रिय टेबुल ले आई अपने चेम्बर में। टेबुल लाते समय वह कुलियों के साथ थी—कहीं ठेस न लग जाए। आखिर कहाँ तक बचावे कोई? काँच का तो नहीं टेबुल। जरा-सी ठेस लगी, चीख उठी दुर्बा दास।

चेम्बर के एक हिस्से में टेबुल को प्रतिष्ठित किया गया। बिसनूसिंघ जोर-जोर से झाड़न मारकर धूल झाड़ने लगा। चिल्ला उठी दुर्बा दास, "ए-ए-जंगली! इस तरह जोर-जोर से क्यों मारता है? लाओ डस्टर।"

दुर्बा ने अपने हाथों टेबुल की धूल को झाड़ा—हौले-हौले।...हाय रे! एक पखवाड़े में ही तुम्हारी यह दुर्दशा? हः, अब जाकर जान में जान आई है। मैंने समझा था, अब नहीं पाऊँगी तुमको। लाल रोशनाई गिरी कैसे?

टेबुल झाड़-पोंछकर उसने घड़ी देखी। दस बज रहे हैं। गुप्ता आता ही होगा। उसने दरवाज़े की ओर देखा हैंडलूम के पर्दे पर भरतनाट्यम नृत्य की मुद्रा में खड़ी औरतों की पाँति। उसने, दोनों बाँहों को दोनों ओर पसारकर सदा की भाँति टेबुल के टाप-ग्लास पर अपना एक गाल रखा...ओ हो! एक पखवारे के बाद यह स्पर्श-सुख...सी-ई-ई...फिर दूसरा गाल...सी-ई-ई...रोम-रोम पुलक रहे! पुलक...

"क्रिं। हजोर!"

बिसनूसिंघ अन्दर आया। दुर्बा ने झटपट अपने को सँभाला, "कुछ नहीं, बाहर जाओ। कॉलिंग बेल आप ही बज उठा कैसे?"

बड़े साहब ने देखा–पर्दे के उस पार दो पाँव। अनुरंजन गुप्ता आ रहा है। साहब ने एक मोटा फाइल खोलकर अपने को डाल दिया।

अनुरंजन आकर खड़ा रहा। बड़े साहब का ध्यान भंग नहीं हुआ, "सर, क्या मैं बैठ सकता हूँ–थोड़ी देर?"

"उँ? हूँ। बैठो। क्या है?"

आवेदन-पत्र। एक नहीं, दो?

"क्या है?" एक में डेढ़ महीने की छुट्टी की प्रार्थना...माँ प्रयाग जाएगी कल्पवास करने...एकलौता बेटा है वह। इसलिए साथ जाना आवश्यक...दूसरा आवेदन-पत्र है कि...पटने का जलवायु स्वास्थ्य के प्रतिकूल...उसे या तो हेड ऑफिस कलकत्ता भेज दिया जाए या फिर बम्बई। अन्यथा...अन्यथा। यह आवेदन-पत्र ही त्याग-पत्र?

"देखो गुप्ता, भावावेश में...।"

"नहीं, सर, मैंने बहुत सोच-समझकर देख लिया है। मेरी माँ भी नहीं चाहती।"

बड़े साहब ने आवेदन-पत्र की भाषा और अनुरंजन के चेहरे पर अंकित भाव को पढ़कर समझ लिया, यह सच कहता है। इसने बहुत सोच-समझकर फैसला किया है।...लोग झूठ नहीं कहते थे! अनुरंजन गुप्ता...

अनुरंजन ने आज की छुट्टी माँगी–मौखिक! मिल गई।

हर सेक्शन में यह खबर फैली–फैलती गई–

एक साथ बीस टाइपराइटरों की खटपटाहट बन्द हो गई।

सभी बाबुओं ने एक ही साथ पानी माँगा, "पानी!"

"आ?"

"वही हुआ–जो मिस दास चाहती थी।"

"त्रियाचरित्रम्...।"

"गजब...अजब...औरत?"

"गुप्ता साहब चले गए?"

दुर्बा को भी खबर मिली।

कुछ देर तक सन्न रह गई। उसके चेहरे का रंग उड़ गया। सुफेद मुखमंडल!... त्याग-पत्र? छुट्टी? वह आया नहीं यहाँ? लेकिन, उसने तो वचन दिया था?

उसके चेहरे पर तुरन्त लाली लौट आई। वह अपनी कुर्सी छोड़कर उठी। अपने प्रिय टेबुल के पास गई। कुर्सी पर बैठी। होंठों पर अंकित मुस्कुराहट खिलती गई।...त्याग-पत्र दे या चूल्हे में जाए मूर्ख अनुरंजन गुप्ता...मेरा धरम बच गया...मेरी इज्जत बच गई...तुम मेरे ही रहे...मेरे ही! काँटा दूर हुआ! आह...!!

टेबुल के टाप-ग्लास पर अपने गालों को बारी-बारी रखती, स्पर्श-सुख से सिहरती-सिसकती दुर्बा खिलखिलाई—जाको जापर सत्य सनेहू...हँ हँ हँ...सी ई ई ई!!

मेहता इस अवसर पर कई अप्रचलित अंग्रेजी शब्द ढूँढ़कर ले आया था, बधाई देने के लिए। वह चेम्बर में घुसा। आ—उसने देखा मिस दुर्बा दास एबीएम, टेबुल पर बाँह पसारे, काँच पर गाल रखकर, खिलखिला रही है या रो रही है! आँखों में आँसू हैं और होंठों पर यह कैसी हँसी? यह कैसा सुख पा रही है मिस दुर्बा दास? यह कैसा सुख-दुख? यह क्या है...?

मेहता को लगा, किसी अश्लील दृश्य के सामने वह खड़ा है! मूढ़-मति वह!—नहीं, यह दृश्य देखने योग्य नहीं।

धर्मयुग/5 नवम्बर, 1961

कस्बे की लड़की

"लल्लन काका! दादाजी कह गए हैं कि लल्लन काका से कहना कि सरोज फुआ के साथ...!"

लल्लन काका अर्थात् प्रियव्रत ने अपनी भतीजी बन्दना उर्फ बून्दी को मद्धिम आवाज में डाँट बताई, "जा-जा! मालूम है जो कह गए हैं।"

बून्दी अप्रतिभ हुई किन्तु उसके होंठों पर वंकिम-दुष्टता अंकित रही और लल्लन काका की मद्धिम झिड़की की कोई परवाह किए बगैर अब दादाजी की आज्ञा सुनाने लगी, "दादीजी कहती हैं कि सरोज फुआ नहा रही हैं। लल्लन काका से कहो, जल्दी तैयार होकर नाश्ता कर लें। सरोज फुआ को बहुत जगह जाना है। और रिक्शा वाला...।"

"जा-जा!" प्रियव्रत पूर्ववत् पाइप पीता रहा।

बून्दी आँगन में लौटी तो उसने मुँह में पेन्सिल डालकर लल्लन काका की नकल करते हुए सुना दिया, दादी को–"जा-जा!"

दादी अचार-पापड़ के मर्तमानों को धूप में डाल रही थी। बड़बड़ाई, "सभी कामचोर हैं।" बून्दी ने सविनय-सदुलार-निवेदन के सुर में कहा, "दादी-ई-ई! एक हरे मिर्च का अ-चा-र!"

"जा-जा, बड़ी पतली जीभ है तेरी।"

बून्दी का मुँह लटक गया। दादी ने मर्तमान से एक हरी मिर्च निकालकर देते हुए कहा, "जा भगेलू से कह, सामनेवाली दुकान से...।"

बून्दी दाँत से मिर्च को काटती सिसियाई, "सि-ई-ई! सारी सुबह मैं इधर-उधर करती रहूँगी तो स्कूल कब जाऊँगी? जिधर जाओ, उधर ही जा-जा! जा-जा!! सरोज फुआ बाथरूम से बाहर ही नहीं होतीं। मैं कब नहाऊँगी, कब खाऊँगी...यह लो, यह गई गाड़ी स्कूल की!"

प्रियव्रत सुबह से ही तनिक झुंझलाया हुआ है। रात-जैसी गर्मी हजारीबाग में कभी नहीं पड़ी। नींद नहीं आई रात-भर। हालाँकि परिवार के और लोग हल्की ऊनी चादर डालकर सोए थे। प्रियव्रत की माँ बारहों महीने रजाई ओढ़ती है। हल्की-फुल्की रजाई गर्मियों में और भारी सर्दियों में।...और उनींदी रात की प्रतिक्रिया दूसरे दिन सुबह बाथरूम से ही शुरू होती है। दाढ़ी कई स्थान पर कट गई है। कनपटी के पास

मीठा-मीठा दर्द है। वह सुन चुका है। बाबूजी का हुक्म, "लल्लन से कहना सरोज को जहाँ-जहाँ जाना है, ले जाए। बेचारी अकेली कहाँ-कहाँ जाएगी?" हूँह!...सरोजदी देहात से अकेली पन्द्रह-पन्द्रह स्टेशन रेलयात्रा करके यहाँ सकुशल आ सकती है तो शहर में ही कौन दिन-दहाड़े डाके पड़ते हैं कि सरोजदी के साथ एक सशस्त्र अर्दली जाए?—पुरुष माने सशस्त्र!...और सरोजदी का रूप भी इतना मारात्मक नहीं!...

प्रियव्रत सुबह से ही सरोजदी के सम्बन्ध में सोच रहा है। सरोजदी! बाबूजी के एक मुफसिनल के मुवैक्किल मित्र की बेटी! एकदम देहातिन नहीं कह सकते सरोजदी को। मैट्रिक पास करके गाँव के स्कूल में पढ़ाती हैं। स्कूल के काम से ही आई हैं। इसके पहले भी बहुत बार आई हैं। मिडिल की परीक्षा देने आई थीं। सरोजदी के बाबूजी भी साथ आए थे। मैट्रिक का इम्तहान देने आईं, अकेली। अकेली नहीं, दूर के एक चाचा पहुँचा गए थे। सरोजदी के पिता की मृत्यु उसी साल हुई थी। लेकिन सरोजदी के पिता ही क्यों, सरोजदी भी जब आईं, कभी खाली हाथ नहीं आईं। घी, शहद, महीन चावल, दही-पपीते—सब विशुद्ध! जब से देख रहा है प्रियव्रत, सरोजदी ऐसी ही हैं। सदा से...।

प्रियव्रत सोच रहा है, कैसा अन्याय है? एक ओर सरोजदी हैं जो इतनी चीजें, इतना प्यार से लेकर आती हैं और दूसरे ही दिन भाईजी और भाभीजी का मुँह लटक जाता है। तीसरे दिन माँ भी उखड़ी हुई बातें करने लगती हैं उनसे। भाभी चुपके-चुपके मुँह बनाकर कहेंगी, "इतने जोर से खुर्राटा लेती है सरोज। घंटों बाथरूम बन्द रखती है, सरोज...आज 'उनके' प्राइवेट रूम में चली गई सरोज। वे अपने दोस्तों के साथ ड्रिंक कर रहे थे और यह भैयाजी-भैयाजी कहकर क्या-क्या रोने-गाने लगी।" भाभी बहुत स्वार्थी हैं। लेकिन, दूसरी ओर भाभी की आध दर्जन बहनें या भाईजी के साले की सहेलियाँ खाली हाथ आती हैं। बिना मक्खन के रोटी नहीं खाती हैं और भाईजी की गाड़ी का इंजन हमेशा गर्म रहता है उन दिनों—बोकरो, कोनार, तिलैया, रामगढ़, राँची...। सरोजदी ने कभी नहीं कहा कि बिना कार के मैं एक कदम नहीं चल सकती। क्या सरोजदी के मन में भाईजी की गाड़ी पर चढ़ने की वासना नहीं हुई होगी? कौन जाने...!

सरोजदी साँवली नहीं, काली हैं। कद मँझोला है। मोटी नहीं, देह दुहरी है। सम्भवतः किसी ग्लैंड की गड़बड़ी के कारण उनकी बोली में तनिक गूँगेपन का सुर मिला हुआ है। चलते समय हर डग पर अस्वाभाविक ढंग से जोर देती हैं और प्रसन्न होकर हँसते समय मुँह से लार टपक पड़ती है, यदा-कदा। होंठ सदा भीगे रहते हैं।

प्रियव्रत को याद है, मैट्रिक की परीक्षा देने आई थीं सरोजदी। बाबूजी का मुहर्रिर इब्राहिम रोज़ टमटम पर साथ जाता था। फिर, चार बजे जाकर ले आता था। उस बार भाभी ने झूठ-मूठ सरोजदी पर आरोप लगाया था। बून्दी के गले की सोने की 'सिकरी' भाभी के बक्स से ही निकली थी!

सरोजदी बाथरूम से बाहर आ गईं, नहा-धोकर।...“लल्लन बाबू!” प्रियव्रत ने अब अपने से सीधा सवाल किया, “क्यों लल्लन बाबू, भाईजी की किसी साली या भाईजी के साले की किसी साली के साथ एक रिक्शे पर, शहर घूमने से तुमको कभी कोई ऐतराज होता?”

अन्दर आँगन में बून्दी भाभी से कुछ कह रही है, “क्या भगेलू जाएगा सरोजदी के साथ?”

भाभी कहती हैं, “तो क्या हुआ? रिक्शा के पायदान पर बैठेगा भगेलू।”

बाबूजी बाहर से आ गए।

साथ में हैं एक दूसरे वृद्ध-देवधर के अंजनी बाबू वकील। बाबूजी अब नियमानुसार अपने पुत्रों की निन्दा से शुरू करेंगे, और हर बेटे की तारीफ़ तनिक तफशील से अन्त में करेंगे, “हाँ, बड़ा देवव्रत–मन्नन–इंटरनेशनल टुबाको में है। बोला, ‘सरकारी नौकरी नहीं करेंगे, चाहे सरकार अपनी हो या बिरानी।’...नहीं करोगे तो मत करो। साली, सरकारी नौकरी में धरा ही क्या है, अब! मँझला लल्लन–प्रियव्रत–एम.ए. करके तीन साल से बैठा है। वह भी सरकारी नौकरी नहीं करेगा। हाँ, हाँ आपने ठीक पहचाना है, वही प्रियव्रत! कविता ही लिखता है और सबसे छोटा दहन–सत्यव्रत भागकर नेवी में चला गया। चिट्ठी आई तो मैंने भी कहा, ‘डूबने दो कम्बख्त को। नेवी में जाए या एयरफोर्स में।’ लिख दिया, ‘मेरा लड़का सबकी राजी-खुशी से नेवी में भर्ती हो रहा है।’ और क्या करें? इस साल ट्रेनिंग खत्म करके अफसर हो जाएगा।...भगेलू! कहाँ जा रहा है भगेलू? लल्लन कहाँ गया? सरोज के साथ भगेलू क्यों जाएगा? मैं जाऊँगा।”

प्रियव्रत धड़फड़ाकर उठा–अब एक सप्ताह घर की शान्ति गई। दिन-रात बड़बड़ाते रहेंगे। ब्लडप्रेशर बढ़ेगा। डॉक्टर विनय आएँगे, फिर दोनों मिलकर घर-भर के लोगों की दुर्गत कर डालेंगे। अन्दर जाकर बोला, “किसने कहा कि मैं नहीं जा रहा हूँ?”

कमरे में कपड़े बदलती हुई सरोज ने कहा, “लल्लन को छुट्टी नहीं है तो भगेलू ही चले न!”

माँ बोली, “नहीं सरोज, लल्लन तैयार है।”

सरोज कमरे से बाहर आई। चप्पलों को बेतरतीबी से खिसकाती हुई। भीगे होंठों पर मूकजनोचित मुस्कुराहट छाई हुई...गिलगिलाती मुस्कुराहट!

रिक्शावाले की दृष्टि और मन्द मुस्कुराहट को परखता है प्रियव्रत। वह रिक्शे में सिकुड़कर, एक किनारे जा बैठा। सरोज पास आकर बैठी। सरोजदी कोई सस्ता किन्तु चालू पाउडर लगाती है, शायद। केश में कोई आयुर्वेदिक तेल डालती है क्या? साड़ी

तो हैंडलूम की है। एक बार प्रियव्रत की भाभी कह रही थी—सरोज का ब्लाउज सर्दी के मौसम में भी बगल से भीग जाता है। अभी तो भीगा हुआ नहीं है? नहीं, भाभी अधिक नहीं, तनिक निष्ठुर भी है।...

रिक्शाचालक ने पहला प्रश्न किया, "मेमसाहब राँची से आई हैं क्या?" प्रियव्रत उसे डाँटना चाहता था, लेकिन इसके पहले ही सरोज बोल पड़ी, "नहीं भैया! मैं हँसुआ से आई हूँ। शिक्षक-संघ का दफ्तर देखा है?"

"कीचक संघ तो...।"

"मुझे मालूम है।" प्रियव्रत ने कहा, "चलो, मदनबाड़ी रोड।"

प्रियव्रत का घर शहर से तीन मील दूर है। तीन पहाड़ी के पास, इस गाँव में प्रियव्रत के पिता ने जब घर बनवाया था तो लोग हँसते थे—वकील साहब जंगल में बस रहे हैं। आज, इस गाँव में बसने के लिए शहर के लोग, जमीन की डाक बोलकर भी जमीन नहीं पा रहे हैं।

सरोज अपनी देह को भरसक सकुंचित करती हुई बोली, "लल्लनजी! ठीक से बैठो, आराम से... ।"

गाड़ी कुछ दूर आगे बढ़ी तो सरोज ने यहाँ की सड़कों पर अपना मन्तव्य प्रकट किया, "हजारीबाग की सड़कों से मुझे बड़ी चिढ़ होती है। दस कदम पर चढ़ाई और दस कदम पर उतराई। हजारीबाग की सब चीजें मुझे अच्छी लगती हैं, इन सड़कों को छोड़कर।"

प्रियव्रत ने बात को मोड़ने के लिए पूछा, "कहाँ-कहाँ जाना है आपको?"

सरोज ने कहा, "पहले शिक्षक-संघ के दफ्तर में, फिर शिवयोगी बाबू के यहाँ होते हुए स्कूल इन्स्पेक्टर साहब के डेरे पर।"

प्रियव्रत ने पूछा, "यह शिवयोगी बाबू कौन हैं?"

प्रियव्रत ने लक्ष्य किया, सरोजदी हर बार बोलने के पहले एक अस्फुट हँसी हँसती हैं।

"हँहँ! शिवयोगी बाबू हैं हमारे हँसुआ रेलवे स्टेशन के स्टेशन मास्टर के दामाद। हर बार स्टेशन मास्टर साहब मेरे हाथ से कुछ-न-कुछ भेजते हैं। इस बार नाती के लिए 'जन्तर' बनवाकर भेजा है।"

सामने चढ़ाई थी। यहाँ सभी रिक्शावाले रिक्शे से उतरकर गाड़ी खींचते हैं। लेकिन इस रिक्शावाले ने दोनों को उतर जाने के लिए कहा, "बिना उतरे ई-दु-दु मन, ढाई-ढाई मन का लहास?"

प्रियव्रत को अपना गुस्सा उतारने का मौका मिला। पैसा चुकाते हुए बोला, "तुम जा सकते हो। लेकिन फिर कभी कोर्रागाँव की ओर कोई सवारी लेकर मत आना। समझे?"

दोनों उतर पड़े। अभी तुरत दूसरा रिक्शा मिल जाएगा।

मंजरे हुए आम और जामुन के युग्म-पेड़ के नीचे वे जा खड़े हुए। यहाँ के लोग कहते हैं–जुड़मा गाद्द! झड़ती हुई मंजरियों के कई छींटे, जामुन के कुछ फूल सरोज के सिर पर झरे। कवि प्रियव्रत को पिछले साल रेडियो से सुने हुए एक लोकगीत की याद आई–जिसकी पंक्तियाँ याद नहीं, अर्थ है–'ओ गोरी! तू आज रात फिर किसी कारण–मंजरे हुए आम के तले जाकर खड़ी हुई थी–निश्चय ही। तेरे बालों के लट जटा गए हैं। मंजरी का मधु चू-चूकर तेरे सिर पर गिरा है। ओ गोरी! तू आज रात फिर किसी महुए के तले जाकर खड़ी थी–तेरे बालों से महुए के दारू की बास आती है। मेरी आँखें झपक रही हैं–मतिया गई हैं–तेरा जूड़ा कैसे बाँधूँ?''

सरोज बोली, ''हँह, लल्लनजी! मैंने तुमको बेकार कष्ट दिया।''

राँची रोड पर एक बग्घीगाड़ी दिखाई पड़ी। प्रियव्रत ने पूछा, ''घोड़ागाड़ी पर चढ़िएगा।'' सरोज के कंठ से सिर्फ 'हँह' निकला। प्रियव्रत ने बग्घीवाले को आवाज़ दी।

घोर श्यामवर्ण, मँझोली, दुहरी सरोज सुफेद साड़ी और सुफेद ब्लाउज में सभी का ध्यान आकर्षित करती है। घड़ी की पट्टी भी सुफेद, चप्पल के फीते भी। घोड़ागाड़ीवाले ने गौर से सरोज को ही देखा। प्रियव्रत को वह पहचानता है।

बग्घी पर आमने-सामने बैठने की जगह थी। किन्तु सरोज जिस तरह रिक्शे पर बैठी थी, उसी तरह प्रियव्रत से सटकर बैठी। इस तरह सटकर बैठने की कोई जरूरत नहीं थी। जगह काफी चौड़ी थी! सरोज बोली, ''इस चढ़ाई-उतराई के समय मेरी जान निकल जाती है। लगता है, सब खाया-पिया निकल जाएगा। हँह!''

हर चढ़ाई-उतराई पर सरोज ने तमाशा किया। उतराई के समय प्रियव्रत की एक कलाई जोर से पकड़कर आँख मूँदे हँसती-खिलखिलाती रही। प्रियव्रत को लाज आई।

शिक्षक-संघ के दफ्तर में जिस अधिकारी से मिलना था, सरोज की उससे फाटक पर ही भेंट हो गई। काम भी हो गया–अगली मीटिंग के बारे में पूछना था। अधिकारी महोदय बार-बार प्रियव्रत की ओर देखते ही रहे। फिर बोले, ''आप प्रियव्रतजी हैं न?'' जी हाँ सुनकर भी अधिकारी महोदय का कौतूहल कम नहीं हुआ, शायद।

''चलो सरोजदी! शिक्षक-संघवाला काम तो शिक्षक-संघ के बाहर ही हो गया।'' गाड़ी पर जान-बूझकर दूसरी ओर बैठते हुए प्रियव्रत बोला और सरोज पहले तो सामनेवाली गद्दी पर बैठी। फिर उठकर प्रियव्रत के पास जाकर, उससे सटकर बैठी। सरोज ने चलती हुई गाड़ी में प्रियव्रत से दबी हुई आवाज में कहा, ''लल्लनजी, तुम साथ थे, इसलिए जल्दी छुट्टी मिल गई। नहीं तो, यह रामनिहोरा प्रसाद मुझे बेकार बैठाकर तरह-तरह की बातें करता। शादी-ब्याह की बात पूछनेवाला यह कौन

होता है, भला? बोलो तो? और बातें करते समय बातें करो—यह रह-रहकर पीठ पर थप्पड़ मारने की और बाल पकड़कर खींचने की जैसी भद्दी आदत? अपने काकाजी भी तो बाबूजी के दोस्त थे। कभी ऐसा नहीं करते। बोलो तो लल्लनजी, क्या यह ठीक है?''

प्रियव्रत को हँसी आई। वह पूछना चाहता था, क्यों नहीं ठीक है सरोजदी? लेकिन वह कुछ बोला नहीं। हँसता रहा। सरोज कुछ क्षण बाहर की ओर देखती रही। फिर, दबी आवाज में ही बोली, ''अच्छा लल्लनजी, तुम नौकरी करोगे तो तुम भी गाड़ी रखोगे न?''

''यदि गाड़ी रखने लायक नौकरी मिली...।''

''हँह, तुमको भला गाड़ी रखने लायक नौकरी नहीं मिलेगी?''

प्रियव्रत चौंका,...तो सरोजदी का मुखड़ा भी कभी-कभी सुन्दर दीखता है? सरोजदी जब भाव-शून्य दृष्टि से उसको देखती है, सुन्दर लगती है। उसने पूछा, ''क्यों सरोजदी?''

सरोजदी इस बार मुस्कुराई नहीं। और भी दबी आवाज़ में बोली, ''तुम सुन्दर हो। जिसमें रूप और गुण दोनों हों, उसी को ऊँची नौकरी मिलती है।''

प्रियव्रत का चेहरा लाल हो गया। उसने कहा, ''यह किसने कहा है तुमसे?''

''रामभाई ने। रामभाई कहते थे, व्यक्तित्व के बिना विद्वत्ता कुछ नहीं। यदि व्यक्तित्व होता तो रामभाई भी...।''

हजारीबाग चौक पर हमेशा की तरह भीड़ थी। गाड़ीवान ने पूछा, ''भैयाजी! मायाजी बोल रही थीं, चौक पर कुछ खरीदना है।'' सरोज भूल गई थी कि उसे कुछ खरीदना है। स्कूल की लड़कियों ने कापी-किताब-पेन्सिल लाने के लिए पैसे दिए हैं। सरोज झोले से डायरी निकालकर पढ़ने लगी—यशोदा—तीन कापी रूल की हुई, दो बगैर रूल। जगमती—भारतवर्ष का भूगोल, साहित्यदर्पण, छोटी नीलू—एक दर्जन जलछवि!...

सरोज हमेशा जिस दुकान से सामान खरीदती है उसी दुकान में जाएगी। पास ही प्रियव्रत के मित्र, हिमांशु की दुकान थी। उसने कहा भी, ''सरोजदी, इस दुकान में...।'' लेकिन सरोज ने उधर नजर उठाकर देखा भी नहीं।

दुकानदार-छोकरा राखालचन्द्र उर्फ याबला ने सरोज को देखकर एक विचित्र मुखमुद्रा बनाई और अभद्रतापूर्वक आँख नचाकर पूछा, ''कहिए, कहिए। बहोत दिन बाद...।'' प्रियव्रत पर दृष्टि पड़ते ही याबलाराम अवाक् हो गया। तुरन्त भद्र हो गया उसका चेहरा। सरोज डायरी खोलकर धीमी आवाज में पढ़ती गई और प्रियव्रत जोर-जोर से दुहराता गया।

दुकान से बाहर निकलकर सरोज बोली, "इस बार तुम साथ थे, इसलिए उसने मुझे मीठी गोलियाँ नहीं दीं। नहीं तो जबर्दस्ती दर्जनों मीठी गोलियाँ झोले में डाल देता और जिद करके एक गोली दुकान में ही बैठकर चूसने को कहता। चाहे एक चीज लो या दस, एक घंटा अटकावेगा यह लड़का।...बेईमान नहीं, लेकिन!"

सामने, 'विवेकानन्द मिष्ठान भंडार' में बैठकर चाय पीते हुए लोगों ने आँखें फाड़-फाड़कर सरोज और प्रियव्रत की ओर देखना शुरू किया। सरोज बोली, "विवेकानन्द का कालोजाम नामी है। है न? हँहै!" सरोज के पैर लड़खड़ाए। प्रियव्रत ने पूछा, "कालाजाम खाओगी सरोजदी?"

"हँह! तुम नहीं खाओगे?"

विवेकानन्द मिष्ठान भंडार में कई मिनटों तक 'कालोजाम, कालोजाम' का गुंजन होता रहा! डी.वी.सी. के बंगाली कर्मचारियों के दल में कानाफूसी शुरू हुई, "कालाजामेर संगे चमचम?" एक ने ढाका की बोली में कहा, "एबार द्याशे (अर्थात् देशे) एड्डा काईनी ब्यार हुदद्दे—नामडा काकहोंसिनी!...कामहंसिनी! कालोजाम!!"

प्रियव्रत ने सब समझा। अच्छा हुआ, सरोजदी ने कुछ नहीं समझा। स्वाद ले-लेकर कालाजाम का रस जब प्लेट में जीभ लगाकर चाटने लगी तो प्रियव्रत ने पूछा, "और मँगाऊँ कालाजाम?"

"हँह! पेट फट जाएगा जो।"

सरोज के इस जवाब से प्रियव्रत को फिर लाज आई।

किन्तु, इस बार गाड़ी में वह प्रियव्रत के सामने बैठी, "चलो बटम बाजार।"

प्रियव्रत ने देखा, सरोजदी डकार लेते समय और भी असुन्दर हो जाती है, उसके गीले होंठ और भी गिलगिले हो जाते हैं। डकार लेने के बाद सरोज ने बताया, "रामभाई को भी कालाजाम पसन्द है बहुत।"

गाड़ी बटम बाजार की ओर मुड़ी।...फिर उतराई? सरोज उठ खड़ी हुई और टलमलाकर प्रियव्रत पर गिर पड़ी। "तुम भी गाड़ी से बाहर गिर पड़ते छिटककर... हँह!!"

हठात् सरोज ने फिर मद्धिम आवाज में पूछा, "अच्छा लल्लनजी! मैं बहुत काली हूँ।" याने मुझसे भी ज्यादा काली होती हैं या नहीं...।

प्रियव्रत ने समझा, पूरे प्रश्न भी नहीं पूछ सकी सरोजदी। क्योंकि प्रियव्रत का चेहरा अचरज और लाज से अजीब-सा हो गया था। सरोज ने फिर पूछा, "मैं बहुत मोटी हूँ? हँह!"

प्रियव्रत को तुरन्त जवाब सूझा, "मोटी नहीं।...देहात में स्वास्थ्य जरा अच्छा रहता ही है।"

सरोज बोली, "रामभाई तो कहते हैं कि तुम्हारा तन काला है, पर मन काला नहीं—सादा है।"

प्रियव्रत ने इस बार सरोज के रामभाई पर विशेष ध्यान दिया...रामभाई ने कहा है, व्यक्तित्व के बिना...रामभाई को कालाजाम प्रिय है...रामभाई कहते हैं कि तुम्हारा तन...। प्रियव्रत ने रामभाई के बारे में कुछ नहीं पूछा, किन्तु।...

शिवयोगी बाबू के घर पहली बार नहीं आई है सरोज। लेकिन कभी तो इतनी खातिरदारी नहीं हुई?...हँह! सारे परिवार के लोगों ने मिलकर दोपहर के भोजन और विश्राम के लिए हार्दिक आग्रह किया तो सरोज प्रियव्रत का मुँह देखकर कुछ देर तक सिर्फ हँह-हँह करती, हँसती रही। प्रियव्रत ने बग्घीवाले को विदा किया।

साढ़े तीन बजे चाय पिलाकर, शिवयोगी बाबू के परिवारवालों ने छुट्टी दी। स्कूल इन्स्पेक्टर से प्रियव्रत के बड़े भाई साहब की मित्रता है। इसलिए तय हुआ कि वहाँ का काम भाईजी करवा देंगे। सरोज मान गई।

प्रियव्रत ने पूछा, ‘‘और कोई काम बाकी तो नहीं रहा?’’

सरोज उदास हो गई अचानक! बोली, ‘‘नहीं लल्लनजी।’’

‘‘तो अब घर चलें?’’

‘‘चलो।’’

पुलिस-ट्रेनिंग-कॉलेज के पास एक सड़क, उत्तर की ओर केनाड़ी, पहाड़ी नेशनल पार्क जाने के लिए निकली है। सरोज ने साइन-बोर्ड पढ़कर दुहराया, ‘‘नेशनल पार्क जाने का रास्ता।...नेशनल! हँह!! नेशनल पार्क में क्या है लल्लनजी?’’

प्रियव्रत के मुँह से नेशनल पार्क का वर्णन सुनकर सरोज उत्तेजित हो गई। फिर तुरत उदास होकर बोली, ‘‘नहीं, लल्लनजी! अब मैं ज्यादा परेशान नहीं करूँगी तुमको। तुम्हारा दिन का सोना खराब किया मैंने।’’

प्रियव्रत ने रिक्शावाले से नेशनल पार्क चलने को कहा। सरोज बोली, ‘‘तुम्हारी इच्छा नहीं तो घर लौट चलो लल्लनजी!’’

‘‘मैं रोज जाता हूँ, इसी समय।...वहाँ मेरी अपनी जगह है, सरोजदी।’’ प्रियव्रत हँसकर बोला।

मोड़ पर सरोज ने फिर डकार लिया।

बहुत दूर तक उतराई है, कोना-कोठी के पास। रिक्शेवाले यहाँ पैडिल चलाना बन्द कर देते हैं। बहुत देर तक ‘फ्री व्हील’ की करकराहट होती रहती है–‘‘क्रिरि-रि-रि-रि-रि-रि...।’’ सरोज की सारी देह में मानो गुदगुदी लगा रही है यह किरकिरी... रि-रि-रि-रि। हँह! हँह!!

केनाड़ी पहाड़ी करीब आती गई और सरोज अपने-आप हँसती रही। एक नील गाय भागी जा रही है। सरोज अचरज से मुँह बाकर देखने लगी। राल टपकी इस बार।...खरगोश फलांगता हुआ झाड़ियों में गया–हँह! पहाड़ी नदी की पतली धारा पर

अस्तगामी सूर्य की रोशनी झिलमिलाई–हँह! पहाड़ी की चोटी के पास बादल का एक टुकड़ा–हँह! फूलों से लदा हुआ बन-तगर का पेड़ हँह! हँह...।

रिक्शा से उतरकर सरोज बोली, ''रामभाई भी कहते थे कि नेशनल पार्क एक चीज बनी है–देखने की।''

वन में मोर बोला। सरोज डरी, ''हाँ लल्लनजी, सुना है नेशनल पार्क में बाघ-सिंह भी हैं? हँह!''

प्रियव्रत हँसा, ''लेकिन, सरोजदी! एक अजब बात है कि नेशनल पार्क में आकर कोई भी जंगली जानवर हिंस्र नहीं रहता और आदमी जानवर बन जाते हैं यहाँ आकर–इनके बहुत प्रमाण मिले हैं?

''अच्छा!''

''अच्छा!''

पिकनिक करके लौटनेवाली मंडली का एक अशिष्ट लड़का चिल्लाया, ''भाग रे! बाइसन, बाइसन...अरणा भैंस!''

मुखर्जी-परिवार की सुन्दरियाँ, कुमारियाँ 'जमायबाबू टाइप' के एक व्यक्ति के साथ आई है आज! गाड़ी पर कलकत्ते का नम्बर है। सुन्दरियाँ बात-बात पर खिलखिला रही हैं। जमायबाबू निश्चय ही कोई गुदगुदानेवाली कहानी सुना रहे हैं...अमलतास की छाया में। एक सुन्दरी ने न जाने क्या देखा कि चीख पड़ी, ''उ-ई-ई-भूत!'' बाकी लड़कियाँ खिलखिला पड़ीं। प्रियव्रत समझाता है, चीखनेवाली को वह जानता है–अंजू-अंजना, सरोजदी को देखकर ही अंजना चीख पड़ी है।

प्रियव्रत बोला, ''पहाड़ की चोटी पर 'टावर' है–वहाँ से सारा नेशनल पार्क दिखाई पड़ता है। चलोगी ऊपर?''

''नहीं लल्लनजी, मुझे डर लगता है।''

''तो चलो, तुमको अपनी जगह दिखाऊँ।''

केनाड़ी पहाड़ी की तलहटी में बिखरा वनखंड केनाल और बड़ी-बड़ी चट्टानों के इर्द-गिर्द पुटुस फूल की झाड़ियाँ। केनाल के किनारे कदम्ब के पेड़ पर–ठीक एक घंटे बाद छोटे-छोटे पंछियों का घनघोर कलरव शुरू होगा–घंटों होता रहेगा! इन्हीं चट्टानों के उस पार प्रियव्रत रोज बैठता है।

''यही है मेरी जगह। मैं इसी पत्थर पर बैठता हूँ, रोज।''

''हँह! बैठे-बैठे क्या करते हो?''

इस प्रश्न का कोई उत्तर देना आवश्यक नहीं समझा प्रियव्रत ने। ''बैठो सरोजदी! मैं तुमको एक मजे का खेल दिखलाऊँ।''

प्रियव्रत पुटुस की एक फूली डाली तोड़ लाया। फूल और पत्तों को नोंचकर एक छड़ी बनाई उसने, "इधर देखो सरोजदी!"

सरोज ने देखा–सामने की धरती पर लजौनी लता पसरी हुई है कुछ दूर तक। लगता है, एक गलीचा...हँह...लज्यावती, लाजवन्ती, लजौनी, छुईमुई, "अरे-रे लल्लनजी! यह क्या कर रहे हो? हँह!"

प्रियव्रत रोज इसी तरह इन सजीव लताओं को छेड़ता है आकर। पुटुस की डाल की छड़ी से पहले एक क्रास बनाता है। छड़ी छुआता जाता है, पत्तियाँ मुँदती जाती हैं। अन्त में, अन्धाधुन्ध छड़ी चलाकर सबको सुला देता है।

सरोज प्रियव्रत के इस खिलवाड़ को अचरज से देखती रही। जब प्रियव्रत ने सभी पत्तियों को सुला दिया तो सरोज ने एक लम्बी साँस ली। बोली, "लल्लनजी, तुम ठीक कहते हो। यहाँ आकर आदमी जानवर हो जाता है, कभी-कभी। हँह!"

प्रियव्रत हँसा। वह अपनी जगह पर जा बैठा। उत्तर आकाश का बादल क्रमशः काला होकर झुकता जा रहा है। हवा गुम है! भाभी ठीक ही कहती थीं। सरोज का ब्लाउज भीग गया है–बाँह के नीचे अर्द्धवृत्ताकार।

सरोज प्रियव्रत के पास आकर बैठ गई, "एक बात बताऊँ लल्लनजी?"

बिजली चमकी। सरोज के गोल होंठों पर भी बिजली चमकी, मानो। प्रियव्रत अवाक् होकर देखता रहा। सरोज को इस तरह लाज से गड़ते कभी नहीं देखा प्रियव्रत ने।

सरोज कुछ बोल रही थी, लेकिन राल टपक पड़ी तो चुप हो गई। फिर पुटुस के नन्हें फूलों को नाखून से खोंटकर दाँत से चबाने लगी।

क्षण-भर दोनों मौन रहे।

"किस सोच में पड़ गईं, सरोजदी?" प्रियव्रत ने सरोज की देह छूकर मानो जगाया, "सरोजदी, अब चलो लौटें। पानी बरसेगा।"

सरोज हँसी, "पानी बरसे-हँह-हम रुई नहीं हैं! लल्लनजी यह क्या कर रहे हो? लल्लन...पगला...बचपन की आदत...हँह...ठीक इसी तरह गोदी में सिर रखकर...इसी तरह मेरी छाती से सिर रगड़ते थे तुम...मैंने रामभाई से भी कहा है...हँह...हँह...तुम अभी भी पाँच साल के शिशु हो...लल्लनजी...तुम जानवर हो...जानवर...हँह...हँह... कवि...एम.ए...सुन्दर-सुपुरुष तुम...इतने प्यारे...इतने प्यारे तुम...तुमको हँह...मैं जानवर नहीं बनने दूँगी...मैं ही जानवर हो गई हूँ...लल्लनजी मुझे माफ करो...इस कुरूपा बहन पर दया करो...! मुझे लजौनी लता की तरह मत रौंदो...!!"

प्रियव्रत ने ध्यानमग्ना नारीमूर्ति को फिर छूकर जगाया, "सरोजदी, तुम किस सोच में पड़ गईं यहाँ आकर?...चलो, घर चलें।"

सरोज मानो नींद से जगी, "हँह!...नहीं लल्लनजी, यहाँ आकर आदमी कभी-कभी देवता भी हो जाता है! देवता भी...!"

प्रियव्रत को लगा, सरोजदी अचानक सर्वांग-सुन्दरी हो गई हैं। वह फिर अपनी जगह पर आ बैठा।

हवा का झोंका आया। मेघ बरसने लगा। दोनों दो चट्टानों पर बैठे, भीगते रहे। प्रियव्रत फिर उठा। सरोज के पास गया। हाथ पकड़कर उठाया, "चलो!"

दोनों भीगते हुए जंगल पार कर सड़क पर आए। सरोज बोली, "अब मेरा हाथ छोड़ दो, लल्लनजी!...अब मैं कभी हजारीबाग नहीं आऊँगी!...रामभाई मुझे नहीं आने देंगे, अब।"

सरोज सड़क पर लड़खड़ाई। प्रियव्रत ने फिर हाथ पकड़ लिया। सरोज कुछ नहीं बोली। फिर दो बार हँह-हँह करके चुप हो गई।

नवम्बर, 1961

अतिथि-सत्कार

भला आदमी मन्दाक्रान्ता गति से बातें कर रहा था, गा-गाकर बोलता हो मानो। मैंने बाधा डालते हुए पूछा था, ''किन्तु प्रधान अतिथि क्यों?''

उनकी मन्द मुस्कुराहट जरा भी मन्द नहीं हुई और उन्होंने मेरे इस सवाल में छिपे सवाल को समझकर मेरा मुँह बन्द कर दिया। वह बोले, ''जी, सभापतित्व तो हमारी तोच्छ संस्था में...बस हमारे सभापति ही कर सकते हैं। यों तो, हमारी उत्कट अभिलाषा तो थी...।''

मैंने यह पहले ही लक्ष्य कर लिया था कि भले आदमी 'तो' का अति उदार भाव से यत्र-तत्र व्यवहार तो करते ही हैं। एक ऐसा भी 'तो' आता है, जहाँ पहुँचकर श्रीमान् एक विनीत मुद्रा बनाकर हाथ मलने लगते हैं।

उनका यह हाथ मलना मुझे पहले अच्छा नहीं लगा। अब उनका यह कर्म भला ही जँचने लगा। बाद में देखा कि श्रीमान् विनीत मुद्रा से एक सप्तक आगे तक भी जा सकते हैं। हाथ मलते हुए, खीसें निपोड़कर, पान-सुर्ती-रंजित बत्तीसी दिखलाकर पहाड़ को भी पिघला सकते हैं।

इस बार उन्होंने मुझे जीत लिया। मैंने पूछा, ''तो?''

''तो अभिलाषा तो थी कि आपके कर-कमलों से अपनी तोच्छ संस्था का उद्घाटन करवाया जाए, किन्तु उसके लिए तो पहले से आदमी तय था।''

मैंने टोका, ''आप बार-बार तोच्छ संस्था क्यों कहते हैं?''

''जी, नाम ही तोच्छ संस्था है।'' वह फिर हाथ मलने लगे। इस बार हाथ मलते समय उनका मुखमंडल गम्भीर हो गया। मुझे अचरज में थोड़ी देर तक पड़ा रहने दिया। फिर उन्होंने रहस्योद्घाटन किया, ''जी, 'तो' का अर्थ हुआ तोतापुर और 'च्छ' हुआ लच्छी बाबू के नाम का एक मात्राहीन संयुक्ताक्षर। दोनों मिलकर हुआ तोच्छ। तो...।''

''यह लच्छी बाबू कौन हैं?''

''जी, मैंने तो पहले ही अर्ज किया था कि वह हैं हमारी इस संस्था के एकमात्र संस्थापक, संचालक, सभापति।''

''ओ! और यह तोच्छ संस्था नामकरण भी...?''

''जी हाँ, तो ऐसा नाम भला हमारी तुच्छ बुद्धि में कहाँ से पनपेगा?''

मुझे उत्सुक देखकर वह हर्षित हुए। बोले, "हमारे लच्छी बाबू उच्चकोटि के कल्चर-जीवी व्यक्ति हैं। सुखी-सम्पन्न तो हैं ही। उनकी रुचि-सम्पन्नता का ही परिपक्व फल है यह तोच्छ संस्था।"

इस संस्था का उच्च और पावन उद्देश्य पूछकर भले आदमी को छोटा करने का जी नहीं हुआ। पूछा, "आपकी इस संस्था में होता क्या-क्या है?"

"जी, सबकुछ। कुश्ती-दंगल से लेकर संगीत और कवि-दरबार तक। तो, कहा न, हमारे अनुमंडल और प्रमंडल में जितने ग्राम हैं, उसमें सर्वोपरि है हमारा ग्राम–तोतापुर। अखबार में बराबर खबर छपती है।"

इसके बाद विनीत मुद्रा-सह हाथ मलने की प्रक्रिया। मेरी इच्छा इनकी बत्तीसी देखने की तनिक भी नहीं थी, किन्तु मेरे मन में एक प्रश्न बहुत देर से पाँखें फड़फड़ा रहा था। पूछ लिया, "क्या तोतापुर में तोते बहुत होते हैं?"

"जी, तोते? तोते तो...!"

मैंने उन्हें समझाया, "प्रधान अतिथि वगैरह का झंझट-बखेड़ा हटाइए। मैं यों ही आऊँगा।"

"जी, यों ही आऊँगा माने? हम तोतापुरी अपने प्रधान अतिथि का सम्मान करना जानते हैं। हालाँकि स्टेशन से हमारा गाँव बीस माइल दूर है, रास्ते में पाँच-पाँच नदियाँ हैं; फिर भी आप देखिएगा तो कहिएगा कि तोतापुर आखिर तोतापुर ही है।"

चलते-चलते अन्तिम अस्त्र का प्रयोग करके देख लिया भले आदमी ने। बोले, "तो, देहात में और कुछ शुद्ध मिले या न मिले, भोजन आदि की सामग्री आपको 'पियोर विशुद्ध' मिलेगी।"

आँखों के आगे देहाती दूध पर पड़ी हुई मोटी मलाई, रबड़ी, दही और घी की नदी उमड़ने लगी। मैंने वचन दे दिया।

मैंने कहा, "आप तो देखते ही हैं, मैं यों ही बातें करने में भी तुतलाता हूँ। भाषण-वाषण देने को कहिएगा तो बोली ही बन्द हो जाएगी।"

"तो, उसके लिए आप कोई चिन्ता न करें।"

क्या कहता है यह आदमी? मेरी बोली बन्द हो जाएगी और मैं कोई चिन्ता ही न करूँ!

उन्होंने उठते समय फिर एक मुद्रा बनाई, जिसका यही अर्थ हो सकता है कि बोली बन्द हो जाएगी, तो बोली का इन्तजाम भी है।...सब इन्तजाम है!

बोले, "तो, आज्ञा दीजिए। अब जरा लाउडस्पीकरवाले के यहाँ जाना है।"

तो, निश्चित तिथि को मैंने चुपचाप तोतापुर के लिए प्रस्थान कर दिया। तोतापुर जाने के लिए सेमलबन स्टेशन का टिकट कटाना पड़ता है। अचरज की बात! तोच्छ संस्था, कल्चर-जीवी लच्छी बाबू, तोतापुर और सेमलबन।

सेमलबन स्टेशन छोटा-सा गँवई स्टेशन है, जहाँ गाड़ी मानो बहुत अनिच्छा से ठहरती है। मेरे हाथ में तो मात्र झोली थी। किन्तु उस लाउडस्पीकरवाले के साथ बहुत-कुछ लटकन-झटकन सामान था। भोंपा उतारकर गाड़ी पर चढ़ा तो फिर उतर नहीं सका। चलती हुई गाड़ी से बड़े-बड़े लकड़ी के बक्सों के साथ कैसे उतरता? उसने तार-स्वर में मुझसे कुछ कहा। समझ गया, भोंपे की निगरानी करने के लिए कह गया और यह कि लौटती गाड़ी से वह वापस आ रहा है।

सेमलबन स्टेशन पर कुछ नहीं दिखलाई पड़ा—न गाड़ी, न घोड़ा, न साइकिल। बार-बार उस व्यक्ति की बातें 'तोकार' के साथ ध्वनित होने लगीं—"तो, अपने प्रधान अतिथि का यथोचित आदर करना हम तोतापुरी जानते हैं।"

स्टेशन पर कोई कुली नहीं। एक व्यक्ति पर जरा सन्देह हुआ और शायद मन-ही-मन पुकारा, 'कुली!'

वह आदमी तमककर खड़ा हो गया। आँखें तरेरकर बोला, "क्या बोला?"

मैंने तत्परता से परिस्थिति को सँभाल लिया। "जी, आपसे मिलकर धन्य हो गया। कहिए, आपकी क्या सेवा करूँ?"

वह आदमी भी तुरन्त तैश में आ गया। बोला, "यहाँ कोई भी कुली का काम नहीं करता, लेकिन ऐसे कहिए तो दस कोस तक अपने माथे पर सामान ढोकर ले जाएँगे यहाँ के लोग। लाइए झोली इधर। और यह ससुर भोंपा भारी ही कितना होगा!"

दस कोस तक ढोकर ले जानेवाला बन्धु मिल गया। धन्य तो पहले ही हुआ। अब पुलकित भी होने लगा रह-रहकर। स्टेशन से कुछ दूर कई झोंपड़े थे। मेरे बन्धु का घर इन झोंपड़ों के उस पार है। घर के नाम पर एक मड़ैया...जोरू-जाता कुछ नहीं। मड़ैया के सामने बाँस का मचान।

भोंपा देखते ही गाँव के सब बच्चे पीछे लगे और अनुनय करने लगे, "बाजा बजाइए! बजाइए न बाजा, ऐ बाजावाला!"

मैंने उन्हें सच्ची बात बता दी, "बजनेवाली चीज़ पीछे ही रह गई है। आएगी, तो बाजा बजेगा।" लेकिन यह सतयुग तो नहीं। बच्चों ने विश्वास ही नहीं किया। बहरहाल बच्चों का रटना भी जारी रहा और हम लोगों का चलना भी। अचरज हुआ...इन बारह-तेरह झोंपड़ों में ही इतने बच्चे! सबसे आगे भोंपे को कन्धे पर लादे मेरा बन्धु, उसके पीछे मैं और पीछे बच्चों का हजूम। मुझे 'पाइड पाइपर ऑफ़ हेमलिन' की याद आई। एक सबसे छोटे, नंग-धड़ंग बालक ने तो बाजाप्ता धमकी भी दी, "ऐ बाडावाला...बाडा बडा!"

बच्चों के बाद औरतों की बारी आई। मुझसे नहीं, मेरे बन्धु से ही वे बातें कर रही थीं। लेकिन बातें कर रही थीं मेरे ही बारे में, इस बाजे के सम्बन्ध में। वे अपनी ही बोली बोल रही थीं। उसका हिन्दी अनुवाद अक्षरशः नहीं लिख सकता। भावार्थ यही था, "अरे धन्नू! इस मूड़ीकाट बाजेवाले को कहाँ से बझा लाया?"

दूसरी ने कहा, "यह सूथनावाला दवा-बूटी भी बेचता है क्या?"

एक बोली, "अरे ई तो बीड़ीवाला है। बाजा बजावेगा, फिर बीड़ी लुटावेगा।"

अब इसके बाद बाजा और बीड़ी दोनों की सम्मिलित माँगों के नारे बुलन्द होने लगे, "बीड़ी लुटाओ...बाजा बजाओ!"

मैं अपने मित्र धन्नू की शरण में था, इसलिए उसने दो-तीन उच्च स्तर की गालियाँ देकर बच्चों को भगाने की चेष्टा की। नतीजा उलटा हुआ। झगड़ा खड़ा हुआ, ऐसा झगड़ा, जिसमें एक साथ दर्जनों औरतें दल बाँधकर भाग ले रही हों, खुले गले से। झगड़े में 'तेरे बाजे को और तेरे बाजेवाले को' लक्ष्य करके कितनी ही फूहड़ गालियाँ बरसाई गईं। बच्चों ने भोंपे पर कंकड़ी फेंककर नारे लगाने शुरू किए—"बीड़ी लुटाओ...बाजा बजाओ!"

लुटाने के लिए तो क्या, मेरे पास पीने के लिए भी बीड़ी नहीं थी। धन्नू को बीड़ी के लिए पैसे देते हुए कहा, "धन्नूजी, बीड़ी खरीदकर लुटा दीजिए।"

इसी समय गाँव के पूरब एक भैंसागाड़ी दृष्टिगोचर हुई। सभी की आँखें भैंसागाड़ी की ओर मुड़ीं। गाड़ी करीब आती गई। गाड़ी पर आधे दर्जन से ज़्यादा लोग और उससे ज़्यादा लाठियाँ दिखलाई पड़ीं। बैठे हुए लोगों में एक परिचित मुखड़े पर दृष्टि पड़ी। मन प्रसन्न हो गया। लेकिन भैंसागाड़ी! सो भी बिना नाथ के!

गाड़ी रुकी। सब उतरे। सभी तोतापुरी ही थे। सभी के होंठ पान से 'लालम लाल'। सभी के हाथ में तेल पीकर लाल हुई लाठियाँ। मैंने मुस्कुराते हुए कुछ कहा। किन्तु 'तोच्छ संस्था' के प्रतिनिधि की हैसियत से जो मुझे निमन्त्रण देने गए थे, उन्होंने मुझे नमस्कार तक नहीं किया। देखा, उनकी छाती पर स्वागत-उपमन्त्री का बिल्ला लटका हुआ है। और सबसे ज़्यादा लटका हुआ था उनका मुँह। एक ने स्वागत-उपमन्त्री से पूछा, "यही है?"

स्वागत-उपमन्त्री ने कहा, "है तो यही।"

मेरी बुद्धि में कोई बात नहीं समा रही थी। मैंने पूछा, "क्यों? इसी भैंसागाड़ी पर ही जाना होगा तो?"

स्वागत-उपमन्त्री ने कहा, "कहाँ जाना होगा? अभी तो...।"

...कहाँ जाना होगा? क्या कहता है यह भला आदमी! कहाँ गईं इनकी वे विनीत मुद्राएँ...! इनकी बत्तीसी आज कटकटा क्यों रही है? उन्होंने अपने दल के सरगना से कुछ कहा। सरगना आगे बढ़ आया मेरे पास।

मुझसे पूछा, "आपका नाम?"

मैं हैरान! धन्नू की मड़ैया के पास गाँव-भर के लोग आकर जमा होने लगे...बाजा चुराकर भागनेवाला पकड़ा गया है। चोर...बाजाचोर!

स्वागत-उपमन्त्री ने विषण्ण मुद्रा में कहा, "तो बता दीजिए नाम। नाम छिपाने का क्या मतलब है?"

तोतापुरी गाड़ीवान ने ऊँची आवाज़ में कहा, ''अरे नाम-धाम पूछकर क्या होगा! जब यही आदमी है, तो लगाइए न हाथ। देरी क्यों?''

सभी तोतापुरियों ने लाठी तान लीं। मैंने अपना नाम बताया।

सरगना ने कहा, ''तो वहाँ जो कल से ही प्रधान अतिथि बनकर 'पुजा' रहा है, वह कौन है?''

''माने?'' मेरे मुँह से बरबस निकला।

''जी हाँ, उसका भी वही नाम है जो आपका है। वह कल ही पहुँच चुका है।''

मैंने स्वागत-उपमन्त्री की ओर देखा। वह बोले, ''तो कहिए, आपने पहले ही, उसी दिन, क्यों न बतला दिया कि आप 'असली आप' नहीं हैं? आप भी साहित्यिक, वह पहुँचा हुआ आदमी भी साहित्यिक। असल-नकल का क्या प्रमाण, क्या पहचान?''

मैंने कहा, ''मैं तुतलाता हूँ।''

''वह भी तुतलाता है।''

तोतापुरी सरगना ने आपस में तोतापुरी बोली में ही बातें कीं, ''गजब का नकल उतारा है। कुर्ता-पाजामा से बुलबुली-बावड़ी तक हू-ब-हू उसी की तरह!''

सरगना बोला, ''देखिए साहब, आपने हमारी तोच्छ संस्था के साथ धोखेबाजी की है, गद्दारी की है, हमारे प्रतिनिधि को फुसलाकर गुमराह किया है। चलिए, असली प्रधान अतिथि दस कोस जमीन पर आकर बैठा है मिट्टी लगाकर। वहीं असल-नकल की पहचान होगी।''

सरगना ने मेरा हाथ पकड़कर उठाया। मेरी बोली ही बन्द हो गई। लगा, हाथ उखड़कर अलग हो गया देह से। मैंने कलेजा मज़बूत करके कहा, ''मुझे कोई पहचान नहीं करवानी है। मैं वापस जा रहा हूँ।''

सभी तोतापुरियों ने हुंकार भरकर कहा, ''क्या? वापस?''

...तो, वापस भी नहीं जाने देंगे? मेरे तो हाथ के तोते उड़ गए।

सरगना ने कहा, ''मैंने कहा न, वही आदमी असली है। दस कोस आगे बढ़ आया है। देह में मिट्टी लगाकर बैठा है।''

''तो कुश्ती?''

''नहीं तो और क्या? देहाती समझकर ठगने चले थे!''

मेरी कलाई रह-रहकर सरगना की पकड़ में कड़मड़ा रही थी। मैंने कहा, ''कोई ज़बरदस्ती है! मुझे जाने दीजिए।''

गाँववालों ने कहा, ''भागने न पावे। पकड़े रहो।''

स्वागत-उपमन्त्री ने कहा, ''तो मैंने कहा था न, हमारा तोतापुर अनुमंडल और प्रमंडल के ग्रामों में सर्वोपरि है। बराबर अखबार में खबर छपती है—तोतापुर के पास दिन-दहाड़े हत्या!''

अन्त में बहुत मुश्किल से समझौता हुआ। लम्बी कहानी है, क्या कीजिएगा किसी के बेपानी होने की कहानी सुनकर। पच्चीस रुपये तेरह आने बतौर हरजाने के अदा करने का हुक्म हुआ। मेरे पास सिर्फ बीस थे। एक तोतापुरी के पैर में मेरा नया जूता आ गया, वह ले गया। गाँव के सरगना ने हल्ला मचाना शुरू किया, ''वाह, वाह! जिस गाँव में चोर पकड़ा गया, वहाँ के लोगों को कुछ नहीं! नहीं छोड़ेंगे आसामी को...पकड़ रे!'' सरगना ने धन्नू के हाथ से मेरी झोली ले ली।

तोतापुरियों ने जाते-जाते लाठी दिखलाकर चेतावनी दी, ''फिर ऐसा काम मत कीजिएगा।'' धन्नू से कहा, ''स्टेशन तक सकुशल पहुँचा सकोगे, बन्धु?''

धन्नू ने कहा, ''ऐसे कहिए, तो दस कोस तक यों ही पहुँचा दे सकता हूँ। आखिर ससुर भारी ही कितना है!''

दिसम्बर, 1961

तॅबे एकला चलो रे

...बात शुरू होगी उसके जन्म से ही, सात साल पहले से।

यद्यपि उसने पुरुष होकर एक पर्व के दिन जन्म लिया था...पर, उसके भूमिष्ठ होने के बाद उसे देखकर लोगों के मुँह विकृत हुए, नाक संकुचित हुई; अमंगल-वचन निकले–सभी के विकृत मुँह से।

उसका जन्म भी जन्माष्टमी की रात में हुआ था, इसलिए मैंने परिवार के लोगों को सुनाकर बार-बार कहा–इसका नाम श्रीकृष्ण रख दो।

लोगों को लगा, मैं जले पर नून छिड़क रहा हूँ। गँवार पत्नी मुँह बिदकाकर बोली–"ऐ-हे! ई मुआ...करकुट्ठे-काले का नाम होगा किसन महराज?"

सभी हँसे। मेरा प्रस्तावित नाम हँसी में उड़ गया। पत्नी का दिया फूहड़ और अपभ्रंश नाम चल गया–किसन महराज!

किसन महराज के जन्म से मैं–परिवार के अन्य सदस्यों की तरह–निराश नहीं हुआ था। घोर श्यामवर्ण, घुँघराले बालोंवाला शिशु। कितना प्यारा!...चः-चः!!

और, दूसरी ओर उसकी छठी के पहले से ही लोगों ने भविष्यवाणी शुरू कर दी–भादो में जन्म हुआ है। कहीं आसिन में कसके झड़ी-बदरी लदी तो किसनजी दो दिन में ही द्वारिकापुरी सिधारेंगे, नंगे पाँव।...छिः-छिः! किसी बच्चे के बारे में, किसी भी शिशु के सम्बन्ध में ऐसी बातें 'राक्षसगण' वाला आदमी ही कर सकता है।

छठी की रात में परिवारवालों ने अपने 'बथान' के इतिहास पर आँसू बहाया; माँ षष्ठी से प्रार्थना की, परिवार की बड़ी-बूढ़ी ने–"जै मैया छठी! मानुस को दो बेटा, पसु को बेटी।...ले जा मैया पाड़ा, दे मा मैया पाड़ी।"...ले जा; माने उठा लो, बलिदान लो। बथान में बेटा-बच्चा कभी मत दो!

आज हमारे परिवार के बथान पर मात्र दो भैंसें हैं। कोसी-कछार पर बसनेवाले बारहो-बरन के किसान, जमींदार भैंस पालते हैं। जिसके बथान पर तीन कोड़ी भैंसें न हों, उसे दरिद्र समझा जाता था–आज से दस वर्ष पूर्व तक। अब इतनी भैंसें वे ही पोसते हैं जिनका दूध-घी के सिवा और कोई कारोबार नहीं। किन्तु, बथान छोटा हो या बड़ा, ग्वाले का हो अथवा किसान का, पाड़े का जन्म सभी अवस्था में मनहूस माना जाता है।

मुझे इसी बात की विशेष प्रसन्नता थी कि उसका जन्म मेरी ही दुखभरी पुकार पर हुआ था...इसकी खुराक का अधिकांश क्षीर मुझे ही मिलेगा; दही, जिसकी दुर्दिन में इस दुर्बल शरीर के लिए बहुत बड़ी आवश्यकता थी। दूध-दही हमारे गाँव में भी दुर्लभ पदार्थ हो चुका है और बैदजी ने केले की रोटी के साथ सिर्फ दही खाने को कहा है। दही नहीं मिले, मट्ठा से भी काम चल सकता है। किन्तु ख़बरदार! न एक 'रावा' नमक का, न एक दाना चीनी का...।

...मुझे ऐसा लगा था, मेरे कष्ट को दूर करने के लिए ही उसने ठीक समय पर जन्म ग्रहण किया है। अब इस माटी की काया में—जो सभी तीर्थों से बढ़कर है—फिर से जान आएगी। अब धर्म बच जाएगा! आसिन की झड़ी-बदरी अथवा माँ षष्ठी इसे उठा भी ले, मेरे 'दधि-कदली-कल्प' में कोई बाधा नहीं पड़ेगी।

...ऊँयें! किसन महराज बथान पर बोले।

गाँव में उन दिनों अकेला मैं ही ऐसा मर्द-पुरुष था जो दिन-भर अपनी खाट पर लेटा टुकुर-टुकुर देखता रहता। भदई-फसल कटनी के दिन थे, लोग खेतों में ही रहते थे दिन-भर। उधर, बथान पर किसन महराज को छोड़कर दूसरा बेटा-बच्चा नहीं। उसकी माँ-मौसी भी खेतों में ही रहतीं।

किसन महराज को कौए तंग करते, मुझे मक्खियाँ!...बेचारा शुभ दिन में धरती पर आया और जन्म से ही अपमान और लांछना सह रहा है! पाड़ी होती तो गले में कौड़ियों की माला के साथ एक टुनटुनी भी पड़ी होती। कोई आँख के कीचड़ पोंछ जाती, हवेली से बाहर निकलकर। कोई बड़ी जतन से दूध में जड़ी घिसकर पिलाती—चुचकारकर। घर की बड़ी-बूढ़ी सदा तीर-धनुष लेकर बथान को अगोरती। उड़नेवाले हर परेवा-पंछी को कौआ समझकर हाँकती—हा-स्-स!

...उ-यें-ऐं-ऐं! किसन महराज ने दुखी होकर पुकारा।

याद है, खड़ाऊँ पहनकर कीचड़-गोबर की गिलगिली ढेरी को पार करके मैं बथान पर गया। अचरज से वह मेरी ओर ताकता रह गया था—कुछ देर तक। मैंने पूछा था—क्या है महराज? कौए तंग कर रहे हैं?

वह उठ खड़ा हुआ। मैंने उसके घुँघराले बालों को सहलाना शुरू किया। देखा, कई कुकुरमाछियों ने कान के पास अड्डा बना लिया है। एक जोंक न जाने कब से खून पीकर गोल हो गई थी।

उसे सूखी जमीन पर ले आया। उसका डगमग करके चलना...ठुमकि-ठुमकि प्रभु चलहि पराई!

घाव पर चूना लगा दिया। आँख के कीचड़ को झिंगुनी के पत्ते से पोंछा। कीचड़ ही नहीं, उसकी आँखों से आँसू भी चू रहे थे।

अपने चौपाल के पास, ठीक अपनी घाट के सामने खूँटे से उसे बाँध दिया। स्थान-परिवर्तन से अथवा मेरा साहचर्य पाकर वह प्रसन्न हुआ था, रह-रहकर नाचने की चेष्टा करता।

उस दिन मैंने उसके सम्बन्ध में बहुत देर तक सोचा था।...आसिन की जानलेवा झपसी से उबर भी जाए, पुरुष होने का पाप जीवन-भर भोगना पड़ेगा। तीन-चार साल के बाद ही किसी मेले में बेच दिया जाएगा। पूरब मुलुक से आए हुए व्यापारियों के दल का कोई 'लबाना' (पाड़ा खरीदनेवाला) इसके पुट्ठे पर हाथ रखकर परीक्षा करेगा—अभी तो एकदम बच्चा है। हल में लगने काबिल नहीं...लेबोना, एटा लेबोना।

शायद, हर बात में 'लेबोना, लेबोना' सुनकर ही लोगों ने इन व्यापारियों को 'लबाना' कहना शुरू किया।...लेबोना, लबाना!

उसी दिन किसन महराज से मैंने अपनी भी तुलना की थी—बेकाम का आदमी, बीमार आदमी, परिवार का बोझ। किसन महराज को बेचकर परिवारवालों को साठ-सत्तर रुपये प्राप्त हो जाएँगे। मुझे मुफ्त में भी नहीं लेगा कोई।...पेट का रोगी चिड़चिड़ा क्यों हो जाता है, यह मैं जानता हूँ।

शाम होने के पहले ही परिवार का सर्वकनिष्ठ सदस्य पाठशाला से बही-बस्ता लटकाकर लौटा और अचरज से ठिठककर हमें देखने लगा। मैंने झिड़की दी थी—इस तरह लल्लू की तरह आँखें गोल कर क्या देखता है?

उसे दिखलाकर मैंने पाड़े के मुँह के पास अपना मुँह लगाकर चुचकार दिया—चुः चुः!! ईर्ष्या अथवा आश्चर्य के मारे आदमी के उस पिद्दी बच्चे ने मेरी ओर घृणा-भरी दृष्टि से देखा। फिर धरती पर थूकता हुआ आँगन की ओर भागा—"राम! राम!! तोबा, तोबा! बाबूजी निरघिन डोम भेल—पाड़ा'क थुथनी में चुम्मा लेल...!"

अपनी हँसी को होंठों से समेटती-सिकोड़ती मेरी गँवारिन फिर आई—"ऐ-ऐ! किसन महराज तो आज दालान पर बँधे हैं।"

"बँधे हैं माने? आज से यह यहीं बँधेगा। इसी जगह।"

"मालूम है, दूध-पीते पाड़ा का गोबर ठीक...ही-ही-ही-ही!"

पेचिश से पीड़ित व्यक्ति की पत्नी को इस तरह दाँत निपोड़कर नहीं हँसना चाहिए—कौन समझाए!

"और तुम्हारे बच्चे तो मलयागिर चन्दन ही गोबर करते हैं!"

उसकी हँसी और भी जहरीली हो गई। जाते-जाते चोट कर गई—"इह! वही जो कहा है न कि दुबला काहे तो 'टिड़िस' के मारे। मैं समझती हूँ—यह रीस। इनके सामने न हाथ से गिरे नून, न पात से गिरे चून! सो, रीस कीजिए चाहे खीस, गुस्साइए या पगलाइए। बैदजी ने कहा है, चाय की एक बूँद नहीं।"

बैदजी ने मीठी बोली सुनाना भी मना किया है, शायद...मीठी बोली एक बूँद नहीं...हुँ!

शाम तक सभी लोग खेत-खलिहान, पानी-मैदान से वापस आए। प्रत्येक व्यक्ति ने पाड़े को पलानी में बँधा देखकर अचरज प्रकट किया, विरोध किया। इधर मेरे मन में गाँठ-पर-गाँठ पड़ती गई—वज्र गाँठ।...पाड़ा यहीं बँधेगा।

थोड़ी देर के बाद ही बथान की महिषी आई। हुँकरती-डिकरती बथान पर गई—पाड़ कहाँ-आँ-आँ? किसन महराज ने पलानी से जवाब दिया—मैं यहाँ-आँ-आँ!

पाड़े की माँ को सबसे अधिक अचरज हुआ था!

आज विस्तारपूर्वक उसके सम्बन्ध में कहने का अवसर है। सात साल के युवक किसन महराज के कृत्यों के लिए मुझे अपराधी प्रमाणित करने की चेष्टा की जा रही है। मुझसे जवाब तलब किया गया है...।

जानता हूँ, कचहरी में ऐसे बयान आजादी की लड़ाई के दिनों क्रान्तिकारी लोग ही देते थे, जिन्हें तत्कालीन हाकिम न पढ़ते थे, न सुनते थे। किन्तु, आपके सम्बन्ध में मशहूर हो चुका है कि आप किसी भी मुकदमे की राई-रत्ती तक पढ़ते हैं, सुनते हैं। इसलिए, साहस करके इतना लम्बा-चौड़ा बयान तैयार किया है।

तो यह हुई किसन महराज के बचपन की कहानी!

संक्षेप में कहने पर भी इतना कहना आवश्यक है कि दिन-रात मेरे साथ रहने के कारण वह मेरी हर बात को समझने लगा, और मैं हो गया उसकी भाषा का पंडित।

आसिन में आठ दिनों तक झपसी लदी रही, उस बार। पाड़ा दिन-भर कूदता-फलाँगता रहा, आठों दिन। उसकी कृपा से मेरे असाध्य रोग में आशातीत सुधार हुआ।...दही खाने से चिड़चिड़ापन भी दूर हो जाता है!

बैदजी ने सुबह-शाम, अगहनी धान के खेतों के आसपास टहलने की सलाह लिख भेजी। कहना नहीं होगा, पाड़ा भी मेरे साथ वायु-सेवन करने जाता—नित्य। एहि भाँति...बालकांड समाप्त।

पेट का रोग दूर हुआ, किन्तु पेट की चिन्ता बढ़ गई।

जिस दिन गाँव छोड़कर शहर जा रहा था, पाड़ा बैलगाड़ी के पीछे बहुत दूर तक आया था।...''जा किसन, लौट जा अब!'' मेरी बोली कंठ में अटक गई थी।

मेरी अनुपस्थिति में पाड़े को कोई कष्ट न हो, परिवारवाले उसे बेच न दें—पत्नी को प्रत्येक पत्र में याद दिलाता। जब परिवार के एक सदस्य ने जिद पकड़ ली तो मेरी पत्नी ने लिखवाया—''कन्हाई बाबू रात-दिन पाड़े की ही बात करते हैं। कहते हैं, लोगों की फसल 'नुकसान' करता है। कौन दिन-रात उलहना सुने! बोल रहे थे कि गाँव का ही मकदूम मियाँ नब्बे रुपया दे रहा है। मैं कहती हूँ, भेज दीजिए कन्हाई बाबू को उसका हिस्सा पैंतालीस रुपया। कलेजा फटा जा रहा है उनका...।''

रुपये नहीं भेजे। चार दिन की छुट्टी लेकर गाँव आया। गाँव पहुँचकर देखा, जो सोचा था ठीक वही हुआ है। पाड़ा बेच दिया गया है।

मकदूम मियाँ के बथान पर मोटी रस्सी में जकड़े हुए किसन महराज को देखकर मेरा रोम-रोम कलपने लगा। उसको बस में लाने के लिए मकदूम ने उसे बेरहमी से पीटा था। सारी देह में साटी के दाग...लम्बे-लम्बे पड़े थे।

एक सौ दस रुपये नकद लेकर मकदूम ने पाड़ा छोड़ा।

उसी बार, गाँव के पाँच पंचों के बीच कह आया—"यह पाड़ा आज से सबका हुआ—गाँव का, इलाके का।"

उस बार, चार दिन तक पाड़े से ही मन की बातें कीं। पत्नी बोली—"कन्हाई बाबू ने रुपये गिनकर मकदूम के हाथ में पाड़े की रस्सी थमा दी, लेकिन पाड़ा रस्सी तुड़ाकर आँगन भाग आया, मेरे पास। मैं रसोई-घर में थी। वहाँ पहुँचकर डिकरने लगा।...एह! आँख से लोर झहर-झहर झर रहे थे...आँचल में छिपने की कोशिश कर रहा हो, मानो।"

इसके बाद की कहानियाँ मैंने भी सुनी हैं।

जब-जब गाँव आया, एक-न-एक कहानी सुनी पाड़े की। अलौकिक कहिए या असाधारण, कहते हैं पाड़े में कोई विशेष गुण प्रकट हुए, क्रमशः।

सूधा तो वह ऐसा निकला कि गाँव-भर के बच्चे उसकी पीठ पर सवारी करते। किन्तु, बड़े-बूढ़े आदत से लाचार होकर, कभी गाली देकर बात करते तो पाड़े के नथुने से फोंस-फोंस आवाज निकलने लगती।

उजड्ड रामबुहारन बिना गाली के कोई बात बोल ही नहीं सकता। एक बार उसने कहा—"सरवा पाड़ा...।" बस, सरवा सुनते ही किसन महराज पैर से खुर्री काढ़ने लगा। एक टोकरी धूल उड़ाकर रामबुहारन की आँखों में झोंक दिया।

मकदूम मियाँ के मन में लोभ-मोह दूर नहीं हुआ था, हालाँकि उस पर नजर पड़ते ही पाड़ा अगिया-बैताल हो जाता। मकदूम हमारे टोले का रास्ता ही भूल गया था, किन्तु दिन-रात पाड़े के लोभ में वह तरह-तरह की बातें सोचता। उसने अपने दूर गाँव के एक यगाना से परामर्श किया। मुस्तंड मवेशी-चोर यगाना उसको बोला—"लोहे की सिकड़ी और दाँतवाले नाथ से तो शेर भी थर-थर काँपता है। और यह कम्बख्त भैंस का पाड़ा?"

एक रात को वे आए, चुपचाप पाड़े की चोरी करने—मकदूम, असगर।

ऐसा लगता है, किसन महराज ने धूल उड़ाकर उन्हें सचेत करने की चेष्टा की होगी—पहले। जब असगर ने भाला फेंककर पुट्ठे पर घाव कर दिया तब उसने निरुपाय होकर सीधे हमला बोल दिया होगा। बारी-बारी से चहेटकर उसने मकदूम और असगर के हाथ-पैर तोड़े थे।

इस घटना के बाद ही उसने गाँव की चौकीदारी शुरू की होगी। वह कब से रात में पहरा देता है, किसी को नहीं मालूम। तनुकसाह के पिछवाड़े से किसी की चीख सुनाई पड़ी, एक रात। तनुकसाह के परिवारवाले जगे, किन्तु साहस नहीं हुआ पिछवाड़े की ओर जाने का। चीख-पुकार क्रमशः बढ़ती गई—"बचाइए हो गाँव के लोग...अरे बाप, मर गए!" लोग हा-हू करते दौड़े आए। देखा, तनुकसाह के पिछवाड़े में एक आदमी लहूलुहान पड़ा कराह रहा है और पास खड़ा किसन महराज रह-रहकर

हुँत्था मारता है।...चोर ने ही पाड़े की कहानी बताई। जब वह गाँव में घुस रहा था, पाड़े ने उसे अचरज से देखा था। फिर जैसे ही सेंध लगाना शुरू किया, न जाने किधर से आकर पाड़े ने उसे हुँथियाना शुरू किया।

तनुकसाह के साथ गाँववालों ने भी एक स्वर में उसे 'देवहा' पाड़ा कहकर उसकी पूजा की—सींगों में घी लगाकर, सिर पर अक्षत-दूब डालकर।...कच्चा केला उसका प्रिय फल है, मेरी पत्नी ने बताया था। इसलिए तनुकसाह ने दो दर्जन कच्चे केले खिलाए थे किसन महराज को।

लेकिन दो दर्जन केले खिलाकर उसको नीति-भ्रष्ट नहीं कर सका तनुकसाह। एक दिन सुबह उठकर तनुकसाह ने हाय-हाय कर पंचगुहार की—"पाड़े ने दो बीघे तम्बाकू को रौंदकर समापत्तन कर दिया। दो सौ रुपये का माल मेरा—हाय रे हाय!"

गाँव के किसी पंच ने हमदर्दी नहीं दिखलाई। बच्चे-बच्चे के मुँह से निकला—"ठीक किया है। जैसी करनी...। परसों ही बेचारे अजबलाल दास के मवेसी की कुरकी करवाई है, तनुकसाह ने। बेईमानी से तीन सौ रुपये का चिट्ठा बनाया। फिर नालिस करके...चुपचाप 'डिगरी' करवा ली थी।...अच्छा किया है पाड़े ने।"

दूसरे दिन भरी दोपहरी में तनुकसाह ने चिल्लाना शुरू किया—"देखो, देखो हो लोगो—पाड़ा पगला गया हो ओ-ओ!"

गाँव-भर के लोगों ने तमाशा देखा—तनुकसाह के चार बीघे में फूली-फुलाई सरसों रौंद रहा है पाड़ा; उन्मत्त होकर खेत में दौड़ रहा है इस छोर से उस छोर तक।...पीली चदरी चित्थी-चित्थी हो रही है, मानो।

तनुकसाह चुपचाप देखता रहा। उसके मुँह से एक शब्द भी नहीं निकला। उसी शाम को उसने अजबलाल दास से 'डिगरी' की सफाई कर ली—असल तीस रुपये लेकर। सूद भी नहीं लिया—एक पैसा...।

संतोखी ततमा की बेवा मुसम्मात दिन-भर किसानों के घर में धान-चावल कूटती-छाँटती। तीसरे पहर दौड़ी जाती दो मील दूर टेसन की गुदरी पर—हल्दी और हरी मिर्च बेचने। लौटती बेर कभी-कभी गुदरी पर ही दिया-बाती जल जाती। संतोखी की बेवा पाड़े को पुकारती हुई पगडंडी पकड़ती। पाड़े के लिए वह रोज एक छीमी कच्चा केला खरीदकर लाती थी। पाड़े के प्रति उसकी भक्ति के पीछे है एक अन्धकार की घटना। संतोखी की बेवा ने मेरी पत्नी को सुनाया है—

गाँव के एक प्रतिष्ठित व्यक्ति की नजर में संतोखी की बेवा बहुत दिन से नाच रही थी।

एक दिन घात में बैठे—पाट के खेत में...।

गुनगुन करती, अपने-आप न जाने किससे झगड़ती-बड़बड़ाती संतोखी की बेवा खेत के पास आई। भले आदमी ने अचानक हमला नहीं किया, हालाँकि उनकी अवस्था उस समय जानवर से भी बदतर थी...।

बाज़ाप्ता प्रेम-निवेदन से प्रारम्भ किया बाबू साहब ने।

तीन आने की हल्दी बेचकर, इकन्नी का नून लेकर लौटती हुई संतोखी की बेवा दस रुपये का नोट देखकर काँप उठी थी।...लगा, बाबू साहब के पाकिट से साँप निकला, फन काढ़े हुए। लेकिन वह चीख नहीं सकी; चिल्ला भी नहीं सकी क्योंकि बाबू साहब पैर पर गिर पड़े...।

"छिःछिः, उठिए बाबू साहेब!"

ठीक, इसी समय पता नहीं किधर से पाड़ा आकर हाजिर।

पाड़े को देखते ही गाँव के नरपुंगव की पुं-शक्ति समाप्त हो गई।

"...सच कहती हूँ मालकिन, उस दिन किसन महराज नहीं आ जाता तो मैं डूब चुकी थी," संतोखी की बेवा ने मेरी पत्नी के कानों में फिसफिसाकर कहा था।

किसन महराज रघुबर महतो के कूप का पानी छोड़ और किसी गड्डे-तालाब में मुँह नहीं रोपता। ठीक दोपहर को रघुबर महतो के कूप के पास आकर खड़ा हो जाता। बूढ़ा रघुबर महतो अपने हाथ से पानी भरकर पिलाता था—नियमपूर्वक। रघुबर महतो के 'कच्चा-मीठा' आम के दो पेड़ हैं। आम के मौसम में—टिकोला लगते ही पेड़ों के नीचे मचान गाड़कर बैठता बूढ़ा, दिन-रात। पिछले साल बूढ़ा बीमार पड़ा। दिन-भर उसकी बेटी बतसिया ने पहरा दिया। किन्तु रात में? रात में कौन पहरा करेगा?

रघुबर महतो का कहना है—"सूरज डूबने के पहले ही पाड़े ने पेड़ के पास आकर डेरा डाल दिया। फिर दूसरे दिन सुबह जब बतसिया पेड़ के पास गई तो उठा।...पाड़ा नहीं, देव है देव!"

अब अन्तिम कहानी। मेरी देखी-सुनी।

बिहार विधानसभा में, जमीन-हदबन्दी के सवाल पर विचार होना अभी भी बाकी है। लेकिन, जिस दिन यह प्रस्ताव सदन में पेश हुआ उससे दो माह पहले से ही छोटे-बड़े किसानों के मन में पाप समा गया। जिले में किसान और गरीब बँटाईदारों में कई जगह गुत्थमगुत्थी भी हो गई—यह तो किसी से छिपा नहीं है।

मुझे भी चिट्ठी गई, गाँव से।...जमीन-जायदाद में मेरा भी हिस्सा है, इसलिए मुझे स्वयं इस झंझट के समय उपस्थित रहना चाहिए। पत्नी ने लिखवाया—"कन्हाई बाबू कहते हैं कि भैया के कारण ही पैमायस-बन्दोबस्त के समय पचास बीघे जमीन चली गई—मुफ्त में। दान-खैरात करनी हो...अपने हिस्से की जमीन करें...।"

गाँव पहुँचते ही मुझे गुप्त सूचना दी, छोटे भाई कन्हाई बाबू ने—"इस बार बँटाई करनेवाले फसल काटकर नहीं ले जाएँ—सभी बड़े किसान चिन्तित हैं। एक चुटकी धान नहीं देंगे बाँटकर, वे सुना है। इसलिए हम लोगों ने, माने आसपास के

कई छोटे-बड़े किसानों ने मिलकर गुप्त परामर्श करके यह तय किया है।...नहीं-नहीं। मैं ऐसा मूर्ख नहीं–छतिऔना के शिवशंकर सिंह को चोट पर चढ़ाया है, सबसे पहले। तय हुआ है कि पहले शिवशंकर अपने किसानों की फसल कटवाकर ले जाएँगे–अपने खलिहान पर। इसके बाद हम भी अपने बँटाईदारों से कहेंगे, जब दीगर गाँव का किसान फसल काटकर अपने खलिहान पर ले गया तो हम क्यों तुम्हारे खलिहान पर फसल जाने दें...? आप मेहरबानी करके चुप रहिएगा इस बार, नहीं तो...।''

मैंने पूछा, ''यदि बँटाईदार लोग अपने-आप ही–राजी-खुशी से–फसल हमारे खलिहान पर ले आएँ तो?''

कन्हाई बाबू तुनककर बोले–''देखिए भैया, आप फिर इस बार सबको फेरे में डालिएगा, लगता है। भला वे क्यों लाएँगे?''

मैंने तर्क छोड़ा नहीं–''क्या आपस में, सुलह से कोई रास्ता नहीं निकल सकता?...मान लो, यह तय किया जाए कि न किसान अपने खलिहान पर ले जाएँ और न बँटाईदार। गाँव से बाहर एक 'पंचायती-खलिहान' बने...।''

कन्हाई बाबू चिढ़कर आँगन की ओर चले गए। जाते समय कुछ बोले नहीं, किन्तु उनकी मुद्रा बोली–'आपके जैसा मूर्ख कहीं नहीं देखा।'

मेरी पत्नी आँगन से मुँह लटकाकर आई। उसकी दलील सुनकर मैं चुप हो गया–''जब जगह-जमीन ही नहीं रहेगी तो बाल-बच्चे खाएँगे क्या? कन्हाई बाबू कहते हैं कि अखबार की नौकरी भी कोई नौकरी है? सुनते हैं, पिनसिल भी नहीं मिलता।...आपके पैरों पड़ती हूँ, आप चुप रहिए।''

चुप रहा मैं पाँच दिन तक।...अखबार की नौकरी भी कोई नौकरी है?

पाँचवें दिन अभिसन्धि के अनुसार छतिऔना के किसान शिवशंकर सिंह हरवे-हथियार, लुटेरे जन-मजदूरों और लठैतों के साथ जमीन पर आ धमके।

गाँव के सभी बँटाईदार अवाक् हो गए–यह क्या? अचानक कौन नया कानून पास हो गया? अन्धेर है! जुलुम है!!

मुझे लगा, अचानक कुत्सित रोग मधुमेह का शिकार हो गया मैं।

एक-एक कर सभी गरीब बँटाईदार हमारे दरवाजे पर आए–दौड़ते, रोते-चिल्लाते। मैंने देखा, कन्हाई बाबू निर्विकार भाव से पान में चूना लगा रहे हैं। पान मुँह में डालकर गम्भीर हो गए–''हमें क्या कहने आए हो?''

''आप लोग चलकर शिवशंकर बाबू से पूछिए कि...।''

''उँहूँ!''

इसके बाद अभागे बँटाईदारों ने मेरी ओर देखा। बेकारी के समय मैंने भी गरीबों की पार्टी का झंडा ढोया था। सम्भवतः मेरी खादी की धोती को देखकर ही उन्हें मुझ पर भरोसा हुआ था। मेरे पास गिड़गिड़ाने लगे–''लाल बाबू!...यही उचित है?

साल-भर से खेती में बाल-बच्चे, औरत-मर्द मिलकर हमने फसल लगाया...और आज...आप लोगों के रहते...।''

लाल बाबू चुप रहे—अपने पसीजते हुए दिल को मन-ही-मन पत्थर बनाने की चेष्टा में व्यस्त! आँखें मूँद लीं लाल बाबू ने!—बहुत मुश्किल से बोले—''मैं क्या करूँ? मैं क्या कर सकता हूँ? मेरे हाथ में क्या है?...अखबार की नौकरी भी कोई नौकरी है? पुलिस का सिपाही होता तो मेरी वर्दी का प्रभाव पड़ सकता था।''

हाय छोड़कर वे चले गए।

बँटाईदारों के टोले में कुहराम शुरू हुआ। औरतें छाती पीटने लगीं। बच्चे बिलखने लगे। कुत्ते रोने लगे।

उधर खेतों में लुटेरे जन-मजदूरों और लठैतों की सम्मिलित जयध्वनि हुई—होहोहोहो—होहोहोहो!!

मेरे स्नायु-मंडल पर प्रतिक्रिया शुरू हुई। ऐसे अवसरों पर मेरा शरीर काँपने लगता है—मलेरिया बुखार चढ़ते समय जैसी कँपनी होती है, वैसी ही।

...बाबू रे-ए ए! हेए ए, अब क्या खाओगे रे-ए-ए?

...माई-ई-ई! कलेजे पर हँसुआ चला-आ-आ!

...बाल-बच्चे मर जाएँगे!

...हाय! हाय!!

...होहोहोहो—होहोहोहो!!

कौन दौड़ी जा रही है? नंगी औरत—पगली औरत? एकदम नंगी? नाच रही है—लूट ले। लूट ले—रें दुश्मनवाँ लूट ले!...

कौओं का काँव-काँव? अथवा मैं ही पगला गया?

...लाल बाबू! आप देवता हैं।...काँव-काँव!

लाल बाबू...! आप राक्षस हैं।...काँव-काँव!!

लाल बाबू? लाल बाबू? काँव-काँव!!

...लाल बाबू! जरा खेत पर चलिए।

मैं क्या कर सकता हूँ? मैं...मैं!

कौन है? शिवशंकर सिंह का छोटा भाई देवशंकर सिंह? मुझे क्यों बुलाने आया है? मैं कहीं नहीं जा सकता। मुझे बहुमूत्र रोग है। मैं एक डग भी नहीं चल सकता। मैं नशे में चूर हूँ। मैं जानवर हूँ। मुझे कोई क्यों बुलाएगा?

''...लाल बाबू!'' देवशंकर ने कड़ककर मुझे होश में लाने की चेष्टा की। बोला—''आप अपने पाड़े को पुकार लीजिए। वहाँ खेत में...।''

क्या! खेत में पाड़ा? अर्थात्! किसन महराज पहुँच गए हैं धर्मक्षेत्र में, कुरुक्षेत्र में? ऐ! तब फिर क्या—जिधर कृष्ण—उधर विजय!!

''लाल बाबू। जल्दी कीजिए।''

''भैया। जाइए न। पुकार लीजिए पाड़े को।''

मेरी कँपकँपी रुक गई हठात्। मेरी घुटती हुई उत्तेजना को रास्ता मिला, ''मैं क्यों जाऊँ? पाड़ा मेरा नहीं, सारे गाँव के लोगों का है। मैं क्यों पुकारने जाऊँ? मैं किसी का नौकर नहीं; न तुम्हारा, न तुम्हारे शिवशंकर सिंह का।''

देवशंकर चला गया। नंगी औरत रोती-भागती चली गई। कन्हाई बाबू भी चले गए।

खेत से फिर हो-हो की आवाज आई। मैंने उत्कर्ण होकर सुना—इस बार जयकार अथवा हर्ष-ध्वनि नहीं!...धर्मक्षेत्र से, कुरुक्षेत्र से, किसन महराज को भगाने के लिए हल्ला किया जा रहा है—हुस्स! होय-होय!

...मारो। मारो। अ-रे-रे-रे-रे!

...ढुई! ढुइस। अँह-अँह-हुस्स!

...भाग रे-ए-ए! हो हो हो हो।

शोरगुल बढ़ता गया। अब किसन महराज अगले पैरों से खुर्री काटकर धूल उड़ा रहा होगा।

...अश्रुगैस!

...मारो। मारो। होहोहोहो!

...ट्रट्ठाँय! ट्रट्ठाँय!!

झूठा फायर? अथवा...अथवा?

...भागो। भागो!!

ट्रट्ठाँय!

आह! इस बार झूठा फायर नहीं।

मैं दौड़ा।

खेत पर पहुँचते-पहुँचते किसन महराज का रथ दूर जा चुका था। परिवर्त-क्रिया के झोंके पर उसकी देह थरथरा रही थी; रह-रहकर पैर झटक रहे थे।...किसन रे!

मेरे किसन ने किसी की जान नहीं ली। वह गरीबों के हक की रक्षा कर रहा था। ईंट-पत्थरों की मार खाकर भी धूल उड़ाता रहा, सिर्फ। चेतावनी देता रहा। फिर लाठी चली। वह अहिंसक रहा। सींगों से डराना, धूल उड़ाना, हिंसा नहीं। तीर और भालों से घायल हुआ—देह छलनी हो गई। तब उसने दो लुटेरे लठैतों के हाथ-पैर तोड़े पटककर। शिवशंकर ने झूठे फायर किए, किन्तु देवशंकर ने गोली दाग दी—कलेजे पर! गोली खाकर भी उसने किसी की हत्या नहीं की। मरते-मरते उसने शिवशंकर और देवशंकर को घायल ही किया। वह जान ले सकता था।...अन्त में गाँव की ओर भागा। भागा नहीं। यह निश्चय ही मेरे पास आ रहा था। मेरी पत्नी के आँचल में मुँह छिपाकर सोने के लिए...रघुबर महतो के कूप का पानी पीने के लिए...संतोखी की बेवा के हाथ से केला खाने के लिए...मेरे बेटे के हाथ से फरही-गुड़ खाने के लिए...!

कुछ दूर आया...डगमगाया...गिरा...!

मैंने उसके कान के पास मुँह लाकर पुकारा—"किसन रे! हाय-हाय मैंने तुझे पहले ही क्यों न पुकार लिया?...लेकिन मैं जानता हूँ—तुम आज मेरे पुकारने पर भी नहीं आते।...तुम धर्मयुद्ध से कैसे मुँह मोड़ सकते थे...?"

अब मैं पुलिस द्वारा लगाए गए आरोप के जवाब दे दूँ—अन्त में!

पुलिस की रपट है—मैंने गाँव में अशान्ति फैलाई है।

उत्तर में निवेदन है—गाँव में सर्वत्र शान्ति विराज रही है—पवित्र शान्ति! गाँव के छोटे-बड़े किसानों ने अपने बँटाईदारों से कह दिया—जहाँ जी में आए ले जाओ फसल काटकर। शिवशंकर को उसका हिस्सा भदई धान मिल चुका है। कन्हाई बाबू की फसल बँटाईदारों ने कन्हाई बाबू के खलिहान पर ही रखी।...कहीं भी किसी किस्म की अशान्ति नहीं।

किसन की मृत्यु के बाद कुछ लोग उत्तेजित हुए थे, अवश्य। किन्तु रामधुन सुनकर वे शान्त हो गए। रात-भर उसकी लाश को घेरकर 'निरगुन' गाए गए। सुबह को धूमधाम से माटी दी गई। उसकी समाधि पर आसपास के दस गाँवों के लोगों ने आँसू से गीली मिट्टी दी; बारी-बारी से औरतों ने आँचल पसारकर समाधि पर छाया की। धूप-दीप और शंखध्वनि...अशान्ति नहीं फैलाती।

घटना की खबर शहर पहुँची। खेतिहर मजदूर संघ के मन्त्री आए, किसान सभा और कांग्रेस के कार्यकर्ता भी आए। दारोगा साहब आए। कौन-कौन आए, कौन गए, मुझे कुछ नहीं मालूम। किसन की मृत्यु के बाद से ही मेरी बोली बन्द थी। आँखें बन्द थीं...।

समाधि देने के समय एकत्रित लोगों ने बार-बार जय-ध्वनि की थी। सभी अपने को दोषी समझ रहे थे। किसन के बिना सभी अपने को असहाय अनुभव कर रहे थे, इसलिए कभी-कभी सम्मिलित रुदन भी करते थे—हाय-हाय कर।...किन्तु इससे भी शान्ति भंग नहीं हुई...।

पुलिस रपट में कहा गया है—गरमागरम भाषण दिए गए। लोगों को उभाड़ने के लिए, हिंसात्मक कार्रवाई करने के लिए क्रान्तिकारी गीत गाए गए!

जहाँ तक मुझे याद है, भाषण किसी पेशेवर नेता ने नहीं दिया था। गाँव के एक भावुक विद्यार्थी ने अपनी टूटी-फूटी भाषा में तुतलाकर कुछ कहा था, जरूर। लेकिन वह कोई गरम बात नहीं थी। उसने कहा, "जब आदमी के दुःख को आदमी ने नहीं समझा, किसन महराज ने पशु होकर भी आदमी का काम किया। आदमी का काम नहीं, देवता का। उसने अपनी जान देकर साबित कर दिया कि हम जानवर से भी गए-बीते हैं...।"

और, मेरे टोले की चम्पा ने, अपनी तीनों बहनों के साथ मिलकर विश्वकवि का प्रसिद्ध गीत गाया—''यदि तोर डाक सुने केउ न आसे...।''

दारोगा साहब ने लिखा है—समाधि पर लाल झंडे गाड़े गए हैं।

इस बात पर, इस विषाद-भरे क्षण में भी मुझे हँसी आ रही है। गाँव के किसी भी देवस्थल पर लाल-सालू का झंडा फहराया जाता है। हनुमानजी का झंडा हो, चाहे माँ चंडिका का—रंग लाल ही होता है...।

[मुझे आश्चर्य तो तब हुआ—जबकि आपने उनकी इस रपट के आधार पर यह सवाल किया—आपके नाम 'लाल बाबू' का 'लाल' किसी 'राजनैतिक लाल' का संकेत है क्या?...मैं आपके विनोदप्रिय मिजाज की सराहना करता हूँ!]

किसन महराज की समाधि पर गड़े झंडे भी लाल हैं—स्वीकार करता हूँ।

गाँव के दरजी ने झंडों पर पाड़े की आकृति बनाने की चेष्टा की है, सफेद कपड़े से। मुझे लगता है कि दारोगा साहब ने झंडों में अंकित किसन महराज के सीगों को हँसिया समझा...पैर को हल...पूँछ को चक्र...मुँह को हथौड़ा...!

दोष उनकी दृष्टि का है।

जनवरी, 1962

एक लोकगीत के विद्यापति!

(**भूमिका**!...

महाकवि विद्यापति पर 'खोज' करते समय मैंने अनुभव किया, एक अध्याय का शीर्षक रखना पड़ेगा–'खेतिहर-मजदूरों और गाड़ीवानों के कवि विद्यापति!' क्योंकि, पूर्णिया-सहरसा के इलाके में आज भी विद्यापति की पदावली गा-गाकर–भाव दिखलाकर नाचनेवालों की मंडली पाई जाती है। इन मंडलियों के नायक–भैंसवार, चरवाहे और गाड़ी हाँकनेवाले ही होते हैं, प्रायः। मैथिल पंडितों से पूछा, यह कैसे हुआ? बोले, आप किस फेर में पड़े हैं? इन्हीं मूर्खों के कारण आज विद्यापति की दुर्दशा हो रही है। ऐरे-गैरे-नत्थू-खैरे जिसके जी में जब आया–विद्यापति के नाम पर 'चार पदावली' जोड़ दी।...आप गुमराह हो गए हैं!...

मिथिला के पंडितों की वर्जना-वाणियों को अनसुनी करके मैंने सहर्ष सहरसा (या सहर्षा?)–यात्री की तैयारी शुरू कर दी।

...कनचीरा गाँव एक ऐसा गाँव है, जिस पर दो-दो जिला के जिला अधिकारियों का शासन चलता है। आधा गाँव सहरसा में, आधा गाँव पूर्णिया में।

...कनचीरा की विद्यापति-मंडली का नाम–दोनों जिला की जनता लेती है।

...जिस दिन कनचीरा गाँव पहुँचा, गाँव में एक अघट घटना घट गई थी। दस साल से इलाके का प्रतिनिधित्व करनेवाले नेताजी चुनाव में चारों खाने चित्त हो गए थे। इसलिए, उस रात को नाचने-गाने का दूसरा ही मतलब निकाला जा सकता है, इस डर से 'विद्यापति-मंडली' के 'नायक' जनकदास ने नाच करने की अनुमति नहीं दी।

दूसरी रात को उन्होंने, बहुत खुशामद करवाने के बाद अनुमति दी। नायक जनकदास ने बहुत तर्क किया और घुमा-फिराकर, बार-बार यह कहा कि, 'विद्यापति नाच' का जन्म उसी के परिवार में ही, पहली बार हुआ था! विस्तारपूर्वक उन्होंने, कभी कुछ नहीं कहा। और, उनको जब यह विश्वास हो गया कि 'विद्यापति-नाच-मंडली' के नाम पर, खर्च करने के लिए हजार-दो हजार सरकार के खजाने से लेकर मैं नहीं निकला हूँ–तब, उन्होंने मृदंग पर थाप दी!

रात-भर नाच देखता रहा। गाय चरानेवाला लड़का। साड़ी पहनकर बिरहिनी-राधा बन गई और रो-रोकर गाने लगी–'कतेक दिवस हरि खेपब हो, तुम एसकरि नारी!'

दूसरे दिन, जनकदास से इस नाच की उत्पत्ति का इतिहास पूछा तो, वह बोला–पता नहीं कब से हमारे खानदान में इस नाच की 'मूलगैनी' चली आ रही है। जनकदास की इस उदासी का कारण था–मेरा टेपरेकार्डर।...चुपचाप सब गीत फीता में आप भर लिए, चालाकी से। फोकट में अपना काम बना लिया आपने?

और, अन्ततः पचास रुपये नकद देने के बावजूद उसने मेरे इस प्रश्न का कोई जवाब नहीं दिया कि खेतिहर-मजदूर, चरवाहे और गाड़ीवानों ने कैसे और कब विद्यापति की पदावली को गा-गाकर नाचना शुरू किया। जनकदास की पलानी में पुआल पर लेटा रहा दिन-भर–उसको दया नहीं आई। उसकी बेवा जवान बेटी ने मेरी ओर से वकालत की–तब भी वह नहीं पसीजा–अपने खानदान की 'हँसाई' की बात भला कौन 'गजट' में 'छापी' करवाना चाहेगा?

बूढ़ा जनकदास बैलों को खोलकर चराने चला गया।

मैं उसकी पलानी में पड़ा रहा और उसके बाद ही एक कहानी सुनी या सपना देखा अथवा–'भरम' में पड़ गया–नहीं कह सकता!)

बैशाख शुक्ल चतुर्दशी का चाँद, एक घड़ी साँझ को जबर्दस्ती पनघट पर रोक रहा है, गाँव की लड़कियों को। कोसी की दुबली-पतली धारा में जलकेलि कर रही हैं, वे। इसी समय गाँव के दक्षिण छोर से एक पुकार सुनाई पड़ी–कोइली बेटी-ई-ई-ई-ई!!

कोइली को होश हुआ–बप्पा बुला रहे हैं। जरूर कोई बात है। बप्पा कभी इस तरह व्यग्र होकर नहीं पुकारते अपनी मातृहीना बच्ची को!

वह, कमर पर गगरी रखकर चली। सखियों ने कहा, "जा-जा। तेरा सम्बन्ध लेकर कहीं का नाई आया होगा।"

कोइली ऐंठकर बोली, "कतऽ चतुरान मरि-मरि जावत...!"

"बेटी! अतिथि आए हैं, एक। उच्च वर्ण के अतिथि!"

कोइली तुनककर बोली, "उच्च वर्ण के हैं तो हम नीच-जन के घर क्यों आए हैं? उन्हें ब्राह्मण टोली का रास्ता दिखला दीजिए।"

"नहीं बेटी, गाँव में किसी ने रात-भर के लिए भी जगह नहीं दी। हर दरवाजे से भगा दिया, गृहपतियों ने। बेचारा ज्वर से बेकल है।"

बाँस की 'फरकी' पर गीली साड़ी पसारती हुई कोइली बोली, "बप्पा!

तुम दिन-दिन बच्चा होते जा रहे हो। जरा सोचो—जिस आदमी पर गाँव के लोगों ने 'परतीत' नहीं किया उसको तुमने अपनी मड़ैया में जगह दे दी।...दिन काल कैसा बीत रहा है सो नहीं देखते। अब तो भला का बदला बुरा भोगना पड़ता है।...''

बाहर, मड़ैया में लेटा हुआ अतिथि ज्वर में बड़बड़ाने लगा—समुचित औषदे ने रहय बेयाधि! हे हरि, हे हरि...!!

कोइली चौंकी। अतिथि का प्रलाप सुनकर उसकी देह सिहर उठी, ''इतनी मधुर वाणी!''

कोइली ने झाँककर देखा, एक दिव्य पुरुष मड़ैया में लेटा हुआ है, ''कुंचित-केश, गौर वर्ण।...पैर में छाले पड़ गए हैं?...किन्तु, किन्तु...बप्पा! इस अतिथि को तो तुम जल भी नहीं पिला सकते! हम अछूत हैं और यह निश्चय ही ब्राह्मण-सन्तान है...क्या करोगे?''

बाप ने कहा, ''मेरा मृदंग ले आओ!...धृनागि धिन्ना! धड़िंग-धड़िंगा—गणपति गंगा!!''

पाँच दिनों तक कोइली की मड़ैया में उसका अतिथि ज्वर से बेसुध पड़ा रहा। जिस दिन स्वस्थ हुआ—चारों ओर देखकर तनिक कुंठित हुआ—फिर अपनी राह लग गया।

विद्यापति कवि राजा शिवसिंह से रूठकर न जाने कहाँ चले गए हैं। चारों ओर ढिंढोरा पीट दिया गया है—राजा शिवसिंह और रानी लखिमा ठकुरानी 'खटपासी' लेकर पड़ी हैं। जब तक विद्यापति लौटकर नहीं आते—वे अन्न-जल स्पर्श भी नहीं करेंगे!!

चारों ओर दूत दौड़े!...खोजो, खोजो। कहाँ है कवि विद्यापति?

राजा 'लवेजान' है। रानी अन्तिम साँस ले रही है—विद्यापति कहाँ? कहाँ हो कवि?

पूरब से खबर आई—विद्यापति इधर कहीं नहीं!

पश्चिम से लोग खोजकर आए—उधर नहीं।

दक्षिण, समुद्रतट तक दूत ढूँढ़ आया—निराश होकर।

उत्तर राज नेपाल से संवाद मिला—विद्यापति यहाँ हैं।

तुरत, राज्य-मन्त्री विदा हुए।

नेपाल-नरेश ने एक दिन और बिलमाने की चेष्टा की। मन्त्री बोले—राजा-रानी के प्राण ओष्ठगत हैं। हा-विद्यापति-हा-विद्यापति रटकर जान दे देंगे—वे!

रूठे हुए विद्यापति ने स्वयं आतुरता प्रकट की और कवि को लेकर राजा शिवसिंह के मन्त्री लौटे—सदल बल।

एक गाँव के पास आकर कवि ने कहा, "यहाँ पालकी रोको!"

"क्या है महाराज?"

"यहाँ...यहाँ...इस गाँव में मेरा कुछ खो गया है।"

"क्या खो गया है?"

"हाँ, इसी गाँव में। क्या खो गया है सो नहीं कह सकता। लेकिन कुछ अवश्य खोया है, मेरा इस गाँव में! पता लगाओ।"

सिपाहियों ने मन्त्रीजी से कहा। मन्त्री ने कवि से पूछा, "महाराज! क्या खोया है यह जाने बिना आखिर किस चीज का पता लगावें।"

कवि बोले, "मैं जब आ रहा था...इसी गाँव में आकर साँझ हुई थी। गाँव में किसी ने मुझे टिकने नहीं दिया। सभी ने दुरदुरा दिया। तब गाँव से बाहर एक सुन्दर मुड़ैया...रक्तचम्पा के दो पेड़ हैं, लिपे-पुते दो-तीन मिट्टी के घर हैं। घर का मालिक एक बूढ़ा है। उसकी जवान, विधवा बेटी...।"

इतनी लम्बी हुलिया के बाद भला मुजरिम छिपा रहे?

तुरत, मड़ैया को घेर लिया सिपाहियों ने। बूढ़ा, बैल खोलकर चराने के लिए जा रहा था। सिपाहियों ने उसे गिरफ्तार किया, "बीमार आदमी को खूब लूटा तुम लोगों ने।"

"लूटा? किसको? हरि-हरि!"

"चौप साले! तुम्हारी बेटी कहाँ है?"

कोइली उस समय कोसी के घाट पर सखियों के साथ गा रही थी–'कमलनयन मनमोहन रे कहि गेल अनेके...।"

बाप ने कातर स्वर में पुकारा, "बेटी! राजा के सिपाही-ई-ई!!"

गाँव के बाहर ही कोइली को सारी बात मालूम हो चुकी थी। सखियों ने ताना मारा, "जा-जा तेरा कमलनयन मनमोहन आया है फिर! घुँघराले बालोंवाला, गीत जोड़नेवाला!!"

कोइली नहीं, नागिन फुफकारती हुई आई, "मैंने कहा था न, बप्पा! उस दिन तुमने नहीं सुना। अब भोगो भलाई का बदला!..."

हवलदार चिल्लाया, "जल्दी निकालो, चोरी का माल!"

मन्त्री बोले, "समय बर्बाद मत करो!"

कोइली बोली, "लेकिन, निकालूँ क्या? कहाँ है आपके राजकवि? कहिए महाराज?"

कोइली को देखते ही महाकवि मूक हो गए!

कोइली हँसी, "क्या खोया है आपका?"

"पता नहीं। लेकिन कुछ खोया है मेरा अवश्य!"

कोइली बोली, "मैं बताती हूँ। महाराज जब हमारी मड़ैया में अचेत पड़े थे तब बेहोशी में पदावली बार-बार दुहराते थे।"

कवि बोले, "हाँ, हाँ, मेरी पदावली...ठीक, ठीक।"

मन्त्री चिल्लाए, "समय नहीं है। जल्दी निकालो।"

हवलदार ने कहा, "कहाँ है पदावली? चोर...!"

कोइली के नथुने फड़के, "चोर? नहीं, हमने चोरी नहीं की। ज्वर से बेकल कवि के कंठ से जो पदावली निकली उन्हें हमने चुराया नहीं–रख अवश्य लिया–सुरक्षित।"

"कहाँ है पदावली?"

कोइली बोली, "बप्पा! निकालो मृदंग।"

कोइली अपने पैरों में घुँघरू बाँधती हुई बोली, "जानते हैं दिनमणि ठाकुर–हमने इनकी पदावली चोरी नहीं की।...हमने इन्हें अपने हाथ का जल तक नहीं पिलाया–एक घूँट, इन्हें स्पर्श नहीं किया।...रागिनी को बप्पा बुलाते थे, रोज। रागिनी ही इनकी सेवा करती थी और, पदावली? वह तो बप्पा के मृदंग और मेरे घुँघरू में सुरक्षित है!"

मन्त्री बोले, "देर हो रही है। शीघ्र निकालो।"

कोइली बोली, "ठीक है, पालकी उठाइए। हम राह चलते-चलते महाकवि की थाती लौटा देंगे।"

"राह चलते?"

"हाँ। बप्पा, दो मृदंग पर हाथ!"

रुकी हुई पालकी उठी।

पालकी के अलग-बगल में कोइली और कोइली का बूढ़ा बाप!...बूढ़ा मृदंग बजाता–पदावली की पंक्तियाँ मुखरित होतीं और कोइली के घुँघरू उन पदों को सुर देते।

महाकवि अपनी भूली हुई पदावली की पंक्तियाँ दुहराने लगे।

दस कोस तक कोइली, राह के किनारे दौड़-दौड़कर नाचती रही। उसका बूढ़ा बाप मृदंग बजाता रहा।

पालकी के अगल-बगल दौड़ती-नाचती कोइली एक जगह 'झमा' कर गिर पड़ी। मृदंग का ताल टूट गया। डोली रुकी। सभी रुके।...कोइली के पैर, लहूलुहान हैं!

कोइली ने पानी माँगा!

किन्तु बूढ़ा बाप मृदंग बजा ही रहा था। उसकी उँगलियाँ अब भी नाच रही थीं–मृदंग की सूखी चमड़ी पर।

महाकवि को हठात् ज्ञान हुआ। पालकी से कूदकर उतरे और नदी की ओर दौड़े।...

महाकवि के हाथ से चुल्लू-भर पानी पीकर कोइली ने आँखें खोलीं, "महाराज! अब हमारे पास आपका कुछ नहीं।"

कोइली ने आँखें मूँद लीं।

कवि ने पुकारकर कहा, ''देवी! मुझे क्षमा करती जाओ। ये पदावली मेरी नहीं, तुम्हारी है। तुम्हारी ही...!!''

जनकदास ने स्वीकार किया—पहले इस नाच में 'राधा' बनती थी—मूलगैने की बड़ी बेटी ही। राधा बनती थी, पदावली गाती थी और पैर में घुंघरू बाँधकर नाचती थी।

[और, विद्यापति-नाच की पदावली स्वयं विद्यापति ने उसके परिवार को दी थी—इस बात की भी उसने पुष्टि की। किन्तु उसने बार-बार अनुनय किया, यह बात किसी 'गजट' में छापी हो तो उसको पैसा जरूर मिले—इसका मैं खयाल रखूँ।]

मई, 1962

अच्छे आदमी

उजागिर ने दोनों बड़ी केतलियों को ताजे चूल्हे पर चढ़ाकर सामने–पूरब की ओर देखा।...रात से ही 'अदरालछत्तर' (आर्द्रा नक्षत्र) चढ़ा है। सूरज उगा है या नहीं, पता नहीं चला। बादल हल्की पुरवैया के झोंके पर उमड़े आ रहे हैं। दूर फुहिया वर्षा में पेड़ की पाँतियाँ छिप रही हैं। सामने–खुला हुआ विशाल मैदान! हरियाली पर बिछी हुई–पिच रोड। नई सड़क!

उजागिर का जी न जाने क्यों, अचानक हल्का हो गया। मन में रात-भर उस 'पसिंजर' की बोली चुभ रही थी–खच-खच!–तुम तो मुँह देखकर चाय में चीनी डालते ही हो, उधर पकौड़ी में भी हाथ-सफाई का खेला होता है। किसी को 'हरियर मिरिच' (हरी मिर्च) और अदरख के टुकड़े डालकर कुरमुरी पकौड़ी दी जाती है और किसी को सड़े प्याज और बासी बेसन की।

...जरूर वह पसिंजर जोगबानी या फारबिसगंज से दारू पीकर चला होगा। ऐसा मुँहफट्ठ पसिंजर उजागिर ने कभी नहीं देखा था।

उजागिर ने फिर मैदान की ओर देखा!

मैदान का दाहिना हिस्सा फुहिया वर्षा में ढक-छिप रहा है। सरकारी जंगल विभाग के नए बाँस के बन में हजारों पताके उड़ रहे हैं, मानो बाँस के नए पौधों की नई 'कंचियों' के हरे पताके–कास के सफेद गलीचे–सब ढक गए।...दो ही साल के बाद यह बाँस का जंगल 'बिजूबन-बिजूखंड' हो जाएगा!

उजागिर का घर, गाँव के सबसे दक्षिन-छोर पर ऊँची ज़गह पर है। सामने बहुत दूर तक ढालू जमीन है। कोसी की मारी हुई जमीन कोसी की सूखी और बालू से भरी धारा तक, ऊबड़-खाबड़ है। कटिहार से जोगबनी तक पक्की सड़क पिछले साल ही बनकर तैयार हुई है–खुली है। जब, पहली बार कागजवाला नक्शा धरती पर अंकित हुआ, तो लगा कि उजागिर के घर तक आने के लिए ही सड़क इधर आई है। उजागिर के घर को छूकर फिर दाहिनी ओर मुड़ गई है।

उजागिर ने देखा...लेटी हुई धरती के गले में चन्द्रहार की तरह पड़ी–पिच रोड!

एक केतली का पानी गनगना उठा।

फिर दूसरी केतली का भी!

उजागिर की आँखों में 'प्रदीपकुमार की माय' के गले में पड़ी चन्द्रहार की झलक लगी।...आज प्रदीपकुमार की माय इतनी सुस्त क्यों है? केतलियों में चाय का पानी खौल रहा है। अभी तक न बेसन का गमला खनखनाया और न कड़ाही-कल्छी ही। आखिर बात क्या है?

उजागिर ने अपने तीन वर्ष के इकलौते बेटे को पुकारा, "क्या हो प्रदीप कुमार! बबुआ! माय से कहो, सादा गाड़ी के आने का समय हो गया। इधर, हमारे 'डिपाट' का सब काम 'फिनिस' है!"

अन्दर से कोई आवाज नहीं आई।

उजागिर ने अपने 'डिपाट' पर निगाह डाली। उजागिर का विभाग—चाय डिपाट—कप, तश्तरी, गिलास, छन्ना, चम्मच, चाय, दूध—सब। सब ठीक है। लेकिन, आखिर बात क्या है?

उजागिर का घर, इस इलाके का 'गैरसरकारी बस पड़ाव' है। करीब, बीस-पच्चीस गाँव के लोग यहीं आकर चढ़ते, उतरते हैं बसों में। दक्खिन, कटिहार से आनेवाली बस अररिया कोर्ट से डेढ़ घंटे में और उत्तर जोगबनी-फारबिसगंज से चलनेवाली गाड़ी को एक से सवा घंटे तक लग जाता है। इसलिए उजागिर के घर और दुकान के सामने दस-पन्द्रह मिनट रुकती है।

इस 'लाइन' (सड़क) में उजागिर की दूकान के पकौड़े और चाय का खूब नाम हो गया है। सादा, खाकी और लाल गाड़ियों के ड्राइवर-कंडक्टर, पसिंजर, क्लिनर, सभी तारीफ करते हैं।

प्रदीपकुमार की माय आई।

नहाई-धोई प्रदीपकुमार की माय को देखकर उजागिर का हल्का जी और गुदगुदा उठा। गिलास में गर्म पानी डालते हुए वह मुस्कुराया। प्रदीपकुमार की माय भी तनिक मुस्कुराई। मानो, मन की बात को वह मन में अब नहीं रख सका। बोल पड़ा, "अब रेडियो फिट कराना जरूरी है!"

कल तक उजागिर की समझ से, दूकान में एक दीवारघड़ी फिट करना जरूरी था। आज अचानक रेडियो की जरूरत सुनकर प्रदीपकुमार की माय को अचरज हुआ। वह अचकचाई।

उजागिर बोला, "रेडियो में एक ही बात नहीं, तीन-तीन बात हैं। मन हो तो गाना सुनो, मन हो तो खबर सुनो और जानना हो तो टैम भी मालूम कर लो।"

प्रदीपकुमार की माय ने कड़ाही चढ़ा दी।

आँगन से आँखें मलता हुआ प्रदीपकुमार निकला। उजागिर ने प्यार से बुलाया, "इधर आओ बाबू।...बबुआ!"

हर रोज, पहला तीन गिलास...सबसे पहले प्रदीपकुमार को, फिर प्रदीपकुमार की माय को और तब खुद...प्रदीपकुमार दिन-भर मैं पाँच गिलास चाय पीता है!

बसों में चढ़नेवाले 'कचहरिया-पसिंजर' एक-एक कर आने लगे। बैलगाड़ी पर कोई नई दुलहिन है क्या? सावन-भादों में नैहर जा रही है। यह साइकिलवाला आकर फिर तंग करेगा। यह साइकिल रखने की जिम्मेवारी अब उजागिर अपने ऊपर नहीं ले सकता। ताला लगाने पर भी नहीं।

पहली बोहनी की किसनपुर के बाबू ने, चार आने के पकौड़े और दो गिलास चाय। दूध-चीनी बराबर-बराबर, गिलास जरा बढ़िया से धोकर।

प्रदीपकुमार की माय ने घूँघट के अन्दर से ही देखा—किसनपुर के बाबू की नजर उसकी कलाई से लेकर बाँह तक गुदी हुई मछलियों पर है। कई जोड़ी मछलियाँ! चुलबुला रही हैं!

प्रदीपकुमार की माय ने बाँह की मछलियों को आँचल खींचकर ढक लिया। किसनपुर के बाबू ने कहा, "पकौड़े तनि और खरे-कुरमुरे...।"

छनौटा में छने पकौड़ों को फिर से खौलते हुए तेल में डाल दिया प्रदीपकुमार की माय ने।

गीली पुरवैया के झोंके में गर्म पकौड़े की सोंधी-सलोनी सुगन्ध गाँव में धीरे-धीरे फैलने लगी।

...पकौड़े! चाह! चाय! चहा!

गाँव का बूढ़ा सन्तोखीसिंघ रोज इसी समय आता है।...रोज, 'नित्तम' दिन, टैम बँधा हुआ है, यही। यदि बोहनी नहीं हुई तो परम सन्तोषपूर्वक प्रतीक्षा करता है। बोहनी हुई कि उसकी चुटकी बजी, "जै सिरि सित्ताराम!"

आज बोहनी होने के बाद भी सन्तोखीसिंघ की ओर ध्यान नहीं दिया उजागिर ने। सन्तोखीसिंघ ऐसे अवसरों पर कोई गप शुरू कर देता है। गप निश्चय ही किसी चोरी-डकैती अथवा 'घरघुस्सी' की होगी। घरघुस्सी में पकड़े गए चोर को 'चमचोर' कहते हैं।

आज सन्तोखीसिंघ ने, पास के गाँव में हुई चमचोरी में पकड़े गए किसी चमचोर की कहानी शुरू की।

सन्तोखीसिंघ को इस इलाके के सभी नामी-गरामी लोग जानते हैं। जातिवालों ने मिलकर बूढ़े सन्तोखीसिंघ को बहिष्कृत कर दिया है। जाति का हुक्का-पानी छूटे, मगर सन्तोखीसिंघ उजागिर की दूकान की चाय और पकौड़े को नहीं छोड़ सकता। और अब तो पकौड़े-चाय खा-पीकर ही वह सारा दिन रहता है। न आगे नाथ, न पीछे पगहा। सन्तोखीसिंघ रिटायर्ट दफादार है। बहुत-बहुत 'इसपी' और दारोगा के मातहत काम कर चुका है वह। जब कहीं कोई नई घटना नहीं घटती है तब सन्तोखीसिंघ कोई पुरानी कहानी, बिना किसी प्रसंग के ही शुरू कर देता है।

किन्तु आज ही कहानी, टटकी है, जो कल रात को ही घटी है।

किसनपुर के बाबू ने, हरी मिर्च की कडुवाहट पर 'सी-सी' करते हुए इस बात की पुष्टि की, "हाँ, इसीलिए रात में उधर हल्ला-गुल्ला हो रहा था, क्यों?... सी-सी!"

मामले को गाँव के पंचों ने मिलकर 'रफा-दफा' कर दिया है, सन्तोखीसिंघ को यह खबर भी मिल चुकी है। मुद्दई, बेचारी साधोसाह की बेवा, क्या कर सकती है? पाँच पंच की बात से बाहर कैसे जाए बेचारी!

प्रदीपकुमार की माय ने पकौड़ा नहीं दिया।

उजागिर ने चाय का गिलास बढ़ाते हुए कहा, "सन्तोखी काका, पकौड़े गाड़ी जाने के बाद।"

"सो क्यों?" सन्तोखीसिंघ ने नकद पैसा देकर खानेवाले खरे ग्राहक की तरह खनखनाकर पूछा।

प्रदीपकुमार की माय ने घूँघट के अन्दर से ही उजागिर को इशारे से कुछ कहा। केले के पत्ते पर गर्म पकौड़े लाकर सामने रख दिए उजागिर ने। इधर कई दिनों से सन्तोखीसिंघ इसी तरह तेवर चढ़ाकर बातें करने लगा है।

सन्तोखीसिंघ ने किसनपुर के बाबू से कहा, "रासो बाबू, यह ससुरी सड़क जब से चालू हुई है—चोरी-चुहाड़ी और भी बढ़ गई है। पहले तो साला गाँव के आसपास के ही चोर-डकैत चोरी-डकैती करते थे। अब तो मनिहारी घाट का चोर साला जोगबनी आकर चोरी कर जाता है—रातोंरात-बेदाग!"

किसनपुर के बाबू ने विरोध किया, "इसमें सड़क का क्या कसूर? बिना सड़क खुले ही कलकत्ता के लोग कटिहार में पाकिट मारते हैं।"

किसनपुर के बाबू को मालूम है, सड़क बनते समय इलाके में कई सड़क-विरोधी आन्दोलन हुए थे। लोगों को उभाड़ने के लिए आन्दोलन के नेताओं ने इस बात को प्रमुख प्रचार-अस्त्र बनाया था—सड़क खुलते ही कलकतिया पाकिटमार से लेकर पटनिया ठग दिन-दहाड़े गाँवों में घुसकर उतपात मचावेंगे।

किसनपुर के बाबू ने अपनी कलाई पर बँधी घड़ी देखी, फिर कान के पास लाकर सुना—बस लेट है या घड़ी बन्द है?

उजागिर बोला, "दोनों तरफ की गाड़ी आज लेट है। रात में जोगबनी की ओर जोर की बरखा हुई है।"

सन्तोखी बोला, "पूरब भी हुई है!"

उजागिर को चोरी-डकैती की कहानी जरा भी नहीं अच्छी लगती। तिस पर आज चमचोरी का किस्सा!

उजागिर ने चमचोरी प्रसंग को अच्छी तरह बदलने के लिए बात की छोर अपने हाथ में ले ली, "पूरब-पच्छिम, उत्तर-दक्खिन सब तरफ पानी बरसा है। सिर्फ अपने इलाके में...।"

सन्तोखीसिंघ ने बीच में ही काट दिया, ''अरे! इस इलाके में क्या पानी होगा! साला, दिन-दहाड़े चमचोरी जहाँ होता है, वहाँ पानी बरसेगा। बज्जर गिरेगा–हड़हड़िया बज्जर!''

बादल सचमुच गरजा! प्रदीपकुमार की माय घूँघट के नीचे हँसी। ''बादल नहीं, बस की आवाज।''

प्रदीपकुमार की माय को पिछले साल की बरसात की बात याद आई। वर्षा में पकौड़े और चाय की बिक्री बढ़ जाती है। छाता-धोती बन्धक रखकर भी आदमी पकौड़ी खाकर चाय पीता है!

किसनपुर के बाबू ने थैले से, ''प्लास्टिक पेपर' के बड़े थैले से वाटरप्रूफ निकाला। मलेरिया-विभाग के दवा छिड़कनेवाले से बहुत पैरवी के बाद यह बरसाती मिली है। झमाझम पानी पड़े मुदा कपड़े का एक सूत भी नहीं भीगता।

किसनपुर के बाबू ने उठते-उठते उजागिर को सलाह दी, ''इधर, चार हाथ और बढ़ाकर बैठने की जगह बनाकर छवा क्यों नहीं देते?''

प्रदीपकुमार की माय ने बाँह के ऊपर साड़ी खींचकर उजागिर से कुछ कहा। किसनपुर के बाबू की आँखों में गुदी हुई मछलियाँ फिर चुलबुलाने लगीं।

उजागिर ने कहा, ''रासो बाबू! एक गाड़ी बाँस के बिना सब काम रुका हुआ है। आपके दरबार में एक दिन 'इस्दुआ' लेकर...!''

किसनपुर के बाबू ने देखा, घूँघट से एक जोड़ी आँखें भी कुछ कह रही हैं। बोले, ''अच्छी बात है। एक दिन आना। एक गाड़ी क्यों, दो गाड़ी बाँस मिल जाएगा।''

उजागिर ने दाँत निपोड़कर प्रदीपकुमार की माय की ओर देखा। प्रदीपकुमार की माय ने आँखों से ही बातें कीं, ''मैंने कहा था न, रासो बाबू अच्छे आदमी हैं।''

सन्तोखीसिंघ बोला, ''एक गाड़ी घास क्यों नहीं माँगी तुमने! आज रासो बाबू का दिल 'दरियाब' हो गया है।''

वर्षा शुरू हुई। दोनों ओर से बस आई। एक ही साथ!...पकौड़ी! चाय! पैसे। नए पैसे।

उजागिर को आज बात करने की फुरसत नहीं।

''एक पत्तल पकौड़ी, बिना मिर्च की।''

प्रदीपकुमार की माय ने घूँघट के नीचे से ही कुछ कहा। वह आज बिना मिर्च की पकौड़ी अलग से किसी ग्राहक के लिए नहीं बना सकेगी!

''लाल गाड़ी के ड्राइवरजी माँगते हैं!''

प्रदीपकुमार की माय बिना मिर्चवाला बेसन फेंटने लगी।

लाल गाड़ी का ड्राइवर अच्छा आदमी है। मनिहारी घाट में जहाज से उतरनेवाले यात्रियों को भी वह उजागिर की दूकान की पकौड़ी और चाय की तारीफ सुनाकर

फाँस लाता है–"भाई, रास्ते में कहीं चाय पीना और पैसा फेंकना बराबर है। चाय, नाश्ता चलकर रहिकपुर में कीजिएगा। एक बार चखकर देखिएगा, तो फिर कभी नहीं भूलिएगा। गर्मागर्म चाय और कुरमुरे पकौड़े!"

लाल गाड़ी का ड्राइवर ऐसी जगह पर गाड़ी लगाता है, जहाँ से प्रदीपकुमार की माय की आँखें, तिरछी निगाह से देखने पर टकरा जाती हैं।

गाड़ी में बैठे हुए यात्रियों की नजर दूकान के सामनेवाले हिस्से पर ही पड़ती है। जिधर प्रदीपकुमार की माय बैठती है उधर बाँस की 'झझनी' की टट्टी लगी हुई है– छोटी-सी, आड़ में बैठी हुई प्रदीपकुमार की माय का सिर्फ हाथ दिखलाई पड़ता है। पकौड़े डालती हुई अंगुलियाँ! छनौटे से पकौड़े निकालकर बर्तन में रखते समय काँच की चूड़ियाँ मीठे सुर में बज उठती हैं।

उजागिर को इधर-उधर देखने की छुट्टी कहाँ?

गिलास, चीनी, पानी, पत्ती, पैसा, ग्राहक!

पत्तल पकौड़ा लेते समय एक बार वह प्रदीपकुमार की माय की ओर जरूर देख लेता, "देखिए भाई, हल्ला-गुल्ला नहीं। शान्ती से–शान्ती से!"

दोनों गाड़ियाँ आकर चली गईं।

प्रदीपकुमार की माय उठकर अन्दर चली गई। उजागिर रेजगारियों का हिसाब करने लगा।

सन्तोखीसिंघ को एक कप चाय और चाहिए। जोरों की बारिश शुरू हुई। उजागिर ने कहा, "पानी गरम होने दीजिए।"

•

उजागिर ने लड़कपन से ही चाय बनाने का काम किया है।

कमलदह के जमींदार की ड्योढ़ी में हर काम के लिए अलग-अलग नौकर-चाकर थे–चाय बनानेवाला, चिलम सुलगानेवाला, तेलमालिश करनेवाला, भंग घोटनेवाला!

कमलदह के जमींदार की जमींदारी चली गई। लेकिन, उजागिर के हाथ का 'इलम' हाथ में ही रह गया। इसी 'इलम' ने उसकी मनोकामना पूरी की। घर में लक्ष्मी आई...!

रहिकपुर गाँव की अपनी बपौती जमीन पर घर बनाकर एक 'रूपवाली घरनी लाने की लालसा उसके मन में बचपन से ही बनाकर बैठी थी। कमलदह के छोटे बाबू की दुलहिन-जैसी घरवाली मिल जाए, तो उजागिर सारी उम्र सिर्फ 'रूप' पीकर रह सकता है।

रूपवाली दुलहिन!

बालूवाली जमीन पर कूप और गाँव की लड़की का रूप–दोनों बराबर। बालूवाली जमीन के कूप का पानी 'कंचनठंढा' होता है। एक घूँट पीकर ही आत्मा जुड़ा जाए।

गाँव की लड़की का रूप, एक बार निहारकर नींद आ जाती है, आँखों में। लेकिन, बलुवाही कूप दो साल में ही 'भथ' जाता है। गाँव का रूप साल लौटते ही 'ढल' जाता है।

उजागिर ने भागलपुर, दरभंगा और पटना-जैसे शहरों में घूम-घूमकर नौकरी की। कहीं रूप की झलक नहीं मिली। सब नकली—कच्ची कली कचनार-जैसी ऊपर से...। इसको भला रूप कहते हैं?

शहर से वह रुपये की गठरी ले आया। मन की झोली उसकी खाली ही रही।

गाँव के 'घटक-दलालों' ने उजागिर को ठगकर बहुत पैसा खाया। बिरादरी के पंचों ने पान-सुपारी के नाम पर पचासों रुपये 'झीट' लिए—रूपवाली घरनी नहीं मिली।

किन्तु उजागिर निराश नहीं हुआ। कमलदह की छोटी दुलहिन ने एक दिन कहा था, "उजागिर, चाय पिलाकर तुम इन्द्रासन की परी को भी 'फुसला' कर मुट्ठी में कर सकते हो!"

उजागिर ने छोटी दुलहिन की बात याद की और एक दिन घर से निकल पड़ा—कहीं चाय की दूकान पर नौकरी भी मिल जाए, वह करने को तैयार है।

उजागिर उस (शुभ) दिन को कभी भूल सकता है भला!

कुरसेला स्टेशन पर उतरकर वह बहुत देर तक बैठा रहा।

खीरा खरीदकर खाते समय उसको अपने बचपन के एक खेल की याद आई थी। बच्चे खीरे-ककड़ी के बीज को अँगुलियों में दबाकर कहते,"फलान की शादी किधर होगी? बीज छिटककर जिस ओर गिरे—उधर ही। उसी दिशा में।"

उजागिर ने खीरे के एक बीज को अँगुलियों में दबाकर मन-ही-मन कहा था, 'बीज जिस ओर छिटकेगा, मेरी होनेवाली रूपवती दुलहिन उधर ही होगी।'

बीज उत्तर की ओर छिटका और बिना कुछ सोचे-विचारे वह कुरसेला से रानीगंज जानेवाली बस पर जा बैठा था।

कंडक्टर ने पूछा, "कहाँ जाएगा?"

उजागिर क्या जवाब दे? न जाने यह गाड़ी कहाँ-कहाँ जाती है। तब तक बगल के यात्रियों ने बिरौली का टिकट माँगा और उजागिर ने भी बिरौली तक का टिकट कटा लिया।

गाड़ी बिरौली पहुँचकर पकौड़ीवाली सहुआइन की दूकान के सामने रुकी। बिरौली में उतरनेवाले उतर गए। उजागिर बैठा रहा। बिरौली गाँव में उतरकर वह क्या करेगा?

वह आँखें मूँदकर कुछ सोच रहा था कि कंडक्टर ने उसको ठेलकर जगाया, "ए, बिरौली आ गया। उतरो।"

उजागिर ने अपनी झोली सँभाली। अनिच्छापूर्वक उतरा।

बस से उतरे हुए लोग पकौड़ीवाली दूकान पर थोड़ी देर रुके और जलपान करके चले गए। उजागिर चुपचाप बगल में एक मोढ़े पर बैठा रहा। बूढ़ी सहुआइन ने पकौड़ी की कड़ाही उतारकर उजागिर से पूछा, "कहाँ जाना है?"

उजागिर ने कुनमुनाकर जवाब दिया, "कहीं नहीं। एक आने की पकौड़ी हमको भी चाहिए।"

बूढ़ी झुँझलाई, "इतनी देर से मुँह सीकर बैठे रहे। अब कड़ाही उतारने के बाद, एक आने की पकौड़ी! अब पकौड़ी नहीं, बैंगनी खाना है, तो बोलो चढ़ाऊँ कड़ाही?... अरी ओ सितिया! कब तक बैठकर बैंगन काटेगी! एँ? दे जा, जितना हुआ है। गाहक बैठा हुआ है यहाँ।"

झोंपड़े के अन्दर से उसी अन्दाज से पतली आवाज में जवाब आया, "कल से मैं काना-कुबड़ा बैंगन नहीं काटूँगी। एक-एक बैंगन में पाँच-पाँच पिल्लू!"

बूढ़ी ने सितिया नाम की लड़की को 'बैंगन लगाकर' एक भद्दी-सी गाली दी।

सितिया सूप में बैंगन के टुकड़े लेकर आई, "मैं रोज तुमसे कहती हूँ मौसी, परदेसी जातरी के सामने गाली मत बका करो।"

उजागिर सितिया उर्फ सीता का रूप देखकर पसीने से तर-बतर हो गया था! एक-एक बैंगन में पाँच-पाँच पिल्लू और बैंगन-भरी गाली सुनकर उसको मतली आ रही थी, सो सीता को देखने के बाद ही दूर हो गई।...यही है रूप! यही है रूप!

उसने गला साफ किया, "माताराम! एक आने की बैंगनी नहीं, चार आने की।"

बूढ़ी बोली, "ऊँ! ई आदमी का मन रह-रहकर बदलता है। जो बोलना हो, एक ही बार क्यों नहीं बोलते?"

उजागिर चुप रहा। किन्तु गाहक का पक्ष लेकर बोली सीता, "एक बार बोले, चाहे हजार बार—तू इस तरह गाहक से बात-बात पर 'रगड़' करेगी, तो एक पाई की बैंगनी भी नहीं बिकेगी।"

बूढ़ी कड़ाही में बैंगनी डालती हुई बोली, "बड़ी आई है 'भतार' का पच्छ लेने!"

जब बूढ़ी और जवान जीभों की 'बतकुट्टी' जोर पकड़ने लगी, तो उजागिर ने मर्दानगी दिखलाई, "छिः-छिः, आप लोग इस तरह बेवजह लड़िएगा तो रखिए अपनी बैंगनी! ऐसी बैंगनी कौन खाए?"

सीता बोली, "लो, सुनती हो? अब छानो बैठकर चार आने की बैंगनी। देखूँ कौन खाता है?"

बूढ़ी बोली, "नहीं खाएगा, तो पैसा दे जाएगा।"

सीता ने उजागिर को पहली बार नजर उठाकर देखा और मुँह की बात मुँह में ही रखकर अन्दर चली गई।

उजागिर बैठकर सोचता रहा, "चार आने की बैंगनी वह खा सकेगा? यह चंगेरी-भर बैंगनी!"

बूढ़ी सहुआइन ने फिर पुकारा, "अरी, ओ सितिया! पत्तल कहाँ है? बैंगनी तेरे कपाल पर परोसूँ?"

उजागिर बैंगनी खाने लगा। तब बूढ़ी ने नरम सुर में कहा, "भैया, बुरा मत मानना। मुँहजली सितिया सीधी बात कभी सुनती ही नहीं। ठहरो, मैं पानी ला दूँ।"

बूढ़ी के उठने के पहले ही सितिया पानी दे गई, "मैं जानती हूँ। अब गाड़ी आने का समय हुआ तो, तू कोई न कोई बहाना बनाकर चूल्हे के पास से उठेगी ही। कड़ाही उठाकर सड़क पर फेंक दूँगी। हाँ!"

बूढ़ी बैठ गई फिर। वह कोई भद्दी गाली जीभ पर चढ़ा रही थी कि उजागिर ने टोक दिया, "यहाँ एक चाह की दूकान खूब चलेगी, माताराम?"

सहुआइन ने पोपले मुँह को तनिक विकृत करके पूछा, "क्या चलेगी खूब?"

"चाह की दूकान।"

"कौन खोलेगा?"

"कोई भी खोले, चलेगी खूब।"

बूढ़ी अब कुढ़कर बोली, "आग लगे चाह की दूकान में। एक पकौड़ी के चूल्हे में ही मेरी हड्डी जलकर 'छार' हो रही है।"

सीता ने इस बार फिर उजागिर को देखा। चाह की दूकान की बात सुनकर ही उसने ऐसी निगाह से 'हेरा' है। उजागिर बोला, "चाह में अठगुना नफा है। चार आने के माल में दो रुपये मुनाफा!"

"दो रुपये!" बूढ़ी मौसी और जवान सीता ने एक ही साथ अचरज-भरे स्वर में कहा, "दो रुपये!"

बूढ़ी कुछ क्षण चुप रहने के बाद बोली, "रहने दो, बाबा, मुनाफा। यहाँ चाह कौन पिएगा?"

सीता ने कहा, "मिलने पर सभी पिएगा।"

उजागिर बोला, "वाजिब बात।"

बूढ़ी ने छनौटा चमकाकर पूछा, "मैं पूछती हूँ, चाह बनाएगा कौन, तेरा भतार? एँ?"

सीता ने इस बार जवाबी गाली दी, "मेरा नहीं, तेरा!"

आश्चर्य! गाली सुनकर पोपली बूढ़ी हँस पड़ी। सीता भी हँसी और उजागिर का कलेजा जोर से धड़कने लगा। कुछ देर तक चुप रहने के बाद उसने तौलकर बात शुरू की, "हाँ, चाह की दूकान तो मर्द-पुरुस ही चला सकता है।"

बूढ़ी ने लम्बी साँस ली। सीता फिर आँगन के अन्दर चली गई।

उजागिर बहुत देर तक बूढ़ी मौसी को विस्तारपूर्वक चाय की दूकान की योजना के सम्बन्ध में समझाता रहा।

दूसरी गाड़ी के लौटने के पहले ही उजागिर ने बूढ़ी को अपनी मीठी बोली से मोह लिया, "माताराम! आप लोगों की मर्जी हो तो मैं आज ही जाकर सामान ले आऊँ।"

"तुम्हारा घर कहाँ है?"

"रहिकपुर।"

"कौन जात?...अरे, तब तो बिरादरी के ही निकले।"

बात पक्की हो गई।

उजागिर कुरसेला बाजार आया और चाय की दूकान का सारा सामान खरीदकर रात की गाड़ी से ही वापस लौटा। बूढ़ी ने कहा, "अरे, तुम सचमुच लौट आए? मैं तो समझ रही थी कि कोई लुच्चा-लबड़ा आकर ऊन का दून हाँककर चला गया।"

अन्दर सीता ने झिड़की दी, "मौसी, तू बूढ़ी हुई, आदमी को पहचानना नहीं आया।"

चाय की दूकान का सामान देखकर बूढ़ी और जवान आँखें अचरज से बड़ी हो गईं, "इतना सामान लगता है चाह की दूकान में?"

रात में सीता ने अपने हाथ से भात-दात परोसकर खिलाया था—पहली बार। पुरानी बातें याद करके आज भी उजागिर की देह सुड़सुड़ाने लगती है। सीता की बोली, सीता की हँसी। सीता का चलना-फिरना। दिन-रात उजागिर मानो सपनों की दुनिया में ही रहता था—रूप पीकर जीता था।

चाय की दूकान खुली और चल निकली।

गाँव-भर में बात फैल गई, "बूढ़ी सहुआइन का एक रिश्तेदार आया है। चाय की दूकान खोले है। अब पियो घर बैठे—चाह गरमागरम।"

बस के ड्राइवर, कंडक्टर, पैसेंजर, क्लीनर ने एक स्वर से प्रशंसा की, "अलबत्त चाह बनाता है जवान! चलेगी दूकान।"

लेकिन, चाय की दूकान छः महीने भी नहीं चल सकी। पाँचवें महीने में ही सीता ने उजागिर को उकसाया, "क्यों? तुम्हारा कलेजा इतना छोटा है? बूढ़ी से साफ-साफ कहते क्यों नहीं?"

"यदि बूढ़ी 'नकार' जाए?"

''बला से। पहले कहके देखो!''

''यदि कहे 'घरजमाई' रहना पड़ेगा?''

''अभी मान लेना। बाद में फिर...।''

बूढ़ी मौसी आँख से कम देखती थी और कान से जरा कम सुनती थी। किन्तु बिना कुछ देखे-सुने ही वह सबकुछ समझ सकती थी। इसलिए जिस दिन उजागिर ने हकला-तुतलाकर प्रस्ताव किया था, बूढ़ी ने एक भद्दी गाली दी थी, ''सौ बार सतुअन और भतार के आगे दतुअन। अब बाकी ही क्या रहा है?...छुतहर-कलस में अब कौन पंडित-पुरोहित बेद-मन्तर पढ़ेगा?...खूब पियो गरमागरम चाह!''

बूढ़ी सहुआइन अपनी पकौड़े की दूकान पर बैठी आज भी गालियाँ दे रही होगी, ''उस मिठवचना ने आते ही चाह पिलाकर इस मुई को मुट्ठी में कर लिया।... दिन-रात खुसुर-फुसुर मैं नहीं देख सकती थी।'' जवाब दे दिया–''तुम लोग अपना रास्ता देखो।''

और, इसी को कहते हैं 'तिरिया के भाग से मिले राज!'

सीता नहीं, लक्ष्मी!

रानीगंज से कुरसेला जानेवाली बस पर सवार होकर, रूपवाली दुलहिन को साथ लेकर उजागिर गाँव लौट आया। लौटकर उसने सुना, ''इधर भी नई सड़क खुलनेवाली है। बहुत जल्दी ही!''

सचमुच, लक्ष्मी है प्रदीपकुमार की माय!

बननेवाली नई सड़क के ठेकेदार ने उजागिर की झोंपड़ी में ही डेरा डाला था।

गाँव के लोगों ने घुमा-फिराकर उजागिर को समझाया, ''घर में जवान और खूबसूरत बहू और बाहर 'पलानी' में परदेसी का बासा, अच्छी बात नहीं।''

सन्तोखीसिंघ जब मिलता दिन दहाड़े 'चमचोरी' की कोई कहानी सुनाना नहीं भूलता। उजागिर घर लौटकर अपनी रूपवती को निहारते हुए कहता, ''जानती हो? गाँव के लोग क्या कहते हैं?''

''गाँव के लोगों की बात सुनोगे या ठेकेदारजी की? ठेकेदारजी कहते हैं, सड़क जब खुलेगी, चाह और पकौड़ी की दूकान तब खोलना। अभी इतने 'जन-मजूरे' काम कर रहे हैं। अभी चावल-दाल की दूकान खोल दो। मजदूरों को उधर खिलाओ और हफ्ता के बाद एक का डेढ़ वसूलो। यही मौका है।''

''सच? और यदि उधार खाकर भाग जाएँ सभी–तब?''

''भागकर कहाँ जाएँगे? उनकी चुटिया तो ठेकेदार के हाथ में है।''

''सच? तुम ठीक कहती हो बिरौलीवाली। ठेकेदार साहब सचमुच बहुत अच्छे आदमी हैं?''

"ए? तुम मुझे बिरौलीवाली क्यों कहते हो? मुझे अच्छा नहीं लगता।"

"तब क्या कहूँ?" उजागिर खिलखिलाकर हँसता, "ओ! अब मैं भी ठेकेदार साहब का दिया हुआ नाम ही कहूँगा—रेशमबहू। ठेकेदार साहब सचमुच बहुत अच्छे आदमी हैं।"

गाँव के आवारा नौजवानों ने उजागिर को चिढ़ाने के लिए एक बोली निकाली, "ठेकेदार साहब सचमुच अच्छे आदमी हैं।"

अच्छा आदमी को अच्छा आदमी नहीं कहे, तो क्या कहे? गाँव के लोग जलते हैं। उजागिर की बहू रूपवती है। सुलच्छनवाली है। है किसी की बहू ऐसी, गाँव में? जिसके आते ही गाँव में नई सड़क खुल गई, इलाके में! चावल-दाल की छोटी-सी दूकान खोलकर, पाँच ही महीने में दस बीघे जमीन किसने खरीदी है? लोग तो जलेंगे ही। ठेकेदार साहब अंग्रेजी में चिट्ठी लिखते हैं। है कोई अंग्रेजिया इस गाँव में। रेशमबहू ठीक ही कहती है—काम ऐसा करो कि 'देख पड़ोसी जल मरे'।

बबुआ का जब जन्म हुआ, तो ठेकेदार साहब ने चमड़े की थैली से पचीस रुपये निकालकर मुँह-दिखाई दी थी। छठी की रात में, खुशी के मारे रात-भर बैठकर रमैन बाँचते रहे। और यह प्रदीपकुमार नाम भी उन्हीं का रखा हुआ है। गाँव के दुखमोचन पंडित ने तो बस, पतासू नाम रख दिया था। भला, पतासू भी कोई नाम है!

पता नहीं ठेकेदार साहब आजकल किस इलाके में है। कहीं भी रहें, आदमी अच्छे हैं। प्रदीपकुमार की माय आज भी हर महीने याद करती है। बोले थे कि बीच-बीच में आकर प्रदीपकुमार को देख जाएँगे।

उस दिन छितनू का रमडोलवा बेटा कह रहा था कि प्रदीपकुमार का मुँह ठीक ठेकेदार साहब-जैसा है। पगला है साला!

लाल गाड़ी के ड्राइवरजी भी बहुत भले आदमी हैं। रोज कहते, "देखो, उजागिर भाई, चूल्हे के पास बैठते-बैठते प्रदीपकुमार की माय का रंग बादामी हो गया है। देह में गमकौआ पौडर लगाने से रंग ठीक रहेगा।" और दूसरे ही दिन एक डिब्बा पौडर खरीदते आए—पुरनिया साहा कम्पनी से। ऐसा भला आदमी, इस गाँव में क्या, इस इलाके में भी खोजने पर मिलेगा?

यह नए दारोगा साहब भी हीरा आदमी हैं। कह रहे थे, इसपी साहब तुम्हारे पकौड़े की खूब तारीफ करते हैं। और, जोगबनी के लाला के बेटे की जीभ तो पकौड़े के नाम से ही 'पनिया' जाती है। बारह बजे रात में, गाड़ी पर दारोगा साहेब के साथ आता है और चुराकर पकौड़े खाता है। वैष्णव लाला, जिसके चौके में प्याज नहीं चढ़ता है कभी, वह उजागिर की दूकान में बैठकर कैसे खा सकता है प्याजवाले पकौड़े? प्रदीपकुमार की माय कहती है, लाला का बेटा एकदम गौ-जैसा सीधा है। जरा दुबला-पतला है, इसलिए पकौड़े के साथ चाह नहीं, अंग्रेजी दारू पीता है। उस रात को प्रदीपकुमार की माय की देह में दर्द था साँझ से ही। दारोगा साहेब

ने कहा—एक गिलास ले आओ! एक घूँट पीते ही सब दर्द छूमन्तर हो जाएगा। सचमुच! हुआ भी वही। साँझ से ही कुहरती हुई प्रदीपकुमार की माय टनटनाकर उठ बैठी और लाला के बेटे से मुँहामुँही गप करने लगी। लक्ष्मी है प्रदीपकुमार की माय!

तीन बजेवाली गाड़ी आ रही है!

"कहाँ हो, बबुआ! माय से कहो कि तिनबज्जी गाड़ी आ रही है। मेरे डिपाट का सब काम रैट है।"

"बबुआ! प्रदीपकुमार? माय कहाँ?"

प्रदीपकुमार सुबह की मीठी नींद में सोया हुआ था। उजागिर चुपचाप बैठकर बीड़ी पीने लगा। आज इतना सबेरे ही प्रदीपकुमार की माय उठकर कहाँ गई है। तबियत खराब है क्या? नहीं, लाल गाड़ी के ड्राइवरजी ठीक ही कहते हैं—जान है तो जहान है। प्रदीपकुमार की माय दिन-भर चूल्हे के पास बैठी रहती है, यह ठीक नहीं। पकौड़ी बनाने के लिए, सुगनी की माय को मज़दूरी देकर रखना होगा।

उजागिर बैठा रहा। जब भुरुकुवा तारा डूब गया और उजाला हुआ और प्रदीपकुमार की माय कोठरी में नहीं आई, तो वह बाहर निकला। बाहर बर्तन-बासन सब बिखरे पड़े हैं। दोनों लोटे भी हैं। तब कहाँ गई?

उजागिर ने कोठरी में आकर देखा—पेटी खुली पड़ी हुई है—रेशमी साड़ी और रेशमी बिलौज क्या हुआ? लगा, धरती अचानक घूमने लगी। उसने चिल्लाकर अपने बेटे को जगाया, "बेटा! बबुआ!! प्रदीपकुमार—माय कहाँ?"

प्रदीपकुमार उठकर जोर-जोर से रोने लगा, "मैया कहाँ आँऽ आँऽ आँऽ आँ!"

प्रदीपकुमार को चुप कराने के लिए उजागिर ने अपने को सँभाला। फिर बोला, "बेटा, माय गंगा तीर का मेला गई है। दोपहर की बरबज्जी (बारह बजेवाली) गाड़ी से आवेगी।"

उसने अपने मन को भी समझाया, 'कहाँ जाएगी? कहीं काम से ही गई होगी।'

सुबह की गाड़ियों के आने का समय हुआ। सन्तोखीसिंघ ठीक समय पर ही आया। उसने आते ही टोका, "आज पकौड़ी का चूल्हा नहीं सुलगा है?"

उजागिर ने जवाब दिया, "प्रदीपकुमार की माय की मौसी का संवाद आया कि वह लबेजान है। इसलिए रात की गाड़ी से ही चली गई।"

प्रदीपकुमार ने कहा कि, "मैया गंगा-तीर का मेला गई है।"

सन्तोखीसिंघ ने पुरानी दफादारी की तरह जिरह करते हुए पूछा, "रात में तो सादा गाड़ी लौटी नहीं। फिर किस गाड़ी से गई?"

उजागिर ने आज बिना 'बोहनी' हुए ही सन्तोखीसिंघ को चाय का बड़ा गिलास

दिया। सन्तोखीसिंघ ने चाय पीते हुए कहा, "जमाना बहुत खराब है। जनाना जात अकेली बाहर जाए...।"

दोनों ओर से गाड़ियाँ आईं। उजागिर ने लाल गाड़ी की ओर देखा...नया ड्राइवर? 'लाल गाड़ी के ड्राइवरजी कहाँ गए?' 'छुट्टी में?' 'कितने दिन की छुट्टी?' 'आज पकौड़े नहीं, सिर्फ चाह मिलेगा, भैया!'

दोपहर के बाद उजागिर ने दूकान बन्द कर दी।

उसका दिल अन्दर ही अन्दर टूटने लगता। तब, वह जोर-जोर से रोना चाहता। लेकिन प्रदीपकुमार का मुँह देखकर वह अपने को सँभाल लेता। वही रोने लगेगा तो, बच्चे की क्या दुर्दशा होगी।

"बप्पा! बरबज्जी गाड़ी आ रही है।"

प्रदीपकुमार की माय नहीं आई? "बेटा, अभी नहीं आई तो 'तिनबज्जी' गाड़ी से आवेगी।"

"बप्पा! तिनबज्जी गाड़ी आ रही है।"

"नहीं आई!"

इस बार बाप-बेटा मिलकर आँगन में रोने लगे। जब प्रदीपकुमार हिचकियाँ लेते हुए दाँत पर दाँत बैठाकर घिघियाने लगा, तब उजागिर को होश हुआ। उसने आँसू पोंछकर कहा, "रात की गाड़ी से जरूर आवेगी। तुम्हारे लिए बिस्कुट लावेगी।... खिलौने!"

प्रदीपकुमार की माय रात की गाड़ी से ही आई।

"आ गई, मैया! मैया आ गई!"

प्रदीपकुमार जोर-जोर से रोने लगा। उजागिर भी रोने लगा, "कहाँ चली गई थीं तुम, प्रदीपकुमार की माय-य-य?"

"लो लो, क्या हो गया है तुम दोनों को?"

"कहाँ गई थीं? किस गाड़ी में गईं?"

"काम से गई थी, पुरैनिया। गाड़ी से नहीं, ट्रक से गई थी।"

"कहकर जातीं।"

"काम के पहले, बात कही नहीं जाती।"

प्रदीपकुमार खिलौना पाकर खुश हो गया। उसकी माँ ने गठरी से बिस्कुट का डिब्बा निकाला। उजागिर चुपचाप, अपलक दृष्टि से देखता रहा—कितने दिनों के बाद प्रदीपकुमार की माय ने रेशमी साड़ी पहनी है।...रूप जरा भी मलिन नहीं हुआ है। कौन कहता है कि गाँव का रूप साल लौटते ही ढल जाता है।

अब, प्रदीपकुमार की माय ने आँचल के खूँट से कागज का एक टुकड़ा निकालकर दिखलाते हुए कहा, "बोलो तो क्या है?"

उजागिर ने लालटेन की रोशनी में कागज को उलट-पलटकर देखा, "भगवान

जाने क्या है! बोलो न, क्या है? देखने में तो सरकारी कागज-जैसा लगता है।''

प्रदीपकुमार की माय हँसी, ''ठीक ही पहचाना है तुमने। सरकारी कागज ही है।...परमिट!''

''परमिट? किस चीज की परमिट?''

''सिमेंट, कोयला और लोहे की छड़ की।''

''क्या करोगी परमिट?''

प्रदीपकुमार की माय बोल उठी, ''गाँव के दुश्मनों को जरा और भी अच्छी तरह जलाऊँगी।''

''जलाएगी! माने? ओ-हो, समझा। पक्का घर एँ? सच कहता हूँ, प्रदीपकुमार की माय, तुम धन्न हो। अच्छा किया तुमने जो मुझसे पहले ही नहीं कहा। इतनी बड़ी बात मेरे पेट में हरगिज नहीं पचती। सच कहता हूँ, मैं पागल हो जाऊँगा। सच, तुम लक्ष्मी हो–साच्छात्!''

''मैंने क्या किया? सब लाल गाड़ी के ड्राइवरजी की मेहरबानी है। हाकिम के किरानी से उनकी दोस्ती है।...और जानते हो–इसी परमिट से घर बनाने का आधा रुपया भी निकलेगा।''

''सो कैसे?''

''देखना, आने दो लालाजी के बेटे को।''

''सच? हद है! हद है! कल साले सन्तोखीसिंघ को पाँच गिलास चाय बोहनी के पहले ही पिलाऊँगा।...अब तुमको क्या कहें, प्रदीपकुमार की माय?''

''रेशमबहू!''

''हि हि हि हि!''

उजागिर के घर की नींव पड़ गई। एक बाँस में पुराना झाड़ बाँधकर गाड़ दिया गया–बुरी नजर को काटने के लिए। गाँव के लोग मन-ही-मन जल-भुनकर खाक होने लगे।

किन्तु इधर कई दिनों से उजागिर का मन भी अन्दर-ही-अन्दर सुलग रहा है। न जाने क्यों! परमिट का कागज लालाजी के बेटे को देकर, ईंट-सिमेंट-लोहा लिया गया। ठीक है। लालाजी के बेटे ने परमिट लेते समय प्रदीपकुमार की माय की अँगुलियाँ टीप दी थीं। इसमें भी कोई हर्ज नहीं। दारोगाजी ने उस दिन दारू के झोंक में कबूतरी कह दिया। सरकारी आदमी का सात खून माफ है। लाल गाड़ी के ड्राइवरजी ने होली के दिन गाल पर अबीर लगा दिया। होली की बात! फिर ड्राइवरजी भले आदमी हैं। लेकिन...

केतली का खौलता हुआ पानी टोंटी से गिरने लगा। प्रदीपकुमार की माय ने

कहा, "लो, लो। तुम्हारा ध्यान कहाँ है? होश में हो या...?"

उजागिर बोला, "खूब होश में हूँ।"

उसने केतली उतार दी। मकान बनानेवाला यह छुछुँदर-मुँहा राज-मिस्त्री बिना कहे-सुने आँगन के अन्दर क्यों गया? जाने के पहले प्रदीपकुमार की माय को उस तरह आँख की मटकी क्यों मार गया? प्रदीपकुमार की माय उस तरह हँसी क्यों? उठकर आँगन में गई क्यों?

उजागिर का मन धुएँ से भर गया मानो।

उसने पुकारा, "बबुआ! बेटा प्रदीपकुमार?"

प्रदीपकुमार आया। उसका मुँह भी तमतमाया हुआ है। उजागिर ने धीरे-से पूछा, "बबुआ, माय कहाँ है? क्या कर रही है?"

प्रदीपकुमार बोला, "बप्पा, मिस्तरी बड़ा बदमाश है। हमको पतासू कहता है।"

उजागिर गुस्सा से दपदपा उठा। उस छुछुँदर-मुँहा की इतनी हिम्मत! मेरे बेटे को, प्रदीपकुमार को पतासू कहेगा?

वह उठकर दहलीज के पास गया। आँगन में घुन-घुन करके क्या प्राइविट बात हो रही है? आमने-सामने बैठकर? मिस्तरी साला इस तरह जाँघ के कपड़े हटाकर क्यों बैठा है?

उजागिर के सिर पर अँगीठी जलने लगी मानो, वह आँगन में जाकर गरजा, "मिस्तरी! दीवाल की गन्थाई यहीं हो रही है क्या?"

मिस्तरी अप्रतिभ होकर उठा। हँसती हुई प्रदीपकुमार की माय भी चौंक पड़ी। उजागिर ने धड़ाम से दहलीज का दरवाजा बन्द कर दिया।

प्रदीपकुमार की माय उजागिर की आँखें देखकर डर गई। उजागिर होंठ को दाँतों से भींचता हुआ उसके पास गया। फिर धीरे-से बोला, "तू कुत्ती है! कुत्ती! कुतिया!"

प्रदीपकुमार की माय ने आवाज ऊँची करके कहा, "क्या हो गया है तुमको?"

उजागिर चुपचाप अपनी कोठरी में चला गया। अन्दर से ही उसने पुकारा, "बेटा प्रदीपकुमार! यहाँ आओ।"

प्रदीपकुमार अपने बाप के पास चला गया। बाहर, दूकान में चूल्हे सुलगते रहे।

गाड़ियाँ आईं। ड्राइवरों ने हॉर्न बजा-बजाकर पुकारा। सन्तोखीसिंघ ने आवाज दी। आँगन से कोई जवाब नहीं मिला। किसी ने कहा, "भाई अब पक्का मकान बनवा रहा है। दूकान पर क्यों बैठेगा?"

गाड़ियाँ आतीं, रुकतीं, हॉर्न देतीं, फिर चली जातीं।

दिन-भर उजागिर घर से नहीं निकला। प्रदीपकुमार भी दम साधकर बाप के

बगल में पड़ा रहा। प्रदीपकुमार की माय ओसारे पर बैठी गुन-गुन सुर में, धीरे-धीरे रोती रही।

साँझ हुई। उजागिर उठा और प्रदीपकुमार की माय के पास जाकर बोला, ''उस छुछुँदर-मुँहे मिस्तरी के साथ जाती क्यों नहीं, हरामजादी! निकल जा मेरे आँगन से।''

प्रदीपकुमार की माय बोली, ''इतनी तेजी है तो कल से तुम्हीं देखो जन-मजदूरों को! पक्का-घर बनवाना खेल...''

''जहन्नुम में जाए साली तेरा पक्का घर!''

''और दूकान पर हजारों लोगों के सामने...।''

''आग लगे तेरी दूकान में।''

उजागिर बाहर गया और लात मार-मारकर दोनों चूल्हों को तोड़-फोड़ आया। दहलीज का दरवांजा बन्द करते हुए बोला, ''निकल जा, पिछवाड़े की राह चुपचाप। नहीं तो आज खून कर डालूँगा।''

अब प्रदीपकुमार रोने लगा। उजागिर उसको गोद में लेकर अपनी कोठरी में चला गया। प्रदीपकुमार की माय ओसारे पर ही बैठी रही। प्रदीपकुमार रोते-रोते सो गया।

साँझ बीती। रात आई। सड़क पर एक ट्रैक्टर भड़भड़ाता हुआ चला गया। उजागिर ने बाहर निकलकर देखा, प्रदीपकुमार की माय ओसारे पर ही लेट गई है।

उजागिर दबे-पाँव उसके पास गया।...''जाकर मिस्तरी की खटिया पर क्यों नहीं सोती? नखरा पसारकर यहाँ जमीन पर क्यों सोई है?''

उजागिर ने धक्का दिया, ''उठ साली! तिरिया-चरित्तर कहीं और जाकर दिखला!''

प्रदीपकुमार की माय उठकर बैठ गई और दोनों हाथों से उजागिर का पाँव पकड़कर बोली, ''प्रदीप के बाबू! तुम्हारे पैर पड़ती हूँ! मेरा गला घोंटकर मार डालो!...मार डालो मुझे!''

उजागिर ने दोनों हाथों से उसकी गर्दन को झपटकर पकड़ा। लम्बे बाल छितरा गए, खुलकर, ''हाँ, मार डालूँगा।''

''मार डालो। मैं जीना नहीं चाहती।''

''मार डालूँगा, गला टीपकर। हरामजादी।''

''मारो। प्रदीप के बा...! आ...आक!''

''बोल, कल से तू आँगन के बाहर पैर रखेगी?

''नहीं रखूँगी।''

"किसी से हँसेगी-बोलेगी नहीं। बोल।"

"नहीं।"

"मिस्तरी से?"

..."नहीं।"

"उस लाला के बेटे से?"

..."नहीं"

"लाल गाड़ी के ड्राइवर से?"

"...नहीं! नहीं! नहीं।...प्रदीप के बापू उ-उ-उ!"

प्रदीप की माय उजागिर की छाती से मुँह सटाकर बिलखने लगी। उसे लगा, विवाह के बाद आज पहली बार वह अपने घरवाले के साथ अपने पुरुष के साथ सुहागरात मना रही है।...अंग-अंग में सिहरन...लहरें...तूफान...प्रदीप के बाबू, मुझे मार...डा...लो...मार...डालो!!

सड़क से एक ट्रक हड़बड़ाती हुई गुजर गई।

जून, 1962

संवदिया

हरगोबिन को अचरज हुआ—तो, आज भी किसी को संवदिया की जरूरत पड़ सकती है। इस जमाने में, जबकि गाँव-गाँव में डाकघर खुल गए हैं, संवदिया के मार्फत संवाद क्यों भेजेगा कोई? आज तो आदमी घर बैठे ही लंका तक खबर भेज सकता है और वहाँ का कुशल-संवाद मँगा सकता है। फिर उसकी बुलाहट क्यों हुई?

हरगोबिन बड़ी हवेली की टूटी ड्योढ़ी पार कर अन्दर गया। सदा की भाँति उसने वातावरण को सूँघकर संवाद का अन्दाजा लगाया।...निश्चय कोई गुप्त समाचार ले जाना है। चाँद-सूरज को भी नहीं मालूम हो। परेवा-पंछी तक न जाने।

''पाँव लागी बड़ी बहुरिया!''

बड़ी हवेली की बड़ी बहुरिया ने हरगोबिन को पीढ़ी दी और आँख के इशारे से कुछ देर चुपचाप बैठने को कहा। बड़ी हवेली अब नाममात्र को ही बड़ी हवेली है। जहाँ दिन-रात नौकर-नौकरानियों और जन-मजदूरों की भीड़ लगी रहती थी, वहाँ आज हवेली की बड़ी बहुरिया अपने हाथ से सूपा में अनाज लेकर झटक रही है। इन हाथों में सिर्फ मेंहदी लगाकर ही गाँव की नाइन परिवार पालती थी। कहाँ गए वे दिन? हरगोबिन ने लम्बी साँस ली।

बड़े भैया के मरने के बाद ही जैसे सब खेल खत्म हो गया। तीनों भाइयों ने आपस में लड़ाई-झगड़ा शुरू किया। रैयतों ने जमीन पर दावे करके दखल किया। फिर, तीनों भाई गाँव छोड़कर शहर में जा बसे, रह गई बड़ी बहुरिया—कहाँ जाती बेचारी! भगवान् भले आदमी को ही कष्ट देते हैं। नहीं तो एक घंटे की बीमारी में बड़े भैया क्यों मरते?...बड़ी बहुरिया की देह से जेवर खींच-छीनकर बँटवारे की लीला हुई थी, हरगोबिन ने देखी है अपनी आँखों से द्रौपदी-चीर-हरण लीला! बनारसी साड़ी को तीन टुकड़े करके बँटवारा किया था, निर्दय भाइयों ने। बेचारी बड़ी बहुरिया!

गाँव की मोदिआइन बूढ़ी न जाने कब से आँगन में बैठकर बड़बड़ा रही थी—उधार का सौदा खाने में बड़ा मीठा लगता है और दाम देते समय मोदिआइन की बात कड़वी लगती है। मैं आज दाम लेकर ही उठूँगी।

बड़ी बहुरिया ने कोई जवाब नहीं दिया।

हरगोबिन ने फिर लम्बी साँस ली। जब तक यह मोदिआइन आँगन से नहीं टलती, बड़ी बहुरिया हरगोबिन से कुछ नहीं बोलेगी। वह अब चुप नहीं रह सका,

"मोदिआइन काकी, बाकी-बकाया वसूलने का यह काबुली-कायदा तो तुमने खूब सीखा है।"

'काबुली-कायदा' सुनते ही मोदिआइन तमककर खड़ी हो गई, "चुप रह मुँह-झौंसे! निमौछिये...!"

"क्या करूँ काकी, भगवान् ने मूँछ-दाढ़ी दी नहीं, न काबुली आगा साहब की तरह गुलजार दाढ़ी...!"

"फिर काबुल का नाम लिया तो जीभ पकड़कर खींच लूँगी।"

हरगोबिन ने जीभ बाहर निकालकर दिखलाई—अर्थात् खींच ले।

...पाँच साल पहले गुल मुहम्मद आगा उधार कपड़ा लगाने के लिए गाँव में आता था और मोदिआइन के ओसारे पर दूकान लगाकर बैठता था। आगा कपड़ा देते समय बहुत मीठा बोलता और वसूली के समय जोर-जुल्म से एक का दो वसूलता। एक बार कई उधार लेनेवालों ने मिलकर काबुली की ऐसी मरम्मत कर दी कि फिर लौटकर गाँव में नहीं आया। लेकिन इसके बाद ही दुखनी मोदिआइन लाल मोदिआइन हो गई।...काबुली क्या, काबुली बादाम के नाम से भी चिढ़ने लगी मोदिआइन! गाँव के नाचनेवाले ने नाच में काबुली का स्वाँग किया था : "तुम अमारा मुलुक जायगा मोदिआइन? अम काबुली बादाम-पिस्ता-अकरोट किलायगा...!"

मोदिआइन बड़बड़ाती, गाली देती हुई चली गई तो बड़ी बहुरिया ने हरगोबिन से कहा, "हरगोबिन भाई, तुमको एक संवाद ले जाना है। आज ही बोलो, जाओगे न?"

"कहाँ?"

"मेरी माँ के पास!"

हरगोबिन बड़ी बहुरिया की छलछलाई आँखों में डूब गया, "कहिए, क्या संवाद है?"

संवाद सुनाते समय बड़ी बहुरिया सिसकने लगी। हरगोबिन की आँखें भी भर आईं।...बड़ी हवेली की लक्ष्मी को पहली बार इस तरह सिसकते देखा है हरगोबिन ने। वह बोला, "बड़ी बहुरिया, दिल को कड़ा कीजिए।"

"और कितना कड़ा करूँ दिल?...माँ से कहना मैं भाई-भाभियों की नौकरी करके पेट पालूँगी। बच्चों के जूठन खाकर एक कोने में पड़ी रहूँगी, लेकिन यहाँ अब नहीं...अब नहीं रह सकूँगी।...कहना, यदि माँ मुझे यहाँ से नहीं ले जाएगी तो मैं किसी दिन गले में घड़ा बाँधकर पोखरे में डूब मरूँगी।...बथुआ-साग खाकर कब तक जीऊँ? किसलिए...किसके लिए?"

हरगोबिन का रोम-रोम कलपने लगा। देवर-देवरानियाँ भी कितने बेदर्द हैं। ठीक अगहनी धान के समय बाल-बच्चों को लेकर शहर से आएँगे। दस-पन्द्रह दिनों में कर्ज-उधार की ढेरी लगाकर, वापस जाते समय दो-दो मन के हिसाब से चावल-चूड़ा ले जाएँगे। फिर आम के मौसम में आकर हाजिर। कच्चा-पक्का आम तोड़कर बोरियों में बन्द करके चले जाएँगे। फिर उलटकर कभी नहीं देखते...राक्षस हैं सब!

बड़ी बहुरिया आँचल के खूँट से पाँच रुपए का एक गन्दा नोट निकालकर बोली, ''पूरा राह-खर्च भी नहीं जुटा सकी। आने का खर्चा माँ से माँग लेना। उम्मीद है, भैया तुम्हारे साथ ही आवेंगे।''

हरगोबिन बोला, ''बड़ी बहुरिया, राह-खर्च देने की जरूरत नहीं। मैं इन्तजाम कर लूँगा।''

''तुम कहाँ से इन्तजाम करोगे?''

''मैं आज दस बजे की गाड़ी से ही जा रहा हूँ।''

बड़ी बहुरिया हाथ में नोट लेकर चुपचाप, भाव-शून्य दृष्टि से हरगोबिन को देखती रही। हरगोबिन हवेली से बाहर आ गया। उसने सुना, बड़ी बहुरिया कह रही थी, ''मैं तुम्हारी राह देख रही हूँ।''

संवदिया! अर्थात् सन्देशवाहक!

हरगोबिन संवदिया!...संवाद पहुँचाने का काम सभी नहीं कर सकते। आदमी भगवान के घर से ही संवदिया बनकर आता है। संवाद के प्रत्येक शब्द को याद रखना, जिस सुर और स्वर में संवाद सुनाया गया है, ठीक उसी ढंग से जाकर सुनाना, सहज काम नहीं। गाँव के लोगों की गलत धारणा है कि निठल्ला, कामचोर और पेटू आदमी ही संवदिया का काम करता है। न आगे नाथ, न पीछे पगहा। बिना मज़दूरी लिए ही जो गाँव-गाँव संवाद पहुँचावे, उसको और क्या कहेंगे!...औरतों का गुलाम। जरा-सी मीठी बोली सुनकर ही नशे में आ जाए, ऐसे मर्द को भी भला मर्द कहेंगे? किन्तु, गाँव में कौन ऐसा है, जिसके घर की माँ-बहू-बेटी का संवाद हरगोबिन ने नहीं पहुँचाया है।...लेकिन ऐसा संवाद पहली बार ले जा रहा है वह।

गाड़ी पर सवार होते ही हरगोबिन को पुराने दिनों और संवादों की याद आने लगी। एक करुण-गीत की भूली हुई कड़ी फिर उसके कानों के पास गूँजने लगी :

''पैयाँ पड़ूँ दाढ़ी धरूँ...
हमरो संवाद ले ले जाहु रे संवदिया-या-या!..''

बड़ी बहुरिया के संवाद का प्रत्येक शब्द उसके मन में काँटे की तरह चुभ रहा है—किसके भरोसे यहाँ रहूँगी? एक नौकर था, वह भी कल भाग गया। गाय खूँटे से बँधी भूखी-प्यासी हिकर रही है। मैं किसके लिए इतना दुख झेलूँ?

हरगोबिन ने अपने पास बैठे हुए एक यात्री से पूछा, ''क्यों भाई साहेब, थाना बिंहपुर में डाकगाड़ी रुकती है या नहीं?''

यात्री ने मानो कुढ़कर कहा, ''थाना बिंहपुर में सभी गाड़ियाँ रुकती हैं।''

हरगोबिन ने भाँप लिया, यह आदमी चिड़चिड़े स्वभाव का है, इससे कोई बातचीत नहीं जमेगी। वह फिर बड़ी बहुरिया के संवाद को मन-ही-मन दुहराने लगा।...लेकिन, संवाद सुनाते समय वह अपने कलेजे को कैसे सँभाल सकेगा! बड़ी बहुरिया संवाद कहते समय जहाँ-जहाँ रोई है, वहाँ भी रोएगा!

कटिहार जंक्शन पहुँचकर उसने देखा, पन्द्रह-बीस साल में बहुत कुछ बदल गया है। अब स्टेशन पर उतरकर किसी से कुछ पूछने की जरूरत नहीं। गाड़ी पहुँची और तुरन्त भोंपे से आवाज अपने आप निकलने लगी—थाना बिंहपुर, खगड़िया और बरौनी जानेवाले यात्री तीन नम्बर प्लेटफार्म पर चले जाएँ। गाड़ी लगी हुई है।

हरगोबिन प्रसन्न हुआ—कटिहार पहुँचने के बाद ही मालूम होता है कि सचमुच सुराज हुआ है। इसके पहले कटिहार पहुँचकर किस गाड़ी में चढ़ें और किधर जाएँ, इस पूछताछ में ही कितनी बार उसकी गाड़ी छूट गई है।

गाड़ी बदलने के बाद फिर बड़ी बहुरिया का करुण मुखड़ा उसकी आँखों के सामने उभर गया—'हरगोबिन भाई, माँ से कहना, भगवान् ने आँखें फेर लीं, लेकिन मेरी माँ तो है...किसलिए...किसलिए...मैं बथुआ-साग खाकर कब तक जीऊँ?'

थाना बिंहपुर स्टेशन पर जब गाड़ी पहुँची तो हरगोबिन का जी भारी हो गया। इसके पहले भी कई भले-बुरे संवाद लेकर वह इस गाँव में आया है, कभी ऐसा नहीं हुआ। उसके पैर गाँव की ओर बढ़ ही नहीं रहे थे। इसी पगडंडी से बड़ी बहुरिया अपने मैके लौट आवेगी। गाँव छोड़कर चली जावेगी। फिर कभी नहीं जावेगी!

हरगोबिन का मन कलपने लगा—तब गाँव में क्या रह जाएगा? गाँव की लक्ष्मी ही गाँव छोड़कर चली आवेगी!...किस मुँह से वह ऐसा संवाद सुनाएगा? कैसे कहेगा कि बड़ी बहुरिया बथुआ-साग खाकर गुजर कर रही है।...सुननेवाले हरगोबिन के गाँव का नाम लेकर थूकेंगे—कैसा गाँव है, जहाँ लक्ष्मी-जैसी बहुरिया दुख भोग रही है!

अनिच्छापूर्वक हरगोबिन ने गाँव में प्रवेश किया।

हरगोबिन को देखते ही गाँव के लोगों ने पहचान लिया—जलालगढ़ गाँव का संवदिया आया है!..न जाने क्या संवाद लेकर आया है!

"राम-राम भाई! कहो, कुशल समाचार ठीक है न?"

"राम-राम भैयाजी। भगवान की दया से आनन्दी है।"

"उधर पानी-बूँदी पड़ा है?"

बड़ी बहुरिया के बड़े भाई ने पहले हरगोबिन को नहीं पहचाना। हरगोबिन ने अपना परिचय दिया, तो उन्होंने सबसे पहले अपनी बहिन का समाचार पूछा, "दीदी कैसी हैं?"

"भगवान की दया से सब राज-खुशी है।"

मुँह-हाथ धोने के बाद हरगोबिन की बुलाहट आँगन में हुई। अब हरगोबिन काँपने लगा। उसका कलेजा धड़कने लगा...ऐसा तो कभी नहीं हुआ?...बड़ी बहुरिया की छलछलाई हुई आँखें! सिसकियों से भरा हुआ संवाद! उसने बड़ी बहुरिया की बूढ़ी माता को पाँवलागी की।

बूढ़ी माता ने पूछा, "कहो बेटा, क्या समाचार है?"

''मायजी, आपके आशीर्वाद से सब ठीक है।''

''कोई संवाद?''

''एँ?...संवाद?...जी, संवाद तो कोई नहीं। मैं कल सिरसिया गाँव आया था, तो सोचा कि एक बार चलकर आप लोगों का दर्शन कर लूँ।''

बूढ़ी माता हरगोबिन की बात सुनकर कुछ उदास-सी हो गई, ''तो तुम कोई संवाद लेकर नहीं आए हो?''

''जी नहीं, कोई संवाद नहीं।...ऐसे बड़ी बहुरिया ने कहा है कि यदि छुट्टी हुई तो दशहरा के समय गंगाजी के मेले में आकर माँ से भेंट-मुलाकात कर जाऊँगी।'' बूढ़ी माता चुप रही। हरगोबिन बोला, ''छुट्टी कैसे मिले! सारी गृहस्थी बड़ी बहुरिया के ऊपर ही है।''

बूढ़ी माता बोली, ''मैं तो बबुआ से कह रही थी कि जाकर दीदी को लिवा लाओ, यहीं रहेगी। वहाँ अब क्या रह गया है? जमीन-जायदाद तो सब चली ही गई। तीनों देवर अब शहर में जाकर बस गए हैं। कोई खोज-खबर भी नहीं लेते। मेरी बेटी अकेली...!''

''नहीं मायजी! जमीन-जायदाद अभी भी कुछ कम नहीं। जो है, वही बहुत है। टूट भी गई है, तो आखिर बड़ी हवेली ही है। 'सवांग' नहीं है, यह बात ठीक है। मगर, बड़ी बहुरिया का तो सारा गाँव ही परिवार है। हमारे गाँव की लक्ष्मी है बड़ी बहुरिया।...गाँव की लक्ष्मी गाँव को छोड़कर बाहर कैसे जाएगी? यों, देवर लोग हर बार आकर ले जाने की जिद्द करते हैं।''

बूढ़ी माता ने अपने हाथ हरगोबिन को जलपान लाकर दिया, ''पहले थोड़ा जलपान कर लो, बबुआ।''

जलपान करते समय हरगोबिन को लगा, बड़ी बहुरिया दालान पर बैठी उसकी राह देख रही है—भूखी-प्यासी...! रात में भोजन करते समय भी बड़ी बहुरिया मानो सामने आकर बैठ गई...कर्ज-उधार अब कोई देते नहीं।...एक पेट तो कुत्ता भी पालता है। लेकिन मैं?...माँ से कहना...!!

हरगोबिन ने थाली की ओर देखा—दाल-भात, तीन किस्म की भाजी भी, पापड़, अचार।...बड़ी बहुरिया बथुआ-साग उबालकर खा रही होगी।

बूढ़ी माता ने कहा, ''क्यों बबुआ, खाते क्यों नहीं?''

''मायजी, पेट-भर जलपान जो कर लिया है।''

''अरे जवान आदमी तो पाँच बार जलपान करके भी एक थाल भात खाता है।''

हरगोबिन ने कुछ नहीं खाया। खाया नहीं गया।

संवदिया डटकर खाता है और 'अफर' कर सोता है, किन्तु हरगोबिन को नींद नहीं आ रही है।...यह उसने क्या किया? क्या कर दिया? वह किसलिए आया था? वह झूठ क्यों बोला?...नहीं, नहीं, सुबह उठते ही वह बूढ़ी माता को बड़ी बहुरिया का

सही संवाद सुना देगा–अक्षर-अक्षर : 'मायजी, आपकी इकलौती बेटी बहुत कष्ट में है। आज ही किसी को भेजकर बुलवा लीजिए। नहीं तो वह सचमुच कुछ कर बैठेगी। आखिर, किसके लिए वह इतना सहेगी!...बड़ी बहुरिया ने कहा है, भाभी के बच्चों के जूठन खाकर वह एक कोने में पड़ी रहेगी...!'

रात-भर हरगोबिन को नींद नहीं आई।

आँखों के सामने बड़ी बहुरिया बैठी रही–सिसकती, आँसू पोंछती हुई। सुबह उठकर उसने दिल को कड़ा किया। वह संवदिया है। उसका काम है सही-सही संवाद पहुँचाना। वह बड़ी बहुरिया का संवाद सुनाने के लिए बूढ़ी माता के पास जा बैठा। बूढ़ी माता ने पूछा, "क्या है, बबुआ? कुछ कहोगे?"

"मायजी, मुझे इसी गाड़ी से वापस जाना होगा, कई दिन हो गए।"

"अरे, इतनी जल्दी क्या है! एकाध दिन रहकर मेहमानी कर लो।"

"नहीं मायजी। इस बार आज्ञा दीजिए। दशहरा में मैं भी बड़ी बहुरिया के साथ आऊँगा। तब डटकर पन्द्रह दिनों तक मेहमानी करूँगा।"

बूढ़ी माता बोली, "ऐसी जल्दी थी तो आए ही क्यों? सोचा था, बिटिया के लिए दही-चूड़ा भेजूँगी। सो दही तो नहीं हो सकेगा आज। थोड़ा चूड़ा है बासमती धान का, लेते जाओ।"

चूड़ा की पोटली बगल में लेकर हरगोबिन आँगन से निकला तो बड़ी बहुरिया के बड़े भाई ने पूछा, "क्यों भाई, राह-खर्च है तो?"

हरगोबिन बोला, "भैयाजी, आपकी दुआ से किसी बात की कमी नहीं।"

स्टेशन पहुँचकर हरगोबिन ने हिसाब किया। उसके पास जितने पैसे हैं, उससे कटिहार तक टिकट ही वह खरीद सकेगा। और यदि चौअन्नी नकली साबित हुई तो सैमापुर तक ही।...बिना टिकट के वह एक स्टेशन भी नहीं जा सकेगा। डर के मारे उसकी देह का आधा खून सूख जाएगा।

गाड़ी में बैठते ही उसकी हालत अजीब हो गई। वह कहाँ आया था? क्या करके जा रहा है? बड़ी बहुरिया को क्या जवाब देगा?

यदि गाड़ी में निरगुन गानेवाला सूरदास न आता, तो न जाने उसकी क्या हालत होती! सूरदास के गीतों को सुनकर उसका जी स्थिर हुआ, थोड़ा–

...कि आहो रामा!
नैहरा को सुख सपन भयो अब,
देश पिया को डोलिया चली...ई...ई...ई,
भाई रोओ मति, यही करम की गति...!!

सूरदास चला गया तो उसके मन में बैठी हुई बड़ी बहुरिया फिर रोने लगी–किसके लिए इतना दुख सहूँ?

पाँच बजे भोर में वह कटिहार स्टेशन पहुँचा।

भोंपे से आवाज आ रही थी–बैरगाद्दी, कुसियार और जलालगढ़ जानेवाले यात्री एक नम्बर प्लेटफार्म पर चले जाएँ।

हरगोबिन को जलालगढ़ जाना है, किन्तु वह एक नम्बर प्लेटफार्म पर कैसे जाएगा? उसके पास तो कटिहार तक का ही टिकट है।...जलालगढ़! बीस कोस!... बड़ी बहुरिया राह देख रही होगी।...बीस कोस की मंजिल भी कोई दूर की मंजिल है? वह पैदल ही जाएगा।

हरगोबि्न महावीर-विक्रम-बजरंगी का नाम लेकर पैदल ही चल पड़ा। दस कोस तक वह मानो 'बाई' के झोंके पर रहा। कसबा शहर पहुँचकर उसने पेट-भर पानी पी लिया। पोटली में नाक लगाकर उसने सूँघा–अहा! बासमती धान का चूड़ा है। माँ की सौगात–बेटी के लिए। नहीं, वह इससे एक मुट्ठी भी नहीं खा सकेगा...किन्तु, वह क्या जवाब देगा बड़ी बहुरिया को!

उसके पैर लड़खड़ाए।...उँहूँ, अभी वह कुछ नहीं सोचेगा। अभी सिर्फ चलना है। जल्दी पहुँचना है, गाँव।...बड़ी बहुरिया की डबडबाई हुई आँखें उसको गाँव की ओर खींच रही थीं–मैं बैठी राह ताकती रहूँगी!...

पन्द्रह कोस!...माँ से कहना, अब नहीं रह सकूँगी। सोलह-सत्रह-अठारह जलालगढ़ स्टेशन का सिगनल दिखलाई पड़ता है...गाँव का ताड़ सिर ऊँचा करके उसकी चाल को देख रहा है। उसी ताड़ के नीचे बड़ी हवेली के दालान पर चुपचाप टकटकी लगाकर राह देख रही है बड़ी बहुरिया–भूखी-प्यासी : 'हमरो संवाद ले ले जाहु रे संवदिया...या...या!!'

लेकिन, यह कहाँ चला आया हरगोबिन? यह कौन गाँव है? पहली साँझ में ही अमावस्या का अन्धकार। किस राह से वह किधर जा रहा है?...नदी है? कहाँ से आ गई नदी? नदी नहीं, खेत है।...ये झोंपड़े हैं या हाथियों का झुंड? ताड़ का पेड़ किधर गया? वह राह भूलकर न जाने कहाँ भटक गया...इस गाँव में आदमी नहीं रहते क्या?...कहीं कोई रोशनी नहीं, किससे पूछे?...कहाँ, वह रोशनी है या आँखें? वह खड़ा है या चल रहा है? वह गाड़ी में है या धरती पर...?

"हरगोबिन भाई, आ गए?" बड़ी बहुरिया की बोली, या कटिहार स्टेशन का भोंपा बोल रहा है?

"हरगोबिन भाई, क्या हुआ तुमको...?"

"बड़ी बहुरिया?"

हरगोबिन ने हाथ से टटोलकर देखा, वह बिछावन पर लेटा हुआ है। सामने बैठी छाया को छूकर बोला, "बड़ी बहुरिया?"

"हरगोबिन भाई, अब जी कैसा है?...लो, एक घूँट दूध और पी लो।...मुँह खोलो...हाँ...पी जाओ। पीओ!"

हरगोबिन होश में आया।...बड़ी बहुरिया दूध पिला रही है?

उसने धीरे-धीरे हाथ बढ़ाकर बड़ी बहुरिया का पैर पकड़ लिया, ''बड़ी बहुरिया। ...मुझे माफ करो। मैं तुम्हारा संवाद नहीं कह सका।...तुम गाँव छोड़कर मत जाओ। तुमको कोई कष्ट नहीं होने दूँगा। मैं तुम्हारा बेटा! बड़ी बहुरिया, तुम मेरी माँ, सारे गाँव की माँ हो! मैं अब निठल्ला बैठ नहीं रहूँगा। तुम्हारा सब काम करूँगा।...बोलो, बड़ी माँ तुम...तुम गाँव छोड़कर चली तो नहीं जाओगी? बोलो...!!''

बड़ी बहुरिया गर्म दूध में एक मुट्ठी बासमती चूड़ा डालकर मसकने लगी।...संवाद भेजने के बाद से ही वह अपनी गलती पर पछता रही थी।

अक्टूबर, 1962

हाथ का जस और बाक का सत्त

इस बार तीन साल के बाद गाँव लौटा।

स्टेशन के पास, बद्री भगत के पिछवाड़े में खड़े बूढ़े गूलर के पेड़ की दुर्गति देखकर समझ गया—पिछले कई महीने से इलाके में कोई भीषण शिशु-रोग फैला हुआ है और जग्गू पंसारी जीवित है।...गूलर के तने पर खाल नहीं, समझो (गाँव का) अच्छा हाल नहीं। गूलर का दूध और बाकल (वल्कल) उस अनाम शिशु-रोग की एकमात्र रामबाण दवा है—आज भी?...जग्गू पंसारी आज भी चुनौती-भरे सुर में कहता हो—सिविल सरजंट हो चाहे टैनबनरजी डॉक्टर, इस रोग का नाम ही नहीं जानता कोई। दवा क्या करेगा?...

गाड़ीवान से पूछा—"क्यों कुसुमलाल! जग्गू पंसारी जिन्दा है?"

कुसुमलाल ने सुर खींचकर एक शब्द में जवाब दिया है—हैं-ए-ए-ए! जिसका अर्थ हुआ—हाँ, किसी तरह जी रहा है। होंठों में दबे खैनी-तम्बाकू को थूककर उसने अपने वक्तव्य को स्पष्ट किया—जिन्दा तो है लेकिन, समझिए कि मुर्दा होकर जी रहा है।

"बीमार है? क्या हुआ है?"

कुसुमलाल ने बैलों को एक भद्दी गाली दी। फिर बोला, "होगा क्या?"

कुसुमलाल ने मुस्कुराने की चेष्टा की—"पिछले साल मति भरम गई, समझिए। इस बुढ़ापे में एक 'जवान तड़तड़' पहाड़िन को घर में बैठा लिया। तब से, दवा-दारू और हाट-बाजार सब बन्द। दिन-भर आँगन में बैठकर पहाड़िन से लील्ला...भला कहिए, बूढ़ा आदमी गावेगा कि मेरा मन डोले कि मेरा तन डोले।"

तीन साल बाद गाँव लौट रहा हूँ। कुसुमलाल गाड़ीवान इन तीन वर्षों में मूक से वाचाल हो गया है—यह तो स्टेशन पर ही समझ गया था। अब समझा कि कुसुमलाल वाचाल ही नहीं, रसदार गप्पी भी हो गया है। मुझे अचरज हुआ तो कुसुमलाल के उत्साह में वृद्धि हुई, जग्गू प्रसंग फिर शुरू हुआ—"बेटे से लड़ाई-झगड़ा, मार-फसाद, पर-पंचायत, बाँट-बखरा...रोज बखेड़ा! आजिज होकर बेटा रसिकलाल भिन्न हो गया। अब तो, दवा-दारू, हाट-बाजार, सबकुछ रसिकलाल ही करता है। सो हाथ में जस है रसिकलाल के। बाप से बीस निकलेगा—उन्नीस नहीं।...इस बार खूब कमाया है। रुपया पीटकर ढेर कर दिया। पक्का मकान बनवा रहा है।"

...हाथ से निकल चुके कुसुमलाल के बेटे को रसिकलाल ने ही यमदूतों के हाथ से छुड़ाया है, कार्तिक महीने में। वह रसिकलाल को धन्वन्तरी का अवतार मानता है। माने। मेरी भी जान जग्गू पंसारी की बसारी की बचाई हुई है। और मैं भी मानता हूँ कि जग्गू की कई जड़ी-बूटियों में कई संजीवनी-बूटी भी हैं। संजीवनी-बूटी न भी हो, उसी जाति की (ग्रुप की) कोई बूटी उसके पास जरूर है। लेकिन, कुसुमलाल तुला हुआ है। बेटे को 'बीस' और बाप को 'अट्ठारह' साबित करने के लिए, जग्गू पंसारी की निन्दावली शुरू की–सुनते हैं कि जवान बनने की सबसे कीमती जड़ी–जितनी उसकी झोली में थी...माने, दस बूढ़ों के खुराक–सब एक ही साथ खा गया। जाड़े की रात में भी तीन बार नहाना शुरू किया जग्गू बूढ़े ने!...जी नहीं, पहले ऐसा नहीं था। लड़के का गौना हुआ, नई दुलहिन घर में आई। इसके बाद से ही उसको न जाने क्या हो गया। दूसरे ही महीने में न जाने कहाँ से एक जवान-तड़तड़...।

कुसुमलाल जग्गू की पहाड़िन-स्त्री के बारे में जब बोलता है, 'जवान-तड़तड़' विशेषण लगाना नहीं भूलता। ''रसिकलाल की नई दुलहन भी जवान है। सिंगार-पटार भी करती है। करना ही चाहिए, लेकिन...''

–लेकिन क्या?

...लेकिन इस बूढ़े ने तो कमाल कर दिया। रसिकलाल की बहुरिया एक दिन जालीदार कुर्ता पहनकर नाच देखने गई बायस्कोप का। दूसरे ही दिन जग्गू बूढ़े ने अपनी जवान पहाड़िन को 'इसपिरिंगवाला मेमकाट कुर्ता' पहनाकर घर से निकाला कि देखनेवालों की आँखें...।

कुसुमलाल जिस बात को 'हाइलाइट' करना चाहता है, उसे अधूरी छोड़ देता है। मुझे पूछना ही पड़ा–क्यों, क्या हुआ? देखनेवालों की आँखें फूटी-ऊटी तो नहीं?

कुसुमलाल ने मुझे कनखियों से पूछा। उसने चुप होने के पहले एक पंक्ति की मोटी निन्दा की–अब न उसके हाथ में जस है और न बाक में सत्त। सब पहाड़िन ने खींच लिया।

हाथ का जस, बाक का सत्त!

जग्गू के 'जस' और 'सत्त' की सैकड़ों कहानियाँ प्रचलित हैं। तीस-चालीस वर्षों से जग्गू के 'जस' और सत्त' के बारे में कहानियाँ सुनी जाती हैं। सम्भव है, अधिकांश कहानियाँ खुद जग्गू की गढ़ी हुई हों। छोटी-से-छोटी और बड़ी-से-बड़ी अचरज-भरी कहानियाँ...गोदान के बाद जग्गू आया और रोगी की नाड़ी पर हाथ रखकर बोला– ''कौन कहता है कि दम टूट गया? बस, एक पुड़िया दवा दिया कि बूढ़ा उठकर बैठ गया।...कसबा-शहर की मशहूर जमींदारिन को बुढ़ापे में सभी दाँत फिर से उग आए। भुने हुए चने की शौकीन बूढ़ी जमींदारिन, अस्सी साल की उम्र में पत्थर के दाँत में मिस्सी लगाती है।''

चालीस साल पहले की बात!

जब दूर देहातों में—सौ रोग की कोई एक पेटेंट दवा के सिवा कोई अंग्रेजी दवा नहीं पहुँचती थी। इलाके में पीलिया-रोग जोर-शोर से फैला था। औकादवालों ने शहर से बड़े डॉक्टरों को बुलाकर देखा—इस रोग की कोई दवा डॉक्टरों के पास नहीं।... कोई अंग्रेजी दवा बनी ही नहीं है।

...सारे इलाके में एक पीली प्रेतनी नाच रही थी। रोज दो-तीन आदमी टूटते। बच्चे आध दर्जन से डेढ़ दर्जन तक। खेलता-कूदता, भोला-भाला बालक हठात् बुखार से चीख उठता। फिर सारी दुनिया पीली...हल्दी की ढेरी...रक्तहीन देह...हल्दी में रँगी हुई लाशें!! दिन-रात गाँव के आस-पास चील-काग, कुत्ते-सियार लड़ते रहते।

ऐसे ही दुर्दिन में गाँव की गलियों में एक अजीब आवाज में किसी ने हाँक लगाई—ति-वा-आ-आ-री-ई-ई...बैद-बैद-बैद-अ-अ-द-वा-आ-आ-ई-ई-ले जा, लेजा!!

लोगों ने झाँककर देखा—पीली पगड़ी बाँधकर आगे-आगे तिवारी अर्थात् वैद्य और कन्धे पर बहंगी ढोता हुआ उसका चाकर। हाँक, चाकर ही लगाता था। औरतों से रोगों के बारे में पूछताछ और दर-दस्तूर भी वही करता!

उसी दिन सारे मौजा में कानों-कान फैल गई बात—पीलिया कहो या पियरी चाहे हल्दिया पिशाच—चुटकी बजाकर इस रोग को उड़ा देनेवाला बैद आ गया है।

नवटोली गाँव में तिवारी बैद ने अपना डेरा डाला।

उसका चाकर जग्गू, दिन-भर जड़ी-बूटी कूटता और रह-रहकर रोगियों की भीड़ पर अभयवाणी की वर्षा करता, 'पीलिया कहो या पियरी या हल्दिया पिशाच...अंग्रेज लोग क्या बनावेंगे इसकी दवा। पीलिया का नाम सुनते ही उनके चेहरे पीले पड़ जाते हैं...बैदजी को हिमालय पर्वत से लौटते हुए साधू ने जड़ी बता दी थी। इसलिए, इस रोग की दवा का पैसा नहीं लेते। सिर्फ प्रनामी लेते हैं, धर्मशाला के लिए। गुरु का वचन! यथाशक्ति तथा भक्ति!!'

शक्ति के अनुसार भक्ति दिखलाई सिमराहा के साहूकार ने। एकलौते बेटे को पीलिया के पंजे से छुड़ाने के लिए मोहन साहूकार ने 'प्रनामी' में पाँच सौ रुपए की थैली थमा दी। नवटोली गाँव का नाम ही बदल गया। गाँव का नाम मशहूर हुआ हल्दिया। अर्थात् जहाँ हल्दिया यानी पियरी-जैसे भीषण रोग को चुटकी बजाकर उड़ा देनेवाला बैद आया है। हल्दिया बैद! हल्दिया गाँव!

...कि पन्द्रहवें दिन तिवारी बैद को सूरज की रोशनी पीली दिखलाई पड़ी, दोपहर की धूप भी पीली! तिवारी बैद ने समझ लिया—पीली प्रेतनी ही है। बीसवें दिन अपने चतुर चाकर जग्गू की सेवा और दवा के बावजूद पियराकर गिर पड़े बैदजी।...लाल टेसू देह बैद की अमलतास के फूलों के ढेर-जैसी...

आसपास के बीसों गाँव में सन्नाटा छा गया—'अब? अब क्या होगा भगवान?'

"घबराने की बात नहीं है।" बैद के चाकर ने कहा, "आठ साल की उम्र से ही बैद की बहंगी बेकार नहीं ढोयी है। पीलिया कहो या पियरी चाहे जोन्डिस... ।"

हजारों भयभीत प्राण फिर मुस्कुराए–"सच...हाँ, बैद का चाकर बैद से बीस ही है, उन्नीस नहीं। चुटकी बजाने की भी जरूरत नहीं। उँगली उठाकर रोगी की ओर इशारा करता है, रोग छू-मन्तर...।"

अपने सद्यः स्वर्गीय गुरु के प्रति भक्ति-भरी वाणी बोलने के बाद बैद का चाकर जग्गू अपनी आवाज को तनिक मद्धिम करके कहता, "भाई! नीयत ही सबकुछ है। गुरु का हुकुम था कि धरमशाले के खाते में एक सौ रुपया पूरते ही फौरन कुटिया के पते पर मनिआडार कर देना–सीधे हरदुआर। निन्नानबे रुपए तक अपने पास रख सकते हो।...सो गफलत कहिए या नीयत चाहे भावी प्रालब्ध...पीलिया कहिए या भगवान की मार!"

बैद का चाकर जग्गू! चाकर नहीं, अब सोलह आना बैद!!

गुरु से भी तेज, जग्गू बैद! साल-भर में, सारे इलाके से पीलिया को जड़-मूल से उखाड़कर फेंका जग्गू ने। उसने प्रतिज्ञा की थी–'या तो मैं ही यहाँ जड़ जमाऊँगा या यह पापिन पीलिया ही।' जरूर मनिऑर्डर ठीक समय पर–निन्नानबे के बाद सौ होते ही–भेजता होगा, कुटिया के पते पर–हरदुआर!

पीलिया समाप्त होते ही जग्गू ने ऐलान किया–"सिर्फ पीलिया ही नहीं, सभी असाध्य रोगों की दवा चला सकता हूँ।" लोगों ने देखा, जग्गू सचमुच अपने गुरु से भी ज्यादा सच्चा है। जो कहता है, कर दिखाता है।...बुखार में खट्टा दही और भात, पथ्य खिलाता है। इमली की चटनी भी!

दवा और जड़ी-बूटी के अलावा जग्गू की छोटी-मोटी कहानियों का प्रभाव रोगियों पर अधिक पड़ता था शायद। दवा कूटते-छाँटते, रोगी की नाड़ी देखते समय भी उसकी कहानी बन्द नहीं होती। रोग-जाँच करते वक्त वह अपनी कहानी की मोटी-मोटी बातें ही सुनाता। जाँच के बाद कोई चमत्कारपूर्ण कथा।

यथा : तम्बाकू के मशहूर व्यापारी को डेढ़ लाख रुपए का घाटा लगा। उसने सोचा कि इस जान को अब देह के पिंजड़े में बन्द करके रखना बेकार है। दोनों पैर में 'महिषा-दादा'। महिषा-दादा कहो या इकजिमा, बात एक ही है। इसी इकजिमा के कारण डेढ़ लाख का घाटा। और इकजिमा को अंग्रेज लोग असाध्य मानते हैं। किसी ने मेरा नाम बता दिया।...जाकर देखिए, परसों से कीर्तन करवाने का जोगाड़ लगा रहा है। मिठाई बँटेगी। सिर्फ चार दिनों में साला इकजिमा, भूसी की तरह देह से झड़ गया। जाकर देख सकते हैं।...

ऐसी कहानियों के प्रसंग में जग्गू, पटने के प्रसिद्ध डॉक्टर टी. एन. बनर्जी साहब का नाम दो-तीन बार अवश्य लेता–एक बार की बात है...।

पुरानी खाँसी से परीशान बूढ़ी की कुकुर-खाँसी, इस कहानी की प्रथम पंक्ति को सुनकर ही रुक जाती। जग्गू, अपने सफरी हुक्के पर चिलम रखकर कुछ देर तक गुड़गुड़ाता रहता। फिर एक बार की बात है। परसा राज के मनिजर के दामाद का

पेशाब अटक गया।...बैदजी से चार महीने की छुट्टी लेकर मैं भी परसा गया था। परसा में मेरा ससुराल है।...मनिजर साहब के दामाद के पेशाब अटकने की बात तुरत गजट में छापी हो गई। मनिजर की नौकरानी, रिश्ते में मेरी साली लगती थी। मैंने मनिजर की नौकरानी से कहा कि गजट-छापी से भला पेशाब होगा? जाओ कुल्थी का पानी पिलाओ। नौकरानी बोली मनिजरानी से, मनिजरानी बोली जाकर डॉक्टर से तो 'सिविल सरजंट' बोला कि नहीं, जब तक पटने से टैनबनर्जी साहेब डॉक्टर नहीं आते हैं, दवा क्या एक बूँद पानी भी नहीं चलेगा किसी का।...लो भाई, आने दो टैनबनर्जी साहेब को। हम भी दर्शन कर लेंगे।...डॉक्टर हैं टैनबनर्जी! सौ डॉक्टर पर एक डॉक्टर, समझिए कि हौल इंडिया से भी बाहर जिनका 'जस' फैला हुआ है! ऐसे डॉक्टर का दर्शन भी दुर्लभ है।...सो, हवाई जहाज गिनगिनाता हुआ उतरा परसा पोलो-मैदान में! हवाई जहाज से उतरे टैनबनर्जी साहेब।...हरदम हँसते रहते हैं टैनबनर्जी डॉक्टर। क्या डॉक्टर है बाबा। मोटर से हवेली में आए। रोगी की नाड़ी पर हाथ रख दिया। पेट को टटोलकर देखा और चिल्लाए—कुलुथ! जल्दी से कुलुथ का पानी पिलाओ। तुरत...।

सो, मनिजरानी तो पहले से ही पानी में कुल्थी डालकर बैठी थी। हाँ, मनिजरानी इसके पहले मुझसे, पच्चीस साल पुराना सिरदर्द झड़वा चुकी थी। तुरत चम्मच से कुल्थी का पानी पिलाया।...

जग्गू की ऐसी कहानियाँ प्रायः 'डबल-क्लाइमेक्स' वाली होतीं।

...सो, पहला चम्मच ही पिया कि टोटा जो फूटा—तो फिर बिछावन, चादर, गजट-कागज-अखबार और कपड़ा-लत्ता—सब ज-ला-म-य?? लगा, कटिहार-टीशन की पानी की कलटेरी खुल गई हि-हि-हि-हि!!

खाँसी से जरजर पोपली बूढ़ी के होंठों पर सलज्ज मुस्कुराहट खिल पड़ती। हँसी की फुलझड़ी छूटती जवान लड़कियों के कंठ से। बच्चे हँसते-हँसते बेहाल!!

बूढ़ी की खाँसी से परीशान, परिवार के लोग उस रात को गहरी नींद से सोते।

रोग को छुड़ाने के लिए, रोगियों के दुख-दर्द को दूर करने के लिए जग्गू अपने अनेक गुणों का प्रयोग करता आवश्यकतानुसार। टोटका, तन्त्र-मन्त्र, झाड़-फूँक, मुष्ठियोग। किन्तु, प्रत्येक गुण के प्रयोग के पूर्व तत्सम्बन्धी कम-से-कम आधा दर्जन कहानियाँ वह जरूर सुना डालता!

कहानियाँ, रोग-परीक्षा, निदान, टोटके और मुष्टियोग की दो श्रेणियाँ थीं। एक भद्र और दूसरी अभद्र।...अभद्र रोगों में भद्र टोटके से क्या हो? कहानियाँ वह रुचि को परखकर ही सुनाया करता। यों, प्रत्येक कहानी में 'ग्राम्य-रस' कुछ ज्यादा ही ढालता था, वह।

कमर-दर्द से पीड़ित रोगी रविवार की पहली भोर में उठकर किसी ताड़ के पेड़ को अंकवार में भरकर आलिंगन-आदर करे। दर्द तुरत फुर्र-र-र!...शर्त है, कोई देखे नहीं, कोई टोके नहीं।

गलफुल्ली (मम्स!) से ग्रसित व्यक्ति साँहुड़ के पेड़ के पास बैठकर 'दियाधरी' से पहले, पुक्का फाड़कर रोए। बैलून-जैसे गाल तुरत 'चुपस' कर बटुआ-जैसा हो जाएगा।

कुछ टोटके कान में ही फुसफुसाकर बताए जा सकते हैं।...अभद्र रोग का कोई अभद्र टोटका!

पन्द्रह साल पहले, स्टेशन पर मलेरिया सेंटर खुला।

सरकारी डॉक्टर-कम्पाउंडरों के अलावा और भी कई डॉक्टर [हेमो और एलो] आकर गाँव में बसे। फिर, प्रतिभावान 'अच्छर कट्टु' लड़के भी थे कई, जो मिडिल पास-फेल करने के बाद ही घर बैठे डॉक्टरी कर–लाठी के हाथ डॉक्टरी चला रहे थे।...क्वैक!

जग्गू 'क्वैक' का अर्थ किसी जानकार से पूछकर जान चुका था।

इसलिए, जब सरकारी डॉक्टर और कम्पाउंडरों ने आपस में बातें करते समय जग्गू को 'क्वैक' कहा तो उसने तुरत विरोध किया था–नहीं हुजूर। गुरु की दया से जो कुछ मेरे पास है, वह गुरुमुख से ही मिला है–कुवैक नहीं कहिए–डॉक्टर बाबू!

इतने डॉक्टर और कम्पाउंडरों के आगमन से जग्गू की 'प्रेक्टिस' में कोई अन्तर नहीं आया। लोगों ने देखा, डॉक्टरों की घरवालियाँ भी अपने बच्चों की अथवा अपनी दवा जग्गू से ही करवाती हैं।

हाट के दिन, हाट के चौरस्ते पर चट्टी लगाकर, कपड़े की सैकड़ों छोटी-बड़ी रँगी-बदरँगी झोलियों को वह सजाता–प्रतीक्षा करते हुए लोग उसकी चट्टी के चारों ओर जमा हो जाते। देखते-देखते भीड़ बढ़ जाती।...किन्तु, हाट के भीड़-भड़ाके में भी नाड़ी देखने में जग्गू पंसारी कभी नहीं गड़बड़ाया।

हाट में तुरत जाँच, तुरत नुस्खा!

हाट में उसकी कहानी-कला तो नहीं, शब्द-प्रयोग की एक अभिनव चातुरी काम करती, उसकी।...

कोई हाथ दिखला रहा है। दूसरा पथ्य के बारे में पूछ रहा है। तीसरा घूँघट के अन्दर से ही नकिया-नकियाकर धारा-प्रवाह कुछ सु नाती जा रही है। जग्गू सबकी सुन रहा है–गुन रहा है। कभी नहीं गड़बड़ाया है। सभी को सही दवा और वाजिब सलाह देता जा रहा है–पेट? गन्दा? एँ? ठीक है न? भूख? भूख मन्दा? है न? मुँह कड़वा और पेशाब कड़क? है न?...? काढ़ा-कुटकी चिरैता भोर में। समझे? और, जीरा कालानून बुकनी दही-घोल में...चार आने की कुटकी-चिरैता। बढ़ाइए हाथ!...

...बहिनजी! हाँ–दिन-रात माथा भारी? है न? हर महीने बीमारी! एँ? है न? आँख के आगे उड़े जुगनू–कान के पास हमेशा घुनघुन? है न?...अशोक के बाकल

का काढ़ा, बकरी का दूध गाढ़ा...यह तुतिया किसका है भाई—लीजिए नीला थोथा... अदरख के साथ काला मोथा! पुराना शहद, काली गाय का गोंत!!

गाँव पहुँचकर देखा, कुसुमलाल ही नहीं; जग्गू पंसारी की निन्दा करते समय हर आदमी रस-भरी बातें बोलने लगता है। हाथ के 'जस' और बाक के 'सत्त' को लोगों ने मानो अपनी आँखों से देखा हो—एक जोड़ी चिड़िया की तरह फुर्र से उड़ गई।...अब क्या है जग्गू के पास?

सबसे अचरज की बात! रसिकलाल ही सारे इलाके में रस-भरी कहानियाँ अपने बाप की—सुनाता-फिरता है—रोज नई कहानी!

रसिकलाल को देखकर मैं दंग रह गया। वह अपने को डॉक्टर रसिकलाल कहना-सुनना पसन्द करता है। पेटेंट दवाओं की एजेन्सी उसने ली है। साइनबोर्ड पर लिखा हुआ है—'हजारों रोग की एक दवा 'रामबिन्दु'—डॉक्टर रसिकलाल, मोकाम हल्दिया के पास भी मिलता है।'

कहानियाँ रसिकलाल भी सुनाता है। किन्तु, उसकी कहानी एकदम आधुनिक होती है। अंग्रेजी शब्दों से वह अपनी कहानी को बीच-बीच में बघारता रहता है—स्टेशन मास्टर साहब की बड़ी लड़की रात में सपने में खराब 'ड्रीम' देखकर डर जाती। 'ड्रीम' देखती—स्टेशन का 'सिंगल' कभी 'डौन' और कभी 'अप' हो जाता है। सूखकर काँटा हो गई थी। स्टेशन मास्टर ने नहीं, बताया स्टेशन मास्टर की घरवाली ने। सो, एक ऐसा टोटका बता दिया कि फिर काहे को सपने में खराब-खराब ड्रीम देखेगी और काहे को साला सिंगल फिर अप और डौन होगा!

कहानी सुननेवालों को जब और भी कुछ सुनना होता तो कोई 'लेकिन युक्त बात' से उसको उकसा देते—लेकिन, जग्गू तो कहता है कि रसिक ढोढ़ा-साँप का मन्तर भी नहीं जानता। झूठ-मूठ लोगों को ठगता-फिरता है।

रसिकलाल तब बार-बार सिगरेट सुलगाता और बाँटता है। धुआँ फेंकता हुआ अपने बाप को एक भद्दी गाली देता है। फिर एक अश्लील कहानी अपने बाप की शुरू कर देता है—कल रात की बात क्या बतावें? ओसारे पर उलंग होकर...।

सभी कीर्ति-कथाओं को सुनने के बाद ऐसा लगा कि जग्गू अब पूरा पशु हो गया है। गाँववालों की बातों से यह भी मालूम हुआ कि कोई ऐसी व्यवस्था हो रही है—गुप्त रूप से—कि जग्गू को अपनी झोली-झंडी लेकर इस गाँव से भागना पड़ेगा अब।...घिना दिया इस बूढ़े ने?

चालीस साल पहले आकर जड़ जमानेवाला जग्गू कहाँ जाएगा? अपना गाँव? जब इकलौता बेटा ही अपना नहीं हुआ तो गाँववाले तो उसे पहचानेंगे भी नहीं। चालीस साल पहले जिस गाँव को छोड़कर आया—वहाँ अब क्या धरा होगा?

मैं जग्गू से मिलना चाहता था। बच्चों के लिए एक बोतल 'हींग पाचक' बनवाकर शहर ले जाना है।

जग्गू की झोंपड़ी के पास ही उसके लड़के की हवेली बन रही है। रसिकलाल ने नमस्कार करके स्वागत किया, ''आइए!''

किन्तु, मैंने जान-बूझकर उससे पूछा, ''तुम्हारे बाबूजी कहाँ हैं? मुझे जग्गू बैद से काम है।''

रसिकलाल अप्रतिभ हुआ। उसने झोंपड़ी की ओर उँगली उठाकर कहा, ''जाइए, अंग्रेजी बायस्कोप का खेला हो रहा होगा। देखिए...।''

रसिकलाल अपनी बात पर आप ही हँसा।

जग्गू की झोंपड़ी मेरी जानी-पहचानी थी। दरवाजे पर ऐसा सन्नाटा कभी नहीं देखा। जहाँ हमेशा मेला लगा रहता था वहाँ–??

जग्गू ने मेरी खाँसी सुनकर मुझे पहचाना।

दरवाजे पर पहुँचकर मैंने पुकारा, ''लाल बाबू हैं क्या?'' और अन्दर से जवाब मिला, ''आइए, आइए। अन्दर ही आ जाइए।''

जग्गू की पहाड़िन पर पहली नजर पड़ी–अन्दर आँगन में पैर रखते ही। जग्गू दहलीज में खाट पर बैठा हुआ था। पहाड़िन को देखकर ही समझ गया–कुसुमलाल 'तड़तड़ जवान' क्यों कहता है।

जग्गू ने कहानी शुरू की :

देखा, पुराना कथाकार मरा नहीं है। किस तरह उसके पुत्र ने नादानी की, कैसे जग्गू ने माफ किया! फिर, गौना के बाद किस तरह बुरा व्यवहार करने लगे दोनों। यहाँ तक कि इस बुढ़ौती में कलंक भी लगा दिया। मेरे गुरु ने कहा था–'बेटा हो या स्त्री, जब तक 'गुण' रखने के काबिल नहीं हो जाए, उनके हाथों में कुछ नहीं देना।' सच कहा था गुरु ने!...सो, अभी दिया ही कहाँ था कुछ मैंने। कहिए भला, शीशी की दवा चलता है। ऊपर हैं भगवान! सब देखते हैं। जो थोड़ा-बहुत हाथ में है वह भी नहीं रहेगा।

मैंने टोक दिया–लेकिन, दवा-दारू और हाट-बाजार बन्द करके इस तरह दिन-रात आँगन में बैठे रहने से तो 'गुण' आपके हाथ में भी नहीं रहेगा। लोग तरह-तरह की बात कह रहे हैं।...

जग्गू के चेहरे पर एक चमक फैल गई! उसके नथुने फड़के!

पहाड़िन खरल में कोई दवा कूट रही थी–ओसारे पर! वह शुरू से ही भाव-शून्य दृष्टि से मेरी ओर देख लेती थी। इस बार उसने जग्गू की ओर देखा। जग्गू चुप था। पहाड़िन का दवा कूटना रुक गया। वह उठी और जग्गू के पास आकर पहाड़िन में ही बोली, ''इस भले आदमी को क्या लेना है? नहीं लेना-देना है कुछ...घर जाने को कहिए। यहाँ क्या है? मेला है?''

पहाड़िन अब जग्गू की गंजी खोपड़ी में तेल लगाने लगी।

जग्गू बोला, ''गाँववालों की बात पर आपने भी परतीत कर ली?...आप बहुत दिनों के बाद गाँव आए हैं! तो सुनिए!''

"मेरे हाथ का गुण मेरे मरने के बाद भी मेरे हाथ में रहेगा। और उसके बाद भी मेरे खानदान में–मेरी ही औलाद के हाथ में गुण रहेगा। मेरे बेटे का नाम हौल इंडिया से बाहर...।"

मैंने कहा, "लेकिन रसिकलाल तो...।"

इस बार जग्गू तड़प उठा, "उसका नाम मत लीजिए बाबू साहेब! वह मेरा बेटा नहीं। सचमुच मेरा बेटा नहीं।"

"तब आपने जो कहा कि...।"

"क्या कहा?"

जग्गू आवेश में आ गया, "रसिकलाल पहले अपनी कागवन्ध्या स्त्री का तो इलाज करे! बाबू साहेब, मैं धरती पर तीन लकीर खींचकर कहता हूँ कि नाक रगड़कर धरती पर मर जाएगा...वह, उसकी बीवी के कोख से चूहा भी नहीं निकलेगा।"

"देखिए, वह आखिर लड़का ही है, आपका?"

"फिर वही बात? वह मेरा बेटा नहीं। मेरा बेटा तो...?"

जग्गू ने तेल लगाती हुई पहाड़िन का आँचल उठाकर, हाथ से पेट छूकर दिखलाते हुए कहा, "मेरा बेटा यहाँ है। यहाँ?"

मैं गूँगा हो गया, अचानक? पहाड़िन पूर्ववत् जग्गू के सिर में तेल लगाती रही। उसके चेहरे पर किसी तरह का परिवर्तन नहीं! न लजाई, न गुस्साई!

"लोग कहते हैं कि जग्गू के हाथ में अब 'जस' नहीं! देखेंगे, लोग देखेंगे...मेरी इस कांछी को फारबिसगंज मिल के बदमाश मजदूरों ने लगातार चार साल तक अपने कब्जे में रखा। तरह-तरह की अंग्रेजी दवा खिलाकर इसकी बच्चादानी को बेकार बना दिया था।...मेरे पास जब आई तो, पहले मैंने सोचा कि रखेलिन की तरह रहेगी! लेकिन, बाबू साहेब–यह औरत, औरत नहीं–साक्षात सती है। सो, जब रसिकलाल ने अपनी नीयत बिगाड़ी–मैंने सोचा, अब नहीं...!

मैंने लक्ष्य किया जग्गू का स्वास्थ्य पहले से अच्छा है।

"बाबू साहेब, पाँच महीने तक सिर्फ इसका कोख 'सुद्ध' किया मैंने। आप तो जानते ही हैं कि मैं सब रोगों की दवा चलाता था लेकिन कोख और कोखदानी की गड़बड़ीवाले केस को साफ जवाब दे देता था। क्योंकि गुरु का कहना था कि बच्चा देना विधाता के हाथ में है। जो बैद विधाता के इस काम में टाँग अड़ाता है–विधाता उससे एक दिन पूछते हैं? सो, जब परेम हो गया तो फिर क्या जात, क्या पात।...बाबू साहेब, सालों ने इसकी दूह-दूहकर देह ढीला कर दिया था। सो कोख सुद्ध करने के बाद इसकी ढढर-ढीली देह का इलाज किया।...बोलिए तो कांछी की क्या उमर होगी! देह का गढ़न ऐसी देख रहे हैं न, सब दवा खाने के बाद हुआ है...।"

जग्गू रुका। मैं घबराया। पेट दिखलाने के बाद अब कहीं...?

मैं बोला, "हींग पाचक तैयार है!"

"बाबू साहेब, पाचक-वाचक नहीं। आजकल मैं वह सब मामूली दवा बनाने में बेकार समय बर्बाद नहीं करता।...सो, जब कांछी का कोख सुद्ध हुआ—एकदम पियोर हो गया तब मैंने गुरु का नाम लेकर कांछी को घर में बैठा लिया। सिर्फ हाथ के 'जस' और बाक के 'सत्त' को अपने खानदान में रखने के लिए!...आप तो जानते ही हैं कि बिजू आम से बढ़कर होता कलम आम! मगर, कलम लगाना बहुत कठिन काम है।..."

मैं उठना चाहता था क्योंकि, जग्गू की पहाड़िन उसकी खल्वाट खोपड़ी पर तेल-मालिश करने के बाद—कमर की ओर हाथ बढ़ा रही थी।...झोलंगी-खटिया रह-रहकर चरमरा उठती थी और पहाड़िन हर बार 'अइयो' कहकर जग्गू से कहती, "पुग्यो?"

"सो, बाबू साहेब! जब मैंने सबकुछ सुद्ध करके कांछी को घर में बैठा लिया, तब...तब उस हरामजादे ने क्या किया, जानते हैं?...मैं फारबिसगंज गया था और साले ने फिर 'असुद्ध' कर दिया।...जी हाँ, रसिकलाल ने! मैं घर आया तो कांछी बोली—फिर असुद्ध...!"

अब मैं उठ खड़ा हुआ।...मैं सिर से पैर तक अशुद्ध होता जा रहा था।

"बाबू साहेब, सुनते जाइए।...कांछी के पेट में जो बच्चा है, वह आपके गाँव का, समाज का, हौल इंडिया का नाम रखेगा।...इसलिए, कांछी ने जिस दिन सुबह-सुबह उठकर कै किया—उसी दिन से मैं दिन-रात घर में रहता हूँ! कहीं नहीं जाता। कैसे जाऊँ? छै महीने तक 'बबुआ' पर किसी की छाया नहीं पड़ने दूँगा। अभी तो दो महीने का ही है। क्यों कांछी, आज सिमुलाकन्द खाई है, तो? तुमको कुछ खयाल नहीं कि बेचारा बबुआ...?"

जग्गू ने फिर कांछी के पेट पर पड़ा हुआ आँचल उठाया, "देखते हैं, बाबू साहेब, इसको कहते हैं हाथ का जस! रसिकललवा की बीवी कहाँ पाएगी?"

मैं आँगन से बाहर निकल आया।

1962

एक श्रावणी दोपहरी की धूप

शादी के बाद फिर 'मेस' में कौन रहता है। किन्तु, पंकज ने मेस के साथ अपने 'मेस-मित्रों' को भी पीछे छोड़ दिया।...दुनिया-भर के लफंगों का अड्डा!

इतना ही नहीं, पिछले साल तक उसने बहुत बार निश्चय किया था–यदि छोटे साहब की भद्दी दिल्लगी बन्द नहीं हुई तो वह 'मेरी एंड मेरी' कम्पनी की नौकरी भी छोड़ देगा। एक मिनट भी देर से पहुँचने पर अभद्र छोटे साहब को मौका मिल जाता–क्यों दास! 'मार्निंग-शो' में जाना हुआ था?

इसके बाद सहकर्मियों की दबी हुई विषैली हँसी!

एक रेलवे-रसीद की गड़बड़ी पर छोटे साहब ने कहा था–गलती माने? यदि तुम्हारे सिनेमा के टिकट के नम्बरों में ऐसी ही गलती हो जाए, तब!...माल कहीं और 'आर-पार' कहीं?

सिनेमा? असल में सिनेमा-हॉल से ही पूर्वराग-पर्व शुरू हुआ था–पंकज-झरना के प्रेम का। झरना अपनी माँ और बहनों के साथ आई थी। पंकज ने, प्रथम-परिचय के दिन दस पैकेट टनटन-भाजा के खरीदे थे। छोटे साहब को उसके सहकर्मियों ने टनटन-भाजा की भी बात बता दी थी। इसलिए, छोटे साहब कॉलिंग-बेल को 'टनटन-बाजा' कहने लगे।

पंकज ने ठीक ही समझा था, शादी के बाद सभी उससे ईर्ष्या करने लगे थे। और, छोटे साहब की मोटी-बीवी को पंकज ने देखा था। वैसी बेडौल औरत का स्वामी और कैसी बातें करेगा, भला? कई बार पंकज के जी में हुआ था, फाइल पटककर साफ-साफ कह दे–मुझे आप सिनेमा का 'गेट कीपर' कहते हैं? जनाब, आप 'गोल कीपर' हैं।

किन्तु, बेकारी का जिसे कड़वा अनुभव हो, वह लगी हुई नौकरी को क्षणिक आवेश में आकर नहीं ठुकरा सकता। उसने सोच-विचारकर देखा था–आदमी को सहिष्णु होना चाहिए।...क्यों न वह अपना उपनाम 'सहिष्णु' रख ले। नाम का कुछ प्रभाव, स्वभाव पर निश्चय ही पड़ता होगा।

झरना ने भी यही कहा था, "पंकज नाम का प्रभाव तुम्हारे तन-मन पर ऐसा पड़ा कि...!"

वक्तव्य अधूरा छोड़कर झरना ने पंकज के कन्धे पर अपना सिर रख दिया था, "क्या सभी 'लव-मैरेज' करनेवालों के नाम ऐसे ही सुन्दर होते हैं?"

"छोड़ो भी, नाम में क्या रखा हुआ है।"

अपने दफ्तर में अकेला पंकज ही है, जिसने इस प्रेमहीन-संसार में आकर 'लव-मैरेज' किया है। उसकी स्त्री झरना अपूर्व सुन्दरी है। सितार बजाती थी, गीत गाती थी। शादी के बाद फिर कौन लड़की सितार बजाती है और गीत गाती है!

शादी के पहले, मेस में कई दिनों तक 'प्रेम-परिणय' पर बेकार की बहस चली थी। अवधेश की बात रह-रहकर आज भी याद आती है, पंकज को—लव-मैरेज करनेवालों को यदि मौका मिले, तो सारा जीवन 'लव' और 'मैरेज' करने में ही गुजार दें।

तो, अवधेश के कहने का अर्थ हुआ, यदि झरना को शादी के बाद भी मौका मिले तो वह किसी को 'लव' करना शुरू कर देगी? असम्भव!

मेस के सभी मित्र उससे जलते थे। एक साथ बैठकर किसी तालाब में 'बंसी' से मछली फँसानेवालों के बीच, किसी साथी को बड़ी मछली मिल जाए तो ऐसा ही होता है।

विवाह के पहले पंकज को भी सन्देह था कि इस आर्यावर्त में अब सती-साध्वी नारी जन्म ही नहीं लेती। सो, भ्रम दूर हुआ—शादी के बाद। सीता और सावित्री के साथ-साथ झरना का नाम स्वयं ही निकल पड़ता, पंकज के मुँह से।

इसी बात पर जगन से उसकी लड़ाई हो गई थी और पंकज को मेस छोड़ने का एक बहाना मिल गया था। जगन नीच है। नीच आदमी और कैसी बात करेगा भला! मुँह बिदकाकर बोला था, "जी हाँ साहब। सभी अपनी स्त्री को सीता-सावित्री ही समझते हैं। दुनिया के आश्चर्यों में, एक महान आश्चर्य की बात यह भी है।"

जगन ने इसी सिलसिले में मुहल्ला-मुहर्रमबाग के किसी रमणीमोहन का नाम लिया था, "मुहर्रमबाग की कौन ऐसी कुमारी लड़की है जो रमणीमोहन की गाड़ी पर चढ़कर मनेर-डाकबंगलों में पिकनिक करने नहीं गई होगी। लड़कियाँ उसे 'गाड़ीवाला दादा' कहती हैं।"

पंकज ने उसी रात को, जरा घुमा-फिराकर 'गाड़ीवाला दादा' के विषय में पूछ लिया था, "यह 'गाड़ीवाला दादा' कौन है तुम्हारे मुहल्ले में?"

झरना का चेहरा इस नाम को सुनकर जरा उतर गया था। पंकज के दिल की धड़कन तेज हो गई थी। झरना ने सप्रतिभ होकर स्वीकार किया था, "हाँ, गाड़ीवाला दादा है। सुना है, बहुत 'लूज कैरेक्टर' है उनका। डोरे तो उसने मुझ पर भी डाले थे, जरूर। मगर, क्या मजाल जो कभी मुँह से कुछ बोले!"

पंकज के गालों का ताप अचानक तेज हो गया था। बहुत देर तक झरना को बाहु-बन्धन में बाँधकर, सिर्फ एक ही बात बार-बार दुहराता रहा, "तुम सती हो, तुम सती हो!"

मेस छोड़ने के बाद, पंकज दो महीने तक ससुराल में ही रहा। यों, झरना उसे रोज याद दिलाती—घर-वर का पता लगा कहीं?

पंकज को यह बात बड़ी भली लगती—झरना को अपने पति का अपने मैके में अधिक दिन रहना पसन्द नहीं। झरना की माँ रोज यह कहना नहीं भूलती कि पड़ोस के लोग पंकज को 'घरजमाई' समझते हैं।

झरना को माँ की बात से दुख हुआ था। उस दिन जरा रुखाई से वह बोली थी, "यदि घर नहीं मिले तो आज फिर यहाँ लौटकर मत आना। मैं सबकुछ सह सकती हूँ, किन्तु पति का अपमान..."

पंकज ने झरना की पीठ पर हौले-हौले हाथ फेरकर शान्त किया था, "आज जैसे भी हो, जहाँ भी हो, जहाँ भी मिले, घर ठीक करके ही लौटूँगा।"

"घर क्यों नहीं मिलेगा? 'घरनी' होनी चाहिए साथ में।"

पंकज को घर मिल गया। झरना को लेकर अपना घर-संसार बसाने के लिए मखनियाकुआँ की कुकुरगली में आया तो, झरना ने कहा, "शहर में घर लेते समय मुहल्ले का भी खयाल रखना चाहिए।"

झरना ने गली में पैर रखते ही नाक-भौं सिकोड़कर कहा था, "भले लोगों की गली नहीं यह।"

मखनियाकुआँ मुहल्ले को दोष नहीं देता है, पंकज। किन्तु, कुकुरगली में वे एक महीना से अधिक नहीं रह सके। घर के सामने का हलवाई बड़ा भारी असभ्य निकला। झरना ने बताया कि दोपहर को वह अपने दोनों जंघों को उघाड़कर खिड़की के सामने बैठता है और रह-रहकर खिड़की की ओर देखकर किसी मिठाई का नाम लेकर बेवजह पुकारता है—रसगुल्ला है—रसगुल्ला!!

हलवाई की देखादेखी फलवाले का आवारा लड़का हाथ में सन्तरा लेकर चिल्लाता रहता है—चार आने जोड़ा, जोड़मजोड़ा—मीठा केंवला!!

झरना ने बताया कि इस गली की औरतें भी वैसी ही हैं।

मखनियाकुआँ से कुनकुनसिंघ लेन; कुनकुनसिंघ लेन से बिहारी-सावगली और अन्त में पिछले साल नालारोड पर घर बदलकर आ बसा है पंकज। झरना को वह इलाका भी पसन्द नहीं। किन्तु, पंकज ने फिर घर की समस्या पर, झरना के कुनमुनाने के बावजूद कभी ध्यान नहीं दिया...मुहल्ला अच्छा हो, पड़ोसी अच्छे हों, गली के कुत्ते रात में शोर न मचाएँ, ऐसा घर कहाँ मिलेगा शहर में? झरना कुछ नहीं सोचती?

सिर्फ घर की समस्या पर ही नहीं—इधर कुछ दिनों से पंकज ने झरना द्वारा उठाई गई सभी समस्याओं को टालना शुरू किया है।

आज दफ्तर आने के पहले जब झरना ने ग्वाले के देर से आने की शिकायत की तो पंकज तनिक चिढ़ गया—बड़े-बड़े अफसरों के घर में एकाध दिन देर-सबेर से दूध पहुँचता है।

पति की रुखाई को परखकर झरना चुप रही।

आफिस आने के पहले, मुँह में पान का बीड़ा डालने के बाद, पंकज अपनी पत्नी को हल्के होंठों से चूमता आया है। अब यह क्रिया यन्त्रवत् होती है। इधर कई महीनों से पंकज सोच रहा है, झरना को किसी दन्त-विशेषज्ञ के पास ले जाएगा। पायरिया का शिकार हो गई है, निश्चय ही।

आज झरना लजाकर पूछ रही थी, "इस बार सरकारी फार्म का दूधिया भुट्टा नहीं आया है बाजार में?"

"ध्यान नहीं दिया है। आज देखूँगा। मिलेगा तो..."

"नहीं-नहीं। मैंने यों ही पूछा।"

पति के जाने के बाद झरना, कुछ क्षण खड़ी देखती रही। टिफिन की झोली से 'खट-खट' आवाज क्यों आती है? डब्बा खुला हुआ तो नहीं रह गया?

वह एक बार फिर नहाने के घर में घुसी। देह धोकर बाहर आई। सिन्दूर लगाते समय आइने में अपने चेहरे को ध्यानपूर्वक देखा। उँगली से जरा-सा स्नो छूकर गाल पर मल लिया। छाती पर 'घमोरी' के दाने निकल आए हैं। पाउडर छिड़कने के पहले उसने अँगिया खोल ली।...यहाँ कौन देखने आता है?

किन्तु, झरना के अन्दर कहीं कुछ सुलग रहा है। ज्वाला शान्त नहीं हो रही। भोजन करने बैठी तो कुछ रुचा नहीं। जबर्दस्ती दो-चार ग्रास मुँह में डालकर उठ गई।

दोपहर को उसे सोने की आदत है। गर्मियों में वह फर्श पर शीतलपाटी बिछाकर—नंगे बदन सोती है। शीतलपाटी की छाप उसकी गोरी देह पर पाँच बजे तक उभरी रहती है। मछली के काँटे-जैसा दाग?

शीतलपाटी पर लेटते ही उसे पंकज की रूखी और झुंझलाहट-भरी बातों की याद आई।...क्या हो गया है आजकल? हर बात पर चिढ़ जाता है, हमेशा मुँह लटका रहता है। बोली में कोई रस नहीं! डर के मारे झरना आजकल कुछ पूछने का साहस नहीं करती।

पहले, ऑफिस से लौटने के बाद, कम-से-कम पन्द्रह मिनट तक इस तरह अँकवार में जकड़े रहते थे मानो मुद्दत की खोई हुई चीज मिली हो। हर बात का जवाब चुम्बन से देते थे। दिन-भर परिश्रम करने के बावजूद, रात में देर तक जगे रहते, जगाए रहते। अब तो बिस्तर पर पड़ते ही कुम्भकरन की नींद उतर आती है, आँखों में। और, खुर्राटे की आवाज इधर इतनी कर्कश हो गई है कि झरना सो नहीं पाती है।

उस दिन पड़ोसी के गुंडे लड़के ने झरना को फिर छेड़ा। लेकिन, पति ने कहा—कौन क्या कहता है, क्या बोलता है, क्या देखता है, क्यों देखता है; आदमी इन बातों पर ध्यान देने लगे तो उसका जीना मुश्किल हो जाए। तीन साल से बस इन्हीं छोटी बातों को लेकर कम-से-कम पचास आदमी से लड़ाई मोल ले चुका हूँ।

पिछले साल तक झरना को गली की ओर खुलनेवाली खिड़की के पास खड़ी देखकर पंकज बड़बड़ाने लगा था—जब जानती हो कि गली में हरामियों का अड्डा है तो खिड़की के पास उस तरह खड़ी क्यों होती हो?

और, अब? अब इसका कहना है कि आजकल की सफल गृहिणियाँ ग्वाले, धोबी और फेरीवाले के सामने जान-बूझकर के एक-दो बटन खोलकर, चीजों का दर-भाव करती हैं।...छिः-छिः, कितना गन्दा हो गया है इस आदमी का मन!

किन्तु, बात सच है।

एक दिन झरना, एक फेरीवाले से पुराने कपड़ों के बदले काँच के बर्तन ले रही थी। फेरीवाला लौंडा शुरू से ही रट लगाए हुए था—मायजी, खादी कपड़ा नहीं लेंगे। सो, न जाने कैसे झरना की छाती के सामने की साड़ी जरा सरक गई। फिर, झरना ने खादी कपड़े की गुदड़ी-चिथड़ों की गठरी सामने रख दी। लौंडे के मुँह से विरोध का एक शब्द भी नहीं निकला।

दूध लेते समय जब से अनजाने में ग्वाले की उँगली जरा छू गई है—दूध में पानी की मिलावट कम हो गई है।

झरना को आज नींद नहीं आएगी। उसने सामने की खिड़की खोल दी। वह जानती थी, ठीक इसी समय पीली कोठी के मुंडेर पर एक रोगी युवक नीम की छाँव में आ बैठा होगा। खिड़की खुली रहे या बन्द, उसकी नजर इधर ही टँगी रहती है।

झरना ने उसे देखकर भी नहीं देखने का भाव दिखलाया। वह फिर शीतलपाटी पर आकर सो गई। इस बार उसने अस्त-व्यस्त साड़ी को समेटकर एक किनारे कर दिया। सिर्फ पेटीकोट पहनकर लेटी रही और कनखियों से छत पर बैठे रोगी युवक को देखने लगी! अब उसका मन रोने का बहाना ढूँढ़ने लगा।...इनके लिए, अपने पतिदेव पंकज के लिए, वह दाल-भात जैसी चीज हो गई है। किन्तु, झरना की एक झलक पाने के लिए अब भी लोग टकटकी लगाकर बैठे रहते हैं। यह पड़ोसी का गुंडा लड़का जो अभी जोर-जोर से गीत गा रहा है, वह किसी और को सुनाने के लिए नहीं। झरना समझती है!

करवट लेते समय वह बड़बड़ाई—हाय रे पुरुष की जाति!...अच्छा, वह भुट्टा लावेगा तो? नहीं, कभी नहीं। आकर कहेगा—दिखाई नहीं पड़ा कहीं बाजार में फार्म का भुट्टा।

झरना की जीभ पनिया गई। भुट्टे की सौंधी गन्ध...नींबू...हरी मिर्च!!

अचानक कुछ सुनकर वह चौंक पड़ी—अरे! यह तो गाड़ीवाला दादा की गाड़ी का हॉर्न है?

वह उठ बैठी। साड़ी पहनते समय उसने लक्ष्य किया, रोगी युवक का चेहरा तमतमा गया है। तेज ज्वर चढ़ गया है, मानो।...हाँ, सच! यह तो गाड़ीवाला दादा की ही गाड़ी है। बिना कुछ सोचे ही उसने खिड़की से पुकार दिया, "दादा!"

नारी-कंठ की पुकार दादा नहीं सुनें, भला!

"अरे तुम? इस मुहल्ले में कब से हो?"

"माँ कैसी हैं?"

"तो, माँ की खोज-खबर अब तक लेती हो?"

"माँ से कहिएगा कि...।"

गाड़ीवाला दादा ने कहा, "मैं सब्जीबाग से तुरत लौट रहा हूँ।"

अब झरना क्या करे? तीन-साढ़े तीन वर्षों के बाद अचानक उसे आज क्या हो गया? शादी के बाद, राह-चलते कई बार गाड़ीवाला दादा पर उसकी दृष्टि पड़ी और हर बार नजर चुराकर, मुँह फेरकर उसने अपनी जान बचाई है। इस आदमी का कोई भरोसा नहीं। झरना को पुष्पा की बात याद है। पुष्पा अपने पति के साथ सिनेमा गई थी। गाड़ीवाला दादा ने देखते ही कहा–"क्यों पुष्पा, पुराने दिनों को भूल गई हो, सो तो ठीक किया है तुमने। किन्तु, पुरानी जान-पहचान के लोगों को देखकर भी नहीं पहचानोगी, ऐसी उम्मीद तुमसे नहीं थी।"

पुष्पा कह रही थी, उसके पति ने इस बात को लेकर पुष्पा को जीवन-भर खोंचा दिया। मरते समय भी कह गया–"तुम्हारे तो बहुत लोग हैं, पुरानी जान-पहचान के–पुराने मित्र!"

अब? वह तो आवेगा। आवेगा क्या, आ ही रहा होगा। आवेगा तो आवेगा। अच्छा होगा। झरना मन-ही-मन लड़ने लगी–वह आज जी भरकर बातें करेगी गाड़ीवाला दादा से।

झरना ने गली की ओर खुलनेवाली खिड़की बन्द कर दी। नहाने के घर से चेहरा धो आई। बालों को कंघी से सँवारा। चेहरे पर फिर एक उँगली स्नो–आँखों में एक सलाई काजल और मुँह में एक बड़ा पान डालने के बाद, धुली हुई साड़ी निकालने लगी। बक्स से निकली हुई, धुली साड़ी की गन्ध झरना को सदा उत्तेजित करती है। एक नशा छा जाता है क्षण-भर के लिए।

आइने के सामने खड़ी झरना ने गली में फेरीवाले की आवाज सुनी। चाबी के झब्बों को बजाता हुआ वह आदमी ठीक इसी समय आकर हाँक लगा जाता है। न जाने क्या कहता है। इसके बाद ही आवेगा, ढाकई-साड़ी बेचनेवाला रिफ्यूजी फेरीवाला–चा-य-का-धो-ओ-ओ-ड़!

झरना सभी फेरीवालों की आवाज पहचानती है। सभी के आने का, अपना-अपना बँधा हुआ समय है।

गाड़ीवाला दादा का हॉर्न!

सीढ़ियों पर जूते की आवाज क्रमशः निकट होती गई। झरना ने एक बार फिर अपने को आइने में देख लिया।...यह नई ब्रेजरी दुख दे रही है, जरा। पीठ पर 'हुक' गड़ रहा है।

गाड़ीवाला दादा ने कमरे में प्रवेश करते ही पूछा—"बगलवाले बरामदे की कोठरी में कौन रहता है? उस महिला को, लगता है, मैं पहचानता हूँ।"

उसने एक सरसरी निगाह से झरना की गृहस्थी को देखा और पलक मारते ही सबकुछ भाँप गया। अनुभवी शिकारी की तरह उसने एक गिलास पानी माँगा। सिर्फ पानी!

झरना सुराही से पानी डालते समय मुस्कुराई, पानी पीकर दादा निश्चय ही कोई उद्‌गार प्रकट करेंगे—आ-ह! कलेजा जुड़ा गया! अथवा—तुम्हारी सुराही का पानी इतना ठंडा है?

सचमुच दादा ने यही कहा, "तुम्हारी सुराही का पानी...।"

झरना की पतली कमर को एक हाथ से आवेष्ठित करते हुए दादा ने अपने सिर को झरना की छाती से टिकाने की चेष्टा की।

"नः-नः दादा! कोई देख लेगा।"

झरना ने दबी हुई आवाज में विरोध किया, "दादा!"

दादा, अधर-सुधा-रस पान नहीं कर सके। झरना अपने को छुड़ाकर दूसरे कमरे में चली गई, "मैं चाय बना लाती हूँ।"

"चाय नहीं। जरा, इधर सुनो। क्या कहूँगा तुम्हारी माँ से?"

झरना सोच में पड़ गई, वह क्या कहे? बोली, "बहुत दिन हुए माँ को देखे।"

"तो, चलो न।"

"चलूँ?"

तीन बज रहे हैं। दो घंटे में ही वह लौट आएगी। और दो घंटे के बाद भी लौटे तो क्या? उसकी परवाह किसे है? वह नहीं भी लौटे तो उसके पति को अब कोई दुख नहीं होगा। सिर का बोझ है वह। और, उनके पास दूसरी चाबी तो है ही। सम्भवतः कोई दूसरी प्रेमिका भी हो, कहीं।

"क्या सोचा?"

झरना लजायी, "चलूँगी, लेकिन...।"

"लेकिन, क्या?"

"आप मुझे सीधे माँ के घर पहुँचा देंगे तो!"

"इतना डर है फिर..."

"नः-नः, डर नहीं!"

दिन-भर उमस के बाद अभी पुरवा हवा चली है। बादल उमड़-घुमड़ रहे हैं।

ताला लगाते समय, दादा ने पूछा, "क्यों, किसी से कुछ कहना नहीं है? एक पुर्जा छोड़ दो लिखकर।"

झरना चुप रही। गाड़ी में वह पिछली गद्‌दी पर बैठी। दादा मुस्कुराए...तो, झरना सयानी हो गई है? झरना ने पूछा, "आजकल पारुल दीदी कहाँ हैं।"

दादा इस प्रश्न का अर्थ समझते हैं। झरना जानना चाहती है कि पारुल से उसका गुप्त सम्बन्ध अब भी है या नहीं?

दादा ने कहा, ''दुनिया-भर की खबर तो पूछती हो। मगर, अपनी खबर नहीं लेती?''

''अपनी खबर?''

''तीन साल हो गए। दो से तीन तुम लोग कब...?''

गाड़ीवाला दादा अपनी भोंडी रसिकता पर स्वयं हँसा। झरना चुप रही तो उसने फिर कहा, ''तुम लोग चेष्टा ही नहीं करते।''

दादा ने उलटकर झरना की ओर देखा।

गाड़ी, साहित्य-सम्मेलन-भवन के पास आकर दाहिनी ओर मुड़ गई। यह बादल बरसेगा अब! किरानियों को रुलानेवाली वर्षा! सभी 'बाबू' भीगते हुए घर पहुँचेंगे...एक प्याली गर्म चाय...कुछ गर्म-गर्म पकौड़े...कॉफी...भुट्टा नींबू...हरी मिर्च!!

''जो भी हो, तुमने अपनी देह को अब तक पहले-जैसा पालकर रखा। स्वास्थ्य देखकर मुझे खुशी हुई है।'' दादा ने झरना की छाती पर दृष्टि टिकाकर अपना वक्तव्य समाप्त किया। थोड़ी देर और इधर निगाह रह जाती तो जरूर उस सायकिलवाले को धक्का मार देते, गाड़ीवाला दादा।

बाकरगंज नुक्कड़ के पास गाड़ी की चाल धीमी हुई। सामनेवाले फुटपाथ पर छोटी-सी भीड़ लगी हुई है। न जाने क्या बिक रहा है!

झरना चिहुँक पड़ी, ''आँ!''

''क्या हुआ?'' दादा ने पूछा।

झरना आँचल में मुँह छिपाकर, फुटपाथ की ओर कुछ खोज रही है। हाँ, उसका पति ही है। पंकज ही है। कुछ खरीद रहा है।

ट्राफिक-पुलिस ने हाथ से राह रोकी। सभी गाड़ियाँ रुक गईं। झरना का दिल जोर-जोर से धड़कने लगा। उसे अचानक ज्वर हो गया क्या? नहीं, भीड़ में उसका पति खो नहीं सकता। झरना देख रही है लेकिन पंकज उसको नहीं देख पाएगा। क्या खरीद रहा है! भुट्टा? दूधिया भुट्टा? झरना के लिए ही!

भुट्टावाले की हाँक बीच-बीच में सुनाई पड़ती है—सरकारी फारम का भुट्टा, तीन आने जोड़ा!

बादल, गांधी मैदान पर छाने के लिए दल बाँधकर उतर रहे हैं। झरना को अचानक भुने हुए भुट्टे की सौंधी गन्ध लगी। भुट्टा-नींबू—हरी मिर्च? झरना की जीभ पनिया गई।

ट्राफिक-पुलिस ने रास्ता छोड़ दिया। सभी रुकी हुई गाड़ियाँ, गियर बदलते समय गुर्रायीं। झरना बोली, ''दादा जरा रोकके!''

दादा के 'क्यों' का कोई जवाब दिए बिना ही झरना एक झटका देकर गाड़ी से उतर गई। उसने फिर उलटकर देखा भी नहीं। भीड़ में खो गई झटपट।

भीड़ में पंकज को लगा उसके हाथ का झोला कोई खींच रहा है, "ए! कौन है? झोला क्यों...अरे तुम?"

पंकज की ऐसी उत्फुल्ल मुस्कुराहट बहुत दिनों के बाद छलकी है। लगा, उसे युगों बाद मिली है झरना। झरना बोली, "मैंने सोचा कि तुम भुट्टा लाना भूल जाओगे। इसलिए खुद चली आई।"

"वाह, भूल कैसे जाऊँगा! चलो ठीक है। अच्छा ही किया। आज बहुत दिनों के बाद दफ्तर से जरा पहले ही क्यों छुट्टी मिली है, जानती हो? आज बड़े साहब खुश थे। दो-दो इन्क्रीमेंट एक साथ!...अरे-रे, अब तो तुम्हारी यह साड़ी भीगकर लथपथ हो जाएगी।–ए! रिक्शा!"

बारिश शुरू हुई। भीड़ की भगदड़ में दोनों ने एक-दूसरे को देखा और रिक्शा में जा बैठे। रिक्शावाले ने पर्दे के फीते को बाँधते हुए पूछा, "कहाँ चलना है बाबू?"

झरना ने झोले से एक भुट्टा निकालकर कहा, "देखो-देखो, इसके बाल कैसे लगते हैं, ठीक पादरी साहब की भूरी दाढ़ी।"

पर्दे से ढँके हुए रिक्शे के अन्दर ही झरना की मुस्कुराहट रोशनी बिखेरती है–रह-रहकर।

"जरा इधर खिसक जाओ। और भी जरा। भीग जाओगी। सोचा था, आज हम कहीं बाहर भोजन करने जाएँगे। लेकिन यह साँझ की वर्षा और यह सुनहली साँझ...!"

पंकज की झोली में न जाने कितने दिनों का संचित रस उतर आया है!... एक-दूसरे के स्पर्श में वैसा ही सुख–अब भी जीवित है!! वैसी ही मादक उत्तेजना...?

झरना सरककर पास नहीं गई। वह सीधे पंकज की गोदी में जा बैठी और पंकज की गर्दन पकड़, पाँच साल की बच्ची की तरह मचलती हुई–लटक गई!

अक्टूबर, 1962

रोमांस-शून्य प्रेम-कथा की एक भूमिका

आज वह 'हल्दी-चिरैया' फिर आई है? बरसात-भर यह रोज इसी तरह समय-असमय आएगी और किसी पेड़ की डाली पर भीगती हुई या पंख सुखाती हुई–सुरीले-स्वर में एक लम्बी पंक्ति दुहराएगी! संस्कृत-श्लोक की कड़ी–का कस्य परिवेदना! स्पष्ट! हू-ब-हू!!...पता नहीं क्या बोलती है! पवित्रा को अचरज होता है, यहाँ के लोग इस 'पाखी' का नाम नहीं जानते। पूछने पर मुँह बिदकाकर कहेंगे–पता नहीं क्या नाम है। हल्दी-चिरैया नाम पवित्रा ने ही गढ़ लिया है!

यही एक पखेरू है, जो उसके देश में नहीं होता। या, होता भी हो तो पवित्रा ने कभी नहीं देखा। सचमुच इस 'देश' में कुछ भी ऐसा नहीं, जो पवित्रा के 'देश' में नहीं था। पेड़, फल, फूल, फसल, जानवर, पंछी...सिर्फ, एक 'हल्देपाखी' को छोड़कर।... माँछराँगा को यहाँ के लोग मछलोकनी कहते हैं। पवित्रा के गाँव का अर्थात् 'पूवबंग' का 'पेंचा' ही यहाँ का उल्लू है, यह उसने यहाँ आकर जाना। उल्लू को वह भालू के जैसा कोई जानवर समझती थी। लोगों के नामों में लाल, प्रसाद और झा तथा नारायण लगा देने से क्या होता है, चेहरे तो नहीं बदलते? लेकिन, इस 'कॉलोनी' (नबीनगर गाँव) के सैकड़े-निन्नानबे लोग ऐसे हैं जो पवित्रा की इस राय से सहमत नहीं। वे कहेंगे–की मुश्किल दीदी ठाकरुन...परछाद-टाइटेल अपने गाँव के किसी आदमी के नाम में लगा दो, देखोगी फिट ही नहीं करेगा! नाम के माफिक चेहरा भी होना होगा दीदी ठाक...! की मुश्किल!!

गाँव बसने के बाद पवित्रा एक दिन गाँव के लोगों को समझा रही थी–हम लोगों का भाग्य अच्छा है कि हमें इस जिले में बसाया गया। यहाँ धान और पाट की खेती होती है। हम भी अपने 'देश' में धान और पाट की खेती करते थे। यहाँ के लोग भी मछली-भात खाते हैं। गाँव-घर, बाग-बगीचे, पोखरे और नदी, सबकुछ अपने ही 'देश' जैसा...।

सूखी हुई कायावाले हरलाल साहा ने तीखी आवाज में विरोध किया था–से हुति पारेना...ऐसा होना असम्भव है! कहाँ अपना देश और अपने देश की मिट्टी और अपने देश का चावल और कहाँ इस अद्‌भुत देश का सब 'आजगूबी व्यापार'!...पता नहीं, तुमने क्या देखा है दीदी ठाकरुन! यहाँ की मछली में क्या वही स्वाद है, जो 'पद्‌दा के इलिच' (पद्‌मा नदी की हिलसा मछली!) में...?

हरलाल साहा की बात पर सभी इस तरह मुस्कुराए मानो वह सबके दिल की बात कर रहा हो।

गाँव में ट्यूबवेल गाड़ने के लिए सरकारी आदमी आया है। वह बंगाल से आए हुए शरणार्थियों के लिए कई गाँव बसा चुका है, यानी गाँवों में ट्यूबवेल लगवा चुका है। इसलिए, 'पूव बंगाल' की बोली 'कुछ-कुछ' समझने का दावा करता है। उसे देखते ही हरलाल साहा ने आँख टीपकर अपनी बात बन्द कर दी। सभी चुप हो गए।

किन्तु वह सरकारी आदमी चुप नहीं रहा। उसने मुस्कुराकर सीधे पवित्रा से पूछा—"यह लोग 'अपना देश-अपना देश' क्या बोलते हैं? देश का क्या मतलब? क्या माने?"

...देश का माने आर केया होगा...देश का माने देश...हरिधन मोड़ल को इस ट्यूबवेल गाड़नेवाले 'खुदे मनिब' (क्षुद्र-अधिकारी) से न जाने क्यों चिढ़ है...'माइयाँ-छायला' (लड़कियाँ) देखते ही बात करने के लिए इसकी जीभ 'सुड़सुड़ाती' रहती है। मानो हर बात का माने खोजता है बेटा!

...देश का माने देश, तो क्या हिन्दुस्तान अपना देश नहीं है? आप लोगों का देश नहीं है?

...हिन्दुस्तान कैसे 'आपना-देश' होगा?

काला चाँद घोष चतुर नौजवान है। उसने अपनी भारी और मोटी हँसी से बात को हल्का करने की चेष्टा की—हे-हे-हे-हे! अरे बाबू, आप देश का जो माने बूझता है 'आसल' में हम लोगों का देश का माने वो नेंही है। देश का माने? जैसे बांग्ला-देश, बिहार-देश, उड़ीसा-देश! वैसे माफिक। हे-हे-हे-हे!

"तो प्रदेश बोलिए। प्रान्त कहिए।"

छिदामदास सरकारी कर्मचारियों से बातें करने का अवसर ढूँढ़ता रहता है। उसने दाँत निपोरकर कहा—ओवरसियेर बाबू—यह देश बोलिए, प्रदेश बोलिए या कि प्रान्त कहिए—अब तो जो भी है सो बस यही नोबीननगर ग्राम!

सरकार-आदमी न जाने क्यों ठठाकर हँस पड़ा था। छिदामदास की बुद्धिमानी देखकर पवित्रा मुस्कुराई थी और उस ट्यूबवेल-फिटर साहब की नजर शुरू से अन्त तक पवित्रा पर ही गड़ी हुई थी। जेब से बीड़ी निकालकर बाँटने के बाद सभी के मुँह के सामने, बारी-बारी से सच्च-सच्च लाइटर जलाकर बीड़ी सुलगा दिया, फिटर साहब ने।

वह अपने काम पर चला गया। छिदामदास ने कहा—देखा? फिटर साहेब को ओवरसियेर बाबू कह देने से कितना खुश हुआ?

सभी अपने देश की हँसी हँसे थे—जी खोलकर, एक साथ! किन्तु पवित्रा बोली थी—जो भी कहो, वह ठीक ही कहता था। देश माने हिन्दुस्तान अर्थात् भारत।

...दीदी ठाकरुन, देश माने हिन्दुस्तान की कयरे हॅय बुझाइया दिन...कैसे देश माने हिन्दुस्तान हो? हम लोगों के इस गाँव का नाम है नोबीननगर और यहाँ के लोग कहते हैं पाकिस्तानी-टोला?...की करे हय बुझाइया दिन! काला चाँद घोष की माँ वाजिब बात कहती है!

अधेड़ गोपालदा बहुत कम बोलनेवाला आदमी है। मैट्रिक तक पढ़ा हुआ है और गाँव में स्थापित होनेवाले स्कूल का उम्मीदवार मास्टर है। उसने टोका था—काला की माँ! साइनबोर्ड लगने दो गाँव के बाहर। स्कूल चालू होने दो एक बार; तब देखना, फिर कैसे लोग पाकिस्तानी-टोला कहते हैं, हमारे इस नोबीननगर को!

छिदामदास अपने पेट से गंजी को तनिक ऊपर की ओर सरकाकर पेट पर हाथ फेरते हुए बोला था—आसल चीज है यह साला पेट! ई बेटा पेट का वास्ते जो कुछ सुनना पड़े, कहना पड़े—सब कबूल!

...हल्दी-चिरैया फिर बोली—का कस्य परिवेदना!

नोबीननगर नहीं—नबीननगर!

न नोबीननगर, न नबीननगर। इस गाँव का सही नाम है नबीनगर।

राज्य के पुनर्वास-उपमन्त्री मुहम्मद इस्माइल नबी ने, इस गाँव के शिलान्यास समारोह के अवसर पर बोलते हुए कहा था—यह सब उस बापू की महिमा है कि मेरे-जैसे अदना खिदमतगार, जनता के इस छोटे सेवक के नाम पर आज नगर बसाया जा रहा है।...

इसके बाद डिप्टी-मिनिस्टर नबी साहब ने वीराने को बसाने और बसे को उजाड़ने की बात पर एक शेर पढ़ा था। गाँव के अधिकांश लोगों ने जिसका कोई मतलब नहीं समझा। लेकिन, तालियाँ खूब जोर से बजाई थीं...

बसे को उजाड़ना?

पवित्रा इस नए बसे हुए गाँव नबीनगर की एक झोंपड़ी में लेटी हुई अपने उजड़े गाँव में पहुँच जाती है—जिला मैमनसिंघ के जुमापुर गाँव में।

...पवित्रा के पिता, जुमापुर गाँव के एकमात्र हिन्दू-जमींदार! एकमात्र ब्राह्मण परिवार। एकमात्र सवर्ण हिन्दू!

गाँव में तीन और जमींदार थे। तीनों मुसलमान। मुसलमानों की तेरह टोली और हिन्दुओं के—सब मिलाकर—ढाई मुहल्ले। गाँव के सभी लोग—हिन्दू-मुसलमान—पवित्रा के पिता को 'पिता ठाकुर' कहते थे। और पवित्रा की हवेली का नाम मशहूर था—ठाकुरबाड़ी!

काशीनाथ चटर्जी—पवित्रा के पिता—बंगला और संस्कृत के ही पंडित नहीं, उर्दू और फारसी के भी अच्छे जानकार थे।...जुमापुर की 'मजलिस' में दूर-दूर के मौलवी

और मुल्ले आते थे और 'पिता ठाकुर' उन लोगों से घंटों इस्लाम की बारीक बातों पर बहस करते। घर में, जब किसी बात पर उन्हें तरस आता तो वे प्रायः फारसी का कोई पद्य दुहराते थे। उस समय सारे घर में एक दबी हुई हँसी खेल जाती। किन्तु, जब उसका अर्थ ठेठ बंगला में सुनाया जाता, तो व्यंग्यवाण से घायल शिकार छटपटाकर रह जाता। माँ चिढ़कर कहती—तुम हर बात में 'कलमा' पढ़कर जीतना चाहते हो...!

...कलमा...कादिर...कासिम...कासिम नहीं—कासिमदादा...कासिमदादा नहीं, कसाई!

...कादिर अब्बा के घर, हर साल 'ठाकुरबाड़ी' से दो बार सौगात भेजे जाते। ईद और दुर्गापूजा में। अपने पिता के साथ पवित्रा बचपन से ही ईद के मौके पर कादिर अब्बा की हवेली में जाती। कासिम, शमीम, शबनम—कादिर अब्बा के सभी बच्चे दुर्गापूजा में 'ठाकुरबाड़ी' आते थे।

...किन्तु, इस बार 'ईद' के दिन पवित्रा नहीं गई। कासिमदादा खुद आए। पवित्रा ने हँसकर कहा था—ईद मुबारक कासिमदादा!

...कासिमदादा ने इधर-उधर देखकर कहा था—चाँद तो मैंने अभी देखा है। कासिमदादा क्या बक रही हो?...तुमी आमार चाँद!...किन्तु, कासिमदादा चाँद तो आकाश में रहता है।

...उसी बार पवित्रा ने अपने पिता से स्पष्ट शब्दों में कह दिया था—बाबा, यह कासिमदादा बड़ा फ़ाजिल...माने...बदमाश हो गया है।

...बाबा उन दिनों गांधीजी की तरह सप्ताह में एक दिन मौन व्रत रखते थे। उन्होंने लिखकर उत्तर दिया था, कागज के एक टुकड़े पर—बदमाश हो या शैतान—प्रेम से सबको जीता जा सकता है। प्रेम सदा विजयी होता है!...आसल जिनिस होलो भालोबासा! गांधीजी बलेछेन...!!

...इसके बाद, एक रात को अचानक महा विनाश लीला शुरू हुई।...आग... मार...काट...बन्दूकों की आवाजें...ईद का जशन...फुलझड़ी...बन्देमातरम्...गांधीजी की जय...पवित्रा के पिता की आवाज ठाकुरबाड़ी में मँडरा रही है...आग की लपलपाती हुई लपटों में पवित्रा ने देखा था—कासिम ढूँढ़ रहा है। कोथाय?—कहाँ है वह?

...फिर, पवित्रा ठाकुरबाड़ी से निकलकर कैसे बागदीपाड़ा में पहुँच गई, वह नहीं जानती। उसकी आँखें खुली थीं—हिन्दुस्तान के एक शरणार्थी कैम्प में—कटिहार स्टेशन पर। होश में आते ही पवित्रा ने पूछा था—बाबा कहाँ हैं? माँ कहाँ? और लोग कहाँ हैं?...किसी ने कोई जवाब नहीं दिया। उसने फिर कोई सवाल नहीं किया। एक लम्बी साँस लेकर वह चुप हो गई। तभी से वह चुप है। सभी अपने गाँव और गाँव के लोगों की, बिछड़े हुए आत्मीय-स्वजनों की चर्चा करते हैं। वह मुँह बिदकाकर मुस्कुराती रहती है अर्थात्—क्या मूर्खता-भरी बातें करते रहते हैं लोग!

...जिला मैमनसिंघ, गाँव जुमापुर!

नबीनगर कॉलोनी के सैकड़े-पचहत्तर-निवासी एक ही जिला और गाँव के रहनेवाले हैं! पवित्रा को छोड़कर सभी पिछड़ी जाति के लोग हैं—सतगोप, काँदू, नमःशूद्र, कैवर्त और बागदी।

योगेशदास बारिसाल से आया है, शारदा बर्मन और माखन त्रिपुरा जिले के निवासी थे—बेतिया शरणार्थी कैम्प में जुमापुरवालों के दल में आ मिले, इनके परिवार!

...तीन-चार शरणार्थी कैम्पों में, कई वर्षों तक जुमापुरवालों का दल, पवित्रा के बल पर ही टिका रहा। जुमापुर का एक बच्चा भी दल से बिछुड़कर कहीं जाना नहीं चाहता। और, पवित्रा के कारण ही उन्हें कोई कष्ट नहीं हुआ—कहीं भी। जुमापुरवालों के सारे अभाव-अभियोग की सुनवाई सबसे पहले होती है।...दीदी ठाकरुन की आज्ञा के बिना न तो कोई रेशन का एक दाना छू सकता था और न सरकारी-सहायता का एक पैसा। वे कहते—जाने दीदी ठाकरुन!

...और, हर जगह पवित्रा को एक जोड़ी आँखें घूरती रहतीं। उन आँखों से कासिम झाँककर कहता—यहाँ है। मेरा चाँद। पवित्रा सुनती, कासिम कह रहा है—तुम जो कहोगी—करने को तैयार हूँ। आग में कूदने कहो, पानी में डूबने कहो!

...पवित्रा हुक्म देती—चावल, दूध, बिस्कुट, दवा, कपड़े जल्दी भेजो!...कैम्प सुपरवाइजर की बदली करो।...रिलीफ-क्लर्क को बर्खास्त करो!!...कासिम कहता—जो हुक्म! जैसी मर्जी! लेकिन, लेकिन...मेरी अर्जी? यानी, कम-से-कम एक बोसा भी नहीं?

ऐसे सवालों पर पवित्रा मुँह बिदकाकर मुस्कुरा देती अर्थात्—नानसेन्स!...किन्तु, बेतिया कैम्प के इन्स्पेक्टर की आँखों से झाँकता हुआ कासिम अधीर होकर टूट पड़ा था—चाँद को पकड़ने।

...पवित्रा मुँह बिदकाकर हँसती रही और एक दर्जन जुमापुरी शरणार्थियों ने मिलकर इन्स्पेक्टर का सिर मूड़ दिया, मुँह पर कालिख और चूना पोतकर कैम्प से बाहर निकाल दिया था—समारोह के साथ।

...इसके बाद सबसे बड़े अफसर की आँखों में कासिम की झलक पाते ही पवित्रा ने हुक्म दिया था—जुमापुरी-शरणार्थियों को ऐसी जगह में भेजो, जहाँ वे मछली-भात पेट-भर खा सकें। धान उपजा सकें, पाट की खेती कर सकें।

...सबसे बड़े अफसर ने कहा—जो हुक्म! सभी जुमापुरी पूर्णियाँ जाएँगे। आँखों की खिड़की से कासिम ने झाँककर कहा—किन्तु, तुमको मेरे साथ जाना होगा। मेरे दिल में एक वीरान जगह है, तुम अपना घर वहीं बाँधो।...पवित्रा मुँह बिदकाकर हँसती रही, गाड़ी पूर्णियाँ की ओर चली—सभी जुमापुरी-शरणार्थियों को लेकर।

...और पूर्णियाँ पहुँचकर आर. ओ. साहब के पी. ए. यानी रिहेबिलेशन आफिसर

के पर्सनल असिस्टेंट की आँखों में देखा—कासिम विराजमान है, पहले से ही।

...इसलिए, सबसे अच्छी जगह और अच्छे इलाके में जुमापुरवालों की 'कॉलोनी' बसाई गई। जहाँ की धरती उपजाऊ है, जहाँ की नदियों में हर किस्म की मछलियाँ हैं। गोड़ियर गाँव के दक्षिण गैरमजुरवा जमीन पर 'कॉलोनी' की नींव खुद आर. ओ. साहब ने डाली! उस दिन, कासिम आर. ओ. की आँखों में था। पी. ए. ने आँख उठाकर देखने का साहस भी नहीं किया।

एक सरकारी लिफाफा हाथ में लेकर गोपालदा चिल्ला रहे हैं—सभी भाई-बहन सुन लीजिए। मंजूर हो गया! हो गया मंजूर। स्कूल हो गया।

पवित्रा को अचरज होता है, बहुत कम बोलनेवाला, कम सुननेवाला और कम सोनेवाला गोपालदा इधर इतना 'बकबक' क्यों करने लगा है? स्कूल तो होना ही था। इस तरह चिल्लाने की क्या जरूरत?

उसने गोपालदा के सारे उत्साह को अचानक बुझा दिया, मानो—गोपालदा, स्कूल तो हुआ मगर आपके पोख्ता-साइन-बोर्ड का क्या हुआ? स्कूल का नाम पाकिस्तानी-स्कूल तो नहीं रख देंगे, हाकिम लोग?

गोपालदा ने इस बार ध्यान से—एक-एक शब्द पर जोर देकर पत्र पढ़ना शुरू किया—गोड़ियर गाँव के पाकिस्तानी टोला में स्कूल खोलने के प्रस्ताव पर...?

इससे आगे वह नहीं पढ़ सका। उसका गला भर आया—सचमुच, यह पाकिस्तानी टोला नाम अब कभी नहीं मिटेगा?...गोड़ियर...गोड़ियर...चूल्हे में जाए यह गोड़ियर गाँव।

...नहीं, गोपालदा! ऐसा नहीं कहते। सभी गाँव फूलें-फलें। पवित्रा ने समझाया—गोड़ियर गाँव के साथ आपका नोबीननगर भी चूल्हे में चला जाएगा।

कालाचाँद घोष अब तक चुप था। उसको अपनी कीर्तन-पार्टी में दिलचस्पी है। स्कूल खुले या गाँव का नाम बदले! उसने गोपालदा की ओर देखकर गाना शुरू किया—

नोबीननगर नेंई बाबा—
नोबीनगर बोलो
पाकिस्तानी टोलार नामे—स्कूल
का रजिस्टर खोलो
बोलो हरि बोलो!

सभी हँस पड़े और गोपालदा फूट-फूटकर रो पड़ा। पवित्रा ने आँखों से ही कालाचाँद को डाँटा।

गोड़ियर गाँव।

पन्द्रह घर मैथिल ब्राह्मण, चार परिवार राजपूतों के–यह हुआ गोड़ियर गाँव का बाबूटोला। बीस घर ग्वाले, आठ कैवर्त, तेरह घर गोढ़ी। गोड़ियर गाँव का असल नाम इसी गोढ़ीटोला से हुआ–जहाँ गोढ़ी (मछली पकड़नेवाली जाति) लोग रहते हों–गोढ़िहार। गोढ़िहार से हुआ गोड़ियर। गोड़ियर गाँव का सबसे सुखी और सम्पन्न परिवा गोढ़ी का ही है। तालेवर गोढ़ी के यहाँ रुपया 'गन्ध' करता है अर्थात् सुँगठी (सूखी मछलियाँ) की तरह जमे हुए पैसे से गन्ध निकलती है।

ब्राह्मण टोली में चौधरी परिवार और राजपूतों में गिन-गूँथकर बस एक ही ऐसा घर है, जिनके पास थोड़ी जमीन है। बाकी लोग यजमानी, पहलवानी, गाड़ीवानी, घोड़ा लदाई, दुकान, नौकरी, खेत-मजदूरी और चोरी करके जीवनयापन करते हैं।

'कॉलोनी' में स्कूल खुलने की खबर गोड़ियर गाँव के सभी टोलों में तुरन्त पहुँच गई। तालेवर गोढ़ी के दरबार में मुँहलगुए और चापलूसों की भीड़ लगी हुई है। धानुकटोले का मोहना दफादार चूँकि सरकारी आदमी है, इसलिए वह गैर-कानूनी बातें नहीं करता कभी। उसने कहा–गाँव के लोग दस साल से चिल्ला रहे हैं। स्कूल-स्कूल। मगर स्कूल के नाम पर एक चटसार भी नहीं खुला, अब तक। उधर देखिए, पाखिस्थनियाँ सबको आए छः महीने भी नहीं हुए हैं, मिडल स्कूल खोलने का औडर पास हो गया!

सभी ने एक ही साथ अचरज से कहा–क्या-आ-आ-आ? स्कू-ऊ-ऊ-ऊ-ल? पाखिस्थनियाँ-टोला में?

इसके बाद कुछ देर तक खामोशी छायी रही। सभी की आँखें वृद्ध तालेवर गोढ़ी पर जा अटकीं। तालेवर गोढ़ी ने हाथ की 'सुमरनी' को, 'सत नाम-सहसर-नाम' कहकर झोले में रख दिया। और निर्विकार-चित्त से कहा–जो सचमुच अपने बच्चों को पढ़ाना चाहते हैं, उनके लिए सरकार जरूर स्कूल खोलेगी। इसमें अचरज करने की क्या बात है?

–वाजिब बात। वाजिब बात!

तालेवर गोढ़ी की वाजिब बात सुनकर सभी के चेहरे मुर्झा गए।...आज बुढ़वा 'खखुवाया' हुआ है, शायद। आज कोई काम बनने की उम्मीद नहीं।

तालेवर गोढ़ी ने लोगों के मुरझाए हुए चेहरों को फिर खिला दिया। बोला–भैया, तुम लोग कहाँ हो? पाखिस्थनियाँ सब भला बसेगा? बसने का होता तो ये जहाँ बसे हुए थे, वहाँ से भागते ही क्यों?

''वाजिब बात। वाजिब बात।''

दोनों सौतेले भाई–जयराम सिंघ और रामजय सिंघ–आजकल तालेवर गोढ़ी के बिना-पैसा के लठैत हैं। जयराम सिंघ बोला–साला, जहाँ-जहाँ कॉलनी बसाया–वहाँ जाकर देखिए। ई बंगलिया सब देखने में 'निबोलिया' लगते हैं, लेकिन 'भीतरे-भीतर'

बड़े 'मारखू' होते हैं। रातों-रात सिमेंट, लोहा-लक्कड़ बेचकर गाँव-के-गाँव 'परेट' (अर्थात् भाग गए)। सिसुआ में, महिचन्दा में–सब जगह यही हाल हुआ कॉलनी का।

"कामचोर हैं सब।"

"फैशन देखा है?"

"साला, जनाना भी खड़ाऊँ पहनकर चलेगी। धरती पर पैर नहीं देगी, कभी।"

"धरती पर पैर कैसे दे? सरकार बहादुर का रुपया है, घर की मुर्गी है चाहे दाल बनाओ..."

पंडित रामचन्दर चौधरी अब तक चुप थे। खैनी थूकते हुए बोले–यदि स्कूल का रुपया हजम करके पखिस्थनियाँ लोग नहीं भागे, तो मेरा नाम रामचन्द्र चौधरी नहीं–कुकुरचन्द्र चौधरी कहना। जितने निठल्ले और कामचोर लोग थे, सभी रिफूजी हो गए हैं। मगर पंजाबी-रिफूजी ऐसे नहीं। पटना में, जबीशन रोड के बगल में, लौलीसेन के सामने एक पंजाबी-रिफूजी की पकौड़ी की दुकान थी। जब हम लोग अपील करने के लिए हायकोठ गए तो बूढ़ा-बूढ़ी दिन-रात पकौड़ी और घुघनी बेचता था। और जब केस का जजमेंट सुनने गए तो देखा कि न पकौड़ी है न पकौड़ी की दुकान और न बूढ़ा, न बूढ़ी है...!

"कहाँ चले गए? सरकारी कर्जा खाकर भाग गए?"

"नहीं भाई, वे क्यों भागेंगे? भागें ये बंगाली रिफूजी। अब क्या बतलावें? कहाँ तो टीन की टूटी हुई 'छती' और कहाँ तीन मंजिला बिल्डिंग...!"

"ब्लिडिंग क्या?"

मोहना दफादार ने पूछनेवाले को 'ब्लिडिंग' का अर्थ समझा दिया है और बात की छोर को अपने हाथ में ले लिया–चौधरीजी ठीक कहते हैं। मेहनत के नाम से इनका भूत भागता है और दिन-रात एक जगह गोल बाँधकर बैठेंगे और बीड़ी 'धकेंगे' और हमेशा कचर-पचर करके आपस में बहस करेंगे। सभी को 'सालार बेटा साला' कहेंगे...।

चौधरी रामचन्दर को मोहना दफादार की यह आदत अच्छी नहीं लगती। बात के बीच में बोलने का साहस? वे झुँझलाकर बोले–सालार बेटा साला कहता है तो कौन-सी बड़ी कहता है! साला तो जैसे बिहार में, वैसे बंगाल में। अजी, कॉलनी का छोटा-छोटा बच्चा भी हम लोगों के लड़कों को कहता है–असब्बो, जोंगूली, खोट्टा...

"असब्बो माने?"

मोहना दफादार खुद 'असब्बो' का अर्थ नहीं जानता। कैसे समझाए? मतलब पूछनेवाले को?

रामजय सिंघ बोला–मगर सारे कॉलनी में एक ही जनाना ऐसी है कि देखिए तो

बस देखते ही रह जाइए—एकटक!

इस बार मोहना दफादार एक सरकारी बात बोला—अरे हाँ! वह औरत नहीं, चाबी है चाबी! सभी हाकिम से मुँहा-मुँही बोलती है और हाकिम लोग गुम हो जाते हैं।...दारोगा साहब कह रहे थे, उस पर नजर रखना। शायद कौमनीस है।...

"कौमनीस क्या?"

तालेवर गोढ़ी ने कहा—कौमनीस का माने भी नहीं जानते? अजी, जिसको हिन्दी में कमसिन कहते हैं, उसी को उर्दू में कौमनीस कहते हैं।

मोहना ने बाधा डालने की चेष्टा की—नहीं, नहीं...।

इस बार पंडित रामचन्दर चौधरी चिढ़ गए—मोहना, तुम एक साल की दफादारी में ही तालेवर भाई की बात को नहीं काट सकते। एक तुम्हीं अर्थ समझानेवाला हो इस गाँव में?

मोहना बोला—कौमनीस का माने कमसिन है। मगर ऐसा कमसिन...।

मोहना को किसी ने बोलने नहीं दिया।

सामने की सड़क से नबीनगर-कॉलोनी के फेरी करनेवाले लड़कों का एक झुंड गुजरा—गले और पीठ पर टीन के कनस्तर लटकाए। बिस्कुट, लेमंचूस, गमछा की फेरी करने के लिए ट्रेन और बस से दूर-दूर तक जाते हैं। फिर रात को दस-ग्यारह बजे तक लौटेंगे।

पवित्रा 'ऑफिस-घर' के दक्षिण में कटहल के छोटे पेड़ के पास खड़ी है...न जाने कहाँ देख रही है। न जाने क्या देख रही है!!

गोपालदा ने पवित्रा का ध्यान भंग किया—की देखसेन?...स्कूल की जगह देख रही है। और देखना नहीं होगा। हम लोगों के नोबीन-नगर के स्कूल का साइट—एकदम फस्ट क्लास...।

"नहीं गोपालमास्टर! मैं कुछ और ही देख रही हूँ। आपको भी दिखलाती हूँ, अभी। सभी जुमापुरवालों को बुलाकर दिखलाना होगा।"

"क्या?"

पवित्रा हँसी। बोली—इधर आइए! यहाँ खड़ा होइए।...अब, देखिए—वहाँ उस...उधर नहीं, सीधे—दूर, उस टेढ़े पेड़ को। देख रहे हैं न? अब, उससे भी दूर जो काला जंगल दिखलाई पड़ रहा है...और टाइल-खपड़े के वे घर—खजूर के दोनों पेड़ों के उस पार—देखा?...अच्छा, बोलिए तो गोपाल मास्टर—हम लोगों के जुमापुर गाँव से अछिमुद्दिनपुर हाट जैसा दिखलाई पड़ता था...मान लीजिए आप जुमापुर गाँव के 'ठाकुर पोखरे' पर पूरब मुँह खड़े हैं और दूर दिखलाई पड़ रहा है—अछिमुद्दिनपुर हाट का काला-जंगल। वह पेड़, ठीक ऐसा ही टेढ़ा पेड़ उस रास्ते में भी था। और खजूर का जुड़वा-गाछ..

.आपको याद है?...देखिए तो? बोलिए तो?

गोपालदा ने आँखों के ऊपर तलहथी रखकर दूर तक दृष्टि दौड़ाई और फिर अपनी आँखों को रगड़ा। फिर देखता ही रहा—ए की लीला?

—मैं कल से ही देखकर हैरान हूँ।

गोपालदा एक-डेढ़ मिनट तक चुपचाप खड़ा देखता रहा, फिर न जाने कैसे सबकुछ भूल गया। उसे लगा, वह जुमापुर गाँव के ठाकुर पोखरा पर खड़ा होकर अछिमुद्दिनपुर हाट की ओर देख रहा है। पीठ की ओर है 'ठाकुरबाड़ी'—काशीनाथ चटर्जी क़ी ड्योढ़ी।...गोपालदा अभी तुरत पाठशाला से लौटा है। कुछ जरूरी बातें करनी हैं सेक्रेटरी (पिता ठाकुर) से। बाग्दीपाड़ा में पाठशाला खोलने की बात हो रही है और कादिर जमींदार का बेटा कासिम विरोध कर रहा है। लोगों को भड़का रहा है। पिता ठाकुर, अछिमुद्दिनपुर गए हैं, 'गोरूगाड़ी' (बैलगाड़ी) पर।...टेढ़े पेड़ के पास 'गोरूगाड़ी' देखकर गोपालदा का कलेजा धड़क उठा था—पता नहीं, कमिटी में किसकी जीत हुई? पिता ठाकुर का कोई प्रस्ताव कभी नहीं गिरा। इस बार देखा जाए। ठाकुरबाड़ी चबूतरे पर खड़ी पवित्रा पुकार रही है—गोपाल मास्टर, बाबा अब आ ही रहे हैं। यहाँ आकर बैठिए न...!

"गोपाल मास्टर, की होलो?"

"पाठशाला नहीं खोलने दिया तो...आमि हांगार-स्ट्राइक कोर्बो!"

"लेकिन, स्कूल की मंजूरी तो मिल गई है। कल मकान बनानेवाला ठेकेदार भी आ रहा है।"

"कोथाय?...सालार बेटा साला कादिरेर बेटा कासिम, तार साला जालिम...आमि हांगार...!"

"क्या बक रहे हो मास्टर?"

"मैं बक रहा हूँ?"

अचानक गोपाल मास्टर को किसी ने नबीनगर कॉलोनी के ऑफिस-घर के सामने लाकर पटक दिया। उसकी आँखों से आँसू की झड़ी लग गई—ए की देखाले दीदी ठाकरुन?...यह क्या दिखलाया तुमने? यह कैसे हुआ?

—सोचती हूँ, गाँव का रुख इस ओर कर दिया जाए। जैसा जुमापुर में था।

" 'आलबत्त' (अवश्य) बदल दीजिए।"

गोपाल मास्टर को इतनी बड़ी बात मिल गई और वह चुपचाप खड़ा रहेगा? उसने जुमापुर के एक-एक निवासी को नाम ले-लेकर पुकारना शुरू किया—देखे जास—देखे जास—आकर यहाँ देखो—अपनी जननी जन्मभूमि की एक झलक—देखे जास!

छिदामदास, कालाचाँद घोष, हरेराम, हरिधन, राखाल विश्वास, हरलाल साहा, लखीकान्त सरकार—सभी दौड़े आए—भूत-ऊत तो नहीं?

खेत-खमार से लौटे हुए और हाट-बाजार से आए हुए लोगों को गोपालदा चौरस्ते

पर—कॉलोनी के बाहर ही—चेतावनी दे देता है—एक अद्भुत-व्यापार! दीदी ठाकरुन एक 'मजा' की चीज दिखलाएगी।...चल! चल!!

पवित्रा ने कालाचाँद से भी उसी तरह खड़ा होने को कहा—हाँ, तुम एक बार आँखों को मूँदकर कल्पना करो कि तुम जुमापुर के ठाकुर पोखरे पर खड़े होकर अछिमुद्दिनपुर हाट की ओर देख रहे हो—सामने पूरब की ओर। फिर, आँखें खोलो। लो, आँखें बन्द करो।

कालाचाँद हँसा—आँख मूँदने से क्या होगा? पैर जो इस 'पर-भूमि' पर है!

"तुम मूँदो भी। और, जैसा कहा है...।"

आँखें खोलकर कालाचाँद ने कुछ देर तक पूरब की ओर देखा और उसका चेहरा पीला पड़ गया।...उसी जुड़वाँ खजूर के पेड़ पर चढ़कर उसने 'टीया' (तोता) के दोनों बच्चों को उतारा था—राम-लखन का जोड़ा।...अछिमुद्दिनपुर हाट का आलूचौप खाने के लिए वह घर से पैसे चुराकर हर 'हाटबार' को भाग जाता था।...वह, वहाँ जो बगुल उड़ रहे हैं, वही है 'बीबी दीघी'—मछलियों से भरी हुई छोटी नदी। उसी के किनारे मुहर्रम का मेला लगता है। जंगल के उस पार अछिमुद्दिनपुर गाँव है। जंगल के पास वह...दरगाह है। उसी जंगल से, एक दिन हजारों लोग जुलूस बनाकर निकले थे।...बन्दे मातरम्! बन्दे मातरम्!! महत्ता...गांधी की जै!

पवित्रा ने हँसकर पूछा—नारा क्यों लगा रहे हो?

कालाचाँद ने भरे गले से कहा—दीदी ठाकरुन, इस पर-भूमि में—

पवित्रा ने डाँट बताई—फिर 'पर-भूमि' कहते हो?

—नहीं दीदी ठाकरुन! यह तो...सचमुच जुमापुर में ही हैं हम लोग।...जुगीदा आप नहीं समझिएगा। बारिसाल का नहीं—जुमापुर गाँव की छवि देखना चाहते हैं जो—देखे जास, देखे जास!!

पच्चीस साल और इससे अधिक उम्रवालों ने उस दिन बार-बार जुमापुर गाँव की छवि देखी। अपने 'देश' की झलक!!

लखीकान्त सरकार, मंसूर साहेब की दुकान में नौकरी करता था। रोज सुबह उठकर हाट की ओर जाने के पहले, पूरब की ओर देख लेता—ठाकुर-साँड तो नहीं हैं, उधर? ठाकुर-साँड लखीकान्त को देखकर आगबबूला हो जाता था। लाल रंग का कोई कपड़ा नहीं—लीग के झंडे के लिए मंसूर साहेब की दुकान में गाँठ-के-गाँठ कपड़े आए थे। उसी कपड़े का कुर्ता, मंसूर साहेब ने अपनी दुकान के सभी नौकरों को बनवा दिया था। जिस दिन लखीकान्त उस कपड़े का कुर्ता पहनकर निकला, सदा शान्त रहनेवाला ठाकुर-साँड उसे देखकर ऐसा बिगड़ा कि लखीकान्त की जान पर बन आई।...किसी तरह उस दाहिनेवाले खजूर पर चढ़कर, दो घंटों तक वह लटका रहा...।

पन्द्रह साल के लड़के-लड़कियों की बुद्धि में कोई बात नहीं आ रही!

इनमें से अधिकांश का जन्म भागते समय—खानाबदोशी की हालत में विभिन्न

कैम्पों में हुआ था—मालदह, कटिहार, पटना, बेतिया के कैम्पों में। इसके बावजूद वे उन खुले खेतों की ओर, खजूर के पेड़ों को, काले जंगल को, लाल खपरैलवाले घरों की ओर टकटकी लगाकर देख रहे हैं...वह अछिमुद्दिनपुर क्यों होने लगा, वह परवाहा गाँव है। कल ही उस गाँव से बिस्कुट बेच आया है, अन्दू!

जुमापुर-निवासी शरणार्थियों को रात-भर नींद नहीं आई—यह क्या दिखला दिया दीदी ठाकरुन ने? रात के अन्धकार में भी—वही झलक? हू-ब-हू अछिमुद्दिनपुर हाट की रोशनी! ऐसी ही झिलमिलाती हुई रोशनी!!

रात-भर, जब तक वे जगे रहे, जुमापुर में ही रहे। वहीं की याद, वहीं की चर्चा। किसी ने खाया—कोई यों ही लेटा रह गया।

रात के तीसरे पहर में, नींद के साथ सपने आए—सभी को।

सुबह में एक-दूसरे के सपने की बात सुनते और एक लम्बी साँस छोड़कर चुप हो जाते। राखाल ने कहा, आज वह खेत पर नहीं जा सकेगा। रात-भर उसकी 'खुड़ी' (चाची) पुकारती रही है—ओ रे राखाल! को थाय गेलि रे!!

तीस जुमापुर-निवासियों में बीस स्त्री-पुरुषों ने उस दिन कोई काम नहीं किया। किन्तु, फेरीवाले नौजवानों और किशोरों ने समय पर अपना काम किया—एक-दूसरे को पुकारकर बुलाया। नहाया-धोया और अपनी-अपनी झोली-टोकरी, कनस्तर और बक्से लेकर निकले—चल रे! साढ़े आठ-टा बाजलो।...गाड़ी फेल होने पर आज 'बस' नहीं है, फिर।

फेरी करनेवाले नौजवानों का 'दलपति' है—बिश्टू। ट्रेन में, चेकर और गार्ड से मिलकर, अपने साथियों के दुख-दर्द की कहानी सुनाकर, ट्रेन में फेरी करने का मौखिक 'औडर' लेना, बस के ड्राइवर और कंडक्टरों को खुश रखना और सामूहिक खर्च का हिसाब रखना बिश्टू का काम है। महाजन भी उसकी 'जामिन' (जमानत) माँगते हैं।

कॉलोनी से बाहर निकलकर उसे याद आई, दीदी ठाकरुन ने बुलाया था। कोई चिट्ठी भेजनी है कहीं।

पवित्रा ऑफिस-घर में एकत्रित लोगों को समझा रही थी—काम पर नहीं जाने का क्या कारण? क्या मतलब?...देखो, 'देश' की याद—अपनी जन्म-भूमि की याद करते-करते हमारा हृदय कुंठित हो गया है। किसी काम में जी नहीं लगता। हमें किसी चीज से प्यार नहीं—न यहाँ की धरती से, न यहाँ के लोगों से और न यहाँ के पशु-पक्षी से। किसी चीज पर विश्वास जमता ही नहीं। इसीलिए, भगवान ने सोचा कि चलो, इन्हें अपनी लीला दिखला दो ताकि ये यहाँ की मिट्टी को प्यार कर सकें, यहाँ के मनुष्य-सी प्रीति जोड़ सकें। जुमापुर और नबीनगर एक ही है...।

बिश्टू आकर चुपचाप खड़ा हो गया। पवित्रा बोली—नहीं बिश्टू! तुम जाओ। मेरा

काम हो गया।

सभी चले गए। पवित्रा अपने काम का लेखा-जोखा लेने लगी—चार टेबुल-क्लाथ, दो आसनी, दो दर्जन गिलास ढँकने के नेट-कवर, पाँच बटुए! दो महीने का उत्पादन—बस इतना ही?

पवित्रा कॉलोनी-मेम्बर है। जिला-कॉलोनी-कमिटी के कई महत्त्वपूर्ण विभागों से उसका सम्बन्ध है। हर महीने में एक बार उसे 'सदर' जाना पड़ता है। परसों आवश्यक बैठक है। वह चाहती थी, बिश्टू के हाथ एक पत्र भेजकर...।

...कालाचाँद की माँ फिर कहाँ आ रही हैं?

"क्या है काला की माँ?"

"कुछ नहीं। एक बात पूछने आई हूँ।"

वह बैठ गई, चटाई पर। पवित्रा ने पूछा—क्या बात है?

उधर, योगेशदास की बेटी सन्ध्या, दीदी ठाकरुन के सिखाए नए गीत का 'रियाज़' कर रही है—देशे-देशे मोर घर आछे, आमि सेई घर खुजि मरिया...!!

कालाचाँद की माँ का रंग-ढंग देखकर पवित्रा समझ गई, आज यह बूढ़ी सचमुच कोई गम्भीर बात पूछने आई है।...कालाचाँद की माँ, 'ठाकुरबाड़ी' की नौकरी करती थी। पवित्रा के घर की बहुत-सी बातें जानती है। वह यह भी जानती है कि जुमापुर की विनाश-लीला के पीछे धर्म और जाति नहीं—क्योंकि, इलाके-भर के लोगों ने 'पिता ठाकुर' को एक दिन पूर्व तक विश्वास दिलाया था—आप निश्चिन्त रहें। यहाँ कुछ नहीं होगा। काला की माँ ने ही बेतिया कैम्प में चुपचाप बतलाया था—कासिम भाले की नोक पर 'विनोद' का कटा हुआ सिर लेकर सबसे आगे था। विनोद मुखर्जी। लखिमपुर के राय साहब विकास मुखर्जी का बेटा—जो 'पिता ठाकुर' के नाम अपने बाप का गुप्त सन्देश लेकर आ रहा था। अथवा—उसके मन में जो बैठी हुई थी, उसी की सुधि लेने आ रहा हो।...अछिमुद्दिनपुर हाट पर कासिम ने उसे देखा और भुलावा देकर अपने घर ले गया।

कालाचाँद की माँ बोली—दीदी ठाकरुन! एक बात पूछूँ?...बुरा न मानिएगा। आप 'पढ़वा-पंडित' हैं। भूल-चूक हो—माफ कर दीजिएगा।

सबकुछ तो मिला। अपने देश का अन्न, 'चास-बास', माछ, 'तरी-तरकारी'—सबकुछ अपने जुमापुर गाँव में जैसा मिलता था—यहाँ भी मिलता है। हवा-पानी भी वही है।...लेकिन, 'मन के मानुस' के जैसा...कोई यहाँ नहीं? मुझे माफ करना—दीदी ठाकरुन!...तुमने एक बार कहा था—यहाँ भी सैकड़ों कासिम हैं।...

पवित्रा समझ गई, कालाचाँद की माँ क्या कहना चाहती है। पवित्रा को लगा, कालाचाँद की माँ ने उसके हृदय के सबसे 'स्पर्श कातर' स्थल को छू दिया।

नबीनगर के आकाश पर, कौओं का एक झुंड बेतरह शोर मचाता हुआ—चक्कर

मारने लगा।

पवित्रा ने अपने को सँभाल लिया। उसने मुस्कुराने की चेष्टा की—काला की माँ, अचरज की बात! 'मन के मानुस' जैसा भी 'मानुस' है यहाँ। अपने मन की बात—आँखों में लिखकर, वह भी ले आता है। आँखों से ही जवाब उसे मिलता है...।

काला की माँ बोली—देखने में हू-ब-हू विनोद बाबू-जैसा है न? मैं बतलाऊँ? वह...वह 'खबर के कागज' का बाबू?

पवित्रा इस बार हँस पड़ी। कालाचाँद की माँ ने कहा—मैंने ठीक ही पकड़ा है?...किन्तु विनोद बाबू की तरह...माने...उसने कुछ कहा नहीं है? आपने...आपने...दीदी ठाकरुन, सब भगवान की लीला है। लेकिन, बात आँखों में...

"काला की माँ! सबसे अचरज की बात सुनोगी? विनोद की तरह हँसता-बोलता है, तुतलाता है।...मिठाइयों में इसको भी सर्वप्रिय है—चन्द्रपुलि!"

"दीदी ठाकरुन! मैं तुम्हारे पाँव पड़ती हूँ। भगवान ने शायद उन्हें ही फिर भेजा है, मन की बात कहने के लिए।"

मन की बात वह कह चुका।

"तुमने क्या जवाब दिया, दीदी ठाकरुन?"

...तुम पागल हो गई हो काला की माँ? तुम क्या चाहती हो, खोए हुए धन को पाकर—मैं फिर खो दूँ!...मैं सिर्फ पवित्रा नहीं—मैं आग हूँ, मैं तलवार हूँ, मैं बर्छी हूँ, मैं-मैं...जहर हूँ...साँपिन हूँ...वह मुझे पाकर अथवा मेरे मन को पाकर कितनी देर तक जी सकेगा?...और, तुम लोगों को छोड़कर मैं कहीं जाऊँगी तो कितने दिनों तक—तुम लोग मुझे अपने दरवाजे से इस तरह ठेलकर बाहर नहीं फेंक देना! और...तुम...तुम काला की माँ—मेरी माँ हो! भगवान के लिए, फिर कभी ऐसी बात मुँह से न निकालना।...वह...उसे यह बात...इस बात की भनक भी नहीं लगे...दुहाई...उसे जीने दो! नहीं तो, तुम लोगों की दीदी ठाकरुन...!

पवित्रा दहाड़ मारकर रो पड़ी।

कालाचाँद की माँ उसके उमड़ते हुए आँसू को पोंछते हुए खुद रो पड़ी।—नहीं माँ! मैं तुझे अपने कलेजे से सटाकर रखूँगी। अपनी 'खुकुमणी' (बिटिया) को आँखों में बिठाकर रखूँगी।...तुमी जे आमार प्राण!!

दिसम्बर, 1963

काक चरित

किसनलाल ने सुबह उठकर अपनी दोनों तलहथियों को देखा। फिर इष्ट-नांम का जाप किया।...भजन का प्रोग्राम हो गया? आठ बज गए? सावित्री बाजार चली गई?

वह उठकर बैठ गया और बाएँ हाथ से दाहिने कन्धे को छूकर देखा...नहीं, दर्द नहीं। फिर उसने बाँह को टीपकर देखा–नहीं, दर्द नहीं। दो-तीन बार नथुने से लम्बी साँस लेकर परीक्षा की–दोनों 'नकबासे' एकदम 'क्लियर'! आज शाम को 'अधकपाली' दर्द की भी कोई आशंका नहीं, बशर्ते...

नहीं, उसकी शंका निर्मूल थी। वह प्रसन्न होकर कोई गीत गुनगुनाने लगा; सामने मैदान की ओर देखने लगा। प्रातः भ्रमण करनेवाले घर लौट रहे हैं।...लेकिन उस मोटे आदमी का मोटापा इस जीवन में अब कम नहीं होगा। सुबह को गोल मार्केट के गोल पार्क के चारों ओर दुलकी चाल में दौड़ता है। शाम के अँधेरे में मिठाई की दुकान में आधा दर्जन रसगुल्ले और क्रीम चॉप खा आता है। उसके खाने के ढंग को देखकर कोई भी कह सकता है कि उसे मिठाई की मनाही है और वह चुराकर 'कुपथ्य' भोजन कर रहा है; एक रसगुल्ला मुँह में डालता है और चारों ओर देखता है।

किसनलाल को हँसी आई। उस दिन भले आदमी के साथ उसका बेटा भी था। शायद उसके साथ भेजा गया था। भले आदमी ने उसको फुसलाकर एक ओर टरका दिया था। लेकिन ऐन मौके पर पकड़े गए बेचारे। बेटे ने बाप को धमकी दी–"बाबा! की होच्छे? मा के बोले दिबो!"...भले आदमी ने चार 'पनतुआ' घूस देकर बेटे का मुँह बन्द किया था।

पता नहीं, क्या नाम है उनका? किसनलाल को उनसे सहानुभूति है। एक दिन परिचय-पाँत करने के लिए किसनलाल उनको रसगुल्ला खिलाएगा।

सामनेवाले बिजली के खम्भे पर एक कौआ न जाने कब से बैठा काँय-काँय कर रहा था। एक बार उसने बहुत कर्कश स्वर में काँय-य-य-य किया। तब किसनलाल का ध्यान उधर गया।...अरे-रे, यह कौआ साला क्या कर रहा है? मर्करी बार में लगे पतले तार को चोंच से खींच रहा है...रात को अँधेरा छाया रहेगा। कई दिन तक अँधेरा रहेगा। शायद महीनों। फिर, किसी दिन किसी को खयाल होगा तो तार जुड़ेगा

और रोशनी होगी।...घर के सामने रात में महीनों अँधेरा छाया रहेगा?...साला कौआ भी तोड़-फोड़ करता है? 'सैबॅटाज' करता है?

किसनलाल ने पहले मुँह से 'हास-हुस्स' करके उसको उड़ाने की चेष्टा की। लेकिन, कौआ उसी तरह काँय-काँय करता रहा और रह-रहकर तार को चोंच से खींचता रहा।...इस बार तोड़ ही देगा।

किसनलाल ने इधर-उधर देखा। आस-पास कोई ढेला-कंकड़ नहीं। वह रसोईघर में घुसा। कोयले का एक टुकड़ा हाथ में लिया। फिर रख दिया।...कोयला दिन-दिन महँगा होता जा रहा है। उसने तरकारी की डाली से एक आलू निकाला। फिर रख दिया।...नहीं, आलू क्यों बरबाद करे? इस छोटे और सूखे प्याज से काम चल जाएगा। 'अँकुराया' हुआ प्याज है। मिट्टी पाकर जड़ जमा लेगा। बेकार नहीं जाएगा।

सूखे और अँकुराए हुए प्याज को कौए की ओर फेंका उसने। अचानक हाथ का दर्द जोर से चिनचिना उठा। कौआ नहीं उड़ा लेकिन। दर्द के मारे उसके मुँह से एक हल्की-सी चीख निकल पड़ी। और तभी सावित्री आ गई।

"क्या है? क्या हुआ?"

"दर्द!"

सावित्री ने मुँह बनाकर मछली की थैली एक ओर रख दी। सावित्री का मुँह बनाना वह समझता है। वह कब किस बात पर कैसा मुँह करती है, किसनलाल को छोड़कर और कौन समझेगा? अभी सावित्री के मुँह बनाने का अर्थ हुआ—यह दर्द तुम्हारी मौत के साथ जाएगा।...इतनी बड़ी बात?

जब से किसनलाल के हाथ में दर्द हुआ है, दुनिया ही उससे निराश हो गई है; सभी उसे कामचोर, बहानेबाज और झूठा समझने लगे हैं। आठ महीने के बाद उसकी पत्नी भी उसके दर्द को भूल गई है। कहती है, तुम्हारा वहम है।...वहम? कोई शौक से महानारायण तेल क्यों मालिश करेगा भला—जिसकी गन्ध से दुनिया के सभी जीव-जन्तुओं को उबकाई आती हो?

...यह क्या? बोआली मछली ले आई है। बोआली खाने से पुराना दर्द भी उभर जाता है, यह क्या उसकी पत्नी नहीं जानती? अथवा, जान-बूझकर ही ले आई है? उसने झुँझलाकर पूछा, "यह बोआली मछली कौन खाएगा?"

सावित्री चूल्हा सुलगा रही थी। उसने कोई जवाब नहीं दिया। किसनलाल ने इस बार तीखे स्वर में कहा, "मैं अभी ही कह देता हूँ। खाने के समय फिर मुझे मत कहना। मैं बोआली मछली नहीं खाऊँगा!"

"बोआली मछली में क्या है?"

"यह बादी होता है सो तुम नहीं जानतीं?"

सावित्री ने फिर मुँह बनाया। अर्थात्, तुम्हारे लिए दुनिया की हर चीज बादी है।

"तुम्हारा वहम!"

किसनलाल का मन दुख और ग्लानि से भर गया।...एक उस मोटे आदमी की बीवी है जो रोज उसको बिछावन से उठाकर गोल पार्क के चारों ओर दुलकी चाल में दौड़ने के लिए भेजती है। पति बाहर निकलकर कुछ 'अपथ-कुपथ' न खा ले, इसलिए बेटे को साथ में लगा देती है। और एक उसकी स्त्री है जिसका नाम सावित्री है, पर अपने पति के साथ इस तरह दुर्व्यवहार कर रही है!

न, आज का दिन बुरी तरह कटेगा। दर्द बढ़ रहा है; बढ़ता जा रहा है। दर्द अब उसके कन्धे तक आ गया। उसकी कनपटी गरम हो रही है। दाहिना नथुना बन्द हो गया। दोपहर को ही 'अधकपाली' शुरू हो जाएगी आज!

कौआ साला फिर लौटकर आ गया। शायद वह किसनलाल को चिढ़ाने आया है कि वह अपने मन से उड़कर गया था और अपने ही मन से फिर लौटकर आया है; उसको कोई नहीं उड़ा सकता।...शायद क्यों, यह साला सचमुच उसको चिढ़ाने आया है। किसनलाल की ओर मुँह करके चोंच नचाकर 'काँय-काँय' करता है। सिर्फ काँय-काँय नहीं, काँ-य-य-य!!

क्या यह कौआ ही सारे अशुभ और असगुन का वाहक है?...जिस दिन वह फिसलकर गिरा था उस दिन भी क्या सुबह को यह इसी तरह काँय-काँय कर गया था?...आठ महीने पहले की बात याद नहीं। लेकिन जरूर इसने अशुभ सुर में काँय-काँय किया होगा।

किसनलाल के कानों के आस-पास कौओं की तरह-तरह की बोलियाँ गूँजने लगीं।...कःका-कःका-काँ-आँ-आँ-काँ-याँ-याँ—कुर्रर-का-केंका-केंका!

अभी गुलेल होता या बन्दूक? नहीं, इस साले की जान लिए बगैर किसनलाल के जीवन में कभी सुख-चैन नहीं लौटेगा!...किसी दोस्त के पास हवाई बन्दूक भी नहीं?...चौधरी के पास पिस्तौल है। एक दिन वह चौधरी को चाय पर बुला लाएगा। लेकिन क्या पिस्तौल से कौए को मारा जा सकता है?

किसनलाल रसोईघर में घुसा। सावित्री ने पूछा, "क्या चाहिए?"

उसने कोई जवाब नहीं दिया और कोयले का एक मँझोला-सा टुकड़ा उठा लिया।

"क्या करोगे?"

किसनलाल ने कोई जवाब नहीं दिया। सावित्री उसके पीछे-पीछे बरामदे में आई—"क्या होगा इस कोयले का?"

किसनलाल ने हाथ उठाया।...दर्द!...कौआ तार काटने में मशगूल है। उसने कहा, "देखती नहीं, कौआ क्या कर रहा है! महीने-भर तक अँधेरा छाया रहेगा।"

सावित्री ने देखा। उसे भी अचरज हुआ। सचमुच, कौआ तार को नोच रहा है।...मरेगा नहीं? शॉक नहीं लगता?

सावित्री ने अपनी तीखी आवाज में 'हस्स' किया और कौआ काँ-आ-आ कहकर उड़ गया।

किसनलाल बाँह थामे खड़ा रहा। दर्द अब सारी देह में छा गया है।

सावित्री बोली, "कौआ भी अजब पंछी होता है।"

किसनलाल ने कहा, "एक बार सारे गाँव को जलाकर स्वाहा कर दिया था एक कौए ने। चोंच में जलता हुआ लकड़ी का अंगारा ले उड़ा और एक आदमी के फूस के छप्पर पर रख दिया।...सारा गाँव राख हो गया जलकर!"

"अच्छा?"

"एक बार मेरे बाबूजी कचहरी जा रहे थे। घर के बाहर पैर निकाला ही था कि 'काँ-य'...बस, मुकदमा सेशन-सुपुर्द हो गया।"

"अच्छा!"

सावित्री रसोईघर से ही बोली, "बड़ा मनहूस पंछी होता है यह कौआ भी।"

किसनलाल बोला, "एक बार रायसाहब के अरबी घोड़े की आँख में चोंच मार दिया। हजार रुपए का घोड़ा बेकार हो गया।...एक बार साहेबगंज में... ।"

"नाश्ता कर लो!"

किसनलाल नाश्ता करने लगा।

"एक बार साहेबगंज में मौलवी साहेब के घर पर बैठकर ऐसी बोली बोल गया कि कागा कि कॉलेरा हो गया।...गीत में जो कहा है कि नकबेसर कागा ले भागा, सो झूठ नहीं। जरूर, नकबेसर लेकर भागा होगा साला।"

किसनलाल को लोकगीत की पंक्तियाँ याद आईं।...उड़-उड़ कागा छतिया पर बैठे, छतिया का सब रस ले भागा--नकबेसर... ।

"और, मैं जो गिरा था सो जानती हो? उस दिन सुबह को साला अशुभ बोली बोला था।"

"तुम्हारा वहम!"

किसनलाल को गुस्सा चढ़ आया।...दुनिया-भर के लोगों से सावित्री को सहानुभूति है अपने पति के सिवा!

"मैं सच कहता हूँ!"

सावित्री चुप रही। किसनलाल को तब बोआली मछली की याद आई। उसने कहा, "लेकिन मैं बोआली मछली हरगिज नहीं खाऊँगा।...छूना भी मना है।"

किसनलाल का मन फिर दुख और ग्लानि से भर गया। वह मुँह पोंछकर उठा।... नहीं, आज का दिन ठीक नहीं। आज मौन-व्रत पालन करके भी गृहकलह को वह नहीं टाल सकेगा।...कौआ यों ही नहीं बोलता!

किसनलाल अब समझ गया है, उसके दुर्भाग्य के मूल में कागा और कौआ ही है। उसके सारे दुख-दर्द का कारण...!

"मैं बोआली मछली नहीं खाऊँगा। यह मैं आखिरी बार कह रहा हूँ।"

सावित्री ने कोई सीधा जवाब नहीं दिया। वह अब कलह की भूमिका बाँधने लगी। विवाह के बाद से शुरू करेगी और अन्त इस दर्द पर होगा। इस सिलसिले में वह किसनलाल को ही नहीं, किसनलाल के सभी हितमित्रों को समेटेगी। किसनलाल के चरित्र की व्याख्या करेगी।...हुआ शुरू!

किसनलाल ने तय किया, वह आज दिन-भर शर्मा के घर पर रहेगा। शाम को लौटेगा।...लेकिन वह बोआली मछली हरगिज नहीं खाएगा। जहर खा सकता है वह, मछली नहीं।

कौआ फिर लौट आया!

"कहाँ जा रहे हो?"

किसनलाल ने कोई जवाब नहीं दिया तो सावित्री स्वयं बड़बड़ाने लगी—"जाएगा और कहाँ! शर्मा और सिन्हा जैसे निठल्ले दोस्तों को छोड़कर किसके पास इतना फाजिल समय है।...शतरंज! मैं पूछती हूँ कि शतरंज के राजा और वजीर को मारकर ही दुनिया चलेगी...?"

किसनलाल ने तय किया, आज वह शाम को भी घर नहीं लौटेगा।

सावित्री कह रही थी—"दर्द, दर्द! हाथ का दर्द! सिर का दर्द! जिसके दिल में अपनी बीवी के लिए, अपने घर के लिए दर्द नहीं, उसकी सारी देह में दर्द...!"

किसनलाल को मौन-व्रत भंग करना पड़ा। वह चिल्लाया, "इस घर में कौन रह सकता है! जहाँ दिन-रात इसी तरह काँय-काँय...!"

"मैं काँय-काँय करती हूँ?"

बिजली के खम्भे पर बैठा हुआ कौआ जोर से 'कः-काँ-आँ' कहकर उड़ गया। किसनलाल की देह झनझना उठी। लगा, एक शब्दभेदी वाण मारकर भाग गया कौआ।

...नहीं। किसी के रोके नहीं रुक सकता। जो होनेवाला है, आज अच्छी तरह होकर रहेगा!

रसोईघर में बर्तन झनझनाने लगे। सावित्री अब बड़बड़ाती नहीं—रो रही है; नाक-आँख पोंछ रही है।

किसनलाल को अब अपनी जिन्दगी भार लगने लगी। उसको अपनी देह पर, अपने नाम पर, अपनी बाँह पर, अपने सबकुछ पर क्रोध हो आया। उसने कहा, "मैं कहता हूँ...।"

—काँ-आँ-आँ-आ!!

दरवाजे पर किसी ने 'असभ्यतापूर्वक' दस्तक दी।

—काँ-आँ-आँ-आ!!

दरवाजे की कुंडी जोर से खड़खड़ाई।

किसनलाल सिर तोड़ देगा। जो भी हो। इस तरह किसी भले आदमी के घर की कुंडी खटखटाई जाती है!

—काँ-आँ-आँ!!

"क्या है?"

"एक्सप्रेस डेलिवरी!"

किसनलाल ने गुस्से में 'शानदार-दस्तखत' कर दिया। पिउन सलाम करके चला गया।

पत्र पढ़कर किसनलाल चीख पड़ा—"सावित्री!"

"क्या है?" सावित्री रसोईघर से निकल आई।

किसनलाल का चेहरा लाल हो गया है, उत्तेजना के मारे। उसके होंठ थरथरा रहे हैं।

"क्या है?"

"शुभ समाचार!"...खुशखबरी!"

"खुशखबरी?"

"देखो न! पढ़ लो खुद!"

—काँ-आँ-आँ-आँ!!

पत्र पढ़कर सावित्री खिल पड़ी। वह 'ठाकुरजी' की मूर्ति के सामने चिट्ठी रखकर शंख फूँकने लगी।

—काँ-आँ-आँ-आँ!!

किसनलाल बोला, "बोआली मछली का चॉप बहुत लाजवाब होता है। सो भी, तुम्हारे हाथ का।"

"नहीं, बोआली मछली से तुम्हारा दर्द बढ़ता है तो मत खाओ।"

"अरे, कहाँ का दर्द...?"

"नहीं बाबा, बादी चीज...।"

"सावित्री, कौआ हमेशा अशुभ ही नहीं 'भाखता' है।...बोआली मछली हमेशा बादी नहीं होती।"

किसनलाल ने मछली की थाली से भूनी हुई मछली का एक टुकड़ा उठाया, बरामदे पर गया और जोर से कौए की ओर फेंकते हुए, कहा, "ले जा! ले-ले! आ...!"

कौआ एक बार 'काँय-य-य' करके उड़ा। फिर धरती पर पड़े हुए मछली के टुकड़े को चोंच में लेकर ताड़ के पेड़ पर जा बैठा।

किसनलाल बोला, "वह गीत याद है तुमको?...सोने से चोंच मढ़ा दूँ रे कागा! जरा गाओ न!"

सावित्री हँस पड़ी। किसनलाल जिद्‌द करने लगा–"डार्लिंग!...सुनो न!...इधर जरा...सच कहता हूँ...सावित्री!...तुम बहुत सुन्दर लग रही हो।"

–काँ-आँ-आँ!!

किसनलाल बरामदे में आया। बोला, "अभी नहीं। चॉप बनने दो। पूरा चॉप खिलाऊँगा आज तुझे।"

–काँ-आँ-आँ-आँ!!

अक्टूबर, 1964

एक आदिम रात्रि की महक

...नः...करमा को नींद नहीं आएगी।

नए पक्के मकान में उसे कभी नींद नहीं आती। चूना और वार्निश की गन्ध के मारे उसकी कनपटी के पास हमेशा चौअन्नी-भर दर्द चिनचिनाता रहता है। पुरानी लाइन के पुराने 'इस्टिसन' सब हजार पुराने हों, वहाँ नींद तो आती है।...ले, नाक के अन्दर फिर सुड़सुड़ी जगी ससुरी...!

करमा छींकने लगा। नये मकान में उसकी छींक गूँज उठी।

"करमा, नींद नहीं आती?" 'बाबू' ने कैम्प-खाट पर करवट लेते हुए पूछा।

गमछे से नथुने को साफ करते हुए करमा ने कहा, "यहाँ नींद कभी नहीं आएगी, मैं जानता था, बाबू!"

"मुझे भी नींद नहीं आएगी," बाबू ने सिगरेट सुलगाते हुए कहा, "नई जगह में पहली रात मुझे नींद नहीं आती।"

करमा पूछना चाहता था कि नए 'पोख्ता' मकान में बाबू को भी चूने की गन्ध लगती है? कनपटी के पास दर्द रहता है हमेशा क्या?...बाबू कोई गीत गुनगुनाने लगे। एक कुत्ता गश्त लगाता हुआ सिगनल-केबिन की ओर से आया और बरामदे के पास आकर रुक गया। करमा चुपचाप कुत्ते की नीयत को ताड़ने लगा। कुत्ते ने बाबू की खटिया की ओर थुथना ऊँचा करके हवा में सूँघा। आगे बढ़ा। करमा समझ गया–जरूर जूताखोर कुत्ता है, साला!...नहीं, सिर्फ सूँघ रहा है। कुत्ता अब करमा की ओर मुड़ा। हवा सूँघने लगा। फिर मुसाफिरखाने की ओर दुलकी-चाल से चला गया...।

बाबू ने पूछा, "तुम्हारा नाम करमा है या करमचन्द या करमू?"

...सात दिन तक साथ रहने के बाद, आज आधी रात के पहर में बाबू ने दिल खोलकर एक सवाल के जैसा सवाल किया है।

"बाबू, नाम तो मेरा करमा ही है। वैसे लोगों के हजार मुँह हैं, हजार नाम कहते हैं।...निताय बाबू कोरमा कहते थे, घोस बाबू करीमा कहकर बुलाते थे, सिंघजी ने सब दिन कामा ही कहा और असगर बाबू तो हमेशा करम-करम कहते थे। खुश रहने पर दिल्लगी करते थे–हाय मेरे करम!...नाम में क्या है, बाबू? जो मन में आए, कहिए। हजार नाम...।"

"तुम्हारा घर सन्थाल परगना में है, या राँची-हजारीबाग की ओर?"

करमा इस सवाल पर अचकचाया, जरा! ऐसे सवालों के जवाब देते समय वह रमता-जोगी की मुद्रा बना लेता! 'घर? जहाँ धड़, वहाँ घर। माँ-बाप–भगवानजी!'... लेकिन, बाबू को ऐसा जवाब तो नहीं दे सकता!

...बाबू भी खूब हैं। नाम का 'अरथ' निकालकर अनुमान लगा लिया–घर सन्थाल परगना या राँची-हजारीबाग की ओर होगा, किसी गाँव में? करमा-पर्व के दिन जन्म हुआ होगा, इसलिए नाम करमा पड़ा। माथा, कपाल, होंठ और देह की गठन देखकर भी...।

...बाबू तो बहुत 'गुनी' मालूम होते हैं। अपने बारे में करमा को कुछ मालूम नहीं। और बाबू नाम और कपाल देखकर सबकुछ बता रहे हैं। इतने दिन के बाद एक बाबू मिले हैं, गोपाल बाबू जैसे!

करमा ने कहा, "बाबू, गोपाल बाबू भी यही कहते थे! यह 'करमा' नाम तो गोपाल बाबू का ही दिया हुआ है!"

करमा ने गोपाल बाबू का किस्सा शुरू किया–"...गोपाल बाबू कहते थे, आसाम से लौटती हुई कुली-गाड़ी में एक 'डोको' के अन्दर तू पड़ा था, बिना 'बिलटी-रसीद' के ही–लावारिस माल।"

...चलो, बाबू को नींद आ गई। नाक बोलने लगी। गोपाल बाबू का किस्सा अधूरा ही रह गया।

...कुतवा फिर गस्त लगाता हुआ आया। यह कातिक का महीना है न! ससुरा पस्त होकर आया है। हाँफ रहा है।...ले, तू भी यहीं सोएगा? उँह! साले की देह की गन्ध यहाँ तक आती है–धेत्त! धेत्त!

बाबू ने जगकर पूछा, "हूँ-ऊ-ऊ! तब क्या हुआ तुम्हारे गोपाल बाबू का?"

कुत्ता बरामदे के नीचे चला गया। उलटकर देखने लगा। गुर्राया। फिर, दो-तीन बार दबी हुई आवाज में 'बुफ-बुफ' कर जनाने मुसाफिरखाने के अन्दर चला गया, जहाँ पैटमानजी सोता है।

"बाबू, सो गए क्या?"

...चलो, बाबू को फिर नींद आ गई! बाबू की नाक ठीक 'बबुआनी-आवाज' में ही 'डाकती' है!...पैटमानजी तो, लगता है, लकड़ी चीर रहे हैं!...गोपाल बाबू की नाक बीन-जैसी बजती थी–सुर में!!...असगर बाबू का खर्राटा...सिंघजी फुफकारते थे और साहू बाबू नींद में बोलते थे–'ए, डाउन दो, गाड़ी छोड़ा...!'

...तार की घंटी! स्टेशन का घंटा! गार्ड साहब की सीटी! इंजिन का बिगुल! जहाज का भौंपा!...सैकड़ों सीटियाँ...बिगुल...भोंपा...भों-ओं-ओं-ओं!

...हजार बार, लाख बार कोशिश करके भी अपने को रेल की पटरी से अलग नहीं कर सका, करमा। वह छटपटाया। चिल्लाया, मगर जरा भी टस-से-मस नहीं हुई

उसकी देह। वह चिपका रहा। धड़धड़ाता हुआ इंजन गर्दन और पैरों को काटता हुआ चला गया।...लाइन के एक ओर उसका सिर लुढ़का हुआ पड़ा था, दूसरी ओर दोनों पैर छिटके हुए! उसने जल्दी से अपने कटे हुए पैरों को बटोरा...अरे, यह तो एन्टोनी 'गाट' साहब के बरसाती जूते का जोड़ा है! गम-बूट!...उसका सिर क्या हुआ?...धेत, धेत! ससुरा नाक-कान चबा रहा है...!

''करमा!''

–धेत्! धेत्!

''उठ करमा, चाय बना!''

करमा धड़फड़ाकर उठ बैठा।...ले, बिहान हो गया। मालगाड़ी को 'थूरू-पास' करके, पैटमानजी हाथ में बेंत की कमानी घुमाता हुआ आ रहा है।...साला! ऐसा भी सपना होता है, भला? बारह साल में, पहली बार ऐसा अजूबा सपना देखा करमा ने।

बारह साल में एक दिन के लिए भी रेलवे-लाइन से दूर नहीं गया, करमा। इस तरह 'एकसिडंटवाला सपना' कभी नहीं देखा उसने!

करमा रेलवे-कम्पनी का नौकर नहीं। वह चाहता तो पोटर, खलासी, पैटमान या पानी-पाँडे की नौकरी मिल सकती थी। खूब आसानी से रेलवे-नौकरी में 'घुस' सकता था। मगर मन को कौन समझाए! मन माना नहीं। रेल-कम्पनी का नीला कुर्ता और इंजिन-छाप बटन का शौक उसे कभी नहीं हुआ।

रेल-कम्पनी क्या, किसी की नौकरी करमा ने कभी नहीं की। नाम-धाम पूछने के बाद लोग पेशे के बारे में पूछते हैं। करमा जवाब देता है–

''बाबू के 'साथ' रहते हैं।''...एक पैसा भी मुसहरा न लेनेवाले को 'नौकर' तो नहीं कह सकते!

...गोपाल बाबू के साथ, लगातार पाँच वर्ष! इसके बाद कितने बाबुओं के साथ रहा, यह गिनकर बतलाना होगा। लेकिन, एक बात है–'रिलिफिया-बाबू' को छोड़कर किसी 'सालटन-बाबू' के साथ वह कभी नहीं रहा।...सालटन-बाबू माने किसी 'टिसन' में 'परमानन्टी' नौकरी करनेवाला–फैमिली के साथ रहनेवाला!

...जा रे गोपाल बाबू! वैसा बाबू अब कहाँ मिले? करमा का 'माय-बाप, भाय-बहिन, कुल-परिवार', जो बूझिए–सब एक गोपाल बाबू!...बिना 'बिलटी-रसीद' का लावारिस माल था, करमा। रेलवे अस्पताल से छुड़ाकर अपने साथ रखा गोपाल बाबू ने। जहाँ जाते, करमा साथ जाता। जो खाते, करमा भी खाता।...लेकिन आदमी की मति को क्या कहिए! रिलिफिया-काम छोड़कर सालटनी काम में गए। फिर, एक दिन शादी कर बैठे।...बौमा...गोपाल बाबू की 'फैमली'–राम-हो-राम! वह औरत थी? साच्छात चुड़ैल!..दिन-भर गोपाल बाबू ठीक रहते। साँझ पड़ते ही उनकी जान चिड़िया

की तरह 'लुकाती' फिरती।...आधी रात को कभी-कभी 'इसपेसल' पास करने के लिए बाबू निकलते। लगता, अमरीकन रेलवे-इंजिन के 'बायलर' में कोयला झोंककर निकले हैं।...करमा 'क्वाटर' के बरामदे पर सोता था। तीन महीने तक रात में नींद नहीं आई, कभी।...बौमा 'फों-फों' करती–बाबू मिनमिनाकर कुछ बोलते। फिर शुरू होता रोना-कराहना, गाली-गलौज, मार-पीट। बाबू भागकर बाहर निकलते और वह औरत झपटकर माथे का केश पकड़ लेती।...तब करमा ने एक उपाय निकाला। ऐसे समय में वह उठकर दरवाजा खटखटाकर कहता, ''बाबू 'इसपेसल' का 'कल' बोलता है...।'' बाबू की जान कितने दिनों तक बचाता करमा?...बौमा एक दिन चिल्लाई, ''ए छोकरा हरामजादा के दूर कोरो। यह चार है, चो-ओ-ओ-र!''

...इसके बाद से ही किसी 'टिसन' के फैमिली-क्वाटर को देखते ही करमा के मन में एक पतली आवाज गूँजने लगती है–चो-ओ-ओ-र! हरामजादा! फैमिली-क्वाटर ही क्यों–जानना मुसाफिरखाना, जनाना दर्जा, जनाना...जनाना नाम से ही करमा को उबकाई आने लगती है।

...एक ही साल में गोपाल बाबू को 'हाड़-गोड़' सहित चबाकर खा गई, वह जनाना! फूल-जैसे सुकुमार गोपाल बाबू! जिन्दगी में पहली बार फूट-फूटकर रोया था, करमा।

...रमता-जोगी, बहता-पानी और रिलिफिया-बाबू! हेड-क्वाटर में चौबीस घंटे हुए कि 'परवाना' कटा–फलाने टिसन का मास्टर बीमार है, सिकरिपोट आया है। तुरत 'जोआयेन' करो।...रिलिफिया-बाबू का बोरिया-बिस्तर हमेशा 'रेडी' रहना चाहिए। कम-से-कम एक सप्ताह, ज्यादा-से-ज्यादा तीन महीने से ज्यादा किसी एक जगह में जमकर नहीं रह सकता, कोई रिलिफिया-बाबू।...लकड़ी के एक बक्से में सारी गृहस्थी बन्द करके–आज यहाँ, कल वहाँ।...पानीपाड़ा से भातगाँव, कुरैठा से रौताड़ा। फिर, हेड-क्वाटर, कटिहार!

...गोपाल बाबू ने ही घोस बाबू के साथ लगा दिया था–'खूब भालो बाबू। अच्छी तरह रखेगा।' लेकिन, घोस बाबू के साथ एक महीना से ज्यादा नहीं रह सका, करमा। घोस बाबू की बेवजह गाली देने की आदत! गाली भी बहुत खराब-खराब! माँ-बहन की गाली!...इसके अलावा घोस बाबू में कोई ऐब नहीं था। अपने 'सवांग' की तरह रखते थे।...घोस बाबू आज भी मिलते हैं तो गाली से बात शुरू करते हैं–''की रे... करमा? किसका साथ में है आजकल मादर्च...?''

...घोस बाबू को माँ-बहन की गाली देनेवाला कोई नहीं। नहीं तो समझते कि माँ-बहन की गाली सुनकर आदमी का खून किस तरह खौलने लगता है। किसी भले आदमी को ऐसी खराब गाली बकते नहीं सुना है करमा ने, आज तक।

...राम बाबू की सब आदत ठीक थी। लेकिन...भा-आ-री 'इश्की आदमी।' जिस टिसन में जाते, पैटमान-पोटर-सूपर को एकान्त में बुलाकर घुसुर-फुसुर बतियाते। फिर

रात में कभी मालगोदाम की ओर तो कभी जनाना मुसाफिरखाना में, तो कभी जनाना-पैख़ाना में...छिः-छिः...जहाँ जाते छुछुआते रहते–'क्या जी, असल-माल-वाल का कोई जोगाड़-जन्तर नहीं लगेगा?...आखिर वही हुआ जो करमा ने कहा था–'माल' ही उनका 'काल' हुआ। पिछले साल, जोगबनी-लाइन में एक नेपाली ने खुकरी से दो टुकड़ा काटकर रख दिया। और उड़ाओ माल!...जैसी अपनी इज्जत, वैसी पराई!

...सिंघजी भारी 'पुजेगरी'! सिया सहित राम-लछमन की मूर्ति हमेशा उनकी झोली में रहती थी। रोज चार बजे भोर से ही नहाकर पूजा की घंटी हिलाते रहते। इधर 'कल' की घंटी बजती।...जिस घर में ठाकुरजी की झोली रहती, उसमें बिना नहाए कोई पैर भी नहीं दे सकता था।...कोई अपनी देह को उस तरह बाँधकर हमेशा कैसे रह सकता है? कौन दिन में दस बार नहाए और हजार बार पैर धोए? सो भी, जाड़े के मौसम में!...जहाँ कुछ छूओ कि हूँहूँहूँ-हाँहाँहाँ–अरेरेरे-छू दिया न?...ऐसे छुतहा आदमी को रेल-कम्पनी में आने की क्या जरूरत?...सिंघजी का साथ नहीं निभ सका।

...साहू बाबू दरियादिल आदमी थे। मगर मदक्की ऐसे कि दिन-दोपहर को पचास-दारू एक बोतल पीकर मालगाड़ी को 'थूरूपास' दे दिया और गाड़ी लड़ गई। करमा को याद है, 'एकसिडंट' की खबर सुनकर ही साहू बाबू ने फिर एक बोतल चढ़ा लिया।...आखिर डॉक्टर ने दिमाग खराब होने का 'साटिकफिटिक' दे दिया।

...लेकिन, उस 'एकसिडंट' के समय भी किसी रात को करमा ने ऐसा सपना नहीं देखा!

...न...भोर-भोर ऐसी कुलच्छन-भरी बात बाबू को सुनाकर करमा ने अच्छा नहीं किया। रेलवे की नौकरी में अभी तुरत 'घुसवै' किए हैं।

...नः...बाबू के मिजाज का टेर-पता अब तक करमा को नहीं मिला है। करीब एक सप्ताह तक साथ में रहने के बाद, कल रात में पहली बार दिल खोलकर दो सवाल-जवाब किया बाबू ने। इसीलिए, सुबह को करमा ने दिल खोलकर अपने सपने की बात शुरू की थी। चाय की प्याली सामने रखने के बाद उसने हँसकर कहा, "हँह बाबू, रात में हम एक अ-जू-ऊ-ऊबा सपना देखा। धड़धड़ाता इंजिन...लाइन पर चिपकी हमारी देह टस-से-मस नहीं...सिर इधर और पैर दोनों लाइन के उधर... एन्टोनी गाट साहेब के बरसाती जूते का जोड़ा...गमबोट...!"

"धेत्त! क्या बेसिर-पैर की बात करते हो, सुबह-सुबह? गाँजा-वाँजा पीता है क्या?"

...करमा ने बाबू को सपने की बात सुनाकर अच्छा नहीं किया।

करमा उठकर ताखे पर रखे हुए आईने में अपना मुँह देखने लगा। उसने 'अ-जू-ऊ-ऊ-बा' कहकर देखा। छिः उसके होंठ तीतर की चोंच की तरह...।

"का करमचन? का बन रहा है?"

...पानी-पाँडे? यह पानी-पाँडे भला आदमी है। पुरानी जान-पहचान है इससे, करमा की। कई टिसन में संगत हुआ है। लेकिन, यह पैटमान लटपटिया आदमी मालूम होता है। हर बात में पुच-पुच कर हँसनेवाला।

"करमचन बाबू कौन जाति के हैं?"

"क्यों? बंगाली हैं।"

"भैया, बंगाली में भी साढ़े-बारह बरन के लोग होते हैं।"

"पानी-पाँडेजी, सो तो मैं नहीं जानता। मगर बहुत गुनी आदमी हैं। आपका नाम का मतलब निकालकर—चेहरा देखकर सबकुछ बता देंगे...लीजिए, घंटी पड़ गई दुबज्जी गाड़ी की, और मेरी तरकारी अभी तक चढ़ी हुई है।"

पानी-पाँडे जाते-जाते कह गया, "थोड़ी तरकारी बचाकर रखना, करमचन!"

...घर कहाँ? कौन जाति? मनिहारी घाट के मस्तान बाबा का सिखाया हुआ जवाब, सभी जगह नहीं चलता—हरि के भजे सो हरि के होई! मगर, हरि की भी जाति थी!...ले, यह घटही-गाड़ी का इंजन कैसे भेज दिया इस लाइन में आज? संथाली-बाँसी जैसी पतली सीटी—सी-ई-ई!!

...ले, फक्का! एक भी पसिंजर नहीं उतरा, इस गाड़ी से भी। काहे को इतना खर्चा करके रेल-कम्पनी ने यहाँ टिसन बनाया, करमा की बुद्धि में नहीं आता। फायदा? बस, नाम ही आमदपुरा है—आमदनी नदारद। सात दिन में दो टिकट कटे हैं और सिर्फ पाँच पसिंजर उतरे हैं, तिसमें दो बिना टिकट के।...इतने दिन के बाद पन्द्रह बोरा बैंगन उस दिन बुक हुआ। पन्द्रह बैंगन देकर ही काम बना लिया, उस बूढ़े ने।...उस बैंगनवाले की बोली-बानी अजीब थी। करमा से घुलकर गप करना चाहता था बूढ़ा। घर कहाँ है? कौन जाति? घर में कौन-कौन?...करमा ने सभी सवालों का एक ही जवाब दिया था—ऊपर की ओर हाथ दिखलाकर! बूढ़ा हँस पड़ा था।...अजीब हँसी!

...घटही-गाड़ी! सी-ई-ई-ई!!

करमा मनिहारीघाट टिसन में भी रहा है, तीन महीने तक एक बार, एक महीना दूसरी बार। ...मनिहारीघाट टिसन की बात निराली है। कहाँ मनिहारीघाट और कहाँ आमदपुरा का यह पिद्दी टिसन!

...नई जगह में, नए टिसन में पहुँचकर आसपास के गाँवों में एकाध चक्कर घूमे-फिरे बिना करमा को न जाने 'कैसा-कैसा' लगता है। लगता है, अन्ध-कूप में पड़ा हुआ है। वह 'डिसटन-सिंगल' के उस पार दूर-दूर तक खेत फैले हैं। वह काला जंगल...ताड़ का वह अकेला पेड़...आज बाबू को खिला-पिलाकर करमा निकलेगा। इस तरह बैठे रहने से उसके पेट का भात नहीं पचेगा।...यदि गाँव-घर और खेत-मैदान में नहीं घूमता-फिरता, तो वह पेड़ पर चढ़ना कैसे सीखता? तैरना कहाँ सीखता?

...लखपतिया टिसन का नाम कितना 'जब्बड़' है! मगर टिसन पर एक सत्तू-फरही की भी दुकान नहीं। आस-पास में, पाँच कोस तक कोई गाँव नहीं। मगर, टिसन से पूरब जो दो पोखरे हैं, उन्हें कैसे भूल सकता है करमा? आईना की तरह झलमलाता हुआ पानी।...बैशाख महीने की दोपहरी में, घंटों गले-भर पानी में नहाने का सुख! मुँह से कहकर बताया नहीं जा सकता!

...मुदा, कदमपुरा—सचमुच कदमपुरा है। टिसन से शुरू करके गाँव तक हजारों कदम के पेड़ हैं।...कदम की चटनी खाए एक युग हो गया!

...वारिसगंज टिसन, बीच कस्बा में है। बड़े-बड़े मालगोदाम, हजारों गाँठ पाट, धान-चावल के बोरे, कोयला-सीमेंट-चूना की ढेरी! हमेशा हजारों लोगों की भीड़! करमा को किसी का चेहरा याद नहीं।...लेकिन टिसन से सटे उत्तर की ओर मैदान में तम्बू डालकर रहनेवाले गदहावाले मगहिया डोमों की याद हमेशा आती है।—घाघरीवाली औरतें, हाथ में बड़े-बड़े कड़े, कान में झुमके...नंगे बच्चे, कान में गोल-गोल कुंडलवाले मर्द!...उनके मुर्गे! उनके कुत्ते!

...बथनाहा टिसन के चारों ओर हजार घर बन गए हैं। कोई परतीत करेगा कि पाँच साल पहले बथनाहा टिसन पर दिन-दोपहर को टिटही बोलती थी!

...कितनी जगहों, कितने लोगों की याद आती है!...सोनबरसा के आम...कालूचक की मछलियाँ...भटोतर का दही...कुसियार गाँव का ऊख!

...मगर सबसे ज्यादा आती है मनिहारीघाट टिसन की याद। एक तरफ धरती, दूसरी ओर पानी। इधर रेलगाड़ी, उधर जहाज। इस पार खेत-गाँव-मैदान, उस पार साहेबगंज-कजरोटिया का नीला पहाड़। नीला पानी—सादा बालू!...तीन एक, चार! चार महीने तक तीसों दिन गंगा में नहाया है, करमा। चार 'जनम तक' पाप का कोई असर तो नहीं होना चाहिए! इतना बढ़िया नाम शायद ही किसी टिसन का होगा—मनिहार।...बलिहारी? मछुवे जब नाव से मछलियाँ उतारते तो चमक के मारे करमा की आँखें चौंधिया जातीं।

...रात में, उधर जहाज चला जाता—धू-धू करता हुआ। इधर गाड़ी छकछकाती हुई कटिहार की ओर भागती। अजू साह की दुकान की 'झाँपी' बन्द हो जाती। तब घाट पर मस्तानबाबा की मंडली जुटती।

...मस्तानबाबा कुली-कुल के थे। मनिहारीघाट पर ही कुली का काम करते थे। एक बार मन ऐसा उदास हो गया कि दाढ़ी और जटा बढ़ाकर बाबाजी हो गए। खंजड़ी बजाकर निरगुन गाने लगे। बाबा कहते, "घाट-घाट का पानी पीकर देखा—सब फीका। एक गंगाजल मीठा...।" बाबा एक चिलम गाँजा पीकर पाँच किस्सा सुना देते। सब बेद-पुरान का किस्सा! करमा ने ग्यान की दो-चार बोली मनिहारीघाट पर ही सीखीं। मस्तानबाबा के सत्संग में। लेकिन, गाँजा में उसने कभी दम नहीं लगाया।...आज बाबू ने झुंझलाकर जब कहा, "गाँजा-वाँजा पीते हो क्या"—तो करमा

को मस्तानबाबा की याद आई। बाबा कहते—हर जगह की अपनी खुशबू-बदबू होती है!...इस आदमपुरा की गन्ध के मारे करमा को खाना-पीना नहीं रुचता।

मस्तानबाबा को बाद देकर मनिहारीघाट की याद कभी नहीं आती।

करमा ने ताखे पर रखे आईने में फिर अपना मुखड़ा देखा। उसने आँखें अधमुँदी करके दाँत निकालकर हँसते हुए मस्तानबाबा के चेहरे की नकल उतारने की चेष्टा की—'मस्त रहो!...सदा आँख-कान खोलकर रहो।...धरती बोलती है। गाछ-बिरिच्छ भी अपने लोगों को पहचानते हैं।...फसल को नाचते-गाते देखा है, कभी? रोते सुना है कभी अमावस्या की रात को? है...है...है...है...है—मस्त रहो...।'

...करमा को क्या पता बाबू पीछे खड़ा होकर सब तमाशा देख रहे हैं। बाबू ने अचरज से पूछा, "तुम जगे-जगे खड़ा होकर भी सपना देखता है?...कहता है कि गाँजा नहीं पीता?"

सचमुच वह खड़ा-खड़ा सपना देखने लगा था। मस्तानबाबा का चेहरा बरगद के पेड़ की तरह बड़ा होता गया। उसकी मस्त हँसी आकाश में गूँजने लगी! गाँजे का धुआँ उड़ने लगा। गंगा की लहरें आईं। दूर, जहाज का भोंपा सुनाई पड़ा—भों-ओं-ओं!

बाबू ने कहा, "खाना परोसो। देखूँ, क्या बनाया है? तुमको लेकर तो भारी मुश्किल है...।"

मुँह का पहला कौर निगलकर बाबू करमा का मुँह ताकने लगे, "लेकिन, खाना तो बहुत बढ़िया बनाया है!"

खाते-खाते बाबू का मन-मिजाज एकदम बदल गया। फिर रात की तरह दिल खोलकर गप करने लगे, "खाना बनाना किसने सिखलाया तुमको? गोपाल बाबू की घरवाली ने?"

...गोपाल बाबू की घरवाली? माने बौमा? वह बोला, "बौमा का मिजाज तो इतना खट्टा था कि बोली सुनकर कड़ाही का ताजा दूध फट जाए। वह किसी को क्या सिखाएगी? फूहड़ औरत?"

"और यह बात बनाना किसने सिखलाया तुमको?"

करमा को मस्तानबाबा की 'बानी' याद आई, "बाबू, सिखलाएगा कौन?...सहर सिखाए कोतवाली!"

"तुम्हारी बीवी को खूब आराम होगा!"

बाबू का मन-मिजाज इसी तरह ठीक रहा तो एक दिन करमा मस्तानबाबा का पूरा किस्सा सुनाएगा।

"बाबू, आज हमको जरा छुट्टी चहिए।"

"छुट्टी! क्यों? कहाँ जाएगा?"

करमा ने एक ओर हाथ उठाते हुए कहा, "जरा उधर घूमने-फिरने...।"

पैटमानजी ने पुकारकर कहा, "करमा! बाबू को बोलो, 'कल' बोलता है।"

...तुम्हारी बीवी को खूब आराम होगा!...करमा की बीवी! वारिसगंज टिसन...मगहिया डोमों के तम्बू...उठती उमेरवाली छौंड़ी...नाक में नथिया...नाक और नथिया में जमे हुए काले मैले...पीले दाँतों में मिस्सी!!

करमा अपने हाथ का बना हुआ हलवा-पूरी उस छौंड़ी को नहीं खिला सका। एक दिन कागज की पुड़िया में ले गया। लेकिन वह पसीने से भीग गया। उसकी हिम्मत ही नहीं हुई।...यदि यह छौंड़िया चिल्लाने लगे कि तुम हमको चुरा-छिपाकर हलवा काहे खिलाता है?...ओ, मइयो-यो-यो-यो-यो...!!

...बाबू हजार कहें, करमा का मन नहीं मानता कि उसका घर संथाल-परगना राँची की ओर कहीं होगा। मनिहारीघाट में दो-दो बार रह आया है, वह। उस पार के साहेबगंज-कजरौटिया के पहाड़ ने उसको अपनी ओर नहीं खींचा कभी! और वारिसगंज, कदमपुरा, कालूचक, लखपतिया का नाम सुनते ही उसके अन्दर कुछ झनझना उठता है। जाने-पहचाने, अचीन्हे, कितने लोगों के चेहरों की भीड़ लग जाती है! कितनी बातें—सुख-दुख की! खेत-खलिहान, पेड़-पौधे, नदी-पोखरे, चिरई चुरमुन—सभी एक साथ टानते हैं, करमा को!

...सात दिन से वह काला जंगल और ताड़ का पेड़ उसको इशारे से बुला रहा है। जंगल के ऊपर आसमान में तैरती हुई चील आकर करमा को क्यों पुकार जाती है? क्यों?

रेलवे-हाता पार करने के बाद भी जब कुत्ता नहीं लौटा तो करमा ने झिड़की दी, "तू कहाँ जाएगा ससुर? जहाँ जाएगा झाँव-झाँव करके कुत्ते दौड़ेंगे।...जा! भाग। भाग!!"

कुत्ता रुककर करमा को देखने लगा। धनखेतों से गुजरनेवाली पगडंडी पकड़कर करमा चल रहा है। धान की बालियाँ अभी फूटकर निकली नहीं हैं।...करमा को हेडक्वाटर के चौधरी बाबू की गर्भवती घरवाली की याद आई। सुना है, डाक्टरनी ने अन्दर का फोटो लेकर देखा है—जुड़वाँ बच्चा है पेट में!

...इधर 'हथिया-नच्छत्तर' अच्छा 'झरा' था। खेतों में अभी भी पानी लगा हुआ है।...मछली?

...पानी में माँगुर-मछलियों को देखकर करमा की देह अपने-आप बँध गई। वह साँस रोककर चुपचाप खड़ा रहा। फिर धीरे-धीरे खेत की मेंड़ पर चला गया। मछलियाँ छलमलाईं। आईने की तरह थिर पानी अचानक नाचने लगा।...करमा क्या करे?...उधर की मेंड़ से सटाकर एक 'छेंका' देकर पानी को उलीच दिया जाए तो...?

...है है—है है! साले! बन का गीदड़, जाएगा किधर? और छलमलाओ!...अरे, काँटा करमा को क्या मारता है? करमा नया शिकारी नहीं।

आठ माँगुर और एक गरई मछली! सभी काली-मछलियाँ! कटिहार हाट में इसी का दाम बेखटके तीन रुपया ले लेता।...करमा ने गमछे में मछलियों को बाँध लिया। ऐसा 'संतोख' उसको कभी नहीं हुआ, इसके पहले। बहुत-बहुत मछली का शिकार किया उसने!

एक बूढ़ा भैंसवार मिला जो अपनी भैंस को खोज रहा था, "ए भाय! उधर किसी भैंस पर नजर पड़ी है?"

भैंसवार ने करमा से एक बीड़ी माँगी। उसको अचरज हुआ—कैसा आदमी है, न बीड़ी पीता है, न तम्बाकू खाता है। उसने नाराज होकर जिरह करना शुरू किया, "इधर कहाँ जाना है? गाँव में तुम्हारा कौन है? मछली कहाँ ले जा रहे हो?"

...ताड़ का पेड़ तो पीछे की ओर ही 'धसकता' जाता है! करमा ने देखा, गाँव आ गया। गाँव में कोई तमाशावाला आया है। बच्चे दौड़ रहे हैं। हाँ भालूवाला ही है। डमरू की बोली सुनकर करमा ने समझ लिया था।

...गाँव में पहली गन्ध! गन्ध का पहला झोंका!

...गाँव का पहला आदमी। यह बूढ़ा गोभी को पानी से पटा रहा है। बाल सादा हो गए हैं, मगर पानी भरते समय बाँह में जवानी ऐंठती है।...अरे, यह तो वही बूढ़ा है जो उस दिन बैंगन बुक कराने गया था और करमा से घुल-मिलकर गप करना चाहता था। करमा से खोद-खोदकर पूछता था—माय-बाप है नहीं या माय-बाप को छोड़कर भाग आए हो?...ले, उसने भी करमा को पहचान लिया!

"क्या है, भाई? इधर किधर?"

"ऐसे ही। घूमने-फिरने!...आपका घर इसी गाँव में है?"

बूढ़ा हँसा। घनी मूँछें खिल गईं।...बूढ़ा ठीक सत्तो बाबू टीटी के बाप की तरह हँसता है।

एक लाल साड़ीवाली लड़की हुक्के पर चिलम चढ़ाकर फूँकती हुई आई। चिलम को फूँकते समय उसके दोनों गाल हो गए थे। करमा को देखकर वह ठिठकी। फिर गोभी के खेत के बाड़े को पार करने लगी। बूढ़े ने कहा, "चल बेटी, दरवाजे पर ही हम लोग आ रहे हैं।"

बूढ़ा हाथ-पैर धोकर खेत से बाहर आया, "चलो!"

लड़की ने पूछा, "बाबा, यह कौन आदमी है?"

"भालू नचानेवाला आदमी।"

"धेत!"

करमा लजाया।...क्या उसका चेहरा-मोहरा भालू नचानेवाला-जैसा है? बूढ़े ने पूछा, "तुम रिलिफिया-बाबू के नौकर हो न?"

"नहीं, नौकर नहीं।...ऐसे ही साथ में रहता हूँ।"

"ऐसे ही? साथ में? तलब कितना मिलता है?"

"साथ में रहने पर तलब क्या मिलेगा?",

...बूढ़ा हुक्का पीना भूल गया। बोला, "बस? बेतलब का ताबेदार?"

बूढ़े ने आँगन की ओर मुँह करके कहा, "सरसतिया! जरा माय को भेज दो, यहाँ। एक कमाल का आदमी...।"

बूढ़ी टट्टी की आड़ में खड़ी थी। तुरत आई। बूढ़े ने कहा, "जरा देखो, इस 'किल्लाठोंक-जवान' को। पेट भात पर खटता है।...क्यों जी, कपड़ा भी मिलता है?...इसी को कहते हैं—पेट-माधोराम मर्द!"

...आँगन में एक पतली खिलखिलाहट!...भालू नचानेवाला कहीं पड़ोस में ही तमाशा दिखा रहा है। डमरू के इस ताल पर भालू हाथ हिला-हिलाकर 'थब्बड़-थब्बड़' नाच रहा होगा—थुथना ऊँचा करके।...अच्छा जी भोलेराम, नाच तो खूब बनाया, तैने। अब एक बार दिखला दे कि फूहड़ औरत गोद में बच्चा को सुलाकर किस तरह ऊँघती है!...वाहजी भोलेराम!

...सैकड़ों खिलखिलाहट!!

"तुम्हारा नाम क्या है जी?...करमचन? वाह, नाम तो खूब सगुनिया है। लेकिन काम? काम चूल्हचन?"

करमा ने लजाते हुए बात को मोड़ दिया, "आपके खेत का बैंगन बहुत बढ़िया है। एकदम घी-जैसा...।" बूढ़ा मुस्कुराने लगा।

और बूढ़ी की हँसी करमा की देह में जान डाल देती है। वह बोली, "बेचारे को दम तो लेने दो। तभी से रगेट रहे हो।"

"मछली है? बाबू के लिए ले जाओगे?"

"नहीं। ऐसे ही...रास्ते में शिकार...।"

"सरसतिया की माय! मेहमान को चूड़ा भूनकर मछली की भाजी के साथ खिलाओ!...एक दिन दूसरे के हाथ की बनाई मछली खा लो जी!"

जलपान करते समय करमा ने सुना—कोई पूछ रही थी, "ए, सरसतिया की माय! कहाँ का मेहमान है?"

"कटिहार का।"

"कौन है?"

"कुटुम ही है।"

"कटिहार में तुम्हारा कुटुम कब से रहने लगा?"

"हाल से ही।"

...फिर एक खिलखिलाहट! कई खिलखिलाहट!!...चिलम फूँकते समय सरसतिया के गाल मोसम्बी की तरह गोल हो जाते हैं। बूढ़ी ने दुलार-भरे स्वर में पूछा, "अच्छा ए बबुआ! तार के अन्दर से आदमी की बोली कैसे जाती है? हमको जरा खुलासा करके समझा दो।"

चलते समय बूढ़ी ने धीरे-से कहा, "बूढ़े की बात का बुरा न मानना। जब से जवान बेटा गया, तब से इसी तरह उखड़ी-उखड़ी बात करता है।...कलेजे का घाव...।"

"एक दिन फिर आना।"

"अपना ही घर समझना!"

लौटते समय करमा को लगा, तीन जोड़ी आँखें उसकी पीठ पर लगी हुई हैं। आँखें नहीं–डिसटन-सिंगल, होम-सिंगल और पैट-सिंगल की लाल-लाल गोल-गोल रोशनी!!

जिस खेत में करमा ने मछली का शिकार किया था उसी मेंड़ पर एक ढोंढ़ा-साँप बैठा हुआ था। फों-फों करता हुआ भागा।...हद है! कुत्ता अभी तक बैठा उसकी राह देख रहा था! खुशी के मारे नाचने लगा करमा को देखकर!

रेलवे-हाता में आकर करमा को लगा, बूढ़े ने उसको बनाकर ठग लिया। तीन रुपए की मोटी-मोटी माँगुर मछलियाँ एक चुटकी चूड़ा खिलाकर, चार खट्टी-मीठी बात सुनाकर...।

...करमा ने मछली की बात अपने पेट में रख ली। लेकिन बाबू तो पहले से ही सबकुछ जान लेनेवाला–'अगरजानी' है। दो हाथ दूर से ही बोले, "करमा, तुम्हारी देह से कच्ची मछली की बास आती है। मछली ले आए हो?"

...करमा क्या जवाब दे अब? जिन्दगी में पहली बार किसी बाबू के साथ उसने विश्वासघात किया है।...मछली देखकर बाबू जरूर नाचने लगते!

पन्द्रह दिन देखते-देखते ही बीत गए।

अभी, रात की गाड़ी से टिसन के सालटन-मास्टर बाबू आए हैं–बाल-बच्चों के साथ। पन्द्रह दिन से चुप फैमिली-क्वाटर में कुहराम मचा है। भोर की गाड़ी से ही करमा अपने बाबू के साथ हेड-क्वाटर लौट जाएगा।...इसके बाद, मनिहारीघाट?

...न...आज रात भी करमा को नींद नहीं आएगी। नहीं, अब वार्निश-चूने की गन्ध नहीं लगती।...बाबू तो मजे में सो रहे हैं। बाबू, सचमुच में गोपाल बाबू जैसे हैं। न किसी जगह से तिल-भर मोह, न रत्ती-भर माया।...करमा क्या करे? ऐसा तो कभी नहीं हुआ।...'एक दिन फिर आना। अपना ही घर समझना।...कुटुम है...पेटमाधोराम मर्द!'

...अचानक करमा को एक अजीब-सी गन्ध लगी। वह उठा। किधर से यह गन्ध आ रही है? उसने धीरे-से प्लेटफार्म पार किया। चुपचाप सूँघता हुआ आगे बढ़ता गया।...रेलवे-लाइन पर पैर पड़ते ही सभी सिंगल-होम, डिसटंट और पैट–जोर-जोर से बिगुल फूँकने लगे।...फैमिली क्वाटर से एक औरत चिल्लाने लगी–'चो-ओ-चो-र!' वह भागा। एक इंजिन उसके पीछे-पीछे दौड़ा आ रहा है।...मगहिया डोम की

छौंड़ी?...तम्बू में वह छिप गया।...सरसतिया खिलखिलाकर हँसती है। उसके झबरे केश, बेनहाई हुई देह की गन्ध, करमा के प्राण में समा गई।...वह डरकर सरसतिया की गोद में...नहीं, उसकी बूढ़ी माँ की गोद में अपना मुँह छिपाता है।...रेल और जहाज के भोंपे एक साथ बजते हैं। सिंगल की लाल-लाल रोशनी...।

"करमा, उठ! करमा, सामान बाहर निकालो!"

...करमा एक गन्ध के समुद्र में डूबा हुआ है। उसने उठकर कुरता पहना। बाबू का बक्सा बाहर निकाला। पानी-पाँडे ने 'कहा-सुना माफ करना' कहा। करमा डूबा रहा!

...गाड़ी आई। बाबू गाड़ी में बैठे। करमा ने बक्स चढ़ा दिया।...वह 'सरवेंट-दर्जा' में बैठेगा। बाबू ने पूछा, "सबकुछ चढ़ा दिया तो? छूट तो नहीं गया?"...नहीं, कुछ छूटा नहीं है।...गाड़ी ने सीटी दी। करमा ने देखा, प्लेटफार्म पर बैठा हुआ कुत्ता उसकी ओर देखकर कूँ-कूँ कर रहा है।...बेचैन हो गया कुत्ता!

"बाबू?"

"क्या है?"

"मैं नहीं जाऊँगा।" करमा चलती गाड़ी से उतर गया। धरती पर पैर रखते ही ठोकर लगी। लेकिन सँभल गया।

नवम्बर, 1964

उच्चाटन

ठीक वही हुआ, उसी तरह शुरू हुआ, जैसा उसने सोचा था। बरसों से मन में 'गुनी' हुई बात अक्षर-अक्षर फल गई। रात की गाड़ी से वह गाँव लौटा—दो साल के बाद। और 'मरकट-महाजन' बूढ़े मिसर को रात में ही खबर मिल गई। 'किरिन' फूटने के पहले ही वह 'बाभन-बनिया' खड़ाऊँ खटखटाता हुआ आया और उसके दरवाजे पर उकासी करके कफ थूकने लगा।

पहले तो उसको ऐसा लगा कि वह भोर का सपना देख रहा है।...दो साल से, भोर में आनेवाले सपने का 'सिरगनेश' ठीक इसी तरह होता!

कफ से बझी हुई कंठ-नली से एक गिलगिलाती हुई 'गिटकारी-भरी' बोली निकली—"बिलस-वा-वा-वा!..आ य-हँ-क्-थो-ह!"

बेसुध, चित्त होकर सोई हुई उसकी अधनंगी बीवी हड़बड़ाकर उठी और कपड़े सहेजने लगी—"मिसर महाराज?"

...महाराज? नहीं, सपना नहीं। बुढ़वा साला सचमुच ही आया है।

उसे अचरज हुआ...ठीक वैसा ही हो रहा है। ठीक इसी घड़ी की प्रतीक्षा और इससे जीवट बाँधकर जूझने की तैयारी वह पिछले चौबीस महीने से कर रहा था। इसके बावजूद उसका दिल धड़का। हड्डी के अन्दर एक पुराने डर का तार काँप गया। गाल और कनपटी दहकने लगीं—'डरामा' में परदा उठते ही अचानक 'पाट' भूल गया, मानो।

उसने देखा, उसकी बीवी की आँखों में नींद के बदले भय समाया हुआ था। वह आँखों से ही पूछ रही थी—"महाराज को क्या...?"

अपनी बीवी की घबराई हुई सूरत को देखकर वह सँभला। मद्धिम आवाज में बड़बड़ाया—"तेरे महराज की...! तू इस तरह क्या देख रही है? अचम्भा का बच्चा?"

बाहर, मिसर ने खाँसी के पहले वेग को झेल लिया था। इस बार उसकी आवाज में स्वाभाविक 'खनक' थी—"बिलसि-या-या-या!"

उसने आँगन में निकलकर देखा, बूढ़ी माँ एक कोने में दुबक गई है—गठरी-जैसी! डर के मारे हाथ का हुक्का नहीं पी रही...कहीं गुड़गुड़ाहट न सुन लें मिसर महाराज!

सुनहले बटनवाला 'टीसाट' पहनते हुए उसने आँगन से जवाब दिया—"कौन है जी?...इस तरह हल्ला काहे कर रहे हैं साहेब?"

ऐसा नुकीला जवाब सुनकर उसकी माँ-बीवी ही नहीं, बाहर खड़ा बहत्तर साल का बूढ़ा इस गाँव का मालिक मिसर भी अवाक् हो गया—नशा-पानी खाया है क्या?

उसकी बीवी हाथ में छोटी मचिया लेकर दरवाजे की ओर बढ़ी। उसने डाँट दिया—"कहाँ चली मचिया लेकर मटकती हुई उधर? आँच सुलगाकर पानी गरम कर।"

आँगन से बाहर निकलकर उसने बीड़ी का धुआँ फेंका।...नहीं, इतने दिन का रटा हुआ 'पाट' अब वह नहीं भूलेगा। बोला, "कहिए, क्या बात है?"

मिसर के लिए इतना ही काफी था।...न प्रणाम, न पाँवलागी? मुँह पर बीड़ी का जूठा धुआँ फेंक दिया!

"अरे, तू तो एकदम बदल गया है, बिलसिया!"

...अचरज की बात! मिसर ने ठीक वही बात कही!

उसने अपना 'तैयार-जवाब' दिया, "बिलसिया-बिलसिया क्या बोलते हैं? मेरा नाम रामबिलास है...रामबिलास सिंघ।"

रामबिलास ने अपनी माँ को पुकारकर कहा, "माय, जरा एक टोकरी गोबर और एक झाड़ू लेकर इधर आना तो..!"

रामबिलास की बीवी ने अपनी बूढ़ी सास की ओर देखा...। पहले पानी गरम करने को कहा, अब गोबर और झाड़ू माँगता है!

बूढ़ी आँगन से ही बोली, डरती-डरती, "झाड़ू-गोबर का क्या होगा, बेटा?"

मिसर की आँखें गोल हो गईं। दम फूलने लगा—सशब्द! अपमान, क्रोध और भय के मारे मिसर के गले में फिर खसखसाहट शुरू हुई। खाँसी को रोकने की चेष्टा करते उसका 'थुथना' विकृत हो गया। पेट में कुपित वायु...!

"बहू पूछती है कि गरम पानी का क्या होगा?"

रामबिलास कुढ़ गया—"बस, लगी जिरह-बहस करने। पानी क्या होगा तो झाड़ू क्या होगा? आकर देखो, किस तरह मारे कफ-थूक के दरवाजा 'घिना' गया है।...ए! ए मिसरजी, थूक-थाक जरा उधर खेत में हँ-हँ-हँ-हँ...!"

मिसर ने सँभालने की कोशिश की, लेकिन उनकी गमछी गन्दी हो गई।

रामबिलास ने घृणा से मुँह-नाक सिकोड़ते हुए कहा, "ऐसी 'बेसँभाल' खाँसी है तो गाँव-घर में 'चल-फिर' क्यों करते हैं? इस बीमारी को पोसे हुए हैं, इलाज क्यों नहीं करवाते?...फोटो करवाकर देखिए, 'टीबी-उबी' न हो गया हो!"

किन्तु मिसर की इस खाँसी-उकासी ने सारा खेल ही बिगाड़ दिया मानो। जैसा कि रामबिलास ने सोच रखा था रामबिलास के 'टीबी-उबी' वाले संवाद के बाद, मिसर को बोलना था—'"चुप साला बेटीचू...टीबी हो तुम्हें और तुम्हारी औलाद को...!"

लेकिन मिसर 'पाट' छोड़कर 'बेपाट' की बात बतियाने लगा। बोला, "बबुआ! अब क्या इलाज और क्या डागडर, क्या बैद! टीबी हो या दमा। अब तो चलाचली की बेला है।"

...पिछले साल, महेन्द्रपुर मोहल्ला दुर्गापूजा के 'डरामा' में जुगल महतो पनवाड़ी ने इसी तरह खेला चौपट किया था। जल्लाद का 'पाट' लेकर उतरा और तलवार उठाकर मारते समय रटा हुआ 'पाट' ही भूल गया और बेपाट की बात बोलते-बोलते तलवार फेंककर रोने लगा।...मिसर भी रोता है क्या? नहीं, नाक पोंछ रहा है।

मिसर समझ गया...'राड़' की बाढ़! जब देखो राड़ की बाढ़, मुँह सँभालकर बोली काढ़!

रामबिलास की बूढ़ी माँ हाथ में झाड़ू लेकर बाहर आई—"पाँव लागी महराज!"

...बूढ़ी ने हाथ में झाड़ू लेकर ही पाँवलागी की?

"प्रभु हो! प्रभु हो!! अब तो बिल...रामबिलास बबुआ, इज्जत-आबरू के साथ चले जाएँ, यही मना रहा हूँ। इधर से जा रहा था तो सुना कि रात को बिल...रामबिलास बबुआ लौटा है तो बड़ी खुशी हुई।...वाह! खूब उन्नति किए हो। वाह!!"

अब रामबिलास क्या जवाब दे!...बेपाट की बात!

"हम तो समझे कि आप बकाया रुपए का तकादा करने आए हैं। रात में तो आया ही हूँ। भागा जा रहा हूँ क्या? खैर, जब आ गए हैं तो लेते जाइए अपना बकाया।"

बूढ़ी ने पूछा, "बहू पूछती है कि पानी गरम हो गया। अब क्या...?"

"हर बात में जिरह! पानी गरम करने कहा है चा बनाने के लिए।"

मिसर बोला, "बाकी-बकाया का हिसाब-किताब होता रहेगा। जल्दी क्या है?"

"नहीं...।" उठकर आते समय भी बिलसिया ने पाँवलागी नहीं की!

रामबिलास अपने नए सूटकेस से चाय-चीनी-प्याली निकालने लगा। बहू बोली, "अभी तो मिसर महराज मैदा के हलुवा-जैसा नरम हो गए। मैया से पूछो, किस तरह महीने में दो बार भैंस 'कुरुक' करने की धमकी देते थे दोनों—बाप-पूत मिलकर।"

"तो उस समय बोली क्यों नहीं? मुँह में क्या था, केला?"

रामबिलास को याद आई। मिसर की बेबात की बात सुनकर ही वह 'परन' ठानकर घर से भागा था—शहर, रुपया कमाने!..."साले, रुपया लेकर 'बिहा-गौना' किया। अब बीवी की टाँग पर टाँग चढ़ाकर सोते हो और मेरे रुपए की बात भूल गया? एँ?...मैं यदि रुपया नहीं देता तो अभी 'गुलगला' कैसे खाते रोज, एँ?"

...साला! कान गरम हो जाता है अब भी, याद करके।

"बेटा! अब क्या बताऊँ? अभी उस दिन मिसर का बड़ा बेटा दूध लेने आया। दूध बिक गया था, सब। कहाँ से देती? तो बर्तन उठाकर जाते समय जीभ ऐंठकर बोला—"जमाना ही उलट गया है। नहीं तो इसी टोले से भैंस के बदले औरत का दूध दूहकर ले गए हैं हमारे सिपाही बरकंदाज!"

रामबिलास की जीभ जल गई। चाय को फूँकते हुए वह बोला—"तो उस समय बोली क्यों नहीं? मुँह में क्या था, केला?"

...औरत का दूध? साला, कलेजा काट देनेवाली बात!

रामबिलास ने अपनी बीवी से कहा, "सूटकेस में नई अँगिया है। निकालकर पहन ले।...अंग्रेजी-अँगिया।"

"राम-राम पालवेत!"

सूरज की रोशनी के साथ गाँव में बात फैलती गई।

"...बिलसिया घर लौटा है, रात में! ऐ? अब उसको बिलसिया मत कहना कोई! मिसर को 'भोरे-भोरे' बेपानी कर दिया। बोला, 'बिलसिया मत बोलिए, रामबिलास कहिए।'...मिसर की नाक पर दो सौ रुपए का 'पुलिन्दा' फेंक दिया।...हाँ, उसके कुरता के पाकिट में 'लैसन्स' है, सरकारी मोहरवाला। पटना में 'रिक्शा-डलेवरी' करता है तो सरकारी मोहरवाला लैसन्स जरूर मिला होगा।...जानते हो? अपनी घरवाली को नाम धरकर बुलाता है—'ए, झुमकी'!"

झुमकी—रामबिलास की घरवाली—लाल अँगिया पहनकर पानी भरने गई। औरतों ने उसे घेर लिया। "देखें जरा अँगरेजी अँगिया; मेमिन लोग पहनती हैं...पेट 'उघारे'। अरे, इस बित्ते-भर अँगिया का दाम पाँच टका? बट्टम नहीं है तो खोलती-पहनती हो कैसे? ऐसा ही 'सकिस्त' रहता है हरदम? साड़ी भी ले आया होगा? रात में कब आया? पहली-पहर रात में ही?"

झुमकी लजाती-हँसती कहती, "मैं तो डर गई कि रात में नालवाला जूता पहनकर कौन आया रे बाप! मैया डरकर 'कोठाली' के पीछे छिप गई दम साधकर।...सहर जाकर आदमी की आवाज तक बदल जाती है। मगर, कारी भैंस ने उसकी बोली को ठीक पहचान लिया।...ऊँय-ऊँय करती रस्सी तुड़ाकर आँगन में दौड़ी आई। सिर से पैर तक चाटने लगी मारे दुलार से।...सो, आते ही उलाहना दे दिया मरद ने—तुम लोगों से भली है मेरी यह कारी भैंस।...आदमी से बढ़कर।"

"तब इसके बाद? खाने को क्या दिया 'उत्ती' रात को?"

"क्या बताऊँ दिदिया, लाज की बात। संजोग ऐसा देखो कि घर में न एक चुटकी चावल, न चूड़ा और न भूजा। मुदा, दही जम गया था तब तक।...सो, दही खाते समय ही उलाहना दे दिया—'कारी नहीं होती तो घर आकर रात में उपास ही करना पड़ता'!"

"तब? इसके बाद?"

"चोली रात में ही पहनी?"

"गुल रोगन का तेल भी लाया होगा?"

"तब? और भी कोई उलाहना दिया?"

"सहर जाकर आदमी की आवाज ही बदली है या...।"

झुमकी मुँह बनाकर मुस्कुराई। पनभरनियाँ हँस पड़ीं, सभी। सभी की आँखों में झुमकी की लाल अँगिया की लाली तैरने लगी। सचमुच, अँगिया पहनकर झुमकी का रूप खुल गया है।

दोपहर का पानी भरने आई तो झुमकी के दोनों कानों में कुंडल लटक रहे थे।...झुमकी का रूप खुलता ही जाता है।

नहाने के समय औरतों और लड़कियों की भीड़ लग गई। सभी ने झुमकी से 'मुनलैट-साबुन' का झाग माँग-माँगकर देह में लगाया।...झुमकी अब रोज साबुन लगाकर नहाएगी? तब तो, एकदम मेमिन-बंगालिनी की तरह गोरी हो जाएगी? है कि नहीं?

अबेर में दुकान पर गई–कपाल पर चकमक-बिन्दी लगाकर। राह में ही, बहरी मौसी की गली में शिवधारी खड़ा था। झुमकी को देखकर सिहर गया–"एह! आब जीयब कठिन...अब? अब मेरा क्या होगा?"

"धेत्त! राह चलते हँसी-दिल्लगी मुझे पसन्द नहीं।"

...हँसी-दिल्लगी पसन्द नहीं? मुँह बनाकर बड़बड़ाती हुई गई? कहीं घर जाकर कह न दे!...सुनते हैं कि शहर से नाम में सिंघ लगवाकर आया है। अच्छा, देखना है, कितने दिन तक यह गुमान? शहर का मलीदा खाया हुआ मरद गाँव में कब तक रहेगा?...इतने दिन का सब 'लिया-दिया, किया-धिया'–सब फुस?

दुकान पर उतने लोगों के बीच भी मोदियाइन ने बात को घुमा-फिराकर झुमकी से कहा, "तनि अपनी सास से होशियार रहना। अकेले में बेटा को फुसलाकर बस में करने के लिए इधर-उधर की बात न लगा दे, तुम्हारे खिलाफ! रुपया-पैसा न 'हथिया' ले बूढ़ी कहीं!"

झुमकी सदा की भाँति नई बहुरिया की रीत निभाते हुए घूँघट के अन्दर से ही बोली, "मौसी, कोई कुछ लगावे-बझावे। ऊपर भगवान तो हैं! टोला-समाज, अड़ोस-पड़ोस के लोग तो हैं! यह भैंस न होती तो न जाने क्या नतीजा होता? दो-दो बरस किस तरह खेपा है सो सभी जानते हैं!"

...झुमकी भी बात को घुमा-फिराकर कहना जानती है। सभी समझ गए, इस बात को शिवधारी की बात पर बैठाई गई है अर्थात्, शिवधारी नहीं होता तो भैंस की चरवाही कौन करता? रात की चरवाही 'ठट्ठा' नहीं।

झुमकी बोली, "पिछवाड़े में दो धूर जमीन 'सर्वे' में हुआ है, लेकिन जमीन होने से ही तो नहीं होता है, उसको जोतना-कोड़ना जनाना का काम तो नहीं!...बीस रुपए की गोभी और प्याज-लहसुन दस रुपए का दो साल से हुआ–सो ऐसे ही नहीं।...इस गाँव में कैसे-कैसे 'जमामार लोग' हैं सो किसी से छिपा है? लेने के समय दूध-दही मीठा लगता है और दाम लेने के बेर खट्टा! हाट-बाजार में लोगों को 'पिठिया' कर दूध-दही का दाम वसूलते फिरना तो जनाना जात नहीं कर सकती।"

दुकान से लौटते समय झुमकी बहरी मौसी के आँगन में गई। शिवधारी मुँह लटकाए, सुतली का 'ढेरा' घुमा रहा था। झुमकी तनिक बिहँसकर बोली–"मैं तुम पर गुस्साई हूँ। सुबह से सभी लोग आए और तुम भैंस दूहकर बथान पर से ही क्यों भाग आए?...सुबह से तुम्हारे बारे में दस बार पूछ चुका है। नहीं जाओगे तो उसको कैसे

मालूम होगा कि तुमने कैसे-कैसे दिन में क्या-क्या किया है? अपने जानते, जितना हो सका, मैंने कहा है।...तुमको डर काहे का लगता है? साँच को आँच क्या?''

झुमकी ने टोकरी से बीड़ी का एक 'मुट्ठा' निकालकर ओसारे पर रख दिया–''यह रही तुम्हारी बीड़ी-सुपारी।...मुँहचोर होकर रहोगे तो वह जो कुछ सुनेगा पतिया लेगा।''

शिवधारी का तन-बदन झनझना उठा। लगा, जान लौट आई।...नहीं, उसकी बुद्धि सचमुच थोड़ी मोटी है। झुमकी भौजी का गुस्सा जायज है!

...झुमकी के कान के कुंडल...लाल अँगिया...चकमक बिन्दी...महमह महक देह की...जानलेवा हँसी!

शिवधारी की देह तप गई...आग लगा गई हो जैसे!

शिवधारी ओसारे पर रखे बीड़ी के मुट्ठे से एक बीड़ी निकालकर सुलगाने लगा। उसका दिल अचानक बुझ गया...सब दिन ललचाती ही रही।...'कहीं भागी जा रही हूँ?'

...अब तो भेंट-मुलाकात भी चोरी-चोरी ही कर सकता है वह।

शिवधारी बहुत देर तक बीड़ी का धुआँ उड़ाता रहा।

रामबिलास के 'मचान' पर सुबह से ही बीड़ी के धुएँ का गुब्बारा उड़ रहा है। रह-रहकर हँसी की लहरें आती हैं। एक-से-एक दिल को गुदगुदानेवाला किस्सा सुना रहा है, रामबिलास–पटनियाँ किस्सा!

...दो साल पहले, चैत महीने की आधी रात में गाँव छोड़कर चुपचाप भागा था रामबिलास–गाँव छोड़कर और मिसर की नौकरी छोड़कर; मिसर का करजा पचाकर।

...दूसरे दिन उसके मचान के पास और आँगन में ऐसी ही भीड़ लगी थी। उसकी माँ रो-रोकर लोगों को सुना रही थी, गौना के बाद से ही उसके लाड़ले बेटे बिलसिया की मति फिर गई। पराए घर की बेटी ने आकर उसके पाले हुए सुग्गे को उड़ा दिया।

झुमकी घूँघट के अन्दर से ही बुढ़िया को कोस रही थी और खूँटे पर बँधी भैंस रह-रहकर बहुत करुण सुर में पुकारती जाती थी–ऊँ-यें-यें-यें-यें-यें-हँ-हँ!!

बूढ़े मिसर के सिपाही रामसिंघासन सिंघ ने कहा था–''हम खूब समझते हैं। लीला पसार रही हैं दोनों! बिलसिया चुपचाप नहीं भागा है। अपनी माँ-बीवी से सलाह करके 'घसका' है, गाँव छोड़कर। भागकर जाएगा कहाँ?...ई 'भैंसिया' तो मालिक के बथान पर जइबे करी, एक-न-एक दिन!''

''वह साला आजकल कहाँ है?...नौकरी छोड़कर चला गया क्या?'' रामबिलास के इस सवाल को सुनकर सभी ने एक ही साथ अचरज प्रकट किया–''ओ-ओ-ओ! तुमको नहीं मालूम?''

पटनियाँ किस्सों के मुकाबले में एक 'गँवैया-घरैया' किस्सा सुनाने का मौका मिला है, घोतना को।

"हाँ-हाँ, सुनाओ तुम्हीं, घोतना।"

"रामबिलास भाय! तुमने आज जैसी बहादुरी की है उससे बढ़कर मर्दानगी का काम किया पिछले साल, पछियाली टोली के मुसम्मात की नई पुतोहू ने।...जानते ही हो, सिधवा साला कैसा 'घरढुक्का' था! गाँव में कोई नई बहुरिया आई कि उसकी नींद गई।...बिलार की तरह घर में पैठकर, बिना 'छिंका' को हिलाए ही दही के ऊपर की मलाई साफ कर देता था। लेकिन सब मलाई निकाला मुसंम्मात की पुतोहू ने!...साले को ऐसा 'कसकसाकर' पकड़ा है कि ऊपर-नीचे दोनों तरफ की हवा गुम!"

"एँ?"

"पूछो, सभी से।...आखिर अररिया-अस्पताल में औपरेसन करके 'बधिया' किया तब जाकर होस हुआ। सुनते हैं, अस्पताल का डागडर पूछता था कि कहीं चक्की के दो पाट में पड़ गया था क्या सिंघजी? सो, अस्पताल से निकलने के बाद इस गाँव की ओर मुँह नहीं किया, फिर। साला, एकदम बधिया! आ-आ-हा-हा...!

"इस औरत को तो सरकारी तगमा मिलना चाहिए। सहर में होती तो अखबार में खबर 'औट' हो जाती, फोटो के साथ...।"

"फोटो कैसे औट होता?...कसकसाकर पकड़े हुए ही! हू-ब-हू?"

फोटो की बात पर रामबिलास को अपनी तस्वीर की बात याद आई। पॉकेट में लाइसेंस निकालकर दिखलाया। सभी ने बारी-बारी से हाथ में लेकर फोटोवाला रिक्शा-डलेवरी-लाइसेंस को देखा।...नहीं, रामबिलास झूठ नहीं कहता। लोगों ने झूठमूठ खबर उड़ा दी थी कि 'क्रस्थान होटिल' में बर्तन माँजता है।...लोगों ने नहीं, उस दूबे के बड़े बेटे ने। जनेऊ की कसम खाकर कहता था कि हम अपने 'चसम' से देखा है, उसको।

शिवधारी को देखकर सभी चुप हो गए।...रामबिलास को 'लाटसाट' का किस्सा मालूम हुआ या नहीं?...मालूम हुआ कि जान से खतम कर देगा।...बात छिपेगी थोड़ी!

"क्या रे सिवधरिया! सुबह से कहाँ 'लापता' थे?"

"जरा टिसन चला गया था, भैया!"

जरूर घड़े का पानी फेंककर पानी भरने निकली है अभी रामबिलास की बहू!... शिवधारी की बोली सुनकर आँगन में कैसे रहे?

बहू पानी लेकर वापस आई और घूँघट के अन्दर से ही बोली–"अभी सहजो पीसी कह रही थी, तुम्हारे पिछवाड़े से मुसलमान-टोली की तरह महक क्यों आ रही है? मुर्गी का अंडा पकाया जा रहा है कहीं?"

रामबिलास ने जाने क्या समझा। बोला, "कल से यहाँ मुर्गा बनेगा, मुर्गा! देखें, कौन साला क्या बोलता है!...साला, यह भी कोई जगह है? आलू की तरकारी में

जरा-सा गरम मसाला डलवा दिया तो सारे गाँव में मुर्गी के अंडे की महक फैल गई? बोलो!"

शिवधारी ने कहा, "इस गाँव की बलिहारी है! बिना पर की चिड़िया उड़ानेवाले बहुत लोग हैं।"

"सहर में सभी अपनी औरत को नाम लेकर बुलाते हैं। मैं अपनी बीवी को हजार नाम लेकर पुकारूँ, किसी साले का क्या?"

रामबिलास ने अपनी बहू को पुकारकर कहा, "ए झुमकी! सिवधरिया आया है। इसके लिए एक कुलफी चा भेज दो।"

आँगन में बहू ने सास से कहा, "माई! सुनते हैं इस मरद की बोली-बानी!"

कमाऊ पूत की मस्ती देखकर, मसाले की गन्ध सूँघकर बूढ़ी प्रसन्न है। कहती है, "बोली-बानी क्या सुनूँगी? आदमी जहाँ रहेगा, चाल वहीं का चलेगा!"

"साला! हम दिन-भर चा पीयें या रात-भर दारू पीयें, इससे लोगों का क्या?... सिवधरिया, टिसन की कलाली में पचास दारू असली मिलता है या पानी मिलाया हुआ! आज दो बोतल चढ़ेगा।"

शिवधरिया दारू का हाल क्या जाने! वह गाँजा के बारे में कह सकता है।

"ए झुमकी! इधर आ!...तू एक हाथ घूँघट क्यों काढ़ती है?"

झुमकी लजाकर आँगन की ओर भागी।

सबकुछ हुआ। रामबिलास ने पटना में बैठकर जो-जो सपने देखे थे, सभी सच हुए।...मिसर का 'जहरदाँत' उसने उखाड़कर फेंका। गाँव में इस बात को लेकर रामबिलास का जै-जैकार हो रहा है। गाँव के हर घर में उसका नाम दिन में दस बार लिया जा रहा है। बेटा हो तो ऐसा!...मरद हो तो ऐसा!

उसका मचान गाँव के मालिक मिसर का चौपाल हो गया है, मानो। अब बाँभन-राजपूतटोले के जवान भी आकर बैठते हैं। दिन-भर चाय-बीड़ी, ताश और रात में 'अंग्रेजी ताश'!

उस दिन मिसर का बड़ा बेटा दिन-भर रामबिलास के मचान पर तास खेलता रहा। साँझ हुई तो रामबिलास ने कहा, "अब यहाँ अंग्रेजी ताश का खेल होगा।... खेलिएगा...। एक ही घूँट!"

मिसर का बड़ा बेटा अब रोज साँझ को पाद-भर पी जाता है और दाम पूरे बोतल का देता है।

गाँव के सभी नौजवान रामबिलास के साथ पटना जाना चाहते हैं, इस बार। रामबिलास के मुँह से चटकदार पटनियाँ किस्सा सुनकर गाँव कौन रहना चाहेगा, भला!

"...रजिन्नरनगर? अब क्या बताबें कि कैसा है? लगता है कि सरकारी इंजिनियर इन्दरासन में जाकर फोटो खींच लाया है, हू-ब-हू वैसा ही सहर बसा दिया।...सड़क के दोनों ओर रंग-बिरंग के फूल। और हर फूल की झाड़ी में एक लड़की बैठी

हुई...गीत गाती हुई!''

''ए! तब तो सचमुच इन्दरासन की इन्दरसभा...?''

''अजी, जहाँ की जमादारिन...जमादारिन माने पुलिस-जमादार की बहू नहीं, सड़क पर झाड़ू देनेवाली...पटना की जमादारिन को देखोगे तो लगेगी किसी बड़े जमींदार की बहू है।''

''ऐसी खपसूरती?''

''देखने में काली होने से क्या होता है? असल चीज है, देह की गठन।...एक है रजबतिया। हमारे 'रिक्सा-खटाल' के पास ही रहती है। साली, सुबह-सुबह छापेदार साड़ी पहनकर, कन्धे पर झाड़ू-डंडा का झंडा लेकर इस तरह ऐंठती हुई निकलती है जैसे राज जीतने जा रही है, झाड़ू देने नहीं।''

''एह!''

...भला कौन जवान रहना चाहेगा, इस मनहूस गाँव में?

...रामबिलास भैया, इस बार आपके साथ मैं भी जाऊँगा।...मैं भी!...मैं भी!!...मैं भी!!!...यहाँ साल-भर हलवाही करते हैं सिरफ एक सौ आठ रुपए में। वहाँ, एक महीना में दो सौ?...रामबिलास काका, मैं भी!...रामबिलास पाहुन, मुझे मत भूलिएगा। रिक्शा-डलेवरी नहीं तो किसी होटल में रखवा दीजिएगा। साला, हम चिनियाँ-बादाम बेचेंगे।...मामा, आप उस दिन कह रहे थे कि रद्दी कागज-सीसी-बोतल का कारबार भी खूब नफावाला होता है...।

एक शिवधरिया को छोड़कर सभी ने शहर जाने का इरादा पक्का कर लिया है। शिवधरिया ने कभी चर्चा भी नहीं की।

सबकुछ हुआ, लेकिन रामबिलास के मन में एक छोटा-सा काँटा कई दिनों से 'खच-खच' कर गड़ जाता है–समय-असमय। उस रात झुमकी ने वैसा क्यों कहा? क्यों?...'सब ठीक है। मुदा...!'

''क्या मुदा? बोल!''

...झुमकी आँखें मूँदकर हँसती है।

''आँख क्यों मूँद रही है?''

''लालटेन क्यों जलाकर रखे हो? बुझा दो।''

रामबिलास ने लालटेन की रोशनी मद्धिम कर दी। झुमकी बोली, ''नहीं, एकदम बुझा दो।''

...साली! औरत है या चमगादड़?

शिवधारी गाँजा पीता है। बहुत जिद्द करने भी उसने किसी दिन दारू का एक घूँट नहीं लिया। चखने के लिए एक बूँद भी नहीं!

सुबह, नींद खुलने के बाद ही रात की बात मन में 'खचखचा' कर गड़ गई– 'सबकुछ ठीक है। मुदा...!'

अब चार ही दिन रह गए हैं।...रमाँ-आँ रहा एक दिन अबधि अधारा-आ-आ-आ रम्माँ हो रमाँ-आँ!...रामबिलास के मन में आजकल हमेशा एक विदाई गीत–समदाऊन–गूँजता रहता है...मिली लेहु सखिया, दिवस भेल रतिया कि चित भेल जग से उदा-आ-आ-आ-स!!

गाँव के सभी जानेवाले नौजवान कल स्टेशन-हाट से बाल कटवाकर आए हैं।...रामबिलास बोला था कि शहर में केश के फैशन से ही लोग समझ जाते हैं कि कहाँ का आदमी है।...सभी की देह की बोटी-बोटी में 'उछाह' है, लेकिन रामबिलास के मन में रह-रहकर काँटा गड़ जाता है।

...आज रात में वह झुमकी से फिर पूछेगा।

''झुमकी, अब तो यहाँ चार ही दिन रहना है।''

''हूँ ऊँ ऊँ!''

रामबिलास बहुत देर तक चुप रहा। तब बहू ने पूछा, ''फिर कब आओगे?''

''आने का क्या ठिकाना!''

आज रामबिलास ने दारू नहीं पी है। स्टेशन हाट की पचास-दारू एकदम खाँटी होता है, गाँव के खाँटी दूध की तरह।...एक ही प्याली में नशा सिर पर सन्न से सवार हो जाता है।...आज अंग्रेजी-ताश नहीं होगा, भाई!

रामबिलास की 'निरगुनियाँ-बोली' का कोई जवाब नहीं दिया झुमकी ने, लेकिन है जगी हुई ही।

''झुमकी!''

''हूँ!...आज तुम दारू क्यों नहीं पीये?''

''आज सारी रात जगा रहूँगा।''

...सचमुच, सारी रात जगा रहा रामबिलास। भोर को जब कौआ-मैना बोलने लगा तो झुमकी ने कहा, ''जरा मद्धिम आवाज में बोलो!''

अब तीन दिन 'फक्कत'! चौथे दिन साँझ की गाड़ी से–बरौनी पसिंजर से बीसों जवान रवाना हो जाएँगे, एक शिवधारी को छोड़कर। कई दिन से वह भैंस भी दूहने नहीं आता है। रामबिलास खुद दूहता है।

''झुमकी!''

''क्या है?''

''आज मैंने दारू नहीं, गाँजा पीया है। लगता है, आसमान में उड़ रहा हूँ।''

''सिवधारी अब रात में भैंस नहीं चरावेगा। उसकी बहरी मौसी आकर कह गई है।''

''मारो साले को गोली! कल एक भैंसवार ठीक कर दूँगा।''

''भैंसवार कौन चरावेगा तुम्हारी भैंस?''

''क्यों?''

"सभी गिरस्तों के हलवाहे-चरवाहों को तुम भगाकर सहर ले जा रहे हो।"

"किसने कहा कि मैं भगाकर ले जा रहा हूँ?"

"गाँव के सभी गिरस्त बोलते हैं!"

"सभी गिरस्त नहीं। बोलता होगा, तुम्हारा वह सिवधरिया!"

झुमकी चुप रही। रामबिलास ने घुटने से ठोकर मारते हुए कहा, "क्यों? ठीक कहता हूँ न?"

"जो कहो तुम।"

"मैं जो कहता हूँ, ठीक कहता हूँ।"

झुमकी ने एक लम्बी साँस ली।

"ठीक कहता हूँ न?"

"हूँ!"

"चौथे दिन से खूब मौज करना।"

"मैं मौज करूँ या दुख से मरूँ, तुमको क्या? मौज करेगी रजबतिया-डोमिनियाँ तुम्हारे साथ।"

"क्या बोली?"

झुमकी चुप रही। रामबिलास ने फिर घुटने से एक ठोकर लगाकर पूछा, "क्या बोली?"

"मारना है तो जान से मार दो।"

"साली! जाने के पहले तुमको और तुम्हारे सिवधरिया को खतम करके ही...।"

रामबिलास के सिर पर कोई भूत सवार है। आज वह दो चिलम गाँजा पीकर आया है।

"चिल्लाओ मत, इस तरह।"

"साली! पटना का बड़ा-से-बड़ा बालिस्टर हमारी बोली को बन्द नहीं कर सकता और तुम कहती हो, चिल्लाओ मत!"

"तो चिल्लाते रहो।"

"आज तो मैंने दारू नहीं पी है। तू उधर मुँह फिराकर क्यों सोई है? इधर पलट, तेरी...!"

"नहीं।"

"स्-स्-सा-ली!"

...आज रामबिलास खून कर देगा। चीर-फाड़कर रख देगा झुमकी को। "...क्या समझ लिया है?...ऐं?...रिक्शा-डलेवरी करने से आदमी जनखा हो जाता है?...ऐं? बोल?...कहती है, सब झूठ है!...मिसर से चौगुने सूद पर करजा लेकर उस सिवधरिया ने तुमसे बिहा किया था?...ऐं? बोल! चौप साली!...खा कसम!...क्या समझ लिया है? सहर में रहने से, दारू पीने से आदमी...चौप साली! हम सब समझते हैं।"

झुमकी बहुत देर तक रोती रही। रामबिलास जब बिछावन छोड़कर उठने लगा तो झुमकी ने उसकी गंजी पकड़ ली।

"क्या है?"

"तुम पटना मत जाओ।"

"क्या बकती है?"

"हाँ, मैं पैर पड़ती हूँ, मत जाओ।"

"हूँ।...सहर नहीं जाऊँगा तो काम कैसे चलेगा?"

"इतने लोगों का काम कैसे चलता है?"

"उँहु!"

"तब मुझे भी साथ लेते चलो।"

"और सिवधरिया?"

झुमकी रोने लगी फूट-फूटकर। सूरज, बाँस-भर ऊपर उग आया। बूढ़ी ने पुकारा–"बहू-ऊऊऊ!"

गाँव के सभी जवान एक ही साथ आसमान से गिरे। रामबिलास आज मिसर के दरबार में कह रहा था कि घर की आधी रोटी भली।...शहर में क्या है? जितनी आमदनी होती है उससे चौगुना लहू खर्च होता है। गाँव आखिर गाँव है।...मिसरजी ने बाकी करजे का एक पाई भी सूद नहीं लिया। शहर में इस तरह कोई सूद छोड़ देता?...पटना कहो या दिल्ली, जो मजा अपने गाँव में है, वह इन्द्रासन में भी नहीं।

...सुना है, मिसर का बड़ा बेटा आँटा-धानी का मिल बैठावेगा। रामबिलास मैनेजरी करेगा उसका!

...सुना है, गाँव के गृहस्थों ने मिलकर चुपचाप रामबिलास को 'घूस' दिया है। सभी के हलवाहे-चरवाहे भागे जा रहे थे न!

...सुना है, रामबिलास पटना में एक डोमिन से फँस गया था, इसलिए अब नहीं जाना चाहता। डोमिन को बच्चा होनेवाला है।

और चौथे दिन सभी ने सुना, शिवधारी गाँव छोड़कर भाग गया।...कल स्टेशन-हाट में दारू पीकर धुत्त था।

उसकी बहरी मौसी कह रही थी कि रामबिलास की बहू साँझ से आकर न जाने क्या फुसुर-फुसुर कह गई और रात में ही शिवधरिया हवा हो गया।

रामबिलास ने कहा, "झुमकी, सुना वह सिवधरिया साला भाग गया!"

"दो कोड़ी रुपया मेरा लेकर भागा है।"

"तू पहले ही क्यों न बोली? मुँह में क्या केला था?"

"ऐसी नमकहरामी करेगा वह, सो कौन जानता था?"

"तू आदमी को नहीं पहचानती!"

"कभी तो आवेगा मुँहझौंसा! तब पूछूँगी।"

रामबिलास ने झुमकी को खींचकर छाती से लगा लिया। बाँहों में उसके सिर को भरकर बोला, "मारो साले को गोली! वह साला सहर से बचकर कभी वापस नहीं आवेगा!...साले को दारू खा जाएगा! देखना!"

झुमकी हठात उठ बैठी–"भैंस क्यों 'डिकर' रही है इस तरह?"

रामबिलास ने कहा, "सुबह भैंसा की खोज में जाना होगा। भैंस 'उठ' गई है, लगता है।"

आज झुमकी फिर नई बहुरिया की तरह लजाकर मुस्कुराती है। बिना पीये ही रामबिलास मतवाला हो गया।

"ऐ! जरा दारू चखेगी?...बस, एक घूँट।"

झुमकी हँसने लगी–"नहीं!...नहीं!!...नहीं!! मुझे दारू की बास...उयेक्... ऊँ-हूँ-हूँ-हूँ!!"

नवम्बर, 1964

आत्म-साक्षी

भात की हाँड़ी से उबले हुए आलुओं को निकालकर छील रहा था गनपत, कि बाहर किसी ने खखासकर अपने आने की सूचना दी—सूचना नहीं, चेतावनी। उसने पूछा, ''कौन है?''

''कौन हैं अन्दर? गनपतजी?...इधर ऑफिस में अँधेरा क्यों है? लालटेन दे जाइए इधर।''

गनपत को अचरज हुआ। कॉमरेड बलरामजी कब आए पटना से? और कॉमरेड लोग अभी रैली से लौटे नहीं। बलरामजी कब और कैसे लौट आए?

उसने आलू की टोकरी को थाली से ढँक दिया, और लालटेन लेकर बाहर आया।

''लाल सलाम, साथी! कहिए, रैली का कुशल-समाचार!''

बलराम का लटका हुआ मुँह देखकर गनपत का हुलसा हुआ मन अचानक बैठ गया। बलराम की विकृत मुख-मुद्रा को देखकर उसका जी धड़का।...लक्षण अच्छे नहीं।

''ऑफिस खोलिए जरा।''

गनपत ने मन-ही-मन कहा, 'जरा क्यों! पूरा ही खोल देता हूँ। मुँह-नाक इस तरह सिकोड़कर क्यों बतियाते हैं?'...पटना एक बार पहुँचते ही साथियों को न जाने क्या हो जाता है!

उसने ऑफिस नामक झोंपड़ी का दरवाजा खोल दिया। कई दिन से बन्द कमरे से एक गुमी हुई गन्ध निकली। लालटेन की रोशनी दो-तीन बार भुकभुकाकर काँपने लगी।

बलरामजी ने अपने मुँह को और भी बिगाड़कर कहा, ''लालटेन में तेल है या पानी? एक चिमनी क्यों नहीं खरीद लेते?''

गनपत को भात की याद आई। ठंडा भात वह नहीं खा सकता। खाते ही 'बाय' उखड़ जाता है। उसने रसोईघर की ढिबरी जलाते हुए कहा, ''तेल और चिमनी की बात पूछते हैं कॉमरेड, तो पहले हमको भोजन कर लेने दीजिए, तब जवाब देंगे।...आप चाह-चू पीजिए तो बोलिए, पानी चढ़ा दें। चूल्हे में आग है। पुड़िया में थोड़ी पत्ती और कागजी नींबू भी है।''

चूल्हे पर अलमूनियम की काली देगची चढ़ाकर गनपत ने जलावन को धधकाया, और आलू निकालकर छीलने लगा।...आलू का भुर्ता और गरम-गरम भात! गनपत के लिए इससे बढ़कर लोभनीय पदार्थ इस संसार में और कुछ नहीं। कुसमी कहती है

कभी-कभी, 'भुता खौका मरद!' और गनपत हँसकर जवाब देता है, 'भतार-खौकी!' बलरामजी ने 'खखास'कर चेतावनी दी थी उस समय। यदि अन्दर कुसमी होती उस समय, तो गनपत का चेहरा लाल हो जाता, वह जोर-जोर से बेवजह कुसमी को डाँटने लगता–'काम करने का मन नहीं है तो छोड़ दो। जैसे तुम्हारा बेटा कामचोर, वैसी ही तुम।' कुसमी हँसती हुई, घूँघट के नीचे से जवाब देती...।

भुर्ता बनाते समय गनपत को आज के अखबार में पढ़ी हुई बात याद आई–'हमारे जवानों ने दुश्मनों के टैंकों का भुर्ता बना डाला...।'

तेल, प्याज, मिर्च और धनिया की कतरी हुई पत्ती को भुर्ता में मिलाकर उसने गोला तैयार किया। पीतल की चमचमाती हुई थाली में भात डालते समय भाप की महक उसके तन-मन में समा जाती है। भात की यह ललचानेवाली गन्ध उसे सबसे पहले सन् तीस में लगी थी–स्वयं-सेवक शिविर में। तब से आज तक न जाने कितने आश्रम, शिविर, रैली, सम्मेलन और जेलों के सामूहिक भोजनालयों में गनपत ने पत्तल जूठा किया है, मगर ऐसी गन्ध क्या हर जगह और हर रोज मिलती है?

तृप्तिपूर्वक पेट-भर भोजन कर लेने के बाद गनपत ने जूठी थाली और जूठे चौके को माँज-धोकर पवित्र किया। सुबह कुसमी आकर चिकनी मिट्टी से लीप-पोत देगी। उसने पुकारकर कहा, "शोभित लाल! भात ले जा रे!"

काठ के बक्स से प्याली निकालकर बलरामजी के लिए नींबूवाली चाय तैयार की गनपत ने। फिर भुने हुए सौंफ की बुकनी मुँह में डालकर, हाथ में चाय की प्याली लेकर वह ऑफिस-घर में आया। सौंफ की बुकनी के अलावा किसी किस्म की लत नहीं गनपत को। न बीड़ी-सिगरेट पीता है, न पान-तम्बाकू खाता है।

चाय की पहली चुस्की लेते ही बलरामजी का बिगड़ा हुआ मुखड़ा सुधर गया। चमड़े के थैले में कागज-पत्तर डालते हुए बलरामजी ने पूछा, "आप खुद क्यों खाना बनाते हैं? शोभित की माँ क्या करती है?"

गनपत कूट-भरी बोली का मतलब समझता है अर्थात् तीन रुपए महीना शोभित को और पाँच रुपए माहवार उसकी माँ कुसमी को किस काम के लिए दिए जाते हैं?

बलरामजी ने दूसरा सवाल किया, "तब?...इधर कुछ चन्दा-फन्दा वसूल हुआ है, या...?"

गनपत ने डकार लेते हुए कहा, "वही तो कह रहा था, कॉमरेड...!"

बलराम ने टोक दिया, "देखिए, आप इस तरह बात-बात पर कॉमरेड जोड़कर क्यों बोलते हैं?"

"कॉमरेड को कॉमरेड न कहें तो क्या कहें? और यह कुछ नई बात तो नहीं। सन् तीस से ही जब से 'पाटी' का प्लेज लिया, तभी से कॉमरेड...।"

"तब की बात छोड़िए। आजकल कोई नहीं बोलता।...आपकी बोली सुनकर लोग हँसते हैं, इसी के चलते।"

“इसमें हँसने की क्या बात है?”

“खैर, बहस छोड़िए? आपसे बहस में कौन पार पाएगा? हाँ, तो क्या कह रहे थे आप चन्दा के बारे में?”

“कहना क्या है? पिछले छै महीने से साहू की दुकान का बकाया बढ़ते-बढ़ते ढाई सौ पर पहुँच गया है। जिला रैली के समय टीसन के मारवाड़ी का पचास रुपया बकाया अब तक चुकता नहीं हुआ। पाट के समय चन्दा की उम्मीद थी। मगर भुखमरी के समय कौन माँगता है, और कौन देता है चन्दा? अब धान का समय आया है तो सभी कॉमरेड साथी महीना-भर से ‘फिड़ाड़’ हैं...।”

बलराम चौंका–“फिरार? कौन है फिरार?”

गनपत मुस्कुराकर बोला, “फिड़ाड़ माने वह फिड़ाड़ नहीं। माने अभी सभी कॉमरेड क्षेत्र से बाहर हैं।”

बलरामजी गम्भीर हो गए। उठते हुए बोले, “गनपतजी, आप ठीक कहते हैं। लगता है, सभी अब फिरार हो जाएँगे।”

“मतलब?”

“मतलब आप समझकर क्या कीजिएगा। वह सब ‘हाई लेवेल’ और ‘सिद्धान्त की लड़ाई’ की बात आप क्या समझिएगा?”

गनपत और कुछ समझे या नहीं, आदमी के मन की बात को पढ़ना जानता है। बलरामजी की बात में उसको एक खास किस्म की ‘झाँस’ लगी।...आलू के भुर्ते में खराब तेल की गन्ध?

हाई लेवेल! बलराम अंग्रेजी पढ़ा-लिखा नहीं है तो क्या? सैकड़ों अंग्रेजी के शब्दों का मतलब वह समझता है। बोलता है–केपिटलिस्ट, बुर्जुआ, प्रोलेतारियत, कुलक, रिएक्शनरी, गांधियाइट, पीस, पार्टी-लिटरेचर, और भी अनेक शब्द।

बलरामजी ही नहीं, सभी ‘नए कॉमरेड’ गनपत को तीन कौड़ी का आदमी भी नहीं समझते हैं। अभी साथी जियाउद्दीन या शैलेन्दरजी अथवा गोपालजी होते तो क्या किसी रैली से या मीटिंग से लौटकर इसी तरह मुँह लटकाकर, भौंह चढ़ाकर बातें करके घर चले जाते–बीवी के पास सटकर सोने? ऑफिस सेक्रेटरी बलरामजी का जब से गौना हुआ है, सूरज डूबने के पहले ही ऑफिस बन्द करके भाग जाते हैं।

इधर कई वर्षों से गनपत को लगता है कि हर तरफ एक मनहूसियत घनी होकर छा रही है। कहीं किसी के मन में किसी बात के लिए उत्साह नहीं। आखिर यह रोग गनपत की ‘पाटी’ को भी लग गया? इस बार जिला कान्फ्रेन्स में वह जी खोलकर इस सवाल को पेश करेगा।

वह जानता है कि सवाल पेश करने के लिए वह ज्यों ही उठेगा, नवतुरिया कॉमरेड लोग आपस में फुसफुसाकर मुस्कुराने लगेंगे, कपट-खाँसी खाँसेंगे, और

कोई-कोई चिल्लाकर कहेंगे, 'कॉमरेड गनपत! यह सवाल कलचरल प्रोग्राम के समय स्टेज पर पेश कीजिएगा।'

"हूँ! स्टेज पर! स्टेज...।"

उँगलियों पर जोड़ने की जरूरत नहीं। गनपत का सबकुछ जोड़ा हुआ है। पैंतीस साल पहले वह सबसे पहले आर्यसमाजी सभा-मंच पर खँजड़ी बजाकर 'अछूतोद्धारवाला गीत' गाने के लिए खड़ा हुआ था।

उस सभा की याद आते ही परबतिया की याद आ जाती है, जिसके हाथ का पानी पीने से जाति मारी जाए, प्रेम में पड़कर गनपत ने 'नीच कुल' की उसी परबतिया के मुँह का 'चुम्मा' लिया था। 'सत्त' किया था–सबकुछ छूट जाए, परबतिया को वह कभी नहीं छोड़ेगा। जाति-समाज के अलावा घर के लोगों ने गनपत को तरह-तरह की यातनाएँ दीं। गनपत ने हारकर आर्यसमाज के मन्त्री के पास अरजी दी। लेकिन तब तक परबतिया का बाप परिवारसहित गाँव छोड़कर भाग गया था।

गनपत फिर लौटकर घर नहीं गया, गाँव नहीं गया। माँ-बाप, भाई-बहन, कुटुम्ब-परिवार, गाँव-समाज–सबसे 'नेह-छोह' तोड़कर 'देश' और 'दस' के काम में लग गया। जहाँ कहीं भी सभा होती, गनपत सबसे पहले हाथ में खँजड़ी लेकर गीत शुरू कर देता–'हिन्दुओ! दिल में सोचो-विचारो जरा–अपने भाई से नफरत...।'

और सन् तीस में इसी गीत को गाने के अपराध में वह पकड़ा गया, जेल गया, सजा भोगी। उसी बार जेल में ही सरमाजी की कृपा से वह कॉमरेड हो गया...।

सरमाजी ने उसकी 'टिक्की' को दाढ़ी बनानेवाली 'पत्ती' से कतर दिया था, और जनेऊ को उतारकर पैजामा में फँसा दिया था। और बोले थे, "आज से तुम कॉमरेड गनपत। सिंघ-उंघ कुछ भी नहीं। सिर्फ कॉमरेड...।"

याद हैं, बावनदास और चुन्नीदास ने मिलकर गनपत को कितना 'धिक्कारा' था! मगर वह टस-से-मस नहीं हुआ। उसने बावनदास को चिढ़ाने के लिए सरमाजी से सीखा हुआ सवाल पेश कर दिया था–"बावनदासजी, चर्खा चलाने और बकरी का दूध पीने से सुराज कैसे मिलेगा, समझा दीजिए जरा।"

जेल से निकलने के बाद सारे जिले में गनपत ही अकेला 'पाटी कॉमरेड' रहा कई वर्षों तक। एक ही साल में बिहार प्रान्त के कई 'किसान फ्रंट' और मजदूर-मोर्चों पर पहुँचकर गनपत ने मेहनतकशों की लड़ाई में साथ दिया, नारा लगाया, धरना दिया, खँजड़ी बजाकर गीत गाए, अछूतोद्धार के बदले सरमाजी का सिखाया हुआ 'अन्तर्राष्ट्रीय-गीत' गाया–'उग रहा है आफताब लाल-लाल आफताब...जाग रे किसान भाई, जाग! जाग रे मजदूर भाई, जाग...!'

वैष्णव माँ-बाप का बेटा गनपत! जन्म से ही वैष्णव था। जिसको कहते हैं 'गर्भदास'। सो सरमाजी ने जब परीक्षा ली तो वह खरा उतरा।...मुर्गी का अंडा नहीं,

बिना किसी घृणा और संकोच के वह 'मुर्गमुसल्लम' खा गया था। सरमाजी बोले थे, "शाबाश कॉमरेड! तुम जन्मजात इन्कलाबी हो!"

स्कूल-कॉलेज के फेलियर लौंडे-लहेंगड़े क्या समझेंगे कि कॉमरेडशिप किसको कहते हैं!...डेहरी ऑफिस में सात साथियों के बीच बस दो पाजामे, तीन हाफ-पैंट और एक ही धोती। और उसी में सभी साथी मजे में काम चला लेते थे। सप्ताह-भर सत्तू घोलकर पीते थे, प्रेम से मिल-जुलकर।...अब तो हर रैली के समय पत्तल पर ही 'इन्कलाब' छेड़ देते हैं साथी लोग–"यह क्या बात है? खाने के समय कोई खाए पुआ-पूड़ी, कोई भूजा फाँके? अन्याय है! जुल्म है!"

आज किसी साथी से सभा का ऐलान करने को कहिए, बिना जीप और लाउडस्पीकर के। तुरत तमककर जवाब देगा, "हम क्या 'भोलटियर' हैं?" अपनी पार्टी की सभा का ऐलान करने में इन्हें लाज आती है। पार्टी का झंडा कन्धे पर लेकर चलने में इज्जत चली जाती है। गनपत ने अकेले ढोल बजाकर मुनादी और ऐलान किया है–"भाइयो! देश की गरीबी को दूर करने के लिए, पूँजीवाद का खात्मा करके किसानों और मजदूरों का राज कायम करने के लिए, आज चार बजे दिन में...!"

और गनपत नहीं होता तो उस गाँव में यह 'शहीद किसान आश्रम' कभी खुलता भी? तीन-तीन नामी जुल्मी और जालिम जमींदारों के इस खूनियाँ इलाके में किसी पार्टी का 'वर्कर' कभी खाँसी करने के लिए भी नहीं आता था–डर के मारे। दिन-दहाड़े मारकर लाश को गायब कर देनेवाले तीनों जमींदारों की आठ-सौ एकड़ जमीन पर 'बकाश्त-संघर्ष' छेड़ने का प्रस्ताव पास करके 'पाटी' चुपचाप महीनों बैठी रही। न किसी बहादुर कॉमरेड का कदम अभी आगे बढ़ा, और न कोई क्रान्तिकारी किसान आगे आया। तब गनपत ने ही बीड़ा उठाया था।...जमींदार के सिपाहियों ने अपनी समझ में उसको मारकर फेंक दिया था। मगर गनपत मरते-मरते जी गया था। होश में आते ही वह अस्पताल में नारे लगाने लगा था–'बकाश्त आन्दोलन जिन्दाबाद! बिसनपुर के किसान जिन्दाबाद!' यदि गनपत उस दिन घायल होकर अस्पताल नहीं पहुँचता तो मामला 'बकाश्त बोर्ड' में कभी नहीं जाता।...आठ सौ एकड़ जमीन मुफ्त में जीतने के बाद बिसनपुर के किसानों ने दो एकड़ जमीन मिल-जुलकर आश्रम खोलने के लिए दिया–सो भी बहुत कहने-सुनने और 'धिक्कारने' पर।

आश्रम जब से खुला है, जिले-भर के कॉमरेड शुरू अगहन में ही बोरे-बोरियाँ लेकर पहुँच जाते हैं–धान वसूली के लिए। किसी को बहिन की शादी में मदद चाहिए, किसी को 'घर-खर्च' के लिए। गनपत को एक ही साथ अपने इलाके की लाज और पाटी-कॉमरेडों की इज्जत रखनी पड़ती है।

जिले-भर में बस यही एक क्षेत्र है, जहाँ से पार्टी का उम्मीदवार विधानसभा के लिए विजयी हुआ–सिर्फ इसी आश्रम की महिमा से।

लालटेन भुकभुकाकर बुझ गई। गनपत के मन में अचानक 'निरगुन' की एक कड़ी गूँज गई—तेरो जनम अकारथ जाय मूरख...!

गनपत ने सपने में देखा—चोर 'पाटी' ऑफिस का बक्सा उठाकर भागा जा रहा है। उसने जोर से पुकारने की चेष्टा की—चो-ओ-ओ-ओ! चो-चो-चो!

गनपत का सपना झूठ नहीं, सच साबित हुआ।

सुबह कॉमरेड चन्द्रिकाजी ने आकर महाअशुभ समाचार सुनाया—"पार्टी दो टुकड़ों में बँट गई।"

गनपत को लगा, कॉमरेड चन्द्रिका के मुँह से निकली हुई बात ने वज्रपात कर दिया। कागजात, चन्दा-बही, रसीद वाउचर, मोहर—सबकुछ गायब। गनपत ने कहा, "कल पहली पहर रात में कॉमरेड बलराम आए थे...।"

गनपत की बात पूरी भी नहीं हो पाई थी कि कॉमरेड चन्द्रिका ने उसके गाल पर कसकर तमाचा जड़ दिया। वह तिलमिलाकर कुछ कहना चाहता था, मगर कॉमरेड चन्द्रिका चिल्लाने लगा—"आखिर आपको यहाँ किस काम के लिए रखा गया है? चन्दा वसूल कर पेट पालने के लिए सिर्फ! आप जानते नहीं थे कि बलराम डिसिडेन्ट, माने बागी मेम्बरों के साथ है? ऐं?"

"नहीं जानता था," गनपत ने सीधा और सही जवाब दिया, "कौन बागी है, और कौन दागी, यह मुझे क्या मालूम?"

"आप गद्दार हैं, "चन्द्रिका ने उँगली उठाकर पिस्तौल का निशाना लेने के लहजे में कहा, "आपने पार्टी के साथ गद्दारी की है। आप मक्कार हैं!"

एक-से-एक तेज और नुकीली गाली गनपत की देह से धँसती जा रही है। आस-पास गाँव-भर के लोग—औरत-मर्द—जमा हो गए हैं।...गद्दार, मक्कार! फटकार!

कॉमरेड चन्द्रिका ने चलते समय चेतावनी दी, "इसका नतीजा बाद में जो कुछ भी हो, मैं अभी आपको बरखास्त करता हूँ। चले जाइए...!"

कॉमरेड चन्द्रिका के जाते ही कॉमरेड बलराम अपने नए साथियों के साथ आया। गनपत की डबडबाई हुई आँखें झरने लगीं।

बलराम ने कहा, "कॉमरेड गनपत, रोइए मत। बहादुरी से इन डिक्टेटरशाहों का मुकाबला करना होगा। पेटी-बुर्जुआ के बच्चों ने पार्टी को अपनी जमींदारी समझ लिया था।"

गनपत ने भर्रायी हुई आवाज में कहा, "कॉमरेड बलरामजी, आपने ऐसा काम क्यों किया? यदि जानता कि आप पाटी आफिस से सामान लेने आए हैं, तो हरगिज...।"

बलराम के बदले में इस बार बोला अकालू महतो का अधपगला बेटा सुधीर महतो, "गनपतजी, आप डूबकर पानी पीते हैं, और समझते हैं कि बात छिपी हुई

है। पार्टी ऑफिस दिन-रात बेवा मुसम्मात के साथ इश्कबाजी करने के लिए नहीं बना है।''

गनपत अब बेपानी हो गया। आम जनता के बीच उसकी इज्जत उतर गई। उसको नंगा कर दिया सुधीर महतो ने। वह गद्दार है, मक्कार है, बदचलन है। अब क्या रह गया है देखने-सुनने को!

बलराम ने जाते समय लाल रंग के पर्चों का एक बंडल देकर कहा, ''आज हाट में, स्टेशन पर, हर जगह यह पर्चा बँट जाना चाहिए। समझे?''

गनपत अपनी झोंपड़ी के अन्दर चला गया और बिछावन पर कटे हुए पेड़ की तरह गिर पड़ा। उसकी देह के रोम-रोम में गालियाँ गड़ रही थीं। उसने लाल पर्चे को टटोलकर पढ़ना शुरू किया। पार्टी के कई बड़े लीडरों ने जनता को सावधान किया है–'किसान-मजदूरों के नाम पर, पूँजीपतियों की थैली से पार्टी चलानेवाले धोखेबाजों से होशियार...!'

इससे आगे एक शब्द भी नहीं पढ़ सका वह। गाली-गलौज, कीचड़-गोबर!...सब गुड़-गोबर!

गनपत के पेट में पित्त का प्रकोप शुरू हुआ। अब 'बाय' भी जोर मारेगा। हाँ, मिचली आने लगी।

कौन असली, कौन नकली? कॉमरेड चोरघड़े या कॉमरेड जादव? पिछले साल प्रान्तीय किसान सभा का सभापतित्व करने आए थे चोरघड़ेजी। स्वागत-भाषण में जादवजी ने उनकी कितनी तारीफ की थी!...सब झूठ! और चोरघड़ेजी ने बिहार की पार्टी को देशद्रोहियों का दल कह दिया है इस पर्चे में।

गनपत ने तय किया कि वह पटना जाएगा, दिल्ली जाएगा। हर जगह के बड़े और छोटे साथियों से मिलकर बातें करेगा, रोएगा, कलपेगा, जनता की दुर्दशा की कहानियाँ सुनाएगा। खँजड़ी बजाकर गीत गाएगा–भैया, झगड़ न जाहु कचहरिया...!

जादवजी और चोरघड़े केन्द्रीय पार्टी ऑफिस के सामने लड़ रहे हैं। तलवार लेकर एक-दूसरे पर हमला करते हैं, और गनपत उन दोनों के बीच जाकर खड़ा हो जाता है–'सान्ति, सान्ति!' मगर दोनों की तलवार गनपत की गरदन पर।

गनपत की आँखों के आगे पन्द्रह साल पहले देखे गए किसी नाटक का दृश्य उपस्थित हुआ, फिर बिला गया। उसकी देह रह-रहकर सिहरने लगी। मलेरिया बुखार चढ़ने के पहले ऐसी ही सिहरन और कँपकँपी देह को झिंझोड़ जाती है।

गनपत ने कम्बल ओढ़ लिया, कै किया, सौंफ की बुकनी मुँह में डालकर लेट गया। सिहरन के बाद तेज बुखार के साथ 'बाय'। वह बकने लगा। चालीस साल के बाद–देश से मलेरिया उन्मूलन के बाद गनपत पहली बार बीमार पड़ा है। इस बीच कभी सिर-दर्द भी नहीं हुआ। उसके मुँह से पहली बार करुण पुकार निकली–''मैया–गे-ए-ए-ए! पारबती–ई-ई-ई!''

उसने देखा, सरमाजी आए हैं, हाथ में लाल-लाल सेब और नारंगी लेकर। फल का रस निकालकर गनपत से कहते हैं–"पी लो, कॉमरेड! कलेजा ठंडा हो जाएगा।" गनपत एक घूँट पीता है। उसका गला जलने लगता है। कड़वा जहर!

परबतिया आई। पैताने में बैठकर पाँव सहलाने लगी। मगर गनपत के बड़े भाई और बाबूजी हाथ में भाला लेकर आए, और आँखें तरेरने लगे।

रेशम मजदूर यूनियन भागलपुर की हड़ताल! गनपत खँजड़ी बजाकर जुलूस के आगे गा रहा है–'दुनिया के मजदूरो, एक हो...!'

पुलिस आँसू-गैस छोड़ती है। घुड़सवार सिपाही घोड़े को दौड़ाता, हड़तालियों को चाबुक से पटापट पीटता, रौंदता, धूल उड़ाता हुआ चला जाता है।

गनपत जेल के एक गन्दे सेल में पड़ा हुआ है। सिर पर पट्टी बँधी हुई है। परबतिया-परबतिया-परबतिया पारो–ओ-ओ...!

सात दिन सताने के बाद 'सतैया बुखार' उतर गया। अस्पताल के डॉक्टर साहब ने जी-जान से इलाज किया। कुसमी कह रही थी–"दो-दो 'जकशैन' एक साथ देते थे डागडर बाबू।" और इसी डॉक्टर के खिलाफ गनपत ने, बलराम के कहने पर, पर्चा छपाकर बँटवाया था–बिसनपुर अस्पताल के जुल्मी डॉक्टर को जल्दी बरखास्त करो!

सिर्फ सात दिन का बुखार नहीं, गनपत को लगता है, पैंतीस साल से चढ़ा हुआ ज्वर आज उतरा है। इतने दिनों तक एक 'अन्ध सुरंग' में वह चल रहा था–बेमतलब, बेकार, अकारथ।

कुसमी गरम दूध में धान का लावा डालकर ले आई। "डागडर साहब बोले हैं कि पथ्य में माँगुर मछली चाहिए। शोभित को भेज दिया है। साँझ होते-होते एकाध सेर मछली जरूर ले आवेगा।"

फिर कुसमी बोली, "सात दिन में गाँव का बच्चा-बच्चा आकर देख गया, कुसल पूछ गया। मगर कोई 'साथी कामरेट' झाँकी मारकर देखने के लिए भी नहीं आया। कल बलराम बाबू आकर कह गए हैं कि 'गनपत को अपने घर ले जाओ। पाटी ऑफिस खाली कर दो। उसको बरखास्त कर दिया गया है।' "

परिवार, जाति, धर्म, समाज, सरकार और हर अन्याय, अत्याचार से हमेशा लड़नेवाला लड़ाकू गनपत आज अखाड़े में हारे हुए पहलवान की तरह पड़ा हुआ है। सभी उसकी पीठ पर एक लात लगाकर, गाली देकर चले जाते हैं।...पैंतीस साल तक साधु-संन्यासियों की तरह लंगोटबन्द रहकर, जीभ-मुँह और मन में लगाम लगाकर, उसने पब्लिक का काम किया। किसी का एक तिनका न चुराया, न पार्टी का एक पैसा गोलमाल किया। माँ-बाप, भाई-बहन, गाँव-समाज और परबतिया से भी बढ़कर पार्टी और पार्टी के झंडे को प्यार किया। सब बे-का-र...!

गनपत को लगता है कि चाँद-सूरज में भी दरार पड़ गई है। दुनिया की हर चीज आज दो भागों में बँटी हुई-सी लगती है। हर आदमी के दो टुकड़े, दो मुखड़े और दरका हुआ दिल।

जिन बातों को आज तक पूँजीपतियों और साम्राज्यवादियों और जंगबाजों की बात समझकर अनसुनी कर देता था, आज वे ही बातें बार-बार याद आती हैं—

गनपत, तुम्हारे लीडर लोग, यानी तुम्हारी पार्टी, जाति और धर्म को अफीम कहती है। मगर तुम्हारे लीडर लोग अपने बच्चे-बच्चियों की शादी किसी दूसरी जाति में क्यों नहीं करते? लड़के की शादी में कॉमरेड रामलगन सरमा ने पचीस हजार रुपए तिलक में गिनवा लिया। तुम्हारे लीडरों के बच्चे दार्जिलिंग और देहरादून में पढ़ते हैं। तुम्हारे सेक्रेटरी की बीवी कांग्रेसी-मिनिस्टर होने के लिए जाति की गुटबन्दी करती है। तुम्हारे तूफानजी ने मिल-मालिक से मिलकर मजदूरों की गरदन पर छुरी...!

गनपत के सामने एक-से-एक बड़े कॉमरेड की तस्वीर उभरती है—चोरघड़ेजी, जादबजी, गोपालजी, सिनहा साहेब, ठाकुरजी, तूफानजी। सभी तसवीरों के मुँह से बस एक ही बात निकली है—"हम गलत रास्ते पर थे...।"

एक अन्ध-सुरंग से बाहर निकलकर गनपत बेदम पड़ा हुआ है। उसके पीले मुखड़े पर उसकी खिचड़ी मूँछ लटकी हुई हैं।...पैंतीस साल तक वह गलत रास्ते पर गलत दिशा की ओर चलता रहा। न जाने उसने कितनी गलतियाँ कीं! न जाने कितने लोगों को गुमराह किया।

यदि परबतिया का पेट गिराया न जाता तो उसकी सन्तान पैंतीस साल की होती। यदि बेटा होता तो बलराम की उम्र का होता अब।

परबतिया को उसने धोखा दिया। पहली गलती, जिसका फल वह आज तक भोग रहा है।

कुसमी पिछले पाँच साल से गनपत से प्रेभ-भाव का बरताव करती है। गनपत सबकुछ समझकर भी कुछ नहीं समझने का भाव दिखलाता है। मगर बेवा कुसमी सतीनारी की तरह टुकुर-टुकुर उसका मुँह देखती रहती है। तिस पर अकालू महतो का पियक्कड़ बेटा ताना मार गया—बेवा मुसम्मात के साथ इश्कबाजी...!

कुसमी भरथा नाई को बुला लाई। हजामत बनाते समय कुसमी ने कहा, 'मूँछ भी छाँट दो। दूध-बार्ली पीते समय 'लस्टम-पस्टम' हो जाती है...।"

आलू का भुर्ता और गरम भात खाकर मुँह का कसैलापन दूर हुआ। सौंफ की बुकनी मुँह में डालकर, उसने आईने में अपना मुखड़ा देखा।...आश्चर्य! उसका मुँह ठीक उस मरियल घोड़े की तरह लम्बा हो गया है, जिसके (पैंतीस साल पहले) अगले दोनों पैरों को 'छान' कर कसाई मालिक ने छोड़ दिया था। जमीन पर लेटा हुआ, 'हुकुर-हुकुर' करके साँस लेता हुआ, टाँगों को झटकारता! कौओं ने जिसकी देह में

न जाने कितने घाव कर दिए थे। पर परबतिया हँसिया लेकर दौड़ी गई थी। पैरों के बन्धन कट जाने के बाद, 'मरतुहार' घोड़ा बैठ गया था, सिर झुकाकर। फिर धीरे-धीरे धरती को सूँघने लगा था...।

गनपत ने धीरे-धीरे अपने पैर फैलाए।

बाहर कॉमरेड चन्द्रिका की आवाज सुनाई पड़ी। एक लाल पगड़ीवाले सिपाही ने झाँककर अँगनाई की ओर देखा और बोला, "चपरासी साहेब तऽ होने चटाई पर पैर पसार के पसरल बाड़न।"

थाने के दारोगा और सिपाही को देखकर गनपत की खाली, खोखली काया में कुछ भरने लगा। उसकी शिराओं में झनझनाहट शुरू हो गई। उसने एक बार कॉमरेड चन्द्रिका की ओर देखा। दारोगा साहेब ने कहा, "देखो जी गनपत, तुम आश्रम के चपरासी हो न?"

"तुम-ताम मत बोलिए। मैं चपरासी नहीं किसी का।"

दारोगा ने चन्द्रिका की ओर देखा।

चन्द्रिकाजी बोले, "देखो गनपत, दारोगा साहब आश्रम पर दफा 144 लगाने आए हैं। तुम...!"

गनपत अब अच्छी तरह सँभल चुका था। उसने स्वस्थ और निडर स्वर में जवाब दिया–"यहाँ आश्रम कहाँ है? यह मेरा घर है। मेरी जमीन है। यह सार्वजनिक सम्पत्ति नहीं, किसी पाटी-बन्दी का अखाड़ा नहीं।"

पुलिस का सिपाही अँगनई की ओर झाँककर कुछ देख रहा था। गनपत ने कड़ककर कहा, "ए सिपाहीजी, उधर 'जनाना हबेली' में क्या ताक-झाँक कर रहे हैं? नौकरी भारी हुई है क्या?"

दारोगा ने पूछा, "तुम...तुम्हारे...आपके पास कोई सबूत है?"

"सबूत? कैसा सबूत! कागजी या जुबानी! गवाही?...शोभित की माँ, मेरी झोली इधर दे जाना।"

शोभित की माँ, यानी कुसमी घूँघट काढ़कर, बाहर आई। गनपत झोली से अपना 'पोथी-पत्तर' निकालने लगा–'मार्क्सवाद की मोटी बातें', 'किसानों और मजदूरों के गीत', 'जालिम जमींदरवा...' गीत, बैजवाड़ा का मशहूर प्रस्ताव, तैलंगाना की लाल भवानी, शहीद फिल्म के गाने, 'देश के दुश्मन', गनतन्त्र...यह लीजिए कागजी सबूत। और जुबानी गवाही? गाँव के बच्चे-बच्चे से पूछ लीजिए।"

दारोगा साहब ने दस्तावेज के मुड़े हुए पन्नों को सीधा करके शुरू से अन्त तक पढ़ा। फिर मुस्कुराए, चन्द्रिकाजी की ओर देखने लगे, "यह तो ठीक ही कहता...कहते हैं। जमीन-जायदाद सब इन्हीं के नाम से रजिस्टरी हुआ है।"

चन्द्रिकाजी अब चिल्लाने लगे–"बेइमान कहीं का! 'पब्लिक प्रापर्टी' को हड़पना चाहता है? देखना है कि तुम...!"

गनपत उठकर खड़ा हो गया। "पब्लिक का नाम मत लो चन्द्रिका, पब्लिक अन्धी नहीं, सबकुछ देखती है, समझती है। अपने 'स्वारथ' के लिए पाटी को टुकड़े-टुकड़े करनेवाले...!"

कुसमी अन्दर से ही बोली, "इन लोगों के मुँह लगने की क्या जरूरत? डागडर साहब ने मना किया है न!...'लड़ि मरे बरदा, और बैठा खाय तुरंग'...।"

किन्तु गनपत ने तब तक नारा बुलन्द कर दिया था—"इनकिलाब, जिन्दाबाद!... फूटपरस्तो, मुर्दाबाद!...पार्टी के दुश्मन, सफेदपोश!"

एकत्रित भीड़ में तुरन्त उत्तेजना की लहर दौड़ गई। लोगों ने गनपत के साथ नारा लगाना शुरू किया तो दारोगा साहब जल्दी से बाहर चले गए। उन्होंने चन्द्रिका से अंग्रेजी में कुछ कहा।

सिपाही ने घबराकर कहा, "हुजूर, यह पाटीवालों का घरेलू झगड़ा है। अब यहाँ ठहरिएगा तो मामला बिगड़ जाएगा।"

दारोगा और चन्द्रिका के जाने के बाद एकत्रित लोगों ने जय-जयकार किया, 'बोलिए एक बार प्रेम से—गनपतजी की जै! किसानों के नेता—गनपतजी! मजदूरों के नेता—गनपतजी! गनपतजी जिन्दाबाद! जो हमसे टकराएगा, चूर-चूर हो जाएगा!'

पैंतीस साल में पहली बार अपनी 'जय' और 'जिन्दाबाद' के नारे सुनकर गनपत का दिल उमड़ आया।

कोलाहल और कलरव के बीच किसी ने भाषण देना शुरू कर दिया—"भाइयो, इस बार ग्राम-पंचायत के चुनाव में, मुखिया के चुनाव में, इन लम्बे कुरते और पाजामेवाले फोकटिया बाबुओं के छक्के छुड़ा दो।...आज रात यहाँ खूब धूम से 'किसान कीर्तन' होना चाहिए।"

जब सभी चले गए, और एकान्त हुआ, तो गनपत ने झोंपड़ी के अन्दर से आवाज दी—"शोभित की माँ!...जरा इधर आना।"

कुसमी अन्दर गई। गनपत का चेहरा देखकर वह डरी—फिर बुखार आ गया क्या? उसने गनपत के कपाल पर हाथ धरा। गनपत ने कुसमी की कलाई पकड़ ली। उसके होंठ थरथराए। उसने कुसमी के चेहरे को अपने मुँह के पास खींच लिया। काँपती हुई आवाज में बोला, "कुसुम...लेकिन यह पाप है, अन्याय है। पब्लिक की सम्पत्ति, पाटी की जमीन...आश्रम में...यह पाप—यह घोर पाप है...!"

कुसमी को भुने हुए सौंफ की गन्ध बहुत भली लगी। वह मान-भरे स्वर में बोली, "कैसा पाप? चन्द्रिका बाबू ने पाटी के चन्दे से पुरैनियाँ में पुख्ता घर बनवा लिया। रामलगन बाबू ने जमींदारों से घूस लेकर गरीब रैयतों के मुकदमों को खराब कर दिया। सो...।"

"कुसुम, लोग कुछ भी करें। मुझसे यह पाप-कर्म नहीं होगा। तुम मुझे...तुम मुझे जिलाना चाहती हो तो अपनी झोंपड़ी में ले चलो।"

कुसमी ने कुछ क्षण गनपत की डबडबाई हुई आँखों और तमतमाए हुए चेहरे को देखा। फिर बोली, ''और...यह आश्रम?''

''मैं जमीन वापस दे दूँगा लोगों को। दस जन की दी हुई चीज 'धर्मदा' होती है। इसे अकेला भोगनेवाला कभी सुख-चैन से नहीं रह सकता।...और अब मुझसे पब्लिक का काम नहीं हो सकेगा। जब पाटी ही टूट गई...!''

वह बच्चों की तरह हिचकियाँ लेकर रोने लगा।

कुसमी अपने गन्दे आँचल से गनपत के आँसू पोंछती हुई बोली–''रोइए मत।''

गनपत ने कुसमी को छाती से चिपका लिया।...आह! पैंतीस साल के बाद औरत की छाती की गरमी उसकी देह में पहली बार आँधी की तरह समा गई। उसने कुसमी के काले-काले होंठों को चूमने के लिए मुँह बढ़ाया, किन्तु रुक गया।

''नहीं कुसुम, यहाँ नहीं...। यहाँ नहीं...चलो अपने घर। यहाँ एक क्षण भी रहने का मुझे अधिकार नहीं।''

कुसमी उठ खड़ी हुई। गनपत का हाथ पकड़कर उठाते हुए बोली, ''चलो।''

''माँ! मैया! देख, कितनी मछली ले आया हूँ!''

शोभित ने बाँस की टोकरी सामने रख दी। काली-काली माँगुर मछलियाँ छलमलाने लगीं।

कुसमी बोली, ''मछली का सगुन सुभ होता है।''

गनपत हँसा।

कुसमी ने अपने इकलौते जवान बेटे से कहा, ''बबुआ, तुम काका को सहारा देकर ले चलो। मैं बिछावन समेटकर ले आती हूँ।''

शोभित ने अपनी माँ का मुँह देखते हुए कहा, ''कहाँ?''

गनपत बोला, ''जहाँ तुम्हारा जी चाहे, बेटा!''

गनपत ने एक बार उलटकर देखा। पार्टी का झंडा बदरंग होकर भी फड़फड़ा रहा है, हवा में। उसे लगा कि वह खुद पार्टी का झंडा है, जिसे शोभित कन्धे पर ढोकर ले जा रहा है...।

जनवरी, 1965

आजाद परिन्दे

जब बग्गी-गाड़ी के कोचवान को मालूम हुआ कि पीछे पाँवदान पर कोई शैतान लौंडा लटका हुआ है, तो उसने चाबुक फटकारकर एक गाली दी पीछे की ओर–"उतर! हरामी का पिल्ला!"

हरबोलवा हँसकर उतर गया और पासवाली गली में घुसने से पहले उसने एक हवाई गोली फेंकी–"साले! खनगिन का खसम!"

हरबोलवा ने यह गाली दो ही दिन पहले सीखी है। ठेलावाले भुजंगी और भाजीवाले हलमान में कजिया शुरू हुआ। भुजंगी ने हलमान को बहन की गाली दी। हलमान उसकी छाती पर चढ़ बैठा–"बोल साले, खनगिन का खसम...!"

इस गली में बहुत दिन के बाद आया है हरबोलवा। इस गली में एक स्कूल है। छोटी-छोटी लड़कियाँ पढ़ती हैं।...नहीं। स्कूल के चपरासी ने उसी दिन अच्छी तरह पहचान लिया था हरबोलवा को–"साले, तुमको पहचानते हैं। तू ही न, उस दिन मेरी बकरी को पकड़कर दूर रहा था? सब्जी बाग की कसाई-गली में रहता है न साले! यहाँ क्या करने आया है...?"

हरबोलवा ने हिम्मत बाँधकर जवाब दिया, "ए! गाली काहे देते हैं? हम यहाँ गली में खड़े हैं, किसी का कुछ लेते हैं?"

"साले! मुँह लगता है फिर? नाक की हड्डी तोड़ दूँगा, मारे झापड़ के। साला, यहाँ नाली में 'बेबी' लोग, 'तीन-मिनट' करती है और तू देखता है? भागो, साले!"

उस दिन, हरबोलवा ने अपने यार फरजन से कहा था, "ए? 'तीन-मिनट' का माने जानता है, फरजनवाँ?"

...फरजन के मामू ने उस दिन फरजन को सजा दी थी–सुबह का नाश्ता बन्द कर दिया था। हरबोलवा उसके लटके हुए मुँह को देखकर समझ गया था। यार को दिलासा देने के लिए उसने कहा था–"अरे, तेरा एक ही दिन नाश्ता बन्द हुआ और इसी से तू हिम्मत हार गया? मेरा तो कभी-कभी दिन-भर का खाना 'गोल' कर दिया जाता है। ऊपर से मार और गाली अलग।...लो, सुनो! मैं तुमको 'तीन-मिनट' का माने बतलाता हूँ।"

फरजनवाँ को दिखलाकर सामने चिपकी हुई एक विज्ञापन की तसवीर पर 'तुर्री' मारकर वह पेशाब करने लगा–"समझे 'तीन-मिनट' का माने?...हे हे हे हे!"

हरबोलवा ने देखा, स्कूल का फाटक बन्द है। छुट्टी है। उसने इधर-उधर देखा और पास की नाली में—जहाँ उस दिन छौंड़िया सब...। नहीं, दरबान के डर से उसका 'तीन-मिनट' नहीं उतरा।...आज जब इधर आ ही गया है तो एक चक्कर मौसी के घर का लगा लेना ठीक होगा। उसने धीरे-धीरे अपनी नई गाली पर सुर चढ़ाया—एक फिल्मी धुन—खनगिन का खसम, खनगिन का खसम, खनगिन...!

गली से बाहर निकलकर उसने देखा, उसी की उम्र के कुछ लड़के एक गधे की पूँछ में फूटा कनस्तर बाँधने की कोशिश में लगे हुए हैं। मगर गधा है चालाक! पूँछ को इस तरह समेट लिया है कि।

हरबोलवा ने अपने पॉकेट को टटोलकर देखा—हाँ, तार का 'हुक' है। उसने बिन माँगे ही मदद दी—"अजी, वैसे नहीं होगा। लो यह 'हुक'; इसको रस्सी में बाँधकर दुम में लपेट दो। फिर हुक खोंस दो।"

और, यहीं सुदरसन से उसकी दोस्ती हो गई। गधे के पीछे तालियाँ बजा-बजाकर, कुछ दूर दौड़कर बहुत खुश हो गया हरबोलवा का मिजाज। गधा भागा जा रहा है और कनस्तर ढनढना रहा है। सुदरसन ने कहा, "ऐन मौके पर तुम आ गए भला।...कहाँ रहते हो? बाप क्या करता है? माँ है? भाई-बहन?"

सुदरसन ने बतलाया, उसकी सौतेली माँ है, लेकिन बहुत दुलार करती है। मगर बाप कसाई है। असल में उसका बाप ही है सौतेला! "माने, नहीं समझे? मेरा असल बाप जब मर गया, तो इस बाप ने मेरी माँ को फुसलाकर एक दिन अपने घर बुलाया और दरवाजा बन्द करके सिन्दूर दे दिया माँग में—जबरदस्ती। माँ रोने लगी। मगर रोने से क्या है? सिन्दूर दे दिया एक बार तो...। आखिर, मेरी माँ इसी शर्त पर राजी हुई कि सुदरसन को अपने बेटे की तरह रखोगे तो मैं तेरी बीवी, नहीं तो..."

"ए! सुदरसनवाँ! तेरा बाप आ रहा है, इधर ही।"

"आने दो।"

हरबोलवा बोला, "मैं जाता हूँ। मुझे मौसी के घर जाना है।"

सुदरसन ने कहा, "ठहरो यार!"

"क्यों बे सूअर? बारह बज गए और तू सड़क पर 'खचड़इ' करता है?"

सुदरसन ने कहा, "आज छुट्टी है दुकान में।"

सुदरसन के 'कठबाप' ने कड़ककर कहा, "छुट्टी है तो घर क्यों नहीं गया अभी तक?...साले, एक दिन तेरी पीठ की चमड़ी फिर सेंकनी होगी। जा, घर जा!"

सुदरसन का कठबाप जब मोड़ के पास चला गया तो सुदरसन ने अपने चेहरे पर हाथ फेरकर मुँह बनाया। मानो चेहरे पर लगी हुई गालियों को पोंछकर फेंक दिया। फिर बोला, "तू कहाँ जा रहा है?"

"मौसी के घर।"

"कहाँ रहती है तेरी मौसी?"

"पगलखनवा के पास।"

हरबोलवा ने पूछा, "और तुम्हारा घर किधर है? किस दुकान में काम करते हो?"

सुदरसन ने हाथ से एक ओर दिखलाते हुए कहा, "यहीं, गली में। पीर साहेब का मजार देखा है? उसी के पास। चलो यार! देखें तुम्हारी मौसी का घर। चलो।"

"तुम? तुम मेरी मौसी के घर क्यों जाओगे?"

हरबोलवा नहीं चाहता था कि सुदरसन, जिससे उसकी जान-पहचान नहीं कभी की, ऐसे लड़के को अपनी मौसी के घर ले चले। मगर, सुदरसनवा तो जोंक की तरह चिपक गया है।

कारपोरेशन के सामने, पानी का बम्बा बिगड़ा हुआ देखकर दोनों प्रसन्न हुए। पानी का फव्वारा!

"नहाएगा?"

"और तुम?"

सुदरसन ने पैंट खोलकर बम्बे के फव्वारे से अपनी देह को ढँक लिया मानो। हरबोलवा किन्तु आगे-पीछे की बात सोचने लगा। फिर अपने पाकेट से साबुन का एक टुकड़ा निकालकर जमीन पर फेंकते हुए बोला, "जरा पाजामा साफ कर लें।"

दोनों बहुत देर तक फव्वारे में नंगे नहाते रहे। बीच-बीच में टोंटी में उँगली डालकर पिचकारी छोड़ते।

लेकिन मुहल्ले के लड़कों को तब तक सूचना मिल गई थी। वे एक-दूसरे को नाम लेकर पुकारते हुए दौड़े—धर-धर-धर सालों को...!

हरबोलवा डरा। मगर सुदरसनवा लापरवाही से कुल्ला करता रहा।

मुहल्ले के लड़कों का 'मेट', एक भालू-जैसा लड़का, आगे बढ़कर बोला, "कहाँ रहता है बे? यहाँ लँगटा होकर नहाने आया है, खचड़े?"

हरबोलवा ने अपने अधसूखे पाजामे को ही जल्दी-जल्दी पहन लिया। सुदरसन हँसा। और सुदरसन की हँसी ठीक जगह पर जाकर लगी। मेट ने अपनी टोली को सावधान किया—"यह साला बड़ा चालू मालूम होता है। होशियार रहना!"

सुदरसन ने कहा, "तुम्हारा नाम डफाली है न?"

आश्चर्य! सुदरसन के मुँह से अपना नाम सुनकर डफाली के सिर के 'कदमकुट्टी बाल' खड़े हो गए। उसकी आँखें गोल हो गईं। बोला, "तुम...तुम कहाँ रहते हो? तुम कौन...तुमने मेरा नाम कैसे जाना?"

सुदरसन बोला, "तुम्हारी माँ तुमको साथ लेकर एक दिन हकीम साहेब के दवाखाने में गई थी न?"

डफाली का मुँह खुल गया। वह बोला, "हाँ!"

सुदरसन हँसता रहा, पूर्ववत। डफाली ने अपनी टोली के सदस्यों से कहा, "अरे, यह जान-पहचान का है रे!"

डफाली अपनी डोली के साथ गली में गायब हो गया। तब सुदरसन बोला, "जानते हो, इतना बड़ा हो गया और बिछावन में पेशाब करता है!"

हरबोलवा भी हँसने लगा, "इसीलिए भागा ससुर।"

किन्तु आज हरबोलवा की मौसी उसको देखकर जरा भी खुश नहीं हुई। सुदरसन को देख बोली, "और ई कौन है?...दिदिया तुमको पीटती है, सो ठीक ही करती है। दुनिया-भर के लुच्चे-लफंगों के साथ इधर-उधर मटरगस्ती करता फिरेगा तो एक दिन जेल जाएगा। जा, घर जा!"

हरबोलवा की समझ में नहीं आया कुछ। आज मौसी इस तरह अचानक बिगड़ क्यों गई?

सुदरसनवा ने रास्ते में पूछा, "यार, वह झोंपड़ी के अन्दर कौन बैठा था? वही तुम्हारा मौसा है?"

"मौसा? नहीं तो। मौसा तो बरौनी में रहते हैं।"

"तब वह लाल कमीजवाला कौन था?"

"किधर?"

"अरे, मैंने झाँककर देखा था। इसीलिए तुम्हारी मौसी धड़फड़ाकर झोंपड़ी के बाहर आई थी और तुमको डाँटने लगी थी।"

"ओ!"

हरबोलवा चुप रहा। सुदरसन बोला, "एक बात कहूँ, बुरा तो नहीं मानेगा?...तेरी मौसी छिनाल है।"

"धेत्त!"

"धेत्त क्या?...मैंने झाँककर देखा तो...।"

सुदरसनवा की हँसी पर हरबोलवा का चेहरा ठीक डफाली की तरह हो गया। मानो वह भी बिछावन में पेशाब करता हो! और यह बात सुदरसन को मालूम हो गई।

लौटती बार कारपोरेशन के सामनेवाले बम्बे के पास वे कुछ देर तक रुके रहे।

हरबोलवा ने पूछा, "तुम किस चीज की दुकान में काम करते हो?"

"दफतरी की दुकान में।...साला, सँड़ी हुई बासी लेई की गन्ध के मारे तुम्हारा दिमाग फट जाएगा!...करेगा काम?"

“कितना मिलता है?”

“मोट पन्द्रह रुपए।”

“बस?”

“तो कागज पर लेई लगाने का और कितना मिलेगा–एक सौ? बोल, काम करेगा?”

मखनियाँ कुआँ के नुक्कड़ पर कुछ हो गया है। दोनों ने दुलकी चाल पकड़ी। लेकिन जब वे पहुँचे, खेल खत्म हो चुका था। स्कूटर-रिक्शा एक्सिडेंट में दो आदमी घायल हुए थे और दोनों अस्पताल जा चुके थे! दोनों को पछतावा हुआ।

हरबोलवा ने उलटकर देखा, सुदरसन एक बीड़ी की दुकान पर रुक गया है। बीड़ी सुलगाकर वह तेजी से हरबोलवा के पास आया–“बीड़ी पीएगा?”

“बीड़ी नहीं पीता।”

हरबोलवा जब अपने मुहल्ले की ओर जाने लगा तो सुदरसन का दिल अचानक बुझ गया। उसने हरबोलवा को पुकारा–“ए! सुनो!”

हरबोलवा रुका–“क्या है?”

सुदरसन बोला, “तुम्हारे घर चलूँ तुम्हारे साथ?”

“नहीं। बेकार, मेरी माँ तुमको भी गाली देगी।”

“तू काम करेगा?”

“बाबू से पूछूँगा?...मुझे देरी हो रही है, चलता हूँ।”

“ठहरो जरा यार!...सच...लगता है तुमसे बहुत दिनों की जान-पहचान है।”

हरबोलवा हँसा।...शायद, उसकी हँसी ने सुदरसन को मोह लिया है। उसने पूछा, “तुम लकड़ी के कोयले से मंजन करते हो?”

“हाँ”

“मैं भी करूँगा।”

हरबोलवा चलने लगा तो सुदरसन ने उसके दोनों हाथों को पकड़कर हँसते हुए कहा, “कहा-सुना माफ करना, भाई!”

सुदरसन की आँखों में न जाने क्या देखा कि हठात हरबोलवा का दिल उमड़ आया। वह रुक गया। उसने उदास सुदरसन से पूछा, “क्या हुआ?”

“साला आज बहुत मार पड़ेगी।”

“मुझे?”

“साला, जब तक मूँछ नहीं जमेगी, तब तक बालिग नहीं हो सकते और जब तक नाबालिग रहोगे, इसी तरह रोज लत्तम-जुत्तम! साला घर जाने का जी नहीं करता।...कहीं भाग चलने का मन करता है।”

बाकरगंज मसजिद के पास दोनों बहुत देर तक उदास खड़े रहे–नीम की छाया में।

"जब तक बालिग नहीं हो जाते, रोज लत्तम-जुत्तम होगा। साला!...सुनो, एक काम करेगा? सलीमा में 'टनटन भाजा' बेचेगा?"

"सलीमा में टनटन भाजा?"

सुदरसन ने बतलाया—'लौन-सलीमा' के पास एक टनटन भाजा कम्पनी है। उसमें उसके कई दोस्त काम करते हैं। खूब मौज का काम है, यार! मगर जमानतदार ही नहीं मिलता कोई। और, बाप साला काहे चाहेगा कि उसका बेटा टनटन भाजा बेचकर पैसा जमा करे?

सुदरसन ने बतलाया, "बीस रुपए महीना! एकदम आजादी का काम और फोकट में सलीमा देखो, सो ऊपर से।"

सुदरसन ने अपने बाप से कहा था। मगर सुदरसन के बाप ने कहा, "टनटन भाजा कम्पनी का मालिक एक सौ रुपया पेशगी देगा? दफतरी ने दो सौ रुपया एडवांस दिया है।"

सुदरसन ने हरबोलवा के कन्धे पर हाथ रखकर बहुत प्यार-भरे सुर में पूछा, "बोल ना यार, टनटन भाजा कम्पनी में काम करेगा?"

"मगर जमानतदार?"

"उसका इन्तजाम हो जाएगा।"

"कहाँ?"

"हमारे मुहल्ले में एक अमजद मिस्तरी है। मगर भारी खचड़ा है।"

सुदरसन ने थूक फेंकते हुए कहा, "यार, एक बार कोई जमानत हो जाए। एक बार टनटन भाजा कम्पनी की नौकरी मिल जाए, फिर कौन बाप ले जाता है पकड़कर घर और कौन साला मारता है?...मगर अमजद मिस्तरी साला भारी खचड़ा है।"

"खचड़ा है तो जमानत कैसे...?"

सुदरसन हँसा—"खचड़ा है इसीलिए तो जमानतदार होगा।"

बाकरगंज मुहल्ले के पास ही कहीं शादी के ढोल बजने लगे। दोनों ने एक लम्बी साँस ली।

हरबोलवा ने कहा, "इस साल खूब लगन हैं। तुम्हारे मुहल्ले में कोई शादी नहीं? हमारी गली में एक ही रात में पाँच...।"

सुदरसन हँसा—"मारो यार गोली! शादी! जब तक मूँछ-दाढ़ी नहीं उगता साला, नाबालिग ही रहेंगे हम लोग।...चलो, अमजद मिस्तरी के घर चलें।"

हरबोलवा को हठात लगा, सुदरसन ही उसका सबकुछ है। सुदरसन के सिवा इस दुनिया में अपना कोई नहीं। उसका दुख समझनेवाला यह सुदरसन...।

सुदरसन के हाथों को हरबोलवा ने पकड़ लिया—"मुझे डर लगता है लेकिन...।"

“काहे का डर?”

“बाप...।”

“अरे, एक बार कम्पनी में घुसने तो दे, तब देखना है बापों को।...ए देख, इधर... इसमें तेल लगावेगा आकर तुम्हारा और हमारा बाप-माँ, मौसा-मौसी–सब। समझे?”

हरबोलवा ने हँसकर सुदरसन के गले में हाथ डाल दिया–“तो मिल जाएगी नौकरी?”

“अमजद मिस्तरी को तेल लगाना होगा।”

“लगायेंगे! कम्पनी की नौकरी के लिए जो करना होगा करेंगे। अब लौटकर घर नहीं जाना है।...थूक है घर को!”

“पक्का?”

“पक्का!”

फरवरी, 1965

संकट

मैं यह नहीं कहता कि मेरा 'सिक्स्थ-सेंस' बहुत तेज है। आदमी को यह विशेष ज्ञान नहीं दिया है, प्रकृति ने। पशुओं में, कुत्ते की षष्ठेन्द्रिय बहुत सक्रिय होती है। मैं, आदमी होकर यह दावा कैसे कर सकता हूँ? किन्तु, प्राणी विज्ञान के विशेषज्ञों के नाम, कभी किसी अखबार में एक पत्र लिखकर—एक सूचना देने की इच्छा अवश्य है कि पशु-पक्षी पालनेवाला—खासकर कुत्ता पालने में धीरे-धीरे षष्ठेन्द्रिय-ज्ञान का विकास हो जाता है। आदमी भी सूँघकर—अशरीरी छायाओं का पीछा कर सकता है। वह भी आनेवाले संकट की घंटी चौबीस घंटा पहले ही सुन सकता है। संक्रामक रोग, सामूहिक शोक अथवा आँधी-तूफान की सूचनाएँ—उसे भी पहले ही मिल जाती हैं। उसकी अन्य किसी बुद्धि का लोप हो जाता है अथवा अन्य इन्द्रियाँ शिथिल होती हैं या नहीं, कह नहीं सकता!...

कटिहार जंक्शन पर सुबह आँखें खुलीं। खिड़की की झिलमिली उठाकर, कुहरे में लिपटे हुए, रेलवे-यार्ड, मालगाड़ियों के डिब्बे, शंटिंग करते हुए इंजनों को देखता हुआ—प्लेटफार्म पर मैंने काँच को गिरा दिया। हवा का पहला झोंका—ठंडा-गरम, खुशबू-बदबू...संकट की गन्ध लगी? सं...क...ट?

हाँ, संकट की गन्ध ही है। कटिहार के इस प्लेटफार्म पर मैंने इसके पहले भी कई बार संकटों को पहले ही गूँथा है। प्लेटफार्म पर ही नहीं—सारे स्टेशन और बाजार, ओवरब्रिज, आसपास के क्वार्टरों पर संकट की छाया को छू-छूकर मैंने अनुभव किया है। जाना है कि पेड़, सिगनल, मैदान, कौआ, खलासीटोले का हनुमानजी का पताका—सभी दम साधकर प्रतीक्षा में हैं। कोई भारी आँधी आनेवाली है? महामारी?...बम?

सन् 1940-41 : ठीक इसी मौसम में, सुबह को ही इस स्टेशन के इसी—चार नम्बर प्लेटफार्म पर पहली बार ऐसी अनुभूति हुई थी। दो दिनों की यात्रा के बाद—अवध-तिरहुत रेलवे की गाड़ी, हमें बनारस कैंट जंक्शन से ढोकर—कटिहार जंक्शन पर पहुँचा जाती। कटिहार पहुँचते ही हमें लगता, घर की ड्योढ़ी पर पहुँच गए। प्लेटफार्म पर एकत्र भीड़ का एक-एक आदमी हमारे घर का है। सभी जाने-पहचाने लगते। रास्ते की सारी थकावट दूर हो जाती। मन में रह-रहकर गुदगुदी लगती। आज भी, ऐसा ही होता है।

उस बार, प्लेटफार्म पर भरथजी को देखकर पहले प्रफुल्लित हुआ था। फिर, एक अज्ञात आशंका हुई थी—इतने दिनों के बाद घर लौटा हूँ। पता नहीं, भरथजी कौन-सा प्रोग्राम लेकर...।

हम उन दिनों नाम के लिए पढ़ते थे। यानी हम पढ़ने का, बहाना बनाकर—'राष्ट्रीय' काम करते थे। देश का काम। हम, विभिन्न राजनीतिक दलों द्वारा संचालित स्टुडेंट फेडरेशन के सदस्य, उन दिनों अपने-अपने दल का सन्देश हर कॉलेज में सुनाते फिरते। लीडरी करने के लिए सभी नुस्खे, अपने दल के बड़े नेताओं और कामरेडों से हम सीख चुके थे। कोकटीखादी का गेरुआ पाजामा और कुर्ता, चप्पल और सिगरेट—मैं किन्तु सिगार पीता था—'टेट' वर्मा चूरुट! कामरेड बोखारी के पहनावे-ओढ़ावे ने मुझे काफी प्रभावित किया था। वह सिगार पीता था।...लाल-लाल पतले होंठों पर—काला सिगार!

भरथजी, हमारी मूल पार्टी के सदस्य थे। हालाँकि, हमारा सम्बन्ध तत्कालीन यू.पी. और अभी के उत्तर प्रदेश के नेताओं से था। लेकिन, भरथजी की दौड़ बनारस-कानपुर तक थी। हर दो या तीन महीने बाद भरथजी अचानक किसी दिन पहुँचते थे। वे अक्सर रात को हमारे होस्टल में आते। अपने चारों ओर एक रहस्य, एक गुप्त—आवश्यक प्रोग्राम, एक गश्ती-चिट्ठी—एक सतर्क व्यक्तित्व लेकर। हर बार उन्हें कुछ रुपयों की आवश्यकता होती, जिसकी व्यवस्था करने के लिए हमें कभी-कभी चोरी भी करनी पड़ती। उन दिनों किसी-न-किसी रूप से स्टोव, अँगूठी, घड़ी या कलम गुम हो जाया करती। लेकिन, ऐसा तभी होता जब हममें से किसी के पास भरथजी की आवश्यकता-पूर्ति के लिए या—सिगरेट पीने के भी पैसे नहीं होते! किन्तु, यह भी सच है कि भरथजी के लिए पैसे जुटाने के काम को भी हम देश का काम समझते थे। इसलिए, उन चोरियों को पाप नहीं—पुण्य मानते थे।

किन्तु, उस बार भरथजी को अपने होम-डिस्ट्रिक्ट के प्रिय जंक्शन पर देखकर आशंका हुई थी। मन में झुँझलाहट भी हुई थी।...इतने दिनों के बाद घर लौट रहा हूँ। नया चूड़ा, नया चावल, नई साग-सब्जी, नया गुड़, नवान्न, श्रीपंचमी और मेलों का आनन्द, सिर्फ एक महीने में कितना-सा उपभोग कर सकता है कोई। और यहाँ भी कोई प्रोग्राम लेकर पहले से ही भगरथजी उपस्थित हैं! पता नहीं, कहाँ जाना पड़े?...

भरथजी की मुस्कुराहट देखकर हम सबकुछ भूल गए। असल में भरथजी को देखते ही हमारी, खासकर मेरी हालत तेलचट्टे की तरह हो जाती, जिसे 'भिडिंग' या 'कुम्हार-ततैया' नामक घोर नीला और चमकीला भौंरा अपने सूँड से अन्धा कर देता है। फिर खींचता हुआ अपने मिट्टी के घर में ले जाता है और बाद में सुना है—अपने ही जैसा 'भिडिंग' बना डालता है।...कितनी बार देखा है, तेलचट्टा भागने की कोशिश करता है। मगर, अन्धा तेलचट्टा किधर भागे?...

उस दिन भी कुहरे की मसहरी को उठाकर सूरज ने खुले प्लेटफार्म पर रोशनी बिखेर दी थी। भरथजी हँसे थे—हुँ! देखता हूँ साथ में विश्वनाथ महाराज का 'परसाद' भी है।...

मैं कुनमुनाया था—जी! माँ के लिए हर बार यह सब और गंगाजल ले जाना पड़ता है।

मैं लज्जित हुआ था कि मेरे पास विश्वनाथ का 'परसाद' और काशी की गंगा का 'जल' है। जी हुआ था खिड़की से बाहर फेंक दूँ, इन्हें। मगर, भरथजी ने भाँपकर कहा—मदर से इसके एवज में पैसे वसूलते हो या नहीं? अरे कहते क्यों नहीं कि हर बार पण्डा दस रुपए दक्षिणा लेता है। और, एक झारी गंगाजल के लिए घाट के पंडा को पाँच रुपए...।

भरथजी जोर से हँसे थे। और, मैंने उस बार घर पहुँचकर पन्द्रह रुपए का हिसाब सुना दिया था माँ को—पन्द्रह रुपए टैक्स के लगे हैं।

माँ को अचरज हुआ तो कह दिया—जानती नहीं, लड़ाई शुरू हो गई है। वार फंड में आखिर पैसा कैसे जमा करेगी अंग्रेजी सरकार?...

भरथजी का प्रोगाम? उन्होंने कहा था—एकाध दिन कटिहार आ जाना। मैं यहीं मिलूँगा—अन्नपूर्णा होटल में।...

जब तक बनारस में रहता—मन गाँव के लिए मचलता रहता। घर पहुँचकर, दो-चार दिनों में ही सबकुछ फीका-फीका लगने लगता। आवारा-मन उचट जाता। फिर, किसी-न-किसी बहाने घर से फिरंट!

उस बार कटिहार आकर मालूम हुआ कि भरथजी एक महत्त्वपूर्ण उद्देश्य से कटिहार में कैम्प डाले हुए हैं। मेरे पहुँचने पर वे बहुत खुश नहीं थे। उन्होंने बतलाया था कि पिछले कई दिनों से इस गली की नुक्कड़ पर एक आदमी उनको 'वाच' कर रहा है।...तुम आ गए हो, ठीक है। मैं अब कई दिनों तक स्टेशन नहीं जाऊँगा।...

दूसरे दिन मुझे महत्त्वपूर्ण कार्य की जिम्मेदारी देते हुए कहा था—देहाती की तरह सभी से बोलना-बतियाना। सबको बाबू-बाबू कहकर बात करना। काम कुछ नहीं था। रोज कितनी गाड़ियाँ—मिलेटरी-स्पेशल पास करती हैं, देखना। बस, देखना!

मैंने जिरह किया—बस देखना?

—हाँ। बस देखना!

उसी दिन, पहली बार आसमान में करीब पचास हवाई-जहाजों को जाते देखा। उसी दिन देखा—स्टेशन की छत से लेकर फर्श तक कालिख पोता जा रहा है। खिड़कियों और बिजली के बल्बों को अन्धा किया जा रहा है। पहली बार सुना और रात में देखा—ब्लैक आउट!

उस दिन कड़ाके की सर्दी पड़ी थी। मगर, स्टेशन अथवा शहर में, कहीं बाहर में अलाव नहीं नजर आ रहा था। दिन में ही पता चल गया था—रात साढ़े-दस बजे

तक मिलेटरी-स्पेशल है! तार-बाबू ने छोटे तार-बाबू को चार्ज देते समय कहा था, बंगला में–साड़े दश टाय...।

दीवारों पर, बड़े-बड़े पोस्टर चिपके हुए थे। 'अफवाहों पर कान मत दीजिए'– 'आपकी बात दुश्मन के फायदे की हो सकती है'–'अफवाह फैलानेवाला दुश्मन है!!'

रोज, आसाम की ओर जानेवाले मिलेटरी-स्पेशलों को देखता। प्लेटफार्म पर फौजियों के सामूहिक लंगर, भोजन। विभिन्न रंगों, जातियों, देशों के लोग। समाज के चुने-चुनाये, स्वस्थ-सुगठित शरीरवाले नौजवान–जिन्हें मिलेटरी कहते हैं–पेट के लिए अपनी जान देने जा रहे हैं। अंग्रेजी सरकार की फौज!

हठात्, एक दिन मैं डर गया। मैंने भरथजी से कहा–भरथजी! मुझे सबकुछ अजब-अजब-सा लगता है। मुझे लगता है, मैं भी किसी दिन चला जाऊँगा, किसी मिलेटरी-स्पेशल पर चढ़कर!

मैंने पूछा था, साहस बटोरकर–आखिर, रोज-रोज मिलेटरी-गाड़ी देखने से हमारी पार्टी का क्या फायदा होगा?

भरथजी ने मुझे छुट्टी दे दी–तुम अब घर जा सकते हो। लेकिन, मैं घर नहीं गया। नहीं जा सका। अँधेरे में प्लेटफार्म पर, रात ग्यारह बजे तक बेकार इधर-उधर खड़ा होकर लोगों से, सौनोली जानेवाली गाड़ी या मनिहारी से आनेवाली गाड़ी अथवा जोगबनी की ओर जानेवाली गाड़ियों के बारे में पूछताछ करने का नशा सवार हो गया था, मानो।

लेकिन, मैं भीषण डरा हुआ था। चारों ओर एक अद्‌भुत छायाओं से घिरा हुआ पाता था, अपने को। मिलेटरी-गाड़ियों और पैसेंजर ट्रेनों के प्लेटफार्म छोड़ने के बाद, लगता–हर गाड़ी में मेरा अपना आदमी चला गया है, कोई। जो अब नहीं लौटेगा। जिन्हें अब कभी नहीं देख पाऊँगा। वह मराठा रेजीमेंट का नौजवान, जो सोरावजी रेस्ट्राँ में 'पिक्ल' खोजने आया था, वह बिना अँचार खाए ही मर जाएगा। गोरखा, बलुच, जाट, राजपूत। सौनोली की ओर जानेवाली एक पार्सल ट्रेन में जो बच्चा रो रहा था उसकी आवाज मेरा पीछा करती रही।

मैंने भरथजी से कहा, "मुझे लगता है, बहुत जल्दी ही हमला होगा!"

भरथजी मेरा मुँह देखने लगे थे, "कहीं सुना कुछ?"

"नहीं! मुझे लगता है।"

और, उसके दो-तीन दिन बाद ही बर्मा पर जापानियों ने चढ़ाई कर दी।

भरथजी दो-तीन दिनों के लिए पटना गए। उनके बदले में दो साथी आए–रहीम साहब और चनरभूसन।

दस-पन्द्रह दिनों के बाद ही चारों ओर कोहिमा, इम्फाल, डुमडुमा नामों की डुगडुगी हर आदमी के कानों के पास बजने लगी।

जिधर मिलेटरी-स्पेशल जाती थी अर्थात् आसाम की ओर से अब आने लगीं भरी

गाड़ियाँ—लदी गाड़ियाँ—'इवैक्वी' शब्द उसी दिन पहली बार सुना!

रोज तीन-चार गाड़ियाँ आतीं और प्लेटफार्म पर हजारों नर-नारियों को उतार देतीं।...थके, हारे, भागे, बीमार, परिवार से बिछुड़े, भूले, अधपगले इन्सान!...

पार्टी के आदेश पर हम सभी, विभिन्न सार्वजनिक सेवा-समितियों के वालेण्टियर हो गए। मैं भारत-रिलीफ सोसायटी का स्वयंसेवक बना और रहीम साहब केन्द्रीय सेवा-समिति में गए।

लेकिन, मैं अपने साथियों में सबसे बड़ा कापुरुष और रिएक्शनरी निकला। क्योंकि 'मृतक सत्कार विभाग' में दस दिनों तक रहकर भी मैं कुछ 'संचय' नहीं कर सका। असल में हम सेवा कर रहे थे—'कलेकसन' के लोभ में। जो भी मिल जाए—सोना, चाँदी, बर्तन, कारतूस, बैटरी, घड़ी। चनरभूसन इस मामले में सबसे ज्यादा मिलिटेंट निकला। उसने और सिर्फ उसी ने सबसे ज्यादा कलेकसन किया था।...कोई उस तरह, अपने गुप्तांग में कीमती पत्थरों की छोटी पोटली छिपाकर रख सकता है, भला? चनरभूसन मृतक सत्कार समिति में हो गया था। बनजरवा मेहतर से उसने यह शिक्षा ली थी। हर मुर्दे को उलट-पुलटकर टटोलकर देखने की कला में वह प्रवीण हो गया था।

दिन-रात चीख-पुकार, आह-कराह, पागलों के प्रलाप, हँसी के बीच मिलेटरी-गाड़ियाँ जातीं। चनरभूसन एक टोमीगन चुराने में सफल हुआ। मैं एक बीमार पंजाबी लड़की के प्रेम में पड़ गया। उसका घरवाला सबकुछ खोकर उसके साथ कटिहार तक आया। मगर, उससे आगे नहीं चल सका। कैम्प-अस्पताल में उसको मरते हुए मैंने देखा था। उसकी बीमार बीवी को खबर भी मैंने ही सुनाई थी। वह कुछ नहीं बोली थी। चुपचाप मुझे देखती रही। फिर, मुँह में चुहनगम की तरह कोई चीज डालकर उससे दाँत रगड़ने लगी थी।

चनरभूसन ने कहा था—तुम अस्पताल की ड्यूटी के भी काबिल नहीं। रहीम जाएगा तुम्हारे बदले।

रहीम ने उस पंजाबी लड़की के ब्लाउज के अन्दर हाथ डालकर बटुआ निकाल लिया था जिससे, सिर्फ दस रुपए का एक नोट निकला था। एक ताबीज!

वह लड़की जिस दिन मरी, मैं घर भाग आया। भाग आया मुजरिम की तरह। लगा, मैंने ही उसके स्वामी का गला टीपकर मार दिया है! मैंने उस, बीमार औरत की अस्मत लूटी है। मैंने, हमने। हम सभी ने मिलकर!...ताबीज मेरे पास है, आज भी।

सात साल बाद—दूसरी बार संकट की सूचना मिली। सूचना नहीं, आभास मिला!

इस बार, गाड़ियों में लदकर जो लोग आए उन्हें 'रिफ्यूजी' कहा गया।

भरथजी बहुत बड़े नेता हो चुके थे। चनरभूसन भी बहुत बड़ा मजदूर नेता हुआ, रहीम साहब दंगे में मारे गए और मैं कापुरुष कुछ नहीं कर सका। चार साल तक जेल

में सिर्फ उसी पंजाबी लड़की की लाश के पास में लेटकर काट दिया। कोई लिटरेचर, कोई शास्त्र नहीं पढ़ा। न किसी से लड़ा, न किसी का विरोध किया।

शरणार्थियों की सेवा का अवसर मिला। कटिहार, पार्वतीपुर के कई कैम्पों में महीनों सेवा करता रहा। हाँ, इस बार भी कई पार्टियों के स्वयं-सेवक थे। हमारी पार्टी के भी थे। मानो, इस बार मुझे अन्तिम अवसर दिया गया था।

पार्वतीपुर के कैम्प में मैं एक दिन फूट-फूटकर रो पड़ना चाहता था। बेवजह! किन्तु, मैं रोया, दाँत को चुहनगम-जैसे पदार्थ से साफ करती हुई, उस लाश के सामने मैं रो नहीं सका। चुपचाप, एक कागज पर रोने लगा। कई दिनों तक रोया–रोता रहा।

पार्टी में एक ऐसे तबके के लोग भी थे जो बैठे-बैठे ही तीर-कमान छोड़ते थे। कई वर्षों के बाद, इसी वर्ग के एक साथी ने, चुराकर मेरा वह रोना पढ़ना शुरू किया और रोने लगा। उसने कहा–यार, यह तो लिटरेचर है! यह समाजवादी-यथार्थवाद का उत्कृष्ट उदाहरण है।

किन्तु, डॉक्टरों ने मेरे घरवालों को राय दी कि काँके में कुछ दिन रखकर देखिए। अभी शुरूआत है। सही भी हो सकता है दिमाग!

इस बार, फिर कटिहार जंक्शन पर मैंने वैसी ही अशरीरी छायाएँ देखी हैं–बहुत दिनों के बाद। और, मैं जानता हूँ कि ये सारे लक्षण वही हैं।...संकट के बादल नहीं, पहाड़ टूटनेवाला है। मैं कहता हूँ, मैं कहता हूँ...।

मगर, एक बार जिसे पागल करार दे दिया जाए, उसकी बात पर जीवन-भर कोई ध्यान नहीं देते।

मैं कुत्ते की तरह धरती सूँघता हुआ चला जाऊँगा, किसी दिन–किसी भी तरफ! आसपास ही कहीं वह पंजाबी-इवैक्वी लड़की दफनाई गई थी। पासवाले बाग में ही रिफ्यूजी सावित्री एक खेमे के अन्दर धीरे-से कराह उठी–मरे गेलाम!

सभी प्रतीक्षा कर रहे हैं–वेटिंगरूम में।

मार्च, 1965

नैना जोगिन

रतनी ने मुझे देखा तो घुटने से ऊपर खोंसी हुई साड़ी की 'कोंची' को जल्दी से नीचे गिरा लिया। सदा साइरेन की तरह गूँजनेवाली उसकी आवाज कंठनली में ही अटक गई। साड़ी की कोंची नीचे गिराने की हड़बड़ी में उसका 'आँचर' भी उड़ गया।

उस सँकरी पगडंडी पर, जिसके दोनों ओर झरबेरी के काँटेदार बाड़े लगे हों, अपनी 'भलमनसाहत' दिखलाने के लिए गरदन झुकाकर, आँख मूँद लेने के अलावा बस एक ही उपाय था। मैंने वही किया। अर्थात् पलट गया। मेरे 'पीठ पीछे' रतनी ने अपने उघड़े हुए 'तन-बदन' को ढँक लिया और उसके कंठ में अटकी हुए एक उग्र-अश्लील गाली पटाके की तरह फूट पड़ी।

मैं लौटकर अपने दरवाजे पर आ गया और बैठकर रतनी की गालियाँ सुनने लगा।

नहीं, वह मुझे गाली नहीं दे रही थी। जिसकी बकरियों ने उसके 'पाट' का सत्यानाश किया है, उन बकरीवालियों को गालियाँ दे रही है। सारा गाँव, गाँव के बूढ़े-बच्चे, जवान, औरत-मर्द उसकी गालियाँ सुन रहे हैं। लेकिन...लेकिन क्यों, शायद सच ही, उनके सुनने और मेरे सुनने में फर्क है। मैं 'सचेतन रूपेण' अर्थात् जिस तरह रेडियो से प्रसारित महत्त्वपूर्ण वार्ताएँ सुनता हूँ, इन गालियों को सुन रहा हूँ। कान में उँगली डालने के ठीक विपरीत...एक-एक गाली को कान में डाल रहा हूँ। उसकी एक-एक गाली नंगी, अश्लील तसवीर बनाती है–'ब्लू फिल्म' के दृश्य।

...उदाहरण? उदाहरण देकर 'थाना-पुलिस-अदालत-फौजदारी' को न्योतना नहीं चाहता।

रमेसर की माँ ने टोका शायद!

गाँव-भर की बकरीवालियों को सार्वजनिक गालियाँ दागने के बाद रतनी ने रमेसर की माँ के 'प्रजास्थान' को लक्ष्य करके एक महास्थूल गाली दी। रमेसर की माँ ने टोका–"पहले खेत में चलकर देखो। एक भी पत्ती जो कहीं चरी हो...।"

रतनी अब तक इसी टोक की प्रतीक्षा में थी, शायद। अब उसकी बोली लयबद्ध हो गई। वह प्रत्येक शब्द पर विशेष बल देकर, हाथ और उँगलियों से भाव बतलाकर कहने लगी कि वह पाट के खेत में जाकर क्या देखेगी, अपना...? (भले घर की लड़की होती तो कहती 'अपना सिर', किन्तु रतनी सिर के बदले में अपने अन्य हिस्से का नाम लेती है!)

इसके बाद बहुत देर तक रतनी की बातें सुनता रहा।...लेकिन उन्हें लिख नहीं सकता। वारंट का डर है।

किन्तु, रतनी के बारे में अब कुछ नहीं लिखा गया तो जीवन में कभी नहीं लिखा जाएगा। क्योंकि रतनी की गालियों में मर्माहत और अपमानित करने के अलावा उत्तेजित करने की तीव्र शक्ति है—यह मैं हलफ लेकर कह सकता हूँ।

रतनी का नाम 'नैना जोगिन' मैंने ही दिया था, एक दिन। तब वह सात-आठ साल की रही होगी।...नैना जोगिन? देहात में झाड़-फूँक करनेवाले ओझा गुणियों के हर 'मंतर' के अन्तिम आखर में बन्धन लगाते हुए कहा जाता है—दुहाए इस्सर महादेव गौरा पारबती, नैना जोगिन...इत्यादि। लगता है, कोई नैना जोगिन नाम की भैरवी ने इन मन्त्रों को सिद्ध किया था।

...सात साल की उम्र में ही रतनी ने गाँव के एक धनी, प्रतिष्ठित, वृद्ध को 'फिल चक्कर' में डाल दिया था। उसकी बेवा माँ, वृद्ध की हवेली की नौकरानी थी। पंचायत में सात साल की रतनी ने अपना बयान जिस बुलन्दी और विस्तार से दिया था, कोई जन्मजात नैना जोगिन ही दे सकती थी! अब तो उसकी जामुन की तरह कजराई आँखें भी उसके नाम को सार्थक करती हैं, किन्तु सात साल की उम्र में ही इलाके में कहर मचानेवाली लड़की से आँख मिलाने की ताकत गाँव के किसी बहके हुए नौजवान में भी नहीं हुई कभी। उसको देखते ही आँखों के सामने पंचायत, थाना, पुलिस, फौजदारी, अदालत, जेल नाचने लगते।

...रतनी की माँ सरकारी वकील को भी कानून सिखा आई है।...बहस कर आई है सेशन-कोर्ट में!

सो, पिछले ग्यारह वर्षों में रतनी की माँ ने मुँह के जोर से ही पन्द्रह एकड़ जमीन 'अरजा' है। पिछवाड़े में लीची के पेड़ हैं, दरवाजे पर नींबू। सूद पर रुपए लगाती है। 'दस पैसा' हाथ में हैं और घर में अनाज भी। इसलिए अब गाँव की जमींदारिन भी है वही। गाँव के पुराने जमींदार और मालिक जब किसी रैयत पर नाराज होते तो इसी तरह गुस्सा उतारते थे। यानी उसकी बकरी, गाय वगैरह को परती जमीन पर से ही हाँककर दरवाजे पर ले आते थे और गालियाँ देते, मार-पीट करते और अँगूठे का निशान लेकर ही खुश होते थे।

रमेसर की माँ कल हाट जाते समय लीची की टोकरी नहीं ले गई ढोकर, इसलिए रतनी और रतनी की माँ ने आज इस झगड़े का 'सिरजन' किया है—जान-बूझकर।

रमेसर का बाप मेरा हलवाहा है। रमेसर हमारे भैंसों का रखवाला यानी भैंसवार है। रमेसर की माँ हमारे घर बर्तन-बासन माँजती है, धान कूटती है। इसलिए रतनी अब अपनी गालियों का मुख धीरे-धीरे हमारी ओर करने लगी—"तू किसका डर दिखलाती है? सहर से आए भतार का? रोज मांस-मछली और 'ब्रंडिल' पीकर तेरे (प्रजास्थानम्) तेल बढ़ गया है! एँ...?"

मुझे अचानक रमेसर की माँ की गन्दी—हल्दी-प्याज-लहसुन पसीना-मैल की सम्मिलित गन्ध भरी साड़ी की महक लगी। लगा, अब रतनी मुझे बेपर्द करेगी। नंगा करेगी। खुद अपने को उसने पिछले एक घंटे में साठ बार नंगा किया है अर्थात् जब-जब उसने गाली का रुख हमारी ओर किया, हर बार यह कहना नहीं भूली रमेसर की माँ जिसका डर दिखलाती है वह 'व्यक्ति' (मुनसा!) रतनी का 'अथि' भी नहीं उखाड़ सकता! ऐसे-ऐसे 'मद्दकी मुनसा' को वह अपने 'अथि' में दाहिने-बाएँ बाँध रखेगी।...बगुला-पंखी धोती-कुरता और घड़ी-छड़ी जूतावाले शहरी छैलकिनयाँ लोग ऊपर से लकदक और भीतर फोक होते हैं।...सफाचट मोंछ मुँडाए मुछमुंडा लोगों की सूरत देखकर भूलनेवाली बेटी नहीं रतनी!...रतनी की माँ को इसका गुमान है कि बड़े-बड़े वकील-मुख्तार के बेटों को देखकर भी उसकी बेटी की 'अथि' अर्थात् जीभ नहीं पनियायी कभी। डकार भी नहीं किया।

रतनी अपने आँगन से निकल आई थी। रमेसर की माँ ने कोई जवाब नहीं दिया होगा शायद। अब रतनी और रतनी की माँ दोनों मिलकर नाचने लगीं। उसका घर हमारे दरवाजे से दस रस्सी दूर है, लेकिन सामने है। मैं रतनी और रतनी की माँ का नाच देखने को बाध्य था। रतनी की काव्य-प्रतिभा ने मुझे अचम्भे में डाल दिया। उसकी टटकी और तुरत रची हुई पंक्तियों में वह सबकुछ था जो कविता में होता है—बिम्ब, प्रतीक, व्यंग्य तथा गन्ध! बतौर बानगी—अटना का साहब और पटना की मेम, रात खाए मुरगी और सुबह करे नेम, तेरा झुमका और नथिया और साबुन महकौवा—तू पान में जरदा खाये नखलौवा...।

रतनी और रतनी की माँ की यह काव्य-नाटिका समाप्त हुई तो मैंने दरवाजे पर बैठे गाँव के दो-तीन नौजवानों की ओर देखा। मेरा चेहरा तमतमाया हुआ था, किन्तु वे निर्विकार और निर्मल मुद्रा में थे। परिवार तथा 'पट्टीदार' के 'मर्द पुरुषों' की ओर देखा, वे पान चबा रहे थे, हुक्का गुड़गुड़ा रहे थे। लगता था, इन लोगों ने रतनी की गालियाँ सुनीं ही नहीं। मैंने जब भोजन के समय बात चलाई तो परिवार के एक व्यक्ति ने (जिन्हें शहर के नाम से ही जड़ैया बुखार धर दबाता है) हँसकर कहा, "शहर से आने के बाद आप कुछ दिन तक ऐसी असभ्यता ही करेंगे, यह हमें मालूम है। इन छोटे लोगों की गाली पर इस तरह ध्यान कोई भलामानुस नहीं देता। इस तरह गालियों के अर्थ को प्याज के छिलके की तरह उतार-उतारकर समझने का क्या मतलब! शहर में क्या औरतें गाली नहीं देतीं?"

अजब इन्साफ है—गाली सुनकर समझना अन्याय है! असभ्यता है! मन में मैल है मेरे?

अश्लील और घिनौने मुकदमे के कारण रतनी की बदनामी बचपन से ही फैलती गई। जवान हुई तो बदनामियाँ भी जवान हुईं। फलतः गाँव के हिसाब से 'पक' जाने पर भी कोई दूल्हा नहीं मिलता। मिलता भी तो 'घर-जमाई' होकर नहीं रहना

चाहता। दो साल हुए, एक निमोंछिया जवान न जाने किस गाँव से आया साँझ में और रात में भात खाने के लिए घर के अन्दर गया तो रतनी की माँ एक हाथ में सिन्दूर की पुड़िया और दूसरे में फरसा लेकर खड़ी थी–''छदोड़ी की सींथ में सिन्दूर डालो, नहीं तो अभी हल्ला करती हूँ, घर में चोर घुसा है।''...तो सींकिया नौजवान जो हर सुबह को शीशम की कोमल पत्तियाँ तोड़कर ले जाता है, वही है रतनी का रतन-धन?

पूछताछ करने पर पता चला कि हाल ही में एक रात को रतनी ने इसको लात से मारा; घर से निकालकर चिल्लाने लगी, ''पूछे कोई इससे कि इतना दूध, मलाई, दही, मांस-मछली, कबूतर तिस पर 'धात-पुष्टई' दवा, तो अलान-ढेकान खाकर भी जिस 'मर्द' को आधी पहर रात को हँफनी शुरू हो, उसको क्या कहा जाए? लोग 'दोख' देते हैं मेरे कोख को, कि रतनी बाँझ है। निमकहराम और किसको कहते हैं?''

मैं अब इसे मानसिक विकार मानने लगा हूँ। अब तक 'सामाजिक' समझ रहा था कि छोटी जात की औरत गाँव की मालकिन हुई है...।

नहीं, सामाजिक भी है। मेरे पट्टीदार के एक भाई ने कहा, ''कोई उसका क्या बिगाड़ सकता है? गाँव के सभी किस्म के चोर अर्थात् लत्ती-पत्ती और सिन्ना चोर दिन डूबते ही उसके आँगन में जमा हो जाते हैं। इलाके का मशहूर डकैत परमेसरा रतनी की बात पर उठता-बैठता है। मुखिया और सरपंच रतनी की माँ के खिलाफ चूँ भी नहीं कर सकते।...रतनी की माँ से कोई 'रार' मोल नहीं लेना चाहता। इसीलिए, दिन-भर गाँव के हर टोले में दोनों घूम-घूमकर झगड़ा करती फिरती हैं।...रतनी अकेली खस्सी बकरे को जिबह कर देती है; रतनी की माँ चोरी का माल खरीदती है–थाली-लोटा-गिलास...।''

सुबह को मालूम हुआ, शहर से लाया हुआ मेरा प्रेस्टिज प्रेशर कूकर गायब है। दोपहर के बाद धोती गुम! रात में रमेसर की माँ फिसफिसाकर आँगन में कह रही थी–''रतनी बोलती थी कि 'सिद्ध' करके छोड़ेगी इस बार!...उस दिन इस तरह पीठ दिखाना अच्छा नहीं हुआ, शायद!''

और यह सब इसलिए कि मैंने रतनी के तथाकथित 'पुरुष' को बुलाकर उसका पता-ठिकाना पूछा था, और उसको समझाया था कि गाँव में अब एक नई बात चल पड़ी है। उसने बीवी की मार सह ली–नतीजा यह हुआ कि कई औरतों ने अपने घरवाले को पीटा इस गाँव में।...

रतनी ने चिल्ला-चिल्लाकर सारे गाँव के लोगों को सूचना देने के लहजे में सुनाया था, ''सुन लो हो लोगो! अब इस गाँव में फिर एक सेशन मोकदमा उठेगा सो जान लो! ई शहर का कानून यहाँ छाँटने आया है! कोई अपने घरवाले को लात मारे या 'चुम्मा' ले, दूसरा कोई बोलनेवाला कौन? देहात से लेकर शहर तक तो 'छुछुआते' फिरता है, काहे न कोई 'मौगी' मुँह में चुम्मा लेती है?''

मैं रोज हारता, रतनी रोज जीतती। मुझे स्वजनों ने सतर्क किया—साँझ होने के पहले ही मैदान से घर लौट आया करूँ। किसी ने शहर लौट जाने की सलाह दी। मुझे लगता, रोज ताल ठोककर एक नंगी औरत-पहलवान मुझे चुनौती देती है। थप्पड़-घूँसे चलाती है। भागूँगा तो गाँव की सीमा के बाहर तक पीछे-पीछे फटा कनस्तर पीटती और बकरे की तरह 'बो बो बो बो' करती जाएगी। गाँव-भर के लोग तालियाँ पीटकर हँसेंगे।

मुझे हथियार डाल देना चाहिए। एक औरत, सो भी ऐसी औरत से टकराना बुद्धिमानी नहीं। एक सप्ताह तक चोरी-चपाटी करवाने के बाद एक नया उत्पात शुरू किया। रात-भर हमारे दरवाजे और आँगन में हड्डियों की 'बरखा' होती।...नंगी औरत ताल ठोककर ललकार रही है—मर्द का बेटा तो मैदान में आ...!

मैदान में मुझे उतरना ही पड़ा। रात में नींद खुली। दरवाजे के सामने जो नया बाग हम लोगों ने लगाया है, उसमें भैंस का बच्चा घुस गया है, शायद! मैं धीरे-धीरे बाड़े के पास गया। पटट...!

अमलतास के कोमल पौधे को तोड़कर, गुलमोहर की ओर बढ़ते हुए हाथ को मैंने 'खप्प' से पकड़ा! कलम-घिसाई के बावजूद पंजे की पकड़ में अब तक खम बचा हुआ था!...''क्यों,'' मैंने बहुत धीरे-से पूछा।

''छोड़िए!'' जवाब भी उसी अन्दाज में मिला।

''क्यों तोड़ा है? क्या मिला? क्यों?''

''तोड़ा तो क्या कर लीजिएगा?''

''मैं लोगों को पुकारता हूँ।''

''खुद फँस जाइएगा।...हाथ छोड़िए।''

''फँसाके देखो। मैं नहीं डरता हूँ।''

''क्या चाहते हैं आप?''

''मैं जानना चाहता हूँ कि तुम...तुम इस तरह मेरे पीछे क्यों पड़ी हो? इस पौधे को क्यों तोड़ा है?''

''वह तो पौधा ही है। जी तो आपको ही तोड़ देने को करता है।...हाथ छोड़िए!''

मैंने देखा उसकी कनपटी पर एक साँप का फण—फण नहीं, भाला! बरछे की फली! मैंने हाथ छोड़ दिया। वह भागी नहीं, खड़ी रही। मुझे चुप और अवाक् देखकर बोली, ''चिल्लाऊँ?''

''कोढ़ी डरावे थूक से।''

रतनी हँसी। तारों की रोशनी में उसकी हँसी झिलमिलाई।

''जाइए, थोड़ा 'ब्रांडिल' और चढ़ाइए।''

''तुम—तुम नैना जोगिन...!''

विकट संकट

दिग्विजय बाबू को जो लोग अच्छी तरह जानते-पहचानते हैं, वे यह कभी नहीं विश्वास करेंगे कि दिग्विजय उर्फ दिगो बाबू कभी क्रोध से पागल होकर सड़क पर, खाली देह और ऊँची आवाज में किसी को अश्लील गालियाँ दे सकते हैं। लोग उनको अजातशत्रु मानते हैं। और भूल-चूक से एकाध शत्रु कहीं पैदा भी हुआ हो तो उन्होंने दिगो बाबू को कभी ऊँचे स्वर में बोलते नहीं सुना होगा। अपनी क्रोधहीनता के कारण ही उन्होंने जीवन के हर क्षेत्र में सफलता प्राप्त की है।

किन्तु लोगों ने देखा और पहचाना कि अपने अतिपुरातन भृत्य को बीच सड़क पर बेंत से पीटने और गालियाँ देनेवाले सचमुच दिगो बाबू ही हैं। उनके इस अभूतपूर्व कोप का कारण पूछनेवाले भी दिगो बाबू के मुँह से होनेवाली 'प्रथम वर्षा' में भीग गए। आसपास एकत्रित सभी लोगों को 'सालो' कहकर सम्बोधित करते हुए उन्होंने कहा कि उन्हें सबकुछ मालूम है और वे सभी को ठीक करके दम लेंगे। तमाशा देखनेवालों को अच्छी तरह दिखला देंगे। लोग सब्र करें।

इतना कहकर वे अपनी कोठी के अहाते में गए, फिर बँगले के बरामदे पर रखे हुए कई गमलों को लात मार-मारकर नीचे गिरा देने के बाद अन्दर चले गए। निःशब्द खुलने और बन्द होनेवाला दरवाजा आज पहली बार चूँ-चूँ कर उठा। ताड़ित भृत्य रामटहल अँगोछे से अपनी पीठ झाड़ता हुआ उनके पीछे-पीछे चला गया। बस!...लोग सब्र करें? पता नहीं फिर कितनी देर बाद वे अच्छी तरह तमाशा दिखाने को बाहर निकलें?...उन्हें लोगों के बारे में सबकुछ पता है और लोगों को यह नहीं मालूम कि उन्होंने दिगो बाबू का क्या बिगाड़ा है। उनके घर में जिनका 'आना-जाना' है, वे भी आज उनकी 'शान्ति-कुटी' में पैर देने का साहस नहीं करते। फिर कारण कैसे मालूम हो...?

कामवाले अपने-अपने काम पर गए और बेकाम के लोग कई घंटों तक बेकार न बैठकर सामने पार्क में ताश खेलते रहे। किन्तु किसी खिड़की या दरवाजे से फिर कोई बाहर नहीं आया, न किसी प्राणी या वस्तु की आवाज ही बाहर आई। जैसी नाटकीयता से गमलों पर पदाघात करके और जिस वेग से वे अन्दर गए थे, उस हिसाब से अन्दर पहुँचने के एक मिनट बाद ही 'ठाँय-ठाँय' विस्फोट अथवा काँच के बर्तनों की टूटती आवाज अथवा किसी के अचानक फूट-फूटकर रोने का स्वर गूँज

जाना चाहिए। परन्तु दो घंटे बाद भी कुछ नहीं हुआ और धीरे-धीरे रहस्य गम्भीर होता गया।

रात के दस बजे इस रहस्य को भेदन करके एक उड़ती-सी खबर फैली कि दिगो बाबू के घर में मुकम्मल हड़ताल है। दिगो बाबू के अतिरिक्त कोठी में रहनेवाले अन्य सभी प्राणी दिगो बाबू के विरुद्ध असहयोग-आन्दोलन कर रहे हैं। अर्धांगिनी अपने पूरे अंग को समेटकर अँगनाई की एक छोटी कोठरी में चली गई हैं; प्रजा अर्थात् पुत्र अराजक हो गया है; भृत्य किसी वचन का पालन नहीं करता; महाराज मनपसन्द भोजन बनाने लगा है। यहाँ तक कि घर की बिल्ली भी गुर्राती है देखकर।...हाय रे, दिगो बाबू का सुख का संसार! हाय री उनकी 'शान्ति-कुटी' अर्थात् न्यू पटेलपुरी में नवनिर्मित दिगो बाबू की कोठी!!

दूसरे दिन सूर्योदय से पहले ही तमाशा शुरू हो गया।

दिगो बाबू के लाड़ले बेटे श्रीहर्ष ने अपनी कोमल मधुर आवाज को कर्कशतम् कर, भोले-भाले चेहरे को कठोर-क्रूर बनाकर अखबार देनेवाले लड़के से कहा, "अभी अखबार पहले 'छोटी कोठी' में देगा अब से—समझा?"

'छोटी कोठी' अर्थात् कोठी की अतिथिशाला, जिसमें श्रीहर्ष रहता है। सभी पत्र-पत्रिकाओं को बगल में दबाकर खुले आम माचिस जलाकर, सिगरेट सुलगाकर, धुएँ का गुब्बारा छोड़कर श्रीहर्ष अपनी छोटी कोठी की ओर चला गया।

थोड़ी देर बाद, श्रीहर्ष की माताजी यानी श्रीमती धर्मशीला अपने पति को, न जाने किस बात पर धिक्कारती हुई बाहर बरामदे पर आई। जिस महिला को लोगों ने हर एकादशी की साँझ को अपने पति का चरणोदक पीते देखा है, वह कह रही थी—"भोर-ही-भोर जो इनका नाम ले ले, उसका सारे दिन का सगुन चौपट!"

कल जिस पर मार पड़ी थी वही चाकर आज निडर होकर लॉन में, आरामकुर्सी पर लेटकर बीड़ी खींच रहा है। और, महाराज अपने दीर्घ दाँतों को दँतुअन से रगड़ता हुआ यत्र-तत्र थूकता जाता है—मैं किसी का नौकर नहीं। जिसको 'चाह' पीना है 'होटिल' से मँगवा ले। मैं अभी गंगाजी में नहाकर, बिड़ला मन्दिर जाऊँगा! आकथो...

आश्चर्य! लगता है दिगो बाबू को जीवन में सिर्फ कल ही—पहली और अन्तिम बार—क्रोध हुआ। आज वे पुनः धीर-गम्भीर और सौम्य-शान्त हैं—सबकुछ देख-सुनकर भी।

कन्धे पर धोती-तौलिया डालकर बाहरवाले खुले नल पर जाते देखकर किसी को विश्वास नहीं हुआ कि दिगो बाबू बाहर ही नहाएँगे, जहाँ नौकरानी बर्तन माँजती है।

दिगो बाबू ने सड़क पर हाँक लगानेवाले पूरी-भाजेवाले को पुकारा। राह चलते पतौरे-पकौड़े-कचालू-छोले खानेवाले लड़कों को सुबह-शाम निःशुल्क स्वास्थ्यपूर्ण सीख

देनेवाले दिगो बाबू को इस तरह बासी पूरी-भाजी खाते देखकर एक सहृदय-पड़ोसी का हृदय हिल गया और उसने 'अरे-रे यह क्या, यह क्या...' कहकर सहानुभूति-विगलित स्वर में कुछ कहने की चेष्टा की। किन्तु दिगो बाबू ने एक अंग्रेजी वाक्य का ठेठ भारतीय अनुवाद करके कपट-नम्र उत्तर दिया, "जनाब! आप अपने चरखे में जाकर तेल डालें।"

दोपहर को उनके पूर्वी पड़ोसी एक 'अर्थपूर्ण बात' अर्थात् रुपए-पैसे से सम्बन्धित बात सुनाने गए, "श्रीहर्ष बाबू ने रोड नम्बर पाँच के फ्लैट के किराएदारों को आज नोटिस दिया है कि मकान का किराया श्रीहर्ष बाबू के हाथ में ही...!"

दिगो बाबू ने बीच में ही काट दिया, "हाँ, प्लॉट और फ्लैट श्रीहर्ष के नाम है, इसलिए मकान का किराया उसी को मिलना चाहिए।"

श्रीहर्ष ने किराएदारों को ही नहीं, दिगो बाबू को भी नोटिस दिया है—जीवन-बीमा के पैसे का 'नामिनी' वह नहीं रहना चाहता। उसे पैसे नहीं चाहिए।...वह किसी का आश्रित नहीं।

श्रीमती धर्मशीला ने भी कुछ ऐसा कहा, जिसका आशय यही होता है कि वह भी दिगो बाबू के आश्रय को श्राप समझती है।

दिग्विजय बाबू एकदम चुप रहे। उनकी लम्बी और गम्भीर चुप्पी से माँ-बेटा, नौकर-चाकर सभी उत्तेजित हो गए, "इनको क्या है? चुप रहें या बोलें—मौज में ही रहेंगे। संकट तो हम लोगों के सिर है!

"आप भला तो जग भला। इनके सुख-चैन में कोई कमी न हो कभी। कोई मरे इनकी बला से।"

दिग्विजय बाबू ने अपनी उँगली में दाँत काटकर देखा; नहीं, वह सपना नहीं देख रहे!

आखिर, बात तरह-तरह की बातें लेकर उड़ी। सारे शहर के हर 'नगर' और 'पुरी' में फैलती गई। तब, दिग्विजय बाबू के हर वर्ग और समाज के मित्रों का आगमन शुरू हुआ।

'शान्ति-कुटी' में प्रवेश करनेवालों की दृष्टि दूर से ही रामटहल के गन्दे-चिकट लँगोट पर पड़ती, जिसे उसने बतौर बगावत के झंडे के दिगो बाबू की खिड़की पर पसार दिया है।

दिगो बाबू के एक वकील मित्र ने जिरह करके मामले के मूल-सूत्र को पकड़ने की चेष्टा की।...नौकर को पीटने के बाद ही पत्नी और पुत्र ने विद्रोह किया या पहले? और नौकर यानी रामटहल तो बहुत पुराना चाकर है। दिगो बाबू जब कालेज में पढ़ने आए थे, रामटहल को साथ ले आए थे। दिगो बाबू की पढ़ाई खत्म हुई, नौकरी शुरू हुई—खत्म हुई—रामटहल सदा साथ रहा। शादी और गौने में भी वह दिगो बाबू से सटकर खड़ा था।...

दिगो बाबू के दूसरे मित्र खुफिया विभाग में काम करते हैं और उनका यह विश्वास है कि संसार में जितने भी अपराध या अघटन होते हैं उनके पीछे कहीं-न-कहीं किसी स्त्री का कोमल हाथ जरूर होता है।...इस मामले में औरत तो सीधे सामने है। लेकिन इसके अलावा कोई और औरत तो कहीं नहीं?

श्रीमती धर्मशीला से बहुद देर तक बेमतलब की बातें करके वे अपने मतलब की बात नहीं निकाल सके। किसी औरत या लड़की का पता नहीं चला। पति के इस 'विराग' और असहयोग का कारण पूछने पर श्रीमती धर्मशीला रामटहल की ओर देखकर चुप हो जाती।

तब, दिग्विजय बाबू के खुफिया-विभागीय मित्र ने दूसरे सिरे से शुरू किया...कहीं श्रीमती धर्मशीला ही तो वह 'औरत' नहीं? अतः उन्होंने रामटहल की देह में नुकीले सवाल गड़ाकर 'थाहना' शुरू किया।...एक बार इसी तरह कटहल में लोहे की कमानी गड़ाकर चोरी का सोना बरामद किया था।

लेकिन रामटहल शुरू से अन्त तक हर सवाल का एक ही जवाब देता रहा–"मालकिन असल सती नारी हैं!"

उन्होंने तब उन गमलों की परीक्षा की जिन्हें दिगो बाबू ने लात मारकर गिराया था, पर कुछ हाथ नहीं लगा।

तीसरे दिन किसी अज्ञात हितचिन्तक ने दिगो बाबू के बड़े बेटे को तार लगा दिया–"बाय लबेजान है, जल्दी आइए।"

दिगो बाबू के निर्जला मौन-व्रत ने लोगों को भी हैरत में डाल दिया है। जिन अपराधों के लिए कोई भी अपनी स्त्री, बेटे, नौकर, सभी को बाहर निकाल सकता है, उन्हें चुपचाप सहने का क्या अर्थ हो सकता है भला? दिमाग सही है या वह भी दीवार-घड़ी की तरह बन्द हो गया है?

दुर्गापुर से दिगो बाबू का बड़ा बेटा श्रीपार्थ स्त्री श्रीमती भवानी के साथ दौड़ा आया। उनकी अगुवानी के लिए श्रीमती धर्मशीला और श्रीहर्ष एक ही साथ दौड़े। श्रीहर्ष ने कहा, "भैया! डॉण्ट...!!"

"बाबूजी कैसे हैं...?"

"अरे, उनको क्या है बेटा! संकट तो हम लोगों के सिर है। वे तो मौज में हैं और मौज में रहेंगे।"

श्रीपार्थ तथा उसकी पत्नी को स्टेशन पर ही मालूम हो गया था कि बाबूजी लबेजान नहीं, 'सनक' गए हैं...। सनक गए हैं माने पागल? सुनते ही श्रीमती भवानी की देह में कँपकँपी, कलेजे में धड़कन, गले में घिघ्घी और सिर में चक्कर–सब एक साथ! श्रीपार्थ ने समझा-बुझाकर अपनी पत्नी का दिल मज़बूत किया–"पागल हो गए हैं तो क्या–हैं तो हमारे बाप ही!"

किन्तु परिवार के सभी प्राणियों को कोठी के फाटक की ओर झपटते देखकर भवानी देवी फिर भय से पीली पड़ गईं।...श्रीहर्ष का रह-रहकर 'भैया, डॉण्ट', श्रीमती

धर्मशीला की आतंकपूर्ण आँखें, खिड़की पर प्रसारित रामटहल का गन्दा-चिकट लँगोट, फिसफिसाहट और इशारों में बातें देख-सुनकर श्रीपार्थ की अवस्था भी शोचनीय हो गई।

वे सभी दल बाँधकर, दबे-पाँव चुपचाप बरामदे में आए। श्रीमती भवानी सबसे पीछे थीं। रामटहल दिगो बाबू के कमरे का दरवाजा खोलकर इस तरह खड़ा हुआ मानो पिंजड़े में बन्द किसी हिंस्र प्राणी की झाँकी दिखला रहा हो। दिगो बाबू ने 'गीता रहस्य' में गड़ी हुई आँखों को ऊपर उठाने की चेष्टा नहीं की। श्रीपार्थ ने दूर से ही मूक प्रणाम किया। श्रीमती भवानी, साहस बटोरकर आगे बढ़ रही थीं कि रामटहल ने दरवाजा बन्द कर दिया।

सभी ने एक साथ लम्बी साँस ली।

श्रीमती धर्मशीला बोली, "बेटा! तुम तो इनके 'आश्रित' नहीं। तुम लोगों को क्या डर? संकट तो हमारे सिर है!"

तब तक रसोईघर में महाराज ने हनुमान-चालीसा का स-स्वर दैनिक पाठ शुरू कर दिया था, "संकट मोचन नाम तिहारो...।"

पाँच मिनट में ही हर व्यक्ति के मुँह से पच्चीस बार 'संकट' सुनकर श्रीपार्थ के मन में एक काँटा-सा गड़ने लगा–संकट...कंटक...सं...कट! उसने पूछा, "संकट क्या है?"

रामटहल ने कुछ कहना चाहा तो श्रीपार्थ ने उसे चुप कर दिया। श्रीहर्ष संकटकालीन समस्याओं पर पूर्ण प्रकाश डालने को उत्सुक हुआ, किन्तु श्रीपार्थ ने उसको अंग्रेजी में समझा दिया कि वह सभी से अलग-अलग (इनडिविजुअली) बातें करना चाहता है। अतः माँ को छोड़कर बाकी सभी इस कमरे से बाहर निकल जाएँ। जिसको पुकारा जाए, वही आए। कोई किसी को कुछ सिखाए-पढ़ाए नहीं।

श्रीमती भवानी उधर से तनिक खुश, ज्यादा परेशान होकर आईं और अपने स्वामी से पूछने लगीं, "बाबूजी मुझे बुला रहे हैं!...हाँ, बहुत प्यार से बुला रहे हैं। मैं खिड़की से झाँककर देखने गई तो पुकारा–बेटी!"

श्रीपार्थ ने अपनी माता की ओर देखा। श्रीमती धर्मशीला चुपचाप अपना बयान देने लगी और श्रीमती भवानी 'क्या करे नहीं करे' का सवाल अपने मुखड़े पर जड़कर वहीं खड़ी रहीं।

श्रीमती धर्मशीला, श्रीहर्ष, रामटहल और महाराज से अलग-अलग साक्षात्कार सम्पन्न करके श्रीपार्थ ने संकट का सूत्र पकड़ा। और, तब उसको अचानक ज्ञात हुआ कि उसके पिता दिग्विजय बाबू सचमुच अभूतपूर्व पुरुष हैं। लगातार तीन-चार दिन तक ऐसे विकट संकट में रहकर भी जिनका दिमाग सही-सलामत है, वे निश्चय ही देवता हैं।

श्रीपार्थ अपने उत्पीड़ित पिता की चरणधूलि लेने के लिए दौड़ा। उसने श्रीमती भवानी को निकट बुलाकर कुछ कहा। श्रीमती भवानी ने घबराकर श्रीहर्ष, रामटहल और अन्त में श्रीमती धर्मशीला की ओर देखा...इतने पागलों के बीच...हे भगवान!

श्रीमती भवानी अपने पति के पास भागकर चली गईं।

संकट की मूल कहानी इस तरह शुरू होती है :

...अष्टग्रह की भयावह अफवाहों के बीच एक दिन इस नगर की 'बूढ़ी-सेठानी-धर्मशाला' में एक त्रिकालदर्शी ज्योतिषी ने अपना डेरा डालकर ऐलान करवा दिया कि वह एक पखवारे से एक दिन भी ज्यादा इस शहर में नहीं रहेगा। जिन्हें अपने भूत, भविष्य और वर्तमान का दर्शन करना अथवा बिगड़ी तकदीर को सुधारना हो जल्दी करें।

अखंड संकीर्तनों के असंख्य ध्वनि-विस्तारक यन्त्रों के आतंकपूर्ण हाहाकार और महायज्ञ के कटु-पवित्र धुएँ से ढके हुए इस नगर में त्रिकालदर्शीजी आशा की किरण नहीं, उम्मीद का सूरज लेकर आए। लोगों की जान-में-जान आई।

तब एक दिन उपयुक्त अवसर देखकर श्रीमती धर्मशीला ने अपने पति से निवेदन किया कि क्यों न एक दिन त्रिकालदर्शन...

श्रीमती धर्मशीला अपने पति की मुद्रा देखकर घबराई। किन्तु दिग्विजय बाबू ने झिड़की नहीं दी। प्रेम-लपटे शब्दों में ही उन्होंने पूछा कि अक्ल से बड़ी भैंस कैसे हो सकती है?

श्रीमती धर्मशीला मुस्कुराकर रह गई। वह जानती थी कि उसके 'कर्मयोगी' पति यही कहेंगे। दिगो बाबू ने उस दिन के समाचारपत्र में प्रकाशित पंडित जवाहरलाल नेहरू का वक्तव्य पढ़कर सुना दिया।

किन्तु लगातार तीन बार बी. ए. की परीक्षा में असफल होने के बाद श्रीहर्ष को 'तकदीर के लेख' पर अटूट विश्वास जम गया था। वह दूसरे ही दिन काशी से प्रकाशित एक प्रतिष्ठित पत्र की कतरन ले आया—"माँ, देखो यह श्री सम्पूर्णानन्द की चेतावनी, नेहरूजी के नाम। जरा बाबूजी को दिखला दो—माने—पढ़ने को कहो!"

दिगो बाबू ने कतरन पर सरसरी निगाह डालकर देखा। फिर, सस्वर गुनगुनाने लगे, 'होइहै सोइ जो राम रचि राखा...!'

श्रीमती धर्मशीला को बल मिला। किन्तु रामटहल, राम एवं चुनमुन झा यानी महाराज सुबह-शाम ताजा और भयानक अफवाह लेकर घर लौटने लगे, रोज। श्रीहर्ष को रात में नींद नहीं आती। आँख खुलते ही बुरे सपने देखता और चीख पड़ता।

श्रीमती धर्मशीला चिन्तित हुई फिर। भय से सूखे हुए श्रीहर्ष ने सूचना दी कि मुन्सिफ साहब तथा दूसरे छोटे-बड़े हाकिमों ने ज्योतिषी से अपनी कुंडली दिखवाई है।...सिविल-सर्जन साहब दिन-रात ज्योतिषीजी के साथ ही रहते हैं।...कलकत्ता का एक बड़ा भारी सेठ स्पेशल हवाई जहाज से उड़कर आया है—परिवारसहित।

जीवन-भर पेशकारी का पेशा करते दिग्विजय बाबू का 'कर्म' में दृढ़ विश्वास जम गया है। इसलिए बुद्धि भी बलवती हो गई है। पर हाकिम-हुक्काम का नाम सुनते ही तुरन्त प्रभावित हुए बिना नहीं रह सकते। अदालत और फौजदारी के हकीमों के बारे में सुना तो सोच में पड़ गए। फिर बोले, "मेरी तो कुंडली ही नहीं।" पत्नी बोली, "तो क्या हुआ? किसी फूल का नाम लेते ही कुंडली बना देते हैं, सुना है।" "लेकिन मैं धर्मशाला में जाकर अपना भविष्य नहीं देखना चाहता।" दिगो बाबू ने एतराज किया।

"डबल फीस लेकर घर भी जाते हैं ज्योतिषीजी।"

अन्ततः तय हुआ कि श्रीहर्ष फीस लेकर जाएगा और फिटन पर ज्योतिषीजी को सादर लिवा लाएगा।

सभी को अपार हर्ष हुआ...घर के 'कर्ता' के भविष्य के साथ ही सभी की किस्मत 'नत्थी' है।...मालिक राजी हो गए, यही बड़ी बात है।

ज्योतिषीजी को फिटन लेकर श्रीहर्ष बुलाने गया। श्रीमती धर्मशीला ने अपने पति को सलाह दी, "जब डबल फीस दिया गया है तो बातें भी 'डबल' करके पूछ लीजिएगा।"

"डबल करके माने?"

"मतलब, अपने अलावा घर के और लोगों के बारे में खुलासा पूछ लीजिएगा।"

ज्योतिषीजी आए। जटा-दाढ़ी और त्रिपुंड-भभूतवाले ज्योतिषियों को लोगों ने देखा है। सूट-बूटवाले इस ज्योतिषी को देखते ही लोगों को अपने-अपने भविष्य की हल्की झलक मिल गई, मानो...। यह आदमी जरूर जादू जानता है।

डॉक्टरों की तरह एक हाथ में बैग और कंट्राक्टर की तरह दूसरे हाथ में एक बड़ा पोर्टफोलिया-बैग लटकाकर फिटन से ज्योतिषीजी उतरे। दिगो बाबू को देखते ही उन्होंने अपनी पहली ही वाणी से विस्मित और अप्रतिभ कर दिया। बोले, "मैं विशुद्ध-वैज्ञानिक ढंग से गणना करता हूँ। इसलिए मेग्निफाइंग-ग्लास के अलावा स्टेथस्कोप, ब्लडप्रेशर-ऑपरेटस और थर्मामीटर भी रखता हूँ। ज्यॉमितिक-कोष्टक-अंकन और अंशादि के सही माप के लिए इन्स्ट्रूमेंट-बाक्स, विभिन्न राज्य एवं जिलों के नक्शे रखना आवश्यक हो जाता है।"

दिगो बाबू की 'शान्ति-कुटी' के निवासियों ने मन-ही-मन जय-जयकार किया। किन्तु तब तक दिगो बाबू ने एक नई शर्त लगा दी। वे एकदम एकान्त में अपने भविष्य की गणना करवाएँगे।

दिगो बाबू के कमरे का दरवाजा बन्द हुआ। सभी ने एक साथ अपने-अपने ललाटों पर एक अद्‌भुत गुदगुदी का अनुभव किया। सभी की हथेली एक साथ 'कपाल' पर पहुँची।...जै भगवान्!

पूरे तीन घंटे के बाद ज्योतिषीजी हँसते हुए कमरे से बाहर निकले। दिगो बाबू के उत्फुल्ल मुखमंडल में सभी को अपना-अपना भविष्य उज्ज्वल दिखाई पड़ा। अतः श्रीहर्ष दूने उत्साह से ज्योतिषीजी के साथ फिटन पर जा बैठा।

सबसे पहले श्रीमती धर्मशीला ने पूछा, ''भगवान की दया से सबकुछ सही ही बताया होगा! है या नहीं?'' ''अरे मारो गोली। ठग हैं सब।'' ''क्यों? कुछ 'ऐसी-वैसी' बातें हाँक गया?''

''अरे, हाँकेगा क्या? नक्शा और थर्मामीटर से भविष्य देखनेवाला इतना चतुर होगा कि न्यू पटेलपुरी में इतनी बड़ी कोठी बनानेवाले, पेन्शनयाफ्ता आदमी–जिसका बड़ा बेटा हाकिम हो और छोटा स्वस्थ, सुन्दर और बेवकूफ, जिसकी पत्नी का नाम धर्मशीला... ।''

श्रीमती धर्मशीला अपने प्रौढ़ पति की इस बचकानी मुद्रा को देखकर बहुत दिनों बाद पुलकित हुई।...सचमुच त्रिकालदर्शी हैं न?

श्रीहर्ष ने लौटकर अपनी माता से अपने पिता के भविष्य के बारे में पूछा।

''अरे, वे तो कहते हैं, कि मुफ्त में पैंतीस रुपए...?''

''मुफ्त में? कुछ बतलाया नहीं?''

''कहते हैं, ठग हैं सब।''

''हुँ!...तुम एक बार मौका देखकर फिर पूछोगी? क्योंकि ज्योतिषीजी की बात से ऐसा लगा कि कहीं कुछ 'गड़बड़' है भविष्य में... ।''

''गड़बड़ है?'' श्रीमती धर्मशीला के निर्मल चेहरे पर आतंक की छाया फैल गई– ''क्या कहा उन्होंने?''

''माँ, पाँच रुपए घूस, या प्रणामी जो भी कहो, लेकर भी कुछ खुलासा नहीं बतलाया। बोले कि मनुष्य का भविष्य अन्धकार और प्रकाश से मिलकर बनता है। सो, अन्धकार और प्रकाश के कुप्रभाव से बचने के उपाय भी हैं... ।''

श्रीमती धर्मशीला और श्रीहर्ष ने ज्योतिषीजी के इस 'पंचटकिया वचन' के गूढ़ार्थ को समझकर एक ही निष्कर्ष निकाला–निश्चय ही कहीं कुछ गड़बड़ी है भविष्य में, जिसको सुधारने का उपाय भी उन्होंने बतलाया होगा। और सम्भवतः वह उपाय महँगा है, इसलिए 'गृहकर्ता' की ऐसी प्रतिक्रिया... ।''

माता और पुत्र को समान रूप से भयभीत और उदास देखकर रामटहल ने भी मुँह लटका लिया। उसने बारी-बारी से 'माता और पुत्र' की ओर आँख में एक ही सवाल डालकर देखा। फिर धीमे स्वर में पूछा, ''अच्छा भैया! 'आसरित' का क्या मतलब होता है? आसरित?''

"आसरित या आसरहित?"

रामटहल ने सही शब्द को जीभ पर चढ़ाने की यथासाध्य चेष्टा करके कहा, "आसरीत!" रामटहल ने इधर-उधर देखकर कहा कि वह ज्योतिषीजी को चाय और पान देने के लिए कमरे में गया था तो ज्योतिषी मालिक से कह रहे थे कि उनको अष्टग्रह का कोई डर नहीं। सुख-चैन ही मिलेगा। लेकिन संकट में आसरीत लोगों के सिर!

"ओ! आश्रित?"

श्रीहर्ष ने विशाल शब्द-कोश निकालकर धूल झाड़ते हुए शब्दार्थ ढूँढ़ना शुरू किया। श्रीमती धर्मशीला ईष्ट नाम का जाप करने लगी और रामटहल की आँखें गोल होती गईं।

पाँच मिनट के अथक तथा निःशब्द परिश्रम के बाद श्रीहर्ष को सफलता मिली– "हाँ। आश्रित?...आश्रित...सं...ब्रेकेट में, किसी के सहारे...फिर...ठहरा, टिका हुआ... पु.–वह जो भरण-पोषण के लिए किसी पर अवलम्बित हो, स्त्री-बच्चे, नौकर-चाकर, मन और ज्ञानेन्द्रिय... ।"

ऐसा लगा, तीनों के बीच एक हथगोला आकर गिर पड़ा और जोरों का धड़ाका हुआ। जब तीनों को होश हुआ तो देखा कि हथगोला नहीं, श्रीहर्ष के हाथ से विशाल शब्द-कोष छूटकर गिरा था...अब क्या हो? आश्रित का अर्थ–स्त्री-बच्चे नौकर?...इस लपेट से न रामटहल बचकर निकल सकता है और न महाराज?...दुहाय बाबा नरसिंह!

भयातुर आश्रितों ने अन्तिम चेष्टा करके यह पता लगा लेना आवश्यक समझा कि आश्रितों के भीषण संकट के प्रतिकार के लिए गृहस्वामी ने कुछ किया है अथवा नहीं?

दोपहर को, भोजन के समय श्रीमती धर्मशीला आज प्रेमपूर्वक पंखा लेकर बैठी। पति के मुँह में प्रथम ग्रास पहुँचा तो श्रीमती धर्मशीला ने अपने मुँह की बात निकाली, "यदि भविष्यफल में कोई गड़बड़ी हो तो उसका उपाय भी बतलाया होगा? अपने अलावा अपने को आ-आ-आ-स-र... ।"

दिगो बाबू तिलमिला उठे, "महाराज ने आज यह...किस चीज की सब्जी है...यह तो जहर है...इतनी मिर्च...दिन-रात भविष्यफल जानने के लिए पागल रहती हो, मगर एक बार रसोईघर में झाँककर नहीं देखती कि आज क्या...ओहो...मार डाला... ।"

दिगो बाबू न भोजन कर सके, न क्रोध। चुपचाप सिसकारी लेते हुए कुल्ली-आचमन करने लगे।

चाय के समय भी 'चेष्टा' करने की चेष्टा विफल हुई, हालाँकि चाय में मिर्च या नमक नहीं, चीनी पड़ी थी।

श्रीहर्ष ने रात्रि के भोजन के पहले इस संकट से उबरने का एक 'साइण्टिफिक उपाय' ढूँढ़ निकाला। और कोई चारा नहीं। शान्ति-कुटी के आश्रितों के समक्ष अपनी गुप्त योजना रखते हुए उसने खासतौर से अपनी माँ को समझाया, "यह तय है कि बाबूजी हम लोगों को संकट से उबारने के लिए कुछ नहीं करेंगे। हम उन्हें स्वार्थी नहीं कहते। किन्तु वे निर्दय अवश्य हैं। उपाय क्या करना होगा यह भी नहीं बतलाते? ऐसी अवस्था में अपनी बुद्धि से निकले हुए उपाय के द्वारा ही प्रतिकार कर सकते हैं हम। बाबूजी हर हालत में सुख-चैन से ही रहेंगे। उन पर कोई खतरा नहीं। संकट उनके आश्रितों के सिर है। हम हर हालत में उनके आश्रित ही रहेंगे। रहना पड़ेगा हमें—हमारी मजबूरी है। ऐसी अवस्था में 'साँप भी मरे और लाठी न टूटे'—जैसा कोई वैज्ञानिक तरीका अख्तियार करना होगा। यदि सभी सहमत हों...।"

सर्वसम्मति से संत्रस्त आश्रितों ने तय किया कि वे आत्मरक्षार्थ गृह-स्वामी का 'अहिंस्र विरोध' करेंगे, अर्थात् बचाव के लिए विरोध। वे आश्रित रहते हुए भी आश्रित न रहने का भाव दिखलाएँगे। चूँकि गृहस्वामी हर हालत में चैन से ही रहेंगे, उनका कुछ नहीं बिगड़ेगा।...

इसके बाद श्रीहर्ष ने विस्तारपूर्वक अपने 'लाइन ऑफ एक्शन' का 'डायरेक्ट एक्शन' बतलाया।

तय हुआ कि कल सुबह सबसे पहले रामटहल को ही बगावत का झंडा फहराना होगा, क्योंकि वही पहला आश्रित है, जिसका नाम लेकर गृहस्वामी सुबह में पहले पुकारते हैं। श्रीमती धर्मशीला की शंकाओं का समाधान और निवारण करते हुए श्रीहर्ष ने कहा, "चाय उन्हें जरूर मिलेगी लेकिन देर से मिलेगी। उन्हें कष्ट देने के लिए नहीं, अपने को कष्टमुक्त करने के लिए हम विरोध करेंगे।...विरोध शुरू करने के पहले सभी अपने-अपने कलेजे को टटोल लें।"

रामटहल को कलेजा नहीं टटोलना पड़ा।

सुबह को पहली पुकार पर उसके मुँह से पहला जवाब निकल ही रहा था कि उसने कसकर दाँतों का ब्रेक लगा दिया जीभ पर।...पचीस साल की आदत!

तीन बार पुकारने पर भी रामटहल ने कोई जवाब नहीं दिया। दिगो बाबू को तनिक अचरज हुआ। उन्होंने करवट लेकर देखा, रामटहल सामने बरामदे पर लेटा हुआ है, अपनी जगह पर। इस बार उन्होंने गला खोलकर पुकारा, "रामटहल!"

"भोर-हि-भोर रामटहल-रामटहल काहे चिल्ला रहे हैं! बोलिए न, क्या कहना है?"

दिगो बाबू को विश्वास हो गया कि वे खुद नींद में हैं, इसलिए चुप हो गए। लेकिन रामटहल चुप नहीं रहा। उसने कहा, "चाय के लिए महाराज को पुकारिए। बूझते हैं?"

दिगो बाबू स्वप्नलोक से फिर 'शान्ति-कुटी' के कमरे में उतरे। उधर रामटहल तलहथी पर खैनी-तम्बाकू रगड़ता हुआ, सन् तीस के एक भूले हुए 'सुराजी-गीत' की पंक्ति याद कर रहा था। कलेजे को मज़बूत बनाए रखने के लिए उसने गीत शुरू किया, जोर से–'कि बन्दर की तरह बन में 'बिटिस' को नचा देंगे, बन्दर की तरह...।'

दिग्विजय बाबू को तनिक भी सन्देह नहीं रहा कि रामटहल ने अब गाँजा पीना शुरू कर दिया है। अपमान, क्रोध, दुख, ग्लानि के सम्मिलित और अकस्मात् आक्रमण से उनकी देह झुलस उठी। वे उठे और लाठी लेकर झपटे। रामटहल पहले से ही भागने को तैयार बैठा था। वह भागा, लेकिन सड़क पार नहीं कर सका। बीच सड़क पर ही घेरकर दिगो बाबू ने उसे पीटना शुरू किया। गालियाँ सुनकर सारे मुहल्ले के लोग जाग पड़े।...लोगों ने अपनी आँखों से देखा और पहचाना, दिगो बाबू ही हैं।

आसपास एकत्रित लोगों को चेतावनी और तमाशा दिखाने की धमकी देकर, गमलों को पैरों से गिराने के बाद वे अपने कमरे में चले गए। उनको यह समझने में देरी नहीं लगी कि पड़ोसियों ने उसके पुराने नौकर को बहकाया है। वे इसका बदला चुकाने का रास्ता खोजने लगे। तब तक महाराज हाथ में 'आश्रितों का ऐतिहासिक स्मरण-पत्र' लेकर कमरे में हाजिर हो चुका था।

दिगो बाबू ने पढ़ा–''आपने अकारण ही अपने एक विश्वासी, वफादार एवं असहाय आश्रित को अन्यायपूर्वक पीटा है। हम इसका घोर विरोध करते हैं। हमें खेद है कि हम सभी आपके इस दुर्व्यवहार से दुखी होने को बाध्य हैं। अतः आपकी घोर निन्दा करते हैं। भविष्य में...।''

दिगो बाबू आगे नहीं पढ़ सके, क्योंकि तब तक 'छोटी कोठी' में एक पुराने किन्तु काफी गरम गीत का रेकार्ड बजने लगा था–हो पापी, जोबना का देखो बहार... हो पापी–हो पापी...!

श्रीहर्ष ने विरोध के लिए, ऐसे ही गीतों के रेकार्ड, नंगी तस्वीरोंवाली तथाकथित-स्वास्थ्यपूर्ण किताबें, खुलेआम धूम्रपान और चन्द आवारा दोस्तों के साथ ताश खेलने का कार्यक्रम बनाया। उसने सभी आश्रितों के लिए अलग-अलग 'एक्शन' तय करके समझा दिया था।

श्रीहर्ष ने माँ को याद दिलाकर कहा था, ''गलती से पैर छूकर प्रणाम मत कर बैठना। भक्ति और पूजा, बाबूजी की तस्वीर की करो। हर्ज नहीं। लेकिन बाबूजी के साथ बुरा बर्ताव करके ही संकट को टाल सकोगी।''

तीन दिन तक, दिन-रात सभी आश्रितों ने ईमानदारी और दृढ़ता से अपना विरोध जारी रखा। गृहस्वामी को चिढ़ाने के लिए नित नए उपाय सोचे गए, प्रयुक्त हुए। मगर दिगो बाबू ने मौनव्रत धारण करके 'गीता रहस्य' में अपने को इस तरह

डाल दिया कि 'मेन-स्विच' ऑफ कर देने और जोर से रेडियो खोलने पर भी उससे बाहर नहीं निकले।...रामटहल ने गन्दा लँगोट पसारकर उनकी क्रोधाग्नि को पुनः-पुनः भड़काने की चेष्टा की, किन्तु व्यर्थ।

श्रीमती भवानी को अपने देवता-तुल्य ससुर की सेवा करने का सुअवसर अब तक नहीं मिला था। श्रीमती धर्मशीला किसी कारणवश अपनी पुत्रवधू पर मन-ही-मन अप्रसन्न रहती थी। इसलिए पति के सामने यदा-कदा तथा कभी-कभी सर्वदा उसकी बुराई ही करती थी।

इस बार श्रीमती भवानी ने अपने गुणों से दिग्विजय बाबू को दो दिन में ही मुग्ध कर लिया। उनके मन से 'पुत्रहीन' होने का एकमात्र दुख हमेशा के लिए दूर हो गया।

उस दिन श्रीपार्थ ने फैसला सुनाने के लहजे में अपने पिता के सभी विद्रोही आश्रितों को सुना दिया—"अब तुम लोग पिताजी के आश्रित नहीं रहे। अब किसी संकट की आशंका नहीं। पिताजी अब मेरे आश्रित होकर दुर्गापुर में रहेंगे, क्योंकि ज्योतिषी ने यह भी बतलाया है कि अब उन्हें किसी के आश्रय में रहना चाहिए।"

श्रीपार्थ ने अपनी माता को 'सोशल-वर्क' करने, श्रीहर्ष को 'घरेलू नौकरों की यूनियन' बनाने, रामटहल को मूँगफली बेचने तथा महाराज को गंगाजी के घाट पर भिक्षाटन करने की उचित और लाभदायक सलाह देकर, श्रीमती भवानी को दुर्गापुर लौटने की तैयारी तुरन्त करने का आदेश दिया।

दिग्विजय बाबू बालकों की तरह प्रसन्न और उत्साहित होकर अपना सामान सहेज रहे थे कि आँगन में कोलाहल सुनाई पड़ा। श्रीमती धर्मशीला क्रोध से काँपती हुई महाराज से पूछ रही थी, "बोलो! तुम जान-बूझकर यह सब कर रहे थे? आखिर क्यों? हम लोगों का सुख तुमसे देखा नहीं जाता था...ऐसे में सारे परिवार के लोग पागल नहीं होंगे भला?"

श्रीपार्थ ने यात्रा के समय इस कलह का कारण जानना चाहा। श्रीमती धर्मशीला बोली, "बेटा, तुम हाकिम हो। तुम्हीं इस बात का इन्साफ करो। इस बार तुम्हारे बाबूजी ने गाँव से 'पाट-साग' का बीज मँगवाया था। महाराज ने बोते समय चुटकी-भर भंग का बीज मिला दिया था। पिछले पाँच-सात दिनों से नौकरानी भंग के पौधों सहित साग ले आती थी और महाराज आँख मूँदकर कड़ाही में डाल देता।...ऐसे में घर-भर के लोग पागल क्यों नहीं होंगे?"

रामटहल ने कहा, "अब समझा कि मेरा माथा हमेशा क्यों उस तरह चकराता था।"

श्रीहर्ष बोला, ''रामटहल, अभी तुरन्त आबकारी पुलिस को बुला लाओ।''

महाराज हाथ जोड़कर गिड़गिड़ाने लगा, ''मालिक–बड़े भैया–छोटे भैया–मालकिन–इस बार माफ कर दीजिए। 'भविष्य' में कभी ऐसी गलती नहीं होगी। दुहाई...।''

'संकट' का सही कारण ढूँढ़ निकालने के बाद श्रीमती धर्मशीला एक गिलास ठंडा पानी लेकर अपने पति के कमरे में चली गई।

सितम्बर, 1965

अभिनय

छन्दा ने जिस दिन घर-भर के लोगों के छप्पर-फोड़ ठहाके के बीच मुझे 'दादू' कहकर सम्बोधित किया, मैं थोड़ा अप्रतिभ हुआ था। मेरे (अकाल) परिपक्व केश के कारण ही छन्दा (जिसकी माँ मुझे देवर मानती है और जिसकी दादी मेरा नाम लेकर पुकारती है) ने मुझे 'दादू' यानी 'बाबा' कहा था। मुझे 'केशव-केशन' की याद आई थी और मैं मन्द-मन्द सुर में दोहा पढ़ने लगा था।

सबसे पहले छन्दा की दादी (जिसे मैं जेठी माँ अर्थात् बड़ी चाची कहता हूँ) ने 'दोहा' का अर्थ पूछा था। और मतलब समझकर छन्दा की छोटी चाची (जो असाधारण सुन्दरी है) ने मुझे ढाढ़स बँधाया था, "किन्तु...बांग्ला माने हम लोगों का दादू लोग खूब मौज में रहता है। जानते हैं न?"

छन्दा की सदा बीमार माँ के पीले मुखड़े पर भी हँसी की रेखा फूटी थी, "दादू और पोती में खुलकर दिल्लगी चलती है। खूब फस्टीनस्टी...।"

छन्दा की छोटी चाची ने आँखों को नचाते हुए कहा था, "अब आप भी छन्दा को 'गिन्नी' बोलके डाकिये। गिन्नी का माने बूझते हैं? गृहिणी।"

और, इस बात पर फिर एक बार सामूहिक ठहाका लगा था।

छन्दा की छोटी चाची (जो राजकपूर का नाम सुनते ही आइसक्रीम की तरह गल जाती है!) बात करने का ढंग जानती है। (मेरे एक निन्दक पड़ोसी मेरी निन्दा करते समय लोगों से कहते हैं कि छन्दा की छोटी चाची से बातें करने के लिए मैं दफ्तर से कौजुअल-लीव ले लिया करता हूँ!) वह सामनेवाली कुर्सी पर आकर बैठ गई और दुनिया-भर के दादुओं की कीर्ति कथा सुनाने लगी, "कोलकाता में हमारा भी एक ऐसा ही दादू था...।"

"ऐसा ही माफिक माने?"

"आपका ही माफिक। पातानो-दादू?"

"पातानो-दादू?"

"मुँहबोला-दादू।"

छन्दा का छोटा भाई सन्तू, जो अब तक चुप था, बोल उठा, "तब ठाक्माँ (दादी) से काका बाबू का...कौन...सम्बन्ध..."

बेचारा अपनी बात पूरी भी नहीं कर पाया था कि हँसी का हुल्लड़ शुरू हुआ। और सबसे ऊपर छन्दा की मयूरकंठी-हँसी। हँसी नहीं, पिहकारी। सारे गोलमार्केट में उसकी हँसी कुछ देर तक मँडराती रहती है। पास-पड़ोस के लोगों ने छन्दा के फ्लैट को, इसी उन्मुक्त-हँसी के कारण 'नाइट-क्लब' का नाम दे दिया है।

उस रात को (छन्दा का दादू बनकर) लौटते समय बत्तीस नम्बर के (सीदा-सादा दीखनेवाला नम्बर एक शैतान) सज्जन ने कपट-नम्रता से पूछा था, "क्यों अरुण बाबू! पच्चीस नम्बर में किसी डिरामा-उरामा का रिहलसल-उहलसल चल रहा है क्या?"

मैंने कहा था, "जी हाँ।"

बत्तीस नम्बर मुँह बाकर मुझे थोड़ी देर तक देखता रहा था। फिर पूछा, "कौन नाटक?"

"दादू चरित।"

छन्दा रेलवे-कंट्राक्टर बी. घोष की बड़ी बेटी है। साँवरी-सुन्दरी और चंचल लड़की है। नाचती है, गाती है, अभिनय करती है। सौभाग्यवश, अब तक कुमारी है। मेरा दृढ़ विश्वास है कि किसी कंट्राक्टर की सन्तान विवाह के मामले में और प्रेम के व्यापार में धोखा नहीं खा सकती। दुधमुँही बच्ची-जैसी भोली-भाली छन्दा 'लोलिता' पढ़ चुकी है। मेरे-जैसे अनेक मूढ़ लोगों को नचा चुकी है। फिर भी, सबकुछ जानते हुए भी, लोग उसकी बोली सुनकर भ्रम में पड़ जाते हैं।

मैं सोचने लगा, इतने दिनों के बाद आखिर छन्दा ने मुझसे यह नया रिश्ता क्यों जोड़ा? दादू और पोती में खुल्लमखुली दिल्लगी चलती है।...मेरे मुँह से 'गिन्नी' सम्बोधन सुनने के लिए अथवा...अथवा...?

यो मुँहबोले-काका की हैसियत से भी मैं छन्दा से हल्की-फुल्की दिल्लगी किया करता था। छन्दा के राही-प्रेमी (रिक्शे के पीछे सायकिल भगाकर 'होगा कि नहीं' पूछनेवाले) के बारे में पूछता था। जिस लड़के के बाप ने छन्दा की तस्वीर मँगवाई है, उसकी मूँछों की ऐंठन देखकर डरेगी तो नहीं छन्दा?...यह गीत और नाच किस काम आएगा...सुहाग की रात में घुंघरू बाँधकर नाचेगी छन्दा? आदि-आदि।

फिर, इसे नए रिश्ते की क्या जरूरत थी? छन्दा के (बाप के) बैठक में जिस सोफा पर मैं पहली बार बैठा था, उसी पर आज तक बैठता आया हूँ। कल भी उसी सोफे पर बैठूँगा। लेकिन छन्दा मुझे दादू कहेगी।

दूसरे दिन फ्लैट में पैर रखते ही छन्दा ने स्वागत किया, "कि बूड़ो?...क्यों बुड्ढे, दाँत में दर्द-वर्द तो नहीं। आज चने की घुंघनी बनी है।"

मैं हठात् अधेड़ हो गया। मुझे लगा, मेरे चेहरे पर झुर्रियाँ पड़ गई हैं और दमे से परेशान हूँ, कि गठिया के मारे मेरे घुटनों में रात-भर दर्द था, मगर किसी ने गरम पानी का थैला नहीं दिया। मैंने कराहते हुए जवाब दिया, "दर्द की क्या पूछती हो गिन्नी। कहाँ नहीं दर्द है?"

छन्दा की छोटी चाची देर से आई, मगर दुरुस्त होकर आई। बोली, "किन्तु दादू होने में खतरा भी है।"

"कैसा खतरा?"

"लड़कियों के नाबालिग-प्रेमी लोग दादुओं से बहुत नाराज रहते हैं। हाथ में छड़ी लेकर सुबह-शाम पोती-नतनी की रखवाली करनेवाले दादुओं को वे फूटी नजर भी नहीं देखना चाहते। अतएव, हमेशा होशियार रहिएगा।"

उधर छन्दा के छोटे भाई ने गाना शुरू कर दिया था–"मैं का कलूँ लाम मुझे बुड्ढा मिल गया...।"

तीसरे दिन मालूम हुआ कि धनबाद से एक कोयला खदान के मालिक का बड़ा बेटा छन्दा को देखने आ रहा है। मैंने कहा, "गिन्नी? आखिर इस काला-हीरा की ही गले में डालेगी?"

छन्दा लजानेवाली लड़की नहीं। बोली, "सुनती है काकी? मारे डाह के जल-भुनकर भुर्ता हुआ जा रहा है। बुड्ढा!"

मैं एक लम्बी साँस लेकर उदास हो गया।

छन्दा की छोटी चाची चाय लेकर आई (आज तक चाय लाने का काम किसी और ने नहीं किया) और बोली, "छन्दा ने आपके लिए...।"

तब तक छन्दा, हाथ में एक साप्ताहिक पत्रिका लेकर मेरे पास आ गई। बोली, "आज ही कार्ड लिखकर बी. पी. मँगा लो दादू। पढ़कर देखो, लिखा है केश काले न हों तो दाम वापस।"

मैंने तत्परता से कहा, "दया करके इसकी कटिंग मुझे दे दो।...हाय। दुनिया में हमदर्दों की कमी नहीं।...क्या लिखा है? जवानी में बुढ़ापा क्यों भोग रहे हैं।...वाह! आज ही लिख देता हूँ। काला-हीरा से मुकाबला है, खेल नहीं।"

लगातार चार महीने तक दादू की भूमिका अदा करने के बावजूद, मुझसे गलती हो ही जाती। तब, छन्दा की छोटी चाची अथवा माँ या दादी मुझे टोककर सुधारती– "ऐसा नहीं, इस तरह...।"

किन्तु, छन्दा कभी कोई गलती नहीं करती। आध-दर्जन नाती-पोतोंवाली बूढ़ी की तरह वह बोलती-बतियाती। मेरी गलतियों (बेवकूफियों) पर ताने देती हुई कहती, "तुम्हारे मन में भी भारी-जवान चोर है बुड्ढे।"

एक दिन छन्दा ने मुझसे धीमे स्वर में कहा, "दादू, तुमने कुछ मार्क किया है? तुम्हारे आते ही दादी सिर पर कपड़ा सरका लेती है।"

"सचमुच?"

छन्दा की छोटी चाची दाँतों-तले जीभ दबाकर हँसी। फिर, फिसफिसाकर बोली, "हाँ, कल कह रही थी कि बेचारे अरुण को छन्दा बहुत दिक करती है। और छन्दा ने तुरत उल्टा जवाब दिया—तो, तुम अपने बूढ़े को सँभालती क्यों नहीं।...इस पर माँ हँसते-हँसते लोट-पोट हो गईं।"

मैंने छन्दा से पूछा, "क्यों बूढ़ी? मुझे धकेल रही हो?"

छन्दा हँसती रही। बोली, "और, इधर दादी आपसे बहुत कम बातें करती है, यह आपने लक्ष्य किया है? आते ही अचानक गम्भीर हो जाती है।"

छन्दा की दादी ने पूजा-घर से ही कहा, "छन्दा, तो आश्रम में इस बार पूजा होगी या नहीं?"

"तू लाज से गड़ी क्यों जा रही है?"

"अब मार खाएगी तू, हाँ...।"

"...चिढ़ी है।...बात लगी है?" छन्दा टेबुल पीटकर हँसने लगी।

तो, छन्दा ने मेरे मुँह से 'गिन्नी' सुनने के लिए नहीं, मुझसे एक 'मधुर सम्बन्ध' के लिए नहीं, अपनी दादी को चिढ़ाने के लिए ही मुझे दादू कहना शुरू किया है? अब तो स्पष्ट शब्दों में वह अपनी दादी की भारी-भरकम देह और मेरी दुबली-पतली काया की जोड़ी लगा देती है। उस दिन एक व्यंग्य-चित्र दिखलाकर बोली, "आप लोगों की युगल-जोड़ी।"

छन्दा की दादी विधवा है। मांस-मछली नहीं खाती। पान का नशा है—मगर मुँह में दाँत नहीं। इसलिए पान के बीड़े को कूटकर खाती है। छन्दा ने मुझसे एक दिन यह कर्म भी करवाया और उसकी दादी हँसती रही।

उठते समय, उस दिन फिर हो-हल्ला शुरू हुआ। छन्दा की माँ से उसकी दादी ने चुपके से कहा कि अरुण को कल रात यहीं खाने को कहो..., छन्दा ने सुना और ले उड़ी, "सिर्फ खाने का निमन्त्रण?"

छन्दा की दादी के हाथ में जादू है, सुन रखा था। अचानक निमन्त्रण पाकर मैंने पूछा, "लेकिन मांस-मछली तो...।"

छन्दा बोली, "आपके लिए सब नियम-कानून तोड़ सकती है—मांस-मछली छूने की क्या बात?"

दूसरे दिन, सुबह ही सन्तू एक लिखित निमन्त्रण-पत्र दे गया—"एक बार आकर देख जाइए कि आपकी 'मोटकी' दिगम्बरी रसोईघर में किस तरह पसीने से नहा गई है।...इसी को कहते हैं प-रे-म।"

मैं नहीं गया। शाम को भी अपने समय पर नहीं गया। तय किया, ठीक भोजन के समय जाऊँगा।

शाम को मैदान का एक चक्कर लगाकर लौट रहा था। हथुआ-मार्केट के सामने आते ही पान खाने को मन ललच पड़ा।

जाफरानी-पत्ती मुँह में घुलाते हुए मैंने पूछा, ''यह कैसी पत्ती है?''

''बाबूजी, वाराणसी-पत्ती है। आपने तो पान छोड़ ही दिया।'' विश्वनाथ ने कहा।

''क्या कीमत है?''

''ढाई रुपए।''

पॉकेट टटोलकर देखा, पचास पैसे कम पड़ेंगे। विश्वनाथ ने कहा, ''कोई बात नहीं।''

मैं जान-बूझकर ही देर से छन्दा के फ्लैट गया। सुना, दादी निराश होकर सो गई है। निराश ही नहीं, नाराज होकर भी।

छन्दा बोली, ''बाबा! अब मैं कुछ नहीं बोलूँगी। दादी का कहना है मेरे ही कारण, आप...।''

मेरी बोली सुनकर छन्दा की दादी कपड़े सँभालती हुई आई। मैंने देरी के लिए एक झूठी सफाई दी। वह बोली, ''सभी चीजें ठंडी हो गई होंगी।''

छन्दा कुछ कहना चाहती थी। किन्तु, हाथों से मुँह ढँककर अन्दर चली गई। छन्दा की छोटी चाची रसोईघर की ओर गई। छन्दा की दादी बैठी, ''मुँह-हाथ धो चुके हो?''

मैंने पॉकेट से जर्दा की डिबिया निकालकर बूढ़ी की ओर बढ़ाया।

वह मद्धिम आवाज में बोली, ''की जिनिस?''

''वाराणसी-जाफरानी जर्दा।''

बूढ़ी ने डिबिया को खोलकर सूँघा। मुस्कुराकर चुपचाप आँचल में बाँधने लगी, ''क्या जरूरत थी? कितना दाम लिया?''

''अच्छी चीज है।'' मैंने कहा।

''गन्ध तो बहुत अच्छी है।'' बूढ़ी ने आँचल को एक बार सूँघकर छिपा लिया। कि अचानक छन्दा, सन्तू और छन्दा की चाची ने एक साथ कमरे में प्रवेश किया। छन्दा ने पूछा, ''क्यों? क्या घुसुर-फुसुर हो रहा है?''

सन्तू बोला, ''की मिष्ठी गन्धो।''

''यह खुशबू कैसी है बुड्ढे?'' छन्दा ने मुझसे पूछा।

मैंने छन्दा की दादी की ओर देखा। लाज के मारे बूढ़ी का चेहरा लाल हो गया था।

''क्यों दादी? आँचल में क्या छिपाया...देखूँ...यह...क्या...?''

''कुछ नहीं...जर्दा।''

''किसने दिया?''

अब मेरी देह काँपने लगी। कान गर्म हो गए। लाज से मेरी आँखें झुक गईं और पच्चीस नम्बर फ्लैट में एक बार फिर छप्पर-फोड़ ठहाका गूँजा।

छन्दा की छोटी चाची ने कहा, "ठाकुरपो (देवरजी) आज एकदम सही... ओके...। जरा भी गलती नहीं की आपने।...ठीक, दादू। हू-ब-हू!"

छन्दा डाँट रही थी दादी को–"ऐं? तुम डूब-डूबकर पानी पीती थी बूढ़ी?"

सन्तू बोला, "सिंकिंग-सिंकिंग-ड्रिंकिंग वाटर...?"

नवम्बर, 1965

विघटन के क्षण

रानीडिह की ऊँची जमीन पर—लाल माटीवाले खेत में—अक्षत-सिन्दूर बिखरे हुए हैं—हजारों गौरैया-मैना सूरज की पहली किरण फूटने के पहले ही खेत के बीच में 'कचर-पचर' कर रही हैं। बीती हुई रात के तीसरे पहर तक, जहाँ सारे रानीडिह गाँव की कुमारी-कन्याएँ कचर-पचर नृत्य-गीत-अभिनय कर चुकी हैं।

रात में शामा-चकेवा 'भँसाया' गया है...प्रतिमा-विसर्जन!

श्यामा, चकवा, खंजन, बटेर, चाहा, पनकौआ, हाँस, बनहाँस, अधँगा, लालसर, पनकौड़ी, जलपरेवा से लेकर कीट-पतंगों में भुनगा, भेम्हा, अँखफोड़वा, गन्धी, गोबरैला तक की मिट्टी की छोटी-छोटी नन्हीं-नन्हीं मूर्तियाँ गढ़ी गई थीं, रँगी गई थीं। दो रात तक उन्हें ढेलेवाले खेतों में चराया गया अर्थात् उनकी पूजा की गई। रात को विसर्जन!

बिरनाबन (वृन्दावन?) जले हैं—सैकड़ों। हजारों चुगलों के पुतले! पुतलों की शिखाएँ जली हैं—घर-घर में तू झगड़ा लगावे, बाप-बेटा से रगड़ा करावे; सब दिन पानी में आगि लगावे, बिनु कारन सब दिन छुछुवावे—तोर 'टिकी' में आगि लगायब रे चुगला...छुछुन्दरमुहें...मुँहझौंसे...चुगले...हाहाहाहा!

सैकड़ों लड़कियों की खिलखिलाहट! तालियाँ!

तारे झरे, पायल झनके। हुस्नहिना के गुच्छों ने लम्बी साँस ली। रात भीग गई...।

धरती पर बिखरे अक्षत-सिन्दूर। दूबों पर बिखरे मोती के दाने।...छोटे-छोटे इन्द्रधनुषों के टुकड़े!

...अचानक, एक चील ने डैना फड़फड़ाया। सभी चिरैयाँ एक साथ भड़ककर उड़ीं। गौरैयों की विशाल टोली सरसों के खेत में जा बैठी।

बहुत दिनों के बाद—कोई पाँच बरस के बाद—धूमधाम से 'शामाचकेवा' पर्व मनाया है रानीडिह की कुमारियों ने।

एक चदरी-भर सरदी पड़ गई। अगहनी धान के खेतों में अब हलकी लाली दौड़ गई है अर्थात् अब दानों में दूध सूख रहा है। आलू के पौधों में पत्तियाँ लग गई हैं। सुबह-सुबह गोभी की सिंचाई कर रहे हैं, सभी।

"बिजैयादि! तू इतना सबेरे 'कोबी' जो पटाती हो, सो बेकार ही ना? तू तो अब पटना में रहेगी...।"

"चुप हरजाई!" गंगापुरवाली दादी ने चिढ़कर चुरमुनियाँ को झिड़की दी, "दिन-भर बेबात की बात बकबक करती रहती है यह रत्तीभर की छौंड़ी।"

चुरमुनियाँ, रत्ती-भर की छोकरी चुप नहीं रही। आँखें नचाकर, होंठों को बिदकाकर बोली, "हुँह! तोरे तो मजा है। कोबी रोपकर पटा रही है बिजैयादि और टोकरी भर-भरके फूल बेचेगी तू। और जब हिसाब पूछेगी पटना से आकर मलकिन-काकी तो...तो...ई ऊँगली तोड़ना, ऊ उँगली मोड़ना मगर भूलल हिसाब कभी न जोड़ना... हिहिहिहि...!"

दादी ने इस बार एक गन्दी गाली दी। गाली सुनकर चुरमुनियाँ ने विजया की ओर देखा। विजया शुरू से ही मुस्कुरा रही थी। इस काली-कलूटी लड़की की मीठी शैतानी को वह खूब समझती है। जहर है यह छोकरी! लछमन की पोती!

गंगापुरवाली दादी को चुरमुनियाँ की बात लगी नहीं, किन्तु वह नकियाकर कुछ बोली। चुरमुनियाँ ने समझ लिया। बोली, "क्यों दादी, मैं झूठ कहती हूँ? बेचारी गंगापुरवाली दादी, जो गंडा से आगे गिनती न जाने, उससे मलकिन-काकी पूछेगी, 'पाँच टके सैकड़ा के दर से डेड़ सौ बीजू आम का दाम?' हे-हे-ए-हा-हा-हा बस; दादी को तो 'आकाशी' लग गई—ही-ही-ही-ही!"

विजया बोली, "जल्दी-जल्दी हौज भर दे।"

आठ-नौ साल की इस लड़की से पार पाना खेल नहीं। विजया को छोड़कर उससे और कोई काम नहीं ले सकता, उसकी माँ भी नहीं। बाप को तो वह बोलने ही नहीं देती कुछ।

जब से विजया रानीडिह आई है, चुरमुनियाँ दिन-रात 'बड़घरिया' हवेली में ही रहती है।

कल चुरमुनियाँ कह रही थी, "बिजैयादि, तू आई है तो लगता है रानीडिह गाँव में कोई 'परब-त्योहार'...माने...ठीक देवी-दुर्गा के मेला के समय जैसा लगता है वैसा ही लगता है। अब तो तुम भी ठीक 'खरगेंट' (खंजन) चिरैया की तरह साल में एक बार आओगी, जैसे मलकिन-काकी आती है।...अब तुम भी शहर में जाकर 'चोंचवाली अँगिया' पहनोगी।"

"लात खाएगी अब तू।" दादी ने साग खोंटते चेतावनी दी, "है तनिक भी बड़े-छोटे का लिहाज इस छिनाल को?"

दादी बीच-बीच में बाल पकड़कर घसीटती-पीटती भी है, और उस दिन सारे गाँव में कुहराम मच जाता है; चुरमुनियाँ किसी राख के घूरे में लोट-लोटकर एकदम 'भूतनी' हो जाती है और उसके मुँह से छन्दबद्ध पंक्तियाँ—'रुदनगीत' की—अनायास ही निकलती रहती हैं—"री ई-ई बुढ़िया गंगपरनी, बड़घरिया की घरनी, हमरो सौतिनी ई-ई बिना रे करनवा हमरा मारलि गे-ए-बुढ़िया गंगपरनी-ई-ई...।" लड़की तो नहीं, एक 'अवतार' है, समझो।

गंगापारवाली दादी की मुस्कुराहट पोपले मुँह पर देखने योग्य होती है। हँसती हुई कहती है, "जानती है बिजै, भागलपुरवाली को इस निगोड़ी ने कैसा 'बेपानी' किया था?"

गंगापुरवाली दादी ने मद्धिम आवाज में कहा, "भागलपुरवाली उस बार आई भादों में। एक दिन 'बक्कस' से कपड़ा निकालकर धूप में सुखाने को दिया। कपड़ों को पसारते समय यह 'लौंगी-मिर्च-छौंड़ी' अचानक चिल्लाने लगी–ले ले लाला... जर्मनवाला...रबड़वाला...गेंदवाला...चोंचवाला...। मैंने झाँककर देखा, बाँस की एक कमानी में भागलपुरवाली की 'अँगिया' लटकाए चुरमुनियाँ नचा-नचाकर चिल्ला रही है। उधर, दरवाजे पर दरवाजा-भर पंचायत के लोग।...भागलपुरवाली जलती 'उकाठी' लेकर दौड़ी थी।"

गंगापुरवाली दादी के साथ विजया भी हँसते-हँसते लोट-पोट हो गई।

आठ बजेवाली गाड़ी आने से पहले ही गोभी की सिंचाई हो गई। बाल्टी-लोटा-डोरी लेकर चुरमुनियाँ के साथ विजया भाजी कि बगिया से बाहर आई। इस बार चुरमुनियाँ अपने झबरे बालों में उँगली चलाते हुए बोली, "बिजैयादि, सचमुच कल ही चली जाओगी? धेत्त...मत जाओ बिजैयादि!"

इस बार विजया ने एक लम्बी साँस ली।

'बड़घरिया हवेली'। पहले यही अकेली हवेली थी।

पहले सिर्फ 'बड़घरिया' कहने से ही लोग समझ लेते थे–रानीडिह का चौधरी-परिवार। अब 'हवेली' जोड़ना पड़ता है, क्योंकि रानीडिह में अब एक नहीं, कई 'बड़घरिया' हैं।

बड़घरिया हवेली के एकमात्र वंशधर श्री रामेश्वर चौधरी एम.एल.ए. पिछले कई वर्ष से पटना में ही रहते हैं, सपरिवार। दूर-रिश्ते की एक मौसी यानी गंगापारवाली दादी बड़घरिया हवेली का पहरा करती है। हलवाहा सीप्रसाद खेती-बारी देखता है। लोग उसे 'मनीजर' कहते हैं। मखौल में रखा हुआ नाम ही अब 'चालू' हो गया है, सीप्रसाद का–'मनीजर'।

'छिटपुट जमीन' यानी आधीदारी पर लगी हुई जमीनों की हर साल बिक्री करके रामेश्वर बाबू अब 'निझंझट' हो गए हैं; खुदकाश्त में थोड़ी-सी जमीन है, पोखर और बाग-बगीचे हैं। जिस दिन कोई बड़ा गाहक लग जाए, बेचकर छुट्टी। छुट्टी माने, इस रानीडिह गाँव से, अपनी 'जन्मभूमि' से कोई लगाव–किसी तरह का सम्बन्ध नहीं रखना चाहते रामेश्वर बाबू।...मजबूरी है!

पिछले पन्द्रह साल से रामेश्वर बाबू पटना में रहते हैं–पटना के एम. एल. ए. क्वार्टर में। अब राजेन्द्रनगर में घर बनवा रहे हैं। इस बार सम्भव है, 'पार्टी-टिकट' नहीं मिले। किन्तु, अब गाँव रानीडिह लौटकर नहीं आ सकते। किसी गाँव में अब

नहीं रह सकते...!

स्वर्गीय बड़े भाई सिद्धेश्वर चौधरी की विधवा की हाल ही में मृत्यु हो गई। बड़े भाई की एकमात्र सन्तान विजया, जो अपनी माँ के साथ पिछले सात-आठ साल से मामा के घर थी, सोलहवाँ साल पार कर रही है। विजया के बड़े मामा ने कड़ी चिट्ठी लिखी विजया के काका को इस बार–'जिनके त्याग और बलिदान का मीठा फल आप खा रहे हैं उनकी स्त्री को तो झाड़ू मारकर ऐसा निकाला कि...। खैर, वह मरी और दुख से उबरी। लेकिन, आपका 'सिरदर्द' दूर नहीं हुआ है। अभी आपको थोड़ा और कष्ट भोगना बाकी है। विजया अब ब्याहने के योग्य हो गई।...यदि आप मेरे इस पत्र पर ध्यान नहीं देंगे तो मुझे मजबूर होकर आपकी पार्टी के प्रधान को लिखना पड़ेगा!'

इस बार दुर्गापूजा की छुट्टी में रामेश्वर बाबू अपनी स्त्री (भागलपुरवाली) के साथ रानीडिह आए। नारायणगंज आदमी भेजकर विजया को बुलवा लिया। काली-पूजा के बाद जब पटना वापस आने लगे तो गंगापुरवाली ने कहा, ''बिजै यहाँ दस दिन और रहकर 'साग-भाजी' लगा जाती। फिर भागलपुरवाली बहू तो धान कटाने के लिए एक महीना के बाद आवेगी ही। उसी के साथ जाएगी!''

रामेश्वर बाबू को बात पसन्द आई। कहा, ''ठीक है। 'नवान्न' के बाद ही विजया जाएगी, पटना।''

लेकिन परसों चिट्ठी आई है–धान कटाने के लिए इस बार नहीं आ सकती। मकान बन रहा है। दिन-रात मजदूरों के सिर पर सवार रहना पड़ता है। अगले सप्ताह 'ढलैया' शुरू होगी। इसलिए 'शामा-चकेवा' के बाद विजया अपने छोटे मामा के साथ चली आवे पटना...जरूर-से-जरूर...।

आज शाम तक विजया के छोटे मामा नारायणगंज से आ जाएँगे। कल गाड़ी से विजया पटना चली जाएगी।

चुरमुनियाँ अपने घर का बस एक काम करती है। साँझ को पूरब-टोले के साहू की दूकान से सौदा ला देती है–मकई, चना, नून, तेल, बीड़ी। हिसाब जोड़ने में कभी एक पाई भी गलती नहीं करती। अपने दादा-दादी से ज्यादा हिसाब जानती है वह। साहू की दूकान पर होनेवाली 'गप' में चुरमुनियाँ 'रस' डाल देती है–''अब बिजैयादि भी चली जाएगी। कल ही जाएगी।''

''और गंगापुरवाली?''

''ऊ चली जाएगी तो यहाँ कलमी आम का 'बगान' कौन 'जोगेगी' रात-भर जगकर?''

चुरमुनियाँ की बात सुनकर सभी हँसे। रामफल की घरवाली ने पूछा, ''और तुझे नहीं ले जा रही बिजैया?''

''धेत्त! मैं क्यों जाऊँ?''

सच्चिदा पाँच पैसे का कपूर लेने आया था। विजया के कल ही जाने की खबर

सुनकर स्तब्ध रह गया।

उजड़े हुए हिंगना-मठ पर खंजड़ी बजाकर सतगुरु का नाम लेनेवाला एकमात्र बाबाजी सूरतदास बैरागी कहता है, "सभी जाएँगे। एक-एक कर सभी जाएँगे...।"

गाँव की मशहूर झगड़ालू औरत बंठा की माँ बोली, "ई बाबाजी के मुँह में 'कुलच्छन' छोड़कर और कोई बात नहीं। जब सुनो तब–सभी जाएँगे! जब से यह बानी बोलने लगा है बूढ़ा बाबाजी, गाँव के 'जवान-जहाज' लड़के गाँव छोड़कर भाग रहे हैं। पता नहीं, शहर के पानी में क्या है जो एक बार एक घूँट भी पी लेता है फिर गाँव का पानी हजम नहीं होता। गोबिन गया, अपने साथ पंचकौड़िया और सुगवा को लेकर। उसके बाद, बाभन-टोले के दो बूढ़े अरजुन मिसर और गेंदा झा...।"

रामफल की बीवी ने बीच में ही बंठा की माँ को काट दिया, "अरजुन मिसर और गेंदा झा की बात कहती हो, मौसी? तो पूछती हूँ कि गाँव में वे दोनों करते ही क्या थे? 'बिलल्ला' होकर इसके दरवाजे से उसके दरवाजे पर खैनी 'चुनियाते' और दाँत निपोड़कर भीख माँगते दिन काटते थे। अब शहर में जाकर 'होटिल' में भात राँधते हैं दोनों। पिछले महीने अरजुन मिसर आया था। अब बटुआ में पनडब्बा और सुर्ती रखता है। तोंद निकल गया है।"

"तो तू भी रामफल को क्यों नहीं भेज देती? तोंद निकल जाएगा।"

किसी ने कहा, "एह! सभी जाकर शहर में 'रिश्कागाड़ी' खींचते हैं। हे भगवान! अन्धेर है।"

जवाब मिला, "क्यों? रिक्शा खींचना बहुत बुरा काम है क्या? पाँच रुपए रोज की कमाई यहाँ किस काम में होगी, भला?"

सभी ने देखा, कैवर्तटोली का सच्चिदा, जो पाँच पैसे का कपूर लेने आया था, पूछ रहा है, "बताइए?"

किसी ने कोई जवाब नहीं दिया।

सच्चिदा चला गया तो चुरमुनियाँ ने होंठ बिदकाकर कहा, "इसके भी पंख फड़फड़ा रहे हैं।...ई भी किसी दिन उड़ेगा। फुर्र-र!"

हँहँहँहँ! बहुत देर से रुकी हँसी छलक पड़ी। लोग बहुत देर तक उसकी बात पर हँसते रहे। चुरमुनियाँ की दादी पुकारने लगी, "अरी ओ चुरमुनियाँ!"

रात में चुरमुनियाँ बड़घरिया-हवेली में ही सोती है, गंगापुरवाली दादी के साथ। दादी सुबह-शाम चाय पीती है और चुरमुनियाँ को चाय की आदत पड़ गई है। आज रविवार है। आज रात में दो बार चाय पियेगी, गंगापुरवाली दादी।

लेकिन आज चाय पीने का जी नहीं होता। चुरमुनियाँ चुपचाप अपनी कथरी में सिमट-सिकुड़कर अँगीठी पर चढ़ी केतली में पानी की 'गनगनाहट' सुन रही है। दादी ने दिल्लगी के सुर में पूछा, "आज तुमको किसका 'बिरह-बिजोग' सता रहा है जो इस तरह...?"

चुरमुनियाँ चिढ़ गई, "मुझे अच्छी नहीं लगती तुम्हारी यह बानी।"

"ऐ-हे! अच्छी बानी की नानी रे। आखिर तुमको हुआ क्या है?"

क्या जवाब दे चुरमुनियाँ!

सभी, एक-एक कर गाँव छोड़कर जा रहे हैं। सच्चिदा भी चला जाएगा तो गाँव की 'कबड्डी' में अकेले पाँच जन को मारकर दाँव अब कौन जीतेगा? आकाश छूनेवाले भुतहा-जामुन के पेड़ पर चढ़कर शहद का 'छत्ता' अब कौन काट सकेगा? होली में जोगीड़ा और भड़ौआ गानेवाला—अखाड़े में ताल ठोकनेवाला...सच्चिदा भैया!

...पिछले साल से होली का रंग फीका पड़ रहा है। आठ-नौ साल की चुरमुनियाँ की नन्हीं-सी जान, न जाने किस संकट की छाया देखकर डर गई है।—क्या रह जाएगा?

चुरमुनियाँ गा-गाकर रोना चाहती है करुण सुर में—एक-एक पंक्ति को जोड़कर गाकर रोना जानती है, वह। धीमे सुर में उसने शुरू किया—'आ गे मइयो यो यो...'

गंगापुरवाली दादी ने झिड़की दी, "ऐ-हे। ढँग देखो इस रत्ती-भर छिनाल का। नाक से रोने बैठी है भरी साँझ की बेला में। उठ, जाके देख बिजै काहे पुकार रही है।"

"गोलपारक क्या, भैया?"

गाँव के नौजवानों के तन-मन में 'फुरहरी' लग रही है, फुलकन की शहरी-गप सुनकर। मजेदार गप! इस गप में एक खास किस्म की गन्ध है—फुलकनी के 'बाबड़ी-केश' से जैसी गन्ध आती है, ठीक वैसी ही।

फुलकन फुलझड़ी उड़ा रहा है, "रजिन्नरनगर? अब उसके बारे में कुछ मत पूछो, भैयो! साला, ऐसा सहर कि लगता है कि धरती फोड़कर 'गोबर छत्ते' की तरह रोज मकान उगते जा रहे हैं। होगा नहीं भला? वहाँ कोई भी काम हाथ से थोड़ो होता है? सुर्खी कुटाई से लेकर सिमटी-सटाई और चुना-पुताई—सबकुछ 'मिशिन' से। बाल कटाने जाओ तो नाई एक ऐसा 'मिशिन' लगा देगा कि चटपट हजामत खत्म।...दस कदम पर एक-एक गोलपारक...।"

"गोलपारक क्या, भैया?"

"अब क्या बतावें कि गोलपारक क्या है और कैसा होता है? वह देखने पर ही समझोगे। मुँह की बोली में उतने किस्म का रंग कहाँ से लावेंगे? समझो कि 'सीकी' की एक बहुत बड़ी सतरंगी 'डलिया' धरती पर रखी हुई है।...जब साँझ को लम्बे-लम्बे 'मरकली' के डंडे छटाक-छटाक कर जल उठते हैं और साँझ के झुटपुटे में ठंडी-ठंडी हवा खाती हुई अधनंगी लड़कियाँ...लड़की तो नहीं, समझो कि

'फिलिंइस्टार'...।''

''फिलिं...क्या...?''

''धेत्तेरे की! फिलिंइस्टार भी नहीं समझते? अरे, पिक्चर की लड़की रे, पिक्चर की!''

''पिक्चर?''

''अब तुम लोगों को क्या समझावें!...माने, सिनेमा की छापी की लड़की। समझे?''

''...पिक्चर की लड़की, छापी की लड़की?'' क्या-क्या बोलता है, फुलकन? क्या था और क्या से क्या होकर लौटा है! गाँव के नौजवानों की देह कसमसाने लगती है। फुलकन पटना में, 'रिश्कागाड़ी' खींचता है।...खींचता नहीं है, 'डलेवरी' करता है। फुलकन रिश्का-डलेवर है।

''अच्छा! रिश्का-डलेवरी कितने दिनों में सीखा जा सकता है?''

'सिखानेवाला उस्ताद हो और सीखनेवाला 'जेहन' का तेज हो तो तीन ही दिन में 'हैंडिल' थिर हो जा सकता है।...असल 'चीजवा' है 'हैंडिल'!''

...गाँव के लड़कों ने लक्ष्य किया, फुलकन खास-खास बात में 'वा' लगाकर बोलता है–टिकटिवा, कगजवा, बतवा, चीजवा।

फुलकन ने अब पॉकेट से 'छापियों' का लिफाफा निकाला, ''और देखो देखनेवालो...''

''ऐ हे! बाप...!!''

''फिलिं की छापी की तसवीर की लड़की?''

''अँय! राह-घाट में इसी तरह 'कच्छा-लँगोटा' पहनकर चलती है? कोई कुछ कहता नहीं?''

सभी 'लहेंगड़े-लौडों' के सिर पर छापियाँ नाचने लगीं। नाचती रहीं।...रात में, सपने में भी छापी की लड़कियाँ नाचती रहीं और एकाध को 'भरमा' भी गईं।

विजया को अचरज होता है! गाँव खाली होने का, गाँव टूटने का जितना दुख-दर्द इस छोटी-सी चुरमुनियाँ को है, उतना और किसी को नहीं। विजया इस गाँव में सात-आठ साल के बाद आई है तो क्या? है तो इस गाँव की बेटी।

जब से पटना जाने की बात तय हुई है, अन्दर-ही-अन्दर वह फूट रही है...रजनीगन्धा के डंठलों की तरह। वह पटना नहीं जाना चाहती। वह इसी गाँव में रहना चाहती है।...बाबूजी की याद आती है, माँ की याद आती है। मिल-जुलकर आती है। कलेजा टूक-टूक होने लगता है तो इमली का बूढ़ा पेड़, बाग-बगीचे, पशु-पंछी सभी उसे ढाढ़स बँधाते हैं। एक अदृश्य आँचल सिर पर हमेशा छाया रहता है। यहाँ आते ही लगता है, बाबूजी बाग में बैठे हैं, माँ रसोई-घर में भोजन बना रही है। इसीलिए, मामा का गाँव-घर कभी नहीं भाया उसे। अपने बाप के 'डिह' पर वह

टूटी मड़ैया में भी सुख से रहेगी। लेकिन...।

"बिजैयादि!"

...चुरमुनियाँ ने आज चोरी पकड़ ली, शायद! विजया जब से आई है, रोज रात में चुपचाप रोती है। रोज सुबह उठकर तकिये का गिलाफ बदल देती है।

"बिजैयादि?" चुरमुनियाँ अब उठकर बैठ गई।

गंगापुरवाली दादी करवट लेती हुई बड़बड़ाई, "क्यों गुल मचाकर जगा रही है, नाहक?"

विजया ने कनखी-नजर से देखा, चुरमुनियाँ सोई हुई गंगापुरवाली दादी का मुँह चिढ़ाती, होंठों को बिदकाकर। इसका अर्थ होता है, 'तुमको क्या? दो बार 'चाह' पी चुकी हो। यहाँ बिजैयादि कल से ही अन्न-पानी छोड़कर पड़ी हुई है।'

विजया ने देखा, चुरमुनियाँ उठकर बाहर गई। आकाश के तारों को देखा। फिर बड़बड़ाती अन्दर आई, "इह, अभी बहुत रात बाकी है।"

चुरमुनियाँ आकर विजया के पैताने में बैठ गई और धीरे-धीरे उसके पैरों को सहलाने लगी।

...इस लड़की ने तो और भी जकड़ लिया है, माया की डोर से। उसने पैर समेटकर कहा, "यह क्या कर रही है?"

चुरमुनियाँ हँसी, "थीं तो जगी हुई ही। फिर जवाब क्यों नहीं दिया?"

"तुझे नींद नहीं आती?"

चुरमुनियाँ ने गंगापुरवाली दादी की ओर दिखलाकर इशारे से कहा, "दादी की नाक इस तरह बोलती है मानो 'अरकसिया' आरा चला रहा हो!"

विजया को हँसी आई। उसने डाँट बताई, "क्यों झूठ बोलती है? दादी की नाक आज एक बार भी नहीं बोली है।"

"तुम जगी नहीं थीं तो तुमने जाना कैसे?" चुरमुनियाँ जीत गई। "जानती है बिजैयादि? लगता है, सच्चिदा भी अब सहर का रास्ता पकड़ेगा।...जाओ भाई, सभी जाओ। यहाँ गाँव में क्या है? सहर में बायस्कोप है, सरकस, सलीमा है...।"

"सोने भी देगी?" विजया का जी हलका हुआ थोड़ा।

"नहीं।"

"क्यों?"

"कल रात से तो और तुमको नहीं पाऊँगी। आज रात-भर सताऊँगी।"

कुछ देर तक चुप्पी छायी रही। दोनों ने लम्बी साँस ली।

"बिजैयादि?" चुरमुनियाँ सटकर सो गई।

"क्या है रे?"

"सहर के दुल्हे से सादी मत करना।"

विजया ठठाकर हँसना चाहती थी। उसने बहुत मुश्किल से अपनी हँसी को जब्त

करके पूछा, "सो क्यों? शहर के लोगों ने तेरा क्या बिगाड़ा है?"

"मेरा क्या बिगाड़ेगा कोई!"

"तो, किसका बिगाड़ेगा?"

"तुम्हारा...बिजैयादि? तू सादी ही मत करना। वे लोग तुमको कभी फिर इस गाँव में नहीं आने देंगे।"

"क्यों?"

"जब गाँव का आदमी ही गाँव छोड़कर सहर भाग रहा है तो सहर का आदमी अपनी 'जनाना' को गाँव आने देगा भला?"

"मुझे बाँध रखेंगे क्या?"

"हाँ, बाँधकर रखेंगे। कमरे में बन्द करके।"

गंगापुरवाली दादी उठकर बैठ गई और 'जाप' करने लगी। दोनों चुप हो गईं।

गंगापुरवाली दादी बाहर गई। विजया ने देखा, चुरमुनियाँ सो गई है। वह धीरे-धीरे उसके झबरे बालों पर हाथ फेरने लगी।

सुबह उठकर बाहर निकलते ही चुरमुनियाँ चिल्लाई, "देख-देख बिजैयादि, 'लीलकंठ' देख लो!"

गोढ़ी-टोले से एक जिन्दा मछली ले आई चुरमुनियाँ और मिट्टी के बर्तन में पानी डालकर सामने रख दिया। फिर गाँव से उत्तर, बाबा जीन-पीर के थान की मिट्टी लाने गई। सुबह से ही वह काम में मगन है, चुपचाप। विजया के मामा ने कई बार छेड़कर चिढ़ाने की चेष्टा की। विजया ने भी कई बार चुटकी ली। मगर वह चुप रही। आज वह गंगापुरवाली दादी की गालियों का न जवाब देती है और न होंठों को बिदकाकर मुँह चिढ़ाती है।...कल कह रही थी, "जानती है बिजैयादि, तुम चली जाओगी तो कल से दादी गाली भी नहीं देगी। दिन-रात मुँह फुलाकर बैठी रहेगी या आँख मूँदकर जाप करेगी।"

दोपहर को जब विजया के मामा भोजन करने बैठे तो चुरमुनियाँ ने मुँह खोला, "मामा, बिजैयादि को भी अपने सामने बैठकर खाने को कहिए। कल से ही मुँह में...कुछ नहीं।"

लगा, बालू का बाँध अरराकर टूट गया है। फफककर फूटकर रो पड़ी चुरमुनियाँ, "बिजैयादि यहाँ से...भूखी-प्यासी...जाएगी ई-ई-ई!"

चुरमुनियाँ की बरसती हुई, लाल-लाल आँखों में विजया ने कुछ देखा और वह सिहर पड़ी।...रोते-रोते मर जाएगी यह लड़की। उसने रुँधे हुए गले से चुरमुनियाँ को समझाना शुरू किया, "चल! पहले उठकर नहा ले! मैं तुम्हारे साथ ही बैठकर खाऊँगी। उठ!"

विजया के मामा को अचरज हुआ। आज तक विजया ने किसी बच्चे-बच्ची को इस तरह दुलार-भरे सुर में नहीं पुचकारा। वे जल्दी-जल्दी भोजन करके बाहर दालान

पर चले गए।

विजया ने चुरमुनियाँ को नहलाया-धुलाया। गंगापुरवाली दादी ने बाहर निकलकर कई भद्दी गालियाँ दीं। किन्तु आज उसकी गाली सुनकर भी चुरमुनियाँ रोती है।... कल से दादी गाली देना भी बन्द कर देगी।

खाने के समय विजया ने टोका, ''पेट भरकर खा।''

चुरमुनियाँ बोली, ''मैं भी वही कह रही थी तुमसे।''

फिर दोनों हँस पड़ीं। हँसते-हँसते रोने लगीं।

बाहर मामा ने सूचना देने के लहजे में कहा, ''तीन बज रहे हैं।'' अर्थात्, अब दो घंटे और। साढ़े छह बजे की गाड़ी पकड़ने के लिए पाँच बजे ही घर से निकल पड़ना होगा।

चुरमुनियाँ बोली, ''जमराज!''

विजया हँसते-हँसते लोट-पोट हो गई।...मन की बात कही है चुरमुनियाँ ने।

देखते-ही-देखते सूरज ढल गया। अब, एक घंटा और!

सामान वगैरह बाहर दालान में भेजकर विजया ने चुरमुनियाँ को 'पूजा-घर' में पुकारा। गंगापुरवाली दादी रसोईघर में पकवान छान रही थी। चुरमुनियाँ अन्दर गई।

''देख चुरमुन, इधर आ। इस घर में रोज झाड़ू-लेपन, साँझ-धूप बाती देना मत भूलना।''

''तुमको कहना नहीं होगा। मैं घर के 'देवता-पित्तर' से लेकर गाँव के देवता-बाबा जीन-पीर के थान में रोज झाड़ू-बुहारी दूँगी—यह मनौती मैंने की है कि हे मैया गौरा पारबती!...कि हे बाबा जीन-पीर...हमारी बिजैयादि को कोई सहर में बाँधकर नहीं रखे।...जिस दिन तू लौटकर आएगी, मैं देवी के 'गहवर' में नाचूँगी...सिर पर फूल की डलिया लेकर। तू लौट आवेगी तो सब कोई लौटकर आवेंगे। भूले-भटके, भागे-पराए—सभी आवेंगे। तू नहीं आएगी तो इस गाँव में अब धरा ही क्या है? जो भी है, वह भी एक दिन नहीं रहेगा। सिर्फ गाँव की निसानी, घरों के डिह...''

''नहीं चुरमुन, ऐसी बात मत बोल।''

''तो, सत्त करो। मेरी देह छूकर कहो...।''

चुरमुनियाँ अपलक नेत्रों से विजया को देखती रही। विजया भी उसकी आँखों में डूब गई, ''चुरमुन, मैं शहर में नहीं रह सकूँगी। मैं लौट आऊँगी। यहीं जीऊँगी, यहीं मरूँगी।...।''

''नः नः, 'जातरा' के समय कुलच्छन-भरी बात मत निकालो मुँह से।...जानती है बिजैयादि, मुझे कैसा लगता है, कहूँ?...लगता है, तू मेरी बेटी है और मैं तुम्हारी माँ। तू मुझे...माने...अपनी माँ को हमेसा के लिए छोड़कर जा रही है।''

विजया चौंकी, तनिक। उसने चुरमुनियाँ के चेहरे पर उमड़ने-घुमड़नेवाली घटाओं को देखा। वह बोली, ''हाँ, तू मेरी माँ है।...तू ही मेरी माँ है।''

चुरमुनियाँ आनन्द-विभोर हो गई, ''बिजैयादि, जी छोटा मत करो। रोओ मत!...कलेजा मजबूत करो।...'कहल-सुनल' माफ करना।...अच्छा तो, पाँव लागों।''

बैलगाड़ियाँ चल पड़ीं। दालान के पास, गंगापुरवाली दादी के साथ चुरमुन टुकुर-टुकुर देखती रही...।

विजया उँगलियों पर जोड़ती है—ग्यारह महीने! ग्यारह-तीसे, तीन सौ तीस...?

चुरमुनियाँ ने ठीक ही कहा था। सच्चिदा भी शहर आ गया है और एक प्रायवेट कम्पनी में दरबानी करता है। गाँव से जो भी आता है, विजया सबसे पहले चुरमुनियाँ के बारे में पूछती है; फिर पूछती है, ''गाँव छोड़कर क्यों आए?'' सच्चिदा ने बताया, ''चुरमुनियाँ तो पूरी 'भगतिन' बन गई है। रोज भोर में नहाकर सिव मन्दिर जाती है।...लोग कहते हैं कि लड़की पर कोई 'देव' ने सवारी की है।''

...जिस दिन विवाह की बात पक्की हुई, विजया का कलेजा धड़का था। उसे चुरमुनियाँ की बात याद आई थी। शादी के समय भी चुरमुनियाँ की बात मन में गूँज गई थी।

...उसने ठीक ही कहा था। चुरमुनियाँ पर सचमुच कोई 'देव' की सवारी हुई है। विवाह के बाद, पाँच महीने भी नहीं बीते सुख-चैन से! विजया फिर उँगलियों पर कुछ जोड़ती है।

...अब उसके पति इस बात को अच्छी तरह प्रमाणित करने पर तुले हुए हैं कि विजया को गाँव के किसी लड़के से प्रेम था और उसी के विरह में वह विवाह के बाद ही अर्ध-विक्षिप्त हो गई है...।

...विजया के काका को वकील का नोटिस देकर पूछा गया कि इस धोखेबाजी के लिए उस पर मुकदमा क्यों नहीं चलाया जाए?

...विजया के पति पाँच हजार रुपए बतौर हर्जाना के वसूल करना चाहते हैं, उसके काका से!...विजया कुछ भी नहीं जानती। कुछ भी नहीं समझती। कुछ समझने की चेष्टा भी नहीं करती। सिर्फ उँगलियों पर कुछ जोड़ती है। जोड़ती ही रहती है।

हिंगना-मठ के सूरतदास बाबाजी से एक पोस्टकार्ड लिखवाकर भेजा है, चुरमुनियाँ ने। कई डाकघरों में घूमती-भटकती हुई चिट्ठी विजया के पति को कल मिली है, ''बिजैयादि कब आओगी? अब नहीं ही आओगी।'' इसके बाद सूरतदास बाबाजी ने अपनी ओर से लिखा है, ''चुरमुन एक महीने से बिछावन पर लबेजान है और दिन-रात तुम्हारा नाम...।''

विजया अपने पति को कुछ भी नहीं समझा सकी कि यह चुरमुन कौन है, जिसकी बीमारी की खबर पाकर वह इस तरह बेचैन हो गई। विजया की बस एक

ही जिद—"मैं आज ही जाऊँगी। अभी...।"

तब, हमेशा की तरह उसे घर में बन्द करके कुंडी चढ़ा दी गई। किन्तु इस बार विजया न रोई, न चीखी, न चिल्लाई, न दरवाजा पीटा, न बर्तन-बासन तोड़ा। करुण-कंठ से गिड़गिड़ाने लगी, "मैं आपके पैर पड़ती हूँ। आप जो भी कहिएगा, मानूँगी।...मुझे एक बार अपने साथ ही गाँव ले चलिए। मैं खड़ी-खड़ी उस निगोड़ी को देख लूँगी। मरे या जीए। मैं उलटे-पाँव वापस चली आऊँगी—आप ही के साथ।"

"यह चुरमुनियाँ आखिर है कौन?"

"मेरे गाँव की...एक...पड़ोसी की लड़की।"

"लेकिन, लगता है तुम्हारी कोख की बेटी हो।"

"हाँ, वह मेरी माँ है। माँ है...।"

"मुझे देहाती-उल्लू मत समझना।"

हर दिन की तरह, विजया अचानक चुप हो गई और आँख मूँदकर अपने गाँव-मैके रानीडिह भाग गई। अब उसे कोई मारे, पीटे या काटे—घंटों अपने गाँव में पड़ी रहेगी। वह...दूर से ही दिखलाई पड़ता है, गाँव का बूढ़ा इमली का पेड़। वह रहा बाबा जीन-पीर का थान।...वह रही चुरमुनियाँ।...रानीडिह की ऊँची जमीन पर...लाल माटीवाले खेत में...अक्षत-सिन्दूर बिखेरे हुए हैं। हजारों गौरैया-मैना सूरज की पहली किरण फूटने के पहले ही खेत के बीच में कचर-पचर कर रही हैं। चुरमुनियाँ सचमुच पखेरू हो गई? उड़कर आई है, खंजन की तरह!...विजया की तलहथी पर एक नन्हीं-सी जानवाली चिड़िया आकर बैठ गई।...चुरमुन रे! माँ...!

...डॉक्टर ने सूई गड़ाई या किसी ने छुरा भोंक दिया?—कोई मारे या काटे, विजया अपने गाँव से नहीं लौटेगी, अभी!

फरवरी, 1966

जलवा

फातिमादि को कभी देखूँगा और इस तरह देखूँगा, इसकी मैंने कल्पना भी नहीं की थी। इसलिए, कुछ देर तक 'पटना-मार्केट' को स्वप्नलोक समझकर खोया-खोया-सा खड़ा रहा—जूते की दूकान पर।...बुरके में सिर से पैर तक ढँकी दो महिलाएँ और साथ में नौ-दस साल की गुड़िया-जैसी खूबसूरत लड़की। लड़की ने दुबारा पूछा—"मौसी पूछ रही हैं कि पटना कब आए आप?"

दुकानदार ने रेजगारी गिनते हुए कहा, "वह आप से ही पूछ रही है।'

लड़की हँस पड़ी। बुरके के अन्दर भी हँसी खनकी।...परिचित हँसी! लड़की हँसी अपनी मौसी की किसी बात पर। बोली, "मेरी मौसी आपकी फातिमादि हैं।"

अब कत्थई रंग के बुरके के अन्दर से फातिमादि की चिर-परिचित बोली स्पष्ट सुनाई पड़ी—"सुना, दिल्ली या बम्बई में रहते हो?"

"मैं पिछले दस साल से पटना में हूँ।"

"अजब बात! पटना में हो और कभी देखा नहीं?"

"और आप...?" इतनी देर के बाद मेरा होश लौटा, मानो।

मेरी बात को बीच में ही काटकर बुरका-पोश फातिमादि बोलीं, "मेरी छोड़ो। अपनी बताओ। शादी-वादी की?"

मुझे सकपकाया देखकर वह बोलीं, "बाकरगंज-गली में 'दानिशमंजिल' देखा है न? वहीं रहती हूँ। बहू को लेकर किसी दिन आओगे? कल ही आओ न, सुबह आठ बजे।"

लड़की बोली, "कल सुबह आठ बजे तो हमीदा खाला के घर जाना है।"

"ओ-ओ!...परसों आओ!"

मेरे मुँह से अनायास ही निकल पड़ा—"प्रणाम!"

"खुश रहो।"

फातिमादि को कभी 'आदाब अर्ज़' नहीं कहा हमने। वह हमारे 'प्रणाम' को कबूल कर हमेशा 'खुश रहो' कहकर आशीर्वाद देतीं। किन्तु फातिमादि को इस तरह सिर से पैर तक ढँका हुआ कभी नहीं देखा। उन दिनों भी नहीं, जब वह परिचितों की निगाहों से बचकर रहती थीं।

रात-भर नींद नहीं आई। आँखें मूँदते ही कत्थई रंग के बुरके में ढँकी हुई छाया आकर खड़ी हो जाती।...एक जोड़ी जालीदार आँखें! लाख कोशिश करके भी बुरके को हटाकर फातिमादि का चेहरा नहीं देख सकता। और झुँझलाकर आँखें खोल लेता।

अपने घरवाले की लम्बी साँसों और छटपटाहटों को देख-सुनकर कोई भी गृहिणी सशंक हो सकती है। मगर कथाकार की पत्नी जानती है कि कहानी गढ़ते समय उसका घरवाला इसी तरह बेवजह, बेकार, बेकरार होकर लम्बी साँसें लेता करवटें बदलता है। अतः वह सुख से सोयी रहती है।

उस रात जगी हुई थी। पूछा, ''तुमसे कभी फातिमादि के बारे में कहा है मैंने?''

''नहीं तो! कौन फातिमादि?''

''एक कहानी की फातिमादि।'' बात को टालकर मैंने करवट ली।

कहानी की फातिमादि! अचरज हुआ कि फातिमादि के बारे में अब तक अपनी पत्नी को कुछ क्यों नहीं सुनाया!...नहीं, अचरज की कोई बात नहीं। कट्टर सनातनी की बेटी और हिन्दू-सभाइस्ट भाई की बहन को जान-बूझकर ही मैंने कभी फातिमादि की कोई बात नहीं बताई। डर था कि सुनकर मुँह बिदकाकर कुछ कह देगी। कहेगी—ऐबसर्ड!

ऐबसर्ड नहीं! असाधारण!

आज से छत्तीस साल पहले भी लोगों ने कहा था—एबनॉर्मल।...अधपगली! मेरा सौभाग्य कि मैंने इस असाधारण महिला को बहुत करीब से देखा है।

...याद आती है 1930 की उस सभा की। स्कूल के पिछवाड़े में भारी भीड़। ठाकुरबाड़ी के चबूतरे पर गांधी-टोपी पहने कई लोग बैठे थे। एक दस-ग्यारह साल की लड़की 'लेक्चर' दे रही थी। लड़की को पाजामा और कुरता पहने देखकर बहुत अचरज हुआ था। सुना, सोनपुर के मौलवी साहब की बेटी है। मौलवी साहब 'खिलाफत' के समय से ही 'मोटिया' पहनते हैं, चर्खा कातते हैं। सफेद पाजामा-कुरता पहने, कन्धे पर तिरंगा झंडा लेकर खड़ी लड़की!

...1934 के प्रलंयकारी भूकम्प के बाद, दूसरी बार देखा था। चार साल में ही काफी बड़ी दीख रही थी। महात्मा गांधी भूकम्प-पीड़ित क्षेत्र के दौरे पर आए थे। मंच पर गांधीजी के पास खड़ी लड़की को पहचानने में कोई दिक्कत नहीं हुई थी।... प्रार्थना-सभा में कुरानशरीफ की आयतों का सस्वर-पाठ करती हुई मौलवी साहब की बेटी! हाल ही दो साल की सजा काटकर जेल से निकली है। कहते हैं, गिरफ्तारी के समय पुलिस के डंडे से बुरी तरह घायल हो गई थी।

...1937 में तीसरी बार। निकट से देखने का पहला अवसर मिला। स्कूल के मैदान में जिला राजनैतिक-सम्मेलन का आयोजन किया गया था। कांग्रेसी-मिनिस्टरी के दिन थे। इसलिए स्कूल में ही प्रतिनिधियों के ठहरने की व्यवस्था की गई थी और स्कूल के बालचर कांग्रेस-सेवादल के स्वयंसेवकों के साथ मिलकर काम कर रहे थे।

सेवादल की जी. ओ. सी. मौलवी साहब की बेटी को पहली बार 'फातिमादि' कहकर पुकारा था। उस सभा में प्रोफेसर अजीमाबादी की तकरीर के समय, मुस्लिमलीगियों ने गड़बड़ी मचाने की कोशिश की। फातिमादि लपककर मंच पर गई थीं। और उनकी तेज आवाज पंडाल में गूँज उठी थी—''गद्दारो! शरम करो।''

...और, 1943 में पाँच महीने तक दिन-रात उनके साथ रहना पड़ा। बनारस, लखनऊ, इलाहाबाद और गोरखपुर की गलियों में, 'आजाद दस्ता' के क्रान्तिकारी कार्यक्रमों को लेकर अलख जगानेवाली फातिमादि की तसवीरें आँखों के आगे आती हैं, एक-एक कर।...गिरफ्तारी के समय पुलिस-सार्जेंट की भद्दी गालियों के जवाब देते समय उनके चेहरे पर जो बिजली कौंधी थी; 1947 में हिन्दू-मुस्लिम दंगे के समय उपद्रवियों से जूझते समय उनके मुखमंडल पर जो आभा छायी रहती थी, सबको इस कत्थई रंग के बुरके ने कैसे ढँक दिया? यह कैसे हुआ?

...मैं उनके चेहरे पर पड़े परदे की चित्थी-चित्थी उड़ा देना चाहता हूँ। मैं फातिमादि की सूरत देखना चाहता हूँ और वह चीखकर अपनी दोनों हथेलियों से अपना मुँह ढँक लेती हैं—'नहीं-नहीं। ओजू!...अजीत...मेरा चेहरा मत देखो...।'

सपना टूटने के बाद बहुत देर तक मैं चुपचाप पड़ा रहा। ऑल इंडिया रेडियो का 'सिगनेचर-ट्यून' शुरू हुआ। हठात्, मन में एक खयाल आया—आकाशवाणी के 'सिगनेचर-ट्यून' को बदलने के लिए अब तक कोई 'हंगामा' क्यों नहीं हुआ? यह तो शुद्ध 'अज़ान' का सुर है।...वायलिन पर चढ़ती-उतरती नमाज की पुकार।

'दानिश-मंजिल' की सीढ़ियों पर चढ़ते समय मुझे लगा, इस पुरानी इमारत की हर ईंट मुझे ताज्जुब-भरी निगाहों से देख रही है।

''किससे मिलना है?''

''फातिमादि से।''

''किससे?''

''फातिमादि से।''

सवाल पूछनेवाला अचरज से बुत बना खड़ा रहता है। फिर बुदबुदाता है—''फातिमादि?''

गुड़िया-जैसी खूबसूरत लड़की हँसती हुई आती है, सलाम करती है और कहती है, ''मौसी पूछती हैं कि बहू को क्यों नहीं ले आए?''

मैं समझ गया, फातिमादि आज भी मेरे सामने नहीं आएँगी। आज भी इसी लड़की को बीच में रखकर बातें चलाएँगी।

उधर कई कमरों के दरवाजे जोर से बन्द हुए। मद्धिम आवाज में बजते हुए रेडियो अचानक चुप हो गए। हवा में फिसफिसाहट और सरगोशियाँ।

"सुना है, अफसाने लिखते हो?" चिक की आड़ से सवाल पूछा गया।

फर्श पर बिछी फटी दरी की ओर देखते हुए मैंने जवाब दिया—"जी हाँ, झूठ बोलने की आदत को अब पेशा...।"

खिलखिलाहट सुनकर 'दानिश-मंजिल' की कई खिड़कियाँ चरमराकर खुलीं। भुने हुए प्याज की गन्ध से कमरा भारी हो गया। और इसी गन्ध ने मेरे दिमाग में हाल की घटना की याद जगा दी।...एन. सी. सी. के कैम्प के बावर्चीखाने में 'जहर-कातिल' की शीशी के साथ पकड़े गए उस मुसलमान नौजवान का नाम क्या था?

गुड़िया-जैसी लड़की का नाम नग़मा है। वह एक प्याली चाय ले आई। मैं झूठ बोलना चाहता था, मगर बोल नहीं सका। चाय की प्याली हाथ में लेकर मैंने पूछा—"तो फातिमादि...आप इतने दिन से...मेरा मतलब...आप न जाने कहाँ खो गईं?"

जवाब मिला, "बहू को लेकर कब आ रहे हो?"

मैं आँखें मूँदकर चाय पी गया। मैं समझ गया, फातिमादि मेरे सवाल का जवाब नहीं देना चाहतीं। मुझे अब थोड़ा सन्देह भी होने लगा, यह ख़ातून हमारी फातिमादि नहीं, कोई और हैं।

मैं कुरसी छोड़कर उठा। नग़मा तश्तरी में पान ले आई। इस बार साफ-साफ झूठ बोल गया, "मैं पान नहीं खाता।"

चलते समय मैंने हिम्मत बाँधकर कह दिया, "माफ करें। मुझे लगता है, आप हमारी वह फातिमादि नहीं...।"

"तुमने ठीक समझा है, अज़ीज़।"

अज़ीज़? मैं फिर चौंका। याद आई, फातिमादि मुझे अजीत नहीं, अज़ीज़ कहा करती थीं। मैं खामोश खड़ा रहा और चिलमन के उस पार फिर एक खुली खिलखिलाहट खनक उठी।

'दानिश-मंजिल' की सीढ़ियों से उतरते समय मुझे लगा, इस पुरानी इमारत की हर ईंट मुझे नफरत-भरी निगाह से देख रही है।...मैं उस नौजवान का नाम याद करने की कोशिश करने लगा, जिसने एक हजार 'कैडेट' के भोजन में जहर मिला दिया था।

'अमजदिया-होटल' के सामने दीवार पर एक उर्दू 'पोस्टर' चिपकाया जा रहा है। मोटे हरूफों में लिखा हुआ है—'नेशनलिस्ट-मुस्लिम कनवेन्शन मुर्दाबाद!...गद्दारों से होशियार!'

उस नफरत-आमेज़ पोस्टर को पढ़कर एक मौलाना तैश में बड़बड़ाने लगा—'इन नद्दाफ़ के बच्चों ने रुई धुनना छोड़कर अब कौम को धुनना शुरू किया। इन्हें सबक सिखाना होगा। नेशनलिस्ट के बच्चे...!'

मुझे मितली आने लगी। रिक्शा पर बैठकर मैंने अपनी नाड़ी पर उँगली रखी। दिल जोर-जोर से धड़कने लगा। पसीने से देह तर-ब-तर हो गई।...चाय के स्वाद में

थोड़ी तुर्शी थी न?...दाहिनी ओर जनरल हॉस्पिटल है और बाईं ओर पुलिस चौकी। सोचने लगा, पहले किधर जाना ठीक होगा?

किन्तु रिक्शावाले ने पूछा तो जवाब दिया, "राजेन्द्रनगर ले चलो।"

एक कहानी-गोष्ठी में 'नई कहानी', 'अ-कहानी', 'आज की कहानी', 'आनेवाले कल की कहानी' पर लगातार चार घंटों तक चुपचाप वाद-विवाद सुनने के बाद सीधे घर लौटने की हिम्मत नहीं हुई। ऐसी हालत में गंगा के किनारे अथवा किसी 'बार' में बैठकर ही अपने को ढूँढ़ना पड़ता है। लेकिन रिक्शावाले ने पूछा तो जवाब दिया, "राजेन्द्रनगर चलो।"

'गोलमार्केट' के पास पहुँचकर हमेशा की तरह अपने फ्लैट और कमरे को दूर से ही देखा। अपने कमरे में रोशनी देखकर माथा ठनका—अब कहाँ जाएँगे?

दिल को कड़ा किया—कोई भी हो, माफी माँग लूँगा। कोई बहाना बनाकर विदा कर दूँगा।

सीढ़ियों पर चढ़ते-चढ़ते मैंने सारी दुनिया की परेशानी ओढ़ ली। दुनिया से बेज़ार एक आदमी का मुखौटा चेहरे पर लगाकर दरवाजा खटखटाया। किन्तु दरवाजा खुला तो देखा पत्नी के मुख-मंडल पर खुशी की लाली बिखरी हुई है। मेरी लटकी हुई सूरत पर उसकी नजर ही नहीं पड़ी। हुलसती हुई बोली, "कहो तो कौन आए हैं?"

मुझे अवाक् होने का मौका ही नहीं मिला। हँसती-मुसकाती नग़मा ने आकर सलाम किया। पत्नी बोली, "ओहो! तीन घंटे से हम हँस रहे हैं।...तुम कहाँ थे?...और, तुम भी खूब हो! कभी बताया नहीं।"

"क्या नहीं बताया?" मैंने पूछा।

"यही कि तुम हिन्दू नहीं, मुसलमान हो!" मेरे कमरे से आवाज आई।

देखा, फातिमादि सारे फ्लैट को रौशन करके बैठी हैं। बुरका फर्श पर पड़ा हुआ है। बुरका नहीं, चित्थी और चीथड़े!

"यह कैसे हुआ? किसने...?"

पत्नी बोली, "और कौन! तुम्हारी दुलारी बेटी नौमी...जब तक बुरका नहीं उतारा, भौंकती रही। और जब बुरका उतारकर रखा तो दाँत से नोंच-नोंचकर छुट्टी कर दिया।"

"वह है कहाँ?"

देखा, फातिमादि की गोदी में आँचल के नीचे दुबककर बैठी है, शैतान। कोई अपराध करने के बाद वह इसी तरह मुँह बनाकर बैठती है।

"गोदी से उतरती ही नहीं। गुर्राती है।" नग़मा बोली।

उन्नीस-बीस साल के बाद देखा, फातिमादि जैसी की तैसी हैं। सिर्फ, आँखों के पास कई नई रेखाएँ उभर आई हैं।

पत्नी की हँसी छलक रही थी रह-रहकर। किस्सा सुनाने लगी–"नौमी को बाँधकर मैंने दरवाजा खोला। इन्होंने पूछा, 'अज़ीज़ हैं घर में?' मैं बोली, कौन अजीज?...अजीज नहीं, अजीत। तो बोलीं–'अरे हाँ-हाँ, सुना है उसने अपने नाम का एक हरूफ बदलकर अपने को हिन्दू बना लिया है और एक बेचारी हिन्दू लड़की से शादी कर ली है।' मैं तो अवाक्...!"

"अच्छा! तो भाभीजान अब तक मुगालते में हैं। क्यों अज़ीज़? इस तरह किसी का धरम बिगाड़ना कुफ्र नहीं तो और क्या है? लेकिन मान गई तुमको। हो उस्ताद! बुतपरस्त बनने के बाद अपना देवता भी चुना तो ऐसे दाढ़ीवाले को जिसने कलमा पढ़कर... ।"

उन्हें श्रीरामकृष्ण परमहंस देव की मूर्ति की ओर इस तरह इशारा करते देखकर हम सभी ठठाकर हँस पड़े।

हँसी की हिलोरें थमीं तो मैंने पूछ लिया, "अच्छा, अब बताइए। आप कहाँ थीं? कहाँ हैं?"

"कब्र में थी, कब्र में हूँ।"

पत्नी रसोईघर में चली गई। मुझे लगा, अभी यह सवाल पूछना उचित नहीं हुआ।

फातिमादि ने पूछा, "तुमने क्या सोचा था?...पाकिस्तान चली गई है। है न?"

"आपने पॉलिटिक्स क्यों छोड़...?"

"यह मुझसे क्यों पूछते हो? अपने उन नवाबजादों से कभी क्यों नहीं पूछा, जो रातोंरात 'देश-भगत' बनकर कांग्रेस के खेमे में दाखिल हो गए–बगल में छुरी दबाकर। अपने नेताओं से क्यों नहीं जवाबतलब करते? कल तक गांधी-जवाहर-पटेल को सरेआम गालियाँ देनेवाले, कौमी झंडे को जलानेवाले फिरकापरस्त लीगियों की इज्जत अफजाई की गई और मुल्क के लिए मरने-मिटनेवालों को दूध की मक्खियों की तरह निकाल फेंका।...तुम खुद अपने से यह सवाल क्यों नहीं पूछते?" फातिमादि का चेहरा लाल हो गया। मुझे खुशी हुई।

मैंने टोका–"लेकिन, आपका इस तरह खामोश हो जाना... ।"

"खामोश?" लगा, सिंहनी तड़फ उठी–"इन ज़ालिमों ने मुझ पर क्या-क्या कहर ढाए, यह तुम्हें क्या मालूम?...और, हमने किस दरवाजे की कुंडी नहीं खटखटाई! मगर, दिल्ली से पटना तक के खुदाबन्दों ने मुझे अकल की दवा करने की सलाह दी। शादी करके बच्चे पैदा करने की नसीहत दी! और आखिर में धमकियाँ...ओह...अज़ीज़!"

फातिमादि का गला भर आया। पत्नी न जाने कब आकर खड़ी हो गई थी। बोली, "तुम भी अजब आदमी हो... ।"

नौमी, जो अब तक दुबककर बैठी थी, फातिमादि के चेहरे को सूँघकर 'कुँई-कुँई' करने लगी।

"अब भी लोगों को होश नहीं हुआ है। इन्हें, सिर्फ अपनी गद्दी की फिक्र है। देश जहन्नुम में जाए। इन्हें क्या?" फातिमादि की बोली में गहरी पीड़ा उतर आई थी–"तुम...तुम...अफसाने लिखते हो न?...याद है, आजादी के पहले जिन तरक्की-पसन्द अदीबों की नज्मों और अफसानों में हिन्दू-मुसलमान इत्तहाद की बातें, 'मानवता' की दुहाई और न जाने क्या-क्या ठुँसी रहती थीं, आजादी के बाद अचानक उनकी बोलियाँ बन्द ही नहीं, बदल गईं...। अव्वाम की कसमें खानेवाले टुकुर-टुकुर देखते रहे और फिरकापरस्त अजदहों ने पूरी कौम को लील लिया।"

पत्नी ने टोका–"फातिमादि, खाना ठंडा हो जाएगा।"

टाउन-हाल में 'नेशनलिस्ट-मुस्लिम-कान्फ्रेन्स' की तैयारी धूमधाम से हो रही है। देश के कोने-कोने से प्रतिनिधियों के आने की खबरें छप रही हैं। और इन्हीं खबरों के साथ मोटी सुर्खियों में इस कान्फ्रेन्स की मुखालिफत के समाचार भी छपते हैं। रोज दोनों ओर से, सैकड़ों नामों के साथ बयान शाया होते हैं। विरोधियों का कहना है कि कोई 'गैर-नेशनलिस्ट' नहीं, सभी मुसलमान नेशनलिस्ट हैं। और अपने को नेशनलिस्ट कहनेवाले खुलेआम कहते हैं कि पुराने 'मुस्लिमलीगियों' के दिल-दिमाग में फिरकापरस्ती का जहर है। उन पर यकीन नहीं किया जा सकता।...बहुत दिन से किसी राजनैतिक जलसे में शरीक नहीं हुआ था। किन्तु इस बार अपना 'कर्तव्य' समझकर इस सम्मेलन में सम्मिलित होने के लिए पहुँचा। किन्तु, वहाँ का दृश्य देखकर फुटपाथ पर ही ठिठककर खड़ा रहा।

टाउन-हाल के सामने सड़क के दोनों ओर हजारों लोग खड़े नारे लगा रहे थे। गालियाँ, नारे और रह-रहकर रोड़े और पत्थरों की बौछार!

पुलिस के सिपाही चुपचाप कतार बाँधकर खड़े थे, क्योंकि प्रदर्शनकारियों की रहनुमाई 'कुलीन मुस्लिम' नेताओं के साहबजादे और बड़े अफसरों के लड़के कर रहे थे। मुझे लगा, हम फिर सन् 1947 साल में लौट गए हैं। हवा में फिर वही जुनून, वही नारे, वही नज्जारे, वही चेहरे!!

"लेना। लेना। जा रहा है, काफिर का बच्चा!"

"तड़तड़ाक्! तड़तड़ाक्!"

"यह रहा हरामखोर! मारो साले को!"

"सुअर की औलाद!"

"तड़तड़ाक्!"

अब वे हर डेलीगेट को पकड़कर पीटने लगे। उत्तेजना की लहरें तेज होती गईं। नारे, गालियों और रोड़ों की वर्षा जोर-शोर से होने लगी।

"महात्मा गांधी की जय!"

एक महीन किन्तु तेज आवाज! हठात् सबकुछ रुक गया। लोगों ने देखा, अंजुमन इस्लामिया हॉल के प्रवेशद्वार–अब्दुल बारी-दरवाजा–के सामने एक औरत खड़ी नारे लगा रही है।

फातिमादि? मुझे अपनी आँखों पर विश्वास नहीं हुआ। देखा, फातिमादि ही हैं।

"कौन है यह औरत?"

"कोई हिन्दू...?"

"अरे नहीं। पहचानते नहीं। यह वही कुतिया है...।"

"फातिमा?...साली फिर कहाँ से आ गई?"

"कुत्ती!"

पागलों का एक जत्था नाचता, अश्लील गालियाँ देता हुआ फातिमादि की ओर झपटा। फातिमादि मुस्कुराती खड़ी रहीं। देखते-ही-देखते दरिन्दों ने उनको जमीन पर पटक दिया और बाल पकड़कर घसीटना शुरू किया। दोनों ओर खड़ी भीड़ ने तालियाँ बजाईं–'शाबाश!' जब तक पुलिस के सिपाहियों की टुकड़ी पहुँचे, उन्होंने फातिमादि के सभी कपड़े उतार लिए थे।...मैं इससे आगे और कुछ नहीं देख सका।

कई दिन के बाद बहुत हिम्मत बाँधकर हम दोनों अस्पताल में फातिमादि को देखने पहुँचे।

केबिन के दरवाजे के पास ही नग़मा खड़ी मिली। हमें देखते ही बिलख-बिलखकर रोने लगी।"

"जानवरों ने फातिमादि के चेहरे पर एसिड की शीशी उड़ेल दी थी। चेहरा झुलसकर काला हो गया है। एक आँख खराब हो गई है।...हाथ की हड्डी टूट गई है।"

आहट पाकर उनके होंठ थरथराए। शायद मुस्कुराने की कोशिश कर रही हैं। फिर धीमे स्वर में बोलीं–"दुर पगला! यहाँ रोने आया है? जलवा देख।...भाभी! कल सूजी का 'पायस'...क्या कहते हैं उसको...'परमान्न'...बनाकर ले आना। नौमी को भी साथ लाना।"

फातिमादि को कभी इस तरह देखूँगा, इसकी कल्पना भी नहीं की थी हमने।

अगस्त, 1966

ना जाने केहि वेष में...

उस दिन अखबार में अपने दैनिक राशिफल में देखा—आदि से अन्त तक हर जगह 'शुभ' और 'लाभ' ही लिखा हुआ था। यात्रा : शुभ, अमृतयोग धनागम, राज्य-सम्मान तथा मित्र-लाभ!

पता नहीं, चार दिन के बाद राशिफल में कौन-सा 'फल' हो, इसलिए जहाँ चार दिन के बाद जाना है, वहाँ आज ही चल देना लाभदायक समझा और बोरिया-बिस्तर लपेटकर निकल पड़ा।

ट्रेन में बैठते ही राशिफल के सभी लुभावने फल मेरी आँखों के आगे आकर लटक गए—यात्रा शुभ, धनागम, राज्य-सम्मान तथा मित्र-लाभ। रह-रहकर मन में गुदगुदी लगने लगी। लगा, पॉकेट में पड़े दुबले-पतले पर्स में पैसे खुद-ब-खुद दुगने हो रहे हैं। सामने बैठे खादीधारी सज्जन किसी मिनिस्टर के निकट सम्बन्धी-से लगने लगे और हर स्टेशन पर कम्पार्टमेन्ट में हड़बड़ाकर घुसते हुए व्यक्तियों के चेहरों पर मित्रता के लक्षण दीखने लगे। किन्तु, डेढ़ घंटे तक कुछ नहीं हुआ, यानी कोई 'लाभ' नहीं हुआ; कुछ भी नहीं फला। मन को भरोसा दिया—अभी तो दस-ग्यारह घंटे बाकी हैं। जब 'योग' इतना जोरदार है तो कभी-न-कभी, कहीं-न-कहीं, कोई-न-कोई फल अवश्य फलेगा।

कुछ ही देर बाद गाड़ी कटिहार-जंक्शन स्टेशन पर पहुँची, जहाँ चारों ओर की गाड़ियाँ आती हैं, जाती हैं। धड़कते हुए दिल से हर तरफ निगाह दौड़ाने लगा। दोनों ओर की खिड़कियों को खोल दिया, ताकि 'धन' या 'सम्मान' या 'मित्र' के आगमन में कोई बाधा न पहुँचे। पर दस-पन्द्रह मिनट यों ही यानी निष्फल ही निकल गए। जब गाड़ी खुलने का समय हुआ तो जी छोटा होने लगा। इतने में खिड़की से झाँकता हुआ एक अपरिचित मुखड़ा मुझे देखते ही प्रफुल्लित हो उठा। पान से लबालब भरे मुँह से 'अहा' शब्द पान की पीक के साथ अनायास ही छलक पड़ा। और चलती हुई गाड़ी में दौड़कर फुर्ती से वे चढ़ गए। डब्बे में घुसते ही दोनों भुजाओं को पसारकर बोले, "अहो भाग्य! कहिए! कुशल-क्षेम ठीक है न! अहा...धन्य है!"

टाट की झोली को ऊपरवाले बर्थ पर रखकर वे मेरे पास आकर बैठ गए, और पुनः-पुनः अपने-आप पुलकित होने लगे—"प्रसन्न तो हैं न? कहिए, इधर नया क्या-क्या लिखा?...कल ही आपके बारे में...कल क्यों, आज ही सुबह 'कचनारजी' से

आपके बारे में घंटों बातें हो रही थीं। और संयोग देखिए कि आपके दर्शन...हें-हें... 'जाको जा पर सत्य सनेहू, सो तेहि मिलहि न कछु संदेहू'...पान खाते हैं न?'' कहकर उन्होंने अपनी झोली उतारी।

यों उनकी झोली पर एक प्रसिद्ध आयुर्वेद-भवन प्राइवेट लिमिटेड की बलवर्द्धक औषधि का नाम 'ट्रेडमार्क' सहित अंकित था, किन्तु अन्दर रंगीन लुंगी, सफेद पाजामा और गन्दे तौलिए में लिपटा पान का डब्बा था। यों उनका पान का डब्बा भी 'एफार मेंटल' का डब्बा था और जर्दे की डब्बी विटामिन 'बी' की गोलियों की शीशी थी। वह पान लगाने लगे और मैं उन्हें और उनके 'कचनारजी' को याद करने की असफल चेष्टा करता रहा...नहीं, इससे पहले न कभी इनके दर्शन हुए और न कभी कचनारजी का नाम सुना।...मुझे राशिफल की याद आई—न जाने केहि वेष में नारायण अर्थात् मित्र-लाभ हो जाए। इसलिए चुप रहा।

मुझे पान देते हुए वे बोले, ''कचनारजी कह रहे थे कि आपने कोई महाकाव्य लिखना शुरू किया है। क्या नाम है?...अँय? शुरू नहीं किया?...देखिए, देर मत कीजिए।''

वह मुँह में पान डालकर, जर्दा फाँककर और चूना चाटकर जुगाली करने लगे तो मुझे फिर थोड़ा-सा अवसर मिला। मैंने लक्ष्य किया, कम्पार्टमेन्ट के अन्य यात्रियों पर भी उनके आगमन और संभाषण की तीव्र प्रतिक्रिया हुई है। बंगालिन 'मायजी' और उनके 'कत्ता' उनकी ओर बार-बार एक साथ देखते हैं और उनकी बेटी रह-रहकर हँस पड़ती है। ऊपर के बर्थ पर लेटे हुए सज्जन लगातार सिगरेट फूँकने लगे हैं। सामने बैठे मौलवी साहब की आँखें गोल हो गई हैं।

वह खिड़की से बाहर पीक थूकने लगे तो मैंने समझ लिया, अब फिर कचनारजी की कोई बात उन्हें याद होगी। उन्होंने मुझसे पूछा, ''जानते हैं?'' और उत्तर की प्रतीक्षा में होंठों पर लाल मुस्कुराहट बिछाकर मेरी ओर देखने लगे।

मैं कुछ भी नहीं समझ सका कि मैं क्या जानता और क्या नहीं जानता हूँ। मुँह से निकला, ''जी नहीं।''

बोले, ''कचनारजी ने एक 'लघू उपनियाँस' लिखा है। जानिएगा कैसे? कल ही, नहीं-नहीं, तीन दिन पहले लिखकर समाप्त किया है—दो ही रातों में। नाम क्या रखा है, जानते हैं?...हें-हें, सुनिएगा? नाम रखा है 'अबोली'...हें-हें, है न बढ़िया नाम?''

मैंने गरदन हिलाकर छोटा-सा 'हूँ' कहा कि वे तड़प उठे—''आपको पसन्द आया नाम? सचमुच? रहिए, मैं आज ही उनको लिख देता हूँ। और 'उपनियाँस' की 'प्लौटिंग' जानते हैं? एकदम अनूठी! समझ लीजिए कि एक ऐसी लड़की है जो कुछ बोलती नहीं, एक शब्द भी नहीं, फिर भी सबकुछ बोलती है। मगर...ठहरिए, मैं इतमीनान से आपको कहानी की 'प्लौटिंग' और 'कम्पलेक्स' सुनाऊँगा। जरा अगले स्टेशन पर एक आदमी को देखना है।''

मैंने साहस बटोरकर कहा, "आप कहाँ तक चल रहे हैं?"

बोले, "जाना तो था भागलपुर, मगर अब आप मिल गए तो पटना ही चला चलूँगा। ऐसा मौका बार-बार थोड़ो हाथ आता है किसी के? यह तो नदी-नाव का संयोग समझिए...।"

बात को अधूरी रख वह मौलवी साहब की किसी परीशानी को दूर करने लगे। मौलवी साहब जानना चाहते थे कि यह गाड़ी मुजफ्फरपुर होकर जाएगी या नहीं?

"नहीं, आपको बरौनी उतरना पड़ेगा।" इतना कहने के बाद उन्होंने बड़ी चतुराई से जान लिया कि किस यात्री को कहाँ जाना है और कहाँ से आ रहे हैं। फिर रेलवे स्टेशन पर सूचना देनेवाले लाउडस्पीकर की तरह यानी उसी तर्ज पर बजने लगे—"मूंगेर जानेवाले यात्रियों को मानसी स्टेशन पर उतरना पड़ेगा। जो लोग समस्तीपुर जा रहे हैं उन्हें मेल से जाना चाहिए। छपरा स्टेशन पर गाड़ी पन्द्रह मिनट रुकती है। यह गाड़ी कल ठीक दो बजे बनारस कैंट स्टेशन पर पहुँच जाएगी।"

इस व्यक्ति की 'घुलन-शक्ति' को देखकर मैं दंग रह गया। ऐसे ही आदमी को शायद 'टमाटर-टाइप' का व्यक्ति कहते हैं—आलू, मटर, सेम, गोभी, मछली, मांस जिसमें जी चाहे मिला दीजिए, रंग और स्वाद दोनों चोखा। मैं जानता था कि 'सूचना'-समाप्ति के बाद इन्हें फिर कचनारजी तथा उनकी 'अबोली' की याद आएगी और तब इतमीनान से मुझे कहानी की 'प्लौटिंग'...

अगला स्टेशन आया और वे खिड़की से गरदन निकालकर 'एक आदमी' को ढूँढ़ने लगे। गाड़ी खुली तो बोले, "नहीं आया। अभागा है। सोचा था, मिल जाएगा तो आपसे मिला दूँगा। चलिए...।"

वे बर्थ पर अब 'अर्धासन' लगाकर, यानी एक पैर को मोड़कर, दूसरे को लटकाकर, बैठ गए। फिर धोती को घुटने तक सरकाकर जाँघ पर इस तरह उँगलियाँ फेरने लगे मानो सितार के तार मिला रहे हों। मैंने समझ लिया, अब इनको इतमीनान हो गया। किन्तु उनकी इस हरकत को देखकर बंगालिन मायजी ने अपनी पुत्री से कुछ कहा और मुँह फेरकर बैठ गई। मायजी के 'कत्ता' ने, भद्र या अभद्र, सभ्य या 'ओसोब्बो' किसी शब्द का उच्चारण करके मुँह को संकुचित किया। ऊपर बर्थ पर लेटे सज्जन ने सिगरेट सुलगाते हुए कहा, "टेर्रिबल!" तब उनको हठात किसी बात की याद आई। सामने बैठे हुए मौलवी साहब ने पूछा, "आप लोग इन्हें नहीं पहचानते? इनसे परिचित नहीं?"

'इन्हें' कहकर उन्होंने मेरी ओर इशारा किया। मौलवी साहब ने तस्बीह पर उँगलियाँ फेरते हुए नकारात्मक ढंग से गरदन हिलाई तो इन्होंने बंगाली बाबू से यही सवाल किया। और हर बार एक ही जवाब सुनकर उनके चेहरे पर अचरज की रोशनी और कंठनली में ताज्जुब-भरी आवाज बढ़ती गई। जब ऊपर बर्थ वाले सज्जन ने भी 'नहीं' कह दिया तो उनके मुँह से एक चीख-सी निकल पड़ी—"हद है, हद है!"

मैं उन्हें कचनारजी की 'अबोली' की याद दिलाकर अपनी ओर मुखातिब करना चाहता था। किन्तु उनके सिर पर तो अचरज और दुख का पहाड़ गिर चुका था। बोले, "हद है! यानी आप लोगों को यह भी नहीं मालूम कि आपके साथ कितना बड़ा कवि यात्रा कर रहा है? धन्य हैं आप लोग और धन्य है हमारा यह भारत देश!"

इस बार उन्होंने मेरी ओर देखा तो मुझे मौका मिला। मैंने कहा, "आप क्यों नाहक इस तरह परीशान...।"

"नाहक परीशान?" उन्होंने कहा, "अरे, इतने बड़े कवि के साथ लोग बगैर जान-पहचान के मुफ्त में सफर करें और...।"

बंगालिन मायजी के 'कत्ता' महाशय ने कुढ़कर कहा, "आपका बड़ा-कोबी को जामा पर एक नेमप्लेट लिखकर टाँगाय लेने को बोलिए ना?"

किन्तु मौलवी साहब ने शराफत से पूछा, "इनकी तारीफ?"

"अजी साहब! तारीफ तो इनकी कविता सुनने के बाद आप खुद कीजिएगा। पहचान लीजिए...देख लीजिए ए साहब...आप ही हैं प्रसिद्ध कवि श्री निर्झरणीजी, 'परिपालन' के लेखक...।"

यहाँ पर मैंने अपने तथा अपनी किताब के बिगड़े हुए नामों को सुधारने की चेष्टा की—"जी, निर्झरणी नहीं, मेरा नाम निर्झर है और किताब का नाम है, परिप्लावन... ।"

उन्होंने मुझे बीच में ही काटते हुए कहा, "एक ही बात है। आप कृपया चुप रहिए।...तो सुनिए साहब! इनकी कविता सुनिएगा तो आपका हृदय विगलित हो जाएगा। इनकी किताब पढ़िएगा तो आपका कलेजा मुँह में आ जाएगा। समझे?"

बंगालिन मायजी बोली, "तबे थाक बाबा। काज नेई एरकम कोबिता सुने।"

किन्तु डेली-पैसेन्जरी करनेवाले यात्री, दो-चार स्टेशन तक खड़े-खड़े सफर करने वाले नौजवानों ने फरमाइश शुरू कर दी—"तो हो जाए एकाध कविता।...हम अपना हृदय विगलित करवाने को सहर्ष तैयार हैं।"

ऊपरवाले बर्थ पर सोए हुए सज्जन दक्षिण भारतीय थे। अतः उन्होंने मुझसे मेरी किताब के नाम का मतलब अंग्रेजी में पूछा। और यहीं बात एक झटके के साथ दूसरी ओर मुड़ गई। मेरे मेहरबान ने घनघोर विरोध के स्वर में कहा, "आप भी साहब खूब हैं! यह अपमान...!"

मैं कुछ कहूँ, इसके पहले ही कम्पार्टमेन्ट में भाषा और प्रान्त और जाति और सभ्यता तथा संस्कृति के नाम पर एक 'खंडयुद्ध' की तैयारी शुरू हो गई। यदि बंगालिन मायजी बीच में नहीं पड़तीं तो अन्ततः किसी का सिर 'अखंड' नहीं बचता। उन्होंने अपने 'कत्ता' महोदय को समझाया—"मिछे-मिछे झगड़ा कोरे की लाभ? तुमी चुप थाको।" फिर मेरे मित्र से बोलीं, "बाबा, जेतना भाषा है...सोब भालो भाषा है। आसल चीज है—भालोबासा। लेड़ाई-झगड़ा करने से...।"

मेरे मित्र महोदय शायद 'भालोबासा' का मतलब समझते थे, इसलिए तुरत ठंडा हो गए। अब उनकी बोली बदल गई–''माताजी! हामी भालोबासा का माने खूब भालो बूझी। बांगला-भाषा मधु से भी जास्ती मिस्टी आछे, किन्तु...।''

किन्तु गाड़ी एक दूसरे जंक्शन-स्टेशन पर आकर लगी और बंगालिन मायजी अपने 'कत्ता' और पुत्री के साथ उतर गईं–''ए कम्पार्टमेन्टे थाका निरापद नेई।''

डब्बे में नए यात्री आए और मेरे मित्र ने उन्हें मेरी ओर दिखलाकर पूछा–''आप पहचानते हैं?...नहीं?...पहचान लीजिए, आप ही हैं...।''

मैंने उन्हें बुलाकर नाराज होते हुए कहा, ''आपने यह क्या शुरू किया है?''

उन्होंने हाथ जोड़कर नम्रतापूर्वक कहा, ''मैं अपना कर्तव्य-पालन कर रहा हूँ। आपकी नहीं, अपने साहित्य की सेवा कर रहा हूँ। आप कृपया चुप रहें। अच्छा, भोजन कीजिएगा तो? यहाँ भोजन बढ़िया देता है।''

मैं मना करता रहा। वह लपककर गए और दो थाल का ऑर्डर दे आए। भोजन करते समय उन्हें फिर कचनारजी की याद आई। मुँह का कौर चबाते हुए बोले, ''कचनारजी कह रहे थे कि 'परिपालन' का यदि अंग्रेजी में 'टंसलेसन' हो जाए तो तुरत 'नौभेल पुरस्कार' मिल सकता है। तो क्यों नहीं करवा लेते हैं? अब तो 'स्वदेसी नौभेल प्राइज' भी मिलने लगा है, लोगों को!''

जब बैरा बिल लेकर आया, वह पान लाने के लिए प्लेटफार्म पर चले गए थे। थोड़ी देर बाद साथ में एक कंडक्टर गार्ड और पैसेंजर साहब को लेकर लौटे और दरवाजे के पास से ही मेरी ओर उँगली दिखलाकर कहने लगे, ''देखिए, कोई कह सकता है कि यही 'परिपालन' के प्रसिद्ध कवि श्री निर्झरणीजी हैं! ऐसे ही लोगों को देखकर किसी शायर ने कहा होगा कि 'इस सादगी पर कौन ना मर जाय ए खुदा...।' है कि नहीं?''

हालाँकि, साँझ के साढ़े सात ही बजे थे, किन्तु इनसे पिंड छुड़ाने का मुझे एक ही उपाय सूझा। मैं लम्बी तान सो गया। अब वे कम्पार्टमेन्ट के हर व्यक्ति को जोर से खाँसने और हँसने और बोलने से मना करने लगे–''सिः सिः! जोर से मत बोलिए। जानते नहीं, यह कौन सोए हैं? नहीं 'मालूम'? अजी, यही हैं...।''

मेरे जी में अब बार-बार एक विचार जोर पकड़ने लगा कि उठकर उन्हें अंग्रेजी में अच्छी तरह डाँटकर झगड़ा मोल ले लूँ। किन्तु तुरन्त खयाल हुआ कि तब चुप रहने के बदले वह हर स्टेशन पर 'मुर्दाबाद-जिन्दाबाद' के नारे लगाकर भीड़ जमा करने लगेंगे।

आखिर, गलत परिचय और झूठी तारीफ करते-करते जब वह थक गए, तो ऊपरवाले बर्थ पर जाकर सोने की तैयारी करने लगे। मौलवी साहब ने अपने लड़के को हिदायत दी–''म्याँ, जूते सिरहाने में रखकर सोओ।''

जब मेरे मित्र की नाक बजने लगी तो मैं उठ बैठा। बंगालिन मायजी से मुझे एक

प्रेरणा मिली थी। तय किया कि बरौनी जंक्शन स्टेशन पर चुपके से उतर जाऊँगा। फिर सुबह किसी गाड़ी से पटना...। गाड़ी बरौनी पहुँची। (उन दिनों राजेन्द्र पुल नहीं बना था।) मैं चुपचाप अपना बिस्तर और बैग लेकर गाड़ी से उतर पड़ा। उतरते समय मेरा कलेजा धड़क रहा था कि यदि इनकी नींद टूट गई तो फिर खैर नहीं। जब गाड़ी चल पड़ी तो मेरी अवस्था सहज हुई। वेटिंग-रूम के एक कोने में बिस्तर बिछाकर लेटा तो महसूस किया कि अब जाकर दिल और दिमाग सही-सही काम कर रहे हैं।

कोई मधुर-मनोहर-सा सपना देख रहा था कि किसी ने झकझोरकर मुझे जगा दिया। आँखें खोलकर देखा : सुबह की सुनहली धूप के साथ ताम्बूल-रंजित दन्त-पंक्तियों से छनकर आती हुई मेरे मित्र की मुस्कुराहट चारों ओर बिछी हुई है। मैं आँखें मलने लगा, शायद सपना हो। मगर फिर आँखों को खोलकर देखा—नहीं, सपना नहीं। यह वही अपना...।

वे ठठाकर हँस पड़े—"हें-हें! आप भी खूब हैं! बरौनी को सोनपुर समझकर उतर गए? है न? उधर सोनपुर में मेरी आँख खुली तो मद्रासी ने कहा—आपका ग्रेट-पोयट तो उधर में ही उतर गया। सो लौटती गाड़ी से आ गया कि आपको कहीं कोई कष्ट न हो।"

मैं हड़बड़ाकर उठा। बिस्तर समेटकर बगल में दबाया और वेटिंग-रूम के बाहर भागा। सामने खड़ी गाड़ी सीटी देकर खुल चुकी थी। जो डब्बा सामने मिला, उसी में सवार हो गया। किन्तु मेरे मित्र चलती गाड़ी पर सवार होने में मुझसे ज्यादा माहिर थे। वे बोले, "मगर यह गाड़ी तो उधर ही जा रही है, जिधर से हम आए हैं।"

मैंने कुढ़कर कहा, "जी हाँ, उधर ही जाना है।"

"क्या? पटना नहीं जाइएगा? हें-हें...मैं समझ गया। कवियों के मूड का क्या ठिकाना, जब जिधर जी चाहा, चल दिए। है न?"

मैंने कहा, "जी हाँ। मगर आप तो महाकवि मालूम पड़ते हैं!"

वह दाँत निपोड़कर बोले—"आखिर एक दिन और एक रात के बाद ही सही, आपने मुझे सही-सही पहचाना तो। हें-हें...यदि महाकाव्य लिखनेवाले को महाकवि कहते हैं तो...मैंने हाल ही में एक महाकाव्य लिखकर समाप्त किया है।"

मैं अवाक् होकर उनकी ओर देखने लगा तो वे तनिक दुख और नाराजगी जाहिर करते हुए रुआँसी आवाज में बोले, "मैं कल से ही आपकी प्रशंसा करता रहा, सभी अपरिचितों को आपका परिचय देता रहा। किन्तु आपने एक बार भी मुझसे मेरा परिचय तक नहीं पूछा!"

टाट की झोली से उन्होंने एक मोटी कापी निकाली—"यह रहा मेरा महाकाव्य। यों इसे कचनारजी को समर्पित करना चाहता था, किन्तु वह तो 'उपनियाँस-लेखक' हैं, सो भी लघु-उपनियाँस-लेखक...अब आप मिल गए हैं। तो यह आपके ही कर-कमलों में सादर...।"

मैंने कापी अर्थात् उनके महाकाव्य को हाथ में लेकर देखा। मोटे अक्षरों में लिखा हुआ था—गुनगुनायन...एक बेतुकांत महाकाव्य...रचीता...श्री भैंरो प्रसाद 'भौंरा।'

उन्होंने मेरे हाथ से कापी लेकर मौखिक भूमिका शुरू की—"यों देखने में तो यह बेतुकांत छन्द में बद्ध रचना-सी लगती है...एक सर्वथा नवीन प्रयोग, कि हर शब्द पर यानी हर अक्षर पर अनुस्वार लगाया गया है। किन्तु काव्य और छन्द गुनगुनाने के लिए इससे बढ़िया टटका प्रयोग क्या हो सकता है? सुनिए—

हँर कलीं में सों रहाँ हैं भौरें का मँधुर गाँन—
आँज मैं जँगा रहाँ हूँ सुँप्त ताँन गुँप्त गाँन
गुनगुनगुन मँधुर-मँधुर
अँमर मेरें गींत सुनों
सँमर कों हों जाँओं तैंयार देश के जँवान।"

मैंने देखा, महाकवि 'भौंरा' के मित्रों का दायरा काफी लम्बा-चौड़ा है। टिकट-कलक्टर से लेकर डाइनिंग कार के बैरे-बावर्ची तक उनकी कविता के प्रेमी हैं। अगला स्टेशन आते-आते एक 'रनिंग-कवि-गोष्ठी' जम गई और रास्ते-भर उनके 'गुनगुनायन' का सानुनाषिक-पाठ श्रावण करता हुआ जहाँ से चला था, वहीं वापस आ गया।

लेकिन यह कैसे कहूँ कि इस यात्रा में मुझे कुछ लाभ नहीं हुआ?

नवम्बर, 1966

जड़ाऊ मुखड़ा

बटुक बाबू ने मन-ही-मन तय कर लिया—ऑपरेशन करवाना ही होगा। और, इसी जाड़े में।

बटुक बाबू पिछले एक सप्ताह से मानसिक अशान्ति भोग रहे थे, चुपचाप! जब-जब उनकी इकलौती बेटी बुला सामने आती, बटुक बाबू का चेहरा उतर जाता। बुला की ओर आँखें उठाकर देख नहीं सकते। उनकी ऐसी गम्भीर और उदास मुद्रा को देखकर बुला डर से कुछ नहीं बोलती। बाप के जी के बारे में माँ से भी कुछ पूछने की हिम्मत नहीं होती।

पत्नी ने कई बार पूछा तो कोई खुलासा जवाब नहीं दे सके बटुक बाबू।

कल रात बुला अपनी माँ के साथ मच्छरदानी के अन्दर सो रही थी। बटुक बाबू धीरे-से उठे। हाथ में छोटा टॉर्च लिया। फिर कुछ सोचकर रख दिया। टेबिल-लैम्प का स्विच दबाया। दबे-पाँव पलँग के पास गए और सोई हुई बुला के चेहरे को गौर से देखने लगे; कुछ देखकर सिहर पड़े। पत्नी शायद सबकुछ देख रही थी। धीमी आवाज में बोली, ''यह क्या?''

बटुक बाबू हड़बड़ाकर उठे। इशारे से कुछ कहा और टेबिल-लैम्प ऑफ करके बैठक में गए। इशारा समझकर पत्नी उनके पीछे-पीछे गई।

बटुक बाबू ने हाथ के इशारे से ही पत्नी को अपने पास बैठने को कहा। पत्नी धीरे-से सोने के कमरे का दरवाजा बन्द कर आई। बटुक बाबू ने फुसफुसाकर कहा, ''बुला के चेहरे पर...'मस्से' पर एक रोयाँ उग आया है। तुमने देखा है?''

पत्नी ने लम्बी साँस ली। जी हलका हुआ। बोली, ''हाँ! देखा है।...तो क्या हुआ?''

''तो क्या हुआ?'' बटुक बाबू को अचरज हुआ। माँ होकर भी इन बातों की ओर ध्यान नहीं देती। बोले, ''मैं आज ही नकुल को चिट्ठी लिख देता हूँ। इसी छुट्टी में पटना चलकर ऑपरेशन...।''

'ऑपरेशन' का नाम सुनकर पत्नी सिहर पड़ी—''हुँहुँ...!''

''क्या, हुँहुँ?''

''ऑपरेशन-उपरेशन करके कहीं और भी चेहरा खराब...।''

''प्लास्टिक सर्जरी के जमाने में भी तुम ऐसी बातें करती हो?''

पिछले सोलह साल से जब-जब बटुक बाबू ने ऑपरेशन करवाने का प्रस्ताव किया, पत्नी ने समर्थन नहीं किया। और राई-भर का 'मस्सा' बढ़ते-बढ़ते अब गोलमिर्च के बराबर हो गया है; उसमें एक केश भी उग आया है।...अब भी कहती है कि ऑपरेशन नहीं!

बटुक बाबू ने नाक सिकोड़कर कहा, ''कितना भद्दा लगता है यह रोयाँ!...तितली की सूँड की तरह।...परम सुन्दर चेहरे पर यह गोलमिर्च-जैसा मस्सा और उसमें... छिः-छिः!''

पत्नी को ऑपरेशन के बदले अपने बड़े भैया की बात याद आई–''तुम लोग इतमीनान से बैठे हो, क्यों? लड़की बड़ी हो रही है। 'भोलेनाथ' (अर्थात् बटुक बाबू) से कहो, 'सुपात्र' पर नजर रखें।''

पत्नी ने पूछा, ''भगवानपुर से फिर कोई चिट्ठी नहीं आई?''

बटुक बाबू नाराज हो गए–''भगवानपुर से क्या चिट्ठी आएगी?...दुनिया में सुन्दर लड़कियों की कमी है जो तुम्हारी...ऐसी लड़की को वे पसन्द करेंगे, जिसके गाल पर गोलमिर्च-जैसा...?''

पत्नी हँस पड़ी। बटुक बाबू चिढ़ गए–''तुम हँसती हो?''

''तो अभी इतनी रात में रोकर क्या होगा?''

''मुझे नींद नहीं आएगी।''

पत्नी समझ गई, बात हँसी में टलनेवाली नहीं। अतः वह भी गम्भीर हो गई। दोनों बहुत देर तक विचार-विमर्श करते रहे। बात तय हो गई–इसी छुट्टी में यानी पन्द्रह दिन के अन्दर ही चलकर ऑपरेशन करवा दिया जाए!

दूसरे दिन से बटुक बाबू से ज्यादा परेशान उनकी पत्नी दीखने लगी। वह जब-जब बुला के चेहरे को गौर से देखती, बुला अवाक् हो जाती। उसके गाल पर जड़े हुए काले मस्से का रोयाँ थर-थर काँपने लगता। बुला की माँ को लगता, तितली का सूँड बढ़ता आ रहा है...आ रहा है! वह सिहर उठती।

पटना से बटुक बाबू के छोटे भाई प्रोफेसर नकुल बाबू की चिट्ठी आई और पति-पत्नी ने पटना चलने का प्रोग्राम बना लिया। पास-पड़ोस के लोग जान गए। लेकिन ऑपरेशन करवाने की बात उन्होंने किसी से नहीं बताई।...क्या जरूरत?

सत्रह साल पहले बुला का जन्म हुआ। उसके बाद फिर कोई सन्तान नहीं हुई। बटुक बाबू के छोटे भाई प्रोफेसर ने कई बार अपने भाई और भाभी को समझाकर कहा–''मामूली ऑपरेशन डी. एन. सी. करवा लेने से ही फिर...।''

किन्तु वे कभी तैयार नहीं हुए। हँसकर उड़ा देते–''क्या जरूरत है?...बुला ही हमारी बेटी, बुला ही बेटा!''

बुला पिछले साल स्थानीय कॉलेज में दाखिल हुई है। विज्ञान पढ़ती है। बटुक बाबू को जीवन में अब तक कभी सिर-दर्द नहीं हुआ। मौसमी सर्दी-बुखार के

अलावा पत्नी भी बीमार नहीं पड़ी। इसलिए बुला का स्वास्थ्य भी सुन्दर है। मुफस्सिल के कस्बे में जन्मी और पली बुला अपने कॉलेज की 'कबड्डी-टीम' की कैप्टन है।

बटुक बाबू इतिहास के शिक्षक हैं। किन्तु स्वभाव से पूरे दर्शनशास्त्र-विभाग के व्यक्ति हैं। इसलिए कभी-कभी गृहिणी से मनमुटाव भी हो जाता है।...पाँच साल पहले, इसी तरह बुला को लेकर उन्होंने एक 'समस्या' खड़ी कर ली थी—अपने दिमाग में। अपनी स्त्री से बार-बार कहते—"माँ होकर भी तुम इन बातों की ओर ध्यान नहीं देतीं!...वह डर के मारे सूखकर काँटा हो गई है। समझती है, कोई रोग हो गया है।... उसको सिखाना होगा...सेनिटरी-टॉवेल और स्पंज का इस्तेमाल कैसे... तुम माँ होकर भी इन बातों पर... ।"

बटुक बाबू को साहित्य और संगीत में तनिक भी रुचि नहीं। उपन्यास और कहानियों से उतना ही चिढ़ते हैं जितना सिनेमा और थिएटर से। इसलिए चाहते थे कि उनकी पत्नी और पुत्री न कभी उपन्यास-कहानी पढ़ें और न सिनेमा-थिएटर देखें। किन्तु पत्नी महीने में दो-तीन बार सिनेमा देख आती है। बुला उपन्यास-कहानी पढ़े बिना रह नहीं सकती। बाप से तर्क करने लगी—"बाबा! तुम सभी को एक ही लाठी से हाँकते हो... ।" अन्त में मालूम हुआ कि बटुक बाबू उपन्यास-कहानी के विरुद्ध नहीं, 'प्रेम-विवाह' यानी 'लव मैरिज' के खिलाफ हैं...?

बुला हँसते-हँसते लोट-पोट हो गई थी।

बुला कभी पटना नहीं गई। लेकिन काकी और चचेरे भाई-बहनों के मुँह से बहुत बार पटना के मुहल्ले और सड़कों के बारे में सुन चुकी है।...बाँकीपुर स्टेशन पर पहुँचकर उसे लगा—यहाँ वह पहले भी आ चुकी है।

पटना आकर बुला को मालूम हुआ कि सैर-सपाटे के लिए नहीं, उसके 'मस्से' के ऑपरेशन के लिए पटना आना हुआ है। चचेरी बहन मीरा ने बताया।

बुला काकी के ड्रेसिंग-टेबल के आइने में अपने गाल के बड़े मस्से को देखती रहती है।...सभी उसके चेहरे की ओर देखते हैं। चेहरे को नहीं, मस्से को। मस्से में उगे हुए 'लोम' को। उसकी अपनी ही आँखें हमेशा अपने गाल पर केन्द्रित रहने लगीं।

प्रोफेसर नकुल ने प्लास्टिक-सर्जन डॉक्टर चोपड़ा से बातें कर ली थीं। इसलिए दूसरे ही दिन से सिलसिला शुरू हुआ। डॉक्टर चोपड़ा आए। मस्से को देखा। उँगली से छूकर देखा। अपने सहायक युवक डॉक्टर को कुछ नोट करवाया और चले गए। बटुक बाबू और उनकी पत्नी ने डॉक्टर चोपड़ा के सहायक युवक से एक ही साथ पूछा—"आप कम्पाउंडर हैं?...स्टूडेंट?"

जवाब दिया हँसकर नकुल बाबू की बड़ी बेटी मीरा ने, "कम्पाउंडर-स्टूडेंट नहीं। डॉक्टर उमेश हैं। 'स्टेट्स' से आए हैं।"

"किस 'स्टेट' से?" बटुक बाबू ने पूछा। फिर तुरन्त समझकर बोले, "ओ! स्टेट्स...माने...अमेरिका से!"

डॉक्टर उमेश बोले, "खून की जाँच...।"

"खून की जाँच?" बटुक बाबू अचरज में पड़े, "छोटे-से मस्से के ऑपरेशन के लिए भी खून की जाँच?"

पत्नी बोली, "मस्सा कोई रोग तो नहीं।"

डॉक्टर ने बताया, "एक ही किस्म की परीक्षा नहीं। आज डब्ल्यू. आर. के लिए खून देना होगा। कल आकर एस. आर. और टोटल डेफरेंसियल।"

बटुक बाबू ने पूछा, "यह डब्ल्यू. आर. क्या है?"

"वाशरमैंस रिएक्शन।"

पत्नी बोली, "इसमें धोबी की क्या बात...?"

डॉक्टर ने समझाया, "खून में गरमी-सिफलिस वगैरह के बीजाणु हैं या नहीं...?"

डॉक्टर उमेश अपनी बात पूरी नहीं कर सके। बटुक बाबू ने घोर प्रतिवाद के स्वर में कहा, "आप कैसी बात करते हैं! सिफलिस-गरमी?"

डॉक्टर उमेश ने बताया कि बेकार बहस करने को उनके पास समय नहीं। बिना इस 'जाँच' के कोई ऑपरेशन नहीं हो सकता।

किन्तु बात सुलझने के बदले उलझती गई। बटुक बाबू को लगा, डॉक्टर उमेश ने उनके पूर्व-पुरखों को ही नहीं, उनकी पत्नी के दादे-परदादे तक को भद्दी गालियाँ दे दी हैं।...जरा भी 'शील-स्वभाव' नहीं। मुँह में जो आया, बोलता गया।

डॉक्टर उमेश ने बताया कि देर करने से पैथोलॉजी डिपार्टमेंट बन्द हो जाएगा। फिर आज खून नहीं लिया जा सकेगा। बटुक बाबू अपनी स्त्री और पुत्री के साथ डॉक्टर उमेश की गाड़ी में जा बैठे। रास्ते-भर वह मन-ही-मन कटते रहे। और जब मेडिकल-कॉलेज के पैथोलॉजी डिपार्टमेंट में पहुँचे तो उनको लगा, उनकी देह में दुनिया-भर के बुरे-छुतैले रोगों के कीटाणु कुलबुला रहे हैं। बेंचों पर बैठे हुए और बरामदे में आस-पास खड़े लोगों से अपनी देह बचाकर वे एक किनारे नाक पर रूमाल डालकर खड़े रहे। पत्नी को मिचली आने लगी। किन्तु डॉक्टर ने जब बुला का नाम लेकर पुकारा, तो वह निडर होकर आगे बढ़ गई। बटुक बाबू और उनकी पत्नी को डॉक्टर ने अन्दर नहीं जाने दिया—"ओनली पेशेन्ट...!"

डॉक्टर उमेश ने पूछा, "डर तो नहीं लगता?"

बुला बोली, "जी नहीं।"

सुई डॉक्टर उमेश ने नहीं, दूसरे डॉक्टर ने गड़ाई। बहुत देर तक उन्हें नस ही नहीं मिली। थोड़ा रक्तपात हुआ। डॉक्टर उमेश पास खड़े थे और बुला को भरोसा दे रहे थे।

बुला डॉक्टर उमेश के साथ बाहर निकली। उन्होंने देखा, सीढ़ियों के नीचे बटुक बाबू सिर थामकर बैठे हैं और पत्नी अखबार से उनके सिर पर हवा कर रही है।... बटुक बाबू ने खिड़की से झाँककर देखा था—बुला के 'लहूलुहान' बाँह से टप-टप कर चूता हुआ खून। बस, चक्कर आ गया।

डॉक्टर उमेश ने बताया कि एस. आर. के लिए अब यहाँ आने की जरूरत नहीं होगी। घर पर ही खून ले लिया जाएगा। रास्ते में बटुक बाबू के मुँह से एक बार फिर निकला, "एक छोटे-से मस्से को काटने के लिए इतना हंगामा!"

डॉक्टर ने कहा, "फर्ज कीजिए, मस्सा काटने के बाद खून बन्द नहीं हो। तब?"

"ऐसा भी होता है?" बटुक बाबू की आँखें गोल हो गईं।

"हाँ। इसीलिए इतनी परीक्षा और जाँच।"

बुला की माँ ने पूछा, "तब तो मामूली नहीं, खतरनाक ऑपरेशन है यह?"

"है तो मामूली ही। लेकिन खतरा तो है। फर्ज कीजिए, घाव बिगड़ जाए तो 'ग्राफ्टिंग' करना होगा...।"

"ग्राफ्टिंग क्या?..."

"जिन्दा चमड़ी की चिप्पी।"

"जिन्दा चमड़ी?"

"हाँ, हिप यानी चूतड़ यानी पुट्ठे की चमड़ी तराशकर...।"

"किसकी? किसके पुट्ठे की?"

"रोगी के।"

इस बार ऐसा लगा कि पति-पत्नी दोनों एक ही साथ बेहोश हो जाएँगे। लेकिन बुला चुपचाप बैठी मुस्कुराती रही।

डेरे पर पहुँचकर बटुक बाबू ने नकुल बाबू से सारा किस्सा बताया। नकुल बाबू हँसे। बोले, "भैया, आप लोग नाहक क्यों परेशान होते हैं! कल से जहाँ कहीं भी जाना होगा, बुला के साथ मीरा जाएगी।"

डॉक्टर उमेश सुबह आकर बुला का खून ले गए और बुला को दस बजे डॉक्टर चोपड़ा के क्लिनिक में बुलाया।

बुला के साथ मीरा गई।

बटुक बाबू ने अपनी स्त्री से कहा, "लगता है, मामूली ऑपरेशन नहीं, लेकिन कोई चारा भी नहीं।"

पत्नी को अब भी मिचली आ रही है। इशारे से बोली, "अब भगवान जो करें!"

बुला और मीरा दो घंटे के बाद लौटीं। पति-पत्नी 'धड़फड़ा'कर उठे। मानो, खोई हुई लड़की मिल गई।

डॉक्टर उमेश साँझ को बुरी खबर ले आए—''डब्ल्यू. आर. के लिए फिर खून देना होगा।...सन्देहजनक है।''

सुबह बुला-मीरा फिर गईं। और चार घंटे के बाद लौटी। मीरा बोली, ''हम लोग अस्पताल के मैदान में लगी प्रदर्शनी देख आए। डॉक्टर उमेश का पाँच रुपया खर्चा करवा दिया...'क्वालिटी' की आइसक्रीम...।''

बटुक बाबू ने पूछा, ''अब तो खून नहीं देना होगा?''

बटुक बाबू को रह-रहकर डॉक्टर उमेश की बातें याद आती हैं—'फर्ज कीजिए, खून बन्द नहीं हो। ग्राफ्टिंग, चूतड़ की जिन्दा चमड़ी तराशकर...।'

तीन-चार दिन तक यही सिलसिला रहा। बुला और मीरा रिक्शा में बैठकर क्लिनिक जातीं। बटुक बाबू अपनी पत्नी के साथ लक्ष्मीनारायण मन्दिर, कालीबाड़ी और पटनदेवी के मन्दिर की ओर जाते।

सातवें दिन नकुल बाबू ने संवाद किया, ''डॉक्टर उमेश कह रहे थे कि ऑपरेशन नहीं हो सकेगा।''

''क्यों?'' पति-पत्नी ने एक ही साथ पूछा।

नकुल बाबू मुस्कुराकर बोले, ''पता नहीं क्यों? क्यों मीरा, क्या बात है? बात क्या है? बुला कहाँ है?''

मीरा हँसती हुई और बुला तनिक लजाती हुई आई।

नकुल बाबू ने पूछा, ''क्या बात हुई, मीरा? डॉक्टर उमेश क्या कह रहे थे?''

''दीदी से पूछ रहे थे कि मस्से को क्यों कटवाना चाहती है?''

बटुक बाबू बोले, ''यह डॉक्टर उमेश थोड़ा पागल है...।''

नकुल ने कहा, ''भैया! डॉक्टर उमेश पर पटना मेडिकल कॉलेज को गर्व है... गौरव हैं डॉक्टर उमेश!''

मीरा कहती गई, ''दीदी बोली कि माँ और बाबूजी चाहते हैं। तब डॉक्टर साहब ने कहा—वे क्यों कटवाना चाहते हैं? मस्सा तो आपके चेहरे पर है; आप नहीं चाहें तो...। दीदी कुछ नहीं बोली। तब डॉक्टर साहब ने पूछा—आपको बुरा लगता है मस्सा? दीदी कुछ भी नहीं बोली। तो डॉक्टर साहब बोले—इसको काटने के बाद आपका चेहरा बदसूरत भी हो सकता है, किसी की नजर में। फिर बोले कि जैसे यह आपके गले में जो जड़ाऊ हार है, इसका पत्थर निकाल दिया जाए तो कैसा लगेगा?''

बटुक बाबू का चेहरा लाल हो गया—''नकुल, यह डॉक्टर तुम्हारे पटना मेडिकल कॉलेज का गौरव हो या जो कुछ भी हो, मगर यह आदमी अच्छा नहीं। इतनी और ऐसी-ऐसी बातें पूछने की क्या जरूरत?''

नकुल बाबू की स्त्री ने बटुक बाबू की पत्नी को हँसकर अन्दर बुलाया—''दीदी?

जरा अन्दर आइए...।''

मीरा बोली, ''डॉक्टर उमेश की माँ आई हैं।''

बटुक बाबू की समझ में कोई बात नहीं आई।

अन्दर न जाने क्या हुआ कि मीरा की बंगालिन सहेलियों ने मिलकर शंख फूँकना शुरू किया। एक साथ कई शंख बज उठे।

नकुल बाबू का अष्टवर्षीय पुत्र गोपाल दौड़ता हुआ आया–''बुला दीदी को डॉक्टर उमेश की माँ ने गोदी में बैठाकर चुम्मा ले लिया।''

एक साथ कई शंख बज रहे थे। नकुल बाबू हँस-हँसकर अपने बड़े भाई बटुक बाबू को समझा रहे थे। और बटुक एकदम नहीं समझ पा रहे थे कि डॉक्टर उमेश के नहीं चाहने पर ऑपरेशन क्यों नहीं होगा?

फरवरी, 1967

प्रजा-सत्ता

''नहीं, अब लाज-लिहाज और डर के मारे चुपचाप नहीं रहा जा सकता।''

अजीब बात! आदमी की उम्र बढ़ती है तो सुनते हैं, काम-वासना धीरे-धीरे घटती ही जाती है। यहाँ उलटी बात देख रहा हूँ...बढ़ती ही जाती है!

''अभी छत पर कौन जा रही है? विमला? छोटकी को ले जा रही होगी ऊपर, टट्टी करवाने। ऊपर नहीं जा सकी। सीढ़ी पर ही...।''

पूछता हूँ, ''छोटकी का पेट फिर गड़बड़ाया क्या?''

विमला के सिर में दर्द है, शायद। या नींद से माती हुई है? या माँ ने मारा है? फिर पूछता हूँ–''कौन है? विमली! बोलती क्यों नहीं?''

छोटकी का 'लीवर' फिर खराब हुआ। दुर्गन्ध से ही जान गया। विमला ने फिर कोई जवाब नहीं दिया। छोटकी को डाँटने लगी–''और खाओ ठूँसकर तिलकुट!''

विमला माँ की बेटी है। निर्मला, अमला, सरला, कमला और यह छोटकी (पता नहीं, क्या नाम रखा है!) सभी बाप की बेटियाँ हैं।...पाँचू बाबू बंगाली ठीक ही कहते हैं–''अरे रामप्यारे! तुम्हारा बाप तो बंगाली को भी मात कर दिया। ओरे बाबा–छै-छै ठो लेड़की!''

ऐसी बातें जब कोई कहता है तो उस पर गुस्सा नहीं आता। इन पर–बूढ़े-बूढ़ी पर–जी कुढ़ जाता है।...आदमी को खुद समझना चाहिए।

बाबूजी दारू पीते हैं। नशे में आदमी जानवर हो जाता है। लेकिन माँ!...हाँ, माँ भी 'ड्रिंक' करती है। दोनों जानवर!...घर में चार-चार जवान बेटियाँ हैं। फिर...आदमी को खुद सोचना चाहिए। कौन समझाए किसको।

कल परिवार-नियोजनवाला एक बड़ा पोस्टर लाकर घर की दीवार पर चिपका दूँगा। खजांचीबाग सेन्टर में 'लूप' लगाने का खास इन्तजाम किया गया है। उस रास्ते से गुजरते समय रोज देखता हूँ, देहात से आई हुई औरतों की भीड़ लगी रहती है। और इन्हें जरूरत ही नहीं...।

जब से मेरी स्त्री–नवादावाली–मरी है, माँ को एक मौका मिल गया है। डॉक्टरों और नर्सों के नाम से ही चिढ़ती है। पड़ोसियों को सुना-सुनाकर कहेगी–'मैं पहले से ही मना कर रही थी कि लेडी डॉक्टर और अस्पताल के चक्कर में मत पड़ो, बबुआ! मगर बबुआ ने नहीं माना। हम क्या बोलते? जिसका आदमी, उसकी मरजी। बस,

तुरत रिक्सा मँगवाकर दोनों प्राणी तैयार। वहाँ डाक्टरनी बोली–'पेट चीरकर बच्चे को निकालना होगा। आपरेसन का रुपया लगेगा। खून लगेगा...।'

...विमला फिर कहाँ आ रही है?

''भैया, दियासलाई दो।''

''क्या होगी दियासलाई?''

''छोटकी के लिए दूध बनेगा।''

''छोटकी का पेट चल रहा है और दूध पियेगी?''

''माँ कहती है...।''

विमला को मेरी स्त्री बहुत 'मानती' थी। मेरी स्त्री से दो-तीन साल छोटी होगी विमला। यदि ससुराल में बसती होती तो अब तक माँ बन चुकी होती। लेकिन बाबूजी और माँ के चलते ही विमला को ससुराल का सुख नसीब नहीं हुआ और न होगा। बिना कुछ समझे-बूझे या पूछताछ किए (शायद नशे में ही) बिहारशरीफ के एक 'फोकट दलाल' साहूकार के 'नामर्द' लड़के को एक सौ रुपए तिलक दे आए। सात दिन बाद ही शादी हुई और जब शादी हो गई तो मालूम हुआ कि विमला के घरवाले को...।

विमला दियासलाई लेकर चली गई तो मुझे 'मिल्क सप्लाई' के उस लौंडे की याद आई जो कान में 'इतर' का फाहा खोंसकर आता है। बोतल देते और लेते समय विमला को देखकर मुस्कुराता है। मैंने कई दिन 'मार्क' किया है। जिस दिन विमला के बदले निर्मला या अमला होती है, उसका चेहरा उतर जाता है। इधर-उधर देखता है...लेकिन, विमला को क्या कहूँ! माँ हमेशा विमला को ही दूध लेने के लिए नीचे भेजती है। कहेगी, ''विमला! कल 'संकरात' है। माधो से कहना, कल एक बोतल दूध फाजिल चाहिए।''...माधो दो बोतल फाजिल दे जाता है।

इसी दूध को लेकर नवादावाली से यानी मेरी स्त्री से पहली बार माँ ने झगड़ा किया था। जिस दिन मेरी बहू घर में आई, माँ एकदम बदल गई।...याद है, पहली बार का झगड़ा। रात में दुकान से लौटा तो देखा, दहलीज के सामने जमीन पर दूध की बोतल लुढ़की पड़ी है–दूध फैला हुआ। बिल्ली चाट रही है–...नवादावाली घर के अन्दर सिसकियाँ लेकर रो रही थी। बाबूजी बड़बड़ा रहे थे–''अभी आए हुए तीन महीने भी नहीं हुए और अभी से घर फोड़ने की तैयारी!''

माँ कह रही थी–''यह आज आई है दूध पिलाने! इतने दिन तक रामप्यारे पानी पीकर रहता था! जिसने छाती का दूध पिलाकर इतना बड़ा किया, वह अपने बेटे को दूध में पानी मिलाकर देती है! आज पराए की बेटी आई है मेरे पेट के बेटे को दूध पिलाने...।''

इसके बाद माँ ने कहा था, ''कल से अलग दूध का बोतल ही नहीं, मक्खन की टिकिया लेकर खिलाओ। घरवाले को जोर होगा तो जोर-जोर से कमर चलाएगा।''

माँ को जरा भी लाज नहीं आई! मैं लाज और गुस्से से थर-थर काँपने लगा था।...मैंने ही नवादावाली से कहा था कि आजकल दूध एकदम फीका 'पनसाह' लगता है। मैं माँ से भी कहना चाहता था कि सचमुच इधर दूध अच्छा नहीं आ रहा है। लेकिन, किसी से कुछ कहने के पहले मैं अपनी सिसकती हुई स्त्री को लात और घूँसे से मारने लगा। वह चिल्ला-चिल्लाकर रोने लगी। विमला दौड़ी आई। मैंने जोर से दरवाजा बन्द कर लिया और फिर पिटाई शुरू की। मारते समय मेरे मुँह से उसकी माँ और बहन के नाम की भद्‌दी-भद्‌दी गालियाँ अपने-आप निकलने लगीं...।

सारा मुहल्ला जग गया। औरतें पूछने लगीं और माँ दो बजे रात तक रो-गाकर किस्सा सुनाती रही।

नवादावाली चौकी के नीचे बैठी बहुत रात तक हिचकियाँ लेकर रोती रही। जब चारों ओर सन्नाटा छा गया, मैं उसे मनाने लगा। वह मेरा हाथ झटककर बैठी रही। मैं उसकी पीठ पर हाथ फेरकर सहलाने लगा। वह मेरी गोदी में मुँह छिपाकर रोने लगी। मैंने उसके आँसू से भीगे और मार से लाल हो गए गालों को चूमा। जहाँ-जहाँ मारा था उन जगहों को चूमता रहा।...माँ की बात रह-रहकर कानों के पास गूँजने लगी–'जोर-जोर से कमर चलाएगा! आज आई है दूध पिलाने!'

नवादावाली मान गई थी। उसने देह ढीली कर दी। मैंने उसके कान में धीरे-से कहा था, "मैं अलग दुकान करूँगा।"

"मुझे नवादा भेज दो।"

"नहीं। तुमको मैं अपनी आँखों से एक पल के लिए भी ओझल नहीं होने दूँगा। कभी नहीं...कभी नहीं...।"

उस रात की बात कभी नहीं भूल सकूँगा। गौने के बाद वह पहली रात थी जब स्त्री का वैसा सुख मुझे मिला। हर रात की तरह नवादावाली पैरों के बजनेवाले कड़े-छड़े उतारना चाहती थी। मैंने ऐसा करने का मौका ही नहीं दिया। लेकिन हमें यह चरमरानेवाली चौकी ही दी गई थी।...घर में कई खाट-पलँग हैं। लेकिन हमें यह चमरानेवाली चौकी ही दी गई थी (शायद जान-बूझकर ही), इसलिए हमें समय पर नीचे उतरना पड़ता। उस रात मैंने उसको चौकी से नहीं उतरने दिया। जान-बूझकर ही!...मैं किसी से डरता नहीं!...लाज की क्या बात? जब बूढ़े-बूढ़ी को लाज नहीं, तब हम तो जवान-जहान हैं।...पैरों के कड़े-छड़े ही नहीं, हाथ की चूड़ियाँ भी बजती हैं। उसके रोम-रोम से सुख-दर्द-भर सिसकियाँ निकलने लगीं।...मैंने पहली बार जाना कि मेरी देह में इतनी ताकत है! लाज और डर का मारा आदमी कभी सुख पाएगा?

दूसरे दिन सुबह को मैंने मार्क किया, माँ का चेहरा लटका हुआ था।...हारी हुई बिल्ली की तरह माँ ने खम्भा नोंचना शुरू किया था। विमला से लेकर कमला तक की पिटाई करने के बाद बड़बड़ाने लगी। अपनी बेटियों को गालियाँ देने लगी–"जान से मार डालूँगी, गले पर लात चढ़ाकर, एक-एक को।...हरजाई सब! क्या समझ लिया

है? अब इस घर में कौन रहेगा? यहाँ तो अब 'कलब' का खेला होने लगा। न लाज, न लिहाज है। हे भगवान, ऐसा न कभी देखा, न कभी सुना!...मुहल्लेवाले थू-थू करते हैं।''

बाबूजी हारे हुए सिपाही की तरह बैठकर दातौन कर रहे थे। जीभी से जीभ को साफ करते समय जोर-जोर से 'उकासी' करते हुए बोले–''ठीक तो है। अब पैसा खर्च करके सिनेमा क्यों देखने जाएगी; घर बैठे ही 'डानस' देखो...।''

माँ महीने में तीन-चार बार सिनेमा देखती है। पान और सिनेमा की आदत बहुत पुरानी है। रोज पचास बीड़े पान खाती है। बाबूजी मछली के बिना एक कौर मुँह में नहीं डाल सकते। कहते हैं, मछली खानेवालों के बच्चे ज्यादा होते हैं। बच्चों में भी, लड़कियाँ! सात बहनों में एक बहन जन्मते ही–सौरघर में ही–मर गई। छह बहनों में विमला और निर्मला की शादी हुई है।...निर्मला का गौना नहीं हुआ है। लेकिन उसका दूल्हा जब आता है, निर्मला के साथ सोता है। मुझे यह जरा भी पसन्द नहीं। मगर माँ चाहती है। और खुद निर्मला को कमरे में ठेल आती है।...निर्मला के दूल्हा से माँ 'मुँहामुँही' बतियाती ही नहीं, हँसी-दिल्लगी भी करती है। साथ में सिनेमा जाती है। कहेगी–'लजाने की क्या बात? जैसा बेटा रामप्यारे, वैसा ही रामबिलास!'

हुं! वैसा ही रामबिलास! बिलसवा साला इतना बड़ा हरामजादा है कि एक दिन विमला को 'मोलेस्ट' कर दिया। विमला रोने लगी तो माँ ने हँसकर कहा, ''हँसी-दिल्लगी में भी रोती है?...हँसी-दिल्लगी नहीं, रामबिलास मुँगेर के बड़े साहूकार का बेटा है। बीड़ी कम्पनी और गल्ले की आढ़त है। उसके दो छोटे भाई हैं। और माँ को विश्वास है कि उसके भाइयों से अमला और सरला की बात पक्की हो जाएगी–रामबिलास चाहे तो...।

इसलिए रामबिलास जो चाहता है, करता है। बाबूजी भी चुप लगा जाते हैं। मैं भी कुछ नहीं बोलता। सुना है, नई गाड़ी खरीद रहा है। खरीदेगा नहीं भला? अनाज का व्यापारी है। कंकड़-पत्थर के पैसे हैं। माँ अभी से रामबिलास की गाड़ी पर चढ़कर बनारस-प्रयाग जाने का प्रोग्राम बना रही है।

माँ जब बनारस या कोई 'तीरथ' करने की बात करती है, मुझे 'बिल्ली चली हज' वाली कहावत याद आती है।...बेचारी नवादावाली! सोनपुर मेला देखने की लालसा मन में लेकर ही चली गई!

मैं जानता हूँ, माँ जब तीरथ पर जाएगी–विमला को भी ले जाएगी! नहीं तो छोटकी की 'आयागिरी' कौन करेगी? दिन-रात पिपहीबाजा की तरह रोती रहती है और पेट-मुँह हमेशा चालू...!

और विमला यदि गई माँ के संग, वह साला बिलसवा 'तीरथ' में कहीं-न-कहीं विमला को–माने 'क्रिमिनली-एसाल्ट' करेगा!...इसके बाद कहीं कुछ हो गया तो मरूँगा मैं। बूढ़े-बूढ़ी को क्या है? न लाज–न धरम!...मिल्क-सप्लाई का छोकरा साला

गुंडा है। यदि इसी तरह हर 'संकरात' और एकादशी और पूर्णिमा को एक बोतल फाजिल दूध वह देता रहा तो किसी दिन विमला को लेकर भाग भी जा सकता है।... सिर्फ दूध ही नहीं, आजकल माँ के लिए एक दिन बाद एक 'ढोली' मगही पान भी ले आता है, हरामी!

अभी कौन जगा? किस कमरे का दरवाजा खुला? सीढ़ी से ऊपर कौन आया? नीचेवाली बेवा बंगालिन ऊपर क्यों आई? यह औरत भी एक 'छटी' हुई है; अपने को पूरब बंगाल की कहती है। बड़ी चालू! सिन्दूर लगाकर सधवा हो जाती है और अपने बीमार पति के लिए चन्दा उगाहती फिरती है। फिर दूसरी बार चन्दा करने निकलती है सिन्दूर पोंछकर–पति के मरने पर! तीसरी बार लड़की की शादी कराने के लिए...दो बेटियाँ हैं। बड़ी की दो बार शादी करा चुकी है। दोनों बार एक सप्ताह स्वामी के साथ रहकर भाग आई उसकी लड़की। लेकिन दोनों बार मुकदमा जीत गई। पिछले साल से हम लोगों के नीचेवाले कमरे में रहती है। माँ से दो बार लड़ चुकी है। मुझसे छिपकर बात करती है। जब बाबूजी दुकान पर नहीं रहते हैं, वह अपनी बेटी के साथ पहुँच जाती है।...कह रही है, बड़ी को रख लो, माने शादी कर लो। छोटी लड़की ने मुझे उस दिन 'जमाय बाबू' कहकर पुकारा तो उसकी माँ और बड़ी बहन हँस पड़ीं... उसकी माँ कह रही थी–'दू-दू बार शादी हुआ तो क्या! लड़की किसी के साथ सोई ही नहीं...!'

यह कहाँ आई थी इतनी रात को? किसके साथ गप करके–फिसफिसाकर–चली जा रही है? धीरे-से सीढ़ी पर इसे जाकर पकड़ूँ। कह दूँ–तुम्हारी बेटी से अभी शादी करेगा हम? नहीं, चुपचाप रहना ही ठीक होगा। लो, साली सीढ़ी पर फिसलकर लुढ़क गई शायद। बंगला में कोई गाली दी उसने! किसको?

लेकिन ससुरी आई थी कहाँ? अब कौन जा रही है सीढ़ी पर से नीचे? टोकूँ? नहीं, चुप रहना ही अच्छा है। आज माँ ने जरूर 'ड्रिन्क' किया है। जिस दिन माँ सिर 'टीपने' के लिए बाबूजी के कमरे में शाम से बन्द रहती है, सभी जानती हैं, यहाँ तक कि छोटकी भी जानती है कि उस दिन माँ पर कोई प्रेतनी आकर सवार हो जाती है। बाबूजी चार बजे भोर तक के लिए एकदम बेहोश हो जाते हैं। माँ जब तक जगी रहती है, घर में कुहराम मचा रहता। लड़कियाँ हर बात में मार खाती हैं। छोटकी (पता नहीं, क्या नाम रखा है उसका!) रात-भर रोती रहती है। विमला उसे 'आ-हा, ओ-हो, आ रे तोता, आ रे मैना' गा-गाकर सुनाती खुद सो जाती है। जरा भी आँख लगी कि छोटकी समझ जाती और जोर से चीखने लगती है। इस पर भी विमला नहीं जगी तो माँ लात से मारकर जगाती है। कभी-कभी छोटकी के साथ विमला की 'रुलाई' भी सुनाई पड़ती है...।

सीढ़ी की रोशनी जली। किसके गले की आवाज?...लो, यह साला नाम लेते ही पहुँच गया–बिलसवा! इसीलिए, आज माँ की नींद खुली है! अभी कोई मर भी जाता

तो माँ नहीं उठनेवाली थी। तो नीचे की बंगालिन 'जमाई बाबू' के आने की सूचना ही देने आई थी? मैंने समझा कि 'घर-भाड़ा' के बारे में कुछ कहने के लिए आई है।...पिछले छह महीने का किराया मैंने कबूल किया है कि मैं पा गया।...छोटकी ने अब छत फोड़नेवाली आवाज में रोना शुरू किया। विमला उसको लेकर बाहर निकली। विमला को मना कर दूँ—रामबिलास से बोलना-बतियाना मत! अभी पीकर 'डाउन' होगा। नहीं, चुप ही अच्छा...!

नहीं, अब चुप रहना ठीक नहीं; अब कुछ करना होगा। बाबूजी की नाक जोर से बज रही थी। जी करता है, जाकर नाक में 'सुड़सुड़ी' लगा दूँ। लेकिन कुछ करो, अपनी आँख नहीं खोलेंगे। मुझे आज कुछ करना ही होगा। मैं माँ के साथ विमला को नहीं जाने दूँगा।...मिल्क-सप्लाई से दूध लेना बन्द कर दूँगा। बाबूजी से कल साफ-साफ कह दूँगा—अब बरदाश्त नहीं कर सकता!

मैंने तभी पुकारकर कहा, "विमला! पाहुन को बगलवाले कमरे की चाबी दे दो। और तुम लोग अपने कमरे में जाओ!" बिलसिया साला न जाने क्या-क्या बेबात की बात बोल रहा था। चुप हो गया।

बाहर निकलकर देखा, माँ बाल खोले प्रेतनी की तरह खड़ी चुपचाप देख रही थी और रामबिलास विमला को छू-छूकर दिल्लगी कर रहा था।

मैंने कड़े स्वर में माँ से कहा, "तुम यहाँ इस तरह खड़ी क्या कर रही हो?"

माँ ने सिर पर कपड़ा लिया और कमरे में चली गई, तुरन्त डरती हुई! मुझे अच्छा लगा माँ का इस तरह डरना। विमला ने जल्दी-जल्दी दरवाजा बन्द किया। बाहर की रोशनी बुझा दी गई। मुझे यह भी अच्छा लगा। किन्तु इसके बावजूद हुंकारकर कहा, "मुझे यह सब बेहयाई एकदम पसन्द नहीं!"

विमला ने रोती हुई छोटकी को डराया—"चुप? भैया मारेंगे!" छोटकी तुरन्त चुप हो गई। माँ ने कहा, "मेरे पास आएगी छोटकी?" छोटकी पिपही की तरह रोती हुई बोली, "हाँ-आँ।" माँ ने उसे अपने पास बुला लिया। माँ के पास जाते ही 'टन-टन' कर बतियाने लगी छोटकी। मैंने आज जाना कि छोटकी बोलना भी जानती है! बहुत मीठी बोली है छोटकी की! माँ ने पूछा—"तुम्हारे भैया का नाम क्या, छोटकी?" उसने तुतलाकर मेरा नाम भी ठीक ही बताया। मुझे बहुत अच्छा लगा।

छोटकी से बोलती-बतियाती माँ सो गई, शायद। छोटकी भी सो गई। खिड़की से झाँककर देखा, मद्धिम रोशनी में...माँ चित्त सोई है। उसकी छाती पर छोटकी सो गई, दूध पीती हुई!...गौर से देखा, छोटकी की ललाट मेरी ही तरह है और उसका चेहरा मुझसे मिलता-जुलता है।...मैं भी इसी तरह माँ की छाती पर सोया होऊँगा कभी।...कितनी अच्छी है मेरी माँ!

कल माँ को सिनेमा दिखाने ले जाऊँगा। सिनेमा ही नहीं, 'तीरथ' में ही ले जाऊँगा। माने, बिलसवा के साथ नहीं जाने दूँगा। नहीं, नहीं हरगिज नहीं!

सभी सो गए? अब मेरा मन बार-बार सीढ़ियों से उतरकर उस कमरे के दरवाजे पर 'ठक-ठक' करना चाहता है जिसमें दो-दो मर्दों को धोखा देकर भाग आई जवान लड़की सोयी हुई है...!

मैं सीढ़ियों से नीचे उतर रहा हूँ—चोर की तरह नहीं, एकदम निडर होकर। सिगरेट सुलगाया। खखासकर गला साफ किया।...मैं चाहता हूँ कि माँ, बाबूजी, विमला, सभी जानें कि मैं नीचे के उस कमरे में जा रहा हूँ...।

अप्रैल, 1967

मिथुन राशि

रूमा जब चली गई तो मैं ड्रेसिंग-टेबुल के पास जाकर अपना मुखड़ा दर्पण में देखने लगा।...नहीं, एक भी बाल कहीं सुफेद नहीं। चेहरे के किसी कोने में झुर्री नहीं। किन्तु रूमा जब तक रही, मुझे लगता रहा कि, मेरे सिर के सभी केश पटसन की तरह सुफेद हो गए हैं, चेहरे पर झुर्रियाँ पड़ गई हैं और मेरी दन्तपंक्तियाँ नकली हैं।

रूमा मेरे फ्लैट में अकेली कभी नहीं आई। जब आती, अपने छोटे भाई गोपू या छोटी बहन डॉली के साथ। तब कभी मैंने ऐसा महसूस नहीं किया बल्कि, ठीक उलटा! यानी, जब तक रूमा रहती, मेरी कनपटी गर्म रहती। नाक और होंठों के कगार पर लगता—चींटी चल रही है, रह-रहकर। और, मेरी आँखों में रूमा न जाने, क्या देखती कि अपनी छाती के आसपास के कपड़े ठीक करने लगती।...

किन्तु इस बार लगा, कि वह मेरे मुँह पर तमाचा मारकर चली गई है। उसको अकेली आई देखकर, मुझे अचरज हुआ था। मैंने पूछा था, ''अकेली ही आई हो?''

वह हँसकर बोली—''अकेली हूँ तो 'दुकेली' कैसे आऊँ? किसको साथ लाऊँ?''

''क्यों, गोपू, डॉली...?''

रूमा हँसने लगी--सशब्द! हँसती-हँसती लोट-पोट हो गई। फिर बोली—''जानते हैं? अरूप भाई ने 'गोपू, डॉली' का क्या नाम दिया...?''

अरूप का नाम लेते समय आज उसकी आँखों में लाज की हल्की झलक दिखलाई पड़ी। बोली—''काका!...'एक प्रॉब्लम' लेकर आई हूँ।''

''ठहरो, पहले मैं चाय का 'प्राब्लम' हल कर लूँ।'' कहकर मैं रसोईघर में घुसा।

''नहीं।...चाय-वाय का झमेला छोड़िए। आज कुछ भी खाने-पीने का जी नहीं होता।...सुनिए न...!''—कहती हुई वह रसोईघर में घुस आई।

मैं रूमा का साहस देखकर चकित था। वह मेरे कन्धों को छूकर, बच्ची की तरह मनुहार-भरी बोली बोलने लगी—''हुँ-ऊँ-ऊँ। काका! कहिए ना...मैं क्या करूँ काका... ।''

मुझे अवाक् देखकर भी उसके हाव-भाव में कोई परिवर्तन नहीं हुआ। कहती गई—''चाय-वाय रहने दीजिए! पहले मेरी बात... ।''

''बिना चाय पीए, मैं अपनी ही कोई समस्या नहीं सुलझा सकता–यह तुमको शायद नहीं मालूम। चलो, तुम उस कमरे में बैठो।''

चाय पीते हुए मैंने पहला सवाल किया–''यह बताओ, कि भाई साहब या भाभी को यह मालूम है कि तुम मुझसे मिलने... ।''

वह हाथ के 'पोथी-पत्तर' की ओर दिखलाकर हँसी–''पढ़ने आई हूँ। बाबा को मालूम है, कि आपने 'कबीर' का गहरा अध्ययन किया है।''

''लेकिन उन्हें यह भी अच्छी तरह पता है कि मैं 'सन्त कबीर' नहीं।'' वह खिलखिलाकर हँस पड़ी थी। उसकी खुली हँसी मुझे भली लगी। मैंने पूछा–''अब बताओ, कैसी समस्या है। दैहिक, दैविक या...?''

हालाँकि हम दोनों के अलावा वहाँ कोई तीसरा नहीं था, फिर भी वह मोढ़ा खिसकाकर, मेरे पास आ गई और आवाज को एकदम मद्धिम करके कहने लगी–''काका!...आपसे क्या लाज?...बात यह है कि...अरूप भाई...अरूप भाई...क्या बताऊँ!''

मैंने कहा–''बताने की जरूरत नहीं। समझ गया। अरूप भाई नहीं, सिर्फ अरूप कहो।''

लगा, रूमा मुझसे लिपट जाएगी। मगर, लिपटी नहीं। बोली–''आप कितने अच्छे हैं काका! इसीलिए तो आपकी शरण आई हूँ। अरूप भाई...अरूप ने भी कहा... ।''

मैंने गम्भीर होकर कहा–''तो मामला 'ढाई आखर' का है?''

''हाँ, काका!''–रूमा हँसती गई।

''शादी करना चाहते हो तुम लोग?''

''जाहिर है।''

''बाधा क्या है?''

''जी, बाधा...बाधा...जाति की...समाज की...''

मैंने कैलेंडर की ओर देखा–9 जुलाई, 1969! और, एक लम्बी साँस लेकर मन-ही-मन आवृत्ति करने लगा–''हे मोर दुर्भाग्य-देश जादेर कोरेछे...अपमान... ।'' बोला–''क्या करना होगा मुझे?''

''जी अभी कुछ नहीं। लेकिन, बाद में आपको ही सबकुछ करना होगा।''

''तात्कालिक समस्या क्या है?''

''तात्कालिक? मैं अरूप भा...मैं अरूप से खुलकर बातें कर लेना चाहती हूँ।''

''अब तक खुलकर बातें भी नहीं हुईं?''

''कहाँ हुईं कभी। हालाँकि, वह रोज आते हैं... ।''

''आते हैं नहीं। आता है... ।''

ऐसे जवाब पर लीला कभी-कभी खिलखिलाकर हँस पड़ती। मुझे दुनिया के हर प्राणी की हँसी और खुली हँसी भली लगती है। एक बार इस तरह हँस लेने के बाद वह स्खलित-सी हो जाती और तब झगड़ने का इरादा भी बदल देती। किन्तु, उस दिन वह तुली हुई थी, मानो।

''और कमला? उसको तुमने छोड़ा या...?''

''हाँ, कमला को मैंने ही छोड़ा।''

''क्यों?''

''जब तक मैं बीमार न पड़ जाता, वह मुझे कभी प्यार नहीं करती थी।''

''अब तुम बात बनाने लगे''–लीला चिढ़कर कहती।

मुझे झकझोरकर जगाती हुई कहती–''तुम अपने गाँव की किसी औरत से शादी कर लो। समझे!''

मैं गम्भीरतापूर्वक कहता–''बात यह है कि गाँव की औरतों को सप्ताह में दो-तीन बार नहीं पीटो तो समझती हैं कि उनका पति उन्हें प्यार नहीं करता। और, औरतों को पीटना असभ्यता है न।''

''मुझे भी छोड़ दोगे किसी दिन?''

''कौन किसको छोड़ेगा, यह कौन कह सकता है?''

और लीला जिस रात को इस फ्लैट से निकलकर हॉस्टल में रहने चली गई, उस दिन सारी दोपहरी रूमा की माँ हमारे फ्लैट में थी। रात में लीला ने पूछा था–''तुम इतनी शराब क्यों पीने लगे हो?''

''तुम इधर शराबबन्दी पर इतना ज्यादा लेक्चर क्यों पिलाने लगी हो?''

''मुझे मालूम है सब। जब किसी और से पिंड छुड़ाना होता है, तुम ज्यादा पीने लगते हो। है न?''

''होगा। सम्भव है...।''

''तुम जानवर हो।''

''अचरज की बात है। आखिरी रात को रेणुका और कमला ने भी यही कहा था, हू-बू-हू।''

''मैं आखिरी रात भी नहीं रहूँगी। अभी जाती हूँ...।''

यदि उस रात को मैं पलँग से उठकर दरवाजे के पास जाकर खड़ा हो जाता और पुरुषोचित दर्पभरी बोली में उसे डाँटकर प्यार प्रदर्शित करता और बाँहों में जकड़कर कहता–'मैं मर जाऊँगा, मर जाऊँगा। तुम मत जाओ। लीलारानी–मेरी जान–मुझे माफ कर दो...' तो, सम्भव है वह रुक जाती। किन्तु उस दिन व्हिस्की में शायद टिंचर-आयोडिन मिला हुआ था। वर्ना तीन ही पेग में मेरी वैसी दुर्दशा क्यों होती!... उठकर दरवाजा भी बन्द नहीं कर सका। रातभर, पुरवैया के झोंके पर, किवाड़ के पल्ले धड़ाम् से खुलते-बन्द होते रहे रह-रहकर। और हर धमाके पर तनिक आँखें

खुलतीं तो लगता, मैं तूफान मेल के स्लीपिंग-कोच में लेटा हुआ हूँ और गाड़ी अपनी पूरी रफ्तार में भागी जा रही है...।

सुबह जब उठा तो तब तक लीला के, घर छोड़कर जाने की बात, सारे जवाहरनगर में फैल चुकी थी—सूरज उगने के बहुत पहले ही।

रूमा का पिता मेरा मित्र है। मुझसे तीन-चार साल ही बड़ा होगा। मगर खोपड़ी गंजी हो गई है। रसिक व्यक्ति है। रस-भरे वातावरण में ही उससे पहली मुलाकात हुई थी। पर बीवी के सामने चूँ भी नहीं कर सकता कभी। मेरा अनुमान है, बीवी उसे पीटती होगी।

मुझे याद है, लीला के जाने के बाद एक दिन रास्ते में, मुझे देखकर, हमेशा की तरह उसने गाड़ी रोक दी थी—''घर चल रहे हो न? आओ।''

मुझे उसने सैकड़ों बार लिफ्ट दिया था। वह मुझे फ्लैट के पास कभी नहीं छोड़ता। सीधे अपने फ्लैट में ले जाता। हँसते हुए अपनी बीवी को पुकारकर कहता—''देखो, किसको पकड़कर लाया हूँ। अब इसके बहाने मुझे भी एक कप कॉफी...।''

किन्तु उस दिन मेरे फ्लैट के सामने गाड़ी रोककर उसने कहा, '' 'मेरी मदाम' आजकल तुमसे इस कदर नाराज हैं कि तुम्हारा नाम भी नहीं सुनना चाहतीं। लीला से उसकी गहरी दोस्ती हो गई थी न!''

मैंने गाड़ी से उतरते हुए कहा था—''उसकी दोस्ती रेणुका और कमला से भी गहरी हो गई थी।''

करीब डेढ़ साल के बाद, पिछले महीने अचानक खादी ग्राम उद्योग भवन में रूमा की माँ जब मिली, तो ऐसा लगा कि वह मुझसे मिलने के लिए न जाने कब से आतुर थी। उस दिन उसके उग्र, तीव्र और मारात्मक 'मेकअप' के कारण मैं उससे बातें करने का साहस नहीं बटोर सका था। इसलिए रूमा से पूछने लगा—''कैसी हो रूमा?''

डेढ़ वर्षों में ही रूमा काफी बड़ी हो नहीं गई थी, बड़ी दीखने लगी थी। मैंने उसकी माँ से कहा था—''रूमा तो आपकी छोटी बहन कनक की तरह लगती है।''

रूमा की माँ गद्‌गद होकर बार-बार घर आने का निमन्त्रण देने लगी—''आइए न किसी दिन!''

लेकिन मैं वादा करके भी नहीं गया। तब गोपू और डॉली के साथ रूमा को मेरे पास मुझे बुला लाने को भेजा था। इसके बाद रूमा के पिता ने मुझे फिर रास्ते में गाड़ी देकर लिफ्ट देना शुरू कर दिया। रूमा की माँ अपने बच्चों के साथ फिर फ्लैट में आने लगी। अब कभी रेणुका, कमला अथवा लीला की चर्चा नहीं छेड़ती। तीनों की तस्वीरों को अगल-बगल टँगी देखकर भी नहीं। इसीलिए रूमा के माता-पिता और रूमा ने मुझे अचानक इस तरह 'इंद्रियजीत और सन्त' समझना शुरू किया तो मुझे अचरज हुआ था। रूमा मुझसे नहीं डरती और न लजाती है—यह सब अपमानजनक

था मेरे लिए। उस दिन रूमा के जाने के बाद मैंने अपने को फिर ढूँढ़कर निकाला। अपने ऊपर पड़ी हुई धूलगर्द को बहुत झाड़-पोंछकर देखा, रोम-रोम में आग की बूँदें अब भी जगमगा रही हैं!...नखों और दाँतों की धार अब भी वैसी ही तेज है! किसी भूख की आग मन्द नहीं हुई है!

दूसरे दिन रूमा आई और आते ही पूछा–"अरूप नहीं आया है?" फिर घड़ी देखकर उसने सवाल का जवाब खुद ही दिया था–"आता ही होगा।"

मैंने पूछा–"अरूप के आने के बाद मुझे कितनी देर के लिए बाहर चला जाना होगा?"

"एक मिनट के लिए भी नहीं। आप उस कमरे में रहेंगे।"

"तुम्हें कोई असुविधा तो नहीं होगी?"

"कैसी असुविधा?...छिः काका! आप भी कैसे हैं! हम सिर्फ बातें करेंगे।...आप चाहें तो इस कमरे में बैठे रह सकते हैं।"

दरवाजे की कुंडी खड़की। रूमा दौड़कर दरवाजा खोलने गई। अरूप नहीं, डाकिया टेलिग्राम लेकर आया था। रूमा को देखकर डाकिया ऐसा अप्रतिभ हुआ कि दूसरे का टेलिग्राम मुझे थमाने लगा। मुझे उसकी हालत पर हँसी आई... बेचारा!

रूमा बेचैन हो गई। एक घंटा गुजर गया। अरूप नहीं आया। वह उदास होकर धीरे-धीरे बुझने लगी।...लगा, अब रो देगी।

एक बार कुंडी खड़की तो रूमा उठी नहीं। मैंने दरवाजा खोलकर देखा, अरूप आया है। मैंने कहा–"रूमा कब से इन्तजार कर रही है।" किन्तु अरूप हकलाने लगा। पहले तो अकबकाया, फिर सँभलकर मेरे चरण छूने के लिए झुका और मेरे दोनों घुटनों को छूकर प्रणाम किया।...चरण के बदले घुटनों को छूकर प्रणाम करने की प्रथा इधर चल पड़ी है। किन्तु इस अल्ट्रा-मॉडर्न दाढ़ी को, इस तरह झुकते देखकर, मुझे अचरज हुआ। उसकी झुकी निगाहें, उसके सिर के अस्तव्यस्त ढंग से सँवारे गए बालोंवाले चेहरे से, मेल नहीं खा रही थीं?

रूमा आकर अरूप को ले गई। मैं दूसरे कमरे में जा रहा था, रूमा ने टोका–"काका! आप...!"

"मैं जी. पी. ओ. से हो आता हूँ। यह रही चाभी।"

"आपको असुविधा...।"

मैं इस समय रूमा की कोई बात नहीं सुनना चाहता। अरूप के आते ही मेरे अन्दर ग्लानि-सी छा गई थी। मैंने रूमा के अन्तिम सवाल का भी कोई जवाब नहीं दिया। जी. पी. ओ. जाने की जल्दबाजी में ऐसे सवालों के जवाब नहीं दिए जा सकते हैं।

मुझे कहीं नहीं जाना था। रात देर से सोया था। इसलिए अभी सोना चाहता था।

लेकिन...अपनी मूर्खता के कारण इस चिलचिलाती धूप में भटकने के लिए निकल पड़ा। क्या जरूरत थी ऐसे मामलों में पड़ने की? मैं रूमा को डाँट सकता था। यानी, उसके प्रस्ताव को सुनकर मुझे नाटकीय ढँग से उसके पिता के मित्रोपयोगी संवादों को दुहराना उचित था। किन्तु, रूमा के अधकचरे प्रेम की इस नाजुक घड़ी में, मैंने प्रेमियों का उपकार करनेवाले एक भद्रजन की भूमिका स्वीकार कर ली।...अहा! दो दिलों को मिलाने में कितना पुण्य, कितना आनन्द...!

मुझे अपने-आप पर क्रोध बढ़ता गया और अपने को सजा देने के लिए मैं गांधी मैदान तक पैदल चलता गया। जब पसीने से लथपथ और प्यास से बेकल हो गया, तो स्वयं पर दया आ गई और सेन्ट्रल-बार में अपने को बीयर पिलाकर मनाने के लिए दाखिल हो गया।...दो बोतल बीयर पीने के बाद, मैंने अपनी एक झलक झाग-भरे बीयर के झिलमिलाते मग पर देखी–दाँत और नाखून तेज करता हुआ, घात लगाकर बैठा हुआ प्राणी! वासना की आग में जलता हुआ जाम!...अब घर चलो मेरी जान!

लौटकर दरवाजे पर ताला नहीं लटका देखकर झुंझलाया। कह रही थी कि हम सिर्फ बातें करेंगे काका!...अब तक बातें ही कर रही है! रूमा ने दरवाजा खोलकर अपनी जो सूरत दिखलाई, उसे पढ़ने के लिए मुझे अपने को तनिक सँभालना पड़ा। पूछा–''क्या बात है?''

रूमा बोली–''काका! यह अरूप तो सचमुच महा बोदा किस्म का लड़का है।''

''तुम नहीं जानतीं कि निहायत बोदे किस्म के लोग ही अच्छे और निर्भर योग्य पति? सफल प्रेमी होते हैं!'' मैंने गम्भीरतापूर्वक कहा।

रूमा अब हँसने लगी। और, इसी हँसी को देखकर मैं मूर्खता करना शुरू कर देता हूँ। बोली–''अरे, यह तो दादी की दुहाई देने लगा कि दादी चाहती है कि...और दादी के इस पोते ने यह भी कह दिया कि फलाने बाबू चालीस हजार नकद दे रहे हैं तिलक!''

मैं जब दिलचस्पी लेने लगा तो रूमा को याद आई अचानक। ''काका! आपको बहुत कष्ट दिया आज। माफ करेंगे।''

''आखिर बात कहाँ तक पहुँची?''–मैंने असभ्यता शुरू कर दी। किन्तु रूमा अप्रतिभ नहीं हुई, तनिक भी। बोली–''बात? काका, वह तो थरथर काँप रहा था और जब तक रहा, उसको यकीन ही नहीं हुआ कि आप कहीं बाहर चले गए हैं। और रहा ही कितनी देर। आपके जाने के बीस मिनट बाद ही वह यहाँ से इस तरह भागा, मानो कोई ताला लगाकर कमरे में बन्द किए हुए था!...छिः, आई हेट!''

''देखो, अभी 'हेट-वेट' मत करो। एकाध बार फिर बातें करके देख लो।''–मैंने सलाह दी।

वह चलने लगी तो बोली–''तो आपकी यह चाभी रख लेती हूँ...एक दिन फिर

बुलाया है।''

मैंने यह नहीं पूछा कि किस दिन बुलाया है, क्योंकि ऐसे समय में मुझे फिर रूमा के एक ऐसे काका का तन-मन प्राप्त हो गया, जिससे रूमा एकदम नहीं डरती। रूमा बोली–''दो घंटे तक क्या जी. पी. ओ. में ही रहे?'' तब मुझे याद आया कि मुझे एक सप्ताह के लिए पटना से बाहर जाना पड़ेगा–कल ही। सुनकर रूमा बोली–''आपकी अनुपस्थिति में क्या मैं...हम लोग...यहाँ नहीं आ सकते?''

''क्यों नहीं, चाभी तो तुम्हारे पास ही है।''

रूमा ने बच्चों की तरह मचलकर कहा–''काका! आप मुझ पर कितना विश्वास करते हैं।''

मैं कहना चाहता था कि मुझ पर इतना विश्वास करके, मुझे लज्जित और अपमानित मत करो रूमा!...किन्तु अन्दर बैठा हुआ कोई मुझे मन की बात कहने और करने के पहले ही सतर्क कर देता–''अभी एक शब्द नहीं!...अभी कोई हरकत नहीं।...तुम कुछ मत बोलो।''

एक सप्ताह बाहर बिताकर लौटा। ताला खोलकर अन्दर कदम रखते ही समझ गया कि यहाँ लोग बराबर आते हैं। कमरों के फर्नीचर और आलमारियों और तस्वीरों को इधर से उधर और उधर से इधर कर दिया गया है...रेडियोग्राम की जगह बदल दी गई है।

रूमा आई तो सबसे पहले कमरों में इस तरह रद्दोबदल के लिए माफी माँगने लगी–''उस कमरे से आपकी सभी तस्वीरों को हटा दिया। इधर पर्दा लगाया। मगर, सब बेकार।...अब क्या बताऊँ कि यहाँ आते ही उसकी कैसी हालत हो जाती।... अंग्रेजी फिल्मों में दिखलाया जाता है न...चलते-चलते हठात् सबकुछ रुक जाता है–स्टैन्डस्टिल–ठीक वैसा ही।''

मैंने कहा–''उसको फिल्म की भाषा में फ्रीज कहते हैं।''

रूमा बोली–''बस, समझिए कि फ्रीज...।''

मैंने मन के पर्दे पर देखी–अरूप की फ्रीज-छवि!

रूमा उदास नहीं थी। कहने लगी–''अच्छा हुआ।...मैंने तो कह दिया इस बार–मैं बाल-बाल बच गई अरूप! अगर, इस तरह मिलने का मौका नहीं मिलता तो मैं तुम्हारे प्रेम में डूबकर मर जाती।''

जब रूमा ने उस दिन भी जाते समय चाभी नहीं दी तो मैंने मन-ही-मन तय किया–ताला बदल दूँगा।

शाम को बाहर निकल रहा था कि रूमा की माँ ने दरवाजे पर दस्तक दी। दरवाजा खोलते ही झड़ी लग गई–''क्या, रूमा यहाँ आती है? किससे मिलने? अरूप? आपने हमें इसकी सूचना क्यों नहीं दी? अपने फ्लैट की चाभी क्यों दी? आपको क्या कहा जाए? आप हमारे शुभचिन्तक होते तो...क्या रूमा के शुभचिन्तक...हमसे

बढ़कर, माँ-बाप से बढ़कर शुभचिन्तक आप हैं?...क्या? वह कब आती है और कब जाती है, यह आपको नहीं मालूम? मुझे आप बच्ची समझते हैं? मैं आपको अच्छी तरह पहचानती हूँ। अरूप का नाम तो आप बेकार लेते हैं—छिः-छिः, आदमी को जरा इस बात का भी खयाल करना चाहिए कि...। आप बड़े चालाक समझते हैं अपने को? बेचारे के अरूप के नाम पर खेलना चाहते हैं?''...

दूसरे दिन रूमा की माँ सुबह ही आ धमकी—''यह मत समझो कि रूमा बालिग हो गई है और वह अपने मन की कर सकती है। यह मत समझो कि हम लोग चुपचाप बैठे रहेंगे। तुम्हें हथकड़ी पहनाकर जेल न भेजा, तो हमारा नाम नहीं!''

शाम को फिर आई—''मैं तुमसे भीख माँगने नहीं आई हूँ। मैं तुमको चेतावनी देने आई हूँ—मैं अपनी बेटी को जानती हूँ। उसके अन्दर कितना जहर है, यह मैं जानती हूँ। वह कमला, रेणुका, लीला नहीं—रूमा है। एक महीने में छट्टी का दूध याद करा देगी समझे? वह बच्ची नहीं।''

उस दिन दोपहर में रूमा आई तो पूछने लगी—''माँ आज भी आई थी?''

मैंने कहा—''नहीं तो।''

रूमा बोली—''मैं आज चली आई हूँ।''

''क्या मतलब!''

''मैं अब यहीं रहूँगी। मैंने माँ से कह दिया है।''

''लेकिन, मुकदमेबाजी मुझे पसन्द नहीं।''

''कौन करेगा मुकदमा? माँ?'' रूमा हँसी।

''वह रोज धमकियाँ दे जाती हैं।''

रूमा हँसती रही। फिर बोली—''माँ आपको बहुत दिनों से प्यार करती है। वह आप पर नाराज नहीं हो सकती कभी।''...

''यह तुमको कैसे मालूम?''

''मैं उनकी बेटी हूँ न!''

उसी दिन शाम को गोपू और डॉली के साथ रूमा का नौकर रूमा के कपड़े और किताबों की गठरी लेकर आया! रूमा ने गोपू और डॉली को प्यार से कहा—''रोज आना एक बार! समझे?''

कई दिनों के बाद, दोपहर को, दरवाजे की कुंडी इस तरह खड़खड़ाई कि मैं चिढ़ गया। रूमा की माँ थी। बोली—''मैं रूमा से एक बार मिलना चाहती हूँ। यह मत समझना कि हम चुपचाप...''

मैंने मद्धिम आवाज में कहा—''रूमा अभी सो रही है। आप जोर-जोर से बोलेंगी, तो उसकी कच्ची नींद खुल जाएगी और फिर सिर-दर्द शुरू होगा तो रात-भर छटपटाती रहेगी।''

वह मारे गुस्से के दाँत कटकटाने लगी—''बड़ी आई है सोनेवाली! कच्ची नींद

निकालती हूँ अभी...।''

वह अन्दर आना चाहती थी। मैंने दरवाजा बन्द करते समय इस बात का पूरा खयाल रखा कि जोर का धमाका न हो, यद्यपि रूमा कमरे से इशारे से जो कुछ कह रही थी उसका मतलब था–'जोर से धमाके के साथ दरवाजा बन्द कर दो।'

मैंने सुना–सिर्फ मैंने ही सुना–रूमा की माँ दरवाजे के उस पार फिसफिसाकर कह रही थी–''माथुर! मैं तुम्हारे भले के लिए ही कह रही हूँ...! सुनो...!!''

1970

अक्ल और भैंस

जब अखबारों में 'हरी क्रान्ति की सफलता और चमत्कार की कहानियाँ बार-बार विस्तारपूर्वक प्रकाशित होने लगीं, तो एक दिन श्री अगमलाल 'अगम' ने भी शहर का मोह त्यागकर, खेती करने का फैसला कर लिया। गाँव में, उनके चार-पाँच बीघे जमीन थी जिसे बटाईदारी पर उठाकर, अगमलालजी 'अगम' आज से सात साल पहले ही गाँव छोड़कर जिला के सदर शहर में आ बसे थे। चूँकि उनके नाम के साथ उनका 'उपनाम' भी लगा हुआ था, इसलिए शहर के लोगों को यह जानने में देरी नहीं लगी कि 'अगमजी' एक साहित्यिक प्राणी हैं। एक मित्र से किसी वकील की मुहर्रिरी करने की पैरवी करवाई तो वकील साहब ने उनके उपनामयुक्त नाम पर ही एतराज किया–"एक ही साथ दो नाम रहना गैर-कानूनी है। और जिसका नाम ही गैरकानूनी हो वह कानूनी कारबार कैसे कर सकता है?" एक सेठजी के घर बच्चों को पढ़ाने का 'टप्पस' लगाया तो सेठजी भी उनके नाम और उपनाम से भड़के। पूछा–क्यों जी? गाणा-वाणा तो नहीं बजाते हो?...नहीं जी, हमें ऐसा मास्टर नहीं चाहिए। चारों ओर से हारकर आखिर एक दिन 'अगमजी' अपने नाम की कुर्बानी करने को तैयार हो गए। अपने नाम के अतिरिक्त-अंश को कतरकर अलग करना चाहते थे कि नौकरी दिलानेवाले देवता अचानक प्रसन्न हो गए, मानो। एक पुराने प्रेस में 'प्रूफ' देखने की नौकरी मिल गई और तब से अगमलालजी 'अगम' अपने अखंड नाम के साथ ही, प्रूफ देखते हुए साहित्य-सेवा में संलग्न थे। किन्तु इस 'हरी क्रान्ति' की हवा ने 'अगमजी' के हृदय को ऐसा हरा बना दिया कि उन्हें चारों ओर हरी-हरी ही सूझने लगी। और अन्ततः एक दिन शहर छोड़कर बोरिया-बिस्तर समेत गाँव वापस आ गए।

गाँव के लोगों ने जब 'अगम'जी के ग्राम-प्रत्यागमन का समाचार कारण सहित सुना, तो उन्हें खुशी नहीं, अचरज हुआ। कई निकट के सम्बन्धियों और शुभचिन्तकों ने उन्हें नेक से नेक सलाह देकर शहर वापस भेजना चाहा। किन्तु 'अगम'जी की आँखों के आगे सदैव 'उन्नत किस्म' के गेहूँ की बालियाँ झूमती रहतीं, 'शंकर मकई' के भूरे-भूरे बाल लहराते रहते। और जब आँखों में नींद आती, तो अपने साथ नए किस्म के उन्नत सपने ले आती–आलू की ढेरी, ऊख के अम्बार और हरे चने और मटर की मखमली खेतीवाले सपने! सो 'अगम' पर किसी की सलाह का कोई असर

नहीं हुआ और वे उत्साहपूर्वक अपने जीवन की 'प्रूफ रीडिंग' यानी भूलों को सुधारने में लग गए।

खेती करने के लिए सबसे पहले हल, बैल और हलवाहे की आवश्यकता होती है। हल और बैल तो खरीद लिए गए। किन्तु हलवाहा की समस्या जटिल प्रतीत हुई। अव्वल तो आजकल गाँव का सबसे निकम्मा आदमी ही हलवाही करता है। निकम्मा अर्थात् जिसे 'घर-घरहट' 'छौनी-छप्पर' और 'कोड़-मकान' का कोई 'लूर' नहीं, जो गाड़ी-बैल भी नहीं हाँक सकता–ऐसे 'फूहड़' आदमी के लिए गाँव में हलवाही के सिवा और कोई धन्धा नहीं। ऐसे लोग, किसी भी गाँव में, आजकल बहुत कम ही मिलते हैं। एकाध हुए भी तो ऐसे लोगों को गाँव के बड़े-बड़े किसान बहुत पहले से ही चारा-पानी खिलाकर यानी 'अग्रिम पारिश्रमिक' (कर्ज नहीं) देकर अनुबन्धित कर लेते हैं, सो बहुत खोज-ढूँढ़ करने के बाद, गाँव का सबसे अपाहिज और काहिल पुरुष बिल्लू दास–'अगम'जी की किस्मत में आकर जुटा। बहुत 'खुशामद-दरामद' और प्रलोभन के बाद–नित्य सुबह-शाम एक गिलास गर्म चाय पिलाने की शर्त पर बिल्लू महाराज राजी हुए। अगमजी ने सबसे पहले उनके नाम को 'प्रूफ रीडिंग' करके सुधारा–बिल्लूदास नहीं, बिलोमंगल! बिलोमंगलजी गाँव के सर्वश्रेष्ठ आलसी माने जाते थे। किन्तु 'मुहरत' के दिन ही 'अगम'जी ने उनको एक गिलास 'औरेंज पिकोदार्जिलिंग' चाय पिलाकर उनकी सारी सुस्ती इस तरह दूर कर दी कि वे तत्काल ही इतने चुस्त हो गए कि उनके अंग-अंग फिल्मी गीतों पर डोलने लगे। हल जोतते समय जब गाँव के अन्य हलवाहे-मजदूर 'बिरहा-बारहमासा' गाते तो बिलोमंगलजी के पैर 'मस्तानी महबूबा' के तर्ज पर थिरकते रहते। इसी प्रक्रिया में एक दिन दाहिने बैल के पिछले पैर में 'फाल' लग गया। 'अगम'जी को यह नहीं मालूम था कि हल का फाल भी इतना खतरनाक हो सकता है कि जरा-सा लग जाने पर महीनों तक बैल लँगड़ा होकर बैठा रहे!

खैर, शुभचिन्तकों और सम्बन्धियों से बैल और भैंस मँगनी करके, 'अगम'जी ने किसी तरह खेतों को तैयार करवाया। कस्बे से रासायनिक खाद खरीद लाए और 'बीज-वपन' के लिए शुभ दिन देखकर–गेहूँ की 'बोवाई' हो गई। 'बोवाई' के बाद दोनों–अगम और बिलोमंगल–इतने प्रसन्न हुए कि रात-भर मिल-जुलकर–डुएट-भाव से–'मिट्टी में सोना' उपजानेवाले गीत गाते रहे। उसी दिन 'अगम'जी ने अपने शहरी साहित्यिक मित्रों को कई लम्बी-लम्बी चिट्ठियाँ लिखीं, जिनमें 'नई खेती' के 'नए अनुभवों' के आधार पर उन्होंने घोषित किया कि खेती करने में, कविता और चित्रकारी करने का आनन्द, एक ही साथ प्राप्त होता है।

कई दिनों तक स्वामी-सेवक 'बोआई' के आनन्द में मग्न रहे कि एक दिन सूर्योदय के एक घंटा पहले ही एक शुभचिन्तक ने आकर दरवाजा पीटना शुरू कर दिया। सुबह के सुनहले सपने को खोकर 'अगम'जी अत्यन्त अप्रसन्न हुए। शुभचिन्तकजी

को भला-बुरा कहना चाहते थे किन्तु, इसके पहले ही शुभचिन्तकजी ने सूचना दी–''तुम सोए हो! जाकर देखो, तुम्हारे खेत में गेहूँ का एक भी दाना बचा भी है या नहीं।''

अगमजी समझ गए, सुबह-सुबह दिल्लगी करके चाय पीने आया है। वे बोले–''क्यों? गेहूँ के दाने कहाँ चले जाएँगे?''

शुभचिन्तक बोले–''अरे, जाकर देखो ना, हजारों-हजार कौआ, मैना और दुनिया-भर की चिड़ियों का झुंड तुम्हारे ही खेतों में पड़े हैं। गेहूँ के दाने चुग रहे हैं।''

''क्या सुबह-सुबह दिल्लगी करने आ गए?'' अगमजी ने कहा।

''मैं दिल्लगी करने नहीं आया, तुमको 'चेताने' आया हूँ।''

अगमजी ने तकिए के नीचे से 'गेहूँ की सफल खेती' नामक पुस्तिका शुभचिन्तक के सामने फेंकते हुए कहा–''मुझे इतना उल्लू मत समझना। मैंने गेहूँ की सफल खेती के बारे में एक-एक शब्द पढ़ लिया है और जहाँ-जहाँ 'प्रूफ' की गलतियाँ थीं उन्हें शुद्ध भी कर दिया है। समझे? इस किताब को खोलकर कहीं भी किसी अध्याय की किसी भी पंक्ति में खोजकर निकाल दो कि गेहूँ की 'बोआई' के बाद 'चिड़ियाँ-उड़ाई' भी आवश्यक...।''

शुभचिन्तकजी ने अप्रसन्न होकर जवाब दिया–''तुम्हारी इस किताब में क्या लिखा है और क्या नहीं लिखा है–यह मैं नहीं जानता। सामने तुम्हारे खेत हैं। जाकर खुद देखते क्यों नहीं कि खेतों में चिड़ियों के कितने अध्याय और कितनी पंक्तियाँ हैं...।''

'बोआई' के बाद सभी किसानों के हलवाहे-रखवाले, सूर्योदय के बहुत पहले ही खेतों पर चले जाते हैं। दुनिया-भर की चिड़ियों की टोलियाँ...कचर-पचर करती हुई खेतों में उतरना चाहती हैं। किन्तु वे पटाखे छोड़कर तथा फटे कनस्तरों को पीट-पीटकर उन्हें उड़ाते रहते हैं–हा, हा-ए!

अगमलालजी 'अगम' ने गाँव से बाहर जाकर देखा–सचमुच अद्‌भुत व्यापार!...जो बात किताब के किसी पृष्ठ पर नहीं, वह खेत पर लिखी हुई है...आधुनिक कविता की पंक्तियों की तरह। और जिस तेजी से उन पखेरुओं के चोंच चल रहे थे, उतनी तेजी से किसी प्रेस में 'ऑटोमेटिक कम्पोजिंग' भी नहीं होती होगी। एक ही घंटा में सब गेहूँ चुनकर खत्म कर देंगे!...'अगमी'जी के अन्तर से पूरी शक्ति के साथ बस एक ही शब्द अनायास निकल पड़ा...'हा-हाय!'

किन्तु उनके 'हाय' का कोई खास असर नहीं हुआ और हाथ की तालियों से जब पंछियों के एक पंख भी नहीं फड़के, तो उन्होंने एक ढेला उठाकर फेंका। ढेला खेत में गिरा, तो इधर चरती हुई चिड़ियाँ उड़कर उधर जा बैठीं और चुगने लगीं। अगमजी दौड़कर उस मेंड़ पर गए, तो पंछियों के दल उड़कर दूसरी तरफ बैठ गए। तब तक बिलोमंगलजी भी सहायता के लिए पहुँच गए थे। अगमजी को राहत मिली। पटाखे

या कनस्तर तो थे नहीं इसलिए दोनों बहुत देर तक इस मेंड़ से उस मेंड़ पर दौड़-दौड़कर 'ढेलेबाजी' करते रहे। सूरज बाँस-भर चढ़ गया और पूस की सुबह का कुहासा तनिक छँटा और चिड़ियों के पेट भर तो गए वे स्वयं ही उड़कर बाँसों तथा पेड़ों की फुनगियों पर जा बैठे।

उस दिन लौटकर 'अगम'जी ने 'गेहूँ की सफल खेती' नामक पुस्तिका के अन्तिम पृष्ठ पर नोट लिखा—"बीज की 'बोआई' के बाद ही...'चिड़ियाँ-उड़ाई' पर विस्तारपूर्वक एक अध्याय लिखकर पुस्तिका के अगले संस्करण में जोड़ दिया जाए।"

'नोट' लिखने के बाद अगमजी ने बिलोमंगल से कहा—"कल सूरज से दो घड़ी पहले ही खेत पर एक फूटा कनस्तर लेकर पहुँच जाना।"

"फूटा कनस्तर कहाँ से लावेंगे?"—बिलोमंगल का सवाल था।

"कनस्तर?...तुमको कहीं फूटा हुआ कनस्तर भी नहीं मिलेगा?"

जवाब मिला—"जी हमारी नजर में तो कोई फूटा कनस्तर नहीं पड़ा। आपने कहीं देखा हो तो कहिए, ले आता हूँ।...हाँ, सहुआइन की दुकान में साबुत कनस्तर जरूर मिल सकता है।"

बिलोमंगल लौटकर एक रुपया में एक कनस्तर उधार ले आए। कनस्तर को अगमजी के कान के पास पीटकर परीक्षा देते हुए कहा—"देखिए, एकदम साबूत है।"

कनस्तर की समस्या हल करने के बाद ही बिलोमंगल ने दूसरा सवाल पैदा कर दिया—"लेकिन हमसे यह काम नहीं होगा।"

"क्यों?"

बिलोमंगल ने सर्वप्रथम कारण बतलाया, "...बात यह है कि बाबूसाहेब कि हम ठहरे बैस्नव आदमी। भोरे-भोरे इतने 'प्राणी' के मुँह का आहार छीनने का काम हमसे मत करवाइए।"

अगमलालजी को अचरज हुआ...क्या कहता है यह आदमी! झुँझलाए, "...तो क्या चिड़िया उड़ाने के लिए दूसरा आदमी रखना होगा?"

बिलोमंगल ने भी झुँझलाकर जवाब दिया, "...एक तो जाड़े का मौसम तिस पर सूरज उगने के दो घड़ी पहले ही उठना। इसके बाद, खेत पर पाँव-पैदल जाना। आजकल सुबह-सुबह ऐसी कनकनीवाली पछिया हवा चलती है कि देह क्या जीभ भी सुन्न हो जाता है..."

अन्ततः सम्मानपूर्ण शर्तिया समझौता हुआ—कल से सूरज उगने के दो घंटा पहले नहीं, एक घंटा पहले, बिलोमंगल अगमजी का ऊनी ओवरकोट और 'कनझप्पा टोपी' पहनकर, पैरों में काबुली चप्पल डालकर एक गिलास गरम चाय पीने के बाद—एक बीड़ी सुलगाकर दूसरी जेब में रखते हुए—कनस्तर लेकर खेत पर पहुँचेगा। वह चिड़ियों को उड़ाएगा नहीं, सिर्फ 'चल उड़ जा रे पंछी' गीत गाता हुआ, ताल पर कनस्तर बजाया करेगा।

'चिड़ियाँ-उड़ाई' के बाद जब खेत में गेहूँ की पीके फूटे और धीरे-धीरे तब अगमजी को मालूम हुआ कि बिलोमंगल की दाहिनी आँख जन्म से ही दृष्टिहीन है। जिस स्थान पर बैठकर वह नित्य कनस्तर पर टेका बजाया करता था, उसके दाहिनी ओर के खेतों में बहुत कम पौधे उगे।

अस्तु पौधे बढ़ने लगे। हरियाली गहरी होती गई और अगमजी दूर होते गए और बिलोमंगलजी 'हरियाली और रास्ता' के गीत गाते रहे। किन्तु सिंचाई करने का समय आया तो बिलोमंगलजी फिर अकड़ गए—''हम हलवाही करने के लिए बहाल हुए हैं, पानी पटाने के लिए नहीं।''

इस बार भी सम्मानपूर्ण समझौता हुआ—बिलोमंगल जलपान करके खेत में जल सींचने के लिए खाली हाथ जाएगा, किन्तु गाँव के किसी किसान से 'झगड़ा-कनिया' नहीं करेगा। कोई जोर-जबरर्दस्ती करे, तब भी नहीं।

पहली सिंचाई के अन्तिम दिनों में भी जब अगमजी ने अपने खेतों में धूल उड़ते देखा, तो उनका माथा ठनका। खेतों में जाकर देखा—एक चुल्लू पानी भी किसी दिन नहीं पड़ा है। कारण पूछने पर बिलोमंगलजी के सम्मान को चोट लगी। उन्होंने समझौते की शर्तों का स्मरण दिलाते हुए कहा—''बाबू साहेब! यहाँ तो कहावत चालू हो गया कि 'जो दिखावे मर्दानी—वह पावे पानी।' हम ठहरे हलवाहा आदमी। उधर गाँव के बड़े-बड़े बाबू किसान खुद पानी के लिए आते हैं। उनसे 'बतकुटी' करके मार खाने कौन जाए? आप खुद क्यों नहीं जाते?''

अन्ततोगत्वा, अगमजी स्वयं ही सिंचाई के लिए पानी लाने के लिए खेत पर गए। वहाँ पहुँचकर उन्होंने देखा—हर नहर, आहर, छहर और पैन पर गाँव के बड़े-बड़े किसान लाठी और लठैतों के साथ जमे हुए हैं। अगमजी ने जब देखा कि बगैर लाठी और लठैती के पानी पाना असम्भव है, तो उन्हें 'सत्याग्रह' की याद आई। उन्होंने ऐलान करके कहा—''सभी लोग सुन लें। कल से अगर मुझे पानी नहीं लेने दिया गया तो मैं यहीं इसी 'साइफन' पर बैठकर 'आमरण-अनशन' शुरू कर दूँगा।''

लेकिन नहर-विभाग में 'पार्ट-टाइम' करनेवाले, गाँव के एक किसान नौजवान ने उनकी आमरण-अनशन-घोषणा को एक ही बात से निस्तेज कर दिया—''आपने तो पानी के लिए 'सट्टा' ही नहीं करवाया है तो पानी कैसे मिलेगा?''

''सट्टा? यह 'सट्टा-पट्टा' क्या होता है?'' अगमजी ने पूछा।

''जी, 'सट्टा' माने 'एग्रिमेन्ट'। जिन्होंने सट्टा करवाया है, पानी उन्हें ही मिलेगा। 'अनअथाराइज्ड' पानी लेने पर तुरत मुकदमा दायर हो जाता है।''

अगमजी की सिट्टी-पिट्टी गुम हो गई। वे चुपचाप मुँह बाए अपने सहायक बिलोमंगल की ओर देखते रहे। बिलोमंगल ने उनको फिसफिसाकर बताया—''बाबू साहेब! यहाँ हर बात में 'पाटीपोलटिस' होता है।''

''पाटीपोलटिस''—अगमजी मुँह बाए ही रहे।

''जी! गाँव 'दोपाटी' है। 'पुआरी-टोल' पाटी और 'पचियारी-टोल' पाटी। आपका घर दोनों टोले के बीच 'सीवान' पर पड़ता है। आपको लोग न इस टोल की पाटी में समझते हैं, न उस टोल की पाटी में...।''

अगमजी गम खाकर गुमसुम लौट आए। रात-भर उनको अपनी निर्बलता पर, उनके अपने ही हृदय में ग्लानि और क्षोभ के बादल घुमड़ते रहे! और अन्त में निर्बल के बल रामजी को उन पर ऐसी दया आई कि आसमान में घने काले बादल उमड़ आए और घनघोर वृष्टि शुरू हुई। अपने सहायक को 'बरसात' का गीत गाने के लिए उन्होंने पुरस्कार दिया प्रसन्न होकर। सुबह जाकर देखा कि बगैर 'सट्टा-पट्टा' के ही उनके खेत में पानी छलमला रहा है : ...पानी रह गया उनका!

पौधे एक बालिस्त-भर और बढ़े तो अगम का हौंसला भी डेढ़ हाथ बढ़ा। बढ़ता ही जा रहा था कि सुबह को बिलोमंगलजी आकर कोई आवश्यक सूचना देते हुए तुतलाने लगे। बार-बार? ''भैंस-भैंस'' सुनकर अगमजी ने समझा कि आज दूधवाले ने दूध नहीं दिया। किन्तु बात दूसरी ही थी और थी भीषण-मारात्मक! रात में गाँव के भैंसवारों ने उनके तीनों खेतों की फसल को चराकर साफ कर दिया।

अगमजी दौड़कर खेत पर गए। वे रोना चाहते थे किन्तु रो भी नहीं सके। गाँववालों को कोई अचरज नहीं हुआ। और न किसी ने इस अन्याय के लिए किसी से कुछ कहा। बल्कि, ठहरानेवालों ने अगमजी को इसके लिए 'दोषी' ठहराया।

...खेत में फसल लगाकर–बेसुध होकर घर में सोने से खेती चरेगी ही।

अगमजी ने अपने सहायक की ओर देखा। बिलोमंगल ने कहा–''बाबू साहेब! असल में बात यह है कि 'जिसका काम उसी को साजे, और करे तो डंडा बाजे।' आप ठहरे 'कागद-कलम'वाले आदमी। अगर खेती करना हो तो यहाँ के लोग जैसा करते हैं, जो करते हैं, वह आपको भी करना होगा।...यहाँ 'अकल' से बढ़कर भैंस है। और, क्यों न हो? भैंस का दूध मीठा है। बहुत ताकत होता है। और जब ताकत होगा, तो लाठी भी मजबूत होगी। जब लाठी मजबूत होगी, तब दूसरे का भैंस भी आप हाँककर अपने बथान पर ला सकते हैं।...और, भैंस तो 'जीप' गाड़ी से भी बढ़कर होती है। रात-बेरात जब जी में आवे, इस पर सवार होकर आप 'बिजूबन-बीजूखंड' में भी जा सकते हैं। न साँप-बिच्छू का डर, न भूत-पिशाच का कोई भय और न बाघ-भालू। कीचड़, पानी, कादों ओसे, पल्ली–सबसे बचाकर, खेत की हर मेंड़ पर ले आएगी और कोई सवारी? सोचिए जरा।''

अगमलालजी ने सोचकर देखा–और बिलोमंगल को मान गए। इसलिए गाँव के कई तथाकथित शुभचिन्तकों ने एकान्त में आकर अब अमुक-अमुक व्यक्तियों के चरवाहों पर मुकदमा कर देने की गुप्त सलाह दी, तो उन्होंने इन्कार कर दिया–कौन देगा उसकी गवाही? चश्मदीद गवाह कहाँ मिलेंगे? नहीं-नहीं। उन्होंने जो करना है, उसका फैसला कर लिया है।

अगमलालजी ने विचार कर देखा—अभी 'मेला-तमाशा' शुरू होनेवाला है। तीन महीने तक 'प्रेस' में खूब 'ओवरटाइम' काम रहता है। उसके बाद ही शुरू हो जाएगा—एलेक्शन का काम। वोटर-लिस्ट छपाई के दिनों दस-पन्द्रह रुपए रोज 'ऊपरी-आमदनी' हो जाती है...फिर खेती के नए अनुभवों के आधार पर वह 'गेहूँ की सफल खेती' से भी अच्छी पुस्तिका लिख ले सकता है।...इन पैसों को जमा करके अगमजी सबसे पहले एक गुजराती भैंस खरीदेंगे—धर्मगंज के मेले में। इसके बाद, गंगाजी के मेले से बनबाँस की मज़बूत लाठी खरीद लावेंगे। तब कलम को छोड़कर लाठी गहेंगे और भैंस चरावेंगे, दूध पीएँगे, डंड पेलेंगे...लाठी को तेल नहीं...घी पिलाकर लाल बना लेंगे और तब खेती करने के लिए खेत पर उतरेंगे!...अभी शहर लौट जाना ही श्रेयस्कर है।

गाँव छोड़कर पुनः शहर की ओर आने के दिन बिलोमंगलजी ने उनकी यात्रा को 'शुभ' करने के लिए कहा—"बाबू साहेब! आपने हमको साल-भर के लिए बहाल किया था। अब आप बीच में ही हमको छोड़कर जा रहे हैं! क्या यही 'इंसाफ' है?... खैर, आपकी जो मर्जी। मगर मेरी एक अरजी है कि आप हमको भी अपने साथ ले चलिए। वहाँ जब आपको काम मिल गया है, तो मेरा भी कहीं-न-कहीं 'डौल' लग जाएगा।...और कुछ नहीं तो आपके दुश्मनों की 'यात्रा' तो रोज खराब कर ही सकता हूँ। कहावत है कि काना आदमी सेवक रहे तो मालिक की यात्रा को शुभ और मालिक के दुश्मनों की यात्रा अशुभ करता है। वैसे आपकी मर्जी!"

अगमजी बिलोमंगलजी के साथ आज ही सुबह की गाड़ी से शहर वापस चले गए।

सितम्बर, 1970

रेखाएँ : वृत्तचक्र (दो)

अस्पताल के सर्जिकल वार्ड से मैं सदा दूर-दूर ही रहा करता था। कभी किसी घायल आत्मीय अथवा बीमार दोस्त को देखने के लिए गया, तो वार्ड के बरामदे पर ही पसीने से लथपथ और सिर में चकराहट, चारों ओर मिट्टी के बरतन-बासन की तरह टूटे-फूटे लोग। सफेद पट्टियों और प्लास्टर से बँधे उनके भंग अंग। कटे-छँटे हाथ या पाँव। चीरे हुए पेट से लगी हुई रबर की नली। पलँग के पास स्टैंड से लटकती हुई खून, अथवा प्लाज्मा या सलाइन की बोतल। हवा में ईथर की उत्कट गन्ध और चीख-कराह-पुकार...इस बार बीमार होकर जब से सर्जिकल वार्ड में भरती हुआ हूँ, सबकुछ सामान्य और श्लील लगता है। घबराहट नहीं। सिर में चक्कर नहीं। कहीं कोई दुर्गन्ध नहीं। जब से होश में आया हूँ, अपनी हालत पर खुद हँसकर प्राणांतक कष्ट सह लेता हूँ। आज हठात् अपनी इस बेबस अवस्था पर मुझे भीष्म पितामह की याद आई। महाभारत की वह तस्वीर आँखों के सामने स्पष्ट हो गई...ब्लड की बोतल, बेड रेस्ट, राइस-ट्यूब, सलाइन की बोतल से लगी रबर की नली मेरे पाँव की नस में बिंधी हुई...उमा से मैंने कहा, "मैं शर-शय्या पर सोए हुए भीष्म पितामह की तरह नहीं लग रहा क्या?"

उमा के होंठों पर हल्की-सी मुस्कुराहट दौड़ गई। वह बोली—कल नाई को बुला लाऊँगी...दाढ़ी कितनी बढ़ गई है...!

मैंने पहले एतराज जाहिर किया, फिर कुछ सोचकर कहा—आज ही क्यों न बुला लातीं...?

सोचा, आज अगर हजामत नहीं बनी और आज ही कुछ हो गया...कुछ हो गया, साफ-साफ क्यों नहीं कि यदि मर गया, तो आखिरी तस्वीर कितनी बदसूरत उतरेगी! बढ़ी हुई दाढ़ी, खुला हुआ विकृत मुँह, चेहरे पर आतंक...नहीं-नहीं, आखिरी तस्वीर में मेरे होंठों पर मुस्कुराहट अंकित रहे, मरते-मरते चेष्टा करूँगा...स्माइल प्लीज...!

जलधरजी की याद आती है। जलधरजी की शव-यात्रा की तस्वीरें, 'माधुरी', 'फिल्मफेयर', 'चित्रपट' आदि पत्रिकाओं में प्रकाशित हुई थीं,...चेहरे पर कैसी शान्ति छाई थी! होंठों पर एक अपूर्व मुस्कान, ललाट पर चन्दन। फूलमालाओं से ढँका प्रसिद्ध सिने गीतकार जलधर...आँखें मूँदकर किसी मधुर गीत का मुखड़ा सोच रहा हो, मानो! किन्तु पुष्पलाल! अत्याधुनिक विद्रोही कवि, कथाकार पुष्पलाल के एक

दर्जन से भी अधिक कैमरावाले मित्र थे। जब वह जीवित था, तो मित्रों ने उसकी कई नंगी तस्वीरें उतारी थीं। किन्तु उसकी आखिरी तस्वीर किसी के पास नहीं। किसी ने उतारी नहीं, अथवा उसने मौका ही नहीं दिया। पुष्पलाल के पेट में जब एकाध पेग 'माल' पहुँच जाता, यानी जब वह मौज में आता, तो हर बात के पहले मैथिली की एक भद्दी गाली उगलता—धीचो-ओ-ओ...! सुना है, मरने के पहले उसके मुँह से यह गाली निकली थी। उसके एक मित्र का कहना है कि उसने भगवान को गाली दी थी। वह जिसे भी गाली दे, मैं उसके मरते हुए चेहरे की कल्पना करता हूँ। दोनों होंठों को संकुचित करके गोल बनाते हुए वह गाली दागता था—धीचो-ओ-ओ...! सामनेवाले वार्ड में पिछले साल पुष्पलाल ने चोला छोड़ा था। मैं जानता हूँ, मेरी बीमारी का समाचार सुनकर लोगों ने जलधर और पुष्पलाल को याद किया होगा। किसने क्या कहा होगा, अनुमान से ही मैं सही-सही बता सकता हूँ।

उमा इस तरह चिन्तित होकर क्यों आ रही है उधर से? कहती है, ब्लड बैंक में 'ओ' ग्रुप का ब्लड नहीं है। कल कोई रक्तदाता 'ओ' ग्रुपवाला नहीं आया, तो क्या होगा...? उमा चिन्तित हो फिर उधर चली गई।

साला! न जाने कैसे-कैसे और किस-किस पेशे के लोगों के खून! एक दिन बाद देकर 300 सी. सी. रक्त शिराओं के द्वारा बूँद-बूँद कर डेढ़ घंटे तक मेरे शरीर के अन्दर पहुँचाया जाता है और डेढ़ घंटे तक निश्चल चित लेटा हुआ मैं स्टैंड से लटकती हुई उल्टी बोतल की ओर देखता रहता हूँ। रबर की नली के बीच से लगे काँच के बल्ब में टपकते हुए गाढ़े खून की बूँदों को गिनता हूँ। फिर बूँदों के टपकने के ताल पर मन में मुखरित होनेवाली बात स्वयं ही पद्यबद्ध-सी हो जाती है :

दौड़ाया जा रहा है रोज / मेरी शिराओं में तीन सौ सी. सी. रक्त
किसी आततायी आक्रामक बूचड़ ब्रह्मचारी कृपालु ईश्वर का...!

और अब कोई मेरे अन्दर ही मुझे गाली देता हुआ कहता है—साले! अब तू कविता करने लगा...?

इस बार अस्पताल में होश सम्हालने के बाद ही से ऐसा होता है। मन-ही-मन किसी पंक्ति की आवृत्ति, तुकबन्दी और अश्लील मुहावरे गढ़ने का खिलवाड़! अथवा यह भी मेरे मूल रोग का कोई उपसर्ग है? कई बड़ी बीमारियों के बाद ऐसे ही लक्षण प्रकट होते हैं...दाँत से नाखून कुरेदना, बार-बार नाक पोंछना, हाथ की उँगलियों को नचाना, जीभ से होंठ चाटना...

उमा ब्लड का प्रॉब्लम सॉल्व कर आई है। उसके साथ मुस्कुराती आई है एक मोटी अधेड़ बंग-महिला। उमा कहती है—इनका भी 'ओ' ग्रुप है। कई साल से बराबर ब्लड बैंक में ब्लड डोनेट कर रही है।

महिला अपने बैग से एक लाल कार्ड निकालकर उमा की ओर बढ़ाती हुई कहती है—एमरजेन्सी में ही हमेशा हमारा ब्लड लगता है!

उमा उससे बातें करने लगी। वह कल सुबह आठ बजे आकर ब्लड बैंक में अपना खून दे जाएगी। और, बारह बजे से मेरी नसों में इस स्कूल मास्टरनी का रक्त टपकने लगेगा। वह नमस्कार करके चली गई, तो मेरा मुँह खुला—औरत का ब्लड? तिस पर इस औरत का...? हरगिज नहीं! कभी नहीं! मैं लूँगा ही नहीं!

उमा चुप रही, तो मैं लगातार दुहराने लगा—मैं लूँगा ही नहीं! नहीं लेना है...नहीं लेना है...नहीं लेना है...!

—क्या लड़कपन कर रहे हो! उमा किंचित् हँसती हुई मुझे डाँटती है।

—मैं हरगिज नहीं लूँगा!

—मत लेना! अभी चुप तो रहो!

—मैं चुप भी नहीं रहूँगा! मैं अभी दूध भी नहीं पीऊँगा! दवा भी नहीं!

उमा फीडिंग-कप में दूध डालकर चम्मच से दवा मिलाती रहती है और मैं कटे हुए रेकॉर्ड की तरह बजता रहता हूँ—दवा भी नहीं! दूध भी नहीं! दवा भी नहीं! दूध भी नहीं...!

यदि नाइट-नर्स नीलम्मा नहीं आ जाती, तो लगातार दस-पन्द्रह मिनट तक आँखें मूँदकर इसी तरह बोलता रहता और उमा हाथ के फीडिंग कप में चम्मच चलाती मुझे डाँटती, पुचकारती रहती। इस लड़की को मैं मन-ही-मन रजनीगन्धा की खिली हुई कली कहता हूँ। रात-भर इसी तरह तरो-ताजा मन्द-मन्द मुस्कुराती और मह-मह महकती रहेगी।

—यह कौन-सा गाना चल रहा था? नीलम्मा अपनी 'केरालायी हिन्दी' में पूछती है।

मेरे मुँह में फीडिंग-कप की टोटी डालती हुई उमा मुस्कुराकर जवाब देती है—दूध भी नहीं! दवा भी नहीं...!

—वाह! कित्ता अच्छा गाना है! कल से फीडिंग-कप नहीं, फीडिंग-बॉट्ल ले आइए! नीलम्मा थर्मामीटर झाड़ती आगे बढ़ आती है। मुझे आज्ञाकारी बालक की तरह दूध पीते देखकर कहती है—दूध पीके खूब गाना गा!

उमा और नीलम्मा एक ही साथ हँस पड़ती हैं।

नीलम्मा बुखार मापकर चली गई, तो उमा उसकी नकल करती हुई बोली—दूध पीके खूब गाना गा...!

किन्तु मैं हँस नहीं सकता हूँ। गाना, गीत, सांग, म्यूजिक लैब, टेप, रेकार्डिंग, प्लेबैक वगैरह शब्द सुनते ही मुझे हिचकी आने लगती है। हिचकी अर्थात् हिकप, जिसे सात दिन तक, दिन-रात दवा अदल-बदलकर डाक्टरों ने मुश्किल से दूर किया है। हिचकी के बाद मतली, यानी नॉशिया। फिर अंतड़ियों में सोया दर्द धीमे-धीमे शूल बनकर चुभने लगता है। तब शुरू होता है वमन। सब दवा, पथ्य, टेब्लेट्स, ग्रेन्युल्स, पिल्स, कैप्सूल, ड्राप्स एक साथ बाहर! वमन के बाद ही कॉमा, संज्ञाहीनता!

हिचकी शुरू हुई और उमा ड्यूटी-रूम की ओर भागी। उमा के साथ खुट-खुट करती तेजी से नीलम्मा आती है। मेरी नाड़ी पर उँगली रखती है और फिर तेजी से ड्यूटी-रूम में चली जाती है। निश्चय ही बड़े डाक्टर को कॉल देने...

—शि-बू-ऊ-ऊ! लगा, गंगा के उस पार से कोई मुझे पुकार रही है। मैं जवाब देना चाहता हूँ, आवाज नहीं निकलती। आँखें खुलती हैं। मेरे नासाछिद्र में लगी राइस-ट्यूब में मोटी सीरिंज लगाकर नीलम्मा मेरी अंतड़ियों में जमे हुए दूषित-कुपित पित्तज तरल पदार्थ को खींच-खींचकर बाहर निकालती जा रही है। पास खड़े बड़े सर्जन डाक्टर अजय चुपचाप मेरी ओर देख रहे हैं...

पेट का शूल धीरे-धीरे कम हो रहा है। शायद हिचकी रोकनेवाली सुई लगाई गई है। इस सुई के बाद एक पेग स्कॉच का नशा-सा हो जाता है...जो आज कॉमा में नहीं गया? कॉमा! हास्यरस के उन बनारसी कविजी का नाम भूल रहा हूँ, जिनकी एक कविता की पंक्ति है...जिन्दगी एक सेन्टेन्स है...कॉमा फुलस्टॉप...?

लेकिन मैं कॉमा को समाधि कहता हूँ। मूर्च्छा को संन्यास रोग भी कहा जाता है न! आश्चर्य! बेहोशी में देखते हुए सपनों के दृश्य मुझे विस्तारपूर्वक याद हैं।

देखा, सभी लोग पेट पकड़कर झुके हुए हैं, झुक गए हैं, अचानक जो जहाँ है, वह अपने दोनों हाथ कमर पर रखकर झुका हुआ है। खेत-खलिहान में काम करते हुए लोग, नहर के किनारे खड़े लोग, चने के खेत में साग खोंटती हुई औरतें, सभी दर्द से छटपटा रहे हैं। हवा में एक विचित्र प्रकार की खटास है। सबकुछ खट्टा-खट्टा। हवा का एक झोंका आता है और सभी एक साथ चीखकर और भी झुक जाते हैं। सभी व्यक्तियों के शरीर मुड़कर विकृत स्वस्ति का चिह्न जैसे...मैंने सुना, कोई रेडियो पर किसी स्टेशन से एलान कर रहा है—भाइयो! भाइयो! यह कोई एटॉमिक गड़बड़ी हुई है। जमीन पर पेट के बल लेट जाइए। वैक्वम आ रहा है। वैक्वम! ओ-य-क! ओ-य-क! हजारों लोग एक साथ वमन कर रहे हैं। सभी के मुँह से एक ही शब्द—वैक्वम! वैक्वम! वैक्वम...! किन्तु उमा स्वस्थ है। दौड़ी आ रही है—भयनेई, भय नेई! आर वैक्वम एदिके आसव ना! डरने की कोई बात नहीं, गलती से ऐसा हो गया है। किसने की ऐसी गलती? यह जानलेवा गलती किसकी है? अमरीकी वैज्ञानिकों की, या रूसी, या चीनी या, पाकिस्तानी, अथवा भारतीय... जुडिशियल इन्क्वायरी हो! गलती करनेवाले को सजा दो! नहीं तो गद्दी छोड़ दो!

समाधि भंग होने पर अपने चारों ओर डाक्टरों को खड़ा देखकर मैं पूछना चाहता था—आखिर किसकी गलती थी? लेकिन कुछ पूछ नहीं सका। ऑक्सीजन-सिलिंडर लगी हुई नली से मुझे नाथ दिया गया था...

दूसरा दृश्य : अशोक राजपथ पर एक बड़ा-सा जुलूस आ रहा है। कोई नारा नहीं।

शोर-गुल नहीं। जुलूस करीब आता गया। सड़क के दोनों किनारे असंख्य लोग पंक्तियों में खड़े इस जुलूस की प्रतीक्षा कर रहे हैं। किन्तु यह जुलूस आदमियों का नहीं, सफेद बत्तखों का है। मुड़ी हुई गरदन, दूध की तरह सफेद डैने, गुलाबी चोंच...हजारों-हजार बत्तखें पैंक-पैंक-पैंक-पैंक-पैंक-पैंक करती हुई अस्पताल की ओर मुड़ गईं। फिर गंगा किनारे सभी बत्तख पंक्तिबद्ध पानी में उतर गईं। गंगा के इस पार से उस पार तक बत्तखों का एक पुल बन गया। नील जल पर सफेद पुल, जीवन्त पुल...पैंक-पैंक-पैंक...उमा मुझे हाथ पकड़कर उठाती है—शिबू! ताड़ाताड़ी ओ पारे चलो...शिग्गिर...नइले पुल भेंगे जाब। पैंक-पैंक-पैंक...मैं टटोलकर उमा का हाथ पकड़ता हूँ। बत्तख के डैने मेरे हाथ से फड़फड़ाकर निकल जाते हैं, सशब्द...पैंक-पैंक-पैंक-पैंक...मैं पुकारता हूँ किन्तु उमा जवाब नहीं देती। मैं उमा का नाम लेकर पुकारता हूँ, किन्तु मेरे कंठ से भी सिर्फ बत्तखों की बोली निकलती है— पैंक-पैंक-पैंक...!

संज्ञा लौटने पर देखा, मेरे सिरहाने से कोहनी टिकाकर स्टूल पर झुकी बैठी उमा सो गई है। मैंने उमा को पुकारा, पर मेरे मुँह से निकला—माँ! माँ!

माँ होती, तो इसी तरह झुकी, सिर के बालों में हाथ फेरती हुई कहती—शिबू रे! अपना गाँव छोड़कर तू यहाँ क्यों आया बेटे? कितना अच्छा था तू! क्या-से-क्या हो गया यहाँ आकर! लौट चल, बेटा! हम नूनभात खाकर रहेंगे, पेड़ के तले सोएँगे मगर...

लगता है, आधी रात गुजर गई। बेड नम्बर दस के पास इतनी भीड़ क्यों है? वार्ड-कुली मेरे पलँग के पास से ऑक्सीजन-सिलिंडर घसीटकर ले जा रहा है। लगा, क्राइसिस मेरे पलँग के पास से बेड नम्बर दस के पास जा रहा है। फर्श पर भारी लोहे के घसीटने की आवाज से सारा वार्ड आतंकित है। बेड नम्बर पाँच पर छुरेबाजी से घायल बिहारशरीफ का टैक्सी-ड्राइवर अचानक चिल्लाना शुरू कर देता है—कहाँ रे, छोटना! कहाँ है चोट्टीवाले! सामने आ! अब निकाल छुरा...!

बेड नम्बर दस के पास अचानक कुहराम! किडनी का मरीज, अस्सी साल का बूढ़ा चल बसा। बेटी, पतोहू, नतनियों और पोतियों की भीड़ ने रोना शुरू किया। और मैं उनका रोना सुनकर समझ जाता हूँ, वे उत्तर बिहार के किसी गाँव के हैं।

पुष्पलाल अक्सर कहता, पता नहीं अपनी बात कहता था या कहीं पढ़ी हुई— कविता लिखने का एकमात्र महान् विषय है मृत्यु!

पुष्पलाल की कविता या कहानी कभी मेरी समझ में नहीं आई। पुष्पलाल से मेरी पहली मुलाकात कलकत्ता के एक खाँटी-बंगाली बार में हुई थी जहाँ स्पेशल आर्डर देने पर तेल में तली कचरी और माँ काली मार्का देशी माल की बोतल मिल जाती है। करीब एक दर्जन बंगाली छोकरों के बीच कचरी कचरता और गटागट ठर्रा पीता पुष्पलाल अपनी अंग्रेजी कविता जोर-जोर से सुना रहा था, कविता मेरी समझ में नहीं

आई, मेरे पल्ले में दो-तीन शब्द ही पड़े–'औ लुमुंबा-लुमुंबा-लुमुंबा' तथा 'क्रास एंड शिवलिंगा'!

आज दोपहर को हमारे एक परिचित व्यक्ति ने उमा को 'आर्ट एंड आर्टिस्ट्स' अंग्रेजी त्रैमासिक का ताजा अंक भेज दिया है। हमारे किसी शुभचिन्तक ने उसमें अपना एक लेख प्रकाशित कराया है, उस लेख में हमारी भी चर्चा की गई है। मैंने उमा से कई बार पढ़ने को कहा, किन्तु वह टालती गई। बोली–क्या होगा सुनकर? क्या फायदा? कोई गलत थोड़ो लिखा है! तुम लोगों की कीर्ति-कथा...सही-सही...!

उमा की यही आदत मुझे अच्छी नहीं लगती। वह कुछ देर के लिए बाहर गई, तो मैंने अपने पड़ोसी के नौजवान एटेंडेंड को बुलाकर लेख पढ़ने को कहा। कुछ तो उसके मगहिया उच्चारण के कारण, कुछ अपनी अल्पज्ञता के चलते, मैं लेख का पूरा आनन्द नहीं ले सका। हाँ, मूल वक्तव्य समझने में कोई कठिनाई नहीं हुई। लिखने की शैली निश्चय ही प्रशंसनीय थी–तीन साल पहले बम्बई में फिल्म के प्रसिद्ध गीतकार जलधर के घर पर साल-भर तक सान्ध्य गोष्ठी में नित्य चार नामी-गिरामी कलाकार एकत्र होते। वे सभी एक एक्सपेरिमेंटल फिल्म बनाने के सिलसिले में, पटकथा, संवाद तथा गीतों के बोल पर बहस करने के लिए वहाँ जमा होते। किन्तु बात खुलने के पहले बोतल खुल जाती और बात जहाँ की तहाँ रह जाती। बात कभी शुरू होती भी, तो वे आपस में झगड़ बैठते। वे अर्थात् जलधर, लोकगीत-गायक शिवनाथ, बंगाल का मूर्तिकार रामरंजन और बर्मा को अपनी जन्मभूमि माननेवाला हिन्दी का मैथिल कवि पुष्पलाल, इन पंक्तियों के लेखक के अलावा 'आर्ट-फिल्म' तथा 'न्यु सिनेमा मूवमेंट' के सभी प्रेमियों को इस 'चतुरंग-गोष्ठी' से बड़ी-बड़ी आशाएँ थीं। किन्तु अब यह प्रमाणित हो रहा है कि यह आत्महन्ताओं का गिरोह मात्र था और वे मरने के लिए ही हर शाम को मिलकर बैठते थे। पिछले साल जलधर की मृत्यु लीवर के घाव से हुई और तीन महीने के बाद ही पुष्पलाल पेट के कैंसर से मरा। इस बार पेट के दर्द से संज्ञाहीन होकर शिवनाथ पटना के अस्पताल में पड़ा हुआ है। और अभी-अभी समाचार मिला है कि रामरंजन को कलकत्ता की एक नगरवधू के कोठे की सीढ़ियों पर नशे में चूर और घायल पाया गया। दोनों की हालत गम्भीर बताई जाती है...।

इसके बाद ही लेख का मूल वक्तव्य एक प्रश्न से प्रारम्भ हुआ है–ऐसा क्यों? फिर, विद्वान् लेखक ने मनोवैज्ञानिक तथा दार्शनिक विश्लेषण करते हुए स्वयं ही इसका उत्तर दिया है। सम्भव हुआ, तो कभी खुद पढ़कर समझ लूँगा। अभी मेरे दिमाग में इस लेख के कई शब्द तथा पंक्तियाँ ही रह-रहकर मुखरित होते हैं– पर्सनालिटी डिसआर्डर...ईडिपस काम्पलेक्स...डेथविश...सेल्फ डिस्ट्रिक्टिव...शापेनहावर जस्टिफाईड सुसाइड, बट नेवर कमिटेड इट...ए मैन इज द प्रॉडक्ट ऑफ हिज कल्चर, एंड हिज इनविरोनमेंट...

मैं साहित्य का साधारण पाठक! मुझे इन बहसों से क्या लेना-देना! उमा

कभी-कभी एक बंगला मुहावरा दुहराकर मुझे समझाती—अदरक के व्यापारी को जहाज की खबर लेने की क्या जरूरत? किन्तु वह मुझे जितना समझाती, मैं उतने ही उत्साह से साहित्य तथा कला की चर्चा में लीन हो जाता। पुष्पलाल कहता—शिबूदा! यह 'हैया हो हाय-हाय' यानी लोक-फोकगीत गाना छोड़कर लिखना शुरू कीजिए...

मैंने लिखना तो नहीं शुरू किया, मगर दाढ़ी रख ली। रामरंजन दा ने अपने हाथ से एक दिन मेरी दाढ़ी को तराशकर अल्ट्रामॉडर्न बना दिया और उसी दिन मेरी, पुष्पलाल और रामरंजन दा में मॉडर्न और कांटेम्परेरी शब्दों को लेकर मारपीट तक हो गई। पुष्पलाल जब कभी अपनी गलत बात को सही करने के लिए बतंगड़ खड़ा करता, रामरंजन दा ऐसा ही करते। हममें सबसे बड़े रामरंजन दा और सबसे कनिष्ठ पुष्पलाल। दोनों की यह लड़ाई उपभोग करने की चीज...।

सो, सब तो ठीक है, मगर साले, तुम मॉडर्न होने क्यों गए? सचमुच, मैं क्यों इस चपेट में पड़ गया? कैसे पड़ गया? किन्तु मेरा क्या दोष?

राजनीति करता था, सभाओं में मुख्य वक्ताओं तथा नेताओं के भाषण के पहले, भीड़ शान्त रखने के लिए, गीत से भुलाए रखने के लिए मेरी जरूरत होती, और साथ में घुँघरूवाली खंजनी लेकर मैं मंच पर अलापता हुआ प्रकट होता—भैया किसनवाँ हो, दुश्मन तोहार बड़का ज-मीं-दा-आ-आ...र!

अगर मेरे गले में एक खास किस्म की मिठास नहीं होती और यदि लोकगीत आधुनिक रुचिसम्पन्न शहरी लोगों के लिए फैशन नहीं बन जाता, तो आज मेरी जगह कहाँ होती? तब शायद राजनीति नहीं छूटती और दल बदलते-बदलते पता नहीं आज किस दल में होता! अगर पटना में रेडियो स्टेशन नहीं खुलता, तो मैं जो था, वही रहता...

याद आती है, पहली बार रेडियो से मैंने जब 'सारंगा-सदाबृज' गीतकथा प्रसारित की थी, भाव-विभोर होकर, स्टूडियो से बाहर आते ही सबसे पहले अहिन्दीभाषिणी 'पेक्स' (प्रोग्राम एक्जिक्यूटिव) मिस नैनीकुट्टी ने गद्गद होकर मुझे बधाई दी थी—मैंने गीत का एक शब्द भी नहीं समझा, किन्तु लगा कि मेरे अन्दर कोई घटना घट रही है!

इसके बाद से ही हर सप्ताह सुबह-शाम मेरे गीत प्रसारित होने लगे, कुछ ही दिना में लोगों की जबान पर मेरे गीत थे, मेरा नाम हर सांस्कृतिक समारोह के पर्चों में मोटे अक्षरों में, विशेषण सहित, छपने लगा : 'जिसके गीत माटी की सौंधी सुगन्ध बिखेर देते हैं...' 'जिनके कंठ में मिथिला की विरहणी आकर बैठ जाती है...' 'जो जीवन का गीत गाता है...' आदि-आदि, उधर फिल्म जगत् में पंजाबी भाँगड़ा की लहरें

धूम मचाकर लौट गई थीं। नए दौर में लोकगीत की बारी आई और इसके साथ ही मेरी जिन्दगी में एक नया तूफान चलने लगा...बम्बई, मद्रास, कलकत्ता...शराब, औरत, जुआ...दुश्चरित्र जीवन-विलास...काम से जी चुराने के साथ धोखाधड़ी, जालसाजी...मिट्टी में गड़े हुए ग्रामीण शब्दों को उखाड़कर अनगढ़ ढंग से दर्जनों कहानियाँ गढ़कर, गीतकथा बनाकर पुरातन तथा ट्रेडिशनल लोकगीत के नाम पर मैंने चतुराई से चला दिए...महुआ घटवारिन, नैका सुन्दरी, नैना जोगिन, मैनावन्ती, ढोलन सरदार, दुखामाँझी...एक फिल्म के लिए तो 'डायनों का सामूहिक नृत्यगीत' तक रचकर एक प्रोड्यूसर-डाइरेक्टर की आँखों में धूल झोंक दी—जनाब, नेपाल की मोरंग तराई में बसनेवाली कोच जाति के 'ओझागुणी' तथा थारू जाति के 'भगता', 'किरात', 'धामियों' के चरणों की सेवा करके ही इसे प्राप्त किया है। वह सामूहिक नृत्यगीत बाद में सेन्सरवालों ने कटवा दिया...हॉल में बच्चे ही नहीं, बूढ़े और जवान भी डरकर बेहोश हो गए थे!

उमा नहीं होती, तो मैं जलधर और पुष्पलाल से पहले ही हवा जो जाता किन्तु पिछले साल उमा ने एक दिन हारकर कह दिया—तुम्हारी जो मरजी हो, करो! मैं अब कुछ नहीं बोलूँगी! मेरे बूते के बाहर की बात है...मैं नहीं कह सकती...आमि आर पारी ना...!

तब मुझे अचानक गायब होने का बहाना मिल गया और करीब दस महीने तक कांडमांडू, कामरूप कामाख्या और सिंहभूम के जंगलों-पहाड़ों में एक नई सभ्यता, एक नए जीवन-दर्शन का मसीहा बनकर आधा दर्जन देशी-विदेशी लड़के-लड़कियों के साथ अलख जगाता फिरा...! यौनाचार...चीनाचार...वामाचार...!

साले! यह अस्पताल है, चर्च नहीं!

नहीं, नहीं, मैं कोई कसूर कबूल नहीं कर रहा। मेरा मतलब है, मैंने कोई कसूर किया ही नहीं। इस दुनिया, अर्थात् इस विराट् वेश्यालय में मैं ही सबसे बड़ा पुण्यात्मा हूँ, क्योंकि मैं ही इसे समाप्त करना चाहता हूँ...ध्वंस...!

उमा जग गई है। मेरी ओर देखकर कहती है—नाक से ट्यूब क्यों निकाल दिया...? आमि आर पारी ना!

—नाक के अन्दर घाव हो गया है।

—किसने कहा!

—कहेगा कौन...!

उमा शायद नीलम्मा को बुलाने गई। भोर होने को है, किन्तु नीलम्मा उसी तरह खिली हुई है, कहती है—नाम में 'नाथ' रखता है और नाक में 'पसन्न' नहीं? लीजिए, निगलिए...और थोड़ा...ठीक है, वोमिट करेगा, तो हम देखेगा...ठीक...वाह! लोक्खी छेयले!

नीलम्मा ने जाने कहाँ से 'लखवी छेले' कहना सीख लिया है। उपयुक्त अवसर

पर इसका प्रयोग करती है—अबी नली खोलेगा, तो अबी इधर आके पलँग में दोनों हाथ बाँध देगा।

मैं क्या नीलम्मा को प्यार करने लगा हूँ? क्या उमा समझती है कि मैं नीलम्मा को प्यार करने लगा हूँ? देखता हूँ, प्रेम में पड़ जाने का एकमात्र स्थान आज भी अस्पताल ही है।

हरामजादे! नीलम्मा या किसी को प्यार करके अब क्या करेगा तू? जब तक साँस चलना बन्द नहीं हो, काम की आग शायद नहीं बुझती। नीलम्मा को देखते ही मेरे शरीर का रोम-रोम बज उठता है। ठीक पन्द्रह वर्ष पहले उमा को देखकर ऐसा ही होता था।

नीलम्मा मेरी! ऑक्सिजन सिलिंडर। प्रेम को पुनः पनपानेवाली मिथुन राशि की कन्या...अनन्या...!

साले फिर कविता?

पुष्पलाल ने अपने लेटरपैड के एक कोने पर मिथुन राशि का प्रतीक छपवाया था...यौनलीला के लिए प्रस्तुत बैठी अर्धनग्न स्त्री-पुरुष की जोड़ी! पिछले पाँच वर्षों से उमा मेरे साथ नहीं सोती। नहीं सोती, यानी यौनसम्पर्क से दूर रहती है। वह मेरे अंग-प्रत्यंग को अपवित्र और घिनौना समझने लगी है। और तब से मैं उमा से लजाने लगा हूँ। एक बार किशोरावस्था पार करने के बाद, यानी गुप्त प्रदेशों में नन्हें-नन्हें काले-काले घुँघराले बालों की पहली फसल के दिनों, एक सुबह आठ बजे तक मुझे सोता देखकर माँ ने गुस्से से मसहरी हटाकर देह से चादर छीन ली थी और चादर के नीचे मैं एकदम नंगा था...लाज के मारे मैं सात-आठ दिन तक माँ से आँखें नहीं मिला सका था...वैसी ही लाज! यहीं, मुझ पर अपने परिवेश, परिवार और प्रेम के सम्बन्धों को कलुषित करने का दोषारोपण किया जाता है।

यह सबकुछ नहीं, असल में मैं हर माने में दिवालिया हो चुका हूँ। शराब? साली साँप के जहर से बनी हुई शराब भी मैंने पी है। शराब, गाँजा, चरस और सिगरेट के अतिरिक्त सेवन से मेरी आवाज विकृत हो गई है। यह अब बाजार में नहीं चल सकेगी। जिस कंठ में मैं चम्पाकली की तुनुक पँखुड़ियों के टूटने के शब्द को कुशलता से प्रस्तुत कर दिया करता था, उससे अब फटे झाँझ की-सी आवाज निकलती है। और, जब गा ही नहीं सकूँगा, तो जीकर क्या होगा? फ्लैट में मेरी अलमारी में अब भी डिम्पल की भरी-पूरी बोतल खड़ी होगी। मैं नहीं रहूँगा, तो वह किसके काम आएगी? उमा उसे अलमारी से निकालकर खिड़की से बाहर फेंक देगी। नहीं...नहीं, फेंक नहीं सकेगी, फेंकना चाहकर भी रख लेगी, जब तक जीएगी, उसे यत्नपूर्वक रखेगी, सम्भवतः अपने पूजाघर के कोने, महाकाली के पट के पास रखेगी...गंगाजल की बोतल के पास ही...गंगा...गंगा!

पटना की गंगा को मगह की गंगा अर्थात् पुण्यहरा कहते हैं लोग। इसलिए पटना

की गंगा के कोई पक्का घाट नहीं, एक-दो हैं भी, तो इतने गन्दे कि उधर कोई मुँह भी नहीं फेर सके। पटना की गंगा के किनारे जलनेवाले मुर्दों को न शान्ति मिलती है, न मुक्ति। इसलिए पुष्पलाल जैसे विद्रोही की लाश भी उस पार सेमरिया घाट ले जाकर जलाई गई...किन्तु इसी गंगा के किनारे 'पटना क्लब' के रमणीय लॉन में बैठकर मौज से दारू पीते समय और पटना मेडिकल कॉलेज अस्पताल के किसी बेड पर बेबस पड़े दवा पीते वक्त आदमी के मन में पटना की गंगा की जय-जय ध्वनि अपने-आप गूँज उठती है। मेरा विश्वास पक्का है कि इस अस्पताल के सत्तर प्रतिशत रोगी सर्वरोग विनासिनी गंगा की हवा के प्रताप से ही स्वस्थ होते हैं, मरते-मरते जी जाते हैं। अपने देश में किसी दरिया के किनारे और कहीं कोई अस्पताल है, मुझे नहीं मालूम।

घाट से कोई स्टीमर खुलने की तैयारी कर रहा है शायद। आजकल नए किस्म का साइरन बजता है...अथाह जल के अन्दर से आती हुई घुटती हुई-सी आवाज, इस साइरन का सही नाम क्या है, पूछना होगा।

नहीं, स्टीमर नहीं! यह है क्राइसिस! अर्थात् ऑक्सिजन सिलिंडर लाया जा रहा है। फर्श पर भारी लोहे के घसीटने की आवाज क्रमशः नजदीक आती जा रही है। क्यों? मेरे पास फिर क्यों? मैं होश में हूँ। जगा हुआ हूँ। पलँग से स्टूल सटाकर, मेरे बाएँ कन्धे के पास सिर रखकर उमा सो गई है। धीरे-से पुकारता हूँ—उमा! मुँह से आवाज निकलने के पहले ही सिलिंडर घसीटकर लानेवाला आदमी उछलकर मेरा मुँह दबा देता है। सिलिंडर घसीटकर लानेवाला व्यक्ति वार्डकुली नहीं, पुलिस का दारोगा है। उसके साथ पुलिस के कई सिपाही हैं, जो मेरे पलँग के चारों ओर आकर मुझे घेर लेते हैं...वे मेरी तलाशी लेंगे। मैंने रजाई के नीचे अश्लील पुस्तकें, अवैध गाँजा और नर्स नीलम्मा की लाश छिपा रखी है। उमा! देखो तो, वे क्या कह रहे हैं? दारोगा चिल्लाता है—चुप रह साले! एक सिपाही मेरी रजाई हटाना चाहता है। मैं विरोध करता हूँ—रजाई के नीचे मैं नंगा हूँ...एकदम नंगा हूँ...सालो...हरामजादो... मादरचो-ओ...बेटीचो...कुत्ती का बच्चा...! दनादन दोनों लातें चलाना शुरू किया मैंने...और उसी ताल पर लड़ाई का नगाड़ा बजने लगा...किसी के मुँह पर, किसी के पेट पर, अंडकोष और चूतड़ पर मेरी लातें लगती हैं और वे एक-एक कर, नगाड़े के ताल पर भागते जाते हैं। हद है! उमा उसी तरह झुकी हुई है। यहाँ इतना शोर-गुल हो गया, कान के पास लड़ाई का नगाड़ा बज गया, किन्तु उसकी नींद में कोई बाधा नहीं पड़ी। तब रजाई के नीचे से गरदन निकालकर नीलम्मा मुझसे पूछती है—पुलिस का लोग सब चला गया? अब तुम चुपचाप मुझे मार डालो। आओ। रजनीगन्धा की सुगन्ध मेरी नाक में समाती जा रही है और नीलम्मा अब अनुनय-भरे स्वर में कह

रही है—प्लीज किल मी! मैं उमा को झकझोरकर जगाता हूँ। उमा लुढ़ककर फर्श पर गिर पड़ती है और उसके गिरने की आवाज जलतरंग की तरह...या नीलम्मा खिलखिलाकर हँस पड़ी है! मैं भी उसके हाथ हँसना चाहता हूँ, किन्तु हँसने के बदले मैं माँ-माँ पुकारकर रोने लगता हूँ। मैं रोता जाता हूँ और नीलम्मा उसी तर्ज पर बंगला का 'रामप्रसादी' अलापती है—माँ-माँ-आँ-आँ! असल में रोने के बदले ही गा रहा हूँ मैं!

समाधि नहीं, सपना? पता नहीं, क्या सच है और क्या सपना! जो भी हो, मैंने नीलम्मा की हत्या नहीं की है। वह डाक्टर की मदद कर रही है। डाक्टर कहते हैं, मैं सपने में हाथ-पाँव मार रहा था। नीलम्मा हँसकर कहती है—हमारा इधर में ऐसा किक मारा कि हमको नोवल्जिन लेना पड़ा...

मुझे कोई सुई दी जा रही है, शायद!

उमा इस तरह घबराकर मुझे क्यों देख रही है? ऐसी घबराहट उसके चेहरे पर जीवन में कभी नहीं देखी। रुँधे गले से पूछ रही है मुझसे—की होये छे? ऐसा क्यों कर रहे हो? कैसा लग रहा है? बोलो ना...बोलते क्यों नहीं...बाबू...शिबूबाबू रे..!

उमा हठात् चीख पड़ती है। लगा, आकाश चरचराकर फट गया...तारे झड़ रहे हैं झहर-झहर—माँ गो-ओ-ओ! आमार सर्वनाश कोरो नाँ...आमार केउ नेई...डाक्टर बाबू! मेरा कोई नहीं इसके सिवा...हाहा-हाहा...डाक्टर बाबू!

मैं सबकुछ देख रहा हूँ। सबकुछ सुन रहा हूँ। पर कुछ कह नहीं पा रहा। नीलम्मा उमा को दोनों हाथों से पकड़कर उठाती हुई समझा रही है—एक नया ड्रग दिया गया था, उसी का रिएक्शन हुआ है। अभी ठीक हो जाएगा। सुई पड़ा है...

सर्जन अजय की झिड़की सुनाई पड़ती है—उमा! यह क्या हो रहा है?

—मेरा शिबू बोलता क्यों नहीं, डाक्टर?

—बोलेगा...अभी बोलेगा...तुम चुप रहो!

—अच्छा, मैं चुप रहूँगी! मैं चुप हूँ।

हार्ट स्पेशलिस्ट डाक्टर श्रीनिवास आए हैं। उनकी सफेद लम्बी दाढ़ी को देखकर मुझे कविराज चक्रवर्ती की याद आती है। कविराज चक्रवर्ती सूँघ करके ही रोग का निदान करते थे। डाक्टर श्रीनिवास भी दूर से ही मुझे देखकर कहते हैं—हार्ट नॉर्मल है...

मेडिसिन के डाक्टर दास आए। वह भी मुझे दूर से देखते हैं। कोई मुझे छूता तक नहीं। वे मुझसे बोलने को कह रहे हैं। मैं हाथ के इशारे से कहता हूँ—आवाज नहीं निकल रही! डाक्टर दास कहते हैं—हाँ, रिएक्शन ही हुआ है।

मैं जानता हूँ, मैंने देखा है, कंठ के कैंसर में ऐसा ही होता है। बोली अचानक

बन्द हो जाती है, यदि बोली नहीं लौटी तो! वोकल कार्ड डैमेज तो नहीं हो गया? मैं डाक्टर से पूछना चाहता हूँ–डाक्टर...

सभी के मुँह से एक साथ स्वर से निकल पड़ता है–आ गई!

बिजली गुल होने के बाद, जब लौटती है, तो लोगों के मुँह से इसी तरह एक स्वर से निकल पड़ता है–आ गई!

किन्तु उमा को विश्वास नहीं हो रहा। वह मेरे पास आकर पूछती है–बोलो तो, मैं कौन हूँ?

मुझे हँसी आ गई। मैंने पूछा–यह सब सपना तो नहीं?

–तोमार की मने हय? उमा पूछती है।

मैं करवट लेने की चेष्टा करता हूँ। उमा मना करती है...पेट के बीचोंबीच भीषण यन्त्रणा...यह क्या...मेरे पेट पर भारी क्या लदा है? जरा भी हिल-डुल नहीं सकता। या नीलम्मा ने सचमुच मुझे पलँग से बाँध दिया है!

'पटना टाइम्स' का स्टाफ रिपोर्टर वित्तन आया है। उमा से वह कुछ पूछता है। उमा कहती है–ऑपरेशन के ठीक दस घंटा बाद, अभी कुछ देर पहले होश में आए हैं। अब ठीक हैं।

–ऑपरेशन? किसका ऑपरेशन? कब हुआ मेरा ऑपरेशन?

उमा चुपचाप मुस्कुराती है–डाक्टर अजय दस घंटे के बाद अभी डेरे पर गए हैं!

–और डाक्टर श्रीनिवास, डाक्टर दास? वे कब गए?

उमा अचरज से पूछती है–डाक्टर श्रीनिवास और डाक्टर दास? वे यहाँ कब आए?

मैं पूछता हूँ–मेरी आवाज फटे झाँझ की तरह सुनाई पड़ती है?

–नहीं तो!

–मुझे ड्रग रिएक्शन हुआ था न? मेरी बोली अचानक बन्द हो गई थी न?

–तुम तो दस घंटे से अज्ञान थे।

–और नीलम्मा? बुलाओ न उसे एक बार!

–कौन नीलम्मा? उमा को फिर अचरज होता है।

मैं अपनी देह में चिकोटी काटकर देखता हूँ, मैं हूँ, या मैं भी नहीं हूँ। नहीं, मैं हूँ। सपना नहीं यह सब...मैं सपना नहीं। किन्तु, फिर शंका होती है। फिर पूछता हूँ, डरते-डरते–अच्छा उमा, पुष्पलाल उस सामनेवाले वार्ड में ही मरा था न?

इस बार उमा तनिक झुँझलाई–कौन पुष्पलाल? पता नहीं, क्या-क्या बोल रहे हो! बोलो मत, डाक्टर ने मना किया है।

मुझे अब विश्वास हो रहा है, यह सपना ही है। और, इस सपने से अब निस्तार नहीं, छुटकारा नहीं! क्या होगा छुटकारा पाकर! अच्छा हो, गंगा के किनारे चलकर

पानी में अपनी काया को एक बार जी-भर निहारते हुए, इस सुन्दर आवरण की स्तुति करूँ...जीवन-भर दुनिया की हर चीज और हर व्यक्ति में अपना प्रतिबिम्ब खोजता रहा, देखता रहा, मुग्ध होता रहा...नारसिसस? नानसैन्स! सपने में एक बार गाकर देखना चाहता हूँ...मेरी आवाज कहाँ तक पहुँचती है। गंगा के उस पार...सफेद बालुचरों के पास, हरे-भरे खेतों के ऊपर उड़ती हुई...अथवा अतल जल में बजनेवाले साइरन की तरह, अगाध जल के नीचे की ओर, घुटती हुई...

दिसम्बर, 1970

तव शुभ नामे

एक-एक कर बहुत सारे शब्दों को 'नकारता' जा रहा हूँ 'नकार' दिया है। नेति-नेति! माता, मातृभूमि, जन्म-भूमि, देश, राष्ट्र, देशभक्ति-जैसे चालू शब्दों की अब मुझे जरूरत नहीं होती। माँ की 'ममता' और मातृभूमि पर मर-मिटने के संवाद और गीतों की बातें अब सिर्फ बम्बई और मद्रास के फिल्म प्रोड्यूसर ही करते हैं। गाँव-समाज से नेह-छोह तोड़े दो दशक हो गए। अब कभी अपने गाँव की याद नहीं आती। गाँव के 'चौपाल' और 'गोहाल' और 'अलाव' के किस्से भूल चुका हूँ। कोसी कछार की हवा मुझे समय-असमय निमन्त्रण नहीं देती और न दूर किसी गाँव के ताड़ या खजूर या नारियल के पेड़ ही इशारों से मुझे बुलाते हैं। 'कमलदह' और 'रानी-पोखर' के पुरइन-फूलों के जंगल में भूला 'मन-भमरा' अब गुन-गुन नहीं करता...धीरे-से आना बगियन में रे भोंमरा, धीरे-से आना बगियन में...पंकज मल्लिक का यह गीत अब मन में गुदगुदी पैदा नहीं कर पाता।

जिस गाँव में मेरा जन्म हुआ, उसका नाम भी चेष्टा करके भूल गया हूँ। किन्तु इस कटिहार जंक्शन रेलवे-स्टेशन के मोह को अब भी नहीं काट सका हूँ। गाँव छोड़ा, जिला छोड़ा, प्रान्त छोड़ा, मगर हर पाँच या सात वर्षों के बाद कोई-न-कोई बहाना बनाकर कटिहार चला आता हूँ। नम्बर दो ओवरब्रिज पर आकर घंटों खड़ा होकर चारों ओर देखता हूँ।

...पहली बार, गंगा-स्नान को जाते समय, बचपन में माँ के साथ मैं इस ओवरब्रिज के इसी स्थान पर आकर खड़ा हुआ था। माँ ने उत्तर-पूर्व की ओर हाथ उठाकर दिखलाते हुए कहा था–"वह है 'कामच्छा'-कमिच्छा' जानेवाली गाड़ी, पच्छिम की ओर वह गाड़ी काशीजी-प्रयागजी तक जाएगी और दक्षिणवाली वह लाइन गंगा के मनिहारी घाट तक चली गई है।"

तब से आज तक न जाने कितनी बार इस स्थान पर आकर खड़ा हुआ हूँ। तब से अब तक इस रेलवे के कितने नाम अदल-बदलकर पड़े...ई. बी. रेलवे, बी. ए. रेलवे, ए. बी. रेलवे, ओ. टी. रेलवे और नॉर्थ-ईस्ट फ्रंटियर रेलवे; किन्तु अब तक मैं ई. बी. रेलवे ही समझता हूँ। यहाँ आकर मैं दिशाहारा-सा हो जाता हूँ, अर्थात् पूरब-पच्छिम, उत्तर-दक्षिण के बदले कामरूप-कमिच्छा की ओर, काशी-प्रयाग की ओर और गंगा की ओर के रूप में दिशाओं का अनुभव करता हूँ। सात वर्षों के बाद आया

हूँ, लेकिन लगता है कि पिछले सप्ताह की बात है! कभी-कभी तो सिर्फ एक दिन के लिए ही दौड़ा आया एकदम सीधे बम्बई से! रेलवे के एक रिटायर्ड अफसर से सुना था कि प्लेटफार्म के इस छोर से उस छोर तक चक्कर लगाकर गाड़ी के यात्रियों को देखना एक रोग है और हर रेलवे स्टेशन के आसपास रहनेवाले कुछ लोग इस रोग के शिकार हो जाते हैं। और, इस रोग का सम्बन्ध सीधे यौन-विकार से है।

एक किस्म का एक और रोग है, चलती हुई गाड़ी में सम्भोग-सुख प्राप्त करने की लालसा। सम्भव है, कटिहार जंक्शन से मेरा यह लगाव भी वैसा ही रोग हो, नहीं तो क्यों इस तरह बेदार होकर दौड़ आता हूँ? काशी, इलाहाबाद, पटना, कलकत्ता आदि से लौटते समय, दूर से ही कटिहार स्टेशन का टॉवर देखकर लगता था, कटिहार जंक्शन सिर ऊँचा किए, मुस्कुराता हुआ हमें देख रहा है।

इस बार, अब तक कटिहार जंक्शन ने मुझे नहीं पहचाना है। घने कोहरे में टॉवर छुपा हुआ था। ओवरब्रिज पर आते ही लगा, प्रतीक्षालय के बूढ़े चौकीदार की तरह पोपली हँसी हँसकर किसी ने कहा–"इस बार बहुत दिनों के बाद इधर आना हुआ, शायद...!" दो नम्बर प्लेटफार्म पर उतरते ही पियक्कड़ पगलू जमादार हड़बड़ाकर उठ बैठता है–बाबू, मीना बाजार आनेवाला है फिर क्या? मीना बाजार! पैंतीस साल पहले मीना बाजार देखने आया था। पूजा बाजार स्पेशल! कलकत्ते से आती थी वह गाड़ी। कलकत्ते की कई प्रसिद्ध कम्पनियाँ अपनी दूकानें लेकर आती थीं...ज्वेलर्स, पर्फ्यूमर्स, बन्दूकवाले और बाग बाजार के रसगुल्लेवाले। पूरे प्लेटफार्म पर दिन-भर मेला लगा रहता। रात में प्लेटफार्म पर ही मुफ्त सिनेमा दिखलाया जाता। उस बार 'स्ट्रीट सिंगर' फिल्म दिखलाई गई थी। दुर्गोत्सव के पहले एक दिन का अतिरिक्त उत्सव। पगलू जमादार से पहली बार मीना बाजार में ही परिचय हुआ था। एल. एस. डी. खाने के बाद लोग तरह-तरह के अलौकिक दृश्य देखते हैं, वैसा ही कुछ होता है यहाँ आकर।

...अभी तीन नम्बर प्लेटफार्म पर पहुँचते ही पोर्टर कामरूप-कमिच्छा की ओर से आनेवाली गाड़ी का सिगनल डाउन कर देगा। सारे प्लेटफार्म की रोशनियाँ बुझा दी जाएँगी। दफ्तरों और रेल के कम्पार्टमेंट की रोशनियों के गिर्द कोलतार पोत दिया जाएगा। घुप्प अँधेरे में सिर्फ हरी और लाल रोशनियाँ टिमटिमाती-सी दिखाई पड़ने लगेंगी। दीवारों पर, पोस्टरों में चेतावनियाँ चिपक जाएँगी...नम्बर एक प्लेटफार्म पर मिलेटरी-स्पेशल आकर रुकेगी। मित्र-पक्ष के सिपाही...न जाने किस-किस मुल्क के! कोहिमा, दीमापुर, इम्फाल, डिब्रूगढ़ आदि कई नाम हवा में फिसफिसाकर लिए जाएँगे। इसके बाद उधर से आएगी इवैक्वी-स्पेशल, बर्मा, रंगून को खाली करके, पैदल ही नदी-पहाड़ पार करके आनेवाली प्रवासी भारतीयों को लेकर! रामकृष्ण मिशन के संन्यासियों के साथ, स्वयंसेवक का बिल्ला लगाकर, प्लेटफार्म पर पहले से

ही तैयार है...गाड़ियाँ चीखती हुई आती हैं। रोती हुई, सिर धुनती हुई। हर कम्पार्टमेंट में पीले-पीले औरत-मर्द-बच्चे-बूढ़े ठुँसे हुए। अस्थि-पंजर मात्र शेष देह पिंजर, कोटरों में धँसी आँखें! अधमरे लोगों को लेकर गाड़ी आई है। गाड़ी के रुकते ही हर कम्पार्टमेंट से नरकंकालों की टोलियाँ उतरती हैं...न हँसती हैं, न रोती हैं। अचानक वे एक साथ चिल्लाने लगते हैं, पागलों की तरह वे इधर-उधर दौड़ते हैं। ठोकर खाकर गिरते हैं। हँसते हैं, रोते हैं। नंगे-अधनंगे, चित्थी-चित्थी चीथड़ों में लिपटे लोग हवा में हाथ नचा-नचाकर पता नहीं क्या-क्या बोल रहे हैं। पगलू जमादार, मृतक-सत्कार समिति का बैज लगाए, कन्धे पर स्ट्रेचर लेकर मेरी ओर आता है—बाबू, मीनाबाजार ही आया है...समझिए! होमियोपैथी दवा की गोलियाँ खाकर एक पीली लड़की मुझे बहुत देर तक घूरती रहती है...फिर उससे पूछती है...बरमचारी है, मैं क्या सचमुच जिन्दा हूँ? इतना कहकर वह खिलखिलाकर हँस पड़ती है। उसकी पीली दन्त-पंक्तियों में जड़ा सोना कितना गन्दा है। इवैक्वी...इवैक्वी...धनपाल को छोड़कर भागनेवाले।

बीहड़ रास्ते में परिवार के सदस्यों को खोकर, अपनी जान किसी तरह बचाकर आसाम तक पहुँचनेवाले भाग्यशालियों के दल की वह पीली लड़की कैम्प अस्पताल में दम तोड़ते समय मुझे अपने पास बुलाती है। इशारे से अपने गले के लॉकेट को खोलने के लिए कहती है। एक काले डोरे में लटकती सिस्टर निवेदिता की तस्वीर, दूसरी ओर महीन अक्षरों में कुछ लिखा हुआ है। मृतक-सत्कार समिति का एक स्वयंसेवक मेरे हाथ से लॉकेट लेते हुए कहता है—अरे, यह तो रोल्डगोल्ड है! यदि मृतक-सत्कार समितिवाले कुछ देर बाद आते, तो मैं उस लड़की की लाश के पास बैठकर दो बूँद आँसू जरूर गिराता...आँखों में अटके आँसुओं की उन बूँदों को अब तक आँखों में ही सहेजकर रखना आसान नहीं।

पगलू जमादार हँसता है—आज कुछ भी हाथ नहीं लगा! अरे बाबू, उस दिन की उस पीली लड़की के दाँतों में असली सोना था, असली! पोर्टर अब घंटा बजाकर आसाम-लखनऊ मेल आने की सूचना देता है। लाउडस्पीकर पर ऊँघती हुई आवाज में ऐलान किया जाता है : आसाम-लखनऊ मेल ट्रेन पाँच नम्बर प्लेटफार्म पर आ रही है। जिन यात्रियों को सोनपुर, छपरा, गोरखपुर होते हुए लखनऊ की ओर जाना है...सभी बुझी हुई रोशनियाँ जल पड़ती हैं एक साथ।

भोर का तारा आकाश पर चमक उठा। उषा की लाली प्लेटफार्म पर छा गई है और ऐसे ही समय पाँच नम्बर प्लेटफार्म पर पार्वतीपुर पैसेंजर 'इन' करती है...रिफ्यूजी...रिफ्यूजी...फिर वही लोग, वही नरकंकाल और फिर वही पीली लड़की? इस बार वह मुझे देखते ही पहचान लेती है। मैं उसके पास जाता हूँ? वह मुझे दोनों हाथों में जकड़कर कहती है—तुमी आमा के छेड़े को थाय पालियेगेले? कहाँ भाग गए थे तुम मुझे अकेली छोड़कर? उन्होंने मेरे दाँत से असली सोने का पत्तर निकाल लिया! हाय हाय! पगलू जमादार आकर ढाढस बँधाता है—अरे, बबुनी, धरम बच

गया, यही बहुत है...! मृतक-सत्कार समितिवाले इस बार जबरदस्ती उस लड़की को स्ट्रेचर पर सुलाकर ले गए। वह चीखती रही। मुझे नाम लेकर पुकारती रही। मैं कुछ न बोल सका।

उस लड़की की देह आग की तरह सुलग रही थी...हर कम्पार्टमेंट में काननबाला, यूथिका राय, अंगूरबाला, भारती-यमुना, मंजु एक स्वर से नजरुल गीत गाने लगीं : हो ओ धरमे ते धीर होओ करमे ते वीर होओ उन्नत सिर नाहिं भय; मैं मेडिकल अफसर को समझा रहा हूँ कि एक लड़की को जीवित ही जलाने को ले गए हैं लोग। डाक्टर मुझे समझाता है कि सती प्रथा का अन्त ईश्वरचन्द्र विद्यासागर और राममोहन राय के युग में ही हो गया है। पगलू जमादार ने आकर मुझे धीरे से कहा—इस बार उसके गले में असली सोने का लॉकेट था और उसमें आपकी तस्वीर लगी थी, बाबू!

लाउडस्पीकर पर फिर कोई ऐलान शुरू हुआ। फिर एक गाड़ी रिफ्यूजी! रिफ्यूजी-स्पेशल। हठात् साइरन बजने लगा। रोशनियाँ फिर एक-एक कर बुझने लगीं। तीन नम्बर प्लेटफार्म पर फिर अन्धकार छा गया। लाल और हरी रोशनियाँ आकाश में टिमटिमाने लगीं। कामरूप मेल आकर अन्धकार में खड़ी हो गई। हर कम्पार्टमेंट में कच्ची उम्र के जवान हिन्दू, मुसलमान, सिक्ख...उनके चेहरे गुस्से से तमतमाते हुए हैं। चीखती, धड़धड़ाती आती है आसाम की ओर से एक के बाद दूसरी गाड़ी...घायलों, मृतकों और अधमरे लोगों को लेकर! आसाम, गोहाटी, डिब्रूगढ़ से भागे हुए इवैक्वी...इवैक्वी...इस बार वह पीली लड़की अपने चेहरे पर घूँघट डालकर आई है...सेठानी की तरह। वह मेरे पास आकर धीमे-से बोली—मास्टरजी, मेरे साथ मेरा देश जाएगा? बकसीस मिलेगा पूरा। चलेगा? पगलू जमादार मुझे आँखों के इशारे से कहता है—बाबू, उसके साथ मत जाइएगा। उसके बक्शे में नेपाली गाँजा भरा हुआ है! कामरूप-कमिच्छा की ओर से फिर एक स्पेशल ट्रेन आ रही है। प्रतीक्षालय का बूढ़ा चौकीदार पोपली हँसी हँसता हुआ, मुझसे कहता है—साहब, आपकी गाड़ी आ रही है। रेडियो पर 'जन गण मन' गाया जा रहा है यानी स्टेशन अब बन्द हो रहा है। 'तव शुभ नामे' के पास रेकार्ड कटा हुआ है, शायद। 'तव शुभ नामे—तव शुभ नामे' बार-बार बज रहा है।

जुलाई, 1971

एक अकहानी का सुपात्र

पिछले कई वर्षों से लगातार यह सुनते-सुनते कि अब 'कहानी' नाम की कोई चीज दुनिया में ऐसे ही रह गई है—मुझे भी विश्वास-सा हो चला था कि कहानी सचमुच मर गई। हमारा मौजूदा समाज 'कहानीहीन' हो गया है, हठात्। कहीं, किसी घर के किसी कोने में भी कहानी नहीं घट रही। सभी लोग, अकहानीमय जीवन बिना किसी परेशानी या दुख के जीए जा रहे हैं। फलतः समाज के सभी कहानीकार बेकार हो रहे हैं, हुए जा रहे हैं।...मैंने इन तथ्यों के आधार पर अकहानी की एक मोटी-सी परिभाषा समझ ली थी। बेकार कथाकार बेकारी के क्षण में जो कुछ भी गढ़ता है, उसे अकहानी कहते हैं।

किन्तु, ऐसे ही दुर्दिन में हठात् एक दिन मेरी छोटेलाल से मुलाकात हो गई और मेरा सारा भ्रम दूर हो गया। यानी मुझे दृढ़ विश्वास हो गया कि कहानी के मरने की खबर गलत थी। छोटेलाल के प्रथम दर्शन और संभाषण से ही मैं आश्वस्त हो गया—हमारा समाज अभी पूर्णतः कथाहीन नहीं हो पाया है। छोटेलाल का समस्त अस्तित्व ही मुझे अकहानी से ओत-प्रोत प्रतीत हुआ।...जी नहीं, छोटेलाल कोई कथाकार नहीं—नगर में खोया हुआ एक ग्राम्य-कथापात्र है। और जब तक छोटेलाल-जैसे सुपात्र जीवित रहेंगे, कहानी मरकर भी जी जाया करेगी।

मेरी छोटेलाल से मुलाकात अपने नगर के नुक्कड़ पर पिछले साल—ठीक श्रावणी पूर्णिमा के दिन हुई थी, पान की दुकान पर। वह बार-बार पानवाले का नाम ले-लेकर जल्दी से आठ 'खिल्ली' मीठा पान लपेटने को कह रहा था—"ए क्रिस्ना! लपेट न यार...!"

नगर के ऐसे गृहसेवकों के साधारण चरित्रों से मेरा साधारण परिचय है। अतः उन्हें पहली ही निगाह में पहचान लेता हूँ और वे भी मेरे चेहरे-मोहरे और बातचीत से समझ गए हैं कि मैं उन्हीं की कोटि का जीव हूँ। किन्तु छोटेलाल को पहचानने में मैंने गलती की—यह मैं स्वीकार करता हूँ। पानवाले ने जब झुंझलाकर पहले के बाकी-बकाए का तकादा किया, तो वह तनिक भी अप्रतिभ नहीं हुआ। बोला—"अरे यार, बाकी-बकाया लेकर कोई भागा जा रहा है! पहले मोड़ न आठ मीठा पत्ती...!"

ऐसे अवसरों पर मैं अक्सर कुछ नहीं बोलता। लेकिन उस दिन बोल पड़ा—"अजी, बाकी-बकाया का हिसाब-किताब मालिक से करना। नौकर से क्यों उलझ रहे हो बेकार..."

कि छोटेलाल ने चोट-खाए हुए प्राणी की तरह मुझ पर प्रत्याक्रमण किया–"जरा आदमी देखकर बात कीजिए साहेब। यहाँ कोई किसी का नौकर नहीं... ।"

पानवाले लड़के ने कहा–"परफेस्वर बाबू के छोटे भाई हैं।"

मैंने तुरन्त छोटेलालजी से क्षमा-याचना की।–"माफ कीजिए भाई साहब!"

पान की दूकान से सटे ही एक छोटी-सी चाय की दूकान है जो डबल-रोटी और बिस्कुट के अलावा उबले हुए अंडे भी बेचता है। मैं अपने उन दोस्तों को, जो मेरे कुत्ते से घबराते हैं अथवा जिनकी बोली सुनकर मेरा कुत्ता चिढ़कर भूँकने लगता है अथवा जो तिमंजिले की सीढ़ियों पर चढ़ने से लाचार होते हैं या जिन्हें अपने फ्लैट में ले चलने में मैं लाचार होता हूँ–इसी चाय की दूकान पर लाकर 'चाय-पान सिगरेट आदि' से सत्कार करता हुआ उनका अबोध संभाषण सुनता रहता हूँ।

छोटेलाल ने मुझे सिर से पैर तक तजबीज करते हुए पूछा–"आप कौन हैं?"

मैंने अपना नाम बतलाया और यह भी कि मैं तीन नम्बर रोड के एक वकील साहब का क्लर्क हूँ। छोटेलाल बोला–"सीधे मोहरिल कहते लाज लगती है, इसीलिए क्लर्क... ।"

छोटेलाल मुझ पर आक्रमण करके प्रसन्न हुआ। फिर अपने वक्तव्य की व्याख्या करता हुआ बोला–"शहर की हर बात पर ऊपरी सजावट। अब देखिए न–यही 'रच्छाबंधन'। देहात में 'सलोनी पुरनिमाँ' के दिन... ।"

"सलोनी पुरनिमाँ?"–मैंने अस्फुट शब्दों में जिज्ञासा प्रकट की। छोटेलाल ने मुझे महामूरख समझकर मुझ पर तरस खाने की मुद्रा बनाई–"सलोनी पुरनिमाँ नहीं समझते? आज ही है सलोनी पुरनिमाँ!"

मैंने फिर अपनी गलती के लिए छोटेलालजी से क्षमायाचना की–"ओ? श्रावणी...यानी...सावनी...हाँ सावनी पूर्णिमा की रात तो सलोनी होगी ही।"

मुझे छोटेलाल ने अनजाने ही एक सुन्दर पंक्ति दे दी–सावनी सलोनी पूर्णिमा की रात। मुँह से निकल पड़ा, "वाह भाई!"

छोटेलाल ने अपने अधूरे वक्तव्य का सूत्र पुनः पकड़ा–"सो सलोनी पुरनिमाँ के दिन देहात में 'बाभन सब' हाथ में रंग-बिरंगी राखी की लच्छियाँ लेकर घर-घर घूम-घूमकर जजमानों को राखी बाँधते हैं–'जैन-बन्धूबलिराजा' मन्तर पढ़कर। मगर शहर में राखी–'छौड़ी सब' बाँधती है। अपने भाइयों को नहीं साहेब–मुँहबोले भाइयों को...!"

मैंने फिर अपनी अज्ञता प्रकट की–"मुँहबोले भाई?"

छोटेलाल ने इस बार मुझको करुणा की दृष्टि से घूरते हुए मुझसे पूछा–"भाई साहब! आप किस 'डिस्टिक' के रहनेवाले हैं जो मुँहबोला भाई का मतलब भी नहीं समझते?"

समझाने की आवश्यकता नहीं हुई। मैं स्वयं ही तत्काल समझ गया। छोटेलाल ने पानवाले को पान में भरपूर मीठा मसाला डालने की ताकीद करने के बाद फिर शुरू किया—"भैया की भी दो मुँहबोली बहन आई हैं—राखी बाँधने...।"

पानवाले क्रिस्ना ने टोका—"तो आपके भैया की मुँहबोली बहन आपकी भी मुँहबोली बहन ही लगेगी...।"

छोटेलाल का चेहरा तमतमा उठा फिर—"यार क्रिस्ना! तुम भी एकदम बेबात की बात...? भैया की मुँहबोली बहनों से मेरा क्या रिश्ता? न तीन में, न तेरह में। तिस पर शहर की 'लपस्टिक लड़कियाँ'...जी, भाई साहेब, आपका चेहरा देखकर मैं बूझ गया कि आप फिर मतलब पूछना चाहते हैं...लपस्टिक लड़की का मतलब आपको फिर कभी समझा देंगे।...यार क्रिस्ना—लपेटना, देखते नहीं कि एक ही घंटे में चार बार चाह-बिस्कुट और टौफी-लेमनचूस लेने के लिए इस चौबटिया पर आ चुका हूँ... अब यही देखिए न—यह लेमनचूस। देहात में यह बच्चों को फुसलानेवाली मिठाई है और यहाँ? यहाँ यह लड़कियों की—खासकर स्कूल-कॉलेज की लड़कियों की...। कहते हो जल्दी क्या है? अभी दोनों को पहुँचाने के लिए जाना होगा। एक रहती है ईरगाट तो दूसरी मीरघाट। भौजी सुबह को ही अपने मुँहबोले भाइयों को राखी बाँधने गई है सो अभी तक लौटी नहीं। अगर कहीं 'बरखा-बुन्नी' के मारे अटक गई तो उनको भी ढूँढ़कर लाने के लिए इस छोटेलाल को ही जाना होगा।... और शहर में लड़कियों को पहुँचाने के लिए कहीं जाना कितना मुश्किल का काम है—यह...अरे भैया—पीछे-पीछे सायकल पर रिक्शा के साथ जाना होगा। पीछे सायकिल पर रिक्शा के साथ जाना खेल नहीं! एक दिन किसी लड़की को कहीं पहुँचाकर देखो न...यहाँ के सभी छुरेबाज छोकरों को पहचान गया हूँ...लेकिन, जो कहो—रास्ता चलते वे जब लड़कियों पर ऐसे-ऐसे 'शब्दभेदी बान' छोड़ते हैं कि कभी-कभी तो हमको भी हँसी आ जाती है।"

'बरखा-बुन्नी' शब्द को सुनकर मन हर्षित हुआ। शायद आकाश में मँडरानेवाले काले-काले बादल भी प्रसन्न हुए—नन्हीं-नन्हीं बूँदें पड़ने लगीं। हम सभी चायवाले के छज्जे के नीचे—बेंचों पर जा बैठे। छोटेलाल ने आर्डर दिया—"तो बनाओ यार, एक इसपिसिल चाह...।"

छोटेलाल ने, शहर के दूध और दूधवालों से लेकर गायों तक की निन्दा कर लेने के बाद अपने गाँव के दूध पर पड़नेवाली मलाई की तुलना भागलपुरी रेशम की रजाई से की। तब, चायवाले से नहीं रहा गया, शायद। वह कुढ़कर बोला—"तो वैसी मोटी मलाई छोड़कर यहाँ शहर का घासी-घी खाने क्यों आए? देहात में ही रहते!"

लगा, छोटेलाल के पास चायवाले का उधार-बाकी कुछ ज्यादा ही था पानवाले से। लेकिन छोटेलाल तनिक भी छोटा नहीं हुआ। तमककर बोला—"आया हूँ क्या अपने मन से? तीन साल पहले एक बार गाँव से भागकर आया तो तीन दिन भी नहीं

रहने दिया था–भैया-भौजी ने। अब जब छोटेलाल की जरूरत हुई है, तो पाँच दिन तक खुशामद करके गाँव से बुला लाए हैं...।''

इस सिलसिले में छोटेलाल ने विस्तारपूर्वक अपने प्रोफेसर भैया के शहर की एक 'लपस्टिक लड़की' से 'लटपटा' जाने से लेकर रजिस्ट्री-शादी तक के किस्से सुना दिए–उदारतापूर्वक। अन्त में 'क्लाइमेक्स' पर आकर गर्व से बोला–''और जब से वह बन्दा यानी छोटेलाल आया है, तब से 'दोनों प्राणी' सुख-चैन से सोते हैं। भैया की गैरहाजिरी में अब कोई 'मस्तान' हमारी गलीवाली खिड़की के आसपास कोई 'दिलफेंक फिल्मी गाना' गाकर देख ले जरा!...पहले तो यहाँ के 'इन सुथनसाह बादशाहों' ने मुझे देहाती-भुच्चा समझकर सिगरेट के धुएँ से उड़ा ही देने की कोशिश की। लेकिन जब छोटेलाल ने एक फुटफुटीबाज का 'गट्टा' पकड़ा कसके तो पहले तो सालों ने ठीक सिनेमा के 'फैट' के अन्दाज में बाँके तिरछे कायदे दिखाए–बाद में जब छोटेलाल का पहला 'झापड़' पड़ा कि बाकी साले ऐसे भागे...तो, कहते हो कि क्यों आए! नहीं तो, आज के दिन से ही, माने सलोनी पुरनिमाँ के दिन से ही, 'क्रिस्नाकुम्भर' मेले में होनेवाले 'ड्रामा' का 'रिहलसल' शुरू हो जाता है। ओह! इस बार, अभी क्या जो होता होगा वहाँ...?''

छोटेलाल को गाँव की याद में इस तरह खोते हुए देखकर मैंने उसे जगाया–''आप ड्रामा में क्या करते थे?''

मेरा सवाल पूरा भी नहीं हो पाया, इसके पहले ही छोटेलाल ने जवाब दिया–''क्या नहीं करता था? पर्दा-पोशाक जमा करने से लेकर 'रिहलसल' के लिए दरी-जाजिम-लैटपंचलैट-चाहहलवा-भाँगबूटी का इन्तजाम...और ड्रामा हो चाहे कुश्ती, चाहे घुड़दौड़–बिना छोटेलाल के हो तो जाए कोई काम?...यह मत समझिए कि देहात में एकदम देहाती ड्रामा करता होगा। जी नहीं, एकदम नहीं। स्टेज पर बजते 'फौकसिंग' के खेला होता था–'बगदाद का सोदागर' तो, 'सुलताना डाकू' तो, 'भगतसिंह'...तो खेला ऐसा कि गुलाबबाग मेला में आनेवाली दि ग्रेट 'ठेठरिकल' कम्पनी औफ इंडिया भी मात! समझे?''

पहली मुलाकात के बाद से ही हम मित्र हो गए। उससे बातें करके सदा मुझे कुछ नए शब्दों और मुहावरों की प्राप्ति हो जाती है। कभी-कभी एक ही साथ कई कहानियाँ–'सच्ची कहानी', 'बनती हुई कहानी', 'बिगड़ती हुई कहानी', 'धारावाहिक कहानी'! छोटेलाल समझ गया है कि उसके 'देहाती माल' से लेकर 'शहरी मसाला' का असल गाहक मैं ही हूँ। कभी चाय, कभी बिस्कुट अथवा उबला हुआ अंडा पाकर वह चटपटी प्रेम कहानियाँ सुनाने लगता है–''अरे भैया! देहात में जिसको 'लाट-साट' या 'लटपटा जाना' कहते हैं, उसको ही शहर में 'लभ' चाहे 'प्रेम' कहते हैं–हमारी 'दइया' है न...उसके जिम्मे एक-से-एक 'मोहब्बत मार्का' किस्सा है।...इस नगर के पाँच रोड के पचास 'फेमिली' के नौकर और दाई और जमादार-जमादारी से मेरा

हेलमेल है। सो, रोज तीन-चार प्रेम-पिहानी...वह छोटकी गाड़ी में चंडोल-सफाचट बूढ़ा अभी गया न—वह अपनी जमादारनी से 'इशकबाजी'...अरे बूढ़ा है? दिल भी कहीं बूढ़ा होता है...उस लौंडे को देखते हैं न...वही जो 'लेडिजफिंगर' खरीद रहा है—अपनी अधेड़ मालकिन का 'खानगी' नौकर है—मौज कर रहा है—मैं उसको क्या कहता हूँ जानते हैं? बैसाखी खीरे का बतिया!...तीन नंबर के लाल बंगले के छत पर हर रात को 'जिन्दा-सिनेमा' होता है।...और, 'लभ' वाली शादी कहिए चाहे प्रेमविवाह—मगर है यह बालू की दीवार...अब मेरी भाभी को ही देखिए न...भैया के जितने दोस्त आते हैं, सभी 'लभ' की नजर से देखते हैं। माने, एक बार एक आदमी से 'लभ' करनेवाली लड़की हमेशा किसी-न-किसी आदमी से 'लभ' करती ही रहती है—लोग वही समझते हैं। मेरा भी यही अनुमान है। फिर किसी दिन सुनाएँगे आपको...।''

कभी-कभी वह बहुत ही उदास दीखता तो मैं टोक देता—''आज कुछ उदास नजर आ रहे हो छोटे? क्यों, क्या बात है?''

उस दिन क्रिस्ना के कोंचने और चिढ़ाने पर भी वह कोई जवाब नहीं देता। किन्तु मेरे सवाल के जवाब में प्रायः वह कहा करता—''जी करता है, उड़कर चला जाऊँ।''

''कहाँ?'' मैं अचरज से पूछता।

''और कहाँ? गाँव।''

सात-आठ महीने की बैठकों में मैं उसके भैया-भौजी, गाँव-घर, टोला-समाज के लोगों के अलावा उसके गाँव के आस-पास के खेत-मैदान, नदी-पोखरे, हाट-घाट से अच्छी तरह परिचित हो चुका था। पूछता—''क्यों? रानीगंज हाट की जलेबी खाने का जी करता है या रजौली पोखरे की मछली?''

उस दिन ऐसा लगा कि वह मेरी प्रतीक्षा कर रहा था। उदासी का कारण पूछते ही वह मुझे चाय की दूकान पर ले गया हाथ पकड़कर—''अब आप ही बतलाइए जी। मैं क्या करूँ? भैया-भौजी की लड़ाई अब आखिरी सीमा पर पहुँच गई है। अब तो कभी-कभी मार-पीट, 'पझड़ा-पझड़ोवल' भी हो जाती है। जब दोनों झगड़ने लगते हैं तो मैं रेडियो को और तेज कर देता हूँ। पानी के दोनों नलों को 'फुलस्पीड' में खोल देता हूँ, ताकि बाहर के लोगों तक—पास-पड़ोस में उनके झगड़े की आवाज नहीं पहुँच सके। मगर अब लगता है, बात फैल जाएगी। अब मैं क्या करूँ? किसका साथ दूँ?...भौजी को सन्देह समा गया है कि भैया किसी मुँहबोली बहन के साथ 'लभ' में लटपटा गए हैं और भैया कहते हैं कि शहर की लड़की से शादी करके उनकी शान्ति समाप्त हो गई।

अब मैं अगर भैया का 'पच्छ' लेता हूँ तो भौजी और भौजी के तरफ से बोलूँ तो भैया—दोनों ओर से जाता हूँ—दोनों मुझसे नाराज...अजीब साँसत में मेरी जान फँसी है। बताइए न, क्या करूँ?''

आज छोटे बहुत प्रसन्न है। उसने भैया के गृहकलह को शान्त कर दिया है। मैंने भैया से एकान्त में कहा—''भाभी की गैरहाजिरी में अब अगर किसी मुँहबोली लड़की को घर में लाइएगा तो मैं भाभी को बता दूँगा।'' और भाभी को धमकी दी—''मैके जाने का बहाना बनाकर आप इस मुहल्ले की मौसी और उस मुहल्ले की मामी के घर जाना बन्द करिए भाभी! नहीं तो बिलट रिक्शावाला को गवाही में लाकर खड़ा कर दूँगा कि आप कहाँ-कहाँ जाती हैं और किस-किससे मिलती हैं।''

अन्त में, सबसे बड़ी खुशखबरी देते हुए वह तनिक लजाया। फिर मुस्कुराया—''अब आप ही बतलाइए न, मैं क्या करूँ? भाभी के एक मौसी है। उसकी छै लड़कियाँ। लेकिन चौथी लड़की ठीक भाभी की तरह है, देखने में। भाभी उसको खूब मानती हैं। कभी-कभी वह आकर दो-तीन रह भी जाती है। सो...अब क्या बतावें। अपने जानते तो मैं बड़ा होशियारी से रहता आया हूँ, इस शहर में। मगर वह लड़की पता नहीं कैसे और कब से मुझसे 'लभ' करने लगी कि मुझसे पहले भाभी को पता चल गया। अब भाभी कहती हैं कि छोटे! अब क्या बताऊँ कि भाभी क्या कहती है? एकदम, सीधे शादी कर लेने को कहती है। अब आप ही बतलाइए न—मैं क्या करूँ? अगर 'लभ' नहीं करने लगी होती तो मैं साफ-साफ कह देता कि शहर की लपस्टिक लड़कियाँ मुझे पसन्द नहीं। लेकिन अब ऐसा कहने से उसका दिल टूट जाएगा न। है कि नहीं?

अगस्त, 1971

जैव

निर्मल ने मन्द-मन्द मुस्कुराती, कमरे में प्रवेश करती हुई–विभावती से पूछा–''क्यों क्या बात है?''

विभावती हँसती हुई बोली–''बात क्या होगी? बात जो होनी थी सो हो गई।''

विभा ने स्वामी के हाथ में आज की डाक से आई हुई चिट्‌ठी दी। निर्मल ने पढ़ना शुरू किया–''पूजनीया भाभी,...आगे समाचार यह है कि पिछले सप्ताह से ही सुबह उठकर उल्टी-मतली...लेकिन, मेरी सासजी बहुत खुश हैं।... ।''

पत्र में ननद ने 'भौजाई' को विस्तारपूर्वक यानी खोलकर सबकुछ लिखा है। किन्तु निर्मल इससे आगे कुछ नहीं पढ़ सका।

''जो बात होनी थी सो हो गई न? मैं जानती थी। चाहे पचास रुपए की किताब दीजिए 'प्रेमोपहार' या सौ रुपए की–जो बात होनी थी सो हो गई।''–विभा हँसकर बोली।

निर्मल चिढ़ गया–''बेमौके की ऐसी हँसी सुनकर मेरी देह जल जाती है।''

विभावती समझ जाती है, कि पति अभी बहुत चिढ़े हुए हैं। वह कमरे से बाहर चली गई, हँसती-मुस्कुराती।

निर्मल के सिर पर मानो वज्र गिर पड़ा है। उसका माथा चकरा रहा है। कान के पास झींगुर बोलने लगे हैं।...शारदा गर्भवती माने प्रेगनेन्ट हो गई? उसकी एकमात्र छोटी बहन, सोलह साल की शारदा–बिना माँ-बाप की–'कोरपच्छ' लड़की। निर्मल से ग्यारह साल छोटी शारदा! निर्मल की माँ ने आँख मूँदने के पहले–विभावती से कहा था–''बहू! अब तू ही इसकी माँ... ।'' पिता ने मरते समय निर्मल से कहा था–''बेटा! बस, एक दायित्व तुम्हारे सिर पर दे जाता हूँ। शारदा को 'सुपात्र' के हाथ में देना।''...इतना खर्च-वर्च सब बेकार? यह तो पूरा 'कुपात्र' निकला।...और इसी 'कुपात्र' के फेर में पड़कर उसने अपनी दुलारी बहन की शादी कच्ची उम्र में ही कर दी...अंग्रेजी तथा हिन्दी में उपलब्ध दाम्पत्य-जीवन को सुखमय बनानेवाली प्रसिद्ध किताबों का एक सेट उसने विशेष रूप से भेंट किया था शारदा के पति प्रोफेसर सुकुमार राय को।...

निर्मल ने हिसाब लगाकर देखा...तो, इसका अर्थ हुआ कि सुहागरात में ही...? शारदा की शादी हुए तीन ही महीने हुए हैं। अभी 'प्रिंस होटल' का बिल भुगतान देना बाकी है। और...और...?

पड़ोस के फ्लैट की बूढ़ी मौसी आई है। शारदा को बहुत प्यार करती थी बूढ़ी मौसी। विभावती ने मौसी को भी शुभ संवाद सुना दिया—''हाँ, तीन महीने...''

''विभा!''—निर्मल ने उच्च स्वर में ही पुकारा। प्रसन्नता से बूढ़ी मौसी के चेहरे की झुर्रियाँ खिल पड़ीं।

''कर दिया न ब्राडकास्ट? तुम लोगों के पेट में कोई बात जो पचे...।''

इस बार विभा ने जवाब दिया—''तुम तो चिढ़कर बेकार भुर्ता हुए जा रहे हो।''

''बेकार माने?...शर्म की बात है। इस कच्ची उम्र में...मुश्किल है...शारदा मर गई समझ लो।''

''क्यों 'कुलच्छन' की बोली बोलते हो? माथा गर्म करने से कुछ नहीं होगा। आज ही अस्पताल में 'साइड-रूम' के लिए दर्खास्त दे दो।''

विभा रसोईघर में चली गई।

निर्मल सोचने लगा—सच ही तो! माथा गर्म करने से क्या होगा। आज ही अस्पताल में 'साइड-रूम' के लिए दर्खास्त दे देना ठीक होगा। प्रोफेसर सुकुमार राय! फर्स्ट क्लास फर्स्ट...गोल्ड मेडलिस्ट हैं। कुपात्र कहीं का!...आजकल के नौजवानों में यही ऐब—डिग्री से लदे हुए गधे!...लेकिन, हिसाब से तो...? सुहागरात में ही 'कंसीव' किया होगा शारदा ने क्योंकि उसके बाद 'मेहमान' भागलपुर चला गया था। दो महीने के बाद आकर शारदा को ले गया है। और एक महीने के बाद यह पत्र...?

दोपहर को भोजन 'रुचा' नहीं तो विभा ने मुँह फुला दिया—''इस तरह खाना-पीना छोड़ने से क्या होगा?''

''विभा! मैं प्रार्थना करता हूँ...मुझे शान्तिपूर्वक इस समस्या पर कुछ सोचने भी दोगी?''

''पूछती हूँ, यह भी कोई समस्या है?''

''तुम भी बूढ़ी मौसी के सुर में सुर मिलाकर ऐसी बातें करोगी, इसकी मुझे उम्मीद नहीं थी।''

''तो क्या करूँ? सिर पकड़कर रोऊँ?''

''विभा''—निर्मल की आँखें डबडबा आईं—''शारदा मर जाएगी। जरूर मर जाएगी।''

''तुम्हारे कहने से मरेगी? कुछ नहीं होगा। तुम्हारी दुलारी बहन शारदा को एक गोलमटोल सुन्दर मुन्ना के सिवा और कुछ नहीं होगा।''

''वह इतनी दुबली है सो...।''

''सो जानेगी डॉक्टर मिस जोजेफ और जानेंगे स्त्रीरोग के पुरुष विशेषज्ञ डॉक्टर शर्मा...।''

डॉक्टर शर्मा का नाम सुनते ही निर्मल को काम की बात सूझी—क्यों न डॉक्टर शर्मा को फोन करके सलाह ले? उसने डिरेक्टरी में डॉक्टर शर्मा का नम्बर खोजकर

निकाला और डिरेक्टरी के मुखपृष्ठ पर लिखने के बाद उसने डायल पर नम्बर मिलाया। चोंगा रखकर फिर डायल किया। बहुत देर तक उधर घंटी बजती रही। फिर किसी आदमी ने चिढ़ी आवाज में पूछा–"हैलो?"

"एँ? डॉक्टर शर्मा हैं? अस्पताल में? देखिए साहब, इस तरह झल्लाइए मत। आप कौन हैं?...तुम डॉक्टर साहब के ड्राइवर होकर ऐसी बातें कहोगे...?"

उस छोर पर चोंगा रख दिया गया। इसके बाद जब अस्पताल का नम्बर लगाया तो टूँ-ऊँ-ग, टूँ-ऊँ-ग...।

निर्मल के कमरे से बहुत देर तक टेलीफोन डायल करने की आवाज आती रही–क्रिर, क्रिर, क्रिर!!

फिर मन कड़वा हो गया निर्मल का।

विभा आई और पास बैठकर गम्भीरतापूर्वक बातें करने लगी–"देखो! तुम क्या सलाह लेना चाहते हो डॉक्टर से। यही न कि कम उम्र की कमजोर लड़की...।"

"विभा! तुम फिर छेड़ने आईं...।" निर्मल कहते-कहते रुक गया। उसने अपनी पत्नी के चेहरे पर सहानुभूति की रेखाएँ देखीं। उसे विभा का इस तरह गम्भीर हो जाना अच्छा लगा।

दोपहर के भोजन के बाद विभा रोज एक बीड़ा पान खाती है। पान मुँह में रखकर जब वह बोलने लगती है तो निर्मल उसके क्रमशः लाल होते हुए होंठों को देखता रहता है। विभा बोली–"तुम सुकुमार को एक चिटूठी लिख दो और अगले महीने ही जाकर शारदा को लिवा लाओ।"

"तुम ठीक कहती हो। मैं भी यही सोच रहा था।"

विभा अब मुस्कुराई। निर्मल बोला–"जानवर है। क्या कहा जाए इस सुकुमार को?"

विभा ने बात पूरी की–"किसको कहा जाए? न बहन शारदा को धैर्य और न बहनोई सुकुमार साहब को सन्तोष...।"

"अब मार खाएगी विभा।"

विभा हँसती हुई लेट गई पति के बगल में और अपनी उँगलियों पर जोड़ने और जोड़कर हिसाब निकालने लगी। शारदा का 'एसपेक्टिंग डेट' यानी 'संभावित तिथि' अर्थात् फरवरी में 'मासिक धर्म' बन्द हुआ है तो नवम्बर के दूसरे सप्ताह में? वह पति को गुदगुदाती बोली–"होनेवाले मामू साहब! एक 'टोकरी' ऊन चाहिए...जाड़े में जन्म लेनेवाले शिशु को गर्म रखने के लिए पसमीना-ऊन...।"

भाई और भाभी ने मिलकर शारदा को बचा लिया। चौथे महीने में ही निर्मल भागलपुर जाकर, लड़-झगड़कर शारदा को पटना लिवा लाया। पहले हर महीने, बाद में प्रत्येक पखवारे में 'हेल्थ विजिटर' और 'मिडवाइफ' से जाँच करवाकर–वे सलाह लेते और तदनुसार परिश्रम, भोजन और दवा की व्यवस्था। इसके बावजूद शारदा की

जान संकट में पड़ गई। नवम्बर के दूसरे सप्ताह में शारदा बारह घंटे तक अस्पताल में सिर कटी हुई चिड़िया की तरह दर्द से तड़फती-छटपटाती रही। अन्त में सी. एस. (सिजेरियन-सेक्शन अर्थात् पेट चीरकर) करके बच्चा निकाला गया। बच्चा स्वस्थ है–छै पौंड का बेबी!

अस्पताल से पन्द्रह दिन के बाद जब डेरे पर आई शारदा तो एक दिन चोर की तरह मुँह छिपाता हुआ आकर खड़ा हुआ प्रोफेसर सुकुमार। विभा हँसकर बोली–"आ गए, आ गए! जुलियस सीजर के पिता सुकुमार साहब...प्रोफेसर ऑफ बोटानी।"

शाम को निर्मल और विभा तस्वीर देखने गए–बहुत दिनों के बाद। पिछले दो महीने से दोनों परेशान होकर दौड़ते-भागते रहे हैं।

राह में विभा बोली–"मेहमान शायद शारदा को लेने आया है।"

निर्मल बोला–"बोले तो मेरे सामने। जूता खाएगा।"

लौटते समय विभा बोली–"कल एक बार डॉक्टर जोजेफ की क्लिनिक में चलोगे?"

"क्यों? अब क्या है?"–निर्मल ने चौंककर पूछा।

विभा बोली–"शारदा कहती थी कि एक बार डॉक्टर जोजेफ ने बुलाया है।"

विभा और निर्मल। विवाह के पाँच वर्ष बाद भी जब विभा को 'कुछ' नहीं हुआ तो निर्मल ने डॉक्टरों को दिखलाकर सलाह ली थी। एक छोटा-सा ऑपरेशन भी हुआ था। किन्तु अन्ततः दोनों ने मन-ही-मन मान लिया था–कुछ नहीं होगा। विधि के विधान को उन्होंने स्वीकार कर लिया था। वे प्रसन्न थे, सुखी थे, कहीं कोई रिक्तता नहीं। कोई कमी नहीं महसूस करते थे। किन्तु उसकी बहन शारदा के आने के बाद से...

दूसरे दिन डॉक्टर जोजेफ की क्लिनिक से लौटकर शारदा अपने पति और भाभी के साथ खिलखिलाकर हँस रही थी–"देखा भाभी! मैंने कहा था न? ठीक हुआ न, मेरी छूत लग गई न? हा-हा? मैं जानती थी। तुम्हारे लक्षण सभी..."

निर्मल ने पूछा–"क्या बात है शारदा?"

वे सभी चुप हो गए। उस कमरे से विभा की गिड़गिड़ाती आवाज और शारदा की मद्धिम खिलखिलाहट के साथ शारदा के शिशु के किलकने की सम्मिलित आवाज आई। निर्मल ने फिर पूछा–"शारदा! क्या है?"

शारदा ने कोई जवाब नहीं दिया। वह उठकर पूजाघर में गई और शंख फूँकने लगी–"धू-ऊ-ऊ। धू-ऊ-ऊ!!"

प्रोफेसर सुकुमार लजाते और मुस्कुराते हुए निर्मल को समझा रहे थे–"भाईजी! वनस्पति-जगत् में भी ऐसा होता है। इस प्राकृतिक प्रक्रिया को हमारे शास्त्र में 'पोलिनेशन' कहते हैं–पी. ओ. एल. एल. आई. एन. ए. टी. इ. अर्थात् फर्टिलाइजिंग ए फ्लावर बाइ कनवेईंग...नारियल या पपीता अथवा सुपारी का कोई पेड़ अगर नहीं

फलता है तो पास में एक दूसरा पेड़ लगाया जाता है और जब दूसरा पेड़ फूलने-फलने लगता है तो पहला निष्फला पेड़ भी...।''

निर्मल ने झुंझलाकर कहा–''क्या बक रहे हो, मैं कुछ नहीं समझ रहा।...देखो सुकुमार, मैं कोई बहस, कोई बात नहीं करना चाहता–नहीं सुनना चाहता। शारदा सालभर यहाँ रहेगी। इस बीच कोई...।''

सुकुमार तुतलाकर कह रहा था–''भाई साहब...मतलब...आप तो बेकार...''

हँसती हुई शारदा ने खिड़की के उस पार से ही अपने भाई और पति और दुनिया-जहान को सुनाने के लहजे में कहा–''मैं जाऊँगी ही नहीं। कोई जबर्दस्ती ले जाएगा क्या?...भाभी को डॉक्टर ने...।''

लगा, शारदा का मुँह किसी ने दबा दिया। उसकी बोली मुँह में ही रह गई।

सुकुमार ने झाँककर देखा–भाभी अपनी ननद का मुँह हथेली से बन्द करके हँस रही है।

सुकुमार ने कहा–''अच्छी बात है भाभी! यह 'शुभ संवाद' मुझे ही सुनाने का अवसर आपने दे दिया। बहुत धन्यवाद! भाईजी, बात यह है कि भाभी...भाभी को डॉक्टर जोजेफ ने जाँच कर 'पक्की' रिपोर्ट दे दी है–मतलब भाभी ने 'कंसीव'... अर्थात् वही जो मैं कह रहा था न पोलिनेशन...''

अक्टूबर, 1972

मन का रंग

मैं समझ गया, वह जो आदमी दो बार इस बेंच के आस-पास चक्कर लगाकर मेरे चेहरे को गौर से देखकर गया है न—वह मेरे पास ही आकर बैठेगा। बैठने से पहले मद्धिम आवाज में 'कपट विनय' भरे शब्दों से मुझे जरा-सा खिसक जाने को यानी 'तनि डोल' जाने को कहेगा। और यदि मैं उसके गाल के गलमुच्छों और गले के गुलबन्द से ढँकी आवाज को नहीं सुनने का बहाना बनाऊँ तो तनिक ऊँची आवाज में बेरुखाई से कहेगा—"सुनते हैं? आप ही से कहा जा रहा है...।"

...हाँ-हाँ, मुझे नहीं तो और किससे कहेंगे?...पता नहीं, चेहरे पर क्या लिखा हुआ पढ़ लेते हैं कि लोग कि ट्रेन या बस में अथवा प्लेटफार्म या पार्क के बेंच पर ही नहीं—इस विशाल संसार के किसी कोने में भी बैठा रहूँ तो ये मुझे ही तनिक-सा सरककर बैठने को कहेंगे। पास में जगह नहीं हो तो मेरी ही गठरी पर बैठते हुए मुझसे पूछेंगे—"इसमें टूटनेवाला कोई सामान तो नहीं?" मैं कितना ही अखबार पढ़ने में तल्लीन होने की मुद्रा बनाऊँ, चेहरे पर नहीं, सारे शरीर पर गुरु-गम्भीरता का लबादा ओढ़कर भारी बनना चाहूँ—मगर उनकी आँखों ने मुझे पहले ही पासंग-सहित तौल लिया है। इन लोगों के बीच—प्लेटफार्म के इस ओर से उस छोर तक उनकी निगाह में मैं ही एकमात्र ऐसा हल्का आदमी हूँ, जिसे मद्धिम आवाज से ही तनिक-सा सरकाया जा सकता है। बगल में बैठनेवाले इन अनचाहे बगलगीरों के अलावा खड़ा होकर तमाशा देखनेवाले तमाशबीनों में भी ऐसे लोग रहते हैं जो मुझे ही खोजते रहते हैं। लॉन में कोई बड़ी सभा हो या फुटपाथ पर होनेवाला मदारी का खेल—ये मुझे वहाँ पा लेते हैं और ठीक मेरे सामने आकर खड़े हो जाते हैं। मेरे दृष्टिपथ को उनका 'मुंड' पूरी तरह छेंक लेता है। तब यदि मैं दाहिनी ओर सिर झुकाऊँगा, तो वह 'मुंड' भी दाहिने झुकेगा और बाएँ मोड़ूँ तो वह भी तत्काल उधर मुड़ जाएगा। इसके बाद सभा के सारे लोग नेताजी का भाषण, उनके हाथ-पाँव भाँजने के साथ देखेंगे-सुनेंगे; मदारी के मजमे के लोग कबूतर गायब होने का तमाशा देखेंगे और मैं देखा करूँगा सिर्फ इनका मुंड। इसको पकड़कर—आसपास के अन्य मुंडों से टकरा देने का जी बार-बार करने के बावजूद वैसा नहीं कर पाता। और वैसा नहीं कर पाने का दुख...? आत्मग्लानि की उन अनुभूतियों के दंश से मन बस चिढ़ा रहता है। अपनी कायरता के लिए अपने-आपको धिक्कारता रहता हूँ। जीभ पर अपने लिए कोई हल्की-फुल्की गाली भी कढ़ आती है, जिसे मैं चुपचाप निगल जाता

हूँ।...सुना है, जापान के लोग गाली नहीं बकते और न कसमें ही खाते हैं। शायद इसलिए वहाँ 'हाराकिरी' यानी आत्महत्या करने का प्रचलन पनपा है। गाली तो...(क्या कहते हैं उसको, जो प्रेसर-कूकर में लगा रहता है?)...हाँ, सेफ्टी-बल्ब है।...लीजिए, वे आ गए। वे मुझे ही कह रहे हैं—"तनि डोलिएगा?"

सरकने या खिसकने के बदले 'डोलना' शब्द का प्रयोग, जिस पर इस तेवर के साथ कि अगर मैं नहीं डोलना चाहूँ, अथवा डोलने में मुझे कोई कष्ट हो, तो वे स्वयं मुझे डुला देंगे!

मुझे डोलना नहीं पड़ा। आप बैठ गए हैं। और अब मुझसे कुछ पूछना चाह रहे हैं।...पता नहीं, मेरे चेहरे पर क्या है कि लोग मुझसे ही दुनिया-भर के सवाल करते हैं। मेरी विरक्त मुद्रा ने काम किया। उन्होंने कुछ पूछना चाहकर भी कुछ नहीं पूछा। मुझे सन्तोष हुआ, अपनी विरक्त मुद्रा को कारगर होते देखा। किन्तु एक ही क्षण के बाद फिर दपदपाकर जी जल उठा। सामने बड़े बोर्ड पर एक रेलवे कर्मचारी खूब बड़े-बड़े अक्षरों में लिख गया—'फोर्टी डाउन ट्रेन तीन घंटा लेट!"

एक हल्की-सी चीख मेरे मुँह से निकल पड़ी शायद। बगलगीरजी बैठते ही ऊँघने लगे थे। मेरी अस्फुट चीख पर चिहुँककर जगते हुए बोले—'का हुआ?'

देखता हूँ, सुनता हूँ—मेरे मुँह से ही नहीं—गाड़ी के लेट आने की सूचना पाकर सारे प्लेटफार्म के लोगों के मुँह से कुछ-न-कुछ भला-बुरा निकल रहा है। बहुत देर से रुकी हुई भुनभुनाहट अचानक फिर शुरू हो गई है!

...तीन घंटे लेट? अर्थात् दस तीन तेरह—एक बजे रात में आएगी गाड़ी। ऐसा ही होता है। पता नहीं ऐसा क्यों होता है कि जब कभी मैं कहीं की यात्रा पर निकलता हूँ अथवा किसी को 'रिसीव' और 'सी ऑफ' करने के लिए स्टेशन आता हूँ, तो गाड़ी लेट हो जाती है। मैं जानता था आज भी वही होगा। सो, हुआ।...इस चायवाले को अबकी डाँटूँगा, अगर उसने मेरी ओर मुँह टेढ़ा कर उस तरह 'च्ये-हे-य!' कहकर पुकारा तो।

गाड़ी के तीन घंटा लेट आने की सूचना के साथ ही प्लेटफार्म के उस छोर से उसकी आवाज बुलन्द हुई है, जो क्रमशः निकटतर होती जा रही है—'च्हे हे-य!'

"ए! इधर सुनो जी। पहले भी तुम मुझसे पाँच बार पूछ चुके हो। इस बार सुन लो मैं चाय नहीं पीता। समझे?"

चायवाला कुछ अप्रतिभ हुआ। नहीं, अप्रतिभ हो ही रहा था कि मेरे पड़ोसी की नींद खुली और उन्होंने चायवाले को पुकारा—"देना एक कुलफी।"

चायवाले का चेहरा बदल गया। उसने टेढ़ी निगाह से मेरी ओर देखकर फिर हाँक लगाई—'च्ये-हे-य!' और मुझे जो जवाब मिलना चाहिए, मिल गया। पुनः आत्मग्लानि हुई। इस चायवाले की चिढ़ानेवाली आवाज को नहीं बन्द कर पा सकने की ग्लानि। कई लोगों ने एक ही साथ चाय की माँग की तो उसने मेरी ओर एक बार देखा। इस बार उसकी आँखों में मेरे प्रति दया का भाव था। मेरे बगलगीर ने तश्तरी

में चाय डालकर फूँकते हुए कहा–"मेरा बोहनी कैसा सगुनियाँ है, देखा? पाँच कुलफी एक साथ।" फिर मेरी ओर देखकर मुखरित हुए–"पीजिए न आप भी एक कुलफी। गाड़ी तो तीन घंटा लेट है!"

क्या जवाब दूँ इस भले आदमी को; गाड़ी तीन घंटे लेट है, इसलिए मैं भी एक कुलफी चाय पीऊँ उनके आग्रह पर। इसमें क्या तुक है भला?

मेरी ओर से निरुत्साहित होकर उन्होंने चायवाले से ही फिर बातचीत जारी रखी–"का जी? रोज कितना कमा लेते हो?"

मैं जानता था, चायवाला यही जवाब देगा–"जी, कोई ठीक नहीं, किसी दिन सात–किसी दिन दस–जब जैसा...।"

हठात् मेरे मन में भी हुआ कि चायवाले से पूछूँ कि अगर तुमको सात रुपए रोज अथवा दो-ढाई सौ रुपए महीने पर कोई नौकर रखे तो क्या इसी तरह दिन-रात प्लेटफार्म के इस छोर से उस छोर तक घूम-घूमकर चाय बेचा करोगे? किन्तु मैंने पूछा नहीं। क्योंकि मैंने उसकी चाय खरीदी थी और फोकट के ऐसे सवालों के जवाब वह इस तरह नकद देगा–"ढाई सौ क्या, पाँच सौ भी दे कोई, नौकरी नहीं करेंगे साहेब!"

लाउडस्पीकर पर खुसफुसाहट हुई, तो उत्कर्ण हुआ। गाड़ियों के आने-जाने की सूचना देनेवाले इस यन्त्र से आती हुई आवाज में–ग्यारह बजे रात के बाद से नींद घुल जाती है। यानी ग्यारह बजे के बाद से इनकी आवाज में धीरे-धीरे विहाग का स्पर्श लगता जाता है और तब इसका भी वही प्रभाव पड़ता है, जो फिल्मी लोरियों के सुनने पर पड़ता है–'यात्रीगण...कृपया ध्यान दें...थट्टिन अप गाड़ी...!!'

इस घोषणा के बाद मेरे पास बैठे सज्जन ने मुझसे पूछा–"आपको किधर जाना है?"

अब मैं अपने को समझाने लगता हूँ कि किस तरह दिन-रात दुनिया से बेवजह नाराज रहना अच्छा नहीं, उचित नहीं।...इस आदमी ने मुझसे कुछ पूछकर अन्याय नहीं किया है बल्कि, इसका उचित उत्तर नहीं देना असंगत और अनुचित होगा। और अन्ततः मैं अपने-आप पर नाराज हो जाता हूँ। फिर अपने-आपकी प्रतिरक्षा करने लगता हूँ–"क्या मैं बेवजह ही सुबह से शाम तक नाराज रहा करता हूँ? अपना गाँव-घर छोड़कर, पराए नगर में आकर रहने को मजबूर आदमी भी कभी खुश रह सकता है क्या? किसी प्राइवेट कॉलेज का पार्ट-टाइम प्राध्यापक भी कभी प्रसन्न रह सकता है?"

ठीक वही हुआ जो ऐसे मौकों पर संयोग से हुआ करता है। ऐसे तर्क-वितर्क के क्षणों में ही कोई मेरी आँखों में उँगली डालकर–इसी तरह जवाब दिखला देता है... सामने सोई हुई भिखारिन का छोटा-सा शिशु बहुत देर से उठकर बैठा है, और चुपचाप स्वयं ही किलकारियाँ लेकर प्रसन्न हो रहा है। भिखारिन हठात् हड़बड़ाकर उठ बैठती है, फिर अपने प्रसन्न शिशु को मस्त होकर खेलते देखकर आह्लादित होती है, बच्चे को दुलारने लगती है–"बबुआ जाग गइल हो? आज बहुत सबेरे जगलन है हमार बबुआ!..." फिर उसका हुलसकर बच्चे को छाती से लगाना...? मेरा भी मन

अजाने प्रसन्न होने लगा। और अचानक ही योजना मन में कौंध गई। योजना नहीं, एक विचार। जिस नगर में मैं रहता हूँ वह एक नया बसा हुआ नगर है। सड़क के दोनों ओर बनते हुए मकानों को देखकर नाराज होने के बदले इस नगर में आकर बस जानेवाले परिवारों का एक सर्वेक्षण प्रस्तुत करना उचित नहीं क्या? मेरे नगर में सैकड़े में निन्नानवे बासिन्दे गाँव से आकर बसे हैं। सिर्फ एक प्रतिशत परिवार ही पैदाइशी शहरी हैं। मगर बाकी आबादी उसी एक प्रतिशत की नकल में दिन-रात व्यस्त है।... कल ही तो, गाँव में जन्मे, पले और बड़े होकर बूढ़े होनेवाले रामनिहोरा बाबू (डॉक्टर रामस्वारथ बाबू के पिताजी) कह रहे थे—"जानते हैं? आधुनिक डॉक्टरों का आधुनिक मत है कि शुद्ध दूध और घी स्वास्थ्य के लिए बहुत ही हानिकारक है।"...और मेरी अपनी अधेड़ मौसी उस दिन जिस वेश में मेरे फ्लैट में आई थी—वह किसी सचित्र साप्ताहिक पत्रिका के किसी रंगीन विज्ञापन के मॉडल से क्या कम लगती थी?...अचानक मेरे मन में दूसरा खयाल आया—क्यों न अपने नगर में भी एक 'ब्यूटी कन्टेस्ट' का आयोजन किया जाए?...फिर अचरज हुआ यह सोचकर कि कलर फोटोग्राफी के डेवलप होते ही सारा समाज एक ही साथ किस तरह रंगीन हो उठा है? चारों ओर घोर गाढ़े नीले-पीले, बैंगनी-गुलाबी और तोतापंखी रंगों के धब्बे! मैं अब तब इन रंगों से चिढ़ता रहा हूँ। लेकिन अब सोचता हूँ कि रंग से चिढ़ना क्यों? रंग तो हमारी सभ्यता के मूल में ही है। मोरमुकुट और पीताम्बर, रंग भरी एकादशी। मेरे अन्दर का कुढ़ता हुआ आदमी भिखारिन के बच्चे को निकलते देखकर ही हार मान चुका था। अब वे मुझ पर व्यंग्य करने लगा—क्यों? दुनिया रंगीन मालूम होने लगी?...मैं उसको जवाब देता हूँ...क्यों नहीं मालूम होगी रंगीन दुनिया—जब यह सचमुच रंगीन है? तीन सौ रुपए के वाउचर पर दस्तखत करके डेढ़ सौ रुपए माहवार, तीन महीने के बाद पाता हूँ, तो क्या मुझे खुश रहने का अधिकार नहीं?...

मेरे बगलगीर की गर्दन नींद से झुकती हुई मेरे कन्धे पर आ गई है। मेरे अन्दर का नाराज व्यक्ति होता तो तुरन्त कन्धा खींच लेता और उसका मुंड बेंच से 'खट' आवाज के साथ टकरा जाता। किन्तु मैं अब पूर्ण स्वस्थ हो गया हूँ। गाड़ी आने में अब बस आधा घंटा रह गया है। मैं अपने बगलगीर का सिर पकड़कर धीरे-से जगा देता हूँ। फिर चायवाले को पुकारता हूँ और बगलगीर के हाथ में एक कुलफी चाय थमाकर आग्रह करता हूँ—पीजिए? एक कप मैं भी पी लूँगा आज।

जनवरी, 1972

लफड़ा

उस बार 'युनिट' के 'प्रोडक्शन मैनेजर' ने मेरे ठहरने की व्यवस्था 'दि डायना गेस्ट हाउस' में की थी। इसके पहले मुझे खार स्टेशन के पास 'होटल सदाबहार' में टिकाया जाता था। इसलिए, नई जगह के बारे में तरह-तरह के सवाल मुँह से अनायास निकलते गए और 'आफिस-ब्वाय' गर्दन हिलाकर सभी सवालों के जवाब में 'हाँजी-हाँजी' कहता गया। बोला–''साब! डायना गेस्ट हाउस में भी 'इंडस्ट्री' का लोग सब रहता है। एक गोआनीज लेडी का है...''

गोआनीज लेडी? याद आई, होटल सदाबहार में रहते समय इस गेस्ट हाउस के किस्से सुना करता था। जब-जब हमारे होटल सदाबहार में कोई 'लफड़ा' होता, उस दिन कोई-न-कोई व्यक्ति 'डायना' की कोई नई कहानी सुनाता।

होटल सदाबहार में भी 'इंडस्ट्री' अर्थात् 'फिल्मइंडस्ट्री' के लोग रहते हैं। इसके प्रोप्रायटर बूढ़े सरदारजी और उनके लड़के, हर नए व्यक्ति को हर कमरे की विशेषता बतलाते समय, फिल्मी दुनिया की किसी बड़ी हस्ती का नाम लेते हैं–'म्यूजिक डिरेक्टर' रबिनदेव मजुमदार का नाम सुना है? जब पहली बार बम्बई आया था, तो इसी कमरे में डेढ़ साल तक था और सुमन्त कुमार जब आया था...।''

यों, लफड़े तो सदाबहार होटल के भी एक से एक दिलचस्प हैं। लेकिन डायना गेस्ट हाउस के किस्से दिलचस्प होने के साथ 'हॉट' भी हैं।...गोआनीज लेडी का नाम लेते ही मेरी आँखों के सामने गर्मागर्म 'स्पाइस्ड-पोर्क' का एक प्लेट आ जाता है!

गेस्ट हाउस के सामने टैक्सी लगी। तीन-चार परिचित चेहरे एकसाथ दिखलाई पड़े और सभी एकसाथ किलक पड़े–''अरे! दादा? आप?...कब आए?''

मुझे राहत मिली। सुना, यदुवीर भी इसी गेस्ट हाउस में रहता है। उसके दोस्त रामपाल ने कहा–''दादा! आपको क्या बताएँ? बगैर एक बार आपकी चर्चा किए यदुवीर कभी 'बेड-टी' तक नहीं लेता। और, इस बार आपको यहाँ ठहराने का इन्तजाम उसी हरामजादे ने करवाया होगा। वह बोलता था–दादा को एक बार इस गेस्ट हाउस में जरूर टिकाना होगा...।''

इन परिचितों की कृपा से मुझे इस नई जगह में आकर कोई प्रारम्भिक परिश्रम नहीं करना पड़ा। सचमुच गेस्ट की तरह बैठा रहा। रामपाल दौड़कर गया और दो-तीन 'मूरत' को साथ ले आया। कमरे की सफाई से लेकर बाथरूम की धुलाई

तुरत हो गई। रामपाल ने हर 'मूरत' का परिचय दिया—''दादा! यह है गफूर। यह रामदास और यह दास गुप्ता। हाँ, बंगाली दास गुप्ता। ये सभी आपके 'बन्दे' हैं। सभी साले 'चाइल्ड-हीरो' बनने के लिए घर से भागे थे और अब...दादा! अब आप आ गए हैं। कसम खुदा की—आपको रोज एक नया प्लॉट मिलेगा यहाँ।...अभी तो आप हमारी 'मैडम' से मिले ही नहीं।''

बाहर एक तीखी और पतली आवाज गूँज उठी। रामपाल ने दाँतों से जीभ काटते हुए कहा—''आ गई! आ गई चुड़ैल!''

नीले रंग के स्कर्ट में एक नाटी, काली और मोटी महिला दरवाजे पर प्रकट हुई, और अचरज से मुझे देखने लगी। फिर रामपाल पर बरस पड़ी—''तुम? तुम इदर में कहाँ? नया गेस्ट के पास हमारा चुगली खाने आया है? इडियट! ठहरो, आज तुमको निकालेगा। अब्बी निकालेगा...।''

रामपाल ने आज्ञाकारी पुत्र की तरह मुखमुद्रा बनाकर कहा—''मैडम! क्या बोलता है आप? हम अभी पेट-भर बैदे की भुर्जी और बटाटा-फ्राय खाया है, तुम्हारा चुगली किस पेट में खाएगा? पूछ लो, दादा को इस 'गेस्ट हाउस' में लाया कौन? मैडम, हम तुम्हारा भला छोड़कर कभी बुरा नहीं किया। और, तुम...।''

मैडम तुरत खुश हो गई। बोली—''अरे नहीं बेटा। तुमको हम खूब पहचानता है।...बोलो ना, तुम्हारा यह नया गेस्ट...यह दादा किदर से आया है?''

रामपाल ने जवाब दिया—''आप हैं हमारे दादा। स्टोरी और डॉयलॉग लिखते हैं। खुदा कसम, ए फर्स्ट क्लास जैंटलमैन...।''

''रखो तुम्हारा खुदा कसम। अरे, जब आता है, तो सभी फर्स्ट क्लास जैंटलमैन होता है।''—मैडम बोली—''मगर, तुम लोग सबको बिगाड़कर छुट्टी कर देता है। एकदम 'थर्ड क्लास' कर देता है।''

इस बार रामपाल के तेवर बदल गए—''मैडम प्लीज बी सिरियस! दादा तुम्हारे इस 'रेचेड गेस्ट हाउस' में आ गए हैं तो इसका मतलब नहीं कि...।''

''अरे बेटे! गाली काहे कूँ बकता है? हम तो 'लव' में बोला और तुम बोम मारने लगा।'' मैडम अब खुशामद के सुर में बोलने लगी—''दादा! आपका यह रामपाल...हि इज ए चाइल्ड...लड़का है एकदम।''

बाहर, फटी हुई आवाज में किसी ने पुकारा—''मैडम!''

मैडम ने सिर पकड़कर कहा—''यह कुत्ता का बच्चा इदर में किदर से काहेकूँ आ गया? जरूर ड्रंक है।''

मैडम बाहर चली गई। मुझे मुस्कुराते हुए देखकर रामपाल उत्साहित हुआ—''दादा, आप आ गए हैं। कसम खुदा की, आप खुश होकर लौटिएगा इस बार बम्बई से।...ठहरिए, मैं यदुवीर को फोन करता हूँ। साला आजकल 'वेरी बिजी हीरो' के साथ लगा हुआ है।''

मैंने पूछा—“और तुम?”

“अप्पन तो वही ‘हैपी वैली’ साहब का साथ है। ‘दर्द का दरिया’ में फर्स्ट असिस्टेंट लगा हुआ हूँ।...अभी आया दादा। आप तब तक नहा-धो लीजिए। बाथरूम में जाइएगा, तो कमरा बन्द कर लीजिएगा।”

रामपाल चला गया। मैं नहाने की तैयारी में लग गया। कन्धे पर लुंगी-तौलिया और हाथ में साबुनदानी लेकर दरवाजा बन्द करने जा रहा था कि मैडम आई—“दादा, एक्सक्यूज मी, डिस्टर्ब किया आपको। लेकिन...।”

वह इधर-उधर देखकर मेरे करीब चली आई। फिर धीरे-से बोली—“यह रामपाल को तुम कितने दिन से जानता है?...बस? दो साल से? यों लड़का अच्छा है। मगर, मैं कहती हूँ—थोड़ा ‘केयरफुल’ रहना। यहाँ किसी का भरोसा नहीं। डोण्ट बिलीव एनीबडी। तुमको फुर्सत में बतलाएगा...दे आर वेरी डर्टी! अच्छा दादा, तुम ड्रिंक तो नहीं करता? हाँ, खबरदार...।”

बाहर फिर किसी ने पुकारा—“मै-ड-म!”

मैडम ने मुँह बनाकर कहा—“इदर सभी शैतान हैं मगर मैं भी शैतान का खाला है। मेरे पास कोई लफड़ा नहीं। अब्बी गड़बड़ किया कि अब्बी गेट आउट किया। तुम इनकी बात में नहीं आना। सब डेंजरस है। फुर्सत में तुमको सब बतलाएगा...”

बाहर यदुवीर का ठहाका सुनाई पड़ा। मैडम बोली—“यह आया दूसरा शैतान का बच्चा। वो रामपाल है न, फिर भी अच्छा है। यह यदुवीर...तुम जानता है उसको? कब से?...ओह, बहुत गन्दा बहुत...।”

“क्यों मदर? दादा से पुराना रिश्ता है क्या?”—यदुवीर के ठहाके से कमरा हिलने लगा।

मैडम बोली—“देख यदुवीर! हमेशा ‘मस्करी’ ठीक नहीं। तुम इस तरह पागल का माफिक हँसता क्यों है?”

“मदर...!”

“फिर मदर बोलता है?”

“मदर नहीं तो क्या बोलेगा? ग्रैण्ड मदर?”

“अब्बी निकालेंगा...।”

“किसको?”

“तुमको।”

“देखता हूँ कौन निकालता है किसको!”

“हम निकालेंगा—हम। पाँच महीने का रेन्ट बाकी पड़ा है। ऊपर से वीकली दस-पन्द्रा कर्जा खाता है रेगुलरली...लाज नहीं?”

“काहे की लाज?”

“तुम दिन में भी ड्रिंक करने लगा?”

"ड्रिंक किया तो किसी के मरे हुए खसम का क्या?"

"अब्बी निकल जाओ?"

"नहीं निकलेंगे!"

"नहीं?"

"नहीं निकलता।"

"नहीं?"

"नहीं। "नहीं। "नहीं!"

"माई गॉड...!

मैडम सिर पीट-पीटकर रोने लगी। पैर पटक-पटकर नाचती, न जाने किस भाषा में क्या-क्या बोलने लगी।

मैंने अवाक् और अप्रसन्न होकर यदुवीर की ओर देखा। यदुवीर अप्रतिभ नहीं हुआ। उसने आँखें मटकाकर मुझे संकेत किया–"मजा देखिए ना।"

मैडम कमरे से बाहर चली गई, तो यदुवीर फिर ठठाकर हँस पड़ा। मैंने कहा–"यह कहाँ आ गया मैं?"

"दादा, आपको यहाँ ठहराने की व्यवस्था मैंने ही करवाई है। एक सप्ताह ही रहकर देख लीजिए...।"

रामपाल हँसता हुआ आया–"चूतिए! देखना मैडम आज तुमको निकालकर ही पानी पीयेगी। कह रही है, नया गेस्ट के सामने हमारा इनसल्ट किया, हमारे मरे हुए खसम का नाम लिया।...रो रही है, ऑफिस का दरवाजा बन्द करके।"

"मारो साली कुतिया को!"–यदुवीर ने बिछावन पर लुढ़कते हुए कहा–"और बतलाइए दादा...।"

बांद्रा के 'दि डायना गेस्ट हाउस' की मालकिन, अधपगली गोआनीज मोटी मेम को बांद्रा से खार तक का बच्चा-बच्चा जानता है। राह चलते बड़बड़ाती रहती है। 'तंदुरी चिकन' कहने से बेहद चिढ़ती है। छोटे-छोटे बच्चे 'तंदुरी चिकन' कहकर गली में भाग जाते हैं और मैडम मोड़ पर खड़ी होकर गालियाँ सुनाती रहती है–"तेरी मदर तंदुरी चिकन, तेरा बाप तंदुरी चिकन...।"

उसी शाम को यदुवीर ने नया तमाशा दिखाया। दिन-भर की रूठी और नाराज मैडम को चुटकी बजाकर खुश कर दिया। यदुवीर ने बड़े प्यार से 'हैलो मैडम' कहा और वह रोने लगी–"नहीं, नहीं, हम तुमसे नहीं बोलेंगा। नहीं...।"

"मैडम! डियर...डार्लिंग...मेरी सुनो...।"

"कुच्छ नहीं सुनेंगा।...हम तुमसे 'लव' में बात किया और तुम नया गेस्ट के सामने हमको गाली बोला। नहीं-नहीं...।"

चौबीस घंटे में ही मेरा सिर बार-बार चकराने लगा।–मैं कहाँ आ गया। पागल हो जाऊँगा यहाँ...।

डायना गेस्ट हाउस बाहर से जितना नया और साफ-सुथरा दिखाई पड़ता है, अन्दर से उतना ही पुराना और गन्दा है। लकड़ी की खिड़कियाँ और रंगीन टाइल के इस मकान की उम्र एक सौ साल से कम नहीं होगी। सब मिलाकर बीस बड़े और पाँच छोटे कमरे हैं। बड़े में चार और छोटे में दो गेस्ट रहते हैं। हर कमरे के बीच में लकड़ी का एक पार्टीशन और दरवाजा है जो दोनों ओर से बन्द रहता है। हर कमरे के बाथरूम का फ्लश बिगड़ा हुआ है और झरना हमेशा चूता-टपकता रहता है। तेलचट्टों की टोलियाँ दिन-रात टहलती रहती हैं। दीवारों के पलस्तर छूते ही झरझराकर झड़ने लगते हैं। पलँग पर खटमलों का और कमरों में मच्छरों का राज। किचन तो 'हेल' ही है। फिर भी, यहाँ रहनेवाले गेस्ट को हमेशा एहसास होता है कि मैडम की विशेष कृपा यानी एहसान से ही उन्हें यह जगह मिली है।

मैडम फिल्मी लोगों से घृणा करती है। कहती है–"एक आदमी होता है शराबी, कोई होता है छोकरीबाज, कोई जुआड़ी। अलग-अलग आदमी में अलग-अलग ऐब। मगर यह फिल्म का आदमी एक ऐसा जानवर होता है जिसको सिंग भी होता है, जहरीले दाँत भी, तेज नाखून और हाथी के जैसा सूँड भी...आई हेट...आई हेट...।"

लेकिन, उसकी घृणा के बावजूद उसके गेस्ट हाउस के हर कमरे में हमेशा फिल्मी लोग ही रहते हैं और रहेंगे। मैडम रोज शराब के खिलाफ हर गेस्ट के कमरे में जाकर भाषण और चेतावनी देती है–"नो वाइन एंड नो वीमन...दारू भी नहीं, छोकरी भी नहीं।"...और रोज शराब भी आती है और लड़कियाँ भी। खुद मैडम शराब पीती है और उसके लिए एक अधेड़ आदमी हर शनिवार को आता है जिसको ऑफिसवाले कमरे में बन्द करके मैडम खुद छोकरी हो जाती है। सभी जानते हैं...!

उस रात रामपाल और यदुवीर दोनों रेस में हारकर लौटे थे। इसलिए टैक्सी से उतरकर सीधे मैडम के पास हाजिर हुए। रामपाल ने गिड़गिड़ाते हुए कहा–"मैडम! हमारी जान आज तुम्हारे हाथ! बाहर टैक्सी में 'छोकरी' का मवाली बैठा हुआ है। प्लीज मैडम...।"

"क्या-आ-आ? छोकरी लेकर आया है?"

"नहीं मैडम।"–कान पकड़ते हुए रामपाल ने कहा–"ऐसा काम हम कभी नहीं करेंगे।"

"तब?"

"उधर ही 'खलास' करके आया।...मैं समझा कि यदुवीर साले के पास पैसा और यदुवीर समझा कि रामपाल साले के पास पैसा होगा...।"

"एक ही छोकरी था या दो?"–मैडम ने दिलचस्पी के साथ पूछा।

"नहीं मैडम! एक ही...।"

"गेट आउट...।"

"मैडम! मवाली टैक्सी में बैठा है। हमारी जान ले लेगा। खुदा की कसम..."

"और तुम?"–मैडम ने यदुवीर की ओर मुड़कर कहा–"तुम चुप काहे कूँ है। अब बोलता क्यों नहीं? एँ? उदर में छोकड़ी के साथ ऐश करके आया है। इदर में अब बाहर जाकर मवाली के जूते खाओ ना।...ठीक है, अच्चा है!"

यदुवीर बोला–"तुम यहाँ लाने ही नहीं देतीं मैडम!"

"हम तुमको कब मना किया? बोलो? मना किया कबी? कसम खाकर बोल–तुमको कबी बोला...?"

बाहर टैक्सी का कर्कश हॉर्न बजा।

रामपाल हाथ जोड़कर गिड़गिड़ाया–"मैडम प्लीज!"

"कितना माँगता है?"

"दो सौ।"

मैडम चीख पड़ी–"ऊ-य-हू! टू हंड्रेड? एक कुतिया के वास्ते–हंड्रेड रूपी पर हेड? माई गॉड...बेटे रामपाल, बेटे जदबीर! तुम दोनों का जवाब नहीं। जवाब नहीं।... कैसी थी छोकरी?"

"मैडम, पहले मेहरबानी करके रुपए दो। फिर सबकुछ बताऊँगा। सबकुछ...।"

मैडम ने यदुवीर की ओर देखकर नाक सिकोड़ते हुए कहा–"तुम लोगों को नरक में भी जगह नहीं मिलेगी। समझे?"

सौ-सौ के दो नोट रामपाल के हाथ में थमाकर मैडम बोली–"आइ हेट यू बोथ...तुम दोनों को कल ही यहाँ से निकालेगा। देख लेना। गेट आउट।"

सुना, रामपाल और यदुवीर ने ऐसा नाटक बहुत बार किया है। और हर बार मैडम ने इसी तरह की धमकियों के साथ कर्ज दिए हैं।

एक दिन यदुवीर ने कहा–"आज आपको यहाँ का 'सिनेमास्कोप' दिखलाऊँगा। आज शनिवार है न?"

"सिनेमास्कोप?"

वे दोनों एक ही साथ हँसे। रामपाल ने फिसफिसाकर यदुवीर से कुछ पूछा। यदुवीर ने बताया–"तीन-तीन पेयर का प्रोग्राम है आज। दस नम्बर–फ्लूट बनानेवाले बंगाली फटिक की पंजाबन भी आज आएगी। चार नम्बर जवान सरदार की बुढ़िया... और आठ नम्बर में तो आज 'कोरस'...।"

यदुवीर बोला–"और साली मदर का साला फादर भी तो आज ही आएगा!"

एक बोतल काजू की शराब और कई बोतल कोला लेकर छोकरा दास गुप्ता आया। रामपाल ने कहा–"दादा, कसम खुदा की–इसके सामने स्कॉच भी कुछ नहीं। साली पहला 'किक' ही ऐसा जमाकर लगाती है कि आदमी सीधे 'आउटर-स्पेस' में पहुँच जाता है।"

दास गुप्ता छोकरा आँखों में कोई संकेत लेकर आया। यदुवीर ने गटगटाकर गिलास खाली किया और उठकर दरवाजा बन्द कर आया। फिर बीचवाले लकड़ी के दरवाजे के पास जाकर बैठ गया।

रामपाल ने धीमे स्वर में पूछा—''क्यों? चालू है? साला, इतना 'अर्ली' ही शुरू कर दिया इस भूखे बंगाली ने?''

रामपाल गिलास हाथ में लिए ही यदुवीर के पास आया। यदुवीर को ठेलकर, खुद छेद में आँखें सटाकर देखने लगा। फिर दोनों ने इशारे से मुझे बुलाया। मैंने सिर हिलाकर कहा—''नहीं।'' दोनों ने ऐसी मुद्रा बनाई जिसका मतलब था—''एक बार आकर देखिए तो! ऐसा 'शो' फिर कभी देखने को नहीं मिलेगा।''

अचानक कमरे का दरवाजा कचमचाकर खुला। कमरे में मैडम दाखिल हुई। दोनों पार्टीशनवाले दरवाजे के पास उठ खड़े हुए। मैडम ने पहले अचरज से हमें बारी-बारी से देखा। फिर बगैर कुछ बोले पार्टीशनवाले दरवाजे के पास घुटने के बल बैठ गई और छेद से देखने लगी। अचानक वह छिटककर फर्श पर लुढ़क गई। ऐसा लगा, बिजली मार गई। रामपाल और यदुवीर ने दौड़कर मैडम को सँभाला। मैडम दोनों के बाँह में अधलेटी-सी थर-थर काँप रही थी और बोलने की चेष्टा कर रही थी—''माई गॉड...यह बीमार बंगाली जरूर मरेंगा। देखा नहीं, छोकरी ने 'पलटपोज' लगाया है। यह जरूर मरेंगा। देख लेना। अब्बी निकालेंगा उसकू...।''

यदुवीर और रामपाल, दोनों एकसाथ मैडम को प्यार-भरी खुशामद किए जा रहे थे—''मैडम! प्लीज...डोन्ट डिस्टर्ब...'शो' बर्बाद मत करो...मरने दो साले को...तुम्हारा क्या, हमारा क्या...डार्लिंग...तुम कितनी अच्छी हो।''

जून, 1972

अग्निसंचारक

लगता है फिर कहीं किसी पर्वत शिखर पर हिमपात हुआ है। सुबह की हवा में पर्याप्त 'कनकनी' व्याप्त है। फिर शीतलहरी चलेगी। मैं बाघ से उतना नहीं डरता हूँ, जितना माघ की इस कनकनी से। इसी के डर से कभी दार्जिलिंग नहीं गया—जो हमारे घर से ज्यादा दूर नहीं। जाने की बात दूर—कभी कल्पना भी नहीं की आज तक। यों, उम्र के हिसाब से अथवा अन्य किसी हिसाब से मैं वृद्ध नहीं। किन्तु हर साल अगहन से माघ तक अपने को 'थुरथुर बूढ़े' से भी हीन अनुभव करता हूँ।...सबकुछ ठंडा-ठंडा! चाय, कॉफी तथा अन्य उष्ण एवं उत्तेजक द्रव्य के अहर्निश और अनर्गल सेवन का कठोर दंड पेट की अन्तड़ी को भोगना पड़ता है। इसलिए हर साल फागुन महीना के तीसों दिन, प्राकृतिक चिकित्सा के उपचार में...समझिए कि यों ही यानी 'अलोने' बीत जातें हैं।

'शीतलहरी' शब्द के उच्चारण और श्रवण मात्र से मुझे लगता है कि कोटि-कोटि नन्हीं सूइयाँ, मेरे अंग-प्रत्यंग में बिद्ध होने के लिए पंक्तिबद्ध उड़ती हुई आ रही हैं। सो ऐसी ही एक कनकन-ठंडी दुर्दिन की रात में एक बार हजारीबाग रोड स्टेशन पर 'उनसे' मेरी पहली और अन्तिम मुलाकात! माघ महीने की शीतलहरी की लहर पर काँपती-सिहरती छोटा-नागपुर की पहाड़ी धरती। हजारीबाग रोड स्टेशन के प्रतीक्षालय में गाड़ी की प्रतीक्षा में जमकर बरफ होता जा रहा था कि अचानक 'उनका' अचानक आविर्भाव!

प्रतीक्षालय में प्रवेश करके उन्होंने एक बार चारों ओर देखा और फिर सीधे मेरे पास आकर मुस्कुराने लगे। मैं उनकी असामयिक मुस्कुराहट का अर्थ नहीं समझ सका तो वे बोले—"लगता है, आप भी पटना जानेवाली गाड़ी की प्रतीक्षा कर रहे हैं?"

मेरे मुँह से कोई शब्द नहीं निकल सका। स्वीकारात्मक मुद्रा बनाकर गर्दन हिला दी और उनकी ओर जिज्ञासापूर्ण दृष्टि से देखता रहा।

उन्होंने अपना परिचय दिया—"मैं हूँ अग्निबोध। हें-हें...पत्र-पत्रिकाओं में मेरी रचनाओं से कदाचित् परिचय हुआ हो। और मेरी आगामी कृति 'अग्निरथ' का विज्ञापन तो आपने अवश्य देखा होगा।"

मैंने पूछा—"अग्निबोध तो आपका 'धराऊ' नाम हुआ। 'घराऊ' नाम क्या है?"

इस प्रश्न से उनकी मुखमुद्रा तनिक विकृत हुई। बोले—"मान लीजिए कि मेरा घराऊ नाम अजबलालदास हो तो इससे क्या? वह लेकर आप क्या कीजिएगा। मैंने अपना शुभ और साहित्यिक नाम बतलाया है।...और आप अपना परिचय दें अथवा नहीं दें—मैंने आपको पहचान लिया है।"

मैंने कम्बल के नीचे समेटे हुए अपने मुखड़े को जरा बाहर किया और अचरज में पड़कर सोचने लगा कि इस अजनबी अजबलालदास उर्फ अग्निबोध ने मुझे कैसे पहचान लिया और क्या पहचान लिया है। मुझे अचरज में पड़ा देखकर वे प्रफुल्लित ही हुए। मैंने कुनमुनाकर कहा—"आपने मुझे कैसे पहचान लिया अग्निबोधजी! मेरा नाम तो आपने सुना भी नहीं होगा कभी।"

"अर्थात्?"—अग्निबोधजी ने पासवाली कुर्सी पर दखल जमाते हुए पूछा।

"अर्थात् मेरा नाम है हिमकूट हुस्सा!...क्यों, विश्वास नहीं हो रहा है न?"

उनके आश्चर्यमिश्रित अप्रतिभ मुखमंडल को देखकर समझ गया कि मेरे कथन का उन्हें रत्तीभर विश्वास नहीं रहा तो मैंने कहा—"जाने दीजिए! नाम में क्या है? नाम में क्या रखा है?"

इस पर वे तमककर बोले—"सो क्यों? नाम में सबकुछ रखा हुआ है। आपका नाम यदि वास्तव में हिमकूट हुस्सा है तो आपके सम्पूर्ण व्यक्तित्व और अस्तित्व से हिमकूट हुस्सा का बिम्ब, प्रतिबिम्ब और संत्रास...।"

मैंने बीच में ही टोक दिया—"देख नहीं रहे हैं कि जाड़े और ठंड से दंतपंक्तियाँ कटकटा रही हैं और ऊपर से खादी ग्रामउद्योग का 'धुस्सा' ओढ़े हुए हूँ। इससे बढ़कर और क्या प्रतिबिम्ब आप खोज रहे हैं?"

इस पर वे चिल्ला-चिल्लाकर हँसने लगे। आदमी ऐसी विकट और उत्कट हँसी भी हँसता है, मुझे ज्ञात नहीं था। वेटिंग रूप में सोए और ऊँघते हुए सभी लोग आतंकित होकर उठ बैठे। अगर एक हँसी को फुलझड़ी कहते हैं तो इस हँसी को क्या कहेंगे? पटाखा हँसी?

वातावरण में तनिक उष्णता का आभास आ गया। उनकी हँसी के विस्फोट से समस्त प्रतीक्षालय सरगर्म हो उठा।

अब अग्निबोध बोले—"जाड़े से दाँत कटकटा रहा है तो सुनिए...।"

इतना कहकर वे चालू हो गए अर्थात् अपनी कविता का पाठ शुरू किया—"कविता का शीर्षक है—अग्नि-नियन्त्रण...।"

उनकी कविता अंगारे की तरह उनके मुँह से विगलित होने लगी। रामायण की एक चौपाई भी मुझे याद नहीं, यद्यपि बचपन से ही पारायण करता आ रहा हूँ। किन्तु, अग्निबोध की कविता तो हृदय को दग्ध कर गई है न। इसलिए आज तक प्रत्येक पंक्ति मेरे मानस में रेडियम-डायलवाली घड़ी की तरह जगमगा रही है।

शीर्षक की घोषणा के बाद मूल कविता शुरू हुई :

"आओ सभी बन्धुगण
सादर निमन्त्रण है,
नहीं कोई बाधा, न कोई नियन्त्रण है
शीताकुल जितने जीव, प्राणी शीतल
काँप रहे हैं जीर्ण-शीर्ण दुलाई और
तार-तार उघरे कम्बल के नीचे
सभी सुन लें—निमन्त्रण है, निमन्त्रण है!!
युग के जमे हुए गोयठे और भूसे राशि राशि
टूटी-फूटी और दरकी असंख्य आशाओं और
आकांक्षाओं के स्तूप, पुरानी धुरानी संस्कृति
सभी को जगाकर लगा दो एक 'घूर'
मैं इस घूर अर्थात् अलाव में
तुम्हारी पुंजीभूत क्रोधाग्नि की दियासलाई
लहका दूँगा...आओ तापो तापो
नवयुग की पहली आग... ।"

मेरी देह उत्तप्त हो गई। लगा, प्रतीक्षालय में हठात् इलेक्ट्रिक हीटर अथवा शीततापनियन्त्रक मशीन चालू हो गई है। सभी लोग अपनी रजाई, दुलाई, चादर आदि फेंककर अग्निबोध के पास पतंगे की तरह आकर एकत्र होने लगे। उनकी पहली कविता से ही चतुर्दिक् अग्निसंचार हो गया था।

कविता समाप्त करके अग्निबोधजी ने सभी को एक बार देख लिया। मुझे लगा कि वे अब दूसरी कविता सुनाने की तैयारी कर रहे हैं तो डर गया। एक ही कविता के प्रभाव से यह हाल है, तो दूसरी कविता से तो लाक्षागृह की तरह धधक उठेगा यह प्रतीक्षालय। मैंने हड़बड़ाकर रोकने की चेष्टा की—"अग्निबोधजी! जरा घाम सूखने-सुखाने दीजिए... ।"

किन्तु अग्निबोधजी ने छान्ह-पगहा तुड़ाकर भागनेवाले 'बन्हौटा-घोड़ा' की तरह दुलकी छोड़कर 'दुटप्पा' उठाया—"इस कविता का कोई शीर्षक नहीं...

अजी ओ! ओ जी ओ!!
तुम्हीं से कह रहा हूँ कि
रोमांटिक लोर से भींगी और भुआई
अपनी दियासलाई की डिबिया
फेंको, फेंको उसमें अब आग नहीं
एक बूँद चिनगारी तक नहीं
प्रतिगामी बारूदवाली तिलियाँ
किसी काम की नहीं। अतः

लाया हूँ तुम्हारे ही लिए खासकर
कितनी बाधा, विपत्तियों को 'पास' कर...
सीमा के उस पार से
स्टेनलेस स्टील के विदेशी लाइटर
जिस पर किसी देश का 'मेक' दर्ज नहीं
(यही इसकी विशेषता है!)
झड़ी हो—बतास हो
वर्षा हो,—बुन्नी हो अथवा तूफान!
जब भी चाहे बटन दबाइए
आग उपजाइए,
नवयुग की नई आग!!"

इस कविता के बाद सुननेवालों की समस्त सत्ता जमे हुए घी की तरह पिघल चुकी थी। मुझे ऐसा लगा कि एक सौ पाँच डिग्री ज्वर से मेरी देह तप रही है। अब यदि किसी कविता की एक या आधी पंक्ति भी पढ़ी गई तो हम राख हो जाएँगे। अतः गिड़गिड़ाने के पहले कोई शीतल शब्द ढूँढ़ने लगा। तब तक अग्निबोध ने अपने चमड़े के बैग से एक सेल्युलाइट का डिब्बा निकालकर बाहर किया और शुरू किया "यही है! नए साल का नया स्टौक। दाम भी ज्यादा नहीं। फकत तीन रुपए! लीजिए, बटन दबाइए और आग जन्माइए! नए युग की नई आग, नई आग!!"

देखते ही देखते अग्निबोध ने आधा दर्जन 'लाइटर' बेच लिया!...वे मेरी ओर एक उड़ती और हलकी निगाह डालकर देखते रहे। मैं तो हैरत के मारे गूँगा हो गया था। अतः वे अब 'नई आग-नई आग' हाँक लगाते हुए प्लेटफार्म की ओर चले गए।

जब अग्निबोधजी प्रतीक्षालय से बाहर चले गए, तो प्रतीक्षालय के एक कोने में शुरू से अन्त तक सोए हुए एक भोजपुरी भाई ने न जाने किससे पूछा—'''ई सरवा अगिनबोट चल गैल का!"

मैं हर साल की शीतलहरी अब अग्निबोधजी की तथा उनकी कविताओं की याद करके कुशलतापूर्वक काट लेता हूँ।

जुलाई, 1972

एक रंगबाज गाँव की भूमिका

सड़क खुलने और बस 'सर्विस' चालू होने के बाद से सात नदी (और दो जंगल) पार का पिछलपाँक इलाके के हलवाहे-चरवाहे भी 'चालू' हो गए हैं...! 'ए रोक्-के!' कहकर 'बस' को कहीं पर रोका जा सकता है और 'ठे-क्हेय!' कहकर 'बस' की देह पर दो थाप लगा देते ही गाड़ी चल पड़ती है—इस भेद को गाँव का बच्चा-बच्चा जान गया है। और मिडिल फेल करके गाँव-भर में सबसे बेकार बने छोकरे हाथ में एक 'एकसरसाइज-बुक' लेकर, चुस्त पैंट-बुश्शर्ट पहनकर दिन-भर, जहाँ तक जी चाहे, बस में बैठकर 'स्टुडेंटगिरी' कर आते हैं। किन्तु, पिछलपाँक इलाके का रंगदा गाँव अचानक इतना 'चालू' हो जाएगा—यह किसको मालूम था?

सदर शहर से सड़क के द्वारा जुड़ जाने के बाद जब महानन्दा प्रोजेक्ट का काम शुरू हुआ, उसके पहले ही रंगदा गाँव के प्रोजेक्ट का 'इन्स्पेक्शन बँगला' बन चुका था। डाक बँगला या होटिल बँगला (हाल्टिंग बँगला) कहने पर रंगदा गाँव के गँवार भी हँसते हैं—''देखो 'आइबी' को होटिल बँगला कहता है!''

आइबी के मकान बनने के पहले ही चारों ओर गुलमुहर के पेड़ों के छतनार हो चुके थे और कई तो फूलने भी लगे थे। अब तो गुलमुहर फूलने के मौसम में दूर से ही, रंगदा गाँव के आकाश की रंगीनी को देखकर लोग पहचान लेते हैं—'वह रहा... लाल रंग का रंगदा गाँव!'

रंगदा गाँव और इसके निवासियों को 'चालू' करने का श्रेय रंगदा 'आइबी' और गुलमुहर के सैकड़ों पेड़ों को ही है।

दो साल पहले प्रोजेक्ट के चीफ इंजिनियर के साथ एक बंगाली दोस्त आए थे। उन्होंने दो-तीन दिनों तक बैलगाड़ियों में रंगदा गाँव के आस-पास चक्कर काटने के बाद अपने इंजिनियर मित्र से पूछा था—''गाँव का नाम पहले से ही रंगदा था या आप लोगों ने दिया है?...एक ओर तीन पतली नदियों का संगम, दूसरी ओर बाँस के पुराने जंगल, तीसरी ओर कोसों फैली परती धरती। और, इसके मध्य बसा यह गाँव और आपका यह 'आइबी'...हर नदियों में असंख्य कमल-फूल और आकाश में मँडराते नाना रंग वर्ण के पखेरुओं के झुंड...'की सुन्दर जायगा!' (कैसी सुन्दर जगह!)...मैं बहुत 'इन्स्पायर' हूँ, सिंघजी। मैं आपको धन्यवाद देता हूँ कि आपने मुझे ऐसी जगह का पता दिया।''

इंजिनियर साहब के बंगाली दोस्त दो सप्ताह तक 'आइबी' में रहे। कमरे में दिन-भर चुपचाप बैठकर लिखते थे और शाम को 'आइबी' के चौकीदार के बातूनी चाचा के साथ परमान नदी के तिमुहाने पर जाते थे। कभी बाँस वन के आसपास चक्कर लगाते और किसी दिन जीप लेकर परती-मैदान की ओर चले जाते।

दो सप्ताह के बाद वे चले गए। किन्तु, दो महीने के बाद ही 'धनकटनी' के दिनों—अगहन महीने के शुरू में ही—अपने पूरे दल-बल के साथ आ धमके तीन 'डिलक्स बस' में भरकर कलकत्ता के 'फिलिमवाले'! तब जाकर मालूम हुआ, कि इंजिनियर साहब के बंगाली दोस्त 'फिलिम' बनानेवाले डाइरेक्टर साहेब हैं।

पन्द्रह-बीस दिनों तक गाँव में किसी ने कोई काम नहीं किया। अगर किया भी तो मुफ्त में ही इतनी मज़दूरी मिलती है कि उन्हें भ्रम होने लगता कि 'नोट' जाली तो नहीं!...आइबी के झकसू पासवान चौकीदार के बातूनी चाचा बेंगाई पासवान को तो बजाप्ता 'पाट' ही दे दिया और 'देवी दुर्गा'-जैसी रूपवती लड़की से (अरे देखो-देखो, सिनेमा की हिरोइन को लड़की कहता है?) रू-ब-रू बात कराकर फोटो लिया और जाते समय साथ-साथ कलकत्ता ले गया। बेंगाई अब कलकत्ता में ही रहता है।...बासमती मुसम्मात की बेटी जमुनिया की तस्वीर—पानी में पैठाकर, लिया साड़ी के साथ एक सौ रुपए को एक नम्बरी नोट।...तेतरी दीदी की दीवार पर—हाथी-घोड़ा-मयूर-तोता और फूल आँके देखकर डाइरेक्टर साहब 'लट्टू' हो गए—तेतरी दीदी के नंगे बेटे को ओसारे पर बैठाकर फोटो लिया...लौंडा रोए तो भी फोटो खिंचाता था और हँसता भी तो फोटो छापनेवाली मशीन—कुर्र-कुर्र-कुर्र फोटो छापती जाती!...सन्तूदास को काम मिला था कि लाल झंडी देखते ही परमान के कुंड में ढेला फेंके। ढेला फेंकते ही हजारों-हजार पंछी पाँखें फड़फड़ाकर उड़ते, उड़ने लगते। उधर दनादन फोटो होता रहता। मँहगू की दो धुर जमीन का सरसों बर्बाद हुआ तो पाँच सौ रुपए हर्जाने में मिले।

जिस दिन वे लोग जाने लगे—गाँव के लोग उदास हो गए। बेंगाई पासवान ने सभी को भरोसा दिया था—'बाबू लोग बोलते हैं कि फिर आवेंगे।'

सचमुच, बेंगाई ने ठीक ही कहा था। तीन-चार महीने के बाद, बेंगाई कलकत्ते से लौटा, तो गाँव के लोग पहले उसको पहचान ही नहीं सके। बड़े-बड़े बाबू-बबूआन की तरह 'धोती-अँगरखा' पहने, आँख पर चश्मा।...दो बक्सा कपड़ा ले आया था, अपने भतीजे-भतीजी और नाती-पोतों के लिए। बेंगाई बोला—"अरे भैया! अपने रंगदा गाँव ने तो सिनेमावालों पर ऐसा रंग डाल दिया है कि अब इस गाँव में जो भी हो जाए, अचरज मत करना। बंगाली बाबुओं ने कलकत्ता में जाकर रंगदा की इतनी तारीफ शुरू कर दी कि मैं भी हैरत में पड़ गया। कहते थे—रंगदा गाँव के दूध पर ऐसी मोटी छाली पड़ती है, वहाँ की मछली-जैसा स्वाद कलकत्ते में कभी नहीं पाओगे।...और आदमी लोगों की भी तारीफ करते थे।...सो, जान लो! इस बार दूसरे साहब आ

रहे हैं। यह जरा दूसरे 'सुभाव' के आदमी हैं। मगर घबड़ाने की बात नहीं। यह भी भले आदमी हैं। ये रंगीन खेला बनाएँगे–इसीलिए गुलमुहर और सेमल फूल के मौसम में आवेंगे।...मैं यहाँ से तार करूँगा और दूसरे ही दिन सभी दनादन पहुँचते जाएँगे। हाँ, ये साहब हम लोगों के 'सिरुआ पर्व' के धूमधाम और 'नन्हीं-मुन्ही नाच' की शूटिंग करेंगे। अजी, शूटिंग का मतलब वही है जो फोटो छापने का। लेकिन दूसरे गाँव का आदमी जो कुछ भी कहे–अपने गाँव के लोगों को इसका मतलब समझा दो। शूटिंग, हीरो, हिरोइन, कैमरा और लोकेशन...सबका 'अरथ' समझ लो।...सरसतिया की माँ से कहो कि सरसतिया का नाम अब 'लक्ष्मी' रख दे। उसकी आँखों की छापी की वहाँ इतनी तारीफ हुई है कि इस कम्पनी के डाइरेक्टर साहब ने अपने खेला की 'लक्ष्मी' का काम सरसतिया से ही करवाने का फैसला किया है।...पाँच हजार! पूरा पाँच हजार! बोल, सरसतिया की माँ? अब भी बेंगाई पासवान को 'करमजरबा' कहेगी?''

नहीं-नहीं, अब बेंगाई को करमजरुआ या कामचोर कौन कह सकता है? सूरज पर कौन थूक सकता है? दिन-भर खैनी खाकर 'बकर-बकर' करनेवाले बातूनी बेंगाई की बात की इतनी कीमत! यह जो कुछ बोलता है, डाइरेक्टर साहेब एक छोटी बही में 'चट' टीप लेते हैं। कितना किस्सा-कहानी, कितना गीत-भजन, कितना फिकरा-मुहावरा...।

सिरुआ-पर्व के ठीक पाँच दिन पहले ही कलकतिया बाबू लोग पहुँच गए। दल में कुछ पुराने लोग थे, कुछ नए। पहलेवाली हिरोइन के साथ एक हिरोइन और आई है। गाँव गुलजार है!

सारे गाँव में सिरुआ-पर्व मनाने का खर्च कम्पनीवालों ने दिया है। कोई घर ऐसा नहीं, जिसकी दीवारों पर तेतरी दीदी के हाथ में बने हुए फूल-पत्ते, हाथी-घोड़े न बने हों। तेतरी दीदी को भी डाइरेक्टर साहब कलकत्ता ले जाएँगे। कह रहे थे कि उसको सरकार से 'बकसीस' दिलाएँगे।

एक बात और खास है, रंगदा गाँव में। इस जिले में बस इसी इलाके और गाँव में 'थारू-कोंच' जाति के लोग रहते हैं। इसीलिए 'पहरावे-ओढ़ावे' से लेकर 'पर्व-त्योहार' भी सभी के लिए नये लगते हैं। औरतें पर्दा नहीं करतीं। स्वस्थ होती हैं!

नये डाइरेक्टर साहब ने सरसतिया का पहले बाँस बन की छाया में गाय के बछड़े के साथ दौड़ाकर 'शूटिंग' लिया। फिर, धान कूटते समय–ढेंकी के ताल पर गीत गाते हुए। कलकत्ते से आई हुई छोटी हिरोइन के साथ झूला झूलते हुए।...धन्य है। धन्य है!!

तब से रंगदा गाँव इतना 'चालू' हो गया है कि इस गाँव में सीधे कलकत्ते से महीने में चार-पाँच मनीआर्डर आते हैं। बेंगाई पासवान के अलावा सरसतिया और उसकी माँ, उसका बड़ा भाई भी कलकत्ता गया है। तेतरी दीदी की खुशामद एक ओर

उसका बाप करता है–दूसरी ओर उसका बूढ़ा ससुर भी दिन-रात आकर रोता-गाता है।...गाँव का रंग ही बदल गया है, तब से!

इसलिए, रंगदा गाँव के लड़के क्यों न अपने को रंगबाज कहें?...

असल में, इस गाँव के बारे में इतनी 'भूमिका' बाँधने की जरूरत आ पड़ी थी। इस बार सरसतिया का छोटा भाई कलकत्ते से, होली के पहले घर आ रहा था। कटिहार जंक्शन पर पुलिसवालों को कुछ सन्देह हुआ, तो पकड़ लिया। पूछा–कहाँ घर? तो, जवाब दिया–रंगदा का 'रंगबाज' हूँ। यह रंगबाज क्या है?...तुम्हारे पास इतने पैसे कहाँ से आए? तो, छोकरे ने सिगार सुलगाते हुए, लापरवाही से कहा–मैं हिरोइन का छोटा भाई हूँ–'रंगबाज' फिल्म का नाम सुना है? अभी यहाँ नहीं आया है? आएगा तो देखिएगा।...अबकि हमको भी 'चान्स' मिलनेवाला है।

पुलिसवालों ने उसको 'रंगबाज' अर्थात् गुंडा नक्सली समझकर चालान करना चाहा। किन्तु, उस लड़के ने 'तार' देकर बेंगाई दास को गाँव से बुला लिया। और बेंगाई ने आकर अपने गाँव रंगदा की भूमिका बाँधी, तभी जाकर उसको छुट्टी मिली।

दरोगा ही नहीं, एस. पी. साहब के लड़के और लड़कियाँ भी उस दिन से बेंगाई की खुशामद कर जाते हैं–रंगदा गाँव में आकर–"बेंगाई दादा! एक बार 'चान्स' दिला दो। जिन्दगी-भर गुलामी कर दूँगा...।"

बेंगाई दास किसी को भरोसा नहीं दे सकता है।...कैसे दे सकता है? यह तो रंगदा गाँव की महिमा है कि आज बेंगाई दास की तस्वीर सिनेमा के अखबारों में छपती है।

सितम्बर, 1972

दसगज्जा के इस पार और उस पार

सुना है, पश्चिम में कई खूँखार और भयानक असामाजिक अपराधियों ने जेल की काल-कोठरियों में बैठकर भोगी हुई जिन्दगी और किए गए अपराधों-कुकर्मों के नंगे अनुभव लिखकर रातों-रात प्रसिद्धि प्राप्त कर ली है। मैं अब तक किसी ऐसे अपराध में पकड़ा नहीं गया हूँ और खुले आकाश के नीचे–'नो मेन्सलैण्ड' के कछार पर बैठकर यही सब लिख रहा हूँ...।

किन्तु इस 'नो मेन्सलैण्ड' यानी 'दसगज्जा' के 'इस पार' या 'उस पार' मुझे जीवित या मृत 'कैप्चर' करनेवाले अथवा करवा देनेवाले को इनाम में अच्छी रकम मिल सकती है। सम्भव है, कोई सरकारी खिताब अथवा वीरता की कोई राष्ट्रीय पदवी भी मिल जाए। यदि मुझे जीवित पकड़ा गया तो मेरी गिरफ्तारी के बाद अपराधों की एक लम्बी फेहरिश्त तैयार करके मेरे नाम के साथ नत्थी कर दी जाएगी। देशद्रोह या शत्रुपक्ष की जासूसी के इलजाम भी लगाए जा सकते हैं। और कोई अजब नहीं कि मुझे किसी नई और उग्रतम राजनीतिक पार्टी का एकमात्र नेता मशहूर कर दिया जाए। अथवा कई कुख्यात अन्तर्राष्ट्रीय गिरोह से मेरा सम्बन्ध जोड़कर मुझसे कबूल करवाने की हरचन्द कोशिश की जाए।...ज्यादा उम्मीद तो इसी बात की है कि मुझे देखते ही–'इस पार' में या 'उस पार' में–गोली मार दी जाए। दोनों ओर के पुलिस तथा खुफिया-विभाग के दर्जनों कर्मचारी और अफसर मुझे पहचानते हैं। लेकिन मेरी सूरत देखकर–मुझे पहचानकर भी हर बार वे एक क्षण के लिए भ्रम में पड़ जाते हैं। और उसी एक क्षण में मैं अपने को इस तरह सँभाल लेता हूँ कि वे मुझे कोई अन्य आदमी समझकर निश्चिन्त हो जाते हैं।...मैं इस बार यहाँ हर बात के लिए तैयार होकर बैठा हूँ।

और मैं 'यह सब' क्यों लिख रहा हूँ? क्यों...क्यों? ठीक-ठीक बता नहीं सकता। किन्तु प्रसिद्धि के लोभ में हरगिज नहीं। और न ही अपनी कोई सफाई के लिए। असल में मैं इस 'दसगज्जा' के बारे में–इसके 'इस पार' और 'उस पार' के गाँवों, लोगों और जानवरों के सम्बन्ध में कुछ लिखे बगैर नहीं रह सकता–अब! शायद मन के किसी कोने में यह उम्मीद भी छिपी हुई हो कि जिस दिन–कभी भी–यह प्रकाश में आएगा, आदमी को लेकर कारबार करनेवालों को मानव-चरित्र के कुछ अद्भुत उदाहरण, कई विचित्र नमूने मिल जाएँगे।...

मैंने जीवन में कभी भी डायरी नहीं लिखी! सचमुच प्रतिपल मृत्यु की परीक्षा करते हुए खुले आकाश के साये में तारों की रोशनी में—लिखने में एक अपूर्व आनन्द का अनुभव कर रहा हूँ। हमेशा इस 'दसगज्जा' के पास आते ही मेरे अन्दर एक तूफान-सा घुमड़ने लगता है। इस बार लगता है उस तूफान को कोई दिशा मिल गई है।...

दसगज्जा! भारत और नेपाल की सीमा-रेखा की दस गज जमीं—'नो मेन्सलैंड'। पूर्णिया जिले का उत्तर-पच्छिमी हिस्सा—चक्करघट्टी। मौजा—चक्करघट्टी, थाना, जोगबनी...कटिहार-जोगबनी ब्रांच-लाइन की गाड़ी जहाँ पहुँचकर वापस हो जाती है। रेलवे स्टेशन से हमारा गाँव पाँच कोस दूर था—लेकिन दसगज्जा से ठीक पच्चीस गज दूर। हमारे गाँव के पास आकर सीमा-रेखा चक्राकार हो गई है। इसीलिए इस इलाके का नाम चक्करघट्टी पड़ा होगा, शायद।...

यदि मेरे घर से पच्चीस गज की दूरी पर यह ऐतिहासिक दसगज्जा नहीं होता, तो मैं आज जो कुछ भी हूँ, वह नहीं होता। मैं ही क्या, मेरे इलाके के बहुत सारे नामी लोगों की प्रसिद्धि के पीछे—दो देशों की सीमा-रेखा इस दसगज्जा के लम्बे हाथ हैं। दो देशों के बीच—दस गज धरती की 'पट्टी', जिस पर किसी का अधिकार नहीं। न तो हिन्दुस्तान का, न नेपाल का।...कहते हैं, चालीस-पचास साल पहले तक 'इस पार' (भारत) या 'उस पार' (नेपाल) में अपराध करके यदि कोई अपराधी 'दसगज्जा' में आकर खड़ा हो जाता तो उसको न हिन्दुस्तान की और न नेपाल की पुलिस पकड़ सकती थी...हमने कभी ऐसे अपराधी को 'दसगज्जा' में खड़ा होकर आत्मरक्षा करते नहीं देखा। किन्तु दसगज्जा में गिद्ध-सियार-काग-कुत्तों से घिरी लावारिस लाशों को बहुत बार देखा है। औरत-मर्द, जवान-बूढ़े की लाशें। कभी 'देसवाली'—कभी 'नेपाली'। जब-जब दोनों देशों के सरकारी अधिकारी मिल-जुलकर जाँच करने के लिए पहुँचते—दसगज्जा पर बिखरी हुई हड्डियाँ, कंकाल और मुंड के सिवा और ऐसा कुछ नहीं रह जाता जिसे देखकर लाश की पहचान हो सके।...

ऐसे अवसरों पर हम बच्चों के कौतूहल का एक ही विषय होता था कितने सियार, कुत्ते, चील, गिद्ध और काग किस देश के हैं। यानी कितने उस पार से आए हैं। हम गिनने की चेष्टा करते—दो गिद्ध, एक चील, पाँच कुत्ते, तीन सियार अपने देश के, चार सियार, दो कुत्ते, दस गिद्ध और पाँच चील उस पार के। याद है; जब भी अपने देश के पशु-पक्षियों की संख्या कम होती अथवा लाश की छीना-झपटी में अपने देश के पशु-पक्षी हार जाते, तब हमें वैसा ही दुख होता, जैसा अपने गाँव के कबड्डी-दल के पड़ोसी गाँव से हार जाने पर।...किन्तु, उन लाशों की 'राष्ट्रीयता' ने हमारे मन में कभी कोई ऐसा भाव नहीं जगाया। यानी, किसी 'देसवाली' लाश को देखकर न हमें दुख हुआ और न नेपाली लाश को देखकर सुख।...

अंग्रेजी राज में भी चक्करघट्टी के लोगों ने कानून की परवाह नहीं की। दसगज्जा से दस कोस उत्तर, नेपाल की धरती और दक्षिण बारह कोस तक भारत की भूमि

चक्करघट्टी के लोगों को उनकी पगध्वनि से ही पहचान लेती थी। दसगज्जा को आधार मानकर–एक वृत्त–लाल रोशनाई का घेरा बनाकर पुलिस-विभाग के नक्शे में आज भी दर्ज है–'क्रिमिनल-एरिया'। जिसके एक ओर, यानी उत्तर की ओर नेपाल की घनी तराई, धरान-धनकुट्टा पहाड़ी इलाके तक फैली हुई; पश्चिम की ओर कल-कल कर बहती हुई कोसी नदी। पूरब और दक्षिण का हिस्सा, कई कोसों तक–आठ महीने अथाह पानी में डूबा रहता है और बाकी चार महीने नरकट-सरकट, झाउ-झलास, खर-पतवार, जंगली बाँसों से ढँका रहता है। बिना हाथी की सवारी किए–चक्करघट्टी इलाके में निरापद नहीं पहुँचा जा सकता। हिरन, बनैले सूअर और तराई के तेंदुए के लिए मशहूर शिकारगाह! इसलिए इस अंचल का नाम 'चक्करघट्टी-टापू' भी चालू है। बाद में सिर्फ 'टापू' कह देने से ही काम चलने लगा और बावन के 'सर्वे' के समय नए नक्शे और खतियान में चक्करघट्टी के बदले 'टापू' ही दाखिल हो गया है।...

'टापू' इलाके पर असल राज–पाँच-सात दशक पहले तक–जाहिद अली का था। जाहिद अली का नाम सुनकर पूर्णिया जिले के लोगों की देह भय से थर-थर काँपने लगती है। रोते हुए बच्चों को माताएँ चुप करने के लिए आज भी डराती हैं–'चुप रह। आ रहा है जाहिद अली का सिपाही।'

जाहिद अली के सिपाही?

जाहिद अली कुल जमा बीस बीघे जोत का मामूली काश्तकार था। लेकिन उसके डेढ़ हजार सिपाही थे।...सारे इलाके में किसी भी जमीन में अच्छी फसल लगी हो, बाग में फल लगे हों, यदि किसी के पास दुधार गाय-भैंस या तेज चलनेवाले घोड़े, गाड़ी के बैल हों और जवान पहलवान लड़का हो–तो वह सबकुछ समझिए कि जाहिद अली का।...

उसके सिपाहियों में मुसलमानों से अधिक हिन्दुओं की संख्या थी और दोनों देशों के सभी फरार, खूँखार, खूनी डकैत, हत्यारे...जाहिद अली की खिदमत में हाजिर होकर ईमान-धरम से सबकुछ खुलासा कबूल कर लो–फिर न नेपाल का करनल-जनरल और न भारत का कमिश्नर-कलक्टर-पुलिस-दरोगा–किसी का कोई डर नहीं। सब मिलाकर ढाई सौ छोटे-बड़े गाँव के लोग जाहिद अली की मर्जी से सुखी और दुखी होते थे, जीते थे, मरते थे।

दोनों देशों के सरकारी अफसर जाहिद अली की भी कदर करते थे। अपने देश में 'आमन सभा' के मेम्बर थे, 'खाँ बहादुरी' मिली थी। नेपाल के करनल हर बार दीवाली में, पाँच दिनों तक जाहिद अली के साथ जुआँ खेलते थे। राजकनैली के राजासाहब जब भी शिकार पर आते, पन्द्रह दिन पहले ही जाहिद अली को खबर भेजना नहीं भूलते। कलकत्ता के मशहूर 'टिम्बरलैंड' कम्पनी के बड़े सेठजी जब कभी जोगबनी आते, जाहिद अली से अपने स्पेशल सैलून में घंटों बातें करते। और जाहिद अली की सलाह पर ही किसी जंगल का ठेका लेते अथवा छोड़ते...।

...इस समय मैं एक अजीब हालत में हूँ। मैं देख रहा हूँ—आबकारी विभाग के आधा दर्जन सिपाही दसगज्जा के इस पार छोटी-सी चाय की दुकान पर बैठकर चाय पी रहे हैं। एक सिपाही तलहथी पर नेपाली गाँजा मसलता हुआ कंकड़ सुलगाने की तैयारी कर रहा है। उसके छोटे अफसर को मैं अच्छी तरह पहचानता हूँ। पन्द्रह हजार रुपए घूँस देकर उसने अपना ट्रांसफर यहाँ करवाया था। हवलदार होकर आया था—अब छोटा इन्स्पेक्टर है। 'सर-सर' कहकर मुझसे बातें करता है। उसके बड़े अफसर को मैं 'तुम' कहता हूँ—वह जानता है।...किन्तु अभी उसकी निगाह मुझ पर पड़ी कि वह अकस्मात् उत्तेजित हो जाएगा। मुझे तनिक भी भय नहीं हो रहा। एक ही डपट में मैं इन सालों को 'डिमोरलाइज्ड' कर सकता हूँ। आबकारी के सिपाहियों और अफसरों से निबटने के सभी भेद मुझे मालूम हैं।...नेपाली गाँजा, चरस, शराब के बड़े व्यापारियों के सभी एजेन्ट मुझे पहचानते हैं। मिलते ही मुझे 'नजराना' चढ़ाते हैं—एक सौ एक रुपए नगद और एक बोतल नेपाली ब्रांडी। डाकुओं और चोरों के गिरोह के दलपति—दोनों देशों के—अब भी मदद के लिए मुझे ढूँढ़ते फिरते हैं। काठमांडू के आसाम तक के चोरबाजारिए सेठों के कारकून मुझे ही अपना असल मालिक समझते हैं। मुझे इन लोगों से कोई खतरा नहीं। मुझे खतरा है, दोनों देशों के ऐसे 'क्रिमिनल' से, जिनके मुखौटे में कभी भी उलटकर उन्हें बेनकाब कर दे सकता हूँ। उनकी राष्ट्रीयता, देश-प्रेम और मानवता की बड़ी-बड़ी बातों की सारी कलई मैं एक लमहे में खोल दे सकता हूँ। वे अब जान गए हैं मैं उनके काम का आदमी नहीं रहा, बल्कि मैं उनकी राह का एक रोड़ा-मात्र हूँ। उन्हें मुझसे खतरा है। और इसीलिए मैं सदा सतर्क रहता हूँ। ऐसे क्षणों में मेरे कानों के पास जाहिद अली साहब की वाणी गूँज जाती है—जिस समय कोई अपने दुश्मन को मारने का मनसूबा बाँधता रहता है, ठीक उसी समय उसका दुश्मन खंजर लेकर उसको मारने के लिए आधी राह में होता है...!

'दसगज्जा' पर एक लाश, गोलियों से छलनी होकर कई दिनों तक पड़ी रही। दोनों देशों के अधिकारी मिल-जुलकर जाँच-पड़ताल करके आश्वस्त हो गए कि यह 'भारत-नेपाल' की सीमा का मशहूर क्रिमिनल रामरतन राय उर्फ 'थ्री आर' की ही लाश है!

ठीक इसके दस दिन के बाद नेपाल-तराई के बड़े हाकिम ने इस 'रिपोर्ट' का खंडन करते हुए सूचना दी कि रामरतन राय मरा नहीं है। वह किसी और की लाश है। और उसकी झोली में जो अधूरी कहानी पाई गई है, वह रामरतन की लिखी हुई नहीं।

नवम्बर, 1972

अगिनखोर

सूर्यनाथ बाहर जाने के लिए तैयार हो रहा था। पत्नी ने टोक दिया, ''कहाँ जा रहे हो? अभी दस बजे आभा का बेटा आएगा।''

सूर्यनाथ कुर्ते का बटन लगा रहा था। उसका हाथ रुक गया। याद आई। कल रात को घर लौटने पर पत्नी ने कहा था, ''जानते हो, आज आभा का बेटा अचानक बाजार में मिला...अरे? आभा की याद नहीं!...तुम्हारी दुलारी आभारानी राय। और, उसका बेटा माने, वही बेटा!''

सूर्यनाथ ने पूछा था, ''देखने में कैसा है?...मेरा मतलब है कि चेहरा किससे मिलता-जुलता है। एंबुलेंस ड्राइवर से या उस कपड़े की दूकान के बूढ़े मालिक से...?''

पत्नी बोली थी, ''मैंने उतना खयाल करके नहीं देखा। कल सुबह दस बजे वह आएगा। देखकर मिला लेना, किससे मिलता है किससे नहीं।''

''लेकिन तुम तो बाहर निकल रही हो।'' कुर्ता उतारते हुए सूर्यनाथ बोला।

''वह तुमसे मिलने आ रहा है। कह रहा था, उनको एक 'इनफार्मेशन' देना है।'' वह मुस्कुराती बोली, ''अरे! उस लड़के ने तो मुझे कल अजीब हैरत में डाल दिया, कुछ देर के लिए। अचानक, न जाने किधर से आकर बीच राह में खड़ा हो गया– 'आप अन्नपूर्णा मौसी हैं न? मुझे पहचानिए तो, मैं कौन हूँ...', फिर खुद ही बोला, 'पहचानिएगा कैसे? कभी देखा तो नहीं। मैं आपकी आभारानी का बेटा हूँ'..., मैं तो अवाक्!''

''आपकी दुलारी आभारानी नहीं कहा?'' सूर्यनाथ ने व्यंग्य किया।

अन्नपूर्णा वर्किंग वीमेंस एसोसिएशन की गश्ती चिट्ठी अपने बैग में डालती हुई बोली, ''मेरी या तुम्हारी दुलारी?''

''तुम्हारी।''

''बेकार की बातें मत करो।'' अन्नपूर्णा अर्थपूर्ण हँसी हँसकर बाहर चली गई। जाते-जाते कह गई, ''लड़का पहली बार आ रहा है। बिस्कुट हैं, मिठाई है, जलपान करा देना।''

पत्नी चली गई। सूर्यनाथ के मन के पर्दे पर, सत्रह-अठारह साल पहले की कई स्मरणीय

घटनाओं, मुहूर्त और क्षणों की तस्वीरें 'फ्लैशबैक' के रूप में उभरने लगीं...

...उस बार अन्नपूर्णा मेटरनिटी सेन्टर की ऑनरेरी सेक्रेटरी चुनी गई थी। सो, घर पर अक्सर लेडी-हेल्थ विजिटर, नर्स मिडवाइफ और ट्रेनिंग के लिए आई हुई लड़कियाँ आती रहतीं। बाद में अन्नपूर्णा ने उन्हें मना कर दिया था।

...किन्तु, आभारानी राय जब सेन्टर में ट्रेनिंग लेने के लिए दाखिल हुई, तो अन्नपूर्णा स्वयं उसे अपने साथ डेरे पर ले आई थी, एक दिन, "लो, अब कितना सुनोगे बंगला कीर्तन...यह आभारानी राय है। हमारे सेन्टर में ट्रेनिंग लेने आई है। रिफ्यूजी नहीं, बेचारी 'विडो' है। कीर्तन बहुत सुन्दर गाती है।"

"श्यामा संकीर्तन या...?" सूर्यनाथ ने पूछा, तो आभारानी ने धीमे स्वर में जवाब दिया था, "कृष्ण कीर्तन!"

सूर्यनाथ ने आँखें उठाकर गौर से आभा के ललाट को देखा था। भरी जवानी में विधवा होनेवाली उसकी कई परिचित लड़कियों के ललाट भी ठीक ऐसे ही...लेकिन चेहरे पर प्रचुर लावण्य देखकर उसने कहा था, "यथायोग्य नाम है आपका।"

अन्नपूर्णा से पहले सूर्यनाथ के वक्तव्य का अर्थ आभा ने ही समझा था। वह तनिक विहँसकर बोली थी, "आपनि कोवि मानुष...आप कवि ठहरे।"

"किसने कहा कि मैं कवि हूँ? श्रीमती अन्नपूर्णा ने?"

अन्नपूर्णा हँसती हुई आई, "नहीं, मैंने कवि नहीं, साहित्यिक कहा था।"

"एकई कथा...एक ही बात है।"

'एकई कथा' कहते समय आभारानी ने अपनी दाहिनी आँख की पपनियों को जिस तरह मूँदा, उसे सिर्फ सूर्यनाथ ने ही देखा और समझा था।

आभा के जाने के बाद अन्नपूर्णा बोली, "विधवा नहीं, बेचारी परित्यक्ता है। स्वामी ने छोड़ दिया..."

सूर्यनाथ ने ठीक आभारानी की तरह दाहिनी आँख की पलकों को दबाकर कहा था, "एकई कथा।"

"कैसे एक ही बात हुई?"

"अगर स्वामी इसे छोड़ नहीं देता, तो बेचारा मर ही जाता और यह विधवा हो जाती।" सूर्यनाथ के कहने के ढंग से ऐसा लगा मानो वह आभा को भली-भाँति पहचानता है। अन्नपूर्णा पूछ बैठी थी, "तुम पहले से ही जानते हो इसको? उधर ही कहीं, माने...पूर्णियाँ-सहरसा की ओर रहती है किसी कस्बे में..."

"कहीं की भी हो। यह किसी की पत्नी होकर रहने के लिए पैदा ही नहीं हुई। देखा नहीं, कैसा 'सखि-सखि' भाव है स्वभाव में। यह किसी की 'सखि' होकर ही रह सकती है।" कहकर सूर्यनाथ हँसने लगा था।

पति की ऐसी कुटिल हँसी देखकर अन्नपूर्णा को सन्देह हुआ था, निश्चय ही किसी 'असभ्य' बात की ओर संकेत किया है, "क्या मतलब?"

"श्रीमतीजी, मतलब समझने के लिए आपको सम्पूर्ण 'वैष्णव साहित्य' सुनाना पड़ेगा।"

"सखि होकर ही रह सकती है–इसका क्या मतलब?"

सूर्यनाथ समझ गया था, अन्नपूर्णा को शंका हो रही है कि बात, उसकी होस्टल के दिनों की सखि ओलिव डाइसन को 'छुआ' कर, कही गई है। और, ऐसी बात की भनक पाकर ही वह इस तरह नाराज हो जाती है कि सूर्यनाथ घंटों आरजू-मिन्नत करके, किस्म-किस्म की कसमें खाकर भी उसको 'मना' नहीं पाता है। इसलिए उसने सहज ढंग से कहा था, "सखि का अर्थ मित्र होता है न? मेरा मतलब है कि इस 'किस्म' की लड़की पुरुष के साथ मित्र की हैसियत से ही रह सकती है।"

अन्नपूर्णा उस रात को तुरन्त ही सहज हो गई थी। लेकिन, उसने दूसरा सवाल किया था, "तुमने यह क्यों कहा कि अगर स्वामी इसको नहीं छोड़ देता, तो बेचारा मर जाता..."

"कपाल देखकर मैंने कहा।"

"बड़े आए हैं सामुद्रिक बघारनेवाले।"

"त्रिभुजाकार, ऊँचा कपाल और चमकती हुई माँग...और ऐसी देह की बनावट जिसकी हो तनिक अधिक 'एनर्जेटिक' होती है...मत्ता, प्रमत्ता, अतिमत्ता, महामत्ता!"

"ए! आभा ने जो 'कवि मानुष' कहा था, उसका तात्पर्य तुमने समझा था?"

"कवि मानुष माने रसिक पुरुष।"

"जी नहीं, उसका तात्पर्य इसके अलावा भी–इससे आगे भी कुछ था...साहित्यिक लोग जरा चरित्रहीन होते हैं, वह दुनिया-जहान जानती है।"

"जरा नहीं, पूरे।" सूर्यनाथ ने एप्रूवर यानी मुखबिर की मुद्रा बनाकर कबूल किया था।

उस रात को बहुत देर तक दोनों एक-दूसरे को गुदगुदाकर हँसते-चिढ़ाते जग रहे थे...

...और 'हरिसभा' की वह शाम!

पहली बार 'हरिसभा' में आभारानी का कीर्तन सुनकर सूर्यनाथ और अन्नपूर्णा सचमुच मन्त्रमुग्ध हो गए थे किन्तु, जब आभा ने उनके घर पर आकर कीर्तन सुनाने की इच्छा प्रकट की, अन्नपूर्णा राजी नहीं हुई, "कीर्तन और भजन हरिसभा और ठाकुरबाड़ी में ही सुनना अच्छा लगता है।"

अन्नपूर्णा की चतुराई को चतुरा आभा ताड़ गई थी और मन-ही-मन दाँत पर दाँत रखकर पीसती रही थी।

एक दिन आभा बाजार की झोली हाथ में लटकाकर आई, "दीदी...मैं अपनी दीदी और जमाय बाबू को एक विशेष 'मेनू' बनाकर खिलाने आई हूँ। विथ ड्यू रेसपेक्ट आई बेग..."

उस दिन आभा ने बहुत जतन से 'मलाई करी' बनाकर सूर्यनाथ और अन्नपूर्णा

को चखाई थी। सूर्यनाथ ने चखकर चटखारे लेते हुए कुछ कहने की मुद्रा बनाई। अन्नपूर्णा ने प्यार-भरी झिड़की दी थी, "मैं जानती हूँ, आप क्या कहना चाहते हैं। कहेंगे–'चोमोत्कार', यही न?"

"नहीं, एकदम नहीं। मैं कहना चाहता था, 'भीषोण सुंदोर', लेकिन अब आपने टोक दिया, तो कहूँगा, अपूर्बो..."

कच्चे नारियल की गरी को पीसकर दूध निकाला गया और उसमें रोहित मत्स्य के कंटकशून्य खंड...सूर्यनाथ ने बंगाली वैष्णव सम्प्रदाय की भाषा में कहा था, "अहा! ए तो क्षीरसागरे स्वयं भगवान मत्स्यावतार..."

"जमाय बाबू! आप रसिक ही नहीं, सुरसिक हैं।"

"सुरसिक नहीं, चटोर और पेटू। एक बार दिल्ली में इसी तरह आकंठ ठूँसकर..."

सूर्यनाथ ने डकार लेते हुए कहा था, "अवस्थीजी के घर? हाँ, ऐसा ही भूरि-भोजन–और, वहाँ भी कई व्यंजन और पकवान अवस्थीजी की साली ने बनाए थे। ठीक इसी तरह परोसकर खिलाया था! उसी बार अवस्थीजी ने बताया था, साली को संस्कृत में 'केलिकुंजिका' भी कहा जाता है।"

अन्नपूर्णा हँसकर बोली थी, "सावधान, आभा!"

हँसी के हिलोर पर सुपरइंपोज होती है, वर्षा की एक शाम।

...भीगती हुई आभा अकेली आई थी, "दीदी! दीदी नहीं हैं घर में?"

सूर्यनाथ ने अचरज से पूछा था, "अरे! आप नहीं गईं?...आपको साथ नहीं ले गई अन्नपूर्णा? आज वर्किंग वीमेन्स के लिए 'चैरिटी-शो' है न।"

"मेरी आज 'आफ्टरनून-ड्यूटी' थी। मैं एकदम भीग गई हूँ जमाय बाबू..."

बाथरूम से अन्नपूर्णा की साड़ी और अँगिया पहनकर आभा बाहर निकली। सूर्यनाथ हाथ में चाय की प्याली लेकर खड़ा था, "चाय नहीं। गुलबनसफा का काढ़ा, अदरक और नींबू के रस के साथ...बहुत जोरों का फ्लू फैला हुआ है, चारों ओर। गटगटाकर पी जाइए और निश्चिन्त रहिए..."

आभा ने चखकर देखा था, सचमुच काढ़ा ही है। सूर्यनाथ पूछ बैठा था, "आपको किस चीज का सन्देह हुआ? बतलाइए न..."

"सुनिए, आप मुझे यह आप-आप क्यों कहते हैं?" आभा तुनुककर बोली थी।

"आपको सन्देह हुआ कि चाय में कोई नशा मिला दिया है, मैंने?"

"आप लोगों का क्या विश्वास! आप लोग सबकुछ कर सकते हैं।" वह हलाल करनेवाली हँसी हँसकर सूर्यनाथ को देखती रही।

"लेकिन आपमें साहस तो कम नहीं।"

"मुझे आप कहिएगा, तो जवाब नहीं दूँगी।"

सूर्यनाथ उसके पास आकर बैठ गया था। वह बालों को पीठ पर बिखेरकर सुखा रही थी। आभा अचानक पूछ बैठी, "सचमुच चाय में और कुछ नहीं मिलाया था आपने?...तब मेरी देह इस तरह झनझना रही है, क्यों? सिर चकरा रहा है।"

सूर्यनाथ ने 'रॉ टी' मैं गुलबनफसा, नींबू और अदरक के रस के सिवा और कुछ नहीं मिलाया है। इसके बावजूद यदि आभा पर नशा सवार हो गया है, तो सूर्यनाथ उसे विश्वास दिलाने की चेष्टा क्यों करे?

"आभारानी!"

आभा ने सफल अभिनेत्री की तरह सूर्यनाथ के कन्धे पर अपना सिर रख दिया था। सूर्यकान्त की देह अचानक तप उठी थी। स्वचालित यन्त्र की तरह उसकी भुजाओं ने आभा को जकड़ लिया। बाहर आकाश में बिजली कौंधी थी। मेघ गर्जन हुआ था और सूर्यनाथ का तप्त शरीर तत्काल ठंडा हो गया था। वह छिटककर आभा से अलग हो गया था। आभा अस्फुट स्वर में बोली थी, "कोई नहीं...हवा से खिड़की का पल्ला खुल गया है। सूर्योदा...जमाय बाबू...आप कहाँ चले गए...?"

इस घटना के बाद आभा ने सूर्यनाथ से बोलना बन्द कर दिया। और कई दिनों के बाद अन्नपूर्णा ने उसको अपने घर पर आने को मना कर दिया था। पड़ोस की बुढ़िया महरी ने फिसफिसाकर अन्नपूर्णा से कहा था, "ऊ छौंड़िया 'छिनार' है बहूजी। घर में उसकी 'आवाजाही' बन्द कर दो..."

अपमानिता आभा ने अपना तबादला मंगलतालाब सेन्टर में करवा लिया। इसके बाद वह जब कभी अन्नपूर्णा के सेन्टर में किसी काम से आती तो अन्नपूर्णा को नमस्कार तक नहीं करती थी।

दस-ग्यारह महीने के बाद एक शाम को आभा अचानक आई। अन्नपूर्णा को पैर छूकर प्रणाम किया। अन्नपूर्णा ने प्रसन्न होकर कहा था, "पास कर गई न?"

आभा ने सिर झुकाकर ही जवाब दिया था, "जी, दीदीजी!"

उसी रात को अन्नपूर्णा ने सूर्यनाथ को बताया था, "तुमने ठीक ही कहा था। अरे, इस लड़की का साहस तो देखो। छह महीने का पेट लेकर बिना लाज-भय के घूम रही है। छिः-छिः, अब गिराना चाहती है। रो रही थी किसी तरह 'उद्धार' करवा दीजिए...डाँटकर भगाती नहीं, तो अभी घंटों घुनघुनाकर रोती रहती।"

सूर्यनाथ ने कहा था, "मैंने एंबुलेंस के ड्राइवर के साथ कई बार सिनेमा हाल में देखा है..."

अन्नपूर्णा बोली, "वह कहती है कि कपड़े की दूकान के बूढ़े मालिक ने

फुसलाकर उसका सर्वनाश कर दिया है...''

सूर्यनाथ कुछ कहना चाहता था। किन्तु अन्नपूर्णा कहती गई, ''यह तो भला हुआ कि उसने यहाँ से अपना तबादला करवा लिया, नहीं तो और न जाने किस-किसका नाम बदनाम करती।''

सूर्यनाथ चाहकर भी कुछ नहीं बोल सका था। अन्नपूर्णा एक उदास-सी हँसी हँसकर बोली थी, ''वह जो गाती थी न—'मरिबो मरिबो सखि निश्चय मरिबो...' अब सचमुच मरेगी निगोड़ी।''

किन्तु आभारानी राय मरी नहीं थी। होली फेमिली हॉस्पिटल में पुत्र-रत्न को जन्म देकर, न जाने कहाँ चली गई। 'मदर' के नाम एक पुर्जा लिख गई थी...

...और, आभारानी का वही बेटा सूर्यनाथ को एक आवश्यक समाचार देने के लिए आ रहा है।

सूर्यनाथ के मन के पर्दे पर लावण्यमयी आभारानी का मुखड़ा उभरकर स्थिर हो जाता है। और पृष्ठभूमि कीर्तन के आलाप से मुखरित—'आमार...सकलि...गरल...भेल...'

'गें-ए-क्-गेंक्-गेंक्...गें-ए-क्...!'

'बजर' अस्वाभाविक सुर में बज उठा। लगता है, कोई खिलवाड़ कर रहा है। सूर्यनाथ ने विरक्त मुद्रा के साथ दरवाजा खोला। बजर के बटन पूर्ववत दबा-दबाकर बजाता, वह हँस रहा था, ''हाउ फेंटास्टिक!...मैं आभारानी का बेटा...''

''अन्दर आ जाइए।''

गेहुँआ रंग, दुबली-पतली काया, मझोला कद और बिखरे हुए भूरे बाल और मुखश्री ठीक आभारानी की,...ठीक आभारानी पर पड़ा है उसका बेटा।

अन्दर आकर उसने कहा—''मैं पाँव या घुटना अथवा कोई अन्य अंग छूकर किसी को नमस्कार नहीं करता। दरअसल, मैं किसी को अभिवादन करता ही नहीं। आप बुरा मानें या भला—ठेंगे से। आइक्...स्ला!''

सूर्यनाथ के पीछे-पीछे वह बैठक में आ गया। कमरे में पहुँचते ही उसने ठहाका लगाया, ''साहब आप तो ऐसी तैयारी करके—सज-धजकर बैठे हैं मानो कोई आपका 'सचित्र इंटरव्यू' लेने आ रहा हो—आइक् स्ला—इधर तो लगातार आपकी कई भेंट-वार्ताएँ प्रकाशित हुई हैं। जी अघाया नहीं, शायद? लेकिन मैं आपसे कोई—आइक्-स्ला—साहित्यिक अथवा अखबारी मुलाकात के लिए नहीं आया। और, आपका और आपकी पीढ़ी का कूड़ा-कचरा... आइक्-स्ला—साहित्य मैं नहीं पढ़ता। लेकिन बिना पढ़े ही कह सकता हूँ कि आपकी पूरी पीढ़ी मुर्दा हो चुकी है...कमर्शियल चीजें मैं नहीं पढ़ता। इट्स नॉसिएटिंग—आइक्-स्ला—सो निराश मत होइएगा। मैं आपको एक सूचना मात्र देने आया हूँ।''

सूर्यनाथ अप्रतिभ होकर भी मुस्कुराने की चेष्टा करता रहा। उसने पूछा—''आप

बीच-बीच में वह कौन-सा शब्द...यह 'आइक्-स्ला' क्या है...?"

"यह मेरे व्यक्तिगत शब्द-भंडार का शब्द है, जिसका अर्थ कुछ भी हो सकता है।" उसने सोफे पर बैठते हुए लापरवाही से कहा।

उसने कमरे की दीवारों पर नजर डाली और एक कुटिल हँसी हँसकर बोल पड़ा, "हाउ डिसगस्टिंग–आइक्-स्ला–आपने तो अपनी छाया-छवियों, अभिनन्दन पत्र, उपाधि और 'सर्टिफिकेट आफ मेरिट' की एक अच्छी-सी प्रदर्शनी लगा रखी है...कमरे में दाखिल होते ही आगंतुक को आपका व्यक्तित्व तेंदुए की तरह उछलकर दबोच डालता होगा। है न? उद्देश्य ही यह होगा। लेकिन एक बात पूछूँ? आपको स्वयं यह सब 'वलगर' नहीं लगता?"

सूर्यनाथ ने संक्षिप्त उत्तर दिया, "एकदम नहीं।"

"आइक्-स्ला–क्यों लगेगा? पेशे का सवाल है न। कमर्शियल लेखकों की मजबूरी...लेकिन, मैं आपके साहित्य के बारे में कुछ नहीं बोलूँगा। और अगर बोलने लगूँ, तो मुझे मना कर दीजिएगा।"

सूर्यनाथ के क्रमशः अप्रतिभ होते हुए चेहरे को देखकर उसका उत्साह बढ़ता जा रहा है। कहता है, "मौसी बाहर गई हैं न? मैं जानता हूँ, वह आपको अकेला छोड़कर अक्सर बाहर निकल जाती हैं। मुझे सब पता है...आपको यह फ्लैट, इट्स एन आइडियल प्लेस फॉर आत्मरति...आइक्-स्ला!"

सूर्यनाथ ने खखारकर गला साफ करते हुए कहा, "तो, आप आभारानी राय के पुत्र हैं?"

उसने लापरवाही से कहा, "हूँ। फिलहाल, धनबाद में रहता हूँ। मेरे कई नाम हैं। कोई नाम छद्म नहीं, सभी असली नाम। अभी मैं आपसे अपने सूतपुत्र नाम के अनुसार बातें कर रहा हूँ।"

सूर्यनाथ हँसने की चेष्टा करके भी नहीं हँस सका। सूतपुत्र ने अपना वक्तव्य जारी रखा, "मेरा कवि नाम है–आइक्-स्ला–शिवलिंगा।"

सूतपुत्र शिवलिंगा ने सूर्यनाथ से पूछा, "क्यों चौंक गए न?"

"चौकूँगा क्यों? मेरे पड़ोस में ही निजलिंगा साहब रहते हैं।" सूर्यनाथ ने सप्रतिभ स्वर में कहा, "अब आप अपने आगमन का उद्देश्य बतलाएँ–आइक्-स्ला, यानी कृपया!"

सूतपुत्र ने कनखी निगाह से सूर्यनाथ को देखा। आभारानी ठीक इसी तरह पलकों को तनिक मूँदकर देखती थी। उसने कहा, "उद्देश्य अति शुभ है। आपको एक समाचार सुनाने आया हूँ। बस..."

"आपकी माताश्री..."

सूर्यनाथ के मुँह से बात छीनते हुए सूतपुत्र ने कहा, "आपकी केलिकुंजिका आभारानी का कोई समाचार मुझे नहीं मालूम। मेरे पास मेरी जन्मदायिनी की एक मोटी डायरी है–1955-56 की...होली फेमिली हॉस्पिटल की 'मदर' ने सहेजकर रख

दी थी...समझे?"

"समझा आइक्-स्ला। अब समाचार सुनाइए।" सूर्यनाथ के स्वर में दृढ़ता लौट आई थी।

"समाचार सुनाने के पहले मैं यह देख लेना चाहता हूँ कि आपका मानसिक धरातल उस समाचार को ग्रहण करने योग्य है अथवा नहीं। देखिए, मैंने आपका लिटरेचर नहीं पढ़ा। इसलिए नहीं जानता कि आप किस कोटि के प्राणी हैं। किन्तु, यह मुझे मालूम है, आपकी पूरी पीढ़ी इल्लिटरेट और हाफलिटरेट है...सबसे पहले आपका कौतहूल मिटा दूँ। है न? तो, होली फेमिली हॉस्पिटल से यतीमखाना, वहाँ से टाँटी झरिया, कलकत्ता, जबलपुर, इलाहाबाद आदि जगहों में मेरा बचपन बीता और जवानी आई। पढ़ाई-लिखाई जो हुई, बुरी नहीं हुई। कवि, कथाकार, नाटककार और चित्रकार हूँ। लेकिन, वे आपकी बुद्धि के बाहर की बातें हैं। आइक्-स्ला—मैं अभी धनबाद में हूँ और मजे में हूँ और सानन्द अपना इस्तेमाल होने दे रहा हूँ...आपका बाथरूम किधर है?"

सूतपुत्र लैवेटरी में बन्द हुआ। सूर्यनाथ को सहज और सबल होने का अवसर मिला। उसने लक्ष्य किया सूतपुत्र अब 'आइक्-स्ला' का व्यवहार क्रमशः कम करता जा रहा है।

सूर्यनाथ ने समझ लिया—यह लड़का एक 'वस्तु' है, यानी चालू भाषा में जिसको 'माल' कहते हैं, इसके बाल, पोशाक, स्वास्थ्य सबकुछ 'बीट' और हिप्पियों से विपरीत हैं। लेकिन तेवर वही हैं। सूर्यनाथ को हँसी आई—आते ही तड़ातड़ चाबुक लगाए जा रहा है। पट्ठा। होना ही चाहिए—नेच्युरली...

स्नानागार से बाहर निकलकर उसने कहा, "बाथरूम में जिन मासिक पत्रिकाओं का पारायण करते हैं, उनके सम्पादकों को लिख दीजिए—कुछ 'रोचक साहित्य' भी प्रकाशित करें।...और एक बात! आपने देश-विदेश के इतने बिग बगर्स—आइक्-स्ला—सोकाल्ड वी. आई. पी. न'ज़ के साथ इतनी सारी तस्वीरें छपवाकर लटका रखी हैं चारों ओर। लेकिन...व्हाय नॉट ए न्यूड? मैं कहूँ, आप अपनी एक नंगी—एकदम मादरजाद—खिंचवाकर टाँग दें और उसके नीचे लिख दें—'विद माइसेल्फ!'...क्यों ठीक रहेगा न?"

सूर्यनाथ समझ गया था—स्नानागार से बाहर निकलकर, बैठकखाने में पहुँचकर इस तरह असभ्यतापूर्वक पैंट के बटन लगाते हुए—यह ऐसी ही बातें करेगा। अतः वह मन्द-मन्द मुस्कुराता रहा।

तब उसने सूर्यनाथ को अप्रतिभ करने के लिए अपना सवाल छेड़ा—"...अच्छा अब यह बताइए कि आपका सम्बन्ध अपनी स्वीटी सौफ्टी साली आभारानी से कैसा और कहाँ तक—आइक्-स्ला..."

"आप जो समाचार देने आए हैं, पहले वह दे दीजिए। आप मेरा 'इंटरव्यू' तो नहीं लेने आए। फिर कोई सवाल-जवाब कैसा?" सूर्यनाथ अब पालथी मारकर कुर्सी

पर बैठ गया।

''आइक्-स्ला—मैंने पहले कह दिया है कि मैं पहले यह जान लेना चाहता हूँ...''

''आइक्-स्ला—मैं पहले—आइक्-स्ला—आपका—आइक्—स्ला—समाचार सुन लेना चाहता हूँ—आइक्-स्ला! बस!'' सूर्यनाथ ने गम्भीरतापूर्वक कहा।

सूतपुत्र हँसा। सूर्यनाथ ने लक्ष्य किया, हँसी में तनिक कपड़े की दुकान की छाया झलकती है।

''अच्छा? आपके बाल तो कुदरती काले हैं। मैंने समझा था कि आप 'डाय' करते हैं। क्योंकि मेरी माँ की डायरी में आपके बालों की खूब तारीफ लिखी हुई है। अब तक इतने काले हैं? और आपकी दन्तपंक्तियाँ नकली सेट्स की नहीं? अब तो अभी एक दशक और प्रेम-कहानियों का व्यापार चला सकते हैं आप। पचास की उम्र में ऐसे घने काले बाल और हड्डियों के ज्वायंट्स को कड़कड़ाकर तोड़नेवाली दन्तपंक्तियाँ...आइस्... मतलब इसका योगा से कोई ताल्लुक है क्या? आप कोई हर्ब इस्तेमाल करते हैं?''

सूर्यनाथ के जी में आया कि इस छोकरे को वह नुस्खा दे दे—चपरकनाती। नीला थोथा दही में घोलकर...किन्तु उसने जवाब दिया, ''यह ट्रेड-सीक्रेट है मेरा।''

ठठाकर हँस पड़ा सूतपुत्र। सूर्यनाथ ने पहचान लिया है, यह अपने को 'फायरईटर'—अगिनखोर समझता है। 'सेल्फ पोज्ड लोनली रिबेल' का एक नकली नमूना। उसे एक और लेखक याद आया जो कहा करता था—'आई एम बॉर्न बिफोर माइ टाइम...'

''आप करते क्या हैं? यानी रोटी कौन देता है?'' सूर्यनाथ ने साधिकार पूछा।

''जो मेरा इस्तेमाल करता है।''

''ट्रेड यूनियन के सदस्य हैं आप?''

''मैं आवाँगार्द हूँ। आपने अतर्कवाद का नाम सुना है?''

''अतर्कवाद या कुतर्कवाद?''

''आपको समझाने के लिए कुतर्क आवश्यक है। मैं पूछता हूँ कि आप विलियम ब्लेक, ज्याँ कोक्तो, ज्याँ जेने को जानते हैं? 'मेटामॉरफसिस' का लेखक कौन है और हेनरी मिलर...?''

''मुझे यह सब जानने की जरूरत कभी नहीं हुई। मैं सिर्फ यह जानना चाहता हूँ कि तू करता क्या है?''

''देखिए, यह 'तू-आ-तू' मेरे साथ नहीं चलेगा। आइक्-स्ला...''

''आइक्-स्ला।''

''मतलब?''

''आपने कहा था न, इसका कोई भी मतलब हो सकता है। कृपया बताइए कि आप...''

''मैंने कवि-कर्म छोड़कर फिलहाल, अपनी रोटी के लिए 'कॉमेडियन' का काम शुरू किया है। धनबाद, झरिया, जमशेदपुर और कलकत्ते के कई गुप्त क्लब और

डिसकोथेक्स में अपना 'शो' दे चुका हूँ...''

''सीधे कह न कि भँड़ैती करता हूँ।'' सूर्यनाथ ने ठेठ बिहारी बाबू के लहजे में कहा।

''नहीं, भँड़ैती नहीं। यह एकदम नई 'विधा' है, जिसका नाम आपके ग्रेट ग्रैंडफादर ने भी नहीं सुना होगा। मैं गालियाँ देता हूँ। फूहड़, भद्दी और अश्लील अश्रव्य गालियाँ।''

''वह जो 'साईं' सजकर साँझ-सवेरे मुरादपुर की गलियों में घूमता-फिरता है–एक पैसा लूँगा, पाँच गालियाँ दूँगा। चुन-चुनके गालियाँ दूँगा, बाप-दादे को गालियाँ दूँगा...''

सूतपुत्र ने कहा, ''इस कॉमेडियनवाले कारबार में मेरा ट्रेड नेम है–डोगलास। अर्थात् अब मैं डोगलास की भाषा में आपसे बातें करूँगा। फिलहाल, गालियाँ और अपशब्द भोजपुरी से अंग्रेजी में अनुवाद करके व्यवहार करता हूँ। लेकिन, ऐसे घरेलू माहौल में शुद्ध मगही या मैथिली में भी...''

सूर्यनाथ ने एक बार सोचा, अब इसको बाइज्जत फ्लैट से बाहर कर दिया जाए; किन्तु कुछ सोचकर थोड़ी देर और उसे सहन करने का निश्चय किया...कुछ भी हो, उस 'शोध-छात्र' से तो अच्छा है जो कई दिन पहले अपने मौलिक विषय 'हिन्दी साहित्य में रामघराना'–के माल-मसाले के लिए आया था। छात्रराम ने अनुसंधान नहीं, अनुनय किया था, ''सर! ऐसे साहित्यिक, जिनके नाम के शुरू, मध्य या अन्त में 'राम' जुड़ा हो, उनके व्यक्तित्व और कृतित्व पर 'राम' का प्रभाव प्रमाणित करते हुए...जी, बचपन में आपको किसी ने, कभी-न-कभी, राम सूरजनाथ जरूर कहा होगा। इस आधार पर यदि आपको भी 'रामघराना' में युक्त कर लूँ तो आपको कोई आपत्ति?''

सूर्यनाथ ने शान्त चित्त से कहा, ''आप अभूतपूर्व काम कर रहे हैं। गालियाँ देकर लोगों को हँसाते हैं। लोग प्रसन्न होकर आपको पैसे देते हैं।''

''ऐसी-वैसी हँसी नहीं। एकदम रेक्टम रप्चरिंग यानी फेफड़ाफाड़ लाफ! समझे?'' डोगलास ने कहा।

''हमारे जिले में एक राजा साहब अपने दरबार में एक 'बुड़िराज' अर्थात् 'मूरखराज' रखते थे...''

''आइक्-स्ला–योर राजा साहब! आप सामंती युग की बातें करने लगे–फिर? मैं अकस्मात् आघात करके वस्तुस्थिति से अवगत कराने में विश्वास करता हूँ।'' डोगलास बोला।

''डोगलास्साहब! मैं नहीं जानता कि आप क्या 'शो' देते हैं, लेकिन, आज से तीन साल पहले उस 'बुड़िराज' के जो तमाशे मैंने देखे हैं, मेरा खयाल है कि उसमें से एक का ही वर्णन सुनकर समझेंगे। आप इसको अपने काम में भी इस्तेमाल कर सकते हैं।''

डोगलास राजी हुआ। सूर्यनाथ ने शुरू किया, ''राजा के मेले में बड़े-बड़े नामी पहलवानों की कुश्ती होती थी। एक बार, एक चैंपियन पहलवान सभी को पछाड़कर, गर्व से छाती फुलाकर दुलकी चाल में अखाड़े में चक्कर लगा रहा था...यानी–'है कोई माई का लाल तो आ जा मैदान में!' बुड़िराज ताव खा गया और कूदकर अखाड़े में

उतर पड़ा। अपने सारे कपड़े फेंककर 'आ-जा-जा-आ-जा' कहकर उस चैंपियन पर टूटा, ताल ठोंकता हुआ। जनता एकसाथ ठठाकर हँस पड़ी। चैंपियन पहलवान कुछ क्षण तक भौंचक होकर देखता रहा। फिर, अचानक भागा। एक विशालकाय आदमी को, एक नंगधड़ंग पिद्दी-जैसे आदमी के डर से उस तरह भागते देखकर सारी जनता हँसते-हँसते बेदम हो गई।''

डोगलास को यह कहानी अच्छी लगी, ''मैं इस पर 'वर्क' करके इसको रिफाइन करके इस्तेमाल करूँगा...मैंने हाल में अपना एक 'स्क्रिप्ट' प्रस्तुत किया है। एक व्यक्ति लघुशंका के लिए दो पहर रात को होटल के कमरे में, किस तरह 'वाश-बेसिन में...''

सूर्यनाथ ऐसा अवसर हाथ से जाने नहीं देगा। बस, यही है—ब्रेकिंग-प्वाइंट! मुस्कुराकर उसने डोगलास्साहब को काटा, ''अरे? वह पादरीवाला प्रहसन...यह तो, अमेरिकन कॉमेडियन लेनी ब्रूस की कृति है। आज से दस-ग्यारह साल पहले ही उसने इसका अभिनय करके प्रचुर ख्याति प्राप्त कर ली है। आप कहते हैं कि...''

लेनी ब्रूस का नाम सुनते ही डोगलास का चेहरा अचानक बुझ गया, ''आप लेनी ब्रूस को जानते हैं। आइक्-स्ला—आप लेनी ब्रूस के बारे में कैसे जान गए?''

''जानता ही नहीं, 1964 में उसकी रिहाई के लिए 'अपील' पर मैंने भी हस्ताक्षर किए थे। आज तक मेरे कई पॉलिटीकल मित्र उन्हीं हस्ताक्षरों के कारण मुझे गालियाँ दे रहे हैं और बदनाम कर रहे हैं कि मैं—आइक्-स्ला—लेकिन अब तो लेनी स्वर्ग के देवताओं और देवियों को गालियाँ देकर प्रसन्न कर रहा है। अतः अब आप अपने को इस 'विधा' का भारतीय आवाँगार्द घोषित कर सकते हैं।'' सूर्यनाथ ने घड़ी देखी।

डोगलास साहब, सूतपुत्र के सिर से उतर गए। सूतपुत्र तुतलाने लगा, ''अब मैं काम की बात करूँ...मेरे पास मेरी माँ की डायरी है। डायरी के मुताबिक आप ही मेरे जनक हैं और मैं आपकी ही प्रजा...''

''असम्भव।''

''असम्भव नहीं। यह आपका ही क्रोमोजोम है जो...आप घबराइए मत। मैं आपकी सम्पत्ति पर दावा नहीं करूँगा।''

''डायरी आपके पास है, यहाँ?''

सूतपुत्र अपने बैग से डायरी निकालकर पृष्ठ पलटने लगा। बोला, ''बंगला तो आप अच्छी तरह लिख-पढ़ लेते हैं। पढ़कर देख लीजिए।''

सूर्यनाथ ने देखा, लिखावट आभारानी की ही है। लिखा है, ''आज के सूर्योदा आमार संगे जा कॅरलेन, आमार जीवने आर केउ करे नि...'' (आज सूर्यदा ने मेरे साथ जो कुछ किया, जीवन में और किसी ने नहीं किया।)

सूतपुत्र का चेहरा पुनः दमकने लगा। सूर्यनाथ ने पूछा, ''जिस 'मदर' ने आपको

यह डायरी सौंपी, उसने आपका 'डेट ऑफ बर्थ' भी जरूर दिया होगा।''

'ऑफ कोर्स...दैट्स देयर। डायरी में ही लिखा है।''

''आपने इस रोजनामचे की तारीख से अपनी जन्म तिथि मिलाकर देखी है?''

''आप ऐसे ज्वलंत प्रमाण को झुठला नहीं सकते, पिताजी महाराज!''

सूर्यनाथ ने उसके सुर में सुर मिलाकर कहा, ''सूतपुत्तर सरकार! आप मानें या न मानें ठेंगे से। मैं जानता हूँ कि यह सच नहीं। असल में...बावजूद आकर्षण के, आभारानी के साथ मेरा सम्बन्ध हुआ ही नहीं। कामातुरा सुन्दरी के साथ एकान्त के उस क्षण में मैं मदनोन्मत अवश्य हुआ था। किन्तु...किन्तु...उस लावण्यमयी लास्यमयी रमणी के मुँह में ऐसी उत्कट दुर्गन्ध थी कि मैं अचानक विरक्त हो गया...''

''दुर्गन्ध?''

''जी। बदबू! उतना सुन्दर सलोना मुखड़ा। वैसी सुरीली आवाज और मधुर कीर्तन— और वैसे मुँह में सड़ी हुई गन्ध? ओह! आज भी याद करके वोमिट हो जाता है।''

सूतपुत्र के मुँह से एक हल्की-सी चीख निकल पड़ी। वह थर-थर काँपने लगा। उसकी आँखें डबडबा आईं। वह कुछ नहीं बोल सका...

सूर्यनाथ ने अब समझा, इस छोकरे को इतनी देर तक सहन करने का एक कारण यह भी है कि कभी-कभी इसके चेहरे पर आभा के मुखड़े की मासूमियत झलक जाती है। उसने शान्त स्वर में कहा, ''किन्तु आप असंस्कृति और अपरम्परा के इतने कट्टर हिमायती होकर अपने पिता को क्यों खोज रहे हैं?''

''आइक्-स्ला—खोज नहीं रहा। पिछले आठ-नौ साल से मेरी यह धारणा दृढ़ हो गई थी कि मेरा बाप एक प्रसिद्ध साहित्यकार है। मेरी रगों में दौड़नेवाले लहू का सम्बन्ध एक महान् कलाकार से है...अपने पिता को अपना दुश्मन मानकर मुझे अपार बल मिलता था। इसी के सहारे मेरा सबकुछ...मेरी प्रेरणाओं का मूल स्रोत ही अचानक सूख गया...''

वह फूट-फूटकर खोए हुए बालक की तरह रो पड़ा। सूर्यनाथ सोचने लगा— कवच-कुंडलहीन 'कर्ण' भी क्या इसी तरह रोया था?...उसके जी में आया—आभारानी के रोते हुए बेटे के बालों पर हाथ फेरकर चुप कराए। किन्तु सहानुभूति, दया, करुणा और किसी प्रकार की कृपा की गन्ध लगते ही यह लड़का तुरन्त गुस्से में गालियाँ बकने लगेगा। वायलेंट भी हो सकता है। उसने कहा, ''अब आप जाइए अगिनखोरजी! मुझे अब एकदम एकान्त की जरूरत है।''

सूतपुत्र तुरन्त उठकर खड़ा हो गया, ''हाँ, हाँ। आइ एम ए फायरईटर... अगिनखोर! ठीक है, यह एक नाम भी रहा। आइक्-स्ला...''

नवम्बर, 1972

भित्तिचित्र की मयूरी

फुलपतिया की माँ हाथी के सूँड में काला रंग भरकर सींकी से मयूरी के पंख उकेरने में तन्मय थी। अचानक, बिजली-सी कौंधी। उसने उलटकर देखा तो एक हाकिम-जैसा जवान आदमी छोटा पनबट्टा-जैसे काले डिब्बे में आँख सटाकर खड़ा था। वह घबराकर अपने अस्तव्यस्त कपड़े सँभालने लगी फिर बिजली चमकी। तब वह डर गई। उसके मुँह से अस्फुट स्वर में निकला–''हजूर!''

लेकिन, उस आदमी ने फुर्ती से झुककर फुलपतिया की माँ के पैर छू लिए–''माताजी, मैं हजूर नहीं, कोई। आपका बेटा हूँ।''

फुलपतिया की माँ की हालत अब और खराब हो गई। वह थर-थर काँपने लगी। बहुत चेष्टा करने के बाद उसके मुँह से किसी तरह एक पुकार निकली–''फुलपत्ती रे!''

तब तक गाँव के करीब डेढ़ दर्जन बच्चे घटनास्थल पर पहुँच गए थे। फुलपत्ती अपने आँगन में अरवा चावल सिलौटे पर रखकर पीस रही थी। एक आठ-दस साल के लड़के ने दौड़कर उसको सूचना दी–''फुलपतिया दैया...अरी, फुलपतिया दीदी! तू यहाँ बैठी चावल पीस रही है, वहाँ दरवाजे पर मौसी को 'निसपिट्टर साहेब' ने रैस्ट कर लिया है...।''

''ऐं? कौन निसपिट्टर रे, नहारवाला?''

''मालूम नहीं, 'नहर'वाला है या 'करज'वाला। चलकर देख ना! वही सुनो, मौसी बुला रही है।''

''फुलपत्ती रे ए-ए-ए।''

माँ की पुकार सुनकर फुलपतिया बिना हाथ धोए ही दरवाजे की ओर दौड़ी। दरवाजे पहुँचकर उसने देखा, 'निसपिट्टर' मौसी के पास घुटने मोड़कर बैठा है–''माताजी, आप अपना काम खत्म कर लीजिए, तब मैं अपने काम की बात करूँ!''

फुलपतिया पर अचानक 'भगवती थान' की कोई देवी सवार हो गई, मानो। उसकी माँ के पास एक घूर जमीन नहीं। न अपनी, न बटैयादारी की। लेकिन नहर के हाकिम ने पानी का खजाना 'लगान' करके चपरासी के मार्फत 'लोटिस' भेज दिया है कि पन्द्रह दिनों के अन्दर खजाना नहीं चुकाने से माल-मवेशी 'कुरुक'

हो जाएगा। इसी को कहते हैं, पानी में आग लगाना। वह बरस पड़ी–"देखिए, हाकिम साहेब, रैस्ट करना है हमको करिए। जेहल ले चलना है, हमको ले चलिए। अपनी माँ को इस बुढ़ौती में हथकड़ी नहीं लगने दूँगी–इसके चलते चाहे जो हो जाए...।"

तब तक गाँव के 'मर्द-पुरुष' लोग भी खबर पाकर, खेत-खलिहान और बगीचे-बागन से दौड़े आए। अठारह वर्ष की लड़की फुलपतिया अपनी माँ को अगोरकर बैठी जोर-जोर से चिल्ला रही थी–"चाहे जान चली जाए, लहाश निकल जाए..."

गाँव का मशहूर 'पुच-पुच' कर हमेशा बेमतलब हँसनेवाला 'हंसनाह-मर्द' तोफालाल साह सबसे पहले दौड़ा आया था और हाकिम को सलाम करने के बाद, मन्द-मन्द मुस्कुराता कुछ बोलने का मौका खोज रहा था। गाँव के किसी के सिर कोई आफत आई हो, किसी घर में कोई बुरी घटना घटी हो, बाप-बेटे में झगड़ा होता रहे अथवा कोई अपनी औरत को पीट रहा हो–सबसे पहले तोफालाल ही हँसता हुआ घटनास्थल पर पहुँचता है। लोगों को दुख में देखकर अद्‌भुत आनन्द आता है उसको। लेकिन, किसी का कोई शुभ समाचार सुनकर वह कहीं नहीं जाता। और फुलपतिया की माँ की गिरफ्तारी की खबर सुनकर उसको अपने हिसाब से वाजिब और हार्दिक प्रसन्नता हुई थी। अपनी भतीजी की शादी में उसने कितनी खुशामद की थी, फुलपतिया की माँ की–"भौजी, तुम चलकर 'मंडवा की भित' पर सिर्फ 'लिखनी' खींच दो–रंग भरने का काम, फुलपतिया फुर्सत में जाकर कर देगी।"

मगर वह जरा भी टस-से-मस नहीं हुई थी। बहाना बनाकर बोली थी–"कमर में बहुत दर्द है।" इस पर फुलपतिया 'कूट' करती हुई बोली थी–"जाओ न, तोफा काका शहर से 'डाँगडर' मँगाकर इलाज करा देंगे।" इतने दिनों के बाद तोफालाल को, फुलपतिया की माँ और फुलपतिया पर हँसने का अवसर मिला है। उसने हँसते हुए फुलपतिया से कहा–"अरी, इतनी बड़ी 'वारी कुमारी' होकर तुम काहे जेहल जाओगी? अभी माँ को ही जाने दो। जेहल जाएगी तो मुफ्त में ही सरकारी डॉक्टर से इलाज कराने...।"

फुलपतिया ने घुड़की देकर बीच में ही उसकी बोली बन्द कर दी–"तुम क्यों आ टपके बीच में? हूँ! 'हंसनाह-मर्द' और 'पदनाह-घोड़ा' भागो यहाँ से।"

तब तक गाँव के 'सरपंच' ताहा मियाँ भी पहुँच गए थे। आते ही ताहा मियाँ ने 'सरकारी आदमी' के लहजे में फुलपतिया को डाँटा–"तेरा माथा खराब हो गया है क्या? चुप क्यों नहीं रहती!"

फुलपतिया आज किसी को नहीं छोड़ेगी, चाहे मुखिया हो या सरपंच। उसने ताहा मियाँ की बात को काटकर दोटूक करते हुए कहा–"आज हमसे जो भी लगेगा, उसको नहीं छोड़ेंगे, सरपंच हो या खड़पंच...।"

बच्चों की टोली इस उक्ति पर ठठाकर हँस पड़ी।

तब खुद 'हाकिम' हाथ जोड़कर फुलपतिया के पास जाकर खड़े हुए–''सुनिए, मैं न नहर विभाग का हाकिम हूँ, और न मैं किसी को गिरफ्तार करने आया हूँ। मैं 'कुटीर शिल्प पटना' की ओर से...बात यह है कि...।''

उनकी बात सुनकर वहाँ उपस्थित सभी जन एक साथ हँस पड़े–''धत्तेरे की! बेकार में बिना जाने-समझे-बूझे बात लेकर...।''

लेकिन बात हँसी में उड़ नहीं गई। बल्कि धीरे-धीरे गाँव में फैल गई, फैलती गई–''कुछ सुना? समझो कि जुल्म हो गया। पटना से एक 'जैंटुलमैन बाबू' आया है। फुलपतिया के हाथ की बनाई 'लिखन-पढ़नी' देखकर कहता है, इसकी 'छापी' खींचकर अमेरिका या रूस या न जाने कहाँ भेजेंगे...।''

''किसको 'मिरकारूस' भेजेगा। फुलपतिया की माँ को?''

''कहता है, डबल बकसीस मिलेगा।''

''मगर वह आदमी तो देखने में ठीक 'देसवाली' लगता है 'विलैती आदमी' की तरह बिलरमुँहा नहीं।''

''फुलपतिया तभी गरज रही थी न। अभी जाकर देखो, शहरी मेहमान के लिए कोंहड़े के फूल का 'बचका' बना रही है–हँस-हँसकर।''

''वह भात ही खाएगा? किस जात का है?''

''फुलपतिया की माँ का भाग फिर गया समझो।''

''अरे भैया, बेचारी जर-जमीन और घरवाले को गँवाने के बाद से कम दुख झेल रही है! जिनगी-भर 'शुभ-लाभ' और 'परब-पावन' के समय गाँव के लोगों की 'भित' पर 'फूल-पत्ती' के बीच देवी-देवता लोगों की 'मूरती' बनाती रही है। उसी का 'सुफल' है यह। भगवान एकदम अन्धा नहीं है जी!''

''अब फुलपतिया की शादी हो जाएगी। तिलक के लिए 'टका' 'मिरकारूस' से आएगा।''

''तुम लोग भी खूब हो भाई!'' 'गुलाब-तकिया' पर गाँजे की पत्ती रखकर 'प्रेमकटारी' से कतरते हुए अनूपलाल ने कहा–''अभी से लगे अटकल लगाने। पहले देखो तो कि आदमी असली है या नकली। लबटोलिया गाँव के मरचू महतो का पचास रुपया ठगकर वह नकली लौट्री का नकली एजेंट ले गया था, सो याद नहीं? सारे इलाके में खबर फैल गई थी मरचू महतो 'खाखपति' से लाखपति हो गया है। सिर्फ पचास रुपए का 'इस्टाम' खरीदकर कागज पर लगाता है, क्योंकि गाँव में दो मरचू महतो हैं। कागज पर इस्टाम लगाकर 'आफीडिफी' करके दाखिल करते ही बैंक से एक लाख टका के 'कड़कड़िया-लोट' सब निकल आएँगे तुरन्त। इसके बाद जो हुआ सो मालूम ही है। वह तो धन्न कहो कि मरचू महतो पागल नहीं हो गया।''

सभी हँसते हैं। रामफल बात गढ़कर बोलना जानता है। कहता है–''मरचू को लाख टका नहीं मिला। मगर 'भोटर-लिस्ट' में नाम के साथ महतो के बाद लखपति

तो दर्ज हो गया। अरे, एक ही गाँव में दो मरचू और दोनों महतो। भोटर-लिस्ट लिखनेवाला बोला—दोनों का पेसर भी एक ही है। बड़ा गड़बड़ है। तब चौकीदार ने कहा—एक मरचू महतो को गाँव में लोग दिल्लगी में 'लखपति' कहते हैं। बस, कागज में वही दर्ज कर दिया लिखनेवाले मोहरिल ने।''

नागेसर दास गाँव में सबसे बड़ा झूठ बोलनेवाला समझा जाता है। लेकिन उसकी बात को लोग चाव से सुनते हैं। वह बोला—''और, मरचू महतो की लाटरी ने एक और 'भितरिया-खेला' लगाया था सो किसी को है मालूम? जोखन चौधरी को जब मालूम हुआ कि मरचू का नाम लाटरी के 'टिकस' में निकल आया है तो उसने तुरन्त जोख-तौलकर एक तरीका निकाला। मरचू ने जाकर बोला कि अगर पाँच हजार खर्च करने का वादा करो तो तुम्हारा 'चुमौना' एक 'तड़तड़-जवान' बेवा से करवा दे सकता हूँ—तुरन्त। मरचू महतो तैयार हो गया तो जोखन बोला—सादा कागज बना दो। मरचू को लौटरी तो मिला नहीं, जोखन ने उसी सादे कागज पर अँगूठा के निशान के बल पर उसकी दोनों भैंस...।''

''भैया, हमको तो 'परतीत' नहीं होता है कि यह आदमी असली है। जरूर कोई 'शीआयडी' है। नहीं तो, शहर में फोटू, छापी और तस्वीर की कोई कमी है? एक से एक देवी-देवताओं के 'कलैंडर' छोटी से छोटी पान की दूकान पर लटकते रहते हैं। तब, शहर का आदमी गाँव में आकर—देहाती तस्वीर पर 'लट्टू' हो जाए—यह भी परतीत करने काबिल बात है, भवा?'' एक सदा बीमार ग्रामीण अधेड़ ने कहा।

गाँव के हर टोले और घर में दिन-भर फुलपतिया की माँ और फुलपतिया की चर्चा होती रही। उधर इतनी ही देर में वह 'जेन्टुलमैन' फुलपतिया और उसकी माँ से इस तरह दूध-मिश्री की तरह घुल-मिल गया मानो सचमुच 'सर्वांग' हो।

शाम की गाड़ी से लौटने के पहले उसने फुलपतिया की माँ से कहा—''अगले सप्ताह ही आप लोगों को चिट्ठी लिखकर सब खबर भेज दूँगा।''

फुलपतिया की माँ ने पूछा—''बबुआ, तुमने सबकुछ तो बतलाया, मगर अपना नाम ही बतलाना भूल गए।''

उसने हँसकर कहा—''मेरा नाम सनातन प्रसाद है, माताजी।''

फुलपतिया लजाती हुई बोली—''अनजाने में, गुस्सा के झोंक में न जाने क्या-क्या निकल गया। उसको मन में नहीं रखिएगा।''

सनातन ने गम्भीर होने की मुद्रा बनाई और शरारत-भरी निगाह से देखते हुए कहा—''उँहूँ, मन में ही रखूँगा। आपने क्या कहा था, याद है—हमको 'रैस्ट' करिए।''

फुलपतिया का चेहरा लाज के मारे 'लाल-टेसू' हो गया। वह भागकर आँगन में चली गई।

इसी को कहते हैं भगवान छप्पर फाड़कर भी देता है।

फुलपत्ती की माँ के छप्पर पर आज छाजन के फूस भी नहीं। अठारह-उन्नीस साल पहले फुलपत्ती के बाबूजी मुकदमाबाजी में जगह-जमीन सब झोंककर आखिर खुद भी झोंक में आकर चले गए। हार के शोक में, कुछ खाकर सो रहे। तब से–फुलपत्ती की माँ गाँव-घर के किसानों के घर में कूट-पीसकर गोदी की इकलौती सन्तान को पालती रही। हाथ में एक गुण था–जिसके कारण थोड़ी पूछ और प्रतिष्ठा होती थी। अब वह भी नहीं। अब, शादी-ब्याह, पर्व-त्यौहार के अवसरों पर 'भित्त' पर कागज में छपे देवी-देवताओं की तस्वीरों के अलावा बाइस्कोप की तस्वीरें लटकाई जाती हैं। लेकिन, कल जब डाकपियून आकर फुलपत्ती की माँ के नाम ढाई सौ रुपए का मनिआर्डर दे गया, तब से गाँव के लोगों ने स्वीकार कर लिया–पुराने जमाने की सभी चीजें फालतू नहीं। गाँव में तुरन्त बात फैल गई–पटना से आया हुआ वह आदमी 'नकली' नहीं 'असली' था!

आठ-दस दिनों के बाद सनातन प्रसाद फिर आया। गाँव में इन दिनों फुलपत्ती की माँ के भाग फिरने की बात को छोड़कर और कोई बात नहीं होती। उसके आँगन में औरतों की भीड़ रहती है, सदा। दरवाजे पर मुखिया और सरपंच आकर 'कुशल-खेम' पूछ जाते हैं।

और एक दिन अचानक लोगों ने सुना–''फुलपत्ती की माँ, अपने को संग लेकर–पटना नहीं 'डिल्ली' गई है। सनातन ही ले गया है। डिल्ली में एक ही 'भित्त' पर 'लिखाई' करने की मजदूरी एक हजार।''

''मजदूरी नहीं, बकसीस कहो।''

''और, फुलपत्ती? वह नहीं गई साथ?''

''नहीं। उसकी मास्टरनी मामी आई है। दस-पन्द्रह दिन रहेगी। छुट्टी लेकर आई है।''

''अब देखना, मामा-मामी, मौसा-मौसी, फूफा-फूफी के अलावा ममेरे-फुफेरे, अपने-पराए सब जुटेंगे आकर–जो कभी झाँककर भी नहीं देखने आते थे।''

कई दिन के बाद स्टेशन-बाजार का बदरी भगत हाथ में एक अखबार लेकर आया, जिस पर फुलपत्ती की माँ की तस्वीर छपी है। 'बड़े-लाट' साहब के हाथ से बकसीस ले रही है फुलपत्ती की माँ!

बदरी भगत स्टेशन-बाजार पर रहता है। बनिया है मगर आटे-दाल के भाव के अलावा दुनिया-भर की खबर याद रखता है। खूब अखबार पढ़ता है। वह कहता है–''चाची जिस दिन लौटेगी, हम लोग धूमधड़ाके के साथ स्टेशन पर उसका स्वागत करेंगे। घास-फूस को 'गेट' बनाकर उस पर मिट्टी की लिपाई-पोताई करके–फुलपत्ती के हाथ से लिखाई करवाई जाएगी...। अरी, फूलो दीदी, माँ की 'ईलम' जो मिली है उसको मन लगाकर साधोगी तो एक दिन तुमको भी सरकारी

'प्राइज' मिलेगा।...अपने गाँव का नाम औल इंडिया में क्या, इंडिया से भी बाहर चला गया समझो। अखबार में लिखा है कि श्रीमती पनियाँ उर्फ पन्ना देवी अपनी बनाई हुई तस्वीरों पर टेढ़ी-मेढ़ी देवनागरी में अपने नाम के साथ, अपने गाँव और जिला का नाम लिखना नहीं भूलतीं। अब बतलाओ, गाँव का नाम बढ़ाया या नहीं?"

"ठीक बात!"

गाँव के नौजवानों ने एक स्वर से नारा लगा दिया–"बोलिए, एक बार प्रेम से–पन्ना देवी की जै...जै–"

औरतों की बैठकी में बैठी फुलपत्ती की मामी हमेशा 'कचहरी' बोली में बोलती रहती है–'जाती हूँ, खाती हूँ, पीती हूँ' सुनकर गाँव की औरतें घूँघट की ओट में कभी-कभी हँसते भी हैं।

"हाँ फुलपत्ती के हाथ में रकम आठ आना गुण आ गया है।"

"आएगा नहीं? इसके चलते दीदी के हाथ की मार क्या कम खाई है फुलपतिया?" फुलपत्ती की मामी कहती है।

फुलपत्ती की मामी अपने गाँव-पोठिया के कन्या पाठशाला में पढ़ाती है। हमेशा पान खाती रहती है और किसी बाहरी 'मरद-पुरुख' से बात करने में जरा भी नहीं 'थखाती' है। बदरी भगत उसकी मजलिस में आया तो उसने कपड़ा सरकाकर सिर भी नहीं ढँका। बोली–"बाकी सब काम तो फुलपत्ती ही करती थी, पिठार के चावल को खूब महीन करके सिलबट्टे पर पीसना। पिठार को दूध में घोलना। थोड़ी देर के बाद, ठीक समय पर जंगली पेड़–'मेदाकाठ' की कोमल पत्तियों को उसमें डालकर मथते रहना, सींकी की काठियों में कपड़े और छोटे-छोटे लत्ते लपेटकर–अलग-अलग रंग के लिए तैयार करना; रंग घोलना–सब काम तो फुलपत्ती बचपन से ही करती आई है।...और, कहीं जो पिठार जरा-सा मोटा हुआ, काठी के लत्ते ढीले पड़े या रंग गाढ़ा, पतला हुआ थोड़ा भी कि झोंटा पकड़कर दे धुमक्का दे धुमक्का।

बदरी भगत ने कहा–"मामी, अपने घर पर रखकर फुलपत्ती को 'दो अच्छर' आगे और पढ़ा देती तो...।"

मामी बोली–"भैया, हम क्या करें। लोअर तक पढ़ाकर रामायण बाँचना सिखाकर, अपर में पढ़ाना चाहती थी। मगर, उसकी माँ की जिद–अब आगे नहीं पढ़ाना है। और, दीदी की वह इकलौती बेटी ठहरी। हम क्या करें?"

"अब एक बढ़िया घर-वर देखकर हाथ पीले करवा दो मामी। तिलक-दहेज भी थोड़ा देना पड़े तो..."

मामी बदरी भगत का दिया हुआ जर्दा मुँह में डालती हुई बोली–"बढ़िया घर-वर मिलने-मिलाने की बात तो बदरी बाबू, बस भगवान के हाथ है। तब, यह बात ठीक है कि अब सुगम हो जाएगा। जानते ही हो, इसका तो गाना भी बन गया है सिनेमा

में 'पैसा फेंको तमाशा देखो'...।''

नागेसर दास ने फिर एक किस्सा लोगों को सुनाना शुरू किया है–''जानते हो, जोखन ने यहाँ भी तौल-जोखकर मोल-तोल किया है। फुलपत्ती की माँ अगर पाँच हजार पेशगी दे तो एक दुलहा उसके–समझिए कि पाकिट में है। मगर फुलपत्ती की मामी ने उसकी चालाकी नहीं चलने दी।''

फुलपत्ती की माँ लौट आई है।

''साथ में तीन बैलगाड़ियों पर सिर्फ इनाम में मिले हुए असबाब लदके आए हैं।''

स्टेशन पर खूब धूमधाम और जयजयकार करके स्वागत हुआ। सचमुच देखने के काबिल गेट बनाया था स्टेशनवालों ने। फुलपत्ती के हाथ में आठ आना ही नहीं, बारह आना गुण आ गया है। सनातन भी साथ में आया है। गाड़ी से उतरकर उसकी नजर सबसे पहले गेट की कारीगरी पर–चौकठ, कलस और फूल-पत्तियों पर पड़ी थी। बहुत देर तक वह गौर से देखता रहा था। फिर घर पहुँचकर फुलपत्ती से पूछा था– ''लाल रंग की मछली किस नदी में पाई जाती है? वहाँ कलस के आस-पास, आपकी आँकी हुई दोनों मछलियों के रंग लाल देखने के बाद से ही यह सवाल मेरे मन में छलमला रहा है।''

फुलपत्ती ने कहा–''क्यों? हमारी इस गँवई नदी चन्द्रभागा में जेठ-असाढ़ में पहली वर्षा के बाद जाकर देखिएगा–कभी-कभी नदी की धारा लाल हो जाती है– हजारों-लाखों मछलियों के जीरे...। वे क्या पटना की ओर किसी नदी में कभी नहीं जातीं?''

''कैसे जाएँगी। उधर चन्द्रभागा या कोसी की कोई धारा गई ही नहीं।''

फुलपत्ती के मामा नरोत्तम बाबू को लोग एक मिनट की भी छुट्टी नहीं देते– ''दिल्ली का किस्सा और सुनाइए थोड़ा!''

फुलपत्ती की मामी आकर कहती है–''भैया, भले आदमी को अब थोड़ी घर-गृहस्थी की भी बात करने दो!''

फुलपत्ती की मामी ने अपने पति को आँगन में एकान्त घर में बुलाकर धीरे-से कहा–''यह सनातन क्या कहता है! जानते हो?''

''जानता हूँ, जो कहता है, ठीक ही कहता है। यहाँ धरा ही क्या है? चार झोंपड़े और एक दादा-आदम के जमाने के पुराने चोबारा-चौखड़ा के मोह में क्यों पड़ी रहेगी दीदी? जब भगवान ने आँख खोलकर हेरा है तो शहर में क्यों नहीं रहेगी दीदी? पाँच सौ से नौ सौ तक माहवारी और रहने के लिए 'लोहियानगर' की वैसी कोठी।...ठीक ही कहता है, सनातन!'' फुलपत्ती के मामा ने कहा।

''सनातन है किस बिरादरी का?''

"बिरादरी को कौन पूछता है आजकल। पूछो कि आदमी क्या है, हैसियत क्या है। एक बड़े आदमी का बेटा है। बाप अच्छी सम्पत्ति छोड़कर मरा है। बाप की बनाई कोठी है, मोटरगाड़ी है। साल में दस-बारह हजार रुपए की तस्वीरें ही खरीदता है। पटना में लिखने, पढ़ने, नाचने, गाने और आँकनेवालों के बीच खूब 'बोलबाला' है। कला-अकादमी पटना का सेक्रेटरी है। और क्या चाहिए?"

"दीदी तैयार...माने...दीदी क्या कहती है?"

"तैयार क्यों नहीं होंगी? अगर नहीं तैयार हों तो उनको तैयार कराना हम लोगों का काम है।"

फुलपत्ती की माँ तो गौ है गौ। उसके मन में कोई छल-कपट नहीं। वह सबकुछ सुन-समझकर तुरन्त राजी हो गई। मगर, यह लड़की फुलपत्ती!

फुलपत्ती एकदम राजी नहीं। जब से इस प्रस्ताव की भनक उसके कान में पड़ी है—नहाना, धोना, खाना, पीना, छोड़कर घर में पड़ी हुई है। माँ समझाकर थक गई। मामा गए और निराश होकर लौटे। तब मामी ने कहा, "एक बार मैं भी देखूँ!"

"फुलपत्ती बेटी!"

"मामी, अब तू आई है जलाने? तेरा भी मन दिल्ली और पटना जाने के लिए डोल गया? मैं कहती हूँ, अपने बाप-दादे की 'डीह' छोड़कर कहीं नहीं जा सकती मैं। मेरी लहाश ही निकलेगी, इस घर से...हाँ..." वह अब रोने लगी।

"भारी जिद्दी है बचपन से ही..."

सनातन सोच में पड़ा हुआ है। पिछली दो रातों से उसकी आँखों में नींद नहीं आ रही। आँख मूँदते ही उसको लगता है—उसके अन्दर कोई बैठा हुआ है जो उसे आँखें तरेरकर देखता है और पूछता है—यह क्या कर रहा है तू? बलात्कार? कुमारी को अपवित्र करेगा तू? अपनी वासना पूरी करने के लिए कला का यह व्यापार? हाहाहा...बिगस्केल फोक-आर्ट इंडस्ट्री? हीहीही...इंडस्ट्री नगर में—तुम्हारी फैक्टरी में—फुलपत्ती और उसकी माँ का जिबह मोथरी छुरी से करेगा न? मधुबनी शैली का प्रमुख ज्ञाता, वक्ता अधिकारी बनकर तू लोक-कल्याण वातावरण का पर्दा डालकर अपने प्राइवेट चेम्बर में बैठा रहेगा और फुलपत्ती, उसकी माँ ही नहीं वरन् सैकड़ों की तादाद में तुम्हारे 'स्लाटर-हाउस' में जिबह होती, चीखती रहेंगी...?"

आज वह फुलपत्ती से स्वयं बातें करेगा।

उसने देखा, फुलपत्ती आज थोड़ा प्रसन्न है। वह अपने दरवाजे की 'भित' पर माँ की उकेरी हुई अधूरी मयूरी रेखाओं में रंग भर रही है।

सनातन ने पास जाकर कहा—"मयूर नाचता है या मयूरी?"

"मयूरी को नाचने-नचानेवाले पंख होते ही कितने हैं, जो वह नाचेगी?"

"आपने मोर को नाचते देखा है कभी?"

1. 'ठुमरी' की भूमिका

स्वरलिपि

इस संग्रह में ठुमरी नाम की कोई कहानी नहीं; सभी संयोजित कहानियाँ ठुमरी धर्मा हैं।

अन्तर्मार्ग एक ही है सभी कथाओं का।

[...गीत के अन्तर्भाग में, बीच-बीच में विभिन्न स्वरों के प्रयोग से जो वैचित्र्य और कारु-कार्य सम्पादित होता है, उसको अन्तर्मार्ग कहते हैं।]

एक स्वर को लेकर, विभिन्न स्वरों से उसकी क्रमिक संगति दिखला-दिखलाकर ही किसी राग के रूप को प्रकाशित किया जाता है।

ठुमरी के कथागायक ने ऐसी चेष्टा की है। एकाधिक कथाओं में, एक ही विशेष मुहूर्त को विभिन्न परिवेश में रखकर, रूपायित किया गया है।...पौनःपुनिकता दोष से दूषित नहीं।

2. 'प्रिय कहानियाँ' की भूमिका

'मेरी प्रिय कहानियाँ' पुस्तकमाला के अन्तर्गत संकलित इन नौ कहानियों के अलावा मेरी अन्य कहानियाँ मुझे तनिक भी अप्रिय नहीं। अपनी कोई रचना मुझे कभी अप्रिय नहीं लगी...नहीं लगती। कोई 'प्रियतर' अथवा 'प्रियतम', 'प्रियतमा' भी नहीं। इसका कोई कारण–शो कॉज (Show Cause)–नहीं बतला सकूँगा। क्योंकि जानता नहीं!"

मेरे अशिक्षित कथाकार के लिए अपनी रचनाओं की लम्बी भूमिका बहुत ही कठिन और अप्रिय लेखन है। ऐसे अवसरों पर व्यर्थ पांडित्य-प्रदर्शन की हास्यास्पद प्रचेष्टा के बदले मैंने सदा साफगोई का सहारा लिया है। कवि शमशेरसिंह बहादुर सिंह की इस प्रसिद्ध पंक्ति को दुहराया किया है–"बात बोलेगी, मैं नहीं! राज खोलेगी, बात ही...मैं नहीं!..."

मेरे साधारण पाठक मेरी स्पष्टवादिता तथा सपाटबयानी से सदा सन्तुष्ट हुए हैं। और साहित्य के राज़दार पंडित-कथाकार-आलोचकों ने हमेशा नाराज होकर मुझे 'एक जीवनदर्शनहीन-अपदार्थ-अप्रतिबद्ध-व्यर्थ-रोमांटिक प्राणी' प्रमाणित किया है।... सारे तालाब को गँदला करनेवाला जीव! इसके बावजूद कभी मुझसे इससे ज्यादा नहीं बोला गया कि अपनी कहानियों में मैं अपने को ढूँढ़ता फिरता हूँ : अपने को, अर्थात् आदमी को।...बंगला में एक मुहावरा प्रचलित है—"पेटे बोमा मारलेऊ मुख दिये 'क' बेरूबे ना", अर्थात् पेट पर बम मारने पर भी मुँह से 'क' नहीं निकलेगा। हो, तब तो निकले! तब भी, अपनी कई कहानियों के बारे में मुझे कई प्रतिष्ठित पत्रिकाओं के मित्र संपादकों को बज़ाप्त हलफ़नामा लिखकर देना पड़ा है : (तब समझा कि पेट पर बम कैसे मारा जाता है और अपने को ढूँढ़ना इतना खतरनाक काम है।) ईमान से, धरम से, जो कह रहा हूँ सच कह रहा हूँ, कि जो लिखा है सो झूठा लिखा है, यानी इस कहानी के सभी स्थान-पात्र और घटनाएँ सरासर कपोल-कल्पित हैं...कि किसी राष्ट्र, देश, धर्म, जाति, संप्रदाय, समाज, पार्टी, वर्ग या व्यक्ति के विरुद्ध घृणा या विद्वेष फैलाने के उद्‌देश्य से यह कहानी नहीं लिखी गई है।

फिर भी, यानी शपथपूर्वक कहने के बाद भी, मित्र संपादकों ने कहानियों की कई पंक्तियों को आपत्तिजनक मानकर काट दिया और कई शब्दों के बदले 'श्लील शब्द' देकर ही छापा।...इस संकलन में मैंने उन कटी पंक्तियों को जोड़ दिया है और सही शब्दों को मूल स्थानों पर फिर से स्थापित कर दिया है।

1973

3. कहानियों के सन्दर्भ

1. बट बाबा : जून 1944, साप्ताहिक 'विश्वमित्र' (कलकत्ता, 27 अगस्त 1944) में प्रकाशित।
2. पहलवान की ढोलक : साप्ताहिक 'विश्वमित्र', 11 दिसम्बर '45; 'प्राणों में घुले हुए रंग' में संकलित।
3. कलाकार : साप्ताहिक 'विश्वमित्र', 22 जनवरी '45; 'प्राणों में घुले हुए रंग' में संकलित।
4. प्राणों में घुले हुए रंग : साप्ताहिक 'विश्वमित्र', 5 मार्च '45; 'प्राणों में घुले हुए रंग' में संकलित।
5. न मिटनेवाली भूख : साप्ताहिक 'विश्वमित्र', 23 अप्रैल '45; 'एक श्रावणी दोपहरी की धूप' में संकलित।

6. रखवाला : साप्ताहिक 'विश्वमित्र', 21 मई '45; 'प्राणों में घुले हुए रंग' में संकलित।
7. पार्टी का भूत : दैनिक 'विश्वमित्र', पूजा दीवाली विशेषांक, अक्टूबर '45; 'अच्छे आदमी' में संकलित।
8. रसूल मिसतिरी : मासिक 'विश्वमित्र', दिसम्बर '46; 'अच्छे आदमी' में संकलित।
9. बीमारों की दुनिया में : मासिक 'विश्वमित्र', दिसम्बर '46; 'अच्छे आदमी' में संकलित।
10. इतिहास, मज़हब और आदमी : साप्ताहिक 'विश्वमित्र', 19 नवम्बर '47; 'प्राणों में घुले हुए रंग' में संकलित।
11. रेखाएँ : वृत्तचक्र (एक) : समाज (बनारस) 1 जनवरी '48; 'प्राणों में घुले हुए रंग' में संकलित। इसी शीर्षक से रेणु ने 1970 में भी एक कहानी लिखी है।
12. खंडहर : साप्ताहिक 'जनता', 21 नवम्बर '48; 'प्राणों में घुले हुए रंग' में प्रकाशित।
13. धर्म क्षेत्रे-कुरु क्षेत्रे : अपने ही द्वारा संपादित 'नई दिशा' के शहीद विशेषांक (9 अगस्त 49) में 'संजय' छद्मनाम से प्रकाशित। 'प्राणों में घुले हुए रंग' में संकलित।
14. टौंटी नैन का खेल : 'राष्ट्र सन्देश' (पूर्णिया), 4 अप्रैल '53; 'अच्छे आदमी' में संकलित।
15. वंडरफुल स्टूडियो : मासिक 'अवंतिका' (पटना) जुलाई '53; 'एक श्रावणी दोपहरी की धूप' में संकलित।
16. रसप्रिया : 'निकष' (इलाहाबाद, सं. धर्मवीर भारती) 1955; 'ठुमरी' में संकलित।
17. तीसरी कमस, अर्थात् मारे गए गुलफाम : 1956 में लिखित, 57 में संशोधित, अपरम्परा (पटना, 1957 में प्रकाशित, 'ठुमरी' में संकलित। शैलेन्द्र ने इस पर तीसरी कसम फिल्म भी बनाई।
18. लाल पान की बेगम : 1956, 'कहानी' (इलाहाबाद), जनवरी 1957; 'ठुमरी' में संकलित।
19. पंच लाइट : 'सुप्रभात' (कलकत्ता), जनवरी, फरवरी '58, 'ठुमरी' में संकलित।
20. सिरपंचमी का सगुन : 'कल्पना' (हैदराबाद), अगस्त '58, 'ठुमरी' में संकलित।

21. तीर्थोदक : 'ठुमरी' में संकलित। (रचनाकाल '55 से '58 के बीच)
22. तीन बिंदियाँ : 'ठुमरी' में संकलित। (रचनाकाल '55 से '58 के बीच)
23. ठेस : 'ठुमरी' में संकलित। (रचनाकाल '55 से '58 के बीच)
24. नित्य लीला : 'ठुमरी' में संकलित। (रचनाकाल '55 से '58 के बीच)
25. नेपथ्य का अभिनेता : मूलतः मैथिली में, अभिव्यंजना (सं. मायानन्द मिश्र) 1960 में प्रकाशित, 'अच्छे आदमी' में संकलित।
26. कपड़घर : साप्ताहिक 'योगी' (पटना), दीपावली विशेषांक, अक्टूबर '60 में प्रकाशित, 'अच्छे आदमी' में संकलित।
27. टेबुल : 'धर्मयुग', 5 नवम्बर '61, 'रेणु की श्रेष्ठ कहानियाँ (सं. राजेन्द्र यादव) और 'अच्छे आदमी' में संकलित।
28. कस्बे की लड़की : 'धर्मयुग', 31 नवम्बर '61; 'एक श्रावणी दोपहरी की धूप' में संकलित।
29. अतिथि सत्कार : 'सारिका', दिसम्बर '61; 'आदिम रात्रि की महक' में संकलित।
30. तॅबे एकला चलो रे : कल्पना, जनवरी '62; 'आदिम रात्रि की महक' में संकलित।
31. एक लोकगीत के विद्यापति : ज्योत्स्ना (पटना) मई 1962; 'एक श्रावणी दोपहरी की धूप' में संकलित।
32. अच्छे आदमी : 'धर्मयुग', 5 जून '62; 'रेणु की श्रेष्ठ कहानियाँ' तथा 'अच्छे आदमी' नामक संग्रह में संकलित।
33. संवदिया : सारिका, अक्टूबर 1962, 'मेरी प्रिय कहानियाँ' में शामिल; 'एक श्रावणी दोपहरी की धूप' में संकलित।
34. एक श्रावणी दोपहरी की धूप : ज्योत्स्ना, अक्टूबर '62; इसी नाम के संग्रह में संकलित।
35. हाथ का जस और बाक का सत्त : अपने ही संपादन में तीन कथाकारों (रेणु, रणधीर सिन्हा, हिमांशु श्रीवास्तव) के संग्रह 'हाथ का जस' में शामिल। 'एक श्रावणी दोपहरी की धूप' में संकलित।
36. रोमांस शून्य प्रेमकथा की भूमिका : 'नयी कहानियाँ' (प्रेमकथा विशेषांक), दिसम्बर '63; 'अच्छे आदमी' में संकलित।
37. काक चरित : 'ज्योत्स्ना', अक्टूबर '64; 'आदिम रात्रि की महक' में संकलित।
38. एक आदिम रात्रि की महक : 'नयी कहानियाँ, नवम्बर '64; इसी नाम के संग्रह में संकलित।

39. उच्चाटन : 'ज्ञानोदय' (भारतीय कहानी विशेषांक), नवम्बर 1964; 'आदिम रात्रि की महक' में संकलित।
40. आत्म साक्षी : 'माया' (संपादक मार्कण्डेय), जनवरी '65; 'आदिम रात्रि की महक' में संकलित।
41. आजाद परिन्दे : 'फुर्र-र-र' शीर्षक से 'ज्योत्स्ना' (फरवरी '65) में प्रकाशित। 'आदिम रात्रि की महक' में संकलित।
42. संकट : 'ज्योत्स्ना', मार्च '65; 'एम श्रावणी दोपहरी की धूप' में संकलित।
43. नैना जोगिन : 'ज्योत्स्ना', अगस्त '65; 'आदिम रात्रि की महक' में संकलित।
44. विकट संकट : 'नयी कहानियाँ', सितम्बर '65; 'एक श्रावणी दोपहरी की धूप' में संकलित।
45. अभिनय : 'ज्योत्स्ना', नवम्बर '65; 'एक श्रावणी की धूप' में संकलित।
46. विघटन के क्षण : 'नई धारा' (वृहद् कहानी विशेषांक, सं. कमलेश्वर) जनवरी-फरवरी '66; 'आदिम रात्रि की महक' में संकलित।
47. जलवा : 'धर्मयुग', 14 अगस्त '66; 'आदिम रात्रि की महक' में संकलित।
48. ना जाने केहि वेष में : 'ज्योत्स्ना', नवम्बर '66; 'आदिम रात्रि की महक' में संकलित।
49. जड़ाऊ मुखड़ा : 'ज्योत्स्ना' फरवरी '67; 'आदिम रात्रि की महक' में संकलित।
50. प्रजा सत्ता : 'ज्योत्स्ना', अप्रैल '67; 'आदिम रात्रि की महक' में संकलित।
51. मिथुन राशि : 'शीर्षकहीन' नाम से 'स्थापना' (सं. शिवचन्द्र शर्मा) 1970 में प्रकाशित। 'अगिनखोर' में संकलित।
52. अक्ल और भैंस : 'ज्योत्स्ना', सितम्बर '70; 'अगिनखोर' में संकलित।
53. रेखाएँ वृत्त चक्र : 'सारिका', दिसम्बर '70; 'अगिनखोर' और 'अच्छे आदमी' में संकलित।
54. तव शुभ नामे : 'सारिका', जुलाई '71; 'अगिनखोर' में संकलित।
55. एक अकहानी का सुपात्र : 'ज्योत्स्ना', अगस्त '71; 'अगिनखोर' में संकलित।
56. जैव : 'ज्योत्स्ना', अक्टूबर '71; 'अगिनखोर' में संकलित।
57. मन का रंग : 'ज्योत्स्ना', जनवरी '72; 'अगिनखोर' में संकलित।
58. लफड़ा : 'ज्योत्स्ना', जून '72; 'अगिनखोर' में संकलित।
59. अग्निसंचारक : 'ज्योत्स्ना', जुलाई '72; 'अगिनखोर' में संकलित।